HEYNE BÜCHER

06/2500

Über 40 Jahre
Heyne Science Fiction
& Fantasy

2500 Bände
Das Gesamt-Programm

Fantasy

Herausgegeben von Friedel Wahren

Von **L. E. Modesitt** jr. erscheinen in der Reihe
HEYNE SCIENCE FICTION & FANTASY:

Der Recluce-Zyklus

1. *Magische Insel* · 06/9050
2. *Türme der Dämmerung* · 06/9051
3. *Magische Maschinen* · 06/9052
4. *Krieg der Ordnung* · 06/9053 (in Vorb.)
5. *Kampf dem Chaos* · 06/9054 (in Vorb.)
6. *Sturz der Engel* · 06/9055 (in Vorb.)
7. *Der Chaos-Pakt* · 06/9056 (in Vorb.)
8. *Weiße Ordnung* · 06/9057 (in Vorb.)
9. *Die Farben des Chaos* · 06/9058 (in Vorb.)

Weitere Romane in Vorbereitung

L. E. MODESITT JR.

Magische Maschinen

Dritter Roman des Recluce-Zyklus

Übersetzung aus dem amerikanischen Englisch von JÜRGEN LANGOWSKI

Deutsche Erstausgabe

WILHELM HEYNE VERLAG
MÜNCHEN

HEYNE SCIENCE FICTION & FANTASY
06/9052

Titel der Originalausgabe
THE MAGIC ENGINEER
Übersetzung aus dem amerikanischen Englisch
von Jürgen Langowski
Das Umschlagbild malte Darrell K. Sweet

Umwelthinweis:
Dieses Buch wurde auf chlor- und
säurefreiem Papier gedruckt

Deutsche Erstausgabe 3/2000
Redaktion: Angela Kuepper

Erstausgabe bei Tom Doherty Associates, Inc., New York
(A Tor Book)

http://www. heyne. de
Printed in Germany 2000
Umschlaggestaltung: Nele Schütz Design, München
Technische Betreuung: M. Spinola
Satz: Schaber Satz- und Datentechnik, Wels
Druck und Bindung: Elsnerdruck, Berlin

ISBN 3-453-15635-8

Für Carol Ann

I

SUCHER

I

Der Junge starrt das kirschrot glühende Stück Eisen an, das der Schmied mit der Greifzange hält.

Der Mann, drahtig, klein und gedrungen und überhaupt nicht so gebaut, wie man sich einen Schmied gemeinhin vorstellt, hebt die Zange und wirft einen Blick zu dem Jungen. »Das ist heiß genug, um Stürme und Zauberer an sich zu schmieden, mein Junge. Stark genug, um Riesen im Bann zu halten, wie Nylan die Lichtdämonen für Ryba gebannt hat …« Der Schweiß läuft ihm trotz des kühlenden Windes, der durch die Schmiede fährt, in kleinen Rinnsalen von der Stirn. »Eisen … Eisen liegt im Herzen von Recluce. Deshalb ist Recluce auch ein so wichtiger Hort der Ordnung.«

»Die Geschichte über Nylan ist nicht wahr. Die Lichtdämonen waren da schon fort«, antwortet der Junge mit klarer, aber leiser Stimme. Das schmale, ernste Gesicht zeigt kein Lächeln. »Und Riesen gibt es auch keine mehr.«

»Die gibt es nicht mehr«, stimmt der Schmied zu. »Aber wenn es noch welche gäbe, dann wäre dieses Eisen das rechte Zeug, um sie im Bann zu halten.« Er macht sich wieder an die Arbeit. »Und Schwarzes Eisen, das kann auch die mächtigsten der Weißen Magier aufhalten. So ist es schon seit Nylans Zeiten.«

»Die mächtigsten Weißen Magier? Die waren lange nicht so mächtig wie der Gründer.«

»Nein«, erwidert der Schmied, »aber das ist ja auch schon lange her. Heutzutage hecken sie in Fairhaven immer neue dämonische Pläne aus. Wart's nur ab, du wirst schon sehen.« Er hebt den Hammer. »Dann werden die Schwarzen Brüder den Schwarzen Stahl brauchen ... selbst wenn ich einen Ordnungs-Meister brauche, der mir beim Schmieden hilft und ...«

Kling ... kling. Der Hammer fällt auf das Metall nieder, das von der Greifzange auf dem Amboß an der richtigen Stelle gehalten wird, und die hallenden Schläge übertönen seine letzten Worte.

Der Junge mit dem ernsten Gesicht, dessen rote Haare heller leuchten als das abkühlende Metall, nickt und runzelt die Stirn.

»Dorrin, ich bin jetzt fertig. Wo steckst du?« Der Ruf eines Mädchens, draußen vor der Schmiede wahrscheinlich energisch und laut, dringt gerade eben zwischen den Hammerschlägen durch.

»Guten Tag noch, Ser«, sagt der rothaarige Junge höflich, bevor er aus der Schmiede heraus ins Sonnenlicht läuft.

Der Schmied schüttelt den Kopf und fährt fort, mit sicherer Hand den Hammer zu heben und das Metall zu bearbeiten.

II

Der rothaarige Junge blättert die Seiten des dicken Buchs durch, die Augen wandern von Zeile zu Zeile und von Seite zu Seite. Er bemerkt nicht, daß er vom Bogengang aus beobachtet wird.

»Was liest du da?«

»Nichts weiter.« Er versucht sich rasch eine gute Ausrede zurechtzulegen. »Nur ein altes Werk über Naturphilosophie«, fügt er eilig hinzu.

»Doch wohl nicht wieder über eines dieser alten, mechanischen Geräte, was?« fragt der große Mann.

»Doch, Vater«, antwortet Dorrin seufzend und wartet ergeben auf die Strafpredigt.

Aber sein Vater beschränkt sich darauf, laut zu schnaufen. »Stell es ins Regal zurück und laß uns mit deinen Studien fortfahren.«

Nachdem er das schwere Buch ins Regal gestellt hat, wendet Dorrin sich dem großen, hageren Mann zu und fragt: »Warum bauen wir nicht einige der Maschinen, die in den Büchern beschrieben werden?«

»Welche denn?« Der große, schwarz gekleidete Mann weicht seinem Sohn aus und geht zur überdachten Veranda hinter der Bibliothek.

Dorrin dreht sich um und folgt ihm. »Wie wäre es mit der Heißwassermaschine?«

»Heißes Wasser ist Dampf.« Der Schwarze Magier schüttelt den Kopf. »Was würde passieren, wenn die Chaos-Energie im kalten Wasser freigesetzt wird?« Der Magier setzt sich auf den hohen Hocker mit der kurzen Lehne.

»Es würde nicht funktionieren. Aber …«

»Das reicht, Dorrin. Es gibt gute Gründe dafür, daß wir diese Maschinen nicht benutzen. Es ist leicht möglich, daß eine solche Maschine vom Chaos zerstört wird. Manche erfordern sogar die ständige Aufmerksamkeit eines Chaos-Magiers, und du kannst dir sicher vorstellen, daß dies hier auf Recluce keine besonders gute Idee wäre, nicht wahr?«

Dorrin nickt stumm und setzt sich seinem Vater gegenüber auf den zweiten Hocker ohne Lehne. Er hört diesen Vortrag nicht zum ersten Mal.

»Wir arbeiten mit der Natur, Dorrin, nicht gegen sie. Das ist die Basis der Ordnung und das Fundament, auf dem Recluce beruht.« Der Magier hält inne. »Und nun sage mir, wie vor Landende die Winde stehen.«

Dorrin schließt die Augen und konzentriert sich eine Weile. Schließlich sagt er: »Sie sind leicht, kaum mehr als ein kalter Dunst, der sich von Norden her anschleicht.«

»Was ist mit den höheren Winden, die das Wetter gestalten?«

Wieder schließt Dorrin die Augen.

»Du hättest sie alle spüren sollen. Du solltest fähig sein, die Luft zu fühlen, Dorrin. Du mußt die Luft auf allen Ebenen fühlen, nicht nur dicht über dem Boden, wo es ganz einfach ist«, erklärt der große, schwarz gekleidete Mann. Er blickt zwischen dem Himmel über dem Ostmeer und dem rothaarigen Jungen hin und her.

»Was nützt es, etwas zu fühlen, wenn man dann doch nichts damit anfangen kann?« Die Stimme des Jungen klingt ernst und neugierig zugleich.

»Es ist wichtig zu wissen, was Luft und Wetter treiben.« Obwohl der Mann groß und hager ist, klingt seine Stimme voll und befehlsgewohnt. »Ich habe es dir schon einmal erklärt. Die Bauern und Seeleute müssen es wissen.«

»Ja, Ser«, stimmt der rothaarige Junge zu. »Aber damit könnte ich dennoch den Pflanzen nicht helfen, und bis jetzt kann ich ja nicht mal die leichteste Brise herbeirufen.«

»Das wird schon noch kommen, Dorrin. Es braucht Zeit, und du mußt fleißig sein.« Der schwarz gekleidete Mann seufzt leise und läßt den Blick über das Steingeländer zu der zweiten überdachten Veranda wandern, wo ein für vier Personen gedeckter Tisch wartet. »Denk darüber nach.«

»Ich habe darüber nachgedacht, Vater. Ich würde lieber Schmied oder Schreiner werden. Die stellen etwas her, das man anfassen kann. Selbst ein Heiler hilft den Menschen. Du kannst zwar sehen, welches Wetter wir bekommen werden, aber ich will nicht mein Leben damit verbringen, die Dinge nur zu beobachten. Ich will etwas tun, etwas erschaffen.«

»Manchmal rettet es vielen Menschen das Leben, wenn man zu beobachten vermag. Erinnere dich nur an das große Unwetter im letzten Jahr ...«

»Vater ... die Legenden besagen, daß Creslin die Stürme steuern konnte. Warum kann ich nicht ...«

»Wir haben doch schon darüber gesprochen, Dorrin.

Wenn wir die Stürme steuern, wird sich das Wetter auf der ganzen Welt verändern, und Recluce könnte wieder eine Wüste werden. Auf diese Weise würden sogar noch mehr Menschen sterben. Als die Gründer die Welt verändert haben, sind Tausende und Abertausende Menschen gestorben, und sogar sie selbst hätte fast der Tod ereilt. Heute würde es noch schlimmer werden, viel schlimmer – selbst wenn ein Schwarzer Magier käme, der so mächtig ist wie Creslin, und damit ist nicht zu rechnen. Das Gleichgewicht wird es verhindern.«

»Aber warum?«

»Ich habe dir den Grund bereits genannt. Weil es jetzt mehr Menschen gibt. Weil alles mit allem anderen zusammenhängt. Und weil heute mehr Ordnung in der Welt ist.«

Dorrin sieht das ernste Gesicht des Vaters, schürzt die Lippen und schweigt.

»Ich werde deiner Mutter mit dem Abendessen helfen. Weißt du, wo Kyl ist?«

»Unten am Strand.«

»Würdest du ihn bitte holen?«

»Ja, Ser.« Dorrin neigt den Kopf und steht auf. Als er über die kurz geschnittene Wiese läuft, tritt er vorsichtig auf; mit der gleichen Sicherheit, die auch seine Worte und seine Haltung auszeichnen, läuft er über den Steinweg mit den messerscharfen Kanten.

Nach einem letzten Blick zu seinem Sohn dreht sich der Magier um und wandert durch die Bibliothek in die Küche.

III

»Solange Ihr nicht beweisen könnt, daß Ihr der Mann mit dem Weißen Schwert seid, solange könnt Ihr auch nicht damit rechnen, zum Erzmagier ernannt zu werden, Jeslek.«

»Ich müßte zum Beweis wohl erst auf dem Hochland von Analeria neue Berge entstehen lassen? Ist es dies, was Ihr meint, Sterol?«

»Es könnte jedenfalls nicht schaden«, gibt der weiß gekleidete Mann, der ein Amulett um den Hals trägt, ironisch zurück.

»Ihr wißt, es ließe sich durchaus machen. Besonders da im Laufe der letzten Generationen in Recluce die Ordnung zugenommen hat.« Die Sonne spiegelt sich hell in Jesleks Augen.

»An dem Tag, an dem Ihr es tut, werde ich Euch das Amulett übergeben.« Sterol lacht, aber das Lachen ist kälter als der Wind, der durch den Winterhimmel über Fairhaven fegt.

»Ich meine es ernst. Es ist nicht nur eine Frage roher Gewalt. Es geht darum, die Fäden der Ordnung zu entflechten, die tief in der Erde selbst verankert sind.«

»Allerdings gibt es eine Bedingung.«

»Ja?«

»Ihr müßt die Hauptstraße erhalten und inmitten der Berge stehen, die Ihr wachsen laßt.«

Jeslek kichert. »Wie ich sehe, seid Ihr sehr vorsichtig geworden.«

»Eher umsichtig. Ein Erzmagier, der das Chaos, das er freisetzt, nicht beherrschen kann, wäre das letzte, was wir gebrauchen können. Denkt nur an Jenred.«

»Erspart mir diesen Vortrag.«

»Natürlich. Ihr jungen Leute braucht ja die alten Geschichten und Gleichnisse nicht mehr, weil sie in einer Welt, die sich rasch verändert, nicht mehr von Bedeutung sind.«

Jeslek runzelt die Stirn, aber er verneigt sich höflich. »Mit Eurer Erlaubnis?«

»Natürlich, mein lieber Jeslek. Laßt es mich wissen, wenn Ihr plant, die Berge wachsen zu lassen.«

»Gewiß. Ich möchte nicht, daß Ihr es versäumt.«

IV

»Verdammt auch, Dorrin!« Der Schmied nimmt das kurze Stück Metall, das nur noch stellenweise rotbraun glüht, überwiegend aber bereits erkaltet und schwarz ist, mit der Greifzange und legt es neben dem Schmiedefeuer auf die Ziegelsteine.

Der Schein des Schmiedefeuers scheint die verlegene Röte des Jungengesichts noch zu verstärken. »Es tut mir leid, Hegl.«

»Daß es dir leid tut, dafür kann ich mir nichts kaufen. Jetzt habe ich hier einen nutzlosen Klotz geordneten Schwarzen Stahl liegen. Damit kann ich nichts mehr anfangen, denn nur der Ofen eines Magiers wird heiß genug, um diesen Klumpen wieder einzuschmelzen. Bei der Dunkelheit, du gibst dem Eisen soviel Ordnung ein, daß nicht einmal Nylan es schmieden könnte«, schnaubt Hegl. »Schwarzer Stahl wird heute sowieso kaum noch gebraucht, aber man ordnet ihn grundsätzlich erst, wenn er fertig geschmiedet ist. Was hast du dir bloß dabei gedacht?«

»Ich dachte daran, wie er aussehen würde, wenn Ihr fertig seid.«

Der Schmied schüttelt den Kopf. »Geh jetzt. Laß mich in Ruhe meine Arbeit machen. Ich werde Kadara nach dir schicken, wenn es Zeit ist.«

Dorrin schluckt und dreht sich um. Er geht durch die offene Doppeltür hinaus, die breit genug ist, damit stets kühle Luft durch die Schmiede streichen kann. Der Schmied nimmt einen neuen Eisenstab aus dem Korb und legt ihn ins Schmiedefeuer.

Der Rotschopf preßt die Lippen so fest zusammen, daß sie fast weiß werden. Er hat seinen Vater überredet, ihm zu erlauben, eine Weile bei Hegl zu bleiben, aber wenn Hegl ihn nicht bei sich haben will …

Er tritt durch die offene Tür zu den Waschsteinen

hinaus, wo er sich kaltes Wasser ins Gesicht spritzt, bis die Hitze der Schmiede und die Röte der Verlegenheit abgeklungen sind. Danach pumpt er Wasser hoch, um direkt aus dem Rohr zu trinken, und beugt sich vor, um einen Blick in den Garten zu werfen, der vom Abfluß der Waschsteine gewässert wird. Zwischen sauber verfugten grauen Steinplatten sind verschiedenfarbig blühende Kräuter und ein paar Brinnpflanzen mit purpurnen Blüten zu sehen, die in fast exakten Rechtecken angeordnet sind.

Mit seinen Sinnen berührt Dorrin die Kräuter und spürt die beginnende Wurzelfäule im Eispfeffer. Wie seine Mutter erklärt hat, gibt es mit diesen Pflanzen immer wieder Probleme, weil es in Recluce viel wärmer ist als in Nordla. Dank der Übung, die er inzwischen hat, fällt es ihm nicht schwer, mit seinen Sinnen den Eispfeffer zu umfassen und ihm die Kraft zu geben, die das Gewürz mit den blaugrünen Blättern braucht, um den Pilzen zu widerstehen, die im Dunkel unter der Erde wachsen.

Aus reiner Gewohnheit überprüft er auch die anderen Pflanzen, sogar den Rosmarin im oberen Steingarten, wo es trockener ist. Mit einem Kopfschütteln, das nicht einmal eine Strähne aus dem dicht gelockten, drahtigen roten Haar löst, richtet er sich wieder auf.

»Ich frage mich bloß, warum meine Gewürzstauden dieses Jahr so prächtig gedeihen«, meint eine stämmige, grauhaarige Frau, die inzwischen zu den Waschsteinen getreten ist.

»Wie bitte?« fragt Dorrin.

»Wenn du nur einen Bruchteil der Fähigkeiten deiner Mutter hast, dann weiß ich genau, wem ich es zu verdanken habe.« Sie lächelt. »Was hast du hier eigentlich zu suchen?«

»Meine Gedanken sind abgeirrt«, gesteht der Junge. »Ich habe im falschen Moment über das Eisen nachgedacht und ein Stück Metall in Schwarzen Stahl verwandelt. Hegl war nicht sehr erfreut darüber.«

»Das kann ich mir denken«, stimmt die Frau des Schmieds zu. »Aber er wird schon einen Verwendungszweck dafür finden, und sei es nur, um seine Kunstfertigkeit unter Beweis zu stellen.«

Dorrin schüttelt den Kopf.

»Kadara wird erst später vom Tempel zurückkommen. Sie hat heute nachmittag Unterricht.«

»Ich weiß. Ich gehe nach Hause, bis Hegl mich wieder braucht.« Der rothaarige Junge wendet sich ab und läuft den mit Steinplatten ausgelegten Weg zur gepflasterten Straße hinunter.

Hinter ihm schüttelt die Frau des Schmieds kurz den Kopf, ehe sie einen Blick in ihren Kräutergarten wirft. Lächelnd betrachtet sie die Pflanzen.

Dorrin wandert an zweien der für Extina typischen Steinhäuser mit Dachschindeln aus Schiefer vorbei, ehe er abbiegt und einen Weg hinaufläuft, der eine Spur breiter ist als die Zufahrten der benachbarten Gebäude. Eine Fußspur im leichten Staubschleier, der sich über das kurze, borstige Gras gelegt hat, verrät ihm, welchen Weg seine Mutter gegangen ist, als sie ihren eigenen Garten und die Bäume inspiziert hat.

V

Der schwarz gekleidete Mann schaut auf seiner bedächtigen Wanderung über den Steinweg abwesend auf, als hätte er den Jungen, der die überdachte Veranda betreten hat, nicht bemerkt.

Hinter dem Schwarzen Magier kann Dorrin die Schwarze Residenz sehen, wo der Rat, dem sein Vater angehört, zusammentritt. Seit dreihundert Jahren, seit die Gründer gestorben sind, hat dort niemand mehr gelebt. Ein Stück links neben der Schwarzen Residenz beginnt die Hohe Straße, die bis zur südwestlichen Spitze von Recluce führt. Der Süden der Insel ist bewaldet und abgesehen von einigen Handwerksbetrieben und den fruchtbaren Ebenen am Feyn, wo die Kornkammer der Insel liegt, weitgehend unbewohnt.

Als sein Blick zu den schwarzen Gebäuden auf dem höchsten Punkt der Klippen wandert, runzelt Dorrin die Stirn und fragt sich abwesend, ob die Geschichten über Creslin und Megaera der Wahrheit entsprechen. Wie war es möglich, daß sie bei Sonnenaufgang genau im gleichen Augenblick gestorben sind? Oder ist auch das nur ein Aberglaube, den er widerspruchslos schlukken soll? Seine Modelle beruhen jedenfalls nicht auf purem Aberglauben. Er runzelt die Stirn. Oder vielleicht doch?

»Dorrin ...«, ruft ihn der Mann mit dem schmalen Gesicht. »Wir müssen reden. Hole deinen Bruder. Wir treffen uns in der Küche.«

»Ja, Ser.« Er dreht sich um und läuft die Treppe hinter der Veranda hinunter. Kyl ist gerade dabei, seinen eigenen Kräutergarten zu jäten – eine Folge der Drohung ihrer Mutter, den Kindern die Süßigkeiten vorzuenthalten, bis deren Gärten ordentlich aussehen. Dorrin lächelt. In seinem Garten war die Ordnung nie ein Problem. Andererseits beschäftigt sich sein Bruder Kyl – dunkelhaarig und jünger als er – meist lieber damit, zu angeln oder Krabben zu fangen oder einfach nur das Ostmeer anzustarren.

Nein, der kräftige Junge ist gar nicht beim Jäten. Er sitzt traurig vor einem Häuflein verwelkter Kräuter. »Ich hasse die Gartenarbeit. Warum darf ich nicht einfach mit Brice losziehen, wie ich es wollte?«

»Ich nehme an«, beginnt Dorrin, während er sich neben Kyl hockt und beim Reden kleine unerwünschte Triebe entfernt, »das liegt daran, daß Vater ein Schwarzer Luft-Magier und Mutter eine Heilerin ist. Wenn sie Fischersleute wären wie Brices Eltern, würden sie wohl umgekehrt nicht wollen, daß wir Magier oder Heiler werden.«

»Ich hasse die Gartenarbeit.«

Dorrin zupft weiter Unkraut aus, seine Hände bewegen sich flink und geübt zwischen den Pflanzen. Während er jätet, streicht er mit den Händen über die Kräuter und tränkt sie mit Ordnung. »Ich weiß.«

»Dir gefällt es ja auch nicht, etwas über die Luft-Magie zu lernen, oder?«

Dorrin zuckt mit den Achseln. »Eigentlich habe ich nichts dagegen, immer wieder etwas Neues zu lernen. Ich will etwas über die Dinge erfahren und Dinge herstellen – nicht solche Dinge, wie Hegl sie anfertigt, sondern Maschinen, die Arbeit verrichten und den Menschen helfen können. Ich werde aber wohl nie fähig sein, die Winde zu verändern und die Stürme zu beherrschen.«

»Vater kann nur kleine Veränderungen in den Winden hervorrufen. Er hat es selbst gesagt.«

Dorrin schüttelt den Kopf. »Er greift nur deshalb so vorsichtig ein, weil er fürchtet, es könnte nachteilige Auswirkungen auf das Gleichgewicht haben. Aber was nützt es, über eine Macht zu verfügen, die man nicht einsetzen darf? Ich würde lieber etwas Nützliches tun.«

»Angeln ist nützlich«, bemerkt Kyl. Sein Blick wandert zu Dorrins Händen. »Bei dir sieht das Jäten so einfach aus.«

Dorrin schüttelt die Erde von den Fingern und steht auf. Er klopft sich die graue Hose ab, bevor er sich ganz aufrichtet. »Vater hat mich geschickt, dich zu holen. Er hat Neuigkeiten.«

»Worum geht es?«

Dorrin zuckt noch einmal die Achseln, ehe er zum Haus geht. »Ich glaube, es sind keine guten Nachrichten. Er ist langsam hin und her gegangen und hat über etwas nachgedacht.«

»Wie neulich, als du Hegls Eisen ruiniert hast?«

Dorrin errötet, aber er dreht sich nicht um und läßt den jüngeren Bruder seine Reaktion nicht sehen. »Nun komm schon.«

»Ich habe das doch nicht so gemeint ...«

Dorrin geht einfach weiter.

»... und vielen Dank, daß du mir beim Jäten geholfen hast.«

»Schon gut.«

Der Wetter-Magier steht am Küchentisch, an dem es vier Sitzplätze gibt. Die Jungen neigen leicht den Kopf, als sie von der überdachten Veranda hereinkommen, auf der sie sonst immer speisen, wenn das Wetter milder und sonniger ist. Die Mutter sitzt auf dem Stuhl am Fenster.

»Setzt euch«, fordert der Vater sie auf.

Sie setzen sich, einer links und einer rechts neben Rebekah. Der hagere Magier nimmt auf dem letzten Stuhl Platz und räuspert sich.

»... nicht schon wieder ein Vortrag ...«, murmelt Kyl halblaut.

»O doch, schon wieder ein Vortrag«, bekräftigt der Vater. »Dies ist ein Vortrag, den ihr schon einmal gehört und wieder vergessen habt. Und es ist ein sehr wichtiger Vortrag, weil uns bedeutende Veränderungen ins Haus stehen.« Der Magier trinkt einen Schluck aus dem Becher, den er auf dem Tisch abgestellt hat. »Unter den Weißen Magiern von Fairhaven gibt es einen Chaos-Magier, wie man ihn seit Jahrhunderten nicht gesehen hat. Man nennt ihn Jeslek. Er hat soeben begonnen, auf der Hochebene zwischen Gallos und Kyphros neue Berge wachsen zu lassen.«

Rebekah schaudert. »Nicht einmal die Gründer ...«

Oran trinkt noch einen Schluck, ehe er weiterspricht. »Es wird etwas geschehen, und wir müssen darauf vorbereitet sein. Das Chaos könnte überall ausbrechen.«

»Überall? Das ist doch albern«, bemerkt Kyl.

»Glaubst du wirklich, Recluce wäre immun gegen

das Chaos?« schnaubt der große Mann. »Glaubst du, die Ordnung, in der wir leben, hätte sich ganz von selbst eingestellt?«

»Nein«, antwortet Dorrin nachdenklich. Er wünscht, sein Vater käme endlich zur Sache. »Es hat etwas mit mir zu tun, nicht wahr?«

Seine Mutter schaut aus dem Fenster, Kyl starrt das Muster der Kacheln auf dem Boden an, dann seinen Bruder.

»Dorrin, jetzt ist nicht der richtige Augenblick, mit Maschinen und Modellen zu spielen.« Oran spricht betont langsam.

»Aber, Oran«, schaltet sich die rothaarige Frau ein, »er ist doch noch so jung.«

»Jung mag er sein, aber die Ordnung fließt nicht richtig, wenn er in der Nähe ist. Hast du schon mit Hegl gesprochen? Der arme Mann hat Angst, sein Eisen zu schmieden, wenn Dorrin neben ihm steht. Ich kann die Stürme kaum noch spüren, wenn Dorrin sich Sorgen macht. Und Crellor ... einerlei. Aber seit die Magier in Fairhaven über Flotten reden und über den Druck, der ausgeübt werden müßte, damit die Nordlaner die Handelsbeziehungen zu uns abbrechen, seitdem geht die Sache entschieden zu weit. Wir dürfen nicht zulassen, daß die Ordnung zerstört wird.« Der Luft-Magier runzelt die Stirn und hustet. »Es geht zu weit«, wiederholt er.

»Und was soll ich tun? Verschwinden?«

Oran schüttelt den Kopf, legt die Finger unter Dorrins Kinn und hebt den Kopf seines Sohnes an. Dann schürzt er die Lippen. »So einfach ist das nicht. So einfach ist es nie.«

Dorrin nimmt den schweren Becher und trinkt einen Schluck lauwarmen Rotbeerensaft.

Kyl zwinkert seinem älteren Bruder zu, woraufhin Rebekah den jüngeren Sohn böse anfunkelt. Kyl zuckt verlegen die Achseln, dann schaut Rebekah fragend zu Oran.

Schließlich wendet dieser sich wieder an Dorrin. »Wir haben schon einmal darüber gesprochen. Ich weiß, wie gern du deine Modelle baust und Apparate erfindest. Ich habe dich gebeten, es dir noch einmal gut zu überlegen.« Der große Magier hält inne. »Und es ist klar, daß du nicht auf mich gehört hast.«

»Ich habe es mir gut überlegt«, erwidert Dorrin nachdenklich. »Ich würde lieber Schmied oder Schreiner werden.«

»Darüber haben wir uns schon unterhalten, Dorrin. Aber du hast dich auf die Dinge zu konzentrieren, die man von dir verlangt. Ich kann dich nicht dazu zwingen, und deshalb schicke ich dich zu Lortren, damit du es lernst.«

»Ist das auch klug?« fragt Rebekah.

»Was soll ich sonst tun? Er hört ja nicht auf mich.«

»Vater?«

»Ja, Dorrin.«

Der rothaarige Junge holt tief Luft. »Ich höre auf dich. Aber ich kann nicht tun, was du von mir verlangst, und ich will es auch nicht. Du bist ein großer Luft-Magier. Das werde ich nie sein. Kannst du mich nicht einfach so sein lassen, wie ich bin?«

»Dorrin, die Maschinen und das Chaos haben die Engel vernichtet. Ich will ja gern zugeben, daß du mit dem Chaos nicht umgehen könntest, und wenn dein Leben davon abhinge. Aber diese Besessenheit, Apparate zu bauen, ist unnatürlich. Wozu sollen sie gut sein? Machen sie die Leute gesünder, wie Heiler es tun? Sollen wir die Erde aufreißen, um Metalle zu suchen? Die Flüsse vergiften, wenn wir Metalle veredeln? Ein Teil der Ordnung in Recluce beruht auf der Ader von kaltem Eisenerz, die die Hügel beim Feyn durchzieht. Möchtest du denn alles für Maschinen wegwerfen, die eine Weile funktionieren und dann doch nur entzweigehen?«

Dorrin senkt einen Moment den Kopf, dann sieht er

seinen Vater wieder an. »So muß es doch nicht sein. Hegl bringt nichts durcheinander. Alles, was er benutzt, wird wiederverwertet.«

»Hegl braucht keine großen Mengen Metall. Bei Maschinen ist das anders.« Oran schüttelt den Kopf. »Vielleicht kann Lortren euch etwas Vernunft beibringen.«

»Was habe ich denn gemacht?« protestiert Kyl.

»Nichts«, antwortet der Luft-Magier.

»Aber …«

»Oh … ich habe nicht dich gemeint, sondern Dorrins Freundin Kadara. Sie glaubt, Stärke und Geschicklichkeit seien die Lösung für alle Schwierigkeiten. Sie hört nicht auf ihre Mutter, sondern nur auf Hegl, weil sie allein die rohe Körperkraft schätzt.«

»Kadara soll auch auf die Akademie?« Dorrin sieht zwischen Vater und Mutter hin und her.

Oran nickt. »Mir gefällt diese Vorstellung nicht besonders gut, und auch Hegl ist nicht gerade begeistert, aber die Bruderschaft ist entschieden dagegen, daß ihr zwei im Grunde unbeaufsichtigt weiter herumlauft, zumal ihr befreundet seid. Lortren dürfte imstande sein, euch dieses und jenes beizubringen.«

»Und wenn er es nicht schafft?« fragt Kyl etwas besorgt.

Die Eltern sehen den jüngeren Sohn an.

»Was ist, wenn er es nicht schafft?« wiederholt der dunkelhaarige Junge.

»Damit beschäftigen wir uns, wenn es soweit ist«, antwortet der Luft-Magier. »Lortren ist übrigens eine Frau. Sie kann besonders gut mit dem Kurzschwert umgehen und versteht sich darauf, mit der Ordnung zu arbeiten.«

Kyls Blick wandert vom Vater zu seinem älteren Bruder und wieder zurück.

Oran nimmt noch einen Schluck aus seinem Becher.

Rebekah steht auf. »Das Abendessen ist gleich fertig.

Kyl?« Sie nickt in Richtung der Küche. Kyl eilt, das Geschirr zu holen.

»Ich muß noch eine Sache überprüfen«, meint der Luft-Magier. Er stellt den Becher auf der Anrichte ab und geht in sein Arbeitszimmer.

Dorrin sieht seine Mutter an, die schon die ersten Fleischstücke schneidet und auf einen Spieß steckt. Nach einigen Augenblicken geht er auf die Veranda hinaus, um vor dem Abendessen noch etwas nachzudenken.

VI

»Es gibt heute keine großen Wetter-Magier mehr auf Recluce. Es gibt keinen wie Creslin.«

Ein dünner, weiß gekleideter Mann schüttelt den Kopf. »War er wirklich so mächtig, wie die Überlieferungen besagen? Hat er tatsächlich die ganze hamorische Flotte zerstört?«

»Das war sogar noch, bevor er wirklich mächtig wurde«, gibt ein kräftiger Mann aus der ersten Reihe aufgebracht zurück. »Schaut Euch nur die alten Geschichten an, besonders die über das Wetter.«

»Spielt doch nicht solche Spiele mit dem Jungen«, krächzt ein anderer. »Erzählt es ihm einfach.«

»Erzählt Ihr es ihm, Fiedner.«

»Ganz einfach ist es, junger Meistermagier«, krächzt der verwitterte Magier namens Fiedner. »So einfach und doch so kompliziert. Vor drei Jahrhunderten gehörten auch die Schwarzen zum Rat. Nicht viele natürlich, denn die Weißen betrachteten die Schwarzen mit Herablassung. Und die Magie der Ordnung ist um vieles komplexer und wirkt nicht so direkt und unmittelbar wie die des Chaos. So dachten jedenfalls alle, bis Creslin vom Dach der Welt herunterkam.«

»Dann war er ein echter Mensch?«

»Und ob er das war. Echt genug, um eine Weiße Hexe in eine Ordnungs-Meisterin zu verwandeln, die beinahe so mächtig wurde wie er selbst. Echt genug, um Dutzende von Schiffen zu zerstören, die gegen ihn ausgesandt wurden. Echt genug, um Kyphros in die heiße Wüste zu verwandeln, die es heute ist, und das nördliche Spidlar in eine kalte, verschneite Wildnis. Echt genug, um Recluce von einer Wüste in einen Garten zu verwandeln.«

Der junge Mann schüttelt den Kopf. »Legenden sind das, Unfug!« Feuer flackert aus seinen Fingern – keine rot gesäumten weißen Flammen, sondern ein Licht, so scharf wie eine Klinge, die ein Stück Granit aus einer Säule herausspringen läßt.

»Legenden sind es in der Tat, aber Ihr seid heute hier, weil Creslin damals gelebt hat.«

»Erklärt mir das«, verlangt der schlanke junge Mann mit den sonnenhell strahlenden Augen und dem weißen Haar.

»Das Gleichgewicht existiert. Jawohl, es ist real, und wer es vernachlässigt, schadet sich selbst. Der Verräter Jenred hat nicht an das Gleichgewicht geglaubt, und wir haben für diesen Unglauben gezahlt und wieder gezahlt. Zu Creslins Zeiten herrschte das Chaos, und die Macht des Gleichgewichts war gezwungen, einen Ausgleich zu schaffen. Die Schwarzen haben dafür gesorgt, daß Creslin auf den Plan trat, und sie haben ihn außerhalb von Fairhaven ausgebildet.«

»In Westwind, nicht wahr? Soviel können wir mit Sicherheit sagen.«

»Sorgen solltet Ihr Euch über die Dinge machen, die man *nicht* sicher sagen kann, Jeslek. Creslin war an die Ordnung gebunden, aber er wurde in Westwind zu einem Hauptmann der Garde ausgebildet. Das galt damals noch mehr als heute. Irgendwann, noch bevor er seine Kräfte erwarb, hat er eine ganze Bande von Wegelagerern und drei oder vier Abteilungen der Weißen Garde getötet. Oh, und er konnte fast so schön singen wie der sagenhafte Werlynn.«

»Und was hat das alles mit mir zu tun?«

»Es hat ihm das Leben gerettet, als seine Magie nicht mehr ausgereicht hat. Ihr solltet es lieber auch lernen«, gackert ein alter Magier.

»Pah!« Die Stimme ist fast so schneidend wie das Chaos-Feuer des Sprechers. »Nicht einmal die Schwarzen von Kyphros könnten mich aufhalten.«

»Die sind nicht mit den Schwarzen von Recluce zu vergleichen.«

Die Worte hängen einen Augenblick im Raum.

»Wer hat das gesagt?«

Aber keine Stimme bekennt sich zu der Aussage, und so zieht Jeslek sein Feuer zurück und tritt nach draußen ins Zwielicht. Durch die Straßen von Fairhaven, die niemals dunkel werden, weil weißes Licht in ihnen brennt, geht er zum alten Stadtzentrum.

VII

Der große Mann bindet das Pferd fest und zieht die Bremse des Zweisitzers an. Die beiden Rotschöpfe suchen ihre Sachen zusammen, und kurz danach laufen vier Gestalten über die mit schwarzem Stein gepflasterte Straße, die von der Küstenstraße aus leicht bergauf führt. Die beiden Rothaarigen tragen Tornister auf dem Rücken, die beiden älteren Männer laufen, als trügen sie schwerere, unsichtbare Lasten.

Der nach langer Benutzung ausgetretene Weg führt sie zu einem halben Dutzend schwarzer Steinbauten, die mit grauem Schiefer, fast so dunkel wie die Wände selbst, gedeckt sind. Das kurze Gras zwischen Weg und Mauern ist dunkelgrün, dicht und kräftig.

Die vier wandern an einem in Form einer Raute angelegten Garten vorbei, in dem blaue und silberne Blumen blühen, eingefaßt von Mauern aus demselben dunklen Stein. Blätter rascheln leise im kühlen Herbstwind. Am grünlichblauen Himmel ziehen weiße Schäfchenwolken nach Westen.

»Wohin gehen wir?« fragt das einzige weibliche Wesen in der Gruppe. Sie ist zu alt, um ein Mädchen genannt zu werden, aber noch zu jung, um schon als Frau zu gelten.

»Zu dem schwarzen Gebäude dort auf der rechten Seite«, antwortet der größte.

»Hier sind alle Häuser schwarz.«

»Kadara«, ermahnt sie der kleinere der beiden Männer.

»Der ganze Ort ist schwarz.«

Dorrin blickt von Kadara, die den Mut hat, auch seine Gefühle zum Ausdruck zu bringen, zu seinem Vater. »Warum nennt man diesen Ort die Akademie?« Er kennt die Antwort bereits, aber er weiß, daß Kadara sie noch nicht gehört hat, und will verhindern, daß Hegl oder sein Vater sie erneut zurechtweisen.

Oran verzieht kurz die Lippen, bevor er antwortet. »Ursprünglich hatte der Ort überhaupt keinen Namen. Vor Jahren hat dann ein ehemaliger Gardist aus Westwind einige jüngere Schwarze Magier in Selbstverteidigung unterwiesen. Sie haben für die Ausbildung bezahlt, indem sie den Überresten der Garde von Westwind die Logik und Wissenschaft der Ordnung vermittelt haben.« Oran hält inne und deutet zum Gebäude. »Diese Seitentür dort ist es.« Er schreitet weiter. »Angeblich hat einmal jemand diesen Ort als die Akademie des nutzlosen Wissens und der unnötigen Gewalt bezeichnet. Später wurde dann einfach die Akademie daraus.«

Sie steigen zwei breite Steinstufen zu einer kleinen, überdachten Veranda hinauf. Kadara beißt sich auf die Lippen und schaut kurz zu ihrem Vater und Oran, bevor sie Dorrin ansieht. Hegl bleibt stehen und tritt unruhig von einem Bein aufs andere.

»Vielleicht können sie mich ja lehren, mit dem Schwert zu kämpfen«, sagt sie leise.

Oran öffnet die dunkle Eichentür und hält sie auf. Die drei anderen bleiben jedoch auf den großen, flachen Steinen der Veranda stehen und machen keine Anstalten, das Gebäude zu betreten. Schließlich zuckt Dorrin mit den Achseln und geht als erster hinein. Eine weißhaarige, muskulöse Frau, die ein wenig kleiner ist als Dorrin, taucht auf der anderen Seite der weiten Haupthalle auf.

»Seid gegrüßt.« Trotz des strengen Gesichts, das das Alter der Frau nicht preisgibt, klingt die Stimme melodisch.

»Seid gegrüßt«, antwortet Dorrin ihr nickend.

»Seid gegrüßt, Magistra«, sagt Oran.

»Nun übertreibe es nicht. Für dich bin ich immer noch Lortren«, gibt die schwarz gekleidete Frau zurück. »Du weißt doch, was ich von solchen Titeln halte, wenn Erwachsene untereinander reden.«

Oran neigt leicht den Kopf. »Dies ist mein Sohn Dorrin, und das ist Kadara, die Tochter Hegls.«

»Laßt uns ins Studierzimmer gehen.« Lortren dreht sich um und verschwindet wieder durch die Tür.

Hegl blickt fragend zu Oran, der Lortren folgt. Dorrin und Kadara bilden den Abschluß.

»Ich glaube, ich mag sie«, haucht Kadara.

»Und wenn schon.« Als sie den nächsten Raum betreten, bemerkt Dorrin zuerst die zahlreichen freistehenden Regale, die mit Büchern vollgestopft sind – Tausende von Büchern müssen es sein, überlegt er, während sie durch einen schmalen Gang rechts neben den Regalen laufen. Etwa dreißig Ellen weiter enden die Regale, und sie treten in einen abgetrennten Bereich, wo drei Tische stehen. Auf dem Ecktisch, der zwischen zwei Fenstern steht, sind zwei abgedeckte Kannen zu sehen, aus denen ein wenig Dampf entweicht, daneben sind Brötchen auf einem Tablett gestapelt. Sechs Stühle stehen rings um den Tisch herum.

Dorrins Magen knurrt. Hoffentlich nicht so laut, daß man es hört, denkt er. Das Mittagsmahl liegt schon einige Zeit zurück.

»Setzt euch, wohin ihr wollt«, sagt die Magistra.

Dorrin wartet, bis sein Vater und Hegl ihre Plätze gewählt haben, dann blickt er zu Kadara und bietet ihr den Stuhl an, vor dem er steht. Sie schüttelt den Kopf und setzt sich neben ihren Vater. Dorrin setzt sich neben seinen Vater, so daß zwischen ihm und dem Schmied ein Platz frei bleibt.

Lortren nickt zu den Kannen hin. »Heißer Apfelwein oder Tee. Bedient euch.«

Als Oran die Teekanne hebt, räuspert Lortren sich leise. »Manche Leute nennen dies hier die Akademie des nutzlosen Wissens und der unnötigen Gewalt … oder auch die Schule für Spiegelfechterei und Schwertkampf. Aus der Sicht der meisten Menschen, die auf Recluce leben, trifft diese Beschreibung vielleicht sogar zu. Wir sind bemüht, die Schüler jenes Verständnis zu lehren, das hinter dem Wissen ruht, und denen, die das Verständnis gewinnen, zeigen wir den Gebrauch von Waffen. Wie sich immer wieder zeigt, ist beides notwendig.« Sie sieht Dorrin an. »Weißt du den Grund?«

»Nein, Magistra.«

»Ich will dich nicht zwingen, darauf zu antworten. Dazu kommen wir später noch. Die einfachste Antwort ist die, daß man, wenn man lernt, wie die Dinge funktionieren, gewöhnlich die Menschen verärgert. Das gilt besonders für Orte wie Nordla und Candar. Die Menschen, die verärgert sind, lassen es meist an denen aus, die sie verärgert haben. Es ist hilfreich, wenn man sich zu schützen weiß.« Ihre schwarzen Augen funkeln einen Moment lang.

»Ihr sprecht über eine Reise nach Candar?« fragt Hegl zögernd.

»Die meisten, die hier lernen, gehen eine Zeitlang nach Candar oder Nordla, manche sogar nach Hamor, gewöhnlich nach Afrit.«

»Und warum?« fragt Oran beiläufig, als wisse er die Antwort bereits und wolle nur ein Stichwort geben.

»Weil die Unterweisung allein für diejenigen niemals ausreicht, die Schwierigkeiten haben, die Dinge so zu nehmen, wie sie sind.«

Hegl schluckt und nickt. Auch Kadara nickt, aber Dorrin runzelt die Stirn und fragt sich, ob die Akademie am Ende nichts weiter ist als eine Schule, die Unruhestifter aufs Exil vorbereitet. Er behält diesen Gedanken allerdings für sich, zumal er weiß, daß es doch nichts ändern würde.

»Ihr sprecht, als wären Eure Schüler meist Unruhestifter«, bemerkt Kadara ein wenig aufsässig.

»Das seid ihr alle. Ich war es auch. Normalerweise braucht es nicht nur die Ausbildung und die Theorie, sondern auch eine gehörige Portion Erfahrungen in der Welt, um einen chaotischen Unruhestifter in einen nützlichen Bürger zu verwandeln.«

Dorrin nippt am heißen Tee und verdrückt ein Brötchen.

Hegl schaut zwischen der weißhaarigen Magistra und seiner Tochter hin und her, dann wendet er sich an den Luft-Magier. »Ich frage mich …«

»Ihr fragt Euch, ob es eine gute Idee ist, mir Eure Tochter anzuvertrauen? Ich würde mich das auch fragen. Es ist keine gute Idee. Das Problem ist nur, daß die Alternative noch schlimmer wäre.« Die melodische Stimme wird hart. »Was passiert mit denen, die das Chaos bringen?«

»Sie werden in die Verbannung geschickt«, antwortet Hegl.

»Was ist im allgemeinen der Grund, wenn jemand Chaos verbreitet?«

Der Schmied zuckt mit den Achseln.

»Unzufriedenheit und daß man mit seinem Leben unglücklich ist«, antwortet der Luft-Magier.

»Und genau an diesem Punkt muß man sich entscheiden«, bestätigt die Magistra.

»Weil ich nicht mit dem zufrieden bin, was ihr euch für mein Leben zurechtgelegt habt, muß ich all diesen Unsinn lernen und sogar in Candar studieren?« fragt Kadara.

»Nein. Du wirst genug lernen, um in Candar oder Nordla überleben zu können. Dann wirst du dich entscheiden, ob du das akzeptieren kannst, was Recluce dir zu bieten hat. Dabei bist du noch eine der Glücklichen, denn deine Eltern können sich die Akademie leisten. Die anderen bekommen oft nichts weiter als Vorhaltungen und eine Schiffspassage.«

Dorrin schaudert. Das ist etwas, das er noch nie gehört hat. Er wechselt einen Blick mit Kadara. Dann sehen die beiden ihre Väter an, aber die Männer weichen den fragenden Blicken ihrer Kinder aus.

Lortren erhebt sich. »Das war es dann. Ihr zwei könnt gehen, und ich werde den jungen Leuten ihre Zimmer zeigen.«

Die Worte klingen zwar nicht unfreundlich, aber Dorrin versteht genau, daß Lortren über seine weitere Zukunft und vielleicht sogar über sein Leben bestimmen wird.

»Wie ... wo ...«, stammelt der Schmied.

Lortren lächelt leicht. »Wenn Ihr sehen möchtet, wo Eure Tochter leben wird, dann kommt mit. Es ist nur eine kleine, einfache Kammer.«

Hegl folgt seiner Tochter. Dorrin sieht seinen Vater an und schüttelt den Kopf. Er wird niemals ein so großer

Magier werden wie sein Vater, aber er spürt deutlich genug, daß Lortren die Wahrheit sagt.

»Ich soll nicht mitkommen?«

»Es wäre mir lieber«, bestätigt Dorrin. »Außerdem weißt du ja, wie die Räume aussehen. Hegl weiß es nicht.«

»Schweigsam, aber klug ist er, nicht wahr, Oran?« bemerkt Lortren.

»Viel zu klug, als es gut für ihn ist, fürchte ich.«

»Lebe wohl«, sagt Dorrin. Er nimmt seinen Tornister. Oran bleibt am Tisch sitzen, als die vier hinausgehen.

Lortren führt sie einen Flur hinunter, öffnet eine dunkle Eichentür und tritt auf eine überdachte Veranda hinaus. »Jenes Gebäude dort drüben.« Sie deutet auf ein zweistöckiges, mit Schiefer gedecktes Haus mit schmalen Fenstern, das ungefähr zweihundert Ellen höher am Hang steht.

Dorrin zählt die Fenster – zehn auf jeder Ebene. Wenn er die Breite des Daches richtig schätzt und auf beiden Seiten Zimmer liegen, dann müßten vierzig Schüler im Gebäude unterkommen. »Ist dies das einzige Haus, in dem die Schüler leben?«

»Nicht das einzige, aber das größte. Es ist nicht zwingend vorgeschrieben, hier zu leben, aber der Weg von Landende oder Extina bis hierher ist weit, und ihr werdet viel zu tun haben.« Lortren eilt die Treppe hinunter und läuft über den gepflasterten Weg zum Wohnhaus der Schüler. Sie rennt beinahe.

Dorrin macht schnellere Schritte, um zu ihr aufzuschließen. »Wie lange wird der Unterricht dauern? Hier, meine ich.«

Lortren lacht, ein kurzer Laut, der halb melodisch und halb wie ein Bellen klingt. »Wahrscheinlich ein halbes Jahr, aber das hängt vor allem von dir ab.«

»Und wie oft beginnen neue Gruppen …«

»Gibt es noch andere …«

Kadara und Dorrin unterbrechen sich mitten im Satz.

Sie müssen tüchtig ausschreiten, um mit der schwarz gekleideten Magistra mitzuhalten.

»Wir beginnen alle fünf oder sechs Achttage mit neuen Gruppen. Normalerweise sind immer drei oder vier Gruppen in verschiedenen Stadien der Ausbildung hier.«

Dorrin ist also gewiß nicht der einzige, der die Ordnung oder die Grundlagen von Recluce in Frage stellt – nicht, wenn Lortren fast achtzig junge Leute im Jahr unterweist.

Nur ihr Atem ist jetzt zu hören, das Tappen der Stiefel auf dem Stein, der Wind, der durch die in gleichmäßigen Abständen gepflanzten Bäume streicht, und in der Ferne das Rauschen des Ostmeeres, dessen Wellen sich unter den Klippen und tief unter der Küstenstraße vor der Akademie im weißen Sand brechen.

Lortren bleibt oben auf der Steintreppe stehen, bevor sie die nächste schwarze Eichentür öffnet – dieses Mal die Eingangstür des Wohnheims der Schüler. »Kadara, du kannst hier warten oder uns nach oben folgen. Dorrin, dein Zimmer ist oben am hinteren Ende.«

Sie öffnet die Tür, und Dorrin folgt ihr. Nach kurzem Zögern schließt Kadara sich ihnen an. Auch Hegl folgt ihnen die Steintreppe hinauf und durch den dunklen Flur bis zur letzten Tür auf der linken Seite. Die Magistra öffnet die Tür. »Schlösser gibt es hier nicht, nur einen kleinen Riegel, wenn man nicht gestört werden will.« Sie deutet zur Tür und macht Platz, damit Dorrin eintreten kann.

Dorrins Kammer ist nicht sehr groß, sie mißt höchstens sieben Ellen und ist kaum mehr als fünf Ellen breit. Es ist gerade Platz für einen Schrank, einen schmalen Schreibtisch mit einem einzigen Schubfach, einen Stuhl davor und ein schmales Bett, kaum mehr als eine dünne Matratze auf einem Holzgestell. Der Boden aus poliertem Stein ist nackt.

»Sehr schlicht, aber es reicht.«

Am Fußende des Bettes liegen ein zusammengefaltetes Bettlaken und eine schwere braune Decke.

»Beim vierten Schellen – das ist zugleich das Signal für das Abendessen – treffen wir uns in der Bibliothek. Wir können dann die übrigen Regeln und eure Stundenpläne durchgehen. Bis dahin müßten auch die meisten anderen eingetroffen sein. Bisher sind drei neue Schüler gekommen. Ihr dürft euch auf dem Gelände frei bewegen und jeden Raum betreten, dessen Tür offen steht, aber ich würde vorschlagen, daß ihr vorher anklopft.« Sie hält inne. »Habt ihr Fragen?«

»Was würde passieren, wenn ich einfach weggehe?«

»Nichts.«

»Und wenn ich irgendwo hingehe, wo ich nicht hingehen darf?«

Lortren schnaubt. »Du kannst hingehen, wohin es dich treibt. Wenn du irgendwo den Unterricht oder jemanden bei der Arbeit störst, wird man möglicherweise wütend auf dich werden. Aber das ist dann dein Problem. Wenn du in der Waffenkammer nicht aufpaßt, könntest du dich verletzen, aber auch das ist dein Problem. Es gibt hier keine Geheimnisse. Aber ich will die Regeln nicht zehnmal hintereinander erklären müssen. Deshalb treffen wir uns vor dem Essen und besprechen sie einmal für alle.«

Die schwarz gekleidete Magistra wendet sich an Kadara, die in der Tür steht. »Und jetzt zeige ich dir dein Zimmer.«

Die Schritte verklingen draußen, und Dorrin bleibt allein im kleinen Zimmer zurück.

Der Rotschopf rümpft die Nase, weil es etwas muffig riecht, dann schaut er zum Schreibtisch, der unter dem Fenster steht. Er muß sich über die hölzerne Schreibfläche beugen, um das Schiebefenster zu öffnen. Als er sich aufrichtet, streift sein Kopf die Öllampe, die neben dem Fensterrahmen befestigt ist.

Er steht am Schreibtisch und blickt durchs offene

Fenster nach Osten. Auf der anderen Seite der Küstenstraße behindern zwar Bäume seine Sicht, aber er weiß, daß dort hinten das Ostmeer liegt. Die Brecher ergießen sich schäumend über den weißen Sand, der sich bis Landende erstreckt.

Er sieht seinen Tornister an, dann blickt er wieder aus dem Fenster.

Schließlich nimmt er seinen Tornister und packt seine Kleidung aus, die leichteren Hemden und die Unterwäsche zuerst. Dann sortiert er alles in den Schrank ein.

VIII

»Ich nehme an, das habe ich dir zu verdanken.« Kadara sieht Dorrin nicht an, als sie auf die Veranda hinaustreten.

»Mir?«

Kadara geht über den Steinweg zur Bibliothek voraus. »Wenn du dich nicht so sehr für das Schmiedehandwerk interessiert hättest, hätte dein Vater meinen Vater überhaupt nicht kennengelernt.«

»Mag sein ...« Aber wie sollte es vor sich gehen, daß Nachbarn einander nicht kennenlernen?

Der steife Ostwind bringt den Geruch von Salz mit, als er Kadaras langes rotes Haar fast in Dorrins Gesicht peitschen läßt.

»Darf ich mich euch anschließen?« Die Stimme klingt freundlich und tief und ist voll jugendlicher Begeisterung.

Dorrin sieht sich über die Schulter um. Ein großer blonder Mann mit breiten Schultern steht hinter ihnen. »Wir wollen zu einem Treffen ...«

»Ich weiß. Ich bin auch neu hier. Deshalb dachte ich, daß es euch nichts ausmacht, wenn ich mitkomme. Ich heiße Brede.« Brede trägt graue Hosen und das blaue, langärmelige Hemd eines Bauern.

»Dorrin.« Er beeilt sich, zu Kadara aufzuschließen.

»Kadara.«

»Ich komme aus Lydkler, der Ort liegt über dem Tal des Feyn in den Bergen. Er ist so klein, daß niemand – oder fast niemand – je von ihm gehört hat. Woher kommt ihr? Seid ihr miteinander verwandt?« Bredes Worte kommen spontan und werden von einem breiten, offenen Lächeln begleitet. Eine Bö weht das feine, blonde Haar in sein Gesicht, und seine Hand, die doppelt so groß ist wie Dorrins Hand, streicht es abwesend zurück.

»Wir kommen aus Extina«, erklärt Dorrin.

»Bruder und Schwester?«

»Wohl kaum«, faucht Kadara.

»Oh … ich dachte nur, die roten Haare …«

»Das ist bloß ein dummer Zufall.«

Ein langer Schatten fällt über den Weg, als eine Schäfchenwolke auf dem eiligen Flug nach Westen die niedrig stehende Sonne verdeckt.

»Oh … ach so. Ist Extina nicht ganz in der Nähe von Landende? Von hier aus ist es jedenfalls nicht weit. Ich habe, kurz bevor wir hier eingetroffen sind, einen Wegweiser gesehen …«

Kadara preßt die Lippen fest zusammen, während sie über die Veranda läuft und die dunkle, stählerne Türklinke der schwarzen Eichentür packt. Die Wolke ist fort, das Gelände der Akademie liegt wieder im Sonnenlicht.

»Nein«, erklärt Dorrin. »Es liegt nur ungefähr zehn Meilen entfernt im Norden.«

Peng … Die schwere Eichentür ist vor Dorrins Nase zugefallen.

»Sie ist wohl unglücklich hier, was?« meint Brede.

Dorrin öffnet die Tür wieder.

»Ihr seid beide unglücklich«, fügt der jugendliche Riese hinzu.

»Wir sind nicht freiwillig hier.« Dorrin schiebt sich durch die Tür. Kadara öffnet bereits die nächste Tür, die zur Bibliothek gehört.

»Sie mit Sicherheit nicht, das ist völlig klar«, stimmt Brede zu. Seine volle Stimme klingt jetzt sogar ein wenig amüsiert. »Aber das wird nichts ändern.«

Dorrin grinst. Der große junge Mann gefällt ihm, obwohl er so unangenehm direkt ist. »Ich glaube, da hast du recht.« Er bleibt stehen und betrachtet die beiden silbern eingefaßten Korktafeln, die links und rechts im Vorraum aufgehängt sind. Links auf den Tafeln sind Felder mit Uhrzeiten zu sehen, daneben sind Kästchen eingezeichnet, in denen jeweils einige Wörter stehen. Die Rechtecke erinnern ihn an den Terminkalender, den sein Vater führt. Dorrin geht durch den Vorraum und folgt dem kurzen Gang, der zur Bibliothek führt.

Nachdem sie die Bibliothek betreten haben, sieht Dorrin sich kurz um. Drei Frauen und vier Männer sitzen an zwei Tischen, der Fenstertisch ist frei. Er holt tief Luft, schiebt sich auf der linken Seite um den Tisch und setzt sich neben Kadara direkt an die Wand. Brede entscheidet sich für den letzten freien Platz am anderen Tisch. Er grinst kurz zu Dorrin herüber.

Kadara gegenüber sitzt eine kräftige junge Frau mit einer hellen, orangeroten Bluse, die nicht besonders gut zu dem dunkelbraunen Haar und dem hellen, sommersprossigen Gesicht paßt. Neben ihr hat ein schlaksiger Junge mit schulterlangem Haar Platz genommen, der ein einteiliges, formloses braunes Gewand trägt.

»Ich grüße euch.«

Dorrins Inspektion der anderen Schüler wird unterbrochen, als Lortren eintritt. Die weißhaarige, muskulöse Frau stellt sich neben den freien Tisch am Fenster. Die schwarzen Augen blicken rasch zwischen den zehn sitzenden Jugendlichen hin und her. »Ich bin Lortren. Ob es euch gefällt oder nicht, ihr werdet im nächsten halben Jahr mit mir zusammenarbeiten und herausfinden, wer und was ihr wirklich seid.«

Sie lächelt kurz. »Bis jetzt glaubt ihr nur zu wissen, wer ihr seid. Wenn ihr es wirklich wüßtet, wärt ihr nicht hier. Jeder von euch hat die eine oder andere Begabung, wenngleich wir keine ausgemachten Chaos-Stifter unter uns haben.«

Wieder überblicken ihre dunklen Augen die Jugendlichen. Dorrin rutscht unbehaglich auf dem harten Holzstuhl herum.

»Ich erspare es mir jetzt, euch untereinander vorzustellen. Das könnt ihr beim Abendessen oder wann auch immer besser unter euch selbst erledigen. Ihr seid die rote Gruppe. Euer Stundenplan für den Achttag hängt am Brett, über dem ROTE GRUPPE steht. Das Brett hängt in der südlichen Vorhalle, und diese befindet sich am Ende des Flurs direkt hinter mir. Niemand wird euch erinnern, wann und wo ihr zu erscheinen habt. Es liegt in eurer Verantwortung, rechtzeitig anwesend zu sein. Außerdem liegt es bei euch selbst, die Räume und Gebäude zu finden. Neben jeder Tafel hängt ein kleiner Lageplan im Vorraum.«

»Was ist …«, setzt ein breitschultriger junger Mann mit hellblondem Haar an.

»Wenn ihr euch ehrlich bemüht und am Anfang Schwierigkeiten habt, Loric, dann wird euch niemand einen Vorwurf machen. Wenn ihr es aber an nötigem Interesse mangeln laßt, wird man euch bitten zu gehen. Die meisten Leute, die fortgehen, ohne den Kurs beendet zu haben, landen je nach verfügbaren Schiffspassagen irgendwo in Nordla oder Candar.«

»Also in der Verbannung …« In der Stille sind die geflüsterten Worte deutlich zu verstehen.

»Das ist richtig«, bestätigt Lortren. »Denjenigen, die es noch nicht wissen, sei gesagt, daß die Akademie für euch die letzte Möglichkeit ist, die Verbannung zu verhindern. Noch klarer gesagt, die Akademie bereitet euch auf eine vorübergehende Verbannung vor, aus der ihr zurückkehren dürft – falls ihr überlebt und euch zur Rückkehr entscheidet.«

Dorrin spürt, wie die jungen Menschen scharf einatmen und gepreßt wieder ausatmen.

»Was werden wir hier tun?« Bredes mächtiges Organ durchbricht die Stille.

»Eure Ausbildung wird sich vor allem auf drei Bereiche erstrecken – das Studium der Ordnung und des Chaos, die Grundzüge der Geschichte und Kultur von Candar, Nordla, Afrit und Recluce und die körperliche Ausbildung. Was von euch erwartet wird, werdet ihr morgen früh beim ersten Treffen erfahren.« Lortren lächelt grimmig. »Die meisten werden entdecken, daß sie sehr wenig wissen.« Sie hält inne. »Hat sonst noch jemand eine Frage?«

Dorrin runzelt die Stirn. Lortren sagt keinesfalls mehr, als sie sagen will, und sie hat alles gesagt, was sie verraten will.

»Das Abendessen wartet. Dieses erste Mal zeige ich euch den Weg. Die Essenszeiten stehen ebenfalls auf eurer Stundentafel.« Die schwarz gekleidete Magistra hat den Raum schon fast verlassen, als Dorrin aufsteht.

»Kadara?« sagte er leise, aber auch sie ist schon fort und kann seine leise Frage nicht mehr hören. Er eilt den anderen hinterher und muß hinter dem Mädchen mit dem rot-orangefarbenen Hemd abrupt bremsen. Er tritt ihr mit dem linken Fuß in die Sandale.

»Entschuldige bitte.«

Die Hand schon auf die Türklinke gelegt, dreht sie sich um und sieht ihn mit tiefblauen Augen an, in denen es einen Moment lang blitzt. »Schon gut. Ich bin Jyll. Und wie heißt du?«

»Äh … Dorrin.«

Sie tritt durch die Tür, und Dorrin folgt ihr. Kadara hat den Vorraum schon verlassen. Einige andere, darunter auch Brede, stehen vor dem Stundenplan und überlegen, was die eingezeichneten Fächer zu bedeuten haben.

»Gehört die Ordnung zu den Hauptfächern?«

»… wie wohl das körperliche Training …«

Er sieht dem kleinen, breitschultrigen Blonden, dessen Frage Lortren unterbrochen hat, über die Schulter, und betrachtet den Stundenplan. Dann wandert sein Blick zur kleinen Karte in der Ecke. Er findet das dunkle Rechteck mit der Inschrift SPEISESAAL und zieht sich zurück. Auch Jyll hat vorerst genug gesehen.

Draußen sieht er sich um und entscheidet sich schließlich für einen Weg, der nördlich des Schülerquartiers bergauf führt. »Ich glaube, wir müssen dort hinauf.«

»Ich bin sicher, daß man es uns sagen wird, wenn wir uns irren.« Jyll nickt, und das schöne, dunkelbraune Haar, das in Höhe des Kinns gerade abgeschnitten ist, schwingt in der abendlichen Brise.

Auf halbem Weg zum Speisesaal fragt Dorrin: »Woher kommst du?«

»Aus Landende, wie die meisten hier.«

»Brede kommt vom Feyn.«

»Brede?«

»Der große blonde Bursche mit der tiefen Stimme.«

»Er sieht aus wie ein Bauer oder ein nordlanischer Krieger.«

»Wahrscheinlich könnte er beides sein, aber er ist klüger als er ausschaut.«

Jyll lächelt. »Warum hat man dich hierhergeschickt?«

»Ich habe meinem Vater zu oft gesagt, daß ich Maschinen bauen will.«

»Das ist aber kaum ein Grund, in die Verbannung geschickt zu werden.« Sie schürzt die Lippen. »Es sei denn, du wolltest sie nur für dich selbst bauen.«

Dorrin errötet, geht unter dem Dach der Veranda ein paar Schritte voraus und hält Jyll die Tür zum Speisesaal auf.

»Danke.«

Auch die zweite Tür hält Dorrin ihr auf. Im Raum stehen sechs runde Holztische. Durch zwei offene Türen am anderen Ende des Raumes kann Dorrin die Küche sehen. Neben den Türen steht eine lange Anrichte. Mehrere der Schüler, die er beim Einführungsgespräch gesehen hat, beladen dort bereits ihre Teller.

Lortren sitzt mit einem schmalen, älteren Mann, zwei älteren Schülern, Kadara und dem dünnen, schlaksigen Jungen an einem Tisch.

»Kennst du sie?« fragt Jyll, als sie bemerkt, daß er zu Kadara sieht.

»Kadara? Sie ist … sie war meine Nachbarin.« Dorrin kichert etwas verkrampft. »Sie glaubt, es wäre meine Schuld, daß sie hier ist.«

»Oh?« Jyll bewegt sich zur Anrichte.

Dorrin folgt ihr und spricht leise weiter. »Ich wollte eigentlich lernen, wie ihr Vater als Schmied zu arbeiten, aber ich habe ein Stück Eisen in Schwarzen Stahl verwandelt und damit unbrauchbar gemacht. Dadurch hat er meinen Vater näher kennengelernt. Als Hegl Schwierigkeiten mit ihr hatte, hat er meinen Vater gefragt, was er machen könne.«

»Alles klar.« Das dunkelhaarige Mädchen grinst. »Ich dachte, ich frage einfach mal. Magst du sie?«

Von der Frage völlig überrascht, errötet Dorrin.

»Schon gut. Ich glaube, du hast die Frage beantwortet.«

Dorrin folgt Jylls Beispiel und holt sich einen der schweren grauen Teller. Von den Serviertabletts nimmt er sich zwei Scheiben deftiges Schwarzbrot, etwas weißen Käse, einen fast reifen Birnapfel und eine große Portion Eintopf, der wahrscheinlich mit zuviel Pfeffer gewürzt ist. Den Salat läßt er aus, und als letztes schenkt er sich noch ein Glas Rotbeerensaft ein.

Jyll dagegen nimmt sich nur wenig Eintopf, aber dafür eine Menge Salat, den sie mit Apfelessig würzt.

Sie setzt sich an einen der beiden freien Tische, und nachdem Dorrin einen raschen Blick zu Lortrens Tisch geworfen hat, wo der schlaksige Junge sich gerade zu Kadara hinüberbeugt, läßt er sich neben Jyll nieder.

Er trinkt einen Schluck Rotbeerensaft. Der Saft ist wärmer, als er es mag. »Wenn es nicht zu aufdringlich ist ... wie ist deine Familie?«

Sie kaut einen Happen Sellerie und gehackten Fenchel zu Ende, ehe sie antwortet. »Mein Vater ist Wollhändler. Meine Mutter war Sängerin in Suthya. Brüder oder Schwestern habe ich noch nicht.«

Dorrin runzelt die Stirn. Die Formulierung bedeutet, daß die Mutter tot ist, daß ihr Vater aber wieder geheiratet hat und mit der neuen Gattin möglicherweise noch Kinder zeugen wird. »Ich nehme an, das war nicht leicht für dich.«

»Meine Jugend war schön, auch wenn ich nur eine Amme hatte. Mein Vater hat mich auf seine Reisen nach Freistadt mitgenommen. Ich hatte Pferde, und er hat mir sogar erlaubt, von einem alten Wächter den Umgang mit Waffen zu lernen. Und was ist mit dir?«

»Mein Leben war bei weitem nicht so abenteuerlich. Mein Vater ist ein Luft-Magier, meine Mutter eine Heilerin. Ich war noch nie weiter als bis hier von zu Hause entfernt, wenigstens körperlich nicht.« Dorrin ißt einen Löffel vom heißen Eintopf und beißt vom Schwarzbrot ab.

»Körperlich?«

»Hmm ...« Er wedelt mit der Hand und schluckt erst herunter, ehe er antwortet. »Wenn du den Winden folgst, dann schickst du deinen Geist aus. Ich bin allerdings nicht sehr gut darin, und das ist das Problem. Mein Vater will, daß ich mich bemühe, ein Luft-Magier zu werden, dabei wäre ich wahrscheinlich ein viel besserer Heiler oder Schmied.« Dorrin sieht, wie Kadara ihm und Jyll einen kurzen Blick zuwirft. Das Gesicht des rothaarigen Mädchens ist ausdruckslos. Warum sollte Kadara sich auch aufregen? Schließlich ist sie diejenige gewesen, die ihn hat stehen lassen.

»Dürfen wir uns zu euch setzen?« fragt ein zierliches rotblondes Mädchen mit hellgrünen Augen. Neben ihr stehen zwei weitere Schüler – ein braunhaariger Junge, der so groß ist wie Brede, und ein schlankes Mädchen mit schwarzen Haaren, das größer ist als Kadara.

»Aber sicher doch, bitte ...« Dorrin bietet ihnen höflich die freien Plätze an.

»Wir sollten uns wohl vorstellen. Ich bin Jyll.«

»Dorrin.«

»Ich bin Alys«, antwortet die Rotblonde.

»Shendr«, sagt der große Junge mit den braunen Haaren.

»Lisabet.« Das große Mädchen weicht Dorrins bewundernden Blicken aus und stellt den Teller mit einem kleinen Knall auf den Tisch.

»Das ist nicht viel besser als das Essen der Bauern.« Alys zieht ihren Stuhl an den Tisch.

»Aber es ist reichlich«, murmelt Shendr, der schon den ersten Bissen im Mund hat.

Lisabet ißt langsam von einem Teller, der auf ähnliche Weise gefüllt ist wie Jylls Teller, vor allem mit Salat, Käse und Früchten. Die großen grünen Augen scheinen ins Leere zu blicken.

Dorrin senkt den Kopf und schiebt sich den nächsten Löffel Eintopf in den Mund.

»... kann ich gar nicht glauben, daß sie damit durchkommen. Kaum fängst du an, selbständig zu denken, und schon wollen sie dich loswerden ...« Alys redet mit Shendr, der schweigsam sein Essen löffelt.

Dorrin kaut auf dem unreifen Birnapfel herum.

»Du hast mir noch nicht verraten, warum dein Vater dich hergeschickt hat«, erinnert Jyll ihn.

»Er denkt anscheinend, alle Maschinen wären mit dem Chaos verbunden. Ich glaube, man kann Ordnung und Maschinen durchaus miteinander in Einklang bringen, aber alle meinen, es würde ins Chaos führen. Ich weiß, daß es nicht geschehen wird, aber sie hören einfach nicht zu.«

Dorrin fragt sich, welche Rolle die zweite Frau ihres Vaters dabei gespielt hat, daß Jyll gehen mußte. »Habe ich es richtig verstanden, daß dein Vater sich eine zweite Frau genommen hat?«

»Vater? Nein, man kann eher sagen, daß sie sich ihn genommen hat. Sie ist auch eine Art Sängerin, und sie ist ihm sehr zugetan.« Jyll hat ihren Salatteller fast aufgegessen.

Dorrin kaut auf dem letzten Bissen Schwarzbrot herum.

»Woher kommst du?« fragt Shendr, der inzwischen vor einem blitzsauberen Teller sitzt. »Jyll habe ich schon kennengelernt.«

»Aus Extina«, erklärt Dorrin.

»Ich habe sie noch nicht kennengelernt«, fügt Alys rasch hinzu. »Ich komme aus Alaren.«

»Ich habe die meiste Zeit auf Recluce in Landende gelebt«, antwortet Jyll.

»Das ist aber eine seltsame Art, es auszudrücken. Bist du denn viel gereist?«

»Ich war schon in Freistadt, Hydolar und Tyrhavven«, erklärt Jyll.

Lisabet kaut langsam und nachdenklich.

Dorrin wundert sich über die seltsame Zusammensetzung der Gruppe. Alys und Jyll scheinen aus weltoffenen Elternhäusern zu kommen, Brede und Shendr vom Land. Sicher keine Dummköpfe, aber einfache Leute. Und Kadara ist klug und eigensinnig, aber ihre Eltern sind weder reich noch privilegiert. Schließlich sagt er: »Lisabet, was glaubst du, warum wir hier sind?«

Das große Mädchen ißt erst zu Ende und spült mit einem Schluck Rotbeerensaft nach. »Ich nehme an, wir alle sind hier, weil wir innerlich nicht akzeptieren, wie die Dinge auf Recluce stehen.«

»Also wären wir Rebellen? Nein, ich rebelliere sicher nicht«, versichert Alys ihr. »Ich würde an keinem anderen Ort als hier leben wollen. Ich meine, in Hamor wird man doch sogar eingesperrt, nachdem man geheiratet hat …«

Lisabet beschäftigt sich wieder mit ihrem Salat, während Alys erklärt, wie sehr die Frauen im Imperium von Hamor unterdrückt werden. Dorrin ißt noch einen Löffel Eintopf.

IX

Die ummauerte Stadt, die als Tor zu den Westhörnern dient, soll nicht fallen noch schlafen, solange ihr Herrscher den Großen Bergfried hält, der von drei Schichten Stein geschützt wird.

Die Felder von Gallos, die Wälder von Kyphros und das Hochland von Analeria sollen den großen Herrscher unterstützen. Sie alle sollen dem Herrscher zur Seite stehen, bis sie von Feuerbergen umzingelt sind.

Ein Mann mit einem weißen Schwert wird die Hügel aus der Erde wachsen lassen. Er wird eine Straße aus Stein über die Bergrücken ziehen, aber niemand außer den Dienern des Chaos wird die Straße sehen noch auf ihr reisen können.

Aus der Schwärze zwischen den Sternen wird einer kommen wie ein alter Engel, er wird sich Werkzeuge schaffen wie jene, die von Nylan geschmiedet wurden und welche die wiedergeborenen Meister des Lichts besiegt haben, und er soll von Chaos und Ordnung gleichermaßen verstoßen werden. Keines der beiden soll ihm Zuflucht gewähren.

Er wird eine Stadt aus schwarzem Stein an einem Ort erbauen, wo niemand sonst lebt, nördlich der Sonne und östlich des Chaos, und es werden sich alle Mächte gegen ihn wenden. Aber seine Werkzeuge werden überdauern und den Lauf der Ordnung sichern und hüten.

Doch wird das Chaos westlich der Schwarzen Stadt den Sieg davontragen und nördlich und südlich der Sonne; und diejenigen, die weiße Gewänder tragen, werden dem Licht dienen und über die verborgenen Straßen wandeln. Sie werden Reichtum erwerben und jede Annehmlichkeit nach Belieben genießen können.

Diejenigen aus der Schwarzen Stadt aber und aus jenem Land, in dem die Stadt sich befindet, sollen sich wappnen. Ihre Schiffe werden nah und fern über die Meere fahren, und es wird ihnen wohl ergehen, solange sie in ihrem Land bleiben.

Denn beizeiten wird die Doppelsonne hoch am Himmel aufsteigen und die Diener des Lichts entzweien. Ihre Türme werden schmelzen wie Wachs im Schmiedefeuer, und ihre Straßen werden untergehen. Männer und Frauen werden ihre Namen schmähen, wenn sie als Suchende nach dem Wissen des Lichtes streben.

Weder Dunkelheit noch Licht soll den Sieg davontragen, denn das eine muß der Ausgleich des anderen sein. Aber viele Anhänger des Lichts suchen die Dunkelheit zu verbannen, und viele werden versuchen, das Licht zu dämpfen. Aber das Gleichgewicht wird jeden zerstören, der versucht, der Dunkelheit oder dem Licht zum endgültigen Sieg zu verhelfen.

Dann soll eine Frau über die versengten Felder und die trockenen Wälder des neuen Kyphros, über das Hochland von Analeria und die verzauberten Hügel herrschen, und viele Wunder werden geschehen …

Das Buch Ryba
Lied DL [Das Ende], Originalfassung

X

Die Klingel läutet zum zweiten Mal, als Dorrin den Klassenraum betritt, um an der ersten Stunde der roten Gruppe teilzunehmen. Nur Edil fehlt, aber Dorrin hat eben noch beobachtet, wie der schlaksige Junge hastig seine Gitarre verstaut hat. Lortren steht am Fenster, mit dem Rücken zu den acht Schülern, die sich auf Kissen niedergelassen haben.

Dorrin setzt sich neben Lisabet auf eins der drei Kissen, die noch frei sind. In diesem Augenblick stolpert Edil mit einem dümmlichen Grinsen herein, läuft zum nächsten Kissen und läßt sich neben Kadara fallen.

Lortren dreht sich um. Ihr Gesicht ist gefaßt. »Ich will mit einer Warnung beginnen.« Sie lächelt spröde. »Im Grunde dient sie eurer eigenen Sicherheit. Ich möchte euch ermahnen, über das, was ihr hier lernt, nur mit denen zu sprechen, die eine ähnliche Ausbildung durchlaufen und ein ähnliches Verständnis gewonnen haben. Das ist nur ein Vorschlag, aber er könnte sich als hilfreich erweisen, wenn es darum geht, euch das Leben etwas leichter zu machen. Zweitens, es gibt hier keine Prüfungen. Ihr könnt lernen, was und wie es euch beliebt. Wenn ihr euch entscheidet, überhaupt nichts zu lernen, wird man euch eines Tages verbannen. Wenn ihr hart arbeitet, aber langsamer seid als die anderen, werdet ihr die nötige Zeit bekommen, bis klar ist, daß ihr alles gelernt habt, was es für euch zu lernen gibt. Drittens, wenn ihr Fragen habt, dann stellt sie. Denn sonst werden ich und die anderen davon ausgehen, daß ihr verstanden habt, was man euch gelehrt hat. Und schließlich ... Gewalt, abgesehen von der körperlichen Ausbildung, Diebstahl oder jede andere Art von persönlicher, physischer oder intellektueller Unredlichkeit oder Unehrlichkeit führt zur sofortigen Verbannung.«

Dorrin sieht Lortren an. »Könntet Ihr intellektuelle Unredlichkeit definieren, Magistra? Das kommt mir schrecklich vage vor.«

Die Magistra grinst verhalten. »Es ist in der Tat vage. Wir haben weder Zeit noch Lust, uns mit Lügnern abzugeben. Das bedeutet, daß ihr vollständig und ehrlich auf alle Fragen antworten müßt, die euch von den Mitarbeitern gestellt werden. Es bedeutet auch, daß ihr euch nach Kräften bemühen müßt zu lernen. Aus grundsätzlichen Erwägungen scheint es mir angebracht, daß ihr untereinander die gleiche Aufrichtigkeit an den Tag legt. Es gibt übrigens einen Unterschied zwischen Aufrichtigkeit und Takt.« Sie läßt den Blick über die Gruppe wandern. »Wenn ihr ausseht wie ein Stück Dreck, dann solltet ihr nicht unbedingt auf Komplimente für euer ansprechendes Äußeres aus sein.« Die ironische Erläuterung wird mit Lächeln quittiert.

»Sonst noch etwas? Nein? Dann werde ich jetzt mit einer für euch neuen Version der Geschichte von Recluce beginnen und einige der Punkte behandeln, die mit der Frage zu tun haben, warum ihr überhaupt hier seid.«

Dorrin rutscht auf dem dicken braunen Kissen hin und her.

»... denkt man allgemein, die Gründerväter wären weise, liebevolle und sanfte Menschen gewesen. Creslin wäre ein edler Herr unter anderen edlen Herren gewesen, ein Magier, der seine Kräfte allein für das Gute eingesetzt hat, Megaera treu ergeben. Umgekehrt berichten die Legenden, daß Megaera schön und begabt war und mit dem Schwert fast so gut umgehen konnte wie eine Gardistin aus Westwind, ihrerseits Creslin in tiefer Liebe ergeben und mit einem unermeßlich großen Verständnis für die Ordnung ausgestattet. In gewisser Weise ist dies alles wahr – aber noch wichtiger ist, daß alles falsch ist.«

Einige Schüler brummen verwundert.

»Creslin war vermutlich einer der größten Kämpfer seiner Generation, und auf seinem Weg von Westwind nach Recluce spritzte das Blut nicht nur, es goß in hellen Strömen. Zuerst versuchte er, alle Probleme immer nur mit dem Schwert zu lösen. Einmal tötete er kurzerhand einen Soldaten, weil dieser Megaera bedroht hatte, obwohl sie ohne weiteres fähig war, sich selbst zu schützen. Er war stark genug, um imstande zu sein, die Ordnung zum Töten einzusetzen – und er hat es getan. Tausende Menschen starben infolge der Stürme, die er heraufbeschworen hat. Natürlich wurde er nach seinen Zerstörungswerken schrecklich krank und mußte sich vor den eigenen Männern übergeben.«

Jetzt herrscht unter den zehn jungen Zuhörern tiefes Schweigen. »Megaera aber, der süße Engel des Lichts – sie war die erste Chaos-Stifterin, sie forderte die Herrschaft ihrer Schwester über Sarronnyn heraus und tötete eine ganze Reihe Menschen mit dem Feuer des Chaos, ehe sie dem Chaos abschwor und sich der Ordnung unterstellte. Aber sie schwor dem Chaos nicht freiwillig ab. Sie wehrte sich die ganze Zeit über und wurde der Herrschaft der Ordnung zwangsweise unterstellt, damit auch ihr eigenes Leben gerettet werden konnte. Sie griff nur deshalb zur Waffe, weil sie die Absicht hatte, Creslin zu übertrumpfen und zu beweisen, daß sie ebenso mühelos töten konnte wie er. Unsere verehrten Gründer … wie war es nun um ihr harmonisches Zusammenleben bestellt? Sie zankten sich auf dem ganzen Weg von Montgren bis Recluce. Nach ihrer Heirat dauerte es ein Jahr, bis sie ihr Lager teilen wollten, und die Blitze und Stürme, die mit ihrem letzten Kampf einhergingen, waren noch in mehreren Meilen Entfernung zu sehen. Gewiß war ihre Verbindung danach nicht mehr ganz so kämpferisch, aber ich kann euch versichern, daß es bestimmt nicht die süße, lichtvolle Ehe war, wie eure Lehrer sie euch geschildert haben und wie die Bruderschaft es immer darstellt.«

Lortren zielt mit dem Zeigefinger auf Edil. »Was lehrt dich diese Geschichte?«

»Äh … daß die Dinge nicht immer so sind, wie sie scheinen.«

»Das reicht nicht.« Die Magistra richtet den Blick auf Jyll. »Händlerprinzessin, was sagt dir diese Geschichte?«

»Ich glaube, Ihr wollt uns mit der Wahrheit einen Schrecken einjagen …«

»Sei vorsichtig, wenn du das Wort ›Wahrheit‹ in den Mund nimmst, Kind. Tatsachen und die Wahrheit sind nicht immer ein und dasselbe.« Lortren sieht Dorrin an. »Spielzeugmacher, was glaubst du, was der Sinn meiner Geschichte ist?«

Dorrin bemüht sich, seine streunenden Gedanken zu sammeln. »Abgesehen davon, daß Ihr uns erschrecken wolltet, geht es Euch vermutlich auch darum, uns zu zeigen, daß weder Ihr noch die ganze Welt sich groß darum kümmert, wer wir sind und woher wir kommen und daß wir bisher ein … ein sehr behütetes Leben geführt haben.«

Lortren lächelt kalt. »Das ist für den Anfang gar nicht übel. Es ist richtig. Außerdem versuche ich, euch zum Nachdenken zu bringen. Oder zur Vernunft, wenn euch das lieber ist.«

Dorrin sinnt darüber nach, wie kühl und distanziert Lortren sich gibt, und fragt sich, ob sein Vater auch diese Seite der Magistra kennt. Dann erinnert er sich, wie vorsichtig sein Vater mit Lortren umgegangen ist.

»Eins dürft ihr nicht vergessen. Die Realität hat immer zwei Seiten. Einmal gibt es das, was da ist, und dann gibt es das, was die Leute glauben. Diese beiden Seiten sind nur selten deckungsgleich. Warum ist das so?« Dieses Mal richtet die Magistra den Blick auf Tyren, den jungen Dichter mit den zotteligen braunen Haaren, der am vergangenen Abend nach dem Abendessen versucht hat, Jyll zu verzaubern.

»Es ist so ... es ist so, weil die Menschen das, was ... ich meine, es fällt ihnen schwer, das zu glauben, was wirklich ist.«

»Das ist richtig.« Lortrens Stimme klingt jetzt weicher. »Jeder Mensch findet irgendeine Facette der Wirklichkeit so schmerzhaft, daß er sie nicht ansehen will – auch wenn er im Grunde genau weiß, daß sie existiert. Normalerweise, solange sich dies auf der persönlichen Ebene abspielt, ist das kein Problem. Aber es kann ein Problem werden, wenn ein Dorf oder ein Fürstentum als Gesamtes etwas Unwirkliches als Glauben annimmt.«

Dorrins Blick wandert unwillkürlich zum Fenster und zu den dunklen, grünlich-blauen Wolken, die draußen rasch vorbeiziehen. Er denkt über die Maschinen nach und über den instinktiven Glauben Lortrens und seines Vaters, daß solche Apparate das Chaos bringen würden.

»Bist du nicht meiner Meinung, Dorrin?«

»Nein ... ich meine, doch. Ich stimme Euch zu, aber ich dachte, daß sogar die Menschen auf Recluce solche Ansichten haben könnten.«

»Ich habe gerade ein Beispiel dafür genannt, nicht wahr? Über die Gründer?«

Dorrin nickt.

»Du scheinst zu zweifeln. Geht dir sonst noch etwas durch den Kopf?«

»Das gehört nicht hierher«, sagt Dorrin linkisch, weil ihm bewußt wird, daß er nicht über die Maschinen sprechen will; aber ihm fällt auch keine Ausrede ein.

»Was ist mit den anderen?« Lortren wendet sich an die anderen Schüler.

Schließlich räuspert sich das dunkelhaarige Mädchen – Lisabet – und spricht mit so leiser Stimme, daß Dorrin sich vorbeugen muß, um sie zu verstehen. »Vielleicht wollte Dorrin uns sagen, daß das, was wir über die Vergangenheit glauben, und das, was wir über die heutige Zeit glauben, zwei ganz verschiedene Arten der Überzeugung sind.«

»Ooohh …« Shendr kann sich das Stöhnen nicht ganz verkneifen.

»Ich bin nicht sicher, ob es eine Rolle spielt«, antwortet Lortren. »Was auch immer die Ursache ist, die Menschen haben Mühe, gewisse Taten, Ereignisse oder Verhaltensweisen zu verstehen. Ich hoffe, ich kann euch beibringen, die eigenen Schwächen zu erkennen, so daß ihr vor ihnen geschützt seid.«

Dorrin fällt es schwer, nicht unwillig die Stirn zu runzeln. Er würde lieber lernen, wie man die Menschen dazu bringt, sich in bezug auf ihre Schwächen anders zu entscheiden, als zu lernen, welche Schwächen er selbst hat.

»Und jetzt«, fährt Lortren fort, »stellt sich die Frage, warum der Unterschied zwischen dem, was wir über die Gründer gehört haben, und ihrem wahren Wesen so wichtig ist.«

Dorrin ist nicht sicher, ob ihn das wirklich interessiert. Die Menschen sind eben, wie sie sind, und die anderen glauben, was sie glauben wollen. Trotzdem schenkt er den Worten der Magistra Gehör.

XI

»Was ist die gesellschaftliche Grundlage der Legende?«

Die gesellschaftliche Grundlage der Legende? Was hat die Legende damit zu tun, daß man Dinge verstehen lernen soll? Dorrin sieht sich in dem kleinen Raum um. Wirklich, denkt er, dies ist in der Tat die Akademie des nutzlosen Wissens und der unnötigen Gewalt. Aber es ist auf jeden Fall besser, als gleich in die Verbannung geschickt zu werden.

Kadara dreht eine Strähne ihres roten Haars um den Zeigefinger der rechten Hand und legt die Stirn in Falten. Brede rutscht auf dem schwartigen Lederkissen, das ihm als Sitz dient, hin und her. Arcol schluckt und blickt zum halb geöffneten Fenster hinaus in den Morgennebel.

»Nun komm schon, Mergan.« Lortrens Stimme klingt ein wenig gereizt. »Was besagt die Legende?«

»Nun ... sie besagt, daß die weiblichen Engel flohen und zum Dach der Welt kamen. Dort gründeten sie Westwind und die Garde und die westlichen Königreiche ...« Das stämmige Mädchen starrt verlegen den polierten grauen Steinboden an.

Die Magistra räuspert sich. »Du kommst aus Recluce, nicht aus Hamor oder Nordla. Du solltest die Legende eigentlich kennen. Wir werden versuchen ... Dorrin, was war einzigartig an den Engeln, die zur Erde flohen, in unsere Welt, wenn man so will?«

Dorrin befeuchtet sich die Lippen. »Einzigartig? Also ... sie sind aus dem Himmel geflohen, statt sich auf einen sinnlosen Krieg mit den Lichtdämonen einzulassen.«

»So steht es in der Legende geschrieben. Aaaaber ...« Sie dehnt das Wort. »Was war denn nun angeblich noch so einzigartig an diesen gefallenen Engeln?«

Kadara hebt die Hand.

»Ja, Kadara?«

»Waren sie nicht alle Frauen?«

»Genau das besagt die Legende. Und warum ist das völlig verkehrt?«

»Verkehrt?« stottert der sonst so schweigsame Arcol.

»Ja, natürlich ... es ist falsch. Warum?« wiederholt Lortren die Frage.

Nachdem ein paar Sekunden Schweigen geherrscht hat, antwortet Dorrin. »Ich denke, weil sie Kinder hatten, aber ...«

»Wolltest du noch etwas sagen, Dorrin?«

»Nein, Magistra.«
»Du hast noch an etwas anderes gedacht.«
»Ja«, gibt er zu und wünscht, er hätte den Mund gehalten.
»Und?«
Dorrin seufzt. »Nach der Legende hatten die Engel Waffen, mit denen sie Sonnen und ganze Welten zerstören konnten. Warum konnten sie nicht auch Maschinen haben, die es den Frauen erlaubten, auch ohne Männer Kinder zu bekommen?«
»Vielleicht hat es solche Maschinen im Himmel gegeben, Dorrin, aber wenn sie solche Maschinen hatten, wo sind sie dann jetzt? Und, was noch wichtiger ist, wieso landeten diese mächtigen Engel, die angeblich fähig waren, Welten zu zerschmettern, in einer einfachen Festung aus Stein auf einem Berg und hatten keine Waffen bei sich außer dem Kurzschwert?«
»Sie haben auf Maschinen verzichtet, weil Maschinen die Boten des Chaos sind«, wirft Arcol ein. Das pausbäckige Gesicht und die kleine Stupsnase wollen nicht recht zu einem jungen Burschen passen, der inbrünstig an die Legende glaubt.
»Ah, ja, die Antwort eines wahren Gläubigen.«
Arcol errötet, aber er schiebt trotzig das Kinn vor. »Zerstörung ist das Kennzeichen des Chaos, und die Engel flohen, weil sie keine Werkzeuge des Chaos werden wollten.«
»Sollen wir das in Betracht ziehen?« fragt Lortren.
Warum sich die Mühe machen? Selbst Dorrin weiß, daß Maschinen nicht ewig halten und daß etwas, das vor Jahrhunderten gebaut wurde, inzwischen längst zerfallen ist oder ausgeschlachtet sein muß, weil man das Metall zur Herstellung einfacherer Dinge verwenden wollte – oder vielleicht ist manches auch einfach unter dem Schnee und Eis auf dem Dach der Welt verschüttet.
»Was soll dies alles, Magistra?« Brede schaltet sich

ein, und die tiefe, ruhige Stimme scheint eher zu einem Mann mit grauem Bart als zu einem muskulösen Jugendlichen mit frischem Gesicht und braunen Augen zu passen. »Ich meine, einige Frauen haben aufgeschrieben, daß sie vor einer Horde verrückter Männer flohen. Sie errichteten auf einem Berg ein Königreich. Sie benutzten ihre Schwerter, um jeden zu töten, der ihnen in die Quere kam, und sagten, es läge alles nur daran, daß die Männer schwach und dumm wären.«

»Ketzer«, murmelt Arcol.

Kadara verzieht den Mund. Sie hat Mühe, ein Grinsen zu unterdrücken.

Lortren grinst ganz offen, aber ihre Miene hat eher den Ausdruck eines Berglöwen, der seine Beute entdeckt hat, als den eines amüsierten Menschen. »Brede, du hast da eine interessante Frage aufgeworfen. Ist dir zufällig das einzige Land in Candar bekannt, das von seiner Gründung bis zu seiner Zerstörung durch die Weißen Magier die gleiche Regierung und die gleichen Herrscher hatte?«

»Es muß Westwind sein, sonst hättet Ihr nicht so gefragt.«

Dorrin wünscht, er könnte so rasch denken wie Brede oder so geschickt mit dem Schwert umgehen oder … Er ruft sich innerlich zur Ordnung. Es sich nur zu wünschen nützt überhaupt nichts.

»Und welches ist das einzige Land, das die Legende wirklich geachtet hat?« fragt Lortren weiter.

»Westwind.« Brede ist ganz gelassen. »Das beweist nur, daß die Legende ein Land beisammen gehalten hat, das auf der Macht von bewaffneten Frauen gründet. Es ist kein Beweis dafür, daß die Legende wahr oder unwahr wäre. Und am Ende hat dann auch die Weiße Magie gesiegt.«

»Woher ist Creslin gekommen? Und warum können wir die Freiheit vom Chaos genießen?«

»Er kam aus Westwind, aber er hat sich gegen die Legende aufgelehnt.«

Lortren lächelt leicht. »Brede hat mit seinen Überlegungen durchaus recht – so weit die Überlegungen jedenfalls reichen. Wir werden uns später noch damit befassen. Jetzt aber zurück zu der Frage, die uns im Augenblick beschäftigt. Warum ist die Legende offensichtlich unwahr?« Sie sieht sich suchend um. »Kadara?«

Das rothaarige Mädchen mit dem markanten Profil und der hellen Haut nickt knapp. »Wenn sie keine besonderen Zauberkräfte oder Apparate hatten, konnten sie keine Kinder bekommen. Wenn sie über die Chaos-Magie verfügten, paßt es nicht zusammen, und die Legende erwähnt keine Maschinen oder Männer.«

»Dann meinst du also, die Legende verbreite durch Auslassung etwas Unwahres?«

Kadara nickt.

»Das soll im Augenblick reichen, was die Wahrheit über die Legende angeht. Wir haben bisher noch nicht über die gesellschaftliche Grundlage der Legende gesprochen, obwohl Brede sie mehr als deutlich erwähnt hat.«

Der blonde Junge blickt zu Boden, als wäre ihm die Aufmerksamkeit der Magistra unangenehm.

Kadara lächelt. Dorrin muß schlucken, als er sieht, wie sie Brede anschaut.

»Warum wirkt die Legende überhaupt?« will Lortren von Mergan wissen.

Mergan senkt hilflos den Kopf, sieht zum Fenster und schließlich wieder zur weißhaarigen Lehrerin, bevor sie murmelt: »Ich weiß es nicht, Magistra.«

»Denk darüber nach«, ermahnt Lortren sie. »Arcol ist beinahe bereit, den doppelt so kräftigen Brede zu erwürgen, weil dieser an der Wahrheit der Legende zweifelt. Westwind war in ganz Candar oder sogar in der ganzen Welt das Land, dessen Regierung am längsten stabil blieb. Was Stabilität und Dauerhaftigkeit angeht, so folgt Recluce direkt danach, und Recluce wurde von jemandem begründet, der im Sinne der Legende erzogen wurde. Was sagt euch das?«

»Ich weiß es nicht.« Mergan starrt den Steinboden vor ihrem ledernen Sitzkissen an.

»Dorrin?«

»Ist der Grund vielleicht der, daß die Menschen daran glauben?«

»Das ist richtig. Jede Regierung, die von einem tiefen und weit verbreiteten Glauben gestützt wird, kann stabil bleiben, solange dieser Glaubenssatz im Bewußtsein der Menschen verankert bleibt. Warum blieb Westwind der Legende treu, obwohl sie sachliche Fehler enthält?«

»Weil die Legende für Westwind gut war.« Bredes Worte klingen höflich, verraten aber einen leichten Anflug von Ironie.

Dorrin schüttelt den Kopf. Glaubenssätze! Maschinen und Werkzeuge sind viel stabiler als all dies Gerede über Regierungen und Kulturen. Sogar Waffen sind stabiler als Glaubenssätze. Er wünscht sich, er wäre wieder daheim, wo er an den Zeichnungen der neuen Maschine arbeiten könnte. Sein Blick wandert zu der rothaarigen jungen Frau, die ihrerseits den athletischen, gelassenen Brede betrachtet.

»... und warum sind dann die Weißen so erfolgreich?«

Dorrin schürzt die Lippen. Auch Lortren versteht es nicht, obwohl sie mehr weiß als sein Vater. Glaubenssätze und Schwertklingen sind nicht die einzigen Dinge, die die Welt bewegen können. Aber wie kann er das beweisen?

»... sind die meisten Menschen in Fairhaven mit ihrem Leben ganz zufrieden. Aber warum? Kannst du mir sagen, warum das so ist, Arcol?«

Dorrin blickt zu Arcol, der den Mund aufsperrt wie ein Fisch auf dem Trockenen. Er ignoriert das Funkeln in Kadaras Augen, wenn sie Brede ansieht, der für diese Art von Aufmerksamkeit jedoch völlig unempfänglich scheint.

XII

»Warum muß ich das Waffenhandwerk lernen?« protestiert der drahtige Junge.

»Zuerst einmal, weil wir in einer sehr gefährlichen Welt leben«, erklärt die muskulöse, weißhaarige Frau. »Zweitens, weil diese Ausbildung deine körperliche Verfassung und die Arbeit deines Geistes verbessern hilft. Und drittens, weil du es in Candar brauchen wirst.«

»Was? Ich werde nicht nach Candar gehen. Dort ist es gefährlich.«

Die weißhaarige Frau lächelt und zwinkert ihm zu. »Heute wirst du nicht gehen, aber eines Tages wirst du gehen – gemeinsam mit einigen anderen. Beispielsweise mit deiner Freundin Kadara.«

»Warum wird Kadara gehen?«

»Aus dem gleichen Grund wie du.«

»Weil wir nicht verstehen, an welch wundervollem Ort wir leben dürfen?«

»Nicht ganz. Weil ihr nicht versteht, *warum* es ein wundervoller Ort ist.«

»Aber ich verstehe es.«

»Und warum verbringst du dann jede freie Minute damit, Maschinen zu zeichnen oder Modelle von Apparaten zum bauen, die nicht in unsere Welt passen?«

»Aber sie könnten hineinpassen. Die Maschinen, an die ich denke, sind Maschinen, die auf der Ordnung beruhen. Ich meine, man könnte sie mit Schwarzem Stahl schmieden …«

»Dorrin, so höre doch, was ich dir sage. Du gibst selbst zu, daß es keinen Platz für sie gibt. Wer soll denn die Maschinen bauen? Welcher Schmied soll das Schwarze Eisen schmieden? Und wer wollte die Maschinen benutzen?«

»Ihr könntet es«, sagt Dorrin.

»Aber wozu brauchen wir sie? Unsere Felder sind fruchtbarer als alle anderen auf der Welt. Unsere Heiler sorgen dafür, daß wir gesund und glücklich bleiben. Unsere Häuser aus Stein und Holz sind stabil und warm und schützen uns vor den Unbilden der Natur. Unsere Kunsthandwerker stellen die schönsten Dinge her, die man am Ostmeer finden kann. Und das Chaos ist ausgeschlossen.«

»Aber es könnte noch um soviel besser sein.«

»In welcher Hinsicht? Würden deine Maschinen die Menschen glücklicher oder gesünder machen? Können sie die Feldfrüchte kräftiger machen, die Bäume stärker oder höher? Oder erfordern sie es nicht vielmehr, die Berge aufzureißen, um Eisen zu suchen, und fruchtbare Felder wegen der Kohle umzugraben, die unter ihnen liegt?«

»Aber so muß es nicht sein.«

»Höre auf deine eigenen Worte, Dorrin. Jedesmal, wenn ich etwas gesagt habe, hast du mit dem Wort ›aber‹ geantwortet. Heißt das nicht, daß du meinen Worten glaubst, aber der Ansicht bist, daß die Maschinen mehr wert sind als der Schmerz, den sie erzeugen werden?«

Dorrin kann ihr nicht widersprechen, dennoch stimmt etwas nicht. Etwas, das er nicht benennen oder einordnen kann. »So ist es nicht, aber ich kann es Euch auch nicht richtig erklären.«

Lortren zuckt mit den Achseln. »Vielleicht hast du recht. Die Dunkelheit weiß, daß du mich ein oder zwei Dinge gelehrt hast. Aber – und jetzt ist es an dir, etwas zuzugeben – du kannst dich nicht gegen das wenden, was ist. Du mußt in dir selbst das Verständnis finden, um nicht nur die Maschinen zu bauen, sondern um sicherzustellen, daß sie unsere Lebensumstände verbessern. Dieses Verständnis wirst du hier auf Recluce nie gewinnen.«

Dorrin sieht hilflos zum Schreibtisch in der Ecke des Arbeitszimmers, wo einige Texte liegen. Eine leichte Brise trägt den Geruch des Ostmeeres herein und kühlt seine schweißfeuchte Stirn.

»Und nun geh in die Übungshalle. Du mußt mit deiner Waffenausbildung beginnen.«

Dorrins Schritte sind langsam, als er geht. Er spürt Lortrens harten Blick im Rücken. Noch langsamer begibt er sich in den Raum, in den Lortren ihn geschickt hat.

»Du bist Dorrin?« fragt die Waffenmeisterin. Sie steht neben einem kleinen Tisch und einem Stuhl, und die dunklen Augen nageln Dorrin an Ort und Stelle fest, kaum daß er durch die dunkle Eichentür getreten ist.

Der rothaarige Junge nickt und sieht an ihr vorbei zu den Gestellen mit den ordentlich aufgereihten Waffen.

»Nun gut ... als erstes sollst du dich hier umsehen und eine Waffe heraussuchen, die sich für dich richtig anfühlt.« Die Waffenmeisterin lächelt schief, wirkt beinahe belustigt.

»Ich bin nicht besonders an Waffen interessiert.«

»Wenn du wirklich nach Candar reisen willst, solltest du lernen, dich zu verteidigen«, erwidert die schmale, schwarz gekleidete Frau. Sie deutet zu einem Regal mit Waffen an der Wand. »Wir können dich im Umgang mit jeder dieser Waffen hier unterweisen.«

Dorrin läuft an den aufgereihten Bögen, Schwertern und den anderen Instrumenten vorbei, die allesamt dafür gemacht sind, anderen Menschen Gewalt anzutun.

»Versuche es zuerst mit einem Schwert.«

Dorrin geht einen Schritt weiter. Er sieht ein Kurzschwert, wie es viele Angehörige der Bruderschaft tragen, vor allem die Frauen. Der Grund mag in der Tradition liegen, die auf das Erbe von Westwind zurückgeht. Vielleicht liegt es auch an der Art und Weise, wie die Klingen schneiden.

Er packt den schlichten Griff mit der Linken und hebt die Waffe hoch. Irgendwie fühlt sich das kalte Metall mit der scharfen Schneide schmierig und unrein an. Er betrachtet die Waffe eine Weile, nicht nur mit dem Auge, sondern auch mit den anderen Sinnen, wie ein Heiler einen kranken Menschen untersucht. Schaudernd stellt er das Schwert ins Regal zurück. Ein Stück weiter sieht er eine Streitaxt. Sein Blick wandert über die doppelschneidige Waffe, über das Breitschwert daneben und die anderen Mordinstrumente. Überall spüren seine Sinne die gleiche Unreinheit.

Am Ende der Reihe steht ein langer Stab aus poliertem, glattem Holz, das an einigen Stellen etwas abgenutzt aussieht. Er berührt ihn mit den Fingerspitzen, dann ergreift er ihn. Er nickt.

»Bist du ein Heiler?« fragt die Waffenmeisterin. »Das hättest du mir sagen sollen. Die meisten Heiler haben Schwierigkeiten mit den Hieb- und Stichwaffen.«

Dorrin will einwenden, daß er kein Heiler ist, aber er beherrscht sich. Eigentlich ist er überhaupt nichts, aber ein Heiler kommt dem, was er ist, noch am nächsten. Das, oder an nächster Stelle der Lehrling eines Schmieds. So denkt er es sich jedenfalls, und während er es denkt, bleibt das Pochen in seinem Schädel aus, das gewöhnlich mit Fehleinschätzungen und Ausflüchten einhergeht.

»Das kommt der Sache ziemlich nahe, aber genau das ist auch das Problem.«

»Oh, du bist einer von denen ...« Die Waffenmeisterin nickt weise, als hätte sie schon oft junge Männer wie ihn gesehen.

Dorrin errötet.

Sie grinst verlegen. »Ich hab's doch nicht böse gemeint. Außerdem ist ein Stab für Reisende die beste Waffe.«

»Warum das?« Er erinnert sich an das tödliche Gefühl bei den Klingen.

»Zuerst einmal, weil die meisten Menschen einen Stab überhaupt nicht für eine richtige Waffe halten. Außerdem kannst du dir mit einem Stab zwei Schwertkämpfer vom Leibe halten, wenn du damit umzugehen weißt. Aber natürlich kann dich ein geübter Schwertkämpfer mit der Zeit dennoch besiegen.«

»Ihr müßt eine sehr gute Schwertkämpferin sein, wenn Ihr so vieles wißt.«

Jetzt errötet die Waffenmeisterin. »Du beginnst hier morgen früh beim zweiten Läuten.«

»Und das war alles für heute?«

»Das war alles. Was du heute versäumt hast, wirst du in den kommenden Tagen nachholen.«

XIII

Der kalte Wind zerzaust dem Jungen das Haar, und als der Wind nachläßt, kann er hören, wie im Osten die schweren winterlichen Brecher des Ostmeeres ans Ufer schlagen. In der linken Hand hält er einen kurzen Stab aus Fichtenholz, in der rechten ein Messer.

Während er das Holz bearbeitet, türmen sich über ihm die grauen Wolken, aber seit sie vom zweiten Läuten an am Himmel über der Akademie vorbeigezogen sind, ist noch kein Regen gefallen.

»Hallo …«

Er schaut auf, als er die Stimme hört.

Kadara trägt das schwere Trainingszeug aus verblichenem blauem Stoff. Sie bleibt nahe der schwarzen

Steinwand, vor der er sitzt, stehen. »Na, wieder beim Schnitzen?«

»Ich habe keinen Schmiedeofen, und ich bin es leid, mir all diese theoretischen Auseinandersetzungen über die Grundlage der Ordnung und die zwangsläufigen Konflikte anzuhören, die entstehen …« Er schneidet einen Span Holz ab. »Ich glaube immer noch nicht, daß Maschinen und Metall die Werkzeuge des Chaos sind.«

Kadara grinst. »Das sind sie auch nicht. Ein Schwert ist ein Werkzeug, und sie lehren uns den Umgang mit der Klinge. Holzfäller benutzen Sägen und Meißel.« Sie streicht sich eine Strähne des inzwischen kurz geschnittenen Haars hinter das rechte Ohr.

Dorrin sieht dem rothaarigen Mädchen, das er kennt, soweit er sich zurückerinnern kann, in die blauen Augen. »Es geht nur um die komplizierten Maschinen, die etwas anderes außer Muskelkraft oder Wasser erfordern, damit sie funktionieren.« Er öffnet die Hand. »Siehst du?«

Kadara betrachtet stirnrunzelnd das Objekt. Es sind drei geschnitzte Dreiecke, die in einem Punkt zusammenlaufen. »Was ist das?«

»Das ist ein mechanischer Ventilator. Ich bin auf die Idee gekommen, als ich eine Zeichnung des Imperialen Hofes in Hamor gesehen habe. Dies ist nur der Propeller, aber wenn du hier einen Stab anbringst und ihn durch eine Aufhängung laufen läßt, dann könntest du dort eine Kurbel anbringen und mit der Hand drehen. Wenn du dann noch eine Übersetzung einbaust …«

»Dorrin …«

»Entschuldige. Ich weiß ja, daß du diesen Unfug über Maschinen beinahe glaubst.« Er läßt die Schnitzarbeit sinken.

»Ich gehe in die Übungshalle. Willst du mitkommen? Gelisel sagt …«

»Ich weiß. Ich muß mehr trainieren. Ein Bettler könnte besser mit dem Stab umgehen, und neben mir sieht ein einarmiger, weißhaariger Bandit aus wie ein Meisterfechter.«

Kadara zuckt mit den Achseln. »Es würde dir sicher nicht schaden, wenn du üben würdest, Dorrin.«

»Ich weiß.« Er steckt das Messer in die Scheide, verstaut das Stück Fichtenholz im Tornister, der neben ihm auf dem Stein liegt, und steht auf. »Ich weiß es doch.«

»Woran arbeitest du?«

»Das ist nur so eine Idee.«

»Ich werde es auch niemandem verraten.«

»Nicht einmal Brede?«

»Dorrin.« Ihre Stimme klingt auf einmal befangen.

»Entschuldige. Aber Brede ...«

»Brede ist ein guter Kerl. Er würde nie etwas verraten. Mal ganz davon abgesehen, daß ich es ihm sowieso nicht unbedingt erzählen werde. Jedenfalls ist er der Ansicht, jeder sollte tun, was ihm beliebt, solange niemand anders dadurch zu Schaden kommt.« Sie macht längere Schritte, als der gepflasterte Weg steiler wird. »Aber bitte mich nicht, ihm etwas zu verheimlichen.«

»Es tut mir leid.« Dorrin holt tief Luft. »Es ist nur so, daß Lortren ... nun ja, ihr gefallen meine Spielsachen nicht besonders.«

»So nennt sie sie.«

»Hm ... daran hatte ich noch gar nicht gedacht.«

Dorrin mußte sich anstrengen, um mit Kadara Schritt zu halten, obwohl sie nur wenig größer ist als er. »Woran hast du noch nicht gedacht?«

»Warum machst du nicht einfach Spielsachen?«

»Ich will keine Spielsachen machen.«

Kadara bleibt stehen. »Du bist nicht bloß ein Dickkopf, Dorrin, du bist ein Trottel. Du bist schwer von Begriff. Du machst Modelle von Maschinen. Was ist, abgesehen vom Namen, der Unterschied zwischen Modellen und Spielzeug?«

»Aber das wäre nicht ehrlich.«

»Deine Spielsachen, Modelle oder Maschinen – selbst

ich weiß, daß sie nicht chaotisch oder böse sind. Also gib ihnen einen anderen Namen, wenn Lortren damit glücklich ist.«

»Du hast vermutlich recht.« Dorrin schürzt die Lippen.

»Ich habe Brede versprochen, mit ihm zu trainieren. Willst du mitmachen?«

»Also gut. Aber ich bin wahrscheinlich kein Gegner für euch. Ihr seid beide viel besser als ich.«

»Vielleicht versuchen wir es mal mit Stäben. Gelisel hat es uns empfohlen.«

»Warum?«

»Sie meint, man sollte möglichst über alle Waffen etwas lernen.«

»Kadara!«

Dorrin und Kadara fahren herum, als sie Bredes Ruf hören.

XIV

Jeslek wandert am Rand der heißen Quellen entlang und rümpft die Nase, weil es leicht nach Schwefel riecht. Schließlich fegt er den Schnee von einem kleinen Findling und läßt sich weniger als ein Dutzend Ellen von den Quellen entfernt nieder.

Der Weiße Magier runzelt die Stirn, während er seine Wahrnehmung ins Wasser ausdehnt und der Wärme und dem Chaos-Feuer nachspürt, das die Quelle speist. Immer tiefer dringen seine Gedanken in den Fels und die Wärme unter ihm ein.

Zwei Weiße Gardisten, ein Mann und eine Frau, stehen unter einer Kiefer, die der Bergwind niedergedrückt und gezaust hat, bis nur noch die Äste auf der Südseite Nadeln haben. Sie beobachten das Land unter dem bewölkten Nachmittagshimmel.

Der Gardist mit dem grauen Bart blickt zwischen der Felslandschaft, der weiten, mit Eis und Schnee bedeckten Fläche und der Straße, die nach unten in die Ebene von Gallos führt, hin und her. »Das ist ein großer Magier, das Licht möge ihn holen.« Seine Worte sind kaum mehr als ein Flüstern.

Die Frau, deren Haar unter der Mütze kürzer ist als das des Mannes, lächelt. »Du hältst nicht viel von großen Magiern, was?«

»Bei der Flamme der Dämonen, nein. Sie können gewaltige Taten vollbringen, aber dabei werden meist alle anderen verletzt. Wir büßen heute noch für die großen Taten Creslins und des Verräters Jenred.«

Als wolle die Erde selbst ihm zustimmen, bebt unter ihnen der Boden.

Die Gardisten blicken zu Jeslek, der jetzt neben dem Felsblock steht. Dampf wallt aus den Quellen herauf, aber die Wärme weicht vor der weiß gekleideten Gestalt zurück und steigt kreisend in einem Wirbel, der sich droben zu einer weißen Wolke verdichtet, in den Himmel auf.

Jeslek lächelt, die Augen blitzen.

Die beiden Gardisten wechseln einen Blick. Der Mann holt tief Luft und zuckt mit den Achseln, die Frau lächelt resigniert.

XV

»Dort liegt die *Ryessa*«, erklärt Gelisel. Sie verlangsamt den Schritt ein wenig.

Unter ihnen liegt der Hafen – Piere aus Stein, das Schiff mit dem runden Bauch, die dunkelgrünen Wogen hinter dem Wellenbrecher, die beunruhigend heftig auf den rauhen Stein branden. Vor der unendlichen Weite des Ozeans an der Nordspitze von Recluce wirkt das Schiff wie ein Spielzeug.

Er war natürlich schon einmal in Landende und hat sogar in der alten Schenke gegessen, die angeblich von den Gründern gebaut wurde, aber ihm ist noch nie der Gedanke gekommen, er könnte Recluce eines Tages verlassen. »Es ist so klein.«

»Unsinn«, gibt die Waffenmeisterin barsch zurück. »Du solltest mal die Gemälde der alten Schaluppen aus Montgren sehen, mit denen die Gründer gefahren sind. Oder schau dir die Boote der Freihändler aus Hydlen an.«

Brede kratzt sich unsicher am vorgeschobenen Kinn.

Kadara sieht zwischen dem muskulösen blonden und dem drahtigen rothaarigen Gefährten hin und her. »Legen sie oft hier an?«

»Sie kommen so regelmäßig, wie der Sand durch eine Sanduhr läuft. Im Sommer treiben sie mit den Häfen im Norden Handel, im Winter pendeln sie zwischen Lydiar und Esalia.« Gelisel räuspert sich. »Kommt jetzt. Sie erwarten euch zwar, aber wir haben keine Zeit zum Trödeln.«

»Werden Edil und Jyll und die anderen auch mit so einem Schiff fahren?« fragt Dorrin.

»Die nächste Gruppe geht nach Brysta. Nein – wahrscheinlich werden sie mit einer nordlanischen Brigg fahren. Das ist ein größeres Schiff, aber sie müssen ja auch das ganze Ostmeer durchqueren.« Gelisel biegt auf das letzte Stück der Hohen Straße ein. Die Pflastersteine der Straße erstrecken sich von Landende aus sechshundert Meilen weit bis zu den schwarzen Klippen an der äußersten südlichen Spitze der Insel.

Dorrin denkt wieder daran, welchen Wert die Gründer dem Bau der Hohen Straße beimaßen, obwohl der Norden der Insel eine wertlose Wüstenei war, bevor der Regen kam. Er will lieber an alles mögliche andere als an die bevorstehende Reise denken.

»Nun komm schon, Dorrin.« Das rothaarige Mädchen legt die rechte Hand auf den Schwertgriff, aber sie schaut sich nicht um. Bredes Schritte sind leicht, er muß sich nicht einmal beeilen, um mit der Waffenmeisterin Schritt zu halten.

Dorrin dagegen hat seit dem Halt der Kutsche seine kürzeren Beine ordentlich anstrengen müssen. Die nächste Kutsche zum Hafen soll erst gegen Mittag kommen, und Gelisel hat ihnen versichert, der fünf Meilen lange Weg wäre nicht zu weit, vor allem nicht angesichts der Reise, die sie noch vor sich haben.

Zu beiden Seiten der Straße, die sich zum alten Bergfried hinauf windet, stehen zwei- oder dreistöckige Gebäude aus schwarzem Stein, überwiegend Lagerhäuser der Kaufleute und Händler, die Gewürze und Wolle vertreiben. Die dunklen Schieferdächer schimmern in der hellen, aber kühlen Morgensonne des Frühlingstages wie Silber.

»... ätsch ... ätsch ... Ferly ist ein Weißer ... Ferly ist ein Weißer ...«

Dorrin zuckt zusammen, als er hört, wie sich hinter der Mauer eines Hofes, an dem sie vorbeikommen, die Kinder necken. Er fragt sich, wer Ferly ist und was das arme Kind getan hat.

»... ätsch ... ätsch ... Ferly ist ein Weißer ...«

»... nein, das bin ich *nicht!*«

Dorrin beeilt sich, zu den anderen aufzuschließen.

Er macht Platz, als er Hufschläge hört. Es ist eine Botin der Bruderschaft auf einem schwarzen Pferd. Die junge Frau lächelt Dorrin kurz zu und reitet weiter bergauf. Dorrin erwidert das Lächeln, aber die dunkelhaarige Reiterin ist schon zehn Schritte weiter. Wahrscheinlich ist sie nach Extina oder Reflin oder zu irgendeiner anderen Ortschaft an der Hohen Straße unterwegs.

Die vier müssen die Richtung wechseln, als die alte Hafenstraße in einem weiten Bogen vom schwarzen

Bergfried auf dem Hügel hinunter zum Kai des Hafens führt. Oben auf dem Bergfried flattert das alte Banner der Gründer – eine Rose, die von einem Schwert gekreuzt wird –, und nicht das heutige Banner, ein schwarzer Ryall auf weißem Hintergrund.

Dorrin rümpft die Nase, als er den Eispfeffer und den Brinn riecht, die in den schmalen, aus Stein gebauten Lagerhäusern liegen. Schon seit Generationen riecht ganz Landende nach Gewürzen, denn die Meisterheiler auf Recluce können ihre Gabe einsetzen, um alle Gewürze der Welt in einem einzigen Land anzubauen. Die Gewürze dienen einerseits dazu, die Lebensmittel haltbar zu machen, und andererseits fördern sie die Gesundheit und verlängern das Leben.

Die Frühlingsbrise trägt die Rufe einiger Kinder, Gespräche zwischen älteren Einwohnern auf dem kleinen Platz unter der Kurve und die gedämpften Geräusche der Menschen heran, die in Lagerhäusern und Werkstätten arbeiten.

»... einen so sauberen Hafen sieht man selten ...«

Dorrin entgeht der größte Teil von Gelisels Bemerkungen. Er hat nur Augen für die Statue der Gründer unten auf dem Platz.

»Warum?« fragt Kadara.

»Nur Fairhaven ist so schön. Sogar in Lydiar liegen in den Nebenstraßen Unrat und Abfall herum.«

Brede schüttelt den unbedeckten Kopf, daß die blonden Haare im Wind wehen.

»Hier entlang ...«

Die Straße verläuft jetzt gerade und direkt nach Norden zur größten Pier des Hafens. Ungefähr hundert Schritt weiter kommen sie an einem Gasthof vorbei, dem GASTHOF DER GRÜNDER, wie auf dem Schild zu lesen ist. Dorrin hat einmal mit seinem Vater und seinem Bruder Kyl hier gegessen.

»Das ist der *Gasthof der Gründer*«, erklärt Gelisel. »Das Essen ist nicht schlecht, aber die Preise sind sehr hoch.«

»Hmm«, macht Brede.

Kadara sieht zum Hafen, der jetzt direkt vor ihnen liegt.

Dorrin folgt den anderen über die ausgetretenen Steine zum einzigen Schiff, das an der Pier liegt. Er betrachtet das dunkelgrüne Wasser, dann die Laufplanke, wo ein einsamer Matrose, mit einem Kurzschwert bewaffnet, so tut, als hielte er Wache. Als der Mann Gelisels schwarzes Gewand sieht, richtet er sich höflich auf und wartet, bis die vier Reisenden vor ihm stehen.

»Magistra, man erwartet Euch schon.«

»Danke.« Gelisel geht die Laufplanke hinauf.

Dorrin bleibt stehen und betrachtet den gewölbten Schiffsrumpf. Dann fällt sein Blick auf das Namensschild unter dem Bugspriet: RYESSA. Der Name kommt ihm irgendwie bekannt vor, auch wenn er ihn nicht einordnen kann.

»Kommt mit. Ihr müßt den Kapitän kennenlernen.«

Während Dorrin den anderen dreien über die Holzplanke auf die glatteren Decksplanken folgt, hebt und senkt sich das Schiff leicht in der Dünung, die der Wellenbrecher nicht völlig abhalten kann.

XVI

Brede schnarcht noch, als Dorrin die Augen öffnet. In der obersten Koje liegt Kadara. Ihr leiserer Atem ist zwischen den Geräuschen des Schiffs nicht zu hören.

Der drahtige Rotschopf gleitet aus der Koje und zieht die dicke braune Hose und die Stiefel an, dann das Hemd. So leise wie möglich verläßt er die winzige Kabine und steigt die Leiter aufs regennasse Deck hinauf. Es hat zwar zu regnen aufgehört, aber die dicken grauen Wolken und der schneidende Wind verkünden alles andere als einen schönen Frühlingstag. Er schaudert, als er an mehreren Matrosen vorbeikommt, die schon bei der Arbeit sind – sie richten Leinen und Taue aus, wickeln ein Seil auf und zerlegen eine Winde.

In der Hoffnung, daß sein Magen keine Einwände erheben wird, zieht Dorrin den Kopf ein und betritt die Kabine auf dem Deck der *Ryessa,* die als Messe dient. Er setzt sich auf eine Eichenbank an einen freien Tisch. Am zweiten Tisch sitzt ein einsamer Offizier, der einen schweren braunen Krug in der Hand hält.

Dorrin rutscht auf der Bank am freien Tisch ganz nach hinten. Auf einem der Teller vor ihm liegen harte Brötchen und ein Keil Käse. Auf dem zweiten findet er getrocknete Früchte: Äpfel, rote Johannisbeeren, Pfirsiche. In einer Klemme, die fest mit der Tischplatte verbunden ist, steht ein Krug. Dorrin sieht genauer hin und erkennt, daß die Teller auf ähnliche Weise gesichert sind. Das schwere braune Geschirr hat erhöhte Ränder, damit das Essen nicht herausschwappt. Die Tische sind ebenso wie die Bänke ohne Lehne im Boden verschraubt.

Der rothaarige Junge holt sich einen Becher aus dem Regal und schenkt sich Tee ein. Selbst nachdem er einen großen Klecks Honig hineingegeben hat, zuckt er zusammen, als er probiert. Das Gebräu ist lauwarm und schmeckt immer noch bitter. Er taucht ein Brötchen in den Tee, um die harte Kruste aufzuweichen.

Er zwingt sich, langsam zu essen. Der Offizier würdigt ihn keines Blickes. Offenbar hat die Mannschaft schon viel früher gegessen. Gerade als Dorrin das zweite Brötchen und ein paar getrocknete Pfirsiche verspeist hat und daran denkt, wieder zu gehen, taucht Kadara auf. Brede folgt ihr auf dem Fuße.

»Du bist aber früh aufgestanden«, meint sie.

»Ich konnte nicht mehr schlafen.«

»Hmpf«, macht Brede.

Kadara setzt sich schwer, Brede läßt sich neben ihr

auf die Bank fallen, und sie gießt den dunklen Tee in zwei Becher aus braunem Steingut. »Honig?« fragt sie.

Brede schüttelt den Kopf.

»Nein.«

Dorrin trinkt seinen Becher aus und sieht sich um, wo er ihn abstellen könnte.

»Geh doch noch nicht, Dorrin.«

»Nun ja, hier auf dem Schiff habe ich sowieso nichts weiter vor.« Dorrin starrt die dicken Decksplanken an. Dann stellt er den Becher wieder auf den Tisch und füllt ihn auf. Dieses Mal schöpft er eine große Ladung Honig aus dem Krug, der erdbraun ist und weder zu den Bechern noch zur Teekanne paßt.

»Du bist schon einer«, meint Kadara mit erhobener Stimme. »Du bleibst auf Deck, bis wir schlafen. Dann kommst du herein und weckst uns, und dann stehst du mit der Sonne auf und weckst uns wieder.«

Brede nippt an seinem Tee und starrt ausdruckslos die Tischplatte an.

Kadara trinkt einen Schluck Tee und nimmt sich eine Handvoll gemischte Früchte von einem Teller, überwiegend getrocknete Äpfel. Sie schiebt die Äpfel zum größten Teil wieder zurück und pickt sich Pfirsiche und Birnäpfel heraus. Dann versorgt sie sich mit den harten Brötchen, die man höchstens mit Hegls Hammer bearbeiten könnte.

Im Augenblick vermißt Dorrin den Schmied mehr, als daß er die Anwesenheit seiner Tochter am Frühstückstisch zu schätzen weiß. Dorrin trinkt einen Schluck Tee, der trotz Honig immer noch bitter schmeckt.

Brede kaut lautstark auf einem harten Brötchen herum, dann spült er das Zerstörungswerk mit einem großen Schluck Tee hinunter, greift mit der riesigen Hand nach dem Krug und füllt den Becher wieder auf.

Schließlich, als das Schweigen sich unbehaglich dehnt, stellt Dorrin den halb geleerten Becher in eine

Vertiefung mitten auf dem Tisch und steht auf. Er schaut zwischen Kadara und Brede hin und her, bis Kadara seinen Blick erwidert. »Wir kommen später zu dir aufs Deck.«

Brede ißt einfach weiter, langsam und methodisch, den Blick auf das glatte braune Holz des Tisches gerichtet, während er einen Berg von Früchten, Käse und harten Brötchen vertilgt.

Draußen auf dem Hauptdeck weht nur noch ein sanfter Wind, und im Westen sind zwischen den Wolken blaue Stellen zu sehen. Dorrin steht auf der linken Seite der *Ryessa* und sieht dem Wind zu, der die Gischt von den Kämmen der dunkelgrünen Wellen spritzen läßt. Die *Ryessa* ist kein Schiff, das elegant durch die Wellen gleitet. Ihre Bewegungen wirken eher unbeholfen und eckig.

Dorrin wischt sich die Gischt von der Stirn. Wie soll er sich jemals entscheiden, was er tun soll? Lortren, Gelisel und sein Vater haben ihm gesagt, alles sei völlig klar und Maschinen wären die Werkzeuge des Chaos. Aber sind sie das wirklich? Eine kleine Stimme in Dorrin wehrt sich gegen diese Beurteilung.

Wieder stürzt die *Ryessa* in ein Wellental, und Dorrin steht in einem Schauer von Salzwasser.

»Darf ich dir Gesellschaft leisten?«

Dorrin fährt herum.

Kadara steht dicht neben ihm.

»Wo ist Brede?« fragt Dorrin.

»Du bist so gerade heraus wie eh und je«, sagt sie. »Er ißt noch, aber ich denke, er wird gleich hier sein.«

»Wie schön.«

»Dorrin …« Kadara spricht leise, aber ihre Stimme klingt dennoch ein wenig gereizt.

Dorrin hält ein Seufzen zurück. Will er wirklich mit ihr reden? »Entschuldige.«

»Brede kann doch nichts dafür, daß er mit dem Schwert gut umgehen kann.«

Oder mit dir, denkt Dorrin. Aber er sagt: »Das stimmt wohl.«

»Weißt du, daß ich dies alles hier nur dir zu verdanken habe?«

»Das hast du mir mehr als einmal unter die Nase gerieben.«

Der Westwind frischt auf. Er riecht nach Salz und läßt die kurzen roten Haare um Kadaras Gesicht wehen.

»Darf ich mich zu euch gesellen?«

Dorrin sieht sich über die Schulter um. Der große, kräftige Bursche mit den blonden Haaren hat sein Frühstück beendet. »Geht es dir jetzt besser, Brede?«

»Ich hatte Hunger.« Der blonde Mann lächelt, es ist ein warmes, gewinnendes Lächeln. Er trägt eine graue Hose und ein hellblaues langärmliges Hemd. Ohne das Langschwert, das er sonst meist auf dem Rücken trägt, erinnert er sehr an den Bauernsohn aus dem Tal des Feyn, der er war, bevor er unter Lortrens Anleitung im Laufe eines halben Jahres zu einem guten Schwertkämpfer wurde.

»Wie lange noch bis Tyrhavven?« fragt Kadara.

»Mindestens noch ein Tag«, antwortet Brede.

Dorrin zuckt die Achseln und dreht sich gerade rechtzeitig zum Bug der *Ryessa* herum, um die nächste Ladung salzige Gischt in die Augen zu bekommen.

»Es ist ein weiter Weg von Landende«, meint Kadara nachdenklich.

Schweigen und das Rauschen des Meeres sind besser als peinliche Diskussionen. Dorrin blickt wieder auf das Wasser. Brede runzelt die Stirn, dann richtet er sich auf und geht zum Heck. Wieder sprüht Gischt hoch und benetzt das Deck.

»Du machst es einem wirklich nicht leicht, wenn man sich mit dir unterhalten will«, sagt Kadara leise.

Dorrin kann sie im Rauschen der Wellen und im Knarren des Schiffes kaum verstehen. »Was gibt es denn zu bereden?«

»Genau das meine ich. Du redest überhaupt nicht mehr mit mir. Es ist, als wären wir Fremde, obwohl wir doch als Nachbarn aufgewachsen sind.«

Du hast Brede, will Dorrin sie anfauchen. Aber er schweigt und zuckt nur mit den Achseln.

Die *Ryessa* macht einen Satz, und Dorrin bekommt einen Schwall Wasser ab. Mit nassen Beinen hält er sich an der Reling fest.

Als er sich wieder umdreht, ist Kadara fort.

XVII

Dorrin läuft über das Deck und vertieft sich in die Konstruktion des Schiffs. Er erforscht das Zusammenspiel der Bauteile, die Kräfte, die Spannungen, und vor allem interessiert er sich für die einfachen Maschinen.

Über ihm setzen die Matrosen gerade die Segel neu. Nicht alle, sondern nur die Hauptsegel. Im Süden verläuft neben dem Hafen eine graubraune Linie am Horizont. Dorrin blickt hinauf zum hinteren Hauptmast, an dem eine riesige suthyanische Flagge weht. Die Wolken, die das Schiff am frühen Morgen mit Regen eingedeckt haben, sind inzwischen verschwunden, aber der Himmel ist immer noch grau.

Die *Ryessa* macht trotz des Gegenwindes gute Fahrt und schiebt sich schräg in eine Lücke zwischen den niedrigen dunklen Hügeln. Hinter dem Küstengebirge türmt sich eine neue Front niedrig hängender Wolken. Dorrin sieht noch einmal hin, forscht aber dieses Mal auch mit seinen Sinnen und erkennt, daß es keine Wolken sind, sondern eine zweite, höhere Hügelkette, die mit Schnee bedeckt ist. In Recluce und Tyrhavven hat der Frühling längst begonnen, aber hier, in den höheren

Bergen südlich des sligischen Hafens, ist noch nichts davon zu spüren.

Er kehrt in die Kabine zurück. Kadara und Brede sind längst mit Packen fertig – lange genug, daß sie erschrocken auseinanderfahren, als Dorrin die Tür öffnet.

»Wir werden wohl bald an Land gehen können«, bemerkt er knapp. Er ignoriert die Verlegenheit der beiden und schnappt sich von der Koje seinen Tornister, den er schon vorher gepackt hat.

»Wir kommen auch bald«, meint Kadara.

»Es dauert seine Zeit, alles ordentlich zu packen«, fügt Brede hinzu.

Sie stehen da wie angewurzelt, keiner macht eine Bewegung. Weder Brede noch Kadara haben Gurte und Schwerter angelegt.

»In Ordnung.« Dorrin nimmt sein Gepäck in eine Hand, schnappt sich mit der anderen den Stab und geht wieder hinaus, ohne die Tür hinter sich zu schließen.

Als die *Ryessa* sich dem Ufer nähert, mustert Dorrin die Hafenstadt. Sein Tornister, die Lederjacke und der Stab liegen vor ihm auf dem Boden. Tyrhavven wirkt nicht besonders einladend. Es gibt nur zwei kurze Piere, die kleiner sind als jene in Landende, und der gemauerte Wellenbrecher ist nur halb so groß wie sein Gegenstück auf Recluce. Die Piere bestehen aus schwerem, verwittertem und unbehandeltem grauem Holz. Eine braune Linie verrät, wo morsches Holz durch frisches ersetzt worden ist.

»Ich habe dir ja gesagt, daß es noch eine Weile dauern wird.« Kadara, in dunkelgraue Sachen gekleidet, taucht mit ihrem Gepäck auf. Jetzt trägt sie zwei Klingen am Gürtel, beide mit grauen Griffen. Links hängt das Kurzschwert aus Westwind.

Brede steht hinter ihr. Er ist nur mit einem Schwert bewaffnet, das aber schwerer ist als ihre beiden Waffen zusammen. Er trägt es wie üblich im Geschirr auf dem

Rücken. Unter der offenen grauen Jacke ist das dicke blaue Hemd zu sehen.

Der Wind scheint aufzufrischen, als das Schiff sich vorsichtig der Pier nähert.

»... die Segel!« Von der Brücke werden Befehle heruntergerufen. »... hart Steuerbord ...«

Brede grinst breit. »Na, seid ihr bereit für das große Abenteuer?«

Dorrin ist weder für das Abenteuer bereit noch besonders begeistert über die Beziehung zwischen Brede und Kadara. Aber was will er machen?

»Ich nicht«, räumt Kadara ein.

»Also ... ob es euch gefällt oder nicht, wir werden einiges erleben, und gemeinsam haben wir größere Chancen als jeder auf sich allein gestellt.«

Brede hat natürlich recht, und Dorrin wäre ein Narr, wenn er die schützende Klinge des größeren, tatkräftigeren Mannes ausschlagen und auf den entwaffnend fröhlichen Gefährten verzichten würde. Dorrin holt tief Luft und nickt langsam.

»Warum so widerstrebend, Dorrin?« Bredes Frage klingt warm und freundlich.

»Dorrin wäre glücklicher, wenn man ihn einfach mit seinen Maschinen hätte spielen lassen«, erklärt Kadara.

»Das werden sie aber niemals zulassen«, ergänzt Dorrin. »Und deshalb ... deshalb muß ich mich ins Abenteuer stürzen.«

Inzwischen hat die *Ryessa* an der freien Pier angelegt. Ungefähr ein halbes Dutzend Leute warten unten. Zwei davon, die weiße Übermäntel tragen, sind bewaffnet.

»Weiße Gardisten ...« Brede tritt an die Reling.

Dorrin dreht sich um und sieht, wie der Kapitän eine Bewegung macht. »Wir sollen wohl möglichst rasch von Bord gehen.«

»Das wundert mich nicht«, schnaubt Brede. »In Tyrhavven sieht man es nicht gern, wenn die Schiffe Leute aus Recluce mitbringen.« Er wirft sich seinen Tornister über die Schulter, rückt das Geschirr zurecht, damit er im Notfall rasch zum Schwert greifen kann, und marschiert zur Laufplanke.

Kaum daß der Steg ordentlich ausgelegt ist, stehen die drei schon in Reih und Glied davor.

»Danke für die sichere Reise, Kapitän«, sagt Brede.

»Ja, danke.« Kadara lächelt den Kapitän an, und Dorrin wünscht sich, sie könnte auch ihm einmal solch ein Lächeln schenken.

»Es war mir ein Vergnügen, meine Dame«, antwortet der Kapitän. »Es war mir ein Vergnügen.«

Dorrin nickt höflich, beschränkt sich aber auf ein gemurmeltes »Danke.«

Der Kapitän antwortet mit einem Nicken.

Zwei Matrosen sind noch damit beschäftigt, Taue an die Poller zu binden, als Dorrin den Laufsteg hinuntergeht.

Ein Beamter, der ein rundes weißes Abzeichen auf der Schulter des schweren Ledermantels trägt, erwartet sie unten. Der Mann hat einen dünnen, ledernen Aktenordner dabei. Hinter ihm stehen die beiden Weißen Gardisten, etwas abseits warten drei Reisende mit Körben oder Rucksäcken darauf, daß sie sich einschiffen können. Die Gardisten, die mit Schwertern bewaffnet sind, stehen gelangweilt herum.

Dorrin schaudert in der kühlen Morgenluft, die sich eher wie Spätwinter denn wie Frühling anfühlt. Er steht aufrecht hinter Brede und Kadara, den Stab fest in der Hand.

»Reisende?« quietscht der Beamte mit schriller, dünner Stimme. Er ist nicht einmal so groß wie Dorrin und muß zu Brede aufschauen, der alle anderen auf der Pier um mindestens einen halben Kopf überragt. »Die Landegebühr beträgt ein halbes Silberstück pro Person.«

Brede und Kadara geben ihm je eine einzelne Münze, Dorrin sucht fünf Kupferstücke zusammen.

Der Beamte verstaut die Münzen in einer Börse und zeichnet drei Haken auf ein Pergament. »Habt ihr außer denen, die ihr offen tragt, noch weitere Waffen?«

»Nichts außer einem Satz Messer ...«

»Messer ...«

»Ein Messer«, sagt Dorrin als letzter.

»Das ist notiert. Ihr habt die Erlaubnis, euch in Candar frei zu bewegen.« Der Beamte deutet mit einer Kopfbewegung zu den Wachen. »Die Fracht und die Frachtpapiere ...«

Dorrin sieht sich zur *Ryessa* um. An der Reling steht nur noch ein einfacher Matrose, der zur Pier herunterschaut. Der Mann grinst Dorrin an, aber sein Gesichtsausdruck wird sofort wieder ernst, als der Kapitän an ihm vorbeigeht, um den Beamten mit der Aktenmappe zu begrüßen.

Dorrin folgt Brede und Kadara die Pier entlang nach Tyrhavven hinein. Der Wind, der von den Hügeln hinter der Stadt herunterweht, zaust ihm das Haar, aber nicht einmal ein ausgewachsener Sturm könnte seine Locken ernstlich aufwühlen. Seine Ohren werden kalt.

Die *Ryessa* hat an der östlichen Pier festgemacht, an der westlichen liegen zwei kleine Fischkutter.

Dorrin beschleunigt seine Schritte, um zu Kadara aufzuschließen. Sie geht schnell, und sie sieht den kleineren Gefährten nicht einmal an, als sie die Pier verlassen und das Pflaster vor einem Lagerhaus betreten.

»Wohin jetzt?« fragt Dorrin.

»Wer weiß?« meint Kadara.

»Wir müssen uns Pferde besorgen«, schaltet Brede sich sofort ein. »Wir können Candar nicht zu Fuß bereisen.«

»Und Vorräte?«

»Genau, Vorräte auch.«

Die verwitterten Holzbauten hinter dem Lagerhaus haben nur wenig Ähnlichkeit mit den hübschen, sauberen Steinhäusern in Landende. Dorrin schluckt und fragt sich, ob er Landende jemals wiedersehen wird.

XVIII

Dorrin bemüht sich, die sauber gezeichnete Landkarte, die er sich eingeprägt hat, mit den schäbigen, trostlosen Gebäuden, der schmutzigen Straße und den abgerissenen, armseligen Gestalten, die am Ende der Pier herumlungern, in Einklang zu bringen. Tyrhavven riecht nach Salz, verfaultem Fisch und Tang, und alles wird vom Geruch nach qualmenden Holzfeuern überlagert. Schließlich blickt Dorrin nach Süden, wo eine nur teilweise gepflasterte Straße zu einer Reihe zweistöckiger Gebäude hinaufführt. Über einem Schornstein steht eine dünne graue Rauchwolke.

»Kommt schon«, drängt Kadara. »Zum Schiffsausrüster geht es sicher hier entlang.«

»Ich dachte, die Schiffsausrüster verkaufen nur an die Schiffe«, wendet Dorrin ein.

»Nein, hier verkaufen sie an jedermann«, erwidert Brede.

»Aber sollten wir uns nicht zuerst Pferde besorgen?«

»Der Schiffsausrüster ist direkt neben dem Stall.«

»Woher weißt du das?«

Dorrin rückt seinen Packen zurecht und hat Mühe, den beiden größeren Gefährten zu folgen, die schon mit raschem Schritt über das unebene Pflaster laufen.

»... haha ... haa ...«

Dorrin ignoriert das gackernde Lachen des alten Mannes, der an einer Mauer sitzt, und läuft etwas schneller, um die beiden Gefährten einzuholen.

»... haha ... haa ...«

An der ersten Querstraße wenden sie sich nach links. Die braunen Pflastersteine sind zwar abgenutzt und haben viele Risse, aber kein einziger scheint zu fehlen. Nur ein paar Pfützen erinnern noch an den morgendlichen Regen. Vor dem Laden des Schiffsausrüsters ist ein einzelner, alter Klepper festgemacht. Auf dem

Schild, das vor dem Geschäft an einer Stange hängt, ist kein Name zu sehen, nur zwei schwarze Kerzen über Kreuz auf weißem Hintergrund. Das Weiß ist zum größten Teil abgeblättert, darunter kommt verwittertes graues Holz zum Vorschein.

Genau wie Kadara läuft Brede trotz seiner großen Füße auf den Holzplanken im Laden fast geräuschlos. Nur Dorrins Stiefel poltern laut.

Drinnen riecht es leicht nach Öl, Terpentin, Tauen und Kerzen. Das sind jedenfalls die Düfte, die Dorrin erkennen kann. Ein Dutzend Schritte hinter der Ladentür steht ein gedrungener Eisenofen, der nur wenig Wärme spendet. Rechts ist eine Reihe Fässer zu sehen, auf jedem liegt ein runder Deckel. Den Fässern gegenüber befindet sich die vordere Theke, die fast den ganzen Rest des Geschäfts einnimmt. Weiter hinten im Laden ist eine zweite, kleinere Theke zu sehen.

Neben dem Ofen liegt ein magerer Hund auf einer verschlissenen Decke, die zu einem Lager zusammengefaltet ist. Er öffnet ein Auge, als Dorrin die Tür hinter sich schließt.

»Womit kann ich Euch dienen?« Die flache Stimme gehört einem Mann mit schütterem hellen Haar und einem breiten Schnurrbart mit tief herabhängenden Spitzen. Auf der Lederjacke sind zahlreiche Flicken zu erkennen, die nicht zum ursprünglichen Material passen. Er sitzt, dem Ofen fast gegenüber, hinter der Theke auf einem Hocker.

»Wir suchen einige Dinge für unsere Reise«, erklärt Kadara höflich.

»Seht euch nur um.«

Brede blickt forschend zur Theke, Kadara beginnt bei den Fässern.

Dorrin dreht sich um und betrachtet den Hund. Er schluckt, als er spürt, daß das Tier Schmerzen hat. Er tritt näher an die Theke heran, während Brede und Kadara sich fachkundig beraten, was sie brauchen.

Seufzend hockt er sich vor dem Hund und dem heißen Ofen nieder. »Na, was tut dir denn weh?« Er spricht leise.

»Sie ist einfach nur alt«, erklärt der Ladeninhaber mit flacher Stimme.

»Darf ich sie streicheln?«

»Nur zu. Aber sie ist manchmal etwas zickig.«

Dorrin streckt seine Sinne zur Hündin aus und spürt die Infektionen und das Alter in ihrem Körper.

Der Schwanz des Hundes schlägt gegen den Holzboden.

So sanft wie möglich krault er das zottige braune Fell zwischen den Ohren, während er versucht, dem leidenden Tier zu helfen. Etwas Ordnung kann gewiß nicht schaden.

Eine feuchte Zunge bearbeitet sein Handgelenk.

»Immer mit der Ruhe, schön ruhig.«

Dorrin krault dem Hund noch einmal den Kopf, ehe er wieder aufsteht. »Du wirst dich bald besser fühlen, Mädchen«, sagt er leise. Er tätschelt ihren Kopf.

Jetzt sind beide Augen offen und sehen dem jungen Mann nach, als er zur Theke geht.

»Mögt Ihr Hunde, mein Junge?«

»Einen eigenen Hund hatte ich noch nie«, erklärt Dorrin dem Händler, »aber ich mag sie. Euer Hund scheint freundlich zu sein.«

»Der beste Hühnerhund, den ich je hatte. Aber jetzt ist sie zu alt.« Der Mann rutscht ein wenig auf dem Hocker hin und her, steht aber nicht auf.

Wieder legt sich Schweigen über den Raum, während Dorrin die kleinen Pakete mit getrocknetem Proviant betrachtet, die in Papier eingeschlagen und mit einer Art Wachs versiegelt sind.

»Der Hartkäse ist hinten im Kühlfach.«

Dorrin kann hören, wie Brede und Kadara sich leise über Kochutensilien unterhalten. »Was ist mit Pferden, Ser? Ist der Stall nicht gleich nebenan?«

»Ich will doch hoffen, daß er noch da ist.« Der Händler schnaubt. »Der Mann meiner Schwester führt den Stall für Rystel.«

Dorrin lächelt leicht. »Habt Ihr vielleicht auch Satteltaschen? Wenn möglich gebrauchte?«

»Halb die Theke hinunter. Da findet Ihr welche. Auf dem Boden davor liegen noch mehr.«

Dorrin folgt den Hinweisen. Ein Paar Satteltaschen ist so gut wie neu. Sie sind riesig und aus schwerem, steifem Leder gefertigt. Er legt sie zur Seite und nimmt das zweite Paar, doch auch dieses legt er sofort wieder weg, als er die weiße und rote Hitze spürt, die vom Chaos kündet. Bisher hat er das Chaos nur in Zusammenhang mit der Heilkunst gefühlt, aber er hat keinen Zweifel, daß die Satteltaschen irgend etwas mit dem Chaos zu tun haben. Das dritte Paar Satteltaschen scheint brauchbar zu sein.

Schließlich entscheidet er sich aber doch für ein verstaubtes Paar, das er unter der Theke hervorzieht. Das Leder ist fleckig, und die Bronzebeschläge sind stellenweise verkratzt, aber Dorrin nickt zufrieden, mehr sich selbst als dem Händler zu.

»Ein gutes Auge habt Ihr. Und billig sind sie obendrein. Ein Silberstück für Euch.«

»Und was würden die schweren kosten?« fragt Dorrin aus Neugierde.

»Die? Da würdet Ihr aber ein kräftiges Pferd brauchen, um sie zu tragen. Ein halbes Goldstück.«

Dorrin schürzt die Lippen. Er hat genug Münzen für die billigeren Satteltaschen, aber er kennt sich mit dem Reiseproviant nicht aus, und er braucht eine Art wasserdichte Hülle. Außerdem kauft er nicht gern ein, solange er nicht das Pferd gesehen hat, das seine Einkäufe tragen soll. Im Gegensatz zu Brede macht er sich über solche Einzelheiten durchaus Gedanken. »Ich brauche noch eine wasserdichte Plane.«

»Hmm ...« Einen Augenblick später liegt ein Stück

dunklen Stoffs auf dem vernarbten Holz der Theke. »Nichts Hübsches. Einfach nur ein gutes Tuch, das mit einer wasserabweisenden Schicht überzogen ist. Wahrscheinlich ist das Stück auch zu klein für jemanden wie Euren Freund dort drüben.« Der Händler meint Brede, der vor einem Faß steht und kleine Beutel, deren Inhalt Dorrin nicht erkennen kann, herausnimmt. »Deshalb kann ich nicht viel dafür verlangen. Sagen wir, ein halbes Silberstück.«

Dorrin nickt. Nach allem, was er bisher von Candars Witterung gesehen hat, wird er das Tuch brauchen.

»Mein Herr?« wendet Brede sich höflich an den Händler.

»Ich lege das Tuch zu den Satteltaschen«, sagt der Mann zu Dorrin. »Ja, mein junger Herr?« Seine Stimme wird etwas flacher, als er Brede bedient.

Dorrin gesellt sich zu Kadara. »Wie halten wir es mit dem Reiseproviant?«

»Ich dachte, wir teilen uns die Kosten für die Mahlzeiten. Was du sonst noch willst, mußt du selbst bezahlen. Ich habe Brede das gleiche gesagt.« Sie lächelt. »Er ist einverstanden.«

»Ich habe nicht viel Geld dabei«, meint Dorrin.

»Bei deinem Vater kann ich mir das gut vorstellen.« Kadara schaut wieder zum Faß. Dorrin zuckt die Achseln und kehrt zur Theke zurück, wobei er Brede und dem Händler ausweichen muß.

Lächelnd streichelt er noch einmal die Hündin und flößt ihr abermals etwas Ordnung und Kraft ein. Vielleicht bildet er es sich nur ein, aber er meint, daß ihre Augen etwas heller leuchten.

»Braves Mädchen«, sagte er. Dann holt er zwei längliche Pakete aus dem Kühlfach. *Gelber Käse* ist auf das dunkelbraune Wachs geritzt.

Was braucht er sonst noch? Er hat seine dicke Jacke, die Rolle mit dem Bettzeug, Handschuhe, Reservestiefel, genügend Kleidung, einen kleinen Beutel mit Heilutensilien, und jetzt hat er noch die wasserdichte Plane und die Satteltaschen gekauft. Seine einzige Waffe ist der Stab. Er trägt zwar ein Messer am Gürtel und besitzt außerdem ein Schnitzmesser, aber das sind natürlich keine Waffen, sondern Werkzeuge. Ein Schwert will er keinesfalls mitführen, denn er kann es nicht ertragen, eine Waffe mit einer scharfen Schneide am Körper zu haben.

Vielleicht sollte er noch etwas konzentrierte Nahrung mitnehmen, denkt er, falls er von den anderen getrennt wird. Er legt ein paar Portionen neben den Käse und stellt alles neben der wasserdichten Plane und den Satteltaschen ab.

Brede untersucht die großen Satteltaschen, die Dorrin nicht haben wollte. Der Händler kehrt hinter die Theke zurück und wendet sich wieder an Dorrin.

»Alles zusammen macht das dann zwei Silberstücke und zwei Kupferstücke.«

Dorrin kramt in seiner Börse herum, an deren harte Lederhülle er sich noch nicht recht gewöhnt hat, und gibt dem Mann zweieinhalb Silberstücke.

»Soll ich alles in den Satteltaschen verstauen?«

»Das wäre nett.« Dorrin schaut wieder zur Hündin, die inzwischen den Kopf gehoben hat. Sie kommt mühsam hoch, setzt sich aufrecht hin und erwidert seinen Blick.

»Junge, wie habt Ihr das gemacht?«

»Was habe ich gemacht?«

»Stella. Das arme Ding konnte sich kaum noch bewegen.«

Dorrin errötet.

»Kommt Ihr aus Recluce?«

Dorrin will den Mann nicht anlügen und nickt.

»Sagt das ja niemandem. Ihr seid hier nicht erwünscht.«

Dorrin wartet.

»Junger Mann?«

Dorrin schaut auf. »Hier ist Euer Wechselgeld.« Der Händler zählt Dorrin die Kupfermünzen in die Hand. Dann gibt er ihm noch eine Marke aus Holz. »Zeigt das Gerin. Er ist im Stall. Sagt ihm, ich schicke Euch. Hertor ... das ist mein Name.« Er schiebt die teilweise gefüllten Satteltaschen über die Theke.

Dorrin nickt und nimmt sie entgegen. »Danke. Ich hoffe, es geht ihr jetzt etwas besser.« Er nickt zur Hündin am Ofen. »Vielleicht wird ihr auch die Wärme etwas helfen.«

»Der beste Hühnerhund, den ich je hatte«, antwortet der ältere Mann leise. »Sagt es Gerin. Aber werdet nur nicht übermütig, junger Mann.«

»Gewiß nicht, Ser.« Dorrin nickt höflich und zieht sich etwas zurück. Brede, der am Ende der Theke steht, hält die schweren Satteltaschen hoch.

Dorrin wendet sich an Kadara, die den Hund betrachtet, als hätte sie die leise Unterhaltung mit dem Händler gehört. »Ich gehe schon mal hinüber zum Stall.«

»Kannst du mir etwas Geld geben?«

»Wieviel?« Dorrin kramt wieder in der Börse herum.

»Ich denke, ungefähr fünf Kupfermünzen.«

Er gibt ihr das Geld. »Laß es mich wissen, wenn du mehr brauchst.«

»Die dort kosten zwei Silberstücke, junger Herr«, sagt der Händler gerade zu Brede.

Dorrin tritt ohne ein weiteres Wort in den kalten Wind hinaus und schließt die schwere Eichentür hinter sich. Oben auf der Holztreppe bleibt er stehen. Ist es klug, die beiden allein zu lassen?

Eine Frau, dick in einen abgetragenen Ledermantel gepackt, die bloßen Hände rot von der Kälte, kommt vorbei. Sie geht zum Hafen, wo sich gerade drei krachende Wagen der *Ryessa* nähern. Ein vierschrötiger älterer Mann mit einem Kahlkopf rollt ein Faß zu einer Seitentür des Schiffsausrüsters.

Dorrin holt tief Luft und ruckt mit den Schultern, bis der Tornister richtig sitzt und die Satteltasche bequem über der Schulter liegt. Dann packt er seinen Stab, steigt die Treppe hinunter und wendet sich nach rechts zum Stall.

Unten im Hafen schrillt eine Pfeife. Dorrin betrachtet die Läden, an denen er vorbeikommt, bis Augen und Nase ihm die gleiche Auskunft geben. Trotz der Kälte riecht der Stall wie ein Stall, und Dorrin sieht sich nach Gerin um.

Der Mann befördert gerade hinten im Stall Heuballen von einem Stapel herunter auf einen flachen Karren.

»Ich bitte um Verzeihung ...«, beginnt Dorrin.

»Wenn du etwas willst, dann faß mit an«, grollt der schmale, schwitzende Mann. »Oder willst du nur da herumstehen?«

Dorrin lehnt seine Sachen an eine Trennwand und hebt einen Ballen Heu auf den Karren. »Ist das so richtig?«

»Gut so. Der nächste kommt quer darüber.«

Dorrin lädt noch zwei weitere Ballen auf.

»Gut gemacht. Wenn du Arbeit suchst, ich könnte einen Helfer gebrauchen.«

Dorrin schüttelt den Kopf.

»Was heißt das? Du willst nicht? Du arbeitest gut, aber so leicht sind freie Stellen nicht zu finden.«

»Es tut mir leid, Ser, aber eigentlich suche ich ein Pferd. Hertor hat mich geschickt. Seid Ihr Gerin?« Dorrin errötet angesichts des Mißverständnisses.

»Und trotzdem habt Ihr das Heu aufgeladen?«

»Es sah aus, als könntet Ihr Hilfe brauchen«, erklärt Dorrin.

Der dünne Mann schüttelt den Kopf. »Was es nicht alles gibt.« Dann verhärtet sich sein Gesicht. »Viele Leute kommen und sagen, Hertor hätte sie geschickt.«

Dorrin sucht einen Augenblick, dann holt er die Holzmarke hervor.

Gerin schüttelt noch einmal den Kopf. »Ihr seid zu jung, um ein Pferd zu kaufen.«

»Mir bleibt nichts anderes übrig.« Dorrin nimmt seinen Packen, den Stab und die Satteltaschen wieder auf.

»Und zu jung, um allein zu reisen.«

»Ich habe zwei Freunde. Sie werden auch Pferde brauchen, aber sie sind noch bei Hertor und kaufen Vorräte ein.«

»Wie dumm ... sie hätten sich erst die Pferde besorgen sollen. Wie wollen sie nur all das Zeug schleppen?«

Dorrin weiß keine Antwort darauf.

»Na, dann kommt. Ich werde Euch zeigen, was wir haben. Seid Ihr ein geübter Reiter?«

»Ich kann mich auf einem Pferd halten, aber das ist auch schon alles.« Dorrin kommt sich dumm vor, weil er eine Unzulänglichkeit nach der anderen zugeben muß.

»Hmm ...« Der dünne Mann geht in den vorderen Teil des Stalles und weicht der Tür einer Box aus, die aus dem Scharnier gefallen ist und sich in den Lehmboden gebohrt hat.

Dorrin folgt ihm und fragt sich, was er eigentlich hier in diesem fremden Land in einem fremden Stall mit einem ziemlich unfreundlichen Pferdehändler zu schaffen hat. Aber was soll er schon machen? Lortren hat nicht viel gesagt. Es hieß, daß Dorrin frühestens im folgenden Sommer zurückkehren könnte, und zwar erst, nachdem er Fairhaven besucht und erkannt hat, warum er Recluce verlassen mußte. Dorrin holt noch einmal tief Luft und wünscht sich gleich darauf, er hätte es nicht getan, weil sie einen offenen Abfluß überqueren.

»Paßt auf, wohin Ihr tretet.«

Er tut sowieso schon nichts anderes, aber jetzt läuft er noch vorsichtiger an den Misthaufen und dem Loch im Boden vorbei.

»Hier. Zwei Goldstücke, weiter kann ich nicht heruntergehen, nicht einmal für Hertor.«

Dorrin folgt dem Mann zu dem Pferd, das in der Box steht. Es ist schwarz und hat eine weiße Blesse.

Das Pferd versucht, ihn zu beißen, aber Dorrin schickt seine Sinne zu dem Tier, um es zu beruhigen, und entdeckt, daß es eine Stute ist. Sie wird tatsächlich ruhiger und läßt sich von ihm am Hals streicheln, so weit er es über die Tür der Box hinweg kann.

»Ich dachte, Ihr versteht nichts von Pferden?«

»Ich verstehe auch nichts von ihnen.«

»Warum hat Hertor Euch die Münze gegeben?«

»Ich bin nicht sicher.«

»Er hat Euch eine Marke gegeben, und Ihr wißt nicht einmal den Grund?«

»Sein Hund«, gibt Dorrin zu.

»Stella?«

»Ja. Sie lag am Ofen.«

»Und?«

»Ich glaube, ich habe ihr ein bißchen geholfen.«

»Dann lebt sie noch?«

»Als ich ging, hatte sie sich aufgesetzt.«

Gerin schüttelt den Kopf. »Seid Ihr denn ein Heiler?«

»Nur ein Lehrling.«

»Das erklärt es natürlich.«

Dorrin ist immer noch verwirrt. Was ist so seltsam daran, ein Heiler zu sein? Es muß doch auch in Candar Heiler geben.

»Vielleicht könnte ich bis auf anderthalb Goldstücke heruntergehen, aber ich muß trotzdem noch etwas für Sattel und Decke berechnen.«

»Und Zaumzeug?« fragt Dorrin vorsichtig.

»Auch dafür.«

Dorrin sattelt unter Gerins wachsamen Augen gerade die schwarze Stute, als Brede und Kadara hereinkommen.

»Das sind meine Freunde.«

»Ich glaube, wenn es darum geht, einen jungen Riesen zu tragen, habe ich keine sehr große Auswahl.«

Gerins Stimme ist wieder hart, auch wenn er höflich bleibt. Der Pferdehändler betrachtet das lange, schwere Schwert.

»Ich bin nicht so schwer, wie ich aussehe«, erwidert Brede leise.

»Wir wären Euch wirklich dankbar, wenn Ihr uns helfen könntet«, fügt Kadara freundlich bittend hinzu.

Gerin blickt zu Dorrin, der sogar neben der breitschultrigen Kadara zierlich wirkt, dann zu Brede und wieder zum jungen Heiler. Schließlich sagt er: »Ich habe einen großen Wallach. Stark, aber nicht sehr klug. Und noch eine Stute.«

XIX

»Ooooh ...« Dorrin zuckt zusammen, als er absteigt. Er wird wohl nie wieder fähig sein, auf einer harten Fläche zu sitzen. Hilflos nestelt er an den Gurten seines Gepäcks herum.

Brede springt mit einer fließenden Bewegung von seinem Wallach, bindet das Pferd fest und schnürt seine Packen los.

»Entschuldige«, sagt Dorrin, als seine Stute wiehert und ihn erinnert, daß auch sie von ihrer Last befreit und getränkt werden will.

Kadara hat ihre Sachen längst abgeladen und das Pferd am südlichen Ende der Schutzhütte an einen Pfahl gebunden. Sie hat sogar schon ihren Tornister zum Herd im Innern des kleinen, fensterlosen Gebäudes gebracht und kehrt gerade nach draußen zurück. »Du hättest mehr Zeit mit Übungen und Pferden verbringen sollen statt mit dem Schnitzen von Maschinen, die doch nie gebaut werden.«

Dorrin preßt die Lippen zusammen, löst seinen

Packen vom Rücken des Pferdes, legt ihn neben Bredes Sachen und folgt dessen Beispiel, indem er die Stute die mit Steinen eingefaßte Rampe zum Fluß hinunter führt.

Seit die Sonne hinter den Hügeln verschwunden ist, ist es kalt geworden. Trotz der schweren, mit Wolle gefütterten Jacke schaudert Dorrin, und in den Beinen spürt er abwechselnd heiße Schmerzen vom Reiten und die Kälte des Spätnachmittags.

»Wie weit ist es noch?« Er bleibt neben Brede stehen und läßt das Pferd das kalte Wasser trinken.

»Wir sind noch nicht weit gekommen, Dorrin. Bei dieser Geschwindigkeit brauchen wir noch fünf Tage bis Vergren.«

»Ich verstehe immer noch nicht, warum wir nach Fairhaven müssen.«

»Weil Lortren gesagt hat, Kadara und ich müßten die Stadt besuchen. Ich weiß nicht, was sie dir gesagt hat.« Er nimmt den Wallach am Zügel, der allzu gierig getrunken hat. »Laß dein Pferd nicht zuviel auf einmal trinken.« Brede zieht sich zurück und führt den Wallach die Rampe hinauf über den unebenen Boden, der gerade zu frieren beginnt.

Lortren hat Dorrin nur gesagt, er müsse Fairhaven besuchen und sich selbst finden, was auch immer das bedeuten mag.

Es fällt Dorrin schwer, die Stute vom eiskalten Wasser wegzuziehen, das über glattgeschliffene Steine sprudelt. Diese mit Steinen eingefaßte Tränke ist offensichtlich künstlich angelegt worden, denn links und rechts neben dieser Stelle sind die Böschungen steil und felsig.

Als Dorrin wieder die Rampe hinaufläuft, wandert sein Blick zum südlichen Horizont, wo die Silhouette einer Hügelkette zu sehen ist. Auf dem unebenen Boden oberhalb der Rampe bleibt er stehen und schnuppert, aber es riecht nur kalt und feucht und ein wenig nach nassen Blättern und faulem Laub. Er läßt die Sinne zu den Hügeln wandern.

Das Pferd wiehert protestierend, und Dorrin hat Mühe, sich auf das zu konzentrieren, was er fühlt. Als er zur Hütte zurückkehrt, sind seine Gedanken immer noch teilweise in den niedrigen Hügeln über der Straße.

»Dorrin, kannst du Holz holen? Wir brauchen Reisig für das Feuer. Hier sind nur große Holzklötze.« Kadara deutet zum Stapel Holz, der neben dem einfachen, offenen Herd liegt. Vor ihr steht der Kochtopf, den sie in Tyrhavven gekauft hat.

Dorrin lächelt leicht. Er wäre nie auf die Idee gekommen, einen Kochtopf zu kaufen und auf ein Pferd zu binden.

»Hast du gehört, Dorrin? Ich brauche etwas Reisig, um das Feuer in Gang zu bringen ...«

»Entschuldige ... wir haben ein Problem.«

»Ein Problem?« fragt Brede. Zum erstenmal, seit Dorrin ihn kennt, wirkt er etwas begriffsstutzig.

»Auf dem Hügel sind drei Räuber. Sie beobachten uns. Ich glaube nicht, daß sie Bögen haben, aber sie lauern darauf, uns zu überraschen.«

»Woher weißt du ...«, beginnt Brede.

Kadara bringt ihn mit einer Geste zum Schweigen. »Was machen sie jetzt? Genau in diesem Augenblick?«

Dorrin kneift die Augen zusammen, um die Räuber aufzuspüren. »Sie kommen gerade den Hügel herunter, ich glaube, sie wollen zu unseren Pferden. Es sind nur drei.«

»Haben sie eigene Pferde?«

»Ich kann keine fühlen.«

»Dann laß uns gehen und nach den Pferden sehen, Brede, wenn sie es auf die Pferde abgesehen haben.«

»Aber ...«, protestiert Dorrin.

»Halte dich etwas hinter uns und laß es uns wissen, wenn sie etwas anderes als Klingen haben oder wenn sie Verstärkung bekommen.« Kadara legt beide Schwerter an und schaut zu Brede, der unwillkürlich nach seinem großen Schwert greift, als wolle er sich vergewissern, daß es noch an Ort und Stelle ist.

Als sie die Pferde erreichen, tauchen zwischen den kahlen Bäumen, die zu beiden Seiten der überfrorenen, unbefestigten Straße nach Vergren stehen, drei Gestalten auf. Brede geht weiter auf die drei zu, Kadara hält sich neben ihm. Dorrin packt seinen Stab und folgt ihnen. Dann bleibt Brede stehen.

»Keine Sorge, Reisende«, sagt der mittlere der drei mit rasselnder Stimme. Er hat einen Bauch, ist fast so groß wie Brede und gewiß zwanzig Pfund schwerer. »Ihr gebt uns die Pferde, dann lassen wir euch in Frieden. Sogar die Frau lassen wir in Ruhe. Das sollte die Sache für euch doch wirklich leicht machen.« Er deutet mit dem Schwert zu den Pferden.

Kadara schnaubt leise. »Warum werft ihr nicht einfach die Zahnstocher weg und verschwindet?«

»Oh ... vielleicht lassen wir dich doch nicht in Frieden. Temperamentvolle Frauen sind heutzutage selten.« Er grinst sie höhnisch an und bleckt schwarze Zahnstummel.

Die beiden kleineren Männer, bärtig wie ihr Anführer, einer mit verfilztem Blondschopf, der zweite mit fettigen schwarzen Haaren, heben die Schwerter.

Bredes großes Schwert blitzt im schwachen Abendlicht. Auch Kadara hat ihre Klinge gezogen.

»Ihr wollt das doch eigentlich gar nicht. Ihr jungen Leute aus Recluce schafft es einfach nicht zu töten, wenn es darauf ankommt.« Der große Bandit lacht grimmig.

Dorrin, der drei Schritte hinter Brede und Kadara steht, hält seinen Stab fest und wünscht, er hätte mehr damit geübt. Aber wie hätte er auch wissen können, daß tatsächlich so viele Leute Gefallen daran finden könnten, andere zu töten? Einige lange Augenblicke ist es vor der Schutzhütte still, nur der rasselnde Atem des schwarzhaarigen Räubers ist zu hören.

»So … dann wollt ihr euch also wirklich nicht ergeben?« Der Bandit zuckt mit den Achseln und dreht sich halb herum. »Tja, es war immerhin einen Versuch wert.«

Der schwere Mann vollendet die Drehung und geht auf Kadara los.

Brede schlägt sofort zu, trifft aber nicht den größten, sondern den kleinsten Mann, den Blonden, der einen verschlissenen blauen Übermantel trägt. Zwei Streiche, und der blonde Bandit ist tot. Dann greift Brede sofort den schwarzhaarigen Räuber an. Das große Schwert fährt rasch hin und her, als wäre es nichts weiter als ein Zahnstocher.

Dorrin sperrt den Mund auf, denn schon fällt dem Räuber das Schwert aus der Hand, und er schwankt im Zwielicht wie eine verfaulte Eiche, bevor er zu Boden geht.

Kadara greift unterdessen den Anführer an, der Brede ausgewichen ist und sich Dorrin genähert hat.

Dorrin packt den Stab und wartet. Er schluckt, weil er weiß, was geschehen wird, und trotzdem hofft er, daß es sich noch vermeiden läßt.

»… Heiler!« Der Bandit duckt sich und greift Dorrin an.

»… oooh …« Eine brennende Linie zieht sich über Dorrins Schulter, und er kommt nicht mehr dazu, seinen Stab einzusetzen, sondern kann nur noch überrumpelt zusehen, wie Kadaras Klinge ein zweites Mal aufblitzt. Drei Leichen liegen auf dem Boden.

»Du solltest mit dem Stab wirklich noch etwas üben, Dorrin«, bemerkt Brede.

Kadara starrt Brede nur an, dann wendet sie sich an Dorrin. »Alles in Ordnung?« fragt sie ihn.

Dorrin betrachtet den aufgeschlitzten Ärmel und die brennende rote Linie auf der Haut. »Es ist nur ein oberflächlicher Schnitt, aber die Jacke ist ruiniert.«

»Das Leder und der dicke Stoff haben dir wahrscheinlich den Arm gerettet.«

Dorrin stützt sich auf den Stab und wundert sich, wie schnell alles gegangen ist. Kadara kniet schon neben dem schwarzhaarigen Mann und untersucht die Leiche.

»Er hat nicht viel bei sich. Ein goldenes Halsband, ein paar Silbermünzen, ein paar Kupferstücke.« Brede hat bereits den anderen beiden die Wertsachen einschließlich der Schwerter abgenommen.

Dorrin kneift mißmutig die Augen zusammen. Es ist natürlich durchaus sinnvoll, den Toten alle Wertsachen abzunehmen, aber dennoch behagt ihm der Gedanke nicht. Er reibt sich die Stirn, doch das Pochen dahinter läßt sich nicht vertreiben.

»Der Stab … ich muß wirklich besser werden.« Dorrin richtet sich auf. »Was machen wir mit den Leichen? Der Boden ist gefroren.«

Brede lächelt verschlagen. »Ich schaffe sie einfach in den Wald. Die großen Katzen sind sicher hungrig.«

Wieder sieht Kadara Brede von der Seite an, während sie ihr Schwert am blauen Übermantel des blonden Banditen abwischt und in die Scheide steckt. »Dorrin? Kannst du erkennen, ob noch jemand im Wald lauert?«

Der Heiler holt tief Luft, aber er weiß natürlich, daß ihre Frage mehr als berechtigt ist, und schickt seine Sinne über die Straße und die Bäume hinweg auf die Suche. Doch er hat leichte Kopfschmerzen, und die Anstrengung treibt ihm die Tränen in die Augen. Er schwankt, als er wieder zu sich kommt. »Nichts … in der Nähe ist sonst niemand.«

Brede und Kadara nicken und entfernen sich in verschiedene Richtungen.

Als Dorrin sich einigermaßen gefaßt und die Schnittwunde am Arm gereinigt hat, schleppt Brede schon den zweiten Toten den kleinen Hügel hinauf, um ihn ein Stück von der Schutzhütte entfernt in den Wald zu legen. Kadara hat inzwischen im alten Ofen der Schutzhütte ein Feuer in Gang gebracht. Die Sonne ist hinter den niedrigen Hügeln im Westen versunken, als Dorrin mit einem Armvoll Reisig in die Schutzhütte geschlurft kommt.

»Danke. Das kann ich später oder morgen früh noch gebrauchen. Vielleicht könntest du die Pferde noch einmal tränken. Aber nicht zuviel.« Sie ist mit dem Kochtopf beschäftigt und schaut nicht einmal zu ihm auf.

Die Pferde sind störrisch, und er braucht eine Weile, bis er mit ihnen fertig ist. So ist der Eintopf längst zubereitet, als er endlich wieder in die Hütte stolpert. Brede sitzt an einem Ende der Steinbank.

Dorrin hebt erschrocken den Kopf, als draußen ein Heulen zu hören ist.

»Das war nur eine Eule«, erklärt Brede leise. »Wenn es kalt ist, jagen sie früher. Wahrscheinlich kommen die Nagetiere wegen der Kälte später nicht mehr aus ihrem Bau.«

»Hier.« Kadara reicht Dorrin einen Blechnapf, in dem etwas Heißes, Braunes schwappt. Dann gibt sie Brede einen zweiten Blechnapf.

»Danke.« Bredes Stimme klingt aufrichtig dankbar.

»Danke«, stimmt auch Dorrin ein.

»Keine Ursache. Und nun eßt.« Kadara bedient sich jetzt auch selbst.

Eine Zeitlang herrscht Stille, man hört nur das Geräusch, wenn sie vom harten Brot abbeißen, und leises Schlürfen.

Dorrin stellt seinen Blechnapf ab und holt das Schnitzmesser und ein kleines Stück Holz hervor. Mit einigen kräftigen Schnitten formt er eine Nadel. Dann zieht er die aus Flicken zusammengesetzte Winterjacke aus und sticht mit dem Messer eine regelmäßige Reihe von Löchern ins Oberleder. Nachdem er noch etwas Eintopf gegessen hat, zieht er mit der Holznadel einen dünnen Faden durch die Löcher.

»Raffiniert …«, murmelt Brede durch einen Mundvoll Eintopf und Brot. Er hat gerade die dritten Portion des scharf gewürzten braunen Eintopfs in Angriff genommen.

»Ich konnte es ja nicht so lassen«, antwortet Dorrin, während er sich die Jacke wieder anzieht. Er knöpft sie vorn nicht zu, weil das Feuer die Schutzhütte inzwischen einigermaßen erwärmt hat. Langsam leert er seinen Blechnapf, dann rückt er zum Topf und füllt ihn noch einmal zur Hälfte. Er schneidet sich ein kleines Stück Brot ab und bemerkt dabei, daß die Kopfschmerzen nachlassen.

»Du bist doch ein Heiler. Warum kannst du dich nicht selbst heilen?« fragt Brede, nachdem er noch einmal ordentlich zugelangt und die vierte Portion Eintopf vertilgt hat.

Dorrin zuckt die Achseln und versucht, das Stechen im Arm zu ignorieren. Der Schnitt ist nicht infiziert, aber es wird eine Weile dauern, bis er abgeheilt ist. »Ganz so einfach ist das nicht. Es braucht nicht viel, den Körper zu stärken, damit sich eine Schnittwunde nicht entzündet. Vor allem, wenn man die Wunde gesäubert hat. Aber Muskeln oder gebrochene Knochen zu verbinden, das erfordert viel mehr Energie. Es gibt Geschichten über unkluge Heiler, die todkranke Patienten gerettet haben und dabei selbst gestorben sind.«

»Was ist dann der Sinn des Heilens?« Brede runzelt die Stirn.

»Ich bin kein großer Heiler. Aber die meisten Todesfälle nach Kämpfen entstehen aus Infektionen, und die kann ein guter Heiler zum größten Teil eindämmen.« Er grinst schief. »Eine einzige Schlacht mag man verlieren, aber dafür kann man danach, wenn man überlebt, noch viele weitere Schlachten schlagen.«

Der Blonde nickt. »Ich glaube, das verstehe ich.«

»Außerdem kann man manchmal wirklich etwas

erreichen. Wenn sich ein Heiler genügend anstrengt, ist er vielleicht erschöpft, aber es bringt ihn nicht um, und er kann jemandem so weit helfen, daß er gerade überlebt.«

Brede nickt wieder und ißt den letzten Bissen Brot.

»Glaubt ihr denn, es wird in dieser Weise bis Vergren weitergehen?« Kadara blickt in die Dunkelheit hinaus.

Brede schüttelt den Kopf. »Ich glaube nicht. Die höheren Hügel sind zu kahl, als daß Räuber sich dort verstecken könnten.« Dann zuckt er die Achseln. »Aber man kann nie wissen. Ich bin froh, daß Dorrin die Fähigkeit hat, uns zu warnen.«

»Ich auch«, stimmt Kadara zu.

Dorrin freut sich, daß er in den Augen seiner kräftigeren und kampferprobten Gefährten doch etwas wert ist. Er starrt in die Glut des Feuers. Das Weiß und Rot der Zerstörung ist fast wie das Chaos, aber nur fast. Nach kurzem Grübeln zieht er die Satteltaschen heran und öffnet sie, um den Inhalt zu überprüfen. Ein Funkeln erregt seine Aufmerksamkeit, und er forscht mit der Hand. Unten im Beutel liegt eine Silbermünze ... und eine weitere hölzerne Marke. Er schüttelt den Kopf und steckt die Silbermünze in die Börse. Nach kurzem Überlegen verwahrt er auch die Marke darin.

»Was war das?«

»Eine Holzmarke«, erklärt Dorrin.

Kadara kneift die Augen zusammen. »Wie hast du das gemacht, Dorrin?«

»Was denn?«

»Das mit den Pferden.«

»Ja, darüber habe ich mir auch schon Gedanken gemacht«, schaltet Brede sich ein. »Niemand hatte großes Interesse, uns etwas zu verkaufen, aber das änderte sich, sobald du mit dem Händler gesprochen hattest.«

»Hertor«, sagt Dorrin abwesend. Er denkt über die Silbermünze und die Holzmarke nach.

»Also ...« Kadara setzt sich zurecht und sieht ihn aufmerksam an.

Dorrin zuckt die Achseln. »Das hatte mit seiner Hündin zu tun.«

»Was war mit dem Hund?« fragt Kadara etwas gereizt, weil sie ihm alles aus der Nase ziehen muß.

»Das arme Tier war alt und hatte Schmerzen, außerdem eine Art Infektion. Ich konnte spüren, wie schlecht es ihr ging. Deshalb habe ich sie ein wenig geheilt.«

»Ich dachte, du wärst kein guter Heiler«, meint Brede beinahe vorwurfsvoll.

Dorrin seufzt. »So einfach ist das nicht ...«

»Das sagtest du schon.«

»Hunde sind kleiner als Menschen. Ich habe nicht viel Kraft für sie gebraucht, und sie hatte große Schmerzen.«

Kadara schüttelt langsam den Kopf. »Und dafür hat Hertor dir eine Holzmarke geschenkt?«

»Ich sollte sie dem Pferdehändler zeigen. Ich wußte aber anfangs nicht, was die Marke zu bedeuten hatte«, meint Dorrin etwas einfältig. »Ich dachte, sie wäre vielleicht nützlich, aber ich habe euch nichts gesagt, weil ich befürchtet habe, es käme doch nichts weiter dabei heraus.«

»Tja«, lacht Brede, »sie hat uns auf jeden Fall geholfen, die Pferde zu bekommen. Wer hätte gedacht, daß ihm ein Hund so wichtig ist?«

Dorrin runzelt die Stirn, denn er erinnert sich an Hertors Stimme, als der Mann sagte: »Der beste Hühnerhund, den ich je hatte.« Aber er schenkt sich die Antwort und legt wortlos die Satteltaschen zur Seite.

»Laßt uns aufräumen«, meint Kadara energisch und keine Widerrede duldend. »Wir haben morgen weit zu reiten.«

XX

Dorrin rutscht unbehaglich im Sattel herum. Die Schenkel sind wundgescheuert, am Hintern hat er Prellungen. Ob es besser gewesen wäre zu laufen? Vor ihm sitzt Kadara völlig entspannt im Sattel der größeren, kastanienbraunen Stute und übt Schwertgriffe, während die drei Pferde langsam über den hartgefrorenen Lehmboden stampfen.

Dorrin fragt sich, ob er das gleiche mit seinem Stab tun sollte, der im Lanzenköcher steckt, aber ein Zucken der überbeanspruchten Beine bringt ihn sofort wieder davon ab. Wenn er, ungeschickt, wie er ist, im Reiten trainieren würde, dann würde er womöglich noch Meriwhen oder sich selbst verletzen.

Er weiß selbst nicht genau, warum er die Stute Meriwhen genannt hat, aber aus irgendeinem Grund war er sicher, daß sie einen Namen braucht. Er kann doch schlecht immer nur ›Pferd‹ oder ›Stute‹ zu ihr sagen.

Er betrachtet den Stab. Kann er es sich erlauben, mit dem Üben noch eine Weile zu warten? Wie lange will er sich noch von Kadara und Brede verteidigen und sich wegen seiner Unfähigkeit verspotten lassen? Eine einzige Begegnung mit Räubern, und seine Schulter ist immer noch nicht ganz verheilt, während Kadara und Brede die drei Banditen erledigt haben, als wäre es ein Kinderspiel.

Er betrachtet das Gebäude vor ihnen. »Das kann nicht die Festung der alten Herrscher von Montgren sein«, meint er. Der kleine, aus weißem Stein gebaute Bergfried ist kaum fünfzig Ellen breit, die Wände sind höchstens fünfzehn Ellen hoch. Aber er steht auf einem flachen Hügel, der sich in alle Richtungen hundert Ellen weit erstreckt. Der Hügel ist nur mit Gras bewachsen, das von Wind und Wetter gezaust wird. Unter dem Hügel im Tal liegt Vergren, die niedrigen

Steinmauern vom Alter gezeichnet, aber dennoch nicht verfallen. Hohe Wolken sind über den Nachmittagshimmel getupft, und die Wärme der Sonne im Rücken ist mehr als willkommen.

»Was meinst du damit?« Brede lenkt seinen Wallach neben Dorrin. Kadara bleibt dicht neben ihm, das kurze rote Haar weht im Wind.

»Niemand hat erwähnt, daß ...« Dorrin deutet zum Bergfried, aber seine Gedanken rasen, während er überlegt, welche Gewalt nötig war, um die alte Zitadelle zu schleifen.

»Nun, dort ist der Bergfried, und es ist jemand daheim. Laßt uns ihm einen Besuch abstatten.« Bredes fröhliche Stimme trägt weit zwischen den Hügeln. Mit der großen Hand, die in einem Handschuh steckt, deutet er auf das weiße Banner mit dem roten Rand, das auf dem Turm flattert.

»Danke, aber ohne mich«, erwidert Dorrin. »Ich würde lieber direkt in die Stadt reiten.«

»Glaubst du wirklich, wir wären so dumm, in die Festung eines Weißen Magiers zu reiten?« fragt Kadara.

Dorrin errötet. Warum nimmt er Bredes Worte nur immer so ernst? Weil der große junge Mann stets so aufrichtig spricht? Dorrin zieht an den Zügeln und unterdrückt ein Stöhnen, als die Stute sich wieder in Bewegung setzt. Bei jedem Schritt des Tiers erinnern seine Schenkel ihn daran, daß er nicht zum Reiter geboren ist. Er rückt den Stab im Lanzenköcher ordentlich zurecht, aber er sieht sich nicht um, weil er fürchtet, Kadara könnte ihn auslachen.

Warum fällt er nur immer wieder auf Bredes Scherze herein? Warum fällt es ihm so schwer zu lachen? Er preßt die Lippen zusammen. Er weiß keine Antworten auf seine Fragen, und außerdem ist er vollauf damit beschäftigt, das Pochen in den wunden Beinen zu ignorieren.

Die drei lenken ihre Pferde nach rechts auf die Straße, die nach Vergren hineinführt.

»Ich frage mich nur, was aus dem alten Herrscher geworden ist«, murmelt Dorrin.

»Wie bitte?« fragt Brede höflich.

»Nun ja«, erklärt Dorrin, »in den Aufzeichnungen der Gründer wird die Festung des Herzogs erwähnt, aber es ist offensichtlich, daß die Weißen Magier sie nach seinem Tod geschleift haben. Der Präfekt von Gallos herrscht dagegen noch in Gallos, und der Herzog von Hydlen herrscht in Hydolar. Über ganz Hydlen, meine ich. Es ist alles ziemlich verwirrend.«

Brede sieht Kadara an, dann wieder Dorrin. »Lortren hat es uns doch erklärt.«

»Dorrin hat wahrscheinlich nicht zugehört und über seine Maschinen nachgedacht«, meint Kadara.

Dorrin wird rot.

»Es ist eine Frage der praktischen Politik«, erklärt Brede. »Fairhaven hat Montgren übernommen, weil es so nahe war. Die anderen Herzogtümer beherrschen die Magier dagegen nur indirekt. Sie haben lediglich Abkommen geschlossen oder Abmachungen getroffen, und sie werden dafür bezahlt, daß sie die Straßen unterhalten.«

»Wie dumm«, murmelt Dorrin. »Wer will schon soviel reisen?«

»Das ist überhaupt nicht dumm«, widerspricht Kadara. »Recluce hat das Ostmeer, und das ist auch nichts weiter als eine Straße.«

Dorrin weiß, daß sie recht hat. In Wirklichkeit ärgert er sich nur darüber, daß er auf einer Straße reist, die nicht besonders gut ausgebaut ist. Die Beine tun ihm weh, er hat nichts, und Kadara und Brede haben einander. Als die Holztore Vergrens vor ihnen auftauchen, zügelt Dorrin sein Pferd und läßt die beiden Kämpfer vorausreiten.

Das Stadttor ist schwer, und die geölten Eisenscharniere sind doppelt so dick wie Bredes Unterarme, aber die Tore sind an den grauen Seitenwänden festgestellt.

Sie sind offenbar seit Jahren nicht mehr geschlossen worden, oder wenn, dann höchstens, um die Scharniere instand zu halten. Nur eine einzige Wächterin steht am Tor. Sie sitzt hinter einer Schießscharte und mustert die drei Pferde und die Reiter. Eine Aura von Weiß umgibt die Wächterin, aber der Gesichtsausdruck verändert sich nicht, als die drei unter ihr vorbeireiten. Meriwhens Hufe klicken auf dem Stein.

»Wohin jetzt?«

»Wir beginnen am Hauptplatz«, antwortet Brede. »In jeder Stadt gibt es einen Hauptplatz.«

Auf der rechten Seite der schmalen Straße laufen zwei Frauen in Stiefeln, Hosen und schweren, formlosen Hemden. Jede trägt einen großen Korb mit nasser Wäsche, und sie sehen nicht auf und sagen kein Wort, als die Pferde sie überholen.

Dorrin blickt in eine Gasse, aber im Gegensatz zu den Gassen in Tyrhavven gibt es hier keinen Unrat und keinen Dreck, sondern nur harten Lehm, auf dem dicht vor den grob verputzten Rückwänden der Häuser ein paar Gräser wachsen. Er grinst, als er einen Haufen Pferdeäpfel sieht, aber gleich darauf taucht ein Junge mit einer Schaufel auf, der sie entfernt. Ohne die Pferde anzusehen, zieht sich der Junge sofort wieder in einen Hauseingang zurück.

»Es ist ruhig hier.« Kadara hat recht, nur das Klappern der Hufe ist zu hören.

Doch wie um ihre Einschätzung zu verspotten, tauchen plötzlich vor ihnen aus einer Gasse ein Pferd und ein Wagen auf. Der Wagen besteht aus geöltem, ungestrichenem Eichenholz, genau wie die hohen, mit Eisen beschlagenen Räder.

Auf der Ladefläche stehen ordentlich aufgereihte, zugedeckte Körbe. Der Kutscher trägt die gleichen unansehnlichen Sachen wie die Wäscherinnen. Brede, Kadara und Dorrin zügeln ihre Pferde, damit der Wagen in die schmale Straße einbiegen kann.

Dorrin tätschelt Meriwhen den Hals. »Immer mit der Ruhe, mein Mädchen«, beruhigt er sie. Er schickt seine Sinne aus, berührt die Körbe und nickt. Es sind Kartoffeln darin. Die Gefährten folgen dem Wagen nach Süden, bis sie eine Lücke zwischen den Steinhäusern erreichen.

Im Zentrum des Platzes steht eine flache Bühne aus Stein, die auf drei Seiten von einer niedrigen Ziegelmauer umgeben ist. Rings um die Bühne ist der Boden etwa zwei Dutzend Ellen weit mit dunkelroten Ziegeln gepflastert, so daß ein rotes Quadrat entsteht.

Am nördlichen Ende stehen drei Häuser, in denen sich anscheinend ein Kurzwarenladen, ein Schlächter und ein Küfer befinden. An der Südseite gibt es nur ein einziges langes, schmales Gebäude, dessen Zweck man von außen nicht erkennen kann. Im Westen findet sich ein Gasthof, und auf dem erst kürzlich frisch gestrichenen Schild ist der Name zu sehen: ZUM GOLDENEN WIDDER. Unter den Lettern in alter Tempelschrift ist ein stilisierter goldener Widder abgebildet.

Brede betrachtet das weiß und grün gestrichene Vordach und die lackierten, glänzenden Eichentüren. »Zu teuer.«

»Offensichtlich«, stimmt Kadara zu.

Ein vierschrötiger, in Leder gekleideter Mann, dessen doppelschneidiges Schwert in einem Schultergeschirr steckt, steht neben einem älteren braunen Wallach und einem Wagen.

Brede zügelt sein Pferd. »Ich bitte um Verzeihung …«

»Sprich nur, großer Junge.«

»Gibt es hier irgendwo eine Unterkunft, die nicht ganz so teuer ist?« Brede deutet zum *Goldenen Widder.*

»Nehmt die Straße dort an der Ecke. Ein paar Häuser weiter hinunter.« Der Söldner deutet zur südöstlichen Ecke des Platzes, wo eine Straße beginnt. Dann bläst er die Backen auf, als wollte er ausspucken, schaut zum ungekennzeichneten Gebäude und schluckt.

»Danke.«

»Keine Ursache«, murmelt der bärtige Mann, während er sein Pferd losbindet.

Der Bauernwagen fährt krachend über den Platz und verschwindet hinter der südwestlichen Ecke. Weniger als ein Dutzend Fußgänger sind auf den erhöhten Gehwegen unterwegs, die den Platz umgeben.

»Wollen wir dann?« fragt Brede.

Dorrin betrachtet den gepflegten, ordentlich aussehenden Gasthof. Er macht sich Gedanken, wo sie wohl landen werden, da sie die Ausgaben niedrig halten wollen. Eine gute halbe Meile die Straße hinunter und nachdem sie im *Goldenen Becher* und im *Söldnerkrug* nachgefragt haben, erreichen sie den Gasthof *Zu den drei Kaminen.*

»Was kostet hier die Übernachtung?« fragt Brede.

»Eine Kupfermünze die Nacht im Gemeinschaftsraum. Decken und Matte bringt ihr selbst mit. Wenn ihr nichts habt, könnt ihr natürlich auch auf dem nackten Holz schlafen.« Die dünne Wirtin beäugt das Trio.

»Und der Stall?«

»Zwei Kupfermünzen die Nacht für das Pferd, einschließlich Heu und Wasser, kein Korn.«

»Gibt es hier auch etwas zu essen?«

»Unsere Mahlzeiten sind einfach und gut. Suppe und Brot, gelber Käse, Bier oder Met. Drei Kupfermünzen die Suppe und das Brot für jeden von euch. Ein Kupferstück für den Käse, zwei für Bier oder Met. Einer für Rotbeerensaft.«

»Nun … wir haben wirklich Hunger.«

Dorrins Magen knurrt, als wolle er ihm zustimmen.

Die drahtige Frau betrachtet die drei.

»Setzt euch da drüben hin.« Sie deutet mit einem knochigen Finger zum Ecktisch. »Und keine Waffen im Haus, damit es keinen Ärger gibt. Verstanden?«

»Wir haben verstanden«, sagt Brede lächelnd.

Das Gasthaus *Zu den drei Kaminen* ist eigentlich kaum

mehr als eine schlichte Herberge, denn es gibt nur zwei Gemeinschaftsschlafräume und einen Schankraum. Dorrin hätte lieber mehr gezahlt und sich dafür weniger fehl am Platz gefühlt.

Eine ältere Frau, weder dick noch dünn, deren silbernes Haar so kurz geschnitten ist, daß die langen Ohren frei bleiben, taucht hinter Kadara auf. Die graue Schürze ist frisch gewaschen, dennoch sind zahlreiche alte Flecken zu sehen. »Das übliche, meine Lieben?«

»Das übliche?« fragt Dorrin verblüfft.

»Suppe, Brot und Bier. Das macht zusammen nur drei Kupferstücke, und das ist viel weniger, als ihr sonst in Vergren dafür zahlen müßtet.«

»Kann ich auch Rotbeerensaft haben?« fragt der Heiler.

»Es bleibt trotzdem bei drei Kupferstücken, aber ich kann ja das Brot ein bißchen dicker schneiden.«

»Dann nehme ich das.«

»Ich auch, aber mit Käse.«

»Du siehst auch aus, als könntest du es gebrauchen, Bursche.«

»Für mich das gleiche.«

Als die Bedienung in der Küche verschwunden ist, sieht Dorrin sich in dem quadratischen Raum um. Weniger als die Hälfte der Plätze ist besetzt, denn die Mittagszeit ist schon eine ganze Weile vorbei. An vielen Tischen sitzen ältere Männer still vor ihrem Schoppen.

»Ein wundervolles Lokal«, bemerkt Kadara.

»Es ist keine gute Idee, Geld auszugeben, von dem wir noch nicht wissen, wie wir es ersetzen sollen«, antwortet Brede.

Dorrin reibt sich die Nase und versucht, ein Niesen zu unterdrücken, aber es gelingt ihm nicht. »Hatschi«, platzt er heraus.

»Na, na, so schlimm ist es auch wieder nicht«, grinst Brede.

»Ha-hatschi!«

»So, meine Lieben, da hätten wir euer Essen.«

Drei angeschlagene braune Steingutschalen landen auf dem Tisch, dann folgen drei ebenso mitgenommene Becher und schließlich noch drei große, zerkratzte und verbogene Löffel.

»Und hier ist das Brot.«

Wie versprochen bekommt Dorrin das größte Stück vom dunklen Brot, aber auch das kleinste, das Kadara bekommen hat, ist noch fast eine dreiviertel Elle lang. Die Bedienung legt einen kleinen Keil Käse vor Brede auf den Tisch. »Sonst noch etwas, meine Lieben?«

»Nein, danke«, antwortet Dorrin.

Sie nickt und geht zum nächsten Tisch, um von einem dicken Kahlkopf mit grauem Bart einen Krug und eine Kupfermünze in Empfang zu nehmen.

Brede bricht sich fast ein Viertel von seinem Brot ab und hat es schon fast verschlungen, ehe Dorrin auch nur zweimal abgebissen hat. Kadara hat ihr Brot in fast der gleichen Zeit aufgegessen.

Dorrin probiert mit dem verbogenen Löffel die dunkle Brühe, die seine Suppe sein soll – lauwarm, salzig und bitter –, aber es ist offensichtlich nichts darin, das ihm gefährlich werden könnte. Er ißt einen und noch einen Löffel und kaut dazwischen sein Brot.

»... womit kann ich Euch dienen, meine werten Gäste?«

Dorrin sieht sich um, weil die Wirtin gezwungen höflich gesprochen hat.

Drei in weißes Leder gekleidete Gardisten, zwei Männer und eine Frau, stehen in der Tür. Die Männer sind glatt rasiert, alle drei haben harte Gesichtszüge.

»Der einzige große Tisch, den ich noch habe, ist dieser hier«, erklärt die Wirtin. Dorrin kommt es vor, als hätte sie auf ihn und nicht auf den freien Nachbartisch gedeutet.

Die drei setzen sich. Der ältere, grauhaarige Mann trägt auf dem Aufschlag der weißen Lederweste einen schwarzen Kreis. Er sieht kurz zu den drei Gefährten herüber, und dann scheint es, als würde er Dorrin anstarren. Dorrin erwidert den Blick einen Moment lang, dann schlägt er die Augen nieder.

Der ältere Gardist zielt auf die Bedienung, und vor dem Gesicht der Frau erscheint eine kleine Flamme. Sie dreht sich sofort herum, sieht die in weißes Leder gekleideten Gäste und eilt zu ihnen. »Ja, Euer Ehren?«

»Suppe und Käse, dazu das gute Bier. Nicht das Zeug, von dem Zera immer sagt, es wäre das einzige, das sie hat«, verlangt der Mann.

»Das gleiche für mich«, schließt sich die Frau an.

Der letzte Gardist nickt nur. Er ist damit beschäftigt, sich mit der Spitze eines Messers aus Neusilber die Fingernägel zu säubern.

Die grauhaarige Bedienung zieht sich durch den Rauch in die Küche zurück, und die anderen Gäste ignorieren demonstrativ die Weißen Gardisten.

Dorrin leckt sich nervös die Lippen, als die Gardistin in seine Richtung blickt.

»Ich werde dich schon nicht auffressen, Süßer. Noch nicht ...« Sie grinst ihn höhnisch an, und die Narbe auf der linken Wange läßt ihr Grinsen diabolisch und böse aussehen.

»Hör doch auf damit, Estil«, weist der Anführer sie zurecht. »Er ist ein Jahrzehnt jünger als du, und außerdem ist er einer dieser wandernden Heiler.«

»Wo war er, als ich Heilung brauchte?«

»Nun hör schon auf.«

»Also gut.«

Dorrin blickt zur Tür und versucht, das Gespräch über die Wachablösungen und jemanden namens Jeslek und die unfreundlichen Einwohner von Vergren zu überhören.

»... Jahrhunderte später, und man wird glauben, wir hätten eigenhändig die alte Festung niedergerissen ...«

Ein bärtiger Mann stößt die verkratzte Tür auf und

verläßt die Gaststätte. Offenbar hat inzwischen ein leichter, kühler Frühlingsregen eingesetzt. Ein Schwall kalter, feuchter Luft strömt in die Herberge und bringt Bewegung in die verbrauchte, warme Luft.

Die Bedienung stellt mit raschen, geübten Bewegungen Krüge und Schalen vor den Weißen Gardisten ab.

»Das wurde auch Zeit …«

Der Anführer gibt ihr eine Art Münze, und sie nickt.

»Warum müssen wir überhaupt hier essen?«

»Du weißt den Grund.«

»Jaja … weil wir uns überall sehen lassen müssen und weil es gut für die Schatulle des Rates ist, wenn wir billig einkehren.«

Die drei aus Recluce wechseln einige Blicke. Brede steckt sich ein Stück Brot in den Mund, während Kadara ihren Becher leert. Dorrin schlürft mechanisch den Rest Suppe und kaut noch an der Brotrinde, obwohl sein Magen mehr als voll ist.

»Laßt uns gehen.«

Dorrin langt nach seinem Tornister.

»Mach's gut, mein Süßer.«

Dorrin errötet, aber Kadara grinst, und auch Brede muß lächeln.

»Estil …«

»Er ist wirklich süß – ganz im Gegensatz zu dir.«

Dorrin reißt den Blick vom höhnisch grinsenden Gesicht der Gardistin los und stolpert in den verregneten Nachmittag hinaus.

»Du hast da anscheinend bei jemandem einen bleibenden Eindruck hinterlassen.«

Dorrin überhört Kadaras boshafte Bemerkung und blickt zum Geländer, wo die Pferde festgebunden sind. »Und was machen wir jetzt?«

»Jetzt sehen wir uns den Stall an. Dann können wir zum Bauernmarkt gehen, an dem wir vorbeigekommen sind, und unseren Reiseproviant auffüllen.«

Dorrin legt sich die wasserdichte Decke über die

Schulter und wischt sich die Regentropfen von der Stirn. »Es ist so still hier. Niemand sagt etwas, die Leute reden kaum.«

»Wir sind hier Fremde. Was erwartest du?«

XXI

Die Hochebene bebt.

Eine Lichtkugel kreist flackernd um die einsame, weiß gekleidete Gestalt, die inmitten des grellen Leuchtens steht.

Rauch wallt von den Hügeln herunter, die rings um den Weißen Magier mit dem glänzenden weißen Haar und den Augen, die wie kleine Sonnen leuchten, entstehen.

Das Beben nimmt kein Ende.

In der Ferne wird ein Fluß aus dem Bett geworfen, das silberne Wasser ergießt sich nach Süden und überflutet Wiesen- und Weideland. Noch weiter entfernt beben Gebäude, und Steinmauern zittern. Einige Dächer brechen über den unglücklichen Bewohnern zusammen.

Höher und höher wachsen die Hügel, bis der Magier, der sie hat entstehen lassen, vor ihnen wie ein Zwerg aussieht. Doch sie bedrohen weder ihn noch das glitzernde Band aus weißem Stein, das sich nach Westen erstreckt.

Auf der anderen Seite des Ostmeeres sehen fünf Männer und eine Frau, die alle schwarz gekleidet sind, in einen Spiegel. Sie schütteln den Kopf oder runzeln die Stirn. Einer der Männer, er ist groß und hager, tut beides gleichzeitig.

»Er läßt Berge wachsen, um ihre Straße zu schützen.«

»Und doch erdrücken sie ihn nicht, während er sie wachsen läßt.«

»Ist das die Folge von zuviel Ordnung in Recluce?«

»Wie könnten wir weniger haben? Wir zahlen jetzt schon einen hohen Preis.« Die dunkelhaarige Frau sieht den hageren Magier an.

»Er wird der nächste Erzmagier sein«, meint dieser.

»Erzmagier zu werden ist leichter, als das Amulett zu behalten«, erwidert die Frau.

Im Spiegel kreist der Rauch um den blendend hellen, weißen Fleck.

XXII

Was hat er von den Leuten in Vergren erwartet? Den ganzen Nachmittag über bis zum Abend hat Dorrin diese Frage beschäftigt: während sie durch die fast makellos sauberen Straßen gelaufen sind, in denen etwas unsichtbares Weißes zu spüren war, und auch beim Abendessen, als es einen Eintopf gab, der kaum dicker war als die Suppe vom Mittag, und sogar noch während der fast schlaflosen Nacht auf den staubigen Brettern in der Herberge *Zu den drei Kaminen.*

In einem Schlafsaal mit Kadara und Brede zu nächtigen ist schon schlimm genug, aber mitzubekommen, wie die beiden sich zusammenkuscheln und flüstern, das setzt ihm wirklich zu, auch wenn sie höflich oder verstohlen genug sind, sich nicht zu lieben, solange er nicht eingeschlafen oder morgens vor ihnen aufgestanden und hinausgegangen ist.

Er kratzt einen Flohstich in der Achselhöhle. Wenn er wach ist, kann er die kleinen Tiere überzeugen, ihn in Ruhe zu lassen, aber im Schlaf funktionieren seine Heilfähigkeiten nicht sehr gut. Es gibt allerdings erfahrene Magier, die Schutzwälle errichten können, die auch im Schlaf noch wirksam bleiben.

Als sie nach Osten aus Vergren herausreiten, wirbelt der Nebel um sie, und von den Schieferdächern tropft es auf den Steinboden. Die Einwohner der Stadt erscheinen gespenstisch, wie die Geister alter Engel. Sie tauchen aus dem Nebel auf und verschwinden wieder, die Schritte sind auf dem Pflaster kaum zu hören. Irgendwo klirrt Geschirr.

»Es ist so still«, sagt Dorrin, und seine Worte klingen beinahe gespenstisch hohl.

»Das hast du gestern schon gesagt«, erwidert Kadara unwirsch.

»Gestern war es genauso ruhig.«

Er läßt seine Sinne durch Nebel und Dunst wandern, aber hinter dem unsichtbaren Weiß, das die ganze Stadt beinahe wie ein lautloser Kummer zu durchdringen scheint, kann er nichts wahrnehmen. Sind alle Städte, die von den Weißen Magiern beherrscht werden, so still?

Oder ist es nur der Geist der Stadt Vergren selbst, der immer noch dahinsiecht? Weil Montgren den Gründern geholfen hat? Oder weil die Menschen sich instinktiv der Ordnung zugewandt haben?

Dorrin schüttelt den Kopf. Auch die Weißen Magier brauchen irgendeine Art von Ordnung. Sie können nicht ganz und gar dem Chaos verschrieben sein, denn Fairhaven hat nach Creslins Flucht mehr als drei Jahrhunderte lang unumschränkt über den größten Teil Candars geherrscht. Dennoch strahlt Vergren inmitten all seiner Ordnung Verzweiflung aus.

Meriwhen wiehert und weicht einem Haufen Dung aus.

»Dorrin?«

»... äh ... ja?« Der Heiler dreht sich zu Kadara um.

»Du mußt achtgeben, wohin du reitest. Hör auf, über Maschinen oder was auch immer nachzudenken.«

»Ich habe aufgepaßt.« Er richtet sich auf und tätschelt Meriwhens Hals.

Nachdem die Mauern von Vergren im Morgendunst und zwischen den Hügeln hinter ihnen verschwunden sind, können sie auf der gepflasterten Straße nur noch die Huftritte ihrer Pferde und die eigenen Stimmen hören. Sogar die Schafe grasen stumm. Der Anblick der Tiere erinnert an winzige Wolken, die über feuchte Hangwiesen wehen.

Brede und Kadara unterhalten sich leise.

»... spidlarische Klingen sind zu schmal, sie enthalten nicht genug Metall, um einem Angriff zu widerstehen ...«

»Aber man kann damit auf andere Weise kämpfen, indem man mit der Schneide ...«

»... glaube immer noch, daß das Kurzschwert die beste Waffe ist ...«

»... ist aber nicht lang genug, um dich wirklich zu schützen ...«

Dorrin gähnt. Er soll aufmerksam bleiben, um sich technisches Gerede über Schwerter anzuhören? Er verlagert seine Position im Sattel und läßt die Sinne zu den endlosen Schafherden wandern. In den Hügeln ist nichts und niemand außer den Schafen, zottigen Hunden und hier und dort einem Fuchs.

»... Schilde ...«

»... sind aber zu sperrig, um beim Kampf zu Pferd eingesetzt zu werden ...«

Der Heiler gähnt und fragt sich, wie lange der Ritt noch dauern soll.

Der Morgen vergeht, aber die niedrigen Wolken verziehen sich nicht. Ein Hügel scheint wie der nächste, und die Schafe auf jeder neuen Wiese sehen so aus wie die auf der letzten.

»Wie will man da ein Schaf vom anderen unterscheiden?« murmelt Dorrin, als sie eine Hügelkuppe erreichen. Die schmale Straße, der sie bergauf und bergab gefolgt sind, seit sie Vergren verlassen haben, schwenkt hier von den Hügeln ab und mündet in eine breitere, mit gestampftem Lehm gedeckte Durchgangsstraße. Vor ihnen liegt eine Stadt, durch die sich die größere Straße wie ein unbewegter brauner Fluß windet. Am anderen Ende des Ortes sehen sie eine Handvoll von Geschäften, dahinter eine Baumlinie, die einen Wasserlauf markiert.

Dorrin sieht rechts neben der Straße den Namen WEEVETT auf einem Stein. »Ich frage mich, ob sie hier Wolle gewinnen.«

»Wahrscheinlich.« Brede deutet zu einem Gebäude auf der linken Seite und zu den Schafen dahinter. »Vermutlich wird hier überall Wolle gekämmt und gesponnen.«

»Warum machen wir das alles?« fragt Dorrin.

»Wir müssen nach Fairhaven. Das weißt du doch selbst.« Kadara wirft das Schwert in die Luft, packt es am Griff und schiebt es wieder in die Scheide.

»Laß doch die Angeberei. Ich meine, warum reisen wir überhaupt nach Fairhaven?«

»Weil wir es tun müssen, wenn wir jemals nach Recluce zurückkehren wollen.«

Dorrin betastet den Stab im Lanzenköcher. »Sie lassen uns nicht zurückkehren, ganz egal, was Lortren gesagt hat. Ist euch schon einmal jemand begegnet, der zurückgekehrt ist?«

»Lortren«, meint Brede.

»Und wer außer ihr?« Dorrin hätte es sich gleich denken können. Brede und Kadara glauben natürlich, daß man ihnen die Rückkehr gestatten wird. Sie sind Schwertkämpfer wie die weißhaarige Magistra. Und vielleicht dürfen sie ja wirklich zurückkehren, nachdem sie bereut und sich der Bruderschaft ganz und gar unterworfen haben.

Für ihn, das ist ihm jetzt schon klar, wird der Preis mindestens der sein, daß er seine Träume von Maschinen der Ordnung verwerfen und eine falsche Vorstellung von der angeblich wahren Ordnung annehmen muß.

»Felthar«, fügt Kadara hinzu.

»Auch ein Schwertkämpfer.«

»Was hat das damit zu tun?«

Dorrin rutscht auf dem Sattel herum, um die Beine zu strecken. Meriwhen wiehert leise.

»Dorrin meint, daß nur sehr wenige Heiler zurückkehren, Kadara.«

»Aber warum ist das so?«

»Ich weiß es nicht«, meint Dorrin bedrückt. »Aber es ist wahr.«

Es gibt nichts weiter zu bereden, und die drei reiten schweigend in Richtung Osten, bergauf und bergab durch Weevett und danach wieder zwischen grasenden Schafen durch das Hügelland.

XXIII

Die Frühlingssonne spiegelt sich vor den drei Reitern gleißend auf der Straße. Dorrin hat die Augen zusammengekniffen und verläßt sich beinahe mehr auf seine anderen Sinne als auf die verschwommenen Bilder, die ihm vor den Augen tanzen. Seine Sinne zucken zurück, als er sie auf die Stadt unten im Tal richtet, und er wechselt zwischen Sinnen und Augenlicht und windet sich gequält im Sattel.

»Was ist los?«

»Das grelle Licht.«

»Welches grelle Licht? Es blendet etwas, aber so schlimm ist es doch nicht.« Kadara blickt zur Morgensonne, dann wieder zu Dorrin.

Dorrin kneift noch immer die Augen zusammen.

In dem lieblichen Tal, das sich jetzt vor ihnen erstreckt, ziehen sich weiße Straßen zwischen nicht ganz zufällig verteilten Gebäuden entlang, und man sieht grünes Gras und immergrüne Bäume, die hier und dort die Dächer ein kleines Stück überragen.

»Es gibt keine hohen Häuser«, sagt Brede, nachdem er die ganze Stadt überblicken kann. »Man sollte doch meinen, daß die Magier wenigstens ein oder zwei hohe Häuser gebaut haben.«

»Vielleicht gibt es welche im Zentrum von Fairhaven«, meint Dorrin, »aber es sind sicher nicht viele. Hohe Gebäude und das Chaos vertragen sich nicht gut miteinander.«

»Warum nicht?« will Kadara wissen.

»Weil das Chaos die Neigung hat, jedes Material zu schwächen«, erklärt Dorrin. »Je höher du baust, desto besser muß es gestützt werden. Deshalb sollten wir auch Maschinen bauen.«

»Machst du dir immer noch über Maschinen Gedanken?« Brede schüttelt den Kopf.

»Er denkt immer und überall über Maschinen nach«, erklärt Kadara leise.

»Ich meine es ernst«, beharrt Dorrin. »Die Ordnung kann die Maschinen zusammenhalten, so daß sie sogar dem Chaos trotzen können, wenn sie aus Schwarzem Eisen gebaut sind. Aber die Anhänger des Chaos können solche Maschinen nicht nutzen.«

»Das ist theoretisch richtig, aber wenn die Maschinen so gut sind, warum ist die Bruderschaft dann dagegen, und warum bist du hier?« Brede sieht wieder zur Stadt. Es scheint ihm, als käme ihnen aus Fairhaven ein Fuhrwerk entgegen. »Wer mag das sein?«

»Sie haben Angst vor den Maschinen, und sie können sie nicht begreifen. Maschinen können aber nur das tun, wozu sie gebaut sind …«

»Dorrin, darüber haben wir doch schon so oft gesprochen«, unterbricht Kadara ihn. »Uns brauchst du wirklich nicht zu überzeugen.«

Dorrin schließt die Augen. Statt ihr zu antworten, tastet er mit den Sinnen nach dem Fuhrwerk. »Der

Wagen ist leer, es ist nur eine Person darauf, die sich wie ein alter Mann anfühlt.«

Wie um Dorrins Einschätzung zu bestätigen, hören sie im gleichen Augenblick die schlecht geschmierten Räder quietschen.

Als erstes können sie in der Morgensonne eine schwankende schwarze Gestalt erkennen. Dann schält sich ein braunes Fuhrwerk heraus, wie es von Bauern benutzt wird. Gezogen wird es von einem großen Pferd mit einem Hohlrücken.

»Hüah«, ruft der Fahrer mit flacher, ausdrucksloser Stimme. Der Wagen fährt holpernd auf der linken Seite der gepflasterten Straße und bewegt sich so dicht an Dorrin vorbei, daß dieser die Peitsche des Kutschers berühren könnte, wenn er den Arm ausstrecken würde. Aber er tut es nicht, sondern schürzt die Lippen und schluckt schwer.

Der Fahrer scheint kaum älter als er oder Brede zu sein, aber für seine Sinne fühlt er sich alt an, und manchmal offenbaren die Sinne die Realität deutlicher als die Augen.

Dorrin zieht kurz an den Zügeln, um zu Brede und Kadara aufzuschließen, denn als das Fuhrwerk vorbeigefahren ist, ist er zurückgefallen. Bevor er die Gefährten erreicht, galoppiert ein Bote vorbei, weiß gekleidet und mit einer roten Schärpe über dem Hemd. Zwei weitere Wagen fahren in die andere Richtung.

Beizeiten halten die drei unter zwei niedrigen, leerstehenden Türmen, die aus weißem Stein gebaut sind und das Stadttor einrahmen.

Dorrin betrachtet das Tor und die Türme, dann blickt er zu den hellgrünen Blättern der Bäume und den gestutzten Büschen dahinter. Sein Blick wandert am weißen Torhaus vorbei über das Pflaster der Straßen und Gehwege. Es pocht hinter der Stirn, was er als Warnung auffaßt. Er muß unbedingt herausfinden, warum ihm die Weiße Stadt so zusetzt, dieses Zentrum der Weißen, das noch für Generationen, wenn nicht Jahrtausende der Mittelpunkt Candars sein wird.

Wieder fährt ein Wagen krachend vorbei und verläßt auf der in der Mitte geteilten Prachtstraße, auf der sie inzwischen reiten, in westlicher Richtung die Weiße Stadt. Und weiß ist diese Stadt in der Tat. Es ist ein grelleres Weiß als das Weiß des Sandes zur Mittagszeit am östlichen Strand von Recluce. Weiß und sauber ist sie, und sogar die Wege sind mit hellgrauem Granit gepflastert, der in der Sonne weiß funkelt und im Schatten immer noch zu leuchten scheint.

Nachdem er Brede und Kadara an den alten, leerstehenden Türmen vorbei in den Ort gefolgt ist, überblickt Dorrin das Tal und staunt über das Zusammenspiel von Weiß und Grün. Grüne Blätter wachsen auf Bäumen, die seinem Gefühl nach eigentlich höher sein müßten. Die Blätter bewegen sich im leichten Wind und legen sich vor die weißen Flächen. Zwei große Straßen, die Ost-West-Straße und die Nord-Süd-Straße, treffen sich hier und scheinen die Stadt in Viertel zu schneiden wie Schwerter aus weißem Pflasterstein.

Sie überschreiten eine unsichtbare Grenzlinie, hinter der fast alle Gebäude rein weiß zu sein scheinen. Ein Mittelstreifen aus Gras und Büschen, der von Kalkstein begrenzt ist, teilt die beiden Fahrbahnen der Prachtstraße. Es ist Frühling und deutlich wärmer als in Tyrhavven oder Vergren, aber es sind keine Blumen und keine anderen Farben zu sehen außer dem Grün der Bäume, Büsche und des Grases und dem Weiß der Häuser und Straßen. Die Pferde und Fuhrwerke, die in die Stadt wollen, benutzen die rechte Fahrbahn, während all jene, die die Stadt verlassen, auf der linken Seite fahren. Fußgänger benutzen ausschließlich die Gehwege am Straßenrand. Zum Zentrum des flachen Tals hin tritt das Weiß stärker in den Vordergrund, während das Grün zurückweicht. Im Stadtzentrum steht ein einzelner Turm.

Dorrin holt tief Luft und läßt die Sinne mit dem Wind vorauseilen, aber er schreckt sofort wieder zurück, als er das Weiß und Rot spürt, welches das ganze Tal auszufüllen scheint und ihn zu zerfetzen droht. Er wischt sich die auf einen Schlag schweißnasse Stirn mit dem Ärmel ab. Die Weiße Magie scheint alles zu durchdringen, das Grün der Bäume und Gräser ebenso wie die von geschickten Maurern kunstvoll erbauten Häuser.

Dorrin kann kaum verstehen, was Kadara zu Brede sagt.

»Was wollen wir überhaupt hier? Und wie sollen wir die Weiterreise bezahlen? Jedesmal, wenn wir übernachten, ist es teurer als beim letzten Mal. Ich weiß nicht, wie es bei dir ist, aber ich habe nicht mehr viel Geld, und wenn wir ein ganzes Jahr in diesem verwünschten Land bleiben sollen, dann reicht es sicher nicht.« Kadara lenkt ihre Stute neben Bredes Pferd.

Dorrin wischt sich noch einmal die Stirn ab, dann langt er nach der Wasserflasche. Er nimmt einen tiefen Schluck und leert sie dabei fast.

»Es ist ganz einfach«, meint Brede. »Wir nehmen Arbeit bei einem Händler an oder so.«

»Ist dir klar, wie wenig sie zahlen? Und was sie von Kämpferinnen halten?«

»Hast du eine bessere Idee? Du warst doch diejenige, die gesagt hat, daß wir Geld brauchen.«

»Es muß etwas Besseres geben.«

»Ich kann nicht hier übernachten«, unterbricht Dorrin die Diskussion.

»Warum nicht? Du kannst dies nicht, du kannst jenes nicht, und die ganze Zeit willst du nur irgendwo sein, wo du deine dummen Maschinen bauen kannst.« Kadaras Stimme wird schärfer.

»Hier ist zuviel Chaos.« Dorrin schaudert und spürt abermals die Kraft der Weißen Magie, die von der

Straße und aus den Gebäuden heranzukriechen scheint wie die brennenden Fäden der Quallen, die manchmal unter der Oberfläche des Meeres lauern.

»Es ist doch eine angenehme und saubere Stadt, Dorrin.« Kadara deutet auf den gepflegten Rasen des Mittelstreifens. »Es gibt keinen Grund, es sich hier nicht eine Weile gutgehen zu lassen.«

»Schön. Dann bleibt ihr eben hier. Ich kann nicht bleiben. Wir treffen uns dann irgendwo.«

»Dorrin, das ist doch das Dümmste ...«

»Kadara.« Brede reitet zu Dorrin. »Kannst du uns sagen, warum du nicht hier übernachten kannst? Gibt es noch etwas außer dem Chaos?«

»Es ist überall, es ist wie eine unsichtbare Qualle mit brennenden Fäden. Es tut mir weh, durch die Stadt zu reiten, und ich kann kaum etwas ansehen, ohne daß mir die Augen tränen und brennen. Ich habe manchmal das Gefühl, daß ich kaum noch atmen kann.«

Dorrin starrt das Pflaster an, dann blickt er zu den niedrigen Eichen, die kaum die Dächer überragen. Die Stämme wirken heller als die der Bäume in den Hügeln von Montgren. »Sogar die Bäume sehen nicht richtig aus.«

»Mußt du jetzt sofort gehen, oder können wir vorher noch mit einigen Händlern sprechen?«

»Ich glaube, das werde ich aushalten, aber übernachten kann ich hier nicht.«

»Wie schön ... er träumt nicht nur von unmöglichen Maschinen, er sieht auch noch unsichtbare Quallen und komische Bäume.«

Brede und Dorrin starrten Kadara an.

»Ich vertraue seinen Gefühlen, Kadara, und wenn du in Fairhaven übernachten willst, werde ich bei Dorrin bleiben.«

Kadara schlägt die Augen nieder. »Es tut mir leid. Es ist ... es fällt mir nur so schwer, es zu glauben.«

Dorrin lächelt schief, obwohl seine Augen brennen.

»Wenn es nicht so weh tun würde, würde ich es selbst nicht glauben.«

»Ist es nur das Chaos?« fragt Brede.

»Nur?« gibt Dorrin trocken zurück.

Brede lacht. »Ein Punkt für dich, Dorrin.«

»Ihr zwei ... Männer!« murmelt Kadara.

»Wir müssen jetzt die Händler finden«, sagt Brede. »Glaubst du, sie könnten am Platz im Stadtzentrum sein?«

»Woher soll ich das wissen?«

»Nun gut ... wir sehen uns am besten zuerst den Hauptplatz an.«

Dorrin nickt. Es ist sicher nicht falsch, dort zu beginnen, und er hat es leichter, wenn er einfach Brede durch die unsichtbaren Wirbel des Chaos folgt. Wieder fährt ein Bauernwagen krachend vorbei, offenbar ist er in Richtung Montgren unterwegs.

»Warum fragen wir nicht einfach jemanden? Ihr Männer scheint zu glauben, daß es entwürdigend ist, nach dem Weg zu fragen. Dabei ist es viel einfacher, als ewig herumzureiten.«

Brede errötet. »Na schön, dann frag du.«

»Aber gern.« Kadara überholt Bredes Wallach und reitet zu zwei Männern, die vor einem schlichten Gebäude einen Wagen abladen. »Meine Herren ... könntet Ihr mir sagen, wo ich die Händler finde?«

Ein Mann mit einem Schmerbauch und dichtem weißem Haar, das vom Wind zerzaust ist, läßt einen Sack Mehl auf eine Handkarre fallen und schaut zu ihr auf. »Die freien Händler oder die niedergelassenen?«

»Die Händler der Stadt.«

»Das wären wohl die niedergelassenen. Die meisten haben ihre Läden am Platz der Händler.«

»Ich kenne mich hier nicht aus. Ist das der Hauptplatz da vorn?«

»Das dort ist der Platz der Magier.«

Der zweite Arbeiter spuckt in die Gosse und hebt

den nächsten Sack hoch, wobei er den Blicken der Reisenden ausweicht.

»Wo ist der Platz der Händler?«

»Bleibt auf dieser Straße, bis sie sich ein Stück hinter dem Weißen Turm teilt. Dort nehmt ihr die rechte Abzweigung.« Er schüttelt den Kopf und widmet sich einem weiteren Sack, den er zunächst einmal auf seinen vorstehenden Bauch hievt.

»Vielen Dank.«

Die beiden Arbeiter reagieren nicht auf den Dank.

Als die drei Gefährten zum Platz der Magier reiten, begegnen sie einem Trupp weiß gekleideter Kavalleristen, die sie mit kalten Augen mustern. Obwohl das Chaos um jeden der weißen Reiter wabert, zwingt Dorrin sich, dem kalten Blick des Anführers zu begegnen und so offen und neugierig dreinzuschauen, wie es wohl jeder gewöhnliche Reisende tun würde. Keiner der Weißen Gardisten spricht ein Wort, und auch die drei Freunde aus Recluce schweigen. Nur die Hufschläge sind zu hören.

Als sie sich dem Platz der Weißen Magier nähern, spürt Dorrin das zunehmende Chaos. Hier wachsen überhaupt keine Bäume mehr, nur noch Gras und niedrige Büsche.

In einer Seitengasse quietscht ein Karren. Er wird von einem Mann gezogen, der kaum mehr als Lumpen trägt und an den Wagen gekettet ist. Hinter dem Wagen geht eine Frau, die in das unsichtbare Weiß des Chaos gekleidet ist, und neben ihr läuft ein zweiter zerlumpter Mann. Hinter diesen folgen zwei bewaffnete Weiße Gardisten zu Fuß.

Die Weiße Magierin deutet auf einen Haufen Unrat, und ein Feuerstrahl bricht aus ihrem Finger und trifft den Abfall.

Es zischt, und dann rieselt weiße Asche zu Boden.

Der zweite Mann bückt sich rasch und fegt die Asche auf, die er in den kleinen Karren kippt.

Dann rollt der Karren weiter.

Dorrin schluckt. Kein Wunder, daß die Straßen von Fairhaven so sauber sind. Aber die Reinigungsmethode erklärt auch, warum er die Stadt nicht mag. Nach Jahren dieser lässigen Chaos-Reinigung hat sich ein feiner weißer Staub über Fairhaven gelegt, der vom Chaos durchtränkt ist.

»Das scheint mir eine Verschwendung der Magie zu sein«, bemerkt Brede leise.

»Wahrscheinlich ist es auch für die Magierin eine Strafe. Und natürlich war es eine Frau.« Kadara dreht sich um, obwohl sie den Karren schon nicht mehr sehen können.

»Können wir dem Platz ausweichen?« fragt Dorrin niedergeschlagen. Er schreckt vor den Kräften zurück, die vor ihm in den weißen Gebäuden flimmern.

»Ich würde ihn gern sehen.«

»Dann treffen wir uns auf der anderen Seite.«

»Ist das für dich auch in Ordnung?« fragt Brede.

»Lieber so, als mitten durch ... durch dieses Zeug zu reiten.« Dorrin starrt den einsamen vierstöckigen Turm an, der sich im Zentrum des Platzes erhebt, und schaudert. Er schwankt sogar ein wenig im Sattel unter der Macht der Energien, die den Weißen Turm umgeben. Als er die schwarzen Linien spürt, welche die weißen Granitblöcke des Turms zusammenhalten, zwingt er sich zu einem Lächeln. Sogar die Chaos-Meister brauchen etwas Ordnung.

»Bist du sicher, daß dir nichts geschehen wird?«

»Wenn ich mich von dem Schlimmsten fernhalte, kann ich es eine Weile ertragen.« Dorrin tätschelt Meriwhens Hals. »Ich hoffe es jedenfalls«, flüstert er noch zu sich selbst, als Brede schon seinen braunen Wallach zu Kadara lenkt.

An der nächsten Kreuzung biegt Dorrin nach rechts ab und folgt einem schmaleren Weg. Er spürt zwar Bredes Blicke im Rücken, aber er sieht sich nicht um, sondern konzentriert sich darauf, den Fußgängern auszuweichen, die sich ihrerseits am Straßenrand halten. Keiner schaut auf, als er vorbeikommt. Sie hasten nur rasch über die mit weißem Granit gepflasterten Straßen, und ihre Füße werfen kleine Wolken aus feinem Staub auf, der bald darauf wieder in die schmalen Fugen zwischen den Steinen sinkt.

An der nächsten Straße lenkt er Meriwhen wieder nach links auf eine andere Straße, die parallel zur Hauptstraße verläuft. Nach weniger als hundert Ellen muß er anhalten, als ein Verkäufer an einer breiteren Stelle der Straße einen Karren mit Lebensmitteln in eine Nische manövriert.

Fünf Männer, die formlose graue Umhänge tragen, warten, bis der Verkäufer seinen Grill aufgestellt und einige schon vorgekochte Pasteten ausgelegt hat. Auch jetzt wird der Heiler keines Blickes gewürdigt. Die Leute verhalten sich fast so, als würde er überhaupt nicht existieren. Als er wieder auf die Hauptstraße gelangt, sieht er, daß Brede und Kadara schon auf ihn warten.

»Du hast aber lange gebraucht.«

»Ihr hattet den kürzeren Weg. Habt ihr etwas Interessantes gesehen?«

»Auf dem Platz waren kaum Leute«, meint Brede nachdenklich. »Ob sie wohl Angst vor den Magiern haben?«

»Warum sollten sie? Die Magier halten die Stadt sauber, und es gibt hier fast keine Verbrechen.« Kadara treibt ihr Pferd an, bis es im Schritt läuft. »Laßt uns weiterreiten.«

»Wahrscheinlich fühlen sich die Menschen an einem Ort, wo das Chaos so übermächtig ist, nicht wohl«, grübelt Dorrin. Er lenkt Meriwhen hinter Kadaras Pferd.

Eine Menge Leute drängen sich auf dem Platz der Händler, und zwischen den Häusern, die den Platz umgeben, und dem Marktplatz selbst fahren Karren holpernd hin und her.

Brede deutet auf einen der Steinbauten – in Fairhaven gibt es so gut wie keine Gebäude aus Holz –, vor dem sich ein langer Pfosten zum Festbinden der Pferde befindet. Ein kleines Schild, das draußen hängt, verrät ihnen, wem das Gebäude gehört: GERRISH – HÄNDLER. Unter den in Tempelschrift gesetzten Worten ist ein mit dunkelgrüner Farbe gemaltes Pferd zu sehen, das einen Wagen zieht.

In Dorrins Augen wirkt die Zeichnung unbeholfen, auch wenn die Linien gleichmäßig sind und die Farbe eher neu ist.

»Sollen wir bei dem dort beginnen?« fragt Brede, während er mit jenen fließenden Bewegungen absteigt, die Dorrin im Lauf der Zeit immer mehr zu bewundern gelernt hat.

»Irgendwo müssen wir ja anfangen.« Kadara gleitet ebenso leicht vom Pferd.

Dorrin dagegen klettert mühsam von Meriwhen und zuckt zusammen, weil seine Schenkel immer noch wund sind. Als er seine Stute an dem Fichtenstamm festgebunden hat, der waagerecht auf zwei Stützen aus Stein ruht, haben Kadara und Brede sich schon den allgegenwärtigen feinen weißen Staub abgeklopft und die Gürtel und Schwerter zurechtgerückt. Dorrin folgt ihrem Beispiel, doch er läßt den Stab im Lanzenköcher zurück. Es würde nichts bringen, einen mehr als vier Ellen langen Stock ins Haus eines Händlers zu schleppen.

Außerdem würde er, so wie es bisher verlaufen ist, wahrscheinlich noch darüber stolpern. Also folgt er Brede und Kadara mit leeren Händen durch die halb geöffnete Tür in einen kleinen Raum. An einem langen Tisch steht ein schwergewichtiger Mann und mustert eine Karte, die an den Ecken mit Steinen beschwert ist.

»Hirl?« Er hält inne. »Du bist nicht Hirl. Was willst du?«

Brede lächelt freundlich. »Wenn Ihr Gerrish seid, so

wäre es doch möglich, daß Ihr vielleicht Hilfe braucht. Gardist und Helfer …«

»Ha …« Der Händler schüttelt den Kopf. »Du bist ja groß genug, aber deine … deine Freunde …«

»Kadara weiß mit dem Schwert vermutlich besser umzugehen als jeder andere, der für Euch arbeitet.«

Kadara sieht dem Händler in die Augen, der tatsächlich als erster den Blick abwendet. Dann blickt der Mann zu Dorrin, der seinerseits die schlichte Holzwand im Hintergrund anstarrt.

Dorrins Blick wandert zu dem Bogengang rechts neben dem Händler, durch den er ein Lagerhaus und einen Stall sehen kann. Neben der Tür sind kleine Fässer gestapelt.

»Schwertkämpfer? Warum sollte ich Schwertkämpfer brauchen?« fragt der Händler unwirsch.

Brede zuckt mit den Achseln. »Vielleicht stimmt es auch nicht, was ich gehört habe.«

»Höchstens ein Kupferstück für dich am Tag, und du mußt Lasten schleppen, wenn es nötig ist … mehr brauche ich nicht.« Der Mann zuckt mit den Achseln.

Brede sieht ihn fest an. »Das überrascht mich. Uns sind auf dem Weg von Tyrhavven Banditen begegnet. Und doch sagt Ihr, daß Ihr keine Wachen braucht.«

»Hör zu. Wir reisen nicht über die Nebenstraßen. Die Nebenstraßen werden nicht von der Weißen Garde kontrolliert, und sie sind beschwerlich und gewunden …«

»Führen denn die Straßen der Magier zu jedem Ort?« unterbricht Dorrin ihn.

»Natürlich nicht«, schnaubt der Händler. »Sie verbinden nur die größten Städte. Aber dort sind auch die Menschen, und wo die Menschen sind, da sind die Münzen.«

»Bringen so viele Münzen nicht die Banditen in Versuchung?« beharrt Brede.

»Nicht, wenn ihnen das Leben lieb ist.« Er winkt ab.

»Nun geht. Ich brauche keine Wachen, und erst recht keine Ausländer und Frauen. Außerdem bedeuten bewaffnete Wachen, daß eben auch Waffen eingesetzt werden, und wenn Schwerter eingesetzt werden, wird jemand sterben – und das ist nicht gut fürs Geschäft.«

Brede weicht zurück. »Wer treibt denn auf den Nebenstraßen Handel?«

»Frag in den kleinen Gassen nach, mein Freund. Dort wirst du niemanden finden, der genug Verstand hat.«

Gerrish sagt nicht die ganze Wahrheit, aber Dorrin zwingt sich, nicht den Kopf zu schütteln. Er blickt einen Moment zu den Arbeitern, die hinten im Lagerhaus Fässer stapeln. Dann wendet er sich an den Händler. »Sind die nicht niedergelassenen Händler noch draußen auf dem alten Gelände vor der Stadt zu finden?«

»Woher soll ich das wissen? Draußen vor der Stadt, in den kleinen Gassen – uns ist das einerlei.« Der Händler hebt die breiten Schultern und dreht sich herum, um einen Blick ins Lagerhaus zu werfen.

»Danke, Händler«, sagt Brede, indem er eine Verbeugung andeutet.

Kadara würdigt den Mann keines Blickes mehr, sondern geht einfach hinaus, die Hand auf den Schwertgriff gelegt.

Dorrin ist in Versuchung, dem Mann im Namen der Ordnung alles Gute zu wünschen, um ihn zusammenzucken zu sehen, aber er nickt nur und wendet sich ebenfalls ab.

Draußen auf der weiß gepflasterten Straße blicken die drei zu den Pferden, die friedlich gewartet haben. Brede bleibt neben einer der steinernen Stützen stehen, als er auf der anderen Straßenseite das Schild eines weiteren Händlers entdeckt.

»Was machen wir jetzt?« fragt Kadara.

Dorrin sieht sich auf dem Platz der Händler um. Sein Blick wandert von einem weißen Steinbau zum nächsten. Keiner ist höher als zwei Stockwerke. Die Straße, an der er steht, verläuft gerade wie ein Speer zum großen Hauptplatz von Fairhaven, wo die Gebäude der Magier einen gepflegten Park umgeben, in dem sogar ein paar alte weiße Eichen stehen. Der Bewuchs in der Mitte des Platzes der Händler, eingefaßt vom gleichen weißen Stein, mit dem auch die Straßen der Weißen Stadt gepflastert sind, besteht nur aus kurzem, kräftigem Gras und gestutzten Büschen mit blaugrünen Nadeln – Kerzenbüsche.

Dorrin bemerkt erst jetzt, daß sich hier anscheinend nur solche Pflanzen halten können, die dem Chaos zu widerstehen vermögen. Bunte Blumen gehören offenbar nicht dazu.

Zwei Männer und eine Frau, bekleidet mit den blauen Umhängen der Händler, betreten das Gebäude, das die drei Gefährten gerade verlassen haben.

»Und was machen wir jetzt?« fragt Kadara noch einmal. »Sollen wir es bei einem anderen Händler versuchen?«

Dorrin schüttelt den Kopf. »Man kann nicht zwei Herren gleichzeitig Schutzgeld bezahlen, und die hiesigen Händler haben sich den Weißen Magiern untergeordnet. Vielleicht irre ich mich, aber …« Er nickt zum Zeichen hin, das auf der anderen Seite der weiß gepflasterten Straße an einem Haus hängt. »Aber ich denke, Händler Alligash würde uns mit genau dieser Begründung abweisen.«

»Sollen wir jetzt einfach aufgeben?« Kadaras Hand liegt immer noch auf dem Schwertgriff.

»Wir müssen uns außerhalb von Fairhaven umsehen«, meint Dorrin.

Brede sieht zur Sonne, die im Westen nur noch knapp über den Hausdächern steht, und grinst niedergeschlagen. »Und wir müssen uns einen Ort zum Übernachten suchen. Dies ist keine Stadt, wo man einfach draußen auf einem Platz schlafen kann.«

»Unser Geld wird nicht ewig reichen«, erinnert Kadara ihn.

»Dann müssen wir aus der Stadt raus«, erklärt Dorrin.

Brede und Kadara sehen Dorrin groß an.

»Verdammt«, sagt Kadara, als auf einmal Hufschläge zu hören sind. Kadara greift nach dem Sattel, steigt aber nicht auf.

Aus der Richtung des Hauptplatzes kommen drei Reiter rasch auf den Platz der Händler geritten. Es sind weiß gekleidete und gepanzerte Gardisten. Zwei von ihnen sind Frauen, aber alle haben harte Gesichter und kurzes Haar. Die aus Neusilber geschmiedeten Schwerter zeigen das weiß-rote Funkeln des Chaos.

»Wohin reiten wir also?« fragt Brede, indem er die Zügel seines Wallachs in die rechte Hand nimmt, ohne das Tier jedoch von dem Pfosten loszubinden.

»Aus der Stadt heraus und nach Westen«, schlägt Dorrin vor.

»Ihr da!« ruft der Anführer der Wachabteilung, ein großer, älterer Mann mit grau durchwirktem Haar und einer Hakennase.

»Ja, bitte?« Brede dreht sich herum, hält aber die Zügel des Wallachs fest.

»Ihr seid nicht von hier?« fragt der Weiße Gardist.

»Wir sind nicht aus Fairhaven, das ist wahr«, erwidert Brede mit sanfter, höflicher Stimme.

»Ich möchte wetten, das sind wieder ein paar dieser Verbannten aus Recluce«, meint die dunkelhaarige Gardistin. Sie lenkt ihren Wallach direkt hinter den Anführer, der Brede angesprochen hat.

»Die sind wenigstens interessanter als die Pilger aus Kyphros, die nur einen Gott kennen«, fügt die dritte hinzu, eine füllige blonde Frau.

Dorrin spürt ein gewisses Unbehagen hinter den Worten, das aber offenbar nichts mit ihnen zu tun hat.

»Wohin wollt ihr?« fragt der Anführer, während er absteigt.

»Nach Westen. Durch die Osthörner und noch weiter«, antwortet Brede einfach.

»Das klingt glaubwürdig.« Er schnaubt und blickt zum Haus des Händlers, dann zum Depeschenkästchen, das er in der Hand hält. Schließlich zuckt er mit den Achseln und wendet sich an die blonde Gardistin. »Derla, ich muß mit Gerrish reden. Ihr kümmert euch inzwischen um diese ... diese Verbannten.« Er bindet das Pferd neben Bredes Wallach an und marschiert mit klickenden Stiefeln ins Haus des Händlers.

»Und was führt euch nach Fairhaven?« will Derla von den drei Gefährten wissen. Sie treibt ihr Pferd weiter, bis Dorrin von Brede und Kadara abgesondert ist.

»Das übliche«, antwortet Brede. »Wir wurden ausgesandt, um etwas über Candar und die Welt zu lernen.«

Dorrin kann das Unbehagen der Frau fast körperlich spüren, und er fragt sich, was er tun soll. Immerhin ist sie eine Weiße Gardistin und eine Dienerin des Chaos.

»Was meinst du?« Derla sieht zu ihrer jüngeren, dunkelhaarigen Kameradin.

»Zerlat meint, der Große wäre wohl ein guter Schwertkämpfer. Der Rothaarige ist ein Magier, aber er ist kein Creslin. Er kann kaum die Winde spüren. Er ist ein ganz guter Heiler ...«

Dorrin holt unwillkürlich tief Luft, als ihm bewußt wird, daß diese Begegnung ganz sicher kein Zufall ist. Er schiebt sich an die Gardistin heran, die Derla heißt, und streicht ihr wie versehentlich mit der Hand über das Bein. Chaos oder nicht, er muß auf den schmerzenden Knoten, der sich in ihr gebildet hat, reagieren. Trotz der unsichtbaren weißen Flammen, die um sie züngeln, existiert in ihr ein Kern der Ordnung, den er berührt, um die Schmerzen zu lindern und die Frau zu stärken. Er schaudert, als er bleich zurückweicht, und holt tief

Luft. Er schüttelt den Kopf, um das Pochen loszuwerden, das der Kontakt verursacht hat.

Kadara verzieht das Gesicht, und Dorrin spürt ihre Mißbilligung.

»Das hättest du nicht tun müssen«, faucht die Gardistin.

Schweigen senkt sich über die Gruppe, nur der Atem der sechs Pferde ist zu hören.

»Nun gut.« Derla zieht ihren Wallach zurück. »Ich bin es leid, zu bluten wie ein Schwein, nur damit ein dummer Mann irgendwann ein Kind haben und sein armes Ich aufplustern kann.«

»Es tut mir leid.« Dorrin zieht sich auch seinerseits zurück.

»Entschuldige dich nicht. Du bist doch ein Mann. Es ist nicht deine Schuld, daß du nur aus Drüsen bestehst und kein Hirn hast.« Die weiß gekleidete Gardistin lächelt höflich und wendet sich an die Gefährtin. »Nun ... was sollen wir jetzt mit ihnen anfangen?«

Die dunkelhaarige Frau schüttelt den Kopf. »Der Rat mag die Leute von der Insel nicht, und Jeslek sagt, Recluce stiehlt uns seit Jahrhunderten den Regen und die Ernte.«

»Haben sich die Befehle verändert?«

Die beiden Gardistinnen grinsen.

»Junger Mann«, sagt die blonde Gardistin schließlich. »Dorrin ... oder wie auch immer du heißt. Wenn ich du wäre, würde ich Fairhaven so schnell wie möglich verlassen. Und nimm deine Freunde mit.«

Brede und Kadara sehen zwischen Dorrin und den Gardistinnen hin und her. Dann springt Brede in den Sattel. Kadara wirft der dunkelhaarigen Gardistin noch einen langen Blick zu.

»Du hast gehört, was ich gesagt habe, Rotschopf. Wenn du vorhast, mit deinem Schwert zu spielen, solltest du lieber von hier verschwinden.« Sie wendet sich an ihre Gefährtin. »Kaum zu glauben, daß sie von Creslin abstammen. Dumm, wie sie sind …«

Als er auf Meriwhen steigt, muß Dorrin ein Grinsen unterdrücken, denn er spürt, daß Kadara zugleich verwirrt, wütend und frustriert ist. Aber als er die Stute herumzieht, verabschiedet er sich mit einer kleinen Verbeugung von den Gardistinnen. Die Blonde errötet, auch wenn ihr Gesicht so kalt bleibt wie das einer Marmorstatue.

Die drei schweigen, bis sie den Platz hinter sich gelassen haben.

Schließlich sieht Kadara sich über die Schulter um und wendet sich an Dorrin. »Was sie sehen …«

»Kadara.« Brede unterbricht sie mit leiser, aber fester Stimme.

»Hör mir auf mit deinem ›Kadara‹!«

Brede und Dorrin wechseln einen Blick.

»Und hört auf, euch solche Blicke zuzuwerfen.«

Die Männer zucken gleichzeitig mit den Achseln.

Dorrin schaut zur Straße, die vor ihnen liegt. Sie führt nach Westen.

XXIV

Kadara, Brede und Dorrin reiten auf einer weiß gepflasterten Hauptstraße nach Süden zum alten Gelände der Händler. Dorrin tätschelt Meriwhens Hals, als sie an einer weiteren Gruppe Weißer Gardisten vorbeikommen, aber diese sehen ihnen nur nach und wenden dann die Pferde, um in eine schmalere, nach Osten führende Straße einzubiegen. Kadara sieht Brede an.

Dorrin kann die unausgesprochenen Vorwürfe nicht mehr ertragen. »Könntet ihr bitte damit aufhören?«

»Womit sollen wir aufhören?« fragt Kadara ein wenig amüsiert.

»Du weißt genau, was ich meine.«

»Was meinst du denn?«

Dorrin schluckt den Ärger herunter und weigert sich zu sprechen. Er rutscht auf dem harten Sattel herum und stellt sich kurz in den Steigbügeln auf, um die Beine zu strecken.

Meriwhen wiehert, und er tätschelt ihr wieder den Hals.

Die drei reiten weiter, bis sie die äußeren Stadttore hinter sich gelassen haben und eine einfache, mit Stein gepflasterte Landstraße vor ihnen liegt, von der bei jedem Huftritt weißer Staub aufsteigt.

Dorrin muß niesen. Er niest noch einmal, und Kadara und Brede flüstern miteinander. Er könnte ihre Unterhaltung mit dem Wind zu sich rufen, aber er tut es nicht. Er muß noch einmal niesen.

»Kannst du nicht etwas dagegen tun?« fragt Brede. »Du bist doch angeblich ein Heiler.«

»Nein, ich … hatschi! Ah, das tut gut. Es ist wohl der Staub.«

Wieder wechseln Kadara und Brede einen Blick. Dorrin beißt sich auf die Unterlippe und versucht, das Niesen zu unterdrücken. Aber es gelingt ihm nicht, und so werden die Hufschläge ihrer Pferde auf den nächsten Meilen von seinem Niesen begleitet. Als das Jucken in der Nase endlich aufhört, tun ihm die Beine von der Anstrengung weh, gleichzeitig zu niesen und sich im Sattel zu halten.

Ein Pfeil auf einem Wegweiser zeigt ihnen den Weg zu einer unbefestigten Nebenstraße. Noch bevor sie eine Meile weit die leichte Steigung hinauf geritten sind, haftet schwerer brauner Staub an den Beinen der Pferde. Oben auf der Hügelkuppe wird die Straße eben, und weniger als eine halbe Meile danach stoßen sie auf einen kleinen Schuppen. Rechts davon sehen sie flachgetretenen Lehm, einige Flecken Gras und verwilderte Büsche. Höchstens ein halbes Dutzend Zelte sind aufgestellt.

»Nicht gerade ein blühender Handelsplatz.«

»Nein.« Kadara schiebt sich eine Haarsträhne hinter das Ohr zurück.

»Kein Fuhrwerk?« Der Wächter am Eingang bleibt auf dem Hocker sitzen, an die Rückwand des Schuppens gelehnt. Die weiße Farbe der Wände blättert ab.

»Wir sind keine Händler.«

»Dann reitet um den Pfahl herum.« Der Wächter hat die Augen schon wieder geschlossen, bevor Brede seinen Wallach um den Schlagbaum herum durch die zwei Ellen breite Lücke gelenkt hat.

»Es gibt nicht einmal einen Zaun.«

»Die Pfosten stehen dicht genug zusammen, um Fuhrwerke aufzuhalten.«

Die Pfähle, die im Abstand von jeweils zwei Ellen gesetzt sind, umschließen einen Platz, der an einer Seite etwa dreihundert Ellen breit ist. Die wenigen Zelte, die auf dem Gelände stehen, drängen sich in der nordwestlichen Ecke.

»Eine wundervolle Idee.« Kadara sieht Dorrin böse an. »Hier kann sich bestimmt niemand einen Wächter leisten, ganz zu schweigen von zwei Wächtern und einem Heiler.«

»Dann ... dann reiten wir eben nach Jellico.« Dorrins Beine sind steif, aber sie tun kaum noch weh.

»Und kommen ohne einen roten Heller dort an?«

»Wir müssen uns eben einrichten«, meint Brede. »In Fairhaven wollte uns niemand anheuern, und bleiben konnten wir nicht, weil es zu teuer gekommen wäre. Außerdem haben uns die Gardisten in der Stadt zu verstehen gegeben, daß wir schleunigst verschwinden sollten. Sie mögen keine Schwarzen Heiler – das war mehr als deutlich.«

»Es tut mir leid.«

»Du brauchst dich nicht zu entschuldigen. Du hast uns Pferde beschafft, die wir sonst wahrscheinlich nicht bekommen hätten, und du hast uns vor den Wegelagerern gewarnt. Dieses Mal bist du derjenige, den die Leute nicht mögen. Aber was du mit der Weißen Gardistin gemacht hast, hat uns vermutlich geholfen, unbehelligt aus der Stadt zu kommen. So gleicht es sich wieder aus.« Brede wirft Kadara einen langen Blick zu, und sie schluckt.

»Es tut mir leid, Dorrin. Es war … es ist nur eine so weite Reise.«

»Ich will euch keinen Ärger machen. Ich dachte nur … vielleicht können wir hier etwas erreichen.«

»Wir können es ja versuchen.« Brede lenkt seinen Wallach zum nächsten Zelt. Neben der vielfach geflickten braunen Plane stehen ein Wagen und zwei Pferde. Zwei Männer beobachten die drei Gefährten, während sie sich dem Zelt nähern. Einer hält eine gespannte Armbrust locker im Schoß.

»Wen sucht ihr?«

Brede zügelt sein Pferd, und Dorrin und Kadara folgen seinem Beispiel.

»Wir haben gehört, daß es hier vielleicht Händler gibt, die etwas Unterstützung brauchen können.« Brede bemüht sich, so freundlich und gewinnend wie möglich zu sprechen.

»Aber damit sind gewiß nicht wir gemeint, Bursche. Wir brauchen keine jungen, hungrigen Abenteurer. Seht euch woanders um.« Der Mann mit der Armbrust lacht gackernd und entblößt schwarze Zähne. »Versucht es mal bei Durnit. Das geflickte Zelt da drüben. Macht, daß ihr wegkommt.« Er gackert wieder, hebt aber warnend die Armbrust.

»Ich glaube nicht, daß das klug ist«, antwortet Brede.

»Vielleicht nicht, Bursche, aber ich kann dich und die anderen nicht gebrauchen. Und jetzt verschwindet und belästigt jemand anders.«

Die drei ziehen ihre Pferde herum und beobachten den Händler, bis er die Armbrust sinken läßt. Dann wenden sie sich zu dem nächsten braunen Zelt, das aus mehr Flicken als ursprünglichem Stoff zu bestehen scheint. Ein einsamer Mann, dessen Kleidung – einst wahrscheinlich festes Leder und Leinen – völlig zerlumpt ist, sitzt an einem kleinen Feuer und dreht etwas auf einem Spieß. Vor dem Zelt ist nur ein müder, alter Klepper angebunden.

»Seid Ihr Durnit?«

»Vielleicht. Was wollt ihr?«

»Wir haben gehört, Ihr könntet bei Eurer nächsten Fahrt Hilfe gebrauchen.«

»Ha, und ob ich Hilfe gebrauchen könnte, aber ich habe von der letzten Fahrt keinen roten Heller übrig behalten.« Der Händler widmet sich wieder dem Spieß. »Das hier ist mein ganzer Profit, ein einziger, magerer Vogel. Man sagt, die Suthyaner wollen auf der Strecke nach Nordla einen Händler als Kommis einsetzen. Das werde ich versuchen. Ich kann nicht gegen die Magier und ihre Straßen ankämpfen, und einen Passierschein kann ich mir nicht leisten.«

»Gibt es hier sonst noch jemanden, den wir fragen könnten?« erkundigt Dorrin sich.

»Ihr könntet es bei Liedral versuchen. Es ist das Zelt mit der blauen Flagge da drüben.« Der bärtige Händler deutet mit dem Daumen zu einem kleinen Zelt, das auf halber Höhe des Hügels steht. »Er kommt aus Jellico.« Durnit spuckt neben dem Feuer in den Staub.

»Danke.«

»Bedankt euch nicht bei mir, laßt mich einfach nur in Ruhe essen. Es ist das letzte, was ich für lange Zeit bekommen werde.« Er schiebt den geschwärzten Vogel mit dem kleinen Messer vom Spieß und bricht mit schmierigen Fingern eine kleine Keule heraus.

Brede hebt die Hand, fast als wolle er zum Schwert greifen, das im Schultergeschirr steckt. Dann dreht er sich in die Richtung, in die der hungrige Händler gedeutet hat.

Hundert Ellen weiter im Westen steht ein ordentliches, quadratisches Zelt. Das kurze blaue Banner hängt schlaff in der goldenen Nachmittagssonne. Ein einsamer Brauner und ein Maultier sind an eisernen Pflökken festgemacht, die neben dem Zelt in den Lehmboden getrieben wurden, und eine Eisenkette sichert auf der anderen Seite des Zeltes den einachsigen Wagen an einem dritten Pflock.

Vor dem Zelt steht ein breitschultriger Mann und legt aus einem Stapel kleiner dicker Klötze Feuerholz nach. Er hat keinen Bart und trägt verblichenes blaues Leder und eine blaue Fellmütze mit breiter Krempe. Als er sich aufrichtet, ist er fast so groß wie Kadara. Die drei aus Recluce nähern sich ihm langsam.

»Seid Ihr Liedral?« fragt Brede.

»Ja.« Er hat eine angenehme Baritonstimme und lächelt sie an.

»Durnit – der Händler da hinten – war der Meinung, Ihr könntet auf der nächsten Fahrt vielleicht Hilfe brauchen.«

»Hilfe brauchen wir alle.« Er lacht leise.

Dorrins Augen und seine Sinne geben ihm widersprüchliche Auskünfte über den Händler.

»Drei Wächter kann ich aber nicht bezahlen.«

»Sie sind die Wächter«, erklärt Dorrin. »Ich bin nur ein Heilerlehrling.«

»Dein Stab sah mir auch ganz danach aus.« Liedral deutet aufs Feuer und den Kessel, der an einer Seite darüber hängt. »Ihr seid eine Weile geritten, meinetwegen könnt ihr euch etwas ausruhen. Ich kann euch aber nicht viel anbieten außer etwas Rotbeerensaft und Gewürztee.«

Brede und Kadara wechseln einen Blick. Dorrin steigt ab, und die beiden sehen ihn an.

»Mir tun die Beine weh.«

Brede zuckt mit den Achseln und rutscht mit einer Eleganz aus dem Sattel, um die Dorrin ihn immer noch beneidet. Kadara folgt seinem Beispiel.

»Kommt ihr aus Recluce?«

»Ja.« Dorrin sieht keinen Grund, es für sich zu behalten.

Kadara hebt eine Augenbraue. Brede sieht sich unsicher um, wo er das Pferd anbinden könnte.

»Nehmt den Pflock, an den der Wagen gekettet ist«, schlägt Liedral vor.

»Alle drei?« platzt Dorrin heraus.

»Für den Augenblick sollte das reichen.« Die trockene Antwort läßt Dorrins sommersprossiges Gesicht erröten.

»Warum das Eisen?« fragt Brede, während er den Lederriemen in der faustgroßen Öse am Pflock verknotet.

»Viele freie Händler haben Pferd und Wagen verloren.« Liedral gießt Wasser in den Kessel, bevor er ihn mit einem dicken Lederhandschuh mitten über das Feuer schiebt.

Auch Kadara bindet ihr Pferd fest.

»Ist deshalb soviel Eisen in den Gurten?« fragt Dorrin.

Wieder wechseln Brede und Kadara einen Blick. Kadara schüttelt den Kopf.

»Du könntest allein für dich selbst schon zwei Wächter gebrauchen, Heiler.« Liedral lacht leise.

Dorrins Gesicht brennt, aber seine Stimme bleibt fest, und er faucht beinahe: »Wenn Ihr ein Weißer wärt, so würde ich es sehen, und im übrigen will keiner der Weißen soviel Eisen in seiner Nähe haben.«

»Das ist wohl wahr. Ich hole euch Becher.« Liedral verschwindet im Zelt.

Kadara sieht Dorrin stirnrunzelnd an. Dorrin führt sein Pferd zum Pflock und bindet es fest.

Als er zum Feuer zurückkehrt, teilt der Händler gerade die Becher aus. »Gewürztee oder Rotbeerensaft?«

»Tee.« Kadara bekommt einen schweren braunen Becher.

»Rotbeerensaft«, sagt Brede.

»Tee.« Dorrin bekommt einen verzierten grauen Becher mit einer Scharte im Rand.

Der Händler gibt mit geschickten Bewegungen gehackte Teeblätter in ein kleines Tee-Ei, das an einer Kette in die Kanne hängt, bevor er den Deckel aufsetzt. »Es kann ein Weilchen dauern.«

Dorrin konzentriert sich auf den Händler, dann nickt er und verbirgt sein Lächeln, als seine Sinne das bestätigen, was er schon vorher gefühlt hat. Er wartet.

Liedral deutet zum Boden. »Ich kann euch keine besonderen Bequemlichkeiten anbieten, aber ihr könnt euch ruhig zu mir setzen.« Der Händler läßt sich auf einen kleinen, gepolsterten Hocker nieder.

Brede und Kadara setzen sich mit untergeschlagenen Beinen rechts neben den Händler. Dorrins Muskeln schmerzen zu sehr, um sich zu setzen wie sie, aber er rutscht auf dem harten Boden hin und her, bis er links neben dem Händler eine erträgliche Position gefunden hat.

Irgendwo im Nordwesten gurrt eine Taube im hohen Gras, das auf dem Hügel wächst.

»Wohin wollt ihr?« fragt Brede.

»Das wollen eine Menge Leute wissen, Quester.« Liedrals Stimme klingt ein wenig amüsiert.

»Quester?«

»Das ist der höflichere Ausdruck für die Sucher aus Recluce.«

»Und wie lautet der weniger höfliche?«

»Das wollen wir doch nicht vertiefen.«

»Wir sind keine Konkurrenten.« Dorrin rutscht wieder auf dem harten Boden hin und her.

»Oh, es ist eigentlich auch kein Geheimnis, wohin ich ziehe. Ich bin einer der wenigen, die im nördlichen Dreieck Handel treiben. Die meiste Zeit komme ich gar nicht bis Fairhaven, sondern nur bis Vergren, aber Freidr hat darauf bestanden, daß ich hierher fahre, um die Gegend einmal wiederzusehen.« Liedral runzelt die Stirn. »Doch damit soll es genug sein, ich habe schon viel zuviel Zeit verschwendet. Morgen breche ich auf.«

»Seid Ihr die ganze Zeit allein gereist?«

Liedral zuckt mit den Achseln. »Räuber mögen die Kälte normalerweise nicht, und Farben und Gewürze sind nicht leicht zu verkaufen, wenn man die Abnehmer nicht kennt.« Der Händler blickt kurz zu dem Bogen und dem Köcher, die im Eingang des Zeltes zu sehen sind.

Dorrin betrachtet das Kurzschwert, das Kadaras Waffe sehr ähnlich ist. »Ihr seid in der Art von Westwind ausgebildet.«

Liedral lacht. »Heiler, du brauchst ganz gewiß jemanden, der auf dich aufpaßt.«

Kadara schüttelt den Kopf, und Dorrin errötet.

»Und was ist mit Euch?« fragt Brede.

Der Händler zuckt mit den Achseln. »Ich komme zurecht. Die Gewinne sind nicht mehr hoch genug, daß ich Gardisten beschäftigen könnte. Früher, vor einigen Generationen, war das noch möglich, aber heute nicht mehr, wenn man sich nicht den Magiern unterwirft.«

»Sie kontrollieren den Handel auf den Straßen?« will Brede wissen.

Dorrin muß schon wieder die Position wechseln. Er fragt sich, wie der viel größere Brede so lange mit überkreuzten Beinen sitzen kann.

Liedral nickt und steht auf. »Der Tee müßte fertig sein. Du zuerst, Heiler.«

Dorrin hält den Becher hin.

Nachdem er Dorrin und Kadara Tee eingeschenkt hat, stellt der Händler den Kessel zurück, schwenkt ihn neben das Feuer und holt eine Flasche aus dem Zelt, aus der er Brede Rotbeerensaft einschenkt. »So, bitte.«

»Danke«, sagt Dorrin. Er sieht dem Mann in die haselnußbraunen Augen.

»Danke«, sagen auch Brede und Kadara.

Von den anderen Zelten weht der Klang von Stimmen herüber, dazwischen ist wieder das Gurren der unsichtbaren Taube zu hören.

»Was meintet Ihr mit dem nördlichen Dreieck, das Ihr bereist?« Kadara streicht sich eine Haarsträhne aus der Stirn und trinkt einen Schluck Tee.

»Normalerweise sind Spidlaria, Vergren und Tyrhavven die Eckpunkte des Dreiecks. Von Vergren aus fahre ich dann nach Rytel und folge der alten nördlichen Straße über Axalt bis Kleth. Dann geht es mit dem Schiff hinunter nach Spidlaria. Dastral ist mir noch eine Rückreise nach Tyrhavven schuldig. Dort kaufe ich Farben und Gewürze ein. Über den Fluß fahre ich dann zurück bis Jellico. Dadurch komme ich zwar zweimal durch Rytel, aber die Aufenthalte sind kurz. Anschließend verbringe ich etwa einen Achttag damit, das alte Lagerhaus aufzuräumen – Freidr wirft immer alles durcheinander –, und dann beginne ich wieder von vorn.«

»Warum seid Ihr hier?«

Liedral schüttelt den Kopf. »Ihr könnt es meinetwegen eine Pilgerschaft nennen. Ich bin gewissermaßen nach Fairhaven gepilgert. Es gibt hier sogar einen Markt für Gewürze, und Gewürze nehmen nicht viel Platz weg. Aber eigentlich ziehe ich nur ungern weiter als bis Vergren.«

Dorrin grinst.

»Was ist daran so komisch?« fragt Kadara.

»Oh, es ist eigentlich gar nicht komisch, aber ich hätte schon früher darauf kommen müssen.«

Die anderen sehen ihn verständnislos an.

Er zuckt verlegen mit den Achseln. »Das Chaos setzt Lebewesen arg zu. Nahrungsmittel werden aus Lebewesen gemacht. Zum Konservieren braucht man Gewürze, aber damit kommen die Weißen Händler nicht so gut zurecht.«

»Wenn du meinst ...«

»Er hat recht«, wirft Liedral ein. »Ich würde aber gern erfahren, wie du darauf gekommen bist.«

»Es muß einfach so sein«, murmelt Dorrin. »Ich meine, das Chaos ist die zerstörerische Kraft, es vernichtet die Dinge. Besonders Lebewesen. Gewürze konservieren die Lebensmittel, aber sie sind empfindlich.«

»Was ergibt sich daraus für uns?« fragt Brede mit tiefer, ruhiger Stimme.

Der Händler wendet sich an ihn. »Niemand wird euch hier anheuern wollen. Vielleicht sieht das in den weiter westlich gelegenen Orten wie Diev oder in den anderen Städten in Spidlar anders aus. Dort ist der Einfluß der Magier nicht ganz so stark. Auch im Süden von Kyphros oder in Südwind könntet ihr Erfolg haben.«

»Südwind ist ein bißchen weit«, meint Kadara spitz.

»Und Ihr könnt Euch keine Wächter leisten?« Endlich muß auch Brede sein Gewicht verlagern.

»Ganz zu schweigen von zwei Gardisten und einem Heiler. Nein, so gern ich Euch auch alle drei nehmen würde, es geht nicht«, antwortet Liedral lächelnd.

»Und wenn wir einfach so mit Euch reisen?« fragt Dorrin. »Um ein Taschengeld wenigstens?«

Die beiden anderen sehen ihn an.

»Nun ja«, erklärt er, »wenn wir sowieso nach Spidlar müssen, um bezahlte Arbeit zu bekommen, dann können wir es auch auf die günstigste Art und Weise tun.«

»Vielleicht ein Silberstück oder zwei, damit ihr etwas zu essen kaufen könnt, aber höher kann ich nicht gehen.«

»Dann traut Ihr uns?« fragt Brede nachdenklich.

»Nein. Ich vertraue dem Heiler.«

Wieder wechseln Kadara und Brede einen Blick. Liedral grinst Dorrin an. Dorrin starrt ins Feuer.

XXV

»Eine seltsame Gesellschaft ist in Fairhaven aufgetaucht, zwei Schwertkämpfer und ein junger Heiler«, sagt die Schülerin.

»Das klingt nach Sarronnyn«, faucht der Mann mit den Sonnenaugen.

»Aber wie Zerlat sagte, konnte der Heiler auch die Winde fühlen.«

»Wo sind sie jetzt?«

Die Schülerin zuckt mit den Achseln. »Nach den ständigen Befehlen …«

»Zur Hölle mit den ständigen Befehlen! Weiß jemand, wohin sie wollten?«

Die Schülerin atmet langsam aus, während sie zusieht, wie Jesleks Augen den unbestimmten Blick bekommen, der verrät, daß seine Sinne in andere Richtungen schweifen.

»Wo sind sie?« fragt die harte Stimme noch einmal. Nicht all seine Sinne sind woanders.

»Sie wollten zu den Osthörnern.«

»Wie haben sie ausgesehen?«

Die junge Frau schürzt die Lippen und ignoriert den abwesenden Gesichtsausdruck ihres Herrn. »Der Heiler war dünn und hatte rotes Lockenhaar. Eine Schwertkämpferin mit roten Haaren war dabei. Sie hatte zwei Schwerter, darunter ein Kurzschwert aus Westwind. Der zweite Kämpfer war ein Mann, noch recht jung, aber groß.«

»Und niemandem ist aufgefallen, wie seltsam so eine Gruppe ist?« Jesleks Augen sehen jetzt wieder die unmittelbare Umgebung. »Zwei Schwertkämpfer, nur um einen armen jungen Heiler zu schützen? Wer weiß, was hinter diesem Heiler steckt? Und das ausgerechnet jetzt, wo wir die Schlinge um Recluces Hals ein wenig zuziehen. Habt ihr denn überhaupt kein bißchen Verstand im Kopf?«

Er verläßt das Turmzimmer, und seine Schritte hallen schon auf der Treppe, ehe die Schülerin sich eine Antwort zurechtlegen kann.

Die Schülerin runzelt die Stirn und murmelt: »Noch bist du nicht der Erzmagier.« Aber dann holt sie tief Luft und fährt fort, den Spiegel auf dem Tisch zu putzen.

XXVI

Dorrin schnalzt mit den Zügeln, um Meriwhen anzutreiben und neben dem Karren zu halten. Kadara und Brede reiten ein Stück vor ihm. Das Packpferd folgt ganz hinten, mit dem Zaumzeug an einen Ring am Karren gebunden.

»Warum haben die Schwarzen nur solche Vorbehalte gegenüber Fairhaven?« fragt Liedral.

»Würdet Ihr nicht ähnlich empfinden, nachdem Ihr den Weißen mit knapper Not entkommen seid?« fragt Dorrin zurück. »Außerdem ist das Leben im Chaos … nun, es ist ziemlich schmerzhaft, wenn man auf die Ordnung festgelegt ist.«

»Recluce scheint etwas … unberechenbar zu sein, wenn es darum geht zu bestimmen, was Chaos ist.«

Dorrin lacht, es ist ein kurzes, hartes Lachen. »Die haben dort nichts Besseres zu tun, als das reine Schwarz zu bewahren. Auch die kleinste Veränderung gilt schon als Ausdruck des Chaos.« Er verscheucht eine Mücke. »Dabei verändert sich sogar die Ordnung selbst, aber das können sie nicht einsehen.«

»Wer bestimmt eigentlich, was Schwarz und was Weiß ist?« will der Händler wissen.

»Sie hämmern es den Kindern gleich am Anfang der Schulzeit ein.«

»Und wer unterrichtet die Kinder?«

»Einer der Schwarzen Magier.«

»Verbreiten alle Magier die gleichen Lehren? Und was geschieht, wenn einer dieser gelehrten Schwarzen Magier stirbt?«

»Das geschieht in Recluce nicht sehr häufig. Aber wenn, dann geht sein Wissen auf die Schüler und die anderen Lehrer über.«

Liedral runzelt die Stirn. »Die Menschen erinnern sich nur an die Dinge, an die sie sich erinnern wollen. Das lernt man als Händler. Du kannst schreiben, nicht wahr?«

»Natürlich.« Dorrin seufzt. »Ich habe die Bibliothek meines Vaters durchgesehen. In Recluce gibt es viele Bücher. Jedenfalls hat mein Vater viele Bücher.«

»Dann ist also die Schwarze und Weiße Magie niedergeschrieben?«

»Nicht die Weiße. Nicht einmal viel von … eigentlich findet man dort auch nicht viel darüber, *warum* es funktioniert oder wie man etwas tun muß, sondern man erfährt nur etwas über die Rahmenbedingungen.« Dorrin schüttelt den Kopf. »Warum interessiert Ihr Euch überhaupt dafür?«

»Ich bin einfach nur neugierig, Heiler. Ich bin Händler. Je mehr ich weiß, desto länger werde ich leben.«

Dorrin betrachtet die glatte Stirn unter dem Schlapphut, dann sieht er zu seinen Gefährten, die vor ihm durch die sanfte Hügellandschaft reiten.

»Warum verbergt Ihr …«

»Weil ich es für richtig halte, und dabei würde ich es gern belassen. Wissen deine Freunde Bescheid?«

»Ich habe geschwiegen, und auch sie haben von sich aus kein Wort gesagt. Kadara würde es nicht erwähnen, wenn sie Bescheid wüßte, und Brede ist ziemlich klug und weiß den Mund zu halten, wenn es darauf ankommt.«

»Denkt einfach nur, daß ich ein Händler bin, einverstanden?«

»Einverstanden, wenn Ihr es so haben wollt.« Dorrin fragt sich, ob es in Candar wirklich so nachteilig ist, eine Frau zu sein. Natürlich hat Magistra Lortren ihnen erklärt, daß die Weißen letzten Endes Westwind besiegt haben, weil es von Frauen beherrscht wurde. Aber warum mußte überhaupt eines der Geschlechter herrschen? Es läßt sich allenthalben beobachten, daß die Menschen immer wieder wegen ihrer Überzeugungen gekämpft haben, aber warum? Das Kämpfen hat noch nie jemandes Ansichten geändert, es sei denn, man tötete ihn. Er schaut zu den Hügeln, die zwischen ihnen und Weevett liegen, der kleinen ländlichen Stadt, durch die sie nur wenige Tage zuvor gekommen sind. Der Himmel droben ist klar, aber er hat das Gefühl, eine Wolke hätte sich vor die fahlgelbe Sonne geschoben. Als er zurückschaut, sieht er hinter sich einen Vogel kreisen.

Dann schaut er wieder zu Brede und Kadara, die sich ebenfalls umgedreht haben, als hätten sie die sich nähernden schwarzen Schwingen bemerkt. Kadara deutet auf den Vogel.

»Eine Aaskrähe. Die Magier sehen durch ihre Augen«, sagt Liedral etwas lauter.

Dorrin läßt die Sinne mit dem Wind fliegen, um zu hören, was die beiden Gefährten zu sagen haben.

»Die Aaskrähe spioniert wahrscheinlich für die Magier.« Brede tastet unwillkürlich nach dem Griff seines großen Schwerts.

»Wie schön«, faucht Kadara.

»Du kannst nicht wissen, daß sie wirklich nach uns suchen.« Brede wendet nicht einmal den Blick von der Straße vor ihm. »Wer sollte sich schon für einen jungen Heiler und zwei Schwertkämpfer interessieren?«

»Ich weiß es nicht. Aber wenn Dorrin in der Nähe ist, geschehen seltsame Dinge. Das war schon immer so.«

Dorrin beobachtet die Aaskrähe, die kreist und sich ihnen nähert. Meriwhen wiehert und bricht ein wenig zur Seite aus. Dorrin tätschelt ihren Hals. »Immer mit der Ruhe, Mädchen ...«

Liedral hat inzwischen den Bogen vorbereitet und den Köcher neben den Sitz gelegt.

»Was macht Ihr da?«

»Ich mache mich bereit, auf eine Aaskrähe zu schießen.«

»Aber ...«

»Die verdammten Magier verraten ihren Händlern alles. Aber sie streiten im allgemeinen ab, daß sie diese Vögel benutzen.«

Der dunkle Vogel flattert heran, und die Händlerin zieht an den Zügeln. Der Karren fährt quietschend über ein Grasbüschel, das auf dem Pflaster gewachsen ist. Liedral zügelt das Pferd, das den Wagen zieht, holt einen Pfeil aus dem Köcher und legt an.

Dorrins Sinne fliegen zum Himmel und erfassen das Weiß, das den ungeschickt flatternden Vogel einhüllt. Die Händlerin zielt und schießt, und als der Pfeil fliegt, schreit Dorrin: »Nein!«

Kadara und Brede drehen sich unendlich langsam um, die Weiße Magie hat die Zeit verlangsamt. Liedral sperrt den Mund auf. Die Schwingen der Aaskrähe scheinen in der Luft zu gefrieren, die Schwungfedern sind weit gestreckt.

Sonnenaugen erscheinen am Himmel, aber sie sind für normale Augen nicht zu erkennen. Der unsichtbare Blick fällt auf die Reisenden. »Da seid ihr ...«

Der Weiße Nebel, den Dorrin fühlen, aber nicht sehen kann, senkt sich mit der Geschwindigkeit des Lichts und der Macht eines Sturms. Als die Kälte an ihm zerrt und seine Gedanken zerfetzen will, denkt er: »Ich bin ... ich!«

Der Weiße Sturm fegt seine Gedanken beiseite, wie ein Wirbelsturm mit einem Blatt spielt, und dann senkt sich eine unvertraute Schwärze über ihn.

Das Wiehern der Stute bringt Dorrin wieder zu sich.

»Was …« Die Zunge ist schwer, der Kopf dröhnt. Dorrin ist vornüber gekippt, das Gesicht ist gegen Meriwhens Hals gedrückt, die Finger in der Mähne verkrampft. Er fühlt sich wie ein Insekt, das mit knapper Not einer riesigen Fliegenklatsche entkommen ist. Langsam richtet er sich auf und läßt Meriwhens Mähne los. Er schielt in die Nachmittagssonne, die hinter den niedrigen Wolken im Westen kaum zu sehen ist. Nachmittag? Wo sind die anderen?

Der Karren und das Packpferd stehen kaum hundert Ellen entfernt reglos auf der Straße. Auf dem Kutschbock liegt eine leblose Gestalt. Dorrin schluckt und leckt sich nervös die Lippen, dann schaut er am Wagen vorbei.

Noch ein paar hundert Ellen weiter steht Brede an einer niedrigen Steinmauer und hält zwei Pferde fest. Kadara hängt über einem Zaun und übergibt sich.

Dorrin winkt Brede zu und deutet auf den Wagen. Für Kadara kann er nichts tun, außerdem ist Brede bei ihr. Die Händlerin bewegt sich nicht, als Dorrin zum Wagen reitet und absteigt. Er streicht ihr mit den Fingern über die Stirn und stellt mit seinen Sinnen fest, daß Liedral gerade erwacht. Er schickt ihr die wenige Energie, die er abgeben kann, und öffnet seine Wasserflasche, um ihr die Lippen zu befeuchten.

»… ist mir noch nie passiert.« Sie setzt sich mühsam auf.

»Ihr seid auch noch nie mit Questern aus Recluce gereist.« Dorrin bietet ihr die Wasserflasche an.

Liedral nimmt einen tiefen Schluck, dann gibt sie ihm die Flasche zurück. »Wir müssen weiter. Es gefällt mir nicht, im Dunkeln auf der Straße zu sein, ob hier nun die Magier für Frieden sorgen oder nicht.«

»Wenn dies der Frieden ist, dann möchte ich den Krieg nicht erleben.« Dorrin befestigt die Flasche am Sattel und steigt wieder auf.

Liedral verstaut Bogen und Köcher, überprüft Geschirr und Pferd und setzt sich auf den Kutschbock. »Laßt uns fahren.«

»Warst du das?« Brede reitet zu Dorrin, die immer noch bleiche Kadara folgt ihm.

»Nein.«

»Weißt du denn ...«

»Ich weiß es nicht. Es war ein Weißer Magier, der auf uns aufmerksam geworden ist. Ich glaube, er wollte uns seine Macht zeigen.« Dorrin dreht sich halb um und klatscht sich die Hand in den Nacken, um eine Mücke zu erschlagen, die sein Blut saugen wollte. Er reibt sich den Nacken und wischt Blut und Mücke ab.

»Er wollte uns etwas verdeutlichen?« meint Brede nachdenklich. »Mag sein, aber warum gerade uns?«

Vier Augenpaare wechseln Blicke.

»Los jetzt«, drängt Liedral schließlich.

XXVII

»Was habt Ihr nun erfahren?« fragt der Erzmagier. »Ihr habt Euch ja sehr eilig zurückgezogen und Euer Studierzimmer aufgesucht.«

Jeslek zuckt mit den Achseln. »Es sind junge Leute aus Recluce. Genau wie die Wachen gesagt haben. Aber man weiß ja nie, und ich wollte sichergehen. Einige Prophezeiungen aus dem Buch sind immerhin wahr geworden.«

»Ich dachte, es wäre unter Eurer Würde, den Aberglauben an die Legende für bare Münze zu nehmen.«

»Man muß sie kennen, um sie abzulehnen.«

»Das ist ein weiser Spruch, der gut auf Euch zu passen scheint.«

»Möchtet Ihr nun das Amulett abgeben, wie Ihr es

versprochen habt?« fragt Jeslek beiläufig. »Immerhin habe ich demonstriert, daß ...«

»Ich erinnere mich, daß noch etwas fehlt, das Werk zu vollenden.«

»Wie Ihr wünscht. Aber das ist etwas, das nicht über Nacht getan werden kann, und das Buch sagt auch nicht, daß es über Nacht geschehen wird.«

»Es ist gut zu sehen, daß Ihr Euch in Geduld übt.« Sterol lächelt. »Was ist mit den jungen Leuten? Habt Ihr sie eingeäschert oder unter geschmolzenem Stein begraben?«

»Nein. Es ist mir lieber, wenn sie es bekannt machen. Zwei Schwertkämpfer waren dabei, der dritte war es kaum wert, ein Heiler genannt zu werden.« Der dünne Mann mit den sonnengelben Augen trinkt einen großen Schluck Wasser aus dem Pokal. »Da sie keine Gefahr darstellen, habe ich es vorgezogen, meine Kräfte für andere Dinge zu schonen.«

»Doch nicht etwa für die zweite Hälfte der Hügel zwischen Kyphros und Gallos?«

»Unter anderem. Auf dem Weg zu den Osthörnern gibt es bereits einige Hügel, aber die Seite nach Gallos hin ist nur unzureichend geschützt.«

»Ich bin sicher, daß die Garde Eure Fürsorge zu schätzen weiß.«

»Außerdem müssen wir über die Blockade von Recluce nachdenken.«

»Ach, richtig. Der nächste Punkt auf unserer Tagesordnung.«

»Wenn ich mich recht erinnere, sagtet Ihr, daß wir etwas unternehmen müssen.« Jeslek lächelt höflich.

»So ist es. Aber ich dachte an weniger krasse Maßnahmen. Dennoch, auch die Direktheit hat einen gewissen Reiz.«

XXVIII

»Das sind aber Mauern«, bemerkt Brede, indem er den Kopf in Richtung der dicken Granitblöcke neigt, die sich in der Ebene fast siebzig Ellen hoch rings um Jellico erheben. Die Mauern sind ein wenig heller als die grauen Wolken am Himmel und haben einen leicht rötlichen Schimmer. Der Wind heult und weht Dorrin immer wieder das Haar in die Stirn. Als er eine lockige und viel zu lange Strähne aus dem Gesicht zurückstreicht, wünscht er, er hätte sich die Haare kurz geschnitten.

»Warum brauchen die Leute hier solche Mauern?«

»Ursprünglich wurde die Befestigung von einem Vicomte als Schutz gegen Fairhaven gebaut«, erklärt Liedral trocken.

»Oh?«

»Ihr werdet bemerken, daß die Mauern keinerlei Kampfspuren aufweisen.«

Vor ihnen verbreitert sich die gepflasterte Straße und läuft über einen Dammweg zur Flußbrücke. Von der Brücke aus sind die geöffneten Osttore zu sehen, die mit schwerem Eisen beschlagen sind. Die Nischen, in denen die Tore verankert werden, und die Straße, die durch das Stadttor verläuft, sind makellos sauber. Ein halber Zug Wächter, drei Männer und drei Frauen, dazu ein einzelner Weißer Gardist, bewachen das Tor und inspizieren die Reisenden.

»Euer Beruf und Euer Grund, Jellico zu betreten?« fragt der Weiße Gardist ebenso höflich wie kalt.

»Liedral. Ich bin Händler hier aus Jellico. Mein Lagerhaus liegt in der Straße der Händler hinter dem Hauptplatz. Ich kehre von einer Handelsreise zurück.«

Ein Armbrustschütze schaut über die Mauerzinnen herunter, seine Waffe liegt auf dem Granit bereit.

»Sind das Eure Leute?« fragt der Gardist.

»Ja. Dies sind meine Wächter. Der Heiler reist mit uns, weil er Schutz braucht.«

Der Weiße Gardist stößt mehrere Säcke an, tippt auf einen Krug, runzelt die Stirn und nickt schließlich. Liedral läßt die Zügel knallen und lenkt den Wagen durch den steinernen Bogen nach Jellico hinein. Die zweistöckigen Häuser sind mit Dachpfannen gedeckt und aus gebrannten Ziegeln gebaut. Sie haben schmale Vorderfronten, spitze Dächer und schwere, mit Eisen verstärkte Türen, die gegen den kalten Winterwind geschlossen sind.

Die vier bekommen höchstens ein Dutzend Fußgänger zu sehen, während Liedral den Wagen nach links in eine schmale Straße lenkt, die zum Zentrum Jellicos führt.

»Dort ist es«, sagt die Händlerin schließlich. Liedral deutet auf ein drei Stockwerke hohes Gebäude, das so breit ist wie drei Wohnhäuser. Auch ihr Lagerhaus hat ein Spitzdach. Daneben, zum Hauptplatz hin, hat ein Küfer seinen Laden, und auf der anderen Seite hat sich ein Silberschmied niedergelassen. In der Nähe des Platzes stehen einige größere Häuser, die beinahe so wirken, als lauerten sie dem Lagerhaus schon seit Jahrhunderten auf.

Das Lagerhaus hat drei Türen, die größte ist eine Schiebetür zu ebener Erde, durch die sogar Liedrals Karren paßt. Die zweite Tür ist mit Eisen beschlagen und versperrt, und die letzte, dem Hauptplatz am nächsten, ist eine schlichte Eichentür unter einem grün gestrichenen Vordach.

Brede schwingt sich ohne Aufforderung vom Wallach und deutet auf die Schiebetür. »Soll ich sie für Euch öffnen?«

»Das wäre sehr freundlich. Und laß sie dann offen. Freidr vergißt immer zu lüften.« Liedral fährt den Wagen hinein und stellt ihn auf dem glatten, gestampften Lehmboden ab. Überall im Haus riecht es leicht nach Gewürzen. Liedral steigt vom Wagen.

»Wenn ihr die Ställe säubern und die Ladung abladen wollt, dürft ihr in der Kammer des Stallburschen schlafen«, meint Liedral. »Freidr hat alle entlassen. Er meint, die Helfer müßte ich allein bezahlen, weil mir die Pferde gehören.«

»Gibt es hier vielleicht eine Waschgelegenheit für uns?« Dorrin ist sich deutlich bewußt, wie schmutzig er ist.

»Ihr könnt nach Herzenslust den Waschraum benutzen, solange ihr euch das Wasser selbst hochpumpt und danach ordentlich aufräumt.« Liedral löst den letzten Riemen des Geschirrs vom Karren und führt das Pferd in den zweiten Stand. »Ihr drei könnt euch dann die Stände dort hinten nehmen, auch wenn ich mir sicher bin, daß sie vorher gereinigt werden müssen. Aber helft mir zuerst, die Sachen zu entladen und einzusortieren. Wahrscheinlich ist auch das Lager selbst nicht gerade in gutem Zustand.«

»Ist Freidr ...?« fragt Kadara.

»Mein Bruder. Er und Midala bewohnen den zweiten Stock. Meine Zimmer liegen im ersten, wenn ich zu Hause bin. Er verkauft hier in Jellico als mein Kommis die Waren, die ich mitbringe.«

Brede führt seinen Wallach zum letzten Stand. »Was kommt wohin?«

»Die vier purpurfarbenen Krüge? Das ist Pulver zum Glasieren, es kommt in die erste Etage, die Treppe hinauf. Vor dem Verschlag ganz rechts ist ein Schild mit einem purpurnen Krug, und drinnen müßte noch ein Krug wie dieser stehen.«

»Was ist Cerann?« fragt Dorrin.

»Sei vorsichtig damit. Das ist ein seltenes Öl. Es kommt in die zweite Etage in den Verschlag mit dem grünen Blatt.«

»Wie selten ist selten?« murmelt Kadara, während sie einen schweren Sack hochhebt.

»Jede Flasche in der Kiste ist anderthalb Goldstücke

wert. In dem Sack ist süße Bete, die kommt in den großen Kasten dort drüben.«

»Das ist wirklich sehr teuer.«

Brede ist schon zum Karren zurückgekehrt. »Was jetzt?«

Dorrin steigt langsam die Treppe hinauf und vergewissert sich, daß jeder Fuß sicher steht, bevor er den nächsten Schritt macht. Achtzehn Goldstücke hat er gewiß nicht, und er glaubt nicht, daß Liedral so einen Verlust ohne weiteres verschmerzen könnte. Als er das Cerann-Öl, die Gewürzsäcke, die Glasuren und Dutzende kleinerer Gegenstände verstaut hat, versteht Dorrin, warum die Händlerin so breitschultrig ist.

Liedral führt sie am Ende des Lagerhauses durch eine Tür. »Hier ist der Waschraum. Ich muß jetzt mit Freidr sprechen. Wir werden später zu Abend essen, nach dem Abendläuten. Ihr seid eingeladen. Inzwischen könnt ihr euch ein wenig auf dem Großen Platz umsehen.«

»Nachdem ich mich gewaschen habe«, meint Dorrin. Er betrachtet die schmutzige braune Kleidung. »Ich könnte eine gute Wurzelbürste gebrauchen.«

Kadara grinst. »Immer noch der gleiche pedantische Dorrin wie daheim. Kaum sind wir in einer Stadt angekommen, schon denkst du ans Waschen und Striegeln.«

»Ich denke auch an mich und daran, wie ich rieche.«

»In der Zeugkammer sind noch ein paar Wurzelbürsten«, sagt Liedral. »Es wäre aber schön, wenn ihr die älteren benutzen würdet.«

»Danke. Meriwhen wird sich freuen.«

»Was denn, du hast dem Pferd einen Namen gegeben?«

Dorrin errötet.

Liedral zieht sich zurück und geht durch die Tür in den Wohnbereich.

»Also schön, dann laß mich mal zuerst in den Waschraum«, erklärt Kadara. »Ich will keine Wäsche waschen. Du kannst ja inzwischen deine Meriwhen striegeln.«

»Gut.«

Während Kadara sich wäscht, lädt Dorrin Meriwhen ab, striegelt sie und sammelt seine schmutzige Wäsche ein. Dann pumpt er zwei Wannen mit Wasser voll, bis Brede auftaucht. Brede ist bis zur Hüfte ausgezogen. Er hat ein kleines Handtuch und ein Rasiermesser dabei.

»Immer noch beim Waschen?« Kadara hat ein graues Hemd und Hosen angezogen, dazu ein hellgrünes Halstuch, das einen Kontrast zu ihren Haaren und Augen bildet.

»Ich habe gerade erst angefangen.« Dorrin seufzt. Er hat schon wieder auf eine rhetorische Frage geantwortet. Er wird es wohl nie lernen.

»Ich wasche meine Sachen später.« Nachdem sie sich den Schmutz aus dem Gesicht gewaschen hat, sieht sie mit der leichten Bräune, welche die Sommersprossen überdeckt, beinahe aus wie das Ebenbild einer alten Gardistin aus Westwind – wunderschön und tödlich. »Ich gehe auf den Platz und sehe, ob ich ein paar Sachen einkaufen kann.«

»Was für Sachen denn?« fragt Brede, der auf der anderen Seite des Waschraums steht.

»Nun ja … Frauensachen eben.«

Brede steckt die Arme bis zu den Ellenbogen in die Wanne. Er spritzt sich Wasser ins Gesicht und schaut zu Dorrin auf. Das Wasser rinnt ihm in kleinen Bächen über das Kinn. Dorrin erwidert Bredes Blick. Kadara ist schon gegangen.

Dorrin spült die Reisehosen und wringt sie über dem Eimer mit dem Schmutzwasser aus, dann hängt er sie über einen Waschtisch und holt ein eingeweichtes Hemd aus der Wanne.

Brede hat sich inzwischen gewaschen und trocknet sich gerade ab. Dorrin bleibt allein im Waschraum zurück. Er wäscht seine Sachen aus und hängt sie in dem leeren vierten Stand zum Trocknen auf ein Seil, das er in einer Ecke der Zeugkammer gefunden hat.

»So vorsichtig brauchst du nicht zu sein, Heiler.«

Der gedrungene, kleine Mann, der Liedral begleitet hat, nickt. Trotz des dunklen Bartes und der kalten blauen Augen scheint er kaum älter zu sein als Dorrin.

»Das ist mein Bruder Freidr.«

»Freut mich, Euch kennenzulernen. Mein Name ist Dorrin.«

»Sind die anderen nicht da?«

»Sie sind zum Großen Platz gegangen. Ich dachte daran, ihnen zu folgen, wenn ich hier fertig bin.«

»Dann sehen wir uns beim Abendessen.« Liedral deutet zur Treppe, und die beiden Händler steigen hinauf. »Das Cerann war ein guter Kauf ... vielleicht eine etwas zu große Menge ...«

Dorrin kehrt mit der trockenen, sauberen Ersatzkleidung in den Waschraum zurück, wo er sich gründlich säubert. Danach reinigt er den Waschraum, trocknet sich ab und zieht sich an. Bevor er geht, holt er noch den Stab aus der Kammer des Stalljungen.

Als er zum Großen Platz geht, fällt ihm abermals auf, wie wenig Leute auf den Straßen unterwegs sind, selbst wenn man berücksichtigt, daß es ein unfreundlicher, grauer Frühlingsnachmittag ist. Geregnet hat es allerdings nicht, das Pflaster ist trocken.

Dorrin kommt an mehreren Ständen vorbei, wo Waffen verkauft werden. Alle haben Klingen aus Neusilber, wie sie von den Weißen bevorzugt werden. Nirgends sieht er Eisen. Wird denn Jellico völlig von den Weißen Magiern beherrscht?

»Dorrin!« Brede, der fünfzig Schritt entfernt steht, winkt ihm zu.

Der Heiler winkt zurück und geht zu seinem Gefährten hinüber.

»Hast du Kadara gesehen?«

»Ich bin gerade erst gekommen«, meint Dorrin.

Er bleibt stehen und sieht sich die Auslagen auf der linken Seite am Rand des Platzes an.

»Saatgut! Die besten Gewürzsamen aus Suthya!« Das weiße Haar des Mannes hat einen ungesunden Gelbstich, und die graue Kleidung flackert beinahe vor Weiß. Auf dem kleinen, einachsigen Wagen liegen Beutel mit Samen. Der Karren ist klein genug, um von einem Hund gezogen werden, aber weder ein Hund noch ein Pony sind in der Nähe zu sehen.

Dorrin tritt näher an die kleinen Lederbeutel. Er runzelt die Stirn, als er die Wasserflecken auf dem Leder sieht, und fragt sich, warum der Mann Lederbeutel für die Samen benutzt. Wenn das Leder mit Eichenextrakt oder einer anderen Säure gefärbt wurde und dann feucht geworden ist, werden es die Brinn- oder Astrasamen nicht überleben.

Er streckt eine Hand zu einem Beutel aus, ohne das Leder zu berühren, und läßt seine Sinne in die Samen eindringen. Die meisten sind tot. Er schüttelt den Kopf und faßt mit der linken Hand unwillkürlich den Stab fester.

»Was ist los?« fragt Brede.

»Die meisten Samen sind tot«, erklärt Dorrin.

»Ihr seid ein Lügner, Kerl«, ruft der Händler aus. »Meine Samen sind die besten, die allerbesten.«

Dorrin nickt höflich und weicht zurück. Er will zu dem Wagen mit dem Grill, von dem der warme, appetitliche Geruch von bratendem Geflügel aufsteigt.

»Der schwarz gekleidete Junge dort hat gesagt, die Samen wären tot ...«, murmelt eine ältere, braun gekleidete Frau.

Dorrin runzelt die Stirn. Seine Kleidung ist braun. Dunkler und kräftiger zwar als die Kleider der Frau, aber auf jeden Fall braun.

»Kann gut sein«, schnauft eine andere, grauhaarige Frau, die ein geflicktes Wollkleid trägt. »Er ist ja ein Weißer.«

Drei Frauen gehen fort, und der weißhaarige Händler steht ohne Kundinnen da.

»Ich habe gesagt, du bist ein Lügner!« ruft der Händler. »Dieb! Dieb!«

Zwei weiß uniformierte Gardisten tauchen vor Dorrin auf und verstellen ihm mit gezückten weißen Klingen den Weg. »Was ist hier los?«

»Der da und seine Schwarze Pfuscherei! Er sagt, meine Samen taugen nichts. Das ist Diebstahl!« Der Händler hat sich fast heiser geschrien.

Passanten weichen zurück und verschwinden in den Straßen rings um den Platz.

»Bist du ein Schwarzer Heiler?« fragt einer der Gardisten. Er hat ein kantiges, hartes Gesicht.

»Nein, ich bin ein Quester.«

»Da gibt es keinen Unterschied. Ist es wahr, was der Händler sagt?«

Dorrin stellt sich den Wachen, den Stab fest in der linken Hand haltend. »Ich habe nur mit meinem Freund gesprochen. Ein Händler bin ich gewiß nicht.« Er denkt daran, daß er vorsichtig sein muß, auch wenn seine Worte der Wahrheit entsprechen.

»Die Frauen – die hätten etwas bei mir gekauft, wenn er nicht gewesen wäre!«

»Welche Frauen?« fragt der zweite Gardist. Er sieht sich um. Es sind kaum noch Menschen in der Nähe.

Der Händler sieht sich ebenfalls um und hebt die Arme. »Er hat sie verscheucht.«

»So wird es wohl sein.« Die Wachen lassen die weißen Klingen sinken.

Der Gardist mit dem harten Gesicht wendet sich an Dorrin. »Junger Mann, du behältst deine Schwarzen Gedanken besser für dich. Hast du verstanden?«

»Ja, Ser.« Dorrin nickt höflich.

»Ich will nicht noch einmal sehen, daß du Ärger machst, Junge.« Der Gardist wendet sich an Brede. »Und das gilt auch für dich mit deinem eisernen Zahnstocher.«

Brede nickt. »Ich werde mich vorsehen, Ser.«

Die beiden Gardisten gehen über den Platz davon.

»Und nun? Werdet ihr mich jetzt bezahlen?« will der Händler wissen.

Brede sieht ihn an. »Wofür? Für falsche Anschuldigungen? Der Heiler könnte nicht die Unwahrheit sagen, und wenn sein Leben davon abhinge. Ganz im Gegensatz zu Euch.«

Der weißhaarige Mann sackt unter Bredes Blick in sich zusammen. »Schwarze Bastarde ... Unruhestifter ... einer wie der andere ...«

Brede grinst. Dorrin zuckt die Achseln, und sie gehen zu den Ständen auf der anderen Seite des Marktes. Bredes Grinsen verschwindet, als er sieht, wie zwei Männer ihre Tische zusammenklappen, kaum daß sie die beiden Verbannten erblickt haben. Ein anderer wirft ein Tuch über seine Silberwaren, um anzuzeigen, daß sein Geschäft geschlossen ist.

»Es tut mir leid«, sagt Dorrin.

»Da können wir wohl nicht viel machen.« Brede nickt in Richtung der Straße. »Wir können ebensogut zurückgehen.«

Dorrin spürt die Blicke der Weißen Gardisten im Rücken, als sie den Platz überqueren und zu Liedrals Haus zurückkehren.

Kadara hängt gerade ihre Wäsche auf, als sie die Stalltür aufschieben. »Ihr seid aber schnell wieder da.«

»Wir hatten ein paar Probleme.«

»*Ich* hatte ein paar Probleme«, berichtigt Dorrin ihn. »Ein Händler hat tote Samen verkauft. Ich habe eine Bemerkung darüber verloren, und die Gesetzeshüter haben es mitbekommen. Als wir das hinter uns hatten, waren die anderen Händler der Ansicht, es sei besser, die Verkaufsstände zu schließen.«

»Oh, Dorrin.« Kadara klopft ihm auf die Schulter.

Die Tür, die zum Wohnbereich führt, wird geöffnet. »Wenn ihr alle zurück seid, dann können wir jetzt essen«, erklärt Liedral. Die Händlerin trägt jetzt eine dicke blaue Hose und ein hochgeschlossenes Hemd. Das feuchte, saubere Haar ist länger als Dorrins, aber kürzer als Kadaras Haar, das bis knapp über die Ohren wächst.

Das Eßzimmer liegt im untersten Stockwerk. Der acht Ellen lange Tisch aus Roteiche ist poliert und geölt und nur an wenigen Stellen angeschlagen. Es gibt keine Bänke, sondern hölzerne Lehnstühle, auf denen sich die sechs niederlassen können. Vier weitere Stühle stehen in einer Ecke an der Wand. Freidrs Platz ist am Kopfende des Tisches, rechts neben ihm sitzt eine schmale blonde Frau.

»Dorrin, Brede und Kadara, ich möchte euch Midala vorstellen. Midala«, sagt Liedral, »Kadara und Brede sind Schwertkämpfer, Dorrin ist ein Heiler.«

Freidr lächelt und deutet zum Tisch. »Bitte, setzt euch doch.«

Dorrin sitzt am unteren Ende des Tisches zwischen Midala und Liedral. Brede und Kadara sitzen nebeneinander mit dem Rücken zu den hohen Fenstern, die zur Straße hinausgehen.

Eine junge, dunkelblau gekleidete Frau stellt einen Teller mit dünnen Fleischstreifen, die mit einer dunkelbraunen Soße übergossen sind, vor Freidr ab. Während er sich bedient, kehrt die junge Frau mit zwei weiteren Tellern zurück. Auf einem sind mit Käse überbackene Kartoffeln aufgehäuft, auf dem zweiten Salat und dunkelgrünes Gemüse.

Liedral nimmt sich eine kleine Portion Kartoffeln und gibt den Teller an Dorrin weiter, der sich ebenso bedient.

»Was ist das für ein Gemüse?«

»Chiltach. Es ist recht bitter, und man muß sich daran gewöhnen, aber es paßt gut zu dunklem Fleisch und Kartoffelgerichten.«

»Wie gefällt es euch denn bisher in Candar?«

»Im allgemeinen sind die Leute recht gastfreundlich.« Brede spießt sich etwas Fleisch auf und legt es auf seinen Teller. »Es ist etwas kühler, als ich dachte, und«, fügt er grinsend hinzu, »an die Größe des Landes, besonders der Berge, muß man sich erst gewöhnen.«

»Ihr habt die Westhörner noch nicht gesehen.« Liedral nimmt sich etwas Chiltach.

»Warum schickt Recluce eigentlich immer noch junge Leute nach Candar?« Midala hat sich nur eine winzige Portion Kartoffeln genommen.

»Der Sinn der Sache ist, daß wir die Ordnung wirklich schätzenlernen«, erklärt Dorrin. »Vor allem die Ordnungs-Meister legen Wert darauf.«

Kadara hustet, sie hat sich an einem Stück Fleisch verschluckt.

»Das klingt nicht so, als wärt ihr mit den Entscheidungen der Ordnungs-Meister einverstanden.« Freidr schenkt sich aus dem braunen Krug ein, den die Dienerin vor ihm abgestellt hat. »Dies hier ist Dunkelbier. Im weißen Krug ist Rotbeerensaft.«

Dorrin betrachtet den weißen Krug und hebt ihn an, um Liedral einzuschenken, die ihm zunickt. Er füllt den Becher der Händlerin und dann seinen eigenen, bevor er sich an Midala wendet.

»Ja, bitte.« Die blonde Frau nickt.

»Also«, fährt Dorrin etwas ausweichend fort, »besonders wenn man jung ist, fällt es einem nicht immer leicht, der Ordnung strikt zu folgen.«

»Wie ich gehört habe, ist das in jedem Alter schwierig.« Liedral nimmt einen Schluck aus dem Steingutbecher.

Das Dienstmädchen kehrt mit einem Korb voll dampfendem, golden gebackenem und großzügig geschnittenem Brot zurück. Liedral lehnt ab, aber Dorrin nimmt sich eine Scheibe und reicht den Korb an Midala weiter. Die blonde Frau sucht sich die kleinste Scheibe heraus und stellt den Korb vor Freidr ab.

»Und was ist mit dir?« wendet Freidr sich an Brede.

»Wenn man ein Schwertkämpfer ist, dann kann etwas Erfahrung wohl nicht schaden.«

»Ihr habt also nicht den Auftrag bekommen, eine Gegend zu erkunden oder Informationen zu beschaffen?«

»Ich glaube, das ist nicht nötig«, erklärt Dorrin. »Die Luft-Magier können viel mit Hilfe der Winde sehen.«

»Da bist du aber sehr zuversichtlich«, lacht Freidr.

Dorrin errötet und überspielt die Verlegenheit, indem er eilig einen Schluck Rotbeerensaft trinkt. Dann nimmt er sich zwei Scheiben Fleisch und beginnt, rasch zu essen.

»Ich glaube, das ist seit Creslin überall bekannt«, bemerkt Kadara etwas pikiert. »Es ist wirklich kein Geheimnis.«

Freidr nickt und lächelt Kadara freundlich an. Auch Midala lächelt höflich.

»Ich nehme an, das Geschäft des Händlers ist bei Euch eine Familientradition?« Brede bemüht sich, das Thema zu wechseln.

»Die Tradition ist heutzutage ein wenig gefährdet.« Liedral spießt eine Scheibe Fleisch auf und befördert sie auf ihren Teller.

»Und wie kommt das?«

»Die Politik«, erklärt Freidr. »Um über die Weißen Hauptstraßen zu reisen, braucht man einen Passierschein, und für die Bescheinigung braucht man die Zustimmung des Präfekten, der seinerseits auf seinen Weißen Magier hört. Früher war es nichts weiter als ein einfacher Wegezoll.«

Brede nickt. »Und jetzt ist es mit einer Prüfung der Treue verbunden?«

»In gewisser Weise. Es scheint, als würde heutzutage immer und überall die Treue geprüft, nicht wahr?« Freidr schaut Dorrin an.

Dorrin nimmt hastig einen weiteren Schluck Rotbeerensaft. Sein Blick wandert zu der kleinen, verstaubten Gitarre, die an der Wand lehnt.

»Die Gitarre? Das ist eigentlich ein Erbstück. Es heißt, einst hätte Creslin darauf gespielt. Wer weiß? Es ist eine alte Familiengeschichte, aber man kann es heute nicht mehr sicher sagen. Jedenfalls hat sie schon bessere Zeiten gesehen.« Freidr zuckt mit den Achseln. »Ach ja, Treue und Legenden.«

»Wenn ich fragen darf«, wendet Kadara sich höflich an den dunkelhaarigen Freidr, »was tut Ihr eigentlich hier, während Liedral auf der Handelsroute unterwegs ist?«

»Ich kümmere mich um das Lagerhaus und versuche, die Dinge an die Geschäfte in Jellico zu verkaufen, die sie eingekauft hat, und so weiter. Es nützt ja nichts, Waren einzukaufen, die man nicht wieder losschlagen kann.«

»Freidr ist in dieser Hinsicht sehr begabt«, fügt Midala stolz hinzu.

»Das kann ich mir vorstellen«, stimmt Kadara fröhlich zu.

Dorrin ißt und wünscht, er wäre im Stall oder gar auf dem Großen Platz.

»Nun sagt mir«, fährt Freidr fort, »wohin wollt ihr, wenn ihr Jellico wieder verlaßt?«

»Zu den Westhörnern.« Brede füllt Kadaras Becher mit Dunkelbier auf und schenkt sich selbst ein. Als er den Krug abgestellt hat, pustet er fast andächtig den Schaum weg, bevor er einen tiefen Schluck nimmt.

»Über Passera und Fenard?«

»Ist das nicht eine Straße der Magier?« fragt Kadara.

»Die Magier haben sie noch nicht fertiggestellt. In Gallos müßt ihr wohl noch die alte Straße nehmen.«

Brede und Kadara wechseln einen Blick, ohne aber Dorrin in den stummen Austausch einzubeziehen.

»Ich glaube, ein weiter nördlich verlaufender Weg wäre besser«, überlegt Brede.

»Das könnte in der Tat das klügste sein.« Freidr neigt den Kopf zu Kadara. »Würdest du bitte das Bier weiterreichen?«

»Natürlich.« Kadara reicht dem jungen Kommis lächelnd den Krug.

Dorrin langt über den Tisch und versorgt sich mit Brot, bevor er den Korb an Liedral weitergibt. Die sechs essen eine Weile schweigend, während die Dienerin den leeren Brotkorb durch einen vollen ersetzt und die leere Fleischplatte abräumt.

»Faya! Noch etwas Bier!« Freidr hebt seinen Becher.

Als Faya zurückkehrt, schenkt Freidr sich nach und bietet auch Kadara vom Bier an.

»Nein, danke, Ser Freidr.«

Dorrin füllt seinen Becher mit Rotbeerensaft auf und nimmt sich noch eine Scheibe warmes Brot. Er betrachtet das übriggebliebene Chiltach auf seinem Teller.

»So übel ist es doch gar nicht, Dorrin.«

»Ich glaube, ich habe schon fauligen Tang gesehen, der besser gerochen hat«, murmelt er.

»Dann müßt ihr aber sehr geschmackvollen Tang haben«, zieht Liedral ihn auf.

»Eßt ihr Tang auf Recluce?« fragt Midala.

»Manchmal.« Wieder errötet Dorrin.

»Seid ihr fertig, Ser?« fragt Faya, die neben Dorrin wartet.

Er nickt dankbar, als Teller und Chiltach in der Küche verschwinden. Kurz danach serviert Faya jedem eine kleine Schale mit einem einzigen goldenen Halbkreis – in Honig eingelegte Pfirsichhälften.

»Das war ausgezeichnet!« Brede hat seine Portion mit drei Bissen verdrückt.

Dorrin hat Honig über die Finger und auf den Tisch gekleckert, als er versucht hat, die Frucht in kleinere Stücke zu schneiden. Er ißt noch die winzigen Häppchen, als Brede und Kadara längst fertig sind.

»Wir wollen euch nicht aufhalten, Reisende«, sagt

Freidr, indem er sich erhebt. »Es war ein langer Tag für euch.«

Dorrin trinkt den Rotbeerensaft aus und steht wie die anderen vom Tisch auf.

»Danke.« Kadara schließt sich Brede an und bedankt sich ebenfalls, dann stimmt auch Dorrin ein.

Brede voraus, wandern die drei zum Lagerhaus und zur Kammer des Stallburschen. Liedral folgt ihnen, bleibt aber am Ausgang des Wohnbereichs stehen. Die Händlerin legt Dorrin die warmen Finger auf die Schultern, drückt kurz und läßt wieder los. »Nimm es Freidr nicht übel. Er hat es manchmal wirklich nicht leicht.«

»Weil er aus einer Händlerfamilie kommt und das Leben des reisenden Händlers nicht mag? Oder weil er gern im Rat oder der Versammlung sitzen würde, die diesen Ort regiert, und ihm dies nicht erlaubt ist?« Dorrin leckt sich die letzten Tropfen Honig aus den Mundwinkeln.

»Er herrscht gern, aber das ist Händlern verwehrt, und ganz besonders uns.«

»Ich glaube, das kann ich verstehen. Ich denke, wir werden morgen früh aufbrechen.«

»Gut, das werde ich auch tun. Wir können zusammen nach Kleth reisen.«

»Wie kommt Ihr auf die Idee, wir wollten nach Kleth?«

»Euch bleibt kaum etwas anderes übrig, Dorrin«, erklärt Liedral lächelnd. »Deine Freunde wollen nicht nach Westen durch Gallos. Das bedeutet, daß ihr entweder durch die Hügel nach Süden bis Hydolar müßt, oder ihr geht nach Norden zurück bis Tyrhavven. Oder ihr reist quer durchs Land, was ich aber nicht empfehlen würde.« Die Händlerin tritt einen Schritt zurück, um die Tür zu schließen. »Also können wir auch gleich zusammen reisen.«

»Ich weiß nicht …«

»Wir sehen uns morgen.«

Dorrin wandert kopfschüttelnd zum vierten Stand, der bis auf die Wäsche leer ist. Dort hat er schon sein Schlafzeug auf dem Stroh bereitgelegt. Neben Brede und Kadara zu schlafen würde bedeuten, daß er eine unruhige Nacht hätte. Er spürt zuviel, und er muß zu oft an das rothaarige Mädchen denken, das er einst im Kräutergarten geküßt hat.

»Du siehst aus, als machtest du dir Sorgen.« Kadara kommt aus der zweiten Box und wischt sich Stroh von den Händen.

»Die Händlerin will morgen mit uns nach Rytel aufbrechen.«

»Und das gefällt dir nicht?«

»Liedral hat es längst gewußt, ich aber nicht.«

»Das tut mir leid.« Kadaras Stimme wird leiser. »Wir dachten, du würdest es verstehen. Freidr hat es sehr deutlich erklärt, und nach dem Vorfall auf dem Platz ...«

Dorrin wartet.

»Wir dachten, es wäre keine gute Idee, in Certis zu bleiben oder dorthin zu gehen, wo die Weißen Magier arbeiten ... und wir wollten zu den Westhörnern.«

»Und das bedeutet, daß wir über den nördlichen Weg nach Spidlar müssen?«

»Ja. Das ist auch für dich besser. Aber du kannst natürlich einen anderen Weg nehmen, wenn du willst.«

»Ich? Ich kann doch nicht einmal ein Schwert führen oder gegen einen Weißen Magier bestehen. Ich habe keine andere Wahl, Kadara, und dumm bin ich auch nicht. Schwer von Begriff vielleicht, aber sicher nicht dumm.« Er geht an ihr vorbei in den Stand, wo seine Schlafmatte liegt. Er setzt sich auf die Decken, streift die Stiefel ab und ignoriert Kadara, bis sie die Augen niederschlägt und geht.

XXIX

Die Straße windet sich auf und ab durch die niedrigen Hügel von Certis und verläuft parallel zum Fluß, der Jellicor heißt, nach Rytel. Das Rattern des Wagens und das Stampfen der Hufe verliert sich fast im Heulen der Frühlingswinde. Dorrin beugt sich zum Karren hinüber, den Stab in der linken Hand haltend. »Wärt Ihr auch schon so bald wieder aufgebrochen, wenn wir nicht in diese Richtung unterwegs wären?«

Liedral rutscht ein wenig auf dem Kutschbock herum. »Ich habe zuviel Zeit verschwendet, als ich Fairhaven besucht habe. Es war sicher nicht klug.«

»Fairhaven zu besuchen oder die Zeitverschwendung?«

»Beides. Freidr macht sich Sorgen wegen der Weißen Magier, aber er fühlt sich mit Midala viel zu wohl, um selbst zu gehen und sich zu vergewissern. Außerdem muß ich nach Kleth, um ein paar Sachen von Jarnish zu holen. Es ist einiges aus Diev hereingekommen.«

Dorrin hat schon von Kleth gehört, aber die anderen Namen sind ihm unbekannt. Doch er hat noch eine andere Frage. »Euer Bruder ... er kommt mir überhaupt nicht wie ein Händler vor.«

»Ein Händler?« Liedral schnaubt. »Er ist ein einziges Mal nach Rytel gefahren, und dabei hat er mehr verloren, als wenn er den ganzen Wagen in den Jellicor gekippt und zugesehen hätte, wie die Waren bis Tyrhavven schwimmen.«

»Dann ...«

»Politik.«

»Oh.« Dorrin versteht. Die Weißen hassen die Legende beziehungsweise Frauen, die irgend etwas beherrschen. Er denkt über die Erscheinung der Händlerin und ihr Verhalten nach, bevor er die nächste Frage stellt. »Wer ist Jarnish?«

»Wie war das mit der Politik?« fragt Brede mit etwas Verspätung.

»Jarnish ist mein Kommis in Kleth, er reist nicht.«

»Und wo ist Diev?«

»Es liegt in den Vorbergen der Westhörner und ist der letzte Ort, bevor man wirklich in die Berge kommt. Ein kleiner Hafen, der im Winter geschlossen ist, aber es gibt dort nicht viel. Höchstens Holz für Spidlar. Axalt und Sligo werden aus anderen Häfen beliefert.«

»Wenn Ihr über Spidlar sprecht«, meint Brede, der seinen Wallach näher an den Karren gelenkt hat, so daß Dorrin und er die Händlerin in die Mitte nehmen, »sprecht Ihr immer nur vom Handeln. Geschieht denn dort sonst überhaupt nichts?«

»Spidlar ist nach wie vor ein unabhängiges Land, in dem die Händler herrschen. Ein Rat der Händler lenkt die Geschicke des Landes. Sie waren die einzigen im Osten Candars, die dem Durcheinander entgehen konnten, das von Recluce erschaffen wurde, und ihr Rat versucht, allen Streitigkeiten aus dem Weg zu gehen.«

»Gibt es dort keinen Herzog und keinen Vicomte?« Brede beugt sich vor und entwirrt die zerzauste Mähne seines Wallachs.

»Und was ist mit den Magiern?« Dorrin richtet sich auf und wirbelt den Stab herum. Er ist froh, endlich etwas üben zu können.

»Sei vorsichtig damit«, faucht Kadara hinter ihm.

»Entschuldige.« Er steckt den Stab wieder in den Lanzenköcher. »Du hast doch gesagt, ich müßte üben.«

»Dorrin ...«

»Was ist nun mit Spidlar?«

»Ist das Rytel dort hinter den Hügeln?« unterbricht Kadara sie. Sie deutet auf eine niedrige Mauer, die sich aus der braunen und grünen Landschaft erhebt.

»Was ist das dort?«

Von Süden her windet sich ein silbernes Band bis zu der Mauer.

»Der Fluß? Das ist der Jellicor. Wir sind ihm gefolgt …«

»Nein«, meint Brede. »Die Baumlinie da drüben.«

»Das ist der Estal. Er fließt hinter Rytel mit dem Jellicor zusammen, und der Jellicor fließt seinerseits bei Tyrhavven ins Nordmeer. Viel breiter wird der Fluß aber nicht, und Tyrhavven ist auch kein großer Hafen. Aber immer noch viel besser als Diev.«

Liedral läßt die Zügel knallen, damit der Karren sich wieder in Bewegung setzt, und die vier beginnen den Abstieg zu der fernen Stadt.

Dorrin klatscht sich die Hand in den Nacken. Die Mücken schwärmen, und sie mögen ihn offenbar lieber als die anderen. Im Gegensatz zu den Flöhen bewegen Mücken sich zu schnell, als daß er sie mit seinen Kräften überzeugen könnte, ihn in Ruhe zu lassen, und sie scheinen förmlich in Wolken über ihn herzufallen.

»Heiler?«

»Dorrin«, berichtigt er.

»Versuch mal das hier. Schmier dir etwas davon in den Nacken. Vielleicht hilft es.«

Dorrin nimmt den Lederbeutel und drückt sich etwas Salbe auf die Handfläche. Seine Sinne sagen ihm, daß die Salbe auf der Ordnung beruht, und er reibt sie sich in den Nacken. »Danke.«

»Manchmal sind einfache Salben viel wirkungsvoller als komplizierte Magie.«

So denkt Dorrin auch über einfache Maschinen – aber er scheint einer der wenigen in der Ordnung erzogenen Menschen zu sein, die so denken. Er runzelt die Stirn. Er hätte gern mehr erfahren; Liedral scheint etwas Wichtiges angedeutet zu haben.

XXX

Dorrin beugt sich zur Seite, um sich nicht den Kopf an den Felsvorsprüngen aufzuschlagen, als Meriwhen ihn um die Spitzkehre trägt. Dann wischt er sich die Stirn ab, wo sich neben dem Schweiß auch kalte Regentropfen gesammelt haben, die ihm von den Wänden der Schlucht ins Gesicht gespritzt sind. Hinter ihm rattert der Karren, und das innere Rad holpert über einen Stein.

»Bei der Dunkelheit …«, murmelt Liedral.

Dorrin schluckt, als er den fünfzig Ellen tiefen Abgrund auf der linken Seite sieht.

»In den Westhörnern ist es noch schlimmer«, meint Liedral fröhlich.

Vor ihm summt Brede ein Tempellied. Er trifft den Ton haargenau.

»Würdest du bitte damit aufhören?« faucht Kadara.

»Uff.« Dorrins Grinsen ist wie weggewischt, als der Stab ihm seitlich ins Gesicht schlägt, nachdem er von einer überfrorenen Wurzel abgeprallt ist, die aus der Felswand hervorsteht. Sie ist gerade hoch genug, daß die drei darunter durchreiten können, und gerade niedrig genug, um die Spitze von Dorrins Stab zu greifen. Er schiebt den Stab in den Köcher zurück und konzentriert sich auf die gewundene, schmale Straße, die vor ihm liegt.

Noch drei weitere Spitzkehren geht es hinunter, dann erreichen sie eine enge Schlucht, die mehr oder weniger nach Westen zu verlaufen scheint. Sie ist gewunden und so eng, daß die drei in tiefem Schatten reiten. Links neben der Straße hat sich in den Felsspalten sogar noch Eis gehalten, und das Licht der Mittagssonne ist nur ganz oben auf den Rändern der Schlucht zu sehen, wenn Dorrin direkt nach oben blickt. Kadara wickelt sich enger in ihren Mantel.

»Da vorn sind die Wachtürme. Greift jetzt nur nicht nach euren Waffen«, erklärt die Händlerin.

»Wachtürme? Wir sind doch noch in den Bergen«, antwortet Kadara.

»Wer sagt, daß Städte immer nur in der Ebene liegen müssen?« fragt Liedral.

Kurz darauf wird die Schlucht breiter, und sie sehen eine fast einhundert Ellen hohe Steinmauer vor sich aufragen, in der sich ein eisenbeschlagenes Tor befindet. Eine Handvoll Soldaten ist auf den Wehrgängen postiert, und mehrere Waffen sind auf die Reisenden gerichtet. Vor dem Tor stehen zwei Männer in wattierten grauen Uniformen neben einer Wachhütte.

Liedral zügelt das Pferd und hält den Karren an, die drei aus Recluce bleiben neben ihr stehen.

»Ah, Händler Liedral. Wer sind Eure Gefährten?« Der große Mann mit der hohen Stimme und den Schultern, die sogar noch breiter sind als Bredes, kommt der Händlerin entgegen, die bereits vom Kutschbock geklettert ist.

»Zwei Wächter und ein Heiler.« Liedral nickt knapp in Dorrins Richtung.

»Er hat einen Stab und sieht ganz danach aus. Und die anderen beiden sind eindeutig Wächter. Ihr und vor Euch Euer Vater wart immer ehrlich. So ein Jammer auch. Es ist lange her, daß meine Männer mit lebendigen Zielen üben durften. Nicht einmal die Weißen Gardisten wagen sich in unsere Schluchten.«

»Das könnte eher geschehen, als Euch lieb ist, Nerliat.«

»Das sagte Euer Vater auch immer.«

»Er war ein wenig voreilig. Sie haben zuerst Hydlen und dann Kyphros eingenommen.«

»Die Berge versperren ihnen den Weg nach Spidlar.«

»Mag sein. Wir werden sehen. Dürfen wir den sicheren Zufluchtsort Axalt betreten?«

»Da wäre noch der Straßenzoll, Händler.«

»Ach ja, der Straßenzoll.« Liedral macht keine Anstalten, nach der Börse zu greifen.

»Da die Wächter bewaffnet sind, macht das zwei Kupferstücke für jeden. Ein Kupferstück für Euch und natürlich nichts für den Heiler.«

»Könnte ich nicht behaupten, die Wächter wären Lehrlinge?«

»Liedral ... selbst wenn sie das Waffenhandwerk erst erlernen würden, wären es zwei Kupferstücke.«

»Also gut, Nerliat. Dann müssen es wohl fünf Kupferstücke sein. Wußtet Ihr eigentlich schon, daß der große Chaos-Magier in den Hochebenen zwischen Gallos und Kyphros Berge wachsen läßt?«

»Das sind unbestätigte Gerüchte.«

»Ich wünschte, so wäre es. Ich habe die neuen Berge, rauchende Brocken von schwarzem Stein, am Horizont brennen sehen.«

»Kyphros ist weit.«

Liedral zuckt mit den Achseln. »Die Kyphrer dachten, Fairhaven sei weit.«

»Fünf Kupfermünzen, Händler.«

»Wie Ihr wünscht.« Liedral fischt die Münzen aus der Börse.

Nerliat winkt, und das Außentor wird rumpelnd geöffnet. Dahinter sehen sie ein Fallgatter, das fast lautlos hochgezogen wird. Liedral steigt wieder auf den Kutschbock und läßt die Zügel knallen. Dorrin folgt der Händlerin, als letzte reiten Kadara und Brede durch das fünfzehn Ellen hohe Tor.

Am Ende des Tunnels, der durch die fast vierzig Ellen dicke Mauer führt, sichern zwei weitere Tore den Ausgang.

»Wie lange steht die Festung schon?« fragt Dorrin. »Diese Mauer könnte kein Heer der Welt einnehmen.«

»Länger als meine Familie Handel treibt, und das Westtor ist genauso beeindruckend. Aber das spielt keine Rolle. Was nützt so eine Mauer schon gegen einen

Weißen Magier, der Berge wachsen oder einstürzen lassen kann?«

»Ich verstehe es nicht«, meint Brede. »Warum sollte ein Weißer Magier seine Kraft darauf verschwenden, Berge wachsen zu lassen? Was ist der Sinn?«

»Wer weiß?« schnaubt Kadara.

Dorrin runzelt die Stirn. »Das würde gewaltige Fähigkeiten und sehr viel Macht erfordern. Wer solche Fähigkeiten besitzt, tut so etwas nicht leichtfertig.«

»Vielleicht hat er es getan, um seine Macht unter Beweis zu stellen«, meint Liedral. Sie lenkt den Wagen nach rechts eine gepflasterte, abschüssige Straße hinunter. Ungefähr hundert Ellen unter ihnen liegt die Stadt inmitten eines Tals, das noch weitgehend verschneit ist. Nur hier und dort sind graue und braune Flecken zu sehen.

»Oder er ist einfach nur böse und wollte etwas zerstören. Das hätte jedenfalls dein Vater gesagt, Dorrin«, wendet Kadara ein.

»Kann sein.« Dorrin reibt sich sanft die Wange, wo ihn der Stab getroffen hat. Warum beharrt sein Vater eigentlich immer darauf, daß die Weißen böse wären? Natürlich war der Weiße Magier, der sie aufspürte, sehr mächtig – so mächtig, daß Dorrin sich beinahe wie eine Fliege fühlte, die zertreten werden soll. Er hat allerdings nicht die Gegenwart von etwas Bösem gespürt, nur das Weiß des Chaos. Das Chaos ist aber ganz gewiß böse, wie er gelernt hat – oder ist es vielleicht einfach nur chaotisch?

»Lortren würde es genauso sehen«, fügt Kadara hinzu. Sie reiten gerade durch eine Kehre in der breiten Pflasterstraße, die sie hinunter zum Tal bringen soll.

Höchstens hundert Gebäude liegen in dem von steilen Klippen umgebenen weiten Tal verstreut. Nur im Westen ist zwischen den Klippen eine Lücke zu sehen. »Dieser Ort sieht aus, als wäre er durch Magie entstanden.«

»Jetzt weiß ich es«, ruft Brede. »Und es ist durchaus sinnvoll.«

»Was meinst du?« Das Rattern des Wagens untermalt Kadaras Frage, als Liedral die nächste enge Kurve ansteuert.

»Der Magier. Warum sollte ein Magier seine Macht zeigen, wenn nicht als Drohung, sie gegen eine Stadt einzusetzen?«

»Ich weiß nicht«, gibt Kadara unwirsch zurück. »Ich weiß nur, daß ich hungrig bin. Du kannst dir ja einstweilen selbst die Antworten geben.«

»Aber wenn er die Macht tatsächlich gegen eine Stadt einsetzt, dann zerstört er sie.«

»Und was wäre daran neu?«

Liedral und Dorrin grinsen sich an.

»Die Weißen Magier haben genug Probleme damit, daß ihnen das Chaos nicht aus dem Ruder läuft und alles mögliche zerstört. Du kannst kein Königreich regieren, wenn du keines hast. Aber was würde wohl passieren, wenn der Weiße Magier Berge wachsen läßt und damit zeigt, daß er eine Stadt dem Erdboden gleichmachen kann – und dann die Spidlarer oder wen auch immer auffordert, sich Fairhaven zu unterwerfen? Und der Stadt zusichert, daß sie die Waren und Steuern oder was auch immer zum größten Teil behalten darf?«

»Hmm …«, meint Liedral nachdenklich. »Das mag bei den Kyphrern funktionieren, aber die Spidlarer sind ziemlich halsstarrig, genau wie die Leute hier.«

»Aber wenn die Weißen nach einem Weg suchen, eine Schlacht zu gewinnen, ohne zu kämpfen …«, meint Brede.

Brede könnte durchaus recht haben, denkt Dorrin. Brede begreift wie immer sehr schnell.

»Ist dies das mächtige Axalt?« fragt Kadara.

»Dies ist Axalt«, bestätigt Liedral, »und ob ihr es glaubt oder nicht, im Gasthof braucht ihr für ein gutes Zimmer nur ein paar Kupfermünzen zu bezahlen, und ihr könnt sicher sein, daß sie immer einen Raum frei haben. Sie mögen Reisende.«

»Wie sieht es mit Trinken aus?« fragt Brede.

»Wein, Met und Branntwein – ungefähr ein halbes Silberstück für den Krug.«

»Das ist ja mehr, als sonst ein Zimmer kosten würde.« Dorrin errötet, als ihm bewußt wird, daß er schon wieder etwas allzu Offensichtliches gesagt hat.

»Irgendwo muß es ja einen Haken geben«, erklärt Brede. »Und natürlich wollen alle, die kommen, auch etwas trinken. Was ist mit Wasser?«

Liedral grinst, und Dorrin muß lächeln, als er den Gesichtsausdruck der Händlerin sieht. »Das Wasser ist kostenlos und gut. Aber weder Schwertkämpfer noch Händler mögen Wasser besonders gern.«

Liedral lenkt den Wagen durch die letzte Kurve und dann zu einigen zweistöckigen Gebäuden, die jetzt direkt vor ihnen liegen. Vor dem Haus auf der rechten Seite hängt ein Schild, das einen gelben Berglöwen zeigt. Am Haus auf der linken Seite ist ein Schild mit einer gehörnten schwarzen Bergziege zu sehen. »Wir gehen in den *Schwarzen Widder.* Dort ist es ruhiger.«

»Ist der Unterschied wirklich so groß?« Kadara schiebt sich neben die Händlerin.

»Eigentlich nicht, abgesehen von den Gästen. Sogar die Ställe sind ähnlich.« Sie fährt am Stall vorbei und hinter dem *Schwarzen Widder* auf den Hof.

Zwei Stalljungen kommen herausgesprungen.

»Ist der Stand vorne an der Ecke noch frei?« fragt die Händlerin scharf.

»Ja, Ser.«

»Dann nehme ich sie und die beiden, die daneben liegen, für die Pferde meiner Gefährten.«

»Wollt Ihr auch Korn für die Pferde haben?«

»Wieviel?«

»Ein Kupferstück der Haferkuchen, Ser.«

»Zwei für ein Kupferstück, und wir nehmen vier.«

Die beiden Stalljungen sehen einander an, dann nicken sie. »Im voraus zu zahlen, bitte.«

Liedral klettert vom Kutschbock. »Bringt das Korn, ich hole inzwischen die Kupferstücke.«

Die Händlerin hat kaum ausgesprochen, da wird der Haferkuchen geliefert. Dorrin ist noch nicht einmal abgestiegen, Brede und Kadara waren wie immer schneller und folgen bereits einem der Jungen in den Stall.

»Die Sättel könnt ihr hier unten lassen«, erklärt Liedral ihnen.

Dorrin führt Meriwhen hinter den anderen her zu den Ställen. Er sattelt sie ab, verstaut Sattel und Decken im Regal und schafft es, nicht viel später als die anderen fertig zu sein. Gerade rechtzeitig, um seine Sachen und seinen Stab zu nehmen und der Händlerin in die Gaststube zu folgen.

Hinter der Tür aus Kiefernholz liegt ein zehn Ellen großer Schankraum. Auf einer Seite ist eine Theke, dahinter ein mit einem Vorhang verschlossener Durchgang. Hinter der Theke steht ein kahlköpfiger Mann mit langem Gesicht und einem spitzen, weißen Ziegenbart. Der Ziegenbart und die weißen Augenbrauen stellen die einzige Kopfbehaarung dar, die ihm geblieben ist.

»Händler Liedral. Ihr wollt sicher das übliche Eckzimmer? Leider ist es belegt, aber das in der Nordecke ist noch frei.«

»Das ist mir auch recht. Habt Ihr auch noch Zimmer für den Heiler hier und die beiden Schwertkämpfer?«

»Zwei oder drei Zimmer?«

»Zwei«, sagt Brede.

Dorrin schürzt die Lippen.

»Zwei habe ich noch, bei dreien wäre es schwierig geworden.«

»Seid Ihr tatsächlich so überlaufen? Seit wann denn das, Wistik?«

Wistik hebt die Augenbrauen. »Ab und zu passiert es eben. Ein paar Schiffbauer aus Sligo sind da.«

»Schiffbauer?«

»Es gehen Gerüchte, daß Fairhaven eine weitere Flotte in Auftrag gegeben hat, vielleicht sogar zwei.« Wistik sieht die drei aus Recluce an, dann wendet er sich mit einem Nicken an Dorrin. »Tut mir leid, Heiler.«

Dorrin nickt zurück. »Schon gut, Wirt.«

»Nun ja, Liedral, Ihr wißt ja selbst, daß man verkaufen muß, wenn man gute Angebote bekommt. Oh, und das Geld bekomme ich bitte im voraus.« Wistik lächelt höflich.

»Zwei pro Zimmer.« Liedral legt zwei Kupfermünzen auf den Tisch.

Dorrin legt seine zwei Kupferstücke auf den Tisch, Brede folgt seinem Beispiel. Wistik hebt eine Augenbraue, dann fügt er hinzu: »Eure Gruppe hat die Nordseite, Händler.«

»Danke, Wistik.«

»Und ich würde den Lammtopf empfehlen. Der Ziegenbraten ist etwas deftig geraten.«

Dorrin schultert seinen Tornister und die Satteltaschen und senkt den Stab, um Liedral durch den Bogengang neben der Theke die schmale Treppe hinauf ins obere Stockwerk zu folgen. Er versucht zu übersehen, daß Brede und Kadara Händchen halten, und konzentriert sich darauf, möglichst nichts fallen zu lassen.

Als Dorrin stolpernd das obere Ende der Treppe erreicht, lächelt Liedral ihn einen Moment traurig an, bevor sie sich umdreht und den Flur hinunter zu ihrem Zimmer geht.

XXXI

»Wie ist Spidlar?« fragt Dorrin.

»Ungefähr so wie alles andere in Candar«, erklärt Liedral nachdenklich. »Abgesehen davon, daß der Rat sich Fairhaven noch nicht unterworfen hat. Sie sind dort recht eigensinnig, mehr noch als in Axalt. Und sie folgen mehr oder weniger der Ordnung. Das könnte daran liegen, daß sie alle Händler und Kaufleute sind.«

»Ich hätte nicht gedacht, daß Händler und Kaufleute so sehr der Ordnung anhängen«, meint Dorrin, während er nach einer Mücke schlägt, die hinter seinem Nacken summt.

»Hast du die Salbe nicht aufgetragen?«

»Ich habe es vergessen.« Dorrin dreht sich im Sattel um und versucht, die rechte Satteltasche zu erreichen. Als er sich mit der Linken am Sattelknauf festhält und mit der Rechten die Schnalle öffnet, greift die Mücke an. Er schlägt noch einmal mit der linken Hand danach und fällt beinahe vom Pferd auf den Karren.

Die Händlerin unterdrückt mühsam ein Lachen.

»Machst du Späße oder versuchst du, dich selbst umzubringen?« fragt Kadara ironisch, aber Dorrin spürt, daß sie wirklich erschrocken ist.

»Ein bißchen von jedem, würde ich sagen.« Endlich gelingt es ihm, die Salbe aus der Satteltasche zu ziehen, ohne Meriwhen von der schmalen Straße herunter zu lenken. »Ihr habt meine Frage, warum Händler der Ordnung anhängen, noch nicht beantwortet.«

Liedral fährt etwas weiter rechts, als die Straße noch schmaler wird. Das rechte Rad streift beinahe die Felsen. Dorrin läßt sich zurückfallen, bis sie die Kurve hinter sich haben.

»Die Händler verdienen ihr Geld ehrlich und in aller Ordnung, besonders wenn sie weit entfernt von Fairhaven sind. Ich kann euch nicht erklären, warum das so ist. Vielleicht liegt es daran, daß die Menschen ihnen vertrauen. Die Händler aus Spidlar haben einen guten Ruf – sie sind gerissen, aber ehrlich. Doch hier in dieser Gegend haben sie Schwierigkeiten. Die Händler, die sich mit den Weißen Magiern verbündet haben – sie kommen meist aus Certis und Lydiar –, genießen viele

Vorteile. Sie dürfen die Hauptstraßen und den Hafen in Lydiar gegen geringere Gebühren benutzen. Wenn man der Gilde von Fairhaven angehört, braucht man nicht in jeder Stadt Gebühren zu entrichten, und man darf in Fairhaven selbst verkaufen, was ein großer Vorteil ist.«

»Wie kommt es, daß die Spidlarer sich trotzdem halten können?«

»Sie sind überwiegend Seeleute und brauchen die Hauptstraßen nicht, und die Weißen Magier wollen keine Schwierigkeiten mit Analeria, Kyphros und Spidlar zugleich haben.«

»Aber Kyphros gehört doch zu Gallos«, wirft Brede von hinten ein.

»Erzählt das mal den Kyphrern«, schnaubt Liedral.

»Und Spidlar hat es also geschafft, sich Fairhaven nicht unterwerfen zu müssen.«

»Fast zwei Jahrhunderte lang ... bis die Weißen ihre verdammte Straße durch die Osthörner fertiggestellt hatten. Euer Gründer Creslin hatte sie eine Zeitlang aufgehalten, wie ich hörte. Aber die Spidlarer machen sich Sorgen wegen dieser Sache mit den wachsenden Bergen, und sie haben guten Grund dafür.«

»Was kümmert es sie? Es scheint doch so, als würden sie sich nur ums Kaufen und Verkaufen kümmern, und das würde Fairhaven sie auch weiter tun lassen.«

»Aber sie würden es so tun müssen, wie Fairhaven es ihnen vorschreibt, und die Spidlarer wollen eben auf ihre eigene Weise verkaufen. Sie verkaufen einfach alles – sogar Soldaten. Wahrscheinlich arbeiten mehr Spidlarer als Söldner in anderen Teilen von Candar, als das Heer des Landes selbst Köpfe hat. Irgendwie ist es beinahe ehrenrührig, in Spidlar Berufssoldat zu sein.«

»Und anderswo ist das in Ordnung?«

»Ich habe nicht gesagt, daß es vernünftig ist.« Liedral hebt die Zügel und treibt das Zugpferd an. »Allerdings werden sie anderswo besser bezahlt.« Sie blickt zu den dicken Wolken im Westen. »Ich würde ganz gern aus den Hügeln herauskommen, ehe der Regen einsetzt.«

»Hmm ...« Brede kratzt sich am Kinn. »Das könnte bedeuten, daß auch die besten Kämpfer woanders sind.«

»Es gefällt mir nicht, was du jetzt denkst«, warnt Kadara.

»Es würde dir auch nicht gefallen zu verhungern.«

»Was ist mit Dorrin?«

Der Heiler zuckt mit den Achseln. »Heiler werden fast überall gebraucht. Aber ich würde lieber bei einem Schmied arbeiten.«

Alle drei sehen den schmächtigen jungen Mann an.

»Ich bin stärker, als es scheint. Das hat sogar dein Vater gesagt.«

Die Händlerin hebt die Augenbrauen und sieht wieder zu den Wolken hoch.

»Hegl ist Schmied. Er hat mich viel gelehrt.«

»Seid ihr drei zusammen aufgewachsen?«

»Nein«, erklärt Brede. »Ich habe die beiden erst später kennengelernt.«

»Warum macht Ihr Euch Sorgen wegen der Wolken?« fragt Dorrin, nachdem er Meriwhen näher an den Karren gelenkt hat.

»Im Gebirge sind noch viel Schnee und Eis.« Liedral blickt zu den eisbedeckten Spitzen der Osthörner, dann in Richtung Axalt. »Warmer Regen – und genau der wird kommen – könnte es schnell schmelzen lassen.« Der Wasserspiegel des Flusses liegt nur drei Ellen unterhalb der Straße.

»Wie weit haben wir es noch?«

»Bis Mittag werden wir brauchen. Die Wolken werden am späten Vormittag hier sein.«

»Aber der Regen wird doch das Eis nicht sofort schmelzen können.«

»Wollen wir es hoffen.« Liedral läßt die Zügel knallen. »Wir müssen jedenfalls aus der Schlucht heraus sein, ehe es heftig zu regnen beginnt.«

Dorrin treibt Meriwhen an.

Sie schaffen noch einmal fünf Meilen, ehe ein feiner Nebel aufkommt und die Felswände auf der Nordseite einen eisigen Schimmer zeigen.

Liedral steigert die Geschwindigkeit und treibt das Zugpferd auf den geraden Strecken zwischen den Kurven stärker an. »Nur noch ein paar Meilen«, murmelt die Händlerin, als das Wagenrad wieder einmal entlang der Wand der Schlucht kratzt.

»Und was ist dann?« fragt Brede.

»Dann sind wir sicher. Jedenfalls vor der Überschwemmung.«

Ein warmer Wassertropfen fällt auf Dorrins Nase. »Es regnet.«

»Das merken wir auch.« Kadara schließt ihre Jacke und wird langsamer, bis sie ein Stück hinter dem Karren reitet. Auch Brede läßt sich zurückfallen, und das leise Summen ihrer Stimmen verliert sich im Zischen des stärker werdenden Regens und im Rauschen des kleinen Flusses zu ihrer Linken.

Nach einer Weile erreichen sie eine Stelle, wo der Fluß sich tiefer in den Stein hineingefressen hat, und noch einmal drei Meilen weiter in Richtung der hügeligen Ebenen von Spidlar verläuft die Straße beinahe dreißig Ellen über dem Wasser.

»Dank sei der Dunkelheit, jetzt haben wir das Schlimmste hinter uns. Gerade noch rechtzeitig.« Liedral deutet nach rechts.

Dorrin blickt in die Richtung, in die sie deutet. Man kann beinahe zusehen, wie der Wasserspiegel unten steigt, bis der ganze Grund der Schlucht mit weißem Schaum gefüllt ist. Gelegentlich taucht ein schwarzer Baum aus der Gischt auf, wird aber sofort wieder überspült. Der Regen prasselt jetzt vom Himmel und läuft Dorrin in den Nacken und den Rücken hinunter. »Wie lange soll es noch so weitergehen?«

»Warum sagst *du* uns das nicht?« fragt Kadara zurück.

Dorrin errötet schon wieder, aber in diesem Sturm fällt es niemandem auf. Er schickt seine Sinne ins Unwetter, wie sein Vater es ihn gelehrt hat, aber er spürt nur Schwere über ihnen und rings um sie herum. »Zuviel Wasser«, keucht er.

»Dann wird der Regen noch eine Weile andauern?« fragt Brede.

»Es sei denn, er zieht über uns hinweg. In den Wolken ist jedenfalls eine Menge Wasser.«

»Das ist immer so«, erklärt Liedral. »Jedenfalls hier. Wir können ebensogut weiterfahren. Er kommt von Westen.«

Dorrin wickelt sich in die Jacke und folgt Brede und dem Karren der Händlerin. Ab und zu muß er sich die Stirn trocken wischen. Die Schlucht ist jetzt breiter, und mit jeder Rute, die sie tiefer kommen, werden die Hänge der Schlucht weniger steil. Wenigstens hat der Regen die Mücken vertrieben.

XXXII

Nach drei Regentagen folgt ein Nachmittag, an dem sich nur noch Dunst über Kleth legt und die Steinmauern benetzt, die den inzwischen schlammigen Jellicor begrenzen. Hin und wieder schwimmt ein Eisbrocken vorbei. Liedral ist mit der Überprüfung der Riemen, die den Karren halten, fertig und steigt wieder auf die Mole. Ihr Blick wandert zu den drei Freunden aus Recluce und bleibt einen Moment an Dorrin hängen, ehe sie wieder den Bootsführer an der Ruderpinne ansieht. Sie gibt Kadara und Brede je zwei Silberstücke. »Ich wünschte, ich könnte euch mehr geben, aber ich sagte ja schon ...«

»Wir haben Euch für Eure Gesellschaft und Euren Rat zu danken«, erwidert Brede.

»Richtet auf jeden Fall Jarnish aus, daß ich euch zu ihm geschickt habe. Ich würde mitkommen, aber der Bootsführer wartet nicht.«

Kadara betrachtet den breiten Flußkahn, der an der Mole festgemacht ist und mit jeder Welle des vom Regen angeschwollenen Flusses über die verschlissenen Fender scheuert.

Dorrin wünscht, er wäre so schlagfertig wie Brede. Er wird Liedral vermissen, besonders nachdem er hinter das sorgfältig aufgebaute Äußere der Händlerin blicken konnte, aber als sie auch ihm zwei Silberstücke in die Hand drückt, weiß er nichts zu sagen.

»Ich hoffe, du findest eine Schmiede in Diev. Laß Jarnish wissen, wo du zu finden bist.« Die Stimme wird härter. »Aber jetzt muß ich mich wieder ums Geschäft kümmern.«

»Ich muß ablegen, Händler!« ruft der bärtige Flußkapitän.

Liedral steigt wieder ins Boot, während ein ärmlich gekleideter Junge die vordere Leine löst und der Bootsführer die hintere losbindet. Dorrin sieht zu, wie das Boot die Flußmitte ansteuert.

»Dorrin, wir müssen weiter. Es ist schon fast Mittag.«

Kadara hat recht. Es ist wirklich nicht nötig, einen Kahn anzustarren, der flußabwärts nach Spidlaria fährt, auch wenn sie es nicht mehr weit haben. Er steigt langsam in den Sattel und holt tief Luft, bevor er Meriwhen mit den Hacken in die Seite tritt. Die Stute wiehert, ein beinahe schon automatischer Protest, dann setzt sie sich in Trab. Ohne besonderen Befehl von Dorrin wird sie langsamer, als sie die anderen beiden erreicht haben.

»Das war mehr, als ich erwartet habe«, sagt Brede gerade zu Kadara.

»Natürlich.« Kadara grinst breit. »Dafür kannst du dich bei Dorrin bedanken.«

»Danke, Dorrin.« Jetzt grinst auch Brede.

Dorrin errötet schon wieder. »Warum denn?«

»Du hast die Händlerin gewiß sehr für dich eingenommen.«

»O ja, das hat er«, fügt Kadara fröhlich hinzu.

»Zu schade auch, daß sie nicht mitkommen konnte.« Brede lenkt den Wallach von der Uferstraße herunter.

Die drei biegen auf die Straße ein, die zum Haus des Kommis führt. Eine Lücke in der Wolkendecke läßt etwas Sonnenlicht durch, das sie wärmt. Neben der gepflasterten Zufahrt sehen sie Schlammlöcher und zertrampeltes Gras, hin und wieder sogar einen Flecken Schnee. Etwas abgeschieden stehen ein paar kleine Katen, manche mit angrenzenden Ziegenställen, vor einigen ist sogar eine Kuh angebunden. Alle haben altersschwache Strohdächer.

Kadara nickt. »Ihr Bruder ist zu nichts zu gebrauchen, sie macht die ganze Arbeit. Die Weißen kämpfen immer noch gegen die Legende.«

»Nicht jeder Mann ist zwangsläufig ein Taugenichts«, protestiert Dorrin.

»Das ist ja auch nicht das, was die Legende besagt. Die wichtigste Aussage ist der Hinweis auf das, was geschah, als die Männer sich weigerten, den Frauen die Gleichberechtigung zu geben und auf sie zu hören.«

»Vorsicht mit den Pferden da!« schreit eine Frau, die vor einer Hütte steht.

Dorrin zügelt Meriwhen, damit er nicht einen kleinen Jungen über den Haufen reitet. Der Kleine rennt einem Ball hinterher, der ihm auf dem Pflaster weggesprungen ist. Dorrin wartet, bis der Junge, barfüßig trotz der Kälte und des kalten Lehms neben der Straße, seinen Ball geborgen hat.

Die Frau droht den Reisenden mit einem Besen und schüttelt ihn dabei so heftig, daß das Stroh wegfliegt. »Paßt auf, wohin Ihr reitet, Fremder!«

Dorrin wartet noch einen Moment. Der Junge mit dem zerzausten Haar hat sich den mit Dreck überkrusteten Ball unter den Arm geklemmt und schlendert, ohne sich auch nur einmal umzusehen, quer über die Straße zurück.

»Verdammte, von Dämonen besessene Fremde …«

Dorrin treibt Meriwhen wieder an, und das Pferd setzt sich in Trab, um Brede und Kadara einzuholen, die schon warten.

»Reitet langsamer!« kreischt die Frau hinter ihnen. »Ihr werdet noch jemanden umbringen!«

»Richtig, Dorrin. Reite langsamer.« Kadara schüttelt den Kopf, bevor sie sich wieder nach vorn dreht.

»Seit wann haben Frauen nichts zu sagen?« murmelt Dorrin, während er sich mit einer Hand vergewissert, daß der Stab sicher im Köcher steckt.

Die Wolkendecke schließt sich wieder, und es wird trüb. Hinter ihnen fließt der Jellicor zum kalten Meer, und eine Frau in grauen Lumpen schüttelt einen Strohbesen.

XXXIII

Dorrin späht in die Küche und sucht den Kommis.

»Jarnish ist nach Hitter gefahren. Er wird in einer Weile zurück sein. Wenn ihr Frühstück wollt, dann helft uns hier.« Die Köchin deutet zum Wassertank der Küche.

»Was kann ich tun?«

»Füll den Behälter auf. Hier ist der Trageimer. Geh zum hinteren Brunnen, hier entlang, die Treppe hinunter.«

Dorrin nimmt den Eimer und öffnet die Hintertür.

»Und wisch dir gut die Füße ab, Junge.«

Er tritt in die morgendliche Kälte hinaus und wünscht, er hätte länger schlafen können. Aber auf dem harten Boden der Dachkammer zu liegen, während Brede und Kadara keine drei Ellen entfernt eng umschlungen geschlafen haben, das ist über seine Kräfte gegangen.

Die Treppe führt in einen etwa fünfzig Ellen weiten, ummauerten Innenhof. Die Hälfte der Fläche wird von Hügelbeeten eingenommen, die umgegraben, aber noch nicht bepflanzt sind. Weißer Reif bedeckt die dunkle Gartenerde. Der Atem steht ihm als weiße Wolke vor dem Mund, als er zum Brunnen geht.

Er läßt den Schöpfeimer in den gemauerten Brunnenschacht sinken, hält das Seil fest und zerschlägt die Eisdecke mit dem schweren, mit Eisenbändern verstärkten Holz. Dann hebt er den Eimer die ungefähr zehn Ellen bis zum Steinrand hoch. Das eiskalte Wasser schwappt ihm über die nackten Hände, als er den Schöpfeimer in den kleineren Trageimer leert. Er kehrt zur Küche zurück. Aus dem Schornstein über der Küche steigt eine schmale weiße Rauchfahne, die vom Wind nach Norden geweht wird.

»Und denk daran, putz dir die Füße ab.«

»Ja, Köchin.«

Die Frau mit der platten Nase schneidet und würfelt verschiedenes Gemüse, das Dorrin nicht kennt. Er starrt das blitzschnell zuckende Messer an.

»Hast du noch nie gesehen, wie ein Eintopf gemacht wird, mein Junge? Ha!«

Dorrin schleppt drei volle Eimer vom Brunnen herein, bis der Vorratstank in der Küche voll ist, dann legt er wieder den Deckel darüber.

»Hat ja auch lange genug gedauert«, schnaubt die alte Köchin. »Frühstück steht auf dem Tisch.«

»Danke«, sagt Lyssa, die Magd mit den großen Augen.

»Bedank dich nicht bei ihm, Mädchen. Er ist nur ein Quester, der morgen oder in einem Achttag wieder verschwinden wird – falls ihn die Weißen Wachen nicht wegen irgendeiner Sache einlochen. Ich kann Jarnish überhaupt nicht verstehen.«

Dorrin zieht sich einen Hocker heran und setzt sich. Auf dem wackligen Tisch liegen und stehen ein Laib Schwarzbrot, ein Keil Käse, ein Teller mit Trockenfrüchten, drei angeschlagene Tonbecher und ein irdener grauer Krug, über dem eine kleine Dampfwolke schwebt.

»Was ist mit deinen Freunden?« knurrt die Köchin. »Wollen die etwa den ganzen Tag verschlafen?«

Dorrin blickt zum grauen Morgen hinaus. Es dämmert gerade erst. »Ich glaube nicht, aber es ist doch noch nicht lange hell, oder?«

»Junge, wenn du im Leben Erfolg haben willst, dann darfst du nicht länger als bis zum zweiten Hahnenschrei schlafen.«

Lyssa schaut Dorrin an und grinst ihn einen Moment an, bevor sie ein Tablett nimmt und geht.

»Sag der alten Herrin, wenn sie noch mehr heißen Apfelwein will, so soll sie zweimal läuten.« Das blitzende Messer hält inne, und die Köchin schiebt das Gemüse in die dunkle Flüssigkeit im dunklen Suppentopf.

Dorrin gießt sich heißen Apfelwein in einen Becher und schneidet Brot und eine Scheibe Käse ab. Das Brot ist warm und weich, der Käse kalt und scharf. »Sehr gutes Brot.«

»Natürlich. Etwas anderes backe ich nicht. Wenn man etwas macht, mein Junge, dann muß man es ordentlich machen. Denn sonst ist man ein Tunichtgut.«

Dorrin beißt noch einmal vom Brot ab, dann nimmt er einen Schluck Apfelwein. »Guter Apfelwein.«

»Hast du nicht zugehört, Junge? Ich bin eine gute Köchin. Ich mache kein schlechtes Essen. Wenn ich schlecht kochen würde, dürfte ich mich nicht Köchin nennen.« Sie zielt mit dem Messer auf einen unbestimmbaren Klumpen dunklen Fleischs.

Dorrin versucht einen getrockneten Birnapfel. Es überrascht ihn nicht mehr, daß auch die Dörrfrüchte ausgezeichnet schmecken.

»Ob wir hier richtig sind?« Bredes fröhliche Stimme ist zu hören, bevor er die Treppe vom Dachboden herunterkommt.

»Ob ihr richtig seid?« schnaubt die Köchin, als Brede auf dem Holzboden steht. »Wenn ihr bis Sonnenuntergang da ankommen wollt, wo ihr hinwollt, dann solltet ihr euch lieber in Bewegung setzen, statt zu fragen, ob ihr hier richtig seid.«

»Ihr habt vollkommen recht.« Brede zieht sich einen Hocker heran, läßt sich Dorrin gegenüber nieder und schenkt zwei Becher heißen Apfelwein ein.

»Natürlich habe ich recht, aber ich brauche keinen Soldatenjungen, der mir das erklärt.«

Kadara setzt sich neben Brede, nimmt sich einen Becher, hält ihn sich unter das Kinn und läßt sich vom Dampf das Gesicht wärmen. »Hmm …«

»Du bist zu hübsch, um eine Schwertkämpferin zu sein.« Die Köchin zielt mit dem Messer auf Kadara. »Mit deinem Aussehen kannst du mehr Männer niederstrecken als mit der Klinge, die du gestern getragen hast.«

Dorrin verschluckt sich fast an seinem Käsebrot.

Kadara trinkt einen Schluck warmen Apfelwein. »Sag jetzt kein Wort«, wendet sie sich flüsternd an Brede. »Und du auch nicht«, fügt sie an Dorrin gewandt hinzu.

Dorrin grinst Brede an.

»Es ist nicht schlimm, wenn man gut aussieht, aber es lädt die Dämonen in die gute Stube ein, wenn man sein Aussehen verleugnet. Wie viele arme Luder hatten auf einmal ein Kind am Hals oder Schlimmeres, weil sie gesagt haben: ›Was, ich? So hübsch bin ich doch gar nicht.‹ Ha!« Das Messer zerhackt das letzte Stück Fleisch, und der blanke Knochen kommt in einen anderen Topf.

Die Küchentür wird geöffnet, und Jarnish tritt ein.

»Guten Tag. Habt ihr alle gut geschlafen?« Der Kommis atmet tief ein. »Ich würde sagen, heute gibt es Eintopf zum Mittagessen. Es riecht wirklich gut, Jaddy.« Er zieht die schwere Jacke aus und hängt sie neben der Tür an einen Haken.

»Den Worten eines Mannes soll man nicht trauen, wenn er über das Essen oder die Liebe spricht«, schnaubt Jaddy.

»Sie hat wirklich für jede Gelegenheit einen passenden Spruch parat.« Jarnish nimmt eine Tonpfeife mit langem Stiel von einem braunen Ständer, der auf der sonst leeren Anrichte steht. Aus der Westentasche zieht er einen Beutel mit Tabak. Er stopft den Knaster in die Pfeife und zündet sie mit dem Zündstein an. Dann zieht er sich den einzigen Lehnstuhl, den es in der Küche gibt, ans Ende des Tisches, setzt sich und nimmt die Pfeife aus dem Mund. »Ihr werdet wohl bald wieder aufbrechen?«

»Ja, Ser«, bestätigt Brede leise. »Wenn wir in Diev sind, werden Kadara und ich versuchen, bei den Straßenpatrouillen unterzukommen.«

»Sie werden euch nehmen. Bei der Dunkelheit, sie nehmen praktisch jeden, der das Schwert schwingen und gleichzeitig im Sattel bleiben kann.«

»Ihr haltet offenbar nicht viel von den Wächtern der Spidlarer.«

»Sie taugen zu nichts, außer daß sie denen einen Platz bieten, die zu dumm sind, um Wegelagerer zu werden, und zu verzweifelt, um sich in etwas anderem zu versuchen.« Jarnish zieht an der Pfeife, und der beißende Qualm weht in Dorrins Richtung.

»Sie verstehen sich freilich darauf, mit ihren Räuberpistolen in den Schenken die Mädchen aufzugabeln«, meint Jaddy.

»Und was ist mit dir, mein Junge?«

»Ich würde gern bei einem Schmied in die Lehre gehen, Ser.«

Kadara wirft Brede einen raschen Blick zu und runzelt leicht die Stirn.

»Bei einem Schmied? Bist du nicht etwas zu schmächtig dafür?«

»Ich bin stärker, als es den Anschein hat.«

»Hast du denn bereits Erfahrungen in diesem Handwerk gesammelt?«

»Ich bin schon einmal eine Zeitlang bei einem Schmied in die Lehre gegangen.«

Jarnish nimmt die Pfeife aus dem Mund und bläst eine Qualmwolke in Dorrins Richtung. Dorrin bemüht sich, nicht zu husten. Auf Recluce raucht niemand, aber er hat gehört, daß diese Angewohnheit anderswo verbreitet ist, vor allem auf Hamor.

»An was für einen Schmied denkst du denn, junger Mann? Es muß in Diev sicher ein Dutzend verschiedene Schmiede geben, und dabei kenne ich nicht einmal alle – Schmiede für die Schiffe der Händler, Hufschmiede, die kaum etwas anderes tun als Pferde beschlagen, Schmiede, die alle möglichen Dinge herstellen.«

»Ich meinte einen Schmied, der Werkzeug und Teile für Wagen und Sägemühlen macht.«

Wieder weht eine Qualmwolke durch den Raum, ehe der Kommis antwortet. »Von dieser Sorte gibt es nur zwei in ganz Diev. Da ist einmal Henstaal, der seine Werkstatt direkt an der Südmauer in der Nähe der Hauptstraße hat. Eine ordentliche, zuverlässige Schmiede. Und dann ist da noch Yarrl im Norden der Stadt in der Nähe der Hauptstraße.«

Dorrin verdrückt noch einen getrockneten Birnapfel.

»Henstaal hat drei erwachsene Söhne, die älter sind als du. Yarrl hat nur eine Tochter und, soweit ich weiß, keinen Lehrling. Den Gerüchten nach hat er seine Tochter dazu gebracht, ihm zu helfen.« Jarnish bläst die nächste Qualmwolke über den Tisch.

»Was ist das Problem bei Yarrl?«

»Ein Problem kann man es eigentlich nicht nennen, junger Mann ... aber man sagt, seine Frau hätte den bösen Blick, und seine Tochter ... nun ja, ihre Zunge ... und sie sind auch nicht aus dieser Gegend. Er hat seine Werkstatt eingerichtet, als ich ungefähr in deinem Alter war, und er hat nie verraten, woher er gekommen ist. Er arbeitet gut, aber ... er sagt eben geradeheraus, was er denkt. Mit Lehrlingen hat er nicht viel Geduld. Der letzte ist drei Tage geblieben.«

»Ich kann es ja versuchen.«

Der Kommis erhebt sich. »Man kann keine Münzen prägen, wenn man nicht den Hammer schwingt, und keine Kühe melken, wenn man sie nicht tränkt.«

Dorrin versteht den Wink und steht ebenfalls auf. »Wir werden aufbrechen, sobald wir unsere Sachen gepackt haben.«

»Überstürzt es nicht, laßt die Schwertkämpferin wenigstens ihren Apfelwein austrinken.«

Brede erhebt sich. »Wir danken Euch für Eure Gastfreundschaft.«

»Es war mir ein Vergnügen. Ich bin Liedral sowieso noch etwas schuldig, und dies ist eine Gelegenheit, einen Teil der Schuld abzutragen.« Der Kommis macht eine Geste mit der Pfeife, dann legt er sie wieder in den braunen Ständer.

»Ich gehe zur Landestelle, Jaddy. Vielleicht haben sie ein paar Winterforellen zu verkaufen.«

»Nehmt sie aber auf keinen Fall, wenn sie nicht silbern schimmern. Die braunen werden bitter.«

Jarnish zuckt die Achseln und zieht seine Jacke an.

Als der Kommis die Küche verlassen hast, geht Dorrin die Treppe hinauf, um seine Jacke und seinen Tornister zu holen, während Brede und Kadara ihr Frühstück beenden. Im staubigen Dachboden rollt er sein Bettzeug zusammen und verschnürt es ordentlich, dann stopft er die übrigen Sachen in die Satteltaschen. Er zieht sich die Jacke an und steigt, die Siebensachen über den rechten Arm gelegt, den Stab in der Hand haltend und das Bettzeug unter die linke Achsel geklemmt, die Treppe wieder hinunter. Er rümpft die Nase, als er wieder den beißenden Tabaksqualm riecht ... aber da ist außerdem ein schwacher Anflug von etwas anderem, das Jarnish an sich hatte. Allerdings handelt es sich nicht um einen Geruch. Es ist fast, als ginge ein feiner Dunst des Chaos vom Kommis aus. Dorrin zuckt mit den Achseln. Händler müssen sich eben mit allen möglichen Dingen abgeben.

Brede hat inzwischen das dunkle Brot aufgegessen und stellt gerade seinen leeren Becher auf den Tisch, als Dorrin wieder die Küche betritt. Dorrins Nase juckt, und er schnieft, um nicht zu niesen.

»Alles in Ordnung?« fragt Brede.

»Alles in Ordnung.« Dorrin umrundet den Tisch und geht zur Hintertür. Lyssa öffnet ihm. »Danke.«

Lyssa lächelt ihn an, und Jaddy schüttelt den Kopf, ohne mit der Arbeit innezuhalten. Sie kippt gerade Mehl auf den Arbeitstisch.

Die kalte Luft vertreibt den Juckreiz aus Dorrins Nase. Meriwhen schnaubt und wirft den Kopf hoch, als Dorrin die Stalltür öffnet. Ihr Trog ist leer. »Ich weiß, du hast noch Hunger. Du hast immer Hunger.« Dorrin sieht sich zwischen den Fässern mit Futter um und findet Hafer und eine Schaufel. Er hat zwar nicht mit Jarnish über das Futter gesprochen, aber er hofft, eine oder zwei Schaufeln werden nicht schaden. Sein Kopf beginnt zu pochen, als er diesen Gedanken faßt. Nein, er muß eine Münze oder etwas anderes für das zusätzliche Futter zurücklassen. »Du machst mir immer Schwierigkeiten«, sagt er, während er den Hafer in den Trog kippt.

Meriwhen kaut zufrieden, und unterdessen holt Dorrin die Bürste und striegelt sie. Die Kopfschmerzen gehen nicht weg, als er die Bürste in die Satteltasche steckt und in die Küche zurückkehrt.

Brede und Kadara verlassen gerade die Küche, als er wieder eintritt.

»Ich habe etwas vergessen«, erklärt Dorrin.

»Was denn? Du siehst so schuldbewußt aus.« Kadara runzelt die Stirn.

»Ich muß den zusätzlichen Hafer bezahlen.«

»Warum die Mühe? Der Kommis kann sicher eine Handvoll entbehren.«

»Ich muß.« Dorrin weicht Kadara aus und geht die Treppe hinauf.

»So ein Pedant …«

»Ich glaube, ihm bleibt gar nichts anderes übrig, Kadara«, erklärt Brede. »Er ist ein Heiler.«

Dorrin betritt die Küche.

»Was willst du denn jetzt schon wieder, Junge?« Jaddys Arme sind bis zu den Ellenbogen mit Mehl bestäubt.

»Ich wollte nur ein oder zwei Kupfermünzen für etwas zusätzliches Futter dalassen.« Dorrin greift nach seiner Börse.

»Das wird Jarnish aber nichts ausmachen.«

»Mag sein, aber ich will es bezahlen.«

»Du bist an die Ordnung gebunden, nicht wahr, mein Junge?«

Dorrin nickt.

»Zu schade, daß es nicht mehr von deiner Sorte gibt. Die Welt wäre gewiß eine bessere.« Sie blickt zur Holzschale, in der getrocknete Birnäpfel und Pfirsiche liegen. »Lyssa!«

Das Mädchen taucht aus der Vorratskammer auf.

»Wickle ihnen noch zwei Handvoll Trockenfrüchte ein. Jarnish hat gesagt, wir sollen sie ordentlich gerüstet auf die Reise schicken.« Sie grinst Dorrin an. »Laß die Kupfermünze einfach dort auf dem Tisch liegen. Ich werde es Jarnish sagen, keine Sorge.« Dann blickt sie wieder das Mädchen an, das die Früchte in ein dünnes graues Tuch eingeschlagen hat. »Leg ruhig noch eine Handvoll drauf. Jarnish will ja nicht, daß sie uns auf der Straße verhungern.«

»Ihr braucht aber nicht ...«, protestiert Dorrin.

»Du auch nicht, mein Junge. Und jetzt nimm die Früchte und mach dich auf den Weg.«

»Danke.«

»Unsinn! Mach dich einfach auf den Weg, und bring mir irgendwann einmal ein kleines Schmuckstück aus deiner Schmiede vorbei.«

»Das werde ich tun.«

Jaddy kümmert sich wieder um den Teig, und Dorrin nimmt das mit Trockenfrüchten gefüllte Tuch und geht die Treppe hinunter zum Stall.

»Was ist das?«

»Trockenfrüchte. Birnäpfel und Pfirsiche.«

Kadara schüttelt den Kopf, während Dorrin die Früchte in die linke Satteltasche packt. Dann kämpft er mit Decke und Sattel und Satteltaschen und schließlich auch noch mit dem Pferdegeschirr.

»Bist du bereit?« fragt Brede, der schon seinen Wallach zur Stalltür hinausführt. »Ich habe den Pferdemist zum größten Teil nach draußen geschaufelt.«

»Ihr zwei ...« Kadara läßt die Zügel ihrer braunen Stute schnalzen.

»Rotschöpfe fängt man eher mit Honig als mit Essig«, bemerkt Brede ruhig.

Dorrin steigt in den Sattel und folgt den beiden auf die immer noch überfrorene, von tiefen Furchen durchzogene Straße hinaus. Im Süden ist die Sonne endlich über die Bäume gestiegen, die den Hof des Kommis begrenzen. Nur einige dünne und hohe weiße Wolken sind auf den grünblauen Himmel getupft.

»Die Straße dort führt in die Berge.« Brede deutet nach Westen.

»Ich habe gehört, was der Kommis gesagt hat.«

Dorrin nickt nur und folgt den Freunden. Er faßt den Stab mit der behandschuhten linken Hand. Die drei reiten in gleichmäßigem Schritt nach Westen, wo die erste leichte Steigung der Straße beginnt.

Unzählige Hügel später rutscht Dorrin unbehaglich im Sattel hin und her. Beine und Hinterteil sind trotz der vielen Meilen, die er schon geritten ist, von blauen Flecken überzogen. Ob er sich jemals ans Reiten gewöhnen wird? Vor ihm sitzt Kadara auf ihrer braunen Stute entspannt im Sattel und macht abwesend einige Übungen mit dem Schwert, dann steckt sie es wieder in die Scheide.

Dorrin betrachtet seinen Stab, dann holt er tief Luft und zieht ihn aus dem Lanzenköcher. Langsam lockert er die Schultern.

»Dorrin ...«

Er dreht sich um. Brede liegt flach auf dem Hals seines Wallachs.

»Ich habe ja nichts dagegen, wenn du übst, aber würdest du dich bitte umsehen, bevor du damit beginnst? Das Holz ist ziemlich hart.« Brede grinst.

»Entschuldige. Ich habe nicht angenommen, daß du direkt hinter mir bist.«

»Was hat Lortren noch gesagt? Daß man nicht einfach irgend etwas als gegeben annehmen darf ...«

Dorrin errötet.

»Eigentlich machst du dich aber gar nicht so schlecht, solange du nicht so tust, als wärst du ein Schwertkämpfer.«

»Nein, ich bin wirklich nicht besonders gut«, widerspricht Dorrin. »Es fällt mir schwer, ein Gefühl für das Holz zu bekommen.« Er betrachtet das Hügelland jenseits der Straße und den schlammigen Weg, der zu einem kleinen Steinhaus führt. Eine weiße Rauchfahne steigt aus dem Kamin in den klaren Nachmittagshimmel und weht über die kleine, von einer Mauer umgebene Scheune und eine Außentoilette hinweg.

»Warum denn das?«

»Ich glaube, weil der Stab im Grunde doch eine Waffe ist, und Waffen dienen der Zerstörung. Und die Zerstörung ist das Chaos.«

Brede nickt. »Ein Glück, daß ich nicht so sehr der Ordnung verpflichtet bin.«

»Ich bin auch froh darüber«, stimmt Kadara zu.

»Wie weit ist es noch?«

Brede seufzt. »Mindestens noch einer oder sogar anderthalb Tage bis Diev, wenn die Angaben der Händlerin richtig waren.«

»Bisher hat Liedral keine einzige falsche Angabe gemacht.«

Kadara dreht sich nicht um, aber Dorrin kann spüren, daß sie grinst.

»Hör auf damit.«

»Womit soll ich aufhören? Ich habe doch überhaupt nichts gesagt.« Kadara zieht das Kurzschwert mindestens zum dritten Mal an diesem Morgen aus der Scheide und läßt es durch die Luft wirbeln.

Dorrin sieht seinen Stab an, dann macht er langsam mit den Übungen weiter. Als Meriwhen die Kuppe einer der unzähligen Erhebungen dieses endlosen Hügellandes erreicht, muß er schon wieder seine Sitzhaltung verändern.

Die Steinmauern, die die eintönigen braunen Wiesen von der Straße abtrennen, sehen etwas anders aus als in Kleth.

»Eigentlich müßte bald eine Schutzhütte kommen«, meint Brede zuversichtlich. »Dann können wir eine Pause einlegen.«

»Also wollen wir nicht die ganze Nacht durch reiten?« fragt Dorrin.

Die Schwertkämpfer antworten ihm nicht, aber Brede treibt seinen Wallach an Meriwhen vorbei zur braunen Stute. Ein Klumpen Dreck fliegt dicht an Dorrins Bein vorbei.

Auch hinter dem nächsten Hügel ist nichts von der versprochenen Schutzhütte zu sehen, und Dorrin seufzt tief und verlagert abermals sein Gewicht im Sattel.

II

Schmied und Heiler

XXXIV

Brede und Kadara warten auf der Hügelkuppe. Dorrin zügelt sein Pferd neben ihnen und überblickt das flache Tal, das sich zwischen ihnen und ihrem Ziel erstreckt.

Oberhalb der Klippen und des Wasserfalls liegt das durch den Fluß Weyel geteilte Diev. Es ist kein weitläufiger Ort wie das auf dem Land liegende Weevett und auch keine hinter einem stolzen Wall zusammengekauerte Siedlung wie Jellico, und es ist auch dem unter Fairhavens weißer Knute langsam dahinsiechenden Vergren nicht ähnlich. Der untere Teil Dievs liegt an der Flußmündung und bildet einen viertklassigen Hafen, der sogar noch hinter Spidlaria und Tyrhavven in Sligo rangiert. So arm ist er, daß nicht einmal die alles andere als wohlhabende Liedral ihn häufig besucht.

Diev ist eine kleine Stadt, die für die Schafzüchter im Nordwesten und die verstreuten Anwesen in den Bergen dennoch eine Art Zentrum bildet. Es ist eine anspruchslose Stadt, gelegen an einer einsamen Straße, die von Kleth zur unwirtlichen Nordküste Candars führt. Die Straße verjüngt sich nicht weit hinter dem Stadtrand zu einem bloßen Pfad, der sich ein paar Meilen vor Diev völlig in der Wildnis verliert. In Diev stoßen die Westhörner bis zum Nordmeer vor, und hinter den Häusern und den Rauchwolken, die spiralförmig in den Himmel über der kleinen Hochebene steigen, sieht man die Berggipfel aufragen, die weitläufig mit Schnee und glitzerndem Eis bedeckten, riesigen Felsklötze. Vor ihnen wirkt die unbedeutende menschliche Siedlung zwergenhaft klein.

»Nicht gerade vielversprechend«, meint Brede.

»Und damit paßt es zu unseren Erwartungen«, sagt

Kadara. »Wir sind durch Fairhaven und die Osthörner gereist, und wir werden – irgendwie – mehr als ein Jahr lang am Fuße der Westhörner dienen.«

»Ich finde es immer noch beunruhigend, daß es mehr als ein Jahr dauern soll«, antwortet Brede nachdenklich.

Dorrin runzelt die Stirn. Ihm gegenüber hat Lortren niemals solche Regeln formuliert. Sie sagte ihm nur, er müsse sich selbst finden.

»Tja, aber wenn wir hier im Wind herumstehen, werden wir nie nach Diev kommen.« Kadara läßt die Zügel ihrer braunen Stute schnalzen.

Brede folgt Kadara die Straße nach Diev hinunter. Dorrin sieht sich noch einen Augenblick lang um und bewundert die lässige Eleganz, mit der die beiden Kämpfer im Sattel sitzen. Schließlich hebt er Meriwhens Zügel und klopft ihren Hals. »Dann laß uns weiterziehen, Mädchen. Wohin auch immer der Weg uns führt.«

XXXV

Dorrin tätschelt Meriwhen den Hals und verschafft sich einen Überblick. Ein Gehweg verbindet die Schmiede, die am viereckigen Schornstein zu erkennen ist, mit dem schmalen Wohnhaus, das aus geglätteten, gehärteten Balken gebaut ist. Daneben eine kleine Scheune, eine Koppel mit zwei Pferden, ein Pferch für die Schweine. Hinter der Scheune stehen drei große Eichen, die noch keine neuen Blätter bekommen haben, in einem fast gleichseitigen Dreieck.

War es richtig, allein herzukommen? Aber im Grunde war er sowieso auf sich gestellt. Brede und Kadara hatten ihren eigenen Kampf auszufechten, um eine Anstellung als Schwertkämpfer zu finden.

»Hallo!« Er blickt zur Schmiede, aber niemand antwortet ihm. Nachdem er Meriwhen an einem Pfosten mit einem Eisenring festgebunden hat, betritt er die Schmiede. Drinnen wabern heiße Metalldämpfe, die leicht in den Augen brennen. Dorrin schiebt sich an einigen zerbrochenen Geräten und unkenntlichen Metallteilen vorbei, die an einer Wand aufgereiht sind. Verglichen mit Hegls Schmiede ist Yarrls Werkstatt ein wahres Durcheinander, und sogar das Werkzeugbrett ist ein Wirrwarr von Hämmern, Zangen und anderen Werkzeugen. Ein paar Werkzeuge wie Hämmer, Greifzangen, Setzhämmer und Körner, die in Reichweite neben dem Schmiedeofen liegen, erkennt er wieder. Aber er sieht auch Zangen, die wie Schlangen geformt sind, und zwei große Spanndorne, die auf beschwerten Füßen ruhen. Einer der beiden Wassertanks ist unterteilt.

Kleine Wellen laufen über die Rückenmuskeln des Schmieds, wenn der Hammer gehoben wird und niederfällt und die Zange das heiße Eisen wendet. Dann ist das Eisen zu sehr abgekühlt und wird wieder ins Schmiedefeuer gelegt. Der Schmied wartet, bis das Metallstück heiß genug ist, dann kommt es erneut auf den Amboß.

Schließlich wird das Stück, ein kompliziertes, verdrehtes Bremsgestänge, neben dem Schmiedefeuer zum Abkühlen abgelegt. Erst jetzt legt der Handwerker den Hammer beiseite und dreht sich um. »Wer bist du, Junge?«

»Mein Name ist Dorrin. Ich würde gern Euer Lehrling werden. Jarnish sagte, Ihr könntet vielleicht einen gebrauchen.«

»Jarnish? Was versteht ein Kommis schon vom Schmiedehandwerk?«

Dorrin lächelt höflich.

»Du bist ein magerer kleiner Bursche, aber du frißt sicher wie ein Schwein. Alle jungen Burschen machen das.« Der Mann mit dem breiten Brustkorb umkreist Dorrin. »Und wie kommst du auf die Idee, du könntest ein Schmied werden?«

»Ich war schon woanders Lehrling.«

»Und warum bist du nicht mehr dort?«

»Ich komme aus Recluce.«

»Oh, einer von denen bist du? Und warum haben sie dich hinausgeworfen?«

»Ich wollte Spielzeug machen, kleine Maschinen. Sie halten nicht viel davon.«

»Ich auch nicht, das kann ich dir sagen.«

»Ich bin der Arbeit gewachsen.«

»Rechnest du damit, daß du in ein oder zwei Jahren die Werkstatt übernehmen kannst, Junge?«

»Nein, Ser. Ich erwarte nicht, die Werkstatt zu übernehmen.«

»Ist sie nicht gut genug für dich?«

Dorrin beißt sich auf die Zunge. »Wenn ich ein guter Schmied werde, dann sollte ich gehen, bevor Ihr soweit seid, daß Ihr sie aufgeben wollt. Wenn nicht, werdet Ihr jemand anders finden.«

»Ha! Immerhin ein kluger Kopf. Was weißt du über das Schmiedehandwerk?«

»Ein wenig ... aber noch nicht genug.«

»Bist du bereit, den großen Blasebalg dort zu bedienen? Kannst du Nägel machen? Ein guter Schüler kann an einem Morgen hundert Stück herstellen. Wie gut kannst du Bleche vernieten? Gut genug, daß es eine saubere Schweißnaht wird? Kannst du eine Stange gleichmäßig zuschlagen, ohne sie zu spalten?«

»Normalerweise schon.« Dorrin spürt, daß jemand sich nähert, aber er dreht sich nicht zu dem Neuankömmling um.

»Das ist harte Arbeit. Du hörst gut zu und machst, was ich sage. Und du wirst nicht frech.«

»Darf ich Fragen stellen?«

Der Schmied runzelt die Stirn.

»Wenn du den da gehen läßt, Yarrl, bist du ein verdammter Weißer Narr.« Es ist eine energische Stimme.

Der Schmied schaut zu der kräftig gebauten Frau hinüber. »Hier geht es ums Schmieden, Reisa.«

Dorrin folgt dem Blick des Schmieds und zwingt sich, Reisa gleichmütig zu betrachten, obwohl er sieht, daß der rechte Arm der grauhaarigen, breitschultrigen Frau direkt unter dem Ellenbogen endet. Schließlich wendet sich der Schmied wieder an Dorrin.

Yarrl zuckt mit den Achseln. »Ich kann nicht viel zahlen. Essen, ein Bett im Eckzimmer der Schmiede und eine Kupfermünze für den Achttag, bis du gut genug bist, um selbständig zu arbeiten. Wenn du nicht begreifst, was ich brauche, und binnen eines Achttages nicht fähig bist, ordentliche Nägel zu machen, kannst du dich zum Teufel scheren.«

»Einverstanden. Gibt es einen freien Stand im Stall, den ich benutzen kann? Ich würde als Gegenleistung auch den Stall sauber halten.«

Yarrl öffnet den Mund, schließt ihn wieder und zögert ein paar Sekunden, ehe er wieder das Wort ergreift. »Du willst im Stall schlafen?«

»Ich habe ein Pferd, Ser.«

»Wie willst du es füttern? Du kannst nicht von mir erwarten, daß ich dein Tier füttere.«

»Nein. Wenn ich gut bin, werde ich genug verdienen, um es selbst zu versorgen. Wenn nicht, werdet Ihr mich sowieso nicht behalten. Ich habe noch ein paar Münzen, die für den Anfang reichen sollten.«

»Ich weiß nicht ...«

»Yarrl ...« Wieder unterbricht ihn die tiefe Stimme der Frau.

»Also gut ... du kannst den Stall sauber halten, aber das machst du außerhalb der Arbeitszeit. Und jetzt stell dein Tier ein und komm gleich hierher zurück. Du kannst meinetwegen sofort beginnen, deinen Lebensunterhalt zu verdienen.«

»Ja, Ser.«

»Wenigstens ist er höflich.« Der Schmied dreht sich wieder um und hebt den Hammer.

Reisa lächelt Dorrin an, schüttelt ganz leicht den Kopf und sagt: »Ich zeige ihm inzwischen den Stall.«

Dorrin folgt der einarmigen Frau zur Scheune. Im ersten Stand steht ein Maultier, die beiden nächsten Stände sind leer.

»Petra ist mit dem Braunen und dem Wagen auf dem Markt.«

»Ist Petra Eure Tochter?«

»Das ist sie, und sie ist ein gutes Mädchen.« Reisas Stimme wird eine Spur schärfer.

»Dann habt Ihr Glück«, sagt Dorrin lächelnd.

»Du bist bei einem Schmied in die Lehre gegangen?«

»Ja, das bin ich mal. Heiler bin ich auch gewesen.«

»Und du willst jetzt wieder als Schmied arbeiten? Die Arbeit ist nie zu schaffen, nicht einmal für Yarrl.«

»Irgendwie ... irgendwie ist es mir wichtig, mit Metall zu arbeiten.«

»Ich dachte es mir schon. Aber du bist immer noch ein Heiler, was? Einer von den Schwarzen?«

»Ja.« Dorrin betrachtet ihren rechten Arm.

»Nein, ich weiß schon, daß mir damit niemand helfen kann. Heilst du auch Tiere?«

»Wenn es nicht zu schlimm ist.«

»Ziegen?«

»Das habe ich noch nie gemacht, aber ich kann es versuchen.«

»Stell dein Pferd ein und bring deine Sachen in deinen Verschlag. Viel hast du ja nicht dabei. Aber es ist immer noch besser als die Scheune, und wenn du ordentlich arbeitest, wird Yarrl dich die Kammer später besser einrichten lassen. Nachher kannst du dir dann meine Ziege ansehen.«

Er nimmt den Heurechen und glättet den Lehmboden, dann streut er Stroh aus. Er sattelt Meriwhen ab, hängt den Sattel auf und striegelt rasch das Pferd. Dann nimmt er den Stab und die Satteltaschen über die Schulter und sein Bettzeug unter den Arm.

Reisa führt ihn hinten herum zur Schmiede zurück. Sie benutzen jetzt eine Hintertür, die in einen fast kahlen Raum führt. Es gibt hier nur ein einziges, mit einem Laden gesichertes Fenster ohne Scheibe. Die groben Planken auf dem Boden sind staubig, und die einzigen Möbelstücke sind eine Strohmatratze auf einem breiten Brett, das in der Wand verankert ist, ein Hocker mit vier Beinen und ein wackliger Tisch, auf dem eine verbeulte Öllampe aus Kupfer steht.

»Nicht viel, aber es ist gemütlich.«

Dorrin legt das Bettzeug auf den Tisch und die Satteltaschen auf den Stuhl. Bevor er seine Sachen auf die Matratze legt, will er seine begrenzten Ordnungs-Sinne gebrauchen, um etwa vorhandenes Ungeziefer zu vertreiben. »Die Ziege?«

Reisa dreht sich um, und Dorrin verriegelt hinter sich die Tür. In einem kleinen Pferch neben der Scheune steht eine Ziege mit aufgedunsenem Bauch.

»Burlows verdammter Bock ist hier eingedrungen.«

»Wo ist er jetzt?«

»Ein Teil ist gepökelt, der Rest war unser Abendessen.«

»Oh.« Dorrin tritt durch das Tor. Die Ziege weicht unsicher und mit zitternden Beinen vor ihm zurück. Er berührt ihre Schultern, dann die Flanken. »Sie ist trächtig.«

»Das weiß ich.«

»Ich bin kein Tierheiler, aber ich würde sagen, sie trägt zu viele Kitze.«

»Wie viele?«

»Drei, würde ich sagen.«

»Kannst du etwas tun?«

Dorrin zuckt mit den Achseln. »Vielleicht.« Er läßt seine Sinne zur Ziege wandern und flößt ihr eine Spur von Ordnung ein, bezieht aber nur eins der ungeborenen Lämmer ein. Vielleicht hilft es. Schließlich verläßt er den Pferch wieder. Er wischt sich die Stirn ab und versucht, bei dem feuchten Geruch des Strohs nicht zu niesen.

»Und?«

»Ich bin nicht sicher. Es kann eine Weile dauern.«

Reisa betrachtet die Ziege. »Sie steht nicht mehr ganz so unsicher da.«

Dorrin lehnt sich an den Zaun und holt tief Luft.

»Junger Mann, du mußt etwas essen, bevor du in die Schmiede gehst. Setz dich auf die Veranda, ich werde dir etwas holen. Ich habe ganz vergessen, daß das Heilen eine anstrengende Arbeit ist.«

»Danke.«

Dorrin setzt sich auf die oberste Stufe zur Veranda, stellt die Stiefel auf die zweite Stufe und lauscht den gedämpften Hammerschlägen aus der Schmiede, während er sich das Gesicht von der Spätwintersonne wärmen läßt. In Diev ist der Frühling noch fern.

»Hier.«

»Danke, gnädige Frau.«

Sie errötet. »So eine feine Dame bin ich nicht, junger Mann. Nun iß schon.«

Auf dem zerkratzten Holzteller liegen zwei große Scheiben Haferbrot, dick mit Butter und dunkler Konfitüre bestrichen. Ein kleiner Keil Käse liegt zwischen den Scheiben. Reisa reicht ihm einen irdenen Becher mit kaltem Apfelwein. Dorrins Schwäche verfliegt, während er Brot und Käse ißt.

»Und jetzt gehst du am besten in die Schmiede.«

Dorrin steht auf. »Vielen Dank.«

In der Schmiede angekommen, zieht er sich Jacke und Oberhemd aus und behält nur das ärmellose Unterhemd an. Die ausgezogenen Sachen hängt er auf einen Pflock in der Ecke.

»Da.« Yarrl nickt zu einem schweren Lederschurz

hin, der auf einer Bank liegt. »Du bedienst den Blasebalg. Er hat ein normales Gegengewicht, und der Hebel ist abgewinkelt, so daß es nicht zu schwer für dich sein dürfte. Das Eisen soll beinahe weißglühend werden wie die Ecke hier.«

Dorrin zieht die Lederschürze an und hofft, daß seine Hände bald wieder Schwielen bekommen, ehe er sich allzu viele Blasen zuzieht.

XXXVI

»Warum müssen wir überhaupt etwas gegen Recluce unternehmen? Die Schwarzen tun ja doch nichts weiter, als auf ihrer Insel zu sitzen und die Ordnung zu kultivieren. Wer Ärger macht, wird hinausgeworfen – normalerweise zu unserem Nutzen.«

»Wir reden jetzt nicht über militärische Maßnahmen«, erklärt Jeslek freundlich. »Aber seid Ihr es nicht auch müde, daß unser Gold nach Recluce fließt, so daß die Schwarzen es dazu verwenden können, Waren aus Nordla und Hamor einzukaufen?«

»Ihre Gewürze und Weine sind besser und billiger«, grollt eine dunkle Stimme aus der letzten Reihe.

»Ihre Tischlerarbeiten sind es teilweise auch«, ergänzt eine andere Stimme.

»Und die Wolle …«

»Wollt Ihr die wirklich tragen, Myral?«

»Also gut … und was schlagt Ihr vor, Jeslek?«

»Nichts Weltbewegendes. Nur einen dreißigprozentigen Zoll auf alle Waren aus Recluce.«

»Dreißig Prozent? Dann würde ich lieber das rote Gebräu aus Kyphros trinken«, rumpelt der Baß.

»Genau das meinte ich.«

»Das wird die Zahl der Schmuggler erhöhen.«

»Wir werden einen Teil des Geldes dazu verwenden, eine Flotte aufzubauen, mit der wir genau dies verhindern können.«

»Und der Rest? Wird der in Eure Taschen wandern, Jeslek?«

»Schwerlich. Die Entscheidung liegt beim Rat, aber ich würde vorschlagen, daß wir es aufteilen und einerseits die Bezüge der Ratsmitglieder anheben, zweitens den Hauptplatz erneuern lassen und drittens den Straßenbau fördern. Möchte sich jemand dazu äußern?«

»Wird das nicht dazu führen, daß noch mehr Gold in Spidlar landet?«

»Was ist mit Sarronnyn?«

»Südwind wird es gefallen ...«

Nachdem sie das Sitzungszimmer verlassen haben, wendet Sterol sich an die rothaarige Anya. »Sehr einfach. Einfach, aber klug.«

»Sie werden es billigen.«

»Natürlich. Sein Ansehen wird steigen, und die Flotte wird größer werden.«

»Was wird Recluce unternehmen?«

»Nichts. Sie werden die Handelsbeziehungen über das Meer verstärken und jammern.« Sterol lächelt leicht. »Allerdings wird dies dazu führen, daß ein Teil des Handelsverkehrs von Lydiar nach Spidlar umgelenkt wird. In etwa einem Jahr werden wir Spidlar übernehmen müssen, wenn wir nicht unsere eigenen Händler arbeitslos machen wollen.«

»Glaubt Ihr denn ...« Die rothaarige Magierin läßt den Satz unvollendet. Sie wirkt ein wenig gereizt.

»Bis dahin wird Jeslek Erzmagier sein und darauf drängen, den Handel mit Recluce völlig einzustellen. Er wird es natürlich nicht offen sagen. Der Aufschlag wird dann hundert Prozent betragen, und der Schwarze Rat wird sich Sorgen machen, weil Recluce sein ganzes Geld für Korn und Mehl aus Hydlen ausgeben muß, zumal zuviel verdirbt, wenn es von Hamor herangeschafft wird. Die Schwarzen werden mit dem Schicksal hadern, sie werden stöhnen und jammern, aber die Bevölkerung ist zu sehr gewachsen, als daß sie es riskieren könnten, mit dem Wetter herumzupfuschen, wie Creslin es getan hat. Und, was noch wichtiger ist, sie haben nicht einmal jemanden, der dazu fähig wäre.«

Anya nickt und blickt kurz zum Sitzungssaal.

»Die Unzufriedenheit wird Unordnung erzeugen, das wird zum Chaos führen, und als Folge werden weitere Verbannte aus Recluce kommen. Sie werden wie gelähmt sein – eine Zeitlang wenigstens.«

»Das klingt, als glaubtet Ihr, Jesleks Pläne könnten Erfolg haben.«

»In Zeiten von Veränderungen der Erzmagier zu sein bringt gewisse … Probleme mit sich.« Sterol lacht leise. »Wir müssen zurück und der Abstimmung beiwohnen, auch wenn es sich wohl nur um eine Formalität handelt.«

»Ob er mit seinen Plänen Erfolg haben wird?«

»Vielleicht – es sei denn, er ist *zu* erfolgreich, was sicherlich geschehen wird.« Sterol geht zum Sitzungssaal zurück. »Nun kommt schon, Anya.«

Anya runzelt die Stirn, folgt dann aber doch ohne ein weiteres Wort dem Erzmagier in den Sitzungssaal des Rates.

XXXVII

»Das ist alles.« Yarrl läßt den Hammer sinken.

Dorrin wartet, bis der große Blasebalg sich wieder ausgedehnt hat, dann stellt er den Hebel fest, taucht einen Lumpen in Lederöl und wischt sorgfältig die Außenseite die beiden Luftkammern ab. Yarrl verstaut inzwischen den Schlichthammer und die Greifzange.

Anschließend räumt auch Dorrin seinen Hammer ins Regal und nimmt den Besen zur Hand. Es ist zwar nicht unbedingt nötig, den gestampften Lehmboden jeden Abend zu fegen, aber Dorrin fühlt sich wohler, wenn er die Schmiede so sauber und aufgeräumt hinterläßt, wie es ihm nur möglich ist. Er hat bereits die seltener gebrauchten Werkzeuge, die Staub angesetzt haben, in den Regalen umsortiert. Die Werkzeuge, die Yarrl häufig benutzt, hat er dort gelassen, wo der Schmied sie abgelegt hat.

Nachdem Yarrl gegangen ist, fegt Dorrin die Metallreste, Aschehaufen und Metalltropfen zusammen, die zu klein sind, um in den Schrotteimer zu kommen. Dann stellt er Besen und Schaufel zurück und schließt die Schiebetür. Er geht zum Brunnen, nimmt den Deckel ab und holt sich einen Eimer Wasser herauf, das immer noch kalt ist, obwohl der Frühling naht und die Sonne geschienen hat. Er wäscht Asche und Schmutz ab, so gut es geht, und gießt mit dem restlichen Wasser aus dem Eimer das kleine Blumenbeet unter der Veranda.

Nachdem er den Brunnen wieder zugedeckt hat, geht er zu seiner Kammer. Unterwegs schaut er nach Norden, wo sich die Wolken über dem Nordmeer zusammenballen, dann blickt er nach Westen, wo die Sonne beinahe schon die Spitzen der Westhörner berührt. Auf den höchsten Gipfeln glitzern immer noch Schnee und Eis.

Er hebt den Riegel an und tritt ein. Die grün gefärbte Schilfmatte macht den Raum etwas wohnlicher, und auch die alte, aber saubere Steppdecke, die Reisa ihm gegeben hat, trägt ihren Teil bei. Bald wird er die Klammern für den Tisch fertig haben, und dann kann er an einem Schrank arbeiten, in dem er seine wenigen Kleider verstauen kann. Seufzend nimmt er den Stab, der neben der Tür an der Wand lehnt, schließt die Tür und geht zur Scheune.

»Mä-äh«, meckert Mora.

Dorrin bleibt stehen und krault der Ziege den Kopf,

um ihr eine Spur Ordnung zu geben. Ein Kitz ist stark genug, um zu überleben, aber die schwarze Flamme der Ordnung ist zu schwach für die Mutter und auch nur ein einziges Junges. Er schürzt die Lippen, als ihm bewußt wird, wie vieles er noch nicht weiß. Er krault noch einmal Moras Kopf, und sie reibt sich an seiner Hand. Nach ein paar Augenblicken entfernt er sich vom Zaun. »Das war alles, Mädchen.«

Dann öffnet er die Scheunentür. Drinnen lehnt er den Stab an die Wand und hängt die Strohpuppe auf, die er als Ziel benutzt. Er übt erst seit wenigen Achttagen, aber er kann schon spüren, daß seine Hände den Stab erheblich sicherer führen, auch wenn die Übungen nicht das Training mit einem menschlichen Gegner ersetzen können. Wenigstens bekommt er ein Gefühl für den Stab.

Nach den ersten Übungen wirft er das Seil über den Querbalken und hängt einen kleinen Sandsack daran. Einmal schafft er es, dem pendelnden Sack nacheinander fünf Stöße zu versetzen, ohne das Gleichgewicht zu verlieren, aber meist hat er schon nach zwei oder drei Stößen Schwierigkeiten, sicher auf den Beinen zu stehen und gleichzeitig genau zu zielen.

Er gerät rasch ins Schwitzen, und als seine Knie sich wie Gummi anfühlen, legt er eine Pause ein. Nach dem langen Arbeitstag erschöpfen ihn selbst die kurzen Übungen mit dem Stab. Nachdem er den Sandsack verstaut hat, legt er den Stab beiseite und holt die Wurzelbürste, um Meriwhen zu striegeln. Das Pferd begrüßt ihn mit leisem Wiehern.

»Ja, ich weiß. Ich hätte dich schon vorher striegeln sollen. Aber dafür werde ich nach dem Abendessen mit dir ausreiten.«

Die Stute wiehert erneut.

»Nach dem Abendessen. Ich verspreche es dir.« Dorrin niest einmal, zweimal, bevor er in den Stand tritt und die schwarze Stute striegelt.

XXXVIII

Dorrin bindet Meriwhen an dem eisernen Ring fest, der vor der Sägemühle an einem verwitterten Holzpfahl hängt. Die Sägemühle ist ein ungefähr zwanzig Ellen breiter und fünfzig Ellen tiefer Schuppen, der nur eine einzige Schiebetür hat. Die Tür steht weit genug auf, daß er eintreten kann, ohne sich durchzwängen zu müssen. Drinnen geben einige hohe, schmale Fenster an der Südseite genügend Licht, damit er ohne Mühe den kleinen Verschlag im Südosten des Gebäudes ausmachen kann, der weniger als ein Dutzend Ellen von der gerade stillstehenden Säge entfernt ist.

Dorrins Nase juckt vom Sägemehl, das seine Schritte aufwirbeln. Er reibt sich kräftig die Nase und betritt die Schreibstube, wo ein junger Mann mit schwarzem Bart sitzt, der gerade Käse und Brot kaut.

»Ich bitte um Verzeihung, seid Ihr Hemmil?«

»Ich und Hemmil? Wie gern ich das wäre, Bursche ... Ich bin Pergun, nur ein Wanderarbeiter.« Pergun mustert Dorrins braune Kleidung. »Was hat ein Heiler mit Hemmil zu schaffen? Deinem Aussehen nach bist du jedenfalls ein Heiler, oder?«

»Ich bin auch ein Heiler, aber in erster Linie bin ich Gehilfe bei Yarrl. Eigentlich wollte ich auch gar nicht zu Hemmil selbst, sondern bin auf der Suche nach einigen Abfällen ...«

»Zweifellos willst du wundervolle Abfälle, die zwei bis drei Ellen lang und sauber zugeschnitten sind, was?« Pergun spricht mit vollem Mund, so daß ihm die Krümel aus dem Mund fliegen.

»Bei der Dunkelheit, nein. Ich meinte wirklich nur Abfälle. Aber wenn ich natürlich ein Stück finde, das eine halbe Elle oder eine Elle lang ist ...«

»Schon gut, Bursche.« Pergun lacht, steht auf und geht zur Tür des abgetrennten Raumes, während er den Rest seines Mittagsmahls herunterschluckt. »Hemmil wird in einer Weile zurück sein, und dann beginnen wir wieder mit der Arbeit. Bis dahin kannst du dir ein paar Reste zusammensuchen. Da drüben ist auch ein Faß mit Holz, das verbrannt werden soll. Bring alles her, was du haben willst, und dann können wir feilschen.« Er dreht sich um, dann sieht er noch einmal Dorrin an. »Aber was will ein Schmied mit Holzabfällen?«

»Oh, sie sind nicht für Yarrl. Ich brauche sie für meine eigene Arbeit.« Ein leichter Kopfschmerz erinnert Dorrin daran, daß er eine ausführlichere Erklärung abgeben muß. »Ich mache mir Modelle.«

»Oh … ja, sicher, das ist nur vernünftig.« Pergun hebt die Hände, als wolle er sich am Kopf kratzen, dann läßt er sie wieder sinken. »Na gut, dann bring das Holz, das du brauchst, hierher.«

»Danke.«

»Bursche, wie ist dein Name?«

»Ich heiße Dorrin.«

»Wie kommst du denn mit der jungen Herrin Petra zurecht? Soweit ich weiß, hat sie … ich meine … vielleicht hast du es auch schon gehört … also …«

Dorrin grinst. »Sie hat nicht den bösen Blick, wenn es das ist, was du meinst. Reisa auch nicht. Es sind anständige Leute, die einfach nur für sich sein wollen.«

»Ich habe mir auch schon meine Gedanken gemacht. Honsard sagt, Yarrl arbeitet gut. Er hat auch einige gute Sachen für Hemmil gemacht. Das neue Sägeblatt ist von ihm. Die Zähne halten länger als bei den Sägeblättern von Henstaal, aber sonst weiß ich nicht viel über ihn.« Der Mühlenarbeiter deutet mit dem Daumen zum Sägemehl und den Holzstücken unter der Säge. »Beeil dich lieber, Dorrin.«

Dorrin sammelt ein paar Stücke Holz und sieht sich unterdessen in der Sägemühle um. Der Geruch von geschnittenem Holz ist irgendwie beruhigend, auch wenn es im Schuppen bitterkalt ist. Er muß sich beeilen, denn Yarrl war nur widerstrebend bereit, ihn gehen zu lassen, und auch nur, weil die Schmiede länger geöffnet ist als das Sägewerk.

Als er hat, was er braucht, kehrt Dorrin mit einem Armvoll Roteichenstücken und anderen Holzabfällen zum Eingang zurück und legt das Holz auf die Bank vor der Schreibstube, wo ein braunhaariger Mann mit Pergun spricht.

»... mußt ihm etwas berechnen ... kommt noch jeder Lehrling in Diev ... hier verschwinden ...«

»Ja, Ser. Er will aber nur kleine Stücke.«

»... kleine Stücke ... wir werden sehen.«

Die Männer drehen sich um, als sie spüren, daß Dorrin hinter ihnen steht. Hemmil nickt Pergun zu, und der junge Arbeiter wendet sich an Dorrin. Hemmil geht an den beiden vorbei und beschäftigt sich mit der Säge.

»Was wird das hier kosten?« fragt Dorrin.

»Ich würde es dir ja schenken, aber ...« Pergun nickt zum Mühlenbesitzer hinüber.

»Ich habe es gehört.« Dorrin betrachtet den Stapel Holz. »Vielleicht ein Kupferstück?« Er versucht, leise und nicht zu flehend zu sprechen.

»Nun ja, es sind ja keine großen Stücke dabei.« Pergun grinst und fährt mit der Hand durch seinen dichten Bart. »Also ein Kupferstück, aber nur, weil ich keinen Streit mit einem Heiler haben will. Das werde ich jedenfalls Hemmil sagen.«

Dorrin fischt die Münze aus seiner Börse.

»Von mir aus hättest du das Holz ja umsonst bekommen können, aber Hemmil würde mir das Fell über die Ohren ziehen. Es ist noch nicht lange her, daß ich selbst noch ein Lehrling war, und ich weiß, wie wenig Geld Lehrlinge haben.« Pergun hält inne. »Gehst du eigentlich nie zu Kyril? Wir treffen uns dort manchmal nach Feierabend.«

»Ich war noch nicht da. Ich kenne Diev nicht sehr

gut, und nach der Arbeit bin ich meist viel zu müde, um die Gegend unsicher zu machen.«

»Du bist zu jung, um nicht neugierig zu sein.« Pergun schüttelt den Kopf. »Du wirst am Ende noch die junge Herrin Petra heiraten und überhaupt nicht mehr aus dem Haus kommen.«

»Gewiß nicht die junge Herrin Petra, so freundlich sie auch ist«, protestiert Dorrin.

»Dann komm und schau dir Diev an.«

»Vielleicht werde ich das tun.« Dorrin drückt Pergun die Kupfermünze in die Hand.

Pergun schüttelt den Kopf. »Jederzeit nach Feierabend … und bring ein paar Kupferstücke mit. Mehr braucht es nicht.«

Dorrin hebt das Holz auf. »Heute wohl nicht, aber ich werde bald einmal kommen.«

XXXIX

Stöhnend schleppt Dorrin sich in den freien Raum mitten in der Scheune und beginnt mit den Übungen, die Lortren ihm vor einem Jahr gezeigt hat. Ist es wirklich schon so lange her? Er konzentriert sich auf den Stab und versucht, die Ordnung, die in ihm ist, in den Stab und in seine Bewegungen einfließen zu lassen. Nach einer Weile hängt er den Sandsack an den Balken und versetzt ihn in Schwung, dann stellt er sich auf und versucht, aus einer guten Position zuzustoßen.

»Uff …« Er ist dem zweiten Stand zu nahe gekommen, und der Stab prallt von der Holzwand ab. Als er versucht, das Gleichgewicht wiederzufinden, rutscht Dorrin auf dem losen Stroh aus und strauchelt. Zwischenfälle wie dieser haben ihn überzeugt, wie sinnvoll es ist, an einem verborgenen Ort zu üben.

Schließlich, als genügend Strohhalme im Gesicht und auf der schweißnassen Haut der unbedeckten Arme kleben, läßt er den Stab sinken.

»Die Bewegungen sind gut, aber du benimmst dich, als würdest du nicht glauben, daß es jemals ernst werden könnte.« Reisa steht an der Tür.

Dorrin läßt den Stab auf den gestampften Lehmboden fallen.

»Du gehst nicht energisch genug vor, und wenn du dich wirklich so wehren müßtest, dann würde ein guter Schwertkämpfer nur einen Schritt ausweichen müssen.«

»Ich weiß. Kadara sagt mir das auch immer.« Dorrin deutet zum pendelnden Ziel. »Deshalb habe ich mir ja den Sandsack aufgehängt.«

»Wenn du nachsetzt, mußt du einen größeren Ausfallschritt machen«, erklärt Reisa lächelnd. »Eigentlich bist du sogar ziemlich gut. Vor allem für einen Schmied, der gleichzeitig ein Heiler ist. Was könntest du wohl mit einem Schwert ausrichten?«

»Nichts.«

»Liegt das daran, daß du ein Heiler bist?«

Dorrin wischt sich mit dem nackten Unterarm die Stirn ab, dann nickt er.

»Sind deine Freunde mit ihren Schwertern genauso gut?«

»Besser, viel besser.«

Eine Bö fährt durchs offene Scheunentor herein und läßt die Hose um Reisas Beine flattern. »Ich wünschte ...« Die grauhaarige, einhändige Frau schüttelt den Kopf.

»Ihr wünscht, Ihr wärt in Recluce geboren?« Dorrin löst das Seil, an dem der Sandsack hängt. »Wo wurdet Ihr ausgebildet?«

»An einem weit entfernten Ort.« Sie sieht sich über die Schulter um. »In Südwind.«

»Wünscht Ihr, Ihr wäret nie fortgegangen?«

»Manchmal schon. Aber was man sich wünscht, vergißt man nie, ganz im Gegensatz zu den Dingen, die man erreicht hat.« Reisa hält inne. »Bist du zum Abendessen da?«

»Ich glaube nicht. Ich will mich mit Brede und Kadara im Gasthof treffen.«

»Sie sind sich wohl zu fein, um herzukommen.«

Dorrin nimmt den Sandsack herunter und wartet, daß die Frau des Schmieds weiterspricht.

»Wenn du etwas wirklich gut kannst«, sagt sie nachdenklich, den Blick auf die eigene Vergangenheit gerichtet, »wird das Chaos dich aufspüren. Bei dir wird es aber länger dauern.«

»Warum?« Dorrin wickelt das Seil auf, an dem der Sandsack gehangen hat.

»Du hast noch nicht alles gelernt, was man wissen muß.« Reisa lächelt leicht. »Aber hör nicht auf das Genörgel einer alten Frau. Viel Vergnügen mit deinen Freunden.« Sie verläßt die Scheune so leise, wie sie gekommen ist.

Nachdem er sein Übungsgerät verstaut hat, holt Dorrin die Wurzelbürste, um Meriwhen zu striegeln. Die Stute schaudert leicht und drückt sich schräg an die Wand. Er tätschelt ihre Flanke. »Mädchen, wir müssen dafür sorgen, daß du in Form bleibst.«

Nach dem Putzen wäscht er sich am Brunnen und trocknet sich in seiner Kammer ab. Dann zieht er die saubere Reisekleidung an, ein Leinenhemd und eine braune Hose, und zuletzt die dünne Lederjacke. Etwas später kehrt er in die Scheune zurück.

Dorrin sattelt Meriwhen und denkt dabei nach. Soll er seinen Stab mitnehmen? Er runzelt die Stirn, steckt ihn schließlich in den Lanzenköcher und führt die Stute in den Hof. Roter Staub wallt unter seinen braunen Stiefeln auf.

Im Blumenbeet vor der hinteren Veranda ist ein gelber Punkt aufgetaucht, und im Kräutergarten ist zwischen den grünen Kräutern purpurner Salbei zu erkennen. Dorrin atmet tief durch, nimmt genießerisch den Duft der Blumen und Kräuter auf und verliert sich beinahe im Geruch der Wiese hinter dem Haus.

Viel leichter, als er es je für möglich gehalten hätte, schwingt er sich in den Sattel. Mora meckert im Pferch hinter der Scheune, und Dorrin winkt ihr, auch wenn die Ziege die Geste nicht verstehen kann. Er nimmt Meriwhen herum und reitet aus dem Hof auf die Straße, die nach Diev führt.

Kurz nachdem er auf die unbefestigte Straße eingebogen ist, überholt er einen leeren Wagen, der Honsards Abzeichen trägt. Auf dem Kutschbock sitzt der Fuhrmann selbst.

Dorrin neigt den Kopf. »Guten Tag, Meister Honsard.«

»Tag auch«, grunzt der Fuhrmann.

Ein Stück die Straße hinunter weicht der Lehm einem Steinpflaster. Vor den niedrigen Stadttoren, die nie bewacht werden, überholt der Heiler einen weiteren Wagen, auf dem Heuballen gestapelt sind.

Weiße Schäfchenwolken ziehen am westlichen Horizont knapp unter der Nachmittagssonne vorbei, als Dorrin Meriwhen gegenüber der Stelle festbindet, wo der Gasthof gestanden hat. Von den Trümmern steigt leichter Rauch auf.

Kaum zwanzig Ellen von Dorrin entfernt zügelt ein Soldat in der blauen Uniform Spidlars, der von Westen gekommen ist, sein Pferd vor einer schiefen, noch stehenden Wand mit dem verkohlten Schild des Gasthofs. Ein Teil des Schildes ist sogar noch lesbar, und man kann den unteren Teil eines Kruges erkennen. Das obere Drittel ist verbrannt. Hinter der schiefen, rauchenden Mauer liegt ein mannshoher Haufen Schutt, der stellenweise sogar noch glüht. Einige Schindeln des zusammengebrochenen Dachs sind auf den Schutthaufen gefallen.

»Bei den Dämonen!« flucht der Soldat halblaut.

Eine Frau, die ein Kind hält, sitzt neben den rauchenden Trümmern auf einem Stein. In der warmen Frühsommerbrise flattern graue Lumpen um ihr schmutziges Gesicht. »Ein Kupferstück, Herr, damit meine Tochter und ich etwas essen können. Eine Kupfermünze für eine Mahlzeit?« Sie streckt dem Soldaten eine Hand entgegen. »Eine Kupfermünze für etwas Essen?«

Der Soldat zögert, dann zuckt er mit den Achseln. »Ich hätte sie sowieso nur für Bier ausgegeben.« Er wirft der Frau eine Münze zu.

Die Münze klimpert vor ihren Füßen auf dem Boden, und sie beugt sich vor und streckt mühsam eine Hand aus. Doch jetzt kommt eine zweite zerlumpte Gestalt aus einer Gasse neben dem niedergebrannten Gasthof geschossen, hebt die Kupfermünze auf und rennt mehr oder weniger in Dorrins Richtung.

»Dieb!« Der Schrei der Bettlerin ist zur Hälfte ein Klagelaut und zur Hälfte ein Kreischen.

Ohne darüber nachzudenken, zückt Dorrin seinen Stab, streckt ihn aus und bringt den Bengel zu Fall.

»Bastard!« Der Junge, größer, als Dorrin vermutet hat, kommt auf die Beine. Eine kleine Klinge blitzt in seiner Hand, sein flackernder Blick fällt auf Meriwhens Beine.

Dorrin zieht den Stab herum, und das schwere Holz trifft das Handgelenk des Jungen. Das Messer fällt zu Boden. »Wirf der Frau die Münze zu.«

Der Junge blickt zum Messer, dann hoch zu Dorrin. Er duckt sich, dreht sich um und rennt über die Straße, wo er in einer Gasse verschwindet.

Dorrins letzter Hieb hat das Ziel verfehlt. Er hätte eigentlich auch zu Pferd üben müssen, aber er hat einfach nie genug Zeit.

Der Soldat aus Spidlar, der Dorrin zugesehen hat, lacht wiehernd, als der Heiler absteigt und das Messer aufhebt. »Den kleinen Bastard wirst du nicht mehr erwischen, mein Freund.«

Dorrin schiebt das Messer des Jungen – das Metall ist für seine Sinne häßlich weiß und enthält zuviel Bronze – in die kleine Tasche vorn in seinem Sattel. Der Griff ragt etwas heraus. Er würde das vom Chaos gefärbte Metall lieber nicht bei sich tragen und fürchtet sogar, die Klinge könnte das Leder der Tasche zerschneiden.

Außerdem fragt er sich, wo er jetzt Brede und Kadara treffen soll, denn sie haben sich im *Krug* und nicht in Kyrils Gasthof *Zum roten Löwen* verabredet. Die Soldaten ziehen den *Krug* vor, während die Leute aus der Stadt sich eher bei Kyril treffen und anstelle der Schenke oft einfach nur den Namen des Inhabers nennen.

»Tja, jetzt ist wohl nur noch der *Löwe* übrig, mein Freund.« Der Soldat lenkt seinen Schimmel die Straße hinauf.

Dorrin wirft einen letzten Blick zum ausgebrannten Gasthof und nimmt Meriwhens Zügel, um dem Soldaten zu folgen.

»Mein Kupferstück, Herr? Ihr habt mich doch nicht vergessen?« Die Frau kommt zu Dorrin gewackelt. Ein Gefühl von Chaos – nichts Böses, sondern einfach nur Unordnung – geht von ihr aus.

Dorrin kramt in seiner Börse und findet eine Kupfermünze, die er ihr zuwirft. »Hier.« Dann hebt er das Messer des jungen Räubers mit zwei Fingern hoch und wirft es ihr zu. »Nimm das auch, vielleicht kannst du es verkaufen.«

Meriwhen trippelt zur Seite, als hätte die Stute Dorrins Abneigung gegen das mit Chaos getränkte Messer und die fast genauso chaotische Bettlerin gespürt. Dorrin nimmt das Pferd herum und reitet neben einem geschlossenen Kurzwarenladen, der in tiefem Schatten liegt und von der niedrig stehenden Sonne nicht mehr erreicht wird, durch eine schmale, gepflasterte Gasse. Als Dorrin sich nach ein paar Augenblicken umsieht, ist die Bettlerin von ihrem Posten vor dem niedergebrannten *Krug* verschwunden.

Im Stall des *Roten Löwen* stehen fast nur Soldatenpferde. Dorrin steigt ab, hält die Zügel fest und späht zum Ende des schmalen Schuppens. Den Stab hält er in der linken Hand.

»Heiler?« Der Stallbursche mit dem strähnigen Haar schaut von dem Heuballen auf, den er zum zweiten Stand geschleppt hat.

»Hallo, Vaos. Dein Stall ist ja heute abend ziemlich voll.«

»Kyril wird sich freuen, aber die Soldaten sind unangenehm.«

»Alle?«

»Bei den Dämonen, nein. Aber man weiß vorher nie, welche ruhig bleiben und welche bösartig werden, wenn sie trinken. Und diejenigen, die bösartig sind, werden *richtig* bösartig.«

Dorrin nickt.

»Stellt Eure Stute in die letzte Box neben Kyrils Grauen. Kyril ist zu beschäftigt, um es überhaupt zu bemerken, und es sind beides gute Pferde.«

»Bist du sicher?«

»Vertraut mir, Heiler.«

Dorrin grinst und klopft Vaos auf die Schulter. »Danke, mein Freund.«

Vaos erwidert das Lächeln, dann blickt er etwas entmutigt zum schweren Heuballen.

Dorrin stellt den Stab weg, übergibt dem Jungen die Zügel und nimmt den Heuballen auf die Schulter. »Wohin willst du ihn haben?«

»Legt ihn in den zweiten Stand in den Futtertrog. Ich kann dort den Strick durchschneiden und das Heu weiter verteilen.«

Im zweiten Stand wiehert ein weißer Hengst. Er bleckt die Zähne, als Dorrin sich dem Futtertrog nähert.

Der Heiler hält inne, das Heu auf der rechten Schulter balancierend, und versucht, dem Pferd ein paar beruhigende Gedanken zu schicken. Nach einem kurzen Augenblick und einem weiteren Protest schnaubt der Hengst, und Dorrin gibt das Heu in den Futtertrog. Er berührt mit den Fingerspitzen die Stirn des Hengstes.

»Der Weiße ist irgendwo verletzt.«

»Ich habe ihn nicht hereinkommen sehen.« Vaos führt Meriwhen zum hinteren Ende des Stalls.

Dorrin will gehen, und wieder protestiert der Hengst. Dorrin läßt die Hände über den Körper gleiten und findet die Spuren der Reitpeitsche. Er holt noch einmal Luft, schickt dem Tier ein wenig Heilkraft, Trost und Ordnung – nur ein kleines bißchen, mehr schafft er nicht, denn der Hengst ist in der Schulter mindestens acht Spannen hoch. Vaos sieht Dorrin fragend an, als dieser den Stand verläßt.

»Er wurde ausgepeitscht.«

»Diese verdammten Soldaten.« Vaos spricht die Worte nicht wie einen Fluch aus, sondern eher, als würde er eine Tatsache feststellen.

Dorrin fragt sich, ob er Bredes und Kadaras Pferde übersehen hat. »Nicht alle.«

»Ich hole etwas Korn für Eure Stute.«

»Das ist aber nicht nötig.«

Vaos grinst. »Ihr mußtet auch nicht dem Hengst helfen.«

Dorrin kann nicht anders, als das Grinsen erwidern. »Ich tue, was ich kann.« Er nimmt den Stab wieder an sich, während Vaos mit einer verbeulten Blechtasse in einem Faß herumwühlt. Dorrin tritt ins Dämmerlicht hinaus und geht zum Gasthof.

»Schau mal da, ich habe dir doch gesagt, daß er auf die gleiche Idee kommen wird wie wir.« Als er Kadaras Stimme hört, bleibt Dorrin wie angewurzelt stehen. Sie wartet mit Brede vor der Tür des Gasthauses.

»Wo habt ihr eure Pferde gelassen?« fragt Dorrin.

»Wir mußten sie im Mietstall unterstellen. Und du?«

»Oh ...« Dorrin hält inne. »Nun ja, Vaos hat noch einen Platz für Meriwhen gefunden.«

»Was hast du für ihn gemacht?« fragt Kadara beinahe herablassend.

»Nicht viel. Ich habe nur mit ihm geredet.«

»Kommst du immer allein hierher?«

»Nein, ich war ein paarmal mit Pergun hier. Er arbeitet in der Sägemühle.«

Brede grinst breit. »Siehst du, Kadara, dein ›kleiner Freund‹ ist weder klein noch hilflos. Er erledigt die Dinge einfach auf seine eigene, stille Art und Weise.«

»Er hat die Dinge immer schon auf seine eigene, störrische und stille Art und Weise erledigt.«

Brede zuckt mit den Achseln, als wollte er sagen: »Ich hab's wenigstens versucht.«

Dorrin antwortet auf die gleiche Weise.

Kadara schaut vom einen zum anderen. »Männer ...«

Brede setzt sich an einen freien Tisch, von dem gerade zwei Soldaten aufgestanden sind, und Kadara holt sich einen Stuhl. Noch bevor die drei richtig sitzen, steht eine Kellnerin mit dicken Armen vor ihnen.

»Was wollt Ihr trinken?«

»Dunkelbier.«

»Ich auch.«

»Rotbeerensaft«, sagt Dorrin.

»Oh, Ihr seid es, Heiler. Etwas zu essen?«

»Was gibt es denn?«

»Den üblichen Eintopf. Geflügelragout für drei Kupferstücke. Legt eins drauf, und Ihr bekommt Schnitzel. Aber laßt es lieber, sie sind es nicht wert.«

»Dann den Eintopf«, bestellt Dorrin.

»Für mich auch«, sagen Brede und Kadara gleichzeitig.

»Und da dachte ich, ich müßte dich vor der ewigen Plackerei in der Schmiede retten«, macht Kadara sich über Dorrin lustig.

»Das tust du doch. Aber ab und zu rette ich mich auch selbst, und manchmal hilft mir Pergun.«

»Arbeitest du immer noch für den Schmied?«

»Ich lerne noch. Yarrl erzählt mir immer, wieviel ich noch lernen muß. Ich glaube, er ist so gut wie Hegl.«

»So, da wären wir.« Die drei Krüge werden rasch nacheinander auf den Tisch gestellt. »Das macht zwei pro Stück.«

Dorrin will seine Kupferstücke herausholen, aber Kadara gibt der Bedienung ein halbes Silberstück und ein Kupferstück.

»Das war aber ...«

»Dieses Mal laden wir dich ein.«

»Danke.«

»Und wie geht es dir denn nun?« fragt Kadara noch einmal.

»Also schön. Yarrl läßt mich abends die Schmiede benutzen, und ich habe ein paar Dinge gebaut. Aber das dauert seine Zeit.«

»Vielleicht hast du mehr Zeit, als dir lieb ist«, meint Kadara leise.

»Wieso?«

»Fairhaven hat alle Waren aus Recluce mit einer Sondersteuer belegt.«

Dorrin trinkt seinen Rotbeerensaft. Sein Magen knurrt, und er errötet verlegen.

»Verstehst du nicht, was das bedeutet?« fragt Kadara.

»Erst mal bin ich hungrig. Könnte es bedeuten, daß ...« Wieder knurrt sein Magen.

»Man hört es, der Mann ist hungrig«, lacht Brede. »Kadara wollte damit sagen, daß sie sich Sorgen macht. Seit die Steuer eingeführt wurde, fahren immer weniger Schiffe zwischen Candar und Recluce hin und her, und wenn unsere Zeit hier vorbei ist, können wir vielleicht überhaupt nicht mehr nach Hause.«

»Machst du dir deshalb etwa keine Sorgen?« Kadara starrt ihr Bier an.

»Was sollen wir denn tun? Lortren will uns noch nicht wiederhaben, und in einem Jahr kann eine Menge geschehen.« Brede nimmt einen tiefen Schluck aus dem grauen Steinkrug.

»Ihr zwei.« Kadara sieht zwischen Dorrin und Brede hin und her. »Du bist zu störrisch, um deine Maschinen aufzugeben, und du bist zu sehr überzeugt, daß sich schon irgendwie alles regeln wird.«

Dorrin hofft, sein Magen werde nicht wieder knurren. Er blickt sehnsüchtig zur Küche, ob nicht bald die Kellnerin mit dem Brot kommt.

»Ich habe nichts dergleichen gesagt«, widerspricht Brede. »Aber es nützt mir doch nichts, über Dinge zu grübeln, die ich sowieso nicht ändern kann. Wie sollte ich einen Krieg zwischen Recluce und Fairhaven verhindern?«

»Wird es denn dazu kommen?« fragt Dorrin gegen seinen Willen.

Brede nickt traurig. »Ich glaube schon. Zum ersten Mal seit langem haben die Weißen wieder einen wirklich großen Erzmagier.«

»Heißt das also, daß es Krieg gibt?« fragt Dorrin. »Aber was hätten sie davon? Wenn sie Recluce zerstören, bekommen sie weniger Gewürze und Wolle. Das wenige, das sie dann noch bekommen, wird teurer, und sie können nicht mehr soviel Getreide verkaufen. Wenn sie das Getreide nicht verkaufen, werden viele Menschen sterben, und eine Menge Gold wird verschwendet werden.«

Kadara lacht. »Du bist zu vernünftig zum Kämpfen, Dorrin. Du würdest immer noch Fragen stellen, wenn die Weißen Legionen längst über die Hügel marschieren und dich suchen. Die Menschen handeln nicht immer vernünftig. Das solltest du eigentlich wissen.«

Der Schmied und Heiler lächelt wehmütig. »Das stimmt wohl. Ich weiß, daß meine Maschinen ausschließlich auf der Ordnung beruhen, und das ist auch völlig logisch, wenn man sich die Sache richtig überlegt. Ich meine, hinter allen komplizierten Dingen lauert das Chaos, und damit eine Maschine funktioniert, muß sie in der Ordnung begründet werden. Aber niemand ist bereit, die Sache logisch zu überdenken.«

»Ach …«, meint Kadara schließlich. »Auf diese Weise habe ich noch gar nicht darüber nachgedacht.«

»Ich auch nicht«, gibt Dorrin zu. Sein Magen knurrt wieder, und Brede lacht.

»So, da wären wir.« Die Bedienung stellt drei schwere, dampfende Schüsseln auf den Tisch. »Wo sind Eure Münzen?«

Brede gibt ihr ein Silberstück. »Für alle drei.«

Sie gibt ihm ein Kupferstück zurück und stellt noch einen Teller mit einem langen Brotlaib mitten auf den zerkratzten Tisch. Der Teller schaukelt noch auf dem unebenen, dunklen Holz, als sie schon längst am nächsten Tisch steht. »Noch einmal das gleiche, meine Herren?« fragt sie die beiden Händler, die am Nachbartisch sitzen.

»Danke«, sagt Dorrin höflich zu Brede. Er fragt sich, warum es immer Leute gibt, die auf ihn aufpassen wollen. In der schlechten, verräucherten Luft brennen seine Augen. Kadara lächelt Brede an, und Dorrin wünscht sich, sie würde solch ein Lächeln an ihn richten.

»Es ist mir ein Vergnügen, Dorrin.« Brede nimmt einen großen Schluck aus dem Krug und hält ihn hoch, bis die Bedienung ihn bemerkt. Sie nickt, und er setzt den Krug wieder ab.

»Wie lange wirst du bleiben?« fragt Brede.

»Hier in Diev?« Dorrin hält inne und trinkt einen Schluck Rotbeerensaft. »Bis ich herausgefunden habe, wer ich bin.«

»Oh … Dorrin.« Kadaras Stimme bricht, und sie schlägt den Blick nieder. »Wie grausam.«

Brede hebt fragend die Augenbrauen.

»Lortren ist ein Ekel. Sie weiß genau, wie ehrlich

Dorrin ist.« Die rothaarige Schwertträgerin wischt sich rasch die Tränen ab, die ihr in die Augen gestiegen sind. »Das kann doch Jahre dauern …«

»Ich bin sicher, daß sie das genauso gesehen hat«, antwortet Dorrin trocken. Er probiert einen Löffel vom scharf gepfefferten Eintopf und bricht das Ende vom braunen Brotlaib ab. »Laßt uns das Essen genießen.«

»Genau. Laßt es euch schmecken.« Brede bricht das andere Ende ab und bietet es Kadara an, die aber mit einem Kopfschütteln ablehnt. Sie ist immer noch damit beschäftigt, sich die Augen zu reiben.

»Hier ist Euer Nachschub, Soldat!« Die Bedienung füllt Bredes Krug auf, dann blickt sie zu Kadara. Die Rothaarige schüttelt den Kopf.

Dorrin schiebt sich blinzelnd den nächsten Löffel Eintopf in den Mund. Die Augen brennen immer schlimmer. Das kommt vom Rauch, denkt er, das ist nur der Rauch. Eine Zeitlang spricht keiner der drei, und Dorrin ist kurz nach Brede mit seinem Eintopf fertig. Kadara braucht etwas länger, weil sie immer wieder kleine Brocken vom warmen Brot abbricht und aus der Hand knabbert.

Dorrin gähnt. »Ich werde allmählich müde.«

»Ist die Schmiedearbeit so anstrengend?«

»Ja … aber ich arbeite nebenbei auch ein wenig als Heiler, und abends sitze ich manchmal noch an meinen Entwürfen.«

»Was für Entwürfe denn?«

»Es hilft mir, wenn ich die Dinge aufzeichne, bevor ich sie zu bauen versuche. Manchmal schnitze ich sogar Modelle aus Holz. Ich arbeite jetzt gerade an Getrieben.«

»Getriebe?« fragt Kadara.

»Ja. Ohne Getriebe kann man keine Kraft übertragen. Ich habe in den alten Büchern in der Bibliothek meines Vaters etwas darüber gelesen. Ich meine, eine Maschine hat doch die Aufgabe, etwas zu tun, und das bedeutet, daß die Kraft von irgendeinem Antrieb aus, einem Wasserrad oder einer Maschine, übertragen werden muß.«

»Aber wir haben doch Wasserräder auf Recluce.«

»Und es gibt auch Getriebe. Aber ich will eine Dampfmaschine bauen.«

»Oh … Dorrin«, sagt Kadara noch einmal, dieses Mal kopfschüttelnd.

Dorrin gähnt schon wieder. »Ich muß jetzt wirklich gehen.« Er steht auf. »Danke. Es war sehr schön. Bleibt ihr eine Weile in der Nähe, oder werdet ihr gleich wieder ausgesandt?«

»Eine Weile bleiben wir wohl«, meint Brede. »Das könnte sich aber jederzeit ändern. Wenn südlich von Kleth oder Syda Wegelagerer auftauchen, dann wird unsere Einheit als erste gerufen.«

Dorrin klopft Kadara mit der flachen Hand auf den Arm. »Gute Nacht.«

»Gute Nacht, Dorrin.«

Dorrin nimmt den Stab, der hinter seinem Stuhl gestanden hat, und geht zwischen den Tischen vorbei nach draußen. Eine einsame, rußgeschwärzte Laterne hängt vor dem *Roten Löwen.* Kalter Wind weht ihm ins Gesicht, die Sterne über ihm funkeln unnahbar. Er geht in den Stall, wo Vaos auf zwei zusammengeschobenen Heuballen leise schnarcht.

XL

»Reichst du mir den Auflauf?« knurrt Yarrl.

Petra stellt die Schüssel vor ihm ab. »Er ist gut, der Pfeffer macht eine Menge aus.«

»Pfeffer? Seit wann können wir uns Gewürze leisten, Reisa?«

»Er ist aus dem Garten. Er ist noch ziemlich grün, aber er verbessert den Geschmack.«

»Oh … ist das dein Werk, Bursche?«

»Ich habe etwas geholfen«, gibt Dorrin zu.

Yarrl schaufelt sich einen Haufen gelben Auflauf auf den Teller, dann probiert er mit dem Blechlöffel. Er kaut und schluckt. »Der Pfeffer macht ihn wirklich besser.« Er löffelt weiter.

Dorrin nimmt sich einen frühen Sommerpfirsich und schneidet ihn in Viertel, die er neben das Currylamm auf den Teller legt. Dann ißt er abwechselnd heißes Lamm, Gerste und Pfirsichstücke.

»Du bist ein guter Heiler«, sagt Petra langsam. »Das mit den Ferkeln … wir hätten alle bis auf eins verloren. Und Mora …«

Dorrin runzelt die Stirn. »Ich mache mir immer noch Sorgen um sie …«

»Nicht übel für einen jungen Helfer am Schmiedeofen«, murmelt Yarrl. »Nur, daß er zuviel Zeit auf seine Spielsachen verschwendet.«

»Sie sind niedlich«, protestiert Petra. »Sie funktionieren sogar richtig.«

»Trotzdem Spielzeug.«

Dorrin ißt noch ein Stück Pfirsich – eine Spur zu grün, aber der saure, frische Saft kühlt den Mund nach dem heißen, scharf gewürzten Lamm. »Eigentlich sind es Modelle. Ich will eines Tages größere bauen.«

»Dazu brauchst du einen lichtgesegneten Stapel Eisen«, erklärt Yarrl. »Und wozu willst du sie überhaupt benutzen?«

»Was auch immer …«, meint Dorrin zögernd.

»Ich frage mich immer noch, warum du lieber Schmied als Heiler werden wolltest«, sagt Reisa, während sie sich noch einen Nachschlag Lamm mit Gerste auf den Teller gibt.

»Ich würde gern beides sein«, gibt Dorrin zu, »aber zuerst muß ich lernen, ein guter Schmied zu sein.« Das

Trommeln der Regentropfen auf dem Dach läßt allmählich nach, als Dorrin das letzte Stück Pfirsich ißt. »Sieht aus, als könnte es wieder aufklaren.«

»Wir haben den Regen gebraucht.«

»Er verwandelt aber die Straßen in Schlamm, und Bartov soll morgen ein paar Barren Metall und Kohlen liefern.«

Petra legt die Hand vor den Mund und sieht ihre Mutter an. Die Fältchen um die Augen zeigen, daß sie lächelt. Reisa schüttelt den Kopf.

»Was schüttelst du den Kopf, Frau?«

»Nur der Regen, der Regen.«

»Reich mir das Fleisch.«

Dorrin hebt die schwere Schüssel hoch und stellt sie vor dem Schmied ab.

»Willst du heute abend arbeiten, Junge?«

»Nein, heute abend nicht. Ich habe die Kohlen gelöscht und die Abzüge verschlossen.« Ihm dreht sich der Magen um, weil er nicht ganz ehrlich war, aber er trinkt einen Schluck kühlen Apfelmost aus seinem Becher, ohne zu verraten, wie unwohl er sich fühlt. »Jedenfalls will ich nicht in der Schmiede arbeiten«, sagt er schließlich.

»Gut. Wenn du zuviel arbeitest, verbrennst du dir das Gehirn. Keiner von uns Schmieden hat noch viel davon übrig.«

»Das wage ich zu bezweifeln«, lacht Dorrin. »Brugal ist auf jeden Fall anderer Meinung. Er sagt, Ihr wärt klüger als der Präfekt von Gallos.«

»Hmm …« Yarrl rückt etwas vom Tisch ab. »Ich muß zu Honsard. Er will mit mir reden.«

»Er will dich mit seinem grünen Wein abfüllen und einen besseren Preis für die Arbeiten an seinen Fuhrwerken herausschlagen.« Reisas Stimme wird hart.

»Wenn ich nicht gehe und mit ihm rede, bekomme ich überhaupt keine Arbeit.« Der Schmied steht auf und nimmt die Lederjacke vom Haken an der Wand.

Dorrin bringt seinen Teller zum Wascheimer.

»Das mache ich schon«, bietet Petra an. »Du kannst dich ja um die Gewürze kümmern, vor allem um den Salbei.«

»Salbei ...«, knurrt Yarrl. Er öffnet die Hintertür und tritt auf die Veranda hinaus. »Wenigstens wird es eine klare Nacht.«

»Sieh zu, daß auch dein Kopf klar bleibt«, rät ihm die grauhaarige Frau.

Dorrin folgt dem Schmied die überdachte Veranda entlang und die Treppe hinunter. Er bleibt im Kräutergarten stehen, während der Schmied zur Scheune schlurft, um den Braunen zu holen und zu Honsards Fuhrhof zu reiten. Nachdem er den Kräutergarten überprüft hat, kniet Dorrin nieder und rupft ein paar Unkrautsprossen aus. Er streicht mit den Händen über die Pfefferbüsche und den Salbei, denn der schwere Regen und die Feuchtigkeit tun beiden nicht gut. Er sieht noch ein paar Unkräuter hinter dem Dill und zupft sie abwesend heraus, dann wandert er durch den Garten, berührt dieses und jenes, läßt die Sinne forschen und nimmt den Duft und das Gefühl der Gartenkräuter in sich auf.

Schließlich streckt er sich, streift die dunkle Erde von den Händen ab und fühlt den Unterschied zwischen der sorgfältig kompostierten Erde im Garten und dem Lehm im Hof. Aus dem roten Lehmboden einen Garten entstehen zu lassen erfordert Zeit und Geduld. Reisa hat beides eingesetzt, er hat nur eine Spur Ordnung dazugegeben.

Er befingert die kleine Möhre in seiner Tasche, während er zur Ecke der Scheune geht. Als er den Ziegenpferch betritt, versetzt Mora ihm einen kleinen Stoß. »Ich weiß, ich weiß, aber ich habe nicht viel mitgebracht.« Er gibt der Ziege die welke Möhre und berührt ihre Schulter.

Sie ist bald soweit, das kann er fühlen, aber wie weit genau ist sie? Achselzuckend geht er wieder hinaus, überprüft das Tor und paßt auf, wohin er die Füße setzt, um den schlimmsten Pfützen auszuweichen.

Irgendwo im diesigen Zwielicht schreit ein Ochsenfrosch, als Dorrin in sein Quartier zurückkehrt. Er zündet die Lampe an. Vor einer Weile hat er sich aus Brettern einen primitiven Kleiderschrank gebaut, und den Schreibtisch hat er mit Eisenklammern verstärkt. Zwei Handtücher hängen auf einem Gestell, das er selbst gebaut hat, und auf einem Brett über dem Handtuchhalter steht eine angeschlagene, aber brauchbare Waschschüssel.

Er setzt sich auf den Stuhl, nimmt ein Blatt Papier aus der Holzkiste und taucht den Federkiel in die Tinte. Detailliert zeichnet er auf, was ihm schon eine Weile durch den Kopf geht. Je besser der Entwurf, desto weniger Arbeit hat er später am Schmiedeofen, und das ist für seinen Körper und seine begrenzten Materialvorräte sicherlich der beste Weg. In gewisser Weise ist auch dies Arbeit, aber er hat Yarrl lieber nichts davon gesagt. Außerdem hat Dorrin Pergun versprochen, am morgigen Abend mit ihm zu Kyril zu gehen. Er war eine Weile nicht mehr dort, und er weiß, daß er sich dort sehen lassen muß, wenn er hören will, was in Diev und in der Umgebung vor sich geht.

Beizeiten hört er auf zu zeichnen und zieht ein anderes Blatt Papier heraus. Dieses Mal berechnet er langsam die Werte, die mit verschiedenen Punkten der Zeichnung zu tun haben. Er wünscht, die Werte wären besser, oder er hätte auf der Akademie bei der höheren Mathematik etwas besser aufgepaßt.

Schließlich seufzt er und legt den Federkiel beiseite. Die Papiere kommen in die zweite Holzkiste mit seinen Notizen, die er unter der Pritsche aufbewahrt. Dann zieht er Hose und Hemd aus und steigt ins Bett. Gedanken an Schwarzen Stahl und Wagen, die sich ohne Zugpferde bewegen können, kreisen durch seinen Kopf, bis er einschläft.

»Dorrin!« Es klopft an der Tür. »Dorrin!«

»Ja?« Er wühlt sich aus dem Bettzeug, steht auf und zieht sich rasch die Hose an. »Was ist denn?«

»Es ist wegen Mora, ich brauche deine Hilfe.«

»Ich komme sofort.« Er zieht sich Stiefel und Arbeitshemd an und öffnet die Tür. Reisa ist schon auf halbem Weg zur Scheune. Dorrin folgt ihr.

Die Ziege liegt unter dem schrägen Dach der Scheune auf einem Haufen Stroh und zittert in regelmäßigen Abständen. Reisa hat sich über das leidende Tier gebeugt und hält mit dem gesunden Arm die Hinterläufe der Ziege in der richtigen Position.

Dorrin hockt sich hin, um zu helfen, aber er ist auf Reisas Kommandos angewiesen, denn er hat keinerlei Erfahrung mit Geburtshilfe.

Mora stöhnt, und Dorrin zuckt zusammen, als er die Schmerzen spürt. Eine Schmerzwelle folgt auf die nächste, von kurzen, glücklichen Momenten unterbrochen. Nach einer anscheinend endlosen Nacht sackt Dorrin am Zaun zusammen. Im verkrampften Körper der Ziege ist kein Funken Ordnung mehr. Er kann nichts daran ändern. In Reisas Armen wimmert ein einziges Kitz.

»Es tut mir leid, ich habe es wirklich versucht.«

»Ich weiß. Ich habe gesehen, wie du sie fast jeden Abend besucht hast.«

»Ich habe es versucht.«

»Junger Bursche, manche Dinge lassen sich eben nicht ändern. Nicht einmal die ganze Ordnung und das ganze Chaos der Welt können das Schicksal verändern.« Sie wiegt das Kitz in den Armen. »Was ist mit dem hier?«

Dorrin betrachtet das noch feuchte Junge. »Wenn Ihr etwas Milch und Brühe oder so besorgen könnt, vermag ich es wahrscheinlich am Leben zu erhalten, bis es selbst fressen kann.«

»Aber Mora konntest du nicht retten.«

»Ich bin nicht stark genug. Das Lamm ist kleiner.«

»Ich möchte ihr einen Namen geben. Ich glaube, sie soll Zilda heißen. Dort, wo ich … wo ich herkomme, heißt das ›die Verlorene‹.«

»Sind wir das nicht alle?«

»Ich glaube nicht, daß du verloren bist, junger Dorrin. Du bist stark. Du stehst dort, wo du stehst. Verliere das nicht. Yarrl mag über dein Spielzeug lachen, aber er würde einen Arm hergeben, wenn er fähig wäre, so geschickt zu arbeiten wie du. Ich würde fast meinen zweiten Arm geben, um Kräuter wachsen lassen und heilen zu können wie du.« Reisa unterbricht sich, als die kleine Ziege leise wimmert. »Ich glaube, Kuhmilch oder Ziegenmilch werden ihr guttun. Ich kann bei Werra oder Ghunta Pfeffer eintauschen. Jetzt mache ich am besten zuerst etwas Brühe.«

Dorrin berührt Zilda noch einmal und versucht, die Schwärze in dem Lamm zu stärken. Dann holt er tief Luft und steht auf. »Und was jetzt?«

»Petra kann sich um Mora kümmern.«

Dorrin versteht, auch wenn es nicht offen ausgesprochen wurde. Alles, was noch brauchbar ist, wird verwendet werden, aber Reisa wird es weder sich selbst noch Dorrin abverlangen.

Dorrin nickt und kehrt in seine Kammer und zu seinem Lager zurück.

XLI

Jeslek blickt lächelnd nach Westen zu den Berggipfeln, auf denen noch das Eis des Winters liegt. Die ebenfalls weiß gekleidete Frau hinter ihm sieht zwischen den Wachen und den Westhörnern hin und her. Die drei Gardisten haben ihrerseits den Blick auf den hellen Granit der Straße gerichtet.

Die Sinne des Magiers erforschen das Chaos, das tief unter den letzten Weidegründen im Hochland von Analeria ruht, hier ein Band lösend, dort ein anderes unberührt lassend. Der Boden beginnt zu beben, und auf einem fernen Hügel brechen die Schafe, die nur als kleine weiße Punkte auszumachen sind, im hohen Gras zusammen. Aber die Straße bleibt, wie sie ist, nur ein leichtes Zittern ist unter ihr zu spüren.

Ein feiner Dunst breitet sich aus, und vom Weideland zu beiden Seiten der Straße steigt Rauch auf. Langsam, ganz langsam scheint die Straße zu sinken, als würde sie sich in das umgebende Gelände hineinfressen.

Anya lächelt nervös, während die Weißen Gardisten den Blick fest auf den Granit zu ihren Füßen gerichtet halten.

Auch Jeslek schaut jetzt hinunter und läßt seine Sinne tief in die Erde hineingreifen, wo er Kanäle des Chaos öffnet und die Erde ihr Werk tun läßt. Kleine Berge wachsen dort, wo sie nicht mehr von den Banden der Ordnung gehalten werden.

»Ein großer Magier ist er«, murmelt der jüngste Gardist. »Sie sagen, er sei derjenige, dessen Kommen im Alten Buch angekündigt wird.«

Die Straße bebt, und Anya taumelt und muß sich an dem Gardisten festhalten, der gesprochen hat. Dieser weicht erschrocken vor ihr zurück, so als hätte er sich verbrannt.

XLII

Dorrin wischt sich die Stirn ab, hebt die Axt und zielt auf die Holzkohle. Er fragt sich, warum Tullar die Holzkohle in so großen Stücken liefert und warum die Schmiede so viel davon verbraucht, aber den Grund für letzteres kennt er eigentlich schon. In den Klang von Yarrls Hammer mischen sich Dorrins Axtschläge, als er die Holzkohle in kleinere Stücke zerteilt. Sobald er einen ansehnlichen Haufen Holzkohle zerkleinert hat, legt er die Axt zur Seite und schaufelt die Brocken auf die Schubkarre.

Dann legt er die Schaufel weg und wischt sich die Stirn ab. Die Stille, die jetzt in der Schmiede herrscht, sagt ihm, daß auch der Schmied die Arbeit unterbrochen oder sich einer leiseren Tätigkeit zugewendet hat.

Noch einmal wischt Dorrin sich mit dem kurzärmeligen Arbeitshemd den Schweiß aus dem Gesicht. Im Gegensatz zum Schmied muß er wenigstens dieses zerlumpte Hemd tragen, und sei es nur, um den Schweiß unter Kontrolle zu halten.

Es ist Sommer, die feuchte Luft ist bewegungslos und so still, daß er sogar das Scharren des Besens im Wohnhaus hören kann. Petra oder Reisa? Wahrscheinlich Petra, denn er glaubt nicht, daß die einhändige Frau einen Besen nehmen würde. Andererseits hat er keinen Zweifel, daß Reisa, ob einhändig oder nicht, fast alles tun kann, was sie will.

Eine Fliege nähert sich summend, und er wedelt sie fort. Das Insekt weicht aus, aber er weiß, daß es wiederkommen wird, sobald er beide Hände an der Axt hat. Noch einmal tupft er sich die Stirn ab, bevor er sich wieder daran macht, die großen Brocken Holzkohle zu zertrümmern. Die Fliege umkreist ihn und wartet, daß er die Arbeit wieder aufnimmt.

Eine Projektion der Ordnung, die kaum mehr als ein Schatten ist, hält das Ungeziefer aus seinem Bett. Ob er mit fliegenden Insekten das gleiche tun kann? Er konzentriert sich.

Hufschläge auf dem harten, roten Lehm des Hofes lassen ihn den Kopf heben. Zwei Reiter, die er kennt, kommen auf den Hof. Dorrin seufzt. Die beiden tragen das Dunkelblau von Spidlar.

Dorrin senkt den Blick wieder. Er hat noch nicht genug Holzkohle zerkleinert. Er lehnt die Axt an die Schubkarre.

»Dorrin!« ruft Brede.

Der Lehrling des Schmieds nickt. Kadara erwidert das Nicken. Das schleifende Geräusch des Besens hört auf.

Wieder muß Dorrin sich die Stirn abwischen. »Werdet ihr schon wieder ausgesandt? Wohin müßt ihr dieses Mal? Ihr seid doch noch nicht einmal einen Achttag hier.«

»Woher weißt du das?« Kadara wischt sich eine Strähne des roten Haars, das sie im Laufe der Zeit immer kürzer geschnitten hat, aus der Stirn.

»Das Gepäck, die Uniformen und die Tatsache, daß ihr zu mir kommt.«

»Ich wollte nicht …«

Dorrin errötet. Er hat schon wieder eine rhetorische Frage beantwortet. Ob er es jemals lernen wird? Er verscheucht die aufdringliche Fliege.

»Nun ja, wir wollten dir wenigstens Bescheid sagen.«

»Danke.« Dorrin deutet zur Holzkohle. »Ich habe viel zu tun.«

»Ich glaube, als Heiler wärst du wirklich besser dran.« Kadara lenkt ihr Pferd näher an den Haufen.

»Nicht, wenn ich meine Maschinen bauen will.«

»Oh, Dorrin. Noch ein Jahr, und wir können nach Recluce zurückkehren. Wenn du es nur aufgeben könntest …«

Dorrin schiebt trotzig das Kinn vor.

»Kadara, könnte er dich bitten, eine Hausfrau zu werden?« Brede spricht sanft und vernünftig mit ihr.

»Wir brechen morgen früh auf«, sagt Kadara, als hätte sie nie die Andeutung gemacht, Dorrins Wunsch, Maschinen zu bauen, sei in ihren Augen eine Dummheit.

»Wann kommt ihr zurück?«

»Das sagen sie uns vorher nicht.« Brede lacht. »Ich glaube, es geht um Wegelagerer in der Nähe von Elparta. Wer weiß?«

Dorrin wischt sich die Stirn ab.

»Wie auch immer ...«, unterbricht Brede das Schweigen, das auf einmal zwischen ihnen entstanden ist.

»Schon gut. Viel Glück.«

»Danke.« Kadara nimmt ihr Pferd herum.

Als die Hufschläge verklungen sind, beginnt auch der Besen wieder seine Arbeit. Dorrin treibt die Axt in den dicksten Brocken Holzkohle und überhört die leichten Schritte auf der Veranda hinter ihm. Nach zwei weiteren Schlägen legt er die Axt zur Seite, nimmt die Schaufel und befördert die zerkleinerte Holzkohle in die Schubkarre.

»Sie ist nichts für dich.«

Dorrin fährt auf. Reisa steht direkt hinter ihm.

»Ich weiß. Sie hat nur Augen für Brede, und ...« Er schüttelt den Kopf. Brede ist klug, aufmerksam und begabt. Was kann Dorrin dagegen schon sagen? »Ich glaube, es war ganz natürlich. Er ist klug und stark, und ich bin nur ein halber Lehrling und ein halber Heiler.«

»Hör auf, dich zu bemitleiden. Du bist ein verdammt guter Heiler. Ich muß es wissen. Aber das war nicht das, was ich meinte.«

Dorrin läßt die Schaufel sinken.

»Du hast mir gesagt, daß du mit deiner rothaarigen Freundin aufgewachsen bist. Aber sie versteht dich immer noch nicht. Sollte dir das nicht etwas sagen?«

»Ich glaube schon.« Dorrin blickt die Straße hinunter, aber Brede und Kadara sind nicht mehr zu sehen.

»Männer«, schnaubt Reisa.

Dorrin wartet, aber sie hat sich schon umgedreht und geht zur Schmiede. Er holt tief Luft und hebt nun wieder die Axt. Noch ein paar Schläge, dann hat er genug, um die Schubkarre ganz zu füllen. Im Haus hört man wieder den Besen.

Auf der Veranda taucht ein weißes Etwas auf. »Bäää ...« Der kleine Kopf stupst Dorrin an. Er krault Zilda zwischen den Ohren, und das Kitz leckt ihm die Hand. Er streichelt noch einmal das gelockte Fell, bevor er die Axt wieder hebt. Er muß grinsen, als er sieht, daß seine Finger auf dem Kopf der kleinen Ziege einen leichten schwarzen Schatten hinterlassen haben.

XLIII

Dorrin bewegt den Blasebalg schneller und versucht, die Temperatur im Schmiedeofen zu halten, während Yarrl mit der schweren Wagenfeder kämpft.

Die Zange bewegt sich, der Hammer schlägt zu. Dann legt der Schmied die Feder ins Feuer, und als das Metall kirschrot glüht, zieht er es grunzend heraus und befördert es wieder auf den Amboß. Dorrin konzentriert sich darauf, die Schläge genau auf die Stellen zu setzen, die Yarrl ihm zeigt.

»So!« Yarrl richtet sich auf. »Ich dachte, wir müssen es noch einmal machen, aber die Hitze hat gehalten.« Er legt das schwere Metallstück zum Abkühlen auf die freie Fläche neben dem Schmiedefeuer und läßt die Zange sinken, um sich den Schweiß von der Stirn zu wischen.

»Weißt du ...« Noch einmal wischt Yarrl sich die Stirn ab. »Seit du hier bist, habe ich viel mehr geschafft.« Er blickt ins Feuer, das fast unnatürlich schnell kleiner wird, seit Dorrin den Blasebalg nicht mehr bedient. »Ich war nicht sicher, ob du mir wirklich eine Hilfe sein würdest. Sind alle Leute von der Schwarzen Insel so wie du?«

»Nein. Ich mußte die Insel verlassen, weil ich Dinge

bauen wollte – Apparate wie meine kleinen Modelle. Es hieß, sie wären nicht in der Ordnung begründet.«

Der stämmige Schmied hustet und spuckt aus. »Die dämonenbesessenen Idioten. Du steckst soviel Ordnung in dein Metall, daß kein verdammter Weißer es anrühren könnte. Temmil sagt, die Hufeisen, die du gemacht hast, hätten sogar das Humpeln seiner alten Stute gebessert. Hufeisen will ich eigentlich gar nicht machen, ich hasse das, aber der arme alte Kerl kann sich Migras Arbeit nicht leisten. Ich hoffe, wir haben sie richtig angepaßt.«

Dorrin runzelt die Stirn. Ob geordnetes Eisen helfen könnte, das Chaos abzuhalten? Es klingt einleuchtend, auch wenn er noch nie darüber nachgedacht hat.

Die Tür wird rumpelnd aufgezogen, und ein Schwall feuchter Luft folgt Reisa zusammen mit dem Duft frisch gemähter Wiesen in die Schmiede. Die Männer drehen sich um.

»Da ist ein Händler gekommen, der behauptet, er würde den jungen Dorrin kennen.«

»Mit einem Wagen?« Dorrin errötet. Natürlich hat jeder Händler einen Karren oder einen Wagen. »Nicht sehr groß, ein breitkrempiger Hut?«

»Dann kennst du den Burschen wohl.«

»Liedral ist wahrscheinlich der Grund dafür, daß ich überhaupt hier bin, denn so habe ich Jarnish kennengelernt.«

»Nun, dann geh und rede mit deinem Freund. Ich schaffe das hier schon, und du machst ja sonst kaum eine Pause.«

»Danke.«

»Bedanke dich nicht bei mir, Dorrin. Manchmal …« Der Schmied blickt zu Reisa.

»Geh nur und rede mit dem Händler.«

Dorrin verstaut sein Werkzeug, bevor er die Lederschürze losbindet und aufhängt. Er schluckt und versucht, den Geschmack von heißem Metall aus dem

Mund und der Kehle zu bekommen, dann geht er auf den Hof hinaus.

Liedral hat das Wagenpferd an dem Eisenring festgemacht, den auch Dorrin benutzt hat, als er Yarrl das erste Mal aufsuchte. Sie steht neben dem Wagen und hat den breiten Hut auf dem Sitz liegen lassen. Das kurze, feine Haar wird vom Wind zerzaust, und die feuchte Brise verheißt weitere Regenfälle am Abend. »Du siehst wirklich aus wie ein Schmied.«

»So fühle ich mich auch.« Dorrin hält inne. »Ich hätte nicht gedacht, daß du mal nach Diev kommst.«

»Normalerweise komme ich auch nicht her.« Liedral schaut auf, und Dorrin dreht sich um und sieht Reisa in ihre Richtung kommen.

»Liedral, ich möchte dir Reisa vorstellen.«

Reisa begrüßt sie lächelnd und mit leichtem Nicken. »Dorrins Freunde sind auch unsere Freunde. Wenn Ihr nichts gegen ein einfaches Essen habt, dann seid Ihr zum Nachtmahl eingeladen.«

»Das kann ich doch nicht annehmen«, protestiert Liedral.

»Unsinn. Ihr könnt ja als Bezahlung für das Abendessen Geschichten und Neuigkeiten erzählen, wenn Ihr Euch damit besser fühlt.«

»Das will ich gern tun«, stimmt die Händlerin zu. »Gasthausessen oder überhaupt kein Essen, das wird auf die Dauer etwas langweilig.«

Reisa nickt beinahe militärisch knapp, als akzeptiere sie die vernünftige Entscheidung eines Untergebenen. »Damit wäre das geklärt.«

Als Reisa die Treppe zur Veranda hochsteigt und in die Küche geht, schüttelt Liedral den Kopf.

»Was ist los?«

»Nichts ... landest du eigentlich immer in der Nähe von Soldaten oder Schwertkämpfern?«

»Meinst du Reisa? Sie war Schwertkämpferin in Südwind, wenn ich es richtig verstanden habe.« Er geht zum Brunnen und nimmt den Deckel ab. »Wenn es dir nichts ausmacht, würde ich gern die Arbeitskleidung und den Geruch loswerden.«

Liedral blickt zur Scheune.

»Ich glaube nicht, daß es sie stören würde. Du kannst dein Pferd neben Meriwhen einstellen.«

»Ich erledige das, während du dich wäschst.«

Als Dorrin den nächsten Eimer Wasser hebt, blökt Zilda, und die dünne Kette, mit der sie an einen Pfosten der Veranda gebunden ist, klirrt. »Also gut, meine Kleine.« Er stellt das Wasser zur Seite, geht zu ihr und krault sie zwischen den Ohren.

»Ist sie deine zweite Freundin?« Petras Stimme klingt gleichmütig. Sie steht in der Küchentür. Sie trägt eine graue Hose und ein weites Hemd, und wenn sie das Kraushaar nicht hätte, würde sie Liedral sogar ein wenig ähnlich sehen.

»Zilda? Ich glaube schon. Sie ist jedenfalls sicher.«

»Ich meinte die Händlerin. Man sieht nicht viele weibliche Händler.«

»Meist geht sie als Mann durch, vor allem in der Nähe von Fairhaven.«

»Ist sie gekommen, um dich zu besuchen?«

»Ich weiß es nicht genau. Sie hat es mir nicht gesagt.«

»Dorrin, ihr Männer seid einfach unmöglich.« Petra seufzt. »Magst du sie?«

»Natürlich. Sie war gut zu mir, anständig und hilfsbereit.«

»Laß den armen Mann in Ruhe, Petra, und hilf mir in der Küche.« Reisas Stimme klingt nicht ganz so streng, wie sie es den Worten nach hätte sein können.

»Ich komme gleich, Mutter.« Petra tätschelt Zilda, dann lächelt sie Dorrin an. »Ich glaube, ich werde sie mögen, Dorrin.« Sie kehrt in die Küche zurück.

Dorrin wäscht sich am Brunnen den schlimmsten Dreck von den Armen und aus dem Gesicht. Zuerst Kadara und Brede, jetzt Reisa und Petra. Warum ist

Liedral fünf Tagesreisen von ihrem normalen Weg abgewichen? Er zieht sich einen weiteren Eimer Wasser herauf, den er in seine Kammer mitnehmen will, und blickt zur Scheune, wo er Liedral pfeifen hören kann, während sie ihr Zugpferd striegelt.

Als er gewaschen, rasiert und abgetrocknet ist, zieht Dorrin das leichtere braune Hemd, die Hose und die Stiefel an und kämmt sich. Bevor er die Tür wieder öffnet und über den gestampften Lehm zur Veranda geht, sieht er sich noch einmal im Zimmer um, das auf einmal kahl und beinahe leer scheint.

Liedral, Petra und Reisa sitzen schon auf Hockern unter dem vorspringenden Hausdach, das gleichzeitig die Veranda schützt. Zilda bettelt Reisa an, stößt gegen ihr Bein und klirrt mit der Kette, die Dorrin an mehreren Abenden gemacht hat, hauptsächlich, um die Technik zu lernen.

»... die Kleine hier schaut zu ihm auf, fast wie zu einem Vater ...«

»... zu jung dazu«, lacht Petra.

»Jetzt siehst du nicht mehr wie ein Schmied aus«, meint Liedral. Auch sie hat sich vom Staub und Schmutz von der Reise befreit und die dunkle Jacke ausgezogen. Sie trägt ein dunkelgrünes Hemd, das fast bis zum Hals zugeknöpft ist.

»Das will ich doch hoffen.«

»Jetzt sieht er aus wie ein unschuldiger Heiler.«

»Unschuldig?« fragt Petra.

Dorrin errötet.

»Unschuldig«, bestätigt Reisa. »Aber es ist eine sehr erfahrene Unschuld.«

Liedral lächelt verständnisvoll.

»Äh ... hmm«, hüstelt Yarrl in der Küchentür.

Reisa steht auf und setzt sich in Bewegung. »Zeit fürs Abendessen.«

»Das war es schon vor einer ganzen Weile«, knurrt Yarrl.

»Oh, Papa. Du hattest dich noch nicht gewaschen, und Dorrin auch nicht.«

»Waschen, waschen, waschen. Man könnte meinen, ich wäre ein stinkender alter Ziegenbock oder so.«

»Nun ja … alt wohl nicht«, widerspricht Petra.

»Kind.« Yarrl kann sich das Lächeln nicht ganz verkneifen.

Als die anderen vor ihren Tellern am Tisch sitzen, holt Petra einen schweren Porzellantopf aus dem Kohleofen, der mit den Eisenstreben und der Keramikverkleidung beinahe aussieht wie ein kleiner Schmiedeofen. Sie stellt den Topf auf eine Tonscheibe, die mitten auf dem Eichentisch liegt. Reisa verteilt Körbe mit Brot an den Enden des Tisches. Ein kleiner Teller mit getrockneten Früchten kommt neben den Eintopf.

»Greift zu, Händlerin«, fordert Yarrl Liedral mit einem Nicken auf.

»Nach Euch, Ser«, antwortet Liedral.

»Aber nur, weil Ihr darauf besteht.« Yarrl ist über ihr höfliches Benehmen offenbar sehr erfreut.

»Was gibt es denn Neues aus der Gegend jenseits von Spidlar?« fragt Reisa.

»Ich weiß kaum, wo ich beginnen soll.« Liedral hält inne, dann sagt sie: »Die Weißen Magier lassen nach wie vor auf den Hochebenen von Analeria neue Berge wachsen, und man sagt, daß dort die ganze Zeit die Erde bebt. Fairhaven hat eine dreißigprozentige Sondersteuer für alle Waren aus Recluce verhängt.«

»Der Rat von Spidlar muß darüber sehr erfreut sein.« Reisa befördert mit der Schöpfkelle eine große Portion Eintopf auf Liedrals Teller, dann eine kleinere Portion auf den eigenen.

Dorrin rümpft die Nase. Trotz des Pfeffers, den er Reisas jungen Pflanzen abgeschmeichelt hat, ist der Hammelgeruch des Eintopfs geradezu überwältigend. Aber egal, er hat Hunger.

»Eigentlich sollten sie sich Sorgen machen, aber sie

blicken nicht weit genug in die Zukunft. Der zunehmende Handel wird Spidlaria zu einer um so begehrenswerteren Beute für Fairhaven machen, sobald die Magier mit Kyphros fertig sind. Im Augenblick treiben sie gerade die analerianischen Nomaden mit ihren Herden in die Westhörner.«

»Haben denn einige überlebt?« fragt Reisa.

»Nicht viele. In den Bergen gibt es kaum Gras, und sie verlieren ständig Vieh an Raubkatzen und Wölfe.« Liedral schiebt sich einen Löffel Eintopf in den Mund und schluckt. »Man sagt, in Hamor wäre ein neuer Herrscher an die Macht gekommen und die Nordlaner und Brystaner würden gegenseitig ihre Schiffe aufbringen. Deshalb kann Fairhaven auch die Steuer auf Waren aus Recluce erheben. Über das Ostmeer kommt nicht mehr viel. Höchstens noch aus Hamor, aber die Waren von dort sind noch teurer.«

»Hmm ...«, murmelt der Schmied.

»Sarronnyn baut die alte Garnison in Westwind wieder aus. Der Herzog von Hydolar ist am Bauchfluß gestorben, und der Regent ist jetzt ein Weißer Magier namens Gorsuch. Der Sohn des Herzogs ist erst vier Jahre alt, und das bedeutet, daß Gorsuchs Regentschaft lange dauern wird ...«

»Wahrscheinlich ewig.«

»Fairhaven hat die Holzbestellungen in Sligo verdoppelt, und der größte Teil davon wird an die Werften in Lydiar geliefert. Auch gibt es Gerüchte, daß Recluce keine Quester mehr nach Candar schickt, jedenfalls nicht in den Osten Candars ...« Liedral sieht Dorrin an, dann wendet sie den Blick ab.

»Wie ist es überhaupt dazu gekommen, daß du ein Quester geworden bist?« will Yarrl von Dorrin wissen.

»Als ich die Akademie – das ist sozusagen die Schule für Quester – abgeschlossen hatte, haben sie mich hierhergeschickt.« Dorrins Kopf pocht, weil die Antwort nicht vollständig war.

»Hatten deine Eltern denn dabei nicht mitzureden?«

Dorrin lacht. »Es war die Idee meines Vaters. Er war empört, weil ich Maschinen bauen wollte.«

»Maschinen?«

»Ihr habt meine Modelle gesehen. Ich würde gern größere bauen wie die Dampfmaschine, über die ich etwas gelesen habe. Es gibt keinen Grund, daß man sie nicht als Antrieb für eine Mühle oder ein Boot benutzen könnte.«

»Du hast etwas über eine Maschine gelesen, die mit Dampf läuft? Was macht die Maschine, und wo hast du darüber gelesen? Ist es eine Art Magie?« fragt Petra.

»Schwerlich. Da drüben steht ein Kessel auf dem Herd. Wenn das Wasser kocht, kommt der Dampf aus der Tülle. Was würde passieren, wenn er heftig kocht und du einen Korken in den Ausguß steckst?«

Petra antwortet nicht.

»Der Deckel würde herunterfliegen, oder der Korken würde herausfliegen«, meint Reisa.

»Im Dampf ist Kraft. Es ist keine Magie. Ich will den Dampf für mich arbeiten lassen.«

»Eine Dampfmaschine«, überlegt Liedral. »Aber was dient als Brennstoff?«

»Kohle wäre am besten, aber man kann auch Holz oder Holzkohle nehmen.«

Die Unterhaltung schläft eine Weile ein, als Petra die Teller nachfüllt. Dorrin trinkt einen großen Schluck kaltes Wasser.

»Warum hat dein Vater dich weggeschickt, als du diese Maschinen bauen wolltest?« bricht Reisa schließlich das Schweigen, das nur von Yarrls lautstarkem Kauen unterbrochen wird.

»Ich glaube, weil er sie nicht versteht. Er hat Angst, sie würden Chaos schaffen.«

»Würden sie das denn?«

»Nein. Man kann keine Maschine bauen, die nicht mit der Ordnung einhergeht, nicht einmal eine kleine.«

»Das verstehe ich nicht«, sagt Petra sehr nachdenklich.

»Es ist eigentlich ganz einfach«, meint Reisa, während sie ihren Becher nachfüllt. »Die Leute mögen es nicht, wenn etwas sich verändert. Sie lieben keine Veränderungen oder Menschen, die anders sind. Spidlar ist da nicht anders als jede andere Gegend in Candar. Wir sind vor mehr als zehn Jahren hergekommen, und manche Leute wollen deinen Vater immer noch nicht für sich arbeiten lassen, obwohl er doppelt so gut arbeitet wie Henstaal.«

»Das ist wahr«, knurrt der Schmied. »Die Leute kaufen lieber den Schund, den sie schon lange kennen, als etwas Neues zu probieren und echte Qualitätsarbeit zu bestellen. Ist es nicht so, Händlerin?«

»Ich fürchte, es ist so«, stimmt Liedral zu. »Die Leute mögen keine Händlerinnen, und sie wollen immer die Zusicherung, daß etwas entweder vom gleichen Hersteller kommt wie immer oder wenigstens so ähnlich ist wie die Ware von diesem Hersteller, ob sie nun gut ist oder nicht.«

Wieder senkt sich Schweigen über den Tisch.

»Was ist mit deinen Eltern? Wissen sie überhaupt, wo du bist?«

»Nicht genau. Es gab ja keine Möglichkeit, ihnen eine Nachricht zukommen zu lassen.«

»Du könntest es durchaus tun, wenn du willst«, sagt Liedral, nachdem sie einen Löffel Hammeleintopf heruntergeschluckt hat. »Im Augenblick kostet es ein halbes Silberstück für den Umschlag. Du gibst den Brief einem Schiffsführer aus Spidlar, und der bringt ihn zu einem Händler in irgendeinem Land, der ihn dann mit der nächsten Fuhre in die Stadt befördert, in die er geliefert werden soll. Manchmal dauert es eine ganze Jahreszeit, aber die Briefe kommen an.«

»Sogar an meine Eltern auf Recluce?«

»Wenn du es nicht sehr eilig hast, kann ich dir dabei

helfen.« Liedral trinkt einen großen Schluck helles Bier aus ihrem Krug.

»Wenn du nach Tyrhavven fährst? Oder nach Spidlaria? Aber wann wird das sein?«

»Ich will als nächstes nach Spidlaria, und ich bin schon etwas spät dran. Eigentlich hätte ich überhaupt nicht herkommen dürfen, aber ich wollte sehen, wie es dir hier geht. Es sind zwei anstrengende Tagesreisen bis Kleth.«

»Oh ...«

»Dieses Mal hat es sich aber sogar gelohnt. Jarnishs Neffe hat etwas Cammaborke in den Marschen gefunden, und das werde ich dem Rat von Spidlar anbieten.«

»Cammaborke?«

»Eine Art Sprengstoff. Man benutzt sie für Raketen und Kanonen. Sie wirkt am besten, wenn man sie mit Schwarzpulver mischt. Aber Cammaborke ist ein gefährliches Zeug. Wenn sie zu trocken wird, explodiert sie.«

Dorrin nickt. »Ich nehme an, gegen Weiße Magier könnte man sie kaum einsetzen.«

»Die können sehr gut mit Feuer umgehen«, fügt Reisa kalt hinzu.

Yarrl hustet einmal, zweimal.

»Meine Herkunft ist Dorrin nicht verborgen geblieben. Er kann scharf beobachten.«

»Zumindest manche Dinge«, fügt Petra hinzu.

Liedral hustet und hebt rasch den Bierkrug, um ihr Gesicht zu verbergen. Reisa sieht Dorrin kopfschüttelnd an.

»Sieh dir nur die Frauen an«, murmelt Yarrl, der den Mund voller Fleisch hat. »Sieh dir nur die Frauen an. Immer ein paar Schritte voraus. Da hat ein armer Mann keine Chance.«

»Armer Papa«, grinst Petra.

Dorrin trinkt einen Schluck Rotbeerensaft.

Yarrl leert seinen Krug mit dünnem Bier und steht abrupt auf. »Ich muß zu Gylert.«

»Er verspricht dir schon wer weiß wie lange, dir Aufträge zu geben.«

»Immerhin ist er der Vorsteher unserer Händlergilde.«

»Vielleicht gibt er dir ja wirklich Arbeit.« Reisa zuckt mit den Achseln und sieht Liedral fragend an. »Was meint Ihr?«

»Ich würde es bei einem kleineren Händler versuchen. Gute Arbeit zu einem niedrigen Preis ist für kleine Händler wichtiger.«

»Vielleicht könntet Ihr beides tun«, wirft Dorrin nachdenklich ein.

»Wie soll das denn gehen?« fragt der Schmied.

»Ihr könnt Euch bei Gylert bedanken, daß er Euch empfängt, und ihn bitten, einen kleineren Händler vorzuschlagen, der vielleicht einzigartige oder ganz besondere Arbeiten braucht. Auf diese Weise muß er Euch nicht direkt abweisen, und er kann sich andererseits nicht beklagen, daß Ihr ihn übergangen habt.«

Reisa schluckt überrascht, und Liedral sieht Dorrin lange an.

»Ich werde darüber nachdenken. Hast du den Braunen gestriegelt, Petra?«

»Ja, Vater.«

»Gut.« Yarrl poltert zur Tür hinaus, über die Veranda und die Treppe zur Scheune hinunter.

Dorrin ißt noch ein Stück Brot, kaut die dicke Rinde und spült es mit dem letzten Schluck Wasser aus seinem Becher hinunter.

»Wollt Ihr noch einen Nachschlag, Händlerin?« fragt Reisa.

»Ich hatte schon mehr als genug. Es ist viel, viel besser als das Essen im Gasthof.« Liedral lehnt sich gesättigt zurück.

Draußen klirrt eine Kette. »Gibt es Reste für Zilda?«

»Für dieses gierige Vieh? Nun ja, vielleicht haben wir noch etwas.« Reisa verläßt den Tisch und holt eine angeschlagene Schüssel von der Veranda herein, auf die sie die Reste von ihrem Teller schaufelt.

Dorrin bringt ihr auch seinen und Liedrals Teller. Die Abfälle bedecken kaum den Boden des Futternapfes. Reisa schüttelt den Kopf und legt noch ein Stück Brot dazu. Dorrin bringt den Napf hinaus und stellt ihn ein Stück von der Tür entfernt auf die Veranda, wo die kleine Ziege fressen kann, ohne gestört zu werden. Er krault ihr den Kopf und kehrt in die Küche zurück. Liedral kommt ihm an der Tür entgegen.

»Rede nur mit deiner Freundin, Dorrin«, ruft Reisa.

»Können wir uns hierher setzen?« Liedral deutet auf einen der Hocker.

Er nimmt sich den zweiten. Drinnen klappern Teller, als Mutter und Tochter mit dem Abwasch beginnen. Dorrin betrachtet den Garten, die Scheune und das niedrige Gras auf der Wiese dahinter. Zildas Kette klirrt auf dem angeschlagenen Geschirr, während sie frißt.

»Was ist aus deinen Freunden geworden?«

»Kadara und Brede? Sie haben sich der Spidlarischen Garde hier in Diev angeschlossen. Sie sind jetzt irgendwo in Elparta unterwegs und suchen nach Wegelagerern.«

»Die höchstwahrscheinlich von Fairhaven ermuntert wurden.«

»Was?«

»Das gleiche geschieht auch in Kyphros. Dort sind Räuber aufgetaucht, wo früher nie welche waren. Vieh ist verschwunden. Fairhaven hat den Präfekten gebeten, sich darum zu kümmern, aber die Truppen des Präfekten konnten die Diebe nicht fassen. Das war dann der Grund, den die Magier genannt haben, als sie die Ebenen ihrem Land ganz und gar einverleibt haben.«

»Du bist anscheinend davon überzeugt, daß Fairhaven den ganzen Osten Candars erobern will.«

»Ich nehme es an.« Liedral sieht sich unsicher zu ihm

um. »Ich versuche, nicht weiter darüber nachzudenken. Es gibt genug andere Dinge, über die ich mir Sorgen machen muß. Eine Händlerin zu sein ist eins davon.«

»Aber du kommst anscheinend zurecht.«

»Du hast gesehen, wie gut ich zurechtkomme. Ich fahre mit einem einzigen Wagen und manchmal einem Packpferd herum, ich habe ein Lagerhaus, das einst voll war, und überlasse Freidr die Hälfte von dem, was ich mitbringe, damit seine Freunde, die in Amt und Würden stehen, nicht zu genau hinsehen.«

Dorrin blickt zur Scheune. Was soll er dazu sagen? Er hat Liedral von Anfang an für außergewöhnlich tüchtig gehalten. Das leise Summen der Mücken ist zu hören, einige unverständliche Worte von Reisa und Petra, die sich in der guten Stube unterhalten, wehen zu ihnen heraus.

»Der Vorschlag, den du Yarrl gemacht hast, war wirklich gut«, sagt Liedral schließlich. Sie rückt ein wenig auf dem harten Hocker aus Eiche herum. »Wie bist du darauf gekommen?«

»Ich fand es einfach naheliegend. Mächtige Leute mögen es nicht, wenn man sie um Geld oder Arbeit angeht. Sie möchten um Rat gefragt werden, und sie lieben keine Überraschungen.« Dorrin drängt Zilda von seiner Hose weg, ehe sie ihm ein Loch hineinknabbern kann. Er krault der kleinen Ziege den Kopf. Das weiße Fell macht es ihm leicht, das Tier in der Dämmerung deutlich zu sehen.

»Sie mag dich.«

»Nur über den Grund bin ich mir nicht sicher.« Dorrin fährt sich mit der Hand durch die Locken. Er muß sich die Haare schneiden lassen. Es kommt ihm so vor, als wüchse sein Haar wie Unkraut. Das leise Summen einer Mücke warnt ihn, und er runzelt die Stirn und versucht, einen Schutzbann zu sprechen, der auch fliegende Insekten abhalten kann. Er wünscht, er hätte die betreffenden Texte in der Bibliothek seines

Vaters gründlicher gelesen, aber da er sich auf Maschinen konzentriert hat, ist er nie auf die Idee gekommen, wie lästig ihm Mücken einmal werden könnten. Es scheint so, als würden sie immer nur Rothaarige vorziehen.

»Ich schon.«

Die Kette der Ziege klirrt, als Zilda versucht, an Liedrals Stiefeln zu knabbern.

Dorrin wischt sich die Stirn. Hat er den Schutz richtig aufgebaut? Das Summen der Mücke scheint jedenfalls etwas leiser zu werden.

»Du bist freundlich. Aber andererseits auch bockig.« Nach einer Pause fährt sie fort: »Das mit dem Brief habe ich so gemeint.«

»Ich glaube, ich bin es ihnen schuldig, ihnen zu schreiben.« Er wartet und bleibt ruhig sitzen, als Zilda ihm auf den Schoß springt und sich zusammenrollt. Ein leichter Wind, der nach fernem Regen und Schafen riecht, weht von den Westhörnern herunter und streicht über sein glattrasiertes Gesicht.

»Warum bist du hergekommen?«

»Du weißt, warum ich gekommen bin.«

»Ich muß noch vieles herausfinden«, sagt Dorrin nach längerem Schweigen. »Und ich will meine Maschinen bauen.«

»Ich weiß. Aber du solltest auch darüber nachdenken, wie man Goldstücke verdienen kann.«

»Warum?«

»Wie willst du das Metall oder Holz kaufen, das du brauchst?«

Dorrin lacht. »Ich glaube, darüber hätte ich schon viel eher nachdenken sollen. Was schlägst du vor?«

»Ich? Ich bin nur eine arme Händlerin.«

»Aber welche Arten von Dingen kann man verkaufen?«

»Alles, was selten oder gut gemacht ist und irgendeine Aufgabe erfüllt oder ein Bedürfnis befriedigt.«

»Also genau die Dinge, die Recluce in den letzten Jahrhunderten exportiert hat.«

»Warum sonst sollte jemand den Schwarzen Magiern etwas abkaufen?«

»Ich muß darüber nachdenken. Ich könnte Gewürze anbauen. Darin bin ich ziemlich gut. Vielleicht könnte ich einige meiner Modelle als Spielzeug verkaufen. Sie sind gut gemacht.«

»Würdest du sie wirklich verkaufen?«

»Ich bin kein Sammler. Die meisten haben ihren Zweck erfüllt, sobald ich sie gebaut habe. Viele haben nicht so funktioniert, wie ich es mir vorgestellt hatte.«

»Oh ...«

»So ist es eben. Du entwirfst etwas, dann probierst du es aus. Es ist viel einfacher, Modelle zu machen, als gleich etwas Großes zu bauen. Natürlich arbeiten Modelle besser als große Maschinen, aber wenn das Modell nicht funktioniert, wird die Maschine auch nicht funktionieren.«

»Dorrin, stört es dich?«

»Daß du gekommen bist? Nein, ich freue mich, auch wenn ich den Grund nicht sagen kann.« Er lächelt in die Dunkelheit hinein und weiß, daß sie den Gesichtsausdruck nicht sehen kann. »Du bist ein bißchen älter als ich, weißt du?«

»Und klüger.«

»Auch das.«

»Dann belassen wir es dabei.« Sie steht auf. »Du mußt noch einen Brief schreiben, und ich will morgen beizeiten aufbrechen.« Sie hat das Haus betreten, noch bevor Dorrin Zilda auf den Boden gesetzt hat. Er schüttelt den Kopf, dann kehrt er in seine Kammer zurück. Er ist dankbar für seinen wachsenden Ordnungs-Sinn, denn er braucht nur für Feinarbeiten wie das Schmieden oder das Schreiben Licht.

In seinem Zimmer angekommen, zündet er die Lampe mit einem Zündstein an und nimmt ein Blatt aus der

Kiste mit den Pergamenten, die er für seine Entwürfe verwendet. Er sucht den Federkiel und die Tinte, und nachdem er die Lampe höher gestellt hat, sitzt er brütend vor dem Papier. Was soll er schreiben? Wie soll er es ausdrücken? Er taucht sorgfältig den Federkiel in die Tinte und beginnt. Die Zeile für die Anrede läßt er vorerst frei. Langsam und bedächtig schreibt er:

Es geht mir gut, ich arbeite hier in Diev als Lehrling in einer Schmiede. Der Schmied ist schroff, aber nicht unfreundlich, ich habe viel mehr gelernt, als Hegl glauben würde, und ich ruiniere kein gutes Eisen mehr. Ich hoffe, Hegl freut sich zu hören, daß seine Lektionen nicht völlig unnütz waren.

Wir sind durch Vergren gekommen, und unterwegs habe ich auch die Wunder von Fairhaven gesehen. Fairhaven war für meinen Geschmack zu reich, und ich fühle mich hier, wo ich jetzt bin, viel wohler. Ich habe ein Pferd, das ich Meriwhen genannt habe. Ihr könnt Lortren ausrichten, daß ich inzwischen viel besser reiten kann.

Kadara und Brede sind bei der Spidlarischen Garde untergekommen. Seit ein paar Achttagen patrouillieren sie auf den Straßen im Nordwesten.

Es ist hier kälter als in Extina, und ich mußte mich erst daran gewöhnen, daß hier auch im Frühling noch Eis zu sehen ist. Aber da ich in der Schmiede arbeite, ist mir nicht einmal dann kalt, wenn der Schnee draußen knietief liegt. Das ist aber nur einmal geschehen, es war ein unerwarteter Schneeschauer im Spätfrühling. Allerdings reden die älteren Leute manchmal darüber, daß in den Zeiten, bevor die Schwarzen Magier die Welt und das Wetter verändert haben, alles besser gewesen sei.

Ich habe bisher nicht gefunden, was ich nach Lortrens Ansicht finden sollte. Oder wenn doch, dann weiß ich es nicht. Ich hoffe, Kyl hat gefunden, was er gesucht hat, und ich wünsche mir, daß Ihr alle gesund und glücklich seid, wenn Euch dieser Brief erreicht.

Dorrin

Er liest den Brief noch einmal, taucht den Federkiel ein und setzt die Anrede oben darüber. Er entscheidet sich für den neutralen Gruß »Meine liebe Familie«.

Dann legt er den Brief beiseite. Er wird ihn am Morgen zusammenfalten und versiegeln, damit Liedral ihn mitnehmen kann.

Liedral ... wie kann eine Frau so sehr wie ein Freund scheinen, so bodenständig, und doch ... Er weiß, daß er sie nicht begehrt, wie er Kadara begehrt hat. Sie ist nicht einmal mit der hübschen Sängerin aus der Schenke vergleichbar. Und doch war er froh, sie zu sehen. Es war ein ähnliches Gefühl, als würde er nach der Nacht die Morgendämmerung oder nach einem kalten Regen die Sonne sehen. Ist das Freundschaft?

Er zieht sich Hemd und Hose aus und legt sich auf seine Bettstatt. Die verschlissene und irgendwie tröstende Steppdecke zieht er sich bis über die nackten Schultern hoch. Draußen grunzt ein Ochsenfrosch in der Dunkelheit, und die Blätter der Eichen hinter der Scheune seufzen leise.

XLIV

Die Sonne ist noch nicht ganz über den Ebenen im Osten aufgestiegen, als Dorrin die Scheune betritt. Liedral legt gerade dem Zugpferd das Geschirr an.

»Hier ist der Brief.« Er gibt ihr das Dokument und ein halbes Silberstück. »Reicht das?«

»Das ist mehr als genug.« Sie hält das Zaumzeug in der linken Hand. »Schläfst du eigentlich nie? Reisa sagt, daß du manchmal bis Mitternacht arbeitest.«

»Ich brauche nicht viel Schlaf, und Yarrl läßt mich die Abfälle benutzen, aber sie sind schwer zu verarbeiten.

Manchmal muß ich sie sogar einschmelzen, und das ist gefährlich.«

Liedral runzelt die Stirn.

»Eisen verbrennt, wenn es zu heiß wird … und wenn du nicht vorsichtig bist.« Er hebt den Sack hoch.

»Was hast du denn da?« Sie streicht sich das seidenweiche Haar aus der Stirn. Dorrin blickt zu dem Hut mit der breiten Krempe, der auf dem Kutschbock liegt.

»Ja. Ich werde wieder den jungen Händler spielen, den niemand sich zu genau ansehen will.« Sie schiebt den versiegelten Brief in ein mit Leder ausgeschlagenes Fach unter dem Sitz und wendet sich wieder dem Pferd zu.

Dorrin stellt den Sack auf den Kutschbock, während sie dem Pferd das Geschirr anlegt. Er zieht eine kleine Sägemühle mit Rad und Sägeblatt heraus. Das Sägeblatt aus Schwarzem Stahl funkelt im Licht, das durch die Scheunentür hereinfällt, und das Roteichenholz ist glatt poliert.

»Es ist wunderschön gearbeitet.«

»Wenn du hier am Griff kurbelst, dreht sich das Sägeblatt. Es wird aber nicht viel schneiden. Glaubst du, du könntest es verkaufen?«

»Ich werde es erst verkaufen, wenn ich bekomme, was es wert ist.«

»Wieviel könnte das sein?«

»Ich weiß es nicht genau, aber das Spielzeug, das der Palast von Sarronnyn kauft, geht manchmal für bis zu vier Goldstücke weg. Dies hier ist so gut wie jedes andere Spielzeug. Warum gibst du es ab?«

»Es hat nicht so funktioniert, wie ich wollte.«

»Woher weißt du das?«

Dorrin blickt zur Tür, ehe er antwortet. »Wenn es gebaut ist, und ich arbeite damit, kann ich die Stellen spüren, wo es hakt und wo der Entwurf nicht stimmt. Dieses hier … die Kraftübertragung vom Griff zum Sägeblatt ist nicht sehr gut. Ich habe eine neue Idee. Ich werde eine schräge Antriebswelle und kleine Eisenkugeln verwenden. Sie sind aber schwer herzustellen. Vielleicht wäre es einfacher, wenn ich es größer machen würde.«

Dieses Mal schüttelt Liedral den Kopf. »Du könntest wohl wirklich die Welt verändern … falls die Weißen Magier dich nicht vorher finden.«

»Mich? Den Lehrling eines Schmieds, der manchmal als Heiler arbeitet?«

»Dich.« Sie nimmt das Modell, das eine halbe Elle lang und weniger als eine Spanne hoch ist, und stellt es zu dem Brief ins Fach. »Es paßt, das ist gut.« Dann wendet sie sich wieder an Dorrin. »Ich weiß nicht, wann ich wieder herkommen kann. Wenn du mich brauchst, so weißt du ja, wo du mich findest. Jarnish kann auch eine Nachricht an mich weiterleiten.«

»Dann willst du jetzt aufbrechen?«

»Ich muß die verlorene Zeit wieder wettmachen.« Sie führt das Zugpferd zur Tür.

Dorrin nimmt den Sack und öffnet das Scheunentor, damit der Wagen hinausfahren kann.

»Warum sind die Dinge, wie sie sind? Vergiß nicht, Dorrin, es gibt für alles einen Grund. Du siehst es bei deinen Maschinen, aber das gilt auch für Menschen und Länder.« Liedral führt das Pferd und den Wagen aus der Scheune.

»So ist es wohl.« Er schürzt die Lippen und weiß nicht, was er sonst noch sagen soll.

Liedral steigt auf den Kutschbock. »Paß auf dich auf, Dorrin.« Sie schnalzt mit den Zügeln, und der Karren setzt sich auf dem gestampften Lehm mit einem Ruck in Bewegung.

Er sieht ihr nach, bis sie die Straße erreicht, aber sie dreht sich nicht um. Dann geht er in die Schmiede. Er hat keine Lust, jetzt etwas zu essen. Nicht heute morgen.

Er beginnt sein Tagewerk, indem er große Stücke Holzkohle zerkleinert, bis sie in den Schmiedeofen passen. Dann sucht er alles zusammen, was am Morgen gebraucht werden wird. Als er fertig ist, kommt auch Yarrl und nimmt den Schmiedeofen in Betrieb. Die Glut vom Vortag ist noch heiß genug, um Sägemehl zum Qualmen zu bringen. Als die Späne brennen, legt der Schmied frische Holzkohle nach.

»Hol mir das schwere Eisen, Dorrin … den dicken Stab dort am oberen Ende.«

Liedrals Worte gehen ihm durch den Kopf. *Warum sind die Dinge, wie sie sind? Vergiß nicht, Dorrin, es gibt für alles einen Grund.*

Er betastet das Stück Eisen, das er geholt hat. Was macht den Unterschied zwischen Eisen und Kupfer oder Zinn aus? Die Metalle unterscheiden sich voneinander, aber warum ist das so? Und wie unterscheidet sich Gußeisen von Stahl oder Schmiedeeisen? Und warum wird Schmiedeeisen, wenn es geordnet ist, stärker als Stahl, ist dabei aber weniger spröde?

Er betrachtet das Metall und läßt seine Sinne eindringen.

»Dorrin? Ist es heiß genug?«

Er legt das Stück Eisen wieder weg. »Fast …« Er packt den Hebel des Blasebalgs und beginnt gleichmäßig zu pumpen. Später muß er Nägel machen, eine sehr langweilige Arbeit. Aber vorher muß er wahrscheinlich noch die Feilen nehmen und glätten, was Yarrl geschmiedet hat.

XLV

»Wir werden mit aller Kraft gegen Recluce vorgehen, wenn die Verräter hier in Candar unserem Volk den Lebensunterhalt und die Kupferstücke stehlen …« Die Worte des beleibten, schwarzhaarigen Magiers, der ein weißes Gewand trägt, hallen laut durch den Sitzungssaal.

»Stolze Worte, Myral …«

»Ich stimme Myral zu.« Der Magier, der als dritter das Wort ergreift, hat eine leise Stimme und kurzes braunes Haar. Er wirkt zerbrechlich. »Der berühmte Jeslek und der edle Sterol haben sich nach Kräften bemüht, das Los unseres Volkes zu verbessern. Wie könnten wir hinter ihnen zurückstehen?«

»Was springt für Euch dabei heraus, Cerryl?«

Cerryl lächelt leicht und wartet, bis der Tumult sich wieder gelegt hat. »Wenn so beeindruckende Gestalten wie Jeslek und unser Erzmagier Sterol sich schon besorgt zeigen … vielleicht mein Überleben?« Er grinst.

Nervöses Gelächter geht durch den Kreis, als er von der kleinen Rednertribüne heruntersteigt und sich in eine Ecke zurückzieht.

»Ich würde es zwar nicht ganz so drastisch formulieren wie der edle Cerryl …«, beginnt der nächste Sprecher, ein Mann mit weißem Haar und faltenlosem, fast engelhaftem Gesicht.

Cerryl stellt sich in der Ecke neben eine rothaarige Frau.

»Höchst wirkungsvoll, Cerryl.«

»Vielen Dank, Anya. Ich nehme an, es war genau die Wirkung, die Ihr und der edle Sterol erzielen wolltet.« Er lächelt leicht. »Oder vielleicht auch nur Ihr allein.«

Sie erwidert sein Lächeln. »Ihr schmeichelt mir.«

»Kaum. Bei Euren Fähigkeiten …« Er zuckt mit den Achseln. »Vielleicht werdet Ihr eines Tages noch zur Erzmagierin ernannt.«

»Erzmagier zu sein erfordert in diesen Zeiten wohl einzigartige Fähigkeiten.«

»Das ist sicher wahr, und auch Jeslek hat dies mehrmals erklärt. Ich würde allerdings Eure Methoden vorziehen.«

»Eine Frau im Rang des Erzmagiers?« Anyas Stimme

klingt beinahe spottend. »Das ist wirklich ein großes Kompliment.«

»Ich erkenne einfach Eure Fähigkeiten an, meine Dame.« Sein Lächeln verrät nicht, was er denkt.

»Ihr seid so … reizend, Cerryl.« Sie neigt den Kopf. »Würdet Ihr mir bei einem späten Abendessen Gesellschaft leisten? Sagen wir, morgen abend?«

»Euer Wunsch ist mir Befehl.«

»Ihr seid so fügsam, Cerryl.«

»Wenn man auf die reine Macht des Chaos beschränkt ist, muß man sehen, wie man sich nützlich machen kann.«

»Ich bin so froh, daß Ihr es versteht.« Sie dreht sich um und wendet sich einem breitschultrigen Magier mit eckig gestutztem Bart zu.

Cerryl lächelt in sich hinein, nickt seinem Kollegen zu und sucht sich auf der Bank an der Rückwand einen freien Platz.

XLVI

Dorrin pfeift beim Reiten. Trotz der wasserdichten Plane hat der Regen ihn völlig durchnäßt. Am östlichen Straßenrand sieht er goldenes Korn, das sich unter dem Wasser neigt, das seit Tagen vom Himmel fällt. Er trifft die Melodie nicht richtig, aber pfeifen ist besser als jammern. Inzwischen ist soviel Regen gefallen, daß rings um die Schmiede einige Pfützen stehen, und Yarrl hat fast keine Holzkohle mehr, weil die Straßen aus Tullars Wäldern und zu den Köhlereien für schwere Wagen nicht passierbar sind.

Dorrin greift mit den Sinnen zu den dicken Wolken im Westen hinaus. Er lächelt, als er feststellt, daß der Regen bald aufhören wird. Doch das Lächeln vergeht ihm, als Meriwhen die Mähne schüttelt und ihm nach Pferd riechende Tropfen ins Gesicht schleudert.

In seiner Gürteltasche stecken drei Goldstücke, die Liedral ihm für das Modell der Sägemühle über Jarnish und über Willum, den Schiffsausrüster unten in Diev, geschickt hat. Seine Hand wandert zur Gürteltasche. Drei Goldstücke für ein Modell? Oder hat Liedral ihm mehr geschickt, als sie selbst dafür bekommen hat?

Er hat noch einige andere Modelle, die er verkaufen könnte. Ob Willum eins nehmen würde? Dann könnte er eine Vorstellung bekommen, was sie wert sind, auch wenn die Leute in Spidlaria sicher mehr dafür zahlen würden. Er lenkt Meriwhen auf die Grasböschung neben der Straße und dann auf den Weg, der zur Hauptstraße und zu Hemmils Sägemühle führt.

Kaum hat er den überdachten Bereich betreten, als Pergun ihn auch schon begrüßt.

»Hast du schon einmal so ein scheußliches Wetter gesehen? Die Weinhändler sagen, es wird ihnen die Lese ruinieren, und die Bauern können das Getreide von den Feldern nicht einfahren. Wir müssen langsamer arbeiten, weil die Kunden die Ware wegen der unbefahrbaren Straßen nicht mehr abholen können. Und da bist du nun.«

»Warum auch nicht? Es hat begonnen, kurz bevor wir frische Holzkohle bekommen sollten, und Yarrl will für alle Fälle etwas zurückhalten.«

»Was willst du jetzt? Wieder einmal Holzabfälle?«

»Nein. Einen kleinen Lorkenstamm, ungefähr so dick.« Er deutet den Durchmesser, etwa doppelt so dick wie sein Daumen, mit den Fingern an.

»Das wird Hemmil dich aber teuer bezahlen lassen.«

»Das ist mir klar. Wo sind die Hölzer?«

»Am hinteren Ende auf dieser Seite dort.« Pergun schüttelt den Kopf. »Ich säubere jetzt die Grube unter der Säge. Du kannst mich ja rufen, wenn du mich brauchst.«

Dorrin wandert durchs Lager, und nach einiger Zeit hat er einen passenden Stamm gefunden. Ein Ende ist nutzlos, denn das Holz hat Risse, aber die restlichen sechs Ellen sind kerzengerade gewachsen und dick genug. Er nimmt den Stamm und geht zur Säge zurück.

Pergun klettert, mit Schweiß und feuchtem Sägemehl bedeckt, aus der Grube.

»Der hier? Was mag der kosten?«

»Mindestens ein Silberstück. Lorke wächst langsam«, erklärt Pergun.

Dorrin überlegt und sieht bedauernd zum hinteren Ende des Lagers. »Ein Kupferstück könne ich vielleicht erübrigen, aber ein Silberstück, Pergun?«

»Ein halbes Silberstück, und du wirst kein besseres Holz in Certis finden. Hemmil verkauft Lorke sowieso nicht sehr gern.«

»Zwei Kupferstücke, und du schneidest es mir zu.«

»Du verstehst vielleicht etwas von Pflanzen, Dorrin, aber Holz ist schwerer und mehr wert«, meint der schwarzhaarige Mühlenarbeiter, indem er blinzelt und in Richtung der Schreibstube nickt. »Vier Kupferstücke, aber nur, weil ich keinen Streit mit einem Heiler haben will.«

Dorrin holt seine Börse hervor. »Ich will dich nicht hereinlegen«, sagt er fest, »aber drei und ein bißchen, das ist alles, was ich habe. Dann habe ich nur noch ein Kupferstück zum Essen.« Sein Kopf pocht etwas dabei, denn Reisa verwahrt einen Teil seines Geldes für ihn.

Der Mühlenarbeiter runzelt die Stirn, dann zuckt er mit den Achseln. »Es gefällt mir nicht, aber wenn das alles ist, was du hast, dann geht es eben nicht anders. Aber du mußt die Abfälle zum Abfallkorb tragen.«

»Das kann ich gern tun, und noch ein paar andere Dinge dazu, wenn es hilft.«

Der Mann mit dem dunklen Bart grinst. »Darauf hätte ich auch eher kommen können.«

Dorrin lacht amüsiert. Jetzt muß er nur noch das

Hartholz zuschneiden, was mit seinem Messer einige Tage dauern wird, und sobald er sich noch ein paar Kupferstücke verdient hat, muß er ein wenig am Schmiedeofen arbeiten. Und all das für eine Idee, von der er noch nicht einmal weiß, ob sie überhaupt funktionieren wird. Aber geordnetes Holz und geordneter Schwarzer Stahl sollten auf jeden Fall einen besseren Stab ergeben.

XLVII

Dorrin stellt das Kästchen aus schlichter Roteiche auf den Schreibtisch. Er hat inzwischen Zierscharniere angebracht, die er allerdings zweimal anfertigen mußte, weil sie beim ersten Versuch nicht gepaßt haben.

»Sicher, du könntest natürlich auch ein einfaches Möbelscharnier machen, aber das kann jeder Lehrling.« So hat Yarrl es gesehen. Also hat Dorrin Zierscharniere geschmiedet. Als Gegenleistung für das Eisen hat er einen zweiten Satz Scharniere für Yarrl angefertigt. Eisen, das war der entscheidende Punkt. Dorrin hat sich noch nie wirklich bewußt gemacht, wie schwer und teuer es ist. Ein Stab von einer Elle Länge, so dick wie sein Daumen, wiegt anderthalb Stein und kostet fast drei Kupferstücke – mehr als ein Mittagsmahl in manchen Gasthöfen. So gesehen ist es sehr sinnvoll, daß der Schmied auch die kleinsten Abfälle aufhebt.

Dorrin fährt noch einmal leicht mit dem geölten Lappen über das Eichenholz. Drinnen steht – auf einem gesteppten Futterstoff, den Reisa und Petra ihm als Gegenleistung für eine kleine Eisenblume geschenkt haben – ein von einer Feder angetriebener Wagen. Wie üblich war das Außergewöhnliche – der Federantrieb – der schwierigste Teil. Es war sogar so kompliziert, daß Dorrin dabei bewußt geworden ist, daß eine größere

Maschine nicht mit einem Federwerk angetrieben werden kann. Also hat er auf seine eigene Art wieder etwas gelernt.

Nachdem er das Kästchen in eine riesige, vernarbte Satteltasche gesteckt hat, die er in einer Ecke der Schmiede gefunden hat, geht er in den frühherbstlichen Dunst hinaus. Er muß niesen, als ihm der Staub von den Feldern, wo die Bauern beim Dreschen sind, in die Nase weht. Er muß wieder und wieder niesen. Seine Nase läuft, als er endlich den Stall erreicht.

Es wird ein langer Tag werden. Yarrls Hammer schlägt pausenlos, denn es gibt viele Reparaturen auszuführen, die mit der Erntezeit zusammenhängen: die Schneiden von Sensen und Eggen, Wagenräder und Wagenaufbauten müssen ausgebessert werden. Dorrin hat versprochen, so lange wie nötig zu arbeiten, um die Zeit wieder herauszuholen, die er für den Besuch in Diev braucht. Im Gegensatz zu den Schmieden schließen die Schiffsausrüster schon vor Sonnenuntergang.

Nachdem er Meriwhen gesattelt und die zusätzliche Satteltasche verzurrt hat, führt er die Stute in den warmen, staubigen Morgen hinaus. Reisa winkt von der Veranda aus, wo sie die Netze über den Regalen, auf denen Früchte trocknen, überprüft hat. Dann kehrt sie in die Küche zurück. Obwohl er immer noch ständig niesen muß, kann Dorrin die Birnäpfel und die späten Pfirsiche riechen, die Reisa in der Küche einkocht.

Auf der Straße wird Dorrin von zwei Heuwagen aufgehalten, die hintereinander fahren. Die Wagen holpern, und das rechte Hinterrad des letzten Wagens wackelt. Als er das Fuhrwerk überholt, ruft er: »Paß auf dein Hinterrad auf.«

»Danke, Bursche, aber sag das Ostrum, dem dummen Hund. Der kann es nicht erwarten, die Fuhre zur Kaserne der Garde zu bringen, solange der Preis noch gut ist. Es ist ja nicht dein Problem, aber vielen Dank jedenfalls.«

Dorrin lenkt Meriwhen an den beiden Zugpferden vorbei. Auf der Straße herrscht viel Verkehr, und es ist staubig. Dorrin muß immer wieder niesen. Asche, Schmutz und Holzkohle machen ihm nichts aus, aber Erntezeit und Straßenstaub setzen ihm zu.

Die Staubwolken lassen nach, sobald er den gepflasterten Abschnitt der Straße erreicht und in den unteren Teil von Diev reitet. Als er am wiederaufgebauten *Krug* vorbeikommt, sieht er die Bettlerin, die wie üblich um Kupferstücke bettelt. Aber so früh sind noch keine Soldaten unterwegs.

Willums Laden ist ein langgestreckter Bau, der im Hafen von Diev in der Nähe des Platzes der Händler und der Pier liegt. Die gekreuzten Kerzen auf dem Schild vor dem Laden wurden vor kurzem nachgemalt, und das Holz des Schildes ist wie der Holzboden im Inneren des Ladens frisch lackiert. Ein Vorhang versperrt den Blick in den hinteren Teil des Ladens.

Hinter der Theke auf der rechten Seite steht ein Mann nahe an einem Ofen aus poliertem Eisen und Messing, in dem bei dieser warmen Witterung natürlich kein Feuer brennt.

»Ich würde gern Meister Willum sprechen, wenn möglich.« Dorrin lächelt höflich.

»Möglich ist es immer, aber ich glaube nicht, daß es wahrscheinlich ist, wenn Ihr nicht geschäftlich mit ihm verabredet seid.«

»Genau darum geht es aber.«

»Keine milden Gaben, keine Almosen für die Armen, Heiler?« Der Mann sieht Dorrin von oben bis unten an.

»Ich bin Schmied, und ich arbeite für Yarrl.«

»Ihr habt wohl nicht viel Arbeit, wenn Ihr um diese Zeit hier seid.«

»Ich werde noch arbeiten, wenn Ihr schon zu Abend eßt und ins Bett geht.« Er zwingt sich zu einem Lächeln. »Aber wenn man mit einem Schiffsausrüster

Geschäfte machen will, muß man die Geschäfte tätigen, solange der Schiffsausrüster geöffnet hat.«

»Wie wahr, wie wahr, junger Herr«, unterbricht ihn eine kräftigere Stimme. Der Sprecher, der am Ende der Theke steht, ist blond und hat einen Bauch, der über einen braunen Gürtel wallt und beinahe die schwere Messingschnalle verdeckt. Das Hemd ist leuchtend grün, die braune Hose paßt zu Gürtel und Stiefeln. »Und was habt Ihr nun für mich?«

Dorrin geht zum Ende der Theke. »Man könnte sagen, daß es eine Kuriosität ist, aber Ihr seid ja dafür bekannt, daß man bei Euch eigenartige, ungewöhnliche Dinge kaufen kann.«

»So ist es, junger Herr, so ist es. Und ich bereise alle Häfen im Norden, um zu kaufen und zu verkaufen. Das ist mein Geschäft. Nun, was für eine Kuriosität habt Ihr für mich?«

Dorrin stellt das Kästchen auf die Theke.

»Ein Kästchen? Es ist hübsch, vor allem die Scharniere, aber Petron, der Schrankbauer, macht bessere, das ist also gewiß nichts Besonderes.«

Dorrin öffnet das Kistchen und zeigt ihm den Wagen.

»Hmm ... ein Wagen, aber er hat keine Pferde.«

Dorrin nimmt das Modell heraus, setzt es auf die flache Theke und zieht die Feder halb auf. Der Wagen rollt bis zum anderen Ende.

»Magie ...«, flüstert der andere Mann hinter der Theke.

Dorrin schüttelt den Kopf. »Nein. Einfach nur eine raffinierte kleine Feder. Es ist alles mechanisch.« Er versucht, nicht zu lächeln, als Willum jetzt erst den Mund schließt.

»Wer, habt Ihr gesagt, seid Ihr?«

»Dorrin. Ich arbeite für Yarrl.«

»Ach ja, der ausländische Schmied. Arbeitet Yarrl nicht auch für Honsard und Hemmil und so weiter?«

Dorrin nickt.

»Aber wie kommt es, daß Ihr das Braun eines Heilers tragt?«

»Ich bin auch Heiler.«

»Ein Heiler-Schmied oder ein Schmied-Heiler mit einer Kuriosität! Allein der Anblick ist schon ein Silberstück wert.« Willums Stimme klingt freundlich, aber die Augen bleiben kalt.

Dorrin nimmt das Modell wieder an sich und legt es in das Kästchen, läßt aber den Deckel offen.

»Kuriositäten ziehen Kunden an, junger Herr, aber es gibt nicht viele Leute, die sie kaufen. Ich würde das Ding vielleicht kaufen, einfach nur um den Leuten zu zeigen, daß der große Willum einfach alles hat, aber bei wem könnte ich so etwas wieder losschlagen?«

»Ich würde sagen, bei einem Angehörigen des Rates von Spidlar, der seinem Sohn ein einzigartiges Geschenk machen will. Oder vielleicht auch als Gabe für den sarronnesischen Hof.«

»Gut gesprochen.«

»Es ist eine gute Arbeit, eines guten Händlers würdig – besonders, da Ihr so viele Menschen kennt, Meister Willum.« Dorrin schließt das Kästchen. »Es wäre mir allerdings lieber gewesen, Ihr ...«

»Nicht so hastig, junger Herr. Es könnte durchaus fünf Silberstücke wert sein.«

»Das letzte habe ich in Tyrhavven für mehr als drei Goldstücke verkauft.«

»Ihr handelt nicht oft«, sagt Willum. Es klingt ein wenig spitz.

»Nein, Ser. Ich bin kein Händler. Ich stelle nicht viele Exemplare her, und jedes ist anders.«

»Jedes ist anders?«

Dorrin nickt.

»Ich gebe Euch drei Goldstücke dafür, wenn Ihr mir auch das Kästchen überlaßt.«

Dorrin runzelt die Stirn. »Drei Goldstücke und das Kästchen – wenn ich noch ein paar Ellen guten

Stoff bekomme, um das nächste Kästchen auszuschlagen.«

Willum lacht. »Beim Licht! Ich gebe Euch drei Ellen guten Stoff. Roald! Er kann den Rest suthyanischen Samt haben, den türkisfarbenen Stoff.«

»Ich nehme an, Türkis ist nicht gut gegangen?« Dorrin muß sich bemühen, nicht zu grinsen.

»Woher sollte ich auch wissen, daß dies die Farbe ist, die angeblich die teuflische Hexe von Recluce getragen hat? Irgendein Klatschweib hat die Geschichte in Umlauf gebracht, und seitdem will niemand mehr diese Farbe kaufen. Aber als Futter wird es doch gewiß gut aussehen, nicht wahr, junger Mann ... Dorrin, oder?«

»Dorrin.« Er wartet, bis Roald mit einem kleinen Lederbeutel und einem Stück Stoff auftaucht, das er in einen zerlumpten Mehlsack gesteckt hat.

Willum öffnet den Beutel und zählt drei Goldstücke ab. Dorrin verstaut die Münzen in seiner Börse.

»Wie lange wird es dauern, bis Ihr wieder eine ... eine Kuriosität habt?«

Dorrin lächelt. »Wie Euer Angestellter ganz richtig gesagt hat, gibt es zuerst einmal eine Menge schwere und ganz praktische Schmiedearbeit zu tun.«

»Auch das will erledigt sein«, gibt Willum lächelnd zurück. »Guten Tag, junger Herr Dorrin.«

Dorrin nickt. »Guten Tag, Meister Willum.«

Im Norden haben sich über dem Meer Wolken zusammengeballt, die für später eine Abkühlung versprechen, aber sonst nicht viel. Dorrin befestigt die leere Tasche am Sattel. Meriwhen wiehert, als er aufsteigt, und er tätschelt ihr den Hals. »Braves Mädchen.«

Im Staub kurz vor dem Ende des gepflasterten Straßenabschnitts, etwa eine Meile hinter der Brücke am Ortsausgang von Diev, liegt ein Heuwagen auf der Seite, die Heuballen sind über die ganze Straße verteilt. Der Fuhrmann lädt bedächtig den Rest ab und stapelt die Ballen am Straßenrand. Der Eisenreifen des zerbrochenen Hinterrades lehnt an der Seite des Wagens.

»Schaff deine dreckigen Gäule aus dem Weg …«

»Du hast uns doch kommen sehen …«

Zwei andere Fuhrleute schimpfen aufeinander, weil sich die Kanten ihrer Wagen ineinander verhakt haben, so daß ihre Fuhrwerke jetzt die Straße blockieren.

Dorrin weicht der Unfallstelle aus und lenkt Meriwhen aufs Gras neben der Straße.

XLVIII

Die beiden Soldaten reiten ungefähr eine halbe Meile vor ihrem Trupp und suchen sich am Südrand der Straße, dicht an der steilen Böschung, ihren Weg. Die Sonne steht im Westen schon dicht über dem Horizont. Sie sprechen nicht miteinander, sondern lauschen aufmerksam, ob im Norden im lichten Tannengehölz noch einmal ein Knacken zu hören oder im trockenen Grasland im Süden abermals ein Rascheln zu vernehmen ist. Über den Tannen stehen Ahornbäume mit fast kahlen und verdrehten Ästen, an denen nur noch wenige abgestorbene Blätter hängen.

Der blonde Mann zügelt sein Pferd und nickt nach links. Die Frau blickt in die betreffende Richtung. Kaum fünfzig Ellen vor ihnen beginnt ein Weg. Er nimmt den Bogen zur Hand, spannt ihn und klappt den Deckel des Köchers auf. Die Frau löst die Gurte ihres Langschwerts. Das Kurzschwert aus Westwind ist längst bereit.

Als es in einer Gruppe von Tannen knapp oberhalb der Straße noch einmal knackt, gibt der Blonde seinem Wallach die Sporen, und die beiden Reiter gehen, dicht über die Hälse ihrer Pferde gebeugt, gegen die Baumgruppe vor.

Ein Pfeil verfehlt den Mann knapp, und er zügelt sein Pferd, legt einen Pfeil ein und schießt, noch bevor sein Pferd ganz zum Stehen gekommen ist.

»Oooh ...« Das scharfe Einatmen und Stöhnen sprechen eine deutliche Sprache.

Der blonde Soldat hat schon den nächsten Pfeil eingelegt.

»Nicht schießen, nicht schießen! Ich komme herunter.«

Die Soldatin zügelt ihr Pferd ein Stück weiter den Weg hinunter. »Komm du lieber auch heraus, Junge.«

»Ihr spidlarischen Hunde! Laßt meinen Jungen in Frieden, er hat Euch nichts getan!« Ein kahlköpfiger Mann mit zottigem, rotem Bart, in dessen rechtem Arm ein Pfeil steckt, humpelt auf die Straße.

Ein Junge, der nicht viel jünger ist als die Soldaten, richtet sich im hohen, trockenen Gras auf.

»Halte die Hände oben«, befiehlt die rothaarige Schwertkämpferin.

»Ihr seid ja eine Frau.« Er sieht an ihr vorbei zu seinem Vater.

»Ich bin Soldatin.« Sie wirft ihr Schwert hoch und fängt es wieder auf. »Ich kann damit auch fest genug werfen, um dich zu durchbohren, wo du stehst.«

»Miststück ...«, murmelt der Junge.

»Man hat mich schon mit schlimmeren Ausdrücken belegt. Und jetzt komm hier herauf. Wo sind eure Pferde?«

»Wir haben keine.«

»Die Spuren erzählen mir etwas anderes.«

Der Junge schaut zu ihr hoch, dann rennt er bergauf. Sie nimmt den Arm zurück und läßt die Klinge fliegen. Der Junge geht stöhnend zu Boden, und die Soldatin steigt ab und ist bei ihm, bevor er sich bewegen kann.

»Ihr habt meinen Jungen getötet!«

»Ich werde ihn töten, wenn du dich bewegst«, sagt der blonde Soldat scharf. Hinter sich hört er das Waffenklirren und die Fußtritte seiner Abteilung.

Die Rothaarige birgt ihr Kurzschwert und reißt den Jungen hoch. »Der Schnitt am Bein ist nicht so schlimm. Wenn ich dich hätte umbringen wollen, Junge, dann wärst du jetzt tot.«

Er windet sich, aber ihre Hände sind wie Stahl, und sie hat breitere Schultern als er. Sie zieht ein Stück Seil aus dem Gürtel und fesselt ihm die Hände. Bis sie ihn auf die Straße getrieben hat, ist auch der Rest ihres Trupps eingetroffen, und Brede hat den kahlköpfigen Mann gefesselt.

»... Teufelskatze hat schon wieder einen ...«

»... der Große auch ...«

»... möchte ich nicht in die Quere kommen, Norax.«

»Was hast du da, Brede?«

»Ich würde sagen, das sind die beiden, die neulich versucht haben, den Händler aus Certis zu überfallen. Die Pferde stehen wohl irgendwo hinter dem Wäldchen. Wenn ihr den hier nehmt, will ich sehen, ob ich sie finde.«

»... soll er doch das Risiko eingehen ...«

Der Truppführer nickt, und Brede lenkt sein Pferd auf den schmalen Weg. Kadara wirft einen Blick zu dem jungen Burschen, der vor ihr steht, dann kramt sie in den Satteltaschen und holt ein kurzes Stück Tuch heraus. Sie steigt wieder ab, hebt die zerlumpte Hose hoch und verbindet ihm den langen Schnitt im Bein.

»... die erste menschliche Regung, die ich bei dieser Wildkatze sehe ...«

»Er ist nur ein Bandit, Kadara. Sie werden ihn einfach aufknüpfen.«

»Bitte, hängt ihn nicht, er ist doch noch ein Junge«, fleht der Kahlköpfige.

»Er hat dir geholfen, einen Händler aus Certis auszurauben und es bei einem zweiten zu versuchen. Das reicht, um einen Burschen zu hängen.« Die Stimme des Truppführers ist müde und kalt.

Kadara richtet sich auf und schwingt sich wieder in den Sattel.

Als Hufschläge zu hören sind, blicken die Soldaten zum Weg. Brede führt zwei ausgemergelte Pferde, die beide mit Satteltaschen beladen sind. »Sieht aus wie die Kupferwaren des Händlers.«

»Gut. Setzt die beiden auf die Pferde, falls man die Klepper überhaupt so nennen kann.«

Brede steigt ab, gibt Kadara seine Zügel, hebt den älteren Wegelagerer fast mühelos aufs Pferd und setzt den Jungen auf das zweite Pferd.

»... Dämonen, stark wie ein Ochse ist er ...«

Der Wind frischt auf und streicht seufzend durch den Wald, als die Sonne den Horizont berührt.

»Laßt uns umkehren. Wir können sie dem Magistrat von Biryna übergeben, und dort wird man sie hängen, wie es sich gehört.« Der Truppführer zieht seinen schwarzen Wallach herum. »Kadara, Brede, ihr übernehmt die Nachhut.«

Die beiden lassen sich zurückfallen, als der Trupp sich in Bewegung setzt.

»Und ihr zwei versucht, im Sattel zu bleiben. Ich würde euch lieber hängen sehen, als daß Ihr ein lebendes Ziel für unsere Schießübungen abgebt. Aber am Ende macht es sowieso keinen Unterschied, würde ich sagen.«

»Ihr verdammten Spidlarer! Ihr saugt uns aus bis aufs Mark.« Der kahlköpfige Mann mit dem roten Bart dreht sich im Sattel seines Kleppers um. Bei Reiter wie Tier zeichnen sich deutlich die Rippen ab. »Ihr Hunde mit euren verfluchten Magiern. Die Magier haben alle Schafe verbrannt, und jetzt zieht Ihr uns für Korn, in dem sich die Würmer tummeln, den letzten blutigen Heller aus der Tasche. Ich kann mir das nicht leisten, und ...«

»Halt's Maul«, knurrt der Truppführer.

Der jüngere Gefangene sieht sich um und blickt mehr oder weniger in die Richtung, wo Gallos liegt.

»Das wirst du nicht wiedersehen«, murmelt ein verwundeter Soldat, der eine Armschlinge trägt.

Brede und Kadara wechseln einen Blick und zügeln die Pferde, bis der Abstand zwischen ihnen und den anderen elf Soldaten etwas größer ist.

»Die Menschen hier verhungern«, sagt Brede leise.

»Das will Fairhaven ja auch erreichen. Wir werden so etwas noch öfter sehen, wenn der Winter erst begonnen hat.«

»Je mehr wir hängen …«

»Wenn wir es nicht tun, wird niemand mehr gefahrlos auf den Straßen reisen können.«

Brede schüttelt den Kopf, und sie setzen sich nach Westen in Richtung Biryna in Bewegung, wo ihre Zelte stehen und der Magistrat wartet.

XLIX

Weißes Licht strahlt von dem großen, schlanken Mann aus, als er über den Hauptplatz zum Turm geht.

»Er ist gekommen, um das Amulett für sich zu beanspruchen, Sterol.« Die rothaarige Frau, die das Weiß des Chaos trägt, sieht den Erzmagier an. »Ich lasse dich besser mit ihm allein.«

»Du meinst, er soll nicht erfahren, daß du hier warst?«

»Wenn er sich die Mühe machen würde, es zu überprüfen, könnte ich es ihm nicht verheimlichen, aber es ist ihm egal. Er weiß, daß er der mächtigste Weiße ist.« Anyas Stimme klingt ironisch. »Und außerdem bin ich ja nur eine Frau.«

»Nur eine Frau? Aber Anya … ich glaube nicht, daß es viele gäbe, die dich …«

»Im Gegensatz zu Jeslek, der sich für klug und mächtig hält.«

»Er ist in der Tat sehr klug, und er ist wirklich sehr mächtig.«

»Dann willst du ihm das Amulett übergeben?« Anya geht zur Tür.

»Wie könnte ich es ihm verweigern?« seufzt Sterol. »Ich habe es ihm versprochen, und er soll es bekommen. Ob er es behalten kann, ist eine andere Frage.«

Anya nickt, dreht sich um und geht hinaus.

Sterol sieht in den Spiegel auf dem Tisch. Seine Gedanken sind nicht völlig konzentriert, aber er fragt sich, welche Herausforderung als nächstes von den Kräften der Ordnung ausgehen wird. Ein unscharfes Bild schält sich aus dem weißen Dunst – ein junger, rothaariger Mann, der ein Stück Eisen mit dem Hammer bearbeitet. Dann löst sich das Bild wieder auf, und fast gleichzeitig klopft es an der Tür des Turmzimmers. Der Erzmagier schürzt die Lippen. Ein junger Mann, der Eisen schmiedet? Ein erneutes Pochen reißt ihn in die Gegenwart zurück, und er dreht sich um und empfängt seinen Nachfolger.

»Die Bergkette ist jetzt im Süden von Passera bis zu den Westhörnern vollendet, und die Straße ist auf allen Seiten geschützt.« Jeslek tritt ein und deutet eine winzige Verbeugung an.

»Soweit ich weiß, wurde ein Stück Straße in der Nähe des Zentralmassivs von Analeria erschüttert«, murmelt Sterol leise.

»Meiner Erinnerung nach war die einzige Bedingung die, daß ich auf der Straße stehend das Werk vollenden soll. Da die Berge massiv sein sollten, waren einige kleinere Umleitungen der Energien notwendig«, gibt Jeslek lächelnd zurück.

»War es denn nötig, all diese analerianischen Hirten zu vernichten?«

»Ich habe sie gewarnt. Die meisten haben sich in Sicherheit gebracht, und wer das nicht getan hat – nun ja, manchmal sind Unfälle nicht zu vermeiden, Sterol.«

»Euch ist gewiß klar, daß der Preis für Hammelfleisch erheblich steigen wird, genau wie für die Waren aus Recluce, nachdem Ihr sie mit einer Sondersteuer belegt habt?«

»Ich glaube nicht, daß viele Schafe verendet sind.«

»Das mag sein, aber was sollen die restlichen Schafe fressen? Ihr habt mehrere tausend Quadratmeilen Bergwiesen in eine glühendheiße Felslandschaft verwandelt, in der in den nächsten paar Jahren kaum etwas wachsen wird.«

»Wir werden die höheren Preise mit den Einnahmen durch die Sondersteuer ausgleichen können.«

»Wie Ihr wünscht.« Sterol nimmt das Amulett ab und überreicht es Jeslek, der den Kopf neigt, damit Sterol ihm die goldene Kette um den Hals legen kann. »Wenn es Euch nichts ausmacht«, fährt Sterol fort, »werde ich meinen Arbeitsplatz ins untere Zimmer verlegen. Derka wird sich nach Hydolar zurückziehen. Er stammt ja von dort, wie Ihr Euch erinnern werdet.«

»Wie bequem.«

»Ja, in der Tat.« Sterol lächelt kalt.

L

Nachdem Dorrin Meriwhen gestriegelt hat, sattelt er die Stute und tätschelt ihr den Hals. »Kaum zu glauben, daß wir zwei schon so lange in Diev sind.«

Er führt Meriwhen aus der Scheune. Petra winkt ihm von der Veranda aus. »Bist du zum Abendessen zurück?«

Ein Schauer rotgoldener Blätter fällt von den Eichen hinter Dorrin nieder, als wolle der Herbstwind die Bäume in einen Mantel hüllen. »Ich hoffe doch.«

Er muß mit Quiller, dem Spielzeugmacher, reden,

aber er kann nicht behaupten, daß er sich auf das Gespräch freut. Er berührt seinen Stab, dann treibt er Meriwhen mit den Hacken an. Mit leisem Schnauben bricht die Stute seitlich aus, dann trägt sie Dorrin zur unbefestigten Straße, wo es nach rechts geht, zum Nordmeer hin, das hinter der letzten sanften Hügelkette liegt.

Die kleine Hütte mit der windschiefen Veranda und dem Anbau, der nur aus einem einzigen Raum besteht, liegt an einem Seitenweg der nördlichen Heerstraße, die in weitem Bogen in den oberen Teil von Diev führt, kaum hundert Ruten von jenem Meilenstein entfernt, bei dem auf der Hauptstraße das Pflaster beginnt.

Dorrin führt Meriwhen über das braune Gras der Böschung, um den Pfützen und dem kalten Schlamm auf der Straße auszuweichen. Das Schild, das vor dem Schuppen hängt, zeigt einen Kreisel aus abblätternder roter und schwarzer Farbe.

Dorrin putzt sich auf der zerfransten Schilfmatte die Schuhe ab, ehe er die Werkstatt betritt. Der Mann, der drinnen auf dem Hocker sitzt, schaut zu ihm auf. Stumpfe braune Augen unter einem Schopf brauner und grauer Haare starren Dorrin an. »Ich habe heute nicht viel.« Er verzieht das Gesicht, ehe er weiterspricht. »Wer seid Ihr? Ich kenne Euch nicht, oder?«

»Ich glaube nicht. Mein Name ist Dorrin. Ich bin beim Schmied Yarrl in der Lehre.«

»Ach, Ihr seid der freche Bursche mit dem teuren Spielzeug! Ich habe schon von Euch gehört!« Quiller knallt das Messer auf die Werkbank, dann hält er sich an der Bank fest, damit er nicht zusammen mit dem Hocker umkippt.

»Nein, ich bin kein Spielzeugmacher.« Wie hat Quiller nur von den Modellen gehört? Dorrin hat erst zwei verkauft.

»Warum macht Ihr diese wunderschönen Spielsachen?« Quiller wischt sich die Stirn ab und schielt den

Besucher mißtrauisch an. Durch das zur Hälfte mit einem Laden verschlossene Fenster dringt nur wenig Licht, und die Öllampe an der hinteren Wand brennt nicht. »Willum hat mich wegen meines Wagens ausgelacht, und dann hat er mir Euren gezeigt. Warum habt Ihr das gemacht?« Die Stimme des Mannes bricht beinahe.

»Vor allem, um Probleme zu lösen«, gibt Dorrin zu. »Ich bin gekommen, um mit Euch über das Spielzeugmachen zu reden …«

»Ich wußte es! Ihr wollt meine Geheimnisse stehlen! Ihr wollt mir meine Kunden nehmen.«

Dorrin holt tief Luft. »Nein. Deshalb bin ich ja gekommen.«

»Um mir die Kunden abspenstig zu machen? Ihr gebt es also zu?«

»Nein!« protestiert Dorrin. »Ich will Eure Kunden nicht.«

»Aber es sind gute Kunden. Warum wollt Ihr sie nicht?« Quiller langt nach unten und massiert sich das Fußgelenk. Sein rechter Fuß ist verwachsen und verdreht und größer als der linke. Er steckt in einem weichen Ledermokassin. In der Ecke neben dem Spielzeugmacher lehnt ein Gehstock mit schwerem Griff.

»Weil«, erklärt Dorrin geduldig, »ich kein Spielzeugmacher bin.«

»Warum macht Ihr dann Spielzeug?« Quiller richtet sich auf und schnauft vernehmlich.

»Ich mache Modelle der Dinge, die ich bauen will. Aber ich bin gekommen, um Euch zu erklären, daß ich kein Spielzeugmacher bin. Ich will nichts verkaufen, was Ihr macht.«

Quiller stellt das lahme Bein auf eine Sprosse des Stuhls. »Aber was kümmert es mich eigentlich, junger Meister Dorrin? Dies ist eine freie Stadt, und wer bin ich, Euch zu sagen, daß Ihr kein Spielzeugmacher sein dürft?«

»Ich bin kein Spielzeugmacher. Ich mache Spielzeug,

aber ich mache das nur, um zu lernen, wie die Dinge funktionieren. Doch es kostet mich Zeit, und ich muß das Material kaufen.« Dorrin hält inne. »Ich weiß, daß Ihr eine Familie ernähren müßt.«

»Keine Familie, nur eine verwitwete Schwester und ihren Jungen.«

»Das ist Eure Familie.« Dorrin zuckt mit den Achseln. »Ich weiß nicht, wie die Dinge hier laufen.« Er zögert, weil er das finstere Gesicht des älteren Mannes sieht und dessen Schmerzen spürt. Wieder einmal hat Dorrin versucht, sich den Weg zu ebnen, um Maschinen bauen zu können, und wieder einmal muß er als erstes heilen. Er wischt sich die Stirn ab. Quiller zuckt wieder zusammen.

»Euer Fuß? War er schon immer so?«

»Nicht immer. Ein Wagen hat ihn zerquetscht, als ich für Honsard gearbeitet habe. Ich war damals jünger als Ihr. Dann habe ich zu schnitzen angefangen, weil ich sonst nicht viel tun konnte.«

»Würde es Euch etwas ausmachen, wenn ich es mir ansehe?«

»Warum wollt Ihr es ansehen? Ich dachte, wir reden über Spielzeug. Ihr seid immer noch ein Spielzeugmacher.«

»Bitte ...« Dorrin fleht ihn beinahe an, so deutlich spürt er die Schmerzen des Mannes.

»Rylla konnte mir auch nicht helfen, müßt Ihr wissen.« Quillers linke Hand verkrampft sich an der Kante der Werkbank. »Die Schmerzen kommen und gehen.« Sein Gesicht entspannt sich einen Moment, aber seine Stirn ist feucht. »Seid Ihr Yarrls Lehrling?«

»Ja.«

»Derjenige, der auch ein Heiler ist? Warum seid Ihr hier? Ihr seid doch ein Schmied.«

»Könnte ich mir erst Euren Fuß ansehen?«

»Warum nicht? Ein Quacksalber mehr oder weniger, das ist mir einerlei.«

Dorrin berührt das Fußgelenk und runzelt die Stirn, als er die tief sitzende, rot-weiße Entzündung spürt. Er erforscht den Fuß mit seinen Sinnen, berührt ihn und ändert hier und dort ein paar Verbindungen.

»Was habt ihr gemacht?« fragt der Spielzeugmacher mit zusammengekniffenen Augen.

Dorrin schüttelt den Kopf. »Der Knochen ist falsch verheilt. Ich kann das nicht in Ordnung bringen, aber es wird in Zukunft wenigstens nicht mehr so weh tun.« Er taumelt gegen den Tisch, ringt nach Luft, atmet noch einmal durch.

»Ich kann Euch nicht bezahlen«, knurrt Quiller.

»Das sollt Ihr auch nicht«, gibt Dorrin aufgebracht zurück. »Ich habe den Knochen nicht gerichtet, das kann ich nicht. Ich bin kein Meisterheiler.«

Quiller reibt sich die Stirn. »Ich wußte schon fast nicht mehr, wie es ist, ohne Schmerzen zu sein. Aber ich komme zurecht.«

Auch Dorrin reibt sich die Stirn, dann den Nacken.

»Wahrscheinlich tut es nichts zur Sache, wenn Ihr ein paar Spielsachen macht ...«, sagt Quiller nachdenklich.

»Ich stelle ja auch nicht das gleiche her wie Ihr«, hilft Dorrin ihm weiter.

»Da wäre noch eine Sache, Heiler.«

Dorrin tritt von einem Fuß auf den anderen, während er den kleinen Wagen betrachtet, der vor Quiller steht.

»Ihr solltet darüber nachdenken, ob Ihr Euch nicht der Gilde anschließen wollt.«

»Die Gilde? Gibt es eine Gilde der Heiler?«

»Ich weiß nichts von einer Heilergilde. Ich meine die Gilde. So nennen wir sie eben hier. Die Leute, die etwas herstellen – ich mit meinem Spielzeug, Thresak mit seinen Mänteln oder Vildek der Küfer. Ich weiß nicht, ob es wirklich hilft, aber es kostet nur ein paar Kupferstücke im Jahr, und der spidlarische Rat hat ein offenes Ohr, wenn von der Gilde Klagen kommen.«

»Seid Ihr Mitglied?«

»Wenn ich die Kupferstücke aufbringen kann, ja. Jetzt sind die Zeiten schwer, und der Winter wird kalt. Ich muß eben sehen, wie ich trotz des Fußes zurechtkomme.«

»Vielen Dank für den Hinweis.«

»Redet mit Hasten, der wird Euch aufnehmen.« Quiller schaut den Holzblock an, aus dem ein Ochse oder Pferd für den Wagen entstehen wird. »Ihr geht jetzt besser wieder, junger Herr. Ich habe Euch sonst nicht viel zu bieten.«

Dorrin nickt. »Guten Tag auch«, sagt er leise zum Abschied.

»Ein besserer Tag als viele andere in der letzten Zeit. O ja, viel besser.« Quiller nimmt das Schnitzmesser wieder zur Hand, und Dorrin tritt in den Wind und die Dämmerung hinaus.

Meriwhen wiehert, als er sich in den Sattel schwingt.

LI

Mit der Zange schiebt Dorrin den ersten Eisenring auf den Stab, bis er etwa ein Drittel der Länge vom Ende entfernt ist. Mit Hilfe seiner Ordnungs-Sinne läßt er die Hitze nach außen strahlen, damit sie nicht das Holz beschädigt. Die Klammer rastet ein und drückt das Eisenband fest auf das Holz. Der Schweiß läuft ihm über die Stirn, als er den Vorgang mit dem zweiten Band wiederholt und mit Eisen, Hitze und Ordnung kämpft.

Nachdem er die Klammern entfernt hat, legt er den Stab in den Wasserbehälter, um Holz und Eisen in der Flüssigkeit zu baden und mit Ordnung zu tränken, damit die Eisenbänder endgültig abkühlen können. Als die beiden mittleren Bänder an Ort und Stelle sind, trinkt er einen großen Schluck aus dem Krug mit kaltem

Wasser. Dann nimmt er die erste Kappe, die ein Ende des Stabes bedecken soll, und legt sie ins Schmiedefeuer. Sobald das Metall beinahe strohgelb ist, schiebt er es über das Ende des Stabes und läßt es ebenfalls abkühlen.

Er trinkt noch einen Schluck Wasser, ehe er auch die zweite Kappe anbringt. Als das Schwarze Eisen mit dem Stab verbunden ist, legt er ihn auf den Rand des Schmiedeofens und wischt sich mit dem nackten Unterarm die Stirn ab. Er muß warten, bis der Stab abgekühlt ist, ehe er das Schwarze Eisen glatt feilen kann. Dabei wird er wahrscheinlich mehr als eine Feile ruinieren. Anschließend muß er auch noch das Holz polieren. Wenigstens kann er inzwischen die Feilen selbst herstellen, auch wenn es ihm Mühe bereitet.

Er spürt, daß jemand in der Dunkelheit hinter dem Schmiedeofen steht, und dreht sich um.

Petra tritt in den kleinen Lichtkreis. Sie trägt eine Hose und eine dicke Jacke.

»Was machst du da?«

Er deutet auf den Stab. »Ich mache mir einen besseren Stab.«

Sie betrachtet den Stab, der auf den Ziegelsteinen neben dem Schmiedefeuer liegt, dann schaudert sie. »Es ist kalt. Die Sterne sind klar wie in einer Winternacht.«

Dorrin verstaut die Zange und den Hammer im Regal. Der Schmiedeofen ist noch zu heiß, um die alte Asche zu entfernen, und das bedeutet, daß er früh aufstehen muß.

»In gewisser Weise bist du so ähnlich. Die Leute halten dich für freundlich und höflich, aber verglichen mit dem Schmiedefeuer in dir ist das Äußere kalt wie der Winter. Ich hoffe, deine kleine Händlerin ist stark genug, um damit umgehen zu können.«

»Klein? Ihre Schultern sind breiter als meine, und sie ist größer als ich.«

Petra betrachtet den Stab, ohne ihn zu berühren. Sie weicht Dorrins Blicken aus. »Du gehörst zu denen, die nie aufhören zu lernen. Mutter hat es mir gesagt, aber ich konnte es nicht glauben. Jetzt verstehe ich es.« Ihre Jacke öffnet sich ein wenig, sie trägt nur ein Nachthemd darunter.

Dorrin kann die steifen Brustwarzen unter dem dünnen Stoff erkennen. »Warum bist du hergekommen?«

»Vater hat mir gesagt, ich soll dir bei der Arbeit zusehen. Ich bin ihm früher, bevor du gekommen bist, manchmal zur Hand gegangen. Ich hatte aber meist Schwierigkeiten zu spüren, was er brauchte. Er hat mir immer gesagt, ich soll versuchen, das Eisen zu fühlen, aber ich wußte nicht, was er damit meinte. Jetzt begreife ich es.«

»Aber warum ...«

»Ich konnte nicht schlafen. Irgend jemand hat die Welt geschmiedet. So hat es sich angefühlt. Jeder Schlag deines Hammers ist durch meinen ganzen Körper gefahren.« Mit einer raschen Kopfbewegung wirft sie das gekräuselte Haar aus der Stirn.

Dorrin folgt ihrem Blick und betrachtet den Stab. Er sieht die Schwärze unter dem dunklen Holz und dem Schwarzen Eisen.

»Gute Nacht, Dorrin.« Petra zieht die Jacke wieder um sich und dreht sich um. Sie kehrt durch den dunklen Hof ins Haus zurück und legt sich schlafen.

Dorrin fegt die Werkstatt aus. Die Welt schmieden? Was für ein absurder Gedanke.

LII

»Wie sollen wir mit Spidlar verfahren?«

»Die Sondersteuer aufheben«, schlägt ein anonymer Teilnehmer aus der Mitte der Bänke im Sitzungssaal vor.

Jeslek fährt herum und wendet sich dem Sprecher zu. »Wer war das?«

Er erhält keine Antwort.

»Wenn Ihr verhindert, daß die Spidlarer oder die Schwarzen eine Menge Goldstücke verdienen, so macht Ihr zwangsläufig die Hamoraner oder die Nordlaner reich«, meint ein schwerer, kahlköpfiger Mann in der ersten Reihe. »Oder die Suthyaner und die Sarronnesen. Der Handel ist wie das Wasser. Er muß irgendwohin fließen.«

»Warum fließt er nicht hierher?« will Jeslek wissen.

»Das ist leichter gesagt als getan.«

»Warum können wir nicht die Steuer auf Waren aus Recluce erhöhen?« fragt ein anderer Weißer Magier.

»Überlegt es Euch doch, Myral. Die Sondersteuer beträgt jetzt schon hundert Prozent.«

»Und? Wir reden jetzt über Gewürze, Weine, Luxusgüter. Außerdem, wer kann schon die Wolle aus Recluce tragen? Die Leute werden noch mehr bezahlen, und unsere Schatzkammer wird sich füllen, aber nicht die der Hamoraner und Nordlaner.«

»Sollten wir nicht die Steuereinnahmen verwenden, um eine größere Flotte zu bauen?«

»Wir könnten Schiffe bauen, aber brauchen wir wirklich noch mehr?« fragt Cerryl.

»Um den Außenhandel von Recluce zu unterbinden, brauchen wir natürlich weitere Schiffe«, schnaubt Jeslek, der trotz der weißen Haare und der goldenen Augen jung aussieht.

»Das hätte vor drei Jahrhunderten geholfen, aber nach Creslins Eingreifen hatten wir weder die Schiffe noch das Geld. Jetzt nützt es nichts mehr. Recluce kauft unser Getreide inzwischen bei den Nordlanern. Die Nordlaner holen es in Hydolar ab und bringen es nach Recluce. Dann verkaufen die Schwarzen ihre Waren an die Nordlaner. Es kommt sie teurer, aber wir verlieren den gesamten Handel.«

»Jeslek hat recht«, schaltet Anya sich nach kurzem

Schweigen ein. »Wenn wir die Handelsrouten nach Recluce nicht völlig unterbrechen, verlieren wir.«

»Das hört sich in der Theorie ja ganz gut an«, schnaubt der kahlköpfige Magier. »Aber ich würde wirklich gern mal etwas sehen, das tatsächlich funktioniert. Bisher hatte noch keiner Eurer Vorgänger Erfolg. Jeslek, glaubt Ihr wirklich, daß die früheren Räte die wachsende Macht von Recluce einfach hingenommen haben? Daß sie absichtlich Dutzende von Schiffen und Tausende von Soldaten verloren haben?«

»Nein, natürlich nicht«, erwidert Jeslek finster. Dann lächelt er. »Aber vergeßt nicht, daß die Schwarzen nicht mehr über die Winde gebieten können – sie könnten es nicht einmal, wenn sie einen neuen Creslin hätten. Was, wenn wir mehr Magier auf unsere Schiffe setzen?«

»Wie viele würden wir brauchen?«

»Nicht sehr viele. Aber auf diese Weise könnten wir Recluce völlig isolieren. Die Nordlaner verdienen sicher nicht genug an der Insel, um zu riskieren, daß sie beim Handel mit Recluce all ihre Schiffe verlieren.« Jeslek lächelt selbstgefällig. Es ist der Gesichtsausdruck eines Mannes, der für ein Problem eine Lösung gefunden hat.

Ein anderer Magier zuckt mit den Achseln. »Das mag ja sein. Legt dem Rat einen Plan vor.«

Jeslek lächelt immer noch, als die anderen ihre Aufmerksamkeit bereits dem nächsten Punkt auf der Tagesordnung zuwenden. Auch Anya lächelt.

LIII

»Nun … dann frag ihn doch …«

Dorrin spürt das Flüstern eher, als daß er es hört. Er läßt sich nicht stören, schwingt weiter den Hammer und verschweißt die verbogenen Enden einer zerbrochenen Wagenfeder. Dann schiebt er die Feder zurück ins Feuer und bemerkt fast nebenbei, wie kühl das Eisen geworden ist, während er die innere Struktur des Metalls geordnet hat. Als das Metall wieder heiß genug ist, hebt er den Kopf. Petra steht in der Tür der Schmiede.

»Aber Gerrol liegt im Sterben …«, protestiert eine weitere Frauenstimme, tiefer und rauher als die erste.

»Dorrin ist ein Schmied«, gibt Yarrl zurück.

»Aber er ist gleichzeitig auch ein Heiler.«

»Wer wird für die Arbeitszeit aufkommen?«

Dorrins Kopf pocht. Ob gegen Bezahlung oder nicht, er kann sich der Bitte, die man gleich an ihn richten wird, nicht entziehen. Er nimmt die Feder aus dem Schmiedefeuer und dreht sie auf dem Amboß hin und her. Noch ein paar gleichmäßige Schläge, und die gerichtete Feder kommt auf die Ziegelsteine des Schmiedeofens, wo sie langsam abkühlen kann. Dann legt er den Schmiedehammer an seinen Platz im Regal, danach den Kreuzschlaghammer und den Körner.

»Wenn nötig, werde ich dafür zahlen.«

»Oh … Tochter. Dann frag du ihn.«

Petra nähert sich dem Schmiedeofen. Eine junge Frau mit glattem, braunem Haar und blutunterlaufenen Augen folgt ihr. Beide tragen weite graue Hosen und graue Jacken.

»Dorrin?« Petras Lockenhaar weht ein wenig im Hitzeschwall, der vom Schmiedefeuer aufsteigt, und sie blinzelt wegen der Hitze und der winzigen Rußteilchen, die in der Luft schweben.

»Ja, Petra?«

»Wirst du uns helfen?«

»Ich kann es versuchen.« Er verstaut sein restliches Werkzeug, das im Gegensatz zu Yarrls geordneter Unordnung von Hämmern, Körnern und Greifzangen immer am richtigen Ort liegt.

»Du hast nicht gefragt, um wen oder was es überhaupt geht.« Petra hustet. »Sheenas kleiner Bruder Gerrol hat Fieber. Er liegt im Sterben.«

»Es spielt im Grunde keine Rolle, wer es ist. Ob es mir gefällt oder nicht, ich bin immer ein Heiler.«

»Oh ...« Petras Gesicht wird etwas weicher. »Wie schrecklich. Das wußte ich nicht.«

»Habe ich noch Zeit, mich rasch zu waschen?«

Petra betrachtet sein verschmiertes, schwitzendes Gesicht. »Es wäre sicher besser. Honsard würde kaum glauben, daß ein verschwitzter Schmied zugleich ein guter Heiler ist.«

»Gut. Ich hole anschließend nur noch meinen Stab.« Dorrin lächelt kurz, als er einen Eimer vom Haken nimmt und zum Brunnen geht.

»Ja, nimm den Stab mit«, sagt Petra leise.

Der kalte Nordwind erinnert ihn daran, daß der Winter trotz des klaren Himmels und der strahlenden Nachmittagssonne naht. Dorrin zieht rasch einen Eimer Wasser aus dem Brunnen hoch. Als er sich wieder aufrichtet, zupft etwas an seiner Hose.

»Ach, du bist es, du kleiner Dämon.« Er krault Zilda zwischen den Ohren und am Hals. Dann eilt er mit dem Eimer in seine Kammer, wo er einen Teil des Wassers in die Waschschüssel kippt. Er zieht sich aus und wäscht sich so schnell wie möglich, trocknet sich mit einem grauen Handtuch ab, zieht die braune Reisekleidung an und nimmt den Stab, der in einer Ecke lehnt.

Petra hat Meriwhen schon gesattelt, als er die Scheune betritt. Er überprüft die Schnallen und steigt auf. Petra reitet auf dem Braunen, Sheena auf einem Grauen. Die beiden Frauen führen ihn nach Norden in Richtung Diev.

Honsards Fuhrhof liegt weniger als drei Meilen von der Schmiede entfernt. Zwei Scheunen rahmen ein zweistöckiges gelbes Haus mit einer weiten, überdachten Veranda ein. Zwei Arbeitspferde ziehen einen leeren Wagen mit flacher Ladefläche vom Hof. Die Hufe klappern auf den Steinen der Hauptstraße.

Petra zügelt ihr Pferd am Geländer vor dem Haus. Dorrin steigt ab, läßt den Stab im Lanzenköcher und folgt ihnen auf die Veranda.

»Und das ist nun dein berühmter Heiler, Tochter?« Honsard ist ein vierschrötiger Mann mit einem Schmerbauch, breiten Schultern und einem mächtigen Brustkorb. Die kleinen grünen Augen liegen unter schmalen Augenbrauen tief in den Höhlen. Das verblichene blaue Hemd und die Hose sind mit Dreckspritzern übersät.

Sheena nickt.

»Du bezahlst ihn.«

»Nein, ich bezahle ihn«, verkündet Petra.

»Könnte ich bitte das Kind sehen, Ser?« fragt Dorrin.

»Immer herein, hochgeschätzter Heiler. Meine Tochter wird Euch den Weg zeigen.«

Dorrin betrachtet den Fuhrmann. Er spürt das Chaos, das in dem Mann flackert, als er an ihm vorbei ins Haus geht.

Der Junge liegt im Sterben. Trotz der Hitze, die von der trockenen Stirn ausstrahlt, hat er Schüttelfrost. Schon das hohe Fieber würde ausreichen, um das Kind früher oder später zu töten. Dorrin richtet sich auf.

»Hat er sich einen Schnitt zugezogen, oder wurde er auf andere Weise verletzt?«

»Nein. Er ist vor zwei Tagen krank geworden, und er wird immer heißer. Heute morgen ist er überhaupt nicht mehr zu sich gekommen.«

»Habt Ihr eine Badewanne, die Ihr mit Wasser füllen könnt?«

»Ein Bad! Ihr seid wohl nicht bei Verstand. Bäder sind eine Erfindung der Dämonen und das Vermächtnis der verfluchten Legende!« knurrt Honsard draußen im Flur.

Dorrins Augen sind wie schwarzer Stahl, als er den vierschrötigen Mann anschaut. »Wollt Ihr, daß er stirbt?«

Die Augen des Mannes sagen ja, aber er schüttelt den Kopf.

»Das Fieber reicht aus, um ihn in kürzester Zeit zu töten.«

»Ihr seid mir ein schöner Heiler.«

»Ich kenne meine Grenzen, Ser. Ohne ein kühles Bad, um das Fieber zu senken, werde ich ihm kaum helfen können. Selbst mit einem Bad wird es noch schwer genug. Wenn Ihr noch länger wartet, kann ihn nicht einmal mehr der größte Heiler retten.«

»Bitte, Vater …«

»Wie du willst, meine Tochter … Laß den Mann gewähren. Du hast dich ja sowieso schon eingemischt, indem du ihn geholt hast.« Honsard dreht sich um. »In der Küche steht eine Badewanne.«

Dorrin sieht Petra an. »Könntest du etwas Wasser kochen? Ich glaube, das Wasser aus dem Brunnen ist zu kalt.« Während die zwei Frauen eilen, das Wasser zu holen, berührt Dorrin wieder die fiebernde Stirn des Jungen und läßt seine schwachen Ordnungs-Sinne zu den Stellen wandern, wo Hilfe vonnöten ist. Er weiß nicht, was für eine Krankheit es ist, er weiß nur, daß sie häßlich weiß-rot flackert und das ganze Kind erfaßt hat.

Nicht lange, und eine Badewanne mit lauwarmem Wasser steht in der Küche. Dorrin hebt den Jungen von seinem Lager und zieht ihm mit Sheenas und Petras Hilfe die schweißnasse Unterwäsche aus.

»Er wird nachher trockene Sachen, frisches Bettzeug und ein Handtuch brauchen.« Dorrin setzt den stöhnenden und um sich schlagenden Gerrol in die Wanne.

»Und was jetzt?« fragt Petra. »Wird das Fieber sinken?«

Dorrin schüttelt den Kopf. »Ein wenig Fieber ist nicht schlecht.« Er hofft nur, daß er sich an das, was seine Mutter ihn gelehrt hat, richtig erinnert. »Aber zu hohes Fieber kann töten. Das Wasser hilft ihm, auch wenn er es nicht trinken kann. So wird wenigstens die Haut gekühlt.«

Er versucht noch einmal, die schwarzen Flammen der Ordnung in dem Jungen zu stärken. Er ist nicht sicher, ob es geholfen hat, aber man kann sehen, daß Gerrol etwas ruhiger atmet. Dorrin wartet, bis der Junge eine Gänsehaut bekommt.

»Kannst du sein Bett richten?« fragt er Sheena.

Sie nickt, die Augen sind stark gerötet, aber sie weint nicht.

Dorrin wendet sich an Petra. »Er wird noch mehrere Bäder wie dieses brauchen. Aber wenn er zu lange im Wasser bleibt, wird das Fieber wieder steigen.«

»Pah ...«, murmelt Honsard, der wieder in der Tür steht. »Er wird leben oder sterben, ganz egal, was ein Quacksalber tut.«

»Wollt Ihr mir damit sagen, ich soll ihn lieber sterben lassen?« faucht Dorrin.

»Nein, das habe ich nicht gemeint.«

»Gut«, sagt Petra kühl.

Dorrin hebt den Jungen aus dem Wasser und wickelt ihn in das Handtuch, das Petra bereithält. Sie taumelt unter dem Gewicht des Jungen, und Dorrin schiebt einen Arm um Gerrols Schultern, um ihn zu stützen.

»Du bist stärker, als man es dir ansieht«, meint Petra trocken.

»Dein Vater läßt mich hart genug arbeiten.«

»Du selbst treibst dich noch viel härter an.«

Sie wickeln Gerrol in die Decken, und Dorrin beobachtet ihn eine Weile.

Bis die Sonne den Horizont berührt, hat Dorrin den Jungen dreimal gebadet. Das Fieber ist eindeutig gesunken und niedrig geblieben. Gerrol schläft inzwischen unter einer sauberen, grauen Decke. Ein leichter Schweißfilm steht noch auf seiner Stirn, aber das rotweiße Flackern des Chaos ist fast verschwunden.

»Du mußt etwas essen«, sagt Sheena.

Dorrins Kopf fühlt sich ganz leicht an.

»Setz dich.«

Der Heiler läßt sich auf den Stuhl fallen, und eine Tasse Brühe wird vor ihm abgestellt. Er nippt daran, und der Schwindel verfliegt. Er ißt drei große Scheiben Brot mit Käse. Sein Kopf wird klarer, und nach einer Weile untersucht er noch einmal das Kind und betrachtet nachdenklich das lange braune Haar und das schmale Gesicht, das seiner Schwester so ähnlich ist. Er fühlt Gerrols Stirn und stärkt die immer noch schwache Schwärze in ihm mit etwas Ordnung. Die rot-weiße Häßlichkeit des Chaos ist bis auf ein leichtes, weißes Flackern verschwunden.

»Er braucht abgekochtes Wasser.«

»Abgekochtes Wasser?« fragt die junge Frau mit dem schmalen Gesicht.

»Kocht das Wasser ab und laßt es in einem sauberen, abgedeckten Krug, der nicht für Milch benutzt worden ist, abkühlen.«

»Ich kümmere mich darum«, verspricht Petra. Sie geht in die Küche.

Dorrin nimmt sich noch eine Scheibe Brot. Erst jetzt versteht er, warum seine Mutter so oft mit bleichem Gesicht und erschöpft nach Hause gekommen ist. Das Heilen ist genauso anstrengend wie die Arbeit als Schmied.

»Warum braucht er abgekochtes Wasser?« fragt die Schwester.

»Einem Kranken fällt es leichter, abgekochtes Wasser zu trinken und bei sich zu behalten«, erklärt Dorrin. »Du willst doch sicher auch, daß dein Brunnenwasser frisch und sauber ist, nicht wahr?«

Sheena nickt.

»Abgekochtes Wasser ist noch sauberer als das beste Brunnenwasser, wenn man es in einem sauberen Krug aufbewahrt.«

»Wo hast du dies alles gelernt?«

»Ich weiß es von meiner Mutter.«

»Lebt sie hier in der Nähe?«

»Nein.«

»Oh.«

Petra kehrt zurück. »Der Kessel ist gefüllt und aufgesetzt. Können wir den alten grauen Krug dort aus dem Eckschrank nehmen?«

»Ja, der ist gut. Aber sei bitte vorsichtig, er hat Mutter gehört.«

»Ich kann auch einen anderen nehmen.«

»Nein, nimm ihn nur, es würde sie freuen.«

Petra geht wieder hinaus, während Sheena und Dorrin auf den Hockern sitzen bleiben und im Schein einer einsamen Kerze den Jungen beobachten.

Dorrin berührt noch einmal Gerrols Stirn und nickt. »Ich glaube, es wird alles gut werden. Sorge einfach nur dafür, daß er reichlich abgekochtes Wasser und etwas Brot bekommt, bis sein Magen sich wieder beruhigt hat. Dann versuche es mit einer dünnen Suppe und kleinen Bissen anderer leichter Speisen.« Er steht auf.

»Danke.« Sheena umarmt Dorrin, und ihre Lippen drücken sich heiß und trocken auf seinen Mund – und verharren dort, während die Hüften sich einladend gegen ihn drängen. »Mehr habe ich nicht, das ich dir geben könnte ...«

Dorrin löst sich sanft von ihr.

»Willst du nicht ...«

»Du bist mir für das, was ich tun mußte, nichts schuldig.«

»Niemand sonst hätte ihn retten können.«

»Es wäre mir fast nicht gelungen, und es wird Wochen dauern, bis dein Bruder wieder wohlauf ist.«

Sheena starrt den ausgetretenen Teppich an.

»Bei der Dunkelheit.« Warum hat er es nicht gleich erkannt? »Er ist dein Sohn?« flüstert Dorrin.

Sheena hebt den Kopf nicht, aber Dorrin kann ihre Tränen sehen.

»Es ist dein Geheimnis.« Er spricht leise, und auch seine Augen brennen. »Du hast sehr gelitten.« Er berührt ihre Schulter und gibt ihr Trost, so gut er kann.

Schließlich schaut sie auf. Schmutzige Rinnsale laufen über ihre Wangen. »Sind sie alle wie du? Die Schwarzen?«

»Die meisten sind gute Menschen, aber sie sind anders als ich.«

»Haben sie dich fortgeschickt?«

Dorrin nickt.

»Warum konnten sie es nicht sehen?«

»Wir hatten unterschiedliche Vorstellungen. Für sie ist wie für die meisten Menschen alles von Übel, was anders ist als sie selbst.« Er steht auf und geht zur Tür.

Honsard erwartet ihn auf halber Treppe.

»Was bin ich Euch schuldig?« fragt der Fuhrmann verdrießlich.

»Nichts.« Dorrin hält inne. »Es sei denn, Ihr wollt Yarrl etwas mehr bezahlte Schmiedearbeiten geben.« Er tritt in die morgendliche Kühle hinaus.

Sheena steht schon draußen auf der Veranda. »Ich habe deiner Stute etwas Korn und Wasser gegeben.«

»Danke.«

Sheena steht immer noch dort, als er auf die Straße einbiegt und zur Schmiede zurückreitet.

LIV

»Sie haben eine neue Sondersteuer eingeführt.« So lautet die schlechte Nachricht, mit welcher der hagere Schwarze Magier die Sitzung einleitet.

»Das größere Problem ist, daß die Weißen beschlossen haben, alle Schiffe, die die Blockade brechen, zu versenken«, wendet die schlanke, dunkelhaarige Frau ruhig ein. »Die Nordlaner werden kein Getreide mehr in Landende löschen, wenn Fairhaven droht, ihre Schiffe zu vernichten – es sei denn, wir unternehmen etwas, um die Flotte der Weißen zurückzudrängen.«

»Und warum tun wir das nicht?«

»Weil unsere einzige wirkliche Waffe der Wind ist, und nicht einmal ich kann mehr als ein oder zwei große Stürme heraufbeschwören – jedenfalls nicht, ohne Recluce wieder in eine Wüste oder Sumpfland zu verwandeln.« Der Luft-Magier hebt die Hände. »Am Ende würde Jeslek dadurch sogar über noch größere Macht verfügen als jene, die nötig war, um die Berge wachsen zu lassen. Wir haben ihm ohnehin schon viel zuviel gegeben.«

»Aber was sollen wir dann tun? Einfach verhungern? Oder auf die Ordnung verzichten, nur um zu verhindern, daß ein Weißer Magier an Macht gewinnt?«

»Ich habe mehr aufgegeben als Ihr, viel mehr. Und wir werden nicht verhungern. Wir haben unsere Obstgärten, und auf den Feldern am Feyn wächst etwas Weizen und mehr als genug Gerste ...«

»Bei der Dunkelheit, Oran! Wir mußten seit Generationen keine Gerste mehr essen. Trinken, ja. Warum können wir nicht einfach mehr Weizen anbauen wie die Bauern südlich von Extina?«

»Der Boden ist noch nicht bereit. Dazu würde es viel Mühe von Heilern bedürfen, und das würde wiederum Fairhavens Macht wegen des Gleichgewichts stärken.« Oran wischt sich über die Stirn.

»Ihr habt immer so viele elende Gründe, warum wir dieses und jenes nicht tun können ...«

»Ihr wart derjenige, der sich dagegen ausgesprochen hat, daß wir Kriegsschiffe bauen.«

»Und womit sollen wir jetzt kämpfen? Über Winde können wir nicht gebieten – jedenfalls hatten wir seit Generationen keinen Luft-Magier mehr, der so etwas wagen könnte. Schießpulver und Cammaborke können wir auch nicht einsetzen, weil die Weißen uns mit unserem eigenen Sprengstoff in die Luft jagen würden. Wir haben von Creslins Ruf gezehrt, und jetzt haben sie erkannt, daß wir in Wirklichkeit völlig wehrlos sind. Sie werden unsere Schiffe verbrennen, bevor wir überhaupt dazu kommen, die ihren zu entern. Natürlich, Schilde aus Schwarzem Eisen sind auf festem Boden sehr wirkungsvoll, aber wie kommt man auf dem Meer nahe genug an die Weißen heran?«

Oran zuckt mit den Achseln. »Wir können gemeinsam mit einigen Heilern versuchen, die ältesten Felder am Feyn umzuwandeln ...«

»Was ist mit Holz? Wir haben nicht ...«

»Ich weiß ...«

»Und was tun wir mit der überschüssigen Wolle?«

»Was ist mit den vom Chaos Befleckten, die wir bisher nach Candar, Nordla oder Hamor geschickt haben?« will eine weißhaarige Schwertkämpferin wissen.

»Wir müssen nicht unbedingt jetzt an Ort und Stelle für alles eine Lösung finden«, weicht der Luft-Magier aus.

»Nein«, antwortet eine leise Stimme aus der linken Ecke, »aber werden die Dinge im nächsten oder übernächsten Jahr anders und besser stehen?«

Oran wischt sich wieder den Schweiß von der Stirn.

LV

Dorrin kaut das letzte Stück Käse, das er sich abgeschnitten hat, und schluckt es eilig hinunter. Er ist sehr hungrig, und er hat länger geschlafen, als er eigentlich wollte. Gerrol zu heilen war anstrengender, viel anstrengender, als er vermutet hätte, und er ist danach direkt zur Schmiede gefahren. Die Schultern schmerzen immer noch, und hinter den Augen sitzt ein dumpfes Pochen, das ständig an- und abschwillt.

»Du brauchst nicht so zu schlingen, Dorrin. Papa weiß, wie müde du bist.« Petra füllt seinen Becher mit warmem Apfelwein auf. »Gerrol ging es gestern abend schon viel besser.«

»Hü-ah, Hü-ah!«

Alle drei sehen durchs Küchenfenster in den Hof hinaus, wo ein kleiner Wagen eingetroffen ist, schwer genug beladen, daß die Reifen schmale Spuren im gestampften Lehm hinterlassen.

»Das ist Wenn, einer von Honsards Männern. Was mag er wollen?«

Dorrin kippt den Apfelwein hinunter und eilt hinaus. Der Geruch der Schmiede, nach trockenem Laub und den Feldern, die nach der Ernte brachliegen, schlägt ihm entgegen. Als er an der halbwüchsigen Ziege vorbei auf den Hof rennt, versetzt Zilda seinem Bein einen Stoß. Er erreicht den Fuhrmann, bevor dieser die Schmiede betreten kann.

»Kann ich dir helfen? Ich bin Yarrls Gehilfe.«

»Ich habe eine ganze Ladung Arbeit für deinen Meister, mein Junge. Aufträge von Honsard.«

»Ich werde es ihm sagen.«

Der Mann betrachtet die zerbrochenen Teile und Geräte, die auf dem Wagen liegen, dann sieht er Dorrin an.

»Warte einen Augenblick, dann helfe ich dir beim Abladen.«

Der Fuhrmann nickt. »Das wäre schön.«

Als Dorrin die Schmiede betritt, zielt Yarrl mit der heißen Zange auf Dorrins Lederschurz. »Heilen hin oder her, es gibt Arbeit.«

»Einer von Honsards Männern ist draußen. Er hat eine Menge Aufträge dabei, und er möchte dich sprechen.«

»Honsard? Der geizige Kerl meint, ich würde zuviel

verlangen. Er sagt, im Himmel würde ein Weißer Tag gefeiert, ehe er zu mir käme. Aber da war er natürlich betrunken.« Yarrl legt das Stück Eisen auf den Schmiedeofen und schüttelt den Kopf. »Dann sehen wir uns das mal an.«

Dorrin folgt dem Schmied in den Hof hinaus.

»Hier ist das, was Ihr am letzten Achttag mit Honsard besprochen habt. Er sagt, er würde Euren Preis akzeptieren.« Der Fuhrmann betrachtet einen Haufen Laub vor der Veranda und scharrt unsicher mit dem Fuß auf dem Lehmboden herum.

Yarrl sieht vom schwer beladenen Wagen zum Fuhrmann und dann zu Dorrin. Eine Bewegung auf der Veranda erregt seine Aufmerksamkeit. Es ist Petra, die ihrem Vater zunickt und auf Dorrin deutet.

»Das schaffe ich aber nicht alles auf einmal«, erklärt der Schmied.

»Das ist Honsard klar. Wenn Ihr einen Teil erledigt habt, gebt ihm oder mir Bescheid, dann holen wir es ab. Er zahlt Euch Stück für Stück.«

»Ich kann nicht behaupten, daß ich es verstehe, aber so soll es geschehen.«

»Ich helfe beim Abladen«, bietet Dorrin an.

»Bei allen Dämonen«, murmelt der Schmied. »Ich komme ja sowieso nicht mehr zum Arbeiten, bis wir hier fertig sind, und daher können auch gleich alle mit anfassen. Du auch, Petra.«

Während die vier arbeiten, läßt der Herbstwind ihre Hosenbeine flattern, aber Zilda hat es kaum ein halbes Dutzend Mal geschafft, mit ihrer Kette zu klirren, da ist der Wagen schon abgeladen und der Fuhrmann wieder auf dem Rückweg.

»Honsard ... die Dämonen sollen mich holen.« Der Schmied sieht Dorrin an. »Steckst du dahinter?«

»Nun ...«

»Dorrin?« Petra lächelt boshaft.

Dorrin überlegt, ob er irgendwie ausweichen kann,

aber das Pochen hinter den Augen ist sogleich wieder da. »Ich glaube schon. Honsard hat mich gefragt, was er mir schuldig wäre. Nichts, antwortete ich ihm. Aber ich war ein bißchen gehässig und habe gesagt, er könne dir ja etwas ehrliche Schmiedearbeit geben.«

Yarrl schüttelt den Kopf. »Du mußt ihm eine Heidenangst eingejagt haben. Er ist ein harter Mann.«

»Bäääh ...«, meckert Zilda.

»Lange nicht so hart wie Dorrin«, wirft Petra ein.

»Ich bin überhaupt nicht hart«, protestiert Dorrin.

Petra und ihr Vater heben die Augenbrauen.

»Wirklich nicht.«

Der Schmied stemmt die Schulter gegen die Tür und schiebt sie in die alte, fast geschlossene Position. »Heilen hin oder her, wir haben Arbeit. Jetzt, nachdem all die Sachen gekommen sind, sogar noch mehr als vorher.« Er deutet auf die ordentlich aufgereihten Geräte. »Wenn man Aufträge bekommt, muß man sich auch darum kümmern.«

LVI

Draußen vor dem *Roten Löwen* heult der Wind und verheißt Schnee und Kälte. Drinnen nippt Dorrin an dem angeschlagenen Becher und sieht der Sängerin zu, die neben dem Kamin auf einem hohen Hocker sitzt.

Meinen Liebsten sah ich fahren zur See,
Er winkte mir zu mit kräftiger Hand.
Aber dann schäumte das wilde Wasser, o weh,
Und ich stand einsam am Strand.

Oh, die Liebe ist wild, die Liebe macht kühn.
Wie schön sind die Blumen, wenn frisch sie erblühn,
Aber die Liebe wird alt, die Liebe wird kalt
Und schwindet dahin wie im Feuer der Wald.

»Sie singt schön.« Pergun, der wie Dorrin die zierliche Frau mit der hellblauen Bluse und dem Rock beobachtet hat, nickt beifällig. »Ich frage mich, ob sie gut im Bett ist.«

»Warum?«

»Die meisten Frauen, die in Schenken singen, machen beides. Sie sieht aber nicht danach aus.«

Dorrin trinkt einen Schluck Rotbeerensaft. Das lange rötliche Haar der Sängerin fällt ihr über die linke Schulter. Sie hat ein offenes Gesicht mit Sommersprossen, das irgendwie zusammengekniffen wirkt, während sie singt und Gitarre spielt. »Kann man das denn so leicht sagen? Sind wir wirklich nicht mehr als weiße und schwarze Figuren auf dem Spielbrett von Chaos und Ordnung?«

»Aber Dorrin, ich bitte dich ... was hat das denn mit der Frage zu tun, ob sie mit mir schlafen würde?«

»Sie wird es nicht tun. Wahrscheinlich wird sie es mit überhaupt keinem tun. Nicht mehr.«

»Oh, es war immerhin wert, darüber nachzudenken.« Pergun hebt seinen Krug, stellt ihn wieder ab. »Aber woher weißt du das? Ist das auch wieder so eine Heiler-Magie?«

Dorrin nickt und hört der zierlichen Frau zu, die das nächste Lied angestimmt hat. Er staunt über die volle Stimme und die silberhellen Töne, die sie hervorbringt.

Cuera la dierre,
Ne querra dune lamonte,
Pressente da lierra
Queira fasse la fronte ...

»Was ist das?«

»Ich glaube, das ist Brystanisch. Die Tempelsprachen würde ich erkennen.« Dorrin trinkt bedächtig einen weiteren Schluck Rotbeerensaft. Er hat nicht das Bedürfnis, mehr auszugeben als unbedingt nötig, weil er noch so viele Dinge kaufen muß.

»Bist du sicher, daß sie nicht mit mir schlafen will?« Pergun trinkt sein Dunkelbier aus und hebt den Krug.

»Seid Ihr sicher, daß Ihr noch einen wollt?« fragt die Schankmaid.

»Aber sicher will ich noch einen.« Pergun legt zwei Kupferstücke auf den Tisch.

»Es ist Euer Schädel.«

»Wessen denn sonst?« gibt der Mühlenarbeiter zurück, aber die Schankmaid ist schon wieder verschwunden. »Hat sie etwa mich gemeint?«

»Sie mag dich.«

»Und wie sie mich mag! Sie will ja nicht einmal mein Geld.«

»Pergun.« Ein Wort nur, aber es bringt den Mühlenarbeiter schlagartig zum Schweigen. »Hör der Sängerin zu.«

›Viele Soldaten suchten so manches Jahr
In rauhen Bergen, wo tiefe Wälder sind,
Doch nie sie fanden, was unsichtbar:
Den tollkühnen Jüngling, hoch auf den Winden.‹

»Was ist das?«

»Das Lied handelt von Creslin.«

»Wer ist das?«

Peng! Ein Krug wird auf den Tisch geknallt, daß der Schaum überschwappt. Pergun taucht den Finger in die Flüssigkeit und leckt ihn ab. »Davon sollte man nichts verschwenden.«

»Das Geld, Mann?«

Pergun gibt der Schankmaid die Kupfermünzen. Sie sieht Dorrin an, und Dorrin ist klar, daß dieses Bier für Pergun das letzte war.

»Nach dem Bier gehen wir nach Hause.«

»Wir gehen? Was … ich muß doch noch … was wartet denn schon zu Hause … kalte Bettstatt … kaltherzige Frauen …«

Dorrin trinkt den Rotbeerensaft aus und nimmt die Jacke vom Stuhlrücken. »Laß uns gehen.«

»… noch nicht ausgetrunken …«

»Laß uns gehen.«

»Also gut … macht aber keinen Spaß …«

Dorrin holt den Schwarzen Stab, den er hinter sich an der Wand auf den Boden gelegt hat, und steht auf. Die Schankmaid sieht ihn an, dann den Stab, und weicht einen Schritt zurück. Pergun kämpft sich in die verfilzte Schaffelljacke und stemmt sich hoch. Dorrin fängt den wackelnden Tisch mit der freien rechten Hand ab, dann führt er Pergun zur Tür.

»Das schöne … schöne Bier«, murmelt Pergun. Er streckt die Hand aus, um sich abzustützen, aber er verfehlt den Türrahmen und taumelt gegen Dorrin.

»Komm schon …« Dorrin bugsiert Pergun unsanft in die richtige Richtung. »Wo ist dein Pferd?«

»Hab kein Pferd … bin ein armer Schlucker …«

Draußen peitscht der Wind den Schnee über die Straße. Dorrin blickt im trüben Schein der einsamen Laterne zum dunklen Stall und packt unwillkürlich den Stab fester. Dann zwingt er sich, die Finger wieder zu lockern. Seine Stiefel waten durch die Mischung aus Schneematsch und Schlamm, die sich auf dem Pflaster gesammelt hat, als er hinübergeht.

»… hab kein Pferd … hab keinen Gaul … hab kein Gold … hab kein Mädchen …«, singt Pergun so schief, daß Dorrin die Ohren schmerzen.

Er hofft, daß Meriwhen über eine kurze Strecke die doppelte Last tragen kann.

»… hab kein Pferd …«

Als sie sich dem Stall nähern, spürt Dorrin den Mann in der Dunkelheit, noch bevor die Klinge auftaucht und seine Augen sich an die Dunkelheit gewöhnt haben. Er bringt automatisch den Stab in die richtige Position.

Meriwhen schnaubt und weicht ein Stück vor dem

bewaffneten Mann zurück, der die Zügel in einer Hand und das Schwert in der anderen hält.

»Mach lieber, daß du wegkommst, Bursche, und verkriech dich in dein schönes, warmes Bett bei deinem Herrn.«

»... hab kein Pferd ... hab kein Pferd ...«, murmelt Pergun, während er eine Hand nach einem Balken ausstreckt. »Wer bist du ... wer bist du ... wer bist du ...« Er lacht.

Dorrin tritt einen Schritt vor. Er ist innerlich völlig kalt, und er weiß, daß er Meriwhen dem Räuber keinesfalls überlassen wird.

Die Stute wiehert, und der Räuber schlingt die Zügel um einen Haken, an dem ein Holzeimer mit einem Seilgriff hängt.

»... hab kein Pferd ...«

»Es ist eine Schande, junger Mann ...« Er hebt das Schwert und greift Dorrin an.

Dorrins Hände und Arme reagieren instinktiv. Er schlägt die schwere Klinge zur Seite, dreht den Stab herum und stößt dem Mann die Spitze mitten durchs Zwerchfell.

»Uaah ...« Die Klinge prallt gegen den Eimer und fällt ins Stroh. Der Bandit macht einen halben Schritt zurück, dann sackt er mit glasigen Augen langsam auf dem schmutzigen Stroh zusammen.

Dorrin taumelt mit letzter Kraft zur Stalltür und gleitet in einem Haufen Stroh und Dung links neben dem Eingang beinahe aus. Weiße Blitze zucken durch seinen Schädel.

»... verdammt, der hat ja Ernst gemacht, Dorrin ...«, murmelt Pergun.

Dorrin krallt sich am Holz fest und versucht blinzelnd, das Licht und die Schmerzen beiseite zu drängen. Schließlich richtet er sich wieder auf. Er hat Kopfschmerzen, die sich anfühlen, als würde Yarrl ihm mit schweren, wuchtigen Schlägen den Schädel malträtieren. Er wirft einen Blick auf den Schwarzen Stab, kehrt langsam in Kyrils Schenke zurück und hinterläßt eine zweite Spur im Schnee, der inzwischen fällt wie ein Vorhang.

Als er die Tür des Gasthofs hinter sich schließt, sterben die meisten Unterhaltungen sofort ab.

»Was ist los, Heiler?« fragt der kräftig gebaute Wirt, der gerade mit einem grauen Tuch die Theke abwischt.

»Ein toter Räuber … im Stall.«

Kyril schnappt sich die einschneidige Axt, die unter der Theke bereitliegt. »Nur einer?«

»Er ist tot.«

»Das will ich doch hoffen, aber wir werden sehen. Forra!«

Ein junger Mann, fast so massig wie Kyril, aber mit breiteren Schultern und weniger Bauch, steckt den Kopf aus der Tür, die zum Hinterzimmer führt.

»Ärger im Stall.«

Die Fackel in einer und eine Keule in der anderen Hand, kommt Forra ganz heraus und übernimmt die Führung. Im Stall finden sie zwei liegende Gestalten, eine mit dem Gesicht nach oben, die andere auf dem Bauch.

»Was hat das so lange gedauert?« Pergun schaut benommen zu ihnen auf. »Ich will nach Hause.«

Forra stößt den bärtigen Banditen mit der Keule an, dann rollt er den Toten herum, in dessen Gesicht ein erstaunter Ausdruck eingefroren ist.

»Beim Licht, sein Brustkorb ist eingedrückt!« Forra sieht Dorrin fragend an.

»Da liegt sein Schwert.« Dorrin zeigt mit dem Stab darauf.

Im Licht der Fackel betrachtet Kyril das Gesicht des Toten. »Wart Ihr das, Bursche?«

»Ich wollte es nicht, aber er war drauf und dran, uns zu töten und Meriwhen zu stehlen.«

»Meriwhen?«

»Mein Pferd, jenes dort drüben.«

»Seid Ihr der junge Heiler, der bei Yarrl in die Lehre geht?«

Dorrin nickt.

»Wo habt Ihr das gelernt?« Kyril deutet auf den Toten.

»Als … als ich in der Schule war … hat man mich gelehrt, den Stab zu benutzen. Ich kann keine Waffe mit einer Klinge tragen.« Dorrins Knie werden weich, und er sackt an der Wand des Stalls zusammen.

»Junger Mann, da stehen Euch ein paar Goldstücke ins Haus. Das hier ist Niso. Der Rat hat eine Belohnung für ihn ausgesetzt. Viel ist es nicht – zehn Goldstücke. Er hat im letzten Herbst an der Pier einen Händler getötet.« Kyril wendet sich an Forra. »Verstehst du jetzt, warum niemand sich mit einem Schmied anlegt, selbst wenn es ein so schmächtiger ist? Fleisch und Knochen können einem, der Eisen schlägt, nicht widerstehen.«

Forra sieht zwischen dem toten Niso und Dorrin hin und her. Er wischt sich die Stirn mit dem Ärmel ab. »So etwas passiert heutzutage immer öfter.«

Kyril schüttelt wieder den Kopf, dieses Mal traurig. »Es sind schwere Zeiten. Die Weißen Magier setzen uns allen zu, und jetzt kommen die Leute hierher und glauben, sie könnten uns berauben.«

Dorrin schaudert, als ihm eine Windbö ins Gesicht weht.

»Dorrin … versprochen … bring mich nach Hause …«, klagt Pergun. Der Mühlenarbeiter hat es inzwischen geschafft, sich aufzusetzen und an ein Faß zu lehnen.

Wieder schüttelt Kyril den Kopf. »Bringt Ihr nur Euren Freund nach Hause. Ich werde den Rat unterrichten.«

»Dorrin bekommt eine Belohnung … eine Belohnung … bekommt er …«, singt Pergun.

»Allerdings, er wird die Belohnung bekommen, du betrunkener Sägezahn. Glaub mir, er wird sie bekommen. Denkst du denn, jemand würde es wagen, ihn oder Yarrl zu hintergehen?«

Dorrin unterdrückt ein Seufzen und hilft Pergun auf die Beine und schließlich in Meriwhens Sattel, wo der dunkelhaarige Mann schwankend sitzen bleibt. Dorrin steckt den Stab in den Lanzenköcher.

»... helfen ...«

»Halte dich nur fest.« Dorrin bindet die Stute los und führt sie ins Schneetreiben hinaus, bevor er sich hinter Pergun auf ihren Rücken schwingt. Er spürt Kyrils und Forras Blicke im Rücken, als Meriwhen ihn zu der verschneiten Straße trägt, die zu Hemmils Mühle führt.

LVII

Dorrin hält den Schmiedehammer und wartet, daß Yarrl das Eisen vom Schmiedefeuer zum Amboß bringt. Sobald das Stück auf dem Amboß liegt, beginnt Dorrin mit der gewohnten Arbeit – Schlag und ausholen, Schlag und ausholen –, während Yarrl das Eisen auf der Unterlage verschiebt, bis es zu sehr ausgekühlt ist und wieder ins Schmiedefeuer gelegt werden muß. So geht das Ausdünnen weiter, bis das Stück Eisen flach genug ist für das schwere Scharnier eines Scheunentors. Als nächstes wird das ausgewalzte Eisen mit einem kleineren Hammer und rascheren Schlägen geglättet.

Draußen fällt Schnee, aber in der Schmiede ist es warm. Während er automatisch den Anweisungen des Schmieds folgt, denkt Dorrin über seine Begegnung mit dem Räuber nach.

Petra taucht in der Tür der Schmiede auf. Dieses Mal wartet sie nicht, bis die Männer die Arbeit unterbrechen, sondern schiebt sich am Abkühlbecken vorbei und duckt sich unter dem Querbalken des Blasebalgs durch, damit Yarrl sie sieht.

»Ich hoffe, es ist wichtig, Mädchen.«

»Zwei Kaufleute sind gekommen. Sie sagen, sie wären Ratsmitglieder. Sie wollen dich und Dorrin sehen.«

»Dann bitte sie doch hier herein, Petra, falls sie nicht lieber in der Küche reden wollen.«

Petra eilt wieder nach draußen zum Hinterhof.

»Was hast du nur gemacht, Bursche?«

»Ich ... ich habe einen Räuber getötet. Kyril meinte, es gäbe eine Belohnung dafür, aber ...«

»Du dachtest, es wäre nur ein Gerücht?«

»Ich war mir nicht sicher.«

»Diese verdammten Kaufleute, jeden Tag etwas anderes.« Yarrl schiebt das unvollendete Werkstück etwas tiefer ins Feuer, legt die Zange beiseite und stellt den Schlichthammer auf die Ziegelsteine.

Zwei Männer, die schwere dunkelblaue Mäntel tragen, gehen an den beschädigten Wagenteilen, die draußen auf die Reparatur warten, vorbei und nähern sich der wärmsten Ecke der Schmiede, wo das Feuer brennt. Einer ist weißhaarig und massig, aber groß, der zweite hat dunkle Haare, ist spindeldürr und beinahe noch kleiner als Dorrin.

Der größere der beiden begrüßt Yarrl mit einem Nicken. »Meister Yarrl, ich bin Kaufmann Fryntal, und dies hier ist Kaufmann Jasolt. Wir kommen im Auftrag des Rates. Ist dies dort Euer Zuschläger?«

»Dorrin? Natürlich ist er mein Zuschläger. Habt Ihr ihn nicht gerade mit dem Schmiedehammer arbeiten sehen?«

»Und sein Name ist Dorrin?« fragt Fryntal noch einmal nach.

»Soweit ich weiß, hat er nie anders als Dorrin geheißen.«

Der Bevollmächtigte wendet sich an Dorrin. »Wart Ihr gestern abend im *Roten Löwen?*«

»Ja, Ser.«

»Wie der Gastwirt sagt, wurdet Ihr von einem Banditen angegriffen, den Ihr mit dem Stab erledigt habt. Ist das wahr?«

»Pergun und ich wollten gehen. Er war dabei, mein Pferd zu stehlen. Er hat gedroht, uns zu töten. Ich wollte ihn aufhalten, aber ich wollte ihn nicht töten.«

»Ihr müßt in hohem Ansehen bei Eurem Schmied stehen, daß Ihr sein Pferd nehmen dürft«, fügt der jüngere Kaufmann hinzu. Es klingt etwas ölig.

»Er ist ein guter Gehilfe«, versichert Yarrl ihnen und erspart es damit Dorrin, das Mißverständnis über die Besitzverhältnisse aufklären zu müssen.

»Nun gut, dann ist das geklärt. Euer Gehilfe hat eine Angelegenheit zum Abschluß gebracht, die dem Rat schon seit einiger Zeit Sorgen bereitet hat. Der Bandit, den er erledigt hat, war der berüchtigte Niso. Dieser Niso war für den Tod von Kaufmann Sanduc verantwortlich, und die Familie des Kaufmanns hat über den Rat eine Belohnung ausgesetzt.« Der Kaufmann nimmt einen kleinen Lederbeutel vom Gürtel, verneigt sich und reicht ihn Yarrl.

Yarrl nimmt ihn, ohne den Kopf zu senken, und gibt ihn an Dorrin weiter. »Ich bin dankbar für die Ehre, daß Ihr gekommen seid und unseren jungen Dorrin aufgesucht habt. Er ist ein guter Zuschläger und ein anständiger Bursche.«

»Das wollen wir gern glauben. Guten Tag auch, meine Herren Schmiede.« Fryntal nickt, verkneift sich offenbar gerade noch ein Naserümpfen angesichts der Gerüche in der Schmiede, und dreht sich um.

Jasolt folgt seinem Beispiel, und die beiden verlassen mit schweren Schritten die Werkstatt. Jasolt muß seinen Mantelsaum heben, als er an der Ecke des Wasserkastens hängenbleibt. Ein Schwall kalter Luft weht zu den beiden Schmieden herein, bis die Tür wieder geschlossen ist.

Reisa und Petra tauchen auf, Petra kichert. »Die waren aber steif. Der jüngere wäre beinahe über Zilda gestolpert, weil er die Nase so hoch getragen hat.«

»Aye«, meint Yarrl langsam. »Hochmütig sind sie, aber ehrlich. Das ist mehr, als man über viele andere sagen kann.«

»Hast du wirklich einen Räuber getötet?« will Reisa wissen.

»Er wollte mir Meriwhen wegnehmen.«

»Mit deinem Stab?«

»Mir ist danach sehr übel geworden«, weicht Dorrin verlegen aus.

Yarrl lacht. »Ein guter Zuschläger, der sich mit seinem Stab zu wehren weiß, aber ihm wird übel, nachdem er einen Mörder getötet hat.«

Reisa nickt. »Er ist ein Heiler, Yarrl. Vergiß das nicht. Er ist ein Heiler.«

Yarrl blickt zu Boden, dann zum Schmiedeofen. »Hinaus mit euch, Frauen. Wir müssen arbeiten. Seht euch nur all die Arbeit hier an.«

Dorrin greift grinsend nach oben und beginnt, den Blasebalg zu betätigen. Yarrl holt die Zange und zieht das Eisen aus dem Feuer, damit es weiter geglättet werden kann.

LVIII

Die Soldaten reiten bergauf. Zu beiden Seiten der Straße liegen Wiesen, die vom frühen Schnee halb bedeckt sind. Rechts wird die Straße von einer niedrigen Steinwand begrenzt. Über der Hügelkuppe kreisen Aaskrähen.

»Verdammt auch«, murmelt ein drahtiger Soldat. Er wischt sich mit einem Taschentuch im Blau von Spidlar die Stirn trocken. Trotz des eiskalten Windes, der von den schneebedeckten Bergen im Westen herunterweht, schwitzt er. »Das sieht nach Ärger aus.«

Rechts neben dem drahtigen Mann reitet Brede, und rechts neben diesem Kadara, die mit dem Kurzschwert aus Westwind übt.

»... spielt immer nur mit dem verdammten Zahnstocher ...«

»... froh, daß sie es nicht gegen dich ...«

»... mehr als einmal den Hals gerettet, Vorban ...«

Als der Trupp der spidlarischen Soldaten die Hügelkuppe erreicht, fliegt eine Handvoll Aaskrähen von den Leichen auf, die vereinzelt am Hang liegen. Ein Wagen ist gegen eine Mauer am rechten Straßenrand gerollt.

»... Bastarde ...«

»Es ist niemand mehr in der Nähe«, verkündet der Truppführer, während er sein Pferd neben einem der zerstörten Wagen zügelt. »Es ist mindestens einen halben Tag her.«

Die Leiche eines dicken Mannes, der das Dunkelblau eines spidlarischen Kaufmanns trägt, liegt zwischen zwei hellen Flecken Schnee im braunen Laub. Dunkle, feuchte Ringe sind auf dem schweren Mantel zu sehen, und die Hände sind ausgestreckt, als wolle der Mann sich noch im Tod zur niedrigen Mauer schleppen.

Kadara betrachtet den beschädigten Wagen und bemerkt ein Stück zerfetzter blauer Seide. Sie runzelt die Stirn und sieht sich nun auch den Rest des Wagens etwas genauer an. Unter dem gefederten Sitz klemmt noch ein Stück Tuch.

Brede folgt ihrem Blick, dann steigt er ab und übergibt ihr die Zügel seines Wallachs. Er geht zur anderen Straßenseite und kniet nieder.

»Bei der Dunkelheit, was machst du da?« will der Truppführer wissen.

»Ich überprüfe etwas.«

»Verdammte Banditen ...«, murmelt Vorban.

»Und welche brillanten Eingebungen hast du uns nun mitzuteilen, Brede?«

Brede schaut vom Abdruck im Lehmboden neben der Straße auf. Sein Gesicht ist versteinert, als er sich wieder in den Sattel schwingt.

»Ist es so schlimm?« fragt der drahtige Soldat.

»Schlimmer. Das war ein gewöhnliches Hufeisen.«

»Was?« Der Truppführer schließt abrupt den Mund.

»Es waren keine Banditen. Vermutlich waren es certische Truppen.«

Der Truppführer winkt Brede zu sich, und Brede reitet zu dem Mann.

»Kannst du das erklären?«

»Kadara hat mich auf etwas aufmerksam gemacht. Die Räuber haben nicht das ganze Tuch mitgenommen. Im Wagen ist eine Rolle Tuch liegengeblieben. Wißt Ihr, wieviel das wert ist? Dann die Hufabdrücke. Sie sind alle gleich.«

»Beim Licht und allen Dämonen.« Der Truppführer schluckt. »Sie wollten aber, daß es so aussieht, als wären es Banditen gewesen.«

»Genau.«

»Ich glaube, wir reiten besser zurück. Giselyn muß es sofort erfahren.« Er zieht seinen Braunen herum und winkt den anderen. »Wir kehren um.« Er hält inne. »Ihr könnt euch aber vorher noch umsehen und behalten, was ihr findet.«

Nur der Truppführer und die beiden Kämpfer aus Recluce bleiben auf den Pferden sitzen, während die neun anderen Soldaten die drei Toten und die beiden Wagen durchsuchen.

»... Börsen fort ...«

»... schlechtes Tuch ...«

»... schönes Messer!«

Schließlich ruft der Truppführer: »Aufsitzen!«

»Danke, Kerl.« Der drahtige Soldat grinst Brede an und zeigt ihm ein kostbares Messer mit einer Scheide.

»Etwas Warmes zu essen und ein weiches Bett, das werde ich mir dafür gönnen.«

Brede schüttelt den Kopf. »Genieße es, solange du noch kannst.«

»Also waren es die Certaner. Die taugen nichts als Kämpfer.«

»Ich mache mir eher Sorgen wegen derjenigen, die ihnen im Augenblick den Sold auszahlen.«

Der drahtige Mann zupft an seinem schwarzen Halstuch. »Du hast vielleicht eine Art, einem den Spaß zu verderben.« Er gibt seinem Pferd die Sporen und gesellt sich zu Vorban.

Kadara lenkt ihre Stute neben Bredes Pferd. »Das gefällt mir nicht.«

»Was sollen wir machen?«

»Wir können nicht nach Hause. Die Weißen haben alle Schiffsverbindungen nach Recluce gestrichen, nur die Schmuggler kommen noch durch. Und ich bin beinahe so weit, daß ich sogar eine solche Gelegenheit ergreifen würde.«

»Ich würde es lieber nicht tun«, gibt Brede zu.

»Dies sind nicht die Spuren des Chaos. Es ist der Anfang eines richtigen Krieges.«

»So sieht es aus«, stimmt Brede zu.

»Es sieht so aus? Ist das alles, was du dazu zu sagen hast?«

»Was soll ich denn sonst sagen?« seufzt Brede. »Ich wünschte, ich wäre ein Heiler oder ein Schmied wie Dorrin. Ich frage mich, was er wohl macht.«

»Wahrscheinlich heilt und schmiedet er und zeigt den Leuten, wie wundervoll er ist.«

»Vielleicht.« Brede zieht an den Zügeln und treibt seinen Wallach an, um zu den anderen Soldaten ihres Trupps aufzuschließen. »Ich kann mir aber gut vorstellen, daß auch er seine Probleme hat. Es war kein leichtes Jahr.«

LIX

Yarrl dreht das Stück Metall auf dem Amboß herum. Dorrin schlägt gleichmäßig, Schlag um Schlag, während der Schmied den Setzhammer auf dem Eisen hin und her bewegt. Als Yarrl das Metall wieder ins Schmiedefeuer schiebt, stellt Dorrin den leichten Vorschlaghammer ab.

Yarrls Zange befördert das Eisen wieder auf den Amboß, wo er einen Setzmeißel ansetzt. Dorrin schlägt leicht darauf, und Yarrl dreht das Metall herum und legt die Wölbung im Metall über das Amboßloch. Dorrin schlägt noch einmal auf den Setzmeißel, und die herausgestanzte Scheibe fällt aus dem Stück Eisen. Noch ein Schlag, und Yarrl legt das Metall nickend wieder in den Schmiedeofen. Dann wiederholen sie den Ablauf am anderen Ende.

Als nächstes muß die Wagenfeder in die richtige Form gebogen werden. Das kann Yarrl allein erledigen, deshalb nutzt Dorrin die kleine Pause und schiebt die feuchte Holzkohle am Rand des Schmiedeofens mit einem Rechen näher an die brennende Kohle.

Reisa betritt die Schmiede und bleibt neben dem Blasebalg und dem Wasserkasten stehen.

Der Schmied wärmt die Feder wieder an, bis sie kirschrot glüht, dann legt er sie in den großen Wasserkasten. Als das Eisen grau ist, hebt er das Stück heraus und schiebt es wieder ins Schmiedefeuer. Er beobachtet die Spitze der Feder, die von Violett über helles Braun bis zu Strohgelb die Farbe wechselt. Anschließend steckt er sie wieder ins Wasserbecken und läßt sie im Wasser kreisen. Erst als das Metall abgekühlt ist und er es aus dem Becken genommen hat, spricht Reisa ihn an.

»Da ist ein junger Bursche gekommen, der Dorrin sprechen will. Sein Name ist Vaos.«

»Kennst du ihn?« fragt Yarrl.

»Er ist Stallbursche in Kyrils Schenke. Ein guter Junge, würde ich sagen.«

»Ich möchte wetten, er sucht Arbeit«, knurrt Yarrl.

Reisa nickt den beiden zu und geht nach draußen ins graue Zwielicht des bewölkten Wintertages, vorbei an der Reihe beschädigter Wagenteile, die darauf warten, daß Yarrl oder Dorrin sich ihrer annehmen.

»Ihr könntet ihn gebrauchen.«

»Warum? Willst du uns verlassen?«

Dorrin hatte nicht die Absicht, das Thema so früh zur Sprache zu bringen. »Äh ... also ... ich dachte, daß ich auch etwas heilen könnte ...«

Yarrl spuckt in die Ecke. »Ich kann nicht sagen, daß mich das überrascht. Wann willst du gehen?«

»Ich will nicht gehen. Ich will immer noch hier arbeiten. Aber ich möchte einen Teil meiner Zeit mit Heilen verbringen.«

»Man kann nicht zwei Zünften dienen, Dorrin.«

»Ich glaube, ich kann es. Wollt Ihr es mich versuchen lassen?«

Yarrl spuckt wieder aus. »Du bist der beste Zuschläger, den ich je hatte. Ich schaffe an einem halben Tag mehr als andere in einem ganzen Achttag. Willst du weiter von Mittag bis zum Abend arbeiten?«

»So dachte ich es mir. Ich arbeite gern hier.«

Der Schmied senkt den Blick und hustet. »Also gut ... dann laß mich diesen Jungen mal ansehen. Ich werde ja jemanden am Blasebalg und am Schleifstein brauchen.«

Vaos hat rotblondes Haar, grüne Augen und einen dunklen Bluterguß, der den größten Teil der linken Wange einnimmt. Er sitzt auf der Treppe vor der Veranda und streichelt Zilda, die auf einem Haufen verharschtem Schnee steht und versucht, die ausgefransten Ecken seiner alten Lederstiefel zu zerkauen. »Ser Dorrin, Ser Yarrl ...«

»Warum bist du hergekommen?« fragt Dorrin leise.

»Diese Sache mit Niso … Forra sagt, es wäre meine Schuld, weil ich eingeschlafen bin. Ich hatte aber schon den ganzen Tag gearbeitet und sogar den Heuwagen abgeladen und die Ställe ausgemistet. Sie haben mir all meine Kupferstücke abgenommen und gesagt, ich müßte vier Achttage umsonst arbeiten …«

»Komm her«, sagt Dorrin.

Vaos steht auf und geht zögernd zu Dorrin. Dorrin streckt die Hand aus und berührt die Wange des Jungen. Er kann den pochenden Schmerz im Kiefer und im Rücken des Jungen spüren. »Hast du zurückgeschlagen?«

»Nein, Ser, aber ich bin weggelaufen.«

Dorrin läßt die Hand wieder sinken, nachdem er dem Jungen ein wenig Ordnung gegeben hat. Seine Finger hinterlassen einen schwarzen Strich auf der Prellung. »Er sagt die Wahrheit. Sie haben ihn geschlagen.«

»Suchst du Arbeit, mein Junge?« fragt der Schmied. »Du bekommst Essen, eine Ecke in der Schmiede und ein halbes Kupferstück jeden Achttag.«

Vaos schluckt. Dann richtet er sich auf. »Ich habe im Stall auch ein halbes Kupferstück für den Achttag bekommen, aber die Gäste haben mir außerdem immer ein paar Kupferstücke Trinkgeld gegeben.«

Dorrin bemüht sich, wegen Vaos' Courage nicht zu grinsen. Auch Yarrl schürzt die Lippen.

»Sagen wir ein halbes Kupferstück für den Achttag, und außerdem kaufe ich dir neue Stiefel und Hosen, und wenn du so gut bist, wie du frech bist, dann gibt es jeden zweiten Achttag noch ein Kupferstück extra.«

»Ja, Ser. Womit soll ich anfangen?«

Dorrin grinst Reisa an, die leise auf die Veranda getreten ist und zugehört hat. Ihr Atem dampft in der stillen, kühlen Luft unter dem Dach der Veranda. Reisa bückt sich und krault Zildas Kopf. Dann richtet sie sich wieder auf und grinst Dorrin an, bevor sie die Tür öffnet und in die Küche zurückkehrt.

»Du kannst den Schleifstein für mich antreiben.« Yarrl sieht Dorrin an und lächelt leicht.

LX

Der Wimpel, der wie ein dreifingeriges Blatt geformt ist, hängt schlaff in der stillen Luft vor der kleinen, ordentlich gebauten Hütte. Dorrin bindet Meriwhen am Zaun fest. Die Stute wiehert leise und hebt die Hufe, als wolle sie gegen die Kälte des gefrorenen Schnees protestieren. Er nimmt den Schwarzen Stab aus dem Köcher.

Der Kräutergarten, der sich zu beiden Seiten des mit Kies bestreuten Weges erstreckt, ist gut durchdacht. Unter der dünnen, frühwinterlichen Schneedecke spürt er auf der rechten Seite Astra und die gestutzten Brinnwurzeln. Links stehen Salbei und Dill. Ein Hauch von Ordnung durchzieht den Garten. Dorrin verkneift es sich, zu den Pflanzen hinauszugreifen. Das geht ihn wirklich nichts an.

Meriwhen bleibt am Zaun angebunden zurück, die Straße nach Diev liegt verlassen. In der kalten, klaren Luft kann er in der Ferne sogar den Rauch über Yarrls Schmiede ausmachen.

Links und etwas tiefer ist zwischen einer Baumgruppe ein verfallener Schornstein zu sehen, daneben der mit Steinen eingefaßte Eingang eines alten Wurzelkellers. Dorrin blickt zum überfrorenen Fluß, der im Frühling ein reißender Strom werden wird. Das schmale Band aus Eis windet sich rechts von ihm durch das baumbestandene Tal und endet in einer Eisfläche, unter der sich ein kleiner Teich verbirgt. Bis zur Mitte des Winters wird die Eisfläche doppelt so groß werden, falls sie dann überhaupt noch unter dem Schnee auszumachen ist.

Der rothaarige junge Heiler bleibt vor der Tür stehen und klopft. Irgend jemand, wahrscheinlich Rylla, ist drinnen. Sie ist die ältere der beiden Heilerinnen im Ort.

»Ich komme schon …«

Dorrin tritt, den Schwarzen Stab in der Hand haltend, von einem Bein aufs andere.

»Ja?« Die schmale, grauhaarige Frau öffnet ihm die Tür.

»Ich habe gehört, Ihr sucht vielleicht einen Schüler … für ein paar Stunden die Woche.«

Die Heilerin runzelt die Stirn. »Das ist aber eine seltsame Idee, junger Mann. Wie kann man etwas nur für ein paar Stunden tun?« Sie schaut zum Pferd, das am Zaun festgebunden ist.

»Darf ich hereinkommen und es erklären?«

»Meinetwegen. Etwas Böses führt Ihr nicht im Schilde, das ist mir klar.« Sie öffnet die Tür ein Stück weiter. »Kommt nur schnell herein, damit wir die Kälte aussperren können.«

Im vorderen der drei Zimmer in der Hütte stehen ein Ofen, ein großer und zwei kleine Tische und drei schmale Schränke, nebeneinander an einer Wand. Der Holzboden ist ausgetreten, aber sauber. Über dem niedrigen Feuer hängt an einem Haken ein Kessel, den Dorrin als Yarrls Arbeit erkennt. Aus der Tülle dringt Dampf.

Die Frau deutet zum hölzernen Lehnstuhl. Die anderen drei Stühle haben keine Armlehnen. Dorrin nickt und wartet, bis sie sich gesetzt hat.

Seine Geste wird mit einem ironischen Grinsen quittiert. »Gut erzogen ist er, sieh an. Was wollt Ihr nun, Ihr junger Schurke?« Rylla setzt sich.

Dorrin errötet, dann gelingt es ihm, das Grinsen zu erwidern. Er knöpft sich die Jacke auf und setzt sich ihr gegenüber auf den Stuhl ohne Armlehne. Den Stab legt er sich quer über den Schoß. »Ich arbeite für Yarrl in der Schmiede, aber ich wurde nicht nur zum Schmied, sondern auch als Heiler ausgebildet. Ich vermisse die Pflanzen …« Er muß ehrlicher sein. »Und ich muß mehr verdienen.«

»Ha, Ihr habt meinen Garten und den Reichtum meiner Kunden gesehen, mein Junge.«

»Ich könnte mit den Pflanzen helfen.«

Die grauen Augen unter den silbernen Augenbrauen unterziehen den jungen Gast einer genauen Musterung. »Das könnte aber gefährlich werden.«

»Gewürze zu verkaufen ist nicht sehr gefährlich, und daß Heiler fähig sind, Dinge wachsen zu lassen, ist ohnehin bekannt.«

»Und Ihr würdet Euch um die Pflanzen und den Verkauf kümmern?«

»So gut ich kann.«

»Geht es um ein Mädchen, junger Mann?«

»So könnte man es ausdrücken … auch wenn mir das Geld in dieser Hinsicht im Augenblick nicht weiterhilft.«

»Mit dem Heilen werdet Ihr nicht zum Helden, mein Junge, die alte Rylla weiß es ganz genau. Und wenn Ihr Schmied seid, auch nicht. Damit könnt Ihr das Mädchen nicht erobern.«

Er schaut achselzuckend zu Boden. »Trotzdem …«

»Ich habe ein paar Eispfeffersamen, aber ich habe sie noch nicht ausprobiert. Glaubt Ihr, Ihr könnt sie zum Wachsen bringen?«

Dorrin nickt langsam. »Wenn sie noch leben … ich glaube schon.«

»Ihr seid wohl einer der Verbannten.«

Er hebt die Augenbrauen.

»Ich bin vielleicht nur eine schwache Heilerin, aber ich kann immer noch klar denken.«

»Wollt Ihr mich trotzdem nehmen?«

»Warum nicht? Ich wollte immer schon Eispfeffer ziehen. Das kann nicht einmal Elrik.« Sie sieht ihn scharf an. »Wird Euer Herr Euch auch erlauben, einen Teil Eurer Zeit hier zu verbringen?«

»Das habe ich schon mit ihm besprochen. Ich werden morgens hier sein.«

»Was wollt Ihr sonst von mir?«

»Land.«

»Ihr seid ein ehrlicher Schurke, junger Mann. Was habt Ihr vor?«

»Ich würde gern über das Land am Teich verfügen, um einige Dinge zu bauen. Ich würde Euch auch Pacht dafür zahlen.«

»Ihr habt mir nicht einmal gezeigt, daß Ihr heilen könnt oder daß Ihr die Kraft dazu habt.«

Dorrin tritt an ihren Stuhl und legt ihr den Stab über die Knie.

Sie streicht über das schwarze Holz. »Bei der Dunkelheit, mein Junge! Ihr braucht mich nicht. Seid Ihr nicht derjenige, der Honsards Jungen gerettet und Quillers Fuß in Ordnung gebracht hat?«

Er nickt.

»Da ich nun einmal eine närrische alte Frau bin, muß ich Euch fragen, warum Ihr mich bittet, Euch einen Gefallen zu tun. Es scheint mir, als würdet Ihr mich überhaupt nicht brauchen.« Sie streicht ein letztes Mal über den Stock und gibt ihm das schwere Stück Holz zurück.

»Leute von außerhalb haben hier Schwierigkeiten. Leute, die hier leben, haben keine.«

»Ha, Ihr seid klug! Wie ist Euer Name, mein Junge?«

»Dorrin.«

»Und als nächstes wollt Ihr dann wohl als Lehrling in die Sägemühle gehen, um beizeiten die Mühle zu übernehmen?«

»Nein.« Ein stechender Schmerz fährt durch Dorrins Kopf. »Ich meine, ich will eigentlich nur ein paar Maschinen bauen, aber dazu brauche ich Eisen und Holz. Um die zu kaufen, brauche ich Geld. Und ich hätte gern eine eigene Werkstatt und eine Hütte.«

»Aber Ihr wollt vermeiden, daß die Leute Euch für gefährlich halten?«

»Ja, denn ich bin es nicht.«

Rylla lacht leise. »Junge, so sanft und höflich Ihr auch scheint, Ihr seid der gefährlichste Mann, den ich seit langem gesehen habe.«

Dorrin hebt unwillkürlich die Augenbrauen.

»Aber das spielt keine Rolle. Ich mag Euch, und ich bin eine alte Närrin.«

LXI

Dorrin schließt die Scheunentür, und sein Blick wandert zum Schornstein der Schmiede, aus dem die heiße Luft vom Schmiedeofen in den kalten, grauen Frühwintertag entweicht. Er betrachtet den verblichenen grünen Einband des Buches, das er in der Hand hält – es heißt *Der Heiler* –, und lächelt wehmütig. Irgendwie hätte er nicht damit gerechnet, daß Rylla überhaupt lesen kann und zudem noch solch ein Buch besitzt. Es scheint, als würde er jedesmal, wenn er ein kritisches Urteil über jemanden fällt, sehr schnell eines Besseren belehrt.

»Weidenrinde – Ihr habt doch keine Weidenrinde bei dem Jungen verwendet? Das wäre reine Kraftverschwendung, Dorrin. Ihr werdet nicht immer soviel Kraft haben, vergeßt das nicht.« Dorrin verkneift sich ein Grinsen. Es hat durchaus seine Vorteile, mit der alten Heilerin zusammenzuarbeiten.

Als der schwere Wagen der Schmiede holpernd von der Straße abbiegt, eilt Dorrin in seine Kammer, zieht die Jacke aus und legt Buch und Stab zur Seite. Er zieht das gute Hemd aus und streift das schmutzige Arbeitshemd über. Der schwere Wagen, gezogen von vier Pferden, die gut und gern doppelt so stark sind wie Meriwhen, hat den Hof noch nicht erreicht, als Dorrin schon an der Tür der Schmiede steht. Auf einer Seite des Wagens steht die Aufschrift FROOS UND SÖHNE. Der Fuhrmann lenkt den Wagen neben die Schmiede. Dorrin, Yarrl und Vaos erwarten ihn an der Tür.

»Er liefert sonst das Eisen an die Schiffbauer im Hafen«, erklärt Vaos leise.

»Eine lange Fahrt hier herauf.« Yarrl hustet, als der Wind sich dreht und den beißenden Rauch vom Schornstein der Schmiede in den Hof weht.

»Die Eisengießerei ist doch nicht weit entfernt im oberen Teil von Diev«, erwidert Vaos mit hochgezogenen Augenbrauen.

»Mit fünfzig Stein Eisenstäben ist es dennoch ein weiter Weg. Wir sind die letzten, wenn er die Runde macht.« Yarrl geht, einen Lederbeutel in der Hand, zum Wagen.

Mit seinen Augen und Sinnen spürt Dorrin die Müdigkeit der Pferde.

Der Fuhrmann klettert langsam vom Kutschbock. Die dicken Armmuskeln zeichnen sich dick unter dem fleckigen braunen Hemd ab. Er trägt keinen Mantel, nur eine Weste aus Schafsfell und dicke Handschuhe. »Die ganze Ladung für ein halbes Goldstück, Yarrl.«

»Das ist ein ganzes Silberstück mehr als sonst.«

»Froos kann es auch nicht ändern. Der Rat kauft mehr Eisen als früher, und er mußte ein paar neue Pumpen einbauen.«

»Fang schon mit Abladen ab. Ich komme gleich mit deinem verdammten halben Goldstück.« Der Schmied steckt sich den Beutel in den Gürtel und geht zur Treppe vor der Veranda.

»Ich darf erst abladen, wenn ich das Geld habe.«

Yarrl spuckt in die Ecke zwischen Veranda und Schmiede. »Habe ich dich schon einmal übers Ohr gehauen?«

Der Fuhrmann grinst. »Na ja, weil du es bist ...«

Dorrin blickt zu Vaos. »Du nimmst das kleine Stück dort am Ende.«

»Ich kann auch das größere nehmen.«

Dorrin und der Fuhrmann grinsen und wechseln einen Blick.

»Na gut, Junge, dann nimm das hier.« Der Fuhrmann gibt Vaos ein flaches Stück Metall, eine Elle breit und drei Ellen lang.

Der Junge taumelt unter der drei Stein schweren Last und geht in die Knie, bis Dorrin ihm das Stück abnimmt und leise sagt: »Es ist wirklich schwer.«

»Zuschläger, du bist kräftiger, als man es dir ansieht.«

»Er kann auch gut mit dem Stab umgehen«, fügt Vaos hinzu.

»Oh … der bist du also.« Der Fuhrmann betrachtet den feuchten, festgestampften Lehm. »Es paßt natürlich gut, daß du bei Yarrl bist.« Dann schüttelt er den Kopf. »Ein Zuschläger, der Niso mit einem Stab aus Holz erledigt.«

Dorrin schleppt das flache Stück Eisen in die Schmiede, und Vaos folgt ihm mit einer Fuhre leichterer Teile. Dorrin legt das Eisen ins Regal. »Die kleinen Stücke legst du dort ab.«

»Ja, Ser.«

»Ich bin nicht der Schmied.«

»Aber beinahe.«

Als sie zum Fuhrwerk zurückkehren, kommt auch Yarrl wieder aus dem Haus und bezahlt den Fuhrmann. »Es kommt mir immer noch vor wie Wegelagerei.«

Der Fuhrmann lädt sich ein paar Metallstäbe auf und folgt Dorrin.

»Lege sie bitte dort ab«, sagt Dorrin höflich.

Der Fuhrmann legt das Metall auf eine freie Ecke der Werkbank, dann richtet er sich wieder auf. Vaos folgt mit dem letzten kleinen Metallstab, den er im Regal verstaut. Dann gehen die drei wieder nach draußen, um die nächste Fuhre zu holen. Als der Wagen abgeladen ist, schließt der Fuhrmann die Klappe am hinteren Ende und verriegelt sie mit einem Bolzen.

Dorrin tritt neben den Kutschbock. »Was würde eine Eisenplatte kosten, die so dünn ist wie die, die du gebracht hast, aber vier Ellen mal vier Ellen groß?«

»Schwer zu sagen, aber die Bergarbeiter in Bythya bekommen Stücke, die fünf mal fünf Ellen groß sind, für ein Silberstück das Blech. Warum willst du so große Platten haben? Die sind schwer.«

»Ich würde sagen, fünfzehn bis zwanzig Stein.«

»Dazu würden wir einen Sechsspänner brauchen.« Der Fuhrmann schüttelt den Kopf. »Und drei kräftige Männer, um sie abzuladen. Aber darüber mußt du mit Froos sprechen.« Er sieht Yarrl an. »Bis zum nächsten Mal, Schmied.«

»Aber erhöhe mir ja nicht wieder die Preise«, grollt Yarrl.

Der Fuhrmann zuckt mit den Achseln. »Es sind schwere Zeiten. Angeblich treiben die Weißen die Analerianer in den Süden Spidlars. Die verdammten Hirten.« Er spuckt in Richtung der erfrorenen Stengel, die im Kräutergarten stehen. »Die verdammten Magier! Und zwischen den beiden soll man jetzt wählen.« Er läßt die Zügel knallen, und der Wagen setzt sich holpernd in Bewegung, wenngleich nicht mehr so laut wie vorher, als er beladen in den Hof eingefahren ist.

»An die Arbeit.« Der Schmied schiebt die Tür der Schmiede bis auf einen schmalen Spalt wieder zu. »Ich muß noch Blygers Kettenspanner fertig machen.« Er wendet sich an Dorrin. »Willst du immer noch deine Maschine bauen?«

»Ja, aber ich bin mir noch nicht sicher, wie die Kolben aussehen müssen.«

Yarrl runzelt die Stirn, weil ihm das Wort nicht vertraut ist.

»Wahrscheinlich wäre es besser, zwei kleinere zu machen, die jeweils an einem Ende des Schaftes sitzen. Wenn sie einander genau gegenüber liegen, dann arbeiten sie ganz von selbst im gleichen Takt.«

»Diese Kolben, sind das große Zylinder?« fragt der Schmied.

»Eigentlich könnten sie jede Form haben, aber als Zylinder sind sie am widerstandsfähigsten.«

»Wie bei Raketen und Feuerwaffen?« fragt Vaos.

»Benutzen nicht auch die Pumpenbauer Eisenzylinder?«

»Ich frage mich, was einer kosten würde«, überlegt Dorrin.

Yarrl befördert die Eisenstäbe, die der Fuhrmann auf die Werkbank gelegt hat, ins Regal. »Die Schwester deines Freundes Pergun ist mit einem Gehilfen von Cylder befreundet. Er baut Pumpen für Froos.« Die schweren Stangen landen im Holzregal. »Laß uns den Rest auch noch ins Regal legen. Wir müssen nicht nur die Sachen für Blyger machen, sondern auch das, was Honsard uns aufgetragen hat.« Er wendet sich an Vaos. »Wir brauchen noch eine Schubkarre Holzkohle.«

»Ja, Ser.«

»Es wird ein langer Winter werden ...« Yarrl hebt die Zange, nimmt den halb fertiggestellten Kettenspanner von den Ziegeln und schiebt ihn ins Feuer. Dann sucht er sich eine mittelgroße Greifzange heraus.

Dorrin betätigt den Hebel des Blasebalgs, bis Vaos mit frischer Holzkohle zurückkehrt.

»Ein langer, kalter Winter ...«

Vaos stellt die Schubkarre neben dem Schmiedeofen ab, und der Schmied schaufelt die Kohle in das Schmiedefeuer, während Dorrin die letzten Eisenstäbe ins Regal legt.

LXII

Der kleine Eßtisch ist für zwei Personen gedeckt, in einem Korb auf einem Beistelltisch liegt eine Flasche Wein. Jeslek sieht sich im Raum um und bemerkt ein Pergament auf dem Tisch aus weißer Eiche. Er nimmt das Blatt in die Hand, blickt zum Bücherregal, dann wieder auf die Worte und Ziffern. Die Berechnungen zeigen, daß für die zehn Schiffe, die gerade in Sligo gebaut werden, noch einmal zwanzig Weiße Magier in Dienst gestellt werden müssen.

»Ich weiß, welche zwanzig das sein werden.«

Er hält das Blatt mit den Zahlen in der linken Hand und runzelt die Stirn, während er darüber nachdenkt, welche Probleme die Ordnung macht und wie widerspenstig sich die Spidlarer zeigen. Ordnung und Spidlar – wo ist da die Verbindung? Er betrachtet den magischen Spiegel, der in den Tisch eingelassen ist, und konzentriert sich auf diese Frage.

Die Nebel teilen sich einen Augenblick lang, und das Abbild eines rothaarigen Mannes, der einen Hammer und eine Zange in der Hand hält, taucht auf. Jeslek kennt ihn nicht.

Ein leises Klopfen holt ihn in die Gegenwart zurück. Er richtet sich auf und läßt das Bild verschwinden. Das Pergament steckt er in eine Lederhülle, die er ihrerseits in einer Ecke des Bücherregals verstaut. Er achtet darauf, keines der Bücher zu berühren, denn jede Benutzung eines Buches verkürzt dessen Lebensdauer.

Dann öffnet er die Tür und lächelt, als er den leichten Lilienduft wahrnimmt, der Anya einhüllt. »Guten Abend, meine Teuerste.«

»Guten Abend, Erzmagier.« Anya haucht ihm einen Kuß auf die Wange.

Er schließt hinter ihr die Tür, sperrt aber nicht ab.

»Du hast nicht abgesperrt«, sagt sie lächelnd.

»Warum sollte ich?« erwidert Jeslek, während er sich ihr zuwendet. »Schlösser können niemanden am Spionieren hindern, und eine Tür kann man aufbrechen. Im Gegensatz zu Sterol bin ich Realist.« Er lacht leise. »Und du bist es auch, sonst wärst du nicht hier.«

»Wirklich?«

Er tritt an den Tisch und gießt Wein in zwei Gläser. Er hebt eines und reicht es ihr. »Du bist mächtiger als Sterol. Aber du weißt, daß der Rat wahrscheinlich niemals eine Frau in den Rang des Erzmagiers erheben wird.« Er neigt den Kopf.

»Und du findest offenbar Vergnügen daran, dich in eine kompromittierende Situation zu manövrieren.« Anya nimmt das Glas und wirft einen kurzen Blick auf die breite Liege neben dem Tisch. Dann lächelt sie.

»Meine liebe Anya, niemand kann uns auch nur anrühren … und nicht einmal du und Sterol zusammen seid stark genug, um mich anzugreifen.« Er hebt sein Glas. »Auf dich, meine Teuerste.«

Auch Anya hebt ihr Glas. »Auf den Erzmagier.«

Sie trinken, jeder mit Augen und Sinnen ganz beim anderen.

LXIII

Ein leises Stöhnen ist in der Schmiede zu hören. Dorrins Atem weht als weiße Fahne im trüben Licht.

»Wundervoll, wenn man die Ordnung kontrollieren kann …«, murmelt er. Die Kälte stört ihn nicht, nicht einmal der Schnee, der hüfthoch im Hof der Schmiede liegt, oder die langen Eiszapfen, die wie Dolche an der Traufe hängen. Trotzdem wünscht er sich manchmal, der Winter in Diev wäre nicht ganz so hart.

Wieder betrachtet er die Zahlen und greift nach dem

Federkiel. Aber dann steckt er den Zettel mit den Berechnungen in die Holzkiste und zieht die zweite Kiste hervor, in der er seine Aufzeichnungen aufbewahrt. Der Titel lautet: *Gedanken über die Basis der Ordnung.* Er liest noch einmal die letzten Absätze:

... ein Stab oder irgendein anderes Objekt kann mit Ordnung getränkt werden. Eine solche Konzentration der Ordnung muß aber, wenn das Gleichgewicht erhalten bleibt, anderswo zu einer größeren Menge Chaos führen. Deshalb wird, je mehr man sich bemüht, die Ordnung in stofflichen Dingen zu konzentrieren, das frei in der Welt existierende Chaos verstärkt.

Die Logik ist bestechend, aber sind seine Annahmen denn richtig? Er reibt sich die Stirn. Im Grunde hat er diesem Kommentar heute abend nichts hinzuzufügen. Er schließt auch die zweite Kiste wieder.

Dann dreht er den Docht der Lampe etwas herunter und befestigt die Lampe in der Aufhängung neben dem Bett. Wie üblich funktionieren die Dinge, die er gebaut hat, aber es läuft nicht alles ganz genau so, wie er es geplant hat. Angenommen, es würde ihm tatsächlich gelingen, eine mit Dampf getriebene Maschine zu bauen, wie kann er sich dann das Material leisten? Von den sechzehn Goldstücken, die er als Belohnung vom Rat und durch den Verkauf zweier komplizierter Modelle bekommen hat, sind nur noch zwölf übrig.

Andererseits hat er schon etwas Eisen gekauft, vom Stab ist noch etwas Eschenholz übrig, und er hat auch noch anderes Holz. Aber allein das Eisen und Kupfer für seine Maschine wird fast zwanzig Goldstücke kosten. Dann die Rohrleitungen und Pumpen – er schüttelt entmutigt den Kopf. Und wenn seine bisherigen Erfahrungen ein Maßstab sind, dann wird die erste Maschine nicht einmal richtig funktionieren.

Er braucht also mehr Geld – und zwar mehr, als er

von Rylla oder Yarrl bekommen wird. Was kann er tun? Spielzeug herstellen? Er setzt sich auf die Bettkante und zieht sich die Stiefel aus. Was für Spielsachen soll er machen? Kann er etwas anderes machen als das, was Quiller herstellt? Wird Willum auch weniger komplizierte Sachen kaufen?

Er schwingt die Füße auf die Matratze und wickelt sich in die Decke. Dann nimmt er den Brief zur Hand und liest noch einmal die Worte auf dem hellgrauen Blatt.

Dorrin,
eigentlich wollte ich auf dem Rückweg durch Rytel fahren und die gleiche Straße nehmen, über die wir nach Axalt gereist sind, aber die Weißen Gardisten haben sie gesperrt. Sie behaupten, Axalt sei Fairhaven einen Tribut für den Handel schuldig. Wenn Dich dieser Brief erreicht, so ist er über Freunde in Fenard gelaufen, denn anscheinend sind nur noch die Hauptstraßen sicher, aber ich kann es mir nicht leisten, auf den Straßen der Magier zu reisen.

Auch wenn man bereit ist, hohe Preise zu zahlen, wird es immer schwieriger, bestimmte Dinge zu bekommen. Gewürze werden ebenso knapp wie getrocknete oder eingemachte Früchte. Wenn ich grünen Branntwein aus Recluce bekommen könnte, dann könnte ich dafür bis zu zwei Goldstücke die Flasche verlangen. Das gleiche gilt für eine Elle feines schwarzes Tuch.

Freidr hat mich gedrängt, in der Nähe Jellicos zu bleiben, aber wie kann ein Händler Geld verdienen, wenn er nicht reist? Wenn ich nach Diev kommen will, muß ich wahrscheinlich ein Küstenschiff nehmen: erst nach Spidlaria oder vielleicht auch direkt nach Diev. Aber das bedeutet, daß es Frühling werden kann, bis ich komme, denn dieser Weg ist versperrt, solange das Eis auf dem Nordmeer noch nicht geschmolzen ist.

Die meisten Sorten Tuch sind teurer geworden, vermutlich weil für die neuen Schiffe, die Fairhaven bauen läßt, viel Stoff gebraucht wird. Jedenfalls wird das Tuch immer teurer.

Ich hoffe nur, daß Du daran denkst, noch einige Modelle für mich herzustellen. Ich hätte zu diesem Preis gleich mehrere verkaufen können. Ich habe auch noch einige Fragen, wenn wir uns das nächste Mal sehen, wo auch immer es sein wird. Ich wünsche Dir alles Gute und hoffe, daß Du erreichen wirst, was Du Dir vorgenommen hast.

Liedral

Nachdem er den Brief noch einmal gelesen hat, faltet er das Blatt zusammen und steckt es hinten in das Buch *Der Heiler.* Dann bläst er die Lampe aus und wickelt sich noch enger in die Decke.

Draußen stöhnt und heult der Wind und treibt den Schnee mit solcher Kraft gegen die Wand, daß ein Schleier feiner Flocken unter der Tür nach drinnen stiebt und sich sachte über den Holzboden legt.

LXIV

Anya öffnet die untere Tür des Turms, ohne anzuklopfen, tritt ein und schließt die Tür leise hinter sich. Dann legt sie den Riegel vor. Der Raum wird von einer Öllampe erhellt, die an der Wand hängt. Eine zweite steht auf dem kleinen Tisch am geschlossenen Fenster. Der Winterwind rüttelt an den Fensterläden.

Sterol erhebt sich vom Tisch mit dem magischen Spiegel und wartet, bis der weiße Dunst die Bilder wieder verschluckt hat. Seine Augen sind dunkel. »Wie geht es dir?«

»Es ist anstrengend, sich mit dem großen Liebhaber und Chaos-Meister abzugeben.«

»Niemand zwingt dich dazu.«

»Du hast gut reden. Weißt du nicht, wie die Weißen mit Frauen umgehen?«

»Erzähl's mir ruhig.«

»Nimm mich nicht auf den Arm, Sterol. Ihr alle seid nur darauf aus, mich flachzulegen und zu beweisen, daß ich, was das Handwerk der Magier angeht, keinem Mann gewachsen bin.«

»Du bist besser als die meisten anderen.«

»Und wer wäre bereit, das öffentlich zuzugeben?« Anya läßt sich vor dem ehemaligen Erzmagier auf einen Stuhl fallen. »Hast du noch Wein da?«

»Gewiß doch, Gnädigste, gewiß.«

»Bei der Dunkelheit, ich sagte dir doch schon, hör auf, mich auf den Arm zu nehmen.«

»Meine Güte, sind wir aber giftig heute abend.«

»Wenn du mich dazu bringen möchtest, daß ich Jeslek erzähle, daß du irgend etwas Übles ausheckst, so bist du auf dem besten Wege.«

Sterol nimmt ein Glas vom Bücherregal, bläst vorsichtig den weißen Staub heraus, der in allen, sogar den neuesten Gebäuden der Weißen Magier allgegenwärtig ist, und schenkt den Rest des Rotweins ein. »Das ist alles, was ich habe. Hier, für dich.« Er reicht ihr das Weinglas.

»Danke.« Sie trinkt einen Schluck. »Er ist kein guter Liebhaber.«

»Was du nicht sagst. Nur rohe Gewalt ohne raffinierte Technik, was?« Er setzt sich auf die andere Seite des Tisches, der Spiegel ist zwischen ihnen.

»Beinahe. Aber in Wirklichkeit hat sogar seine Magie noch mehr Finesse.«

Sterol schluckt lautlos, ehe er weiterspricht. »Was plant er als nächstes?«

»Er will Spidlar unterwerfen, aber nach und nach, wie er es auch angekündigt hat. Kurz bevor er mir die Tür öffnete, hat er etwas vor mir verborgen. Die Energie war noch im Glas, und es war eine Spur von Schwarz darin.«

»Du meinst, Jeslek hat Schwarze Energien angerufen?«

Anya runzelt die Stirn und trinkt noch einen Schluck Wein. »Er ist fast schon Essig.«

»Entschuldige bitte. Er wurde mir heute abend geliefert. Doch was ist nun mit den Schwarzen Energien?«

»Es kam mir eher vor, als hätte er etwas Schwarzes betrachtet, aber es war nicht das zähe Gefühl, das man bekommt, wenn man Recluce anschaut.«

»Das ist eine interessante Art, es zu beschreiben. Hast du denn ebenfalls schon Recluce studiert?«

»Nur weil ich eine Frau bin, heißt das doch nicht, daß ich es nicht getan habe.«

»Also gut ... er hat wohl jemanden oder etwas gefunden, der oder das die Ordnung bündelt. Hmm ... ich würde ihn genau im Auge behalten.«

»Das habe ich auch vor.« Anya trinkt den Wein aus. »Hast du noch eine Flasche?«

»Um ehrlich zu sein, ja. Ich dachte mir schon, daß du Wein willst.«

»Du bist sehr aufmerksam, Sterol.« Die rothaarige Frau lächelt den ehemaligen Erzmagier an, während er aufsteht und die zweite Flasche holt.

LXV

Dorrin zieht den Brief hervor, den Jarnish kurz vor dem Mittagessen ausgeliefert hat, und erbricht das Siegel. Dann hält er inne. Ist Jarnish wirklich den ganzen Weg bis Diev gekommen, nur um den Brief abzuliefern? Ist das Siegel etwa schon einmal erbrochen und wieder verschlossen worden? Er läßt seine Wahrnehmung durch das harte Wachs wandern. Dann zuckt er die Achseln. Nachdem er das eigene Messer durch das

Siegel gezogen hat, läßt es sich nicht mehr feststellen. Außerdem spielt es doch keine Rolle, wenn irgendein Kommis den Brief gelesen hat, oder?

Dorrin glättet das Blatt und beginnt zu lesen. Ihm wird rasch bewußt, daß Liedral seinen Brief noch nicht bekommen hatte, als sie diesen hier schrieb.

Dorrin,
ich wollte über Passera und flußabwärts bis Elparta fahren. Das ist jedoch nicht mehr möglich. Die Straßenposten schützen nur noch die Händler, die Passierscheine aus Fairhaven besitzen. Sie sagen, es hätte zahlreiche Überfälle und Diebstähle auf den Straßen gegeben. Sogar die Händler, die Passierscheine haben, trauen sich kaum noch, die Straßen nach Spidlar zu befahren.

Die Hungersnot, die Kyphros und Gallos getroffen hat, ist angeblich fast vorbei. Der Grund ist wohl der, daß alle, die gehungert haben, inzwischen gestorben sind. Die meisten Hirten sind fort, die Herden haben sie mitgenommen.

Auf den neuen Bergen, die Gallos und Kyphros trennen – manche nennen sie die Kleinen Osthörner –, schmilzt nach wie vor der Schnee. Dosric, ein anderer Händler, sagte mir, es sei ein entsetzliches Erlebnis, über die Straße der Magier zu fahren. Der Schnee verdampft auf den heißen Felsen, und so entsteht ein Nebel, in dem man kaum die Hand vor Augen erkennen kann. Bis jetzt wachsen dort noch keine Pflanzen.

Der Handel läuft nicht besonders gut, so ist es wohl überall. Aber im Winter läuft es selbst in guten Jahren nur schleppend. Ich hoffe, wir sehen uns bald wieder.

Liedral

Dorrin liest den Brief noch einmal, ehe er ihn wieder zusammenfaltet und in die Kiste steckt, in der sich nun auch Liedrals erster Brief befindet. Dann nimmt er wieder das Blatt zur Hand, auf das er die Pläne für die Spielsachen gezeichnet hat. Er steht auf und schiebt den Stuhl zurück. Sein Atem steht als weißer Dampf im kalten Zimmer, aber die Kälte stört ihn kaum noch; wenigstens nicht, solange er wach ist. Zum Schlafen reichen die Steppdecke und eine weitere, dünnere Decke.

Er holt tief Luft. Es war ein langer Tag, aber er ist bei weitem noch nicht fertig. Er zieht den Kopf ein, weil es draußen immer noch schneit, und verschließt hinter sich die Tür. Über den Weg, der in den brusthohen Schnee getrampelt ist, läuft er zur Schmiede.

Am Schmiedeofen hält Dorrin einen Kiefernspan in die Glut des Schmiedefeuers und zündet die Öllampe an. Nachdem er die Holzkohle, die er sich vor dem Abendessen besorgt hat, in den Ofen gelegt hat, betätigt er den Blasebalg, bis die Holzkohle brennt und die richtige Temperatur zum Schmieden erreicht ist.

Dorrin betrachtet die Zeichnung, die er mitgenommen hat, legt sie auf die Werkbank und stellt die Lampe nach. Noch einmal betätigt er den Blasebalg.

»Dorrin? Braucht Ihr Hilfe?« Vaos steht am Wasserkasten.

»Gern, aber ... aber dies ist meine eigene Arbeit, die ich nicht für einen zahlenden Kunden mache. Noch nicht, jedenfalls.«

»Das macht nichts. Es ist so kalt. Petra hat mir noch eine alte Decke gegeben, aber es ist auf jeden Fall wärmer, wenn der Schmiedeofen in Betrieb ist. Ich bin nicht müde.« Vaos gähnt. »Nur ein bißchen.«

»Es war ein kalter Winter.«

»Der kälteste, an den ich mich erinnern kann.« Der Junge tritt an den Blasebalg. »Was macht Ihr da?«

»Ich versuche, Spielzeug herzustellen.«

Vaos hält inne. »Ich hatte noch nie ein Spielzeug.«

»Was für eins hättest du denn gern?«

»Ich weiß nicht.« Der blonde Junge zuckt mit den Achseln, und die Decke, die er sich über die Schultern gelegt hat, rutscht herab. Er fängt sie auf und wickelt sich wieder darin ein. »Ich habe noch nie Spielzeug aus der Nähe gesehen, nur in Willums Schaufenster. Ich habe mal versucht, mit einem Schälmesser einen Kreisel zu schnitzen, aber es ist mir nicht gelungen, und dann hat Forra mich geschlagen, weil das Messer stumpf geworden ist.«

»Oh …«

»Wie heiß wollt Ihr die Holzkohle haben, Dorrin?«

Dorrin betrachtet mit Augen und Sinnen zugleich die glühende Kohle. »Etwas langsamer mit dem Blasebalg – ungefähr halb so schnell.«

»Was wollt Ihr machen?«

»Ich glaube, eine kleine Windmühle mit einer Kurbel, damit sich das Rad dreht.«

»Wäre es nicht einfacher, sie zu schnitzen?«

»Ja, aber aus Eisen ist es interessanter, und das Getriebe kann ich mit der Schablone ausstanzen.«

»Könntet Ihr das auch mit einem richtigen Getriebe machen?«

»Kaum, das müßte man schneiden. Für die Getriebe von Pumpen werden eigene Maschinen benutzt.« Er nimmt die zweite Hälfte der Schablone, die aus Schwarzem Eisen besteht, zur Hand und legt sie ab, wo er sie leicht erreichen kann. »Die Teile müssen genau zusammenpassen.«

Dorrin holt sich die Greifzange und befördert einen seiner eigenen kleinen Metallstäbe aus dem Regal ins Schmiedefeuer. »Jetzt, bei einem Spielzeug, muß ich nicht ganz so exakt arbeiten, aber ich muß trotzdem sicher sein, daß die Zahnräder genau aufeinander passen.«

Vaos pumpt am Blasebalg. »Ist das richtig so?«

Dorrin nickt wieder und sieht zu, wie der Stab heiß wird. Als er kirschrot ist, legt er ihn auf den Amboß und walzt das Ende aus, bis es flach und achteckig ist. Zwischendurch muß er es mehrmals wieder ins Schmiedefeuer legen. Als der Umriß in etwa der Schablone entspricht, verankert er den unteren Teil der

Form, die zusammengesetzt beinahe aussieht wie eine Greifzange mit breiten Backen, im Amboßloch und legt das Werkstück noch einmal ins Feuer.

Als es heiß genug ist, kommt es in die Form, und mit zwei harten Schlägen ist das kleine Zahnrad ausgestanzt. Noch ein harter Schlag auf den Metallstab, um ihn von dem geschmiedeten Zahnrad zu trennen, und er kann das Zahnrad zum Abkühlen auf die Ziegelsteine des Schmiedeofens legen.

»Macht Ihr noch eins?« fragt Vaos.

»Heute abend werden es wahrscheinlich sogar drei. Dann noch einmal zwei, und dann drei Stück für das andere Ende, an dem die Kurbel sitzt.«

»Das ist eine Menge Arbeit für Spielzeug.«

»Das ist erst der Anfang. Ich muß auch noch die Kanten abgraten und glatt feilen und das Metall polieren, ehe ich die Zahnräder einbaue.« Dorrin nimmt den Eisenstab aus dem Schmiedefeuer. »Etwas langsamer mit dem Blasebalg.«

Vaos wischt sich die Stirn ab. »Wenigstens ist es warm hier.«

LXVI

Als die kalte Luft Meriwhen wie eine Peitsche trifft, wiehert die Stute und bricht ein wenig aus. Zilda weicht vor der kalten Luft sofort zurück und schaut Dorrin mit großen Augen an.

»Ich kann gut verstehen, daß du die Scheune nicht verlassen willst.« Die Ziege kaut an einem Büschel Stroh.

»Ruhig, ruhig ...« Dorrin tätschelt Meriwhens Hals, dann schließt er die Scheunentür. Er schwingt sich in den Sattel, der wegen in der kalten Luft, vor der auch die Scheune nicht sehr viel Schutz bietet, steinhart ist, und lenkt das Pferd nach Osten zu Ryllas Hütte. Unwillkürlich langt er nach dem Stab. Im Haus der Heilerin wird er ihn nicht brauchen, aber möglicherweise auf dem Weg zu Willum.

Die dicken weißen Wolken, die aus dem Schornstein steigen, verraten ihm, daß die Heilerin schon eine Weile auf den Beinen ist, und zwei frische Fußspuren im dünnen Schnee auf dem Weg vor der Tür zeigen, daß auch die ersten Kranken schon eingetroffen sind.

Dorrin sucht nach einem geschützten Ort, um Meriwhen anzubinden. Schließlich entscheidet er sich für die Südseite der Hütte, wo er die Stute an den Stamm eines Holunderstrauchs bindet. Den Stab läßt er im Köcher. Hier draußen ist er sicher.

Nachdem er den Schnee so gut wie möglich von den Füßen abgetreten hat, klopft er an, tritt ein und schließt hinter sich rasch wieder die Tür. »Rylla, ich bin's, Dorrin.« Er nimmt den kleinen Besen aus dem Ständer und fegt sich die Stiefel ganz sauber, dann knöpft er sich die Jacke auf und zieht sie aus, denn es ist recht warm in der Hütte.

»Ich habe schon befürchtet, daß ich den ganzen Morgen auf dich warten muß, junger Bursche.«

Vor dem Kamin sitzen eine Frau und ein Kind. Das kleine Mädchen – dabei sieht auch die Mutter so aus, als hätte sie die Kindheit noch nicht lange hinter sich – stützt den linken mit dem rechten Arm, und das Gesicht ist vor Schmerz verkniffen. Sie trägt eine auf ihre Größe zurechtgeschnittene Hirtenweste, so stark abgetragen, daß die Schafwolle braun und das Leder faltig und schmierig geworden ist.

»Die kleine Frisa hier hat sich den Arm in einer Stalltür eingeklemmt.« Ryllas Stimme ist fast tonlos.

»Gerhalm hat sie nicht rechtzeitig gesehen, er hat es nicht gesehen«, erklärt die Mutter. Ihre Stimme bricht. Sie trägt nur einen alten, oft geflickten Wollmantel, der früher einmal blau gewesen sein könnte.

Dorrin sieht sofort, daß die Augen der Mutter gerötet sind, und dort erkennt er eine andere Art von Schmerz als in den Augen der Tochter. Er tritt näher an Frisa heran, aber das kleine Mädchen weicht vor ihm zurück und drückt sich gegen die fleckige braune Hose der Mutter. Dorrin bleibt stehen und sieht sich um. Rylla hat ihren Hocker in die hintere Ecke des Raumes fast bis an das kleine Bücherregal mit drei Brettern geschoben, in dem höchstens ein Dutzend Bände stehen.

»Du mußt dir Frisas Arm ansehen. Aber sie ist manchmal etwas bockig«, erklärt Rylla immer noch im gleichen, unbewegten Tonfall.

Die dunklen Augen des kleinen Mädchens wandern von der älteren Frau zu Dorrin und weiter zum Fußboden vor dem Herd.

Nachdem er sich den Stuhl geholt hat, setzt Dorrin sich hin und sieht Frisa an. »Ich verstehe nicht viel von Mädchen«, beginnt er langsam, ohne ihr direkt in die Augen zu sehen, während er versucht, ihr beruhigende Energie zu schicken. »Ich habe aber ein Pferd. Ich glaube, man könnte es ein Mädchen-Pferd nennen. Ihr Name ist Meriwhen.«

»Das ist aber ein alberner Name für ein Pferd«, sagt Rylla schroff.

»Nun ja, sie hat mir jedenfalls gesagt, ihr Name sei Meriwhen. Was soll ich da machen?« Dorrin zuckt mit den Achseln und stemmt die Hände auf die Knie. »Ist dein Name ›Kätzchen im Schnee‹?«

Frisa starrt weiter auf den Holzboden vor dem Herd.

»Oder ist er ›Fohlen, das zu schnell rennt‹?«

Dorrin wartet eine Weile, ehe er weiterspricht. »Meriwhen war früher auch einmal ein Fohlen. Sie hat mir gesagt, daß sie, als sie klein war, immer viel zu eilig herumgelaufen ist, aber damals kannte ich sie ja noch nicht.«

»Pferde können nicht reden.«

»Meriwhen kann es. Wenn wir ein langes Stück reiten

müssen, hat sie viel zu sagen. Manchmal redet sie über das Gras, manchmal klagt sie über die Stechfliegen, und manchmal ...« Er hält inne. »Sie ist ein großes Mädchen, aber eines Tages wirst du auch ein großes Mädchen sein.« Dorrin schluckt, als er die Furcht spürt, die von der Mutter ausgeht. Er zwingt sich zu lächeln und versucht, das Kind zu beruhigen: »Meriwhen kann auch albern sein. Manchmal, wenn wir draußen auf der Wiese sind, will sie, daß ich ihr den Sattel abnehme, und dann rollt sie sich im Gras herum. Sie mag den Geruch von frischem Gras.«

»Du bist albern.«

»Das hat meine Mutter mir früher auch immer gesagt. Wahrscheinlich bin ich nie richtig erwachsen geworden.«

Frisa schaut Dorrin schüchtern an, drückt sich aber nach wie vor an ihre Mutter.

Dorrin sieht ins Feuer und versucht, das verstörte Mädchen noch weiter zu beruhigen. »Vielleicht komme ich mit Meriwhen deshalb so gut zurecht. Möchtest du gern mal auf Meriwhen reiten, nachdem wir deinen Arm angesehen haben?«

»Habt Ihr wirklich ein Pferd?« fragt die Mutter.

»Er ist nicht unbedingt das, was man den verarmten Schüler einer Heilerin nennen würde, Merga«, sagt Rylla.

Dorrin grinst. »Meriwhen ist jedenfalls ein richtiges Pferd. Ich habe sie vor dem Haus an einen Strauch gebunden – an den Holunderstrauch, nicht an den Pfeffer.«

»Den sollte sie besser nicht anfressen«, warnt Rylla.

»Ich habe sie gefüttert, bevor wir aufgebrochen sind.«

»Darf ich sie mal streicheln?« fragt Frisa.

»Nachdem wir deinen Arm in Ordnung gebracht haben«, antwortet Dorrin.

»Es tut so weh.«

»Ich weiß. Wo tut es am meisten weh?«

»Es tut einfach weh.«

Ohne aufzustehen, rutscht Dorrin mit dem Stuhl weiter, bis er direkt vor der Mutter und dem Mädchen sitzt. »Kann ich mal sehen?«

Frisa bleibt, wo sie ist, aber sie zuckt nicht zusammen, als Dorrin mit den Fingern über den Arm streicht.

»Ich möchte wetten, da brauchen wir eine Schiene«, meint Rylla.

Dorrin, der den Bruch gespürt hat, nickt. Er spürt auch den Hunger. »Hast du noch eine Scheibe Brot? Wenn sie das kauen könnte ...«

»Sie könnte daran ersticken.«

Er sieht Frisa an. »Wir wollen das in Ordnung bringen, damit es nicht mehr weh tut. Es kann einen kleinen Augenblick noch mehr weh tun, aber danach wird es besser. Wenn wir fertig sind, kannst du etwas Brot haben.«

»Darf ich es jetzt schon in die Hand nehmen?«

»Einen kleinen Moment, mein Kind.«

Rylla kommt mit der Schiene – ein Behelf, der aus Segeltuch und Eichenstäben gebaut ist. Sie sieht Dorrin fragend an, und er nickt.

»Helft mir, daß sie ruhig bleibt, Merga. Könnt Ihr das?« fragt Rylla.

Merga nickt.

»Oooh ...«, stöhnt Frisa. Sie windet sich, aber Rylla hält sie fest, während Dorrin, von seinen Sinnen geführt, den Knochenbruch richtet und gleichzeitig dem Mädchen Ordnung und beruhigende Energie einflößt. »Oooh ...« Sie zerdrückt den Brotkanten.

Rylla befestigt die Schiene, während Dorrin den Arm gerade hält.

Dann berührt er leicht Frisas Stirn. »Das war es schon, Frisa. Wenn du nicht noch einmal damit hinfällst, müßte es ordentlich wieder zusammenwachsen.«

Merga sieht Rylla und dann Dorrin an.

»Vier bis fünf Achttage, würde ich sagen«, ergänzt er langsam.

»Kann ich jetzt dein Pferd sehen?«

»Ich werde Merga erklären, was sie tun muß«, bietet Rylla an. »Zeige du der Kleinen inzwischen das Pferd.«

»Darf ich noch etwas Brot haben?« fragt das Kind.

»Ich hole es dir«, sagt Dorrin rasch. Er geht in die Küche und holt das Brot aus dem Brotkasten. Ryllas vernichtenden Blick ignoriert er.

Frisa schnappt sich das Brot mit der freien Hand, als Dorrin zurückkehrt, und er hebt sie energisch, aber vorsichtig hoch und bemüht sich, den geschienten Arm nicht zu berühren.

»Bringt sie in zwei Achttagen wieder her, damit ich mir den Arm noch einmal ansehen kann. Und achtet darauf, daß nichts darauf fällt ...« Rylla gibt der jungen Mutter noch einige Anweisungen mit auf den Weg, während Dorrin die Tür der Hütte öffnet und hinter sich wieder schließt.

»So, da wären wir.« Dorrin bleibt direkt vor Meriwhen stehen. Die Stute hat den kleinen Holunderstrauch angeknabbert, aber nach der ersten Kostprobe wieder aufgehört. Holundersträucher sind sehr, sehr bitter. »Das ist Meriwhen.«

Die Stute schnaubt, als sie ihren Namen hört.

»Sie ist ... hübsch.« Frisas Atem steht als weiße Wolke vor ihrem Mund.

Die Morgenluft ist still, und der Schnee funkelt in der Sonne so hell, daß Dorrin blinzeln muß. Die grausame Helligkeit erinnert ihn an Fairhaven.

Meriwhen bietet die Stirn an, damit Frisa sie mit dem unverletzten Arm streicheln kann. Als Frisa schaudert, dreht Dorrin sich wieder um. »Wir müssen jetzt gehen.«

»Mach's gut, Pferdchen.«

Drinnen angekommen, schließt Dorrin die Tür und setzt Frisa auf dem Boden ab.

»Er hat ein Pferdchen, ein schwarzes Pferdchen.«

Merga verneigt sich vor Dorrin. »Danke, Herr.« Tränen laufen ihr aus den Augen, als sie die Hand ihrer Tochter nimmt. »Wir müssen jetzt gehen.«

Dorrin sieht Rylla an, aber die Heilerin verzieht keine Miene. Er öffnet die Tür und sieht den beiden nach, als sie über den Schnee und das Eis laufen.

»Schließe die Tür, Dorrin. Es bringt ja nichts, die Wärme zu verschwenden.«

»Was hast du ihr gesagt?«

»Die Wahrheit. Daß du ein großer Heiler bist. Jung, aber ein großer Heiler.«

»Bei der Dunkelheit, ich bin noch nicht einmal ein ordentlicher Schmied, ganz zu schweigen ein Heiler.«

»Hör zu, Junge. Du hast genug Ordnung in den Knochen, um einen Weißen Magier zittern zu lassen, daß man im ganzen Nordmeer die Knochen klappern hört. Ich habe gesehen, was du für das Mädchen getan hast.«

»Sie ist nicht in die Stalltür gekommen. Ihr Vater hat sie beide geschlagen. Ich würde ...«

»Du kannst nicht das Leben anderer Leute in Ordnung bringen.«

»Ich weiß. Ich habe getan, was ich konnte. Aber es wird nicht genug sein.«

»Eine Weile wird es reichen. Und wenn du heilst, dann tust du alles, was du kannst. Das Heilen ist mehr, als nur die Ordnung zu kennen.« Die klaren grauen Augen, die in dem faltigen Gesicht auf einmal seltsam jugendlich funkeln, mustern Dorrin von oben bis unten. »Reicht es aus, einen starken Arm zu haben, wenn man ein guter Schmied werden will?«

»Nein.«

»Weißt du, wie du die Kräuter anwenden mußt, wenn du gelernt hast, wie du sie ziehen mußt? Natürlich nicht. Du bist genau wie all die anderen Schwarzen.« Rylla hält inne und fügt nach einem Augenblick hinzu: »Vielleicht bist du nicht ganz so schlimm. Wenigstens kannst du zuhören. Nimm mal einen Knochenbruch wie bei Frisa. Der Knochen wird stärker, wenn er mit seiner eigenen Geschwindigkeit wächst, und die Knochen müssen zusammengefügt werden, damit sie richtig wachsen können. Wie aber hältst du sie zusammen?«

»Mit einer Schiene und mit einer Spur Ordnung.«

»Das erste kann ich auch, aber nur ein Schwarzer Heiler kann das zweite tun.«

Sie werden unterbrochen, als es an der Tür klopft.

»Wer ist da?« schnauft Rylla.

»Werta … ich habe immer noch diese Warze.«

Rylla grinst Dorrin an. »Dann komm herein und mach die Tür hinter dir zu.«

Dorrin erwidert das Grinsen. Also wieder einmal Warzen.

LXVII

Die Windstille ist einer leichten Brise gewichen, und kurz vor Mittag steht die Sonne strahlend hell am blaugrünen Himmel. Dorrin bindet Meriwhen vom Holunderstrauch los, schwingt sich in den Sattel, vergewissert sich, daß sein Stab sicher im Lanzenköcher steckt, und lenkt Meriwhen nach Diev hinein. In der linken Satteltasche stecken drei Spielzeugmodelle – ein kleiner Wagen, eine Windmühle mit einer Handkurbel und eine kleine Sägemühle. In der rechten Satteltasche sind zwei weitere komplette Sätze Spielzeug verstaut.

Meriwhens Hufe tappen sicher über den Schnee, der auf der Straße von den Wagen fest zusammengepreßt worden ist. Sie überholen einen Frachtschlitten, auf dem Fässer gestapelt sind. Der Kutscher treibt die beiden Pferde mit knallender Peitsche an.

Hinter der Brücke über den Weyel wird der Schnee

weniger, und man kann stellenweise das Pflaster auf dem Weg erkennen. Dorrin läßt Meriwhen selbst das Tempo bestimmen. Er knöpft sich den obersten Knopf der Jacke auf, und ihm wird bewußt, daß er allmählich lernt, mit der Kälte umzugehen, die es in Recluce in dieser Schärfe nicht gibt.

Aus allen vier Schornsteinen des *Krug* dringt weißer Rauch, und ein kleiner Stalljunge versucht, einen Ballen Heu vom Schlitten eines Bauern abzuladen. Die Bettlerin ist nirgends zu sehen.

Der Platz vor Willums Laden ist frei, aber aus dessen Schornstein dringt Rauch. Dorrin bindet Meriwhen fest, klopft ihr auf den Hals und legt sich die Satteltaschen über die Schulter, ehe er den Stab aus dem Köcher nimmt. Dann steigt er die Treppe hinauf und öffnet die Tür des Schiffsausrüsters. Die Wärme, die vom gußeisernen Ofen in der Mitte des Ladens ausstrahlt, ist ihm mehr als willkommen, und er achtet darauf, die Eichentür hinter sich sogleich wieder zu schließen.

Der dünne Verkäufer, der rechts hinter der Theke steht, sieht Dorrin durchdringend an. »Was wünscht Ihr?«

»Ich bin Dorrin.« Er hebt die Satteltaschen hoch. »Ich habe einige Waren, für die Ser Willum sich interessieren könnte.«

»Im Spätwinter? Ha! Macht, daß Ihr wegkommt, Bursche.« Der Verkäufer legt etwas vor sich auf die Theke. »Ihr wollt tatsächlich einem Schiffsausrüster etwas verkaufen?«

Dorrin wendet sich mit flammenden Augen dem Verkäufer zu. Seine Stimme bleibt ruhig, aber seine Worte scheinen durch das ganze Geschäft zu hallen. »Ich bin gekommen, um Willum zu sprechen, und ich glaube, daß er mich sehen will.«

Der Verkäufer wird kreidebleich und weicht zurück. »Ich werde … sofort, Ser.«

Dorrin runzelt die Stirn, als der Mann ins Hinterzimmer eilt. Warum sind die Menschen immer so schwierig? Und warum bekommen sie solche Angst, wenn man ganz einfache Dinge verlangt? Wenn Willum die Spielsachen nicht kaufen will, muß er sie ja nicht kaufen.

Der blonde Händler taucht hinter dem dunkelgrünen Samtvorhang auf und betritt den Verkaufsraum. Die Theke kann die schwere Keule, die er in der Hand hält, nicht völlig verbergen. Es ist ein fleckiges Stück Eichenholz, das nur wenig heller ist als die braune Hose und die dunkle Lederweste des Schiffsausrüsters. »Ach, Ihr seid es ...« Dann sieht er Dorrins braunes Hemd unter der Jacke und den dunklen Stab. »Ihr seid der Schmied, der das Spielzeug macht, nicht wahr?«

»Ja, Ser. Ich dachte, Ihr wollt vielleicht neue Sachen haben.«

»Schon gut, Roald.« Willum wendet sich an den Verkäufer, der soeben aus dem Hinterzimmer auftaucht. »Es tut mir leid, Bursche. Wie war noch gleich Euer Name? Dorsch?«

»Dorrin.«

»Dorrin also. Wir hatten in der letzten Zeit etwas Ärger und einige Diebstähle. Es sind schwere Zeiten.« Er lächelt höflich. »Eure Kuriositäten sind in Fenard gut angekommen, aber«, er zuckt die Achseln, »ich fürchte, es gibt nicht mehr viele, die heute noch genügend Goldstücke dafür übrig haben.«

»Das dachte ich mir.« Dorrin stellt die ledernen Satteltaschen auf die Theke und öffnet die linke. »Diese Sachen hier sind etwas einfacher.«

Willum sieht die drei Spielsachen an, nimmt die Windmühle in die Hand und dreht an der Kurbel. »Gut gemacht, das muß ich sagen. Aber die Zeiten sind schwer.«

»Ich verstehe. Das bedeutet sicher auch, daß Ihr Mühe habt, ausgefallene Waren zu finden, die Ihr verkaufen könnt.«

Willum grinst. »Ihr hättet Händler werden sollen, junger Dorrin. Ihr feilscht wie die besten.«

»Ihr schmeichelt mir, Meister Willum.«

»Wohl kaum. Ihr scheint genaue Vorstellungen vom Wert Eurer Waren zu haben. Was verlangt Ihr dafür? Nicht, daß ich viel bezahlen kann.«

»Ich dachte, Ihr könntet vielleicht ein halbes Silberstück oder sogar sechs Kupferstücke für das Stück herausschlagen.«

»Sechs wäre ein bißchen viel. Ich könnte Euch ein Silberstück für alle drei anbieten.«

Dorrin runzelt die Stirn. »Ein Silberstück und zwei Kupferstücke, das würde mir besser gefallen.«

»Dann lohnt es sich für mich jedoch nicht, nur drei abzunehmen.«

»Und wenn ich Euch noch zwei weitere Sätze anbieten könnte? Wie wäre es dann mit dreieinhalb Silberstücken?«

»Das wäre schön, aber …« Willum zuckt wieder mit den Achseln. »Könnt Ihr sie bis morgen liefern? Denn sonst könnte ich wirklich nicht mehr als ein Silberstück und ein Kupferstück für den Satz bieten.«

Dorrin lächelt, und der Schiffsausrüster schüttelt den Kopf.

»Ihr wollt mir doch nicht sagen, daß Ihr sie schon habt?«

Dorrin lächelt breit. »Ich hatte gehofft …« Er öffnet den zweiten Beutel und holt die anderen sechs Modelle heraus.

Willum untersucht sie genau. »Ihr arbeitet wirklich gut, Bursche.« Dann hustet er. »Roald – dreieinhalb, bitte.«

»Ja, Ser.« Der Verkäufer huscht hinter Willum vorbei ins Hinterzimmer, ohne Dorrin auch nur eines Blickes zu würdigen.

Der Schiffsausrüster schürzt die Lippen und sagt: »Vielleicht brauche ich in einiger Zeit noch mehr davon – sagen wir, wenn der Frühling beginnt?«

»Das könnte möglich sein.« Dorrins Gedanken rasen, denn er hat noch zwei ältere Modelle, die er nicht mehr braucht. »Es ist sogar sehr wahrscheinlich.« Die Kopfschmerzen lassen nach, verschwinden aber nicht völlig. Er braucht jemanden, der das Feilschen für ihn übernimmt, denn sonst wird er bald an derart heftigen Kopfschmerzen leiden, daß er nicht mehr klar denken kann.

Roald kommt mit dem Geld, das er Willum gibt, und Willum legt die Münzen auf die Theke. Die Keule hat er immer noch in der rechten Hand, auch wenn sein Griff sich etwas gelockert hat. »Da sind Eure Silberstücke, Dorrin.«

»Ich danke Euch, Meister Willum. Und Ihr sagt, Ihr wollt vielleicht noch mehr davon haben?«

»Möglicherweise, aber ich weiß ja, wo ich Euch finden kann, falls ich sie bald brauche. Wenn nicht, könnt Ihr in drei oder vier Achttagen wieder vorbeikommen.«

Ein großer, dünner Mann kommt zur Tür herein, und der Händler begrüßt ihn. »Guten Tag, Nallar.«

»Es ist ein schrecklicher Tag, Willum. Ein schrecklicher Tag. Wir müssen über Lampen reden.«

Dorrin nimmt die Münzen an sich und steckt sie in seine Börse. »Guten Tag, Ser Willum.« Er verabschiedet sich mit einem Nicken.

Willum erwidert das Nicken und kommt hinter der Theke hervor, um Nallar zu begrüßen. Roald weicht Dorrins Blicken aus. Dorrin wirft sich die leeren Satteltaschen über die Schulter und geht am warmen Ofen vorbei wieder in die winterliche Kälte hinaus.

Draußen angekommen, hält er inne. Jetzt, da er wirklich Spielsachen verkauft, sollte er vielleicht Quillers Ratschlag befolgen und der Gilde beitreten. Seufzend lenkt er Meriwhen zum Hafen.

Im Hafen gibt es nur drei Piere, und die Hafenmeisterei befindet sich direkt vor der dritten. Es ist ein zweistöckiges graues Holzhaus. Neben der Hafenmeisterei steht ein kleineres Gebäude, kaum mehr als ein Schuppen, in dem die Gilde ihren Sitz hat. Nachdem er Meriwhen am Ende des Geländers festgebunden hat, wo bereits ein großer Brauner steht, stampft Dorrin durch den Schneematsch zum Haus. So hoch der Schnee sonstwo auch liegen mag, in der Nähe des Wassers ist er immer matschig, auch wenn Eisschollen auf dem Wasser treiben. Hin und wieder wagen sich sogar mutige Kapitäne mit Küstenschiffen durchs Eis, aber es sind Fahrten, auf die sich nur die erfahrensten Seeleute begeben.

Dorrin öffnet die Tür aus Kiefernholz, stampft mit den Füßen, um Matsch und Schnee abzutreten, und sieht sich im trüben Schein der Lampe um, der einen starken Kontrast zum grellen Licht im Freien bildet. Da er nicht weiß, was ihn erwartet, hat er vorsichtshalber den Schwarzen Stab mitgenommen.

»Und wen sucht Ihr wohl hier, Bursche?« Der grauhaarige Mann, der gerade eine Schaufel Kohle in den Ofen befördert hat, richtet sich auf.

»Ich weiß es nicht. Quiller hat mir gesagt, ich solle herkommen.«

»Quiller? Der verrückte Spielzeugmacher? Warum sollte er so etwas sagen?« Der grauhaarige Mann schließt die Klappe des Ofens und kommt Dorrin entgegen. Er trägt einen dicken blauen Pullover und eine passende blaue Winterhose.

»Er hat gesagt, wenn ich etwas herstelle, dann sollte ich der Gilde beitreten.«

»Und wer seid Ihr?«

»Mein Name ist Dorrin. Ich bin Gehilfe bei Yarrl.«

»Yarrl ist der Gilde nicht beigetreten. Ihr braucht einen Fürsprecher.« Der grauhaarige Mann seufzt. »Was meint Ihr denn, warum Ihr eintreten müßt?«

»Nun ... ich mache Spielzeug und verkaufe es.«

»An wen?« Die Stimme des Mannes klingt jetzt etwas schärfer.

»Bisher nur an Willum, den Schiffsausrüster.«

»Oh … das ist in Ordnung, der ist Mitglied. Aber trotzdem …« Der Mann runzelt die Stirn. »Ich glaube, das könnte wohl als eine Art von Fürsprache gelten, und es ist ja klar, daß Ihr Euch bemüht, Euch richtig zu verhalten. Also Spielsachen … wahrscheinlich also Kunsthandwerk, ein unterer Grad, würde ich sagen. Das wird Euch nicht sehr teuer kommen, junger Bursche. Vier Kupferstücke im Jahr, solange Ihr nicht mehr als zehn Goldstücke einnehmt. Wenn es mehr wird, zahlt Ihr für das folgende Jahr ein Silberstück.«

»Muß ich ein Dokument unterzeichnen, Ser?«

»Sers gibt es hier nicht. Ich bin Hasten. Könnt Ihr Euren Namen schreiben?«

»Ja, ich kann schreiben.«

»Eigenartig. Ich hätte nie gedacht, daß Yarrl der Typ dazu ist.«

»Macht es etwas aus, wenn ich auch in Ausbildung zum Heiler bin?«

»Ach, du meine Güte … der seid Ihr also. Ich hätte es ja gleich sehen sollen, wegen des Stabes. Nein, das spielt keine Rolle …Ser. Einen Augenblick noch – habt Ihr die Kupferstücke dabei?«

Dorrin zählt vier Kupfermünzen ab und gibt sie ihm.

»Einen Augenblick noch …« Der ältere Mann nimmt einen Federkiel und schreibt etwas auf ein Pergament. »Freier Kunsthandwerker … namens Dorrin. Wißt Ihr, wie man das buchstabiert? Unsinn, natürlich wißt Ihr das, aber könnt Ihr es mir buchstabieren?«

»D-O-R-R-I-N.« Dorrin bemüht sich, möglichst unbefangen dreinzuschauen, während er vor dem Mann steht und die Münzen bereithält, aber die Angst des Mannes ist fast körperlich zu spüren.

»So, das war es schon.« Hasten reicht Dorrin ein Stück Papier. »Das wäre dann die Quittung für Eure Mitgliedsgebühren.«

Dorrin gibt ihm die vier Kupferstücke. »Vielen Dank, Hasten. Ich wollte nur alles richtig machen.«

»Ich wünschte, so würden es alle halten. Einen guten Tag auch.«

Damit ist Dorrin entlassen. »Das wünsche ich Euch auch.« Er dreht sich um, öffnet die Tür, schließt sie hinter sich und bemüht sich, nicht verwundert den Kopf zu schütteln. Was hat er nur getan, daß der ältere Mann so große Angst vor ihm hatte? Ob es der Zwischenfall mit Niso war? Aber es kommt doch sicher hin und wieder vor, daß Diebe getötet werden?

Meriwhen wiehert leise, und jetzt schüttelt Dorrin tatsächlich den Kopf, als wolle er seine Gedanken ordnen. Die Stute mag die kalte und feuchte Luft im Hafen nicht. Er schiebt den Stab wieder in den Lanzenköcher und steigt aufs Pferd. Sobald er wieder bei Yarrl ist, muß er Meriwhen abbürsten und ihr den Schnee und das Eis aus dem Fell kratzen, besonders an den Beinen. Danach wird er lange arbeiten müssen, um wenigstens einen Teil von dem zu erledigen, was an den Wänden der Schmiede gestapelt ist.

Aber hat er schon jemals etwas anderes gemacht, als lange zu arbeiten?

LXVIII

Im alten, vom Ruß geschwärzten Ofen brennt ein kleines Feuer, das nur unzureichend die im Halbkreis angeordneten Schlafsäcke in der Schutzhütte erwärmt. Ein Gardist sitzt am einzigen, halb geschlossenen Fenster und beobachtet den Abhang, die vom Sternenlicht erhellte Schneefläche und die Steinmauer am Rand der Hauptstraße, die jetzt nur als dunkle Linie zu erkennen ist. Neben ihm lehnt ein Bogen, doch die Sehne ist nicht eingespannt.

»Verdammter Wachdienst ... ich hasse diesen Hund von Mortyl ... hier draußen versuchen, die Überfälle auf die Bauern zu unterbinden ... Gespenster jagen ... ausgebrannte Hütten und Scheunen ... den Arsch abfrieren ...« So tönt es aus dem Bettzeug direkt neben dem Feuer.

»Halt den Mund, Vorban. Wenn du dir die Zunge abfrieren willst, dann mach das wenigstens leise.«

»Du hast gut reden, Sestal, ihr habt ja einander. Ich hab nur dieses Miststück von Winter, und die ist ein verflucht kaltes Luder.«

»Halt's Maul.« Sestal grinst in der Dunkelheit die Schwertkämpferin an, die sein Lager teilt.

Hinten in der Ecke liegen Brede und Kadara dicht nebeneinander. Kadaras Lippen berühren beinahe Bredes linkes Ohr. »... wir je wieder nach Hause kommen? Ich bin den Schnee und das Eis so leid.«

»... mir behagt die Kälte auch nicht«, fügt der Wachtposten hinzu, »aber warum jammern? Es ändert ja doch nichts.«

»Ich habe noch nie so viele Leute verhungern und noch nie so viele Wegelagerer herumstreunen sehen.« Kadara schmiegt sich enger an Brede.

»Das hat irgendwie mit den Weißen Magiern zu tun.«

»Verdammt sollen sie sein. Ich will nach Hause. Lortren hat gesagt, es würde nur ein Jahr dauern.«

»Sie hat gesagt, es wäre mindestens ein Jahr, und wenn du nicht im Winter über die Westhörner und zu Fuß nach Sarronnyn oder Suthya laufen willst ...«

»Ich weiß, wir können nicht die Straßen der Magier nehmen, aber das macht mich auch nicht glücklicher. Manchmal habe ich Angst, daß ich hierbleiben muß, bis ich sterbe. Ja, wir können nach einem Jahr zurückkehren ... falls wir ein Schiff finden. Lortren und ihre Lügen!« zischelt Kadara. »Dorrin ist mit seinen verdammten Maschinen glücklich. Er hat genug zu essen und ein warmes Bett.«

»Mir kam sein Bett ziemlich kalt und einsam vor. Er hat ja nicht einmal einen Ofen im Zimmer. Und dich hat er auch nicht.« Brede drückt sie an sich.

Ein lautes Husten unterbricht sie.

»Hört mit dem Geturtel auf, ich will schlafen.«

»Du bist doch nur eifersüchtig, Vorban«, gibt Brede leise zurück.

»Da hast du verdammt recht, ich bin eifersüchtig, und vor allem ist mir kalt.«

»Schlaf jetzt, Vorban. Oder löse mich ab, damit ich schlafen kann«, faucht der Wachtposten.

Nach einigem leisem Gemurmel wird es still in der Schutzhütte. Nur hin und wieder ist ein Schnarchen zu hören.

»Halt mich fest.« Kadara zittert, als sie Brede ins Ohr flüstert. »Halt mich ganz fest.«

Draußen fegt der Wind federleichte Schneeflocken über die Straße und die Mauer, und irgendwo im kalten Licht der Sterne ruft ein Schneefalke. Der Wachtposten rutscht ein wenig auf der Bank hin und her.

LXIX

»Dorrin?« Reisa tritt neben den kleinen Schleifstein am Wasserkasten.

Vaos betätigt weiter den Blasebalg, während Dorrin den Vorschlaghammer bereithält und wartet, daß Yarrl das Eisen im Schmiedefeuer wendet.

»Deine Händlerfreundin ist da. Sie will dich sehen, und es scheint wichtig zu sein.« Reisa grinst kurz.

Dorrin kann nicht verhindern, daß er bis über beide Ohren errötet. »Das muß warten, bis wir mit den Teilen hier fertig sind.«

»Bei den Dämonen, wie recht du damit hast«, knurrt Yarrl.

»Ich bitte sie in die Küche. Es ist zu kalt, um draußen herumzustehen.«

Yarrl wartet, bis das Eisen kirschrot ist, dann legt er es rasch auf die untere Hälfte der Form, die im Amboßloch festgeklemmt ist, und legt den oberen Teil der Form darüber. Dorrin schlägt mit dem Vorschlaghammer zu. Trotz der Kälte, die draußen vor der Schmiede lauert, gerät er kräftig ins Schwitzen, bevor Yarrl das Eisen noch einmal ins Feuer schiebt. Als es heiß genug ist, nehmen sie die Arbeit wieder auf.

Dorrin weiß nicht, wie lange sie brauchen, um den Rahmen für den fahrbaren Kran zu vollenden, aber als sie fertig sind, ist sein dünnes Hemd schweißnaß. Vaos hat zu pumpen aufgehört und ist schon unterwegs, um den nächsten Korb Holzkohle zu holen.

»Ein schwieriges, sperriges Stück.« Yarrl hat die Greifzange zur Seite gelegt. Der Rahmen ist gehärtet und liegt zum Abkühlen auf den Ziegelsteinen neben dem Schmiedefeuer. »Damit wird das Beladen der Wagen einfacher, meint Honsard.« Er hustet. »Geh nur und sprich mit deiner Freundin. Für die Bolzen brauche ich nur noch Vaos. Du kannst dann später oder morgen die Kanten abgraten und abfeilen.«

»Danke.« Dorrin wischt sich das Gesicht mit dem Unterarm ab und tritt in den kalten, bewölkten Nachmittag hinaus. Der Schweiß gefriert ihm fast auf der Stirn, als er durch die Lücke zwischen den Schneehaufen zur Treppe geht und über die Veranda die Küche betritt. Bevor er hineingeht, säubert er seine Stiefel.

Der große Raum ist noch wärmer als die Schmiede, denn es gibt hier keinen Abzug, und Reisa hat gebacken.

»Säubere dich erst mal dort am Waschtisch«, befiehlt Reisa trocken, »sonst mußt du hinaus zum Brunnen.«

»Danke, Herrin des Hauses.«

»Vergiß das ja nicht.«

Liedral grinst Dorrin an, als dieser in die Ecke geht,

wo in den Wintermonaten der Waschtisch steht. Nachdem er sich gesäubert hat, betrachtet er kopfschüttelnd das dunkle Wasser. Er geht zum Brunnen hinaus, bricht mit dem schweren Haken am Ende des Seils das Eis auf, füllt zwei Eimer und stellt sie auf die unterste Stufe. Dann verschwindet er rasch in seiner Kammer, zieht das zerlumpte Arbeitshemd aus und schlüpft in eins, das besser aussieht. Anschließend trägt er die beiden Eimer in die Küche zum leeren Waschbecken.

»Das hast du wohl nur gemacht, um frisches Wasser zu bekommen«, sagt er lächelnd.

Reisa deutet zum Tisch. »Setz dich und nimm dir eine Scheibe frisches Brot. Ich habe ein Glas Marmelade geöffnet. Die Dunkelheit weiß, ob das, was wir haben, reichen wird, bis die Bäume wieder Früchte tragen. Vom Markt am Hafen verspreche ich mir jedenfalls nicht viel.« Reisa gießt einen Eimer des eiskalten Wassers in den großen Kessel auf dem Herd.

Dorrin setzt sich Liedral gegenüber an den Tisch. »Wie bist du hergekommen? Ich dachte, du wolltest über das Meer reisen.«

Liedral grinst, aber das Grinsen läßt die dunklen Ringe unter den Augen und das gerötete Gesicht nur noch deutlicher hervortreten. »Einfach war es nicht. Zwischen Quend und Spidlaria fährt ein Schlitten an der Küste entlang. Sie fahren am Strand, und sie sagen, das sei sicherer, als den Weg über das Eis zu nehmen. Ich habe getrocknetes Schweinefleisch und ein paar andere Dinge mitgebracht.«

»Sie hat das Abendessen mitgebracht – ein schönes Stück Schinken.« Reisa, die mit Kochen beschäftigt ist, dreht sich nicht um. »Der ist jetzt sehr teuer.«

»Er wird noch teurer werden.« Petra knöpft sich die Jacke zu, bevor sie zur Scheune hinausgeht.

»Warum ...« Dorrin unterbricht sich. Natürlich, wenn das Nordmeer nördlich und westlich von Diev gefroren ist, dann ist Spidlar von den westlichen Handelsrouten abgeschnitten. Nur wenige Händler wagen es, durch die Eisberge zu fahren, die zwischen Spidlar und Sligo auf dem Meer treiben. Es wird noch lange dauern, bis das erste Frühjahrsgemüse reif ist und die Küstenschiffe aus Sarronnyn oder Suthya wieder über das Nordmeer fahren.

»Ich dachte, ich könnte damit gut verdienen. Man muß eben dort Handel treiben, wo die Leute die Dinge brauchen. Außerdem bin ich nicht gern allzu lange in Freidrs Nähe.« Liedral trinkt einen Schluck heißen, gewürzten Apfelwein. »Und selbst wenn ich ohne Waren zurückfahren muß, habe ich ein bißchen verdient. Nicht viel, aber ein bißchen ist immer noch besser als gar nichts, vor allem im Winter.«

»Es scheint mir allerdings nicht ganz ungefährlich zu sein«, wirft Reisa ein.

»Heutzutage ist dank Fairhaven jede Art von Handel gefährlich. Man läuft ständig Gefahr, sein Geld oder Leben zu verlieren.« Liedral trinkt noch einen Schluck Apfelwein.

Petra stellt einen Becher vor Dorrin ab. »Dieses Mal habe ich ihn dir geholt. Aber nur dieses Mal.«

»Danke. Das nächste Mal kannst du das Wasser holen.«

»Er ist einfach unmöglich«, sagt Petra zu Liedral.

»Er ist eben ein Mann«, antwortet die Händlerin.

Vaos stampft lautstark durch die Tür in die Küche.

»Faß hier ja nichts an«, faucht Reisa. Sie hebt mit der einzigen Hand den Kessel und gießt warmes Wasser ins leere Waschbecken. »Du mußt dich waschen, bevor du ißt.«

Petra kippt aus dem zweiten Eimer noch etwas kaltes Wasser dazu.

»Aber Reisa, ich bin am Verhungern.«

»Wasch dich.«

Vaos wirft einen Blick zu Dorrin, dann marschiert er zum Waschtisch.

»Wann gibt es Abendessen?« fragt Yarrl. Er knallt die Tür hinter sich zu und bückt sich, um die Stiefel in die Ecke zu stellen.

»Sobald du dich gewaschen hast«, sagt Reisa.

Vaos grinst, während er sich eilig die Hände und das Gesicht am grauen Handtuch abtrocknet.

»Manchmal kommst du mir vor wie ein Waschweib am Fluß.« Aber der Schmied fügt sich der Anweisung seiner Frau. »Riecht gut.«

»Die Händlerin hat einen Schinken mitgebracht.«

»Einen echten Schinken aus Kleth, langsam geräuchert«, ergänzt Petra.

»Der sollte wirklich gut schmecken.« Yarrl wäscht sich eilig und setzt sich an den Tisch. Reisa reicht ihm ein Messer, und er schneidet das Fleisch auf.

Vaos leckt sich die Lippen, Dorrin und Liedral bemerken es und wechseln lächelnd einen Blick.

Reisa stellt zwei Teller auf den Tisch. Auf einem liegt ein dampfender Berg Gemüse, auf dem zweiten geröstete Yamswurzeln. »Bedient euch.«

Liedral spießt zwei Yamswurzeln auf und nimmt sich einen Löffel Bohnen. »Danke.«

»Was geht nun eigentlich mit den Weißen Magiern vor sich?« fragt der Schmied, während er die Schinkenscheiben der Reihe nach auf den angeschlagenen Teller legt.

»Sie versuchen, Spidlar abzuriegeln, ohne offen zu sagen, was sie vorhaben. Es heißt, sie hätten neue Schiffe gebaut.«

»Laßt uns den Schinken genießen«, schlägt Reisa vor.

Vaos verfolgt wie gebannt den Teller, der von der Händlerin zu Dorrin und dann an Petra weitergereicht wird.

»So, und jetzt du.« Petra hält Vaos den Teller hin.

»Danke, Petra.« Der Junge nimmt sich die oberen beiden Scheiben, sieht aber weiterhin gierig den Teller an.

»Nimm dir ruhig noch eine Scheibe, du Räuber.«

Vaos läßt sich nicht zweimal bitten, und danach herrscht eine Weile Schweigen am Tisch.

»Ein guter Schinken«, sagt Vaos schließlich.

»Sehr gut«, stimmt Dorrin zu.

»Ich persönlich«, meint Liedral lächelnd, »mag die gerösteten Yamswurzeln und die Bohnen am liebsten. Die bekommt man nicht, wenn man auf Reisen ist.«

Als Dorrin aufgegessen hat, trinkt er den Apfelwein aus und wendet sich an Liedral. »Willst du reden? Ich muß in der Schmiede noch einiges nacharbeiten.« Damit steht er auf.

»Bei dem Gehämmere sollen wir reden?« fragt Liedral.

»Ich muß nur feilen und polieren.«

»Er hört nie auf zu arbeiten«, sagt Reisa etwas ironisch.

»Jedenfalls hat noch niemand gesehen, wie er etwas anderes getan hat als arbeiten.«

»Nicht einmal ich«, stimmt Vaos vom anderen Ende des Tisches zu.

»Sei still, Junge.« Doch Dorrin läßt keinen Zweifel daran, daß die Verstimmung nur gespielt ist.

Yarrl kaut langsam und methodisch am Brotkanten, bevor er sich, immer noch mit vollem Mund, einschaltet. »Das macht ja einen guten Schmied aus. Kein ewiges Gejammer, sondern ordentliche Arbeit.«

Die drei Frauen sehen ihn an. Yarrl kaut schweigend weiter.

Dorrin, der an der Tür steht, grinst in sich hinein.

»Laß mich aber vorher meine Jacke holen. Ich bin nicht auf einem Berggipfel aufgewachsen.«

Dorrin wendet nicht ein, daß das Klima in Recluce sogar noch milder ist als das in Jellico, sondert wartet ruhig ab, bis Liedral die Jacke angezogen hat. Dann gehen sie in die Schmiede, wo er die Lampe anzündet. Er zieht sich das Hemd aus und hängt es an einen

Haken, bevor er zur Werkbank zurückkehrt und die Kiste mit den Teilen für die Spielsachen hervorzieht.

»Ist dir denn nicht kalt?«

»Nein, eigentlich nicht.«

Er stellt die Kiste auf den Lehmboden, setzt sich auf einen Hocker und bearbeitet das Fußpedal. Bevor er die Eisenstücke am Schleifstein ansetzt, gibt er Polierpaste darauf.

»Oooh ... wie kannst du dieses Geräusch nur aushalten?«

»Man gewöhnt sich daran.« Er dreht das kleine Getriebe um und poliert das dunkle Metall auf der anderen Seite.

Liedral sieht ihm bei der Arbeit zu.

Als er fertig ist, legt er die Teile wieder in die Kiste und wischt sich an einem alten Handtuch, das am Ende der Werkbank hängt, die Hände ab.

»Hast du auch fertige Spielsachen?« Liedrals braune Augen sehen Dorrin fragend an, dann wandert ihr Blick zum Schmiedeofen, als er sich das Hemd wieder anzieht.

»Einfache wie diese hier habe ich nicht. Ich habe aber ein paar, die so sind wie das erste Stück. Sie sind in meiner Kammer. Willst du sie haben?« Er löscht die Lampe und tritt in den Hof. Dort wartet er, bis auch sie die Schmiede verlassen hat, dann schließt er hinter ihr die Tür, damit die Wärme nicht verlorengeht.

»Wie die Dinge im Augenblick stehen, kann ich sie mir nicht leisten, aber ich will es mal in Nietre in den Hügeln von Suthya versuchen. Das ist so weit von Rulyarth entfernt, daß die meisten Händler niemals dorthin kommen. Die Straßen sind schlecht und nicht einmal für einen Karren geeignet. Aber das ist mir ganz recht, denn es ist billiger, die Küstenschiffe nur mit zwei Pferden zu benutzen.«

»Stehen die Dinge wirklich so schlecht?« Er bleibt am Brunnen stehen, zieht etwas Wasser hoch und kippt es sich über die Hände. Die Kälte scheint ihn nicht zu stören.

Liedral schaudert. »Ist das nicht sehr kalt?«

»Ja, sogar für mich.« Er geht zu seiner Kammer, und Liedral folgt ihm. Drinnen trocknet er die kalten Hände an seinem Arbeitshandtuch ab. Liedral setzt sich schaudernd aufs Bett. Er nimmt die Steppdecke und wickelt sie ein.

»Deine Hände sind ja schon wieder warm.«

»Wenn man Heiler wird, lernt man einiges.« Er setzt sich auf den harten Stuhl, der den Platz des Hockers eingenommen hat.

»Es ist kalt in deinem Zimmer.« Liedral hüllt sich noch enger in die alte Decke. »Du mußt mit Berglöwen oder anderen Tieren verwandt sein, die in der Kälte auf die Jagd gehen. Und ja, die Dinge stehen wirklich sehr schlecht. Du hast nicht einmal meinen Brief beantwortet.«

»Ich habe dir einen Brief geschickt.«

»Wie denn?«

»Über Jarnish, wie du es mir gesagt hast.«

»Hast du mir wirklich geschrieben?« Liedral rückt auf der harten Matratze hin und her.

»Das habe ich getan. Ich muß zugeben, daß ich den Brief erst vor einem Achttag abgeschickt habe, aber ich bin immerhin dazu gekommen, dir zu schreiben. Ich hatte aber auch nicht erwartet, dich so bald wiederzusehen.«

»Nein?«

»Nein, nicht nach alledem, was du mir in den Briefen geschrieben hast. Da war vom Frühling die Rede.«

»Da wußte ich auch noch nichts von den Strandfahrern.«

»Ich wußte das auch nicht.« Er verlagert das Gewicht und steht auf. »Wie wäre es mit einem weiteren Modell?«

»Ich kann dich nicht bezahlen …«

»Wir können es machen wie beim letzten Mal. Dieses hier ist übrigens anders.«

»Das ist wahrscheinlich sogar besser, wenn es genauso gut gearbeitet ist.«

»Die Beurteilung überlasse ich dir.« Dorrin kommt mit einem Gegenstand zu ihr, der etwa eine Elle lang ist.

»Was ist das?«

»Ein Boot. Du ziehst es hier auf, dadurch werden diese Bänder hier gespannt.«

Liedral deutet aufs Heck. »Und was ist das?«

»Oh, das ist eine Schraube. Sie funktioniert so ähnlich wie ein Mühlrad, aber sie stößt das Wasser ab, statt die Luft einzufangen.«

»Aber was macht sie?«

Dorrin grinst. »Wenn die Schraube das Wasser wegdrückt, dann fährt das Boot in die andere Richtung. Ich habe es gemacht, um festzustellen, ob es wirklich auf diese Weise funktioniert. Den Gummi habe ich aus Naclos. Die Druiden sind nicht immer bereit zu handeln, deshalb ist er schwer zu bekommen.«

»Davon habe ich gehört. Aber ich war noch nie so weit im Süden.«

»Wenn ich ein großes Schiff baue, wird es eine richtige Maschine haben.«

»Maschine?«

»Eine Maschine zum Antrieb der Schraube, wie es jetzt die Bänder machen.«

Liedral nimmt das Modell in die Hand. »Der Antrieb mit Bändern scheint mir einfacher zu sein.«

»Sie funktionieren nicht mehr so gut, wenn sie größer sind.«

Liedral betrachtet das Boot. »Warum willst du es überhaupt verkaufen?«

»Ich habe bessere gemacht.« Er hebt die Hände. »Das zweite hat eine Feder, aber die ist nicht groß genug.«

»Du versetzt mich in Erstaunen.«

Dorrin betrachtet den Holzboden mit den rohen Dielen.

»Du arbeitest wie ein Schmied. Du bist ein Heiler, und du machst wunderschönes Spielzeug …«

»Modelle.«

»Modelle, was auch immer.« Sie hält inne. »Warum hast du mir geschrieben?«

»Weil … weil ich oft an dich denke. Es ist so seltsam.«

»Willst du dich neben mich setzen? Bitte.«

Dorrin setzt sich ans Ende der Matratze.

Liedral rückt neben ihn. »Ich bin gekommen, weil ich dich sehen wollte. Nicht um Geld zu verdienen und nicht um höfliche Konversation zu machen.«

»Ich weiß. Aber ich … ich fühle mich noch so jung.«

Ihre Arme sind überraschend kräftig, als sie ihn an sich zieht und die warmen Lippen auf seinen Mund drückt.

Nach dem Kuß und der Umarmung, die endlos lange zu dauern scheinen, sieht er sie an. »Ich habe dich vermißt.«

»Ich habe dich auch vermißt. Und ich bin nicht sehr viel älter als du. Besonders nicht, was die Liebe angeht.«

»Aber …«

»Sieh mich an, wie du die Menschen ansiehst, wenn du sie heilst.«

Dorrin tut es, und er sieht, wie richtig es ist, und erkennt die Ordnung, die allem zugrunde liegt. »Oh …«

»Siehst du es jetzt?«

Er nickt. Liedral weiß zwar nicht viel über die Ordnung, aber sie ist klug genug, um zu wissen, daß sie Ordnung bei ihrem Geliebten braucht. Er nimmt sie fest in die Arme, und ihre Münder finden wieder zueinander. Bald berühren sich nicht nur Lippen, sondern auch nackte Haut und zwei Seelen.

LXX

»Du bist unmöglich … nach der letzten Nacht …« Liedral gibt ihm einen Kuß, und er krallt die Finger in ihren nackten Rücken.

»Letzte Nacht … das war erst der Anfang.«

Es klopft an der Tür. Dorrin schaut auf. Wieder klopft es.

»Ja?« fragt Dorrin.

»Ich bin's, Reisa. Wenn ihr zwei Turteltauben nicht zu beschäftigt seid, wäre es nett, wenn ihr euch aufraffen und auf den Hügel kommen könntet. Ich habe es ganz vergessen. Heute abend ist die Nacht des Rates.«

Dorrin seufzt. »Die Nacht des Rates?«

»Bald wird das Feuerwerk beginnen.«

Die beiden sehen einander an und beginnen zu kichern.

»… also wirklich, das Feuerwerk«, murmelt Liedral, während sie sich das Hemd anzieht.

»Können wir nicht beide Arten von Feuerwerk haben?« bittet Dorrin sie.

Sie wirft einen Stiefel nach ihm, aber er duckt sich, und der Stiefel kracht gegen die Wand. »Gern.«

Dorrin zuckt mit den Achseln, dann runzelt er die Stirn.

Sie grinst. »Mach dir keine Sorgen deshalb. Laß uns in die Kälte hinausgehen und das Feuerwerk ansehen.«

Dorrin stöhnt, aber er greift nach Hemd und Stiefeln. Nachdem sie sich die Jacken angezogen haben, streift Liedral sich noch eine Wollmütze über den Kopf. Dorrin nimmt ihr Gesicht in beide Hände und küßt sie.

»Erst das kalte Feuerwerk.«

»Also gut.«

Reisa und Petra stehen schon auf dem Hügel und blicken zum gefrorenen Fluß und zum Hafen hinunter.

»Dann habt ihr euch also doch heraus in die Kälte gewagt.«

»Äh … ja«, stottert Dorrin.

Die drei Frauen wechseln wissende Blicke. Dorrin errötet und sieht zum Hafen.

Eine Rakete explodiert, und kleine Lichtpunkte fliegen in alle Richtungen davon. Einen Moment lang zeichnen sich die Schatten der kahlen Bäume vor den Hügeln im Westen ab. Das Eis auf dem Weyel schimmert.

»Es ist wunderschön.« Liedrals Stimme ist kaum zu hören, als die nächste Rakete explodiert. »Wozu sind die gut?«

»Sie feiern die Gründung des Rates«, schnaubt Reisa. »Nicht, daß der Rat noch lange existieren wird, wenn sie nicht bald etwas gegen die Weißen Magier unternehmen.«

Dorrin denkt über die Raketen nach, über die Kräfte, die sie in die Luft hochfliegen lassen, und ob das Schwarzpulver vielleicht auch eine Maschine antreiben könnte.

Wieder knallt es, und ein Schauer roter Funken ergießt sich in die samtene Nacht und verblaßt rasch wieder.

»So schnell sind die Magier nicht«, meint Liedral langsam. »Sie sind sehr vorsichtig und gründlich. Wenn sie schließlich ihren Zug machen, ist es gewöhnlich zu spät, um sich noch zu wehren.«

»Wundervoll.« Reisa muß in der Kälte husten.

Wieder sprüht eine Rakete goldene Funken über den schwarzen Himmel und die weiße Winterlandschaft. Petra räuspert sich.

Dorrin drückt Liedrals Hand, und sie erwidert den Druck.

Noch eine Explosion, und wieder steht helles Licht über dem Hafen.

Reisa hustet einmal, zweimal, noch einmal. »Ich muß wieder rein, ich halte die Kälte nicht aus.«

Die anderen drei bleiben mehr oder weniger schweigend draußen stehen, bis die letzte Rakete verglüht ist.

Petra trampelt im Schnee herum und wendet sich wieder zum Haus um. »Eine dumme Zeit für ein Feuerwerk. Mitten im Winter, bei der Dunkelheit.«

Dorrin und Liedral grinsen einander an. Dorrin muß sich die Hand vor den Mund halten und kräftig schlucken.

Als sie wieder im Hof sind, sagt Liedral leise: »Gute Nacht, Petra. Und sag deiner Mutter danke, daß sie uns auf das Feuerwerk aufmerksam gemacht hat.«

»Gute Nacht, ihr Turteltauben«, erwidert Petra freundlich, ehe sie die Küchentür hinter sich schließt.

»Sie ist nett.« Liedral drückt noch einmal Dorrins Hand, als sie über den Hof zu seiner Kammer zurückkehren.

»Das ist sie. Aber du bist etwas ganz Besonderes.«

»Wie das Feuerwerk?«

Wieder müssen sie grinsen.

Als sie drinnen sind, legt Dorrin den Riegel vor.

»Mir ist kalt.« Liedral hat sich schon wieder in die Decke gewickelt.

»Brauchst du noch etwas Feuerwerk?«

Wieder fliegt ein Stiefel in seine Richtung, er duckt sich und schließt sie in die Arme. Ihre Lippen finden einander.

»Feuerwerk …«

LXXI

Dorrin und Liedral stehen im klaren, aber kalten Morgenlicht vor der Scheune.

»Willst du Meriwhen nehmen?«

»Deine kostbare Stute?« erwidert sie lächelnd.

Statt zu antworten, bückt er sich, fegt mit den Händen etwas Schnee zusammen und richtet sich wieder auf, um den Schneeball nach ihr zu werfen. Feines, eiskaltes Puder legt sich über sie.

»Du …« Sie kommt zu ihm und spitzt die Lippen, wie um ihn zu küssen.

Er beugt sich vor, schließt die Augen – und sitzt auf einmal im verharschten Schnee neben der Scheune. Er muß lachen, und sie bückt sich und reicht ihm die behandschuhte Hand, um ihm aufzuhelfen. Doch er zieht sie zu sich, bis sie auf seinem Schoß sitzt. Sie küssen sich und küssen sich, bis er sich nach einiger Zeit aufrichtet und Liedral hochzieht.

»Du bist viel stärker, als man es dir ansieht.«

»Kein Wunder, nach all der Schmiedearbeit. Willst du Meriwhen nun haben?«

»Nein, ich nehme den Gaul, den ich mir gekauft habe.«

»Was hast du heute vor?«

»Ich werde versuchen, als Händlerin zu arbeiten. Ich versuche, Dinge aufzutreiben, die billig angeboten werden. So etwas erkenne ich, wenn ich es sehe. Meist beruht es einfach auf Gefühl.« Sie zuckt mit den Achseln. »Wahrscheinlich beruht auch die Arbeit eines Schmieds zum großen Teil auf Gefühl.«

Er öffnet die Scheunentür, und sie gehen Hand in Hand hinein. Dorrin küßt sie wieder und spürt, wie kühl die Wangen und wie warm die Lippen sind.

»Mußt du heute morgen nicht zu der Heilerin?« Sie löst sich von ihm.

»Eigentlich müßte ich hingehen.« Er seufzt. »Noch mehr hungrige Kinder, noch mehr gebrochene Knochen.«

»Gebrochene Knochen?«

»Es sind immer nur Frauen«, erklärt er ihr. »Sie sagen, sie hätten Unfälle gehabt. Natürlich lügen sie. Wenn die Zeiten schwer sind, schlagen die Männer die Frauen.«

»Kannst du nicht etwas dagegen tun?« Liedral sucht

nach dem altersschwachen Sattel, den sie der noch älteren grauen Stute auflegen will, die neben Meriwhen im Stall steht.

»Was denn?« Dorrin holt tief Luft. »Sie wollen ihre Männer nicht verlassen. Wohin sollten sie auch gehen, vor allem im Winter? Was könnten sie tun? Die meisten Männer wollen sich nicht ändern.« Er hält inne. »Schau dich nur selbst an. Du kleidest dich wie ein Mann. Warum kannst du nicht als Frau Handel treiben?«

»Ich glaube, die Leute fürchten immer noch die Legende.«

Dorrin reicht ihr die verschlissene braune Satteldecke und wartet, bis sie auf der grauen Stute liegt, dann hebt er den Sattel auf den Rücken des Tiers und zieht die Gurte kräftig an.

»Du bist erheblich besser geworden, seit wir uns das letzte Mal gesehen haben«, sagt sie grinsend. »Das gilt für viele Dinge.«

Er kann nicht verhindern, daß er schon wieder rot anläuft.

Dann legt er der Stute das Zaumzeug an.

»Das kann ich auch selbst machen. Ich habe das schon gemacht, bevor du überhaupt gewußt hast, was ein Pferd ist.«

»Ich weiß, aber ich mag es, wenn ich etwas für dich tun kann.« Er gibt Liedral die Zügel und sattelt Meriwhen. »Bei der Dunkelheit!«

»Was ist?«

»Ich habe meinen Stab vergessen. Ich muß ihn mitnehmen.« Meriwhen tänzelt zur Seite, als er ihr das Zaumzeug anlegt.

»Das hier ist verräterisch, weißt du das?«

»Wieso, was denn?«

»Deine Hirtentrense. Keiner der alten Helden hat Zaumzeug mit Beißstangen benutzt, wie mein Vater mir erzählt hat. Er meinte, sogar Creslin hätte eine Hirtentrense benutzt.«

»Woher will er das wissen?«

»Laut unserer Familiengeschichte hat Creslin für einen unserer Vorfahren als Wächter gedient. Deshalb bemüht Freidr sich auch so sehr, den Weißen in Jellico um den Bart zu gehen.« Sie schnaubt. »Als ob es uns etwas nützen würde.«

Dorrin schaut zur Scheunentür. »Wir sollten uns wohl allmählich in Bewegung setzen.«

Sie beugt sich zu ihm und verlangt einen weiteren Kuß. Er gehorcht willig.

»Später«, sagt sie schließlich etwas atemlos.

»Das betrachte ich als Versprechen.«

Sie lächelt, während er die Tür öffnet, und er sieht ihr nach, bis sie auf die Hauptstraße einbiegt, die nach Diev führt. Dann schließt er die Tür und führt Meriwhen über den Hof. Den kurzen Moment, den er braucht, um seinen Stab zu holen, läßt er die Stute einfach draußen stehen.

Nachdem er zurückgekehrt ist und den Stab in den Köcher gesteckt hat, steigt er auf und läßt die Zügel knallen. »Also los. Rylla wird sicher murren, daß ich nicht schon im Morgengrauen gekommen bin.«

LXXII

Dorrin sieht sich rasch in der Scheune um, aber Liedrals graue Stute ist nirgends zu entdecken. Er sattelt Meriwhen ab, striegelt sie und eilt in seine Kammer, wo er Stab und Hemd verstaut. Er betrachtet die Flecken, die er bei dem Versuch fabriziert hat, Honig und Gewürze zu mischen. Das Hemd muß gewaschen werden, aber das Waschen ist im Winter immer eine unangenehme Arbeit. Er atmet tief durch und streift sich das zerlumpte Hemd über, das er gewöhnlich in der

Schmiede trägt. Ständig muß er an das Feuerwerk denken. Ob er sich etwas Cammaborke oder Schwarzpulver besorgen kann? Wo sollte er es lagern? Im alten Wurzelkeller unten am Hügel unterhalb von Ryllas Hütte?

Vaos schaut vom Schleifstein auf, als Dorrin eintritt. »Guten Tag, Meister Dorrin.«

»Guten Tag, Vaos.«

Yarrl schiebt den Eisenstab, an dem er gearbeitet hat, ins Schmiedefeuer und wischt sich die Stirn ab. »Gut, daß du so früh kommst.«

Dorrin setzt den Schmiedehammer neben dem Amboß auf den Lehmboden. »Warum?«

»Ein Kaufmann namens Willum ist vorbeigekommen, das ist der Schiffsausrüster aus Diev.« Yarrl nimmt die Greifzange und nickt in Richtung des Blasebalgs. Vaos hat die Geste bemerkt und beginnt sofort, den Hebel zu bewegen.

Dorrin faßt den Vorschlaghammer fester und schlägt nach Yarrls Anweisungen, während dieser das Werkstück auf dem Amboßhorn hin und her schiebt.

»Bei den Göttern der Dunkelheit ... so ein guter Schmied ... so ein junger Bursche ...«

Dorrin hat dem Schmied bisher noch nicht erzählt, daß er fähig ist, die Hitze im Schmiedeofen und die Ordnung im Eisen zu fühlen. Nach dem kurzen Besuch in Fairhaven hat er auch nicht die Absicht, es zu tun.

Der Schmied schiebt das Eisen wieder ins Feuer. »Jedenfalls will er in den nächsten Tagen runter nach Fenard, und er wollte wissen, ob du ihm noch ein paar Sachen machen könntest. Er sagte, er würde je ein halbes Silberstück dafür zahlen ... vor allem, wenn du irgendwelche kleinen Boote produzieren könntest. Sagt dir das etwas?«

Dorrin findet es interessant, daß Willum vorbeigekommen ist, nach weiteren Spielsachen gefragt und mehr Geld geboten hat. Er pfeift nicht durch die Zähne, aber er schürzt die Lippen. Fast automatisch deutet er wieder zum Blasebalg, denn er hat bemerkt, daß das Feuer mehr Zug braucht. Vaos seufzt und beginnt wieder zu pumpen.

»Er mag meine Spielsachen. Ich habe einen Wagen, eine Windmühle und eine Sägemühle gemacht. Ich könnte auch ein Boot herstellen, aber das ist schwieriger, vor allem, wenn es ordentlich schwimmen soll.«

»Ein Boot aus Eisen? Oder eines, das teilweise aus Eisen besteht?« Yarrl hustet, schluckt und wischt sich mit dem nackten Unterarm die Stirn ab.

»Ein leerer Eimer schwimmt doch auch, oder? Und ein Eimer besteht zum Teil aus Eisen.«

Yarrl legt das Schmiedestück wieder auf den Amboß, und Dorrin hebt den Vorschlaghammer.

Ein halbes Silberstück für die Spielsachen? Er läßt den Hammer niedersausen und hebt ihn wieder. Yarrl dreht das Eisen herum, und Dorrin schlägt weiter zu und nimmt einen gleichmäßigen Rhythmus auf.

Mindestens zweimal sieht Dorrin sich über die Schulter um, weil er das Gefühl hat, jemand beobachtet ihn, aber außer den drei Arbeitern ist niemand in der Schmiede.

LXXIII

»Ich will nicht gehen.« Liedral schließt Dorrin fest in die Arme.

»Ich will nicht, daß du gehst.«

»Ich war schon viel zu lange hier. Du brauchst mehr Zeit … genau wie ich.«

Dorrin fragt sich, wo die Zeit geblieben ist. Ihre Pferde – sie konnte ein weiteres Packpferd billig erstehen, weil das Futter in Spidlar knapp wird – sind schwer beladen, und sie kann in Spidlar eines der wenigen noch fahrenden Küstenschiffe erreichen, wenn sie bald aufbricht. Schließlich streckt er die Hand aus und berührt sie, nicht nur mit den Fingern, sondern auch mit einem Hauch Dunkelheit und Schwärze, mit seiner Seele. Sie stehen eng umschlungen und halten einander eine Weile fest, ehe sie sich wieder von ihm löst.

Er starrt noch lange, nachdem die Pferde in der Morgendämmerung verschwunden sind, die Straße hinunter. Dann wäscht und rasiert er sich mit eiskaltem Wasser, und schließlich wäscht er auch noch das fleckige Hemd aus, was schon vor einem Achttag fällig gewesen wäre. Er hängt es in seiner Kammer auf und zieht das leichtere Hemd und die Jacke an, dann nimmt er den Stab und kehrt in die Scheune zurück, um Meriwhen zu satteln.

Wenigstens wird er früh bei Rylla eintreffen. Er atmet angestrengt, als er die Scheunentür schließt und aufsteigt. Meriwhen wiehert leise zur Begrüßung.

»Ich weiß, daß es noch früh ist. Aber die Händler stehen sogar noch früher auf als die Heiler oder Schmiede.« Er pfeift lautlos, während Meriwhens Hufe im verharschten Schnee auf der Straße knirschen. Die Nächte sind zwar kalt, aber die Tage werden allmählich wärmer, und Schnee und Eis beginnen zu schmelzen. Er freut sich auf den Frühling, aber wieviel Schlamm wird dieser mit sich bringen?

Wehmut erfaßt ihn, und er richtet sich im Sattel auf. Das Gefühl kommt ihm irgendwie fern vor, als wäre es nicht sein eigenes. Tränen treten ihm in die Augen. Ist es der Wind? Ist es wegen Liedral? Wie hätte er sie bitten können zu bleiben? Hätte er mit ihr gehen sollen? Aber wovon hätte er leben sollen? Jetzt kann er wenigstens Geld verdienen, indem er in der Schmiede arbeitet und Spielzeug herstellt. Als Willum ihn am vergangenen Nachmittag aufsuchte, wünschte Dorrin sich, er hätte mehr als das halbe Dutzend kleiner Spielzeuge fertig. Er hatte nur ein einziges Boot, und es war nicht einmal ein besonders gutes. Aber Willum rieb sich die Hände und zahlte ihn auf der Stelle aus.

Meriwhen rutscht auf dem Eis etwas aus. Hätte er sie mit Wintereisen beschlagen sollen? Dazu ist es jetzt zu spät, aber im nächsten Herbst sollte er rechtzeitig daran denken. Es gibt so viele Dinge, die unerledigt bleiben.

Er lenkt Meriwhen von der Hauptstraße in den tieferen, weicheren Schnee auf dem schmalen Nebenweg. Der weiße Rauch über dem Schornstein verrät ihm, daß Rylla wie üblich ein Feuer brennen hat.

Dorrin bindet Meriwhen am Pfosten fest. Es wird ein warmer Tag werden, jedenfalls für einen Wintertag. Während er zur Tür geht, knöpft er die Jacke auf. Fünf Besucher stehen oder kauern im Hauptraum – zwei Frauen, ein Knabe und Merga, die die wimmernde Frisa im Arm hält.

Dorrin zieht die Jacke aus und hängt sie hinter der Tür an den Haken.

»Wenigstens bist du da, wenn man dich braucht.« Der brummige Ton kann nicht darüber hinwegtäuschen, daß Rylla sich Sorgen macht. »Kysta hat den Bauchfluß, Weldra hat überall rote Flecken, und … vielleicht solltest du dir zuerst die kleine Frisa ansehen. Merga sagt, sie sei schlimm gestürzt.« Rylla sieht Dorrin scharf an. »Ich habe etwas Brinn, der beim Bauchfluß helfen könnte.«

»Hast du auch Astra?«

»Getrocknetes, ja. Meinst du, ich soll beides zusammenkippen?«

»Mach daraus einen Kräutertee. Rebekah sagte, daß es manchmal hilft.«

»Bei der Dunkelheit, warum eigentlich nicht?«

Die zierliche junge Mutter hält Frisa fest. Ihre Augen sind gerötet. »Sie kann nicht laufen.«

»Habt Ihr sie hierher getragen? Wie weit ist es?«

»Ich komme von Jisles Farm herunter, Meister Dorrin. Es sind zwei lange Meilen.«

Dorrin deutet zum Hocker. »Kannst du da am Feuer sitzen, Frisa?«

Ein Wimmern beantwortet seine Frage.

»Erinnerst du dich noch an mein Pferd? Wenn du brav bist, darfst du mit mir nach Hause reiten.«

»Das ist aber wirklich nicht nötig, Ser«, wendet Merga ein.

»Ihr könnt sie nicht den ganzen Weg zurücktragen.«

»Aber ich habe es doch auch hierher geschafft.«

Dorrin unterdrückt ein Seufzen, als Merga die kleine Frisa auf den Hocker setzt. Das Kind zuckt zusammen. Der junge Heiler fährt ihr mit den Fingerspitzen über den Hals und erforscht die Verletzungen des Mädchens mit den Sinnen. Schmerzen hat sie und Prellungen auf dem Rücken und an den Beinen.

Die gestoßene Weidenrinde wird ihr einen Teil der Schmerzen nehmen, und er kann ihr etwas Ordnung geben, aber das Kind ist unterernährt und mutlos.

Er betrachtet die Mutter. Ein dunkler Fleck auf einer Wange zeugt von einem halb verheilten Bluterguß, und er spürt noch andere Wunden, die weniger gut abgeheilt sind. Er steht abrupt auf und starrt ins Feuer. In seinem Bauch tobt nackte Wut. Schließlich sagt er leise: »Ich muß etwas für dich holen, Frisa.«

Aus dem Küchenschränkchen neben dem altmodischen Herd, in dem ein paar Kohlenstücke glühen, nimmt er das Glas mit dem Weidenpulver und mißt einen kleinen Becher ab. Dann gießt er einen Schuß Kräutertee in die Tasse und löst das Pulver auf. Der Geschmack ist, wie er weiß, entsetzlich, aber der Trank lindert die Schmerzen und fördert die Heilung von Gelenken und Prellungen. Als Rylla gerade nicht hinschaut, stopft er sich noch einen Kanten altes Brot in die Tasche.

»Hier, trink das«, sagt Rylla gerade zu der älteren Frau mit dem Gehstock. »Mach jetzt keinen Unsinn, Kysta, und trink es einfach.« Die Heilerin sieht Dorrin kurz an, dann wendet sie den Blick ab.

Dorrin will Frisa die Tasse reichen. »Du mußt das trinken. Es schmeckt nicht sehr gut, aber du wirst dich danach besser fühlen.«

»Ich will aber nicht.«

Dorrin sieht das mißhandelte Kind an. »Bitte, mein Kind.« Er berührt ihr Handgelenk und versucht, ihr beruhigende Gedanken zu schicken.

»Nicht ...«

Er sieht ihr in die Augen. »Bitte.«

»Nur, wenn ich danach reiten darf.«

Er nickt und hält ihr die Tasse. Sie trinkt.

»Ekelhaft ... bäh ...«

»Du bist ein braves Mädchen.« Er drückt ihre Hand, steht auf und wendet sich an die Mutter. »Sie kann noch nicht laufen. Ich bringe Euch mit dem Pferd heim.«

»Aber ... Gerhalm ...« Nackte Angst steht in Mergas Augen geschrieben.

»Genau den möchte ich sehen.« Dorrins Worte klirren wie Eiszapfen, und sofort wird es in der Hütte still.

»... bei der Dunkelheit ...«, flüstert die alte Frau, die Kysta heißt.

Es bleibt still, noch lange nachdem Dorrin Frisa hinaus zu Meriwhen getragen hat. Er hilft zuerst Merga in den Sattel, dann hebt er ihr die Tochter hoch. Anschließend gibt er dem Mädchen das altbackene Brot und führt die Stute nach Westen den Hügel hinauf.

Jisles Hof ist sogar weniger als zwei Meilen entfernt, und Dorrin schnauft nicht einmal, als er das Pferd auf Jisles Scheunenhof führt. Drei Hütten mit je einem Raum liegen zwischen der Scheune und dem Hühnerstall.

»Das da ist unsere Kate.« Merga deutet auf die Hütte direkt neben der Scheune. Ihre Stimme zittert.

Dorrin setzt Frisa auf der verwitterten, aus Ziegeln gemauerten Vordertreppe ab. Die Tür besteht aus verzogenem, gesplittertem Kiefernholz, zwischen Rahmen und Tür klaffen Spalten.

»Und wer seid Ihr?« Ein vierschrötiger Mann taucht aus der Scheune auf und nähert sich mit wuchtigen Schritten den Neuankömmlingen. Er hält eine Axt in der Hand.

Dorrin nimmt den Stab aus dem Köcher, damit Merga ungehindert absteigen kann. »Ich bin Dorrin. Ich bin der Heiler, der versucht, deiner Tochter zu helfen.«

»Flausen über Pferde habt Ihr dem Mädchen in den Kopf gesetzt. Der seid Ihr also.« Jetzt hält Gerhalm die Axt mit beiden Händen.

»Warum schlägst du die beiden?« Dorrin versucht, nicht zu ärgerlich zu sprechen.

»Ich schlage sie nicht. Sie haben eben … sie haben manchmal Unfälle.« Gerhalms Stimme klingt ölig.

Die Schwärze in Dorrin brandet hervor. Er läßt den Stab fallen, packt den schweren Mann mit beiden Händen und läßt die Schwärze aus sich heraus in den Knecht fließen.

Gerhalm will sich losreißen, aber die Arme des Schmieds sind stark wie Schwarzes Eisen. »… Dunkelheit, nein … nein, o nein …«

Als Dorrin den Mann losläßt, sinkt Gerhalm auf der Treppe in sich zusammen, die Axt fällt vor seinen Füßen in den schmutzigen Schnee.

»Du wirst nie wieder auch nur eine Hand gegen Merga oder Frisa erheben. Nie wieder.«

Merga weicht vor Dorrin und ihrem Mann zurück, die Augen schrecken vor der Schwärze zurück, die den Heiler einzuhüllen scheint.

Gerhalm wirft sich auf den Boden. »Nicht … nicht noch einmal …«

»Steh auf«, befiehlt Dorrin dem Mann.

Gerhalm weicht vor dem Heiler zurück. »Nicht noch einmal, Meister … nie wieder.«

Frisa setzt sich auf die Treppe und kaut das letzte Stück Brotrinde. Dorrin wendet sich an Merga, die auf die Knie gesunken ist.

»Ich wollte es nicht«, flüstert sie. »Ich wollte nicht, daß Gerhalm etwas geschieht …«

»Ich habe ihm nicht weh getan. Doch er wird euch auch nicht mehr schlagen.«

»Ich wollte es nicht …« Die junge Mutter ist nicht fähig, Dorrin anzusehen, als dieser auf Meriwhen steigt.

»Mach's gut, Pferdchen«, ruft Frisa.

Als er wieder in Ryllas Hütte eintrifft, sind die anderen Kranken fort.

Die alte Heilerin schüttelt den Kopf. »Bei der Dunkelheit, was hast du getan? Hast du Gerhalm einen Fluch auferlegt?«

»Kaum.« Dorrins Lachen klingt etwas gezwungen. »Ich könnte niemanden verfluchen. Ich habe ihm einen Befehl der Ordnung gegeben. Er kann die Hand nicht mehr gegen die beiden erheben.«

»Das ist heutzutage für einen Mann ein schrecklicher Fluch.« Ryllas Lachen ist so gezwungen wie seines. »Was willst du tun, wenn er sie verläßt?«

»Meinst du, er wird es tun?«

»Nicht in den nächsten Achttagen, aber am Ende des Sommers.« Sie lehnt sich im Stuhl zurück und trinkt einen Schluck Kräutertee.

»Ich weiß nicht.« Er holt tief Luft. »Ich sollte jetzt wohl lieber darüber nachdenken, Gewürze zu säen und meine Hütte zu bauen, falls du nichts dagegen hast.«

»Meinetwegen. Niemand wird es wagen, eine alte Heilerin anzurühren, die einen Schwarzen Meister zum Nachbarn hat.«

»Ich bin kein Schwarzer Meister.«

»Vielleicht noch nicht. Aber es gibt weit und breit gewiß keinen, der näher daran wäre als du.« Sie nimmt noch einen Schluck aus dem angeschlagenen Becher. »Meinetwegen kannst du jetzt zu dem alten Yarrl zurückkehren.«

»Ja, das sollte ich tun.«

»Denkst du immer noch an deine Händlerin?« fragt Rylla lächelnd.

Dorrin schüttelt den Kopf. Ein so tiefes menschliches Verständnis wie diese alte Frau wird er nie haben.

Der Ritt zurück verläuft still, nur das Geräusch von Meriwhens Hufen im schmelzenden Eis und Schnee ist zu hören. Als er die Scheunentür öffnet, sieht er Reisa. »Du bist früh zurück.« Reisa bricht gerade einen Ballen Heu auf, um das Maultier und den Braunen zu füttern.

»Ich habe einem Mädchen geholfen, das geschlagen wurde.« Er nimmt den Stab aus dem Köcher und lehnt ihn in der Ecke an.

»Sie wird wieder mißhandelt werden. Manche Männer ändern sich nie.«

»Nein«, sagt Dorrin tonlos. »Er wird sie nie wieder schlagen.«

»Hast du … deinen Stab benutzt?«

»Nein. Ich war viel grausamer.« Dorrin wird sich der Dunkelheit, die noch in seinen Augen liegt, bewußt, als Reisa vor ihm zurückweicht. »Ich habe ihm einen Bann auferlegt, nie wieder die Mutter oder das Kind zu schlagen.«

»Bei der Dunkelheit … du kannst einem aber manchmal richtig Angst einjagen.«

»Manchmal habe ich sogar vor mir selbst Angst.« Dorrin löst die Sattelgurte, nimmt den Sattel vom Rücken des Pferdes und hängt ihn sorgfältig auf. Er faltet die Decke zusammen und entfernt die Hirtentrense. Meriwhen fühlt sich besser damit, sie braucht kein Zaumzeug mit Gebiß. Dann holt er die Bürste und striegelt das Pferd. Reisa steht dabei und schaut ihm zu, Zilda klimpert in der hinteren Ecke der Scheune mit der Kette.

»Warum hast du sie gehen lassen?« fragt Reisa, sobald er fertig ist. »Die Händlerin, meine ich?«

»Weil sie gehen mußte. Weil ich sie nicht festhalten will, wenn sie Raum braucht. Weil ich immer noch verwirrt bin.«

»Du bist noch jung«, sagt sie stirnrunzelnd. »Junge Leute müssen ihre Fehler machen. Bis du es schließlich gelernt hast, bist du alt, und die Jungen hören nicht auf dich.«

Dorrin fragt behutsam: »Was willst du mir damit sagen?«

»Das Leben ist kurz, Dorrin. Viel zu kurz.« Sie hebt den verstümmelten Arm. »Ich dachte immer, ich könnte es mit dem Schwert mit jedem aufnehmen. Manchmal kommt es mir vor, als wäre es erst gestern gewesen. Zwanzig Jahre – im Nu vorüber, wie ein Augenzwinkern. Die meisten waren gute Jahre, aber mit den guten sind auch die schlechten gekommen.«

Dorrin schließt die Tür von Meriwhens Stand und legt die Wurzelbürste ins Regal. Meriwhen wiehert leise.

»Die Weißen Magier stoßen weiter vor. Hoffentlich siehst du Liedral bald wieder. Laß sie beim nächsten Mal nicht wieder gehen, ganz egal, was sie zu dir sagt.« Reisa hustet, wischt sich ein feuchtes Auge aus und nimmt die Bürste. »Der Braune muß auch gestriegelt werden.« Sie öffnet die Tür des zweiten Stands. »Geh lieber in die Schmiede, bevor Yarrl sich totarbeitet. In dieser Hinsicht seid ihr zwei wohl aus dem gleichen Holz geschnitzt.«

Dorrin geht langsam durch den festgetrampelten Schnee in seine Kammer, um sich umzuziehen. War es wirklich falsch, Liedral gehen zu lassen? Aber wie hätte er von ihr verlangen können zu bleiben? Er kann sich ja kaum selbst ernähren. Der Kopf tut ihm weh, als er an die Goldstücke in der Kiste denkt. Nein, das ist nicht wahr. Es wird nur dann knapp, wenn er seine Maschinen bauen will.

Die Augen brennen, in seinem Kopf pocht es. Die Dinge sind einfacher, viel einfacher gewesen, bevor Liedral aufgetaucht ist.

LXXIV

Ein dünner Rauchfaden steigt vor dem berittenen Trupp in den klaren, blaugrünen Himmel. Brede zieht den Kopf ein, weil ihm im schneidenden Wind die Ohren kalt werden. Der Trupp bewegt sich auf der verschneiten Straße nach Westen in Richtung Fenard. Im Gegensatz zu Brede, dessen Kopf ungeschützt ist, hat Kadara sich eine gestrickte Mütze übergestreift. Beide tragen dicke, mit Vlies gefütterte Handschuhe.

»Der verdammte Wind.«

»Du mußt immer über irgend etwas fluchen, Vorban.«

»Halt doch dein verdammtes Maul, Sestal.«

Brede und Kadara wechseln einen Blick und schütteln die Köpfe.

»Warum sollte ich? Du jammerst unablässig. Immerhin werden wir hier bezahlt. Möchtest du lieber ein Bauer sein? Auf den Frühling warten, damit all der Schnee schmilzt und die ganze Gegend sich in ein Schlammloch verwandelt?«

»Für was werden wir denn bezahlt? Dafür, daß wir uns den Arsch abfrieren und Diebe suchen, die überhaupt keine sind? Nicht mehr lange, und wir werden gegen certische Truppen ins Feld ziehen. Und was dann?«

»Ruhe da hinten«, faucht der Truppführer.

Kadaras Blick fällt auf die Rauchsäule. »Ich möchte wetten, das ist wieder ein Händler.«

»Er war sicher auf dem Rückweg«, ergänzt Brede.

»Wie kommt ihr darauf?« fragt Vorban, der hinter Brede reitet.

Brede dreht sich halb zu ihm um. »Auf diese Weise bekommen sie seine Waren und das Geld, und Spidlar bekommt überhaupt nichts. Es tut ihren Händlern nicht weh, nur den unsrigen.«

»Ruhe da hinten«, befiehlt der Anführer noch einmal.

»... Ruhe da hinten ...«, äfft Vorban ihn nach, aber leise genug, damit nur die ihn hören können, die in seiner unmittelbaren Nähe reiten.

Die Pferde stampfen weiter durch den verharschten Schnee, der mehrmals getaut und wieder gefroren ist.

»Überprüft die Waffen.«

Hinter der Hügelkuppe brennt es. Ein paar Reiter bewegen sich langsam bergauf nach Osten. Sie führen drei Pferde, zwei rauchende Wagen haben sie zurückgelassen. Sie tragen das dunkle Purpur von Gallos.

»... verdammt ...«, murmelt Vorban.

Brede und Kadara wechseln schweigend einen Blick.

»... Licht und Dunkelheit ... verdammt auch ...«, sagt Vorban noch einmal.

LXXV

Der schlanke, weiß gekleidete Mann betrachtet den Gegenstand auf dem Tisch, dann die Kiste, aus der er entnommen wurde. Seine Hände scheuen vor der Dunkelheit zurück, die beides umgibt. »Woher habt Ihr das, Fydel?«

»Von einem Händler namens Willum aus Fenard«, erwidert der bärtige Mann. Auch er ist weiß gekleidet, trägt aber weder den goldenen und weißen Kometen am Kragen noch ein Amulett um den Hals.

»Es fühlt sich an, als käme es aus Recluce.«

»Die Schwarzen hassen kompliziertes Gerät«, schnaubt der schwerfällige Weiße Magier. »Ihr wollt doch nicht etwa sagen, daß diese altmodischen Dickschädel so etwas wie dies hier zulassen würden, Jeslek?«

»Wohl kaum. Aber die Kombination von natürlichem

Holz, Schwarzem Eisen und Ordnung – wer könnte so etwas herstellen? Hat der Händler gesagt, woher er es hatte?«

»Zuerst nicht. Ich habe ihn etwas unter Druck gesetzt, und er hat geschwitzt, aber er hat nichts verraten. Bevor er mich gesehen hat, wollte er den Leuten einreden, es wäre ein Wunderspielzeug, das er aus einem fernen Land bekommen hätte. Jemand hat ihn gefragt, ob die Schwarzen Teufel es gemacht hätten. Aber er hat nur gelacht und gesagt, von so weit her käme es auch wieder nicht. Ich habe mir ihn später geschnappt, das hat einige Probleme gelöst. Bevor er … äh …«

»Ihr wart doch hoffentlich nicht so dumm, Chaos-Feuer einzusetzen?«

»Nein, so dumm bin ich wirklich nicht. Schlichte Folter wirkt immer noch am besten. Dann haben wir ihn auf die Hauptstraße gelegt und dafür gesorgt, daß es aussieht wie ein normaler Überfall auf einen Händler. Die Galler haben es jedenfalls geschluckt.«

»Ihr seid äußerst großzügig mit Illusionen. Ist das auch klug?«

Fydel zuckt mit den Achseln. »Die verbrannten Wagen und die Plünderung waren sehr realistisch in Szene gesetzt.«

»Was habt Ihr herausgefunden?«

»Der Handwerker, der die Sachen herstellt, lebt in Diev. Sein Name ist Dorrin. Niemand hat bislang von ihm gehört.«

»Wo liegt Diev? Ist das nicht irgendwo in der Nähe der Westhörner?«

»Es ist eine kleine Hafen- und Bergbaustadt an der Küste, ungefähr hundertfünfzig Meilen nordwestlich von Spidlaria.«

»Es könnte noch schlimmer kommen«, überlegt der größere Magier mit den goldenen Augen.

»Wie das?« Fydel betrachtet das Spielzeug, das auf dem weißen Eichentisch liegt.

»Nun … nehmt es einfach in die Hand und haltet es.«

»Das würde ich nur sehr ungern tun«, erwidert Fydel.

»Und wenn es nun eine Windmühle in normaler Größe wäre, die auf die gleiche Weise gebaut ist?«

»Sie würden im Verhältnis weniger Schwarzes Eisen verwenden. Außerdem, warum sollten sie das überhaupt tun?«

»Fydel.« Jesleks Stimme ist hart, und der kleinere Magier weicht unwillkürlich zurück. »Angenommen, es wäre ein Schiff oder was auch immer. Was könnte man damit tun?«

»Ich würde es nicht anrühren – aber sie können solche Schiffe nicht bauen.«

Jeslek schüttelt den Kopf. »Bin ich denn hier nur von Narren umgeben? Sie können es nicht – noch nicht. Aber dies hier ist der Beweis dafür, daß jemand es bald tun kann. Wollt Ihr, daß Recluce der Ort ist, an dem es gebaut wird?«

»Aber es kommt doch gar nicht aus Recluce.« Fydel nickt zum Spielzeug hin, das er in einer Kiste verstaut hergebracht hat, um es nicht berühren zu müssen. »Ein Handwerker ist noch keine Gemeinschaft.«

»Schaut es Euch an«, faucht Jeslek. »Das ist solide Schnitzarbeit oder jedenfalls die Arbeit von einem, der wie ein Schreiner arbeiten kann. Es ist bearbeitetes Schwarzes Eisen und eine kleine Dreingabe von Ordnung. Das bedeutet, wir haben es mit einem Schmied, einem Schreiner oder Spielzeugmacher und einem Heiler zu tun – oder mit jemandem, der diese drei Fähigkeiten in sich vereinigt. Wenn dieser Dorrin … so jemanden habe ich noch nie gesehen.«

»Also gut, er macht Spielzeug. Wie sollte uns das gefährlich werden?«

»Überhaupt nicht, solange er nur Spielsachen macht und solange Recluce nicht auf die gleiche Idee kommt.«

Jeslek betrachtet das Spielzeug und wandert um den runden Tisch herum.

Der bärtige Magier zieht sich unter Verbeugungen zurück, bis sein Umhang die weiße Mauer in seinem Rücken berührt. »Vielleicht stammt er ja aus Recluce. Wahrscheinlich haben sie ihn verbannt, weil er schon einmal etwas wie dies hier fabriziert hat.«

»Sie werden nicht ewig so dumm bleiben«, gibt Jeslek zurück.

»Sie leben immer noch nach den Legenden von Creslin.«

»Wollen wir hoffen, daß sie es auch weiterhin tun.« Jeslek dreht sich zu dem anderen Magier um. »Laßt allen Gardisten und Kontrollposten Bescheid geben und auch alle anderen unterrichten – Ihr wißt schon, was ich meine. Falls es irgendwo irgend etwas über diesen Dorrin zu erfahren gibt, will ich es wissen. Habt Ihr verstanden?«

Fydel nickt.

»Ich werde dieses … dieses verfluchte Ding vorerst behalten.« Jeslek blickt zur Tür, und der andere Magier verneigt sich abermals.

»Guten Tag, Erzmagier.«

Nachdem Fydel gegangen ist, denkt Jeslek über das Spielzeug und den jungen Schmied nach, der es hergestellt hat. Ob der Mann weiß, welche Kräfte er besitzt? Offenbar nicht. Wie alle Schwarzen kann er nur einen Bruchteil von dem sehen, was wirklich wichtig ist.

Er lächelt, als es leise an der Tür klopft. »Komm herein, Anya.«

Die rothaarige Magierin huscht herein und verriegelt hinter sich die Tür.

»Du brauchst die Tür wirklich nicht zu verriegeln. Wer sollte es wagen, hier einzudringen?«

»Ich ziehe die Vertrautheit hinter verschlossenen Türen vor.« Sie lächelt schüchtern.

Jeslek sieht zum Fenster. Draußen ist es dunkel, nur das Weiß Fairhavens erzeugt einen schwachen Lichtschein.

»Dein Vorgehen gegen Spidlar trägt unerwartete Früchte.«

»Du meinst die Verstärkung der Chaos-Energie? Natürlich.« Jeslek lacht, aber sein Lachen kann die Augen nicht erreichen.

»Es ist sehr wirkungsvoll. Spidlar braucht mehr Ordnung, um überleben zu können, und du erzeugst immer neues Chaos in Gallos und Kyphros.«

»Mag sein.« Er deutet zum Spielzeug auf dem Tisch. »Was hältst du davon?«

Anya macht keine Anstalten, es zu berühren. »Wovon?«

»Von dem Spielzeug da. Geh nur, hebe es hoch.«

»Soll das ein Witz sein?« Die rothaarige Magierin lacht unsicher, ohne der Aufforderung Folge zu leisten.

»Wie ich sehe, hat Fydel dir schon davon erzählt.«

»Und wenn es so wäre?«

»Oh, Anya.« Er schüttelt traurig den Kopf. »Wir müssen Spidlar zerschmettern, bevor dieser Spielzeugmacher größere Dinge herstellt. Und du machst dir Sorgen und schmiedest Ränke, wen du zu meinem Nachfolger machen und wie du ihn mit Hilfe deines Körpers kontrollieren kannst.«

»Du bist unmöglich.«

»Nein, nur realistisch. Und langsam im Begreifen. Aber nicht ganz und gar dumm.«

»Nicht ganz und gar.« Anya setzt sich neben der Weinflasche auf den Stuhl. »Darf ich mir etwas einschenken?«

»Sei mein Gast.«

»Besonders erzürnt bist du ja anscheinend nicht.«

»Warum sollte ich mich aufregen? Weiß ist Weiß, eine Natter ist eine Natter. Was ich denke, wird dich nicht verändern, und du bist schön. Warum sollte ich mir nicht nehmen, was du mir anbietest? Du bist keine echte Gefahr für mich. Für Sterol oder Fydel schon eher.«

»Du scheinst sehr selbstsicher.« Sie gießt zwei Weingläser voll.

»Ich bin, was diese Dinge angeht, im Grunde nicht sehr erfahren, und das weißt du auch. Aber es spielt keine Rolle, und das ist dir klar, auch wenn du es Sterol wahrscheinlich nicht erklärt hast. Er weiß es auch, obwohl er dir nichts davon gesagt hat. Ihr wartet beide darauf, daß ich mich übernehme. In schwierigen Zeiten kann so etwas sogar einem Erzmagier passieren. Ich hoffe allerdings, daß ich der erste bin, der diesen Fehler nicht macht. Du bist dir dagegen sicher, daß ich genauso bin wie alle anderen.«

Anya trinkt einen großen Schluck. »Du bist ... wirklich erstaunlich.«

»Keineswegs.« Jeslek tritt hinter sie, fährt ihr mit der Hand unter den Kragen und berührt ihre Schulter. »Keineswegs.«

LXXVI

Kurz vor der Dämmerung schlagen die Regentropfen wie eiserne Nägel in den matschigen Schnee. Vor einem Achttag hat der Schnee noch hüfthoch auf den Feldern gelegen und war, obwohl festgetrampelt, sogar im Hof der Schmiede noch knietief.

Dorrin eilt zur Veranda, wo er Schlamm und Matsch von den Stiefeln streift und mit der Schuhbürste nachputzt. Dann reinigt er noch einmal die Füße auf der Matte, bevor er die Küche betritt. Drinnen ist es ein wenig wärmer als in der klammen Luft draußen, dennoch ist die Küche noch recht kalt, und dunkel ist es auch. Nur eine einzige Öllampe steht auf dem Tisch.

Yarrl sitzt am Ende des Tisches. Er hat zwei Scheiben Brot mit Käse vor sich liegen. »Eine flaue Jahreszeit.«

»Das war im letzten Jahr anders, nicht wahr?«

»Kurz bevor du gekommen bist, war es genau wie jetzt. Ich habe bisher nur einen einzigen Frühling gesehen, in dem die Geschäfte nicht schleppend gegangen wären, aber so etwas möchte ich nicht noch einmal erleben. Die Dürre damals war so schlimm, daß die Hälfte der Tiere verendet ist.« Der Schmied kaut Käse und Brot, die linke Hand umschließt den Becher mit kühlem Apfelwein.

Dorrin schneidet sich Brot und Käse ab und sucht im Schrank nach getrockneten Früchten. »Gibt es noch Früchte?«

»Keine Früchte. Verdammte Weiße Magier.«

»Wenn das ein Fluch war, so ist er nicht nötig. Sie wurden schon vor langer Zeit von besseren Menschen verflucht, und Creslin war derjenige, der dafür gesorgt hat, daß es hängenblieb.«

Reisa, die einen dicken Pullover und eine weite Hose trägt, betritt die Küche. »Wir haben noch getrocknete Früchte. Liedral hat uns eine kleine Kiste dagelassen. Birnäpfel und eine andere Sorte. Ich habe sie noch nicht geöffnet.«

»Frau, wenn du sie noch nicht geöffnet hast, dann ist es, als wären sie nicht da«, grollt Yarrl mit vollem Mund.

»Nein, so ist es nicht.« Reisa schiebt ein paar Zweige in den kalten Ofen und nimmt den Zündstein, um einen Kerzenstummel, der in einem Halter steckt, zum Brennen zu bringen. Mit der Kerze zündet sie dann das Reisig an. Sie wartet, bis es lichterloh brennt, ehe sie eine Schaufel Kohle dazugibt. »Ich backe heute mittag Brot, dann wird es zum Abendessen noch warm sein.«

»Als ob mir das jetzt etwas nützen würde.«

Dorrin gießt sich kühlen Apfelwein in einen Becher.

»Mit Frauen kann man nicht streiten, Dorrin. Die antworten nicht auf das, was du fragst, aber dafür antworten sie auf etwas, das du gar nicht wissen wolltest.«

»Mit Männern kann man auch nicht reden«, widerspricht Reisa gelassen. »Sie hören nicht, was man sagt, und dafür hören sie das, was sie hören wollen, obwohl man es nicht gesagt hat.«

»Das heißt wohl, daß man am besten überhaupt nicht mehr reden sollte«, fügt Petra hinzu. Sie bleibt in der Türe stehen und betrachtet den halben Brotlaib, der noch auf dem Schneidebrett liegt, dann nimmt sie das Messer und schneidet zwei Scheiben ab. Die erste bietet sie ihrer Mutter an.

»Danke.« Reisa nimmt das Brot, behält aber ständig das junge Feuer im breiten Küchenherd im Auge.

»Schlimmer als die Weißen Magier ... haben auf alles eine Antwort, und raffinierter sind sie auch.«

Dorrin hält es für ratsam, das Thema zu wechseln. »Brede und Kadara sagen, die Diebe hätten Pferde mit gallischen Hufeisen gehabt – die Sorte mit den Stegen in der Öffnung.«

»Wenn das Hufeisen mit einem Steg geschlossen wird, ist die Öffnung nicht mehr da.«

»Vater«, faucht Petra, »nun sei doch nicht schon wieder so furchtbar pedantisch.«

»Das klingt aber gar nicht gut.« Reisa, die gerade Mehl in eine Schüssel gekippt hat, schaut auf. »Oh, Petra. Ich brauche Milch, noch heute morgen.«

»Es gießt in Strömen.« Petra schaut in die graue Dämmerung hinaus und schließt vor dem Vorhang aus Wasser, der draußen niederfällt, sofort wieder die Tür.

»Die Milch brauche ich trotzdem.« Reisa hustet. »Es wird nicht mehr lange dauern, bis der Präfekt behauptet, das Land oberhalb von Elparta gehöre zu Gallos.«

»Das stimmt doch überhaupt nicht«, schnaubt Petra.

»Wir werden Nägel brauchen, ein paar kleine Fässer mit normalen Flachköpfen, lange und kurze. Werthen bestellt immer ein Faß, kurz nachdem der Schlamm wieder trocken ist.« Yarrl grinst. »Antras oder Henstaals Nägel mag er nicht.«

Dorrin stöhnt. Er haßt es, Nägel zu machen, auch wenn die Arbeit ihm inzwischen keine Mühe mehr bereitet.

»Ein richtiger Schmied stöhnt über Nägel, aber er macht sie gut. Bei der Dunkelheit, wozu haben Schmiede denn sonst ihre Zuschläger? Die machen die Nägel und schmelzen den Abfall zu Stäben und Barren.« Yarrl steht auf und trinkt seinen Becher Apfelwein aus. »Laß uns anfangen. Wo ist denn nun dieser nutzlose Tagedieb?« Er tut so, als hätte er Vaos nicht in die Küche huschen sehen.

Petra schneidet für Vaos eine Scheibe Brot ab und gibt ihm ein Stück Käse. Dann zieht sie einen rissigen, geölten Regenmantel von einem Haken neben der Tür.

»Wo steckt der nutzlose Tagedieb?« knurrt Yarrl noch einmal, Vaos ignorierend.

»Wahrscheinlich spielt er mit Zilda«, antwortet Dorrin, während er Vaos zuzwinkert.

»Mit der sollte er lieber nicht spielen, das ist eine Ziegendame.«

»Vater ...«

Vaos kippt den Apfelwein hinunter, den Reisa ihm reicht. Reisa blickt kurz zu Dorrin und schüttelt den Kopf. Sie wissen beide, daß für Yarrl die Arbeit wichtiger ist als die Politik, und sie wissen genau, daß Diskussionen über die Politik nicht weiterhelfen, wenn man Nägel machen, Brot backen oder die Kuh melken muß.

Dorrin schluckt den letzten Bissen des eiligen Frühstücks hinunter und geht zur Schmiede.

LXXVII

In der langen Baracke brennt ein kleines Feuer, ein halbes Dutzend Soldaten sitzen auf Hockern um den Ofen. Andere liegen, so weit wie möglich von den zugigen Wänden abgerückt, auf ihren Schlafmatten. Draußen prasselt kalter Regen auf den schmelzenden Schnee.

Brede und Kadara sitzen auf halbem Wege zwischen dem Feuer und dem kleinen abgetrennten Raum, wo der Abschnittskommandeur sich mit den Truppführern berät. Hinter der verkratzten Tür aus Roteiche findet ein Gespräch statt, das für jene, die draußen sitzen, noch deutlich als Streitgespräch zu erkennen ist, auch wenn die Worte gedämpft und nicht zu verstehen sind.

»Da ist irgend jemand unzufrieden.« Kadara lehnt sich an Bredes Schulter.

»Sehr unzufrieden.« Er berührt ihre Hand. »Ich bin froh, daß wir nicht in dieses Mistwetter hinaus müssen.«

»Ich auch.« Sie drückt seine Hand. »Wir werden aber bald wieder ausrücken müssen.«

»Danke, daß du mich daran erinnerst, Liebste.«

Die Tür wird geöffnet.

»Brede?«

Brede steht auf. »Ja, Ser?«

»Der Abschnittskommandeur will dich sprechen.«

Brede hebt die Augenbrauen, zuckt die Achseln und betritt den kleinen Raum, in dem die Truppführer versammelt sind. Die anderen Soldaten wenden den Blick ab, als der große blonde Mann sich einen Weg durch die Schlafstätten sucht. Die Eichentür wird hinter ihm mit einem Klicken geschlossen.

»Soldat Brede, dies ist Kommandant Byskin.«

»Ja, Ser.« Brede neigt höflich den Kopf. Er steht gelassen vor dem Tisch und sieht den Abschnittskommandeur, einen Soldaten in mittlerem Alter, klein und gut in Form, offen an. Er hat schütteres, kurzes braunes Haar, das silbern durchwirkt ist.

»Trifft es zu, daß Ihr aus Recluce stammt?« fragt Byskin.

»Ja, Ser.«

»Was würde geschehen, wenn die Weißen Magier Euch zu fassen bekämen?«

»Ich glaube nicht, daß sie mich lange festhalten würden, Ser. Wahrscheinlich würden sie sich nicht sonderlich wohl fühlen, wenn sie einen Gefangenen aus Recluce in der Nähe hätten.«

»Wollt Ihr damit sagen, daß sie Euch an Ort und Stelle umbringen würden?«

»Wenn sie könnten, würden sie das tun, Ser.«

»Hättet Ihr Interesse, der Anführer eines neuen Trupps zu werden?«

»Das klingt interessant, Ser, aber wenn es Euch nichts ausmacht, würde ich Euch bitten, es mir näher zu erklären.«

»Vorsichtig seid Ihr, was?« sagt Byskin lachend.

»... ach, und so höflich ist er ...«, flüstert jemand.

Byskin blickt zu den anderen drei Truppführern, die schlagartig verstummen. »Wie ich schon sagte, habe ich beschlossen, daß wir etwas Neues versuchen müssen, um die Überfälle auf unsere Händler zu unterbinden. Nach dem letzten Überfall, bei dem ein recht bekannter Händler getötet wurde, hat der Rat eine größere Summe genehmigt, um zusätzliche Schwertkämpfer anzuwerben und einen neuen Trupp aufzustellen. Dieser Trupp soll weitgehend unabhängig arbeiten und nach Möglichkeit an den Stellen warten, wo Überfälle geschehen könnten ...«

Brede nickt.

»Angesichts Eurer Herkunft ...«

»Ihr fragt mich, ob ich diesen Trupp übernehmen würde?«

»Ja, Brede. Genau das frage ich Euch. Ihr würdet den

gleichen Sold wie die anderen Truppführer bekommen, dazu eine Zulage für Gefechte. Oh, und falls Ihr einverstanden seid, soll die Soldatin Kadara Eure Stellvertreterin werden.«

Brede lächelt höflich. »Ich verstehe.«

Byskin runzelt die Stirn. »Wollt Ihr den Posten haben?«

»Wem gegenüber bin ich verantwortlich?«

»Mir gegenüber, Truppführer Brede«, sagt Byskin kalt. »Ihr seid mir unmittelbar unterstellt.«

»Wann beginnen wir?«

»Ihr werdet die ersten Rekruten in den nächsten Tagen bekommen. Ihr habt zwei Achttage, um sie in Form zu bringen.«

Brede hört zu, während Byskin ihm seine neuen Aufgaben beschreibt.

»... nicht nötig, Gefangene zu machen, es sei denn, besondere Umstände erfordern es ... drei Achttage im Einsatz, einen frei ... vor allem die Sicherheit der Händler des Rates ...«

Als Brede den Raum verläßt, trägt er ein goldenes Abzeichen am Kragen, und die Gespräche im Raum verstummen schlagartig. Er setzt sich neben Kadara auf einen Hocker.

Kadara sitzt auf der Schlafmatte und hört schweigend zu, als Brede ihr die Neuigkeiten berichtet. Beide ignorieren die Tatsache, daß die anderen Soldaten einen weiten Bogen um sie machen.

»... und es ist eine ziemlich unangenehme Aufgabe.«

»Warum hast du dann zugestimmt?«

»Ich war der Ansicht, daß die Alternativen noch schlimmer sind. Keiner der Truppführer hat uns wirklich gern in seiner Abteilung. Außerdem glaube ich, wir können etwas erreichen. Ich bin es müde, immer nur auf Leichen und geplünderte Wagen zu stoßen.«

»Da ist noch etwas, das du nicht erwähnt hast.«

»Ich glaube, das war auch nicht nötig.« Er zuckt mit

den Achseln. »Solange diese Sache hier nicht ausgestanden ist, werden wir sowieso kein Schiff finden, das uns nach Hause bringt.«

»Wir könnten im Sommer über die Westhörner gelangen.«

»Ich will nicht davonlaufen.«

»Manchmal ist das aber sicherer.«

Brede schüttelt den Kopf. »Da bekommt man doch nur ein Schwert oder einen Pfeil in den Rücken.«

»Wenn du meinst, daß es das Beste ist ...«

»Das Beste ist es sicher nicht, das weißt du. Aber was sollen wir sonst machen?«

»Ich weiß es nicht. Ich beneide Dorrin. Er muß wenigstens nicht draußen herumlaufen und die ganze Zeit um sein Leben kämpfen.«

»Das wird noch kommen.« Brede spricht leise, seine Stimme klingt traurig. »Das wird kommen.«

LXXVIII

»Woher habt Ihr das?«

»Von einem unserer Händler in Spidlar«, erklärt der bärtige Fydel.

»Es sieht aber nicht aus wie ...«

»Es ist nicht das Original. Ich habe es kopieren und weiterschicken lassen.«

»Das war eine gute Idee.« Jeslek betrachtet die Briefkopie auf dem weißen Pergament aus Fairhaven.

Liedral,
Dein Brief ist angekommen, und sogar ohne große Verzögerungen, wenn man sich überlegt, welchen Weg er genommen hat. Ich muß mich entschuldigen, daß ich so spät antworte, aber ich bin kein großer Briefeschreiber.

Ich war überrascht, als ich hörte, daß es für meine klei-

nen Modelle überhaupt einen Markt gibt und daß mehr als ein Käufer sich dafür interessiert. Vielleicht sollte ich tatsächlich den Beruf des Spielzeugmachers ergreifen. Schwerer als die Arbeit eines Schmieds kann es nicht sein, und vielleicht wird es sogar besser bezahlt. Aber wenn ich weiter darüber nachdenke, will ich es vielleicht doch nicht tun. Der Winter hier war sehr kalt, und den weniger Glücklichen ist es nicht gut ergangen.

Ich arbeite jetzt auch als Heiler, und das ist manchmal traurig. Die Kälte trifft die Kinder und die alten Leute am schwersten. Wenn die Alten in der Kälte den Bauchfluß bekommen, sterben sie oft sehr schnell weg. Die Jungen konnte ich manchmal retten, aber es waren zu viele, um sie alle zu heilen. Rylla, die alte Heilerin, die mich ausbildet, sagt mir, ich dürfe nicht nur die Bedürftigen heilen, denn ein mittelloser Heiler braucht bald selbst einen Heiler. Im Winter ist das Wasser außer in den Städten meist besser als im Sommer, aber die Leute halten mich für einen Sonderling, wenn ich ihnen sage, sie sollen das Wasser in einem Kessel abkochen, bevor sie es trinken. Die meisten würden lieber Bier oder Wein trinken, aber wer von den Armen kann sich das schon leisten?

Kadara und Brede verbringen jetzt viel Zeit auf der Straße. Es scheint so, als würden trotz des Winters die Überfälle und Raubzüge weitergehen. Das kommt mir komisch vor, weil doch alle Straßen unpassierbar sind, abgesehen von den Hauptstraßen, die von den Händlern freigefahren werden. Selbst getrocknete Früchte sind jetzt schwer zu bekommen, und Gewürze gibt es praktisch überhaupt nicht mehr. Das könnte bedeuten, daß Du im Spätsommer ganz gut verdienen kannst, falls es Dir gelingt, Spidlar mit dem Küstenschiff zu erreichen.

In gewisser Weise kommt es mir vor, als würde ich Dich schon länger kennen als die beiden kurzen Spannen, die wir zusammen verbracht haben. Ich hoffe, es dauert nicht zu lange, bis Deine Reisen Dich wieder hierher führen.

Dorrin

»Ich darf doch annehmen, daß Ihr den Brief zum Empfänger verfolgt?«

»Das haben wir schon getan. Er geht an eine Händlerin namens Liedral ...«

»Das ist offensichtlich.«

»... die von Jellico aus arbeitet. Normalerweise geht sie als Mann durch, und sie zahlt keinen Tribut an Fairhaven. Sie benutzt die Nebenstraßen. Da sie nicht sehr erfolgreich ist, hat niemand sie bisher beachtet. Außerdem stammt sie aus einer alteingesessenen Familie. Ihr Bruder ist in der örtlichen Politik aktiv.«

»Wie aktiv?«

»Ich glaube, er steht auf Sterols Soldliste.«

»Oh ... dann hat unser guter Freund Sterol also seine Spionagetätigkeit nicht aufgegeben?«

Fydel zieht beide Augenbrauen hoch. »Habt Ihr etwas anderes erwartet?«

»Nein, eigentlich nicht«, sagt Jeslek grinsend.

»Wollt Ihr, daß irgendein Unfall geschieht?«

»Noch nicht. Ich muß darüber nachdenken.« Jeslek betrachtet das Glas auf dem Tisch, dann sieht er nach draußen. Es regnet.

»Ist das alles?«

Jeslek nickt, dreht sich aber nicht um, als Fydel hinausgeht und die Tür hinter sich schließt. Dann blickt er in den Spiegel und konzentriert sich. Dorrins Bild erscheint auf der Fläche. Dieses Mal arbeitet der Schmied an einem kleinen, schwarzen Gegenstand. Abrupt hebt Dorrin den Kopf, und sein Blick scheint Jesleks Blick zu erwidern, bevor der Nebel sich wieder über das Bild legt.

»Hmm ...« Der Schwarze Schmied wird stärker, viel stärker. Aber er ist jung und mit dieser Händlerin verbunden. Jeslek schreitet im Zimmer auf und ab.

Auch Fydel wird allmählich zum Problem. Er hat ihm den Brief fast eine Jahreszeit zu spät gegeben – das war ein wenig nachlässig, beinahe schon eine Beleidigung. Jeslek muß lachen, als er daran denkt, daß die Schiffe beinahe fertig sind.

LXXIX

Dorrin kämpft mit dem Spaten und wendet langsam die lehmige Erde, um Ryllas Garten zu erweitern, damit Eispfeffer und Kartoffeln gesetzt werden können. Das Gärtnern ist sogar noch schwerer als die Arbeit in der Schmiede. Vielleicht scheint es ihm auch nur so, weil ihn ständig kleine Insekten plagen.

Er verscheucht eine Stechfliege. Er will weder Zeit noch Energie darauf verwenden, einen Schutz zu sprechen. Er wischt sich die Stirn ab. Die Nachfrage nach Gewürzen wird sicher steigen, und er kann damit Geld verdienen, aber er hatte vergessen, daß auch die beste Idee etwas Arbeit erfordert, wenn sie umgesetzt werden soll.

Er atmet tief durch und beginnt mit der nächsten Furche. Auf halbem Wege wischt er sich wieder die Stirn ab und schlägt nach einer Stechfliege. Er blickt zum kleinen Hügel über dem Teich und mißt ihn im Geiste ab. Wenn ... er schüttelt den Kopf. Er denkt schon über das nächste Unternehmen nach, dabei hat er noch nicht einmal die Grundsteine für die Hütte und die Schmiede gesetzt. Er will sich fließendes Wasser legen.

Er nimmt wieder den Spaten und denkt sehnsüchtig an den Rauch in der Schmiede, an Hämmer und sogar an die Herstellung von Nägeln. Dann muß er lachen.

Als der Vormittag zur Hälfte verstrichen ist, hat er geschafft, was er sich vorgenommen hat. Morgen wird er säen und Schößlinge setzen. Rylla kann sich um das Gießen kümmern.

»Das ist kein Garten, das ist ein Feld. Ich nehme an, du erwartest von mir, daß ich gieße und Unkraut jäte?« Ryllas Stimme klingt grantig, aber ihre Augen funkeln.

»Nur manchmal. Es wird uns allen zugute kommen.«

»Wir werden mehr Gewürz haben als ...« Sie hustet. »Wirst du denn alles verkaufen können?«

»Ich hoffe nicht, aber ich wette, wir werden es tun. Am Ende sogar die Kartoffeln.«

»Hast du etwas von deinen Freunden, den Schwertkämpfern, gehört?«

»Sie haben Brede zum Truppführer ernannt und einen neuen Trupp aufgestellt.«

»Ah ... und dabei war der Rat noch nie sehr großzügig mit seinem Geld und erst recht nicht bei jemandem, der wie ein Schwarzer gerochen hat.«

Dorrin denkt darüber nach, daß man ... etwas ... brauchen wird, um die Weißen aufzuhalten. »Hast du Salpeter?«

»Nicht, wenn du mit Schwarzpulver herumspielen willst. Außerdem kann das ein guter Weißer schon aus größerer Entfernung zünden.«

»Ich hatte etwas anderes im Sinn.«

»Aber setz mir nicht die Hütte in Brand, Dorrin.«

»Ich werde den alten Wurzelkeller benutzen.«

»Ich hole dir ein bißchen Rotbeerensaft.« Rylla schlurft zur Hütte zurück.

Dorrin hofft, ihr Kommentar war eine schweigende Zustimmung. Will er zu viel zu schnell erreichen? Wahrscheinlich, aber die Zeit läuft ihm davon. Irgend etwas ist im Gange, abgesehen davon, daß die Weißen Magier versuchen, die spidlarischen Händler zu ruinieren oder sogar ganz Spidlar zu übernehmen. Die Weißen sind im Grunde keine guten Kämpfer, und doch beherrschen sie schon fast den gesamten Osten Candars. Haben sie das durch Hinterlist geschafft, mit Hilfe von Gier und Bestechung?

Er denkt an Fairhaven und lacht über die Ironie dieser Vorstellung. Sie haben halten können, was sie gewonnen haben, weil sie dafür gesorgt haben, daß die neuen Regierungen im Grunde mehr auf Ordnung geachtet haben als die alten Herrscher, die vor ihnen da waren – aber im Grunde regieren die Weißen ja überhaupt nicht selbst. Sie haben meist sogar die alten Grafen, Fürsten, Vicomtes und Präfekten im Amt belassen und in jeder Provinz einfach einen Weißen Magier postiert. Dorrin dreht sich kopfschüttelnd um und folgt Rylla ins Haus.

LXXX

Dorrin führt Meriwhen über das regennasse Pflaster am *Roten Löwen* und am *Krug* vorbei. Die Bettlerin sitzt mit ihrem Kind auf einem verwitterten Steinblock, der zu einem Gebäude gehört hat, das es nicht mehr gibt.

»Ein Kupferstück, Meister? Und wenn es nur ein halbes ist, für eine Witwe und ihr Kind?«

Dorrin weiß, daß es nicht sehr barmherzig ist, aber das Klagen der Frau geht ihm auf die Nerven, und er hat noch nie gesehen, daß sie irgend etwas anderes getan hätte, als zu betteln. Er ignoriert ihre Rufe und reitet zum Schiffsausrüster.

Irgendwie sieht das Gebäude anders aus. Er mustert die gekreuzten Kerzen auf dem Schild und bemerkt, daß kein Name darüber steht. Mit seinen Satteltaschen und dem Stab betritt er den Laden. Mitten im Raum steht wie immer der runde kleine Ofen, der jetzt, da die kälteste Jahreszeit vorbei ist, nicht mehr gebraucht wird. Rechts ist die Theke aus Eiche, die sich an der ganzen Wand entlang zieht. Vor dem Durchgang zum Hinterzimmer hängt eine Decke, und wie beim letzten Besuch steht Roald hinter der Theke.

»Ja, Ser?« fragt Roald, indem er besorgt den Stab beäugt.

»Die Veränderungen ...«, meint Dorrin unbestimmt.

»Es sind nicht sehr viele, Ser. Ser Willums Sohn und seine Witwe haben mich eingesetzt, um das Geschäft zu führen und den jungen Halvor auszubilden.«

»Ich habe noch keine Einzelheiten gehört.«

»Es waren Wegelagerer, Ser. Die Wächter haben seine Leiche gefunden, aber die Waren und das Geld waren fort.« Roald sieht die Satteltaschen an, die Dorrin mitgebracht hat. »Seid Ihr nicht der mit den kunstvollen Spielsachen?«

Dorrin nickt. »Ser Willum war von ihnen sehr angetan.«

»Vielleicht können wir eines oder zwei abnehmen, Ser ... wie war noch gleich der Name?«

»Dorrin.«

»Danke, Ser. Vielleicht nehmen wir eines oder zwei ab, aber wir müssen jetzt auf andere reisende Händler zurückgreifen, und ...«

»Ich verstehe.« Dorrin nimmt ein Sortiment kleinerer Spielsachen aus der Satteltasche. »Dann könnte ich mir vorstellen, daß die kleineren eher in Frage kommen.«

»Das denke ich auch. Vielleicht das Boot hier und die Mühle? Sagen wir, zwei davon für ein halbes Silberstück?«

Dorrin lächelt höflich. »Selbst wenn er scharf gefeilscht hat, war Ser Willum immer bereit, beinahe vier Kupfermünzen pro Stück zu zahlen.«

»Ah ... aber der Handel geht nicht mehr so gut. Ohne Euch beleidigen zu wollen, Ser Dorrin, aber mehr als ein halbes Silberstück und ein Kupferstück kann ich nicht bieten.«

Dorrin spürt Roalds Ängste und Sorgen, und er nickt. »Die Zeiten sind schwer. Also sechs.«

Roald lächelt, ebenso erleichtert wie erfreut. »Einen Augenblick, Ser.«

Dorrin packt die anderen Spielsachen wieder ein und läßt das Boot und die Mühle auf der Theke stehen.

»So, bitte sehr.«

»Danke.« Dorrin neigt den Kopf. »Gibt es noch andere Dinge aus Eisen, die Ihr gebrauchen könntet?«

Roald überlegt einen Augenblick, dann schüttelt er den Kopf. »Nicht, daß ich wüßte.«

»Vielen Dank.«

Im Hinausgehen denkt Dorrin über Roalds Verhalten nach. Der Verkäufer war ihm gegenüber mehr als unterwürfig. Er schien nicht so sehr am Feilschen interessiert, sondern eher daran, Dorrin möglichst rasch wieder aus dem Laden zu bekommen. War Roald wegen Dorrin selbst oder aus einem anderen Grund beunruhigt? Was der Grund auch war, Dorrin muß einen anderen Weg finden, seine Spielsachen oder andere Dinge zu verkaufen. Wie wäre es mit Jasolt oder Fyntal? Oder sollte er mit Hasten von der Gilde sprechen?

Dorrin steckt den Stab in den Lanzenköcher und schwingt sich in den Sattel. Er lenkt Meriwhen zum Hafen, wo das kleine, einem Schuppen ähnelnde Haus der Gilde steht. Draußen am Geländer sind keine anderen Pferde angebunden, und der Wind vom Hafen ist eisig, als dauerte draußen auf dem Wasser der Winter eine ganze Jahreszeit länger.

Dorrin nimmt den Stab mit und tritt durch die offene Tür aus rohem Kiefernholz. Im Zwielicht drinnen sieht er sich nach Hasten um.

»Womit kann ich Euch dienen?« Hasten, der sich mit einer Art Kassenbuch beschäftigt hat, schaut auf.

»Ich bin Dorrin, Hasten, vielleicht erinnert Ihr Euch.«

»Oh, der Kunsthandwerker.« Der grauhaarige Mann setzt sich auf dem Stuhl zurecht. »Setzt Euch doch. Ich hoffe, Ihr habt nichts dagegen, daß ich sitzen bleibe, aber mir steckt noch der Winter in den alten Knochen.«

Dorrin setzt sich und fragt sich, ob das der gleiche

Hasten ist, der so zurückhaltend war, als er das letztemal hier war, um der Gilde beizutreten.

»Was kann ich für Euch tun?«

»Ich habe mich gefragt, ob Ihr vielleicht ein paar Ideen habt ...«

»Ideen? Natürlich habe ich Ideen, aber diejenigen, die nichts kosten, sind meist wertlos.« Der ältere Mann kichert.

»... wer außer Willum ausgefallene Dinge wie meine Spielsachen kaufen könnte.«

»Ach, ja, der arme Willum. Fyntal hat ihm ja gleich gesagt, daß es keine gute Idee wäre, über Land nach Fenard zu reisen. Nicht, daß es noch einen anderen Weg gegeben hätte, haha ... Ein Händler also, der Spielsachen kauft? Hmm? Ja, Ihr macht diese teuren Sachen. Ich bin nicht sicher, aber dieser junge Bursche, Jasolt heißt er, vertreibt teure Waren nach Suthya. Und Vyrnil – er ist drüben an der dritten Pier – hat Verbindungen nach Hamor. Die mögen solche ausgefallenen Dinge. Vielleicht kommt auch der andere in Frage, dieser Risten ... er hat einen kleinen Laden neben Jasolt.« Hasten zuckt mit den Achseln. »Das wären so ungefähr die Leute, mit denen ich beginnen würde.«

»Wo ist Jasolt?«

»Oh, er ist jetzt auf See, soweit ich weiß, aber sein Laden liegt in der kurzen Straße hinter Willums Laden. Ist es wahr, daß der Verkäufer Roald jetzt die Geschäfte führt?«

»So habe ich es gehört.« Dorrin rutscht auf dem harten Stuhl herum.

»Das ist ein schrecklicher Fehler, wenn Ihr mich fragt. Der Mann ist überhaupt nicht geschäftstüchtig. Er ist gut, wenn es darum geht, an Leute aus der Stadt zu verkaufen, aber er weiß den Wert guter Waren nicht zu schätzen.«

Dorrin steht langsam auf. »Vielen Dank für Eure Ratschläge.«

»Keine Ursache, keine Ursache. Ihr nehmt es mir doch nicht übel, daß ich Euch nicht zur Tür bringe, Meister Dorrin?«

»Bei der Dunkelheit, natürlich nicht.«

»Vergeßt nicht, daß Ihr die Jahresgebühr vor Mittsommer entrichten müßt.«

»Ich werde es nicht vergessen.« Dorrin geht hinaus in die willkommene Kühle. Sogar der leichte Geruch nach verwesendem Fisch ist ihm lieber als die beklemmende Enge im Gildenhaus.

Er verstaut den Stab an seinem Platz und reitet zum Ende der dritten Pier. Das Schild hat er schnell gefunden – Vyrnil steht darauf, sonst nichts. Keine Abbildungen, nur der Name, der mit seiner vornehmen Schlichtheit verrät, daß der Kaufmann die feinere Kundschaft bedient.

Dorrin betritt das kleine Haus und betrachtet die Behälter, die links und rechts an der Wand stehen. In jedem ist etwas anderes gelagert, und alle Waren sind ordentlich einsortiert. Mitten im Raum ist ein Kreis von Stühlen um einen Schreibtisch aufgestellt. Der einzige Mann, der im Laden zu sehen ist, steht auf und kommt Dorrin entgegen.

»Hmm … dunkler Stab, braune Kleider, rote Haare und jünger als die meisten anderen Handwerker – Ihr müßt Dorrin sein, nicht wahr?« begrüßt ihn der weißhaarige Mann mit dem gebräunten, faltigen Gesicht. Der Kaufmann trägt ein altes blaues Hemd über einer ebenso verblichenen Hose. Die Stiefel sind aus dunklem polierten Leder.

»Ja, richtig. Woher wußtet Ihr es?«

»Fyntal hat Euch auf der Sitzung des Rates im Winter beschrieben. Er sagte, Ihr wärt gefährlich, aber höchst ordentlich. Dann hat mir Willum von den raffinierten Spielsachen erzählt, die Ihr herstellt. Willum ist tot, und Roald geht nicht auf Reisen. Jasolt ist auf See. Also …« Er zuckt mit den Achseln. »Ich habe es erraten. Das beeindruckt die Leute. Was kann ich für Euch tun?«

»Spielzeug kaufen«, sagt Dorrin und kommt genau wie der Kaufmann sofort zur Sache.

»Im Prinzip würde ich das gern tun. In der Praxis kommt es auf die Spielsachen und den Preis an.« Der Kaufmann deutet auf einen kleinen Tisch neben dem Schreibtisch.

Dorrin baut die Spielzeuge auf.

Vyrnil betrachtet sie nacheinander gründlich und geht dabei um den Tisch, als könnte er nicht ruhig an einem Ort stehen bleiben. »Ihr habt die Getriebe hier gestanzt, statt sie zu schneiden, nicht wahr?«

»Bei Spielzeug scheint das keine Rolle zu spielen.«

»Nein, wahrscheinlich nicht. Außerdem, wer könnte es sich schon erlauben, das Getriebe für so kleines Spielzeug mit der Hand zu schneiden? Es zu stanzen ist sicher eine gute Idee.« Er stellt das Boot wieder weg. »Das hier gefällt mir am besten, aber in Hamor und Nordla wird man alles verkaufen können. Ich will nicht lange feilschen, wie Willum es immer gemacht hat. Vier Kupfermünzen das Stück, aufgerundet auf das nächste halbe Silberstück.«

Dorrin legt ihm die zehn Spielzeuge vor, die er noch hat.

»Das wären zusammen viereinhalb. Sagen wir fünf, wenn Ihr mir beim nächsten Mal gleich alles zusammen vorlegt.«

Dorrin betrachtet den Händler.

»Woher ich es wußte? Ich habe einen Jungen, der meine Konkurrenten beobachtet. Roald ist klug genug, um ein wenig von dem, was Ihr anbietet, zu kaufen, aber er geht kein Risiko ein. Und niemand macht ungerade Zahlen. Besonders nicht jemand, der so ordentlich ist wie Ihr.«

Dorrin schüttelt den Kopf und lacht. »Nein. Ich fürchte, da habt Ihr mich festgenagelt, Ser.«

Vyrnil erwidert das Lachen. »Nein. Ihr habt mich festgenagelt, denn ich bin derjenige, der kauft.«

Dorrin zuckt die Achseln, als Vyrnil ihm die fünf Silberstücke vorzählt.

»So, das hätten wir dann, Dorrin. Wahrscheinlich kann ich erst nach Mittsommer die nächste Lieferung gebrauchen. Ich hoffe, wir sehen uns dann wieder.« Er führt Dorrin zur Tür und sieht ihm nach, als dieser auf Meriwhen steigt.

Dorrin versucht, nicht die Stirn zu runzeln, als er die Stute zu Yarrls Schmiede lenkt. Wer ist dieser Vyrnil? Nur ein außergewöhnlich scharfsinniger Kaufmann? Oder mehr als das? Der Mann hat keinen Funken Chaos an sich, und auch das Gebäude ruht in der Ordnung, wobei der Mann eine überwältigende Erscheinung ist.

Es riecht schon wieder nach Regen, als Dorrin am *Krug* vorbeikommt und bergauf in den höher gelegenen Teil Dievs reitet.

LXXXI

»Bogenschützen! Jetzt!« schallt Bredes Stimme über den Hügel.

Nulta, Westun und Clyda tauchen hinter der niedrigen Mauer auf und lassen die Pfeile fliegen. Sie schießen nacheinander, nicht alle gleichzeitig. Ein Pfeil prallt neben dem ersten Wagen von der Steinwand ab. Der zweite fegt durch den Klee, der jetzt, im Frühsommer, das Weideland zwischen den Hügeln bedeckt. In der Nähe grast eine Herde von Schafen mit schwarzen Köpfen.

»Ein Hinterhalt! Es ist ein Hinterhalt!«

Einer der purpurn uniformierten Reiter greift sich an

die Schulter, ein anderer blickt zur Mauer. »... wo sind die Hunde?«

Der Kaufmann, der einen Säbel mit einem Stab abgewehrt hat, nutzt die Verwirrung der Angreifer, um einem weiteren Reiter einen krachenden Schlag zu versetzen. Der gallische Soldat sieht zwischen dem Händler und den Bogenschützen hin und her und schlägt noch einmal wild um sich, ehe er sein Pferd auf die Straße nach Gallos lenkt. Ein anderer Reiter hat die Hand auf die Brust gepreßt. Er kippt aus dem Sattel, ein Fuß ist im Steigbügel verfangen, und das Pferd schleift ihn mit.

»... Osten! Über die Straße zurück!«

»Jetzt!«

Bredes Schwert zuckt wie ein Blitz, und zwei Galler fallen, bevor sie überhaupt begriffen haben, daß der blonde Riese zwischen sie gefahren ist.

»... Bastarde ...«

»... oooh ...«

Kadara, in jeder Hand ein Schwert, haut Arme und Köpfe ab und folgt dicht hinter Brede. Brede reißt das Pferd herum und rast noch einmal durch die gallischen Räuber, fällt einen Reiter, dann noch einen. Die acht anderen können insgesamt vier weitere überwältigen.

Ein einzelner Reiter löst sich aus dem Handgemenge und reitet bergauf. Kadara verfolgt ihn sogleich, tief über den Hals des Pferdes gebeugt. Er sieht sich um, bemerkt die Verfolgerin und gibt seinem Pferd die Sporen.

Kadara lächelt und läßt ihre Stute in ihrer eigenen Geschwindigkeit laufen. Nach einer Meile liegt sie nur noch eine Rute hinter dem schwächeren Pferd.

Der Galler dreht sich im Sattel um, sieht, daß ihn nur eine einzige Gardistin verfolgt, grinst und zückt den Säbel.

Das Grinsen vergeht ihm, als Kadara die Zügel fallen läßt und das Kurzschwert aus Westwind hebt, das eine

Spitze wie ein Dolch hat. Sie wirft es und trifft seinen Rücken, dann fegt sie mit dem Langschwert seine unbeholfene Parade zur Seite und stößt ihm die Waffe mit der Rückhand durch die Kehle.

Sobald der Reiter im Sattel zusammensackt und das Pferd langsamer wird, zügelt Kadara auch ihr Pferd, steigt ab und wischt die beiden Waffen ab. Dann führt sie das Pferd, auf dem der tote Galler hängt, zu ihrem Trupp zurück.

Als sie sich der Stelle nähert, hört sie als erstes die Schaufeln. Die Händler sind natürlich längst fort, sie eilen nach Elparta zurück, nachdem ihnen bewußt geworden ist, wie gefährlich heutzutage eine Reise nach Gallos sein kann. »Sie werden es in einem Achttag auf einer anderen Straße versuchen, die Trottel«, murmelt Kadara.

»... hat die Wildkatze wieder einen erwischt ...«

»... möchte ich lieber keinen Streit haben ...«

Sie hält neben der zweiten Schwertkämpferin ihrer Gruppe an. Jyrin hebt schon das erste Grab aus. Kadara stößt den toten Reiter aus dem Sattel, erleichtert ihn mit geübten Bewegungen um Kleingeld im Wert von zwei Silberstücken, ein Messer, zwei Ringe, ein Amulett, den Säbel und die Scheide.

»Willst du eine Pause einlegen und mich für diesen hier sorgen lassen?«

Jyrin gibt Kadara die Schaufel. »Aber gern.«

Kadara schneidet das Gras auf und legt die Soden zur Seite, dann gräbt sie ein Loch in die dunkle, lehmige Erde. Sie hört nicht auf, als Brede zu ihr geritten kommt und die beiden teilweise ausgehobenen Gräber betrachtet.

»Denkt daran, wir wollen möglichst wenig Spuren hinterlassen.« Er reitet zur nächsten Gruppe weiter.

»Ich weiß nicht, ob das wirklich so wichtig ist«, meint Jyrin. »Was meinst du?«

Kadara denkt einen Moment darüber nach und verscheucht eine Fliege. »Ich glaube, es soll so aussehen, als wären die Galler spurlos verschwunden. Wie würdest du dich fühlen, wenn ein ganzer Trupp spurlos verschwindet?«

»Das würde mir überhaupt nicht gefallen. Hast du deshalb den letzten Mann so verbissen verfolgt?«

»Ja.« Kadara gräbt weiter.

»Ich habe mich schon gewundert, wozu ihr die Schaufeln braucht.« Jyrin blickt zum blonden Truppführer, der das Ausheben der übrigen Gräber überwacht. »Ihr zwei könnt einem wirklich angst machen.«

Kadara wischt sich den Schweiß von der Stirn. Sie wünscht, der Sommer hätte sich noch etwas Zeit gelassen. Dann hebt sie das Grab, das keinen Grabstein tragen wird, tiefer aus.

LXXXII

Dorrin betrachtet die drei Stapel und vergleicht sie mit dem vierten, der dunkelgraue Kügelchen enthält. Mit den Sinnen tastet er einen nach dem anderen ab.

Schließlich versteht er … genug. Vorsichtig füllt er das gelbe Pulver wieder in das eine, das weiße Pulver in das andere Glas und die Holzkohle in den Behälter. Das graue Pulver bringt er zum Faß, das in der Ecke steht. Er öffnet den mit Eisen beschlagenen Holzdeckel und kippt das Pulver vorsichtig hinein. Dann geht er die Stufen aus gestampftem Lehm hinauf, stößt die verzogene Tür auf und muß sich, als er sie wieder schließt, gegen den Wind stemmen, der dem Gewitter vorausgeht.

Vielleicht ist es übertrieben, daß er sich nur bei Gewittern mit dem Pulver beschäftigt, aber er kann sich gut an das Gefühl erinnern, beobachtet zu werden, und er weiß noch, wie sein Vater ihm erklärt hat, daß die Stürme die Wahrnehmung der Weißen Magier einschränken.

In den kräftigen Wind gelehnt, geht er über dem alten Wurzelkeller den Hügel hinauf. Der Keller ist eine Hinterlassenschaft des Hauses, das einst hinter den Bäumen neben Ryllas Hütte gestanden hat. Er blickt zum zweiten Hügel, wo der Bach fließt, neben dem er, wenn möglich, seine eigene Hütte bauen wird. Er und Liedral werden einen Platz brauchen, wo sie leben und arbeiten können.

Er hält im erweiterten Garten an und ignoriert die ersten schweren Regentropfen, während er sanft über die blaugrünen Sprossen des Eispfeffers und den hellen, fast weißen Brinn streicht. Wenn die Pflanzen weiter so gedeihen, wird er genug ernten können, um über Vyrnil oder Liedral einen Teil verkaufen zu können. Er eilt zur Hütte, als eine Regenwand den Hügel herunter fegt. Bevor er hineingeht, macht er noch Meriwhen los und führt sie unter das vorspringende Dach der Hütte.

Dann betritt er die Hütte, wo Rylla gerade Kräuter zerkleinert.

»Das Unwetter beginnt gleich.«

»Wie von Dämonen geritten«, murmelt die Heilerin.

»Wen meinst du, das Gewitter oder mich?«

»Oh, die Gewitter sind genau wie die Weißen Magier. Voller Blitze und Regen. Wenn sie vorbei sind, dann sind sie vorbei. Aber du, Dorrin …« Sie schüttelt den Kopf. »Du bist wie ein tiefer Fluß, an der Oberfläche ganz ruhig, wie es die Flußschiffer mögen und fürchten.«

»Ich?«

»Du. Ich weiß nicht, was du da immer zu werkeln hast, aber du wirst die Welt verändern, wenn die Weißen dich nicht vorher erwischen.«

»Und du läßt mich hier arbeiten, obwohl du das glaubst?«

»Diese Welt muß verändert werden, mein Junge. Und was habe ich schon zu verlieren?« Sie hebt den Stößel und mahlt emsig die Kräuter in der tiefen Schale. »Ich weiß nicht, wie du es geschafft hast, aber du hast dafür gesorgt, daß Gerhalm Frau und Kind nicht mehr schlägt. Die jungen Pflanzen im Garten sind jetzt schon weiter entwickelt, als meine Pflanzen es im Mittsommer wären.«

»Kann ich etwas tun?«

»Gleich.« Sie kippt die Mischung aus getrockneten, zerstoßenen Kräutern in einen kleinen Krug aus gebranntem Ton und verschließt ihn mit einem Korken, dann säubert sie den Stößel. »Du kannst etwas Pfeffer mahlen.«

»Nur Pfeffer?«

»Du hast gefragt, ob du mir helfen kannst.«

Dorrin nimmt den Stößel.

Rylla reicht ihm eine Schale mit Pfefferkörnern. »Nur eine Messerspitze für die Suppe. Nach einem Gewitter, das von den Bergen kommt, ist es immer kalt, und die scharfe Suppe soll mir die alten Glieder wärmen.«

»So alt bist du doch noch nicht.«

»Alle Heiler sind alt. Sogar du bist es. Und jetzt mahle den Pfeffer.«

Nachdem der Sturm sich verzogen hat, holt Dorrin Meriwhen. Er freut sich, daß sie die Büsche nicht angeknabbert hat, aber andererseits mag sie den Holunder sowieso nicht. Er wischt so gut wie möglich den Sattel sauber und überlegt sich, daß er neben der Hütte, die er plant, unbedingt auch einen kleinen Stall braucht. Immer wenn er irgend etwas plant, wird die Sache am Ende komplizierter, als er es sich vorgestellt hat. Aber so ist es wohl im Leben.

Die Sonne wärmt sein feuchtes Hemd, als er in den Hof hinter der Schmiede reitet. Er winkt Petra zu, die gerade Zildas Pferch säubert, und sie erwidert den Gruß.

Meriwhen wird in den Stall geführt und gestriegelt, und gerade als er das Gatter vor dem Stand schließen will, betritt Reisa die Scheune.

»Dieser Händler, der dünne aus Kleth, ist heute morgen vorbeigekommen und hat dies hier für dich abgegeben.« Sie reicht Dorrin das zusammengefaltete Pergament. »Er schien fast erleichtert, als er hörte, daß du nicht da bist. Er ist sofort wieder gegangen.«

Dorrin betrachtet stirnrunzelnd das Siegel und läßt seine Sinne das Wachs erforschen. Die Aura von Chaos, die das Siegel umgibt, und das Wachs selbst verraten ihm, daß der Brief geöffnet und wieder versiegelt wurde. »Das kann ich mir denken.«

»Du magst ihn nicht?«

»Es ist etwas im Gange, das mich beunruhigt«, weicht Dorrin aus, denn er würde die Ursache seiner Sorgen gern für sich behalten.

»Es ist mehr als nur eine Kleinigkeit.«

Dorrin zuckt nur die Achseln, ohne noch etwas über Jarnish zu sagen. »Ich muß mir das Arbeitszeug anziehen.«

»Ich möchte wetten, daß du vorher den Brief liest«, meint Reisa grinsend.

Dorrin errötet.

»Immer noch verliebt?«

Die Röte vertieft sich noch, als er zu seiner Kammer geht.

Auch nachdem er Fenster und Fensterläden geöffnet hat, bleibt die Luft im Raum drückend. Er bricht das Siegel und liest:

Dorrin,

Die Rückfahrt nach Jellico hat lange gedauert, weil der Kapitän des Küstenschiffes es nicht riskieren wollte, Tyrhavven anzulaufen, und sich andererseits die Gebühren in Lydiar nicht leisten konnte. So sind wir dann in Pyrdya gelandet, einem traurigen Hafen, wenn er überhaupt die-

sen Namen verdient hat. Ich bin mit meinen Gäulen nach Renklaar geritten und dann mit einem Flußboot stromauf nach Hydolar gefahren. Gegen den Strom hat es zwei Achttage gedauert, aber ich mußte für den anschließenden Weg durch die Hügel die Pferde schonen.

Dein Spielzeug habe ich in Hydolar verkauft, aber das Geld werde ich behalten, bis jemand, dem ich trauen kann, in Deine Richtung fährt. Ich hoffe, Du bekommst diesen Brief, aber da ich nicht sicher bin, schicke ich das Geld nicht mit.

Das Lagerhaus war ein einziges Durcheinander. Freidr war außer sich, weil ich nicht da war. Der Vicomte hat alle Lagerhäuser inspiziert. Angeblich war der Grund, daß jemand etwas gestohlen hätte, das den Weißen Magiern gehörte, aber niemand hat genau gesagt, was für Waren es sein sollten. Bei uns war die Inspektion so gründlich, daß eine Menge Waren, die sich bei meiner Abreise im Lager befunden haben, nicht mehr da waren, als ich zurückgekehrt bin.

Der Frühling war fast schon vorbei, als ich daheim ankam, und die Hitze des Sommers drückt uns nieder. Es ist möglich, daß ich ein paar Münzen verdienen kann, wenn ich mich still und leise auf den Weg nach Sligo nordöstlich von Tyrhavven mache. Aber vorläufig werde ich noch nicht aufbrechen können, weil ich mich zuerst um das Lagerhaus kümmern muß.

Ich vermisse Dich. Ich vermisse das Lachen und sogar den Schnee im Gesicht, und mit Dir in der Kälte zu sitzen und zu reden. Manchmal denke ich, ich hätte bleiben sollen, aber wie wären wir zurechtgekommen? Ich bin eine mittellose Händlerin, und Du bist ein armer junger Schmied. Und außerdem, wie wäre Freidr dann zurechtgekommen? Aber ich vermisse Dich, mein Liebster.

Liedral

Dorrin schürzt die Lippen. Nichts an dem Brief ist seltsam oder ungewöhnlich. Warum sollte sich ein

Weißer Magier für den Briefwechsel zweier verliebter junger Menschen interessieren? Und welcher Weiße Magier war es überhaupt, der sich dafür interessierte? Derjenige, dessen Blick er auf der Straße außerhalb von Fairhaven spüren konnte, hat sie ziehen lassen. Ob Freidr, überlegt Dorrin, mit den Weißen unter einer Decke steckt? Liedrals Bruder ist selbst gewiß kein Weißer, das hätte Dorrin auf den ersten Blick gesehen.

Er faltet den Brief wieder zusammen und steckt ihn in die Holzkiste. Er vermißt Liedral, und das gebrochene Siegel macht ihm Sorgen.

Er zieht das braune Hemd aus, dem man das Alter inzwischen deutlich ansieht, und streift die zerlumpten Sachen über, die er gewöhnlich in der Schmiede trägt. Nägel ... wahrscheinlich wird er schon wieder Nägel machen müssen – oder etwas ähnlich Anspruchsvolles.

LXXXIII

Brede verscheucht eine Stechfliege, die über Kadara herfallen wollte, und trinkt einen großen Schluck vom kalten Rotbeerensaft. »Wie schafft ihr es nur, ihn so gut zu kühlen?«

»Wir legen die Flaschen in den Brunnen«, erklärt Petra. »Dorrin sagt, das Wasser käme von den Westhörnern.«

Kadara wedelt die Fliege weg und blickt zum Ziegenpferch. »Ist das die Ziege, die ihr gerettet habt?«

»Zilda? Der weiße Schrecken?« antwortet Dorrin lachend. »Sie frißt alles an, und deshalb sperren wir sie jetzt meist ein.«

»Besonders wenn wir Gäste haben.« Reisa holt einen Stuhl aus der Küche und stellt ihn direkt neben der Tür der Schmiede in die Ecke.

Dorrin betrachtet die langen Schatten und das rötliche Licht der untergehenden Sonne. Er rutscht ein wenig auf dem Hocker hin und her und freut sich, daß er endlich einmal sitzen und sich ausruhen kann.

»Das Abendessen war wirklich gut, vielen Dank dafür«, meint Kadara.

»Wirklich sehr gut«, stimmt Brede zu. »Und gut gewürzt.«

»Dafür müßt ihr euch bei Dorrin bedanken. Seit dem letzten Jahr kümmert er sich um die Gewürze, und wir konnten sogar Pfeffer, Senf und Salbei trocknen und einen schönen Vorrat anlegen. Dieses Jahr …« Sie deutet zum Garten hinter dem Brunnen. »Dieses Jahr sieht es sogar noch besser aus. Die Dunkelheit weiß, wie er dazu die Zeit findet.«

»Wie geht es denn so mit eurem Trupp?« wechselt Dorrin rasch das Thema.

»Im Augenblick läuft alles recht gut«, erklärt Kadara. »Aber Ende des Jahres oder Anfang nächsten Jahres kann sich das wieder ändern.«

»Vielleicht«, schränkt Brede ein.

»Wir werden sehen. Im Augenblick haben wir jedenfalls den … den Räubern, die unsere Händler überfallen, ordentlich zugesetzt.«

Dorrin reibt sich mit der linken Hand das Kinn, in der Rechten hält er einen halbvollen Becher Rotbeerensaft. »Wenn ihr Erfolg damit habt und die Räuber in Spidlar von den Überfällen abhaltet, dann könnten sie doch einfach warten, bis die Händler das Gebiet von Gallos oder Certis erreicht haben.«

Kadara weicht Bredes Blick aus.

Brede zuckt mit den Achseln. »Ich kann mir vorstellen, daß die Weißen Magier mit so etwas ohne weiteres fertig würden.«

»Außerdem«, fährt Kadara fort, »sieht es beinahe so aus, als hätten sie ein Abkommen mit den Wegelagerern getroffen, nur spidlarische Händler auszurauben.«

»Das kann ich mir lebhaft vorstellen«, wirft Reisa aus ihrer Ecke ein. »Wie auch immer, ich bin Bredes Meinung. Die Weißen werden so oder so einen Weg finden, uns zuzusetzen. Sie finden immer einen Weg.«

»Übrigens, Dorrin«, fragt Kadara, »wie geht es Liedral? Du hast es gestern abend und heute den ganzen Tag geschafft, allen Fragen auszuweichen. Du hast nicht einmal erwähnt, daß sie im Spätwinter hier war.«

»Nach ihrem letzten Brief zu urteilen, geht es ihr gut.«

»Das ist aber nicht das, was ich …« Kadara schüttelt den Kopf. »Sie ist durch die Kälte hierhergekommen, und du hat nicht mehr zu sagen, als daß es ihr gutgeht?«

»Kadara …«, sagt Brede.

»Ist schon gut. Ich mache mir Sorgen, aber ich kann leider nicht viel machen. Wahrscheinlich hätte ich sie nicht gehen lassen sollen … aber ich dachte nicht …«

»Oh, jetzt kommt es raus. Du gibst also zu, daß die Frau dir tatsächlich etwas bedeutet?«

Dorrin sieht zur Scheune und fragt sich, ob Kadara vergessen hat, wie viele Jahre er zu ihr kam, als sie nebenan wohnte. Oder ist dies nur ihre Art, die Erleichterung darüber zum Ausdruck zu bringen, daß er endlich jemanden gefunden hat, der ihn liebt?

»Du hättest die beiden mal sehen sollen«, bestätigt Petra.

»Immerhin waren sie draußen im Schnee und haben mit uns das Feuerwerk des Rates angesehen.«

»Und wo sie standen, schmolz der Schnee dahin.«

Dorrin hofft, daß im letzten Zwielicht seine roten Wangen nicht zu sehen sind.

»Eigentlich müßte sie doch in Jellico gut aufgehoben sein«, wirft Brede ein.

»Ihr Bruder hat irgendwie mit den Weißen zu tun, und er weiß, daß wir aus Recluce kommen. Ihr Lagerhaus wurde ziemlich genau durchsucht, und einige Dinge fehlen.«

»Du glaubst doch nicht, daß ihr Bruder ...«

»Nein, aber ...« Wie kann Dorrin das Gefühl erklären, er werde aus der Ferne beobachtet? Und die Briefe, die geöffnet und wieder versiegelt wurden? Oder das Unbehagen, das ihn auf Schritt und Tritt begleitet und ihn manchmal dazu treibt, fieberhaft zu arbeiten, bis der Körper ihm den Dienst verweigert?

»Man weiß nie, was die Weißen als nächstes tun werden«, fügt Reisa hinzu.

»Wir beginnen allmählich, es zu verstehen«, erwidert Kadara trocken. »Aber warum sollten sie sich ausgerechnet für Dorrin interessieren?«

»Ich weiß es nicht.« Dorrin starrt mit leerem Blick nach Süden zu den Hügeln, hinter denen Ryllas Hütte liegt. »Vielleicht interessieren sie sich auch gar nicht für mich.«

»Das glaubst du doch selbst nicht«, wendet Yarrl ein. Nach dem Kommentar des älteren Schmieds gerät die Unterhaltung für einen Augenblick ins Stocken.

»Warum sagst du das, Papa?«

»Der Mann steckt Ordnung in alles, was er macht, sogar in kaltes Eisen. Die Weißen mögen diese Art von Ordnung aber nicht. Wenn der junge Dorrin in der Nähe ist, paßt einfach alles zusammen. Wäre ich ein Weißer, würde ich mich sehr wohl für das interessieren, was er macht.«

»Ich auch«, bekräftigt Vaos, der auf der Treppe steht und eine Brotrinde kaut.

»Bist du denn immer noch nicht satt, du Taugenichts?« fragt Petra.

Vaos schüttelt den Kopf und beißt noch einmal ab.

»Ja, das klingt einleuchtend ... in gewisser Weise«, grübelt Brede.

Und doch, was Dorrin angeht, so ist viel zu vieles noch nicht geklärt. Was hat er denn schon getan, außer einige Leute zu heilen, ein paar Gewürze anzubauen und Modelle und Spielzeug zu fertigen, in denen etwas

Ordnung steckt? Brede hat zahlreiche Helfershelfer des Chaos getötet. Dorrin hat nichts dergleichen getan.

Er blickt schweigend nach Süden, wo im letzten Lichtschein gerade eben noch die Gipfel der Westhörner zu sehen sind. Was soll er schon zu alledem sagen?

LXXXIV

Der graue Stein ist schwer, viel zu schwer. Dorrin hebt den Vorschlaghammer und treibt das Rohr in die Lücke zwischen den Blöcken. Dann kippt er das Pulver in die Röhre, bis sie gefüllt ist. Er setzt die Kappe auf das Ende, verkeilt sie, zündet die Zündschnur an und rennt bergab, um sich hinter dem verfaulten Baumstumpf in Sicherheit zu bringen.

Nach der Explosion läuft er wieder bergauf und betrachtet das Loch, das sein Keller werden wird. Er schüttelt den Kopf und bringt die nächste Holzröhre an. Mit etwas Glück wird er im Spätsommer das Fundament gelegt haben. Wieder zündet er die Zündschnur an.

Dieses Mal sieht das Ergebnis etwas besser aus, und er schaufelt Lehm, Erde und Steinbrocken weg. Aber er muß seine Pläne schon wieder ändern. Der Keller wird viel, viel kleiner werden, als er es geplant hat. Er hält inne, wischt sich die Stirn trocken und blickt kurz zur Hütte der Heilerin auf dem Hügel.

Rylla kommt durchs Gras gelaufen und bringt ihm einen Krug Rotbeerensaft und ein altes Handtuch. Das Handtuch nimmt er als erstes.

»Es gibt einen leichteren Weg, Dorrin. Und du hättest gleichzeitig mehr Zeit zum Heilen.«

»Oh?«

»Im Augenblick haben einige Bauern und Knechte einen Achttag lang etwas Zeit. Nicht viel, aber etwas.

Du könntest sie bezahlen, damit sie dir den Rest ausgraben.«

Dorrin runzelt die Stirn. »Wieviel?«

»Ein halbes Kupferstück pro Mann und Tag.«

Die Heilerin hat recht, er kann nicht alles allein machen. Er hätte sich längst nach Helfern umsehen sollen, aber es fällt ihm schwer, andere Menschen um etwas zu bitten.

»Sie haben den Keller unter meiner Hütte in zwei Tagen ausgehoben. Deiner ist natürlich größer, aber du hast ja schon ein Loch gesprengt, mit dem sie beginnen können.«

»Wie fange ich das an?«

Sie lächelt. »Du steckst rings um das Loch, das sie graben sollen, Pfähle in den Boden und schneidest einen Stock ab, damit sie wissen, wie tief es werden soll. Ich werde mit Asavah reden, er war der Mann meiner Schwester.«

Dorrin trinkt den Rotbeerensaft. Er hat nicht gewußt, daß die Heilerin eine Schwester hatte. »Hast du Nichten oder Neffen?«

»Einen Neffen, Rolta. Er arbeitet als Maat auf Gylerts größtem Schiff.«

Dorrin trinkt den Rotbeerensaft aus und deutet zum Hügel, hinter dem der Garten liegt. »Da dieses Problem jetzt gelöst ist, werde ich gleich die Gewürze überprüfen, vor allem den Eispfeffer. Können wir eigentlich irgendwo feinen Sand bekommen? Ich glaube, der Boden hat zuviel Lehm.«

»Asavah hat möglicherweise Sand.« Rylla folgt Dorrin den Hang hinauf.

»Zu ein paar Kupferstücken pro Wagenladung?«

»Vielleicht kostet er nicht einmal so viel«, erklärt die Heilerin lächelnd. »Der Sand, selbst wenn er aus einem Gewässer mit Süßwasser kommt, ist umsonst. Du mußt nur die Arbeitszeit der Männer und den Wagen bezahlen. Wir können Sand vom oberen Nebenfluß holen, der in den Weyel fließt. Mach dir keine Sorgen, junger Mann, ich kann mir etwas Sand schon leisten. Wer weiß, vielleicht kann ich sogar mit dir im Garten arbeiten.«

Dorrin hält ihr die Tür zur Hütte auf.

»Da haben wir es wieder, jetzt behandelst du mich schon wieder wie eine feine Dame und nicht wie das alte Weib, das ich bin.«

»Du bist viel eher eine Dame als die meisten anderen, die diese Ehre für sich beanspruchen.«

»Nun verdreh mir nicht noch den Kopf, du junger Schurke. Darf ich deinen schmeichelhaften Worten entnehmen, daß du bald zur Schmiede willst, statt den ganzen Vormittag mit Heilen zu verbringen?«

Dorrin errötet.

»Na, na ... du wirst mir doch nicht ein Kompliment machen und es gleich wieder wegnehmen?« Rylla grinst. »Dann mach schon, geh nur.«

»Und was ist mit der alten Clarabur?«

»Sie wird auf dein hübsches Gesicht verzichten können. Außerdem will sie sowieso nur allen erzählen, wie schlecht es um ihre Gesundheit steht. Sie macht das jetzt seit fast zehn Jahren, und sie ist dem Sterben nicht einmal nahe.«

Dorrin beugt sich Ryllas bestechender Logik. »Dann sehen wir uns morgen.«

»Und ich werde fragen, ob Asavah den Sand bringt und ob sich ein paar kräftige Burschen finden, die deinen Keller ausheben können. Bring du nur die Kupferstücke mit, aber sieh zu, daß du genug Kleingeld hast.«

Dorrin schüttelt immer noch den Kopf, als er zu Yarrls Schmiede zurückreitet.

Als er dort ankommt, sieht er, daß Reisa Vaos dazu abgestellt hat, im Garten das Unkraut zu jäten.

»Meister Dorrin, Meister Dorrin, braucht Ihr mich nicht in der Schmiede?« Der Junge fleht ihn beinahe an und hebt beschwörend die von der Gartenerde verschmutzten Hände.

»Yarrl liefert bei Froos eine Wagenladung fertige Arbeiten ab«, erklärt Reisa.

»Froos hat es anscheinend nicht eilig damit, die Sachen selbst wieder abzuholen.«

»Und mit dem Bezahlen hat er es auch nicht eilig«, ruft Petra aus der Scheune herüber.

»Er sagte, du wüßtest schon, was zu tun ist.«

»Geschirre für Honsard und Bequa, und für den alten Küfer ...«

»Milsta«, hilft Reisa ihm.

»Meister Dorrin?« drängt Vaos.

»Ich muß Meriwhen striegeln, das wird eine Weile dauern. Inzwischen kannst du die Arbeit hier beenden.«

»Ja, Ser.«

Reisa, die hinter Vaos steht, grinst. »Jäte nur bis zum Ende der Reihe, Vaos, dann kannst du gehen und dir den Schmutz von den Händen waschen.«

Dorrin steigt ab und führt Meriwhen in die Scheune. Die Vorstellung, daß Vaos im Garten arbeitet, läßt ihn immer noch grinsen.

»Du bist gemein.« Petra stützt sich auf die Heugabel.

»Warum?«

»Nur weil du als Kind nie gespielt hast, darfst du nicht glauben, auch alle anderen dürften nicht spielen.« Sie lächelt, aber ihre Stimme ist fest.

»Ich habe aber gespielt«, protestiert Dorrin, während er Meriwhen absattelt.

»Was denn?«

»Oh, ich habe Hegl zugeschaut oder meiner Mutter, und manchmal habe ich versucht, Boote zu bauen und sie in der Brandung fahren zu lassen.«

»Wer war Hegl?«

»Kadaras Vater. Er war Schmied. Und manchmal habe ich auch mit Kadara gespielt.«

»Das paßt zu dir. Wahrscheinlich hast du die meiste Zeit damit verbracht, ihrem Vater zuzusehen.«

Dorrin schenkt sich die Antwort.

»Das dachte ich mir schon.« Petra schüttelt den Kopf, stellt die Heugabel weg und geht zur Wiese hinaus, wo die Kühe angepflockt sind.

Dorrin holt die Bürste und denkt nach. Hat er irgendwann schon einmal etwas nur deshalb gemacht, weil es ihm Spaß gemacht hat? Abgesehen von Liedrals Besuchen? Vermißt er sie deshalb? Ist das der einzige Grund? Nein, sicher nicht. Er beginnt zu striegeln. Er hat einfach zuviel zu tun, und gleich muß er in der Schmiede arbeiten.

Als er sich umgezogen hat und die Schmiede betritt, sieht Dorrin als erstes eine gebrochene Wagendeichsel und das alte Geschirr, das Yarrl noch nicht repariert hat. Vaos kommt kurz nach ihm in die Schmiede, seine Hände sind noch naß.

»Im großen Becken ist nicht mehr viel Wasser, Vaos«, sagt Dorrin. »Ich würde sagen, wir brauchen zwei Eimer. Aber hole mir vorher noch eine Schubkarre Holzkohle. Es sieht so aus, als wäre Yarrl schon recht früh am Morgen aufgebrochen.«

»Ja, Meister Dorrin, so ist es.«

»Ich bin kein Meister, du kleiner Teufel. Ich bin ein Zuschläger, und die Schmeicheleien werden es dir nicht ersparen, die Holzkohle zu holen und den Wasserkasten zu füllen.«

Nachdem er sich entschieden hat, mit welcher Arbeit er beginnen will, legt Dorrin das Werkzeug zurecht, das er brauchen wird, und bringt mit der Holzkohle, die Vaos inzwischen herangeschafft hat, das Feuer im Schmiedeofen wieder in Gang.

»Du mußt noch ein bißchen am Blasebalg arbeiten, bevor du das Wasser holst. Pumpe, bis das Stück Eisen weiß glüht.«

Vaos nickt düster.

»Was ist los?«

»Es ist wegen meiner Mutter. Sie überlegt, ob sie sich mit Zerto zusammentun soll. Er ist als Maat auf der

Dorabeau, einem Schiff vom alten Fyntal. Wenn sie das macht, dann ...«

»Aber du schläfst doch sowieso die meiste Zeit hier.«

»Es geht nicht um mich. Es geht um Rek, meinen kleinen Bruder. Er ist zehn.«

Dorrin wartet.

»Sie will weder mich noch ihn um sich haben. Sie sagt, mein Vater hätte sie mit uns sitzenlassen, und jetzt hätte sie genug von uns. Ich komme hier ja zurecht, aber Rek ...«

»Was ist das Problem?«

»Er hat einen Klumpfuß und kann nicht rennen. Er kann nicht im Stall arbeiten oder schnelle Botengänge machen.«

»Kann er stehen oder etwas tragen?«

»Ja, Ser. Er ist so stark wie ich.«

Dorrin wird bewußt, daß Vaos ihn geködert hat. »Ich werde es mir mal überlegen.«

»Wirklich?«

»Ja, das sagte ich doch. Aber letzten Endes muß Yarrl entscheiden, und wenn du auch nur einen Ton sagst, werde ich es gar nicht erst versuchen.«

»Ja, Ser.«

»Und jetzt hol das Wasser.«

»Ja, Ser.«

Dorrin überprüft die Hitze im Schmiedefeuer, dann nimmt er die Greifzange und legt das flache Eisen auf die Ziegel. Mit dem Kaltmeißel schlägt er die alten Bolzen aus der Deichsel und nimmt die gebrochenen Teile heraus. Er überprüft das Eisen und nickt. Die Deichsel kann zusammengeschweißt werden, aber er muß einen Teil ersetzen und ein Stück überbrücken. Stirnrunzelnd sieht er den Abfallhaufen durch, bis er die Ersatzteile für Wagen und Schlitten und die Holzstücke findet. Soweit er sich erinnern kann, muß irgendwo noch eine Strebe aus Eiche liegen, die er einsetzen kann, nachdem er sie ein wenig gekürzt hat.

Er spannt die Strebe in den Schraubstock, vergleicht sie mit dem Original und kürzt sie mit der Schrotsäge, dann raspelt und feilt er die Enden glatt. Noch einmal vergleicht er die Strebe und nickt zufrieden. Schließlich bohrt er die Löcher für die Nieten durch das Holz.

Als nächstes kommt die Schweißarbeit. Zuerst nimmt er den dünnen Eisenstab und wärmt ihn, dann legt er ihn über das Amboßhorn und schlägt ihn breit, bis er dünn genug ist und um die gebrochene Metallstange der Deichsel gewunden werden kann. Die Deichsel wird erwärmt, bis sie fast weiß glüht, dann werden die Bruchenden vorgeformt, damit sie das neue Verbindungsstück aufnehmen können. Anschließend legt er die dünne, ebenfalls weißglühende Eisenplatte um die Enden. Mit einigen raschen Schlägen von innen nach außen werden die Metallteile miteinander verbunden. Danach legt Dorrin die geflickte Deichsel zum Abkühlen neben das Schmiedefeuer, bevor er die Metallstücke endgültig anpaßt.

Während das Eisen abkühlt, formt Dorrin den kleinen Eisenstab, bis er die richtige Größe für die Bolzen hat, dann schneidet er die Bolzen zurecht und legt sie auf den Amboß.

Er wischt sich die Stirn ab, taucht die Querstrebe in den Wasserkasten und legt sie auf den Amboß, um sie mit der Deichsel zu verbinden. Er erwärmt den ersten Bolzen und treibt ihn durch die Strebe, bis er auf der anderen Seite auf dem Untergesenk flachgedrückt wird und mit dem Holz abschließt.

Mit dem Schlichthammer schlägt er anschließend das andere Ende des Bolzens glatt, an dem eine Seite der Deichsel befestigt ist. Dann setzt er den zweiten Bolzen ein und bearbeitet ihn auf die gleiche Weise.

Schließlich legt er Hammer und Greifzange weg und trägt die sperrige Deichsel in die Ecke, wo die fertige Arbeit liegt. Auf dem Rückweg bringt er ein schweres Ledergeschirr mit, das er auf die Werkbank legt. Ein

Kettenglied und zwei Ringe in der Steuerkette müssen ersetzt werden, und das bedeutet, daß er das ganze Geschirr neu ausmessen und einrichten muß.

Mit dem Kaltmeißel schlägt er die alten Nieten heraus und mißt sie nach, um einen Eisenstab von der richtigen Dicke zu finden. Den Stab, aus dem er die neuen Nieten machen wird, legt er zur Seite, dann nimmt er den dickeren Eisenstab, aus dem er die Ringe schmieden wird. Yarrl ist der Ansicht, daß Ringe im Geschirr eines Fuhrwerks, die belastet werden, immer frisch geschmiedet werden müssen. Wahrscheinlich, überlegt Dorrin, ist das der Grund dafür, daß Yarrls Arbeit länger hält als Henstaals Reparaturen.

»Ihr seid fast so schnell wie Yarrl.« Vaos' Gesicht ist gerötet, der Schweiß läuft ihm über die Stirn.

»Mach eine Pause und hol etwas Wasser«, befielt Dorrin ihm.

»Danke, Ser.« Vaos flieht nicht gerade, zieht sich aber doch sichtlich erleichtert aus der Hitze des Schmiedefeuers in den vergleichsweise kühlen Hof zurück.

Dorrin sieht dem Jungen nach und fragt sich, warum er sich überhaupt hat breitschlagen lassen, sich um Vaos' kleinen Bruder zu kümmern. Aber wenn Rek den Blasebalg bedienen kann, kann er vielleicht sogar einen Teil seines Unterhalts selbst verdienen. Dorrin nimmt sich das nächste Geschirr vor.

LXXXV

Als der letzte Balken an seinem Platz landet, muß Dorrin grinsen.

»Warum bist du so fröhlich?« fragt Pergun. »Das ist doch nur das Fachwerk für eine kleine Scheune.« Er deutet auf das fünfzig Ellen entfernte größere Fundament aus ordentlich zugehauenem Stein. »Du hast mir immer noch nicht erklärt, wie du dort das Fachwerk aufsetzen willst.«

»Genau wie hier.« Hinter Dorrin steht ein rechteckiger Holzrahmen, in dem schon die Tür der noch im Bau befindlichen Scheune abgeteilt ist.

»Was?«

»Schau mal, deshalb baue ich die Modelle. Du probierst in kleinem Maßstab, wie es aussehen muß, und dann baust du es größer nach. Dieser Kran wird funktionieren, das weiß ich. Dadurch spare ich etwas Geld und kann Leute bezahlen, damit sie andere Dinge machen, die mehr Zeit erfordern – oder ich kann bei Hemmil zu überhöhten Preisen neues Holz kaufen.«

»Wofür brauchst du überhaupt noch ein kleines Gebäude?«

»Für die Pferde.«

»Aber das Haus ist doch jetzt schon groß genug.«

»Nicht für ein Wohnhaus, eine kleine Schmiede und ein kleines Lager. Die Schmiede hat keinen Keller. Sie kommt ans andere Ende, wo der Boden schon eingeebnet ist.«

Pergun spuckt aus.

»Willst du dir deine Kupferstücke verdienen? Dann nimm den Hammer. Wir müssen den Rahmen fertigbekommen und die Abdeckung oben darüberlegen, dann können wir die Stützen für das Dach einziehen.«

Pergun hebt den Hammer. »Und damit soll ich jetzt meinen freien Tag verbringen?«

»Du kannst froh sein, daß du überhaupt freie Tage hast.«

»Arbeiten alle aus Recluce so wie du?«

»Nein ... nur diejenigen, die hinausgeworfen wurden.«

»Weißt du ... die Soldaten machen sich aus lauter Angst vor deinen Freunden fast in die Hosen.«

Dorrin öffnet das kleine Faß Nägel, die er geschmiedet hat. »Hier. Warum?«

»Gute Nägel. Hast du sie gemacht?« Pergun nimmt sich eine Handvoll und steckt sie in die Tasche am Gürtel.

Dorrin nickt.

»Vorban hat mir erzählt, die Wildkatze hätte einen Wegelagerer aufgespießt, indem sie ein Schwert nach ihm geworfen hat.«

»Aufgespießt?« Dorrin legt ein Brett an die richtige Stelle und befestigt es mit drei raschen Schlägen. »Das ist schwer zu glauben, selbst wenn es Kadara war.«

»Er hat über seine Schulter geblickt, als er es mir erzählt hat. Das Kommando hat aber dieser große Kerl, wie Vorban sagte. Er meinte, der Mann wüßte genau, was er tut, aber die meisten Offiziere wüßten es nicht.« Pergun arbeitet jetzt auf der anderen Seite des Türrahmens und setzt die Bretter aus Fichtenholz ein.

Noch bevor der Vormittag verstrichen ist, haben sie den kleinen Stall rundherum verkleidet, und Dorrin spannt Meriwhen an und läßt sie mit Hilfe des Krans die vorgeformten Stützen für das Dach einsetzen.

»... so ist es richtig ... etwas tiefer ...« Pergun wischt sich die Stirn. »Wie bist du nur auf diese Klammern für die Balken gekommen?«

»Es schien mir logisch.« Dorrin löst das Ledergeschirr, bevor der Kran auf die andere Seite des Gebäudes umgesetzt wird.

»Ich habe noch nie gesehen, daß ein Haus so schnell hochgezogen wurde.« Pergun, der inzwischen hochgeklettert ist, weicht dem Loch in der Mitte der Zwischendecke aus und geht zur anderen Seite des Dachbodens. »Hier solltest du vielleicht eine Leiter hinstellen.«

»Gute Idee. Ich muß außerdem noch eine Zwischenwand einsetzen. Aber das Dach kommt als erstes an die Reihe.« Dorrin richtet den Kran neu ein und befestigt das Geschirr am nächsten Träger.

»Du bist der erste, den ich kenne, der den Stall für

sein Pferd baut, bevor er sich um das Dach über dem eigenen Kopf kümmert.«

»Es ist einfacher so. Außerdem sehe ich jetzt, daß ich für den Hauptbau größere Stützbalken brauche.«

Pergun schüttelt den Kopf und wartet, bis der Balken zu ihm hochgezogen wird.

»Wenn ich hier und dort noch ein paar Umlenkrollen und Klammern anbringen würde, könnte ich es sogar ganz allein machen«, grübelt Dorrin.

»Beim Licht, magst du denn keine anderen Leute? Alles machst du allein, und du machst es auch noch besser.«

»Natürlich mag ich andere Leute. Aber ich kann es mir nicht leisten, sie alle zu bezahlen.«

»Das ist natürlich ein Grund.«

»So, da kommt der Balken.« Dorrin läßt Meriwhen anziehen, und der Balken wird zu Pergun gehoben, der ihn in die Klammern setzt. Dann sind die Querbalken an der Reihe, die in die Aussparungen der Stützbalken passen, anschließend die flachen Bretter für das Dach.

Am Spätnachmittag fährt Pergun den geborgten Wagen ein Stück vom fast fertigen Stall und dem Fundament des Hauptbaus weg. »Hörst du jemals auf zu arbeiten, Dorrin?«

»Es gibt so viel zu tun«, antwortet Dorrin, der auf dem Stall sitzt und das Dach mit Schindeln deckt. »Genau wie du kann ich mir nicht sehr oft frei nehmen.«

»Du wirst wohl bis zum Sonnenuntergang hier sein.«

»Genauer gesagt, bis das Dach fertig ist. Den Rest kann ich mir einteilen, bis ich das Haus und die Schmiede baue.«

»Wann wird das sein?«

»Es wird mindestens noch ein paar Achttage dauern. Ich will aber vor der Ernte fertig sein. Rylla meint, kurz vor der Ernte käme noch einmal eine Zeit, in der kaum etwas zu tun ist, so daß ich für wenig Geld Helfer anheuern könnte.«

Der Mühlenarbeiter blickt zum Hügel. »In ein paar Jahren wirst du im Rat sitzen.«

»Ich doch nicht.«

»Wenn du gut verdienst, wird dir nichts anderes übrigbleiben.« Pergun läßt die Zügel schnalzen. »Sieh zu, daß du nicht die ganze Nacht durcharbeitest.«

»Ich will es versuchen.« Dorrin denkt stirnrunzelnd über Perguns Bemerkung nach. Hat man weniger Entscheidungsfreiheit, wenn man Geld verdient? Wie sehr schränkt es ein? Er denkt nach und nagelt die Dachschindeln fest.

LXXXVI

»Er wird einfach unerträglich.« Anya nimmt einen großen Schluck.

»Wird er es erst, oder ist er es schon?« Sterol fährt mit dem Finger über die Kante des magischen Spiegels.

»Also gut, er war schon immer überheblich. Aber jetzt beunruhigt es mich stärker als früher.« Noch ein letzter großer Schluck, und ihr Weinglas ist geleert. »Er schneidet mit seiner Macht auf. Er sagt, er würde Axalt ganz allein niederwerfen, aber erst im Frühling.«

Sterol muß ein Lächeln unterdrücken. »Glaubst du, er ist dazu in der Lage?«

Sie füllt ihr Glas nach. »Natürlich. Es ist freilich eine ganz andere Frage, ob es auch klug ist.«

Sterol geht zum Eßtisch und schenkt sich ebenfalls nach. »Ich nehme doch an, daß er nach wie vor versucht, seine Pläne vor dir geheimzuhalten?«

»Falls er überhaupt welche hat.«

»Ein derart plumper Sarkasmus steht dir nicht. Jeslek hat sicherlich gewaltige Pläne.«

»Er ist über irgend etwas, das in Spidlar vor sich

geht, beunruhigt – besorgt kann man es wohl noch nicht nennen. Es hat mit den Schwarzen zu tun. Er grübelt schon den ganzen Frühling und Sommer darüber nach.«

»Hat er dir das verraten?«

»Natürlich nicht. Aber ich weiß die Anzeichen zu deuten.«

»Was hat Fydel dir gesagt?«

»Offensichtlich weißt du es bereits.« Anya trinkt das zweite Glas etwas langsamer.

»Warum sollte Jeslek sich wegen der Briefe einer armen Händlerin aus Jellico Sorgen machen? Der Schmied muß etwas an sich haben, das man nicht auf den ersten Blick sieht.«

»Du bist sehr klug, Sterol.«

»Erstaunlich, daß eben jener Jeslek, der auf die Idee kommt, eine ganze Stadt zu zerschmettern, auf Zehenspitzen geht, wo es bloß um einen jungen Burschen geht. Also, wer ist dieser Bursche?«

»Er kommt aus Recluce«, erklärt Anya und verrät damit nichts, was der ältere Mann nicht längst weiß.

»Spielt das überhaupt eine Rolle?«

»Es muß eine Rolle spielen, oder nicht?« Sie lächelt verschlagen.

»Weißt du, Anya«, seufzt Sterol, »du bist nicht halb so klug, wie du glaubst. Fydel auch nicht. Jeslek mag unerträglich sein, aber er ist alles andere als dumm. Ich bin es übrigens auch nicht. Du willst das Amt des Erzmagiers nicht übernehmen, weil du glaubst, daß jeder, der es tut, in der Konfrontation mit Recluce scheitern muß. Deshalb willst du an zweiter Stelle hinter dem stehen, der die Macht innehat.«

»Und wenn es so wäre?«

»Auch das ist gefährlich, obgleich die Gefahren nicht ganz so offensichtlich sind.« Sterol zuckt mit den Achseln. »Wenn Jeslek sich nun Sorgen wegen dieses Schmieds macht, so muß man ihn überwachen.«

»Willst du mir sagen, Jeslek sei mit diesem Schmied so vorsichtig, nur weil der Bursche auf der anderen Seite des Meeres Eltern hat, die mächtiger sind als …«

»Mächtiger als du? Genau das meine ich. Wenn ich Jeslek wäre, würde ich auf indirekte Weise vorgehen und den jungen Mann beim Untergang Spidlars umkommen lassen, aber nicht vorher. Warum sollte man riskieren, daß Recluce sich früher einschaltet, als es unbedingt nötig ist?«

»Da besteht wohl keine Gefahr.«

»Anya, meine Liebe, Gefahren lauern überall. Aber das weißt du ja.« Sterol trinkt einen kleinen Schluck, dann klopft es, und er öffnet. »Ich glaube, da ist das Abendessen.«

»Es wird auch Zeit.«

LXXXVII

»Komm schon, Mädchen.« Dorrin treibt Meriwhen an, und das Geschirr spannt sich, während die Seile durch den Flaschenzug laufen und die letzten vier vorgefertigten Teile des Fachwerks an die richtige Stelle heben.

Es ist zwar ein kühler Morgen, und die Sonne steht noch niedrig im Westen, aber schon ist sein Arbeitshemd von Schweißflecken gezeichnet, und gelegentlich summt eine Fliege um ihn herum. Mit einer energischen Handbewegung verscheucht er eine Stechfliege, klemmt die Seilzüge fest und überprüft den Ausleger des Kranes, bevor er die Spannung aus dem Geschirr nimmt. Dann geht er zur nördlichen Ecke und schiebt erst einen, dann einen zweiten Stein in das im Rahmen ausgesparte Loch. Anschließend sind die zugeschnittenen Steine an der Reihe. Sobald die vier Steine an Ort und Stelle sind, schaufelt er außen herum Lehm davor.

Als nächstes nimmt er den schweren, kurzen Ast, den er zum Stampfen benutzt, und preßt den Lehm zusammen. Dann wiederholt er den Vorgang am nächsten Pfosten. Damit stehen die vier Eckpfeiler des Hauses. Sie sind durch Querstreben verbunden, aber er kann nicht darauf bauen, daß das Gerüst stabil steht, solange die Deckenbalken nicht eingezogen sind.

Es ist nicht einfach, die Deckenbalken einzubauen. Er muß die Lederschlaufe des Krans genau in der Mitte des Balkens ansetzen, damit das schwere Holz im Gleichgewicht bleibt. Nachdem er Leder und Seile an der richtigen Stelle befestigt hat, schiebt Dorrin den improvisierten Kran in Position und läßt Meriwhen anziehen.

»Los jetzt, Mädchen. Ich weiß, ich weiß«, beschwichtigt Dorrin die Stute, die protestierend gewiehert hat. »Du bist ein Reitpferd, kein Last- und Zugpferd. Aber wir müssen jetzt unser Haus bauen.«

Endlich hängt der Deckenbalken frei in der Luft, direkt über den Klammern und Fugen, die Dorrin sich ausgedacht hat. Er steigt wieder auf die Leiter, führt ein Ende des Balkens in die Klammer und bindet es fest. Das andere Ende steht jetzt etwas höher. Dann läßt er den Balken sinken, bis er beinahe die Klammer auf der anderen Seite berührt. Er setzt die Leiter um und richtet den Balken aus, dann läßt er die Klammern einrasten, und der Deckenbalken sitzt an der richtigen Stelle fest. Danach will er rundherum am Boden die Schwellen einsetzen, die Gegenstücke der Deckenbalken, und über ähnliche Klammern mit dem Fundament verbinden.

Er holt tief Luft, setzt die Leiter um, löst die Lederschlaufe und steigt wieder hinunter. Er bugsiert Meriwhen, den Kran, die Seile und die Flaschenzüge und ihre Verankerung ans andere Ende des Fundaments, wo er den Vorgang noch einmal wiederholt. Sobald er mit dem Gerüst des Haupthauses fertig ist, wird der

Ablauf sich in kleinerem Maßstab wiederholen, wenn er am Südende des Gebäudes die Schmiede baut.

Der Vormittag ist schon fast vorbei, und Gewitterwolken haben sich gebildet, als das Gerüst endlich stabil steht. Er setzt sich, trinkt etwas Wasser aus dem Krug und ißt ein Stück Brot. Trotz der Wolken und der kühlen Brise ist er durchgeschwitzt. Nun hat er das Fundament und das Fachwerk für das Haus fertiggestellt, in dem er hoffentlich mit Liedral leben kann.

Er wischt sich die Stirn ab. Dann holt er die Schubkarre und lädt ein paar kleinere Fässer darauf, die er im Bach füllt und zurück zur Baustelle transportiert. Er rührt mit dem Wasser den Mörtel an und probiert eine Weile, bis die Mischung stimmt. Es ist mühsam, die zähe Masse mit der Hand zu mischen, und er muß mehrere Pausen einlegen, ehe der Mörtel sich richtig anfühlt. Mit der Schubkarre, die er sich bei Yarrl ausgeliehen hat, befördert er eine Fuhre zum nördlichen Pfosten. Er kippt und schaufelt den Mörtel in die Fugen zwischen den schweren Steinen, die den Pfosten stützen. Dann fährt er mit der Schubkarre zu der alten Faßhälfte zurück, die er zum Mischen benutzt.

Gegen Mittag sind alle Pfosten einzementiert, und die Schwellen sind mit Klammern befestigt. Die meisten Stützen, die zusätzlich zwischen Schwellen und Deckenbalken eingebaut werden, sind ebenfalls an Ort und Stelle. Meriwhen ist angebunden und grast neben ihrem gerade fertiggestellten Stall. Wahrscheinlich ist sie froh, daß sie nicht noch mehr Balken hochziehen muß.

Das Fachwerk des Haupthauses hochzuziehen war im Grunde noch der leichteste Teil. Das Entwerfen, Einmessen, Schmieden und Vorbereiten der Balken, Streben und Klammern hat seit Mittsommer den größten Teil seiner freien Zeit in Anspruch genommen.

Dorrin sitzt auf der vorderen Schwelle, ruht sich aus und denkt dabei über all die Arbeit nach, die er bis zum Herbst noch erledigen muß. Er muß fertig werden, bevor der nächste Winter Diev heimsucht ... und all das für ein Haus, das in Gefahr ist, von den Weißen Magiern zerstört zu werden, noch ehe er es richtig gebaut hat.

Warum tut er das alles? Warum tut man überhaupt irgend etwas? Es gibt immer einen Grund, irgend etwas nicht zu tun. Und schließlich, überlegt er, während er zu Ryllas Hütte geht und sich ständig den Schweiß abwischt, der nicht zu laufen aufhören will, und schließlich ist ja der Tod eine Folge des Lebens. Wenn man aber sowieso sterben muß, warum soll man sich da vorher noch die Mühe machen zu leben? Oder irgend etwas ordentlich zu machen?

Er fragt sich, was sein Vater oder Lortren dazu sagen würden, daß er gute Arbeit für einen notwendigen Protest gegen das Chaos und die Vergänglichkeit des Lebens hält.

Er blickt zurück zu dem klaren, ordentlichen Rahmen, den er auf dem Hügel gebaut hat. Dann lächelt er und eilt zur Hütte und zum Garten der Heilerin.

LXXXVIII

Dorrin betrachtet den kleinen Teich und den grünen Schaum an den Rändern. Über dem Teich fließt das Wasser, das aus einer unterirdischen Quelle kommt, rein und frisch den Felshang herunter. Sein Blick wandert von der Felsklippe, die etwa doppelt mannshoch ist, zum herbstlich braun gefärbten Hügel, auf dem sein eigenes Haus und der Stall und ein Stück weiter Ryllas kleine Hütte stehen. Trotz des morgendlichen Zwielichts kann er den Tau auf dem welken Gras silbern funkeln sehen.

Die Heilerin hat darauf bestanden, den Landverkauf an Dorrin von der Gilde dokumentieren zu lassen. »Was würdest du machen, wenn mich der Blitz erschlägt?« hat sie gefragt. »Ein Toter kann sein Wort nicht mehr halten.«

»Du wirst nicht sterben«, hat Dorrin eingewendet.

»Wir müssen alle sterben. Und jetzt hole den Nichtsnutz von Hasten her, damit wir den Handel besiegeln können.«

Und Hasten ist gekommen, sich ständig verneigend und Kratzfüße machend.

Dorrin blickt wieder zum modrigen Wasser im Tümpel und lacht leise, als er daran denkt, wie der grauhaarige Schreiber der Gilde einen Heiler fürchtet, der stundenweise auch als Schmied arbeitet – so, als wäre Dorrin irgend etwas anderes als ein Spielzeugmacher mit großen Träumen. Seiner Ansicht nach ist er jedenfalls nicht mehr als das, und sein Kopf tut nicht weh, als er diesen Gedanken faßt.

Er schlägt nach einer Mücke, die sein Blut will, und verfehlt sie. Die Tiere müssen hungrig sein, wenn sie so früh am Tag schon so aktiv sind. Um ihn sammelt sich eine Wolke von Insekten. Es sind so viele, daß seine Versuche, sie durch einen Bann abzuhalten, vergebens sind. Wieder erschlägt er eine, verschmiert sie im Nacken und sieht sein eigenes Blut an den Fingern. Er schüttelt den Kopf, holt tief Luft und versucht, die hungrigen Mücken zu verscheuchen, bevor er eine mit Pulver gefüllte Röhre ins schlammige Ufer steckt, von dem aus das Wasser in einem gewundenen Rinnsal bis hinunter zum Teich hinter den Häusern läuft.

Er zündet die Ladung und zieht sich bis zu einer Gruppe von kleinen Eichen mit vergilbten Blättern zurück, wo er hinter dem Stumpf einer größeren Eiche, die schon vor Jahren gefällt worden ist, in Deckung gehen kann.

Die Sprengung reißt ein weites Loch in den Rand des

Tümpels, und das Wasser fließt sofort ab. Dorrin nimmt die Schaufel und hebt den Schlamm aus. Wenn der Bereich gesäubert ist, wird er das Wasser umleiten und ein Auffangbecken aus Stein bauen. Dort werden die Rohrleitungen, die er zu seinem Wassertank führen wird, ihren Ursprung nehmen. Es spricht wirklich nichts dagegen, fließendes Wasser in der Küche zu haben, auch wenn es kalt ist, aber er muß dafür sorgen, daß die Leitungen tief genug liegen, damit sie im Winter nicht einfrieren.

Mit Graben und Verscheuchen der Mücken beschäftigt er sich, bis es Zeit wird für ein spätes Frühstück, das allerdings zu einer Zeit stattfindet, die er vor gar nicht so vielen Jahren in Extina noch für die normale Zeit zum Frühstücken gehalten hätte. Wie schnell sich doch die Dinge ändern!

Er zieht sich das Hemd aus und wäscht sich mit dem kalten Wasser aus der Quelle so gut wie möglich ab, immer wieder von Mücken gestört, und marschiert mit Schaufel und Arbeitshemd durch die Büsche und das Gras den Hügel hinunter. Er würde gern weitermachen, aber er muß noch eine Ladung Gewürze zusammenstellen und an Vyrnil liefern, ganz zu schweigen davon, daß Rylla ihn möglicherweise bei einigen Kranken und Verletzten braucht. Einige frühe Getreidesorten werden bereits geerntet, und bei dieser Art von Arbeit kommt es häufig zu Verletzungen.

Er sieht sich noch einmal um und betrachtet die Quelle. Wird er jemals fähig sein, alle Teile zu einem Ganzen zusammenzufügen? Das Haus und die Werkstatt stehen, die Gebäude haben ein Dach und sind verputzt. Aber außer dem Schmiedeofen und einem Herd, den er selbst gebaut hat, einem Bett, einem Tisch und zwei Stühlen hat er keine Möbel.

Er bleibt vor dem Stall stehen, als ihm einfällt, daß er Meriwhen noch nicht gefüttert hat. Er bringt die Schaufel in die Scheune, hängt das feuchte Hemd über die

Stalltür und füllt ihren Trog mit Heu. Dann nimmt er den Deckel vom Getreidefaß und schöpft mit der Holzkelle etwas Korn in das kleinere Fach des Troges.

»Ich weiß, ich bin heute spät dran«, entschuldigt er sich, als Meriwhen ihn mit empörtem Schnauben empfängt. »Aber besser spät als nie.« Dorrin überprüft das Wasserfaß. Es ist noch zu einem Drittel gefüllt, er kann es später nachfüllen.

Er muß noch das Gewürz ernten, bündeln und abpacken und für den Händler beschriften, und dann muß er zu Rylla. Er schließt die Stalltür, nimmt das Hemd und geht in das fast leere Haus.

Die Stiefel stellt er auf der kleinen, überdachten Veranda ab, dann betritt er die Küche und sieht die Papiere durch, die neben dem Kästchen auf dem Tisch liegen. Er nimmt den Brief in die Hand und runzelt abermals die Stirn, als er die unverkennbaren Anzeichen spürt, daß jemand sich daran zu schaffen gemacht hat. Warum interessieren die Weißen sich so sehr für Liedrals Briefe und vermutlich auch für seine Briefe an sie?

Er überfliegt die Seite.

… Fahrt nach Sligo war lohnend, aber einsam. Ich konnte etwas schöne schwarze Wolle einkaufen, fast so gut wie die Ware aus Recluce … ich vermisse Dich mehr als sonst, sogar wenn ich viel zu tun habe. Jellico ist ruhiger als bei Deinem Besuch hier, und Freidr ermuntert mich, mehr zu reisen, vor allem nach dem Erfolg in Sligo …

… hätten die Kämpfe an der Grenze zwischen Kyphros und Spidlar angeblich nachgelassen … aber es heißt, für Händler sei es immer noch nicht sicher, es sei denn auf dem Seeweg, und das wird teuer.

… kann ich es vielleicht nach der Ernte einrichten … liebe Dich und vermisse Dich …

Seine Antwort – der Brief liegt ganz oben in dem Kästchen – ist noch nicht fertig. Da er sicher ist, daß der

Brief gelesen werden wird, muß er sich genau überlegen, was er schreibt.

Warum interessieren die Weißen Magier sich so sehr für eine Händlerin und einen Spielzeugmacher und Schmied? Selbst wenn er eines Tages seine Maschinen baut, wird weder in Fairhaven noch in Recluce irgend jemand etwas davon wissen wollen. Außer ihm selbst ist weit und breit niemand in Sicht, der sie würde benutzen wollen.

Er sieht aus dem Fenster zur Hütte der Heilerin. Solche Grübeleien werden ihm nicht helfen, die Kräuter zu sammeln und zu bündeln, und auch die Verletzungen der Erntearbeiter wollen versorgt werden. Und bei Yarrl wartet ebenfalls eine Menge Arbeit auf ihn.

LXXXIX

Die weißen Schleier verflüchtigen sich und geben den Blick frei auf das herbstlich braune Gras nördlich von Fenard und südlich von Elparta. Im Zentrum des Spiegels ist der Wagen einer Händlerin zu sehen, der langsam nach Süden fährt. Eine rothaarige Frau lenkt den Wagen, ein dünner, dunkler Mann reitet neben ihr.

Hinter der nächsten Hügelkuppe wartet eine Gruppe Soldaten, die das Dunkelgrün von Certis tragen. Als der Wagen sich der Hügelkuppe nähert, schwärmen die Reiter aus und greifen die Händler an.

Die Rothaarige hält sofort den Wagen an, und zwei mit Bögen bewaffnete Männer werfen die Decken weg, unter denen sie gesteckt haben, und schießen auf die Reiter. Die rothaarige Frau hat auf einmal zwei Schwerter in der Hand, und hinter den Angreifern tauchen Soldaten der Spidlarischen Garde auf, angeführt von einem blonden Riesen, der links und rechts tote Gegner zurückläßt.

Kein einziger certischer Angreifer überlebt. Als die Schaufeln hervorgeholt werden, um die Gräber auszuheben, wedelt Jeslek mit der Hand, und das Bild im Spiegel verblaßt. »Pah, das ist überhaupt keine Magie. Einfach nur gute Taktik und Klugheit. Keine Überlebenden, keine Toten werden gefunden, und schon machen Gerüchte die Runde, die Spidlarer würden mit Magie arbeiten.«

»Aber es nützt nicht viel, dies dem Vicomte oder dem Präfekten zu erklären«, bemerkt Anya, die am Fenster auf einem Stuhl sitzt.

»Es wäre auch unklug zuzugeben, daß es mehr als eine Jahreszeit und eine Menge Magie gebraucht hat, um es herauszufinden«, fügt Fydel hinzu. »Immerhin haben sie in den letzten zwei Jahreszeiten fast hundert Männer verloren.«

»Wissen wir, wer dafür verantwortlich ist?« erkundigt sich der normalerweise eher zurückhaltende Cerryl. »Abgesehen vom Offensichtlichen, meine ich?« Er deutet auf den inzwischen leeren Spiegel.

»Unsere ... unsere Quellen in Spidlar deuten darauf hin, daß der größte Schaden von einem Trupp angerichtet wird, der im letzten Frühling eigens zu diesem Zweck aufgestellt wurde. Angeblich sind der Truppführer und seine Vertreterin Verbannte aus Recluce.«

»Angeblich? Das ist herrlich. Recluce wirft zwei Leute hinaus, und die beiden sind rein zufällig genau an der richtigen Stelle, um uns in die Quere zu kommen. Glaubt Ihr wirklich an solche Zufälle, Jeslek?«

Jeslek kann Fydels Einschätzung nicht entkräften. »Ich sagte ›angeblich‹.«

»Was wollt Ihr nun unternehmen?«

»Nichts ... für den Augenblick.« Er hebt eine Hand, um Einwänden zuvorzukommen. »Ich spiele nicht auf Zeit wie Jenred. Aber will irgendeiner von euch tatsächlich im Winter Krieg führen?«

Allgemeines Kopfschütteln ist die Antwort.

»Sobald die Straßen im Frühling wieder frei sind, werde ich persönlich unsere Streitkräfte bei der Invasion Spidlars anführen. Jetzt, während des Winters, sollten wir uns bemühen, den Handel so nachhaltig wie möglich zu stören, und natürlich müssen wir auch jede Einmischung von seiten Recluces unterbinden.« Er lächelt Fydel an. »Wir müssen dafür sorgen, daß es ein harter Winter in Spidlar wird.«

»Spidlar ist nicht der Feind, Recluce ist der Feind«, erinnert Fydel ihn.

»Wir wissen, wer die wahren Feinde sind.« Jeslek lächelt, aber das Lächeln erreicht nicht die Augen. »Auch sie werden eines Tages an der Reihe sein.«

»So klug und so geheimnisvoll«, murmelt Anya halblaut.

Jesleks Blick streift sie, und sie verstummt sofort. Seine Augen funkeln, und sie schaudert. Fydel schluckt, Cerryl blickt aus dem Fenster des Turmzimmers.

XC

Dorrin wirft sich auf der Matratze hin und her. Eigentlich sollte er aufstehen. Er muß den Schmiedeofen in seiner Schmiede zu Ende bauen, er muß jemanden finden, der sein Spielzeug kauft, die Erntezeit rückt näher, und Yarrl wird Hilfe brauchen …

»Oooh …« Ihm ist heiß, so heiß. Aber er kann sich nicht bewegen.

»Immer mit der Ruhe, Dorrin. Du mußt dich jetzt ausruhen.«

Etwas Kaltes wird auf seine Stirn gedrückt und lindert das Fieber, und er versinkt in der Dunkelheit. Als er wieder aufwacht, ist seine Stirn heiß, aber trocken. Irgendwo redet jemand.

»Er war oben in den Hügeln und hat die Wasserleitungen gelegt, und da haben ihn die Mücken erwischt. Es waren wohl selbst für unseren Schmied-Magier zu viele, um sie durch einen Zauber abzuwehren, würde ich sagen. Oh, wachst du auf?« Rylla beugt sich über ihn und tupft ihm mit einem Schwamm die Stirn ab. Die Kälte erfrischt ihn und ist ihm mehr als willkommen. »Trink das.« Sie hält ihm einen Becher an die Lippen.

»Was … was ist das?«

»Apfelwein mit Weidenrinde und Astra. Es schmeckt schrecklich, aber du brauchst es.«

Dorrin trinkt, sehr langsam nur, und versucht, den bitteren Geschmack zu ignorieren. Als er ausgetrunken hat, lehnt er sich wieder zurück und wundert sich, daß ihm sogar das Trinken dermaßen schwerfällt.

Er merkt nicht, daß er wieder einschlummert und erwacht, aber auf einmal ist der Himmel draußen grau, und ein leichter Regen prasselt aufs Dach.

Jetzt sitzt Vaos auf dem Hocker neben seinem Bett. »Seid Ihr wach?«

»Mehr oder weniger …«

»Ich bin gleich wieder da.« Der Junge eilt hinaus und kehrt kurz darauf, im Regen etwas naß geworden, mit Rylla zurück.

Die Heilerin betrachtet Dorrin und fühlt seine Stirn. »Du wirst wieder gesund werden. Ich war noch nicht ganz sicher, aber du bist innerlich so gebaut wie dein Schmiedeofen.« Sie wendet sich an Vaos. »Ungefähr die Hälfte von denen, die das Bergfieber bekommen, sterben in den ersten paar Tagen. Die anderen überleben es.«

»Na, wundervoll«, stöhnt Dorrin.

»Hier, trink noch etwas davon«, drängt Rylla ihn.

»Bäh …« Aber Dorrin trinkt gehorsam noch einen Becher des bitteren Gebräus.

»Und sorge dafür, daß er weiter das saubere Wasser

trinkt, mein Junge«, trägt sie Vaos auf. »Er soll jetzt nichts anderes tun als ruhen. Reisa wird mich nach Hause bringen. Er wird von selbst wieder auf die Beine kommen. Es braucht nur etwas Ruhe.« Mit einem Nicken verabschiedet sich die Heilerin von Dorrin.

Er ruht sich aus, schläft ein und wacht nach einer Weile wieder auf.

Vaos ist nicht mehr da, doch auf dem Tisch neben dem schmalen Bett steht ein Krug mit kühlem Wasser. Dorrins Hände zittern, aber er schafft es, sich den Krug zu nehmen. Er nippt gerade am Wasser, als Vaos ins Zimmer lugt.

Der Junge setzt sich auf den Hocker. »Jasolt ist vorbeigekommen. Ich habe gesagt, Ihr wärt nicht da. Er will etwas Neues haben. Er hat eine Zeichnung dagelassen und gemeint, das wären Navigationsgeräte, die er auf einem hamorischen Schiff gesehen hat.«

»Warum holst du nicht die Zeichnung?«

»Die alte Heilerin hat gesagt, Ihr solltet überhaupt nichts tun.«

»Nachdenken werde ich doch können«, schnaubt Dorrin. Er schüttelt den Kopf, und bei der Bewegung wird ihm fast schwindlig. »Nun mach schon, ich werde mich nicht rühren.« Dieses Versprechen zu halten fällt ihm leicht, denn er ist kaum fähig, sich zu bewegen, nachdem die Mücken ihn mit dem Fieber angesteckt haben.

Bevor Dorrin überhaupt dazu kommt, über seine Bewegungsunfähigkeit weiter nachzudenken, ist Vaos mit der Zeichnung zurückgekehrt und hält sie hoch.

»Hier ist sie.«

Dorrin kneift unsicher die Augen zusammen. Die Zeichnung sagt ihm auf den ersten Blick überhaupt nichts. »Drehe sie anders herum.«

Vaos gehorcht, aber die Linien verraten Dorrin immer noch nichts.

»Er meinte, das eine wäre eine bessere Möglichkeit, die Sonne anzupeilen. Mit dem anderen könnte man sogar den Kurs halten, wenn die Sonne überhaupt nicht scheint. Könnt Ihr damit etwas anfangen?«

Dorrin runzelt die Stirn, und dann beginnt in seinem immer noch vom Fieber benommenen Gehirn der erste Funke des Verstehens zu dämmern. »Vielleicht komme ich bald dahinter.« Er schließt einen Moment die Augen, und als er sie wieder öffnet, hat Vaos die Zeichnung sinken lassen.

»Warum könnt Ihr Euch nicht selbst heilen?« fragt Vaos.

»Kannst du dich selbst von dem Hocker heben, auf dem du sitzt?« brummt Dorrin.

»Sicher.« Vaos springt vom Stuhl herunter.

»Nein«, meint Dorrin langsam. »Setz dich wieder.«

Vaos hebt die Augenbrauen, setzt sich aber hin.

»Lege die Hände an deinen Gürtel und hebe dich hoch.«

»Geht nicht.«

»Wenn ich gesund wäre, könnte ich dich dann am Gürtel hochheben?«

»Äh ... ja.«

»Beim Heilen ist es genauso. Du kannst es nur mit anderen tun. Meistens jedenfalls«, fügt Dorrin hinzu.

»Aber warum?«

»Ich weiß es nicht, und ich bin zu müde, um jetzt darüber nachzudenken.« Dorrin sinkt wieder in die Kissen zurück und schließt die Augen.

XCI

Dorrin reibt sich die Stirn und versucht, das Pochen in seinem Kopf zu vertreiben. Warum hat es nur so lange gedauert, bis er das Fieber überwunden hat? Bisher hat er erst wenige Dinge in sein neues Haus bringen können, außer den leichtesten Schmiedearbeiten fällt ihm alles zu schwer, und selbst der Umzug wäre ohne Vaos' Hilfe nicht möglich gewesen. Er würde am liebsten die Faust auf den wackligen Holztisch knallen.

Aber er beherrscht sich und trinkt noch einen Schluck aus dem angeschlagenen Becher, der neben seinen Schreibutensilien steht. Er setzt den Becher wieder ab, nimmt sich das Blatt und liest, was er geschrieben hat.

Liedral,
es tut mir leid, daß es so lange gedauert hat, bis ich auf Deinen letzten Brief antworten konnte, aber ich war krank. Die Mücken haben mich mit dem Bergfieber angesteckt. Ich hoffe, wenn Du diesen Brief bekommst, bin ich schon wieder ganz auf dem Damm.

Das Haus ist fertig, und auch die Schmiede ist so gut wie fertiggestellt. Das Teuerste war der Amboß. Weißt du, was ein elf Stein schwerer Klotz aus Eisen kostet? Ich brauche auch mehr Werkzeug. Ein paar Hämmer wie den Schmiedehammer und den Setzhammer habe ich mir schon selbst gemacht, und ich habe drei Sätze Greifzangen, außerdem Gesenke, Setzmeißel, Körner und Schlichthämmer. Aber es ist noch lange nicht genug. Das meiste, was ich mit den Spielsachen und anderen Dingen verdient habe, mußte ich dafür wieder ausgeben. Und es hat mich natürlich zurückgeworfen, daß ich krank geworden bin.

Das Haus kommt mir so leer vor, auch wenn Vaos jetzt in der Kammer neben der Schmiede wohnt. Ich freue mich schon darauf, daß Du kommst, sobald Du kannst, und ich glaube, Du wirst den Lagerraum ausreichend finden. Yarrl und Reisa haben ein paar Bemerkungen über den ungenutzten Raum gemacht, und Meriwhen ist einsam. Sie fragen oft, wann Du wieder kommst.

Ich erinnere mich an den Vogel, den du damals gesehen hast, als wir Dich begleitet haben. Ich bin sicher, der Vogel fliegt immer noch dort draußen herum, aber wir sind nicht zusammen.

Dorrin reibt sich wieder die Stirn. Kann er sonst noch etwas sagen, um Liedral zu warnen, ohne die heimlichen Leser wissen zu lassen, daß er im Bilde ist? Er trinkt noch einen Schluck vom Heiltrank. Er ist stärker geworden, das spürt er, aber er ist noch nicht stark genug, um lange den Hammer zu schwingen. Er taucht den Federkiel wieder ein und schreibt weiter.

Als es klopft, sieht er durch das Fenster jemanden auf der viel zu kleinen Veranda stehen.

»Ich komme schon.« Er steht langsam auf und geht barfuß zur Tür.

»Na, wenigstens liegst du nicht mehr im Bett.« Kadaras Gesicht ist voller Dreck, die blaue Uniform ist verschmutzt. Auch Brede, der neben ihr steht, sieht aus, als hätte er eine lange Reise hinter sich.

»Kommt herein.«

»Du siehst aus wie vom Weißen Licht verbrannt.« Kadara setzt sich ihm gegenüber auf ein Ende der grob gezimmerten Bank.

Brede schließt die Tür und setzt sich neben sie auf die Bank.

»Danke«, sagt Dorrin.

»Wieso?«

»Dafür, daß ihr gleich zu mir gekommen seid. Ihr seht aus, als wärt ihr einen weiten Weg geritten.«

»Das sind wir«, bestätigt Brede.

»Manchmal ist der Erfolg schlimmer als das Scheitern«, wirft Kadara mit harter Stimme ein. »Je erfolgreicher wir sind, desto mehr geben sie uns zu tun.«

»Ich habe Apfelwein da.« Dorrin geht zum Kühlkasten in der Ecke der Küche und nimmt den Krug aus dem eiskalten Wasser. »Er ist kalt.«

»Hast du dir fließendes Wasser gelegt?«

»Ja, und genau dabei bin ich krank geworden. Die Mücken haben mich oben in den Hügeln erwischt, als ich das Auffangbecken gebaut und die Rohre verlegt habe.« Dorrin gießt Apfelwein in zwei Gläser und reicht sie Kadara und Brede.

»Warum hast du dir überhaupt die Mühe gemacht? Spidlar wird in spätestens einem Jahr fallen, und dann müssen wir fliehen.« Kadara kippt ein halbes Glas auf einmal herunter. »Bei der Dunkelheit, das tut gut.«

»Hmm«, macht Brede.

Dorrin wartet, bis sie ausgetrunken haben, dann füllt er die Gläser nach. Er setzt sich und unterdrückt den Impuls, sich die Stirn abzuwischen. »Der Rat will sich den Weißen nicht ergeben.«

»Ihnen wird kaum etwas anderes übrigbleiben. In Certis, Kyphros, Montgren und Gallos sind Anschläge zu lesen, daß es im Frühjahr Truppenaushebungen geben wird.«

»Hat der Rat eigentlich schon die spidlarischen Söldner aus den anderen Herzogtümern zurückgerufen?«

Brede und Kadara wechseln einen Blick.

»Also hat man es getan, aber die Weißen legen ihnen Steine in den Weg?«

Brede nickt. »Ein paar Leute sind zurückgekommen, aber die meisten haben wohl kaum Lust, sich nach den Einberufungen im Frühling überrennen zu lassen.«

»Die neuen Rekruten sind aber nicht so gut wie voll ausgebildete Soldaten«, widerspricht Dorrin.

»Nein, aber es sind viel mehr.«

»Und bei der Dunkelheit, wir kommen einfach nicht hier heraus«, faucht Kadara. Der Apfelwein spritzt auf die Tischplatte, als sie den Becher hart absetzt. »Es fahren keine Schiffe nach Recluce, und auch Suthya und Sarronnyn weigern sich jetzt, Schiffe aus Recluce anlegen zu lassen.«

»Warum denn das?«

»Fairhaven zahlt Spitzenpreise für Getreide, aber der Boykott ist ein Teil des Abkommens. Wir haben versucht, eine Überfahrt nach Rulyarth zu buchen.«

»Es wird ein langer, kalter Winter«, sagt Dorrin.

»Und ein blutiger Frühling.«

»Könnt ihr sie aufhalten?«

Brede zuckt mit den Achseln. »Hast du Maschinen, die uns helfen könnten?«

»Nein. Nichts, was ich herstellen kann, würde euch helfen.«

»Was nützt ...« Kadara unterbricht sich, als sie Bredes Blick bemerkt. »Entschuldige.«

»Laßt mich darüber nachdenken.« Dorrin leert den Becher mit dem Heiltrank und füllt ihn mit Apfelwein. »Bei der Dunkelheit, ich kann nicht einmal ein Schwert herstellen, das wißt ihr doch.« Er hebt hilflos die Hände. »Aber vielleicht fällt mir etwas ein.«

»Nun ja«, meint Kadara, »wir haben ja auch gehört, daß du krank warst.«

Dorrin hebt die Augenbrauen.

Brede hustet. »Das war eine Art ... Scherz.«

»Ich verstehe. Der wundervolle Heiler kann sich nicht einmal selbst heilen.«

Brede schlägt die Augen nieder.

»Schon gut. Mein Gehilfe hat mir die gleiche Frage gestellt. Es klingt dumm, aber es ist wirklich so.«

Brede steht auf. »Wir müssen jetzt in die Kaserne zurück. Wir sind nur gekommen, um uns etwas auszuruhen und neue Vorräte mitzunehmen.«

»Wie lange werdet ihr bleiben?«

»Einen Achttag, wenn wir Glück haben.« Brede ist schon zur Tür unterwegs.

»Träumer«, murmelt Kadara. »Wir sind in drei Tagen wieder draußen.«

Sie trinkt den Apfelwein aus. »Das ist wirklich guter Apfelwein.« Dann steht auch sie auf und folgt Brede hinaus.

»Paßt auf euch auf«, sagt Dorrin. Was sonst könnte er noch sagen? Er hat ein wenig das Gefühl, daß sie sich ihm entziehen.

»Du auch, Dorrin.«

Er sieht ihnen nach, wie sie durch den kalten Regen und den Nebel davonreiten. Auch das Fell der Pferde ist von Schlammspritzern überzogen. Er betrachtet die Fußspuren, die sie auf den Dielen hinterlassen haben. Wenn er sich etwas ausgeruht hat, muß er den Boden wischen. Und dann muß er den Brief an Liedral zu Ende schreiben.

Ein langer, kalter Winter – und ein blutiger Frühling. Schöne Aussichten.

XCII

Der kalte Regen, der eher zum Frühwinter als zum Herbst passen könnte, will und will nicht aufhören. Außer in unmittelbarer Nähe des Schmiedefeuers ist sogar die Luft in der Schmiede feucht. Vaos schiebt die Schubkarre hinein, schließt die Tür hinter sich und befördert die Fuhre Holzkohle weiter zum Schmiedeofen. Rek pumpt am Hebel des Blasebalgs. Yarrl dreht das Eisen auf dem Amboß herum, und Dorrin schlägt auf das kirschrote Metall.

Yarrl schiebt das Stück wieder ins Schmiedefeuer, Dorrin setzt den Schmiedehammer ab und wischt sich die Stirn trocken. Normalerweise macht Wärme ihm nicht viel aus, aber diese Schwäche könnte durchaus noch eine Folge des Bergfiebers sein.

»Und wann willst du dann deine eigene Schmiede aufmachen und mir die Arbeit wegnehmen?« Yarrl versucht zwar, humorvoll zu klingen, aber es ist nicht zu überhören, daß er sich Sorgen macht. »Pump weiter, Rek.« Der Schmied dreht das Stück Eisen mit der Greifzange herum.

Dorrin wischt sich wieder die Stirn ab. »Ich beanspruche die arme Meriwhen zu sehr, wenn ich immer hin und her reite.« Er will ebenso humorvoll antworten, aber seine Stimme klingt flach.

»Es ist ein schönes Haus, du hast gut gearbeitet. Es wird der Händlerin gefallen.«

»Das will ich doch hoffen, aber ich habe sie noch nicht gefragt.« Dorrin hustet. »Ich werde dir aber keinesfalls Arbeit wegnehmen. Vyrnil will mehr Spielzeug von mir haben, kompliziertere Sachen, und Jasolt will wieder etwas anderes. Ich soll Navigationsgeräte nachbauen, die die Hamoraner verwenden. Er hat mir eine Zeichnung geschickt.« Dorrin unterbricht sich, als der ältere Schmied das Eisen aus dem Schmiedefeuer nimmt und auf den Amboß legt. Dorrin hebt den Schmiedehammer.

Als Yarrl nach ein paar Schlägen das Stück wieder in die Kohlen legt, sagt Dorrin noch einmal: »Ich werde dir keine Arbeit wegnehmen.«

»Vaos wird mit dir gehen wollen.«

»Er ist dein Gehilfe.«

Ein Lächeln breitet sich im verschwitzten Gesicht des Schmiedes aus. »Er hat sich von Anfang an nur an dich gehalten. Rek ist mein Gehilfe. Rek ist ein guter Junge, er mag die Schmiede. Vaos mag dich.« Yarrl schüttelt den Kopf und legt das Werkstück wieder auf den Amboß.

Dorrin hebt den Schmiedehammer.

»Wann wäre der beste Zeitpunkt für dich?« fragt Dorrin später, als der Sockel des Wagenkrans im langgestreckten Wasserkasten versenkt ist, den sie eigens zu diesem Zweck gebaut haben.

»Du mußt tun, was du für richtig hältst, junger Bursche.«

»Ich kann immer noch herkommen und bei den schweren Arbeiten helfen.«

»Ja, ich glaube dir, daß du das tun willst.« Yarrl hebt den Sockel des Krans aus dem Becken und legt ihn auf den Schmiedeofen. »Wenn ich dich brauche, gebe ich dir

Bescheid. Und du kümmerst dich besser um deine kleine Händlerin, ehe sie sich ähnlichen Ärger einhandelt wie Reisa.« Yarrl starrt gedankenverloren ins Leere.

Dorrin wartet und reibt sich die Stirn. Er fühlt sich immer noch fiebrig, und er wünscht sich, die Nachwirkungen der Krankheit würden schneller verfliegen. Er schläft mehr als sonst, er arbeitet weniger, und er wird dabei auch noch ungeduldig.

»Die Welt mag keine starken Frauen, Dorrin. Besonders die Weißen, die können das überhaupt nicht vertragen. Ich wollte sie beschützen, aber damals wollte sie mich noch nicht haben. Dann sagte sie, eine einhändige Frau wäre nicht gut genug. Ein Mist war das ... ich hätte sie auch ganz ohne Arme genommen. Aber sag ihr das ja nicht.« Yarrl blickt zur Werkbank. »Jetzt müssen wir den Ausleger für den Kran machen. Könntest du das Feuer überprüfen?«

Dorrin lächelt. Yarrl hat ihn noch nie gebeten, das Feuer zu überprüfen, und seine Bitte ist eine stillschweigende Bestätigung, daß er Dorrin inzwischen als gleichberechtigten, vollgültigen Schmied betrachtet. Vielleicht als einen, der noch viel lernen muß, aber Yarrl ist ein guter Schmied, und Dorrin freut sich über die Bitte ebenso wie über die Anerkennung, die in ihr zum Ausdruck kommt.

XCIII

Als er am Bücherregal vorbeikommt, steckt der Weiße Magier das zusammengefaltete Dokument wieder in die Lederhülle, die im obersten Fach liegt. Er bleibt am Fenster stehen und genießt die im Frühwinter seltenen Sonnenstrahlen, die ins Turmzimmer fallen.

»Was war das?« Anya rekelt sich auf dem weißen

Eichenstuhl, und irgendwie ist die Bewegung mehr als ein bloßes Strecken müder Glieder.

»Nichts.«

»Nichts?«

»Ein Brief.« Jesleks Blick wandert zum Spiegel auf dem Tisch.

»Du willst mir doch nicht erzählen, daß du Liebesbriefe bekommst?«

»Deine Ironie ist wohl kaum angebracht.« Kleine Flammen züngeln über Jesleks Fingerspitzen. »Es hat mit den Schwierigkeiten in Spidlar zu tun.«

»Schwierigkeiten? Der große Jeslek gibt zu, daß er wegen der Lage in Spidlar Schwierigkeiten hat?«

Jeslek preßt die Lippen zusammen. »Manchmal, Anya, manchmal könnte ich …«

»Du bist immer so ernst, mein lieber Erzmagier. Du solltest wirklich ein wenig lockerer werden.« Sie steht mit einer fließenden Bewegung auf, tritt hinter ihn, bis ihr Atem leicht über seinen Nacken streicht, und küßt ihn zärtlich und warm.

Ein leichtes Lächeln spielt um seine Lippen, als Anyas Lippen seinen Nacken berühren und ihre Hände nach seinem weißen Gürtel tasten.

XCIV

Das Rumpeln des Wagens, der über die gefrorenen Spuren im Hof fährt, übertönt sogar Dorrins Hammerschläge, als er rasch mit dem Setzmeißel hantiert, um das Eisen in die fischähnlichen Stücke zu zerteilen, aus denen Jasolts Kompaß entstehen wird. Das Eisen zu schneiden ist leicht, und es entsprechend anzuordnen, damit es magnetisch wird, ist nicht schwerer, als Schwarzes Eisen zu schmieden.

Er nickt Vaos zu, und der Junge betätigt den Blasebalg.

Das Schwierigste für Dorrin ist, die Kupferhülle des Kompasses richtig anzufertigen, damit er wasserdicht wird, auch wenn die Nadel in Öl und nicht in Wasser schwimmt, und er muß natürlich auch darauf achten, den Kupferstab, auf dem die Nadel ruht, nicht zu verbiegen.

Er schlägt zu, und der Setzmeißel frißt sich durch das beinahe papierdünne Blech. Er könnte zwar eine Schere nehmen, aber mit dem Setzmeißel wird der Schnitt sauberer, und die Blechschere könnte das Metall sogar verbiegen. Er muß sich unbedingt eine neue Blechschere machen, aber er hatte noch keine Zeit dafür.

Ein erneutes Rumpeln erinnert ihn an den Wagen, der draußen gekommen ist. Seufzend legt Dorrin das Stück Eisen auf die Ziegelsteine neben dem Schmiedefeuer. Er geht zur Tür der Schmiede, und Vaos folgt ihm.

Die kalte Luft ist erfrischend, und Dorrin fragt sich, ob er die Schmiede nicht vielleicht sogar ein wenig zu gut abgedichtet hat. Aber so muß Vaos wenigstens nicht frieren, wenn es kalt wird.

Petra und Reisa sitzen nebeneinander auf dem Kutschbock. Die beiden lächeln, der Atem weht als weiße Fahne vor ihren Mündern.

Vaos blickt fragend zu Dorrin auf, als der Schmied den beiden Frauen entgegengeht.

»Wir dachten, daß du dies hier früher oder später brauchen wirst«, erklärt Reisa. Obwohl sie nur eine Hand hat, springt sie gewandt vom Wagen. Die Stiefel landen mit einem lauten Knall auf dem Lehm, der gefroren und daher fast so hart wie der Lehm in Yarrls Hof ist.

»Was soll ich brauchen?« Dorrin geht weiter, um Petra zu helfen, aber sie hat längst die Bremse festgestellt und ist vom Wagen geklettert und nach hinten zur Heckklappe gelaufen.

»Ein anständiges Bett natürlich«, sagt Reisa grinsend.

Dorrin errötet.

»Yarrl hat das hier vor Jahren von Hesolls Witwe gekauft, und seitdem hat es in einer Ecke gestanden. Vielleicht muß es hier und da ein wenig überholt werden, aber das wird dir sicher keine Schwierigkeiten bereiten.« Reisa hilft ihrer Tochter, die Heckklappe zu öffnen, und dann ist die Ladung zu sehen.

Das hohe Kopfstück besteht aus geschnitzter roter Eiche, auf beiden Seiten sind Schnörkel angebracht. Am niedrigeren Fußende wiederholt sich das Muster.

»Oh, Mann ...«, murmelt Vaos. Dann schaut er Dorrin an. »Kann ich jetzt vielleicht Euer altes Bett haben?« fragt er grinsend.

»Räuber!« Dorrin sieht zwischen Reisa und Petra hin und her. »Ihr habt ... warum habt ihr das gemacht?«

Reisa schüttelt den Kopf. »Du kennst den Grund. Du hast uns, von der Arbeit in der Schmiede abgesehen, viel gegeben. Wir hatten alle das Gefühl, daß du und deine kleine Händlerfreundin es gut gebrauchen könntet.«

»Liedral?«

»Sie wird früher oder später herkommen«, bestätigt Petra. »Du schaust deine rothaarige Freundin ja kaum noch an.«

»Er schreibt der Händlerin, wenn er glaubt, daß niemand es sieht«, ergänzt Vaos.

Dorrin sieht den Kobold mit dem rotblonden Haar scharf an.

»Es wird nicht mehr lange dauern, wenn er schon Liebesbriefe schreibt«, meint Petra.

»Laßt uns das Bett hineinbringen«, drängt Reisa, »bevor wir hier draußen erfrieren.«

»Wohin stellen wir Dorrins altes Bett?« fragt Vaos. »Müssen wir nicht erst das alte Bett herausschaffen?«

»Also gut, also gut«, gibt Dorrin nach. »Du kannst es in dein Zimmer stellen.«

Der Junge hüpft auf die Veranda. »Bin ich dann jetzt ein richtiger Zuschläger?«

»Vaos! Nun übertreibe es nicht.«

»Ja, Ser. Ich kümmere mich erst mal um das alte Bett.« Damit läuft der Junge ins Haus.

»Mit dem hast du wirklich alle Hände voll zu tun«, sagt Reisa trocken. »Ich möchte wetten, daß du früher so warst wie er.«

»Nein, ich …«

»Oder du wärst es gewesen, wenn du nicht auf Recluce aufgewachsen wärst.«

Während dieses kurzen Wortwechsels hat Vaos bereits die Strohmatratze von Dorrins altem Bett nach draußen geschleppt. »Das ist toll, ein richtiges Bett.«

Petra stampft mit dem Stiefel auf. »Der Boden ist sehr hart. Wir sollten aufpassen, daß wir Dorrins Bett nicht fallen lassen.«

»Ja, Tochter«, stimmt Reisa grinsend zu.

Dorrin geht zum Wagen und holt die eine Hälfte des schweren Kopfendes.

XCV

Erst fällt Schnee, dann Regen, und als Dorrin die letzten Teile für die Spielsachen geschmiedet und das Schmiedefeuer gelöscht hat, fällt wieder Schnee. Er bleibt vor der Tür von Vaos' Kammer stehen. Dahinter ist leises Schnarchen zu hören.

Dann geht er zur Außentür, die immer noch ein Stück offen steht, weil es auch im Frühwinter noch sehr warm in der Schmiede wird. Er blickt zu Ryllas Hütte hinüber, wo alle Fenster dunkel sind, dann schließt er die Tür und vergewissert sich, daß der Riegel einrastet. Mit müden, etwas schlurfenden Schritten geht er durch den Schnee zur Veranda und zur Küchentür.

Er kann wie die meisten Kinder Schwarzer Magier im Dunkeln recht gut sehen, aber wenn es um feine Arbeiten geht wie das Schreiben, braucht er dennoch Licht. Er zündet die kleine Öllampe an der Wand an, öffnet die Abdeckung über dem Kühlkasten, dessen eiskaltes Wasser aus der hoch gelegenen Quelle kommt, und nimmt den Krug Apfelwein heraus. Da das Wasser aus dem Kühlbecken weiter in den Teich fließt und damit ständig in Bewegung ist, konnte es bisher nicht einfrieren, und er hat den Brunnen im Hof bisher nur für das Kühlwasser in der Schmiede gebraucht.

Nachdem er sich einen Becher Apfelwein eingeschenkt hat, nimmt er die größere Kiste mit dem Manuskript, den Federkiel und das Tintenfaß und sieht nachdenklich die Früchte seiner Bemühungen durch, das Wesen der Ordnung zu beschreiben. Das Manuskript trägt den hochtrabenden Titel *Gedanken über die Basis der Ordnung*. Der letzte Abschnitt lautet:

Alle physischen Dinge müssen, anders als das Feuer oder das reine Chaos, eine gewisse Struktur besitzen, weil sie sonst nicht existieren könnten …

Da die innere Struktur des Schmiedeeisens beim Schmieden aus den Kristallen entsteht, beruht die Stärke des Metalls auf der Anordnung und der Form der Kristalle. Die Anwendung der Ordnung auf diese Struktur ist die Grundlage, wenn man Schwarzes Eisen herstellen will … seine Stärke liegt in der Ausrichtung der unbeschädigten, nicht unter Spannung stehenden Kristalle in Längsrichtung des Metalls …

Er nickt und schreibt auf, was er sich vorher überlegt hat. Inzwischen beherrscht er die meisten der anfallenden Arbeiten so gut, daß er manchmal beim Schmieden auch an andere Dinge denken kann.

Wären Ordnung und Chaos unbegrenzt, hätte die eine oder andere Seite den Sieg davontragen müssen, als die großen Meister der jeweiligen Disziplin an der Macht waren. Aber keine Seite hat triumphiert, obwohl mächtige, kluge und ehrgeizige Männer und Frauen sich darum bemüht haben. Daher sind weder Ordnung noch Chaos unbeschränkt, und der Glaube an das Gleichgewicht der Kräfte ist …

Dorrin hält inne. Kann man daraus, daß weder die eine noch die andere Seite triumphiert hat, wirklich diesen Schluß ziehen? Oder heißt dies nur, daß bisher einfach nur noch niemand aufgetaucht ist, der genügend Macht hatte? Er trinkt einen Schluck Apfelwein. Es gibt so viele Dinge, die er noch nicht weiß.

XCVI

»Du kommst nicht mehr sehr oft vorbei.« Pergun starrt in seinen halb geleerten Bierkrug.

»Ich war eine Weile krank.« Dorrin trinkt einen Schluck Rotbeerensaft.

»Das war schon vor mehreren Achttagen. Du arbeitest immer noch zu schwer. Was machst du jetzt, da du eine eigene Werkstatt hast? Immer nur die Spielsachen?«

»Nein, ich helfe Yarrl nach wie vor bei den schwierigen Aufträgen, und er gibt mir Arbeit ab, wenn er zuviel zu tun hat. Und ich habe ein paar Kopien eines hamorischen Sextanten für Jasolt angefertigt.« Dorrin hält inne und denkt über die Arbeit nach. »Es war das Schwierigste, das ich bisher gemacht habe. Ich mußte eine sehr genau ausgemessene Fassung für den Spiegel und absolut identische Stellschrauben machen. Und ich mußte alles aus poliertem Schwarzem Eisen machen, damit es nicht rostet. Mit Kupfer oder Bronze wäre es vielleicht einfacher gewesen, aber den Umgang mit einem anderen Metall zu lernen … Und dann die Verkleidung des Kompasses. Es war ein Alptraum. Vielleicht lerne ich irgendwann einmal, auch Kupfer zu bearbeiten.«

Pergun trinkt sein Glas aus und sucht in der mäßig besuchten Gaststube die Bedienung. »Ich kann nicht glauben, daß Kyril inzwischen vier Kupferstücke für den Krug verlangt. Vier Kupferstücke für ein dunkles Bier.«

»Es wird eben alles teurer.«

»Die verdammten Magier! Verzeihung, Meister Dorrin.«

»Ich bin genauso verdammt wie alle anderen.«

»Aber du doch nicht.« Pergun hebt die Hand, als die Schankmaid in seine Richtung sieht.

»Könnt Ihr Euch das überhaupt leisten, Bursche?« fragt die Frau.

Pergun öffnet die Hand und zeigt ihr die vier Kupferstücke.

»Dorrin, für Euch auch noch etwas?«

»Nein, danke«, antwortet Dorrin lächelnd, aber die Frau ist schon in der Küche verschwunden.

»Meister Dorrin?« Der entsetzlich dünne, dunkelhaarige Jasolt steht auf einmal an ihrem Tisch.

Dorrin erhebt sich. »Ich fühle mich geehrt, Kaufmann.«

Pergun macht Anstalten, sich zurückzuziehen, aber Jasolt hält ihn mit erhobener Hand auf. »Bitte, bleibt doch, und Ihr Dorrin, setzt Euch doch bitte wieder.« Jasolt holt sich einen Stuhl und setzt sich ganz vorn auf die Kante. »Die Sextanten funktionieren gut, wie Rydlar mir gesagt hat.«

»Sagt ihm nur, er soll sie so trocken wie möglich halten. Eigentlich müßten sie aus Messing oder Kupfer hergestellt werden.«

»Ich habe es ihm gesagt, und er wird sich daran halten.« Jasolt starrt den Tisch an, richtet die dunklen Augen schließlich wieder auf Dorrin. »Was sagt Ihr zu alledem?«

»Was meint Ihr?«

»Ich habe gehört, wie Euer Freund hier über die erhöhten Preise für das Bier gesprochen hat. Ihr müßt wissen, daß es überall so ist. Ich bin nur froh, daß Ihr noch hier seid.«

Dorrins Kehle ist trocken. »Ich habe da so wenig Entscheidungsfreiheit wie Ihr, Kaufmann. Im Augenblick jedenfalls nicht«, fügt er hinzu. »Ist es wirklich so schlimm?«

»Vielleicht habt Ihr bemerkt, daß es in diesem Winter kein Feuerwerk zur Feier der Gründung des Rates gab.«

»Ich muß gestehen, daß es mir nicht aufgefallen ist.«

»Außerdem hat Certis Anschläge ausgehängt, daß im Frühjahr Truppen ausgehoben werden sollen.«

»Der Trick mit den falschen Wegelagerern auf den Straßen hat nicht funktioniert«, sagt Dorrin flach.

»Hat Recluce dahintergesteckt?« fragt Jasolt mit gedämpfter Stimme.

»Wenn, dann gewiß nicht absichtlich.«

»Glaubt Ihr denn, die Mächtigen in Recluce würden im Zweifel auf uns Rücksicht nehmen?«

»Nein.« Dorrin hat keine Lust, weiter ins Detail zu gehen.

»Was werdet Ihr jetzt tun?« fragt Jasolt.

»Ich habe mir, wie Ihr wißt, ein Haus gebaut«, sagt Dorrin beiläufig. »Ich hoffe, eine Weile darin leben zu können.«

»Könnt Ihr etwas schmieden, das den Soldaten des Rates hilft? Etwas, das in der Ordnung begründet ist?«

Dorrin starrt in seinen Krug. Jasolt stellt ihm die gleiche Frage, die Brede und Kadara ihm schon mehrmals gestellt haben. Aber welche Antwort kann er darauf geben? Er fühlt sich noch nicht einmal wohl, wenn er etwas Einfaches wie ein Messer schmiedet, von Schwertern ganz zu schweigen.

»Hier ist Euer Bier, großer Bursche«, unterbricht die Bedienung, als sie den Krug vor Pergun abstellt. »Wo ist das Geld?«

Pergun gibt ihr die Kupferstücke. »Ein stolzer Preis für ein einziges Bier.«

»Heutzutage ist alles teuer.«

Pergun sieht ihr nach, als sie zum nächsten Tisch geht.

»Irgend etwas?« drängt Jasolt.

»Ich weiß nicht, ich muß darüber nachdenken. Vielleicht gibt es etwas. Aber da ich ein Schmied bin, der mit der Ordnung arbeitet, sind mir viele Beschränkungen auferlegt.«

Jasolt runzelt die Stirn.

»Es fällt mir sogar schon schwer, eine Waffe mit einer Klinge in die Hand zu nehmen, ganz zu schweigen davon, eine zu schmieden. Deshalb benutze ich einen Stab.«

»So wie Ihr damit umgeht, braucht Ihr kein Schwert«, bemerkt Jasolt trocken.

»Ich weiß nicht«, wiederholt Dorrin hilflos. »Ich muß darüber nachdenken.«

»Mehr können wir nicht von Euch verlangen.« Jasolt sieht Dorrin tief in die Augen. »Ihr solltet Euch überlegen, ob Ihr nicht dem Rat beitreten wollt.«

»Ich? Ich komme doch kaum dafür in Frage.«

»Ich glaube aber, daß sich das bald ändern wird. Wie ich bemerkt habe, hat Euer neues Haus … reichlich Lagerplatz.«

Dorrin will lieber für sich behalten, daß der Platz für Liedral vorgesehen ist, nachdem ihm klar ist, daß die Weißen bereits ihre Briefe lesen. »Es … es war einfacher, es auf diese Weise zu bauen. Ich habe jedenfalls nicht die Absicht, als Kaufmann zu arbeiten.« Die letzte

Bemerkung entspricht auf jeden Fall der Wahrheit. Er hat wirklich nicht den Wunsch, sich als Händler zu betätigen.

»Wie auch immer …« Jasolt lächelt höflich und steht auf. »Wir hoffen jedenfalls, daß Ihr uns helfen könnt. Es ist ein kalter Winter … das erste Mal, daß ich auf einen langen Winter und einen späten Frühling hoffe. Aber es ist traurig, wenn man sich einen langen, harten Winter wünschen muß. Guten Abend, Ser Dorrin.« Er neigt den Kopf und geht hinaus.

»Beim Licht …«, murmelt Pergun, der seinen Krug nach einem großen Schluck wieder absetzt. »Dieser feine Herr hat dich behandelt wie … als wärst du ein noch vornehmerer Kaufmann als er selbst. Was bist du nur für einer, Dorrin?«

»Ich bin ich. Manchmal bin ich Schmied, manchmal Heiler, und manchmal weiß ich es selbst nicht genau.«

Pergun trinkt noch einen Schluck Bier. »Das ist für mich das letzte.«

Dorrin sieht in seinen Krug. Es sind nur noch ein paar Tropfen Saft darin. Er trinkt den Rest mit einem letzten Schluck aus. »Ich muß gehen. Ich hoffe, es macht dir nichts aus?«

»Ich werde wohl noch eine Weile bleiben«, erwidert Pergun. »Ich habe nichts, wo ich hingehen könnte. Hemmils Werkstatt ist kälter als das Eis auf dem See.« Er deutet mit dem Daumen zu einem Mann mit rotem Bart, der in einer Ecke Würfel spielt. »Gerba hat einen Wagen, er wird mich daheim absetzen.«

»Bist du sicher?«

»Ich habe ihn gefragt, bevor du gekommen bist.«

»Dann bis bald.«

Pergun nickt und nimmt den Krug mit, um sich dem Spiel in der Ecke anzuschließen.

Ein Stalljunge, den Dorrin nicht kennt, bringt ihm Meriwhen.

»Euer Pferd, Ser Dorrin.«

Dorrin gibt ihm ein Kupferstück. »Wie heißt du, mein Junge?«

»Alstar, Ser.« Der Junge schlägt die Augen nieder.

»Danke, daß du auf Meriwhen aufgepaßt hast.« Doch das Kind weicht Dorrins Blicken aus, und so führt Dorrin seine Stute ohne ein weiteres Wort hinaus.

Draußen vor dem *Roten Löwen* brennt nur eine einzige Laterne. Als Meriwhen durch den Schneematsch zur Brücke tappt, betrachtet Dorrin die Häuser, an denen sie vorbeikommen. Die meisten sind dunkel, nur in einigen wenigen ist das Licht einer einzigen Kerze oder Lampe zu sehen, obwohl es noch früh am Abend ist. Trotz der bitterkalten Luft steigen in Diev nur aus wenigen Schornsteinen Rauchwolken auf.

Der Preis für dunkles Bier hat sich verdoppelt. Es ist kalt, aber nur wenige Feuer brennen, und nur wenige Kerzen oder Lampen sind angezündet. Dennoch wünscht Jasolt sich einen langen, harten Winter.

Er tätschelt Meriwhens Hals. »Immer mit der Ruhe, Mädchen.«

Als sie die Brücke hinter sich haben, hallen Meriwhens Hufschläge auf dem hartgetrampeltem Schnee und Eis. Zu beiden Seiten der Straße liegt der Schnee fast hüfthoch. Er dreht sich im Sattel um, aber er kann nach wie vor nur wenige Lampen und Feuer sehen.

Schaudernd reitet er bergauf zu seinem leeren Haus. Ein langer, harter Winter wird viele Menschen in Spidlar töten, und doch … ein zeitiger Frühling könnte die gleichen Folgen haben.

XCVII

Nachdem er Meriwhen gefüttert hat, schließt Dorrin die Stalltür und geht über den Weg, den er zwischen seinem und Ryllas Haus ausgetreten hat, zur Heilerin hinüber. Der Neuschnee liegt inzwischen kniehoch, und der morgendliche Wind weht das feine kalte Pulver über den verharschten, älteren Schnee. Die grauen Wolken droben wirken düster und kalt, scheinen aber wenigstens für die nächste Zeit keine neuen Schneefälle zu bringen.

Aus Ryllas Schornstein steigt eine dünne, graue Rauchwolke, die der Wind in Richtung des Nordmeeres treibt. Dorrin blickt zur Schmiede, wo Vaos ein Werkzeugregal bauen soll. Über dem Schornstein ist ein winziger, weißer Rauchfaden zu sehen, also ist das abgedeckte Feuer über Nacht nicht erloschen.

Dorrin trampelt sich auf der Veranda den Schnee von den Stiefeln und wischt sie noch einmal an der Schilfmatte ab, bevor er die Tür öffnet und eintritt.

Eine schwerfällige ältere Frau hustet und hustet ... es schüttelt ihren ganzen Körper. Das Gesicht ist fleckig, beinahe purpurn, und zwischen den Hustenanfällen keucht sie wie ein undichter Blasebalg. Rylla hat schon eine Tasse in der Hand und wartet, daß das Husten endlich nachläßt.

Neben dem Ofen im Hauptraum sitzt vornübergebeugt und gekrümmt ein Mann. Trotz der Wärme, die vom kleinen Feuer ausstrahlt, und trotz der Decken, in die er sich gehüllt hat, schaudert er.

Dorrin sieht die dünne Frau und das Kind in der Ecke, und dann fragt Frisa auch schon: »Kann ich dein Pferdchen sehen?« Sie kommt ihm entgegen, hält sich aber mit der anderen Hand an der ausgefransten grauen Hose ihrer Mutter fest. Merga, deren schmales Gesicht traurig wirkt, trägt eine Schäferjacke, eine größere und stärker abgetragene Version des Kleidungsstücks ihrer Tochter.

Weder Mutter noch Kind haben offensichtliche Verletzungen. Die Bäuerin blickt auf den Holzboden und weicht Dorrins Blicken aus. Der Husten der dicken Frau läßt nach, und sie holt keuchend Luft.

»Trink das hier«, befiehlt Rylla ihr.

»Es riecht ekelhaft.«

»Willst du dir lieber die Lungen aus dem Leib husten, Erlanna?«

Erlanna nimmt die Tasse, und Rylla kommt zu Dorrin. Sie wirft einen kurzen Blick zu Merga und Frisa. »Gerhalm ist in den Schnee hinausgegangen. Asavah hat gestern seine Leiche gefunden.«

»Warum denn? Ist er in den Sturm hinausgelaufen, weil er seine Frau nicht schlagen konnte?« Dorrin versucht, leise zu sprechen.

Rylla nickt zur Küche hin, und die beiden ziehen sich in die hintere Ecke bis zur Tür zurück, wo sie den mit Eis und Schnee bedeckten Teich überblicken können.

»Gerhalm hat gearbeitet, wenn man es ihm aufgetragen hat, er hat gemacht, was man ihm gesagt hat, und er hat als Lohn bekommen, was Jisle für gerecht hielt. Wenn die Ernten gut waren, ging es ihm gut. Wenn das Wetter schlecht war, waren die Zeiten schlecht ...«

»Du meinst, der Mann hatte keine Kontrolle über sein Leben, und das einzige, was er beherrschen konnte, waren seine Frau und sein Kind? Und weil ich ihm das genommen habe, konnte er sein Leben nicht mehr ertragen, als die Zeiten schlecht wurden?«

Rylla nickt. »Merga weiß nicht wohin. Sie ist nicht stark genug, um für Jisle auf dem Feld zu arbeiten.«

»Bei der Dunkelheit ...« Was soll er jetzt tun? Die beiden werden verhungern, wenn er nicht ...

»Sie kann kochen, wie ich hörte, und sie kann als Dienstmädchen arbeiten. Das hat sie gemacht, bevor Gerhalm sie geschwängert hat.«

»Ich habe wirklich nicht ...« Dorrin seufzt. »Ich werde mir irgend etwas überlegen.«

Es klopft laut an der Tür, dann noch zweimal, dann sind laute Schläge zu hören. Dorrin sieht Rylla verwundert an. Die alte Heilerin geht zur Tür und öffnet und läßt einen Mann herein, der einen langen, blauen Wollmantel und dunkle Lederhandschuhe trägt. Den Hut nimmt er beim Eintreten ab. »Kann ich hier womöglich Dorrin, den Heiler, finden?«

Rylla deutet auf Dorrin. »Dort ist er.«

Der Mann mustert Dorrin, ohne Erlanna und Merga auch nur eines Blickes zu würdigen. »Ser Dorrin?«

»Ich bin Dorrin.«

»Ich bin Fanken, und ich arbeite für Kaufmann Fyntal. Seine Gemahlin ist schwer krank, sie hat Fieber und den Bauchfluß, und der Kaufmann bittet Euch, sofort zu ihr zu kommen.« Die Worte sind höflich, aber steif, als wäre der Mann streng angewiesen worden, zuvorkommend zu sein.

Rylla, die hinter Fanken steht, nickt und deutet auf die Geldbörse am Gürtel.

»Ich brauche noch einen Augenblick, bis ich hier fertig bin, und dann muß ich einige Dinge holen, die mir bei der Behandlung der gnädigen Frau von Nutzen sein könnten. Ihr könnt hier warten oder ...«

»Ich werde an der Türe warten.«

Dorrin wendet sich an Merga und Frisa.

»Kann ich das Pferdchen sehen?«

Dorrin schluckt, sein Mund ist trocken. »Ich habe gehört, daß ... daß Ihr einen schweren Schicksalsschlag ... es tut mir wirklich leid ...«

»Ihr habt getan, was Ihr für das Beste gehalten habt, Meister Dorrin. Der Sommer war gut, und wir haben gehofft ...« Merga drängt die Tränen zurück und schüttelt den Kopf.

»Ich könnte eine Köchin und ein Dienstmädchen gebrauchen ... aber viel mehr als ein Bett und die Verpflegung kann ich nicht anbieten ... so wohlhabend bin ich nicht.«

Mergas gerötete Augen sehen Dorrin an. »Um meinetwillen würde ich solch eine Barmherzigkeit nicht annehmen ... aber ...« Sie sieht kurz zu ihrer Tochter.

»Es muß keine Barmherzigkeit sein. Es kommt nur … etwas eher, als ich es selbst geplant habe.«

Das Schweigen dehnt sich. Fanken hüstelt, Erlanna beginnt wieder zu husten.

»Sie kann noch eine Weile hierbleiben, Dorrin«, bietet Rylla an. »Du mußt jetzt Fyntals Boten begleiten.« Sie beugt sich zu ihm und flüstert ihm ins Ohr: »Heiler haben nur selten Gelegenheit, echte Goldstücke zu verdienen.«

»Da hast du wohl recht.« Er blickt zur Tür, wo der düstere Fanken wartet. »Aber wenn Merga hierbleiben könnte, bis ich im Lagerraum ein Zimmer abgeteilt habe, wäre es sogar noch besser.« Dorrin schüttelt den Kopf. Er hat nur noch ein paar Goldstücke übrig, und nicht einmal Kiefernbretter sind zur Zeit billig zu bekommen. Vielleicht ist Fyntals Frau gar nicht ernstlich erkrankt. Er nickt Merga zu und geht zu den Kräuterregalen in der Küche.

»Ich hab's dir doch gesagt«, meint Rylla gelassen, »wenn du jemandem einen Fluch auferlegst, fällt es irgendwie auf dich zurück.«

»Es war kein Fluch. Wie kann es ein Fluch sein, wenn man einen Mann davon abhält, seine Frau zu schlagen?«

Fanken beugt sich mit hartem Gesichtsausdruck vor, als wolle er ja kein Wort verpassen.

»Nimm den kleinen Beutel dort mit«, schlägt Rylla vor. »Du brauchst Brinn, Astra, Weidenrinde …«

Der jüngere Heiler nickt und packt die nötigen Sachen zusammen. Er nimmt noch einige Fingerspitzen anderer Kräuter mit, die er in zusammengefalteten Tüchern verstaut, und eine kleine, verkorkte Flasche mit Weidenrindenessenz.

»Nicht vergessen«, ermahnt Rylla ihn noch einmal leise, als er fertig ist, »Kaufleute können mit Gold bezahlen.«

Dorrin muß daran denken, daß er sich verpflichtet

hat, eine Frau in Dienst zu nehmen, die er eigentlich nicht braucht – und das nur, weil er dafür gesorgt hat, daß sie nicht mehr geschlagen wurde. Als er an Erlanna vorbeikommt, beginnt die Frau wieder zu husten, und er richtet seine Wahrnehmung auf sie. Wie so viele andere hat sie trotz ihres Gewichts nicht genug zu essen bekommen, und die Krankheit kann sich besonders schnell ausbreiten, weil die Frau geschwächt ist. Wie viele werden einfach nur deshalb sterben, weil sie nicht die Kraft haben, sich gegen die Krankheiten zu wehren? Wenn der Winter zu lange dauert, wird Fairhaven keinen Gegner mehr haben, gegen den es kämpfen kann.

Draußen vor der Hütte der Heilerin steht Fankens dürrer grauer Gaul. Der Helfer des Kaufmanns blickt zwischen dem dünnen Pferd und Dorrin hin und her.

»Ich bin gleich soweit. Ich muß nur rasch mein Pferd satteln.« Dorrin deutet zur Scheune.

Fanken grunzt nur.

Der Wind ist schärfer als früher am Morgen, und die Wolken sind dunkler geworden. Auch ohne sich besondere Mühe zu geben, kann Dorrin die schweren Schneefälle spüren, die unmittelbar bevorstehen, und so holt er sich noch die dicke Jacke aus dem Haus, bevor er in den Stall geht. Er sattelt rasch Meriwhen und schließt zu Fanken auf.

»Schönes Pferd.«

»Sie hat mir treu gedient.« Dorrin lenkt Meriwhen bergab zur Hauptstraße in Richtung der Brücke. »Wo ist Kaufmann Fyntals Haus?«

»Auf dem Hügel westlich vom Hafen. Hinter der dritten Pier die Straße hinauf.«

»Wißt Ihr, wie lange Fyntals Frau schon krank ist?«

»Nein.«

»Hat der Kaufmann noch irgend etwas über die Krankheit gesagt?«

»Nein.«

Fanken fühlt sich in der Rolle des Boten offensichtlich nicht wohl.

»Stammt Ihr aus Diev?«

»Nein, aus Quend. Bin schon als kleiner Junge hergekommen.«

»Seid Ihr mal mit den Schlitten am Strand gefahren?«

»Nein, und die es machen, sind verrückt.«

Dorrin stellt ihm keine weiteren Fragen mehr, sondern konzentriert sich aufs Reiten. Im unteren Teil von Diev ist es eine Spur wärmer als in den höher gelegenen Stadtteilen. Trotz des kalten Windes brennen nur in wenigen Häusern Feuer, und die Straßen sind leer bis auf einen berittenen Soldaten, der mit einer Kuriersendung vermutlich nach Kleth unterwegs ist.

Abgesehen von einem kleinen Fischerkahn, der an der ersten festgemacht hat, liegen die drei Piere verlassen da. Hinter dem Wellenbrecher ist das Meer eher weiß als blau. Dorrin kann zwei Eisschollen auf den Wellen treiben sehen.

»Die See ist sogar für die Brystaner zu rauh.« Fanken lenkt sein Pferd die Straße zum Hügel hinauf, wo zwei massive, aus grauem Stein und schwerem Holz gebaute Häuser den Hafen überblicken. Anders als bei den meisten anderen Häusern in Diev sind hier kräftige Rauchfahnen über den Schornsteinen zu sehen.

Fyntals Haus, das kleinere der beiden, liegt dem Nordmeer am nächsten. Von hier aus kann man nicht nur den Hafen, sondern auf der anderen Seite auch das Meer sehen. Fanken reitet an der überdachten Veranda vorbei zum Stall, aus dem sogleich ein Stallbursche geschossen kommt.

»Bring auch das Pferd des Heilers in den Stall.«

»Jawohl, Ser.« Der Junge weicht Fankens Blick aus und schielt schräg zu Dorrin.

»Ruhig, Mädchen.« Dorrin steigt ab und tätschelt Meriwhens Hals. »Sei nur vorsichtig mit ihr.«

»Ja, Meister Heiler.«

Fanken gibt dem Jungen die Zügel seines Grauen. »Ich komme nachher noch einmal.« Damit dreht er sich um und marschiert über den gewalzten und festgetrampelten Schnee zum Haus.

Dorrin lächelt den blonden Stalljungen an.

Ein schwerer, weißhaariger Mann öffnet die Tür, noch bevor Dorrin sie erreicht. Der vier Ellen große Mann blickt auf den Heiler, den Beutel und den Schwarzen Stab herab. »Meister Dorrin, ich bin Euch dankbar, daß Ihr so rasch kommen konntet.« Sein Blick wandert weiter zu Fanken. »Und ich danke dir, Fanken, daß du den Heiler geholt hast. Du kannst jetzt gehen, wenn du willst.«

»Danke, Ser. Ich bin dann im Lagerhaus.« Fanken nickt und entfernt sich.

Dorrin folgt dem älteren Mann in den Hausflur, wo er die Jacke auf einen alten Kleiderständer hängt und den Stab daneben in eine Ecke stellt. Der Flur ist mit dunkler, gemaserter Eiche vertäfelt, und in der Mitte des lackierten Holzbodens liegt ein hamorischer Teppich. Das Licht zweier heller Messinglampen spiegelt sich auf dem Boden.

»Leretia ist oben. Sie hatte den Bauchfluß. Wir alle hatten ihn. Ich glaube, es war irgendein Geflügel, das verdorben war. Aber bei ihr wurde es immer schlimmer. Wein hat ihr so wenig geholfen wie warme Bäder. Ich halte eigentlich nicht viel von Heilern, aber Honsards Mädchen erzählte Noriah, wie Ihr ihren Bruder geheilt habt, und ich dachte, es könnte nicht schaden.«

»Wie lange ist sie schon krank?«

»Mehr als einen Achttag. Sie liegt nur noch im Bett und regt sich kaum.« Fyntals Stimme zittert ein wenig. Er räuspert sich und führt Dorrin die Treppe hinauf.

Den Beutel mit den Kräutern in der Hand, steigt Dorrin hinter Fyntal die Treppe hinauf. Obwohl der schwere Mann Stiefel trägt, läuft er so leise, daß seine Füße auf dem Teppich beinahe flüstern.

Dorrin dagegen hat das Gefühl, seine Schritte brächten die Treppe zum Beben.

Leretia liegt bleich und mit ausgezehrtem Gesicht auf dem breiten Bett. Sie hat offenbar hohes Fieber. Die mit suthyanischer Spitze besetzte Decke ist bis zur Hüfte zurückgeschlagen, und man sieht das ebenfalls mit Spitzen eingefaßte Nachthemd aus Baumwolle. In der Ecke sitzt eine blonde junge Frau auf einem Stuhl. Unter den roten Augen hat sie tiefe Ringe. Sie trägt eine weiche blaue Bluse und eine dazu passende Hose.

»So heiß ...«, murmelt die Frau auf dem Bett, aber die Augen scheinen weder Dorrin noch Fyntal oder die jüngere Frau wahrzunehmen.

»Unsere Tochter Noriah«, erklärt Fyntal flüsternd.

Dorrin begrüßt die junge Frau mit einem knappen Nicken, stellt den Beutel ab und tritt an das Bett. Er legt die Fingerspitzen leicht auf das Handgelenk der Kranken, dann fühlt er ihre Stirn. Er bemüht sich, nicht die Stirn zu runzeln, als er das Knäuel aus weißem Chaos unter dem Magen spürt und die Fäden aus weißem Feuer bemerkt, die sie einzuhüllen scheinen.

Wenn er nur das kleine kranke Organ herausschneiden könnte ... er muß beinahe lachen. Selbst wenn er wüßte, wie man so etwas anfängt, hat er weder die Instrumente noch die Fähigkeiten, einen so tiefen Eingriff durchzuführen. Was sonst kann er tun? Er tritt zurück.

»So krank ... muß ich sterben?«

Dorrin zwingt sich zu einem Lächeln. »Nicht, wenn ich es verhindern kann, gnädige Frau.«

»Ich bin keine gnädige Frau, einfach nur Lera ... so warm ...« Mit glasigem Blick starrt sie ins Leere und atmet schwer.

Noriah richtet sich auf ihrem Hocker unwillkürlich auf.

»Könnt Ihr nicht etwas tun?« fleht Fyntal.

»Ich könnte eine Menge tun, aber ich ziehe es vor, das Richtige zu tun.« Dorrin sieht den älteren Mann an, der unwillkürlich einen Schritt zurückweicht. Noriah will etwas sagen, doch sie schließt den Mund wieder, ohne ein Wort gesprochen zu haben.

Die vom Chaos durchflutete Region in Leretias Bauch ist offensichtlich die Ursache des Problems. Dorrin holt tief Luft und knüpft ein Schild der Ordnung um das kleine Organ, aber das Chaos oder die Infektion scheint sich zu wehren. Er wischt sich die Stirn, dann läßt er seine Wahrnehmung wieder durch ihren Körper wandern. Vielleicht gibt es doch einen Weg.

Er wendet sich an Fyntal. »Ich brauche noch einige Dinge. Wir müssen darüber reden.« Er geht in den Flur hinaus und wartet, daß der Kaufmann ihm folgt und die Tür hinter sich schließt.

»Ich bin nicht der erste, den Ihr gerufen habt, nicht wahr?«

»Nein. Sustro … er sagte, sie müsse sterben, und nur ein Wunder könne mir helfen. Ich dachte … an Euch.«

»Es ist immer noch möglich, daß sie stirbt. Aber ich will etwas versuchen.«

»Ihr wollt sie doch nicht aufschneiden?« Fyntals Stimme verwandelt sich von einem Flüstern in ein heiseres Krächzen. »Das würde sie gewiß umbringen.«

»Meine Fähigkeiten liegen nicht auf dieser Ebene. Ich brauche einen großen Korb mit sauberen weißen Tüchern und eine Flasche Alkohol, beispielsweise einen klaren Branntwein.«

»Das klingt aber ganz nach den Dingen, die ein Chirurg brauchen würde.«

»Ich werde sie nicht mit einem scharfen Gegenstand anrühren«, faucht Dorrin. »Das kann ich überhaupt nicht. Soll ich jetzt versuchen, für Euch ein Wunder zu wirken, oder …«

»Ich hole die Tücher«, willigt Fyntal seufzend ein.

Dorrin öffnet die Tür und kehrt ins Krankenzimmer zur stöhnenden Leretia zurück. Sie öffnet kurz die Augen, schließt sie aber sofort wieder.

»Ruhig …«, sagt er. Wieder berührt er ihr Handgelenk, baut ein Geflecht der Ordnung auf und formt daraus eine gekrümmte Röhre, die aus dem Zentrum des Chaos bis zur Haut verläuft. Dann hält er inne und wendet sich an die jüngere Frau, die ihm als Leretias Tochter vorgestellt wurde. »Könnt Ihr mir helfen?«

Sie tritt ans Bett. »Was kann ich tun?«

Dorrin deutet einen quadratischen Bereich in Höhe des Magens der Kranken an. »Wir müssen an dieser Stelle ihr Nachthemd öffnen, damit frische Luft heran kann.«

Noriah runzelt die Stirn. »Ihr werdet doch nicht …«

»Ich werde nicht schneiden. Das kann ich nicht. Aber hier sitzt eine Infektion, und wenn ich Erfolg habe, wird sie hier an dieser Stelle herausbrechen. Ich kann es ein wenig steuern, aber es wird viel leichter, wenn … wenn die Ausscheidungen nicht das Nachthemd verschmutzen.«

»Ich kümmere mich um Mutter. Wenn Ihr …«

Dorrin dreht sich um und sieht aus dem Fenster. In der Ferne kann er die weißen Kämme auf den Wellen des Nordmeeres sehen. Sein Blick fällt auf das Paar Öllampen, die mit blitzblank geputzten Glaskolben links und rechts neben dem Fenster hängen.

»Oh … solche Schmerzen … so heiß …«

»Ruhig, Mutter … bald wird es dir wieder bessergehen.«

Die Tür wird geöffnet, und Fyntal kommt mit einem Korb weicher, zusammengefalteter Tücher herein, gefolgt von einem kleinen Mann, der eine verkorkte Flasche trägt. Dorrin nimmt die Flasche, zieht den Korken ab und holt ein Tuch aus dem Korb, den Fyntal neben dem Bett abgestellt hat.

»Wird das reichen?« fragt der Kaufmann.

Dorrin dreht sich zu ihm um. »Ja.« Er gießt etwas Branntwein auf das Tuch und wischt vorsichtig die nackte Haut und dann die eigenen Finger ab. Der

Branntwein macht seine Finger pappig, aber er entfernt die Reste mit einer trockenen Ecke des Tuches.

Er beugt sich über Leretia, verstärkt das Geflecht und benutzt den Druck der Ordnung, um das Chaos zu bündeln und zusammenzupressen, bis es eine dünne Linie bildet.

Seine Augen brennen, als ihm der Schweiß hineinläuft. Er verlagert das Gewicht auf den anderen Fuß.

»Wollt Ihr Euch vielleicht setzen?« fragt Fyntal.

»Ja.« Dorrin wendet keinen Blick von der Patientin, während er sich setzt und ihr das Tuch vorsichtig auf die nackte Haut legt.

»Oh ... wie ein Messer ... Dunkelheit ... es tut weh.«

Dorrin legt ihr eine Hand auf die Stirn und flößt ihr etwas Kraft ein. »Es wird eine Weile weh tun, aber wir sind alle hier bei Euch.«

»Fyntal ...«

Der Kaufmann geht zur anderen Seite des Bettes, und Dorrin kann die Tränen spüren, die ihm über das faltige Gesicht laufen. Fyntal sagt nichts, aber er hält Leretias Hand, als wäre sie ein kostbarer Edelstein.

Dorrin preßt das Chaos zurück in das kranke Organ, aber das weiße Feuer dringt in der Röhre aus Ordnung weiter vor bis zur Haut.

»Es brennt ... oh ... es brennt ...«

Dorrin berührt wieder ihre Stirn und versetzt sie in Schlaf. Er wünscht sich, er hätte früher daran gedacht.

»Was habt Ihr getan?«

»Ich lasse sie schlafen«, antwortet Dorrin abwesend. »Ich hätte schon früher daran denken sollen.«

Dorrin weiß nicht, wie lange es dauern wird, bis sich die fauligen Flüssigkeiten durch die glatte Haut ihres Bauches gefressen haben, aber er tupft unermüdlich die Flüssigkeit mit den Tüchern ab, die er nacheinander wegwirft. Den grünlichen Schimmer im Gesicht des Kaufmanns sowie Noriahs stolpernde Flucht aus dem Zimmer und ihre eilige Rückkehr ignoriert er.

Die Lampen sind angezündet, und draußen ist kein Licht mehr zu sehen, als Dorrin Leretias Haut zum letzten Mal abtupft und gemahlenes Astra auf die Wunde gibt, die an eine kreisrunde Verbrennung erinnert.

»Ich … ich fühle mich besser«, murmelt die ältere Frau.

»Nicht bewegen«, sagt Dorrin. »Oder jedenfalls nicht viel.«

»Was habt Ihr gemacht?« will der Kaufmann wissen, der in der Ecke auf dem Stuhl sitzt. »Es sieht so aus, als hättet Ihr eine Operation durchgeführt.«

Dorrin blinzelt, er muß sich am Stuhl festhalten. Er kann nicht sprechen. Dann kann er nichts mehr sehen.

»Halte ihn fest …«

Als Dorrin wieder aufwacht, liegt er auf einem fremden Bett, und der Stalljunge sitzt neben ihm auf einem Hocker. »Hallo.«

»Hallo, Meister.« Der Junge weicht Dorrins Blicken aus. »Ich muß die Herrin holen.« Er eilt hinaus.

Dorrin richtet sich auf. Er hat Kopfschmerzen und reibt sich den Nacken. Diese Art zu heilen ist schlimmer als die Schmiedearbeit. Da die Lampen nicht angezündet sind, muß inzwischen ein neuer Tag angebrochen sein. Er hofft, daß nur ein einziger Tag vergangen ist, denn er sollte Yarrl bei einem Wagenkran helfen. Er findet die Stiefel neben dem Bett und zieht sie an.

»Ihr seid wach.« Die junge blonde Frau, die jetzt eine weiche grüne Bluse und eine passende Hose trägt, betritt das Zimmer.

»Ich hoffe, Eurer Mutter geht es besser?«

»Viel besser. Aber sie fiebert noch.«

»Das wird wahrscheinlich noch einige Tage anhalten. Ich muß sie sehen.« Dorrin steht auf.

»Ich denke, Ihr braucht etwas zu essen. Ihr seid kreidebleich.«

Dorrin wird bewußt, wie weich seine Knie sind, und er grinst verlegen. »Da habt Ihr wahrscheinlich recht.«

Er folgt ihr die Hintertreppe hinunter in die Küche, wo getrocknete Früchte, Käse und frisch gebackenes Brot auf dem Tisch bereitliegen.

Nachdem er gegessen hat und sich etwas erfrischt fühlt, steigt er wieder die Vordertreppe zum Schlafzimmer hinauf. Noriah folgt ihm. Fyntal, der am Bett sitzt, schaut zu ihnen auf, als sie den Raum betreten, und auch Leretia ist wach.

»Guten Morgen«, grüßt Dorrin.

»Guten Morgen, Meisterheiler«, antwortet Fyntal knapp.

»Danke«, flüstert Leretia.

»Ich muß mir noch einmal die Wunde ansehen«, erklärt Dorrin.

»Einen Augenblick ...«

Der Heiler sieht aus dem Fenster. Heute ist das Nordmeer ruhiger, auf dem blauen Wasser sind nur wenige Schaumkronen zu sehen.

»Hier ...«

Dorrin hebt so sachte wie möglich den Verband von der Wunde.

»Oooh ...«

»Ich weiß.« Er prüft mit seinen Sinnen die Wunde. Kleine Spuren von Chaos flackern noch um die Öffnung und tiefer im Körper. Er konzentriert sich.

»Oooh ...«

»Ich hätte Euch warnen sollen.« Er sieht sich nach dem Brandy und den Tüchern um. Noriah reicht ihm die Flasche und ein Tuch. Er konzentriert sich, bis eine kleine Menge grünlicher Eiter hervorquillt. Dann säubert er noch einmal Leretias Haut, streut etwas Astra darauf, das die Wundränder zusammenzieht, und erneuert den Verband.

»Es könnte noch ein paar Tage nässen. Haltet die Wunde mit dem Branntwein sauber und wechselt täglich die Wundauflage, sonst klebt sie fest. Falls Ihr noch einmal hohes Fieber bekommt, wartet nicht lange, sondern schickt sofort jemanden zu mir.« Dorrin holt tief Luft.

»Ihr macht so etwas nicht oft, nicht wahr?« fragt Fyntal.

»Nein, das kann kein Heiler.«

»Ich verstehe jetzt, warum«, bemerkt Noriah.

»Warum habt Ihr das für uns getan?« flüstert Leretia.

Dorrin wird unwillkürlich rot und schluckt. »Es gab zwei Gründe. Der erste ist, daß ich gekommen bin, weil ich das Geld brauche. Zweitens bin ich geblieben, weil alle Euch lieben.«

»Gut gesagt«, meint Fyntal trocken.

»Ich bin nur ehrlich.« Dorrin sieht den Kaufmann an, der den Blick abwendet.

»Mit Ehrlichkeit kann man nicht unbedingt jeden beeindrucken«, wendet Noriah leise ein.

»Nein.«

»Wäre irgend jemand anders, den Ihr kennt, imstande gewesen, mich zu retten?« fragt Leretia, während sie sich die Bettdecke bis zur Brust hochzieht.

Dorrin zögert.

»Seid ehrlich.«

»Nein. Ich war nicht einmal sicher, ob ich es konnte.«

»Das klingt, als hättet Ihr jetzt keinen Zweifel mehr.«

»Wenn die Wunde sich nicht entzündet, sollte es Euch in ein paar Achttagen wieder gutgehen, vielleicht sogar schon früher.« Dorrin setzt sich auf den einzigen freien Stuhl. Seine Knie sind immer noch wachsweich.

»Es ist nicht zu übersehen, daß Euch das Heilen sehr erschöpft«, sagt Noriah beinahe scherzend. »Oder Ihr seid die Anstrengung nicht gewöhnt.«

»In erster Linie bin ich Schmied.« Die Worte sind heraus, noch bevor Dorrin sich bewußtmachen kann, was sie bedeuten.

»Und ein Heiler?« fragt Leretia.

»Ich habe nur gesagt, daß es anstrengend gewesen sein muß«, erklärt Noriah.

»Genug«, schaltet Fyntal sich ein. »Ich glaube, meine Gattin braucht etwas Ruhe, und Meister Dorrin hat sicher noch andere Dinge zu tun.«

»Also gut«, stimmt Noriah zu und steht auf.

Auch Dorrin erhebt sich langsam und verabschiedet sich mit einem Nicken von der Frau im Bett.

»Ich danke Euch«, sagt Leretia.

Dorrin errötet, aber er fängt sich rasch wieder, dreht sich um und geht in den Flur hinaus.

»Ich will Euch gleich noch einmal unten im Flur sprechen, Meister Dorrin«, sagt Fyntal energisch, als er die Schlafzimmertür geschlossen hat.

Dorrin nickt und geht die Treppe hinunter. Noriah bleibt auf dem Treppenabsatz stehen und beobachtet Dorrin, als er seine dicke Jacke und den Schwarzen Stab holt.

Fyntal, der anscheinend die Hintertreppe benutzt hat, taucht am anderen Ende des Flurs auf. Er drückt Dorrin einen schweren Lederbeutel in die Hand.

»Aber ...«

»Ihr sagtet, Ihr braucht das Geld«, erklärt Fyntal lächelnd. »Und ich bin mehr als bereit, für ein Wunder zu zahlen. Im Gegensatz zu einigen anderen mag ich es sehr, noch eine zweite Chance zu bekommen. Ich kann nicht sagen, daß ich derzeit Bedarf an Euren Schmiedearbeiten hätte, aber falls ich einmal einen guten Schmied brauche, weiß ich, wo ich Euch finden kann.«

»Danke.« Dorrin verabschiedet sich mit einem Kopfnicken von der jungen Frau auf dem Treppenabsatz und vom Händler. »Vergeßt nicht, ihr Fieber zu beobachten. Ich glaube nicht, daß es noch einmal ausbricht, aber holt mich sofort, falls ich mich irre.«

»Das werde ich tun, keine Sorge.« Ein Lächeln lockert das faltige Gesicht auf.

Dorrin tritt in die winterliche Kälte hinaus. Im gut geheizten Haus des Kaufmanns hat er die Jahreszeit völlig vergessen. Er steckt den schweren Beutel in die Jacke und knöpft sie mit einer Hand zu, während er zum Stall geht.

Der Stalljunge, den Dorrin schon kennt, hat Meriwhen bereits gesattelt und erwartet ihn. Dorrin nimmt sich einen Augenblick Zeit, um den Sattel und die Hirtentrense zu überprüfen. Alles sitzt fest. »Danke«, sagt er. Er zieht die Börse heraus und sucht nach einem Kupferstück.

»Aber das kann ich doch nicht annehmen, Ser.«

»Doch, du kannst. Du hast Meriwhen gut behandelt.«

»Ich habe ihr Schrot gegeben, und sie hat mich sie sogar striegeln lassen.«

Dorrin grinst. »Gut.« Er schiebt den Stab in den Lanzenköcher.

»Ihr habt die Herrin geheilt, und dabei haben alle gesagt, sie müsse sterben, aber sie ist viel zu gut, um zu sterben.«

»Es sterben viel zu viele gute Leute«, sagt Dorrin langsam. »Dieses Mal … dieses Mal konnte ich ihr helfen.« Er hat sich schon oft gefragt, wie viele gute Menschen wie Erlanna einfach nur deshalb sterben müssen, weil sie arm sind. Er holt tief Luft und schwingt sich in den Sattel.

Der Junge winkt, als Dorrin in den Hof reitet. Fyntal steht noch in der Tür und sieht Dorrin nach, während dieser über den Weg zur Straße reitet.

Dorrin braucht den Beutel nicht zu öffnen, um zu wissen, daß er ein Dutzend Goldstücke enthält. Ein ganzes Dutzend Goldstücke. Er ist froh, daß er Leretia heilen konnte, und er braucht das Geld. Aber wie viele andere werden ihre Geliebten und Mütter verlieren, weil sie nicht richtig geheilt werden? Und selbst wenn die Leute ihn aufsuchen, wie könnte er sie alle heilen? Seine Knie und Beine sind immer noch weich.

Er reitet langsam an den leeren Pieren und den

Schornsteinen vorbei, aus denen kein Rauch in den klaren Winterhimmel steigt, vorbei an den leeren Höfen hinter dem *Krug* und dem *Roten Löwen* und weiter über die Brücke, bis er die Straße erreicht, die zu seinem Haus führt.

XCVIII

Der Weiße Gardist versetzt der Gestalt, die mit dem Gesicht nach unten auf den langen Tisch geschnallt ist, einen Schlag mit der Peitsche, und auf den Beinen erscheint eine weitere rote Linie.

Der Weiße Magier bewegt die Hände und versucht, den weißen Dunst aus dem Spiegel zu vertreiben, der in den Tisch in der Ecke der Zelle eingelassen ist. Schweißperlen sammeln sich auf seiner Stirn, als er sich anstrengt, um das Bild zu halten, das sich aus dem Dunst herausgeschält hat. Ein rothaariger junger Mann steht im Zentrum der weißen Nebelschwaden. Am Rand des Blickfeldes ist eine Frau mit kurzem braunem Haar zu sehen.

Wieder knallt die Peitsche und trifft dieses Mal die nackten Schultern. Die Gefangene wimmert.

Der Magier runzelt die Stirn, und das Gesicht des Mannes im Spiegel verzerrt sich. Spitze Zähne sind jetzt zu sehen, und aus den Mundwinkeln läuft Blut. Er erhebt eine schartige Klinge gegen die Frau. Sie weicht vor ihm zurück, und er setzt ihr nach.

Mit dem nächsten Peitschenschlag verschwindet das Bild im weißen Dunst.

»Versuche es noch einmal«, schlägt Anya vor.

»Ich habe es schon viermal gemacht«, faucht er.

»Du willst doch, daß die Wirkung lange anhält.«

Statt zu antworten, greift Jeslek nach seinem Becher

und nimmt einen Schluck. Dann konzentriert er sich wieder. Dieses Mal nähert sich der rothaarige Mann der Frau im Spiegel etwas langsamer. Die Frau hat ein Messer in der Hand. Jeslek nickt dem Wächter zu, und die Peitsche trifft wieder den nackten Rücken der Frau.

»Oooh ...«

Jetzt fällt das Abbild des rothaarigen Mannes mit einem Sprung über die Frau her, und die Frau sticht ihm das Messer tief in die Brust. Der Mann verschwindet in einer schwarzen Rauchwolke.

»Noch einmal ...«, drängt Anya.

Jeslek wischt sich die Stirn ab und nickt dem Wächter ein letztes Mal zu.

Wieder knallt die Peitsche, wieder taucht im Spiegel das Abbild des rothaarigen Mannes auf, der die Frau angreift und von ihr erstochen wird.

Anya lächelt. »Das sollte reichen.«

»Oooh ...« Der Schrei der Frau auf dem Tisch bricht ab, als sie bewußtlos wird.

»War das notwendig?« fragt Jeslek.

»So notwendig wie alles, was du machst, mein lieber Erzmagier.«

Jeslek deutet zu dem anderen Magier. »Ihr wißt, was zu tun ist, Fydel. Wir könnten jetzt auch gleich Jellico eine Lektion erteilen. Diese Sympathisanten der Schwarzen, pah ...«

Der Gardist bindet die bewußtlose Frau los und wirft sie sich über die Schulter wie einen nassen Sack. Er folgt Fydel, als dieser das untere Turmzimmer verläßt.

Als sich die Tür hinter ihnen geschlossen hat, schiebt Anya sich vor Jeslek, leckt sich die Lippen, läßt die Hände seinen Rücken hinauf wandern und zieht ihn an sich. »Wir haben etwas Zeit ...«

Ihre Lippen brennen auf seinem Mund.

XCIX

Draußen fällt immer noch Schnee und überzieht den Hof mit einer frischen weißen Decke. Dorrin fragt sich, wie der Ritt nach Hause werden wird.

Rek bringt eine neue Schubkarre Holzkohle in die Schmiede und stellt sie neben dem Schmiedefeuer ab. Dann wischt er sich den Schweiß von der Stirn.

Dorrin hebt den Hammer und schlägt zu, aber seine Gedanken sind eher bei den Tischlerarbeiten, die Pergun übernommen hat, um im Lagerraum eine Kammer für Merga und Frisa abzutrennen, als bei der schweren Eisenstange vor ihm. Pergun kann die Kupferstücke gut gebrauchen, und dank Fyntal hat Dorrin mehr Goldstücke als Zeit. So kann Dorrin sich wirklich nicht darüber beklagen, daß er jetzt jemanden hat, der für ihn kocht, auch wenn er sich ein wenig Sorgen machen muß, weil die Lebensmittel knapp und teuer sind.

Irgendwo in der Ferne spürt er einen lautlosen Schrei. Dorrin schaudert und schafft es kaum noch, den Hammerschlag auf den richtigen Punkt zu setzen. Der Schlag klingt dumpf und schwach.

»Vorsicht«, ermahnt Yarrl ihn. »Stimmt etwas nicht?«

Dorrin stellt den Hammer auf den harten Lehmboden. Wieder läuft ein Schauer durch seinen Körper, und in der Ferne spürt er Schmerzen und etwas Weißes. Langsam geht er aus der Schmiede ins Unwetter hinaus.

»Dorrin, verdammt, bei der Dunkelheit. Wir müssen den Beschlag fertigstellen.«

Yarrls Worte dringen nicht zu Dorrin durch. Er starrt in die schweren, grauen Wolken über den Westhörnern. Liedral? Aber was ist ihr zugestoßen? Wieder überflutet ihn eine Woge aus weißem Entsetzen und Schmerz, und er legt eine Hand auf die vereisten Steine des Brunnens.

So bleibt er eine Weile am Brunnen stehen und fühlt

die Schmerzen, die nicht seine sind, bis sie nachlassen. Dann nimmt er mechanisch den Deckel vom Schacht und läßt den Eimer hinab. Genauso mechanisch zieht er ihn wieder hoch. Hatte Reisa recht? Hätte er Liedral bewegen sollen, bei ihm zu bleiben? Doch was ist ihr zugestoßen?

»... nur geschaudert und den Hammer fallen lassen ... als wäre er nicht ganz bei sich, Tochter. Schau ihn dir nur an.«

Das kalte Wasser, das er sich ins verschwitzte Gesicht spritzt, hilft etwas – je kälter, je besser. Schließlich trinkt er noch ein paar Schluck, und auch das hilft.

»Verrückt ... spritzt sich mitten im Winter kaltes Wasser ins Gesicht ...«

Etwas zupft an seinem Bein. Es ist Zilda. Sie zerrt am Ende der Kette, die von Petra gehalten wird, und versucht, Dorrins Hosenbein anzufressen.

»Entschuldigung ...«, sagt er.

Reisa und Yarrl stehen auf der Verandatreppe. Yarrl spuckt in eine Ecke.

»Was ist los?« fragt Reisa mit freundlichem, aber auch besorgtem Lächeln.

»Liedral ist etwas zugestoßen. Es hat jetzt aufgehört, aber sie ist verletzt worden.«

»Weißt du, wo sie ist?«

Er schüttelt den Kopf.

»Wenn man sich mit Magiern einläßt ... da kommt nichts Gutes dabei heraus«, murmelt Yarrl.

»Kannst du denn nichts tun?« bohrt Reisa.

»Noch nicht ... noch nicht.« Er holt tief Luft. »Laß uns die Beschläge schmieden, solange ich noch kann.«

»Bist du sicher?« fragt Yarrl.

»Ich sage es, wenn es nicht mehr geht.« Dorrin wischt sich das Gesicht ab und kehrt in die Schmiede zurück.

Hinter ihm wechseln Reisa und Yarrl einen Blick. Schließlich folgt Yarrl seinem jüngeren Kollegen in die Schmiede.

C

Dicke Schneeflocken fliegen an Dorrins Gesicht vorbei, als er am frühen Abend im Dunkeln Yarrls Schmiede verläßt und bergauf reitet. Was nur ist Liedral zugestoßen? Warum hat er die Schmerzen gespürt? Und wo ist sie?

Er ist sicher, daß es irgendwie mit den Weißen Magiern zusammenhängt, auch wenn er es im Grunde nicht genau verstanden hat.

Mit dem Bau der Maschinen, die er entworfen hat, selbst der einfachsten Dampfmaschine, hat er bisher noch keine großen Fortschritte gemacht. Er kann keine Waffen herstellen, jedenfalls keine herkömmlichen, und er kann nicht nach Recluce zurückkehren. Er ist ein guter Schmied und in gewisser Weise auch ein guter Heiler geworden.

Liedral ist eine Händlerin, die sich kaum über Wasser halten kann.

Wenn er nicht etwas erfinden kann oder falls Brede und Kadara nicht weit erfolgreicher sind als Dorrin selbst, wird Spidlar in ein oder zwei Jahren unter der Knute der Weißen Magier stehen, und dann wird er höchstwahrscheinlich in ein Arbeitslager kommen und Straßen bauen, falls er nicht schon vorher den Tod findet.

Wie es scheint, machen sich aber auch die Weißen Magier Sorgen.

Er lenkt Meriwhen von der Straße herunter auf den Weg, der an Ryllas Hütte vorbei zu seinem Haus führt. Der Rauch, der aus dem Schornstein über dem Küchenherd quillt, verrät ihm, daß Merga irgend etwas vorbereitet. Er hofft, daß sie besser kocht als er selbst. Als er vor dem kleinen Stall absteigt, hört er Schritte.

»Darf ich das Pferdchen füttern?« fragt Frisa. Sie steckt in einer viel zu großen Schäferjacke, und auf dem kurzen schwarzen Haar liegen Schneeflocken.

»Sie heißt Meriwhen«, erklärt Dorrin ihr nicht zum ersten Mal, während er die Stalltür öffnet und die Stute hineinführt.

»Darf ich Meriwhen füttern?«

Dorrin gibt dem Mädchen den Eimer und öffnet das Faß. »Gib drei große Handvoll in den Eimer, und dann zeige ihn mir.«

Während Frisa im dunklen Stall mit Faß und Eimer hantiert, nimmt Dorrin seiner Stute den Sattel ab und hängt ihn auf.

»Es ist dunkel hier.«

»Wir werden nicht lange brauchen.« Dorrin zuckt zusammen, als wieder der ferne Schmerz in ihm zu brennen beginnt. Er hat das Gefühl, die Qualen wären näher gekommen. Aber warum? Kann er Liedral finden? Wie soll er das anfangen?

»Reicht das?«

»Was?«

Frisa zeigt ihm den Eimer.

»Noch drei Handvoll«, bestimmt Dorrin. Ihre Hände sind viel kleiner als seine. Er führt Meriwhen in ihren Stand und holt die Bürste. »Das muß jetzt leider ziemlich schnell gehen, altes Mädchen.«

»Pferdchen ist nicht alt.«

»Meriwhen.«

»Sie ist nicht alt.«

»Du hast recht.« Dorrin bürstet sie weiter.

»Reicht das?«

Dorrin dreht sich um und inspiziert den Eimer, den Frisa ihm hinhält. Er schiebt das Kind ein Stück von Meriwhens Beinen weg. Nicht, daß er glaubt, Meriwhen könnte treten, aber nicht alle Pferde sind so sanft wie seines. »Das ist gut. Es kommt hier herein.« Er hebt Frisa hoch, bis sie den Trog sieht. »Schütte einfach alles dort hinein.«

»Liebe Meriwhen.«

Frisa wartet draußen vor der Tür des Stands, während Dorrin die Stute striegelt. Danach nimmt er den Stab und tritt wieder in den Schnee hinaus, während Frisa hinter ihm die Stalltür schließt.

Das Mädchen läuft voraus und tritt sich schon die kleinen Füße auf der Veranda ab, ehe Dorrin auch nur die Treppe erreicht hat. Als Frisa im Haus verschwindet, putzt er sich noch die Stiefel.

»Guten Abend, Ser.« Merga begrüßt Dorrin mit höflichem Nicken. »Da es naß war und auch noch geschneit hat und wir einen hier haben, der noch viel wachsen muß«, sie zielt mit dem langen Kochlöffel auf Vaos, der in der Ecke am Herd steht, »habe ich einen Eintopf gemacht.«

Dorrin riecht den vertrauten Essensduft, und Vaos grinst ihn an.

In der Küche ist es dunkel, weil nur zwei kleine Öllampen brennen, aber Dorrin hat nur diese beiden – auch das ein Mangel seines neuen Haushalts, der rasch behoben werden muß. Außerdem besitzt er nur einen einzigen großen Krug mit Lampenöl. Der Bau des Hauses hat nur den Anfang seiner Ausgaben dargestellt. Selbst das Gold von Fyntal wird nicht lange reichen. Nachdem er eine Weile gedankenverloren die Lampe angestarrt hat, die in einem Halter an der Wand steckt, wendet er sich wieder Merga zu.

»Frisa und ich haben am Teich ein paar Schlingen gelegt und zwei schöne Kaninchen gefangen«, erklärt sie ihm gerade. »Ihr hattet auch reichlich Kartoffeln und sogar ein paar Möhren im Keller.«

»Ihr habt Kaninchen mit der Schlinge gefangen?«

»Ja, Ser. Ich habe darin Übung, ich habe das schon oft gemacht, und Jisle hat es nicht gestört. Er hat immer gesagt, sie fräßen ihm sowieso nur die Ernte weg.«

Dorrin versucht, nicht zu lächeln, als er sich an den Tisch setzt.

»Aber, Ser, wenn das hier eine ordentliche Küche werden soll, so braucht Ihr mehr Vorräte. Ein Faß

Mehl, noch mehr Kartoffeln, ein paar Gläser Marmelade …«

»Wahrscheinlich, Merga, werde ich all das und noch viel mehr brauchen. Aber kann ich es mir auch leisten?«

»Auch heute bekommt Ihr noch ein Faß Mehl für ein Silberstück, und wenn Ihr das leere Faß zurückbringt, bekommt Ihr noch ein paar Kupferstücke heraus. Kartoffeln sind billig, wenn Ihr zu Asavah geht.«

Dorrin holt tief Luft. »Wir werden am Morgen besprechen, was wir brauchen. Es war ein langer Tag, und ich habe Hunger.«

»Frisa, nimm das hier.« Merga gibt dem Kind einen alten Korb, den es durch die Küche trägt und vor Dorrin abstellt. Der Duft von frisch gebackenem Brot steigt ihm in die Nase. »Ich habe mir etwas Hefe bei Rylla geborgt. Sie sagt, es wird reichen, bis Eure Frau ihre eigene mitbringt.«

Dorrin hustet verlegen, dann steht er auf und geht zum Kühlbecken in der Ecke und holt den Apfelwein. Er füllt vier Becher und stellt sie auf den Tisch.

Merga setzt den schweren Kochtopf auf den Dreifuß, der schon mitten auf dem Tisch steht. »Wenn Ihr austeilen könntet, Meister Dorrin?«

Der Schmied versteht. Nur der Herr oder die Herrin des Hauses darf das Essen austeilen. Aber er bedient zuerst Frisa, dann Vaos und Merga. Danach ist immer noch reichlich Essen da.

Er probiert einen Löffel, bricht sich ein Stück Brot ab und gibt den Korb an Vaos weiter.

»Verzeihung, Meister Dorrin«, sagt Vaos, »aber das hier ist besser als Brot mit Käse und Früchten.«

»Bedank dich bei Merga dafür, ich bin kein Koch.«

»Meister Dorrin ist nämlich ein Heiler«, verkündet Frisa.

»Er ist ein Schmied, und ein guter dazu«, kontert Vaos.

»Ich bin beides. Und jetzt eßt.«

Vaos kaut an einem großen Stück Brot.

»Ja, Meister Dorrin«, stimmt Frisa zu. »Ob Meriwhen etwas Eintopf will?«

»Ich glaube nicht.« Dorrin beißt wieder in das warme, knusprige Brot. Nach einigen weiteren Bissen Eintopf und Brot blickt er auf und bemerkt, daß die anderen drei ebenso heißhungrig essen wie er.

»Kannst du reiten, Merga? Oder einen Wagen lenken?« fragt er später.

»Ja, Ser. Ich habe früher für Gerhalm die Arbeitsgruppen auf die Felder gefahren, wenn er sich nicht gut gefühlt hat. Jisle hat so getan, als hätte er es nicht bemerkt.«

Es klopft, und Dorrin sieht erschrocken zur Tür. Er steht auf, stößt gegen den Tisch und muß seinen wackelnden Becher auffangen, ehe er die Tür öffnen kann.

»Pergun? Was machst du denn hier?«

»Tja, Dorrin ... ich dachte mir nur ... es sieht so aus, als könnte es schneien, und ... und ich wollte mich vergewissern, ob meine Arbeit hier ...« Der Mühlenarbeiter sieht Dorrin verlegen an.

»Komm herein. Hast du schon zu Abend gegessen?«

»Ich habe ein wenig gegessen.«

»Haben wir noch eine Schale?« fragt Dorrin.

»Ich bin fertig«, sagt Merga rasch. »Ich kann meine ausspülen.« Sie steht auf und macht ihren Platz auf der Bank frei.

Er braucht nicht nur mehr Geschirr, er braucht auch mehr Stühle und einen längeren Tisch. Dorrin schiebt sich wieder einen Löffel Eintopf in den Mund und beobachtet, wie Merga lächelnd eine Schale Eintopf vor Pergun auf den Tisch stellt. Der Mühlenarbeiter erwidert ihr Lächeln.

»Bist du den ganzen Weg hierher gelaufen?« fragt Dorrin.

»So weit ist es doch gar nicht«, murmelt Pergun beim Kauen.

»Hmm ...« Dorrin hätte beinahe Lust, mit seinem größten Hammer alles kurz und klein zu schlagen. Je mehr er tut, desto mehr scheint er die Kontrolle zu verlieren. Alles, was er anfängt, scheint zu etwas Größerem zu führen, und immer wenn er etwas geschafft hat, von dem er glaubt, daß es ihm helfen könnte, seine Dampfmaschine zu bauen, führen seine Bemühungen doch nur wieder zu mehr Problemen als Lösungen. Er wollte Platz zum Arbeiten haben, aber jetzt muß er einen rasch wachsenden Haushalt unterbringen. Er wollte sich keine Sorgen wegen einer Frau machen, jetzt macht er sich Sorgen um Liedral.

Er steht abrupt auf, und sofort halten alle in der kleinen Küche inne und sehen ihn an. »Ich bin müde. Laßt euch durch mich nicht stören. Ich muß mich hinlegen und nachdenken.«

Er geht langsam zum hinteren Zimmer und schließt hinter sich die Tür. Noch nicht alle Räume haben Türen, aber seiner hat eine. Im Dunkeln zieht er sich Stiefel und Hose aus.

Als er unter der Decke im breiten, für zwei Schläfer gebauten Bett liegt, versucht Dorrin, seine Gedanken wandern zu lassen, wie er es vor langer Zeit von seinem Vater, dem Luft-Magier, gelernt hat. Dieses Mal sucht er allerdings keine natürlichen Stürme, sondern das Chaos.

Weiße Funken flackern überall im Land, es ist ein trübes Weiß, das ganz anders ist als der Schnee, aber Dorrin ist zu müde und schafft es nicht einmal, die Gedanken bis Kleth schweifen zu lassen. Kleth ist näher als der ferne Schmerz Liedrals, und er vermag nicht zu sagen, in welcher Richtung er sie finden könnte – falls es tatsächlich ihre Schmerzen waren. Aber wer sonst sollte es gewesen sein?

Er schläft unruhig und wirft sich hin und her.

CI

Vaos winkt ihm, gerade als Dorrin den letzten Hammerschlag auf das kirschrote Eisen setzen will, das er auswalzt, um die dünnen Metallstreifen herzustellen, die man für Scharniere braucht. Irgendwie scheint es so, als würden die Menschen trotz allem nach wie vor Scharniere und Nägel brauchen. Er hält mitten im Schlag inne.

»Ja?«

»Der große Wächter, der Blonde, und die Rothaarige … sie sind hier und wollen Euch sprechen.«

Dorrin hebt das Stück Eisen hoch und legt es auf den Ziegeln ab, bevor er den Hammer ins Regal hängt. »Sag Merga, sie soll etwas Apfelwein aufwärmen und sehen, ob noch Brot da ist. Dann hole noch etwas Holzkohle und putze die Werkstatt.«

»Aber … aber Ser ….«

»Vaos.«

»Ja, Ser.«

Dorrin macht sich immer noch Sorgen um Liedral, aber seine Sinne sagen ihm nur, daß sie näher ist als zuvor und Schmerzen hat. Und jetzt sind Brede und Kadara gekommen und bringen gewiß neue Sorgen mit. Er geht zur Tür der Schmiede. Ein eisiger Wind schlägt ihm entgegen, als er in den glitzernden, verharschten Schnee hinaustritt. Die Spuren der beiden Reiter kreuzen seine eigenen Abdrücke vom frühen Morgen, die zum Stall führen.

Brede und Kadara binden gerade die Pferde am Geländer fest. Brede hat sich einen zotteligen Bart stehen lassen, auf einer Wange hat er eine frische Narbe, und die Augen liegen tief in den Höhlen. Kadaras Gesicht ist kantig und hart, auch sie hat dunkle Ringe unter den Augen.

Dorrin deutet zur Küche. »Wollt ihr etwas essen?«

Brede nickt müde, aber Kadara reagiert überhaupt nicht, als sie die Treppe herauf stampft.

»Ihr könnt die Pferde auch in den Stall bringen, wenn ihr wollt.«

»Wir können nicht lange bleiben«, grunzt Brede.

»Es ist hier viel wärmer als dort, wo wir vorher waren.«

Die beiden Soldaten treten den Schnee von den Stiefeln ab, bevor sie in die Küche gehen und auf die Stühle sinken. Merga schaut auf. »Der Apfelwein ist noch nicht ganz warm, Ser, aber ich kann schon Brot und Käse decken, und wir haben auch noch etwas Dörrobst.«

Dorrin nimmt den Lederschurz ab und hängt ihn neben der Tür an einen Haken.

»Das klingt wundervoll«, sagt Kadara.

Brede knöpft seine Jacke auf.

Dorrin wendet sich an Merga. »Geh doch mit Frisa zu Rylla und frage sie, ob sie euch braucht. Ich kümmere mich schon um den Apfelwein.«

»Ja, Ser. Es ist gut möglich, daß sie nach diesen schweren Schneefällen etwas Hilfe braucht. Frisa ist in der Kammer. Ich gehe dann.« Merga schnappt sich die Hirtenjacke und eilt auf die Veranda hinaus.

»Du baust dir ja ein richtiges kleines Königreich auf, Dorrin.« Kadaras Kichern klingt hart und gezwungen.

»Nein, sie sind bei mir gelandet, weil … weil ich zu verhindern versucht habe, daß sie und ihre Tochter geschlagen wurden. Der Mann hat Selbstmord begangen, und …« Er steht auf und holt den Topf mit dem gewürzten Apfelwein. Ohne allzuviel auf dem Tisch zu verschütten, schafft er es, zwei Becher zu füllen.

»Danke.« Brede hält sich den Becher unter die Nase und atmet den Dampf ein. »Es war ein langer Winter.«

Kadara trinkt schweigend.

»Ihr wollt etwas«, sagt Dorrin, um das Schweigen zu brechen.

»Ja, wir wollen etwas«, antwortet Brede. »Das Problem ist, daß ich nicht genau weiß, was ich brauche. Wenn der Frühling kommt – der Winter kann ja nicht ewig dauern –, werden die in Certis ausgehobenen Truppen über die Straßen in Richtung Elparta vorrücken. Sie könnten vielleicht auch auf den Flüssen fahren.«

»Waffen mit Schneiden kann ich nicht herstellen. Ich könnte höchstens Schilde aus Schwarzem Eisen herstellen.«

»Die sind zu schwer«, erwidert Kadara langsam.

»Auf Recluce werden sie als Schutz gegen die Feuerkugeln der Weißen Magier eingesetzt. Ich könnte sie möglichst dünn anfertigen.«

»Es könnte vielleicht helfen, wenn wir einen oder zwei für den Notfall hätten«, sagt Brede nickend. »Aber es wird nicht reichen. Wir brauchen etwas, das sie auf den Straßen aufhält. Hast du nicht ein Zaubermesser, das die Soldaten aus der Ferne aufschlitzt?« Bredes Lachen klingt hart und verbittert.

»Ich kann doch nicht … außerdem …«

»Schon gut. Dir wird schlecht, wenn du nur an Waffen mit Klingen denkst, ganz zu schweigen davon, sie zu schmieden.«

»Ich kann es nicht tun.« Dorrin setzt sich Kadara gegenüber auf einen Stuhl.

»Wie bequem«, antwortet Kadara.

Dorrin starrt sie an. »Ich versuche Tag für Tag, Menschen zu heilen, die sterben, weil ihre Körper nicht genug Nahrung bekommen, um dem Bauchfluß oder der Schwindsucht oder dem Fieber zu widerstehen. Die Hälfte der Einwohner von Diev erfriert langsam, weil die Leute sich kein Holz leisten können, und ich habe nicht die Kraft, in die Hügel zu fahren, um es zu schlagen und in den Ort zu bringen. Ich fühle mich schuldig, weil wir noch genug zu essen haben. Selbst der Beruf des Händlers ist inzwischen sehr gefährlich geworden, und das weißt du. Was willst du, Kadara?«

»Es tut mir leid, Dorrin. Aber wir werden alt und müde, und du wirst wohlhabend und bist erfolgreich. Du hast ein Haus, du hast jeden Abend ein sauberes Bett und Leute, die zu dir aufschauen. Wenn wir vorbeireiten, wenden alle den Blick ab. Der Tod klebt an uns wie ein Blutegel.«

Dorrin schlägt die Augen nieder.

»So kommen wir auch nicht weiter«, sagt Brede schließlich müde.

»Laßt mich nachdenken ... ich sagte das schon im Herbst, nicht wahr?« Dorrin starrt den Tisch an. Messer ... gibt es etwas, das schneidet wie ein Messer und das dennoch kein Messer oder Schwert ist? Kann er mit dem Schießpulver etwas anfangen? »Werden Weiße Magier dabei sein – bei den Certanern, meine ich?«

»Wahrscheinlich. Einige Abteilungen werden gewiß von Weißen Magiern begleitet werden.«

»Wie geht es denn eurer Abteilung?«

»Es ist jetzt Kadaras Abteilung.«

Dorrin sieht die beiden an und bemerkt erst jetzt, daß sie beide Rangabzeichen tragen.

»Brede ist inzwischen Abschnittskommandeur, er hat drei Trupps unter sich.«

»Oh ...« Dorrin überlegt. »Nehmen sie immer die Straßen?«

Brede schnaubt. »Wir alle nehmen die Straßen. Wie sonst soll man sich einigermaßen schnell durch die Hügel bewegen? Das ganze Gelände besteht nur aus Staub und Schlamm.«

»Hmm ...«

»Wenn es dir hilft, du geldgieriger Schmied, dann kann ich dir sagen, daß der Rat mich ermächtigt hat, Waffen im Wert von zwei Goldstücken zu kaufen ...«, sagt Brede ironisch.

»Nehmt das Geld lieber, um Vorräte zu kaufen«, faucht Dorrin.

Dieses Mal starrt Brede betreten den Tisch an. Kadara bricht sich ein Stück Brot ab und kaut es langsam.

»Ich werde etwas entwickeln ... die Dunkelheit allein weiß, was dabei herauskommen mag. Aber ich werde mir etwas überlegen, und ihr sollt ein paar Schilde bekommen.« Dorrin steht auf und geht zum Herd, um ihre Becher nachzufüllen. Zuerst schenkt er sich aber auch selbst einen Becher ein.

»Du hast schwer gearbeitet«, sagt Brede langsam. »Vielleicht nicht ganz so hart wie ein Soldat, aber deine Augen sind müde, und du hast ein paar neue Falten im Gesicht.«

»Ich habe mich bemüht«, gibt Dorrin zu, »aber alles ist schwieriger, als ich dachte. Wenn ich eine Maschine bauen will, brauche ich Geld für Metall und Werkzeug. Um das zu bekommen, muß ich hart arbeiten ...« Er kehrt zum Tisch zurück und füllt die Becher nach.

»Dorrin, was willst du mit so einer Maschine überhaupt tun? Wozu willst du sie einsetzen?« fragt Kadara.

»Ich könnte sie dazu verwenden, um eine Sägemühle, ein Schiff oder eine Getreidemühle anzutreiben. In einem Schiff scheint sie mir am sinnvollsten zu sein, weil der Ozean mehr Ordnung in sich hat.«

»Dann baue sie lieber rasch«, meint Brede, »es sei denn, du findest einen Weg, Fairhaven und die neuen Rekruten aus den eroberten Ländern aufzuhalten.«

»Hast du in der letzten Zeit etwas von deiner Freundin gehört?« will Kadara wissen.

»Nein.« Dorrin setzt sich wieder. »Sie ist irgendwie verletzt worden, aber ich kann nicht herausfinden, wo sie ist.«

»Und du sitzt einfach nur hier herum?« Kadara stellt den Becher auf den Tisch.

»Wohin soll ich denn gehen?« fragt Dorrin.

»Manchmal ist es sinnvoll zu warten«, erklärt Brede. »Und oft ist das Warten das Schwerste.« Auch er bricht sich ein Stück Brot ab.

»Nun hör schon auf, so alt und weise und philosophisch zu tun«, sagt Kadara mit einem leichten Lächeln.

Dorrin atmet langsam aus.

»Ist das nicht besser, als jung und voreilig und dumm zu sein?« gibt Brede lachend zurück.

»Nicht viel besser. Wie wäre es, wenn man mal eine Weile jung und glücklich sein könnte?«

»Das war in einem anderen Land, Mädchen. Aber ich werde es versuchen.«

Dorrin nimmt sich von den getrockneten Birnäpfeln, trinkt einen Schluck Apfelwein und denkt über Schilde, unsichtbare Messer und Straßen nach … und über die Schmerzen, die ihm sagen, daß Liedral sich ihm nähert.

CII

Der Regen peitscht in Dorrins Gesicht, als er Meriwhen von der Hauptstraße herunter und auf den schlammigen Weg lenkt, der zu den Bäumen führt, hinter denen Jarnishs Haus liegt.

Liedral muß beim Kommis oder irgendwo in der Nähe sein. Dorrin hat Diev verlassen, sobald seine Sinne ihm verraten haben, daß sie nahe genug ist. In Kleth, zwischen den Straßen und dem Fluß, sollte er sie finden können.

Der Wind pfeift ihm um die Ohren, als er Jarnishs kleines Lagerhaus vor sich sieht. Meriwhens Hufe waten durch den dünnen Schlamm auf dem Straßenpflaster. In Kleth ist es deutlich wärmer als in Diev, hier hat die Schneeschmelze bereits eingesetzt, und die Felder bedecken nur noch weiße Flecken.

Als er Meriwhen in den Hof des Kommis lenkt, sieht er den hochkant aufgestellten Wagen. Das Brennen im

Bauch ist so stark wie die Angst in seinem Herzen. Etwas Unbestimmtes und Weißes liegt über dem Hof, ein leichter Nebel des Chaos.

Noch bevor er absteigen kann, kommt Jarnish aus der Küche gerannt.

»Ich wollte … ich wollte Euch eine Nachricht schicken … aber niemand ist nach Diev gefahren …« Das Chaos, das Dorrin gespürt hat, wabert um den Kommis.

Dorrin steigt ab und nimmt sofort den Schwarzen Stab in die Hand.

Jarnish verneigt sich, wirft sich beinahe unterwürfig in den Schlamm. »Ich habe getan, was ich konnte, Meister Dorrin … ich habe den Händler hierhergebracht … wirklich.«

»Wo ist sie?«

»Sie? Liedral … ja, der ist es, den ich meine.«

Dorrin schluckt. Ist Jarnish nicht im Bilde? »Wo ist Liedral?«

»Konnte ihn nicht im Haus unterbringen …« Jarnishs Blick zuckt zum Stall.

Den Stab in der Hand, marschiert Dorrin zum Stall.

Die Schmerzen, die von der geschlagenen, ausgepeitschten Gestalt ausstrahlen, die in einer Ecke des Stalles auf einer Matratze liegt, überwältigen ihn, und einen Moment lang kann Dorrin nichts sehen, weil der Schmerz in und hinter den Augen ihn blendet.

»Ich bin dem Händler etwas schuldig … aber nicht genug, daß die Weißen mich … seht nur, was sie getan haben … dachte, Ihr könntet vielleicht helfen.« Jarnish zupft sich verlegen am Bart. »Könnt Ihr … könnt Ihr ihn bewegen? Ich will nicht … ich will nichts damit zu tun haben.«

»Ich kümmere mich um … um den Händler, aber ich kann ihn nicht allein bewegen. Noch nicht.«

Auf Dorrins Stirn bilden sich trotz der Kälte im Stall Schweißperlen.

Warum Liedral? Nur weil sie keinen Straßenzoll entrichten wollte oder sich der Händlergilde nicht angeschlossen hat? Weil sie sein Spielzeug verkauft hat? Oder weil die Weißen in Wirklichkeit hinter ihm her sind?

»Ihr werdet den Händler doch so bald wie möglich wegschaffen?«

Seine Augen brennen, als er sich zu Jarnish herumdreht. »Die Weißen sind nicht einmal in der Nähe. Jedenfalls nicht die, die Ihr fürchtet. Ich bin derjenige, den Ihr fürchten müßt.« Er hebt den Stab. »Ihr habt sie nicht einmal in Euer Haus aufgenommen, Ihr feiger Hund.«

Jarnish weicht zurück.

»Besorgt mir kochendes Wasser, saubere Kleidung und ein paar Decken.«

Jarnish sieht ihn verständnislos an.

»Wollt Ihr, daß wir hier verschwinden? Dann besorgt mir kochendes Wasser, saubere Kleidung und Decken.«

Als Jarnish aus dem Stall stolpert, wischt Dorrin sich die Augen trocken. Dann holt er tief Luft und berührt die überraschend zierlichen Handgelenke.

Überall ist Blut, es ist auf dem Rücken und den Beinen verkrustet und hat sich in den Haaren festgesetzt. Aber keine der Wunden ist tief. Es scheint, als wären sie nur geschlagen worden, um zu verletzen und Schmerzen zu bereiten, nicht um zu töten. Noch schlimmer ist das Gefühl von Chaos, das sie umgibt, auch wenn es von außen aufgesetzt ist – ganz im Gegensatz zum Kommis, der mit dem Weiß des Chaos getränkt zu sein scheint.

Dorrin berührt Liedrals Arme und spürt die beginnenden Entzündungen im Rücken und auf den Schenkeln. Wenigstens sind die Matratze und die Laken, auf denen sie liegt, sauber. Er flößt ihr etwas Ordnung ein, kehrt zu Meriwhen zurück und holt die Stute in den Stall, wo er sie in einer Ecke festbindet. Dann räumt er die Satteltaschen aus und sucht die Kräuter zusammen, die er mitgebracht hat.

Lyssa, die Magd, kommt mit einem Korb Lumpen in den Stall und setzt ihn vorsichtig neben der Tür ab. »Jaddy meint, es könne noch eine Weile dauern, bis das Wasser kocht.«

»Kannst du mir inzwischen einen Eimer sauberes Brunnenwasser holen?«

Lyssa weicht seinem Blick aus. »Ja, Ser.«

»Und, wenn du einen Augenblick Zeit hast, auch einen sauberen Unterrock.«

»Einen Unterrock?«

»Ja, dies ist eine Frau. Sie hat es geheimgehalten, um etwas wie dies hier zu vermeiden.« Dorrins Worte sind genau berechnet.

»Man hat sie geschlagen … weil sie eine Frau ist?«

»Die Weißen halten nicht viel von der Legende«, faucht Dorrin. »Kann ich jetzt etwas Wasser haben?«

Erbärmlich, daß der Kommis Liedral in den Stall gelegt hat. Jarnish steht offenbar unter dem Einfluß der Weißen, und es muß einen triftigen Grund gegeben haben, Liedral zu schlagen. Die Weißen lassen sich nur selten zu unnötigen Grausamkeiten hinreißen, und als ihm dieser Gedanke kommt, ballt er unwillkürlich die Hände zu Fäusten. Wenn er nur darauf bestanden hätte, daß sie in Diev bleibt … aber er hat es nicht getan, und jetzt kann er es nicht mehr ändern.

Lyssa kommt mit einem Eimer eiskaltem Wasser zurück.

»Danke.« Dorrin versucht, einigermaßen freundlich mit ihr zu sprechen, während er sich einen Lumpen nimmt und anfeuchtet.

»Ich habe ein altes Hemd. Es ist weich und sauber.«

»Danke«, sagt er noch einmal leise. Er muß sich mit einer Hand die Tränen aus den Augen wischen, ehe er beginnen kann, den Schmutz und das Blut abzuwaschen. Wie hat Liedral es überhaupt bis hierher geschafft? Oder haben die Weißen dafür gesorgt, daß sie hier ist? Aber warum? Er schiebt die Frage beiseite und macht sich an die Arbeit.

Der dunkle Puls der Ordnung schlägt kräftig in Liedrals geschwächtem Körper. Die Abenddämmerung hat sich schon über den Stall gelegt, als Dorrin sich auf dem Stroh in einer der beiden Decken, die Jarnish widerstrebend herausgerückt hat, zusammenrollt. Der dunkle Stab liegt direkt vor seinen Fingerspitzen, und er hofft, die Waffe werde ihn vor jeder Gefahr warnen.

Draußen ist es immer noch dunkel, als er erwacht und automatisch nach dem Stab greift.

»... nein ... nein, nicht ...«, murmelt Liedral, und bei jedem Murmeln wirft sie sich, von neuen Schmerzen geschüttelt, auf dem Lager herum.

Dorrin fühlt ihre Stirn.

»... oh ...«

»Ruh dich nur aus ...«

»Dorrin, wo ... ich habe Durst. Warum hast du mir weh getan? Warum?«

Die Hälfte ihrer Worte drehen sich darum, daß er ihr weh getan hätte. Was hat das zu bedeuten? Während er sich diese Frage stellt, träufelt er ein wenig Wasser zwischen ihre Lippen und gebraucht seine Sinne, um sie in einen tiefen, heilenden Schlaf zu versetzen.

Ob er selbst schlafen kann, nachdem er einen Blick auf die Schrecken in ihren Gedanken werfen konnte, ist eine ganz andere Frage. Seine Finger krampfen sich um den Stab, und er wünscht sich, er wäre ein Schwertkämpfer wie Kadara oder Brede. Wie kann er aus der Ordnung ein Werkzeug schmieden, das zu töten vermag? Und wenn er es kann – sollte er es dann auch tun?

Aber ... Creslin hat es getan. Die Gründer haben es getan, und sie haben überlebt.

Was für eine Maschine sollte es sein? Wie sollen die

magischen Messer, nach denen Brede gefragt hat, aussehen? Er weiß es nicht, aber er will Liedral heilen, und er wird es den Weißen heimzahlen. Irgendwie.

CIII

Liedral hat sich wahrscheinlich noch nicht gut genug erholt, um zu reisen, aber Dorrin will es riskieren, sich trotz der schlammigen Straßen auf den Weg zu machen. Lieber das, als noch länger in der Nähe des Chaos zu bleiben, das sich um Jarnish zu ballen scheint.

Er packt zwei Säcke mit dem Kram voll, der sich auf Liedrals Wagen befunden hat. Auf die Ladefläche kommt eine Schicht sauberes Stroh, darüber ein paar Lumpen. Darauf legt er dann die dünne Matratze.

Als nächstes sattelt er Meriwhen und spannt das Zugpferd an. Er ist dankbar, daß er Liedral dabei einmal zugesehen hat, und nicht zuletzt dank der Arbeit als Schmied hat er eine gute Vorstellung, wie ein Zuggeschirr funktioniert.

Nachdem er die Pferde vorbereitet hat, reibt er sich die Bartstoppeln. Ihm wird bewußt, daß es abwegig ist, sich jetzt über das Rasieren Gedanken zu machen. Dazu wird er noch Zeit genug haben, wenn er wieder in Diev ist. Was braucht er sonst? Etwas zu essen natürlich, weil die Reise mindestens drei Tage dauern wird, vielleicht sogar vier. Er hätte längst daran denken sollen, sich mit Vorräten einzudecken. Er seufzt und wirft einen Blick zu Liedral, die seinen Blick erwidert. Er geht zu ihrem Lager.

»Dorrin … schrecklich … du hast mir weh getan …«

Sie hat immer wieder die gleichen Worte gesagt. Er legt ihr die Hand auf die Stirn und versucht, sie zu beruhigen. »Ich bin doch da, alles wird gut.«

»… Durst …«

Er träufelt wieder etwas Wasser in ihren ausgetrockneten Mund, aber ein Teil läuft heraus, weil sie Schwierigkeiten beim Trinken hat. Doch wegen der schrecklichen Narben kann sie sich nicht auf den Rücken oder auf die Seite legen.

Nach ein paar Augenblicken schläft sie schon wieder ein, fast, als wolle sie damit vor den Gedanken an die Qualen, die sie erdulden mußte, fliehen. Er lädt die Säcke mit den Waren auf Meriwhens Rücken, und nachdem er noch einen Blick auf die schlafende Liedral geworfen hat, geht er zur Küche des Kommis.

Die leeren Satteltaschen über die Schulter gelegt, tritt er Wasser und Schlamm von den Stiefeln ab, klopft an und tritt ein.

»Wie geht es der jungen Händlerin? Eine schreckliche Sache«, sagt die Köchin. »Furchtbare Verbrecher sind sie, diese Weißen Magier.«

»Es geht ihr etwas besser. Kann ich vielleicht ein paar Vorräte für die Rückreise kaufen?«

»Sicher, aber Ihr werdet bei diesem Wetter auf den Straßen nicht weit kommen. Der Schlamm wird Euch aufhalten.«

»Bis nach Diev ist die Straße befestigt, und ich bin ja auch hierhergelangt. Außerdem können wir nicht bleiben.« Dorrin wirft einen vielsagenden Blick zur Tür.

»Ein Jammer, daß Ihr eine Verletzte quer durch Spidlar befördern müßt. Und das auch noch nach einem so langen und schrecklichen Winter.«

»Was ist mit den Vorräten?«

»Wir haben ein wenig, wenngleich nicht so viel, wie es uns lieb wäre. Aber wie könnte ich die Münzen eines Heilers ausschlagen?« Jaddy wühlt in einigen kleinen Fässern herum. »Ein paar getrocknete Äpfel und Birnäpfel … und harter Käse. Hier ist auch noch etwas Reisebrot, nicht mehr frisch, aber noch gut …«

Dorrin lächelt über die unablässigen Kommentare

und den kleinen Stapel Essen, der sich nach und nach auf dem Tisch türmt.

»... und die arme Händlerin braucht etwas, das man weich machen kann. Befeuchtet das Reisebrot mit Wasser oder Apfelwein. Aber nur befeuchten, nicht einweichen.« Die Köchin sieht Dorrin scharf an. »Habt Ihr das verstanden, junger Heiler, oder was Ihr auch seid?«

»Ja, das habe ich verstanden.«

»Nun, dann steht nicht länger hier herum. Packt es in Eure Säcke. Warum sonst hätte ich es hervorgeholt?«

Dorrin kann sich ein kleines Grinsen nicht verkneifen. Während er die Sachen einpackt, fragt er: »Und was bin ich Euch dafür ...«

»Wir sind nicht so arm, daß wir nicht etwas Essen übrig hätten, selbst wenn Ihr so dumm seid, Euch jetzt auf den Weg zu machen.«

Dorrin schüttelt immer noch den Kopf, während er die Nahrungsmittel unter dem Kutschbock verstaut. Das kleine Lächeln verschwindet aber sofort, als Jarnish den Stall betritt. Dorrin dreht sich um und begrüßt ihn.

»Ihr seid mir etwas schuldig ...«

»Ich habe Eure Köchin gefragt, was ...«

»Nein, vergeßt die Wegzehrung. Ihr seid mir etwas schuldig, Heiler, weil ich Eure Händlerin bei mir aufgenommen habe.« Jarnishs Stimme klingt hart, aber sein Blick bleibt auf den aufgeweichten Lehm im Hof gerichtet. »Ich bin damit ein großes Risiko eingegangen.«

Dorrin faßt unwillkürlich den Stab fester, den er gerade in der behelfsmäßigen Halterung neben dem Kutschbock unterbringen wollte, damit er ihn im Notfall schnell erreichen kann. »Es war kein besonderes Risiko.«

»Ihr seid mir etwas schuldig«, wiederholt Jarnish störrisch, und die Stimme klingt noch härter. Dorrin spürt das Chaos, das hinter den Worten des Händlers steckt.

»Dann werde ich es Euch mit gleicher Münze heimzahlen.« Dorrin läßt den Stab los.

Jetzt schaut Jarnish auf, und Dorrin fängt den Blick des Mannes ein. Mit Händen, die von der Arbeit in der Schmiede hart und unnachgiebig wie Eisen geworden sind, faßt er Jarnishs Handgelenke.

»Ich werde Euch mit Ordnung bezahlen.« Dorrin lacht, es ist ein schrilles Geräusch, beinahe ein Schrei, und er beginnt, Ordnung um den Kommis zu flechten. »Ihr werdet nicht länger fähig sein, auch nur das kleinste Maß von Chaos in Eurer Nähe zu ertragen. Eure Haut wird jucken und stechen, wenn das Chaos sich Euch nähert.« Seine Augen blitzen, und die Dunkelheit geht aus ihnen auf Jarnish über, der vergeblich versucht, sich aus dem eisernen Griff zu befreien.

Liedral hat geschaudert und einmal kurz gewimmert und ist schon wieder bewußtlos geworden, bevor Dorrin die Handgelenke des Kommis wieder losläßt.

»Ihr bringt mich um«, schluchzt der ältere Mann. Er zerrt an seinen Kleidern, dann macht er auf dem Absatz kehrt und rennt, während er sich hektisch am Hals kratzt, aus dem Stall. Draußen reißt er sich die Kleider vom Leibe.

Dorrin blickt ihm nicht nach, sondern hebt die Matratze zusammen mit Liedral auf den Karren. Dann führt er das Zugpferd und Meriwhen aus dem Stall.

Jarnish steht in Unterhosen am Brunnen und kippt sich einen Eimer kaltes Wasser über den Kopf. »Noch einen … noch einen.«

Jaddy kommt durch den Schlamm im Hof zu Dorrin gerannt.

Er wartet. Wenigstens das ist er ihr schuldig.

»Einen schrecklichen Fluch habt Ihr ihm auferlegt! Daraus wird nichts Gutes entstehen, und dabei dachte ich, Ihr wärt so ein freundlicher junger Mann.«

Dorrin lächelt traurig. »Ich habe ihn nur mit einer Sehnsucht nach Ordnung gesegnet.«

»Oh … das kann sogar ein noch schlimmerer Fluch sein. Wie konntet Ihr nur so grausam sein?«

Dorrin blickt vielsagend zur Ladefläche des Karrens. »Wenn Ihr denkt, daß er sie geschlagen hat … ich weiß, daß er es nicht getan hat.«

»Hätte er sie angerührt«, sagt Dorrin langsam, »dann würde er nicht wieder aufstehen. Nie wieder.«

»Ein gerechter Mann seid Ihr, und das macht Euch nur noch schrecklicher.« Jaddy blickt zu Jarnish, der sich gerade wieder schaudernd einen Eimer Wasser über den Kopf kippt. »Niemand könnte Euch mehr verfluchen, als Ihr es selbst schon tut. Denn alle, die bei Euch sind, werden leiden und wieder leiden.«

»Das tun sie schon jetzt«, gibt Dorrin zu. »Das tun sie schon jetzt.« Er steigt auf den Kutschbock und läßt die Zügel knallen.

Die Köchin sieht ihm nach, als der Karren durch den Schlamm im Hof rumpelt und auf die Straße einbiegt.

CIV

Dorrin lenkt den Karren dicht am Straßenrand um eine Biegung und dann wieder mitten auf die Straße. Hinter dem Wagen wiehert Meriwhen, die sich immer noch über die Packen beklagt, die sie trägt. Liedral schläft in Decken eingehüllt auf der Ladefläche hinter dem Kutschbock.

Das Reiten zu lernen war leicht im Vergleich zum Lenken des Wagens. Der Sitz ist hart, und die Straßen sind unter dem Schlamm und Schneematsch kaum zu erkennen. Liedral stöhnt immer wieder, halb wach oder halb schlafend.

»He, du da auf dem Wagen!«

Zwei zerlumpte Gestalten sitzen neben der Straße auf einem umgestürzten Baum. Dorrins Herz schlägt schneller, und seine Wahrnehmung fliegt den Männern entgegen. Sie sind nur zu zweit und nicht mit Bögen bewaffnet. Trotzdem rückt er mit der linken Hand den Stab zurecht, damit er ihn im Notfall leicht packen kann.

Ihm bleibt nichts anderes übrig, als weiter die sanfte Steigung hinauf durch die Bäume fahren, die zu weit auseinander stehen, um einen Wald abzugeben, denn er kann den Wagen nicht rasch genug wenden, um zu fliehen. Außerdem muß er nach Diev zurück.

Die Männer bauen sich auf der Straße auf. Sie sind mit Schwertern bewaffnet.

»He, du da. Wir wollen den Wegezoll kassieren.« Der Mann mit dem dunklen Bart ist einen halben Kopf größer als Dorrin. Er fuchtelt mit einem schartigen Schwert herum.

»Ich wußte gar nicht, daß man auch auf dieser Straße Zoll entrichten muß.«

»Jetzt weißt du es, mein werter Händler, jetzt weißt du es.«

»Und ob, und der Zoll ist gewiß nicht niedrig«, knurrt der zweite Mann, der das Schwert wie eine Keule hält.

Dorrin bückt sich und hebt den Stab mit einer fließenden Bewegung hoch.

»Ach, der Händler hat einen Zahnstocher.«

Dorrin hält den Wagen an und springt auf die schlammige Straße. Beinahe rutscht er dabei aus.

»Der arme Handelsmann, er kann nicht einmal richtig stehen.« Die beiden Männer nähern sich Dorrin auf der linken Seite des Wagens.

Dorrin tastet ein wenig mit den Stiefeln herum, bis er sicher steht, dann bringt er den Stab in die richtige Position und wartet.

Der größere Mann bleibt stehen. »So, und jetzt gibst du uns deine Geldbörse.«

»Nein.« Es spielt keine Rolle, daß in Dorrins Börse ohnehin nicht viel Geld ist, denn er weiß, daß er auch dann nicht mit dem Leben davonkommen soll, wenn er ihnen die Börse freiwillig gibt.

»Armer Händler ... armer, dummer Händler ...« Der große Mann schwingt das Schwert.

Noch bevor die Klinge auch nur in seine Nähe kommt, stößt Dorrin mit dem Schwarzen Stab zu und schlägt dem Mann aufs Handgelenk. Das Schwert liegt im Schlamm, aber der Wegelagerer zieht sofort ein Messer und greift wieder an. Dieses Mal ist Dorrin noch schneller, und einen Augenblick später liegt ein toter Mann im Schlamm.

Der kleinere Bandit, der einen roten Bart hat, greift an, bevor Dorrin seine Position wieder einnehmen kann. Dorrin weicht aus, aber die Spitze der Klinge fährt ihm über die Stirn.

Dorrin rutscht auf der schlammigen Straße aus, aber er schafft es, den Stab wieder zu heben, ehe der Bandit noch einmal angreifen kann. Dorrin wartet den ungeschickten Angriff mit der alten Waffe ab, pariert den Hieb und stößt dem Banditen das Ende des Stabes in den Bauch. Noch während der Mann stürzt, setzt Dorrin automatisch mit einem zweiten Stoß nach.

Weißer Schmerz zuckt durch seinen Kopf, und er muß sich an den Wagen lehnen. Er kann sich kaum auf den Beinen halten.

Als die Schmerzen nicht mehr ganz so schlimm in seinem Schädel hämmern, überprüft er den Wagen. Liedral stöhnt im Schlaf, und Meriwhen wiehert, als er die Hand auf ihren Hals legt. Er schleppt die Toten in den schmelzenden Schnee neben der Straße und überprüft den Inhalt ihrer Taschen. Er findet ein Silberstück, vier Kupferstücke und einen goldenen Ring. Er verwahrt alles in seiner eigenen Börse. Die schartigen Schwerter läßt er neben den Toten liegen. Er schenkt sich die Mühe, die Männer zu begraben. Der Winter war auch für die Raubtiere hart.

Dorrin macht sich keine Illusionen über seine Fähigkeiten als Kämpfer. Keiner der beiden war ein echter Wegelagerer, und sein Umgang mit dem Stab war bestenfalls ungeschickt. Er nimmt einen sauberen Lappen, den er in Jarnishs Haus bekommen hat, um sich die Stirn abzuwischen und die blutende Schnittwunde abzutupfen. Dann gibt er etwas gemahlenes Astra darauf, das in der Wunde brennt.

Er steigt wieder auf den Kutschbock und läßt die Zügel knallen. Ist dies die Art von Verzweiflung, mit der Brede und Kadara ständig zu tun haben? Was kann ein einfacher Schmied dagegen schon ausrichten? Er schaudert, berührt Liedrals fiebernde Stirn und versucht, ihr etwas Ordnung und Trost einzuflößen.

Der Wagen überwindet die Hügelkuppe, und dahinter kann Dorrin in der Ferne Diev ausmachen. Der Meilenstein, der unterhalb des Hügels in einer Kurve steht, bestätigt seine Wahrnehmung.

»Durst ...«

Mit einem Auge die Straße beobachtend, hantiert Dorrin mit der Wasserflasche. Ein paar Tropfen landen auf Liedrals Wangen, der größte Teil erreicht jedoch ihren Mund.

»Dorrin ...«

»Ich bin hier.«

Dorrin war einen Augenblick abgelenkt, und die Radnabe hat den Meilenstein gestreift. Die Räder finden auf dem Matsch, einer Hinterlassenschaft der Schneemassen im Winter, kaum einen Halt.

»Ich bin hier«, sagt er noch einmal. Er schaut zu den Westhörnern, die sich hinter Diev erheben. Graue Wolken verheißen neuen, kalten Regen, der seinem ohnehin schon pochenden Kopf nicht guttun wird. Er hofft, sie werden sein Haus erreichen, bevor der Regen kommt. »Ich bin hier.«

CV

Dorrin betrachtet die Platte auf dem Amboß. Mit Kaltschmiedearbeiten kennt er sich nicht gut aus, aber Rüstungen und Schilde müssen kalt mit dem Hammer bearbeitet werden. Andererseits ist es nicht möglich, Schwarzes Eisen mit dem Hammer zu verformen.

Er legt die große Platte beiseite und nimmt sich ein kleineres Stück Eisen, Abfall von einer Kette, und schiebt es mit der Greifzange ins Schmiedefeuer. Während er zusieht, wie sich das Metall verfärbt, bringt Vaos mit der eisernen Schubkarre eine neue Ladung Holzkohle herein. Die Räder verteilen Dreckspritzer auf dem weichen Lehmboden.

»Vaos, hinter dir … wisch den Dreck auf.«

»Aber Ser, der Boden besteht doch aus Lehm, und wenn ich wieder hinausgehe, kommt gleich neuer Dreck dazu. Es gießt in Strömen.«

»Der Dreck stört mich. Es mag vielleicht unsinnig klingen, aber es ist nötig, daß es sauber ist.«

»Ja, Ser.« Vaos holt widerwillig den Besen.

»Und säubere bitte auch das Rad.«

»Ja, Ser.«

Dorrin legt das Stück Eisen auf den Amboß und schlägt darauf, um es auszudünnen, bis es die richtige Dicke für eine Rüstung hat. Dabei flößt er ihm nach und nach Ordnung ein, bis es sich in Schwarzes Eisen verwandelt. Als er fertig ist, legt er das ausgewalzte und geordnete Eisen zum Auskühlen auf die Kante des Schmiedeofens und sucht sich das nächste Stück Abfall.

Auch das zweite Stück wird gewalzt, bis es die Dicke einer Rüstung hat, und anschließend in Schwarzes Eisen verwandelt, das neben das erste gelegt wird.

Als nächstes nimmt er sich ein Stück Holzkohle und notiert auf dem glatten Brett, das er in der Schmiede für die Berechnungen benutzt, ein paar Zahlen. Wenn der

Schild ungefähr ein Zwanzigstel einer Handspanne dick ist ... er überprüft die Zahlen noch einmal. Der Metallüberzug eines Schildes, der nur anderthalb Ellen groß ist, wird schon mehr als einen Stein wiegen.

»Bei der Dunkelheit!« Durch die Klammern und Riemen und Befestigungen käme dann noch einmal ein halber Stein dazu. Und wenn er das Metall noch weiter ausdünnt? Wird es dann noch den Blitzen eines Weißen Magiers Widerstand leisten können? Er wünscht, er wüßte mehr darüber. Nicht einmal Brede wird bereit sein, einen Schild zu tragen, der anderthalb Stein wiegt. Wenn er aber den Umfang verkleinert und das Material dünner walzt ...

Dorrin seufzt und rechnet es noch einige Male durch.

Während das Metall auskühlt, arbeitet er an einem handgetriebenen Ventilator mit einem Fächerblatt aus Metall, eine Sonderanfertigung für Jasolt. Während er arbeitet, wünscht er sich, er würde, abgesehen von den kleinen Schilden, die vor dem Feuer der Magier schützen, etwas finden, das Brede helfen könnte.

Er hämmert die gekrümmten Blätter des Ventilators zurecht und setzt sie in die Nabe ein, die mit zwei Zahnrädern verbunden wird. Diese Arbeit nimmt den größten Teil des Nachmittags in Anspruch, aber dann hat er das Schlimmste hinter sich, denn die Zahnräder sind bereits geschmiedet und mit seiner improvisierten Schneidemaschine zugeschnitten.

Vaos muß noch zweimal neue Holzkohle holen und den Boden fegen, ehe Dorrin ihm durch ein Nicken zu verstehen gibt, daß er mit dem Ventilator zufrieden ist.

Dann holt er sich das Stück Schwarzes Eisen, das er vorher ausgewalzt hat, und legt es auf den Amboß. Er nimmt den Sechspfünder und schlägt zu. Der Aufprall lähmt ihm beinahe den Arm, aber im Metall ist nur ein winziger Kratzer zu sehen. Nein, Schwarzes Eisen kann man nicht kalt schmieden.

Er legt die Platte, die für die Rüstung vorgesehen

war, zur Seite und nimmt das Stück, aus dem er einen Schild bauen wollte. Er setzt den Kaltmeißel an und hebt den Hammer.

Wieder fährt ihm die Erschütterung durch den ganzen Arm, während das Eisen unverändert scheint.

Also muß er die Schilde heiß schmieden, aber das spielt wohl wirklich keine Rolle, denn er glaubt nicht, daß irgendein angreifender Soldat dem Schild mehr zusetzen könnte, als er es mit dem Meißel und dem schweren Hammer vermochte. Er schiebt die ungefähr eine Elle durchmessende Metallplatte ins Schmiedefeuer und winkt Vaos zu sich.

»Nimm den leichten Hammer.«

»Darf ich wirklich schmieden?«

»Mir bleibt wohl nichts anderes übrig, wenn wir mit der Arbeit hier fertig werden wollen. Setze immer nur einen Schlag genau auf den Punkt, den ich dir zeige, und achte darauf, daß du senkrecht von oben triffst.«

»Ich weiß! Ich habe Euch und Yarrl zugeschaut.«

Während er zusieht, wie der Junge den Schmiedehammer hebt, fragt Dorrin sich, wie Hegl ihn überhaupt ertragen konnte. Beim dritten Schlag kommt Vaos aus dem Gleichgewicht, und Dorrin springt rasch zur Seite, damit das heiße Stück Eisen nicht seine Beine trifft.

»Vaos!«

»Entschuldigung, Ser.«

»Bitte mich nicht um Entschuldigung. Mach es einfach nur ordentlich. Wir haben Zeit, falls es etwas länger dauert. Arme und Beine können wir aber nicht ersetzen.«

»Ja, Ser.«

Die Hammerschläge kommen jetzt langsamer, sind aber besser gezielt.

Als das Eisen, immer noch ganz normales Eisen, ungefähr die Dicke hat, die Dorrin sich vorgestellt hat, unterbricht Dorrin seinen Zuschläger. »Das reicht für heute abend. Ich muß morgen den Rahmen machen, und dann muß ich es mit der großen Blechschere zuschneiden und die Ränder umbiegen, damit der Rahmen aufgesetzt werden kann.«

»Aber ich habe gerade den Bogen richtig heraus.«

»Du hättest mir beinahe die Platte gegen die Beine geschlagen. Los jetzt, feg noch einmal aus, während ich das Schmiedefeuer lösche.«

Vaos legt den Schmiedehammer weg. Seine Arme zittern. »Ja, Ser. Aber ich hätte noch mehr geschafft.«

Dorrin lächelt. »Dazu sollst du noch genug Gelegenheit bekommen, keine Sorge.« Er kümmert sich um das Schmiedefeuer, und als er fertig ist und sein Werkzeug verstaut hat, blickt er zu Vaos, der noch mit Fegen beschäftigt ist. »Und vergiß nicht, dein Werkzeug aufzuräumen.« Er nimmt den Lederschurz ab und hängt ihn neben dem Werkzeugbrett an einen Haken.

»Ja, Ser.«

Die Stiefel läßt er drinnen neben der Tür auf einer Matte stehen, dann wäscht Dorrin sich in der Küche und versucht, Merga auszuweichen, die sich mit Hammelfleisch und Kartoffeln abmüht. Anschließend will er in seine Kammer und nach Liedral sehen.

»Wird Eure Gemahlin ...«, fragt Merga.

»Sie ist nicht meine Gemahlin. Jedenfalls *noch* nicht.«

»Wir sie uns beim Abendessen Gesellschaft leisten, Meister Dorrin?«

»Ich glaube nicht, aber ich will sie vorsichtshalber fragen.« Er betritt den kurzen Flur und schiebt sich an dessen Ende vorsichtig durch die Tür.

Liedral liegt auf dem Bauch und liest das Buch über das Heilen, das Dorrin sich von Rylla geliehen hat.

»Das ist interessant.«

Er berührt sie an der Schulter, und sie zuckt zusammen. »Entschuldige.«

»Es ist nicht, daß ... ich weiß auch nicht. Irgend etwas stimmt nicht.«

»Du hast immer wieder gesagt, ich hätte dir weh getan, aber das habe ich nicht. Ich konnte dich nicht finden, und sobald ich wußte, wo du bist, bin ich gekommen.«

»Ich weiß.« Sie setzt sich auf. »Es ist ein schönes Bett, und du warst gut und freundlich zu mir. Die anderen auch. Reisa ist heute trotz des Regens gekommen, und sie war wirklich reizend.« Sie legt das Gesicht in Falten, und aus dem rechten Auge läuft eine Träne.

Dorrin will sie berühren und halten, aber er spürt, daß es falsch wäre. Er ist frustriert, weil er keine bleibende Verletzung spüren kann, kein lauerndes Chaos, keine Zwänge, die ihr auferlegt worden wären. Dennoch ist eindeutig etwas nicht in Ordnung. Wie kann es möglich sein, daß Peitschenhiebe alles zwischen ihnen verändern? Dennoch ist es geschehen.

»Hast du Hunger?« fragt er leise.

»Ja. Ich bin am Verhungern, und ich bin es müde, nur herumzuliegen. Ich kann ja eins deiner Hemden anziehen.«

»Bist du denn auch stark genug ...«

»Natürlich bin ich stark genug, um mit den anderen in der Küche zu essen. Laß mich nur etwas über dieses Unterhemd ziehen.«

»Bist du sicher?«

»Dorrin!«

Er zuckt mit den Achseln und lächelt verlegen.

»Raus mit dir. Laß einer Frau ein bißchen Abgeschiedenheit.« Sie deutet zum Flur, und er geht gehorsam hinaus und schließt die Tür hinter sich.

Er schaut in den kleinen Raum neben dem Schlafzimmer, der leer ist bis auf den Tisch, an dem er schreibt, einen Hocker und die Matratze, die ihm als Bettstatt dient. Er wünscht sich, Liedral würde es bessergehen. Es wäre angenehm, wieder in einem bequemeren Bett schlafen zu können. Im Augenblick haben es sogar Vaos und Merga komfortabler als er.

Er atmet tief durch und kehrt in die Küche zurück.

»Meister Dorrin«, bittet Merga ihn, »könntet Ihr den Hammel schneiden, während ich mich um die Brötchen kümmere?«

Es widerstrebt Dorrin, das Fleisch zu schneiden, aber da er der Vorstand des Haushalts ist, bleibt ihm diese Aufgabe überlassen. Er nimmt das Messer und beginnt ungeschickt zu schneiden. Vaos sitzt schon am Tisch, beugt sich vor und starrt begierig das Fleisch an. »Hör auf zu sabbern, Vaos. Dadurch wirst du auch nicht schneller bedient.«

»Ich habe Hunger, und wir bekommen ja nur selten Fleisch.«

»Für dieses hier kannst du dich bei Liedral bedanken. Als sie wieder da war, hat Reisa sich so gefreut, daß sie gekommen ist und uns eine Hammelkeule gebracht hat.«

»Wofür soll er sich bei mir bedanken?« fragt Liedral, die gerade in der Tür aufgetaucht ist.

Das Fleischmesser noch in der Hand, dreht Dorrin sich zu ihr um. »Für die ...«

»Neiiiin!« Liedral wird kreidebleich und bricht zusammen.

Dorrin läßt das Messer fallen, stürzt zu Liedral und berührt ihre Handgelenke. Mergas Brötchen verteilen sich auf dem Boden.

Frisa, die neben Vaos sitzt, stößt einen erschrockenen, schrillen Schrei aus.

Dorrin spürt Liedrals Herzschlag. Nirgends ist auch nur eine Spur von neu aufgetauchtem Chaos oder einer Infektion zu sehen.

»Was ist geschehen?« fragt Merga, die zwischen den beiden hin und her schaut.

»Ich weiß es nicht.«

»Sie hat uns angesehen und geschrien.«

Vaos und Frisa beobachten sie sprachlos.

»Du kannst die nette Frau heilen«, bestimmt Frisa schließlich.

Dorrin hebt die bewußtlose Liedral vorsichtig auf und versucht, möglichst nicht die Narben und Wunden auf dem Rücken zu berühren. Er trägt sie wieder ins Bett und legt sie sachte auf den Bauch.

»Laßt sie doch nicht einfach wie einen Sack Mehl hier liegen.« Merga macht sich an der bewußtlosen Frau zu schaffen, dreht ihr behutsam den Kopf zurecht und vergewissert sich, daß Dorrins Hemd nicht im Rücken spannt.

»Oh … das Messer …« Liedral schaudert. »Warum hast du mir weh getan?«

Dorrin und Merga wechseln einen Blick.

»Verdammt, sie ist völlig außer sich … Ihr könntet doch niemandem weh tun, ganz besonders ihr nicht.«

»Sie glaubt es aber«, flüstert Dorrin. »Ich bin hier. Ich habe dir nicht weh getan, und ich werde es niemals tun.«

»Aber es … es hat so weh getan … so oft … du hast es so oft gemacht.«

Die Weißen Magier – was haben sie ihr für Gedanken eingegeben? Wie haben sie es geschafft, die Folterungen mit ihm zu verknüpfen?

»Sie braucht trotzdem etwas zu essen«, flüstert Dorrin.

»Ich hole einen Teller.«

»Ich bin da«, sagt er hilflos, während er sich am Bett auf einen Hocker setzt. »Ich bin doch da.«

Liedral richtet sich langsam auf und setzt sich mit baumelnden Beinen auf die Bettkante. »Was ist passiert?«

Dorrin runzelt die Stirn. »Ich habe das Hammelfleisch geschnitten, du bist hereingekommen und hast mich angesehen. Dann hast du geschrien und etwas gestammelt, daß ich dir weh getan hätte.«

Sie wischt sich das Gesicht mit dem Ärmel ab. »Das ist doch Unsinn! Ich weiß, daß du mir nicht weh tun würdest, aber ich habe solche Angst. Ich hasse es, nicht die Kontrolle über mein Leben zu haben, ich hasse es!«

Merga weicht vor Liedrals Ausbruch unwillkürlich zurück.

»Und ich werde nicht hier drinnen essen. Ich bin kein kleines Kind.« Liedral unterbricht sich. »Hast du den Hammel inzwischen geschnitten?«

»Merga kann das machen.«

»Genau. Ich stelle dann Euren Teller auf den Tisch, Herrin.«

»Ich bin Liedral.«

Aber Merga ist schon wieder in die Küche gegangen.

Dorrin reicht Liedral die Hand. Sie nimmt sie schaudernd, läßt aber sofort wieder los, als sie auf den Füßen steht. Ohne ein weiteres Wort gehen sie in die Küche.

CVI

»Warum arbeitest du nicht?« Liedral steht in der Küchentür.

»Ich bin gekommen, um nach dir zu sehen. Ich mache mir Sorgen.«

Sie schüttelt den Kopf. »Was ist mit deinen Arbeiten für Brede und Kadara und mit deiner Dampfmaschine? Du hast doch immer von deiner Dampfmaschine erzählt.«

»Das … das, was da zwischen uns steht – deine Ängste, ich könnte dich verletzen oder ich hätte es bereits getan –, macht es mir sehr schwer. Ich hasse diese verdammten Weißen Magier.«

»Ich auch. Aber du sagst ja, daß du nichts tun kannst, um mich zu heilen.«

»Ich habe alles mögliche versucht.« Dorrin ballt die Hände zu Fäusten. »Rylla fällt auch nichts mehr ein. Wir wissen inzwischen, was sie getan haben. Sie haben die Folterungen irgendwie mit Bildern von mir in Verbindung gebracht. Aber ich weiß nicht warum.«

»Bei der Dunkelheit! Wenn wir nur herumstehen, werden wir gewiß keine Lösung für unsere Probleme finden.« Sie geht zum Tisch und betrachtet das Stück Käse, dann das Messer. Ohne groß darüber nachzudenken, nimmt sie das Messer und hält es fest in der Hand.

Dorrin dreht sich stirnrunzelnd zu ihr um. Was kann er tun, um die Entfremdung zwischen ihnen zu überwinden? Er reibt sich verzweifelt die Stirn.

Mit glasigen Augen wechselt Liedral den Griff und hebt das Messer. Sie geht ihm einen Schritt entgegen und hält die Klinge hoch, als wolle sie ihn angreifen.

Dorrin reißt die Augen auf und weicht zurück.

»Liedral.«

Sie hebt das Messer höher, holt aus.

»Liedral.«

Er weicht weiter zurück. Sie macht einen Schritt, jetzt legt sie beide Hände um den Messergriff, und die Spitze zielt auf sein Herz. Dorrin, der den glasigen Blick ihrer Augen bemerkt hat, weicht immer weiter zurück und versucht sachte, ganz sachte, ihr ein gewisses Maß an Ordnung und Beruhigung einzuflößen.

Sie macht einen weiteren Schritt vor.

Dorrin konzentriert sich und weicht weiter aus, aber Liedral vollführt mit leerem Blick einen Ausfallschritt, und das Messer zuckt wie ein Blitz gegen seine Brust.

Er weicht seitlich aus und faßt ihre Handgelenke, aber sie windet sich. Muskeln, die hart gespannt sind wie Eisendrähte, winden ihm die Handgelenke aus den Fingern, und wieder sticht das Messer nach ihm.

Dorrin zieht sich stolpernd zurück und prallt mit der Hüfte gegen den Tisch, während er versucht, sich vor dem Messer in Sicherheit zu bringen. Wieder packt er Liedrals Handgelenke, aber das Messer nähert sich ihm weiter. Liedrals Arme sind wie Eisenstangen, die sich ihm drohend nähern.

»Oh ...« Merga steht in der Tür, die Augen und den Mund weit aufgerissen.

Eine der Bänke fällt um, und Dorrin taumelt zurück. Er muß Liedrals Handgelenk loslassen.

Das Messer sticht zu, Dorrin weicht rasch aus und zieht Liedral an sich, statt sich gegen sie zu wehren.

Eine brennende Linie zuckt über seine Brust und seine Schulter, aber er schafft es, ihre Handgelenke zu packen und zu verdrehen.

Das Messer poltert dumpf auf den Boden.

Viel zu spät sammelt Dorrin das bißchen Ordnung, das er noch in sich spürt, und wirft es über Liedral, aber sie ist schon zusammengebrochen wie ein Sack Mehl. Er taumelt und versucht, sie zu halten, obwohl seine rechte Schulter brennt wie Feuer.

»Meister Dorrin … Meister Dorrin, was hat das nur …« Merga bringt den Satz nicht zu Ende.

Dorrin wechselt den Griff und versucht jetzt, Liedral festzuhalten. Wie tief ist der Schnitt auf seiner Schulter? Er fühlt sich nicht tief an, aber er kann nicht sicher sein. Er wurde noch nie mit dem Messer verletzt.

»Warum … warum hast du mir weh getan?« Liedrals Lider flattern, und ihre Stimme klingt fast wie die eines Kindes, als sie in Dorrins Armen liegt. Blut aus dem Schnitt dringt durch sein Hemd.

»Ich habe dir weh getan?« platzt Dorrin heraus. »Du hast mich mit dem Messer angegriffen.« Er versucht, nicht zusammenzuzucken, als er Liedral auf einem Stuhl absetzt und das Messer mit einem raschen Tritt zu Merga befördert. »Verwahre das bitte an einem sicheren Ort.«

»Ja, Meister Dorrin.«

»Aber du hast mir weh getan. Du hast mich ausgepeitscht. Oder nicht?« Liedrals Stimme klingt jetzt etwas erwachsener. »Du hast mich ausgepeitscht. Es hat weh getan.«

»Ich habe dich nicht angerührt. Wie könnte ich auch?« Dorrin untersucht die lange, flache Wunde mit seinen Sinnen. Es ist mehr als ein Kratzer, aber nicht tief genug, um den Muskel verletzt zu haben. Es brennt höllisch. Er zuckt zusammen, als er an das geriebene Astra denkt, das er wird anwenden müssen.

»Ja, wie könnte er auch?« bekräftigt Merga, während sie das Messer aufhebt und abwischt. Sie sieht zwischen Dorrins blutigem Hemd und der Frau hin und her.

Liedral reißt die Augen auf und schaudert. »Ich habe versucht, dich umzubringen. Ich habe versucht ... dich umzubringen.« Sie hält sich am Tisch fest und beugt sich vor, und ihr ganzer Körper zuckt, als sie schwer zu schluchzen beginnt.

Merga deutet schweigend auf Dorrins Schulter, dann tritt sie an den Tisch. »Wir machen alle manchmal Dinge, die wir nicht ...«

Dorrin öffnet die Tür des Lagerraums und sucht eilig die Kräuter heraus, die er braucht, während Merga mit Liedral spricht.

»... Euer Mann ... der würde niemals jemandem etwas zuleide tun.«

Dorrins knirscht mit den Zähnen. Es gibt einige, denen er ganz sicher etwas zuleide tun wird.

CVII

Die Morgendämmerung ist noch nicht angebrochen, und Dorrin muß die Lampe auf dem Küchentisch anzünden. Er betastet den Verband, der auf der flachen Schnittwunde auf der rechten Schulter liegt, und läßt die Hand wieder sinken, als er Schritte hört.

Liedral steht im Flur, eine Decke um ihr Nachthemd gewickelt.

»Geht es dir gut? Ich wollte dich nicht wecken.« Er stellt den Docht der Lampe nach und richtet sich auf.

»Ja … nein. Was soll ich dazu sagen? Bei der Dunkelheit, sie wollten, daß ich dich töte. Ich sollte dich töten …« Liedral schaudert und stützt sich mit einer Hand an der Wand ab.

Dorrin reicht ihr die Hand.

»Nein … es tut mir leid, ich kann nichts dagegen machen.« Wieder schaudert sie. »Ich liebe dich, aber ich kann dich nicht berühren. Bei der Dunkelheit, wie ich sie hasse.«

Dorrin zieht einen Stuhl vom Tisch ab. »Wenigstens kannst du dich setzen.«

Liedral stemmt die Ellenbogen auf den Tisch. »… ich hasse sie …«

Nach einer Weile richtet sie sich wieder auf. »Was hast du ihnen getan? Warum haben sie solche Angst vor dir oder vor uns?«

Der junge Schmied zuckt mit den Achseln. »Ich weiß es nicht. Aber ich glaube, sie haben deine Briefe an mich und meine Briefe an dich gelesen.«

»Warum hast du es mir nicht gesagt?«

»Wie denn?« fragt Dorrin trocken.

Liedral lacht. Es ist ein hartes, bitteres Lachen.

»Du mußt etwas essen, du bist so blaß. Ich hole dir Käse und etwas Brot.« Dorrin blickt zur Anrichte, wo das Messer liegt, das Merga zuletzt benutzt hat. Er runzelt die Stirn.

»Ich habe immer noch Hunger, ja.« Auch sie sieht jetzt das Messer, das dem Messer, das sie gegen Dorrin erhoben hat, sehr ähnlich ist. Sie zuckt zusammen. »Wo sind die Sachen, die ich in meinem Karren hatte?«

»In den Regalen in deinem Lager. Warum? Was hat das mit dem Käse zu tun?«

»In meinem Lager?«

»Ja, ich habe es für dich gebaut.«

Liedral seufzt. »Warum hast du mich beim letzten Mal nicht gebeten zu bleiben?«

»Weil ich jung und dumm war.« Dorrin starrt die Dielen an. »Was willst du aus dem Lager haben?«

»Ich kann es mir schon selbst holen, ich bin nicht aus Glas.«

Dorrin deutet grinsend auf die stabile Tür in der gegenüberliegenden Wand. »Ich dachte, es sollte leicht zu erreichen sein.« Er nimmt eine Lampe aus der Halterung und zündet sie mit dem Zündstein an, bevor er ins Lager geht. »Es hat auch eine Außentür.«

»Du brauchst mehr Lampen.«

»Ich brauche noch eine Menge Dinge.« Er öffnet ihr die Tür. »Deine Waren sind hier in den Regalen. Bei einigen … bei manchen wußte ich nicht einmal, was es überhaupt war.«

»Deshalb könnte ich damit nach wie vor Geld verdienen.« Liedral geht mit ihren Pantoffeln fast lautlos über den kalten Boden aus gestampftem Lehm.

Dorrin folgt ihr mit der Lampe, während sie in den Regalen herumsucht.

»So, das hätten wir. Hier, ein Käseschneider.«

Dorrin hebt die Augenbrauen. »Wie schneidet er den Käse? Er hat keine Schneide.«

»Du wirst schon sehen. Ich dachte, er könnte für Leute wie dich nützlich sein.« Liedral schlurft zur Tür und kehrt in die warme Küche zurück.

»Und was ist mit dir?« Dorrin folgt ihr zur Anrichte, löscht die Lampe und stellt sie in den Wandhalter zurück.

»Es wäre nicht schlecht, wenn ich ebenfalls eine tiefe Abneigung gegen Messer hätte.«

»Du wolltest es ja gar nicht tun.« Dorrin berührt sie leicht an der Schulter.

»Nein. Aber ich habe es getan. Es ist nicht so, daß ich es aus eigenem Antrieb getan hätte, aber ich habe es getan.« Sie sieht zum Fenster. Draußen fällt ein leichter Regen. »Könntest du das Messer weglegen?«

Dorrin nimmt das Messer und verstaut es im Besteckkasten.

Liedral stellt den Käseschneider richtig ein und setzt ihn an, ohne weiter auf Dorrin zu achten. »Siehst du … der Draht schneidet wie eine Klinge, vielleicht sogar sauberer.« Liedral schneidet drei dünne Scheiben ab und läßt sie auf den angeschlagenen Tisch fallen.

»Draht … daran hätte ich nicht gedacht.« Dorrin sperrt den Mund auf. »Draht. Dünner Draht aus Schwarzem Eisen oder Schwarzem Stahl … magische Messer, und ich möchte wetten, daß man sie nicht einmal sehen kann. Ich muß ein Rad zum Drahtziehen bauen und ein paar passende Schneideeisen herstellen … aber es sollte funktionieren.« Er drückt ihre Schulter, aber sie schaudert und weicht ihm aus.

»Entschuldige, ich … ich kann es nicht ändern.« Liedral zieht sich ein Stück von ihm zurück.

Dorrin sieht sie an. »Wir reden später.« Er dreht sich um und geht zur Küchentür hinaus und durch den Nieselregen zur Schmiede.

»Was machen wir heute morgen?« fragt Vaos, der schon den Blasebalg betätigt, um das Feuer wieder in Gang zu bringen.

»Draht ziehen.«

»Das habe ich noch nicht gemacht.«

»Wir werden eine ganze Menge brauchen, glaube ich.« Er weiß noch nicht genau, wie er die magischen Drahtmesser bauen soll, aber er weiß, daß sie funktionieren werden – und die Weißen Magier verdienen das Zerstörungswerk, das sie anrichten werden.

»Geh nur frühstücken.« Mit einem Nicken entläßt er Vaos.

»Ja, Ser.«

Magische Messer – die Weißen Magier haben dies und Schlimmeres verdient. Er streift mit den Fingern über die Eisenstäbe.

CVIII

Dorrin zügelt das Pferd vor der Kaserne. Er wischt sich die Mischung aus Schweiß und Regentropfen aus den Augen und fragt sich, ob der Regen Spidlar einfach fortspülen wird, ehe die Weißen Magier dazu kommen, es zu unterwerfen.

Wo kann er Brede und Kadara finden? Er steigt ab und bindet Meriwhen vor dem langgestreckten, einstöckigen Gebäude an dem einzigen Geländer an, das er findet. Draußen vor der Tür lungert ein einzelner Soldat herum. Als Dorrin sich ihm nähert, richtet er sich auf.

»Ich suche einen Offizier namens Brede«, erklärt Dorrin.

»Und wer seid Ihr?« fragt der Soldat zurück. Er legt eine Hand auf den Schwertgriff und beäugt den Stab, die Satteltaschen und den flachen, in Leder gehüllten Gegenstand, den Dorrin mitgebracht hat.

»Dorrin. Ich bin Schmied.«

Der Soldat steht auf. »Wartet hier, Meister Dorrin. Ich bin gleich zurück.«

Dorrin muß in dem kalten Regen nicht lange warten, bis der Soldat zurückkehrt, die Tür aufhält und Dorrin hereinwinkt. Dorrin nimmt seine Siebensachen und schiebt sich seitlich an dem Soldaten vorbei in die Kaserne.

»Dorrin, schön dich zu sehen. Kadara ist mit ihrem Trupp auf Streife. Sie wird traurig sein, daß sie dich verpaßt hat.« Brede ist glatt rasiert. Seine Lederrüstung und das blaue Hemd sind sauber, die Stiefel poliert. Aber die Ringe unter den Augen sind noch zu sehen, und sein Gesicht ist schmal, beinahe hager.

Ein paar Soldaten sitzen am Ofen, in dem nur noch sterbende Glut zu sehen ist, und beobachten sie.

»Der Anlaß ist leider nicht erfreulich.«

»Bevor wir dazu kommen ...« Brede räuspert sich. »Wir stehen vor einem kleinen Rätsel. Dorrin, hast du nicht gerade erst Liedral aus Kleth zu dir geholt? Sie war krank, wie Kadara mir sagte.«

»Sie wurde gefoltert und geschlagen«, erklärt Dorrin scharf.

»Wenigstens lebt sie noch. Mit deiner Hilfe sollte es ihr bald bessergehen.« Brede hustet. »Ist dir auf dem Rückweg etwas Seltsames zugestoßen?«

»War es so offensichtlich?«

Brede kichert, es klingt beinahe grob. »Zwei tote Räuber, voll bekleidet. Einer mit gebrochenem Hals, dem anderen wurde mit einem einzigen Stoß die Brust eingedrückt. Die Schwerter lagen neben den Toten, und im Schlamm waren Wagenspuren.«

»Ja, ich hatte unterwegs etwas Ärger. Liedral hatte Fieber, und ich war nicht sicher, ob sie die Reise überstehen würde.«

»Warum bist du dann überhaupt mit ihr gefahren?«

Dorrin seufzt. Alles ist so kompliziert. »Weil Jarnish mit den Weißen in Verbindung steht und sie bei ihm war.«

Brede starrt ihn an. »Und du hast nichts weiter getan? Obwohl wir um unser Leben kämpfen?«

»So würde ich es nicht ausdrücken«, faucht Dorrin. »Als ich Jarnish das letzte Mal gesehen habe, stand er im Unterhemd im Hof und hat mit eiskaltem Wasser versucht, sich das Chaos abzuwaschen.«

»Deinetwegen?«

»Ich habe einfach nur dafür gesorgt, daß er nie wieder mit dem Chaos in Berührung kommen will.«

Zwei Soldaten, die Stück für Stück näher gerückt sind, wenden sich abrupt ab und kehren zum Ofen zurück. Brede schüttelt den Kopf.

Dorrin rutschen die Satteltaschen und der schwere, in Leder gehüllte Gegenstand aus der Hand. Er faßt nach, damit ihm nichts herunterfällt.

»Soll ich dir helfen?«

»Nimm das große Ding da. Es ist sowieso für dich.«

Brede langt nach der Lederhülle, dann faßt er energischer zu, als ihm bewußt wird, wie schwer es ist.

»Was ist das? Es ist schwer.«

»Es ist so leicht, wie ich es machen konnte. Das Gewicht ist wirklich ein Problem.«

Brede zieht eine Ecke der Lederhülle hoch, bis er das schwarze Metall sieht, dann deutet er zum hinteren Ende des langgestreckten Gebäudes. Dorrin geht in die entsprechende Richtung und betritt den kleinen Raum, der mit einem langen Tisch und einem halben Dutzend Stühlen ohne Armlehnen eingerichtet ist. Brede schließt hinter ihnen die Tür und legt den Schild auf den Tisch.

Dorrin nimmt sich einen Stuhl, dreht ihn schräg vor den Tisch und setzt sich.

Brede hebt den Schild. Dann setzt er ihn wieder ab und stellt die Riemen nach, bevor er ihn ausprobiert. »Er ist nicht schlecht, aber er ist wahrscheinlich nicht groß genug.«

»Ich kann die Schilde größer machen, aber dann werden sie schwerer. Es muß eine bestimmte Menge von Schwarzem Eisen darin sein, damit sie Weißes Feuer abhalten können. Vermutlich gibt es noch einen Trick, den ich nicht kenne, aber ich dachte, ich mache einen, damit du ihn ausprobieren kannst.«

»Ich werde es mir überlegen.« Brede nickt. »Du siehst aus, als hättest du noch etwas.«

Dorrin deutet auf die Satteltaschen. »Ich glaube, ich habe etwas wie ein magisches Messer.«

Brede hebt die Augenbrauen. »Ich dachte, du könntest keine Waffen mit Schneiden herstellen.«

»Das kann ich auch nicht. Es fällt mir schon schwer, das Fleisch auf meinem Teller zu schneiden.« Dorrin öffnet die Satteltasche und nimmt heraus, was er mitgebracht hat.

»Was ist das?« fragt Brede unsicher.

»Das ist eigentlich nur ein Modell«, erklärt Dorrin, während er den Draht zwischen zwei schwarzen Stäben spannt. »Du kannst die Stäbe aus Schwarzem Eisen in Bäumen oder unter Felsblöcken einklemmen. Ich könnte sie auch formen wie Griffe.«

Als er sieht, wie verwirrt Brede ist, nimmt Dorrin den getrockneten Käse aus der Tasche, legt ihn auf den Tisch, richtet den Draht aus und zieht die Stäbe auseinander.

Der Draht schneidet blitzschnell den Käse durch, und die beiden Hälften rollen über den Tisch.

Dorrin gibt Brede eine Hälfte. »Schneide den mal mit deinem Messer.«

»Nein, schon gut.« Der Zugführer betastet den harten Käse. »Aber wie kann uns das helfen?«

»Du hast mir gesagt, die neuen Rekruten müßten den Weg über die Straßen nehmen. Der Draht ist stark genug – ich bin ganz sicher –, um einen Menschen oder ein Pferd zu zerschneiden, wenn man hineinreitet. Weil er schwarz ist und in der Ordnung begründet, ist er besonders bei Regen oder in der Dämmerung kaum zu sehen.«

Brede zuckt zusammen. »Ich weiß nicht. Es ist ... es ist etwas beinahe Bösartiges daran.«

»Was du nicht sagst«, schnaubt Dorrin. »Du erzählst mir, du willst Waffen haben, ich gebe mir Mühe, und du bist empört, weil eine häßliche Waffe dabei herauskommt. Bei der Dunkelheit! Jede Waffe ist häßlich. Deshalb wird mir jedesmal schlecht, wenn ich den Stab gebrauche. Was ist mit den Weißen? Willst du etwas Häßliches hören? Sie haben Liedral ausgepeitscht und geschlagen und ihr dabei Bilder von mir eingegeben. Sie haben ihr die falschen Erlebnisse eingepflanzt, damit sie mich mit dem Messer angreift, und das hat sie getan. Sie verdrehen die Gedanken der Menschen ...«

»Die Händlerin hat dich mit dem Messer angegriffen?« Brede sieht Dorrin neugierig an.

»Die Wunde ist fast verheilt«, erklärt Dorrin achselzuckend. »Sie verdrehen die Gedanken der Menschen, und du machst dir Sorgen, daß ihre neuen Rekruten nicht ordentlich mit einem Schwert, sondern mit meinem Käseschneider zerstückelt werden.«

»Käseschneider?«

»Daher habe ich die Idee.«

Brede lächelt gezwungen. »Mir graut bei der Vorstellung, was du tun würdest, wenn du nicht gewissen Beschränkungen unterworfen wärst.«

»Es würde das Leben erheblich einfacher machen.« Dorrin holt tief Luft. »Wie viele davon kannst du gebrauchen?«

Brede zieht seine Börse hervor und legt zwei Goldstücke auf den Tisch. »So viele, wie ich kaufen kann. Nein ... erzähle mir nicht wieder etwas über Lebensmittel. Wenn du die Goldstücke nicht für dich selbst verwenden willst, dann kaufe Eisen ein, um deine Käseschneider herzustellen. Aber gib sie niemandem außer mir oder Kadara. Und rede mit niemandem darüber.«

Dorrin versteht. Je mehr sie wie unbekannte Magie erscheint, desto wirkungsvoller wird die Waffe sein.

CIX

Kalter Regen prasselt an die Scheiben des Turmfensters. Ein kleines Feuer im Herd wärmt den Raum.

Der dünne Magier konzentriert sich auf das Glas im kleinen Tisch. Die Öllampe, die an der Wand in einer Halterung steckt, flackert leicht. Schweißtropfen bilden sich auf seiner Stirn, bis sich die weißen Nebel im Spiegel endlich teilen.

Der rothaarige Schmied sitzt an einem primitiven

Tisch, die braunhaarige Frau ihm gegenüber. Sie reden, und der Schmied runzelt die Stirn. Die Frau weint. Eine Dienerin stellt einen Teller auf den Tisch, aber die beiden schauen nicht auf.

»Beim Licht!« murmelt der Weiße Magier, als die Nebel sich wieder über die Szene im Glas legen. Er geht zum Schreibtisch, wo eine Karte von Spidlar ausgebreitet liegt.

Diev ist ein gutes Stück von Fenard, Elparta oder Kleth entfernt, und es gibt, abgesehen von den Hauptstraßen oder dem Meer, nicht viele Wege, um diesen Ort zu erreichen. »Das Nordmeer?« Er schüttelt den Kopf. »Auf dem Wasser können die Händler immer noch fast ungehindert fahren.«

Er betrachtet wieder die Karte, dann nimmt er die Beschwerer von den Ecken und rollt sie zusammen. Es war ein langer Winter, aber jetzt beginnt auch in Spidlar der Frühling.

III

Händlerin und Ingenieur

CX

Die drei Pferde galoppieren um die letzte Kehre. Eines ist reiterlos. Ein Weißer Gardist schwankt im Sattel, ein Bolzen von einer Armbrust steckt in seiner Schulter. Er zügelt vor dem Weißen Magier das Pferd und murmelt etwas.

»Jetzt seht Ihr, wie sie reagiert haben«, faucht der unverletzte Gardist.

Jesleks Augen funkeln böse. »Narr! Was hast du zu Ihnen gesagt?«

»Genau das, was Ihr mir aufgetragen habt. Ich habe ihnen Straffreiheit angeboten, wenn sie die Tore öffnen. Der große Kerl hat uns geantwortet, Axalt stünde schon ein Jahrtausend und würde noch lange nach unserem Tod stehen. Dann hat er die Armbrustschützen auf uns schießen lassen.«

Einer der Gardisten im Gefolge der beiden Magier packt schließlich die Zügel des reiterlosen Pferdes, während zwei andere den verletzten Soldaten aus dem Sattel heben. Die rothaarige Magierin sieht lächelnd zu, wie die Flammen des Chaos um den Erzmagier zu züngeln beginnen.

»Wahrscheinlich haben sie uns von Anfang an beobachtet. Man kann sich den Mauern nicht nähern, ohne bemerkt zu werden.«

Der Erzmagier nickt. »Wir brauchen uns den Mauern nicht zu nähern.« Er lacht. »Also steht das mächtige Axalt schon seit einem Jahrtausend. Darum müssen wir uns natürlich kümmern.«

Er steigt ab und geht zur Wand der Schlucht. Mit den Sinnen dringt er tief unter die Felsen ein. Nicht lange, und die Straße unter ihnen bebt einmal, zweimal.

Der verletzte Gardist stöhnt auf dem Wagen, auf den man ihn gelegt hat. Zwei andere sehen den weißen Dunst, der den Erzmagier jetzt umgibt, und wechseln besorgte Blicke.

Wieder bebt die Straße.

»So ... du mächtiges Axalt.«

Hinter der Kehre, die weniger als fünfzig Ellen von der Streitmacht aus Fairhaven entfernt ist, hinter dem Punkt, wo die Schlucht breiter wird, erheben sich die alten Mauern von Axalt hundert Ellen hoch. Das eisenbeschlagene Tor ist geschlossen, und die Abteilungen der Soldaten in grauen, gesteppten Uniformen richten die Armbrüste auf die schmale Lücke, durch welche die Gardisten aus Fairhaven kommen müssen. Die aus Stein gebaute Wachhütte vor der Außenmauer ist leer.

»Wartet nur«, ruft der breitschultrige Hauptmann der Wache. »Es ist lange her, daß ihr mit lebenden Zielen üben durftet. Aber jetzt könnt ihr eure Bolzen gegen die Weiße Garde abschießen. Falls sie es überhaupt wagen, sich uns noch einmal zu nähern.«

Die Steinblöcke und der gewachsene Fels unter den Mauern beben – einmal, zweimal.

Nerliat hebt die Augenbrauen.

Die Mauer erzittert, und ein Soldat verliert das Gleichgewicht und stürzt hinter der Brustwehr auf die Steine. Die Mauern wackeln heftiger, Steine fallen heraus und krachen wie Donnerschläge herab.

Eine dünne, schweflig riechende Lanze aus heißem Gas sticht durch die zerbröckelnde Mauer herauf, gefolgt von Dampf und kochendem Wasser.

Die krachenden Felsen, der Dampf und die stürzenden Mauern sowie die Erdrutsche von den Ausläufern der Osthörner, all das erstickt die Aufschreie der verschütteten Menschen.

Als der Sonnenuntergang kommt, ist nur noch eine dampfende, mit Felsblöcken übersäte Senke zu sehen, die zwischen Certis und Spidlar die Gebirgsstraße unterbricht.

Eine kleine Gruppe weiß gekleideter Menschen reitet still nach Osten. Niemand spricht mit den beiden Weißen Magiern. Niemand gibt auch nur einen Laut von sich … außer dem verletzten Gardisten, der bei jeder Kehre und Kurve stöhnt.

CXI

»Das ist doch nicht die Arbeit eines Schmieds«, grollt Vaos, während er einen Korb voller Gräser und Kräuter bergab trägt.

»Nein«, stimmt Dorrin fröhlich zu, »aber es bringt Geld. Soll ich lieber den Schmiedeofen anfeuern und mir den Haufen Abfallmetall vornehmen?«

Vaos stöhnt. »Das ist nicht viel besser als die Arbeit auf dem Feld.«

»Das Schmieden ist keine leichte Arbeit.« Dorrin gräbt die nächste Reihe um und macht kleine Löcher für die Kräutersetzlinge, die er im Spätwinter und im kalten Frühling gezogen hat. Er hofft, daß sie rasch wachsen und für Liedral ein weiteres Handelsgut ergeben, wenn die letzten Eisschollen vom Nordmeer verschwunden sind.

»… nicht schmieden …« Vaos kippt das Grünzeug auf den Komposthaufen.

Dorrin bückt sich und pflanzt, bückt sich und pflanzt, nimmt einen Setzling nach dem anderen aus den Stiegen, setzt ihn in den Boden und klopft die Erde fest. »Du kannst jetzt die Wassereimer herbringen.«

»Ich wollte gewiß kein Bauer werden …«

»Ich auch nicht«, antwortet Dorrin, »aber ich habe gern genug zu essen, genau wie du.«

»Vielleicht wäre es doch einfacher, die Eisenabfälle einzuschmelzen ...«

»Das machen wir später, wenn es dunkel ist.«

»Bei der Dunkelheit, Ihr ruht Euch wohl niemals aus, Meister Dorrin.«

»Dazu habe ich noch Zeit, wenn ich zu müde bin, um etwas anderes zu tun.«

Vaos schnappt sich widerwillig die Eimer und marschiert zum Kran, den Dorrin in die Wasserleitung, die das Haus versorgt, eingebaut hat. »Wenigstens muß ich nicht dauernd zum Teich laufen.«

»Wenn du die hier gegossen hast, räumst du hier auf und kommst danach in die Schmiede. Aber paß auf, daß du die Setzlinge nicht wieder herausspülst, sonst darfst du die ganze Nacht mit mir Schrott schmelzen.«

»Ja, Ser.«

Dorrin folgt Vaos zum Kran. Er tropft, und Dorrin war sogar gezwungen, ein paar Steine wegzuschlagen und einen Graben zu ziehen, damit das Wasser ablaufen kann, aber er spart auf jeden Fall Arbeit. Wenn es kalt wird, muß er ihn abmontieren und die Leitungen noch tiefer legen, damit sie nicht wieder einfrieren, wie es an den kältesten Tagen des letzten Winters geschehen ist.

Nachdem Vaos die Eimer gefüllt hat und zu den Setzlingen unterwegs ist, wäscht Dorrin sich mit dem kalten Wasser und schüttelt es von den Händen ab, bevor er sich an einem Handtuch abtrocknet, das eigentlich mehr ein Lumpen ist. »Und vergiß nicht, dich zu waschen«, ruft er Vaos hinterher.

»Ja, Ser.«

Über die resignierte Stimme des Jungen grinsend, läuft Dorrin über das langsam grün werdende Gras zur Westseite des Hauses, wo die Schmiede untergebracht ist. Drinnen zieht er den Lederschurz an und bringt das Feuer mit frischer Holzkohle in Gang.

Asavah will einen Pflug repariert haben. Die Pflugschar ist verbeult und verrostet, die Spitze ist an einem Stein abgebrochen. Normalerweise repariert Dorrin keine Pflüge, aber Asavahs Hilfe beim Fundament und beim Fachwerk für das Haus hat Dorrin viele Arbeitstage erspart, und Jisles Vormann braucht den Pflug, weil es Zeit wird zum Säen.

Dorrin legt die Gesenke und Hämmer bereit und betrachtet den Schrott, der sich in der letzten Zeit angesammelt hat. Schließlich zieht er eine Platte hervor, die übriggeblieben ist, als er vor kurzem Schilde gemacht hat, und legt sie auf den Amboß.

Vaos kommt, sich das Wasser von den Händen schüttelnd, in die Schmiede. Als er die Platte auf dem Amboß liegen sieht, fragt er feixend: »Darf ich wieder helfen?«

»Wir müssen die Spitze der Pflugschar in Asavahs Pflug ersetzen. Eigentlich ist es Jisles Pflug, aber Asavah hat noch etwas gut bei mir.« Dorrin zuckt mit den Achseln. »Und dann muß ich für Brede noch etwas Draht machen.« Er deutet auf den Hebel des Blasebalgs.

»Funktionieren diese Drahtdinger?« Vaos arbeitet am Hebel des Blasebalgs, um das Schmiedefeuer anzufachen.

»Kadara sagt es jedenfalls.« Dorrin nimmt die schwerste Greifzange und schiebt die Eisenplatte ins Feuer. »Sie werden für sich genommen nichts ändern können, aber ich hoffe, daß sie helfen.«

»Könnt Ihr nicht noch etwas anderes schmieden?«

»Das Schmieden ist nicht das Problem. Das Problem ist, genau herauszufinden, was man schmieden muß.« Dorrin verändert die Position des schweren Eisenstücks im Feuer.

CXII

»Da sind sie!« ruft der erste Truppführer.

Eine Abteilung Soldaten aus Spidlar zügelt die Pferde, wechselt die Aufstellung und zieht sich auf der Straße nach Elparta sofort zurück, sobald die grünen Banner von Certis auftauchen.

Der certische Zugführer mustert die Senke zwischen den beiden Hügeln, kann aber außer Wiesen, die allmählich grün werden, nichts erkennen. Eine stellenweise verfallene Steinmauer zieht sich auf der linken Seite der Straße entlang. Die Straße folgt ihrerseits in einem Bogen dem Rand der Senke, bevor sie auf der anderen Seite wieder gerade nach Norden läuft.

Nahe dem niedrigsten Punkt der Straße, kurz bevor sie sich zu einer Ausweichbucht für Wagen erweitert, stehen der Steinmauer gegenüber zwei knorrige Bäume mit rosafarbenen Blüten. Der certische Offizier mustert die Straße und die Bäume, aber in dem flachen Gelände gibt es keine Deckung, und die Spidlarer sind verschwunden.

»Laßt uns die verdammten Händler schnappen!«

Die beiden ersten Trupps treiben, ohne die Formation aufzulösen, die Pferde zu einem raschen Trab an. Der Anführer gibt seinem Pferd die Sporen und folgt dem ersten Trupp.

Trotz des Versuchs, eine gewisse Ordnung beizubehalten, sind mehrere Reiter aus der Formation ausgebrochen, als der erste Trupp sich der Ausweichbucht nähert.

Abrupt rudert der führende Soldat mit den Armen, und sein Körper scheint sich in eine obere und eine untere Hälfte zu trennen. Dazwischen ist ein blutiger Schleier zu sehen. Zwei weitere Soldaten stürzen verdreht von den Pferden, ein Pferd bricht unter dem Reiter zusammen.

Plötzlich ist die Senke voller toter Soldaten.

Dann beginnen die Pfeile einzuschlagen und töten diejenigen, die sich noch auf der Straße befinden.

Der Truppführer und die Hälfte eines Trupps ziehen sich mühsam bergauf zurück, gerade rechtzeitig, um zu sehen, wie die von einem blonden Riesen angeführten Spidlarer zurückkehren.

Als zwei spidlarische Trupps sich aus dem Verband lösen, nachdem das Massaker vollendet ist, und den Hügel hinauf reiten, gibt der Zugführer seinem Pferd die Sporen und flieht mit den wenigen noch lebenden certischen Soldaten ins Lager hinter der Grenze.

CXIII

Dorrin legt den Kolben auf die Ziegelsteine neben dem Schmiedefeuer und legt Holzkohle nach. Er stellt die Luftdüse ein und bewegt langsam den Hebel des Blasebalgs. Dann gibt er Wasser in den Kessel und klappt die Klammern herum, um den Deckel festzumachen. Schließlich verbindet er den Kolben mit dem Stutzen, der an einer Kette über dem Schmiedeofen hängt. Als die Vorrichtung an Ort und Stelle ist, schiebt Dorrin das abgewinkelte Stück Eisen über das Feuer im Schmiedeofen und betätigt den Blasebalg.

Nicht lange, und ein dünner Dampfschwaden, der neben den Klammern entweicht, verrät ihm, daß sich im Kessel der Druck aufbaut, aber weder der Kolben noch die daran befestigte Antriebswelle bewegen sich. Mit einer spitzen Zange bringt Dorrin den Kolben in Bewegung. Er wischt sich den Schweiß von der Stirn, als der Kolben sich zweimal auf und ab bewegt und dann wieder blockiert.

»Bei der Dunkelheit!« Er zieht den Kessel vom

Schmiedeofen. Das Einlaßventil hat sich schon wieder verklemmt. Theoretisch sollte es einfacher sein, wenn er das Ventil größer baut, aber er kann es sich nicht leisten, das Material zu kaufen, um mit größeren Modellen zu experimentieren.

Während er wartet, daß der Kessel sich wieder abkühlt, untersucht er mit den Sinnen den Kolben und die Ventile. Es sollte eigentlich funktionieren, aber das tut es nicht. Wieder wischt er sich die Stirn ab. Draußen regt sich kein Lüftchen, und obwohl alle Türen der Schmiede offen stehen, ist die Luft drückend.

Er dreht sich um, weil er glaubt, neben dem kleinen Wasserkasten jemanden gesehen zu haben, aber dort ist niemand. Er untersucht das Ventil des Kessels und nickt, als ihm einfällt, daß er vielleicht den Winkel, in dem das Rohr angesetzt ist, verändern sollte.

Draußen hört er einen Wagen und ein Pferd.

»He, immer mit der Ruhe, Bursche ...«

Dorrin grinst, als er Vaos' Stimme erkennt. Der Junge ist ein Pferdenarr. Nach einem letzten Blick zum Kessel dreht Dorrin sich um und geht in den Hof, um zu sehen, wer da gekommen ist.

Vaos hält das Geschirr, während der grauhaarige Mann, der einen dicken blauen Pullover und eine blaue Hose trägt, vom Wagen steigt. Merga und Liedral stehen auf der kleinen Veranda vor der Küche. Frisa hängt am Geländer und betrachtet das Pferd. Dann steht sie wieder und nimmt die Hand ihrer Mutter.

»Meister Dorrin?« Der grauhaarige Mann verneigt sich, als der Schmied sich ihm nähert.

»Hasten, ist es schon wieder Zeit für die Jahresgebühr?«

»Nun ... Meister Dorrin, es geht durchaus um Geld oder um Dienste.« Der grauhaarige Mann verneigt sich wieder.

»Kommt herein.« Er sieht zu Merga. »Haben wir etwas zu trinken?«

»Nein, leider nicht, Ser. Nur Wasser.« Merga runzelt die Stirn. »Es würde ein paar Minuten dauern, aber ich könnte einen Kräutertee machen.«

»Wasser reicht schon«, meint Hasten. Er wischt sich mit einem fleckigen Stück Tuch den Staub und Schweiß aus dem Gesicht. »Diese Hitze, obwohl es ein später Sommer ist.« Er nimmt eine dicke Mappe aus Leder und kommt zur Treppe.

Dorrin gibt Vaos mit einem Nicken zu verstehen, daß er das Pferd tränken soll. Vaos lächelt erfreut.

»Kann ich dir helfen?« fragt Frisa, als Vaos das Pferd am Steinpfosten festbindet und den Eimer holt.

Merga blickt zwischen Vaos und dem Pferd hin und her und sagt: »Sei nur vorsichtig, Mädchen.«

»Du auch, Vaos«, fügt Dorrin hinzu.

Ein kleines Lächeln huscht über Liedrals Gesicht, verschwindet aber sofort wieder, als Dorrin zu ihr sieht. Die beiden Männer steigen die Treppe vor der Veranda herauf und betreten die Küche.

Als sie sitzen, bringt Merga ihnen sofort zwei Becher kaltes Wasser. Dorrin deutet zu Liedral, die in der Tür steht. Sie trägt ein braunes Hemd und eine Hose, das Haar ist kurz geschnitten.

»Hasten, dies ist die Händlerin Liedral. Sie wird einiges von dem verkaufen, was ich schmiede und anbaue.«

Merga blickt zum Hof hinaus, dann eilt sie nach draußen.

Hasten ignoriert Mergas eiligen Abgang und begrüßt Liedral mit einem Nicken. Er sieht sie fragend an. »Angenehm, Händlerin. Woher seid Ihr?«

»Liedral stammt ursprünglich aus Jellico, aber sie hat einige Waren hier gelagert.«

Hasten runzelt die Stirn.

»Ich nehme an, Liedrals Abgaben an die Gilde wären, da sie eine reisende Händlerin ist, den meinen ähnlich?« fügt Dorrin hinzu.

»Ah … ja … wahrscheinlich könntet Ihr als Fürsprecher auftreten, auch wenn es ungewöhnlich ist, daß ein … daß ein Kunstschmied für einen Händler spricht.« Hasten hustet. »Unter anderem deshalb bin ich hier.«

»Weil Ihr Geld wollt?« fragt Dorrin.

»Ihr wißt natürlich, daß die Weißen Certis und Gallos gezwungen haben, neue Rekruten gegen uns auszuheben.« Hasten hustet wieder. »Der Rat ist … die Mittel werden knapp.«

»Wieviel?«

Hasten schluckt. »Äh … ungefähr das Doppelte. Ein Silberstück für Euch und zwei für die Händlerin.«

Dorrin seufzt. »Ich denke, das werden wir dieses Jahr aufbringen können. Die Dunkelheit weiß, was geschehen wird, wenn es so weitergeht …« Schon die leise Andeutung, daß er nicht imstande sein könnte, die Gebühren zu zahlen, erzeugt ein dumpfes Pochen in seinem Schädel. Er schüttelt den Kopf.

»Ich weiß, Meister Dorrin, ich weiß.« Hasten sieht Liedral an. »Aber wir nehmen nicht annähernd soviel wie die Weißen.«

Liedral lächelt verschlagen. »Die Weißen fordern wirklich hohe Preise.«

»… und unsere Schiffe können den Golf oder das Ostmeer nicht mehr befahren. Die Weiße Flotte …« Hasten starrt den Tisch an, dann hebt er den Becher und trinkt einen Schluck kaltes Wasser. »Der Rat muß möglicherweise auch Rekruten einberufen und Dienste verlangen.«

»Dienste?« Auch Dorrin trinkt einen Schluck Wasser.

»Militärische Güter – Vorräte und so weiter. Ihr müßtet Dinge schmieden, die von den Truppen gebraucht werden, also Geschirre oder Wagenbremsen, vielleicht auch Fußangeln.«

»Also muß man entweder Waren liefern oder Waffen tragen?«

Hasten nickt. »Aber vielleicht kommt es auch nicht dazu.«

»Es wird dazu kommen«, sagt Dorrin müde. »Ganz bestimmt.« Er hält inne und überlegt. »Laßt mich das Geld holen, dann könnt Ihr inzwischen die Papiere unterzeichnen, die wir bekommen.«

Hasten öffnet die Mappe und nimmt mehrere Blätter, einen Federkiel und eine kleine Flasche Tinte heraus, die er vorsichtig öffnet, um den Federkiel einzutauchen.

Dorrin geht unterdessen ins Lager und schließt hinter sich die Tür. Er hebt ein Regal mit ein paar Spielsachen zur Seite, hinter dem ein eiserner Tresor versteckt ist. Er nimmt drei Silberstücke heraus, verschließt den Tresor und stellt das Regal und die Spielsachen zurück.

Als er wieder die Küche betritt, ist Hasten noch damit beschäftigt, die Dokumente auszufertigen. »Schreckliche Zeiten sind es … schreckliche Zeiten …« Hasten trinkt einen Schluck Wasser und wischt sich die Stirn ab. Ein Tropfen Wasser oder Schweiß spritzt auf den Tisch und verfehlt knapp das Pergament und die feuchte Tinte darauf.

Als die Quittungen ausgestellt sind, steht der Sekretär wieder auf. »Es ist mir immer eine Freude, mit Euch Geschäfte zu machen, Meister Dorrin, und das gilt auch für Euch, Händlerin Liedral.«

Liedral neigt den Kopf.

»Ganz meinerseits, Hasten«, erwidert Dorrin, während er den Gast zum Hof begleitet.

Merga putzt gerade Frisa mit einem alten, trockenen Lappen ab und versucht, ihr den Dreck von den Beinen zu wischen. »Dich kann man auch keinen Augenblick aus den Augen lassen … nur ein Augenblick, und schon hast du dich schmutzig gemacht.«

Dorrin versucht, sich das Grinsen zu verkneifen.

»Du hast ihr doch nicht zuviel gegeben, junger Mann?« will Hasten von Vaos wissen.

»Nein, Ser. Nur ein bißchen Wasser, in kleinen Schlucken, damit sie keine Krämpfe bekommt. Danach noch ein bißchen mehr.«

»Guter Junge.«

Vaos gibt Hasten die Zügel, und der Gildensekretär klettert auf den Kutschbock.

Dorrin macht sich Gedanken über Hastens Kleidung. Trotz des sommerlichen Wetters trägt der Mann einen Wollpullover, und der Schweiß scheint ihn kaum zu stören. Als der Mann wieder auf der Straße unterwegs ist, um die nächsten Beiträge einzutreiben, kehrt Dorrin in die Küche zurück und trinkt noch etwas Wasser, ehe er sich in der Schmiede wieder an die Arbeit macht.

Merga hat inzwischen einen Eimer kaltes Wasser besorgt, das sie großzügig über die schmutzigen Füße und Beine ihrer Tochter gießt. »Du bleibst hier auf der Veranda sitzen, bis deine Beine trocken sind.«

»Ja, Mami.«

Liedral wartet am Tisch. »Warum hast du für mich die Gebühren bezahlt? Ich kann es dir nicht zurückzahlen. Bei der Dunkelheit, ich kann dich nicht einmal in den Arm nehmen!« Liedrals Stimme bricht.

»Du mußt aber trotzdem weiter als Händlerin arbeiten«, sagt Dorrin leichthin, doch es fällt ihm schwer, einigermaßen unbefangen zu sprechen. Er wünscht sich sehr, er könnte sie in den Arm nehmen. Aber statt zu ihr zu treten, steht er auf.

»Mit welchen Waren sollte ich handeln?«

Dorrin hebt die Augenbrauen. »Es gibt eine ganze Menge Möglichkeiten.« Er geht zum Lager und zündet mit einem Zündstein die kleine Lampe an. »Komm her.«

»Ich hatte nicht viele Waren, selbst wenn du alles mitgebracht hast.« Liedral folgt ihm ins Lager.

»Ich war fleißig.«

»Ich dachte, du verkaufst an die Händler hier im Ort.«

»Ich habe einiges an Willum verkauft, aber ein Trupp der Weißen hat ihn umgebracht. Ich arbeite auch für Jasolt und einige andere Kaufleute, aber die können in Zeiten wie diesen nicht viel losschlagen.« Dorrin deutet auf die Regale.

»Da sind einige kleine Spielsachen. Hier sind Schmuckscharniere. Als ich die Scharniere für die Türen gemacht habe, habe ich ein paar zusätzliche angefertigt. Und …« Er lacht. »Hier sind noch ein paar Käseschneider.«

Liedral sieht sich mit großen Augen um. »Du hast all die Sachen gemacht, damit ich mit ihnen handeln kann. Das ist mehr wert als drei beliebige andere Wagenladungen von mir. Warum hast du das gemacht?«

»Um Geld zu verdienen. Ich muß dafür sorgen, daß alle zu essen haben. Und außerdem«, fügt er hinzu, als sein Kopf zu pochen beginnt, »muß ich in der Lage sein, meine erste Maschine zu bauen.«

»Du willst sie also wirklich bauen.« Liedral sieht sich weiter zwischen Körben und Regalen um. »Wie konntest du dir all das Eisen leisten?«

»Der größte Teil war Schrott. Ich berechne etwas weniger für die Reparaturen, wenn die Leute Metallabfälle mitbringen. Die meisten Schmiede nehmen solche Abfälle an, aber viele stapeln die Sachen nur. Wir arbeiten im Augenblick noch beide daran, aber in einiger Zeit wird Vaos lernen, ohne meine Hilfe das Alteisen zu Barren zu schmelzen.«

Wieder sieht Liedral sich in den Regalen um. »Das ist sehr viel Geld wert.«

»Das will ich doch hoffen. Kannst du es verkaufen?«

»Ja, falls ich nach Suthya komme.«

Dorrin nickt. Aus Spidlar heraus und wieder herein zu kommen könnte in der Tat der schwierigste Teil der Reise sein. Er nickt in Richtung der Tür, und mit einem letzten Blick auf die Waren kehrt Liedral in die Küche zurück. Dorrin bläst die kleine Lampe aus und schließt die Tür.

»Du hast dir all die Mühe gemacht, um Geld zu verdienen, damit du es dir leisten kannst, die Maschine zu bauen. Aber warum willst du sie unbedingt bauen? Wie wird das den Leuten helfen?« Liedral nimmt sich ihren Becher mit kaltem Wasser und setzt sich auf die Stuhlkante. Sie zuckt unwillkürlich zusammen, als das Holz ihre Haut berührt.

»Tut es immer noch weh?«

»Es ist nicht mehr so schlimm wie noch vor einer Weile. Was ist nun mit der Maschine?«

Dorrin überlegt. »Ich weiß nicht, ob ich eine gute Antwort darauf habe. Ich habe darüber nachgedacht, sie zu benutzen, um ein Schiff anzutreiben. Bei den Modellen funktioniert es.«

»Was stimmt denn nicht mit den Schiffen, die wir jetzt haben?«

Dorrin sieht sie an, dann blickt er zum Teich hinaus, wo im Licht der Nachmittagssonne Libellen über dem Wasser tanzen. »Sie können nur so schnell wie der Wind fahren und nur in die Richtung, in die der Wind sie fahren läßt.«

»Das ist eine Entschuldigung, keine Begründung.«

»O nein. Wie viele Schiffe bleiben in widrigen Winden liegen?«

»Einige ...«, muß Liedral zugeben.

Dorrin lächelt, und sie schüttelt den Kopf.

CXIV

»Was ist geschehen?«

»Die neuen Rekruten haben die Spidlarer gehetzt ... ich weiß nicht genau, wie es passiert ist, aber die ersten beiden Reiter wurden entzweigeschnitten, ohne daß jemand in der Nähe war. Kein Mensch war zu sehen.«

Jeslek knallt die Faust auf den Feldtisch. »Es war niemand in der Nähe? Oder niemand, den Ihr gesehen habt?«

»Habt Ihr angehalten und euch umgesehen?« fragt Anya ruhig.

»Ja, Ser ...«, stottert der certische Offizier. »Aber ... nun ja, nicht sehr gründlich. Die führenden Pferde und Reiter wurden wie von unsichtbaren Schwertern zerschnitten. Darauf sind die anderen auf der Straße dicht beisammen geblieben. Dann sind die Bogenschützen aus den verborgenen Gruben gestiegen. Bevor sich die Lage geklärt hatte ... wir haben fast drei Trupps verloren.«

»Unsichtbare Schwerter?«

»So hat es ausgesehen. Bylers Körper wurde in zwei Stücke geschnitten wie eine Wurst.«

Anya schluckt und starrt den kleinen Klapptisch an. »Standen Mauern oder hohe Bäume neben der Straße?«

»Nein, meines Wissens nicht. Höchstens ein verwachsener Baum an der Seite, aber es war eine leicht hügelige, weite Landschaft, anders als die Gegend um Elparta oder die Wälder.« Der Offizier scharrt mit den Füßen auf dem harten Erdreich im Zelt herum. »Ich bitte um Verzeihung, Ser, aber ... ich meine, es ist schwer, gegen Magie zu kämpfen.«

»Ich verstehe«, erwidert Jeslek langsam. »Wir werden uns etwas überlegen, aber ich muß mir erst ein Bild von der Lage machen.« Er blickt zum Glas, das in den Tisch eingelassen ist, und runzelt die Stirn. Weißer Nebel wabert im Spiegel.

Der Offizier folgt dem Blick des Magiers und reißt die Augen auf, als eine leere Straße im Nebel erscheint, die aber sofort wieder verschwindet.

»Ihr könnt Euch jetzt zurückziehen«, sagt Jeslek leise.

»Danke, Ser.«

Anya betrachtet die breiten Schultern des Offiziers

und den Rücken des von Schweißflecken bedeckten Hemds, als der Soldat steifbeinig bergab marschiert.

»Schon wieder ein gerissener Schachzug«, schnaubt Jeslek. »Ich bin sicher, daß keinerlei Magie dahintersteckt.«

»Spielt das denn überhaupt eine Rolle, mein edler Erzmagier?« fragt Anya bedächtig und mit eiskalter Stimme.

»Natürlich nicht. Aber warum …« Er blickt wieder in den Spiegel.

»Was denn?«

Jeslek räuspert sich. »Es sind noch eine Menge Fragen offen … beispielsweise die, warum Frauen Äußerlichkeiten mit inneren Fähigkeiten verwechseln, warum so viele Soldaten nicht nachdenken können, warum die Menschen, die Ränke schmieden, immer glauben, sie würden nicht entdeckt …« Er lacht leise, und im Glas wabert der Nebel.

CXV

Das Wagenpferd schnaubt, und das Packpferd antwortet auf die gleiche Weise, als Liedral sich auf den dick gepolsterten Kutschbock setzt.

Dorrin nimmt Liedrals Hand und drückt sie. »Sei vorsichtig.«

»Ganz bestimmt. Es sollte eigentlich keine Schwierigkeiten geben. Das Schiff kommt aus Suthya, und bisher haben die Weißen weder Suthya noch Sarronnyn angegriffen. Je länger ich warte, desto gefährlicher wird es. Außerdem …« Ihre Stimme bricht beinahe. »Außerdem, was soll ich sonst machen? Hier herumsitzen und sie verfluchen, weil sie uns das angetan haben?«

»Besser wäre es.«

»Aber ich kann nicht einfach nur herumsitzen. In Spidlar ist der Handel fast zum Erliegen gekommen. Jetzt bietet sich die Gelegenheit, Geld zu verdienen.«

»Das ist aber nicht der Grund dafür, daß du aufbrichst.«

»Nein. Ich fahre, weil ich nicht herumsitzen und zusehen kann, wie du dich vor Liebe zu mir verzehrst. Ich brauche etwas Zeit zum Nachdenken, ohne mir deinetwegen Sorgen zu machen, und du mußt mit deiner Maschine weiterkommen und außerdem Brede und Kadara helfen.«

»Wann fährt sie?« Frisas helle Stimme schallt quer über den Hof. Merga ist gerade dabei, Gilda zu füttern, Zildas erstes Lamm, auf das Dorrin nach Reisas Ansicht das Anrecht hatte.

»Siehst du? Sogar sie weiß, daß ich fahren muß«, meint Liedral belustigt.

»Und im Herbst bist du wieder zurück?«

»Ich hoffe sogar schon vorher. Das hängt von den Schiffen und vom Wetter ab, und natürlich auch davon, wie gut sich dieser Eisenkram verkauft.«

»Es ist kein ...« Er muß lachen, als er das Blitzen in ihren Augen sieht.

»Du nimmst die Dinge immer noch viel zu ernst, Liebster. Aber wenigstens kannst du jetzt in einem bequemen Bett schlafen.« Liedral hebt die Zügel, und Dorrin drückt ein letztes Mal ihre Hand.

Er sieht ihr nach, bis der Wagen auf der Straße verschwindet, die zum unteren Viertel Dievs und zu dem kleinen Hafen führt, wo ein Frachtschiff aus Suthya festgemacht hat. Dann geht er zum Kräutergarten, wo Rylla damit beschäftigt ist, frisches Astra und frischen Brinn zu ernten. Die Heilerin erwartet ihn schon, als er am Stall vorbei über den kleinen Hügel zum Kräutergarten geht, der jedes Jahr durch ein neues Stück Land erweitert worden ist.

»Ich dachte mir, wir werden diesen Winter mehr als

sonst brauchen«, erklärt sie. »Und zwar, obwohl der Garten sowieso schon größer geworden ist. Du wirst aber trotzdem nicht fähig sein, all jene zu speisen, die nicht genug haben.«

»Wir werden genug zu essen haben«, erklärt Dorrin. »Alle bauen jetzt Nahrungsmittel an. Aber wir brauchen die Heilkräuter.«

Rylla nickt. »Und einige werden nicht mehr nach Hause kommen. Ich bin nur froh, daß Rolta zur See fährt.«

»Alle Leute reden darüber, daß es nötig sei, Rekruten auszuheben, aber ...«

»Sie können sie erst einberufen, wenn die Saatzeit vorbei ist.« Rylla sieht sich im Garten um. »Aber hier ist mehr, als ein ganzes Heer brauchen würde, und du hast den größten Teil der Kräuter vom letzten Jahr getrocknet und eingelagert.«

»Einiges habe ich Liedral mitgegeben.«

Die alte Frau lächelt leicht. »Du wärst ein Narr gewesen, wenn du es nicht getan hättest. Bist du jetzt bereit für die ganz alltäglichen Warzen und Brandwunden?«

Dorrin seufzt.

CXVI

»Grabt, verdammt!« faucht die Truppführerin.

»Verflucht, wir sind doch keine Knechte auf einem Bauernhof«, beklagt sich der Soldat mit der Schaufel.

»Nein, du bist ein toter Soldat, wenn du nicht gräbst.«

»Ich bin doch zum Kämpfen hier ...«, murmelt ein anderer, aber er fährt fort, am tiefsten Punkt der Straße die Erde auszuheben.

Die Truppführerin blickt nach rechts, und das kurze, rote Haar glänzt in der Sonne, die sich im Osten gerade über die Hügel erhoben hat. Ein Stück weiter oben arbeiten drei weitere Soldaten am nächsten Graben. Zwei andere haben bereits die schweren Pflastersteine, die sie aus der Straße genommen haben, unter Grassoden und Büschen versteckt.

»Warum machen wir das überhaupt?« will einer wissen.

»Um die verdammten Certaner zu töten«, antwortet die Truppführerin. »Sie nehmen immer noch die Straßen, diese Narren.«

Die beiden Soldaten mit den Schaufeln blicken zwischen der Frau mit den harten Augen, die zwei Schwerter am Gürtel trägt, und der aufgehenden Sonne hin und her. »… nicht sicher, was schlimmer ist …«

Sie überhört den Kommentar und sieht zu, wie das Loch, das mit Wasser gefüllt werden soll, allmählich tiefer wird. Ein Stück höher am Hang graben sich bereits die Bogenschützen ein.

CXVII

Dorrin beobachtet das Eisen, bis es orangerot glüht. Kurz bevor es kirschrot wird, nimmt er es aus dem Schmiedefeuer und legt es auf den Amboß. Dort walzt er das Stück mühsam aus, bis es am Ende die achteckige Form annimmt, die ins Getriebe paßt. Sein Gesicht ist von Schweiß überströmt, der ihm auch in die Augen läuft. Die Augen brennen, als er endlich den Hammer zur Seite legt. Die Feinarbeiten sind schwieriger, viel schwieriger als das Anfertigen von Klammern oder Stammwendern für die Holzfäller. Dies ganz besonders, wenn er beim Formen der Teile Ordnung hinzugeben muß. Die Arbeit an der Maschine hat wie üblich länger gedauert, als er geplant hat.

Anschließend erwärmt er die beiden Teile wieder und kratzt sie sorgfältig sauber, ehe er sie mit kräftigen Hammerschlägen verschweißt. Danach legt er sie zum Abkühlen auf die Ziegel neben dem Schmiedefeuer.

Nachdem er sich das Gesicht mit dem Unterarm abgewischt hat, tritt er in den stillen Nachmittag hinaus und schielt im Sonnenlicht. Er geht zur Küche, um sich etwas kaltes Wasser zu holen. Und wenn er schon einmal dabei ist, kann er sich auch gleich nach seinem abtrünnigen Gehilfen umsehen. Wahrscheinlich ist Vaos wieder in der Scheune und striegelt Meriwhen oder den armen Braunen, mit dem Merga zum Markt reitet. Obwohl seine Bemühungen, das Tier zu heilen, nicht ganz erfolglos geblieben sind, weiß er nicht, wie lange das Pferd noch durchhalten wird.

Jeden Tag ergeben sich neue Dinge, die er im Haus tun muß. Er genießt einen Augenblick den Schatten und blickt zum Teich, der nach dem trockenen Sommer fast nur noch ein flacher, matschiger Tümpel ist. Dann dreht er sich nach Westen und fragt sich, wie es Liedral ergehen mag, doch er spürt nichts Böses. Wenigstens empfängt er keine Schmerzen und nichts, was sich mit den Qualen während ihrer letzten Trennungszeit vergleichen ließe. Dennoch ist sie schon mehr als den halben Sommer unterwegs, und er hat immer noch nichts von ihr gehört. Allerdings ist das auch nicht zu erwarten, weil kaum noch Schiffe nach Diev oder Spidlaria kommen. Die Kunde vom Fall Axalts hat die Stimmung der Menschen nicht verbessert. Er hätte nicht geglaubt, daß die Weißen Magier so einfach eine ganze Stadt in einen Trümmerhaufen verwandeln können. Und Brede und Kadara müssen gegen diese bösen Magier und ihre Truppen kämpfen … viel zu oft, wie es scheint.

Er bleibt noch einen Augenblick stehen und ruht sich aus, dann wischt er sich den Schweiß von der Stirn und geht über die Veranda in die Küche, um seinen Becher zu holen, den Merga inzwischen nachgefüllt hat.

»Es gibt Hammelsuppe, Ser.«

»Das klingt gut. Hammel?«

»Asavah hat sich über die Pflugschar und die Nägel gefreut, die Ihr ihm geschickt habt.«

»Ich hatte doch nur eine Handvoll ...«

»Habt Ihr etwas dagegen, wenn Euer Freund Pergun uns Gesellschaft leistet?«

Dorrin hätte beinahe unwillkürlich den Kopf geschüttelt. »Das wäre schön.« Er trinkt den Becher aus. »Aber es wird noch eine Weile dauern, bis wir essen können.«

»Auch die Suppe ist noch lange nicht fertig«, sagt Merga lächelnd.

Dorrin versteht. Pergun wird in der Mühle noch eine Weile beschäftigt sein.

Vaos ist tatsächlich im Stall und striegelt Meriwhen. »So ein hübsches Mädchen bist du ...«

»Hör mit dem Süßholzraspeln auf, Zuschläger. Wir haben Arbeit von Froos bekommen.«

»Diese schweren Rungen für seinen Wagen?« Vaos stöhnt.

»Dafür gibt es gutes Geld. Und dann müssen wir noch etwas Schrott aufbereiten. Ich habe noch einige dieser Geräte für Brede herzustellen. Und Jisle hat ein paar Stammwender bestellt.«

»Jisle ist doch Bauer.«

»Er läßt im Wald etwas Holz für den Rat schlagen. Das ist seine Dienstleistung.« Dorrin hält inne. »Wir müssen außerdem neue Nägel machen – die eckige Sorte. Zwei kleine Fässer.«

»Heute wird es spät, mein Mädchen«, erklärt Vaos dem Pferd.

Meriwhen wiehert, und Dorrin nickt.

CXVIII

»Habt Ihr herausgefunden, wie es geschehen konnte?« fragt Jeslek mit mühsam beherrschter Stimme.

»Ja, Ser …«, stammelt der certische Offizier. »Wir haben an beiden Seiten der Straße schwarze Eichenpfähle gefunden. Sie waren festgeklemmt, und dazwischen war schwarzer Draht gespannt.«

»Und natürlich haben sie einen Köder gelegt, und ihr seid in vollem Galopp nachgesetzt und in die Drähte geritten?« fragt Anya mit beißendem Spott dazwischen.

Der certische Offizier schlägt die Augen nieder und starrt den verschmutzten Teppich an. Dann schaut er wieder auf. »So offensichtlich sind die Köder leider nicht. Einmal war es ein kleiner Trupp Soldaten. Einmal waren es zwei Händler mit falschen Ladungen. Dann wieder …«

»Erspart es uns«, sagt Jeslek müde. »Gibt es irgendwelche greifbaren Spuren? Irgend etwas, das uns hilft, der Sache weiter nachzugehen?«

»Kann ich das mal sehen?« fragt Anya.

»Ja, Ser.« Der Offizier reicht der rothaarigen Magierin einen kleinen Eisenstab, um den Drähte gewickelt sind.

Anya streckt die Hand aus, und obwohl sie Handschuhe trägt, steigt die beißende Aura der Ordnung auf, als sie das schwarze Metall berührt. »Das ist in der Ordnung geschmiedet worden …« Sie verzieht das Gesicht. »Es riecht schon wieder nach Recluce.«

»Ihr könnt jetzt gehen«, sagt Jeslek zum Offizier.

»Ja, Ser.« Der Offizier atmet einmal durch, macht eine steife Kehrtwendung und verläßt das Zelt.

»Und Ihr glaubt immer noch, daß Recluce Spidlar nicht zu Hilfe kommt?« fragt der bärtige Fydel. »Wer hat dieses … dieses Ding gemacht?«

»Das wißt Ihr so gut wie ich – dieser aufsässige Schmied natürlich. Der, dessen Briefe Ihr mir dummerweise eine halbe Jahreszeit vorenthalten habt, ehe Ihr sie mir gezeigt habt.«

»Wollt Ihr mich etwa beschuldigen …«

Weißes Feuer hüllt Fydel ein.

»Bringt mich nicht in Versuchung, Fydel. Ich bin diese Mutmaßungen und Ränke und Heimlichkeiten leid, von denen Ihr glaubt, ich könnte sie dank meiner Dummheit nicht sehen.«

»Du bist nicht unbedingt unfehlbar, mein lieber Jeslek.« Anyas Stimme ist zuckersüß. »Offensichtlich hat die Falle, die du dem Schmied gestellt hast, versagt. Es sei denn, es gibt mehr als einen in Recluce ausgebildeten Schmied in Spidlar.«

»Ich verstehe nicht, warum sich dadurch alles so verzögern muß«, wirft Fydel ein.

»Weil«, erklärt Jeslek langsam und betont überheblich, »weil es schwer ist, über Wiesen, durch Wälder und über Berge zu reisen. Die neuen Rekruten ziehen die guten Straßen vor, wo Wagen, Lebensmittel und Pferde nicht im Schlamm versinken. Es gibt nicht viele Straßen zwischen Fenard und Spidlar, und sie sind schmal. Die Spidlarer nutzen dies zu ihrem Vorteil aus, um unsere Truppen Einheit für Einheit auszuschalten.« Der dünne Magier holt tief Luft. »Wenn es nicht die Drähte aus Schwarzem Eisen sind, dann sind es versteckte Wasserlöcher in den Pflasterstraßen. Sobald wir uns Elparta nähern, werden sie wahrscheinlich die Brücken zerstören, die die Flüsse überqueren. Das wird unseren Vorstoß erneut verlangsamen.«

Anya und Fydel wechseln einen Blick.

»Ich weiß, ich weiß«, fährt Jeslek kopfschüttelnd fort. »Wahrscheinlich fragt ihr euch, warum wir die Truppen nicht einfach auf dem Fluß nach Elparta schicken und ihre Nachschubwege abschneiden. Aber«, beantwortet er die Frage gleich selbst, »Elparta ist am Fluß stark befestigt, um genau dies zu verhindern. Wir können den Fluß nicht benutzen, solange wir Elparta nicht eingenommen haben. Leider können wir Elparta aber erst einnehmen, wenn wir dort sind, und hier im Landesinneren sind die Flüsse zu klein.«

»Die neuen Rekruten murren. Sie kämpfen schon den ganzen Sommer, und wir sind immer noch mehr als hundert Meilen von Spidlar entfernt. Ihr habt die Befehlsgewalt übernommen, großer Erzmagier. Was werdet Ihr nun tun?« Fydel verneigt sich ebenso tief wie ironisch.

»Wie es aussieht«, erklärt der Erzmagier, »werden wir Elparta so oder so vor Einbruch des Winters eingenommen haben.«

»Du hast gesagt, wir hätten vor Einbruch des Winters ganz Spidlar übernommen, und damit war der *letzte* Winter gemeint«, gibt Anya kühl zurück.

»Ihr müßt doch zugeben«, fügt Fydel hinzu, »daß es schwierig ist, den Leuten zu erklären, wieso ein großer Weißer Magier einerseits eine Stadt wie Axalt dem Erdboden gleichmachen kann und es andererseits nicht schafft, seine Truppen über ein Stück Hügelland zu bekommen.«

»Ihr kennt den Unterschied.«

»Ich glaube nicht, lieber Jeslek«, sagt Anya.

»Schön. Wir werden also Elparta einnehmen.« Jeslek deutet auf die beiden Magier. »Verschwindet und schmiedet Eure Ränke woanders.«

Die rothaarige Frau und der bärtige Magier stehen auf.

Anya lächelt Jeslek an. »Vergiß nur nicht, daß du selbst es vorgeschlagen hast.«

»Keine Sorge«, erwidert Jeslek ruhig. »Aber ihr macht es sowieso. Es wäre direkt amüsant, wenn es nicht so erbärmlich wäre.« Er sieht den beiden nach, wie sie nebeneinander durchs Lager laufen. »Narren …«

Dann blickt er in die rote Glut der untergehenden Sonne und denkt an die Feuersbrünste, die er heraufbeschwören muß. »Diese Narren.«

CXIX

Südlich der Hügel steigen schwarze und graue Rauchwolken kräuselnd in den grauen Himmel und zeugen von niedergebrannten kleinen Höfen und abgeschiedenen Katen, deren Trümmer noch nicht erloschen sind.

Der spidlarische Anführer stellt sich kurz in den Steigbügeln auf und schätzt die Streitmacht ab, die sich auf der Straße vorwärts bewegt. Vor den grünen Bannern von Certis und den purpurnen Wimpeln von Gallos laufen zweihundert Männer, Frauen und Kinder, die von gallischen Lanzenkämpfern bewacht werden. Ein Mann duckt sich und bricht seitlich aus, um neben der gepflasterten Straße in einem Graben zu verschwinden. Er kriecht auf dem Bauch, damit die gallischen Lanzenträger ihn nicht bemerken.

Ein Weißer Magier reitet ein Stück in die Gruppe der Zivilisten hinein und hebt eine Hand. Eine weiße Flamme trifft den Graben wie ein Speer, ein Schrei ist zu hören, und ein beißender Geruch wird vom Wind zusammen mit dem Gestank nackter Angst auf der Straße, die Fenard mit Elparta verbindet, nach Norden getragen.

Der Weiße Magier blickt zur Hügelkuppe, wo der blonde Abschnittskommandeur wartet. Ein Blitzschlag fliegt gen Norden, aber der Reiter hat seinem Pferd schon die Sporen gegeben und kehrt zu seinen Soldaten zurück, die hinter dem Hügel auf ihn warten.

»Ist es so schlimm?« fragt Kadara, als Brede das Pferd neben ihr zügelt.

»Noch schlimmer. Es sind mindestens zweitausend, und sie benutzen die Einwohner als menschliche Schilde und lassen sie vor den Soldaten laufen.« Er deutet zur Stadt, die weniger als fünf Kilometer entfernt ist. »Sie werden wohl darauf verzichten, die Stadt einzunehmen, und sie gleich zerstören. Genau wie Axalt.«

»Wir könnten ein paar Bogenschützen gebrauchen«, meint ein anderer Truppführer.

Brede schüttelt den Kopf. »Wenn ihr nahe genug heran seid, um die Rekruten zu treffen, seid ihr auch nahe genug heran, um von den Weißen Magiern gebraten zu werden. Wir haben noch vierzig Trupps. Sie haben die fünfzigfache Anzahl Soldaten, und sobald sie die Hügelkuppe erreicht haben, finden wir keine Deckung mehr.«

Er winkt, und die drei Trupps reiten Elpartas grauen Mauern entgegen.

Kadara reitet neben Brede. »Du hast dir offenbar schon gedacht, daß sie so etwas versuchen würden.«

»Ja.« Er hustet und räuspert sich. »Es war zu erwarten. Als sie Gallos nicht mit kleinen Einheiten einnehmen konnten, haben sie Berge wachsen lassen und das Weideland in Brand gesteckt. Neue Berge werden sie hier nicht wachsen lassen, aber sie zünden alles an.«

»Und wenn sie Elparta eingenommen haben – was dann?«

»Sie werden die Städte am Fluß besetzen und das Land teilen, danach werden sie jeder einzelnen Straße folgen und alles niederbrennen, was sich ihnen entgegenstellt.«

Kadara schaudert.

»Es ist wie die Wahl zwischen Tod und Vernichtung. Wenn Spidlar keinen Widerstand leistet, werden die Magier die Stadt einnehmen und jeden töten, der sich wehrt. Wenn Spidlar als Ganzes Widerstand leistet, werden die Magier alles Land in Schutt und Asche legen.«

»Wir könnten verschwinden.«

Brede schnaubt. »Wohin denn? Leute aus Recluce sind schon seit Generationen in Sarronnyn und Suthya nicht mehr willkommen, und dies sind die einzigen Orte, zu denen heute noch Schiffe fahren können – es sei denn, du willst ein ganzes Jahr auf See verbringen und den gesamten Kontinent umrunden, um über das Westmeer nach Hamor zu fahren.«

»Ein Jahr auf See? Das kommt mir gar nicht so schlimm vor.« Sie dreht sich um zu der Gegend, in der immer noch Rauch aufsteigt.

»Wahrscheinlich wäre es zu ertragen. Aber haben wir überhaupt genug Gold, um die Überfahrt zu bezahlen?«

Kadara holt tief Luft. »Warum muß auch immer alles so kompliziert sein?«

CXX

»Meister Dorrin?« ruft Vaos in die Schmiede.

Dorrin dreht die Greifzange herum, damit das Metall gleichmäßig erhitzt wird. »Ja?«

»Liedral ist wieder da.«

»Ich komme sofort.«

»Ich sage es ihr, Ser.«

»Nein, das wirst du nicht tun. Du putzt die Schmiede.« Dorrin legt die Zange mit lautem Klappern auf die Ziegelsteine neben dem Schmiedefeuer und läuft nach vorn, dann tritt er in die herbstlich kühle Luft hinaus.

»Aber ...« Den Rest von Vaos' Protest hört Dorrin schon nicht mehr.

»Du siehst wirklich aus wie ein Schmied.« Liedral steht lächelnd neben ihrem Karren.

Er geht auf sie zu, faßt ihre Hand und wünscht, er könnte sie umarmen.

Sie nimmt ihn fest in die Arme, weicht aber sofort wieder zurück. »Es geht mir besser, und ich lerne.«

Sie stehen voreinander und schauen sich an.

»Ich glaube, du hast wieder ein paar neue Muskeln bekommen«, sagt sie schließlich.

»Ser …«, mischt Vaos sich vorsichtig ein. »Ich könnte die Pferde in den Stall bringen und striegeln.«

»Ach ja, richtig. Das wäre nett … nicht wahr?« Er sieht Liedral an, die feierlich nickt.

»Sie ist wieder da! Liedral ist wieder da!« Frisas Kreischen schallt aus dem Garten, wo sie mit Merga dicke gelbe Kürbisse geerntet hat, bis in den Hof herüber.

Dorrin nimmt Liedral die Zügel aus der Hand und übergibt sie Vaos, der ihm trotz der Ermahnung nach draußen gefolgt ist. Liedral dreht sich um und reicht Dorrin ein kleines Kästchen, das sie aus dem verschließbaren Fach unter dem Kutschbock genommen hat. Dorrin putzt sich die Stiefel ab, während er den Lederschurz ablegt. Er öffnet ihr die Tür, wartet, bis Liedral drinnen ist, und gibt ihr das Kästchen zurück, damit er die Schürze an den Haken hängen kann.

»Endlich haben wir auch etwas Apfelwein.« Dorrin holt einen Krug aus dem eiskalten Wasser des Kühlkastens und wischt das Wasser ab.

Liedral stellt das eisenbeschlagene Kästchen auf den Tisch, der unter dem Gewicht leise bebt, und setzt sich auf eine Bank. Sie hat tiefe Ringe unter den Augen, und die Kleider sitzen locker. »Es war eine lange Reise.«

»Willst du dich erst waschen?«

»Ich habe Hunger.«

»Aber natürlich habt Ihr Hunger«, meint Merga, die in der Türe steht, energisch. »Der Schmied, Verzeihung, Meister Dorrin, der denkt immer nur an etwas zu trinken, aber Ihr braucht etwas Richtiges zu essen. Wir haben noch Brot, das ich heute morgen gebacken habe, und dazu ein Stück Hartkäse und ein paar Äpfel aus Ryllas Garten.«

Dorrin schenkt zwei Gläser Apfelwein ein und stellt eins vor Liedral auf den Tisch.

»Bist du mit einem großen Schiff über das Nordmeer gefahren?« will Frisa wissen, die hereingestürmt kommt und die Tür hinter sich offen läßt.

»Mach die Tür zu, Frisa«, befiehlt ihre Mutter.

»Ist die Händlerin wieder da?« fragt eine weitere Stimme von der Veranda aus. Pergun lugt durch die halb geöffnete Tür herein.

Liedral muß lachen, und Dorrin hustet und verschluckt sich fast, als er das Lachen unterdrückt.

»Ich weiß gar nicht, was daran so komisch ist«, sagt Frisa würdevoll.

Merga schneidet drei dicke Scheiben Brot ab und bringt das Messer rasch wieder weg, bevor sie mit einem von Dorrins Käseschneidern den gelben Hartkäse aufteilt. Dann stellt sie den Teller vor Liedral auf den Tisch.

Frisa nimmt zwei Äpfel und bietet sie der Händlerin an. »Die hier sind die besten.«

»Danke schön.« Liedral nimmt den Apfel aus Frisas linker Hand.

»Du nimmst den hier, Meister Dorrin«, sagt das kleine Mädchen nachdrücklich.

»Aber ... Frisa, wir müssen uns jetzt um die Marmelade kümmern«, sagt Merga energisch, doch sie lächelt, während sie es sagt.

»Aber Mami, ich will doch hören, was sie unterwegs alles erlebt hat, und ...«

»Später«, beharrt Merga. »Du auch, Pergun. Du kannst uns helfen.«

Dorrin und Liedral lächeln, als die Schritte auf der Veranda verklingen und die Stimmen wenig später im Garten zu hören sind.

»... nicht viel von Marmelade ...«

»... noch keine gegessen, die ich eingekocht habe, du wählerischer Mühlengehilfe ...«

»... hier ist aber riesengroß, Mami ...«

Dorrin trinkt einen großen Schluck Apfelwein. »Wie geht es dir?«

»Viel besser, wie ich schon gesagt habe. Ich bin müde und hungrig, und ich bin froh, wieder hier zu sein. Auch wenn manches nicht sehr erfreulich ist.«

»Ich mußte Nägel machen, Klammern für Sperrwerk und sogar Schiffssperren.«

»Schiffssperren?«

»Ja, damit die Schmiede im Hafen andere Dinge wie Fußangeln und Pfeilspitzen anfertigen konnten. Bald werde ich auch Fußangeln machen müssen, oder ich muß mit Yarrl verabreden, daß er es für mich tut.«

»Fußangeln?«

»Spitze Eisensterne, die den Pferden in die Hufe eindringen und manchmal das Tier oder den Reiter töten.«

»Ekelhaft … sind wir wirklich so weit heruntergekommen?«

»Ich fürchte schon«, sagt Dorrin müde.

»Unter den Händlern kursieren Gerüchte, daß die Magier und ihre Truppen Elparta erreicht hätten. Hast du etwas von Brede oder Kadara gehört?«

»Nein.« Dorrin schüttelt den Kopf. »Sie sind seit dem Frühsommer unterwegs. Er hat nur einen Boten geschickt, um einige Dinge abzuholen, die ich für ihn gemacht habe.«

»Du meinst diese magischen … diese Käseschneider?«

»Du denkst also auch so.« Dorrin trinkt seinen Becher aus. »Es ist wirklich erstaunlich.« Er setzt den Becher mit einem Knall auf den Tisch. »Die Leute scheinen zu glauben, daß es nicht ehrenrührig ist, wenn ein Schmied eine Klinge schmiedet, die leicht, scharf und kräftig genug ist, um durch die Rüstung zu schlagen und einen Mann oder eine Frau zu töten. Aber wenn sich einer überlegt, wie man das gleiche mit Draht und Stahl tun kann, läuft es allen kalt den Rücken hinunter. Tot ist doch tot.«

Liedral runzelt die Stirn. »So habe ich es nicht gemeint.«

»Entschuldige. Aber ich glaube, Kadara und Brede haben es so empfunden. Sogar Vaos hat manchmal einen Gesichtsausdruck, als würde ihm gleich übel.«

»In gewisser Weise bin ich ja sogar daran schuld«, sagt sie langsam.

»Mach dir deshalb keine Sorgen. Die Leute, die dich gefoltert haben, sind es, die …«

»Nein, das sind sie nicht. Die Magier können immer entkommen. Ein paar arme Soldaten werden getötet. Ich mache dir keinen Vorwurf, aber normalerweise überstehen die Fürsten, Vicomtes und Herzöge ihre Kriege bei bester Gesundheit. Alle anderen müssen dafür büßen.«

Dorrin denkt nach und stellt fest, daß er in seinem eigenen Leben ähnliche Beobachtungen anstellen konnte. Sein Versuch, Frisa und Merga vor Schlägen zu schützen, hat zu Gerhalms Selbstmord geführt. Der Versuch der Weißen, ihn zu manipulieren, hat dazu geführt, daß Liedral und Jarnish leiden mußten. Kadara hat einen Preis dafür zu zahlen, daß sie ihn kennt, und vielleicht hat es sie sogar schon das Leben gekostet, denn er hat fast die ganze Sommerzeit über nichts von Brede und Kadara gehört. In den letzten fünf Achttagen ist nicht einmal mehr ein Bote gekommen. Er schluckt.

»Ich habe dich nicht gemeint.«

»Ich bin nicht so sicher, ob ich nicht vielleicht doch genauso bin wie sie.«

»Nein, das bist du sicher nicht …« Liedral langt quer über den Tisch und drückt seine Hand.

Das Schweigen dehnt sich etwas, nur unterbrochen von den fröhlichen Stimmen im Garten.

»Es ging besser, als ich vermutet hatte«, fährt Liedral langsam fort. »Der Handel, meine ich.« Sie öffnet das Kästchen, aus dem sich ein kleiner Strom von Silber- und Goldstücken ergießt. »Viel besser sogar. Du bist jetzt sehr wohlhabend, Dorrin.«

»Wir beide sind wohlhabend. Du hast das ganze Risiko getragen. Mindestens die Hälfte davon gehört dir.«

»Wir können später noch darüber reden.« Liedral legt die Münzen wieder in das Kästchen. »Hast du einen Ort, wo du es sicher aufbewahren kannst?« Sie blickt zum Lagerraum.

Dorrin steht auf und nimmt das kleine, schwere Kästchen entgegen. »Ich zeige es dir.«

Sie folgt ihm ins Lager, wo er ihr erklärt, wie das falsche Regal funktioniert, und stellt ihr Kästchen neben das kleinere und viel leichtere, das dort schon versteckt ist. Dann schiebt er das Regal zurück an seinen Platz und schließt die Tür des Lagerraums.

Liedral setzt sich wieder an den Tisch und ißt ein zweites Stück Brot mit Käse, ehe sie weiterspricht. »Ich hatte wirklich Hunger.« Sie trinkt den Apfelwein aus, und Dorrin füllt ihren Becher nach. »Du hattest recht, was den Brinn anging. Der Heiler des Rates hat zwei Goldstücke für einen Beutel bezahlt, ebenso einer der anderen Heiler. Er wollte wissen, woher ich es hatte. Wie hast du das geahnt?«

»Ich war nicht sicher, aber selbst mir fällt es schwer, ihn wachsen zu lassen, obwohl ich fast alles wachsen lassen kann. Brinn wächst nur östlich von Brysta, wenn man nicht die Ordnung heranziehen kann, um ihn zu unterstützen. Deshalb dachte ich, damit könnte ich viel mehr verdienen als mit den gewöhnlichen Gewürzen, und außerdem hilft es gegen den Bauchfluß.«

»Ich habe allein für die Kräuter gut und gerne zwanzig Goldstücke erhalten.« Sie trinkt wieder einen Schluck Apfelwein. »Und selbst die einfachen Spielzeuge haben einen guten Preis erzielt, aber das liegt wohl vor allem daran, daß viele deiner Konkurrenten nicht mehr liefern können.«

»Du meinst Recluce?« fragt Dorrin.

»Die einzigen Waren, die noch aus Recluce kommen, haben einen weiten Weg hinter sich – durch die Straße von Hamor zum Großen Ostweg, durch die Kryada-Berge und dann hinunter zu den Häfen in West-Hamor. Fairhaven hat sämtliche normalen Handelswege blockiert. Jetzt fließt alles von Ost nach West.« Liedral hustet leise. »Dadurch werden alle Waren, die aus Recluce kommen, sehr teuer … falls sie überhaupt bis Sarronnyn oder Suthya gelangen.«

Dorrin richtet sich auf und sieht Liedral offen an. »Ich habe dich vermißt.«

»Ich dich auch.« Sie atmet langsam aus. »Es wird allmählich besser … ich habe nicht mehr so viele Alpträume. Aber ich glaube, es wird noch dauern.« Liedral streicht sich eine Locke aus dem Gesicht, die aber zu kurz ist, um sich geschmeidig an eine andere Stelle zu legen. »Es ist dir gegenüber einfach nicht fair.«

Dorrin starrt seinen Becher an. »Ich warte.«

»Es ist leicht, das jetzt zu sagen. Aber wie wirst du dich in einem Jahr fühlen?«

»Das werden wir sehen, wenn es soweit ist.« Er zwingt sich zu einem Lächeln. »Außerdem werden wir viel zu tun haben. Sehr viel.« Er räuspert sich. »Ich bin mit der Maschine weitergekommen.«

»Willst du sie immer noch auf einem Schiff einsetzen?«

»Wie würde es dir gefallen, ein eigenes Handelsschiff zu besitzen?«

»Es gibt zwei Sorten Schiffe. Die eine Sorte macht dich reich, die andere Sorte macht dir mehr Ärger, als es die Sache wert ist. Die meisten gehören zur zweiten Sorte, wie ich glaube.«

»Dann werden wir viel zu tun haben.« Er streckt die Hand aus, und sie faßt seine Finger, drückt sie kurz und hält sie leicht fest.

»Ich … ich habe Hunger …« Frisas schrille Klage durchdringt die Stille der Küche.

»… wir sind gleich fertig …«

»Aber mein Bauch tut schon weh.«

Liedral schüttelt den Kopf. »Ich glaube, es wird Zeit, Merga wieder in die Küche zu lassen. Ich muß ein Bad nehmen, und du wirst wahrscheinlich weiter an deiner Maschine arbeiten wollen, wenn du sie wirklich eines

Tages in ein Schiff einbauen willst.« Sie unterbricht sich. »Mußt du dann nicht auch noch ein Schiff bauen?«

»Ich muß es bauen, oder ich kann es kaufen«, erklärt Dorrin.

»Im Kästchen sind eine Menge Goldstücke, aber ich glaube nicht, daß es für ein Schiff reicht. Nicht einmal für ein kleines.«

»Dann werde ich sehen, was ich brauche, um eins zu bauen.«

Liedral steht auf. »Also, ich muß jetzt baden. Hast du noch die alte Metallwanne?«

Dorrin nickt. »Aber ich habe in der Schmiede eine Dusche gebaut, die ich meistens benutze. Sie ist allerdings kalt.«

Liedral schaudert. »Nein, das ist nichts für mich, danke.« Sie geht zur Tür und winkt Merga zu.

Dorrin holt die Badewanne aus einer Ecke der Schmiede, während Frisa in die Küche hüpft.

CXXI

Dampf steigt vom Wasser auf, das kochend bergab läuft, den Mauern Elpartas entgegen und dann an ihnen vorbei. Ein Dunst, der dichter ist als der Nebel im Winter, hüllt die Hügel ein, und Flammenzungen tanzen über das geschwärzte Weideland südlich der Stadt.

Unter einer weißen Flagge mit grünem Rand nähern sich drei Boten dem südlichen Stadttor. Ein Mann, der einen blauen Mantel trägt, erwartet sie. Sein kurzer weißer Bart ist in aller Eile gestutzt worden. Auf der linken Schläfe hat er einen dunklen Streifen, wahrscheinlich Schmutz oder Ruß.

»Eine Bitte an die Stadt …«, beginnt der Bote in der Mitte. Die sonore Stimme klingt beinahe, als wolle er einen Singsang anstimmen.

»Vergeßt die schönen Worte«, erwidert der ältere, blau gekleidete Mann. »Was verlangen die Magier?«

»... bitten Euch der ehrenwerte Jeslek sowie die Befehlshaber Grestalk und Xeinon«, fährt der Bote fort, »daß die Bürger von Elparta im Interesse der Gerechtigkeit und der Barmherzigkeit die Waffen strecken und sich den Herren Candars unterwerfen mögen ...«

Der blau gekleidete Mann holt tief Luft und wartet.

»... die Tore der Stadt zerstören und die Zugänge von der Wasserseite her öffnen ... die Befestigungen niederreißen ... unverheiratete Frauen als Gefährtinnen zur Verfügung stellen ... alle Anhänger der Schwarzen Ketzerei, einschließlich aller Offiziere der Spidlarischen Garde, die Grausamkeiten und böse magische Geräte gegen die Herrscher eingesetzt haben, dem ehrenwerten Jeslek ausgeliefert werden ... Reparationen aus den Lagerhäusern der Stadt an die Herrscher entrichtet werden ... alle brauchbaren Pferde an die Vertreter der Herrscher als Wiedergutmachung übergeben ... alle Angehörigen des sogenannten Rates der Kaufleute müssen der Gilde Candars überantwortet werden, damit sie ihre gerechte Strafe empfangen können ...«

Der blau gekleidete Mann hebt die unverletzte Hand, die zweite ruht in einer Schlinge. »Wenn ich die Gedanken hinter Euren schönen Worten richtig verstehe, dann sollen wir die Stadt wehrlos machen. Danach werden unsere Töchter als Huren für Eure Truppen in Dienst genommen, alle guten Offiziere werden hingerichtet, die Kaufleute abgeschlachtet, und die Pferde und die Vorräte für den Winter werden uns weggenommen.«

»Aber nein ...«, wendet der Bote ein. »Es sind ehrenhafte Bedingungen, besonders angesichts der Plünderungen, die überall in Candar stattfinden, angesichts der ungerechten Bedingungen, unter denen der Handel derzeit stattfindet, und angesichts der Tatsache, daß wehrlose Kaufleute ermordet worden sind.«

»Wie lange haben wir, um über die Bedingungen zu beraten?« fragt der blau gekleidete Mann.

»Bis Sonnenuntergang.«

Der Gesandte aus Elparta blickt zur Nachmittagssonne. »Das ist wirklich sehr großzügig bemessen.«

»O ja, der ehrenwerte Jeslek ist in der Tat sehr großzügig.«

»Ihr werdet unsere Antwort bis Sonnenuntergang bekommen.« Der blau gekleidete Mann humpelt zur Stadtmauer zurück.

Die weißen Gesandten drehen sich um und kehren zu den Soldaten und Pferden zurück, die oberhalb der Stadt auf der Ebene warten, von der aus sie den Fluß und die kleine Stadt überblicken können.

CXXII

Dorrin schiebt das Schwarze Eisen ins Schmiedefeuer und betätigt mit der rechten Hand den Blasebalg. Nach einer Weile zieht er das Stück wieder heraus und legt es auf den Gesenkblock. Es auf diese Weise zu formen ist schwieriger als mit einem Setzmeißel, der mit dem Hammer geschlagen wird, aber es ist die einzige Möglichkeit, die Teile ohne die Hilfe eines Zuschlägers zu bearbeiten. Er ist nicht sicher, ob das Formen selbst der schwerste Teil der Arbeit ist, oder vielleicht auch die geistige Anstrengung, wenn er sich beherrscht, um das Metall nicht versehentlich mit Ordnung zu tränken. Als er fertig ist, schwitzt er jedenfalls nicht allein wegen der Hitze in der Schmiede.

Mit einem Seufzen legt er das kurze Stück Eisen zur Seite. An einem Ende hat er es zu einem Achteck gehämmert, am anderen Ende sitzt ein schlichter Eisenring. Er legt den Hammer zur Seite und geht zu dem mit Steinen eingefaßten Wasserkran hinaus, um sich das Gesicht zu waschen und etwas kühles Wasser zu trinken.

Er stellt den Eimer unter den tropfenden Hahn und dreht ihn auf, bis der Eimer mit eiskaltem Wasser gefüllt ist. Dann wäscht er sich den Schmier und den anderen Schmutz aus der Schmiede ab. Es ginge schneller, wenn er duschen würde, aber ihm ist nicht danach, das eisige Wasser am ganzen Körper zu spüren.

Er wünscht, seine Versuche, die Maschine zu bauen, hätten nicht soviel Zeit in Anspruch genommen, aber jede Idee und jede Entdeckung bringt neue Anforderungen mit sich. Die Lage wird immer schwieriger, aber wie sonst, wenn nicht mit einem eigenen Schiff, könnten er und Liedral oder sonst jemand nach Recluce übersetzen? Oder sollte er eher darüber nachdenken, Spidlar möglichst bald zu verlassen? Aber wohin soll er gehen? Als Schwarzer Heiler und als Mann wird er jenseits der Westhörner nicht besonders willkommen sein. Angenommen, Recluce würde ihn wieder aufnehmen – obwohl das unwahrscheinlich ist, zumal er ja immer noch dabei ist, eine Maschine zu bauen –, nur einmal angenommen, man würde ihn aufnehmen, so müßte er trotzdem noch durch die halbe Welt reisen, und das ist ein beunruhigender Gedanke.

Er hebt den Kopf und blickt zum Haus. Merga und Rylla haben die Früchte, die sie im Garten geerntet haben, getrocknet und eingelagert. Er selbst hat Kräuter getrocknet und ist mit dem Wagen, den er sich von Yarrl geborgt hat, bis fast nach Kleth gefahren, um für beide Familien Fässer mit Äpfeln und Birnäpfeln zu holen. Er schüttelt den Kopf, als ihm bewußt wird, daß er soeben seinen Haushalt als seine Familie bezeichnet hat.

Es stellt sich die Frage, wie lange der Spidlarische Rat angesichts der unaufhaltsam vorrückenden Weißen Magier sich noch wird halten können. Gerüchten zufolge hat die Spidlarische Garde bereits mehr als zwei Drittel ihrer Soldaten verloren und muß die gelichteten Reihen mit neuen Rekruten füllen. Seit Jahrhunderten ist es das erste Mal, daß in Spidlar solche Aushebungen angeordnet werden mußten. Auch die ›Bitten‹ um Schmiedearbeiten werden mit jedem Achttag dringlicher.

Nicht einmal auf dem Meer ist man vor der drückenden Hand Fairhavens sicher. Nach allem, was Liedral gehört hat, blockieren die Schiffe aus Fairhaven die meisten Handelswege von und nach Landende, und der Preis für Gewürze ist sogar schon auf dem Markt von Diev angestiegen.

Dorrin schüttelt in der kühlen Herbstluft das Wasser von den Händen. Es ist kälter als um die gleiche Jahreszeit in Recluce. Er blickt zur Schubkarre. Wenn Vaos mit Liedral vom Markt zurückkehrt, muß Dorrin ihm auftragen, aus der Kiste hinter dem kleinen Stall neue Holzkohle zu holen.

Auch die Holzkohle wird immer teurer. Vielleicht liegt es daran, daß die Certaner und Galler in die niedrigen, bewaldeten Hügel westlich von Elparta vorgedrungen sind, wo die Köhlereien gestanden haben. Ob er für das Schmiedefeuer auch normale Kohle verwenden kann? Die kann er ganz in der Nähe bekommen, und als Brennstoff für die Dampfmaschine, an die er denkt, wäre sie ideal. Aber … wo soll er jetzt ein paar tausend Pfund Kohle finden? Und wie soll er dafür bezahlen? Außerdem hat er kein Schiff – noch nicht.

»Meister Dorrin …«

Er dreht sich zu Merga um.

»Habt Ihr seit dem Frühstück etwas gegessen?«

»Nein …«

»Ein halb verhungerter Schmied arbeitet nicht gut. Ihr vergeßt immer zu essen. Ich habe etwas Brot, Marmelade und Käse gedeckt.«

Die anderen geben sich Mühe, dafür zu sorgen, daß

er tun kann, was er zu tun hat. Er folgt der kleinen Frau die breite Holztreppe hinauf. Auf der Veranda angekommen, dreht er sich noch einmal um, überblickt den Hof und den Höhenzug, neben dem Ryllas Haus liegt. Im Augenblick sind nicht viele Leute krank, aber die Ernte war gut, und einige Feldfrüchte sind noch gar nicht eingebracht. Ein Teil des Korns ist nicht gut angegangen, weil der Frühling kalt war, so daß die Bauern erst spät säen konnten.

Er blickt zur Straße, aber von Liedral und Vaos und dem Karren ist nichts zu sehen. Dorrin betritt die Küche. Merga hat ihm bereits aufgetragen, und Frisa hat ihren Teller schon halb leergegessen.

»Meister Dorrin ... kannst du mir ein Spielzeug machen?«

»Ich habe dir doch schon die Windmühle geschenkt.«

»Ich meine ... ich meine ein besonderes Spielzeug.«

»Frisa ...«, ermahnt Merga ihre Tochter.

Dorrin hebt die Hand. Er will hören, was das kleine Mädchen zu sagen hat. »Was für ein besonderes Spielzeug meinst du denn? Eine Puppe oder so etwas?«

»Puppen sind blöd. Ich will einen Eisenwagen haben wie den, der dir dein Eisen bringt.«

»Ich kann aber kein Pferd dazu machen.«

»Das ist schon in Ordnung.« Frisa trinkt ihren Becher Apfelwein aus.

Dorrin grinst über ihren herablassenden Tonfall und beißt ins warme Brot. Als er bei den letzten Bissen ist, hört er draußen Liedrals Karren und eilt zur Tür. Merga ruft: »Ich decke rasch für sie.«

Vaos schirrt gerade das Pferd ab, während Liedral mit einem Korb Kartoffeln zur Terrasse kommt.

»Wie ist es gegangen?« Dorrin holt den nächsten Korb Kartoffeln.

»Jede Menge Feldfrüchte, aber nicht viel Mehl, und es ist teuer. Keine Früchte außer denen, die hier in der Nähe wachsen, und keine Gewürze.«

»Wir brauchen keine Gewürze.«

»Ich weiß. Aber es zeigt, daß nicht viel hereinkommt.«

»Entschuldige, daran habe ich nicht gedacht. Du bist die Händlerin.«

»Vergiß das ja nicht«, ermahnt Liedral ihn lächelnd.

Dorrin stellt die Kartoffeln ab und nimmt Liedral kurz in den Arm. Sie haucht ihm einen Kuß auf die Wange und kehrt zum Wagen zurück.

»Du hast eine Menge Kartoffeln eingekauft.«

»Merga sagte, ich solle reichlich einkaufen, wenn sie billig sind. Sie waren das einzige, was billig war. Ich habe ein paar bei Reisa abgeladen, und sie hat mir dafür eine Hammelkeule mitgegeben. Sie sagte auch, du könntest drei Ballen Heu haben, aber du mußt sie heute abholen, weil es bald regnen wird.«

»Können wir heute abend Hammel essen?«

»Morgen«, entscheidet Merga, die auf die Veranda herausgekommen ist. »Vaos, du kannst inzwischen die Kartoffeln in den Wurzelkeller bringen.«

»Oh …« Vaos sieht Dorrin betreten an. »Muß ich das wirklich machen, Meister Dorrin?«

»Nein«, sagt Dorrin. »Das kann warten, bis du zu Mittag gegessen hast.«

»Ja, Ser.«

Dorrin wirft einen Blick zu den niedrig hängenden Wolken im Westen. »Ich hoffe, der Regen läßt sich noch etwas Zeit, bis das Korn reif und geerntet ist.«

»Vaos kann mir helfen, das Heu zu holen, falls du ihn eine Weile entbehren kannst.«

»Ich brauche ihn, nachdem er gegessen hat, wahrscheinlich bis zum frühen Nachmittag.«

»Wir können auch danach noch fahren.«

»Du mußt jetzt erst einmal etwas essen, und wenn du später mit Vaos das Heu holst, arbeite ich allein weiter.«

»In Ordnung.« Liedral legt ihm kurz eine Hand auf die Schulter.

Dorrin geht in die Schmiede, um das Feuer wieder anzufachen und das Getriebe der Maschine fertigzustellen.

»Was ist das?« Nachdem er gegessen hat, kommt Vaos in die Schmiede und deutet auf die Metallteile, die neben dem Schmiedefeuer abkühlen.

»Das wird ein Getriebe«, erwidert Dorrin abwesend.

»Aus Eisen? Wie schafft Ihr es, daß die Zähne gleichmäßig werden?«

»Ich arbeite mit einer Lehre, das ist so etwas Ähnliches wie eine Gußform. Schneidwerkzeuge funktionieren bei Schwarzem Eisen ja nicht.«

»Das wird aber etwas ganz Besonderes. Kann ich dabei helfen?« Vaos zappelt aufgeregt herum.

Dorrin betrachtet die aufgeplatzten Stiefel seines Zuschlägers und schüttelt den Kopf, dann wischt er sich mit dem Unterarm den Schweiß von der Stirn. Er muß Vaos umgehend zum Schuhmacher schicken. Wenn es nicht die Ausgaben für Eisen und Kupfer sind, dann sind es die Ausgaben für Nahrungsmittel oder Kleidung oder sonst etwas.

»Wir müssen noch ein paar große Nägel für den Rat herstellen.«

»Oh …« Vaos ist nicht begeistert. »Große Nägel? Nehmt Ihr dazu die Eisenstäbe?«

»Nein, wir nehmen Schrott. Ich weiß, daß es mehr Arbeit macht, aber sie zahlen nicht dafür. Hol mir die rostigen Klammern, die da hinten auf dem Stapel liegen.«

»Ja, Ser.«

Dorrin schiebt die erste Klammer mit der Greifzange ins Schmiedefeuer und wartet, bis sie heiß genug ist, um zerschnitten zu werden. Dann legt er sie auf den Amboß und hebt den Hammer. Er ist dankbar, daß seine Muskeln nicht mehr den ganzen Tag weh tun, sondern nur noch am Spätnachmittag. Wegen seines schmächtigen Körperbaus wird er niemals so dicke Muskeln entwickeln wie Yarrl.

Vaos sieht schweigend zu, wie der Hammer auf das Eisen prallt und die alte Klammer in zwei kleinere Stücke spaltet.

»Nimm die Zange und lege das Stück, das heruntergefallen ist, an die Seite.« Die andere Hälfte schiebt er wieder ins Feuer.

»Und du mußt noch etwas am Blasebalg pumpen. Während ich dieses Stück hier in die richtige Form bringe, kannst du schon die Holzkohle zerkleinern und noch ein paar Schubkarren voll holen. Wir müssen eine Menge Nägel herstellen, und ich will dann noch am Kondensatorgehäuse arbeiten.«

»Was ist ein Kondensatorgehäuse?«

»Das ist ein Teil der Dampfmaschine.«

Vaos lehnt den abgesprengten Teil der Klammer an den Schmiedeofen, wo Dorrin ihn gut erreichen kann, wenn er ihn braucht, dann hängt er die Greifzange wieder auf. »Ich wollte doch Liedral mit dem Heu helfen.«

»Bist du immer noch so ein Pferdenarr?«

Vaos senkt verlegen den Blick.

»Schon gut. Wenn du die Holzkohle hergeschafft hast, kannst du mit Liedral das Heu holen. Du hast doch die Kartoffeln in den Wurzelkeller gebracht?«

»Ja, Ser. Merga hat mir gezeigt, wo ich sie abstellen sollte.« Vaos hält inne. »Ihr kauft dieses Jahr aber viel mehr Lebensmittel ein als sonst, Meister Dorrin.«

»Dieser Winter könnte sogar noch schlimmer werden als der letzte.«

»Glaubt Ihr denn, die Weißen Magier kommen bis hierher?«

»Früher oder später werden sie kommen. Vielleicht sogar eher, als wir denken.« Dorrin zieht das Eisen aus dem Schmiedefeuer. »Ich brauche den mittleren Vorschlaghammer. Ja, den dort ...«

Die Hammerschläge hindern sie an der Fortsetzung des Gesprächs.

CXXIII

»Verdammt, nun beweg dich doch«, schreit Kadara eine grauhaarige Frau an. Die Alte schleppt das Doppelte ihres Körpergewichts auf den Schultern und ist gegen zwei gleichermaßen schwer bepackte Frauen getaumelt. Sie schaut dumpf auf, als die rothaarige Schwertkämpferin sich aus dem Sattel beugt und ihr mit einem Ruck auf die Beine hilft. »Nun lauf, wenn du leben willst.«

Auf der anderen Seite des Tores beugt sich ein anderer blau gekleideter Gardist aus dem Sattel und schlägt einen Mann mit der flachen Seite des Schwerts. Der Dieb läßt die Kiste fallen und rennt weg, vorbei an einem dicken, kahlköpfigen und bärtigen Mann, der durch das offene Nordtor der Stadt auf die Straße stolpert, die nach Kleth führt. Der drahtige Soldat sieht die rothaarige Truppführerin an, bis sie seinen Blick bemerkt, dann deutet er zur Straße.

Kadara betrachtet die dünner werdende Menschenmenge und die lange Reihe der Gestalten, die durch das Flußtal nach Norden zieht, den dicken Wolken entgegen, die vom Meer heranrollen. Dann ruft sie: »Grüner Trupp! Grüner Trupp!«

Die sechs berittenen Soldaten drängen sich durch die Menge.

»Bitte … nehmt mich mit …« Eine bleiche, abgemagerte junge Frau greift nach Vorbans Sattel. »Laßt mich nicht hier! Bitte! Ich mache alles, was Ihr wollt.« Der Soldat berührt ihre Schulter, dann rutscht seine Hand weiter nach unten. Die Frau protestiert nicht, sondern versucht, hinter dem Soldaten aufzusitzen.

»Vorban!« faucht Kadara. »Entweder du nimmst sie mit, oder du läßt sie in Ruhe.«

Der Soldat hilft der Frau aufs Pferd.

»… schamloses Weibsbild … Metze …« Gemurmel erhebt sich in der Menge, als die fliehenden Elparter an den Straßenrand ausweichen. Einige waten sogar durch den Schlamm und laufen über das Gras, um nicht mit den anderen zusammenzuprallen.

Die meisten schleppen mehr, als sie auf dem ganzen langen Weg bis Kleth werden tragen können. Hier und dort sieht man einen Stuhl oder eine Kiste, die von Nachzüglern geöffnet wurde, am Rand der gepflasterten Straße liegen. Diejenigen, die glücklich genug waren, ein Pferd oder einen Wagen ihr eigen zu nennen, haben schon den nächsten Höhenzug erreicht.

Kadara und ihre Soldaten bilden einen engen Keil und reiten zur ersten Brücke unterhalb der Stadt, wo sie sich mit den anderen Trupps treffen wollen.

»Achtung, die Pferde! Vorsicht, die Pferde!«

»Warum konntet ihr uns nicht retten?« kreischt eine weißhaarige Frau.

»Die eigennützigen Wächter! Retten immer nur die eigene Haut ...«

Kadara blickt zu Vorban, dann blitzt ihr Schwert, als sie sich rasch umdreht und der bleichen Frau einen Schlag mit der flachen Klinge auf den Rücken versetzt. Ein Messer fällt aufs Pflaster, aber das Geräusch verliert sich im allgemeinen Tumult.

Vorban schaut auf.

»Nimm ihr deine Börse wieder weg«, faucht Kadara.

Die junge Frau lächelt. »Ich werfe sie weg.«

»Mach das, und du bist tot«, gibt Kadara zurück.

Die Frau gibt Vorban die Börse.

»Runter vom Pferd.«

Die Frau grinst höhnisch. Kadaras Klinge blitzt noch einmal und zieht einen roten Strich über die Schläfe der Diebin. Die Finger der jungen Frau, die Vorbans Jacke gepackt hatten, lösen sich langsam.

»Wirf sie ab!«

Vorban setzt die benommene Frau am Straßenrand ab. Sie taumelt zur Seite und setzt sich ins Gras. Der Soldat schiebt sich die Börse unters Hemd.

Brede wartet schon mit zwei weiteren Trupps an der Brücke. Der blonde Offizier wendet sich nach Westen, wo die Sonne gerade die niedrigen Hügel berührt, Ausläufer der fernen Westhörner. »Laßt uns auf die andere Seite reiten.«

Drei Soldaten postieren sich mitten auf der Straße und halten die Fußgänger auf.

»Soldatenlümmel ...«

»... als ob ihnen die Straßen gehörten ...«

Die Soldaten überqueren das brodelnde, dampfende Wasser und versuchen, im Gestank der gekochten Fische und des Abfalls nicht zu tief einzuatmen.

Ein paar hundert Ruten hinter der Brücke läßt Brede seine Soldaten auf einer flachen Anhöhe haltmachen. Die niedrigen Mauern Elpartas sind kaum noch zu sehen.

»Warum die Verzögerung?«

»Halt!« knurrt Brede. »Seht euch Elparta an. Seht es euch an!«

Noch während er spricht, beginnt die Erde zu zittern und dann heftig zu beben. Blitze zucken über die Mauern der Stadt.

Wieder läuft ein Schauder über die Ebene, einige Pferd wiehern und schnauben unruhig.

Mehrere ältere Flüchtlinge taumeln und stürzen auf der Straße oder im Gras und versuchen, wieder auf die Beine zu kommen, ehe das nächste Beben sie ein weiteres Mal niederwirft.

Das Pferd eines Soldaten rutscht aus und taumelt, als wäre ein Vorderbein gebrochen.

Wieder ein Beben, dann hebt sich der Boden. Im Süden zittern die Mauern Elpartas, und Steine brechen heraus. Feuerkugeln zucken über die ganze Stadt, Rauchwolken steigen auf.

Mit jedem neuen Beben fallen neue Steine aus den Mauern. Einige landen im Fluß, andere stürzen in die Stadt. Aber am Ende sind die Mauern nur noch Schutt, und eine schmierige Rauchwolke steigt in den Himmel.

»Ist noch etwas übrig?« keucht Vorban.

»Das Zentrum, das ein Stück von den Mauern und dem Fluß entfernt ist, scheint noch einigermaßen intakt«, meint Kadara.

»Gerade gut genug erhalten, damit es ihnen als Winterlager dienen kann«, bemerkt Brede trocken. Er blickt nach Norden, in Richtung Kleth. »Laßt uns aufbrechen.«

Sie reiten an stolpernden Männern und Frauen vorbei, überholen weinende Kinder und sehen weggeworfene Bündel mit Kleidern, alte Männer und Frauen, die keuchend im schlammigen Gras sitzen, einen Trupp bunt geschminkter Frauen, die sie mit Flüchen eindecken, ein totes Maultier mit weißen Nüstern …

Keiner der Soldaten spricht ein Wort, als sie nach Norden reiten, während der Boden von leichteren Nachbeben erschüttert wird.

CXXIV

Zeit – nie bleibt ihm genug Zeit. Dorrin reibt sich die Schulter und stellt den Becher auf den Spültisch in der Küche. Der Himmel ist grau, aber es regnet nicht.

Er wünscht, Hasten wäre nicht gekommen und hätte im Namen der Gilde Fußangeln verlangt. Andererseits kam die Anforderung keineswegs unerwartet. Er macht sich Sorgen um Kadara und Brede. Im Süden herrscht das Chaos, und bisher hat man noch von niemandem gehört, der den Untergang Elpartas überlebt hätte.

Er würde es spüren, wenn Kadara gefallen wäre … aber wo sind seine Freunde?

Er denkt über die Fußangeln nach, die er schmieden soll, und schüttelt den Kopf. Er kann nur Yarrl bitten, auf ein Tauschgeschäft einzugehen … oder er muß den älteren Schmied bezahlen. Er sinkt schwer auf den Stuhl am Kopfende des Tisches. Eigentlich sollte er sofort in die Schmiede zurückkehren oder wenigstens mit Yarrl über die Fußangeln sprechen. Doch er hat sich gesetzt und massiert sich mit der linken Hand die Schulter, so gut es geht.

»Bist du verkrampft?« fragt Liedral. Sie sitzt am anderen Ende des Tisches, wo sie ihre Rechnungsbücher ausgebreitet hat.

Er schüttelt den Kopf. »Eigentlich nicht.«

»Also doch.« Sie steht auf und tritt hinter ihn. Sie humpelt kaum noch beim Gehen. Dann dringen ihre Fingerspitzen in seine Muskeln.

»Ah …«

»Eigentlich bist du ja nicht verkrampft, nicht wahr?«

»Wenn man die ganze Zeit den Hammer schwingt, dann ist das eben ab und zu so.«

»Bist du nervös wegen der Forderung der Gilde?«

»Natürlich. Fußangeln haben Schneiden, auch wenn sie gegen Pferde eingesetzt werden. Sie wollen mit Ablauf eines Achttages drei Dutzend haben. Ich sollte wirklich mit Yarrl sprechen und sehen, ob ich mit ihm einen Handel machen oder ihn bezahlen kann.«

»Du könntest es dir leisten, ihn zu bezahlen, denn du bist auf dem besten Wege, ein wohlhabender Mann zu werden.« Liedral bearbeitet weiter die Knoten in seiner Schulter.

»Du bist diejenige, die es möglich macht.« Er versucht, sich zu entspannen und sich der Berührung hinzugeben, solange Merga und Frisa noch nicht zurück sind.

»Wie wäre es, wenn wir es beide möglich machen?«

»Also gut, einverstanden. Ich wünschte nur …« Er wünscht sich, er könnte sie länger als nur ein paar Augenblicke im Arm halten … aber selbst das hier ist schon ein Fortschritt.

»Ich auch. Es hilft, mit Rylla zu reden.«

Dorrin sollte wirklich mehr Zeit mit der alten Frau oder in der Schmiede verbringen.

»Du mußt jetzt gehen.«

»Warum sagst du das?«

»Ich sehe es an deinem Gesichtsausdruck. Du mußt wieder an die Arbeit.« Als Liedral den Kopf schüttelt, fliegt das kurze Haar einen Moment aus ihrem Gesicht. »Und du machst dir immer noch Sorgen um deine Freunde.«

»Was soll ich denn machen? Ich bin kein Soldat. Bei der Dunkelheit, ich fühle mich, als würde ich nicht einmal hier alles schaffen, was erledigt werden muß.«

»Wenn es dir hilft ... ich habe eine Vereinbarung geschlossen, daß der Brinn regelmäßig nach Suthya geliefert wird. Der alte Ruziosi mochte die Idee, und er haßt die Brystaner. Das wären pro Lieferung zwanzig Goldstücke. Hilft dir das?«

»Ich muß ihn nur noch anbauen.«

»Du hast die Ernten von drei Jahren eingelagert. Deine erste Lieferung bei Vyrnil – er ist hier der ansässige Händler – ist in zwei Achttagen fällig.« Liedral setzt sich wieder an die Bücher.

»Du hast Wunder gewirkt.«

»Nur schade, daß wir auf ihre Schiffe angewiesen sind.«

»Daran arbeite ich gerade«, erwidert Dorrin. »Und alles nur, weil du eine Bemerkung gemacht hast.« Dorrin beißt ein Stück Brot ab, hart und überhaupt nicht mehr frisch.

Liedral hebt den schweren Becher, als wäre er ein Kristallpokal, und stellt ihn wieder auf den Holztisch. Dorrin bewundert ihre anmutige Geste.

»Etwas, das ich gesagt habe?«

»Wir haben doch schon darüber gesprochen, wie wichtig es ist, sich als Händler schnell bewegen zu können und Orte zu erreichen, die andere Menschen nicht erreichen können. Ich habe mir über Schiffe Gedanken gemacht. Sie müssen fahren, wohin der Wind sie weht. Ventilatoren können aber die Luft bewegen, und ich frage mich, ob sie nicht auch das Wasser bewegen können.«

Liedral runzelt die Stirn, hört aber weiter schweigend zu.

»Wenn du mit einem Paddelboot fährst, bewegst du in gewisser Weise ja auch das Wasser, und dadurch wird umgekehrt das Boot bewegt. Ganz so einfach ist es genaugenommen nicht, aber es funktioniert. Ich dachte deshalb, ich könnte eine Maschine bauen, die mehrere Paddel bewegt, aber das war zu kompliziert, und man müßte ein riesiges Rad bauen, um die Paddel darin zu befestigen.« Dorrin grinst. »Aus diesem Grund habe ich die Spielzeugboote gebaut.«

»Du hast, wie Reisa mir erzählt hat, praktisch seit deiner Ankunft in Diev daran gearbeitet.«

»Es braucht seine Zeit. Die Maschine ist fast fertig.«

»Ich verstehe immer noch nicht, warum das besser sein soll als eine gut gebaute Schaluppe oder Brigg.«

»Vertrau mir ... auch wenn ich es noch nicht genau erklären kann.« Dorrin steht auf. »Ich glaube, ich rede jetzt besser mit Yarrl.«

Liedral lächelt. »Halte dich nicht zu lange auf, es sieht nach Regen aus.«

»Etwas Regen stört mich nicht.«

Als er Meriwhen sattelt, spürt er den auffrischenden Wind, aber zu Yarrls Werkstatt ist es nur ein kurzer Ritt, und Meriwhen braucht etwas Bewegung.

Vaos winkt ihm aus dem Kräutergarten zu, wo er Merga und Rylla hilft, die letzten Gewürze im Herbst zu ernten, damit sie getrocknet werden können. Dorrin winkt zurück und lenkt die Stute bergab.

Der Regen fällt zuerst wie ein leichter Schleier, aber als Dorrin das Pferd in Yarrls Hof zügelt, schneidet ihm das kalte Wasser wie eine Messerklinge in die Haut.

Reisa kommt auf die Veranda heraus. »Stell dein

Pferd nur in die Scheune.« Ihre Stimme ist im heulenden Wind und prasselnden Regen kaum zu hören.

Dorrin reitet zur Scheune, steigt ab und führt Meriwhen hinein. Der dritte Stand ist nach wie vor frei, und dort bindet er Meriwhen fest. Als er den Stand verläßt, stupst ihn etwas Weißes an. Er bückt sich und krault die Ziege zwischen den Ohren. »Na, wie geht es dir, Mädchen?«

Zilda blickt beinahe freundlich zu ihm auf, dann knabbert sie an seiner Hose. Dorrin befreit sich von ihr, und die Ziege folgt ihm, bis sie von der Kette aufgehalten wird.

»Du hast dich überhaupt nicht verändert ...« Er schließt die Scheunentür und eilt durch den schlammigen Hof zur Schmiede. Er hätte genauer auf das Wetter achten sollen, aber die Forderung des Rates, die Hasten übermittelt hat, macht ihm Sorgen.

Reisa erwartet ihn in der Schmiede. »Es hat ganz plötzlich angefangen. Da stecken bestimmt die Magier dahinter, meinst du nicht auch?«

»Nein. Es ist einfach nur ein häßliches Unwetter. Jedenfalls fühlt es sich normal an.« Er schickt seine Sinne zu den niedrig hängenden Wolken aus. Die stürmischen Winde fühlen sich sauber und kalt an.

»Wie geht es Liedral?«

»Gut. Sie war stärker erschöpft, als ihr selbst bewußt war, aber sie erholt sich.«

»Yarrl arbeitet schon an seinen Frondiensten. Der Rat hat auch Leute einbezogen, die nicht der Gilde angehören.« Als Reisa zum Feuerschein in der Schmiede deutet, sieht Dorrin den linken Arm und bemerkt einige Prellungen. Er hebt die Hand, als wolle er sie berühren. Sie weicht zurück, dann lacht sie rauh. »Du bist wirklich ein Heiler.« Sie läßt ihn die Prellungen berühren und etwas Ordnung hineingeben, obwohl es tatsächlich nur oberflächliche Prellungen sind.

»Mit der linken Hand?« fragt er. »Du und Petra?«

»Was sollen wir tun? Hast du schon die Neuigkeiten aus Elparta gehört?«

Dorrin nickt. »Aber sie werden dort überwintern müssen.«

»Und im nächsten Frühling werden sie dann kommen?« fragt Reisa.

»Sie werden auf dem Fluß vorstoßen, um Kleth und Spidlaria einzunehmen.«

Der Wind zerrt am Dach der Schmiede.

»Bist du hier, um Yarrl zu sprechen?«

»Ja. Ich wollte ihn fragen, ob wir die Frondienste tauschen können.«

»Weil du keine Klingen oder scharfen Waffen schmieden kannst, nicht wahr?«

Dorrin schlägt den Blick nieder. »Woher weißt du das?«

Reisa kichert. »Du bist ein Heiler, und du benutzt einen Stab. Sprich du nur mit Yarrl, ich habe frisches Brot im Ofen.«

Dorrin tritt in den Lichtkreis vor dem Schmiedefeuer und schaut zu. Rek bearbeitet den Hebel des Blasebalgs, während Yarrl an einem Stück Eisen arbeitet, das ungefähr eine Spanne lang und halb so dick ist. Mit gleichmäßigen Schlägen spitzt Yarrl die Enden zu, dann wärmt er das Stück im Feuer erneut an. Geschickt zieht er das Stück wieder hervor und spaltet die Enden auf einem spitzen Amboßeinsatz. Noch einmal kommt das Metallteil in den Schmiedeofen, dann werden die gespaltenen Enden in einem Winkel von fünfundvierzig Grad gebogen. Das Ergebnis sieht aus wie ein eiserner Stern mit vier Spitzen.

Nachdem er die Fußangel auf den Ziegelsteinen des Schmiedeofens neben einem halben Dutzend ähnlicher Stücke abgelegt hat, läßt Yarrl die Greifzange und den Hammer sinken und wendet sich mit einem Nicken an den Jungen, der am Blasebalg pumpt. »Das reicht jetzt, Rek. Geh nur nach drinnen und trink etwas.«

»Ja, Ser.« Rek sieht zwischen Dorrin und Yarrl hin und her, dann geht er zur offenen Tür.

»Er ist ein guter Junge, Dorrin.«

»Das freut mich.« Dorrin begutachtet nickend die Metallsterne. »Ist das dein Frondienst?«

»Fußangeln für die Kavallerie. Sie werden auf der Straße verstreut, besonders dort, wo es schlammig ist, und dringen in die Hufe der Pferde ein.«

»Eine grausame Waffe«, erklärt Dorrin. Ganz egal, wie die Fußangel ausgelegt wird, eine Spitze weist immer nach oben und spießt alles auf, was darauf fällt oder tritt. »Glaubst du, die Weißen werden noch im Winter angreifen?«

»Nein, davon ist nicht die Rede. Weiß deine rothaarige Freundin denn nichts Näheres?«

»Kadara? Ich habe die beiden lange nicht gesehen. Ich hoffe, sie haben Elpartas Untergang überlebt. Wir wußten ja schon lange, daß es eines Tages geschehen würde.«

»Nachdem die Weißen sogar Axalt unter Steinlawinen verschüttet haben ...«

Dorrin erinnert sich an den Hauptmann der Wache, mit dem Liedral befreundet war. Er war so sicher, daß Spidlar als erstes fallen würde. »Also eine Anforderung des Rates?« Er deutet auf die Fußangeln.

»Eher schon ein Befehl. Alle Schmiede müssen alle zwei Achttage fünf Dutzend liefern.«

»Ich weiß«, erwidert Dorrin trocken. »Ich habe da ein Problem. Ich kann sie nicht machen.«

»Natürlich kannst du das. Es ist einfacher als ein Scharnier.«

»Ich bin ein Heiler, vergiß das nicht.«

»Oh ... bei der Dunkelheit ...«

»Genau. Ich wollte dich fragen, ob ich dir für meine Frondienste eine andere Arbeit abnehmen oder ob ich dich bezahlen kann. Vaos ist noch nicht gut genug, um sie allein herzustellen.«

»Ist er immer noch so versessen auf Pferde?«

Dorrin grinst.

»Ich hab's dir doch gesagt. Rek liebt das Metall, ob er nun einen schlimmen Fuß hat oder nicht. Tja ...«, überlegt Yarrl. »Ich habe Fentor eine eiserne Pflugschar versprochen. Die kannst du aus Abfall machen – du nimmst dein eigenes Material und machst sie, und ich mache ... wie viele sollst du abliefern?«

»Sie betrachten mich wegen der Spielsachen als Kunsthandwerker, deshalb soll ich in den nächsten beiden Achttagen drei Dutzend herstellen.«

»Hast du die Metallplatten dafür?« fragt der ältere Schmied.

»Ja. Ich habe von einer anderen Arbeit noch etwas übrig.«

»Also gut. Ich gebe dir ein paar Barren dafür. Du machst binnen zehn Tagen den Pflug, und ich mache für dich die Fußangeln und gebe dir die Barren.«

»Ich kann Liedrals Wagen nehmen, um dir die Sachen zu bringen.« Dorrin neigt höflich den Kopf. »Vielen Dank.«

»Kein Problem, junger Bursche.« Yarrl sieht zur Tür. »Rek, beweg dich.«

»Ja, Ser.« Der Junge humpelt zum Hebel des Blasebalgs. »Guten Tag, Meister Dorrin.«

»Guten Tag, Rek.«

Yarrl schiebt ein Stück Eisen ins Schmiedefeuer, um die nächste Fußangel herzustellen.

Dorrin verabschiedet sich mit einem Nicken von ihm und geht wieder in den böigen Wind und den Eisregen hinaus.

»Dorrin!« Petra winkt ihm, in die Küche zu kommen.

Nachdem er sich den Schlamm von den Stiefeln abgetreten und sie auf der verschlissenen Matte so gut wie möglich abgestreift hat, betritt er die Küche.

»Das mußt du mitnehmen«, erklärt Reisa ihm, als Petra ihm einen alten Korb in die Hand drückt, der mit gewachstem Segeltuch bedeckt ist. »Es sind ein paar Sachen, über die deine Händlerin sich bestimmt freuen wird.«

»Aber ...«, protestiert Dorrin.

»Nimm es einfach.«

Sie werden unterbrochen, als eine heftige Bö das ganze Haus beben läßt. Im gleichen Augenblick übertönt ein langgezogenes Krachen den heulenden Wind. Ein dumpfer Knall, und wieder bebt das ganze Haus. Dorrin stürzt zur Tür und sieht hinaus. Der mittlere der drei Bäume am Rand des Feldes ist in der Mitte durchgebrochen und auf den Acker gefallen.

Reisa starrt den zackigen Baumstumpf an. »Das ist eins der schlimmsten Gewitter, die ich je erlebt habe. Ich hoffe nur, es wird niemand auf See davon überrascht.«

»Ich bin froh, daß ich nicht dort hineingeraten bin«, bestätigt Dorrin, während er den Korb nimmt.

»Du willst doch nicht bei diesem Unwetter gehen?« fragt Petra.

»Doch, das macht mir nichts aus.« Er drückt ihren Arm und rennt zur Scheune. Er wird auf dem Rückweg völlig durchnäßt werden, aber bei so einem Sturm will er Liedral und die anderen nicht allein lassen. Nicht, daß er wirklich etwas ausrichten könnte, aber er will einfach lieber bei ihnen sein.

CXXV

»Arbeitest du gern für Hemmil?« Dorrin wühlt in der Abfallkiste herum und sucht das rote Eichenholz, das er für das Spielzeug hernimmt. In der letzten Zeit fällt ihm die Arbeit mit dem Holz schwerer als die Bearbeitung der Eisenteile – oder es liegt daran, daß ihm die Arbeit mit dem Eisen leichter von der Hand geht.

»Hemmil ist nicht übel«, antwortet der dunkelhaarige Geselle achselzuckend. »Aber jetzt wird die Mühle Volkir überschrieben, und … nun ja, Hemmil ist ein anständiger Mann.«

»Kannst du nicht eine eigene Mühle aufmachen? Letzte Woche habe ich Hemmil sagen hören, daß er ein paar bestellte Balken frühestens in drei Achttagen liefern könnte.«

Pergun lächelt verkniffen. »Ich könnte eine Sägemühle führen, Dorrin. Sag mir nur, woher ich das Geld nehmen soll, sie zu bezahlen.«

»Wie wäre es, wenn du eine baust?« Dorrin legt noch ein kurzes Stück Roteiche auf den Stapel, den er bereits aussortiert hat.

»Und bis sie fertig ist, bin ich verhungert? Und wie könnte ich mir den Stahl für die Sägeblätter, die Fundamente für das Wasserrad oder das Land mit einem fließenden Gewässer leisten?«

Die einfachsten Fragen führen manchmal zu den kompliziertesten Antworten. »Ich frage mich …«

»Hör jetzt auf. Hemmil schaut herüber.« Pergun hält inne. »Was fragst du dich?«

»Wolltest du eigentlich schon immer als Gehilfe in einer Sägemühle arbeiten?«

»Was soll ich machen? Merga ist ein nettes Mädchen.«

»Sie ist eine Frau mit einer Tochter«, sagt Dorrin lachend. »Aber du kommst wirklich oft zu Besuch.«

»Stört es dich?«

»Natürlich nicht, solange du gut zu ihr bist.«

»Könnte ich es wagen, gemein zu ihr zu sein, wenn du in der Nähe bist?« Pergun starrt zum vorderen Teil des Gebäudes.

»Habe ich jetzt …« Dorrin bindet das Holz mit Riemen zusammen. »Ja, jetzt müßte ich alles haben. Was soll es kosten?«

»Ich würde es dir für ein Kupferstück geben, aber …«

»Hemmil würde mindestens drei verlangen«, beendet Dorrin lachend den Satz. »Wie wäre es also mit zwei Kupferstücken?«

»Was willst du damit machen?«

»Das gleiche wie bisher, ein paar Spielsachen.« Dorrin gibt ihm die beiden Münzen.

»Und Quiller hat nichts dagegen?« fragt Pergun, als er die Münzen entgegennimmt.

»Ich achte sehr darauf, nichts zu machen, was er schon macht.«

»Pergun! Bist du bald fertig? Wir müssen das Sägeblatt wechseln.« Die Stimme des Mühlenbesitzers hallt im langen Raum zwischen den zugeschnittenen Brettern und Balken.

Dorrin geht stirnrunzelnd mit seinem Holz in den Hof hinaus. Der Atem der Stute steht im herbstlichen Nieselregen als weiße Dampfwolke vor den Nüstern. Meriwhen scheut ein wenig, als er das Holz in die Satteltaschen lädt.

»Ruhig, Mädchen, ruhig.« Er hätte Liedrals Wagen nehmen können, aber er reitet gern mit Meriwhen, und das Holz, das er für die Spielsachen braucht, ist nicht schwer.

Er tätschelt fest ihren Hals und die Schulter, als sie protestierend wiehert. »Ruhig ...« Dann steigt er auf und reitet im leichten Regen zur Straße zurück.

Am Straßenrand liegen Bäume, die der heftige Sturm vor ein paar Tagen entwurzelt hat. Dorrin hat gehört, daß vor Kap Devalin ein Schoner auf Grund gelaufen ist. Ein Schoner?

Wieder wiehert die Stute. »Ruhig, immer mit der Ruhe.« Dorrin denkt über das gestrandete Schiff nach.

Während er die protestierende Stute über die unebene Straße zu Ryllas Hütte, zu seinem eigenen Haus und der Werkstatt lenkt, fragt er sich, ob er und Liedral das zurückgewinnen werden, was zwischen ihnen einst entstanden ist, und wie lange es dauern wird.

Aus dem Schornstein steigt Rauch auf. Das Haus ist warm und bietet Schutz vor der Kälte, die erneut einen langen, harten Winter anzukündigen scheint. Und danach wird ein Sommer kommen, der von Blut getränkt sein wird.

CXXVI

Das zwei Stockwerke hohe und weniger als vierzig Ellen breite Gebäude der Hafenmeisterei liegt direkt vor der mittleren Pier. Die ungestrichenen Wände sind, obwohl wieder und wieder mit Öl behandelt, grau geworden.

Dorrin hüllt sich enger in den dicken braunen Mantel, wischt sich den ungewöhnlich frühen Schnee von den Augenbrauen und öffnet die schwere Eichentür. Nachdem er sie geschlossen hat, klopft er mit dem Stab seitlich an die Stiefel, um den restlichen Schneematsch abzustreifen. Das einzige Licht im Raum kommt aus einer einsamen trüben Öllampe, die in einer angelaufenen Messingfassung an einem Stützbalken hängt. Der früher einmal weiße Putz ist zu einem stumpfen Gelb nachgedunkelt. Beide Türen im unteren Stockwerk sind geschlossen. Die Tür auf der linken Seite trägt das Abzeichen des Hafenmeisters, die auf der rechten Seite das Siegel des spidlarischen Zolls.

Dorrin steigt die ausgetretene, alte Treppe in den ersten Stock hinauf, wo er eine offene Tür findet.

Ein Schreiber, der auf einem unbequemen Stuhl sitzt, schaut zu ihm auf. »Kann ich Euch helfen, Heiler? Das Büro des Hafenmeisters ist unten.«

»Danke, aber ich bin auf der Suche nach Gylert.«

»Darf ich ihm mitteilen, um was es sich handelt?«

»Um mein Gewerbe. Mein Name ist Dorrin.«

Der Schreiber steht auf und neigt den Kopf. »Ich bitte um Verzeihung, Ser. Ich werde es ihm sagen.« Das dunkle, fettige Haar des Mannes, das im Nacken von einer verspielten Kupferspange gehalten wird, wippt auf und ab, als er ins hintere Büro eilt, das einen Ausblick auf die Piere gewährt.

Im vorderen Büro stehen ein kleiner eiserner Ofen, zwei Schreibtische mit Stühlen für die Schreiber und zwei fast mannshohe Schränke aus Roteiche mit eisenbeschlagenen Türen und Schlössern. Der zweite Schreibtisch ist voller Staub.

Der Schreiber kehrt zurück und verneigt sich abermals. »Ser Gylert empfängt Euch mit Freuden, Ser.«

»Vielen Dank«, antwortet Dorrin gemessen. Er tritt durch die zweite Tür und schließt sie hinter sich.

»Guten Tag, Meister Dorrin.« Gylert, ein schlanker, aber kräftiger Mann mit schütterem Haar, steht in einer Ecke des Raumes hinter einem schmalen Schreibtisch, der etwas schräg aufgestellt ist, damit man von hier aus auch im Sitzen die Piere überblicken kann. Zwei der drei Fenster sind wegen des Windes und des kalten Schneeregens mit Läden gesichert, das mittlere hat keinen Fensterladen. Eine an der Decke aufgehängte Lampe mit zwei Brennern erhellt das Büro, in dem es leicht nach Ruß und Öl riecht.

»Guten Tag, Ser Gylert.«

Gylert deutet auf den Lehnstuhl vor dem Schreibtisch.

»Kinsall sagte mir, Ihr wollt über eine Angelegenheit mit mir sprechen, die mit Eurem Gewerbe zu tun hat?«

»So ist es. Ich habe gehört, daß die Gilde der Seefahrer als Bergungsbevollmächtigte für das am Kap gestrandete Schiff eingetreten ist, da die Besatzung den Tod gefunden hat.«

»Das ist richtig. Sobald das Wetter besser wird, wollen wir abladen, was noch zu retten ist, die Segel abnehmen und die Schiffseinrichtung ausbauen.«

»Wird Honsard dafür die Wagen stellen?«

Gylert nickt. »Wollt Ihr für die Waren bieten?«

»Nein«, antwortet Dorrin lächelnd. »Ich habe mich nur gefragt, was aus den Masten und dem Rumpf wird.«

»Wegen des Eisenschrotts? Da werdet Ihr aber nicht viel finden.«

»Aus verschiedenen Gründen.«

»Hmm ...«

»Wie ich hörte, sagen einige, das Schiff sei es nicht einmal wert, den Versuch zu wagen, es wieder flottzumachen. Das bedeutet, daß es als Holzabfall betrachtet werden kann.«

»Das würde ich aber nicht gerade sagen.«

»Habt Ihr das Recht, den Besitztitel am Schiff zu übertragen?«

Gylert runzelt die Stirn. »Denkt Ihr daran, Euch als Reeder zu versuchen?«

Dorrin hebt eine Hand. »Nicht um Waren zu transportieren, die Ihr transportieren würdet. Der Schoner ist zu klein für die meisten Massengüter und nicht sehr schnell.«

»Also Gewürze?«

»Das ist möglich. Ich habe Liedral versprochen ...«

»Die junge Händlerin aus Jellico?«

»Ich bin ihr etwas schuldig.«

Gylert nickt. »Auch wenn manch einer widersprechen würde, aber Ihr wart bisher immer aufrichtig und gerecht. Nicht, daß Ehrlichkeit eine besondere Tugend wäre, und wir wissen alle, daß die *Harthagay* alles andere als ein Schnellboot ist. Vielleicht hundert Goldstücke.«

Dorrin zwingt sich zu einem Lächeln. »Ich würde mehr als das bezahlen müssen, um sie wieder auszurüsten, falls ich sie überhaupt von der Sandbank herunterbekomme. Außerdem helfe ich dem Hafen, indem ich ein Hindernis beseitige.«

»Seid Ihr sicher, daß Ihr nicht damit handeln wollt?«

»Dreißig Goldstücke«, sagt Dorrin.

»Ihr wollt kein Schiff. Für diesen Preis kauft Ihr Feuerholz.«

Dorrin seufzt laut. »Zwanzig für das Recht, sie zu bergen, gültig bis nächsten Sommer, um sie von der Sandbank zu bekommen. Falls ich sie in den Hafen bekomme, noch einmal zwanzig, und zehn weitere, wenn sie wieder in See sticht.«

Gylert runzelt die Stirn und schaut aus dem Fenster.

»Dessero sagt, man kann sie nicht wieder flott machen«, fährt Dorrin fort. »Wenn das stimmt, dann bekommt der Rat zwanzig Goldstücke und erhält die Bergungsrechte zurück.«

»Im Gegensatz zu Dessero bin ich der Ansicht, daß Euch wahrscheinlich etwas einfallen wird. Honsard schwört, daß Ihr Wunder wirken könnt. Ihr müßt wissen, daß der Mann schreckliche Angst vor Euch hat.«

»Vor mir?« Dorrins Überraschung ist keineswegs gespielt.

Gylert lächelt. »Nun ja ... warum eigentlich nicht? Wenn Ihr es schafft, werden wir alle dabei gewinnen.«

»Wenn Ihr dann Euren Schreiber die Papiere ausstellen lassen könntet ...«

»Ihr könnt die Tempelschrift lesen, nicht wahr?« fragt Gylert mit einem wissenden Lächeln.

»Ja«, räumt Dorrin ein.

»Ich dachte, ich frage lieber, obwohl ich eigentlich keinen Zweifel daran hatte. Was die zwanzig angeht ... die wären dann sofort fällig ...«

Dorrin legt die Börse auf den Schreibtisch und zählt zwanzig Goldstücke ab.

»Wie viele habt Ihr mitgebracht?«

»Fünfundzwanzig«, gibt Dorrin unwillkürlich zu.

»Dann wäre da noch die Bearbeitungsgebühr von fünf Goldstücken ...«

Dorrin öffnet den Mund, um einen Einwand zu erheben, aber dann sieht er das Blitzen in Gylerts Augen und schüttelt nur den Kopf.

CXXVII

Honsard verneigt sich vor Dorrin. »Guten Tag, Heiler.«

»Guten Tag, Ser.« Dorrin deutet zum Meer. »Könntet Ihr mir sagen, wer für das Schiff verantwortlich ist?«

»Varden vertritt hier den Rat der Kaufleute. Er ist schmächtig, trägt eine purpurne Schärpe über der Jacke und hat einen schwarzen Schnurrbart. Er war schon unten auf dem Wrack.« Honsard sieht zwischen Dorrin und Liedral hin und her, dann fällt sein Blick auf den Wagen. »Die Säcke müssen in die Mitte, Noskos!«

Honsard wendet sich beinahe entschuldigend wieder an Dorrin. »Ich muß die Sachen zum Hafen bringen, bevor es zu warm wird. Es ist nicht so einfach, die schweren Lasten durch den Schlamm zu befördern, und Korn und Mehl fangen an zu schimmeln, wenn sie feucht werden – falls das nicht sogar schon passiert ist.«

»Dann viel Erfolg«, sagt Dorrin.

Niedrige Büsche und Krüppelkiefern säumen die Klippe, hinter der das Land steil zum Nordmeer hin abfällt. Das Unterholz und die Bäume versperren den Blick auf den Strand.

»Warum hat er solche Angst vor dir?« fragt Liedral.

»Ich habe seinen Sohn geheilt.«

Sie folgen dem schlammigen Pfad, den ein halbes Dutzend Männer in die Böschung getrampelt haben, als sie sich zwischen niedrigen Büschen und den vom Seewind gedrückten kleinen Kiefern mühsam einen Weg suchen mußten. Der Rest des Hügels liegt, von grauem Schnee bedeckt, unter einem ebenso grauen Himmel. Als die Fässer an ihnen vorbeigeschleppt werden, sieht Liedral genau hin. Dorrin dagegen beobachtet Liedral.

»Was verraten sie dir?«

»Sie sagen mir, daß dein Schiff nicht unbedingt wasserdicht ist.«

»Dagegen kann ich etwas tun, wenn ich genug Zeit habe.«

»Manchmal denke ich, du glaubst fast immer und überall, du könntest etwas tun.« Sie lacht, und einer der Arbeiter grinst, bis er Dorrins Gesicht sieht.

Der Kiel der *Harthagay* liegt fest im Sand, aber das Heck scheint in der flachen Dünung beinahe frei zu schwimmen. Trotz der kalten Luft stinkt es am Strand nach entwurzeltem Tang und Seegras. Möwen und andere Seevögel picken in den Abfallhaufen herum, die sich an der Hochwasserlinie gebildet haben.

Varden steht neben den Planken, die als Laufsteg in den festgetretenen Sand gelegt wurden, und sieht zu, wie die Fässer vorbeigerollt werden. »Langsam da ...« Er dreht sich zu den Neuankömmlingen um. »Wir bergen es im Auftrag des Rates.«

»Ich weiß. Ich bin Dorrin. Ich nehme an, Gylert hat Euch schon ...«

»Ach, Ihr seid es. Nun ja ... wir brauchen vielleicht noch einen Tag, bis wir sie entladen haben. Das gilt aber nur, wenn nicht noch ein Sturm aufkommt und wenn Honsards Wagen nicht im Schlamm steckenbleiben. Zu dumm, daß die Küstenstraße hier oben nicht gepflastert ist wie die Hauptstraße.«

»Macht es Euch etwas aus, wenn ich mir das Schiff ansehe?«

»Bei der Dunkelheit, natürlich nicht! Ihr seid wohl jetzt als der neue Eigentümer anzusehen.« Varden zwirbelt seinen Schnurrbart. »Vorsichtig da! Die Fässer brechen auf, wenn sie zusammenprallen! Eins nach dem anderen!«

Dorrin wartet, bis die Fässer entladen sind. »Wir haben vereinbart, daß die Bug- und Heckwinden auf dem Schiff bleiben.«

»Aye, das werden sie«, grinst Varden. »Das ist sogar

in meinem Interesse. Gylert hat zehn zu eins gewettet, daß Ihr es nicht schafft, sie flottzumachen.« Der Vertreter des Rates blickt wieder zum Laufsteg. »Beim Licht, nun knallt doch nicht dauernd die Fässer aneinander!«

Dorrin klettert die Strickleiter hinauf, die von der Bergungsmannschaft angebracht wurde, und Liedral folgt ihm.

Soweit überhaupt noch Segel vorhanden sind, hängen sie in Fetzen am Mast. Zwischen Bugspriet und Mittschiff fehlt ein Stück Reling, und die helle Farbe des darunterliegenden Holzes verrät Dorrin, daß es erst vor kurzem entfernt wurde.

Sie weichen der offenen Luke aus, durch welche die Bergungsmannschaft Fässer mit einer Lederschlinge heraufbefördert. Der Mann, der über Seil und Flaschenzug befiehlt, nickt ihnen kurz zu.

Dorrin tritt auf das kurze Achterdeck und überprüft das Ruder, das sich zu seiner Überraschung mühelos bewegen läßt. Eine weitere Untersuchung zeigt aber, daß die Seile, die zum Ruder führen, gerissen sind. Entweder war dies eine Folge des Unglücks – oder sogar dessen Ursache. Dorrin kann dem in diesem Augenblick nicht nachgehen, aber das Problem muß auf jeden Fall behoben werden, ehe die *Harthagay* freigeschleppt wird.

»Was denkst du?« fragt er Liedral.

»Du wirst damit eine Menge Arbeit haben. Nicht, um sie frei zu bekommen. So fest sitzt sie nicht. Aber du mußt viel hineinstecken, um etwas aus ihr zu machen. Das Schiff wurde nicht sehr gut gepflegt.«

Dorrin blickt zum grauen Meer und den kreisenden und kreischenden Möwen, die hin und wieder landen und im Seegras herumpicken, das der Sturm auf den Strand geworfen hat. »Es wird ein arbeitsreicher Winter.«

»Ich kann nicht sagen, daß ich mich auf den Frühling freue.« Liedral nimmt einen Moment seine Hand, dann läßt sie sie wieder los.

»Ich auch nicht, aber ob es uns gefällt oder nicht, der Frühling wird eines Tages kommen.«

Sie sehen den Arbeitern zu, die rumpelnde Fässer über das Deck rollen und die schweren Planken hinunter auf den Strand befördern.

CXXVIII

Eine einzelne Reiterin, die zwei Schwerter trägt, reitet in den Hof und streift sich den Schnee von der Wintermütze. Die Soldatin nähert sich dem erleuchteten Fenster auf der Veranda.

Liedral öffnet die Tür.

»Liedral?«

»Kadara! Geht es dir gut? Und wo ist Brede?«

»Alles in Ordnung. Nein, eigentlich doch nicht. Er ist furchtbar müde. Er ist zwar nicht zum Marschall ernannt worden, aber es ist sonst niemand da. Er konnte nicht kommen, deshalb hat er mich geschickt.« Die Rothaarige steigt ab.

Aus der Schmiede ist dumpfes Hämmern zu hören.

»Arbeitet er denn noch? Und immer so lange?«

»Ich glaube, das liegt den Leuten aus Recluce einfach im Blut.« Liedrals Stimme klingt ein wenig bitter. »Wenn es nicht die Frondienste für den Rat sind, sind es Waren für den Verkauf. Wenn es nicht die Waren für den Verkauf sind, sind es Teile für die Maschine.« Liedral wischt sich den Schnee aus dem unbedeckten Haar. »Entschuldige. Laß uns dein Pferd in den Stall bringen. Ich hole dir heißen Apfelwein, und auch was wir sonst noch anbieten können, sollst du haben.«

Die beiden Frauen gehen zum Stall.

»Bei der Dunkelheit, arbeitet er immer noch an dieser verdammten Maschine?«

»Ja. Er hat sogar schon ein Schiff gefunden, in das er sie einbauen kann, falls ihm die Bergung gelingt. Er hat sich in der Werft angemeldet und verbringt ganze Nächte mit Berechnungen, wie er die Maschine in den alten Rumpf bekommt.«

»Ich weiß nicht.« Kadaras Stimme ist heiser, sie muß husten. »Vielleicht ... vielleicht könnte es im nächsten Frühling oder Sommer sogar ein großer Vorteil sein, ein Schiff zu haben.«

Liedral öffnet die Scheunentür und tastet nach der Laterne und dem daran hängenden Zündstein. »Der Stall ist klein, aber so steht dein Pferd wenigstens nicht mehr im Schnee.«

Kadara sieht sich in der kleinen Scheune um. »Verglichen mit den meisten Orten, an denen ich in der letzten Zeit geschlafen habe, ist dies hier ein richtiges Paradies. Es ist sogar trocken.«

»Ich weiß. Es war gut, hierher zurückzukommen.«

»Zuerst dachte ich, er hätte es leicht. Aber eigentlich hat er es nie leicht, nicht wahr?« Kadara bindet die Zügel am Eisenring fest, der neben Meriwhens Stand in der Wand befestigt ist. »Hallo, altes Mädchen.« Sie muß wieder husten. »Es ist auch schwer, eine gute Soldatin zu sein. Ach, ich weiß ja nicht mehr, was ich da rede. Ich bin so verdammt müde.«

Liedral berührt sie an der Schulter. »Du mußt etwas Warmes in den Bauch bekommen.«

»Brede braucht noch mehr magische Messer ... und etwas, das man im Fluß einsetzen kann. Dorrin soll sich etwas ausdenken.« Kadara rutscht aus, als sie aus dem Stall in den Schnee hinaustritt, der beinahe fällt wie dichter Regen. Sie fängt sich mit einer Hand an der Wand der Scheune ab.

Liedral bläst die Lampe aus und hängt sie wieder an ihren Platz, bevor sie die Stalltür schließt. Meriwhen wiehert leise, als Liedral die Scheunentür mit einem dumpfen Knall zudrückt.

»Ich habe nicht viel Zeit, ich muß bald wieder nach Kleth zurück.« Kadara richtet sich auf. »Bei der Dunkelheit, bin ich müde.«

»Ist Brede in Kleth?«

»Alle Gardisten sind dort stationiert. Die Weißen und ihre verdammten Rekruten werden im Sommer in Kleth auftauchen.« Kadaras Stiefel poltern schwer über die Veranda, und ihre Bewegungen sind langsam und mühevoll, als sie aufstampft und ihre Stiefel abstreift.

»Ich kann die Hitze im Augenblick nicht höher stellen ...«, erklärt Merga, indem sie das Brot im Ofen begutachtet. »Aber es wird nicht mehr lange dauern ...«

Frisa sitzt auf einem Stuhl und schaut ihrer Mutter zu.

»Frisa?« fragt Liedral. »Könntest du Meister Dorrin Bescheid sagen, daß seine Freundin Kadara da ist?«

»Geh nur, Kind, aber paß auf, daß du nicht hinfällst, und nimm dir meine Jacke da vom Haken«, ermahnt Merga ihre Tochter.

Kadara sackt auf einem Stuhl zusammen.

»Es wird einen Augenblick dauern, bis der Apfelwein warm ist«, erklärt Merga, während Liedral fünf Becher aus dem Schrank nimmt und auf den Tisch stellt.

»Ich hole etwas Käse aus dem Keller.« Liedral geht hinaus und kämpft mit dem Riegel der Tür zum Wurzelkeller neben der Veranda.

»Und Ihr bleibt einfach sitzen«, befielt Merga.

Kadara starrt benommen den Tisch an, zieht sich langsam die Ledermütze vom Kopf und entblößt das stumpfe rote Haar.

Kurz danach kehrt Liedral mit einem in Wachspapier gehüllten Stück Käse zurück, den sie auf die Anrichte legt. Sie blickt unsicher zum Besteckkasten.

Merga bemerkt den Blick. »Ich kümmere mich schon darum, Herrin.«

»Ich bin nicht die Herrin«, widerspricht Liedral kopfschüttelnd.

Kadaras Feixen nimmt sich in ihrem müden Gesicht ausgesprochen seltsam aus.

Die Tür wird geöffnet, und der Schnee und ein leichter Wind begleiten Frisa in die Küche.

»Streif dir die Schuhe ab, Mädchen«, ermahnt Merga sie.

»Sie werden kommen, sobald Meister Dorrin das Feuer abgedeckt und sich etwas Wasser ins Gesicht und auf die Hände gespritzt hat.« Frisa sieht sich in der Küche um. »So hat er es gesagt.«

»Deine Schuhe, Mädchen.«

Frisa trampelt zur Veranda hinaus und streift sich die Schuhe ab, ehe sie wieder hereinkommt und die Tür schließt. Sie muß sich auf die Zehenspitzen stellen, um die Jacke am Haken aufzuhängen.

Als die Tür das nächste Mal geöffnet wird, betritt Dorrin die Küche, gefolgt von Vaos. Die Lampe im Wandhalter flackert, als gleich hinter ihm eine Windbö hereinfährt, und beruhigt sich wieder, als Dorrin die Tür schließt.

»Kadara!« Er berührt sie leicht an der Schulter.

Merga gießt warmen Apfelwein in den Becher, der vor der Schwertkämpferin steht, dann füllt sie auch die anderen Becher. »Das Brot ist gleich fertig. Ich schneide jetzt den Käse.«

Dorrin setzt sich zwischen Liedral und Kadara, Vaos beansprucht den Platz am Ende des Tisches, nahe der Ecke, wo Frisa schon auf ihrem Hocker sitzt.

Merga schiebt die Platte mit den Käsescheiben mitten auf den Holztisch. Vaos langt sofort zu und nimmt sich zwei. Dorrin sieht den Jungen an, bis er eine Scheibe an Frisa weitergibt.

»Du siehst müde aus«, bricht er schließlich das Schweigen.

»Bei der Dunkelheit, ich bin auch müde, Dorrin. Es war ein verdammt schweres Jahr.« Kadara hält sich die Hand vor den Mund und hustet. »Brede hat mich geschickt, weil er nicht selbst kommen konnte. Sie haben ihn zum Feldmarschall gemacht. Zwar haben sie ihm nicht wirklich den Titel verliehen, aber es läuft im Grunde darauf hinaus.«

»Was braucht er?«

»Alles ... einfach alles. Noch mehr von diesen magischen Messern ... etwas, das im nächsten Frühjahr auf den Flüssen eingesetzt werden kann ... etwas, das man nicht sehen kann und das die Leute tötet. Brede dachte an Minen, die man vielleicht aus Schießpulver herstellen könnte, aber es funktioniert nicht richtig, weil die verdammten Magier den Sprengstoff vorher zur Explosion bringen. Das gleiche passiert mit Gewehren. Wenn die Weißen Magier irgend etwas sehen, das einem Gewehr auch nur entfernt ähnelt, lassen sie das Pulver darin explodieren.«

Dorrin nimmt seinen Becher.

»Wir haben einfach nicht genug Waffen und ausgebildete Leute.« Sie hustet wieder, nimmt ein Stück Käse und ißt langsam.

Als auch Vaos schon wieder nach dem Käse langt, sieht Dorrin ihn scharf an.

»Nur eins«, sagt der Schmied. »Du hast schon zu Abend gegessen.« Er weiß, daß Vaos gut gefüttert wird, Kadara jedoch ist dünn und ausgemergelt.

»Aber er hat doch Hunger«, wendet Frisa ein.

»Er hat immer Hunger.«

»Wann bist du nach Kleth zurückgekehrt?« fragt Liedral.

Kadara schluckt den Bissen herunter, bevor sie antwortet. »Gestern. Wir mußten uns eine Unterkunft suchen und ungefähr die Hälfte der Pferde neu beschlagen lassen. Ich habe mir ein Reservepferd genommen, das mir nicht gehört. Es war Josals Pferd, bis sie ihn erwischt haben.« Abwesend nimmt sie sich noch ein Stück Käse.

Dorrin wartet, bis sie aufgegessen hat. »Was ist aus

Elparta geworden? Anscheinend weiß niemand genau, wie es passiert ist. Wir wissen nur, daß etwas geschehen ist.«

»Sie sind wohl zu der Ansicht gekommen, daß es zu schwer ist, Spidlar zu erobern. Also vernichten sie es.« Kadara räuspert sich.

Dorrin winkt Merga, sich zu ihnen an den Tisch zu setzen, aber die dunkelhaarige Frau schüttelt den Kopf und deutet zum Ofen.

»Sie haben alles niedergebrannt, was sich ihnen in den Weg gestellt hat, und jeden getötet, der so ausgesehen hat, als wäre er auf der Seite der Ordnung. Sie haben den Fluß kochen und die Erde beben lassen, bis die Mauern eingestürzt sind. Dann haben sie alle Männer und Frauen getötet, die noch in der Stadt waren – nur, daß sie sich die Frauen vorher gefügig gemacht haben. Die verdammten Narren. Wir haben ihnen gesagt, daß sie fliehen sollten, und viele haben es getan, aber einige sind geblieben.« Kadaras ruhige Stimme klingt eintönig und kälter als der Schnee, der draußen vor der Küche fällt. Der Dampf vom heißen Apfelwein in ihrem Becher steigt vor ihrem Gesicht auf und verhüllt die verschlissenen Rangabzeichen auf der Offiziersjacke.

Merga macht am Ofen das Zeichen der Leute, die an einen einzigen Gott glauben, und blickt zur Ecke, wo Frisa auf ihrem Hocker sitzt.

»Deine magischen Messer und Bredes Taktik haben ein paar hundert von ihnen töten können und sie eine Weile aufgehalten. Aber danach waren sie wütend wie nie.« Kadara hustet, es ist ein rasselndes Geräusch.

»Laß mich dir etwas dagegen holen«, sagt Dorrin.

Die Rothaarige nimmt wieder einen Schluck aus dem Becher. »Der heiße Apfelwein hilft schon. Ich habe fast vergessen, wie es hier ist.«

Dorrin geht ins Lager, sucht das Päckchen heraus, an das er gedacht hat, bringt es in die Küche zurück, zerstößt einige Blätter und kippt die Krümel in einen anderen Becher. Er gibt einen Tropfen kostbaren Honig dazu – was Frisa mit aufgerissenen Augen beobachtet – und gießt heißen Apfelwein nach, den er kräftig umrührt. »Hier.«

Kadara kippt das Gebräu in einem großen Schluck herunter. »Bäh ...«

Das kleine Mädchen in der Ecke reißt die Augen noch weiter auf.

»So etwas bringt man am besten schnell hinter sich, Mädchen«, sagt Kadara. »Laß ja nie einen Mann sehen, daß du schwach bist.« Sie stellt den leeren Becher weg und trinkt aus dem zweiten noch einige Schlucke heißen Apfelwein. »Brede hat die Magier zur Weißglut gereizt. Es gefällt ihnen nicht, wenn sie nicht bekommen, was sie wollen. Im Frühling werden sie sich dann weiter nach Norden brennen.«

Liedral blickt zu Merga, die das Brot aus dem Ofen holt. Der Duft weht zum Tisch herüber.

»Kaum zu glauben«, sagt Kadara. »Ein warmes Haus und gutes Essen.«

Dorrin tritt hinter sie, berührt ihre Handgelenke und läßt etwas Ordnung in den müden Körper strömen.

»Es geht schon.« Sie schüttelt seine Hände ab und hebt wieder den Becher Apfelwein.

Dorrin setzt sich und wartet. Hinter ihm schneidet Merga einen Brotlaib und murmelt dabei: »... eigentlich noch zu heiß ...« Die anderen drei Laibe legt sie auf die Anrichte, wo sie abkühlen können.

»Dann scheint es ja so, als hätten diese Käseschneider am Ende doch nicht so gut funktioniert.«

»Nein. Die Weißen haben einfach Einheimische langsam vor sich hergehen lassen. Daneben haben Berittene und Bogenschützen aufgepaßt.«

Merga stellt das geschnittene Brot vor Kadara auf den Tisch. Vaos sieht zwischen dem Teller, Merga und Dorrin hin und her. Dorrin schüttelt den Kopf.

»Laß ihn doch ein Stück nehmen«, sagt Kadara. »Das Leben ist viel zu kurz.« Sie beugt sich vor und schlägt einen Moment die Hände vors Gesicht, dann richtet sie sich langsam wieder auf.

Vaos läßt die Hand sinken.

»Du bleibst heute nacht bei uns«, sagt Liedral energisch. »Du mußt ausruhen und wieder zu Kräften kommen.« Sie steht auf und tritt hinter Kadaras Stuhl. »Sie kann im Hauptraum auf den Kissen schlafen.«

»Ich schlafe auch auf dem Boden«, murmelt die Soldatin.

Später führt Liedral sie in den Hauptraum, der irgendwann einmal ein richtiges Wohnzimmer werden soll. Im Augenblick gibt es dort nur ein paar Kissen und zwei alte Stühle.

Vaos langt nach dem Brot, sobald Liedral und Kadara die Küche verlassen haben.

Dorrin geht mit seinem Apfelwein zur Küchentür, öffnet sie und schaut hinaus. Der Schnee fällt immer noch dicht, und von Kadaras Spuren, die zum Haus geführt haben, ist schon nichts mehr zu sehen.

Aus Ryllas Haus dringt ein winziger Lichtschimmer.

Dorrin schließt die Tür und trinkt seinen Apfelwein aus. Was kann er für Brede herstellen? Und wird es überhaupt etwas ändern? Er bringt den Becher zum Waschbecken und stellt ihn ins lauwarme Wasser.

Draußen fällt weiter der Schnee.

CXXIX

Dorrin und Vaos walzen den schweren Barren nach und nach zu einem viereckigen Stab, der, wie Dorrin hofft, kräftig genug ist, um den langen schwarzen Draht zu halten. Er nickt Vaos zu, noch einmal zuzuschlagen, nachdem er den Stab herumgedreht hat. Als er das zweite Stück zum Abkühlen auf den Schmiedeofen legt, kommt Kadara herein.

»Ich muß jetzt aufbrechen.« Das Gesicht ist noch blaß, aber die Ringe unter den Augen sind nicht mehr ganz so dunkel.

Dorrin tritt mit ihr vor die Tür der Schmiede und genießt die kühle Luft draußen. Sie gehen zur Veranda, wo der warme Südwind zu spüren ist, der zusammen mit der Morgensonne den Schnee geschmolzen hat. Jetzt liegt nur noch eine Schicht Matsch im Hof, die noch nicht einmal Dorrins Stiefelspitzen bedeckt.

»Liedral sagte mir, du wärst früh aufgestanden.« Kadara sieht zur Scheune.

»Ich arbeite an etwas, das ihr auf den Flüssen einsetzen könnt. Die Weißen können vor den Booten keine Leute marschieren lassen, aber dort müssen die Drähte und damit auch die Stäbe schwerer sein. Dadurch sind sie andererseits auch schwerer zu transportieren.« Dorrin seufzt. »Vielleicht spielt das aber auch keine Rolle. Ich werde mir etwas ausdenken, damit ihr auch Schießpulver benutzen könnt, aber das wird einige Zeit in Anspruch nehmen.«

»Brede setzt großes Vertrauen in dich. Er sagt, du hast den ganzen Winter Zeit.« Ihr Lachen klingt etwas bitter. »Und vergiß dein Schiff nicht. Vielleicht brauchen wir es noch.«

»Ich denke darüber nach.« Er sieht über den mit Matsch bedeckten Hof hinweg zu Liedral, die gerade Kadaras Pferd aus dem Stall holt. »Aber es ist nur ein einziges, und im Frühling haben die Weißen wahrscheinlich ein ganzes Dutzend Schiffe vor der Küste liegen.«

»Vielleicht solltest du es möglichst bald klar zum Auslaufen machen.« Die rothaarige Soldatin hält sich die Hand vor den Mund und hustet.

»Wenn mir nichts einfällt, womit ich Brede helfen

kann, haben wir vielleicht nicht einmal bis zum Frühling Zeit.«

»Wie lange brauchst du noch, um die Drähte für den Fluß fertigzustellen?«

»Die ersten kann ich in einem Achttag machen. Warum?«

»Es wäre vielleicht gut, einige parat zu haben, falls die Weißen Magier nicht bis zum Frühling warten.« Sie hustet wieder.

»Dann müssen sie etwas unternehmen, bevor sich Eis auf dem Fluß bildet.«

Kadara nimmt von Liedral die Zügel ihres Pferdes entgegen.

»Du solltest in diesem Zustand nicht reiten.«

»Ich bin, genau wie die meisten aus meinem Trupp, schon in schlechterem Zustand geritten.«

»Er ist gefüttert und gestriegelt.« Liedral streichelt den Hals des Braunen. »In den Satteltaschen sind getrocknete Äpfel und Käse und etwas gestoßenes Astra gegen den Husten. Außerdem ein Laib gutes Brot. Gib Brede etwas ab.«

»Falls dann noch etwas übrig ist«, erwidert Kadara lächelnd.

»Nicht einmal du kannst alles aufessen, was wir dir eingepackt haben«, erklärt Liedral.

Kadara schwingt sich anmutig in den Sattel.

»Ich werde euch in ungefähr einem Achttag bringen, was ich habe«, verspricht Dorrin.

»Schick einen Boten. Es ist eine lange Reise, und wir sind oft draußen unterwegs.«

Dorrin sieht Kadara an.

»Es tut mir leid. Ihr habt nicht zufällig ein Pferd übrig?«

Er schüttelt den Kopf. »Der Rat hat uns in Ruhe gelassen, aber Yarrl haben sie ein Pferd abgenommen, und Jisle mußte alle außer den Zugpferden abgeben. Was soll ich tun, wenn ihr beide nicht da seid?«

»Frag nach Brede. Wenn er nicht da ist, wird er Anweisungen hinterlassen haben. Mehr können wir wahrscheinlich nicht tun.«

»Sag Brede, daß wir an ihn denken«, trägt Liedral ihr auf.

»Das werde ich machen.« Kadara ruckt an den Zügeln, und der Braune läuft über den Hof und tappt schwer durch Matsch und Schlamm.

Dorrin nimmt Liedrals Hand, als sie Kadara nachschauen, die den Hügel hinunter zur Hauptstraße reitet. Er drückt sachte Liedrals Finger, und zu seiner Freude erwidert sie den Druck. Sie haucht ihm einen Kuß auf die Wange, und er dreht sich zu ihr um. In ihren Augen funkeln Tränen.

»Manchmal ist es so schwer«, sagt sie, »so ungerecht.«

»Ja.« Auch Dorrin hatte schon diesen Gedanken, vor allem im letzten Jahr. Das Chaos scheint den Sieg über die Ordnung davonzutragen, und die Menschen wie Liedral oder Kadara oder Brede, die versuchen, das Chaos einzudämmen, müssen anscheinend mehr leiden als jene, die sich ihm unterwerfen.

»Sie sieht so müde aus«, fährt Liedral fort.

»Sie ist auch müde, und es wird noch schlimmer werden.«

»Du siehst auch müde aus.«

»Auch das wird noch schlimmer werden.« Dorrin zwingt sich zu einem Lächeln.

»Aber warum? Warum stoßen den guten Menschen immer die schlimmsten Dinge zu?«

»Ich weiß nicht. Ich weiß nur, daß ich mich anstrengen muß, so sehr ich kann.« Er holt tief Luft. »Und für Brede und Kadara ist es besonders schlimm, weil sie nicht einmal hier in Spidlar bleiben wollen.«

Liedral drückt seine Finger ein letztes Mal, ehe sie wieder losläßt. »Es tut mir leid. Eigentlich müßte ich dich in den Arm nehmen, und ich würde es mir auch wünschen.«

»Sollen wir es versuchen?« Wieder bemüht Dorrin sich, möglichst unbefangen zu klingen.

Einen langen Augenblick stehen sie im Schlamm und Schneematsch und umarmen sich.

CXXX

»Du hast jetzt fast ein ganzes Jahr gebraucht, mein lieber Jeslek«, sagt Anya kalt, »und hast nicht mehr als eine einzige kleine Stadt eingenommen. Das ist wohl nicht gerade ein erfolgreicher Feldzug.«

Jeslek erwidert das Lächeln und schaut aus dem Turmfenster. »Es ist schön, wieder in Fairhaven zu sein.«

»Damit du die anderen überwachen kannst?«

»Glaubst du wirklich, ich mache mir Sorgen wegen all dieser kleinen Ränke? Ich bin weitaus stärker an dir interessiert.« Sein Blick wandert zu dem für zwei Personen gedeckten Tisch.

»Was ist mit deinem aufsässigen Schmied? Oder mit den in Recluce ausgebildeten Kriegern? Müßtest du dir nicht ihretwegen viel größere Sorgen machen als wegen des Rates?«

Jeslek deutet zum Glas, das in den Tisch eingelassen ist, und die Nebel weichen ein Stück zur Seite und lassen den rothaarigen Schmied zum Vorschein kommen, der zusammen mit einem jungen Zuschläger in der Schmiede an einem großen Rad arbeitet.

»Was macht er da?«

»Es sieht aus, als würde er Draht ziehen. Es wird ihm aber nichts nützen.«

»Vielleicht hat er etwas anderes damit vor.«

»Vielleicht. Aber es spielt keine Rolle. Wir haben nur ein paar hundert Rekruten und vielleicht vier oder fünf

Dutzend Berittene verloren, aber keinen einzigen aus der Weißen Kompanie. Ich will mir lieber etwas Zeit lassen und dafür weniger Verluste hinnehmen müssen.«

»Du bist so vernünftig, daß mir ganz übel dabei wird.«

»Ist dir jetzt gerade nicht wohl?« Er kommt zu ihr und öffnet die Spangen, die ihr Kleid halten. »Ist dir jetzt nicht wohl?«

CXXXI

Nach einem Blick hinauf zu den Wolken rollt Dorrin das letzte Faß den Weg hinunter zur *Harthagay.* Dumpfes Donnergrollen hallt über dem ruhigen, grauen Nordmeer. Ein zackiger Blitz erhellt die weißen Schaumkronen der Wellen vor Kap Devalin, die jetzt, kurz nach der Morgendämmerung, kaum auszumachen sind. Der feine, eiskalte Winterregen weht ihm schneidend ins Gesicht und mischt sich mit dem Schweiß, der von seiner Stirn tropft.

Am schmalen Strand angekommen, bleibt er kurz stehen und blickt zum alten Schoner hinüber. Dann wandert sein Blick zu den drei kleinen Hügeln, wo die Gilde die drei an Land gespülten Toten bestattet hat – oder besser das, was die verschiedenen Raubtiere von ihnen übriggelassen haben.

Er holt tief Luft und rollt das Faß weiter zum Schiff. Er bewegt sich äußerst vorsichtig, streichelt mit den Sinnen beinahe das Faß und sucht nach Anzeichen von Chaos, die ihn veranlassen könnten, sofort in Deckung zu rennen.

Der Sand ist gegen das Ufer hin flach und hart. Als er die Hälfte des Weges geschafft hat, läßt er das Faß aufrecht stehen und läuft weiter zum Schiff.

Liedral hat ihm erklärt, daß die *Harthagay*, bevor sie gestrandet ist, nicht unbedingt ein besonders seetüchtiges Schiff war, aber die größten Probleme hätte dennoch der Kapitän verursacht, der junge und wahrscheinlich tote Jarlsin.

Dorrin streicht mit der Hand über den Rumpf des Schiffs und überprüft mit seinen Sinnen das Holz. Der Rumpf scheint in Ordnung zu sein, und selbst der Hauptmast ist intakt. Der Wind hat die Segel bis auf ein paar Fetzen vom Mast gerissen, und Dorrin war gezwungen, die Reste abzuschneiden, die noch an der Rah herunterhingen. Die winterlichen Strömungen haben den Sand umgeschichtet, und jetzt schwimmt das Heck der *Harthagay* frei in drei Ellen tiefem Wasser. Die niedrigen Wellen laufen die hinteren zwei Drittel des Schiffs entlang, der Bug liegt im Sand fest, höchstens zehn Ellen von der Hochwassermarke entfernt.

Mehr als einen Achttag hat er gebraucht, um den Strand freizuräumen und hinter dem Heck eine Art Kanal auszuheben. Jetzt muß er den Bug befreien, und er kann nur hoffen, daß seine Berechnungen stimmen.

Dorrin geht zum Faß und löst mit der Brechstange den Deckel, dann nimmt er den ersten, in Wachstuch geschlagenen Korb heraus. Anschließend kehrt er zur flachen Düne zurück, wo die Schaufel bereitliegt.

Er gräbt ein zwei Ellen tiefes Loch, stellt den Korb hinein und setzt mit dem Zündstein die Zündschnur in Brand. Dann läuft er weg und bringt sich hinter dem Schiff in Sicherheit.

Sand fliegt in alle Richtungen, als die Sprengladung explodiert.

Dorrin kehrt zum Loch zurück und erkennt, daß er ruhig etwas tiefer hätte graben können. Er überprüft den Rumpf. Abgesehen von einer dünnen Schicht Sand, die jetzt auf dem Holz liegt, hat es keinen Schaden genommen.

Er gräbt weiter, um den nächsten Korb einzusetzen.

Auch dieser wird gezündet, und wieder bringt Dorrin sich hinter dem Schiff in Sicherheit.

Noch eine Sprengladung, und das Loch unter dem Bug füllt sich mit Wasser.

Danach beginnt Dorrin auf der Nordseite. Nach der ersten Ladung füllt sich die viel zu flache Grube mit Sand, und er muß die Körbe mit den besonders langen, mit Wachspapier gesicherten Zündern nehmen.

Nach vier weiteren Sprengungen liegt die *Harthagay* gerade auf dem Kiel und wiegt sich in einem Teich voll kaltem Wasser.

Als nächstes steht ihm eine Menge harte Arbeit bevor, und vor allem muß er unerschütterlich daran glauben, daß sie sich lohnen wird. Er bindet sich die mit Luft gefüllte Blase um die Hüften und steigt in das kleine Boot, das unter seinem und dem Gewicht des Ankers der *Harthagay* gefährlich schwankt. Langsam rudert er aufs Meer hinaus, bis das Ankertau fast vollständig ausgerollt ist. Er rückt zum Heck des Bootes und läßt den Anker über Bord fallen. Das Boot hebt sich und schaukelt, und er bekommt einen Spanten in den Rücken.

»Bei der Dunkelheit.«

Dann rudert er langsam zur *Harthagay* zurück. Trotz der Lederhandschuhe spürt er, wie sich Blasen bilden. Das Rudern ist eben doch etwas anderes als die Arbeit eines Schmieds.

Nachdem er das Boot am Schiff vertäut hat, geht er zum Heck, wo die Winde befestigt ist. Langsam dreht er am Griff. Der Schoner wiegt sich, bewegt sich knirschend durch den Sand und schwimmt eine Elle weit in Richtung Meer. Dorrin dreht weiter, aber das Schiff rührt sich nicht mehr. Die Winde läßt sich jetzt ganz leicht drehen, er holt aber nur noch den Anker ein, damit er wieder von vorne beginnen kann.

Nicht lange, und er rudert mit dem Boot wieder aus Meer hinaus, dieses Mal nach Norden, wo er hofft, festeren Boden zu finden, der den Anker besser hält.

Wenigstens ist die See an diesem Morgen, während er wieder zum Schiff rudert, ruhig und glatt. Er macht eine kleine Pause, setzt sich aufs Achterdeck, stellt die Füße auf die Leiter, die zum Hauptdeck führt, und trinkt etwas Wasser.

Wieder geht er zur Winde und dreht, langsam und vorsichtig zuerst. Das Tau spannt sich. Er dreht weiter, das Tau knarzt. Noch eine Vierteldrehung, und die *Harthagay* bebt. Wieder eine Drehung und noch eine, und der Schoner bewegt sich schaudernd aufs Meer hinaus.

Als der Bug auf gleicher Höhe mit der früheren Uferlinie ist, trinkt Dorrin rasch noch einen Schluck Wasser, dann macht er sich erfrischt wieder an die Arbeit.

Gegen Mittag schwimmt der Schoner frei im Meer, hat aber höchstens drei Ellen Wasser unter dem Kiel.

Dorrin nimmt die erste Rakete, setzt sie ins Startrohr und zündet sie.

Dann duckt er sich hinter den Mast der *Harthagay*.

Die grüne Leuchtkugel explodiert wie berechnet gut hundert Ellen über dem Meer und fliegt ein Stück in Richtung Hafen.

Dorrin wartet eine Weile, dann zündet er die zweite Signalrakete.

Er trinkt die Wasserflasche aus und ißt ein Stück Käse und einen halben Laib altes Brot.

Drei Möwen kreisen um den kahlen Hauptmast des Schiffs, dann tauchen sie ab und lassen sich auf dem leicht kabbeligen Wasser nieder. Dorrin sucht am Horizont, ob er Liedral und die *Falscher Hase* sieht, aber im Süden ist kein Segel zu entdecken. Dann sieht er nach Norden, und dort sieht er endlich das Küstenschiff aus Suthya, das gut doppelt so groß ist wie die *Harthagay*.

Dorrin winkt mit der grünen Flagge und sieht zu, wie das Küstenschiff durch kurzes Senken der eigenen Flagge antwortet.

Dann setzt er die Zündschnur einer weiteren Rakete

in Brand, die eine Leine zum Küstensegler tragen soll, aber sie stürzt schon vor dem Schiff ab und fällt ins Wasser.

Die *Falscher Hase* kreuzt jetzt gegen den Wind, und ein Matrose beugt sich mit einem Fanghaken über die Reling und fischt die Leine heraus. Nach drei Versuchen hat er sie geborgen und zieht kurz daran.

Dorrin läßt nach und nach die dickere Leine aus, dann das dicke Tau.

Als das Tau straff gespannt ist, schneidet er sein Ankertau mit der Axt durch.

Die *Harthagay* dreht sich, und das Tau knarzt, als es sich unter dem vollen Gewicht des Schoners spannt. Dorrin fragt sich, ob es halten wird.

Der Schoner rollt und folgt in einem Bogen der *Falscher Hase.* Kusman, der Kapitän der *Falscher Hase,* hat ihm erklärt, daß er einfach nur das Ruder gerade halten muß, bis sie die Wellenbrecher vor dem Hafen von Diev erreichen. Dorrin hofft, daß der Mann damit recht hat.

Als die *Falscher Hase* am Wellenbrecher die Segel refft, läßt der Kapitän noch einmal die Flagge sinken. Kurz danach tanzt ein Boot mit vier Matrosen, vom Tau geführt, über die Wellen. Die vier machen das Boot an der *Harthagay* fest und klettern an Bord.

»Ihr seid ein kluger Mann, Meister Dorrin. Kein Mensch hätte geglaubt, daß Ihr sie wirklich flottmachen könnt.« Kusman überprüft die Seile, die das Ruder mit dem Steuerrad verbinden, und winkt einem anderen Mann, das Steuer zu übernehmen.

Dorrin errötet. »Beinahe hätte ich es nicht geschafft, und wir haben es immer noch nicht ganz überstanden. Sie zieht etwas Wasser.« Er läßt das Rad los.

»Beim Licht, wenn sie nur ein wenig Wasser zieht, dann habt Ihr Eure Sache um verdammt vieles besser gemacht als Jarlsin. Angeblich hat seine Mannschaft den halben Tag gepumpt.« Kusman betrachtet den

Hafen. »Wir müssen sie mit der Winde hineinholen, aber das ist kein Problem.« Er grinst. »Eure Probleme beginnen erst danach. Ein Schiff zu besitzen bereitet einem nichts als Kopfschmerzen.«

CXXXII

Meriwhens Hufe knirschen auf dem verharschten Schnee, der das Pflaster bedeckt. Dorrin blickt zur dünnen Rauchsäule, die über dem Kamin des *Roten Löwen* steht. Alle Fenster, abgesehen von dem, das der Vordertür am nächsten ist, sind mit Läden verschlossen. Der *Rote Löwe* ist geöffnet. Der *Krug* gegenüber ist geschlossen. Dort sind bis zum letzten Sommer, bevor die Truppen nach Süden geschickt wurden, um die Straße am Fluß gegen certische Überfälle zu sichern, die Soldaten eingekehrt.

Der kalte und feuchte Wind vom Nordmeer klappert an den Fensterläden des *Roten Löwen,* und Dorrin knöpft sich auch noch den obersten Knopf seiner Jacke zu.

Sogar die mit einem dicken Fell geschützte Stute protestiert mit leisem Wiehern.

»Ruhig, Mädchen.« Dorrin klopft ihr auf den Hals, als sie abbiegen und sich der Werkstatt des Schiffbauers nähern. Er faßt unwillkürlich den Schwarzen Stab fester, als er in die beinahe verlassene Straße blickt.

Ein Mann, der eine schwere Hirtenjacke trägt, betätigt den Türklopfer eines Hauses, und zwei junge Männer, denen der Atem wie Dampf vor den Mündern steht, rollen ein Faß aus der Werkstatt des Küfers. Nichts sonst bewegt sich außer den Wolken, die träge am grauen Himmel ziehen. Wie im letzten Winter steigt auch in diesem nur aus einem halben Dutzend Schornsteinen Rauch auf.

Dorrin blickt nach Norden zum Meer, wo die Wolken noch tiefer hängen. Sie ziehen nach Süden und versprechen schneidende Kälte und noch mehr Schnee. Meriwhen schüttelt sich.

Alle Piere im Hafen sind leer, die Lagerhäuser verrammelt.

An der Werft, wo die *Harthagay* neben dem westlichen Wellenbrecher aufgebockt ist, lenkt Dorrin seine Stute in die offene Hütte. Dort liegt gewöhnlich immer ein Fischerboot oder ein kleineres Schiff auf Reede, aber die Böcke sind leer. Er nimmt seine Ledermappe und geht zum Gebäude neben dem Schoner.

Der Schiffbaumeister öffnet ihm. »Bei dem Wetter konntet nur Ihr es sein.«

Dorrin knöpft sich die Jacke auf und breitet die Zeichnungen, die er aus der Ledermappe genommen hat, auf dem Tisch auf. Die Ecken beschwert er mit Steinen, damit sich die Dokumente nicht wieder zusammenrollen.

Er deutet auf die oberste Zeichnung und sieht Tyrel fragend an. »Hier hätte ich gern eine Plattform, die hier und hier befestigt wird. Leitern …«

Der Schiffbaumeister zieht die Laterne über den Zeichentisch, ignoriert den schwarzen und beißenden Rauch des nicht gerade reinen Lampenöls und betrachtet die Zeichnungen. »Die Plattform wird schwer. Braucht Ihr wirklich eine so stabile Unterlage?«

»Sie muß möglicherweise tausend Pfund Eisen tragen.«

»Wenn Ihr etwas so Stabiles braucht, würde ich hier einen Querbalken einziehen.« Der Schiffbaumeister sieht Dorrin an. »Damit ist natürlich der hintere Frachtraum zum Teufel, und außerdem könnt Ihr ihn dann kaum noch erreichen.« Tyrel geht zum Ofen und legt ein Stück Holz in die Glut. »Das wird wieder ein bitterkalter Winter, genau wie die verdammten Magier es sich gedacht haben.«

Dorrin betrachtet die Zeichnung. »Was schlagt Ihr vor?«

Tyrel schiebt das Stück Holz mit einem Stocheisen an die richtige Stelle. Dann kehrt er zur Zeichnung zurück und bearbeitet seine Unterlippe mit großen Zähnen. »Ich kann das hier noch ein paar Ellen weiter nach achtern verlagern.«

Dorrin runzelt die Stirn. Dadurch wird der Winkel zwischen Maschine und Antriebswelle steiler. Er hat versucht, den Winkel möglichst klein zu halten. Andererseits kann er, wenn die Welle kürzer wird, etwas Gewicht sparen. »Also gut, aber das bedeutet, daß diese Befestigungen der Welle verändert werden müssen.«

»Das läßt sich machen.« Tyrel deutet zur Tür. »Was müssen wir sonst noch tun? Wenn sie wieder im Wasser ist, werdet Ihr Wachen brauchen.«

»Ich weiß.«

»Wie wäre es, wenn Ihr die Antriebswelle vorsichtshalber versiegelt? Sie liegt unter der Wasserlinie ...«

Dorrin sieht noch einmal die Zeichnungen durch, während die Lampe spuckt und eine dünne Rauchfahne zur Decke schickt, bevor sie wieder gleichmäßig gelb brennt.

Draußen heult der Wind. Der feine Schnee weht unter die Traufen und fällt wie weißer Staub auf die Planken im Schuppen.

CXXXIII

Nachdem er getrocknete Weidenrinde und Astra in die Schale gestreut hat, nimmt Dorrin den Stößel und zerreibt die Mischung zu feinem Puder.

Rylla gibt etwas Sirup in den gestoßenen Brinn und räuspert sich. »Du mußt mir hier aber nicht helfen, weißt du.«

»Schon gut.« Er sieht zum kleinen Fenster, das nach Süden hinausgeht, einem der wenigen, die nicht mit Läden verschlossen sind. Obwohl es nur klein ist, muß Dorrin im grellen Licht blinzeln.

»Merga sagt, du versuchst immer noch, eine Maschine für dein Schiff zu bauen.«

»Die Maschine ist fast so weit, aber ich muß noch den Kessel fertigstellen und die Teile zum Schiffbaumeister transportieren.« Er arbeitet weiter, auch wenn man die Weidenrinde höchstens zu kleinen, kurzen Fasern zerstoßen kann.

»Kessel, Maschinen – das ist doch alles Magie.« Rylla löffelt ihre Mischung in eine kleine Tasse, dann gibt sie dampfenden Apfelwein dazu und rührt um. »Und wie geht es mit deiner Freundin?«

»Es wird schon werden, aber ...« Er zuckt mit den Achseln. »Ich wünschte, es gäbe eine bessere Möglichkeit, als einfach nur liebevoll und geduldig zu sein.«

»Hast du die Maschine in einer Jahreszeit gebaut, hast du schnell gelernt, wie es geht?« Ryllas Stimme klingt gleichzeitig zurechtweisend und amüsiert.

»Natürlich nicht. Aber das macht es nicht einfacher.« Er kippt die Kräutermischung in einen Beutel, den er sorgfältig zusammenbindet und in den Hauptraum bringt.

Neben dem einfachen Stuhl, auf dem ein schmaler, bleicher Junge zusammengesunken hockt, steht eine stämmige, in alte Wollsachen gekleidete Frau. Dorrin spürt das Fieber im Körper des Jungen. Er hat ihn bereits gestärkt, indem er ihm etwas Ordnung eingeflößt hat. Jetzt gibt er der Mutter den Beutel. »Verabreicht ihm zum Frühstück und zum Abendessen jeweils zwei Messerspitzen der Kräuter in einem heißen Getränk. Es wird helfen, das Fieber unten zu halten.«

»Danke, Heiler. Wenn er bei Euch war, geht es ihm danach immer eine Weile besser, aber es scheint nicht lange vorzuhalten.«

»Ich tue, was ich kann.«

Sie drängt ihm eine Kupfermünze auf, und er nimmt sie, um sie Rylla zu geben. Dorrin schließt hinter den beiden die Tür und sieht Rylla zu, die mit der kleinen Tasse zu einer weißhaarigen Frau geht.

»Ihr müßt das jetzt trinken, Gerden.«

»Das ist ein übles Gebräu, Rylla. Einfach ekelhaft ... es riecht wie die Stelle am Fluß, wo die Fischer ihre Abfälle auskippen, vielleicht sogar noch schlimmer.«

»Ich habe es mit Sirup und Apfelwein gesüßt.«

Gerden hebt die Tasse, stellt sie aber sofort wieder ab. »Es riecht einfach scheußlich.«

»Wenn Ihr am Bauchfluß sterben wollt, dann macht nur so weiter«, faucht Rylla sie an. »Ich wünschte nur, ich hätte nicht meine guten Kräuter für Euch verschwendet.«

»Ich trinke es ja, aber ich muß es doch nicht mögen.« Sie hebt die Tasse und schluckt. »Bäh ...«

Dorrin versteht sie gut. Brinn hilft zwar gegen Durchfall, aber die Bitterkeit ist legendär und läßt sich nicht einmal mit gesüßtem Apfelwein mildern.

»Ihr werdet Euch bald besser fühlen, Gerden.« Rylla gibt ihr ein kleines, zusammengefaltetes Tuch. »Nehmt das heute abend mit etwas Heißem ein, und trinkt es ganz aus.«

»Muß ich?«

»Nein, Ihr müßt nicht. Ihr könnt Euch auch die Seele aus dem Leib scheißen, bis Ihr zu schwach seid, noch einmal hierherzukommen.«

»Ihr seid eine harte Heilerin, Rylla.«

Rylla schnaubt nur.

Endlich wickelt sich die zierliche alte Frau in den Mantel und tappt ins kalte, grelle Licht hinaus. Rylla schließt hinter ihr die Tür und wendet sich an Dorrin. »Du mußt mir hier wirklich nicht helfen«, sagt sie noch einmal. »Nun verschwinde schon, zieh dir die Jacke an und geh in deine Schmiede. Du bist ja doch nur hier, weil du Mitleid mit einer alten Frau hast.«

»Ich muß hier sein, und ich bin nicht aus Mitleid hier. Für Brede erschaffe ich Dinge, die den Tod bringen. Hier kann ich den Leuten wenigstens helfen.«

»So ist das nun einmal auf der Welt. Den Tod mit dem Tod bekämpfen.« Die Heilerin schüttelt den Kopf. »Aber wir sind für heute fertig, und du solltest jetzt wirklich gehen.«

»Ich versuche immer noch, einen besseren Weg zu finden ...«

»Ja, und genau das ist das Problem.«

Dorrin zieht sich die Jacke an und wartet.

»Neue Wege sind nicht immer die besseren.«

»Du redest wie mein Vater.«

»Ha«, gackert Rylla. »Auch die alten Wege sind nicht immer die besseren. Die Leute suchen sich eben einen Weg, ob es nun ein alter oder ein neuer ist, und dann wollen sie die Dinge so tun, wie sie es sich zurechtgelegt haben. Man muß schon eine starke Seele haben, um vom Alten und vom Neuen das jeweils Beste zu wählen.« Sie lacht wieder, dann deutet sie zur Tür. »Nun verschwinde. Wir können ja nicht einmal entscheiden, ob deine Maschine gut oder schlecht ist, solange du sie nicht gebaut hast, und du wirst sie niemals bauen, wenn du noch länger mit einer alten Heilerin tratschst.«

Dorrin grinst immer noch, als er die Schmiede betritt. Vielleicht kann er Ryllas Worte in die Aufzeichnungen seiner Gedanken über Ordnung und Chaos einfügen.

CXXXIV

Der Magier mit dem eckig gestutzten Bart betrachtet das Pergament, das geöffnet auf dem Tisch liegt. Daneben befinden sich Bruchstücke von blauem Wachs, mit denen es versiegelt war.

Der Wind, der draußen vor dem Fenster heult, kann die Geräusche der Maurer, die mit Kellen arbeiten und Steine bewegen, nicht übertönen. Die Kerzen im dreiarmigen Leuchter flackern im Luftzug, der durch das schlecht abgedichtete Fenster dringt.

Der Weiße Magier geht zum beschlagenen Fenster. Drunten arbeiten zwangsverpflichtete Einwohner an den Mauern. Sie schleppen die Steine an die Stellen, wo die Maurer sie brauchen. Dunkle Wolken am Himmel verheißen Schnee oder Regen, aber bisher fällt noch kein Niederschlag.

Der schlankere Magier, der einen schweren, weißen Wollmantel trägt, läßt sich Zeit, ehe er das Wort ergreift. »Was bieten sie?«

»So ziemlich alles, was sie haben, um ihren Hals zu retten«, antwortet Fydel lachend. »Sie wollen uns die ›Verräter‹ übergeben und die Wachen mehr oder weniger auflösen, indem sie sie auf einige wenige Trupps reduzieren, und sie wollen die Straßen für unsere Händler öffnen.«

»Warum nehmt Ihr dann das Angebot nicht an?« fragt Cerryl.

»Das war ein voreiliger Schluß.«

Cerryl lacht leise. »Ich habe keine Schlüsse gezogen. Ihr werdet das Angebot des Spidlarischen Rates nicht annehmen. Jetzt wüßte ich gern den Grund.«

»Ist es nicht offensichtlich? Warum sollte ich Jeslek die Entscheidung überlassen? Er ist in Fairhaven, genießt die Wärme und das gute Essen und noch ein paar andere Freuden.« Er grinst breit und entblößt große weiße Zähne. »Wer weiß? Vielleicht bekommen wir vor dem Frühling noch ein besseres Angebot.«

»Sicher nicht. Ihr hofft doch nur, daß Jeslek sich eines Tages irgendeinem mächtigen Schwarzen stellen muß. Aber dazu wird es nicht kommen. Glaubt Ihr wirklich, Recluce würde Krieger oder Magier nach Spidlar schicken?«

»Nein.« Fydel lacht. »Aber es gibt auch keinen Grund, es Jeslek besonders leicht zu machen, oder? Es gibt keinen Grund, ihm einen so leichten Sieg in den Schoß fallen zu lassen, nachdem er ein Jahr lang überhaupt nichts getan hat.«

»Was ist mit den neuen Rekruten? Sie sterben, obwohl es nicht nötig ist.«

»Ihr seid zu weichherzig, Cerryl. Was spielen ein paar hundert Bauern mehr oder weniger schon für eine Rolle?«

Cerryl schüttelt den Kopf und schweigt.

Der Wind heult, und die Geräusche der Arbeiter dringen durchs Fenster herauf. Die Kerze flackert in der Zugluft.

IV

Ordnungs-
Schmied

CXXXV

Dorrin hört Liedral nebenan atmen. Er wünscht sich, er könnte bei ihr liegen. Inzwischen können sie sich zwar umarmen und wenige Augenblicke lang küssen, aber die seelischen Narben ihrer Foltern sind lediglich verblaßt, nicht verschwunden. Draußen heult leise der Wind und erinnert ihn, daß der Winter noch nicht vorbei ist, auch wenn die Tage allmählich wieder länger werden.

Dorrin legt das Papier langsam in die Kiste zurück und lehnt sich bequem an, um über die Ordnung nachzudenken. Sein Vater, seine Mutter und Lortren, sie alle haben die Ordnung mit dem Guten gleichgesetzt. Aber Dorrin selbst hat die Ordnung benutzt, um Menschen zu töten. Ist es etwas Gutes, wenn man jene vernichtet, die das Chaos bringen würden?

Genaugenommen wahrscheinlich nicht. Aber die reine Ordnung ist dem reinen Chaos so gut wie immer unterlegen. Dennoch hat Creslin die Ordnung benutzt, um Zerstörung zu bewirken und die Weißen aufzuhalten.

Ist es falsch, geordnetes Metall zu verwenden, um das Chaos zu zerstören oder seine Ausbreitung aufzuhalten? Er runzelt die Stirn. Wenn jede Art von Zerstörung böse ist, könnten dann nicht jene, die sich der Ordnung entgegenstellen, einwenden, daß der Einsatz von Gewalt zur Zerstörung des Chaos selbst etwas Böses ist?

Wenn die Zerstörung in manchen Fällen etwas Gutes sein kann, ist es dann nicht möglich, alles und jedes zu rechtfertigen, solange man nur behauptet, es diene einem guten Zweck? Er schüttelt den Kopf. Die Logik wird ihm nicht helfen, seine Probleme zu lösen, denn er kann sich natürlich für buchstäblich alles eine gute Entschuldigung zurechtlegen.

Aber sein Vater hat gesagt, es gäbe immer einen in der Ordnung begründeten Weg, ein Problem zu lösen. Er lächelt bitter. Angenommen, die Weißen Magier könnten einem Menschen die Augen verzaubern, bis er Dinge sieht, die überhaupt nicht da sind. In gewisser Weise haben sie ja genau das mit Liedral getan – sie haben ihr ein falsches Bild von ihm eingepflanzt.

Könnte er nicht umgekehrt die Ordnung benutzen, um wahre Bilder zu zeigen? Aber was würde es nützen? Und doch … er ist nicht fähig zu lügen, aber als Kind und selbst als Erwachsener hatte er keine Probleme, einen Teil der Wahrheit zu verschweigen.

Er sieht die Lampe an, dann betrachtet er den kleinen Spiegel auf der Truhe. Er steht auf und stellt die Lampe neben den Spiegel, dann stellt er sich hinter die Lampe. Wenn die Lampe nicht da wäre, würde der Spiegel nur ihn zeigen, und das wäre eben nur ein Teil der Wahrheit.

Er konzentriert sich und versucht, sein eigenes Abbild irgendwie um die Lampe fließen zu lassen, als wäre sie nicht da. Einen Moment lang wird es stockdunkel im Zimmer – so dunkel, daß er nichts mehr erkennen kann, obwohl er sonst im Dunkeln noch sehen kann. Er kann spüren, wo die Dinge sind, aber er sieht nichts mehr. Zwischen Überraschung und angestrengtem Nachdenken schwankend, läßt seine Konzentration nach, und sofort wird der Raum wieder von weichem Lampenlicht erhellt.

Er lacht leise. Natürlich, wenn die Lampe nicht mehr da ist, dann ist auch ihr Licht nicht mehr da, und es wird dunkel. Aber da die Lampe sich nicht bewegt hat, erhebt sich die Frage, ob er sich die Dunkelheit nur eingebildet hat oder ob er tatsächlich die Lampe und ihr Licht ausgeblendet hat.

Seine Stirn ist feucht, und er hat leichte Kopfschmerzen. Er holt tief Luft und legt seine Aufzeichnungen weg.

Draußen heult immer noch der Wind. Nebenan wälzt Liedral sich unruhig im Schlaf, und irgendwo in Kleth bereiten sich Kadara und Brede auf die im Frühling bevorstehende Invasion der Weißen vor. Dorrin schlägt die Steppdecke auf dem schmalen Bett zurück, das die Matratze ersetzt hat, sobald klar wurde, daß Liedral sich nur langsam erholen würde. Dann bläst er die Lampe aus.

CXXXVI

»Kommandant Brede, trifft es nicht zu, daß die certischen und gallischen Streitkräfte ganz Spidlar einnehmen werden, wenn man sie nicht vor Kleth aufhalten kann?«

Brede sieht den weißhaarigen, in königsblauen Samt gekleideten Mann, der auf der anderen Seite des Tisches sitzt, offen an. »Ja, Ratsherr. Sie wollen ganz Spidlar einnehmen.«

»Haben sie nicht die Absicht, alle Kaufleute in Spidlar zu töten?«

»Ich kann nicht ihre Gedanken lesen, Ser.«

»Dann will ich es anders ausdrücken, Kommandant. Haben sie bisher irgendwelche Händler oder sonst jemanden, der sich dem Chaos widersetzt, am Leben gelassen?«

»Nicht in Spidlar.«

Der Ratsherr breitet die Arme aus. »Dann müssen wir sie aufhalten, bevor sie noch weiter vorstoßen.«

Die anderen beiden Ratsmitglieder, die links und rechts neben dem Ratsherrn sitzen, nicken. Auch sie sind in blauen Samt gekleidet.

Brede neigt respektvoll den Kopf. »Was schlagt Ihr vor? Wie sollen wir Eurer Meinung nach die Ziele erreichen? Ihr habt bisher ungefähr dreihundert halb ausgebildete Reiter und zweitausend Fußsoldaten ausgehoben. Die Weißen haben allein in Elparta doppelt so viele Kämpfer stationiert, und im Frühling sollen weitere fünftausend ausgehoben werden. Außerdem sind Weiße Magier dabei, die Blitze schleudern können.«

»Die Einzelheiten überlassen wir Euch, Kommandant. Aber Ihr müßt sie vor Kleth aufhalten.«

»Darf ich fragen, ob Ihr versucht habt, mit ihnen zu verhandeln?« fragt Brede.

Auf einmal ist es im Sitzungszimmer heiß und stickig.

»Wir haben Unterhändler zu ihnen geschickt«, erklärt der Ratsherr.

»Und?«

»Es hieß, Verhandlungen wären sinnlos, solange nicht der Sieg errungen oder ein Gleichstand eingetreten ist.«

»Darf ich dann annehmen, daß Ihr mich anweist, Kleth um jeden Preis zu halten, koste es, was es wolle?«

»Die militärischen Einzelheiten überlassen wir Euch, Kommandant. Aber wenn Kleth fällt ...« Der Ratsherr zuckt mit den Achseln und sieht Brede mit kalten Augen an.

CXXXVII

»Sie haben an der Nordseite einige Befestigungen gebaut.« Dorrin reitet neben Liedral und beugt sich zu ihr hinüber. Hinten auf ihrem Wagen liegen acht Drahtmesser, die auf dem Fluß zum Einsatz kommen können. Seine anderen Zerstörungswerkzeuge sind noch in

Arbeit, aber die Schneeschmelze hat dieses Jahr früher eingesetzt, und Brede braucht die Messer, sobald das Schmelzwasser abgeflossen ist.

»Nützt das überhaupt etwas?« Liedral fummelt nervös an ihrem Bogen herum.

»Gegen einen Weißen Magier, der Berge wachsen und Mauern einstürzen lassen kann?« Dorrin lacht hart und humorlos. »Nicht, wenn sie in die Nähe der Stadt kommen.«

Es ist ein schöner Tag, am Himmel schweben einige weiße Schäfchenwolken, und der Wind weht warm von Süden her. Die Straße ist nur noch stellenweise feucht, die Schlammlöcher sind ausgetrocknet. Sie ist verlassen, abgesehen von Dorrin und Liedral, und sie ist ausgetreten, nachdem unzählige Füße, die alle aus Kleth gekommen sind, sie benutzt haben.

Vier Soldaten stehen vor einer Blockhütte und tun so, als würden sie den Zugang von Westen schützen.

»Wohin des Weges?« fragt der stämmige Mann mit dem schlecht sitzenden Brustpanzer.

Dorrin betrachtet einen Moment lang die minderwertige Schmiedearbeit. »Wir haben Geräte dabei, die Brede bestellt hat. Wir wollen sie bei ihm abliefern.«

»Oh, und sicher habt Ihr auch einen guten Wein dabei«, witzelt ein Soldat mit einem Ziegenbart.

Dorrin legt die Hand an den dunklen Stab. »Ich glaube nicht, daß er erbaut wäre, wenn er die Bestellung nicht erhielte.«

»Aber sicher doch, und Ihr seid eigens aus Diev gekommen, um eine kleine Wagenladung zu liefern?«

Blitzschnell hat Dorrin den Stab parat, und die Spitze zielt auf die Kehle des Wächters. »Mein Name ist Dorrin. Ich bin Bredes Schmied, und Ihr werdet uns passieren lassen. Wenn Ihr wünscht, könnt Ihr uns zu ihm eskortieren.«

»Dorrin … oh, verdammt …«, murmelt ein Mann, der weiter hinten steht. »Das ist der Schwarze Schmied …«

Der erste Wächter schluckt schwer. »Äh ... Fredo wird Euch begleiten, Meister Schmied.«

»Danke für gar nichts ...«

Dorrin hält den Stab bereit, bis der Karren sich in Richtung Kleth in Bewegung setzt.

»Die rothaarige Wildkatze hat Ralth gesagt, daß Ihr kommen könntet, doch er hat es ihr nicht geglaubt«, schwatzt Fredo. »Aber ich habe ihm gesagt, so mächtig der große Brede auch ist, er kommt nicht ganz allein zurecht, nicht ganz ohne Hilfe. Und so schrecklich Kadara auch mit der Klinge ist, auch sie kommt nicht allein zurecht ...«

Liedral verdreht die Augen und schaut Dorrin an.

»Man erzählt, der Erzmagier der Weißen selbst führe die Truppe an. Er will uns wohl in Grund und Boden stampfen, aber ich verstehe einfach nicht warum. Schließlich ist Spidlar ein armes, dünn besiedeltes Land, das mit Certis und Gallos nicht zu vergleichen ist, und wir haben doch nur Tiere und Händler. Natürlich ist es manchmal schwer, die beiden auseinanderzuhalten ...« Fredo lacht über seinen eigenen Scherz. »Aber unsere Händler lassen uns wenigstens in Ruhe und erheben keine Zölle und versuchen nicht, ihre Börsen mit Steuerabgaben zu füllen ...«

Mehr als die Hälfte der Häuser in Kleth ist verlassen, bei vielen sind die Läden vorgelegt und die übrigen Fenster mit Brettern vernagelt. Andere stehen einfach nur leer, bei manchen sieht man durch offene Türen in leergeräumte Zimmer.

Auf der Hauptstraße hat nur ein einziges Geschäft geöffnet, eigentlich eher ein Stand mit Lebensmitteln als eine Marktbude. Davor sind eine Handvoll Rekruten und blau uniformierte Kavalleristen versammelt. Ein paar blicken kurz zum Wagen, als Dorrin und Liedral vorbeikommen. Nach drei Meilen erreichen sie die Häuser im Süden von Kleth, die jetzt als Kasernen und Hauptquartier dienen.

»Dort ist das Hauptquartier, wo sich immer die Truppführer und Einheitenführer treffen.« Fredo deutet auf ein großes, mit Dachpfannen gedecktes Haus, dessen Ziegelwände mit Moos bewachsen sind.

Der scharfe Geruch von den Ställen, die hinter dem Haus liegen, weht herüber, und Dorrin hustet. Er fragt sich, was er mit solchen Mengen Dünger im Lehmboden seines Kräutergartens von Diev ausrichten könnte. Liedral hält den Karren vor der Tür an, wo ein blau uniformierter Posten Wache schiebt. Nachdem er abgestiegen ist, übergibt Dorrin ihr Meriwhens Zügel und wendet sich an den Wachtposten. »Mein Name ist Dorrin. Wenn Ihr Brede mitteilen könntet, daß ...«

»Ich werde es ihm sofort sagen, Meister Dorrin. Wartet bitte hier.«

Fredo schüttelt den Kopf. »Wenn Ralth das sehen könnte ... das Hauptquartier behandelt den Schmied wie einen Gildenmeister oder einen Ratsherrn ...«

»Er ist ja wirklich ein Gildenmeister«, flüstert Liedral. »In Diev verbeugt sich jeder vor ihm, und er haßt es.«

»Er haßt es? Ein Gildenmeister, der den Respekt der Leute nicht will? Aber da er so jung ist, wird es ja wohl auch kein Respekt sein. Es ist wohl eher Angst, und ein Mann, der sich selbst achtet, will nicht gefürchtet werden, wenn er nicht gerade ein rücksichtsloser Kerl ist, und Euer Schmied scheint ja recht anständig zu sein.«

»Er ist mehr als anständig. Diese Art von Arbeit fällt ihm sehr schwer.« Sie unterbricht sich, als Dorrin zurückkehrt und die Zügel der Stute nimmt. Er tätschelt ihr abwesend den Hals.

Ein Truppführer, den Dorrin noch nicht kennt, folgt dem Wachtposten nach draußen, und diesem folgt Brede. »Dorrin!«

»Brede. Ich bringe einen Teil von dem, was ich dir versprochen habe.« Dorrin deutet auf den Wagen.

»Cirras wird dir die Waffenkammer zeigen, wo du

abladen kannst. Anschließend kann er dir helfen, die Pferde in den Stall zu bringen, und dann reden wir.«

»Kadara?« fragt Liedral knapp.

»Sie ist auf Streife.« Brede dreht sich schon wieder zum Haus um. »Wir sehen uns dann gleich.«

»Das ist schön.« Dorrin spürt, daß Brede von vielen Pflichten in Anspruch genommen wird.

»Wenn Ihr mir folgen wollt …«, bittet Cirras sie.

Die Waffenkammer ist in einer Scheune hinter dem Hauptquartier untergebracht. Dorrin betrachtet die Schmiede und die Wasserkästen neben der Waffenkammer. In einem steht eine ölige Flüssigkeit. Der Amboß hat ein größeres Horn als sein eigener, und es gibt mehr Auswahl an Formen zum Hohlschlagen.

Neben dem Waffenschmied arbeiten dort noch zwei Gehilfen und ein paar Jungen. Einer holt die Holzkohle, der zweite bedient den Blasebalg, ein dritter zerstößt eine Art Asche zu einer Paste, die wahrscheinlich als Schmiermittel dienen soll. Der Waffenschmied legt den Hammer beiseite, hebt das Stück Eisen, das er zu einem Helm schlägt, von der Form und legt es auf die Ziegel neben dem Schmiedefeuer.

»Hier sind noch einige Waffen, die eingeschlossen werden sollen«, erklärt Cirras dem schlaksigen Schmied. »Meister Dorrin hat sie für Kommandant Brede gemacht.«

Dorrin steigt ab, macht aber keine Anstalten, die Schmiede zu betreten.

Der Waffenschmied bedankt sich bei Cirras mit einem Nicken, geht um ihn herum und begrüßt Dorrin. »Meister Dorrin, ich bin Welka, der Waffenschmied der Wache.«

»Freut mich.«

»Ich wollte Euch schon immer einmal persönlich kennenlernen … vor allem, nachdem ich die Stäbe dieser … dieser Geräte gesehen habe.«

Dorrin schlägt einen Moment die Augen nieder, dann

sieht er dem Mann in die Augen. »Ich bin ... ich bin nicht sehr erfreut darüber, Waffen herzustellen.«

Der Waffenschmied lächelt mitfühlend. »Ich kann es spüren. Es ist gut, daß Ihr so fühlt. Dieser Schild, den Ihr für Brede gemacht habt – was war das?«

»Schwarzes Eisen.«

»Ich dachte es mir schon. Zu schade, daß ich so etwas nicht lernen kann, nicht wahr?«

»Nicht, wenn Ihr nicht mit der Ordnung umgehen könnt.«

Während sie sprechen, laden Cirras und zwei Gehilfen des Waffenschmieds die acht in Segeltuch gehüllten Pakete ab und tragen sie durch die mit Eisen beschlagene Tür in ein Hinterzimmer, dessen ungeschickt zusammengezimmerte Balken verraten, wie hastig der Anbau errichtet worden ist.

»Tja ... Ihr leistet gute Arbeit, Meister Dorrin. Ich wünschte nur, Ihr könntet auch Waffen mit Klingen herstellen, aber bisher sind mir nur wenige Schmiede begegnet, die mit der Ordnung arbeiten, und keiner vermochte es. Ihr scheint mir etwas ... etwas anpassungsfähiger zu sein.«

»Noch mehr Anpassung, und ich würde mich auflösen«, platzt Dorrin heraus.

»Ich frage lieber nicht, was in den Paketen ist.«

»Das ist wahrscheinlich besser so.« Dorrin blickt zu Liedral und dem leeren Karren. »Ich nehme es jedenfalls an.«

»Warum tut Ihr das überhaupt, wenn ich fragen darf?« will Welka wissen.

»Ich bin Brede und Kadara etwas schuldig, und ich bin Spidlar dankbar, weil man mich hier aufgenommen hat. Und ich fühle mich verpflichtet, dem Chaos Einhalt zu gebieten.«

»Ihr nehmt Eure Verpflichtungen sehr ernst.«

»Er nimmt sie ernst«, bestätigt Liedral leise.

Welka nickt Dorrin zu. »Es freut mich, daß ich Euch

kennenlernen durfte, Meister Dorrin.« Er kehrt zur Schmiede und dem halb fertiggestellten Helm zurück.

»Bei der Dunkelheit ...«, murmelt Fredo. »Er muß wirklich etwas Besonderes sein, Euer Meister Dorrin, wenn der Waffenschmied ihn so respektvoll behandelt.«

»Zum Stall geht es hier entlang«, sagt Cirras.

Nachdem er Meriwhen abgesattelt und das Wagenpferd vom Geschirr befreit hat, kehrt Fredo auf seinen Posten zurück, während die übrigen drei über den gestampften Lehm des Hofes zu dem Gebäude laufen, wo Brede sie begrüßt hat. Cirras führt sie am Wachtposten vorbei in einen kleinen, mit Stühlen ausgestatteten Vorraum.

»Ich werde Kommandant Brede sagen, daß Ihr da seid.«

Als der junge Offizier sie allein gelassen hat, grinst Liedral Dorrin breit an. »Du bist ein wichtiger Mann, Meisterschmied Dorrin.«

»Ich bin überhaupt kein Meisterschmied, sondern nur einer, der seine Seele stärker verdrehen kann als die meisten anderen.« Dorrins Stuhl knarzt protestierend, als er sich umdreht und zur geschlossenen Tür blickt.

»Es gefällt dir wirklich nicht, Waffen zu schmieden, nicht wahr?«

»Nein. Doch ich sehe im Augenblick keine andere Möglichkeit. Gewalt scheint das einzige Mittel zu sein, um das Chaos im Zaum zu halten. Aber es gefällt mir nicht.«

Draußen vor dem geschlossenen Fenster ist ein Trupp zu hören, der ins Feld zieht.

»Gewalt oder Grausamkeit?« fragt Liedral.

Dorrin lächelt. »Du hast recht. Gewalt beschreibt es nicht hinreichend. Es ist die unvermeidliche Grausamkeit, die mir zu schaffen macht.«

»Die Welt ist voller Grausamkeit.«

»Recluce nicht.«

»Glaubst du, sie haben dich ausgeschickt, um genau dies herauszufinden?«

»Das ist möglich«, sagt Dorrin langsam, »aber ich glaube, es lag eher an meiner Besessenheit, Maschinen zu bauen.«

Die Tür öffnet sich mit leisem Knarren, und Brede tritt ein. »Es tut mir leid, daß es so lange gedauert hat.« Er streicht sich das blonde Haar aus der Stirn und deutet einladend zum Nebenzimmer. Es enthält kaum mehr als einen runden Tisch, ein halbes Dutzend Stühle und einen offenen Schrank mit Fächern, in denen zahlreiche Landkarten gelagert sind.

Brede wartet, bis Dorrin und Liedral sich gesetzt haben. »Was hast du dir dieses Mal ausgedacht?«

»Eine Variante der Käseschneider. Diese sind für Flüsse gedacht. Ich habe erst acht Stück gemacht, aber weil der Frühling so zeitig gekommen ist, war ich der Ansicht, daß ich nicht länger warten konnte.«

»Die Schneeschmelze ist fast vorbei, der Wasserstand ist beinahe wieder normal.« Brede reibt sich die Stirn und sieht Dorrin an. »Ich brauche deine Hilfe.«

»Was soll ich tun?«

»Ich möchte, daß du Kadara begleitest und ihr hilfst, die Geräte aufzustellen. Ich versuche inzwischen, die Dinge hier zu organisieren.«

»Steht es so schlecht?«

»Ja. Der Rat hat mich beauftragt, Kleth um jeden Preis zu halten. Es gibt keine Alternativen.«

»Und wenn du die Weißen nicht aufhalten kannst, wird der Rat versuchen, sich freizukaufen«, sagt Liedral. »Dorrin ist aber kein Krieger.«

»Ich weiß. Darum wird sich Kadara kümmern ...«

»Aber ich soll die Weißen in Aktion sehen, weil du glaubst, dann wird mir etwas einfallen. Meinst du das?«

»Ja.« Brede sieht Dorrin fest in die Augen.

Dorrin starrt das zerkratzte Holz des Tisches an,

dann erwidert er Bredes Blick. »Also gut. Ich kann es tun, aber ich muß bald zu meiner Maschine zurück.«

»Ich bitte dich auch nur, es beim ersten Mal selbst zu tun.«

»In Ordnung.« Dorrin begreift, daß er auf dem besten Wege ist, mindestens teilweise als Kriegsbaumeister zu arbeiten, und das ist ein Beruf, der nicht gerade gut für jemanden geeignet ist, der unerträgliche Kopfschmerzen bekommt und möglicherweise sogar blind wird, sobald Gewalt im Spiel ist.

CXXXVIII

Dorrins Stiefel rutschen weg, als er auf das spiegelglatte Eis im Schatten eines Felsblocks tritt. »Bei der Dunkelheit …« Dankbar für die Handschuhe, die er trägt, hält er sich am Felsblock fest. Ein langer Kratzer im Leder zeigt ihm, was mit seiner Hand hätte passieren können. Links neben ihm brodelt der Fluß. Das Wasser bildet immer noch Strudel, aber das Hochwasser der letzten Achttage ist weniger geworden, denn die Schneeschmelze ist fast vorbei.

Stromaufwärts schwimmen die flachen Boote und Barken der certischen und kyphrischen Rekruten. Die Galler werden sich auf der Straße nach Norden kämpfen.

Dorrin rechnet kurz, dann winkt er der Gestalt zu, die auf der anderen Seite des Flusses steht. Es ist die schmalste Stelle, die sie finden konnten, kaum mehr als drei Ruten eher gleichmäßig fließenden Wassers.

»Ist das ungefähr richtig?« fragt Kadara. Neben ihr steht eine Bogenschützin.

»Wenn wir die ersten hier einsetzen«, Dorrin deutet auf einen größeren Felsblock ein Stück stromaufwärts,

»die anderen dort und den dritten Satz da unten … dann besteht eine gewisse Chance. Ich werde sie auf unterschiedliche Höhen einstellen.«

Die Bogenschützin hebt den Bogen und schießt den Pfeil ab, der die dünne Schnur über den Fluß trägt.

Dorrin klettert vorsichtig stromaufwärts zu dem Felsen, auf den er gedeutet hat. Dort nimmt er einen mittelschweren Hammer aus dem improvisierten Werkzeugsack, den er am Gürtel trägt, und zieht den ersten Stab aus Schwarzem Eisen aus dem Tornister.

Nach einiger Zeit ist der erste Stab fest eingeklemmt, und die unsichtbaren schwarzen Drähte laufen quer über das Wasser zu einem zweiten Stab auf der anderen Seite des Flusses.

Sie wiederholen die Prozedur noch zweimal, bis ein berittener Bote sie unterbricht. »Die Barken kommen, Truppführer.«

»In Deckung«, befiehlt Kadara scharf. Sie deutet auf die Senke hinter einem Baumstumpf. Dorrin verschwindet sofort.

»Willst du wirklich bleiben?« fragt sie ihn.

»Nein. Aber wenn ich etwas für euch bauen soll, muß ich eine Vorstellung davon bekommen, wie ihr kämpft.« Er wünscht sich, er wäre woanders. Er ist kein Kämpfer und kein Held, und nicht einmal der Stab, der hinter ihm liegt, kann ihn jetzt trösten. Er bekommt schon wieder Kopfschmerzen.

Die kleine Abteilung Bogenschützen geht in den vorbereiteten Gräben in Deckung, und die Berittenen ziehen sich stromabwärts zurück.

»Es wäre sicher besser, wenn wir mehr Bogenschützen hätten …«, wendet er sich flüsternd an Kadara.

»Weißt du, wie lange es dauert … ach, vergiß es. Jedenfalls haben wir nicht mehr.«

Dorrin versteht, was sie meint. Nach zwei Jahren ist Vaos kaum mehr als ein brauchbarer Zuschläger. Aber andererseits ist Vaos auch ein Pferdenarr.

Das kalte, dunkle Wasser fließt zwischen den scheinbar verlassenen Ufern des Flusses. Da diese Gegend hauptsächlich als Viehweide dient, stehen nur wenige Bäume am Ufer. Dorrin und Kadara warten.

Der Fluß strömt dahin.

Hinter der sanften Biegung taucht eine Barke mit dunklem Rumpf auf, gefolgt von zwei weiteren. Auf dem ersten Boot, das die grüne Flagge von Certis trägt, stehen Bogenschützen und etwa ein Dutzend Fußsoldaten. Auf dem zweiten Boot folgen weitere Bogenschützen und Rekruten unter einer goldenen Flagge, wahrscheinlich Truppen aus Kyphros. Auf dem dritten sind beide Flaggen und weitere Rekruten zu sehen. Weiße Banner sind nicht vertreten.

Dorrin hält den Atem an, während er zusieht, wie das führende Schiff sich den Drähten nähert, die wie Messer schneiden sollten.

Und sie tun es, denn die ersten drei Bogenschützen stürzen blutend und schreiend ins dunkle Wasser. Ihr Gewicht drückt die niedrigen Drähte kurz hinunter, und sie verfangen sich am Rumpf des Schiffs.

Als sie die Schreie hören, springen die spidlarischen Bogenschützen aus der Deckung und feuern auf das Boot. Die Bogenschützen auf dem zweiten Boot heben die Bögen.

Dorrin zuckt zusammen und duckt sich hinter den Baumstamm. Es ist ganz anders gelaufen als geplant. Kadara schießt einen und noch einen Pfeil ab. Gefallene Soldaten stürzen vom führenden Boot, das gegen die mit Ordnung verstärkten Drähte ankämpft.

Als er spürt, daß die Drähte trotz der stärkenden Ordnung reißen werden, ruft Dorrin: »Runter!«

Kadara bleibt jedoch stehen, legt den nächsten Pfeil ein und schießt auf die Boote. Neben ihr steht Vorban, der ebenfalls einen Pfeil nach dem anderen abfeuert.

Dorrin steht auf, springt und wirft die Rothaarige zu Boden.

»Bastard, was machst du ...«

»Bleib unten!« faucht der Schmied. Dann wirft er sich herum und reißt an Vorbans Füßen. »Bleibt unten!« Der drahtige Mann taumelt zurück, bleibt aber stehen.

Und dann reißen die Drähte. Wie unsichtbare Messer fegen sie durch die Luft. Die drei Drähte gehen fast gleichzeitig entzwei und schnellen wie riesige eiserne Peitschen durch die Luft zum zweiten Boot, das inzwischen fast zum ersten Boot aufgeschlossen hat. Die Messer aus Schwarzem Eisen fegen vier Bogenschützen ins Wasser und peitschen weiter durch die Luft.

Als der Schwarze Draht in die andere Richtung zuckt, wird Vorban in zwei Teile geschnitten. Flammen lodern in Dorrins Kopf, und er geht zu Boden. Der Schmerz hämmert in den Augen. Er schaudert und windet sich, während die unsichtbare weiße Peitsche in seinem Kopf knallt.

Als er sich endlich wieder aufrichtet, hat Kadara schon weitere Pfeile auf die Boote abgeschossen. Soldaten springen vom ersten Boot, als es unter dem höher angebrachten zweiten Satz Drähte vorbeifährt, während die drei Offiziere, die noch auf den Beinen sind, in Stücke geschnitten werden.

Der Steuermann des dritten Bootes, der das Gemetzel inzwischen gesehen hat, setzt sein Schiff am Ostufer des Flusses auf Grund, ein Stück stromaufwärts und für den größten Teil von Kadaras Truppen unerreichbar auf der falschen Seite.

Die Bogenschützen auf dem zweiten Boot drücken sich, genau wie einige Rekruten, flach auf das Deck. Der zweite Satz Drähte zerschneidet diejenigen, die nicht rechtzeitig in Deckung gehen. Ein neuer Pfeilregen geht auf die liegenden Soldaten nieder.

»Runter!« ruft Dorrin. Er muß sich zwingen, das Wort trotz der hämmernden Kopfschmerzen herauszuschreien.

»Runter! Sofort runter!« wiederholt Kadara den Befehl, während sie selbst in Deckung geht.

Die Spidlarer hören auf zu schießen, als der dritte Satz Drähte mit einem Knall zerreißt. Der Steuermann des ersten Bootes wird genauso zerschnitten wie das Ruder selbst, dann peitscht der Draht zum zweiten Boot.

Der Steuermann des zweiten Bootes duckt sich, aber einige unvorsichtige Rekruten, die dachten, nach den ersten Drähten wäre es überstanden, werden vom peitschenden Draht getroffen.

Nachdem auch der dritte Draht passiert ist, gelingt es dem Steuermann des zweiten Bootes, die schwerfällige Barke zum Ufer zu lenken. Er entscheidet sich für das westliche Ufer, wo es knirschend auf Grund läuft, nur ein paar Ruten von Kadaras Truppe entfernt.

Von den etwa vierundzwanzig Männern, die sich auf dem Boot befunden haben, taumeln weniger als zehn ans Ufer. Keiner schafft es, sich weiter als ein Dutzend Schritte vom Boot zu entfernen.

Das leere erste Boot schwimmt stromabwärts, rutscht knirschend über Sand und Kies, wird aber nicht aufgehalten.

Doch die Rekruten auf dem dritten Boot sind unverletzt, und sie formieren sich gerade auf dem jenseitigen Ufer, wo sie das Boot als Deckung nehmen können.

Dorrin betrachtet die Leichen und die Leichenteile, die im Wasser schwimmen. Er schluckt schwer und legt sich die Finger auf die Stirn, als wolle er die Schmerzen wegreiben.

»Laßt uns gehen!« Kadara bückt sich und nimmt Vorbans Schwert, den Gürtel und die Börse an sich, dann läuft sie stromabwärts und erteilt ihrer Truppe neue Anweisungen. Sie tragen vier Tote, darunter Vorban, stromabwärts zum staubigen Weg, der neben dem Fluß verläuft. Die gepflasterte Hauptstraße liegt etwa eine Meile vom Fluß entfernt.

Dorrin folgt ihnen und versucht, die Schmerzen, die hinter seinen Augen pochen, so gut wie möglich zu unterdrücken. Von dem Dutzend Soldaten, die mit Kadara den Hinterhalt gelegt haben, leben noch acht. Dorrin räuspert sich und spuckt bittere Galle aus.

»Wir können sie nicht erreichen, und wir haben nicht mehr viele Pfeile«, erklärt Kadara. »Wir werden uns stromabwärts sammeln.«

Ein Soldat sieht Dorrin mit aufgerissenen Augen an, dann betrachtet er die Überreste des Gemetzels am Fluß. Sein Blick fällt auf den Schwarzen Stab und den schweren Schmiedehammer, und er schüttelt langsam den Kopf.

Auch Dorrin würde gern den Kopf schütteln, aber er kann vor Kopfschmerzen kaum noch laufen, ganz zu schweigen davon, einen klaren Gedanken zu fassen. Während sie nach Norden ziehen, hört Dorrin die Hufschläge der Pferde, die ihnen gebracht werden.

Zusammen mit den Pferden kommt Brede. Er bemerkt die braunen Flecken auf Dorrins Stiefeln.

Dorrin steigt auf Meriwhen. »Die Drahtmesser haben dieses Mal gewirkt, aber es wird wahrscheinlich nicht noch einmal funktionieren.«

»Warum nicht?«

»Sie müssen nur vorn im Boot einen Eisenpfahl aufstellen, der die Drähte abfängt, und die Soldaten anweisen, sich flach hinzulegen. Ein paar werden trotzdem noch getötet werden, aber es wird bei weitem nicht so schlimm verlaufen wie jetzt.« Dorrin spuckt die brennende Flüssigkeit, die sich in seinem Mund gesammelt hat, in den Straßenstaub.

Brede dreht sich mit gehobenen Augenbrauen zu Kadara um.

»Wir haben die ersten beiden ausradiert. Das dritte Boot wurde auf dem gegenüberliegenden Ufer auf Grund gesetzt, die Rekruten haben überlebt. Wir hatten keine Pfeile mehr, und sie waren um das Fünffache oder Sechsfache in der Überzahl. Wo sie an Land gegangen sind, konnten wir sie nicht erreichen. Wir haben vier Männer verloren – darunter Vorban –, als Dorrins Drähte gerissen sind. Er hat uns gewarnt, aber Vorban wollte nicht hören.«

»Er hat noch nie auf Befehle gehört.« Brede zieht sein Pferd herum in Richtung Kleth. »Wir versuchen es so bald wie möglich noch einmal mit den Drähten. Es besteht immerhin die Möglichkeit, daß sie die Boote nicht sofort umrüsten.« Er lenkt das Pferd zu seiner Streitmacht.

»Ist es immer so?« fragt Dorrin Kadara, während er mit ihr darauf wartet, daß die Leichen der Soldaten auf die Pferde gebunden werden.

»Eigentlich nicht.« Kadara lacht rauh. »Dies war ein Sieg, wenn man es so nennen will. Manchmal verlieren wir auch, besonders wenn sie Weiße Magier dabei haben. Aber die mögen das Wasser nicht besonders.«

Dorrin denkt nach und reibt sich weiter die Stirn. Er und Kadara haben bei nur wenigen eigenen Verlusten fast vier Dutzend Feinde getötet. »Warum können wir nicht zu den übrigen Rekruten gelangen?«

»Wir könnten sie erreichen, wenn sie auf dieser Seite des Flusses wären. Aber wir haben niemanden drüben zurückgelassen. Es sind so viele neue Rekruten unterwegs, daß die Gefahr besteht, zwischen der Straße und dem Fluß festgesetzt zu werden.«

Dorrin versteht es nicht.

»Paß auf, Dorrin. Um die drei Dutzend Soldaten zu töten, müßten wir jeden Bogenschützen einsetzen, der auf dieser Seite des Flusses ist. Brede kann es sich aber nicht leisten, sie so weit von unserer Haupttruppe abzuziehen. Er hofft einfach, sie so teuer bezahlen zu lassen, daß sie es müde werden.«

»Das wird aber nicht gelingen«, meint Dorrin.

»Nein. Ich weiß, daß sie sich nicht werden abhalten lassen. Brede weiß es auch. Aber je mehr wir verwunden oder töten können, ohne dabei selbst schwere Verluste zu erleiden, desto besser stehen unsere Chancen, wenn es eines Tages zu einer richtigen Schlacht kommt.«

»Wir müssen uns die nächste Stelle suchen und die Drähte wieder aufbauen. Dieses Mal würde ich es aber kurz vor der schmalsten Stelle versuchen.« Dorrin blickt zu den in Segeltuch gehüllten Paketen, die hinter ihm liegen.

»Glaubst du, sie rechnen nicht damit, daß wir noch einmal das gleiche probieren?«

»Ich hoffe es.«

»Ich auch.«

Als sie stromabwärts reiten, sieht Dorrin nicht mehr zum Fluß und zu den Dingen, die in ihm treiben. Er konzentriert sich darauf, sich zu überlegen, welche Arbeiten noch nötig sind, um die Dampfmaschine fertigzustellen, und während er überlegt, schimpft er sich selbst einen Feigling, weil er über einen Fluchtweg nachsinnt.

CXXXIX

Dorrin sattelt Meriwhen und hält sich noch einmal vor Augen, wie der vergangene Tag am Fluß verlaufen ist. Beim zweiten Mal haben die Fallen lange nicht mehr so gut gewirkt wie beim ersten Versuch, und Kadaras Trupp hat fünf weitere Soldaten verloren, während nur ein Dutzend certische Kämpfer gefallen sind. Er hat in der letzten Nacht unruhig geschlafen, und die Kopfschmerzen waren am nächsten Morgen noch nicht ganz abgeklungen. Zu allem Unglück haben die Weißen Streitkräfte den Fluß dazu benutzen können, um fünf Meilen weiter gegen Kleth vorzustoßen.

Liedral wartet mit ihrem Karren schon vor dem Stall, als Dorrin Meriwhen in den Frühlingsregen führt. Liedral hat den Köcher aufrecht neben sich gestellt und die Sehne in den Bogen gespannt, aber noch liegt ein geöltes Tuch darüber, um die Waffen vor dem Regen zu schützen. Er lenkt Meriwhen neben den Karren und nimmt Liedral kurz in den Arm.

»Will Brede, daß du noch länger bleibst?« Liedral löst sich aus der Umarmung.

»Ich denke schon. Aber ich kann hier nichts mehr tun, und ich will Bomben aus Schießpulver für ihn anfertigen.«

»Das ist gefährlich. Was ist, wenn die Weißen herausfinden, daß du daran arbeitest?« Liedral schaudert.

»Es kommt darauf an. Wenn sie nahe genug sind, um den Sprengstoff zu zünden, bin ich tot. Aber nach allem, was ich aus den alten Büchern weiß und was ich mir selbst zusammengereimt habe, müssen sie dazu fast in Sichtweite sein. Wenn ich mir etwas überlegen könnte, das nicht explodiert, solange nicht alle Teile ... doch ich kann es nicht. Ich habe aber noch eine andere Idee, und das könnte etwas für Brede sein.«

Er kräuselt die Nase. Der schwache Geruch von Bränden weht nach Kleth herein und zeugt von den vorrückenden Truppen der Weißen. Es wird noch ein oder zwei Achttage dauern, bis sie die zweite Stadt am Fluß erreichen, denn sie lassen sich Zeit und zerstören unterwegs systematisch alle Anwesen auf beiden Seiten des Flusses.

Dorrin schwingt sich langsam in den Sattel. Er würde gern mehr tun, aber gleichzeitig wünscht er sich auch, er müßte sich nicht über den Krieg zwischen Fairhaven und Spidlar den Kopf zerbrechen. Liedral läßt die Zügel knallen und lenkt den Karren an der Waffenkammer vorbei auf den Weg, der sie zur Ost-West-Straße und nach Diev bringen wird.

»Da reitet er, der Dämonenschmied ... ich schwöre dir, er ist es, er hat den Fluß in ein Schlachthaus verwandelt ...« Die Worte hallen in der Morgendämmerung über den Platz.

»Ein Magier ist immer in Eile ...« Metall klappert dumpf auf Metall.

»Ich habe gehört, der wird wieder zurückkommen und noch mehr Ärger machen, genau wie man ein falsches Kupferstück aus Blech nicht mehr loswird, wenn man es einmal hat …«

»Syriol sagt, er hätte ein Dutzend Männer nur mit seinem Stab getötet …«

»Wer ist der andere?«

»Ein Händler. Jemand sagte, der Magier hätte ihn vor den Weißen gerettet … andere sagen, der Händler wäre aus Jellico geflohen …«

»… glaube fast, der Magier mag Männer …«

»Soll er doch mögen, wen er will … solange er uns in Ruhe läßt …«

Liedral verzieht keine Miene, und Dorrin läßt die Worte an sich abprallen. Nicht lange, und sie haben den aufgeworfenen und wieder niedergetrampelten schlammigen Boden der Straße erreicht, auf der sie nach Hause zurückkehren werden – falls sie angesichts des Angriffs der Weißen überhaupt noch irgendeinen Ort als ihr Zuhause betrachten können.

Während der ersten zwanzig Meilen sehen sie keine Menschenseele, nur Fußabdrücke und Hufspuren und hier und dort eine Wagenspur. Die Wagenspuren sind allerdings älter und von den neueren Abdrücken überlagert.

Als sie an einem Bach halten, über den eine schmale Steinbrücke führt, läßt Dorrin Meriwhen etwas trinken, doch er achtet darauf, daß sie vorsichtig ist. Dann nimmt er einen Eimer vom Karren, füllt ihn und bringt ihn zur Straße zurück.

»Danke«, sagt Liedral. Sie hält die Zügel des Wagenpferds, damit der Wallach nicht das ganze kalte Wasser auf einmal austrinkt. »Wollen wir ohne Rast reiten?«

»Vielleicht nicht den ganzen Weg, aber wir werden nur kurze Pausen einlegen. Diese Straße wird immer gefährlicher.«

»Trotzdem willst du noch einmal herkommen?«

»Brede und Kadara brauchen mich.«

»Was ist mit uns? Was ist mit deiner Maschine?«

Dorrin holt tief Luft. »Ich habe die Maschine noch nicht ganz fertiggestellt, und wir müssen die Teile auch noch ins Schiff einbauen.«

»Willst du es umbenennen? *Harthagay* klingt nicht unbedingt … ich weiß nicht. Es klingt nicht so, wie ein Schiff heißen könnte, das dir gehört.«

»Du hast wohl recht. Ich weiß aber noch keinen Namen. Solange die Maschine nicht eingebaut ist, haben wir nichts weiter als einen toten Rumpf.« Er führt Meriwhen wieder zum Bach, damit sie noch etwas trinken kann.

Liedral sieht ihm zu und überblickt rasch das vor ihnen liegende Straßenstück. Es ist immer noch leer. Sie öffnet ihren Tornister und nimmt ein Stück Käse und den Käseschneider heraus. Als Dorrin zurückkehrt, bietet sie ihm ein paar Scheiben Käse und ein Stück Brot an. Sie essen schweigend.

Schließlich fragt Dorrin: »Bist du bereit?«

Sie nickt.

Es wird Spätnachmittag, ehe sie auf andere Reisende stoßen.

Im leichten Regen, der inzwischen fällt, begegnen sie einer Gruppe Gestalten, die sich mühsam durch den Schlamm kämpfen. Ein halbes Dutzend Erwachsene und ebenso viele Kinder waten durch den Matsch. Die Kinder rutschen immer wieder aus, wo es bergab geht. Liedral weicht so weit wie möglich zur anderen Straßenseite aus, als sie sich der Gruppe nähern.

Während Dorrin die Flüchtlinge beobachtet, huschen zwei Männer zum Straßenrand. Die anderen marschieren weiter.

»Hast du das gesehen?« fragt Liedral.

»Ja. Fahr einfach weiter. Ich will etwas versuchen.« Dorrin konzentriert sich, hüllt langsam das Licht um sich und lenkt Meriwhen etwas näher zum Karren.

Der kleine, stämmige Mann hat ein Krummschwert ohne Scheide, der größere ist mit einer Keule bewaffnet.

Drei Schritte vor dem langsam fahrenden Wagen tritt der größere Mann auf die Straße und hebt die Keule. »Wir wollen den Wagen. Wir brauchen ihn viel dringender als du.«

»Mag sein«, erwidert Liedral gelassen, »aber er gehört euch nicht.« Sie hat den Bogen in die Hand genommen und den Pfeil eingelegt.

»Wenn du den benutzt, mein Junge, werden die anderen dich vom Wagen holen«, droht der größere Mann.

»Nun sei ein braver Junge ...«

Dorrin lenkt Meriwhen noch etwas näher, dann läßt er die Tarnung fallen und schlägt zu.

Die Keule fällt unter der Wucht des Schlages zu Boden, und der Mann hält sich die baumelnde Hand. Er reißt die Augen auf, als er die dunkle Gestalt auf dem Pferd sieht. »Bei der Dunkelheit ...«

»So könnte man es nennen«, knurrt Dorrin. Mit blitzenden Augen und schmerzendem Kopf dreht er sich im Sattel um.

Der kleine Mann will angreifen, aber Dorrin ignoriert das Brennen in den Augen und pariert den linkischen Schwerthieb, dann stößt er zu, um auch den zweiten Flüchtling zu entwaffnen.

Weder Dorrin noch Liedral müssen sich ein zweites Mal gegen die Angreifer wehren, denn die ganze Gruppe zieht sich eilig von der Straße zurück. Dorrin reibt sich die Stirn und versucht, die Kopfschmerzen loszuwerden, die ihm der gewaltsame Einsatz des Stabes beschert hat.

»Wo hast du diesen Trick gelernt?«

»Ich habe etwas geübt. Aber es ist schwer, und ich kann dabei nichts sehen. Ich muß mehr oder weniger fühlen, wo ich bin, und darin bin ich nicht sehr gut.«

Er beobachtet die Flüchtlinge, aber keiner von ihnen wirft auch nur einen Blick in ihre Richtung. Eine in graue Lumpen gekleidete Frau verbindet dem großen Mann das Handgelenk.

Dorrins Kopf pocht wie wild – aber was sonst hätte er tun können? Gewalt, immer nur Gewalt. Ist Gewalt denn das einzige, was die Menschen auf Candar respektieren?

Dorrin tätschelt Meriwhens Hals, als die Stute wiehert.

»Wie lange noch?«

Trotz der Kopfschmerzen versucht Dorrin, es sich auszurechnen. »Zu lange.«

»Wie lange ist zu lange?« fragt Liedral trocken. »Das sagt mir nicht viel.«

»Du hast öfter als ich diese Straße genommen. Was glaubst du, wie lange es noch dauert?«

»Bei diesem Schlamm ... wir haben Glück, wenn wir es in einem Tag schaffen.«

»Das ist zu lange«, sagt Dorrin.

»Ich glaube, du hast recht.«

Ohne einen Blick zurück ziehen sie weiter durch Nieselregen und Matsch.

CXL

Dorrin läuft schwerfällig mit einem weiteren Stück Schwarzem Eisen zu Yarrls Wagen hinaus und legt es auf die Ladefläche. Der Wagen kracht verdächtig unter dem Gewicht.

Vaos steht neben dem Wagen im Matsch und wischt sich den Schweiß von der Stirn. »Braucht Ihr sonst noch etwas, Meister Dorrin?«

»Das wäre alles für diese Fahrt. Ich nehme nur noch

ein weiteres Teil mit.« Dorrin blickt nach Norden. Die Luft ist still und der Frühlingshimmel klar. Dann sieht er zum Kräutergarten, um den er sich noch nicht gekümmert hat. Seine Zeit ist begrenzt, und wenn Brede wie durch ein Wunder die Weißen Horden aufhalten kann, werden sie mehr als genug Kräuter für das kommende Jahr haben. Außerdem werden die mehrjährigen Pflanzen auch ohne seine Hilfe wachsen.

Frisa steht auf der Veranda und krault Gilda zwischen den Ohren. Die Ziege ist am Eckpfosten festgebunden. »Kann ich mit dir reiten, Meister Dorrin?«

»Nein, dieses Mal nicht, Frisa.« Dorrin schließt die hintere Klappe des Wagens und klettert auf den Kutschbock.

»Komm herein und hol deine Jacke, du Fratz«, ruft Merga aus der Küche.

Dorrin grinst und schnalzt mit den Zügeln. Langsam, ganz langsam setzt sich der Wagen in Bewegung, verläßt den Hof und biegt auf die gepflasterte Straße ein, die bergab nach Diev führt. Auf der Straße muß er einigen Männer und Frauen ausweichen, die nach Diev wollen. Drei Kinder gehören zu der Gruppe.

Keiner von ihnen dreht sich zum Wagen um, sie setzen nur schweigend einen Fuß vor den anderen. Die früher einmal ordentliche Kleidung ist vom Straßendreck verschmutzt, und alle, selbst die Kinder, tragen ordentliche Lasten auf dem Rücken.

Dorrin mustert die Straße, die nach Kleth führt, kneift die Augen zusammen und schickt seine Wahrnehmung aus. Leute kommen von dort. Er konzentriert sich wieder auf die Straße und lenkt den Wagen in den unteren Teil Dievs, während er über die Flüchtlinge nachdenkt. Wenn Brede Kleth nicht halten kann, werden noch viel, viel mehr kommen.

Der Wagen rumpelt am *Roten Löwen* vorbei. Die Fensterläden sind aufgeklappt, die Fenster geöffnet. Auch der *Krug* gegenüber hat geöffnet.

Dorrin lächelt müde. Im Augenblick sorgt der Krieg bei Kyril und im *Krug* für gute Geschäfte. Noch.

»Ein Kupferstück, guter Herr, ein Kupferstück, um der guten Dunkelheit willen ...« Neben dem *Krug* geht ihn eine gebeugte Frau mit zwei kleinen Kindern um ein paar Münzen an. Er hat nicht viel dabei, und er kann nicht allen helfen, die betteln.

Nur ein einziges kleines Schiff, eine Schaluppe mit hohen Masten, liegt an einer der Piere. Ein kleines, schnelles Schiff ist es, offenbar ein Schmuggler. Dorrin lenkt den Wagen zu Tyrels Werkstatt.

Im Westen hinter der Werft stehen mehrere heruntergekommene Zelte in den Hügeln. Ein schmaler, bärtiger Mann beobachtet Dorrin, als der Wagen in den Hof fährt und vor der aufgebockten *Harthagay* hält. Dorrin zieht die Zügel an und stellt die Bremse fest, und der Wagen kommt rumpelnd zum Stehen.

Er muß den Namen des Schiffes wirklich ändern, aber Namen sind im Augenblick nicht seine größte Sorge.

Liedral wartet ab, eine Hand an den Schwertgriff gelegt. Seit einiger Zeit trägt sie wieder eine Waffe. Dorrin betrachtet den Stab, der zwischen seinen Füßen steht.

»Gibt es Schwierigkeiten?« fragt sie.

»Nein. Aber aus Kleth kommen immer mehr Flüchtlinge. Hast du den Schmuggler im Hafen gesehen?«

»Das ist Drein. Er läßt sich auf alles ein, solange nur die Bezahlung stimmt.«

»Ich glaube, jemand mit einer Kutsche hat sich eine Überfahrt erkauft.«

»Es werden noch mehr kommen.« Liedral sieht zur aufgebockten *Harthagay.* »Wenn sie im Wasser ist, wirst du Wachen brauchen.« Sie deutet zum Hügel. »Die Verzweiflung der Menschen wird immer größer.«

»Wie es aussieht, sollten wir uns vielleicht sogar überlegen, hier herunter zu ziehen und meine Schmiede hierher zu verlegen, falls Brede die Weißen nicht aufhalten kann. Wir sollten uns im Laufe des nächsten Achttages entscheiden. Willst du mit Tyrel darüber sprechen, während ich die letzte Fuhre hole? Oder soll ich es machen?«

Liedral lächelt. »Ich habe es schon gemacht. Er würde sich wirklich besser fühlen, wenn du es tun würdest. Er baut auf dich, daß du ihn hier herausholst.«

»Ich glaube, das tut wohl jeder.«

»Wie viele kannst du mitnehmen?«

»Ein Dutzend Leute vielleicht. Ich weiß es nicht. Ich habe noch nicht einmal die Maschine fertiggebaut. Ich weiß nicht einmal, ob sie überhaupt funktionieren wird, und ich muß auch noch Bredes elende Waffen schmieden. Jetzt muß ich darüber nachdenken, wie ich die Schmiede und den Haushalt hierher verlege.« Dorrin steigt vom Wagen und führt die Zugpferde durchs Tor bis direkt neben das Schiff.

»Gefällt es dir nicht, was du für Brede machst?«

»Bei der Dunkelheit, nein. Du weißt es doch. Dinge schmieden, mit denen man Menschen töten kann oder die sie davon abhalten, noch mehr Leute zu töten? Es ist eine schreckliche Wahl.« Er bindet die Pferde am Pfosten fest.

»So ist das Leben.« Liedral lächelt etwas angespannt. »Ich wußte gar nicht, daß dir die Weißen so sehr am Herzen liegen.«

»Sie liegen mir auch nicht am Herzen. Aber ich glaube, bisher hat nichts von dem, was ich geschmiedet habe, einen Weißen das Leben gekostet. Es hat immer nur ihre Werkzeuge getroffen, die einfachen Soldaten.«

»Jeder muß sich irgendwann einmal überlegen, welcher Sache er dienen will.«

»Und ich dachte, es wäre übel, Fußangeln zu schmieden.« Er schaudert, dann holt er tief Luft und legt die hintere Klappe des Wagens um. »Es kommt mir so unsinnig vor. Waffen mit Schneiden kann ich nach wie vor nicht berühren, aber ich kann etwas schmieden, das viel schlimmer ist.«

»Könntest du denn noch ein paar von diesen Drahtmessern machen?«

Dorrin überlegt, dann schaudert er. »Es würde mir sehr schwerfallen. Ich weiß nicht.«

»Da hast du deine Antwort.«

Er sieht sie einen Augenblick verwirrt an. »Meinst du, ich muß irgendwie lernen, was zerstörerisch ist?«

»Du mußt deine Gefühle mit Hilfe deiner Erfahrungen bilden. Ist das nicht die Art, auf die wir alle lernen?«

Dorrin runzelt die Stirn, während er das gekrümmte Eisenstück, das den Kondensator schützen wird, vom Wagen nimmt.

Tyrel und sein Lehrling treten ins Sonnenlicht heraus. »Ihr braucht Euch nicht so anzustrengen, Meister Dorrin. Wir können auch den Ladebaum benutzen, um das Teil abzuladen und aufs Schiff zu befördern.«

Dorrin stellt das Stück ab und wartet.

Liedral grinst ihn an, und nach ein paar Augenblicken erwidert er ihr Grinsen.

CXLI

Mit der schweren Greifzange dreht Dorrin die Platte um und gibt Vaos mit einem Nicken das Kommando. Der Zuschläger schwingt den Hammer und walzt die Eisenplatte zu einem Blech aus, das letzten Endes nicht dicker sein wird als drei oder vier Blätter Pergament.

Nachdem sie das Stück mehrmals im Feuer wieder erhitzt haben, ist die Platte dünn genug. Anschließend schneidet Dorrin sie mit der Blechschere zurecht und glättet die Kanten, bevor sie zum Abkühlen auf die

Ziegel gelegt wird. Dann nehmen sie sich die nächste Platte vor.

»Wie viele müssen wir machen?« keucht Vaos.

»Sechsunddreißig«, sagt Dorrin.

»Wozu werden die gebraucht?«

»Das solltest du lieber nicht fragen.« Der Schmied will nicht gern erklären oder gar ausführlich erläutern, was sie gerade schmieden. Es ist schlimm genug, daß er etwas ausgesprochen Zerstörerisches herstellen muß, weil es keine andere Lösung gibt. Außerdem, und auch das ist wichtig, kann Vaos nichts verraten, wenn er nicht weiß, was sie tun.

Vaos verdreht die Augen und hebt den Hammer. Dorrin legt das heiße Eisen auf den Amboß und nickt.

Gegen Mittag sind beide durchgeschwitzt, obwohl es ein kühler Tag im Spätfrühling ist. Als er die Greifzange endlich zur Seite legt, betrachtet Dorrin den Stapel dünner Eisenplatten. Es wird eine mühsame Arbeit werden, sie zu Kisten zusammenzuschweißen. Ob er die Teile einfach lochen und mit Bolzen verbinden kann? Würde das etwas ändern? Ja, mit Nieten müßte es eigentlich gehen. Er hängt die Zange ans Werkzeugbrett. »Es ist Zeit, daß wir etwas essen und trinken.«

Vaos hängt auch den Schmiedehammer ans Werkzeugbrett, dann reibt er sich nacheinander beide Schultern. »Machen wir nach dem Essen damit weiter?«

»Nein, danach kommen Feinarbeiten. Mit den Platten machen wir morgen weiter, wir brauchen noch ein paar.«

Die beiden treten in die frische Luft hinaus. Es ist ein klarer, wolkenloser Tag.

»Vergiß nicht, dich zu waschen«, ermahnt Dorrin ihn.

»Ja, Ser.«

»Liedral hat gesagt, sie reitet zu Reisa«, verkündet Frisa, als Dorrin auf die Veranda tritt.

»Hat sie gesagt, was sie dort will?« fragt der Schmied.

»Nein.«

»Ist sie mit dem Wagen gefahren?«

»Sie ist geritten wie du. Sie hat sogar das Schwert mitgenommen.«

Dorrin überlegt. Liedral nimmt normalerweise lieber den Bogen. Warum hat sie das Schwert genommen? Und warum ist sie zu Reisa geritten? Will Reisa etwa Liedral und Petra im Waffenhandwerk unterweisen?

Er öffnet den neuen Kran und spritzt sich kaltes Wasser ins Gesicht. Trotz seiner Vorsichtsmaßnahmen ist der alte Kran eingefroren und abgebrochen, und als das Eis geschmolzen ist, war mitten im Hof eine riesige Pfütze. Der neue Kran ist nicht besser als der alte, aber Dorrin wollte keine Zeit damit verschwenden, sich etwas Haltbareres auszudenken und es zu schmieden. Er hat ohnehin schon Mühe, seine Zeit aufzuteilen zwischen der Schmiede, wo er sich um bezahlte Arbeit kümmern muß, Bredes teuflischen Geräten und der Werft, wo er versucht, seine Maschine zusammenzubauen. Inzwischen bezahlt er sogar schon zwei Männer, die Pergun und Asavah ihm empfohlen haben, damit sie Tyrel helfen, den Hof der Werft zu bewachen.

»Uff ...« Dorrin richtet sich erschrocken auf. Beinahe wäre er auf den feuchten Steinen vor dem Kran ausgerutscht. Er dreht sich um und betrachtet die kleine weiße Ziege. Die Kette ist gerade lang genug, damit das Tier vom Pfosten der Veranda aus den Wasserkran erreichen kann.

Der Schmied seufzt und krault Gilda zwischen den Ohren. »Ziegen ... immer ist irgendwo eine Ziege.« Er trocknet sich die Hände ab und macht Platz, damit auch Vaos sich waschen kann.

Dann geht er über den Hügel zum Kräutergarten. Die Stiefel sinken im aufgeweichten Boden immer noch tief ein. Er hat sich zwar vorgenommen, nichts zu pflanzen und die Kräuter sich selbst zu überlassen, aber der Brinn blüht bereits, die blaugrünen Sprossen breiten sich aus, und auch das Astra wächst und gedeiht.

Der leichte, kühle Wind zaust sein Haar, als er sich bückt. Er streicht mit den Fingern über die Kräuter und gibt den schwächeren etwas mehr Ordnung. Lächelnd richtet er sich wieder auf und geht zum Haus, wo das Essen auf ihn wartet.

Nach der Mittagspause muß er zu Tyrel reiten und endlich die Dampfmaschine in das Schiff einbauen, das seit kurzem den Namen *Schwarzer Diamant* trägt. Er ist überzeugt, daß die Dampfmaschine im Prinzip funktionieren wird, aber wie gut sie arbeiten wird, ist eine ganz andere Frage. Haben die beiden Kolben genug Spiel? Sind die Stangen stark genug?

Er schiebt die Fragen beiseite, die er ohnehin erst beantworten kann, wenn er mit der Überprüfung der Maschine begonnen hat, und krault noch einmal Gilda zwischen den Ohren, ehe er die Treppe zur Küche hinaufsteigt.

Über dem Nordmeer sammeln sich die Wolken.

CXLII

»Die Händler haben ihrem Kommandanten, diesem jungen Mann aus Recluce, aufgetragen, Kleth auf jeden Fall zu halten«, erklärt Jeslek ruhig. Über ihm flattert die Zeltplane.

Fydel nickt, Anya lächelt strahlend, und Cerryl lächelt höflich und nickt unterwürfig.

»Wo ist Sterol?« fragt Anya.

»In Fairhaven, nehme ich an, was mir ganz recht ist. Wir brauchen wirklich nicht noch einen hier, der nichts im Sinn hat, als Ränke zu schmieden.« Der Erzmagier hält inne. »Es war brillant, daß Ihr die Angebote des Rates abgelehnt habt, Fydel, auch wenn Ihr dabei etwas ganz anderes im Auge hattet.«

»Es freut mich, daß Ihr es so seht«, erwidert Fydel lächelnd.

»Es hat sie gezwungen, sich frühzeitig auf die Verteidigung einzurichten und ihre Flucht zu planen, falls sie scheitern. Händler laufen natürlich lieber weg, als zu kämpfen. Dieser Brede, den sie da haben, ist eigentlich viel zu gut für sie, so jung er auch ist, und jetzt werden sie ihn und seine Talente unnütz vergeuden. Es ist eine Schande.«

»Hast du denn die Absicht, ihn zu verschonen?« fragt Anya. Sie spricht beinahe gelangweilt.

»Beim Licht der Dämonen, nein. Nach allem, was er den Rekruten angetan hat ... das wäre politisch gesehen unklug.«

»Was ist mit dem aufsässigen Schmied? Hat er nicht sogar noch mehr Schaden angerichtet als der Kommandant? Draht ziehen ... wie man auf so etwas kommen kann ...«, murmelt Anya.

»Es hat uns weniger als vier Dutzend Trupps Rekruten gekostet, die Fallen im Fluß zu überwinden, und jetzt kontrollieren wir den Fluß bis nach Kleth. Brede ist gefährlicher.«

»Er ist nur ein Soldat, wie gut er auch sein mag«, sagt Cerryl nachdenklich. »Aber der Schmied könnte noch einige Tricks im Ärmel haben.«

»Vielleicht ... aber auch damit wird er Spidlar nicht retten können«, gibt Jeslek lächelnd zurück.

CXLIII

Dorrin läuft über die Planke auf die *Schwarzer Diamant*. Auf dem Hügel über der Werft steht inzwischen ein halbes Dutzend primitiver Zelte, deren Planen im Wind flattern. Der Schmied blickt zu ihnen hinauf, bevor er zum Heck geht und die Leiter zum Maschinenraum hinuntersteigt. Auf beiden Seiten des Raumes stehen Kohlenbunker, deren Schütten direkt in die Tür des Feuerraums münden.

Tyrel steht neben der Maschine. »Wird sie auch funktionieren?«

»Ich hoffe, sie läuft.« Dorrin bückt sich und fährt mit den Fingern über die Balken, auf denen die Plattform ruht, die ihrerseits die Maschine trägt. Dann öffnet er die kleine Luke, die den Zugang zur Antriebswelle darstellt. Das Wasser in der Bilge ist nicht gestiegen, also haben die eingefetteten Dichtungen gehalten. Aber werden sie auch noch halten, wenn die Welle rotiert? Er hofft es, aber es gibt so viele Dinge, die er bisher nur an Modellen erprobt hat.

Er schließt die Luke und kehrt zur Maschine zurück. Dort zündet er ein paar Späne an, dann legt er langsam eine Schaufel zerkleinerte Kohle darauf. Als die Kohle brennt, legt er eine Schaufel normale Kohle nach. Er prüft mit seinen Sinnen die Wärme in den mit Wasser gefüllten Kolben über der zylindrischen Feuerbüchse und erkundet, ob die Behälter wasserdicht sind. Bisher sieht es gut aus.

»Was jetzt?« fragt Tyrel.

»Mehr Kohle und mehr Dampf.«

Dorrin wartet eine Weile, dann legt er noch mehr Kohle nach. Anschließend tritt er an die Kupplung und kuppelt die Antriebswelle aus.

Mit lautem Poltern macht die Maschine ein paar Umdrehungen.

Dorrin untersucht die Stäbe aus Schwarzem Eisen, dann überprüft er das Überdruckventil und öffnet es, damit der weiße Dampf entweichen kann. Als nächstes ist der Kondensator an der Reihe. Er scheint zu heiß zu sein, aber wie heiß genau ist zu heiß? Schließlich überprüft er die Rohre und verstellt ein Ventil. Auf wie viele weitere Probleme wird er noch stoßen? Der Kondensator kühlt sich sofort wieder ab, und er geht weiter bis zum vorderen Kolben, wo er aufmerksam lauscht, ob etwas zischt oder gurgelt oder ob andere ungewöhnliche Geräusche zu hören sind.

Die Maschine und das Schwungrad kommen auf Touren und laufen in einem gleichmäßigen Rhythmus.

Tyrel betrachtet die sich rasch bewegenden Stäbe, das Planetengetriebe und das Schwungrad. Er wird kreidebleich. »Bei der Dunkelheit ...«

»Ihr habt völlig recht«, erklärt Dorrin ruhig. »Es beruht auf der Ordnung.« Er öffnet die Tür der Feuerbüchse und schaufelt noch etwas Kohle nach. Eine weitere Überprüfung des Kondensators zeigt, daß unten ein dünnes Rinnsal Wasser entweicht. Schon wieder ein Leck.

»Was gibt es da zu grinsen, junger Mann?« ruft Tyrel, um den Maschinenlärm zu übertönen.

Dorrin muß tatsächlich trotz des undichten Kondensators grinsen. Er klettert an Deck und sieht sich im Hafen um. An der hinteren Pier hat schon wieder ein Schmuggler festgemacht, eine Barke mit dunklem Rumpf. Zwei bewaffnete Wächter stehen unten vor der Laufplanke, an der Pier davor warten mehrere Wagen.

Nachdem er die Taue überprüft hat, klettert Dorrin wieder in den Maschinenraum und legt noch etwas Kohle in die Feuerung. Dann schließt er die Eisentür und tritt zur Seite, um die Antriebswelle einzukuppeln.

Er zuckt zusammen, als er spürt, welche Kräfte auf das Getriebe einwirken, während der Schaft sich zu drehen beginnt. Ein tiefes Dröhnen ist zu hören, das sogar die Planken unter den Füßen zum Vibrieren bringt.

Dorrin öffnet die Luke hinter der Maschine und überprüft die Welle. Aus den Dichtungen auf der stützenden Säule in der Mitte und am Ende dringt Schmierfett. Die Vibrationen werden stärker, als die Maschine höher dreht, dann lassen sie wieder nach.

Dorrin schickt seine Wahrnehmung am Schaft entlang und versucht, Unebenheiten aufzuspüren. Ganz sicher ist er nicht, aber er hat das Gefühl, daß die Welle etwas höher gesetzt werden muß. Er geht wieder an Deck nach hinten zur Schraube, wo das Wasser hinter dem Ruder brodelt. Die Taue spannen sich, und die *Schwarzer Diamant* zerrt an der dünnen Pier, an der sie festgemacht ist.

»Meister Dorrin, sie wird noch die Pier umreißen, Ihr müßt etwas tun!«

Dorrin eilt zur Maschine zurück und zwingt sich, betont ruhig die Leiter hinunterzusteigen. Die Hitze im Maschinenraum ist überwältigend, und seine Kleider sind bald von Schweiß durchnäßt. Er greift nach dem Kupplungshebel und zieht, aber der Hebel bewegt sich nicht, und die Kraft der Maschine wird weiter auf die Schraube übertragen. Wieder reißt Dorrin am Hebel, aber der Mechanismus ist blockiert.

»Meister Dorrin, Ihr müßt etwas tun!«

Dorrin geht neben die Maschine und reißt das Sicherheitsventil auf.

Mit ohrenbetäubendem Heulen entweicht der Dampf. Das Geräusch ist schmerzhaft laut, und Dorrin würde sich am liebsten die Ohren zuhalten, doch er verstellt noch ein zweites Ventil, um den Zustrom von Wasser in die Feuerbüchse zu verringern. Doch sofort spürt er, wie die Temperatur in den Kolben steigt, und er öffnet das Wasserventil wieder.

Offensichtlich braucht er eine Art Überbrückung für den Notfall oder eine bessere Kupplung, oder am besten beides. Er versucht noch einmal, die Kupplung zu bewegen, aber sie ist nach wie vor blockiert.

Da der Dampfdruck inzwischen nachläßt, sinkt die Kraft der Maschine, und die Schraube dreht sich langsamer. Es dauert lange, fast bis zur Dämmerung, bis die Schraube sich überhaupt nicht mehr bewegt, auch wenn die Pier schon lange nicht mehr in Gefahr ist.

Während sie darauf warten, daß die Feuerbüchse abkühlt, blickt Tyrel zu Dorrin. »Da habt Ihr Euch wirklich etwas Feines ausgedacht, junger Mann.«

»Ich will es doch hoffen.« Dorrin wischt sich die Stirn ab. Ihm ist immer noch heiß, obwohl einer von Tyrels Gehilfen einen Eimer Wasser an Bord gebracht hat. Er schöpft eine Kelle Wasser und spritzt es sich auf die Stirn.

»Ich hätte nie geglaubt, daß es funktioniert, auch wenn alle sagen, daß Ihr gute Arbeit leistet«, sagt Tyrel hustend. »Ich habe meinen Jungs gesagt, sie sollen ja nur den Mund halten, sonst würde ich sie verprügeln, wenn Ihr sie nicht vorher in Kröten verwandelt.«

»Ihr macht ja ein Ungeheuer aus mir.«

»Lieber ein lebendiges Ungeheuer, als daß alle Händler aus Diev hier herunter kommen, sobald die Weißen auf der Straße nach Kleth marschieren.«

»Glaubt Ihr denn wirklich, daß es so schlimm kommen wird?«

»Noch schlimmer«, knurrt der Schiffbaumeister. »Die meisten Kaufleute in Diev haben Anfang des letzten Winters, direkt nachdem Elparta gefallen ist, ihre Schiffe von hier weg verlegt. Die meisten haben sich selbst in den Hintern getreten, daß sie Euch die *Harthagay* – die *Diamant,* meine ich – überlassen haben. Aber sie dachten, daß niemand es schaffen würde, sie aus dem Sand zu befreien.«

»So schwierig war es eigentlich nicht. Ich habe als Junge mal gelesen, wie so etwas geht. Die Brystaner machen das öfter.«

»Wie viele Leute lesen denn? Das Lesen unterliegt der Ordnung, nicht wahr?«

Dorrin hat noch nie darüber nachgedacht, aber es stimmt wohl. Zu lesen bedeutet, geordnete Symbole zu erkennen, die eine Bedeutung haben. Aber er ist sicher, daß die Chaos-Magier lesen können. Auch in diesem Fall scheint es so, als wäre das Chaos auf den Gebrauch der Ordnung angewiesen.

Dorrin kommt ein neuer Gedanke. »Können wir etwas Segeltuch holen? Damit der Maschine nichts passiert?«

»Ich habe schon daran gedacht, Meister Dorrin. Wenn Ihr mich auf dem Schiff arbeiten laßt und meine Jungs mitnehmt, könnt Ihr alles nehmen, was ich habe.«

»Einverstanden.« Dorrin muß nicht einmal darüber nachdenken. Ohne Tyrel wird er kein Schiff haben. »Und jetzt laßt uns versuchen, die Kupplung zu lösen.«

Nachdem das Getriebe nicht mehr unter Spannung steht, läßt sich die Kupplung ohne weiteres öffnen. Dorrin betrachtet das Getriebe. »Bei der Dunkelheit.«

Der Winkel, in dem die Zahnräder des Getriebes stehen, hat unter der Belastung, als die Maschine gelaufen ist, zu einer Blockade geführt. Er runzelt die Stirn. Er muß nicht nur einen Notablaß für den Dampf konstruieren, sondern auch die Kupplung umbauen.

Tyrel sieht Dorrin zu, als dieser das Kondensatorsystem untersucht. Die Pfütze warmen Wassers auf dem Deck bezeugt, daß es irgendwo ein Leck gibt. Dorrin zieht den Schraubenschlüssel aus dem Gürtel. Er ist dankbar für seine Voraussicht, denn er hat alle Bolzen mit den gleichen Köpfen versehen.

Als er die Platte abgenommen hat, muß er lachen. Das Problem ist offensichtlich die Kondensation, und das bedeutet, daß er noch mehr Röhren einbauen und ein paar Anpassungen vornehmen muß. Ob er externes Kondensat benutzen kann, um den ständigen Verlust an Frischwasser auszugleichen? Er nickt, während er den Deckel provisorisch wieder befestigt.

Obwohl es allmählich dunkel wird, schwitzt Dorrin schon wieder, als er aufs Deck zurückklettert. Nachdem er sich die Stirn abgewischt hat, blickt er zum Hügel. Nur noch ein einziges Zelt steht dort. So hat auch eine Fehlfunktion ihr Gutes, denn das Interesse an der *Schwarzer Diamant* hat sichtlich nachgelassen.

CXLIV

Dorrin betrachtet den schwarzen Kasten. Dann zuckt er mit den Achseln und blickt zu den drei Löchern in der Straße, die jeweils ungefähr drei Ruten voneinander entfernt sind. Er hofft, die unterschiedlich langen Zünder werden brennen, wie er es berechnet hat, und daß die Holzstäbe die kleineren Pflastersteine gut genug abstützen. Und er hofft, daß die Steine breit genug sind, damit ein certisches oder gallisches Pferd oder ein Rekrut darauf tritt.

Die beiden Soldaten warten, während er die erste dünnwandige Kiste aus Schwarzem Eisen ins Loch setzt und die Nägel rings um den Zylinder in Position bringt.

»Wozu ist das gut?« fragt der vierschrötige, strohblonde Soldat.

»Damit werden Pferde und Menschen zerfetzt«, antwortet Dorrin leise.

Im Westen, jenseits der grünen Wiesen, und auch im Süden, in Richtung Elparta, sind zu beiden Seiten des Weges, auf dem die Weiße Horde sich nähert, Staubwolken und Brände zu sehen. Die Luft ist klar, und die Sonne funkelt im blaugrünen Frühlingshimmel. Hinter der Mauer am südlichen Straßenrand zwitschert ein Chor von kleinen Vögeln.

Der Soldat schluckt.

Dorrin deutet auf die Holzdübel, die den ausgehöhlten Stein stützen. »Bei der Dunkelheit«, warnt er die Soldaten, »tretet nur nicht auf diesen Stein. Von Euch würde nicht einmal genug Fleisch für einen Eintopf übrigbleiben.« Er wischt sich die schweißnasse Stirn ab, bevor er den Stein an die richtige Position setzt.

Jetzt schluckt auch der zweite Soldat.

Dorrin schüttelt den Kopf. Wie konnte es nur dazu kommen, daß er so grauenhafte Apparate konstruiert?

Und sie auch noch einbaut, wobei ein einziger falscher Handgriff ihn in Hackfleisch verwandeln würde?

Er ist mit dem ersten Stein fertig. »Gebt mir den Besen.« Vorsichtig fegt er Staub über die Steine, bis die Stelle so aussieht, als wäre seit dem letzten Regen niemand mehr vorbeigekommen.

Das gleiche tut er mit dem zweiten und dem dritten Kasten.

Seine Arme und Beine zittern, als er fertig ist, und der Schweiß läuft ihm in Strömen über die Stirn, obwohl von den Westhörnern her ein kühler Wind durchs Hügelland weht. In seinem Kopf pocht ein dumpfer Schmerz.

Bredes Truppen haben die Hirten und ein paar Bauern schon aus der Gegend vertrieben. Sie haben darauf bestanden, daß alle die Gegend verlassen, und ihnen erzählt, was in Elparta geschehen ist. Nur wenige haben eine weitere Aufforderung gebraucht, nachdem sie erfahren hatten, daß die Weißen flußabwärts marschieren.

»Bist du fertig?«

Dorrin blickt zu Kadara auf, die mit einem Soldaten gekommen ist, der Meriwhens Zügel hält. »Ich habe getan, was ich konnte. Ich hoffe, es funktioniert.«

Kadara runzelt die Stirn, als Dorrin den Besen neben seinem Stab in den Lanzenköcher steckt.

»Jedesmal, wenn ich etwas entwickle, um Menschen umzubringen, machen die Weißen etwas noch Schlimmeres.«

»Ich glaube nicht, daß sie viel mehr tun können, als alles niederzubrennen und jeden zu foltern und zu töten, der sich ihnen in den Weg stellt«, erwidert Kadara trocken. »Wir müssen von hier verschwinden. Führt eure Pferde über das Gras, bis wir die Kurve da vorn erreicht haben.«

Dorrin folgt ihren Angaben, dann sieht er sich über die Schulter um, wie weit die Weißen Truppen schon vorgedrungen sind.

»Warum schicken sie keine Vorhut aus?« fragt der vierschrötige Soldat.

»Weil wir die Kundschafter, die sie vorausgeschickt haben, immer getötet haben«, erklärt Kadara. »Und deshalb könnte dies hier funktionieren. Dieses Mal haben wir ihnen keine Einwohner oder Hirten gelassen, die sie vor der Truppe marschieren lassen können. Deshalb kommen sie langsam und eng zusammengedrängt. Ich hoffe es jedenfalls.«

»Und was jetzt?« fragt Dorrin.

»Wir warten hinter der Kurve da oben auf dem Hügel, wo sie uns sehen können. Brede sagt, auf diese Weise sind sie weniger mißtrauisch oder jedenfalls nicht ganz so mißtrauisch, als wenn sie ein offenes Straßenstück erreichen, wo überhaupt niemand auszumachen ist.«

Eine Handvoll blau uniformierter Reiter trabt hinter einem Hügel hervor über die Wiesen nach Südwesten.

»Sie haben gerade ein paar Pfeile abgeschossen und versucht, die Vorhut herauszulocken«, erklärt Kadara. »Brede will sie glauben machen, wir versuchten nach wie vor, ihnen bei jeder Gelegenheit Nadelstiche zu versetzen.«

»Ein guter Kommandant ist er, der Brede«, murmelt der schmalere Soldat.

Dorrin reitet weiter und beobachtet die Szene. Die blau gekleideten Reiter kommen von Westen und werden langsamer, als sie sich der Straßenbiegung nähern.

»Du hast viel besser reiten gelernt.« Kadara zügelt ihr Pferd auf der Anhöhe, von der aus man die Straße überblicken kann.

»Ich hatte reichlich Gelegenheit zu üben.«

Angeführt wird der Marschzug der Reiter und Fußsoldaten, der sich über zwei Meilen in Richtung Elparta erstreckt, von zwei Trupps Kavallerie, die unter den purpurnen Bannern von Gallos reiten. Weniger als ein Dutzend Ruten hinter der vorderen Linie folgen die ersten gallischen Fußtruppen, und hinter den Fußtruppen, noch einmal fünfzig Ruten weiter, sind die hellen Banner der Weißen Magier zu sehen.

Wo die Magier vorbeireiten, wird das Gras schwarz und verdorrt. In die Wiesen neben der Straße schlagen Blitze ein, aus denen Brände entstehen. So zieht ein purpurnes und weißes Band durch die rußgeschwärzten schwarzen Streifen am Straßenrand.

»Warum treibt der Wind die Brände nicht zur Straße?« fragt der vierschrötige Soldat.

»Das wird später geschehen«, erklärt Dorrin, »aber es wird noch eine Weile dauern. Deshalb werfen sie die Blitze nicht unmittelbar neben die Straße.«

Die zweite Gruppe spidlarischer Reiter hält neben den vieren, die bereits warten. Ein Pferd ist reiterlos.

»Sie haben Ertel erwischt. Ich hoffe, es wird funktionieren.« Die Soldatin sieht zu Kadara, dann zu Dorrin. »Ist das dein Schwarzer Magier?«

»In erster Linie bin ich Schmied.«

Die Frau wendet sich an Kadara, ohne auf Dorrin einzugehen. »Wie lange noch?«

Kadara wendet sich ihrerseits an Dorrin.

»Ich habe versucht, die Zünder so einzustellen, daß die ersten Magier in die Luft gehen.«

»Das dort sind die jungen. Der Erzmagier, sein Name ist Jeslek, kommt erst viel, viel später.«

»Länger konnte ich die Zündschnüre nicht machen.«

»Nun ja … besser ein paar Magier als überhaupt keine.«

»… bei der Dunkelheit, ja …«

»… ein paar in die Luft jagen …«

Dorrin hält unwillkürlich den Atem an, als die Vorhut langsam bergauf reitet und das ebene Straßenstück erreicht, wo seine Sprengladungen versteckt sind.

Er beobachtet die Soldaten. Ist ein Pferd gestolpert? Hat der Zünder funktioniert?

Die Vorhut läßt den verminten Bereich hinter sich, dann die ersten Rekruten.

»Bei der Dunkelheit! Wann wird endlich etwas passieren?« murmelt der vierschrötige Soldat.

»Noch eine Weile ...«, sagt Dorrin. Er hofft und weiß doch nicht genau, was er eigentlich hofft, denn er hat die Ordnung benutzt, um ein großes Chaos zu entfesseln. Aber was kann er tun? Die Einwohner Spidlars verdienen es nicht, getötet oder verbrannt zu werden, nur weil sie sich dem Chaos widersetzen.

Die purpurnen Banner rücken weiter, dahinter folgen die weißen. Die berittene Vorhut wird langsamer, als sie sich der Kurve nähert und die spidlarischen Gardisten auf dem Hügel entdeckt. Hinter ihnen wird auch die Hauptmasse des Heeres langsamer.

Und dann kommt die erste Explosion. Erde, Steine, Leichen, Blut ... nicht mehr identifizierbare Fetzen spritzen in die Höhe.

Dann die zweite. Ein zweiter Schauer von blutig verfärbter Erde, Steinen und Fleisch fliegt durch die Luft.

Als der dritte Donnerschlag kommt, ist Dorrin vor Schmerzen, die ihn durchzuckt haben, blind. Er kann sich kaum noch auf Meriwhen halten.

Keiner der Soldaten sagt ein Wort.

Die erste Linie der weißen Banner existiert nicht mehr, die zweite und dritte Gruppe von Rekruten ist vernichtet. Aus den Gruben unter dem Hügel taucht ein Dutzend Bogenschützen auf und schießt auf die Vorhut und die verbliebenen gallischen Rekruten. Die Vorhut weicht in einem Bogen aus und greift den Hügel an.

Als Dorrin wieder atmen und sich im Sattel aufrichten kann, sind nur noch zwei gallische Reiter zu sehen, die eilig zum Heer zurückkehren. Die Hälfte des Haupttrosses liegt tot oder verletzt am Boden. Die übrigen gallischen Rekruten ziehen sich eilig zurück.

»Zu schade, daß wir nicht nachsetzen können«, sagt Kadara.

Dorrin reibt sich die Stirn. Das Bild, das er sieht, wird

immer wieder von weißen und schwarzen Blitzen überlagert, die hinter seinen Augen zu kreisen scheinen. Der Atem geht stoßweise, er kann kaum seine Gedanken ordnen.

»Wir haben nicht genug Soldaten. Wir haben höchstens noch zweitausend ausgebildete Kämpfer. Sie haben oder hatten dort unten die doppelte Zahl.«

»Jetzt haben sie immer noch ein paar hundert, vielleicht noch mehr.«

Die Kämpferin, die vorher Dorrin demonstrativ übersehen hatte, wirft ihm einen nachdenklichen Blick zu. »Der Dunkelheit sei Dank, daß Ihr auf unserer Seite kämpft.«

»Es hilft uns, aber es reicht nicht.« Kadara schüttelt den Kopf. »Laßt uns aufbrechen.« Sie sieht Dorrin an. »Kannst du so etwas noch einmal tun? Etwas abgewandelt vielleicht?«

»Vielleicht noch ein einziges Mal«, räumt er ein, »aber vorläufig sicher nicht. Es sollte in einem Wald oder so passieren. Auf die Steine werden sie jetzt achtgeben.« Er treibt Meriwhen an, um mit der rothaarigen Schwertkämpferin Schritt zu halten. »Ich habe nur noch drei Apparate. Sie sind schwierig herzustellen.« Er sagt nichts weiter, weil er in unmittelbarer Nähe der Weißen, denen er jetzt zum ersten Mal direkt gegenübergestanden hat, nicht offenbaren will, wo sich die Apparate befinden. Die schwarzen Blitze, die ihn vorübergehend blenden, lassen etwas nach, aber der rasende Kopfschmerz hält unvermindert an, und er blinzelt im Licht, das für seine Augen viel zu grell scheint.

»Kann nicht jemand anders sie herstellen?« fragt die Soldatin.

»Nein«, erklärt Kadara müde. »Es muß ein Schwarzer Schmied sein, der zugleich Kriegsbaumeister und Heiler ist. Kennst du noch einen?«

CXLV

Ein Windhauch fährt durch den Raum, in dessen Mitte fast verloren eine Handvoll Tische und Bänke stehen. Die Wände bestehen aus Brettern, die über dicke Balken genagelt sind. Hier und dort dringen Heubüschel durch die niedrige Decke des ehemaligen Heubodens. Zwei Trupps Soldaten liegen an einem Ende der Scheune in ihren Schlafsäcken.

Dorrin ißt das Brot und den Käse, den Kadara irgendwo aufgetrieben hat, und versucht, die Kopfschmerzen zu ignorieren. Das stechende, brennende Licht hämmert immer noch in regelmäßigen Abständen auf seinen Kopf ein und erschüttert auch seinen knurrenden Magen.

Der zweite Satz Minen hat nicht ganz so spektakulär gewirkt wie der erste, aber die Explosionen waren gewaltig genug, daß Kadaras Kämpfer ihn danach auf Meriwhen heben mußten. Vom anschließenden Ritt zurück nach Kleth weiß er nichts mehr. Es ist die Frage, wie viele derartige Erfolge er noch verkraften kann. Er will nur noch nach Diev zurück. Offensichtlich ist das Kriegshandwerk nichts für ihn.

»Ich werde aufbrechen, sobald ich mich etwas besser fühle.«

»Dorrin, du kannst nicht noch einmal über diese Straße reisen. Das geht nicht«, faucht Kadara. »Die Weißen Magier würden dir drei oder vier Trupps hinterherschicken.«

Dorrin ißt langsam das Brot und den Käse. Kadara hat natürlich recht, das muß er zu seinem Leidwesen eingestehen. Aber niemand in Diev ist davon unterrichtet, daß er länger bleiben wird. »Wird euer Waffenmeister nichts dagegen haben, wenn ich hier arbeite?«

»Du bist möglicherweise die einzige Hoffnung, die wir noch haben, und du machst dir wegen so etwas Sorgen?«

»Ich habe kein Werkzeug mitgebracht.«

»Auch darüber brauchst du dir keine Sorgen zu machen. Welka wird es nicht stören. Außerdem braucht Brede dich jetzt. Er würde mir den Kopf abreißen, wenn ich dich ohne Schutz ziehen lassen würde, und wir sind wirklich nicht in der Lage, dich zu beschützen.«

Wenn er die letzte Hoffnung für Kleth ist, dann ist die Stadt dem Untergang geweiht. In der kurzen Zeit, bis die Weißen Horden kommen, kann er höchstens noch ein Dutzend Sprengladungen wie die herstellen, die sie auf der Straße benutzt haben. Wenn sie geschickt eingesetzt werden und die Weißen sie nicht bemerken und wenn sie arbeiten wie vorgesehen und wenn Brede genug Rohmaterial auftreiben kann, damit er das Schießpulver herstellen kann, oder wenn er ... wenn, wenn, wenn ...

Er reibt sich die Stirn. Selbst wenn er nur über das nachdenkt, was er bauen muß, werden die Kopfschmerzen schon schlimmer. Die Dunkelheit weiß, was passieren wird, wenn seine miteinander verbundenen Minen explodieren wie vorgesehen. Er ißt noch einen Bissen Brot und Käse und trinkt einen Schluck dünnes Bier. Kadara sagt, das Wasser sei nicht sauber genug, und er will sich nicht damit aufhalten, nach Trinkwasser zu suchen.

»Willst du denn nichts essen?« fragt er Kadara.

»Ich habe keinen Hunger.« Einen Moment lang scheint es fast, als würde der Gedanke an Essen sie abstoßen. »Möchtest du noch etwas?«

»Nein, es hat gereicht.« Die Kopfschmerzen sind zu einem leichten Pochen abgeklungen, nur gelegentlich flackern noch die schwarzen Blitze vor den Augen. Warum hat Kadara keinen Hunger? Ist sie nicht gesund? »Geht es dir nicht gut?«

Er streckt eine Hand aus und will ihr Handgelenk fassen, aber sie zuckt zurück. »Es geht mir gut.« Aber sie ist nicht schnell genug, und er spürt, wo das Problem liegt. »Es tut mir leid, Dorrin. Es ist jetzt wirklich nicht leicht für uns. Wir sind in der Unterzahl, und der Rat läßt nicht zu, daß wir uns zurückziehen.«

»Sie bestehen darauf, daß ihr bis zum letzten Krieger kämpft?«

»Natürlich. Glaubst du denn, sie würden die eigene Haut riskieren? Außerdem werden wir dafür bezahlt.«

»Verstehen sie es denn nicht?«

»Nein. Sie glauben, sie könnten sich irgendwie freikaufen.«

Die Tür zum Hof wird geöffnet, und Brede tritt ein, begleitet vom leichten Geruch nach Pferdeäpfeln. Das blaue Hemd sieht aus, als hätte er seit einem Achttag darin geschlafen, und das normalerweise glattrasierte Gesicht ist mit blonden Stoppeln übersät.

Kadara begrüßt ihn mit einem halben militärischen Salut und einem halben Winken. »Sei gegrüßt, großer Kommandant.«

»Sei gegrüßt, Truppführerin.« Bredes Grinsen verschwindet so schnell wieder, wie es gekommen ist.

Dorrin trinkt noch einen Schluck Bier und ißt das Brot auf, das er in der Hand hält.

»Kadara«, fragt Brede, »können deine Leute überprüfen, ob die Weißen eine Vorhut auf die Straße nach Diev geschickt haben? Rynder überprüft die alte Straße nach Axalt.«

»Jetzt gleich?«

»Du mußt nicht selbst reiten. Du kannst auch jemanden aus deinem Trupp schicken.«

Kadara schnaubt. »Du willst doch, daß es ordentlich erledigt wird, oder?« Sie steht vom Tisch auf. »Wie weit?«

»Wenn du auf zehn Meilen nichts findest, dann sind sie nicht da. Sie werden wohl nicht versuchen, durch die Hügel von Kylen zu kommen.«

»Ich wünschte, sie würden es versuchen.« Kadara

wendet sich an Dorrin. »Du mußt dich jetzt an die Arbeit machen.«

»Ich weiß.«

»Viel Glück, Kadara«, sagt Brede leise.

Sie geht zu den Soldaten, die hinten in der Scheune in ihren Schlafsäcken schlafen. »Packt eure Sachen und sattelt die Pferde. Wir müssen als Späher in den Süden. Wir treffen uns gleich im Hof.«

Brede setzt sich neben Dorrin auf die Bank und sieht Kadara nach, die durch die Tür auf der anderen Seite die Scheune verläßt und zum Stall geht. Er blickt noch eine Weile, nachdem sie gegangen ist, nachdenklich zur längst wieder geschlossenen Tür.

Abgesehen von leisem Stöhnen sind von den Soldaten, die Kadaras Befehle befolgen und gerade aufstehen, keine Klagen zu hören.

Dorrin schiebt den halbvollen Krug Bier und den angeschlagenen Becher zu Brede hinüber. »Du siehst aus, als könntest du es gebrauchen.«

»Danke.« Brede füllt den Becher auf und trinkt ihn mit einem großen Schluck halb leer, dann sieht er wieder in die Richtung, wo der Stall sein muß, in den Kadara gegangen ist. Nach einem Augenblick beugt er sich vor, aber er sagt nichts, sondern befeuchtet sich nur die Lippen.

»Kadara?« fragt Dorrin.

Brede nickt.

Dorrin versteht, warum Brede schweigt, auch wenn er es amüsant findet, daß der sonst so wortgewandte Brede Mühe hat, ihm zu sagen, was er denkt. »Sie ist ein bißchen empfindlich.«

»Ist sie das nicht immer?« fragt Brede mit einem Lachen, das bald darauf wieder erstirbt.

»Soll ich jetzt raten?« Dorrin will keine scharfe Antwort geben, aber sein Kopf tut immer noch weh, und er fühlt sich zerschlagen.

»Du weißt es, nicht wahr?«

»Daß sie dein Kind trägt? Kurz bevor du gekommen bist, wurde es mir klar.«

»Hat sie es dir gesagt?«

»Natürlich nicht.« Dorrin zwingt sich zu einem Grinsen. »Ihr ist wahrscheinlich nicht einmal bewußt, daß ich es weiß. Sie hat sich hastig zurückgezogen, als ich sie am Arm berührt habe.«

»Es war keine gute Idee. Nicht in diesen Zeiten.«

Dorrin ist in gewisser Weise anderer Meinung, denn Brede hat ja den Befehl bekommen, Kleth um jeden Preis zu halten. »War es ihre Idee?«

»Sie sagte mir …« Brede sieht sich im fast leeren Raum um und senkt die Stimme. »… wenn ich schon ein von den Dämonen verdammter Held werden wollte, sollte ich ihr wenigstens etwas hinterlassen.«

Der Schmied nickt langsam. Wird es einen Unterschied machen? Wird einer von ihnen den Kampf um Kleth lebend überstehen? »Sie hat starke Gefühle. Was empfindest du?«

»Ich liebe sie. Ich zeige es ihr nicht immer, und ich kann die Leute hier nicht im Stich lassen. Ich rede jetzt nicht über die Händler, sondern über die Soldaten und die Bauern. Leute wie dein Yarrl und Reisa und Petra.« Brede füllt den Becher nach, reibt sich Nacken und Schultern, dann die Augen. »Wenn … wenn mir etwas zustößt … und du bist noch da …«

»Ich glaube, du wirst diesen Krieg eher überleben als ich.«

»Das ist Unsinn. Wirst du dich dann um sie kümmern?« Brede sieht Dorrin scharf an.

»Wenn ich dann selbst noch da bin … ja.« Dorrin blickt zum Tisch und bekommt Schuldgefühle, weil er auf jeden Fall die *Schwarzer Diamant* fertigstellen und auf See erproben will und weil er es nicht für sinnvoll hält, sich in einen Krieg einzumischen, der ihn das Augenlicht kosten kann, wenn er siegt – möglicherweise sogar für immer. »Wie steht der Kampf?«

»Nicht gut. Sie haben noch einmal fünftausend Rekruten aus Hydlen hinzugezogen. Wir tun, was wir können. Aber ich kann alles in allem höchstens auf dreitausendfünfhundert Kämpfer zurückgreifen. Und auf dich.«

»Danke für die Schmeichelei«, erwidert Dorrin trocken. Er reibt sich die Stirn. »Wie lange habe ich Zeit, um meine Wunder zu wirken?«

»Wenn sie weiter mit dieser Geschwindigkeit vorstoßen, ungefähr zehn Tage.«

»Gibt es eine Möglichkeit, Liedral mitzuteilen, wo ich bin?«

»Das ist nicht nötig.« Brede schüttelt den Kopf. »Ich habe Tylkar, der die letzten Einberufungen in Diev beaufsichtigt hat, aufgetragen, ihr auszurichten, sie soll mit den neuen Truppen herkommen. Sie müßten morgen hier sein.«

»War das nicht etwas voreilig?«

»Bei der Dunkelheit, ja doch. Aber ich würde alles einsetzen, was in meiner Macht steht, um dich hier zu halten. Es ist kein Spiel, Dorrin. Eine Menge Leute werden sterben.«

Der Schmied schluckt. Wenn es nach Brede und Kadara geht, hatte er nie wirklich die Wahl, sich zu entscheiden, ob er bleiben wollte. Er hätte gehen können – sie hätten ihn nicht aufhalten können –, aber inzwischen wäre Liedral bei ihnen gewesen. »Du bist ein Schweinehund.«

»Ich mußte lernen, einer zu sein.« Brede hustet. »Welka erwartet dich. Du bekommst im Hauptquartier ein kleines Zimmer direkt neben meinem. Das ist das mindeste, was ich tun kann, und es ist wenig genug.« Er lacht rauh und steht auf.

Dorrin sieht dem blonden Kommandanten nach, als er die Scheune verläßt. Dann steht auch er auf. Er muß den Waffenmeister finden und die tödlichen Waffen schmieden.

CXLVI

Die spidlarischen Truppen haben sich am Hügel im Halbkreis eingegraben. Die Straße von Elparta nach Kleth windet sich von Südwesten nach Südosten die Hügelflanke hinauf. Im Osten liegen die Klippen, die den Fluß überblicken, im Westen fällt der Hügel zu den Sümpfen von Devow ab, die sich gut vier Kilometer weit nach Westen erstrecken. Hinter den Sümpfen liegen die Berge von Kylen, eine wilde Gegend voller Schluchten und brüchiger Sandsteinklippen.

Dorrin späht über die Wälle zu den Bannern, die am niedrigeren, gegenüberliegenden Hügel versammelt sind: das Rot von Hydlen, das Grün von Certis, das Gold von Kyphros und natürlich die rot eingefaßten weißen Fahnen von Certis. Dann sieht er nach oben. Er hofft, Liedral wird bei der Nachhut bleiben. Noch lieber wäre es ihm gewesen, sie wäre gleich in Kleth geblieben.

Der Himmel ist mit hohen, dünnen Wolken bedeckt, die den Morgen grau färben. Ein leichter Wind von Süden, der kaum die Banner der Weißen Streitmacht zu bewegen vermag, trägt den Geruch von brennenden Feldern den Hügel hinauf.

Aus der Richtung der Truppen des Chaos ist ein einzelnes, schwankendes Hornsignal zu hören.

Dorrin sieht zwischen den Erdwällen und den Truppen, die sich unten im flachen Tal versammelt haben, hin und her. Ein zweites Hornsignal ertönt, und von dort, wo die Weißen Banner zu sehen sind, steigen Flammen auf, die sich ausbreiten, bevor sie sich über die von den spidlarischen Truppen gehaltene Hügelflanke ergießen. Nur wenige Schreie sind zu hören, also haben sich die Erdarbeiten als wirksamer Schutz vor der direkten Wirkung des magischen Feuers erwiesen. Ein paar dünne Rauchfahnen kräuseln sich in den Himmel. Ein zweiter Feuerstoß folgt auf den ersten, richtet jedoch noch weniger Schaden an.

Dann bebt der Boden.

Die blau gekleideten Reiter stehen neben den mit Scheuklappen ausgerüsteten Pferden. Sie warten, daß das Beben aufhört, und beruhigen die nervösen Tiere.

Dorrin grinst. Bisher hat Brede die Taktik der Magier richtig vorausberechnet.

Es wird still am Hügel, und Dorrin wartet. Dann strömen die purpurnen Banner bergan zu den vordersten Gräben, wo spidlarische Kämpfer mit Piken und Hellebarden warten. Nur eine Handvoll Soldaten stehen dort unten. Sie sind angewiesen, sich sofort in das höher gelegene Gelände zurückzuziehen.

Dorrin, der hinter einem mit Baumstämmen verstärkten Wall steht, hält den Atem an. Er versucht, mit seinen Sinnen die Lage zu überblicken, und hofft, die letzten Soldaten werden sich zurückgezogen haben, bevor er eingreifen muß.

Die gallischen Truppen überrennen die vorderste Linie und dringen in die Gräben ein. Sie teilen sich und folgen den Gräben zu den höheren Stellungen. Dorrin schluckt und zieht an der Schnur, die in einem Holzgehäuse endet, das seinerseits in der Wand der flachen Grube steckt. Als die Schnur straff gespannt ist und seine Sinne ihm sagen, daß der Zünder angesprochen hat, zieht er an der zweiten Leine und reißt die Stützen unter einem Teil des Gehäuses weg. Dann klettert er aus der Grube und füllt das Loch vor dem Holzkasten auf.

»Los jetzt!« weist er die beiden Männer an, die mit ihm gewartet haben. »Schaufelt.«

Sie schaufeln, als wären die Dämonen des Lichts hinter ihnen her. Sie müssen fertig sein, bevor die Flamme, die an der Zündschnur entlangläuft, die versteckten Ladungen erreicht hat.

Die purpurnen Banner stürmen weiter bergauf und

haben bereits die halbe Strecke zu den höheren Stellungen hinter sich gebracht. Pfeile – nicht viele, aber genug – fliegen den ersten Reihen entgegen und halten sie auf.

Dorrin nagt an der Unterlippe. Er hofft, der Rat, den er Brede gegeben hat – die Truppen zurückzuziehen und nur hölzerne Imitate von Waffen zurückzulassen –, wird sich als richtig erweisen. Er setzt sich. Er hat Angst vor dem, was gleich geschehen wird – den heranrückenden Truppen und ihm selbst. Die Banner folgen den fliehenden Spidlarern durch die Gräben, die Galler sehen den Sieg schon unmittelbar vor sich und achten kaum auf die wenigen Pfeile, die auf sie abgefeuert werden.

Wieder bebt der Hügel, und jetzt wird sogar die Grube, in der Dorrin inzwischen steht, erschüttert. Er wird gegen die Wand geworfen, Lehmbrocken stürzen auf ihn nieder.

»Beim Licht!« ruft ein Soldat.

Der zweite gurgelt einen Augenblick. Dorrin würde sich vor Kopfschmerzen am liebsten die Augen aus dem Schädel reißen. In Bauch und Hals des Mannes stecken Holzsplitter.

Seine Schulter brennt, und er starrt verwundert den hölzernen Spieß an, der im Fleisch steckt, nachdem er Jacke und Hemd durchschlagen hat. Seine Sinne sagen ihm, daß es nur eine Fleischwunde ist. Er zieht den Splitter langsam heraus und hantiert eine Weile mit der Wundauflage, die er vorsichtshalber mitgenommen hat, bis sie an der richtigen Stelle sitzt.

Dann sieht er wieder nach unten zu dem Erdrutsch, der den größten Teil der vorstürmenden Galler unter sich begraben hat. Die weiße Woge der Zerstörung, die ihm von dort entgegenschlägt, blendet ihn beinahe. Er sackt am Boden des Grabens in sich zusammen und versinkt in seiner eigenen Dunkelheit, die, von weißen Schmerzen begleitet, in seinem Kopf hämmert.

»Wo ist er?«

Er liegt hilflos am Boden und hört die Worte, bemerkt kaum die spidlarischen Soldaten, die durch seinen Beobachtungsgraben oder das, was noch davon übrig ist, den Hügel herunterkommen. Er weiß nicht, wie lange er dort liegt, er spürt nur noch das Pochen im Kopf.

»Beim Licht, ist das widerlich!«

»Bäh ...« Irgend jemand übergibt sich.

»Der da sieht aus wie ein Nadelkissen«, bemerkt eine gelassene Stimme.

»Wo ist Dorrin?«

Als er Liedrals Stimme hört, versucht Dorrin, die Augen zu öffnen, aber die Dunkelheit bleibt, obwohl er auf der Haut die diffuse Wärme der Morgensonne spürt, die vergeblich versucht, die hohen Wolken zu durchdringen. Langsam tastet er nach den flatternden Augenlidern. Die Augen sind geöffnet, aber er kann nichts sehen.

»Einer von ihnen lebt noch. Er hat die Hand bewegt.«

»Das ist der Schmied.«

Dorrin hustet und spuckt eine Mischung aus Galle und Lehmbröckchen aus, die er in den Mund bekommen hat. Mit Liedrals Hilfe setzt er sich auf. Der Kopf pocht, und wenn er nicht pocht, dann hat Dorrin das Gefühl, in seinem Schädel wäre ein Feuer ausgebrochen. Sie flößt ihm etwas Apfelwein ein.

Nach einer Weile hustet er wieder. »Was ... was ist passiert? Nach der Explosion?«

»Nichts«, erklärt Liedral. »Die überlebenden Galler haben sich in die alten Stellungen zurückgezogen.«

»Von den zweitausend sind sicher nicht mehr als ein Dutzend übriggeblieben«, fügt einer der Soldaten, die mit Liedral gekommen sind, hinzu.

Dorrin schluckt. »Zweitausend?«

»Siehst du jetzt, warum der Kommandant wollte, daß wir ihm helfen?« fragt eine weitere Stimme in der Dunkelheit.

Dorrin versucht, mit den Sinnen hinauszugreifen

und einen Eindruck von den Menschen zu bekommen, die sich in der Nähe befinden. Nach einigen Anstrengungen fängt er ein verschwommenes Bild von Liedral und drei Soldaten auf.

»Was ist los?« fragt Liedral. »Du siehst mich überhaupt nicht an.«

»Ich kann dich nicht sehen«, sagt er. »Ich kann überhaupt nichts mehr sehen.«

»Verdammt!« ruft einer der Soldaten.

»Ich muß ihn hier herausbekommen«, sagt Liedral.

»Wir helfen Euch. Wenigstens sind wir die verdammten Galler los.«

Dorrin stolpert durch den Graben, teils auf Liedral gestützt, und weiß schon nach kurzer Zeit nicht mehr, in welche Richtung sie sich überhaupt bewegen. Noch bevor sie die Hügelkuppe erreichen, beginnt Dorrin vor Erschöpfung zu zittern. Jeder Schritt scheint die Schmerzen im Kopf zu verstärken.

In der Ferne hört er Schreie, das Wiehern von Pferden und Rufe. Er will einen weiteren Schritt machen, aber die Dunkelheit ist erdrückend, und er bricht wieder auf dem feuchten Boden zusammen.

CXLVII

»Zur Dunkelheit mit dieser Vorsicht!« knurrt Jeslek.

»Es war deine eigene Idee«, bemerkt Anya.

»Und? Dann habe ich mich eben geirrt.« Jeslek blickt zum Hügel, der an ein frisch gepflügtes Feld erinnert.

»Wirklich? Das hätte ich nie für möglich gehalten«, gibt Anya sarkastisch zurück.

»Fydel«, befiehlt Jeslek, »laßt die Rekruten über das Gelände da drüben vorstoßen, wo die Explosionen stattgefunden haben.«

»Was?«

»Das einzige, was wir wissen, ist, daß es dort, wo schon Minen explodiert sind, keine weiteren Sprengladungen geben kann. Wir wollen ja vermeiden, daß sie sich zurückziehen und noch mehr Gelände verminen.«

Fydel kann sich der Logik nicht verschließen.

»Was der verdammte Schmied gemacht hat, erfordert einige Vorbereitungen. Soviel Zeit dürfen wir ihnen nicht lassen. Befehlt den Angriff. Konzentriert alle Kräfte an diesem einen Punkt. Und sorgt dafür, daß die Truppen in Bewegung bleiben.«

»Ja, Jeslek.«

»Ich meine es ernst. Sorgt dafür, daß sie in Bewegung bleiben.«

Als Jeslek sich umdreht, um das Schlachtfeld zu überblicken, wechseln Anya und Fydel einen Blick. Sie nicken.

Dann eilt Fydel zum Zelt des Kommandanten.

CXLVIII

In der Ferne klirrt Metall, und unter ihm bebt der Boden. Gedämpfte Flüche, Schreie, Grunzen und verschiedene andere Geräusche stürmen auf ihn ein, aber das brennende Weiß, das in seinem Kopf hämmert und ihm die Stirn zu versengen droht, blendet fast alles andere aus.

Er schluckt und spürt auf einmal etwas Kühles an den Lippen. »Trink das, Dorrin. Bitte.«

Die Stimme ist sanft, und er trinkt langsam. Ist es nur Einbildung, oder lassen die Kopfschmerzen wirklich etwas nach?

»Dorrin?«

Er erkennt Bredes Stimme.

»Er ist blind«, erklärt Liedral. »Bist du jetzt zufrieden?«

»Zufrieden?«

»Du kannst nicht erwarten, daß ein Schwarzer Schmied soviel Zerstörung bewirkt und nicht darunter leidet. Sogar dein großer Creslin war die meiste Zeit seines Lebens blind.«

Brede seufzt laut genug, daß auch Dorrin es hören kann. »Es tut mir leid.« Er dreht sich um. »Die Soldaten können jetzt zu ihren Einheiten zurückkehren. Die Weißen bereiten einen Großangriff vor.« Etwas leiser wendet er sich dann wieder an Liedral und Dorrin. »Was erwartet ihr von mir? Wir sind zehn zu eins in der Unterzahl, und ich werde das Schlachtfeld wahrscheinlich nicht lebend verlassen.«

Liedral schluckt. »Es tut mir leid.«

»Schon gut. Wir müssen eben alle das tun, was wir tun müssen. Bring Dorrin zurück nach Diev und umgehe Kleth.«

»Ich kann reiten«, faucht Dorrin. »Meine Wahrnehmung ist nicht völlig ausgeschaltet. Zum Reiten wird es reichen.«

»Du wirst nicht reiten. Der Karren kann zwei Menschen tragen, und du mußt dich ausruhen.«

»Paß gut auf ihn auf, Liedral.« Brede schweigt einen Augenblick, dann spricht er weiter. »Ich muß jetzt gehen. Viel Glück.« Dorrin spürt, daß er traurig lächelt. »Du hast mehr als jeder andere getan, Dorrin. Möge die Dunkelheit mit dir sein. Warte nicht zu lange.« Brede wendet sich wieder den Untergebenen zu, die lautstark seine Aufmerksamkeit erregen wollen.

»Wo sollen die Piken aufgestellt werden?«

»Kann Hydre nicht die Flanke decken?«

»Was ist mit den gepanzerten Fußsoldaten aus Certis ...«

Dorrin will sich aufsetzen, aber die weißen Messer in seinem Schädel brennen sofort heftiger, und er versinkt in gnädiger Dunkelheit.

Als er wieder erwacht, bebt der Boden immer noch, und das metallische Klirren ist näher gekommen. Die Schreie klingen schriller.

»Dorrin, du mußt jetzt aufstehen … ich kann dich nicht tragen.«

Langsam, ganz langsam richtet er sich auf.

»Hier ist etwas Wasser.« Liedral hält ihm die Wasserflasche an die Lippen, und er trinkt.

Das inzwischen lauwarme Wasser hilft ihm, und das Pochen im Schädel klingt zu einem dumpfen Druckgefühl ab.

»Kannst du aufstehen? Stütz dich auf mich«, drängt Liedral ihn.

Der Schmied steht auf, und die Beine tragen ihn.

»Jetzt komm.« Liedral zupft Dorrin am Arm. Sie gehen bergab und entfernen sich vom Kampflärm. Dann bleibt sie stehen. »Du blutest immer noch etwas.«

»Ich habe einen Holzsplitter in den Arm bekommen, aber es ist keine schwere Verletzung.«

»Bist du sicher?«

»Ja. So etwas geschieht eben manchmal. Ich mache mir viel größere Sorgen um mein Augenlicht. Meine Maschine ist noch nicht fertig.«

»Deine Maschine? Du denkst in so einem Augenblick über deine Maschine nach?« Liedral hebt die Stimme.

»Soll ich lieber über das Zerstörungswerk nachdenken, das ich bisher schon angerichtet habe?« Er spricht undeutlich, das Sprechen fällt ihm schwer.

»Entschuldige. Aber ich habe andere Dinge im Kopf.«

Dorrin löst sich etwas von ihr und bewegt sich auf einer halbwegs ebenen Wiese in die Richtung, wo er Meriwhen gespürt hat. Der Stab steckt im Lanzenköcher. Er stolpert, fängt sich aber ab und taumelt über den feuchten Boden. Hinter sich hört er Pferde.

Dorrin versucht, mit seiner Wahrnehmung weiter hinauszugreifen, doch sofort stechen wieder die weißen

Messer in seinem Kopf. Er hofft, die Reiter sind aus Spidlar.

»Da sind der Schmied-Heiler und der Händler«, ruft jemand.

»Seid Ihr der, den man Liedral nennt?« fragt jemand anders.

»Ja.« Liedral antwortet vorsichtig. »Oh … bei der Dunkelheit …«

Dorrin hört, wie verzweifelt ihre Stimme klingt. »Was ist?«

Liedral antwortet nicht direkt, sondern bleibt stehen und sieht zu den Pferden.

»Könnt Ihr Euch um die Truppführerin kümmern?«

»Natürlich, mein Wagen steht dort drüben. Könnt Ihr sie aufladen?«

»Kadara?« keucht Dorrin.

»Sie ist verletzt … bewußtlos …«

Dorrin tappt mühsam zum Karren und berührt Liedral nur, um sich den Weg zeigen zu lassen.

»Laß mich das umräumen … dies kommt hierher …«

»Wir müssen zurück. Sie stürmen den Hügel herauf … das waren wir ihr schuldig, aber der Kommandant braucht uns jetzt.«

»Dann geht!« drängt Liedral sie. Sie dreht sich zum Pfahl um, an dem Geschirr, Riemen und Meriwhens Zügel hängen.

Dorrin berührt die bewußtlose Gestalt. Kadara atmet, aber der Atem ist flach. Er schiebt die eigenen Schmerzen beiseite und versucht, ihre Verletzungen aufzuspüren: ein Schlüsselbein ist gebrochen, im Oberarm ist ein tiefer Schnitt, über dem Ohr eine Prellung und eine weitere Schnittwunde.

»Dorrin, du kannst doch nicht …«

»Viel kann ich nicht tun«, grunzt er. »Die Blutung hat aufgehört. Aber wir müssen hier verschwinden.«

Er dreht sich in die Richtung, wo er sein Pferd spürt. »Meriwhen? Mädchen?«

Die Stute antwortet mit einem Wiehern.

»Ich bin hier, Mädchen.« Er geht wieder über den unebenen Grund und tätschelt den Hals der Stute. Dann tastet er nach den Zügeln. Liedral läßt los, und Dorrin nimmt sie. »Ich werde reiten.«

»Das kannst du nicht.«

»Ich kann. Und ich muß.«

»Du bist einfach unmöglich.«

Dorrin tastet sich zum Sattel und steigt auf.

»Du kannst nicht reiten.«

»Ich kann dir folgen.« Dorrin wartet auf Liedral. Er fühlt nach dem Schwarzen Stab, und für einen Moment, einen kurzen Moment kann er die zertrampelte Weide voller Schlamm sehen, die sich vor ihm erstreckt, und das Pochen im Kopf ebbt ab. Nur die Schulter brennt noch. Aber genauso schnell verschwindet das Bild wieder, und die hämmernden Kopfschmerzen kehren zurück. Er holt tief Luft und hofft, daß sein Gesichtssinn wieder erwachen wird, wenn er sich weiter auf die Ordnung konzentriert.

»Du bist ein störrischer Mann.« Nachdem sie die hintere Klappe des Karrens befestigt hat, klettert Liedral auf den Kutschbock.

»Du solltest froh darüber sein, Frau.«

»Was macht dein Arm?«

»Die Blutung hat fast aufgehört. Wie geht es Kadara?« Dorrin läßt Meriwhen dem Wagen folgen, der über einen ausgefahrenen Weg zur Straße fährt.

»Sie ist blaß, aber sie atmet.«

Der Wagen macht einen Ruck, und Kadara stöhnt. Dorrin schürzt die Lippen, sagt aber nichts.

»Wer ist das?«

»Der Schmied, der Schwarze ... er ist verwundet«, antwortet jemand neben dem Feldposten.

»Auf diesem Weg soll doch niemand zurückfahren.«

»Willst du dich etwa mit ihm anlegen?« fragt eine dritte Stimme.

Dorrin konzentriert sich darauf, Liedral zu folgen, während der Karren über die Weide holpert und nach einer Weile die Straße erreicht. Jede Anstrengung, die Umgebung mit den Sinnen zu ertasten, vergrößert die Schmerzen, und so gibt er es auf, folgt einfach nur noch dem Wagen und läßt sich von Liedral und Meriwhen führen.

CXLIX

»Da kommen die certischen Hunde«, murmelt Cirras.

»Haltet ihr nur die ersten beiden Linien«, befiehlt Brede. »Sie werden bald die Kyphrer einsetzen.«

Durch eine Schießscharte im Schanzwerk beobachtet Brede, wie die grünen Banner fallen, niedergemäht von blau uniformierten spidlarischen Soldaten, die nach dem Ausfall sofort wieder in die Schanzgräben zurückkehren, so daß nur wenige durch die Feuerkugeln der Weißen Magier zu Schaden kommen. Brede nickt. So weit, so gut. Seine Männer haben nicht vergessen, wie gefährlich die Feuerkugeln der Magier sind. Er blickt zum zweiten Truppführer Rydner.

Rydner nickt. »Bereit, Kommandant.«

Zwei Boten stehen hinter den Truppführern. Jeder hat einen Schild aus Schwarzem Eisen. Brede blickt noch einmal durch den Spalt im Schanzwerk und wünscht, er hätte noch ein paar von Dorrins dämonischen Geräten. Gleichzeitig hofft er, es werde Dorrin gelingen, Kadara und das Kind zu retten.

Ein weiterer Trompetenstoß klingt in der Nachmittagssonne von der anderen Seite des Tals herüber, ein wenig schwankend, aber eindringlich.

»Sie werden uns nicht belagern, das steht fest«, bemerkt Cirras.

»Nach dem Gemetzel wohl kaum«, meint Brede

trocken, indem er zur aufgewühlten Erde deutet, die auf der Hügelflanke zurückgeblieben ist.

Noch bevor die Trompete wieder verstummt, ziehen die goldenen Banner bergauf gegen die spidlarischen Schanzen. Trotz der Pfeile, die in einem Bogen auf sie niederprasseln, erreichen die kyphrischen Rekruten die unterste der drei Verteidigungslinien und überwinden sie.

»Setzt Byllas Rekruten ein«, entscheidet Brede.

»Das wird die rechte Flanke schwächen.«

»Mag sein, aber dort greifen sie ja nicht an. Noch nicht.«

Cirras nickt einem Melder zu, und die beiden eilen durch den Graben davon. Kurz danach kehrt Cirras zurück. »Sie kommen herüber.«

Brede sieht zu, wie die goldenen Banner an der zweiten Verteidigungslinie aufgehalten werden. Die Pfeile werden eine Zeitlang mit doppeltem Takt abgeschossen. Er wendet sich an Cirras. »Mach deine Abteilung bereit. Sie werden von rechts ein paar Pferde einsetzen und versuchen, quer über den Hang durchzustoßen. Versucht, bis zum letzten Moment zu warten, und greift dann mit höchster Geschwindigkeit an. Das sollte es ihnen schwerer machen, die Feuerkugeln einzusetzen.«

Cirras nickt. »Ja, Ser.«

Rydner runzelt die Stirn und beißt sich auf die Unterlippe.

Cirras richtet sich auf, und Brede holt tief Luft. Er sieht zwischen Cirras und dem Hügel hin und her, während die gallischen Reiter an der rechten Flanke angreifen, wo der Hügel nicht ganz so steil ist wie links oder in der Mitte. Eine Handvoll weißer Reiter fällt im Pfeilhagel, aber der Schauer läßt nach, als die Magier die Gräben, in denen die Bogenschützen sitzen, mit Feuerkugeln eindecken. Zwar werden nur wenige Bogenschützen verbrannt, aber wenn sie hinter den Erdwällen in Deckung bleiben, können sie nichts sehen und nicht mehr schießen.

»Wann sollen wir ...«, beginnt Rydner.

»Noch nicht. Erst wenn sie angreifen. Wenn ihr ihnen jetzt entgegentretet, werdet ihr sofort getötet.«

Die gallische Kavallerie weicht den Wällen rechts von Brede aus und stößt quer über den Hügel vor, um die Bogenschützen in den Gräben von den Soldaten über und hinter ihnen abzuschneiden. Doch wie eine Sturmbö fahren zwei Abteilungen der spidlarischen Kavallerie von hinten zwischen die gallischen Reiter.

Brede rennt durch die Gräben zu den Bogenschützen hinunter, das Langschwert in der Hand. »Jetzt! Schießt auf die goldenen Banner! Dort!«

Die Bogenschützen tauchen wieder auf und spannen die Bögen, und die Pfeile treffen Dutzende kyphrische Reiter.

Brede eilt durch die Gräben wieder zurück zur rechten oberen Linie. Er versucht, den Kopf unten zu halten, und ignoriert die versengten Körper und die blauen Gestalten, die von Pfeilen durchbohrt sind.

Blitze verfolgen ihn und wollen ihn sogar noch treffen, als er schon wieder in einem Graben hockt. »Bewegt euch! Los, zur Mitte hin!«

»Aber ...« Der Sergeant sieht die Klinge und Bredes blitzende Augen. »Nyta, Jort ... zum Zentrum! Los, bewegt euch, ihr lahmen Kröten!«

Brede läuft durch die Gräben im Kreis wieder zu Rydner zurück, der mit seiner Abteilung wartet. Er schwingt sich in den Sattel und führt die Kämpfer zur rechten Seite des Hügels, dann winkt er Rydner. »Jetzt!«

»Ja, Ser.« Rydner beugt sich vor, zieht das Schwert, und die Soldaten folgen ihm bergab.

Sie stoßen auf höchstens ein halbes Dutzend gallische Reiter. Bredes Schwert blitzt zweimal, und zwei Männer fallen.

»Bogenschützen!« Bredes Stimme übertönt mühelos den Kampflärm, und die paar Bogenschützen, die noch einsatzfähig sind, schießen weiter auf die kyphrischen Angreifer, die immer noch gegen das Schanzwerk in der Mitte angehen.

Als die Bogenschützen die Pfeile abfeuern, schießen auch die Magier neue Feuerbälle ab. Schreie von Verwundeten sind zu hören, und schwarzer, schmieriger Rauch steigt vor dem Hügel empor. Die Feuerkugeln schlagen dicht vor Cirras' und Rydners Trupps ein, und dann ziehen sich die noch lebenden Soldaten mit ihren Pferden bergauf zurück, um hinter dem Wall zu Bredes kleiner Streitmacht zu stoßen. Die wenigen noch lebenden Bogenschützen ducken sich in die Gräben.

Brede hebt das Schwert. »Wartet, bis sie den Gipfel erreichen. Dann greift so schnell wie möglich an.« Er sieht Cirras an.

Cirras nickt grimmig, Rydner wischt seine Klinge mit einem Lappen sauber, den er danach wieder hinter den Gürtel klemmt.

Wieder ertönt die Trompete, und eine neue Welle berittener Krieger rennt gegen die spidlarische Streitmacht an. Die Rekruten aus Hydlen kommen nach der gemischten Truppe aus Kyphros und Gallos und hauen sich durch die wenigen überlebenden Spidlarer einen Weg frei.

Die Weiße Kavallerie, die von Certis, Gallos und Hydlen gestellt wird, kann, von ein paar vereinzelten Pfeilen abgesehen, ohne Gegenwehr an der rechten Flanke heraufreiten. Drei Weiße Reiter fallen, aber der Angriff verliert nicht an Wucht.

Brede sieht einen Augenblick zu, dann nickt er. »Jetzt!«

Der blonde Offizier treibt sein Pferd an, stürmt hinter der Deckung hervor und geht auf die Weißen Soldaten los. Sein Schwert zuckt wie ein Blitz hierhin und dorthin. Drei Männer fallen der tödlichen Klinge zum

Opfer, bevor die Weißen überhaupt bemerken, daß Brede und seine Streitkräfte in ihren Reihen wüten.

»Magie ...«

»Der blonde Dämon ...«

Die Soldaten, die Brede ausweichen, fallen den Klingen der anderen zum Opfer, und die Reihen der Weißen lichten sich, die Soldaten verstreuen sich und fliehen Hals über Kopf.

»Zurück«, schreit Brede. Er duckt sich instinktiv, ehe die Feuerkugel sein Haar versengt und den Offizier hinter ihm – es ist Rydner – in eine Fackel verwandelt.

»Der arme Hund«, murmelt Brede halblaut.

Weniger als ein voller Trupp steht jetzt noch in Deckung hinter dem Wall. Brede lenkt sein Pferd hinter den künstlichen, mit Holz verstärkten Hügel. Er streckt sich im Sattel, um über den oberen Rand hinwegzuschauen. Die Soldaten aus Hydlen haben die Flanke umgangen und kommen jetzt im Kreis zurück, um sich mit der Weißen Kavallerie zu vereinigen, die sich unten neu formiert hat.

»Bogenschützen!«

Nur eine Handvoll Pfeile fliegt der Weißen Kavallerie entgegen, und die Bogenschützen müssen sofort wieder in Deckung gehen, als eine Serie von Feuerkugeln ihren Graben eindeckt. Die Soldaten aus Hydlen marschieren entschlossen den Spidlarern entgegen, bis die Verteidiger vollständig eingekreist sind.

Brede bemerkt eine Stelle, wo die Fußtruppen dünner stehen und wo sein Trupp durchbrechen könnte, dann wendet er sich zur Hügelflanke, die unter ihm liegt.

Wieder ein Trompetensignal, und die Weißen Reiter beginnen mit dem Angriff.

Auch dieses Mal wartet Brede, bis die feindlichen Soldaten fast die Hügelkuppe erreicht haben, ehe er das Schwert sinken läßt und den Befehl zum Angriff gibt. Die Spidlarer stürmen vor, und auch dieses Mal zuckt

Bredes Schwert hin und her wie die Blitze in einem Sommergewitter. Fast drei Reihen der Weißen Kavallerie tötet er allein oder schlägt er in die Flucht.

»Zum Hügel!« befiehlt der blonde Offizier. Er duckt sich, als eine Feuerkugel auf ihn abgeschossen wird. Weniger als eine Handvoll blaue Kavalleristen sind noch an seiner Seite und folgen ihm.

Das halbe Dutzend Bogenschützen, das noch im obersten Graben liegt, zielt auf die verbliebenen Weißen Reiter und schaltet sie nacheinander aus, bis wieder Feuerkugeln auf den Hügel regnen. Dann marschieren die kyphrischen Fußsoldaten den Hügel herauf. Stöhnen und Geschrei ist zu hören, und Staub wirbelt auf, während sie die letzten Überlebenden in den Gräben angreifen.

Brede zieht das Pferd herum, sieht einen kyphrischen Soldaten, der einen Bogenschützen aufspießt, und rast bergab. Cirras und die anderen vier folgen ihm und mähen ein weiteres Dutzend Soldaten nieder.

Brede richtet sich im Sattel auf, als die Feuerkugeln einschlagen, hebt noch einmal das Schwert, blickt kurz nach Norden und Westen, zur Straße nach Diev, und dann brennen sich die Feuerkugeln durch seinen Leib. Noch während die Flammen ihn verzehren, jagt er die Klinge durch einen letzten Soldaten. Sein Lächeln ist bitter.

Die Dämmerung ist schon fast gekommen, als die Weißen Truppen sich auf dem Hügel versammeln. Kein Spidlarer ist mehr am Leben, als die schlaff hängenden weißen Banner an den verkohlten Leichen zur Hügelkuppe vorrücken.

Die rothaarige Magierin betrachtet nachdenklich eine geschwärzte Leiche, bevor sie Jeslek ganz nach oben folgt.

»Noch eine Schlacht wie diese können wir uns nicht erlauben«, erklärt der Kommandant, während er sich die Stirn abwischt. »Wir haben mehr als die Hälfte unserer Streitmacht verloren.«

»Zwei Drittel«, wirft jemand ein, der hinter dem Kommandanten steht.

»Ihr werdet überhaupt nicht mehr kämpfen müssen«, sagt Jeslek. »Es wird auf dem Weg nach Spidlaria nur noch ein paar Scharmützel geben. Sie haben keine Truppen mehr.«

»Ich hoffe beim Licht, daß Ihr recht habt.«

»Ich habe recht«, faucht Jeslek. »Wir nehmen zuerst das gesamte Flußtal ein. Laßt eine kleine Truppe hier, um die Straße nach Diev zu sichern. Nachdem wir Spidlaria unterworfen haben, nehmen wir Diev ein.«

»Wie Ihr wünscht.«

Anya und Fydel wechseln einen Blick. Cerryl ist höflich genug, keine Miene zu verziehen.

CL

Der Karren holpert. Meriwhen wiehert. Kadara stöhnt. Dorrin reibt sich die Stirn und fragt sich, wie weit sie schon gekommen sind, denn er kann immer noch nichts sehen.

»Trink etwas ... bitte ...« Liedral benetzt Kadaras Lippen. »Dorrin, sie hat Fieber, und sie kann nicht trinken.«

Dorrin lenkt Meriwhen neben den Wagen und steigt langsam ab. »Kann ich auch einen Schluck haben?«

»Oh, natürlich ... hier.«

Nachdem er getrunken hat, nimmt Dorrin seinen Stab und versucht, sich an der kühlen Schwärze festzuhalten, an diesem Ding, das Ordnung in sich trägt. Dann berührt er Kadaras Stirn mit den Fingerspitzen und versucht, ein wenig von dieser Ordnung auf sie übergehen zu lassen.

»... ooooh ... aaaah ...«

Kadara stöhnt und ist nicht in der Lage, sich aufzurichten und zu trinken.

»Wie weit sind wir schon gekommen?« fragt Dorrin.

»Wir haben ungefähr ein Viertel des Weges hinter uns gebracht. Wir befinden uns direkt hinter der Abzweigung, die zu den Köhlereien führt. Bald müssen wir anhalten. Es wird dunkel, und ich kann nicht wie du im Dunkeln sehen.«

»Ich konnte es früher einmal«, berichtigt er sie.

Liedral kramt irgendwo herum, dann drückt sie Dorrin etwas in die Hand. »Brot und Käse.«

Er kaut langsam und gleichmäßig und lauscht dem Rascheln der Blätter und dem Zwitschern der Vögel.

»Bereit?« fragt Liedral schließlich.

»Oh, ja.« Immer noch benommen steigt er auf Meriwhen.

Holpernd setzt sich der Karren in Bewegung, Meriwhen schnaubt, und Kadara stöhnt. Dorrin reibt sich die Stirn und fragt sich, wie lange er noch in diesem schwarzen Gefängnis sitzen wird.

Die Dunkelheit scheint sich zu verdichten, als sie über einen festgetrampelten Weg mit tiefen Fahrspuren holpern, bis Liedral schließlich an einer breiteren Stelle der Straße anhält. Die kleine Lichtung und die Lücke in den rissigen Steinwänden sind gerade groß genug für den Wagen.

»Ich kann nicht weiterfahren.«

»Schon gut«, murmelt Dorrin, der selbst beinahe im Sattel einschläft.

»Du wohl auch nicht.«

Mechanisch folgt Dorrin Liedrals Anweisungen.

»Binde Meriwhen an dem Pfahl fest.«

Dorrin versucht es und hantiert mit den Riemen.

»Kannst du sie absatteln?«

Dorrin löst die Gurte, so gut er es ohne Augenlicht kann, und sattelt die Stute ab, wobei er ihr immer wieder die Flanken tätschelt.

»Kannst du genug erkennen, um mir zu helfen, Kadara vom Wagen zu heben?«

Er hält die überraschend schmale, fiebernde Schwertkämpferin in den Armen, während Liedral die Decken ordnet.

»Lege sie hier hin.«

Er tut es und zuckt dabei zusammen. »Oooh …«

»Oh, es tut mir leid. Tut deine Schulter weh?«

»Es geht.« Kadara geht es jedenfalls schlechter, und er hat im Kopf viel stärkere Schmerzen als in der Schulter, auch wenn der Kopf keine äußerlichen Verletzungen erlitten hat.

»Du mußt das hier essen und etwas trinken.«

Er kaut mechanisch noch etwas altbackenes Brot und Käse und trinkt Wasser aus dem Krug, den Liedral irgendwo gefüllt hat.

Nicht lange danach liegt er unter dem als Schutz hochgestellten Karren, Liedral links neben sich, Kadara neben Liedral. Er schläft eine Weile, dann wird er wach und erforscht mit den Sinnen die Umgebung.

Dorrin lächelt, als er Liedrals leises Schnarchen hört, kaum lauter als die Insekten, die in den Bäumen am Straßenrand summen. Die meisten Bäume sind, erinnert Dorrin sich, in dieser Gegend gewachsen, nachdem der große Creslin das Klima verändert hat, weil die Bauernhöfe und Wiesen im Hochland im Frühling und Sommer nicht genug Regen bekommen haben.

Der pochende Schmerz im Kopf hat etwas nachgelassen, aber sehen kann er immer noch nichts.

»Oh, nein … bei der Dunkelheit, nein … Brede, verlaß mich nicht …«, stößt Kadara halb wimmernd, halb murmelnd aus. »Nicht … oh … die Hunde, die Weißen Hunde …«

Liedral fährt erschrocken auf, dann dreht sie sich um und berührt Kadara. »Ruhig, ruhig. Alles ist gut.«

»Was … wer …«

»Ich bin Liedral. Dorrin ist auch hier.«

»Brede ... wo ist Brede?«

»Er ist noch in Kleth«, sagt Liedral rasch. Sie steht mit fließenden Bewegungen auf. »Ich hole dir etwas Wasser.«

»... nicht allein lassen dürfen ... bei der Dunkelheit ... mein Arm tut weh ...«

»Es wird eine Weile dauern, bis er geheilt ist«, erklärt Dorrin.

»... vier von den Hunden ausgeschaltet ... aber der Kopf tut mir weh ... Brede ... vermisse dich ...«

»Hier, trink das«, sagt Liedral.

Dorrin richtet sich auf. »Kannst du mir meinen kleinen Tornister geben? Ich habe etwas Astra darin.«

»Warum hast du nicht gleich daran ... entschuldige.«

»Es ist schwer zu denken, wenn dir weiße Messer das Gehirn zerschneiden.«

»Ich sagte doch, daß es mir leid tut.«

»Schon gut.« Dorrin nimmt den Tornister und tastet nach den Päckchen. Er kann sie anhand der Form, am Geruch und mit Hilfe seiner Sinne erkennen. »Lege das hier an Stelle des Verbandes auf ihren Arm. Schaffst du das?«

»Ich muß erst die Kerze anzünden.«

Dorrin wartet, bis Liedral die Wundauflage entfernt hat, dann sucht er nach dem geriebenen Astra.

»Oh, beim Licht ... das tut weh«, stöhnt Kadara.

»Sonst noch etwas?« fragt Liedral kurz angebunden.

»Gibt es eine Möglichkeit, daß sie das hier trinkt?«

»Ich kann es versuchen.«

Es klappert und raschelt, und Dorrin spürt, daß Liedral mit einigen Utensilien hantiert.

»Kadara, öffne bitte den Mund.«

»... bitter ... wie Gift ... du willst mich doch nicht vergiften?«

»Ich will dir nichts tun. Es hilft dir, damit es dir wieder bessergeht.«

»... so bitter ... was ist das?«

»Astra, gemischt mit Beragin«, erklärt Dorrin ruhig.

Liedral klappert noch eine Weile herum, bevor sie zurückkehrt und sich wieder zwischen Dorrin und Kadara ausstreckt.

Dorrin drückt kurz ihre Hand. »Danke.«

Sie erwidert den Druck. »Schlaf jetzt.«

Nach einiger Zeit schläft er tatsächlich ein und erwacht erst wieder, als am Morgen die Vögel zwitschern. Er kann immer noch nichts sehen, aber die Kopfschmerzen sind bis auf ein dumpfes Druckgefühl abgeklungen. Liedral ist schon auf, sie bewegt sich leise und tränkt die Pferde.

Dorrin schlüpft unter dem Karren hervor und bemüht sich, nicht gegen die Stützen zu stoßen, die ihn aufrecht halten.

»Wir haben noch ein wenig Brot und Käse«, erklärt Liedral.

»Danke.« Dorrin nimmt ein Stück Brot und die Scheibe Käse, die sie ihm abgeschnitten hat, und setzt sich auf die Mauer neben der Straße. »Benutzt du immer noch die Käseschneider?«

»Sie sind wirklich gut, und außerdem läuft es mir immer noch kalt den Rücken herunter, wenn ich ein Messer sehe.« Liedral setzt sich neben ihn. »Es ist ein schöner Morgen.«

»Es tut mir leid.«

»Es war nicht deine Schuld.« Liedral berührt ihn leicht an der Wange.

»Ich wünschte, ich könnte es glauben. Sie haben dich geschnappt, weil du mich liebst.«

»Ich liebe dich immer noch, du unmöglicher Kerl.« Sie drückt sein Handgelenk. »Ich wünschte, du könntest die Bäume auf dem Hügel sehen. Mit dem Tau auf den Blättern glänzen sie im Morgenlicht wie Silber.«

»Ich wünschte auch, ich könnte es sehen.«

Sie essen schweigend.

»Kadara schläft immer noch. Ist das gut?«

»Wenn wir dafür sorgen können, daß sie genug trinkt und die Arzneien einnimmt, ist es gut. Sie braucht auf jeden Fall eine Menge Flüssigkeit.«

»Willst du noch Brot oder Käse?«

»Ist denn genug da?«

»Merga hat mir alles eingepackt, was sie entbehren konnte. Wir haben immer noch vier Laibe übrig – altbacken zwar, aber wir werden auf dem Rückweg ganz bestimmt keinen Hunger leiden.«

Dorrin ißt noch einen halben Laib Brot und etwas Käse. Liedral steht auf, während er noch ißt, und er denkt wieder über die Ordnung nach.

Manche glauben an die Ordnung, als wäre sie ein Gott, aber die Ordnung muß etwas viel Mechanischeres sein. Wie sonst wäre es möglich, daß gute Menschen wegen der Mittel, die sie einsetzen, bestraft werden? Er trinkt einen Schluck. Oder verrät man seine Ziele, wenn man die falschen Mittel einsetzt? Und ist dies immer so?

Er denkt an Fairhaven. Obwohl in dieser Stadt die Herren des Chaos leben, herrscht dort Ordnung, und es gibt kaum Verbrechen und offenbar weniger Armut als in Spidlar. Liegt dies daran, daß Fairhaven aufgrund seiner Eroberungen reich geworden ist?

»Dorrin, wenn wir nach Diev zurück wollen, ohne … ohne überrascht zu werden …«

Dorrin versteht, was sie meint. Nicht mehr lange, und alle möglichen Leute werden auf der Straße unterwegs sein. Er geht langsam in den Wald, um sich gewissen Bedürfnissen zu widmen. Als er zurückkehrt, kniet Liedral neben Kadara und flößt ihr mit dem Löffel Astra und Beragin ein.

»… bäh …« Kadara schluckt und hustet, aber der größte Teil der Mischung bleibt drinnen, und Liedral gibt ihr Wasser zum Nachspülen.

Während Liedral sich um Kadara kümmert, schafft Dorrin es, Meriwhen ohne Hilfe zu satteln, auch wenn er sich dabei an der Schnalle eines Gürtels einen Stich am Finger zuzieht. Er murmelt verdrossen über seine Ungeschicklichkeit, läßt sich aber nicht davon abhalten, das Pferd für die Weiterreise vorzubereiten.

Einen kurzen Augenblick kann er wieder sehen, als er das schwarze Holz des Stabes berührt. Auf dem Gras funkelt der Tau, im frühen Morgenlicht stehen dunkelgrün die Bäume. Dann senkt sich wieder die Schwärze über seine Augen. Er dreht sich zu Meriwhen herum und kehrt Liedral den Rücken, damit sie seine verzweifelten Tränen nicht sieht.

Ordnung! Warum ist die Ordnung nur so ungerecht? Die reine Ordnung scheint nicht imstande, das Chaos aufzuhalten, und wann immer er versucht, die Ordnung gegen das Chaos ins Feld zu führen, wird er bestraft, genau wie die Weißen und die Händler Spidlars in gewisser Weise gemeinsam Brede bestraft haben, weil er begabt war und sich auf die Werkzeuge der Ordnung verlassen hat.

Während er den Stab in den Lanzenköcher steckt, versucht er, die Zusammenhänge zu durchschauen. Liegt es daran, daß der Tod die letzte Form des Chaos ist, gewissermaßen die endgültige Zerstörung der menschlichen Ordnung? Abgesehen von gewissen Klagen seiner Angehörigen und von Lortren hatte er bisher nicht darunter zu leiden, daß er die Ordnung benutzt hat, um seine Modelle und Maschinen herzustellen. Er wurde auch nicht dafür bestraft, daß er die Werkzeuge der Zerstörung hergestellt hat – nur dafür, daß er sie einsetzte.

»Kannst du mir helfen, Kadara wieder auf den Wagen zu legen?«

Dorrin wischt sich mit dem Ärmel das Gesicht ab und dreht sich zum Wagen herum. Als er Kadara hochhebt, zuckt seine Schulter ein wenig.

»... tut weh ... laß mich nicht allein ...«

»Du bist bei uns«, sagt Dorrin leise. Er bemüht sich,

ruhig zu klingen und sich seine Verzweiflung und den Zorn nicht anmerken zu lassen. Seine Sinne verraten ihm, daß es ihr etwas besser geht, aber sie hat immer noch Fieber und ist geschwächt, und es wird sehr lange dauern, bis sie den rechten Arm wieder wird gebrauchen können.

In den kleinen Eichen zwitschern Vögel, aber Dorrin ist alles andere als fröhlich.

CLI

Der Karren holpert, als Liedral auf der Hügelkuppe, von der aus sie das Flußtal überblicken können, den Wagen um die Kurve lenkt. »Es sieht alles aus wie immer.«

»Uns sind bisher noch keine anderen Reisenden begegnet.« Dorrin kann inzwischen die Sinne ein Stück weiter ausdehnen, ohne Kopfschmerzen zu bekommen, aber sehen kann er immer noch nichts, bis auf kurze Momente, wenn er den Stab berührt. Aber diese Augenblicke sind weder vorhersagbar noch von Dauer.

»Damit ist hier auch nicht zu rechnen. Die Einwohner haben Kleth verlassen, als ich mit dem letzten Trupp Kavalleristen und Rekruten in die Stadt gekommen bin.«

»Ich bin froh, daß du eine Eskorte hattest.«

»Ich auch. Es waren einige unangenehme Leute auf der Straße unterwegs.«

Dorrin berührt wieder den Stab, aber von der sonnenbeschienenen Weite des Tals, das sich vor ihnen bis Diev erstreckt, kann er nichts sehen. »Wie geht es Kadara?«

»Fast unverändert. Manchmal scheint sie wach zu sein, aber die meiste Zeit schläft sie.«

»Das ist im Augenblick sicher das beste für sie.« Dorrin lenkt Meriwhen neben Liedrals Karren, als die Straße breiter wird.

»Im Augenblick ...«, sagt Liedral leise. Sie sieht hinter sich und fragt ihn leise: »Was meinst du, was aus Brede geworden ist?«

Dorrin schüttelt nur den Kopf und hofft, daß Liedral ihn gerade anschaut.

»Das fürchte ich auch.«

Keiner will aussprechen, was beide für wahr halten. Die Weißen werden niemanden am Leben lassen, und schon gar nicht einen Mann aus Recluce, der sie so viele Soldaten gekostet hat. Liedral und Dorrin schweigen eine Weile, bis sie die Abzweigung erreichen, die von der Hauptstraße zu Dorrins Haus führt.

»... schon da ...?« fragt Kadara.

»Wir sind fast zu Hause.« Liedral dreht sich um und beugt sich nach hinten zur Ladefläche, auf der die verletzte Frau liegt. »Oh ...«

»Was ist?« fragt Dorrin.

»Bei der Dunkelheit ...«, murmelt Liedral.

»Was siehst du?« drängt Dorrin.

»Ryllas Hütte ist niedergebrannt. Aber dein Stall und das Haus stehen noch. Rings um den Hof ist eine Art Barrikade, und ich sehe einige Leute, Pergun und noch einen anderen älteren Mann. Reisa ist auch da. Sie ist mit einem Schwert bewaffnet.« Liedral lenkt den Wagen von der Hauptstraße auf die Zufahrt.

Mehr denn je wünscht Dorrin, er könnte etwas sehen. Aber er kann nur hilflos dem Wagen folgen, bis sie an der Barrikade vorbei sind und den Hof erreicht haben.

»Es ist Meister Dorrin! Mit Liedral! Sie sind wieder da!« Frisas Stimme halt laut über den Hof und die Barrikade hinweg.

»Meister Dorrin ...«, beginnt Pergun.

Dorrin dreht sich in die Richtung, aus der die Stimme kommt.

»Was ist los mit dir? Du siehst mich nicht direkt an.«

»Er ist blind«, erklärt Liedral leise. »Kadara liegt hinten auf dem Wagen. Sie ist schwer verletzt. Wir müssen sie nach drinnen tragen.«

»Legt sie auf mein Bett«, schlägt Dorrin vor.

»Blind? Er ist blind? Waren es die Weißen, die bösen Hunde?«

»Nein, ich habe mir das selbst angetan.« Dorrin steigt ab und führt Meriwhen zur Scheune, von seinen Sinnen mehr oder weniger in die richtige Richtung gelenkt.

»Hat er den Verstand verloren?« Pergun wendet sich an Liedral.

»Kann ich helfen?« fragt Reisa.

»Er hat nicht den Verstand verloren.« Liedral steigt vom Karren. »Er ist ein Ordnungs-Schmied und hat Geräte erschaffen, die mehrere Tausend Menschen getötet haben.«

»So viele?«

»Es hat trotzdem nicht gereicht. Ich vermute, daß die Weißen allein an Brede und Dorrin die Hälfte ihres Heeres verloren haben. Damit hatten sie aber immer noch mehr als fünftausend bewaffnete Leute.«

Dorrin ignoriert die Unterhaltung, während er die Scheunentür öffnet. Es riecht stark nach Pferden, und Dorrin bleibt gleich hinter der Tür stehen und versucht, mit seinen Sinnen zu bestimmen, wie viele Tiere untergestellt sind. Fünf sind es, denkt er. Zwei sind hinten in der Ecke anscheinend in behelfsmäßig abgeteilten Ständen untergebracht. Er führt Meriwhen zu ihrem Abteil, sattelt sie langsam ab, hängt den Sattel auf, stellt den Stab zur Seite und striegelt das Pferd mit gleichmäßigen, langsamen Bewegungen.

»Du kannst nicht hierbleiben.« Reisa ist zu ihm in den Stall gekommen. »Sie werden das ganze Land niederbrennen, um dich zu kriegen.«

»Mich? Einen einfachen Schmied?«

»Du bist genau wie Yarrl«, schnaubt Reisa. »Glaubst

du wirklich, du kannst vor dem fliehen, was du bist? Was ist mit deinem Schiff? Es liegt im Hafen. Yarrl hat es auf dem Weg hierher auf dem Hügel gesehen.«

»Yarrl ist auch da?«

»Natürlich. Es war nur vernünftig. Dein Haus ist leichter zu verteidigen. Wir haben den größten Teil seiner Schmiede bis auf den Amboß auf den großen Wagen geladen. Den Amboß kann man aber sowieso nicht so leicht stehlen. Pergun wollte hier sein, weil Merga hier ist, und als die Soldaten Liedral mitgenommen haben, dachten wir ...«

»Das hättet ihr aber nicht tun müssen ... ich bin dir dankbar ... euch allen ...«

»Dorrin, du hast auch vieles getan, was du nicht hättest tun müssen. Du hättest Honsards Sohn nicht heilen müssen. Eine Schande, dieser Mann. Du hättest Merga nicht aufnehmen müssen. Du hättest nicht all die Leute heilen müssen, die nicht bezahlen konnten. Du hättest dich nicht weigern müssen, irgendeinen von Yarrls Kunden zu übernehmen. Du hättest Ryllas Kräutergarten nicht erweitern und die Ernte mit ihr teilen müssen.« Reisa hustet. »Und jetzt ... laß dir endlich auch einmal helfen. Die Dunkelheit weiß, daß du unsere Hilfe brauchst, du halsstarriger, stolzer ...«

Dorrin legt die Bürste weg und hantiert mit dem Faß, um etwas Korn für Meriwhen herauszunehmen. Reisa hält den Deckel und gibt ihm die Handschaufel, eines der vielen Geräte, die er nebenbei geschmiedet und fast schon wieder vergessen hat. Das Eisen liegt kühl in der Hand, beinahe heilsam.

»Du mußt dich ausruhen.«

Dorrin gibt Meriwhen zwei Schaufeln in den Futtertrog und verschließt die Tür vor ihrem Stand. Draußen läßt er sich auf einen Heuballen sinken und lehnt sich an die Stallwand. »Wo schlaft ihr alle?«

»Pergun ...«

»Das kann ich mir schon denken. Ich meinte ...«

»Wir haben uns die Freiheit genommen, den vorderen Raum zu benutzen. Dort ist genug Platz, und wir haben Matratzen mitgebracht.«

»Das ist gut.« Dorrin holt tief Luft, und als er die Augen schließt, wird ihm bewußt, daß er viel erschöpfter ist, als er vermutet hätte.

CLII

Dorrin wandert durch die kalte Schmiede, streift mit den Fingern über die Esse und das Werkzeugbrett und fragt sich, wann, falls überhaupt, er wieder im Besitz des Augenlichts sein wird. Bisher hat er nicht wirklich verstanden, wie sehr ein Schmied auf den Sehsinn angewiesen ist. Warum nur wird er auf diese Weise bestraft? Oder vielmehr, wofür bestraft er sich selbst? Dafür, daß er nicht fähig war, das Chaos aufzuhalten, ohne Menschen zu töten? Weil er versucht hat, braven Menschen zu helfen?

»Bei der Dunkelheit.« Seine Augen brennen vor Verzweiflung. In wenigen Tagen werden die Weißen auf der Straße nach Diev ziehen, wenn Spidlaria nicht wie durch ein Wunder gehalten wird. Er schnaubt zornig. Womit sollen sie die Stadt halten? Weniger als hundert Soldaten und Berittene sind dem Gemetzel bei Kleth entkommen.

Er geht zur Tür der Schmiede und tritt ins Sonnenlicht hinaus. Draußen ist das Geklapper der Holzstäbe zu hören, die Yarrl für das Schwerttraining geschnitten hat. Sogar Rek, dessen Fuß viel zu stark verwachsen ist, als daß Dorrin ihm helfen könnte, hat darauf bestanden, sich ausbilden zu lassen.

»Achte auf die Deckung!«

Dorrin muß grinsen, als er daran denkt, wie einschüchternd Reisa einst gewesen sein muß. Dann verblaßt sein Grinsen. Angesichts des Chaos, das sich aus dem Süden bis hierher ergießen wird, ist er machtlos. Eigentlich sollte er sich rasch wieder um die *Schwarzer Diamant* kümmern, aber was nützt es, wenn er zum Schiff geht? Er kann es nicht sehen, und Pergun und Yarrl haben ihm versichert, daß alles in Ordnung ist. Tyrel arbeitet bereits an der Takelage. Dorrin muß noch die neuen Teile für die Kupplung schmieden und den Sammler und die Rückleitung für das Kondenswasser bauen, aber solange er blind ist, kann er nichts ausrichten.

Er hält inne. Yarrl könnte den Kollektor und die Röhren schmieden, nur die Abdeckung muß aus Schwarzem Eisen geschmiedet werden, und das hat Yarrl noch nie gemacht. Aber trotzdem … Dorrin hat schon einmal mit Hegl gearbeitet, und sie haben nicht viel Zeit.

»Bist du immer noch bedrückt, tust du dir immer noch selbst leid?« unterbricht Ryllas krächzende Stimme seine Gedanken.

»Nein, ich denke darüber nach, wie ich das Schiff in Ordnung bringen kann.«

»Wie wäre es, wenn du zunächst darüber nachdenkst, wie du dich selbst in Ordnung bringen kannst?« Die Heilerin setzt sich auf der Veranda auf einen Stuhl.

»Und wie soll ich das anfangen?«

»Nun ja … ich bin zwar keine Meisterin und keine Schwarze Heilerin, aber wenn ich einer wäre wie du, würde ich vielleicht in den Kräutergarten gehen und meditieren …« Rylla lacht.

»Meditieren?«

»Was dich bedrückt, steckt nicht im Körper. Es ist die Seele.«

Dorrin zuckt mit den Achseln. Die Ordnung hat ihre Grundlage in Dingen, die wachsen können. Warum also nicht? Er schlägt den Weg zum Hügel und weiter zum Garten ein, der außerhalb der aus eilig gefällten Bäumen und Büschen errichteten Barrikade liegt.

»Vaos! Man kann ein schweres Schwert nicht bloß aus dem Handgelenk bewegen.« Diese Ermahnung stammt von Yarrl, nicht von Vaos.

»Du kannst es«, fügt Reisa hinzu, »aber niemand außer dir kann es.«

»Sei still, Frau.«

Dorrin spürt Vaos, Rek, Pergun, Liedral und sogar Merga. Alle haben Stäbe in der Hand. Wird es etwas bringen? Was können sie schon in einem einzigen Achttag lernen? Genug, um ein ganzes Herr von Rekruten aufzuhalten?

Er wandert den Hügel hinauf und betritt den Garten. Es ist ein kühler Frühsommertag, ein leichter Wind kommt von Norden, und die Sonne scheint ihm hell ins Gesicht. Dorrin setzt sich zwischen dem Astra und dem Brinn auf den Boden. Er streicht mit den Fingern über den Brinn und nimmt die Kühle auf, die durch die Stengel und Blätter fließt.

Meditieren? Worüber sollte er meditieren? Über die Natur der Ordnung. Was ist die Ordnung? Warum können diejenigen, die der Ordnung folgen, bestraft werden? Selbst dann, wenn sie einem guten Zweck dienen? Liegt es daran, daß ihre Taten das Chaos verstärken? Bedeutet dies, daß die Ordnung nichts weiter ist als ein Regelwerk? Oder daß kein Ziel, so edel es auch sei, den Einsatz der Ordnung in der Weise rechtfertigen kann, daß großes Chaos die Folge ist?

Er holt tief Luft, atmet noch einmal durch und versucht, sich zu entspannen.

Chaos bricht alles entzwei – Menschen, Heere, Städte …

Der Heiler runzelt die Stirn. Ist es ein Ausdruck der Ordnung, wenn zwei Menschen miteinander verbunden sind, sei es durch Freundschaft oder Liebe? Dann kann die Liebe nicht in wahrem Chaos existieren. In gewisser Weise folgt das eine aus dem anderen. Männer, die Frauen wirklich lieben, tun ihnen normalerweise nicht weh. Wirkliche Freunde verletzen einander nicht wissentlich. Schmerzen sind normalerweise die Folge irgendeiner Art von Chaos – eine Störung der Ordnung im Körper, aus welchen Gründen auch immer.

Dorrin versucht, die Aura der Kräuter in sich aufzunehmen, aber das bohrende weiß-rote Gefühl der Wurzelfäule im Brinn macht ihm zu schaffen und stört seine Konzentration. Er bemüht sich, die Pflanzen gegen die Fäule zu stärken, und überträgt das bißchen Ordnung, das er in sich finden kann, auf den Brinn.

»Meister Dorrin? Warum sitzt du im Garten? Kann ich mich zu dir setzen?«

Dorrin muß lächeln. »Ja, Frisa. Versuche, dich zwischen die Pflanzen und nicht auf sie zu setzen.«

Frisa läßt sich auf Dorrins rechtes Knie fallen. »Ich mag deinen Garten.«

»Ich mag ihn auch.«

»Warum können die Pflanzen nicht laufen?«

»Sie haben keine Beine«, erklärt Dorrin langsam. »Und es ist sehr schwer, sich ohne Beine zu bewegen.«

»Fische können sich aber auch bewegen, obwohl sie keine Beine haben.«

»Sie leben im Wasser, und die Schwänze und Flossen sind fast so wie Beine. Aber die Wasserpflanzen haben nicht einmal Schwänze oder Flossen, mit denen sie sich bewegen könnten.«

»Ich bin froh, daß ich keine Pflanze bin. Ich laufe gern herum«, verkündet Frisa. »Können wir bald auf dein Schiff?«

»Wohin würdest du denn gern fahren?«

»An einen Ort, wo die Menschen glücklich sind. Mami und Pergun sollen glücklich sein. Dann bin ich auch immer glücklich.«

Dorrin muß ein Seufzen unterdrücken. »Leider ist es nicht immer so einfach.«

»Das weiß ich. Aber du willst doch auch, daß Mami glücklich ist, oder?«

»Ja.«

»Dann nimmst du sie und Pergun auf deinem Schiff mit?«

Dorrin lacht leise. »Wenn ich es schaffe, daß das Schiff fährt, dürfen sie mitkommen.«

»Gut. Du schaffst es immer, daß es klappt.« Frisa springt wieder auf. »Kann ich es Mami sagen?«

»Nur wenn du ihr sagst, daß ich versuchen will, alle mitzunehmen.«

»Mami wird sich freuen. Pergun auch.« Frisa springt den Hügel hinunter zur Barrikade, zum Haus und zum Stall … und zu dem Hof, in dem die Waffenübungen stattfinden.

Dorrin reibt sich das Kinn. Reisa war Schwertkämpferin, aber warum hat er nie daran gedacht, daß auch Yarrl ein ausgebildeter Kämpfer sein könnte? Weil der Schmied nie über Waffen gesprochen hat?

Er berührt wieder den Brinn, dreht den Kopf zum Haus und fängt gerade noch Frisas Erklärung auf.

»Meister Dorrin sagt, daß er alle mitnimmt aufs Schiff. Wenn er es schafft, daß es fährt. Aber das schafft er. Er schafft immer alles.«

Dorrin lacht leise, und während er lacht, weicht die Schwärze von ihm, und er kann den Morgen sehen, kann das kurze Gras im Wind nicken sehen, kann die Schäfchenwolken über den Hügeln vor den Westhörnern erkennen. Er nimmt den Anblick in sich auf und weiß, daß er sofort wieder verschwinden kann.

Schließlich kehrt er den Hügel hinunter zum Haus zurück, und immer noch kann er sehen. Erst als sein Blick auf Yarrls angestrengtes Gesicht und das frisch geschmiedete Kurzschwert an dessen Hüfte fällt, kehrt die Schwärze zurück.

CLIII

Dorrin läuft über den Hof zur Barrikade, wo Liedral und Pergun stehen. Pergun trägt das Schwert, das Yarrl für ihn gemacht hat, und Liedrals Bogen liegt auf einem einfachen Tisch.

Beide blicken zur Straße hinunter, wo trotz der aufkommenden Dämmerung immer wieder Hirten oder Bauern auftauchen, die nicht nach Diev wollen, sondern bergauf zu dem Weg, der tief in die Westhörner führt. Sie haben keine Schiffe in Diev gefunden – nicht einmal die Schmuggler, die hin und wieder den Hafen anlaufen, haben sich blicken lassen.

Auch die *Schwarzer Diamant* liegt nicht mehr an der Pier, sondern ist drei oder vier Ruten weiter draußen vor Anker gegangen. Tyrel hat darauf bestanden, denn es sind nur noch wenige Boote in Diev zurückgeblieben.

Liedral deutet auf eine Rauchsäule. »Das ist eine Tagesreise entfernt, höchstens drei, wenn die Weißen sich weiter in jene Richtung bewegen.«

Dorrin reibt sich das Kinn. »Wir müssen die *Schwarzer Diamant* beladen.«

»Ist sie denn bereit?«

»Noch nicht, aber wir sind fast fertig.«

»Bitte, Dorrin«, schaltet Pergun sich höflich ein, »könntest du mir erklären, warum wir überhaupt so lange gewartet haben?« Er kratzt den Schorf am Arm, die Hinterlassenschaft eines verzweifelten Bauern, der über die Barrikade klettern wollte.

Dorrin blickt zu den drei kleinen Hügeln aus frisch aufgeworfener Erde.

»Weil die Schiffe der Weißen vor der Küste liegen, und solange die Maschine nicht richtig funktioniert, haben wir keine Aussichten, ihnen zu entkommen.«

»Ob es überhaupt möglich sein wird? Sie können Feuerkugeln werfen. Warum kannst du das nicht auch?«

»Die Maschine soll es uns ermöglichen, in eine Richtung zu fahren, in die sie uns nicht folgen können. Ein Weißer Magier muß uns nahe kommen, um eine Feuerkugel zu schleudern. Aber du hast recht. Wir werden heute abend alles packen, was noch hier ist, und gleich morgen früh zur Werft aufbrechen. Yarrl, Reisa und Vaos haben gestern schon einige Dinge hingebracht, als niemand in der Nähe war.«

»Warum lassen die Weißen sich soviel Zeit? Es ist schon mehr als einen Achttag her, daß sie Kleth eingenommen haben.«

»Sie wollen sicher sein, daß sie jeden Ort und jeden Weiler fest in der Gewalt haben. Deshalb kommen sie, der Dunkelheit sei Dank, so langsam voran. Ihr Anführer ist sehr gründlich.« Dorrin schaudert. Seine Sinne haben ihm längst verraten, wie gründlich der Anführer ist. Der Weg, den die Weißen genommen haben, ist mit Feuer und Asche ins Land eingebrannt und auf die Erde geschrieben. »Bringst du nachher die Gänse in den Pferch?«

»Ja, das erledige ich«, sagt Pergun, als Dorrin sich umdreht und zum Haus zurückkehrt.

Merga wirtschaftet in der Küche herum, schneidet kalten Hammel und sieht nach etwas, das im Ofen steckt. Neben dem Tisch stehen zwei Holzkisten, in die sie schon den Inhalt eines Schranks gepackt hat. »Ich habe das Einpacken unterbrochen, weil ich für Kadara etwas zu essen machen wollte. Ihr anderen müßt euch selbst nehmen, was ihr essen wollt.«

»Das ist gut. Ich muß nach ihrem Arm sehen, dann gehe ich wieder in die Schmiede.«

Merga antwortet nicht, sondern schaut ihre Tochter an. »Frisa, hol mir doch die beiden kleinen Töpfe aus dem untersten Regal und stell sie mir hier auf den Tisch.«

»Ja, Mami. Brauchst du auch die Deckel?«

»Kind, was soll ich mit Töpfen ohne Deckel? Was für eine Frage, also wirklich.«

Dorrin geht ins Lager, das inzwischen fast leer ist, weil Liedral den größten Teil ihrer Sachen bereits auf den Karren geladen hat. Er nimmt eine frische Wundauflage aus seinem Tornister und geht zu Kadara hinüber. »Ich muß mir den Arm ansehen.«

Kadara sagt nichts, sondern dreht nur den Kopf zur Wand, während Dorrin den Verband wechselt. Die Stiche sind ungeschickt, aber er hatte nicht viel Gelegenheit, das Nähen von Wunden zu üben, und zu gegebener Zeit wird er seine Heilkräfte nutzen können, um die Narben abheilen zu lassen.

Er überprüft die Wundränder, aber sie beginnen bereits zu verheilen, und nirgends ist ein Anzeichen einer Infektion oder das Rotweiß des Chaos in der Wunde zu sehen. Als letztes sieht er sich den Schnitt über dem Ohr an. Die ganze Zeit hat Kadara die Lippen fest zusammengepreßt und spricht kein Wort.

Schließlich tritt er einen Schritt zurück.

»Warum hast du mich gerettet? Warum hast du mich nicht einfach dort gelassen?«

»Damit die Weißen dich verbrennen?« Dorrins Nachsicht wird auf eine harte Probe gestellt.

»Brede würde noch leben, wenn du bei uns geblieben wärst. Du hättest noch mehr von ihnen aufhalten können, wenn du es nur versucht hättest. Er hätte einen Heiler gut gebrauchen können.« Kadaras Stimme ist kälter als das Wasser, das ins Auffangbecken in der Küche fließt. Sie will nach dem Becher greifen, der neben dem Bett steht, dem schmalen Bett, das Dorrin bisher benutzt hat, aber der rechte Arm beginnt zu zittern. »Vielleicht wäre ich dann auch noch fähig, den Arm zu gebrauchen.«

»Eines Tages wirst du ihn wieder gebrauchen können«, erklärt Dorrin ruhig.

»Wer kann schon etwas mit einer einarmigen Schwertkämpferin anfangen? Oder mit einer einarmigen Mutter?« Sie schüttelt den Kopf, und das kurze, zottige Haar löst sich von der Narbe über dem linken Ohr, die noch von Schorf bedeckt ist.

Dorrin dreht sich um, als Merga mit einem Teller in der Hand durch die offene Tür aus dem Flur hereinkommt. »Ihr müßt wieder an die Arbeit, Dorrin. Ich habe hier etwas zu essen für sie.«

»Ja, Dorrin. Du mußt wieder an die Arbeit. Schließlich war deine Arbeit wichtiger, als die Weißen Bastarde aufzuhalten ...«

Dorrin läßt sich nicht auf einen Streit mit ihr ein. Er weiß genau, daß er allein zweifellos mehr Menschen getötet hat als jeder andere, der auf der Seite Spidlars gekämpft hat. »Wäre ich geblieben, so wäre ich getötet worden, oder es wären andere meinetwegen getötet worden.« Er hat immer noch gelegentlich Kopfschmerzen, und auch die Blindheit sucht ihn immer wieder heim.

»Wozu bist du dann nütze? Wo bist du gewesen, als Brede dich gebraucht hat?«

»Ich habe getan, was ich konnte«, antwortet Dorrin. »Ich bin kein Kämpfer. Nenn mich ruhig einen Feigling.«

»Du bist kein Feigling, Dorrin. Du hast einfach nur noch nie etwas gefunden, für das es sich zu kämpfen lohnt. Nicht für mich, nicht für Liedral, nicht für Recluce ...«

»Und wie würdest du die Zerstörung bei Kleth bezeichnen, für die ich verantwortlich bin?«

»Das war mechanische Zerstörung, kein Kampf.«

»Hier ist Euer Essen«, unterbricht Merga sie.

»Warum sollte ich etwas essen?«

»Wegen Eures Sohnes«, sagt Merga.

»Der keinen Vater haben wird ...«

Dorrin geht ohne ein weiteres Wort in den Flur hinaus. Er blickt kurz zum hinteren Zimmer und lächelt leicht. Da jetzt so viele Leute im Haus leben, teilen er und Liedral wenigstens dasselbe Bett – in gewisser

Weise jedenfalls. Zwischen ihnen existiert nach wie vor eine Mauer, aber es ist eindeutig eine Verbesserung. Manchmal kann er sie kurz und sanft berühren.

Er kehrt in die Küche zurück und sieht Dampf vom Wasserkessel aufsteigen. Der Anblick erinnert ihn an die Maschine, die er so mühsam gebaut hat. Er kann nur hoffen, daß sie funktioniert.

Wozu er nütze ist, hat Kadara gefragt. Brede ist tot, ein Opfer der Weißen Garde, und Dorrin lebt noch, weil er geblendet und derart von Schmerzen geschüttelt war, daß er kaum reiten konnte. Er geht langsam auf die Veranda hinaus und über den Hof zur Schmiede. Am Himmel ballen sich schwere, graue Wolken zusammen. Er reibt sich die Stirn. Was kann er tun, um die heranrückenden Weißen aufzuhalten? Er könnte sie nicht einmal aufhalten, wenn er große Zahlen relativ unschuldiger Soldaten und Rekruten töten würde. Kann er in den paar Achttagen, die ihm noch bleiben, irgend etwas schaffen, das die Weißen Magier aufhält? Oder wenigstens einige von ihnen?

Aus dem grauen Himmel fällt ein Regen nieder, der nicht aufhören will.

Die Wärme des Schmiedefeuers ist so tröstlich wie der Klang der Hämmer. Yarrl hat nicht nur den neuen Kondensator gebaut, sondern auch den ganzen Entwurf beträchtlich verbessert, und seine Bemühungen am Schleifstein, dazu die Hilfe von Rek und Vaos, haben dazu geführt, daß die Teile der Kupplung, die nicht aus Schwarzem Eisen bestehen, viel exakter gearbeitet sind als beim ersten Versuch.

»Ich habe mal darüber nachgedacht, Dorrin …« Yarrl stellt den Hammer auf den Amboß.

Der jüngere Schmied grinst. »Was hätte ich sonst noch einfacher lösen können?«

»Nicht einfacher … und wir können es nicht sofort tun. Aber wenn du noch einmal ein Schiff baust, kann ich dir einen Vorschlag von Froos darlegen, nämlich wie man die Antriebswelle aufhängt. Man nimmt zwei Ringe, einer etwas kleiner als der andere, legt die Kanten um und steckt Metallkugeln zwischen die beiden Ringe. Die Kugeln werden dann mit Fett geschmiert. Wenn du das aus Schwarzem Eisen machst und den inneren Ring fest mit der Welle verbindest ...«

Dorrin nickt. »Aber wie schaffen wir es, daß die Kugeln rund sind? Sie müssen sehr genau gearbeitet werden.«

»Du mußt sie nur groß genug machen.«

Dorrin überlegt. »Warum müssen es Kugeln sein? Wie wäre es mit etwas, das geformt ist wie ein Faß oder eine Walze? Wir könnten die Rollen aus Stabeisen machen, sie an den Enden spitz zulaufen lassen und sie auf einem Schleifstein oder einer Drehbank glätten.«

»Das könnte sogar noch besser funktionieren.« Yarrl wischt sich die Stirn ab. »Ich habe die Stellen der Kupplung fertig, die du mir angezeichnet hast, aber ich habe die Zähne in einem anderen Winkel angesetzt, weil es mir so vorkam, als könnten sie sich verkanten.« Er tritt ans Schmiedefeuer und deutet mit dem Hammer auf die Teile.

Dorrin lächelt verlegen und hat regelrecht Lust, sich selbst einen Tritt zu versetzen. Hätte er früher auf Yarrls Hilfe zurückgegriffen, dann hätte er sich eine ganze Menge Probleme sparen können.

Die Einzelteile der Kupplung glänzen auf den Ziegeln vor dem Schmiedefeuer.

»Hast du sie poliert?«

»Ein bißchen.« Yarrl gähnt, und Dorrin bemerkt die dunklen Ringe unter seinen Augen.

»Du bist müde.«

»Ich habe später noch Zeit, mich auszuruhen. Die Jungs und ich müssen jetzt das Werkzeug und die Teile hier auf den Wagen laden. Der Morgen wird schneller kommen, als uns lieb ist.«

Der Morgen und die Weißen.

Dorrin denkt über die schwarze Rauchsäule nach und überlegt, wie die Feuerkugeln beschaffen sind. Inwiefern unterscheidet sich eine Feuerkugel von normalem Feuerwerk? Könnte er etwas bauen, das aus einer dünnen Eisenröhre eine Art Feuerwerk verschießt?

Er nimmt einen Hammer und zieht abwesend mit einer kleinen Greifzange ein unregelmäßig geformtes Stück Metall hervor. Eine Röhre mit einem Handgriff, ein Zylinder mit kleinem Querschnitt. Wenn er das hintere Ende lang und schmal macht und die Mündung etwas weiter? Er zuckt mit den Achseln.

»Paß auf, Vaos«, warnt Yarrl den Gehilfen. »Jetzt hat er wieder diesen seltsamen Gesichtsausdruck.«

Dorrin schiebt das Stück Eisen in den Ofen. Es kann eine lange Nacht werden, aber er hat später noch Zeit, sich auszuruhen, falls es denn ein Später gibt.

CLIV

In der Dunkelheit vor der Dämmerung dreht Dorrin sich im Sattel um und blickt zur Hütte, zum Stall und zur Barrikade aus Büschen – und dann zu den verkohlten Balken, wo früher Ryllas Hütte gestanden hat. Sogar der Kräutergarten ist inzwischen aufgelöst, alle Kräuter sind abgeschnitten, eingesackt und auf Liedrals Karren gestapelt worden. Er späht nach Südosten und sieht die Rauchsäulen. Die Weißen haben am Rand des Tals ihr Lager aufgeschlagen.

Liedrals Wagen hat die Führung übernommen, Reisa und Dorrin reiten direkt vor ihr. Vaos sitzt neben Liedral, die Hand auf den Griff eines Schwerts gelegt, von dem Dorrin hofft, daß der Junge es nie wird benutzen müssen. Kadara sitzt aufrecht hinten auf der Ladefläche, die sie sich mit den Kräutern und dem teilen muß, was von Dorrins und Liedrals Handelsgütern noch übrig ist.

Dann folgt der größere Wagen des Schmieds. Petra hält die Zügel, Merga sitzt neben ihr. Auch sie sind mit Schwertern bewaffnet. Yarrl und Pergun reiten direkt hinter dem Wagen, auf dem neben den Werkzeugen noch drei kleine Fässer und ein Schleifstein liegen, und natürlich sitzen auch Rylla, Frisa und Rek darauf. Die Heilerin spricht leise mit dem Mädchen und Yarrls Lehrling.

Dorrin berührt kurz den Stab, und seltsamerweise legt sich dabei wieder die Schwärze über seine Augen. Er holt tief Luft, richtet sich auf und streicht noch einen Augenblick mit den Fingern über den Stab. Dann denkt er an die Kräuter, an die bittere Kraft des Brinn.

»Reisa«, sagt Dorrin leise.

»Ja?«

»Ich kann jetzt gerade nichts mehr sehen.«

»Oh, das ist im Augenblick nicht so schlimm. Die Straße vor uns ist frei.«

Dorrin reitet schweigend und läßt Meriwhen neben Reisas Pferd trotten.

»Ob so zeitig schon jemand auf den Beinen ist?« fragt Vaos nach einer Weile.

»Wir wollen es nicht hoffen«, erwidert Liedral, »aber in Zeiten wie diesen kann man nicht sicher sein.«

»Was wird mit Diev geschehen?«

»Ich weiß es nicht. Von Kleth ist nicht viel übrig. Es wurde niedergebrannt und dem Erdboden gleichgemacht. Aber der Rat ist aus Spidlaria geflohen und hat die Stadt aufgegeben, wie mir Reisende berichtet haben. Die Weißen haben nur die Leute getötet, die versucht haben, sich zur Wehr zu setzen, oder die mit den blauen Wächtern oder den Händlern in Verbindung standen. Bisher haben sie die meisten Leute in Ruhe gelassen.«

»Warum fliehen dann so viele?« will Vaos wissen.

»Es ist nicht sicher, was die Weißen letzten Endes

vorhaben. Sie können sehr grausam sein, aber sie können sich auch gnädig zeigen und manchmal sogar Gutes tun. Sie sorgen in ihren Städten für Frieden, und es gibt dort kaum Gewalt. Sie haben bereits damit begonnen, Elparta wieder aufzubauen. Aber mit ihren Feinden und denen, die sich gegen sie stellen, verfahren sie ungeheuer grausam.«

»Müssen wir deshalb weggehen?«

»Ja. Dorrin, Kadara, Reisa und Yarrl haben sich alle gegen die Weißen gestellt. Dorrin wahrscheinlich am meisten von allen.«

»Und sie würden uns töten, weil wir für ihn gearbeitet haben?«

»Ja.«

Vaos umfaßt den Schwertgriff fester.

Dorrin reitet schweigend und versucht, sich auf die Dinge in seinem Leben zu konzentrieren, in denen Ordnung ist – die Kräuter, das Heilen, das Schmieden, Liedral. Als sie an der Abzweigung zu Honsards Fuhrhof vorbeikommen, lichtet sich die Schwärze, und Dorrin kann etwas leichter atmen. Petra blickt zu den verlassenen Gebäuden. Dorrin und Reisa bemerken den Blick.

»Manchmal gedeiht auch das Böse«, sagt Reisa.

»Viel zu oft, wie es scheint.« Dann fügt er hinzu: »Es war gut, so früh zu gehen.«

»Bis jetzt. Geht es wieder?«

»Im Augenblick geht es, ja.«

Sie reiten eine sanfte Anhöhe hinauf, den letzten Hügel vor dem Fluß Weyel und der Brücke nach Diev. Dorrins Magen verkrampft sich.

Eine kleine Gruppe von Männern und mehrere Frauen, alle mit Keulen und Mistgabeln bewaffnet, hat sich an der Brücke versammelt. Östlich der Straße warten die Kinder und einige ältere Frauen auf dem Feld.

»Ärger«, bemerkt Reisa überflüssigerweise.

»Ich würde lieber nicht kämpfen.« Dorrin reibt sich die Stirn und die Schultern.

Die Männer und Frauen wenden sich gegen Dorrin und jene, die ihm folgen. Sie heben die Keulen und Mistgabeln.

»Da kommt was zu essen! Und Pferde!«

»Die verdammten Händler, sie sollen ruhig büßen!«

»… zu stolz, sich den Weißen unterzuordnen …«

Reisa wickelt sich die Zügel um den rechten Unterarm und legt die linke Hand an den Schwertgriff. »Hast du eine Ahnung, wie wir einen Kampf vermeiden können?«

»Laß mich etwas versuchen.« Dorrin lenkt Meriwhen vor Reisa und reitet die Anhöhe hinauf, den Bauern entgegen.

»… den Bastard holen …«

»… hochnäsiger Geldscheffler …«

Als er noch ungefähr zwei Ruten von der Gruppe entfernt ist, hat er immer noch keine Bögen gesehen, und er hofft, daß es tatsächlich keine gibt. Er zügelt das Pferd.

»Wir wären Euch dankbar, wenn Ihr uns passieren lassen würdet.« Nicht gerade sehr elegant formuliert, aber in diesem Fall können Worte sowieso nichts ausrichten.

»Oh, er möchte also passieren, sieh mal einer an.«

»Aber nicht, ohne unseren saftigen Zoll zu bezahlen … und die Damen sollen auch auf ihre Kosten kommen …«

Dorrin wartet einen Augenblick, dann hebt er den Stab und läßt die Schwärze hinausströmen. Er hüllt das Licht um sich und Meriwhen.

»… auf einmal verschwunden …«

»… verfluchter Magier …«

Dorrin läßt Meriwhen weiterlaufen und konzentriert sich auf das Eisen einer Mistgabel, dann stößt er mit dem Stab zu.

»… uff …«

Er beugt sich vor und räumt den Weg frei.

»... hol ihn dir!«

»... das denn machen? Kann ihn nicht sehen ...«

Donnernde Hufschläge folgen ihm, und er spürt zwei weitere Reiter, die sich ihm nähern.

»... nichts wie weg hier!«

»... lieber ausharren ...«

»Du kannst gern ausharren, wenn du willst.«

»... die Sache nicht wert ...«

Dorrin läßt den Schild fallen, als er die Brücke erreicht, und wird für die anderen wieder sichtbar, sobald Reisa und Yarrl zu ihm stoßen. Aber die Bauern haben sich schon verstreut. Ein Mann hält sich mit zornfunkelnden Augen einen Arm. Er spuckt auf die Straße aus. Einige sehen böse dem Karren und dem Wagen nach, die nach Diev hineinrollen, aber keiner wagt es, sich ihnen noch einmal in den Weg zu stellen. Dorrins Kopf pocht, aber im Augenblick kann er sehen.

»Für jemanden, der kein Magier ist, hast du das ziemlich gut gemacht«, bemerkt Reisa trocken.

»In gewisser Weise bin ich ja ein Magier«, räumt Dorrin ein, »aber ich bin kein guter, genau wie ich kein guter Heiler und kein guter Schmied bin.«

»Du bist ein guter Schmied, höchstens noch etwas jung.« Yarrl lenkt sein Pferd von der Straße herunter. Er sitzt so locker im Sattel und geht so selbstverständlich mit der Klinge um, daß Dorrin sich fragt, wie er übersehen konnte, daß Yarrl ein durchaus gefährlicher Gegner sein kann.

Als der Wagen die Brücke überquert hat, folgen Dorrin und Reisa, dann reiten sie am Straßenrand wieder nach vorn, um sich an die Spitze des Zuges zu setzen.

»War der Schmied früher ein Schwertkämpfer?« fragt Vaos, als Dorrin auf gleicher Höhe ist.

»Er hat mir nichts dergleichen gesagt«, antwortet Dorrin. »Ich würde es vermuten, aber das ist seine Sache, nicht meine.«

Die Straßen von Diev sind verlassen, alle Fenster

sind mit Läden gesichert. Sogar der *Rote Löwe* ist geschlossen und verrammelt, und die Vordertür des *Krug* ist mit Brettern vernagelt.

Die Räder des Karrens und des Wagens hallen hohl durch die leeren Straßen, als sie im Zwielicht der Morgendämmerung durch die Unterstadt zum Hafen fahren. Ein Sperrwerk aus Planken ist vor Tyrels Werft aufgebaut.

»Heda!« ruft Dorrin. »Tyrel?«

Der Laden des einzigen Fensters, das zur Straße hinausgeht, wird geöffnet. »Oh ... das wird aber auch Zeit. Ich hatte schon gestern gehofft, daß Ihr kommt. Ich hatte Angst, Ihr würdet von der Meute aufgehalten.« Der Laden wird wieder zugeknallt.

Die löchrigen Zelte, die auf dem Hügel neben der Werft standen, sind verschwunden.

»Öffne die Barrikade, mach schnell. Die Banditen können jeden Augenblick wieder da sein. Nun beweg dich schon, Styl!« Tyrels Stimme ist heiser. Kurz danach werden einige Balken weggenommen. Liedral lenkt den Karren hindurch, Petra folgt mit dem Wagen.

Nachdem Pergun linkisch durch die Lücke geritten ist, werden die Bretter wieder vorgelegt. Der Karren und der Wagen rollen zur Pier, wo die *Schwarzer Diamant* inzwischen wieder festgemacht hat.

»Meister Dorrin.« Tyrel verneigt sich, als Dorrin absteigt. »Wir haben genug Kohle, um die Bunker zu füllen. Aber fragt mich nicht, wie wir sie aufgetrieben haben.«

»Das werde ich nicht. Wie lange wird es dauern, diese Sachen und die restlichen Dinge aus dem Schuppen zu verladen?«

»Vielleicht bis in den Nachmittag.«

»Wir müssen erst die Maschine in Ordnung bringen.« Hinter Tyrel führt Rylla schon ihre Schutzbefohlenen an Bord. Dorrin unterdrückt ein Grinsen, als er sieht, daß unter Ryllas Aufsicht auch die Kleinen ihren Packen tragen müssen.

»Dann würde ich mich an Eurer Stelle beeilen.«

»Wir werden es versuchen.«

Dorrin sucht Yarrl, der gerade sein Pferd neben den freien Böcken im fast leeren Gebäude an eine Stange bindet. »Kannst du mir helfen, die Kupplungsteile und den Kondensator an Bord zu bringen und einzubauen? Wir haben nicht mehr viel Zeit. Um das Laden müssen sich die anderen kümmern.«

»Gute Idee.«

Dorrin wendet sich an Tyrel und teilt die Helfer ein. »Die Teile auf dem Wagen müssen auf das Deck über der Maschine.«

»Seid Ihr sicher, daß Ihr das Schiff nicht auseinanderreißt?«

Dorrin seufzt. »Um den Kondensator kümmern wir uns später. Aber die Überdruckventile und die neue Kupplung müssen unbedingt eingebaut werden. Sonst kommen wir nicht einmal aus dem Hafen.« Er nickt Yarrl zu. »Ich bin gleich wieder da.«

»Ich kümmere mich um alles«, verspricht der ältere Schmied.

Dorrin betrachtet die halb fertiggestellten Stände in der Mitte des Schiffs, dann sieht er zu Pergun, der ein Faß Getreide aus dem Schuppen rollt. »Kannst du die Stände für die Tiere bis zum Nachmittag fertigstellen? Wir haben nicht mehr viel Zeit.«

Pergun kratzt sich am Kopf. »Ich kann dafür sorgen, daß man sie benutzen kann, aber schön wird es nicht.«

»Tu, was du kannst, und dann führ die Pferde auf das Schiff. Wahrscheinlich mußt du ihnen Scheuklappen anlegen. Teile einen Stand für Meriwhen ab. Die Weißen haben schon den Rand des Tals erreicht.« Dorrin reibt sich die Stirn. »Tyrels Leute werden den größten Teil der Sachen bis auf ein paar Schmiedewerkzeuge einladen.«

»Und du willst dich als Magier betätigen?«

»Sagen wir, ich habe noch eine Rechnung zu begleichen, und ich weiß jetzt, wie ich das anfangen kann.«

»Es gefällt mir überhaupt nicht, wenn du so dreinschaust wie jetzt, Dorrin.« Pergun schaudert.

Dorrin runzelt die Stirn. Wie sieht er denn aus, wenn er darüber nachdenkt, es dem Weißen Magier – war sein Name nicht Jeslek? – heimzuzahlen, daß er Liedral gefoltert hat?

Er geht den Laufsteg hinunter zum Schuppen des Schiffbauers. In einer Ecke stehen die Wanne und die Fässer. Er mißt die Zutaten ab. Eigentlich würde er lieber Wasser dazugeben und eine Paste machen, die er feiner mahlen kann, aber wahrscheinlich hat er nicht mehr genug Zeit, die Mischung zu trocknen. So kann er nur dafür sorgen, daß das Pulver gut gemischt ist, bevor er es in die Hülse gibt. Er füllt alle drei Hülsen, die er geschmiedet hat, und ignoriert die Gestalt, die schweigend im Schatten wartet.

»Willst du den Helden spielen wie Reisa?« fragt Yarrl, als Dorrin fertig ist.

»Nein. Ich habe etwas zu erledigen, und ich werde es hoffentlich ganz still und leise tun können.«

»Das ist schon besser. Nicht viel besser, aber immerhin. Kann ich irgendwie helfen?«

»Ich könnte Hilfe gebrauchen, aber ich denke, es wird besser sein, wenn ich es allein mache. Ich kann keine zweite Person abschirmen.« Er schiebt die kleinen Raketen in die Satteltaschen und steckt den kleinen Werfer in die andere. »Wie bist du mit der Kupplung zurechtgekommen?«

»Ich glaube, sie funktioniert. Die Röhren und den Kondensator auszutauschen war leicht.«

Dorrin schüttelt den Kopf. Es wäre wirklich alles viel einfacher gewesen, wenn er sich schon früher an Yarrl gewendet hätte.

»Du wirst es schon noch lernen«, sagt Yarrl. »Schau es dir an.«

Dorrin geht durch den Hof des Schiffbauers und über die Planke wieder an Bord. Liedral und Petra sind gerade damit beschäftigt, Säcke mit Kräutern und anderen Waren zu laden. Als er die Maschine schließlich in Augenschein nimmt, muß er zugeben, daß die Arbeit besser erledigt worden ist, als er es selbst hätte tun können.

»Ich hätte dich gleich am Anfang fragen sollen«, sagt Dorrin wehmütig.

»Ich hätte mir dies niemals ausdenken können«, räumt Yarrl ein. »Wenn man es sieht, dann ist klar, daß es funktionieren wird, aber ...« Er zuckt mit den Achseln.

Dorrin sieht zur Sonne hinauf. Es ist bereits später Vormittag. »Bei der Dunkelheit, ich muß los.«

»Viel Glück.«

Der Schmied, Kriegsbaumeister und Heiler wartet, bis der Laufsteg frei ist, ehe er in den Schuppen geht und Meriwhen holt.

Ist sein Plan klug? Wohl kaum. Hat er Erfolgsaussichten? Nur geringe. Hat er eine Wahl? Nicht nach alledem, was Brede, Kadara und Liedral ihm berichtet haben.

Er führt Meriwhen nach draußen und bindet die Stute dicht an der Barrikade an einen Pfahl. Dann wartet er, bis Liedral zum Wagen kommt, und tritt ihr in den Weg.

Sie sieht die gesattelte Stute und den Stab und läßt den Kopf hängen. »Was kannst du jetzt noch ausrichten? Hast du noch nicht genug gegeben? Willst du den Rest deines Lebens blind sein wie Creslin?«

Er nimmt sie in die Arme. »Ich werde nicht blind sein, wenn es funktioniert. Jedenfalls nicht sehr lange.«

»Nein, du wirst tot sein.« Liedral weicht vor ihm zurück und macht sich nicht einmal die Mühe, sich die Tränen von den Wangen zu wischen.

»Ich bin so vielen Leuten etwas schuldig.« Er deutet zur *Schwarzer Diamant*. »Zu viele Leute haben für das Schiff ihr Leben gelassen.«

»Wer sonst soll …«

Er legt ihr die Finger auf die Lippen. »Yarrl kann nachbauen, was ich gemacht habe, wenn es nötig ist. Aber ich habe eine Rechnung zu begleichen.«

»Ihr Männer. Du begleichst deine Rechnung und läßt mich allein.«

Jetzt läßt Dorrin die Schultern hängen. »Ich muß es einfach tun.«

»Ich weiß.« Sie haucht ihm einen Kuß auf die Wange. »Aber es muß mir ja nicht gefallen.«

Sie umarmen sich noch einmal, trennen sich aber sofort wieder. Wie auf Stichwort erscheinen Tyrel und Yarrl.

»Wenn ich es nicht schaffe, vor den Weißen hier zu sein, werde ich überhaupt nicht mehr kommen. Fahrt mit dem Schiff nach Recluce und versucht, die Leute dort zu überzeugen, euch aufzunehmen. Falls sie es nicht wollen, würde ich Hamor vorschlagen.«

»Das würde aber eine höllisch lange Reise ohne Euch, Ser«, bemerkt Tyrel.

»Ich werde auf jeden Fall versuchen, es rechtzeitig zu schaffen.«

»Versuch es nicht – mach es! Wir warten hier.« Yarrls Stimme ist grob.

Die drei nehmen die Planken weg, und Dorrin reitet nach Süden durch die Öffnung. Wieder hallen Meriwhens Hufschläge durch die verlassenen Straßen. Weder in der Oberstadt noch in Dievs Unterstadt sieht er auch nur eine Menschenseele. Nur aus wenigen Schornsteinen steigen Rauchsäulen und verraten ihm, daß ein paar tapfere Seelen aufgestanden sind und Essen kochen oder sich am Feuer wärmen.

Als er sich der Brücke nähert, versucht er wieder, das Licht um Meriwhen und sich selbst zu biegen. Anfangs hat er etwas Mühe, aber dann fügen sich die Strahlen zusammen, und er reitet unsichtbar durch die frühsommerlich frische Luft, die nach den Bränden im Süden riecht.

Er kann nichts sehen, jedenfalls nicht auf gewöhnliche Art und Weise, aber er kann die Welt um sich spüren. Er spürt die gedämpfte Schwärze der Gegenstände in den Satteltaschen ebenso wie den festen Stab. Vor sich spürt er den weißen Nebel, der im Südosten über die Hügel quillt.

Die Bauern, versprengten Landarbeiter oder Hirten, die ihnen den Weg versperren wollten, haben die Brücke verlassen und sind weitergezogen. Dorrin reitet so leise wie möglich an ihnen vorbei. Allerdings kann er nicht verhindern, daß Meriwhens Hufe verräterisch auf den Steinen klappern. Doch niemand läßt sich blicken, und so reitet er weiter an Honsards Haus und an seinem eigenen Haus vorbei, bis er die wallenden weißen Schlieren dicht vor sich spürt. In einer flachen Senke zwischen zwei Hügeln legt er eine Pause ein.

Drei Männer, einer stolpernd und mit Blutspritzern im Gesicht, die anderen beiden rennend, kommen den Hügel herunter, den auch Dorrin gerade heruntergeritten ist. Sie stürzen an ihm vorbei, während er sich der unsichtbaren Hitze des Chaos nähert. Aber niemand verfolgt die Männer.

Wie er gehofft hat, legt die Weiße Truppe jetzt, gegen Mittag, eine Pause ein. Nur noch ein kleiner und ein langgestreckter Hügel trennen ihn von den Soldaten und dem Zelt mit dem weißen Banner auf der Hügelkuppe.

In der Senke zwischen den Hügeln, die jetzt vor ihm liegt, sieht er mehrere Gebäude und zertrampelte Wiesen, aber keinen Menschen. Dort steigt er ab und bindet Meriwhen an einen Busch neben einem leeren Schuppen, der zum verlassenen Haus eines Hirten gehört. Die Hirten, die hier gelebt haben, sind längst aus diesem oder jenem Grund verschwunden; allein der Geruch der Schafe hat sich gehalten.

Dorrin holt tief Luft und fragt sich abermals, was er sich hier beweisen muß und warum er nicht einfach an

Bord der *Schwarzer Diamant* gehen und davonfahren konnte.

Sein Mund verzieht sich zu einem kleinen Lächeln, das sich weder in seinen Gedanken noch in den Augen spiegelt, als er sich an Kadaras Worte erinnert: »Du bist kein Feigling, Dorrin. Du hast einfach nur noch nie etwas gefunden, für das es sich zu kämpfen lohnt. Nicht für mich, nicht für Liedral, nicht für Recluce…«

Und für was oder wen kämpft er jetzt? Recluce wird seine Maschinen so wenig schätzen wie die Weißen Magier.

Seine Hand krampft sich um die einfache Röhre, die er auf einem Handgriff befestigt hat, und um die Hülse aus Schwarzem Eisen, die mit Schwarzpulver gefüllt ist. Er schiebt sich eine zweite Patrone in die Gürteltasche und steigt den Hügel hinauf. Er versucht, so leise wie möglich zu laufen, während er sich durch die Posten der Weißen Garde arbeitet. Immer noch in das gebogene Licht gehüllt, weicht er unsichtbar den Soldaten aus, die keinen Augenblick zögern würden, das Schwert zu erheben und ihm den Kopf abzuschlagen.

Er hält inne, als er das dichteste Chaos weniger als ein Dutzend Ruten vor sich auf dem Hügel spürt. Er geht langsam weiter, hört die Geräusche, die seine Stiefel auf dem festgetretenen Schlamm und dem Kies machen, tastet vor sich auf das niedergetrampelte Gras neben der Straße und arbeitet sich weiter, bis er direkt vor der dünnen Stoffplane des einzigen Zeltes steht, das im Lager der Weißen aufgestellt ist. Er lauscht, höchstens noch eine Armeslänge von dem Weißen Kommandanten entfernt …

»… bereitmachen zum Losschlagen … nicht mehr lange, bis wir das Haus erreicht haben. Aber brennt es nicht nieder. Der Erzmagier will es sich zuerst ansehen. Es ist das Haus mit der Barrikade aus Büschen und der niedergebrannten Hütte davor.«

Dorrin lächelt, als er hört, welch große Aufmerksamkeit die Weißen seiner Unterkunft schenken. Nach wenigen Augenblicken zeigen ihm seine Sinne, wo die Weiße Kraft am stärksten ist und wo sich der Magier befindet, der das Chaos schlechthin verkörpert. Auch die anderen sind als weiße Wirbel zu erkennen, aber sie wirken wie Zwerge neben dem unheilvollen rot geränderten Weiß des Erzmagiers Jeslek.

Langsam schiebt er sich in das hohe Zelt, immer noch erstaunt, daß er überhaupt so weit gekommen ist.

»... sieh nur, dort ...«

»... getarnt!«

Dorrin läßt den Schild fallen und zielt mit dem Gerät auf den weißhaarigen Mann, der mit dem Finger auf ihn zeigt. Die Feuerkugel versengt Dorrins Ohr, als er den Zünder bewegt und die Rakete aus Schwarzem Stahl zündet.

Mit lautem Zischen und Knallen treffen geordneter, Schwarzer Stahl und rot-weißes Chaos aufeinander, ein grelles Licht flammt im Zelt auf, reißt dessen Planen auf und streckt Magier und Soldaten in der Umgebung wie weggeworfene Puppen nieder.

Dorrin taumelt gegen einen Zeltpfosten, für den Augenblick unbeachtet, als der Wind durch das Zelt heult und Donnerschläge den Hügel erschüttern.

»Jeslek! Jeslek!«

Methodisch, wie es seiner Natur entspricht, hüllt Dorrin sich wieder in den Mantel aus gebogenen Lichtstrahlen und kriecht aus dem einstürzenden Zelt in den Hagel und Regen hinaus, der im gleichen Augenblick niederzuprasseln begonnen hat, als der Brennpunkt der Weißen Macht zerstört wurde, der niemand anders als der Weiße Erzmagier gewesen sein muß.

So kriecht Dorrin eine Weile durch die peitschenden Winde und durch den Eisregen. Dann steht er auf, taumelt den Hügel hinunter nach Westen, läßt seinen Schild fallen, den aufrechtzuerhalten ihm immer schwerer fällt, und bahnt sich einen Weg zum Schuppen, wo hoffentlich Meriwhen auf ihn wartet. Innerlich ist er kalt wie die Hagelkörner, die ihn hier und dort treffen. Er macht sich keinerlei Illusionen über das, was er getan hat. Er hat ein Werkzeug der Zerstörung gebaut, er hat es aus dem Hinterhalt eingesetzt und eine Eiterbeule vernichtet. Und er hat es aus persönlichen Rachegelüsten getan und ohne wirkliche Hoffnung, dadurch Spidlar oder Diev zu retten.

Kopfschüttelnd bindet er sein Pferd los und versucht aufzusteigen. Der erste Versuch scheitert, weil die Beine zittern. Er versucht es noch einmal und zieht sich mit den kräftigen Armen in den Sattel. Sein Kopf pocht, und hin und wieder schießt ein schmerzhafter Pfeil durch seinen Schädel.

Keine ruhmreiche Schlacht hat er geschlagen, keine Ehre durch den Sieg über einen würdigen Feind gewonnen. Nein, Dorrin weiß, daß er weder Krieger noch Held ist. Er ist ein Feigling, der ein Gerät gebaut hat, mit dem man aus der Ferne töten kann. Als ob das Töten das Wichtigste von allem wäre. Mit einem Seufzen und beinahe schaudernd zieht er Meriwhen herum und drängt sie weiter. Er weiß, daß die Weißen Soldaten trotz allem Diev überrennen werden. Der Teil Candars, der östlich der Westhörner liegt, wird früher oder später vollständig zu Fairhaven gehören.

An der Brücke, wo er auf die bewaffneten Bauern gestoßen ist, hält er inne und stellt mit abwesendem Nicken fest, daß keine Spur mehr von ihnen zu sehen ist. Kein Mensch ist in der Nähe. Soll er das Rohr aus Schwarzem Eisen ins brodelnde Wasser des Flusses werfen, der nach den starken Regenfällen, die sich aus dem grauen Himmel ergossen haben, angeschwollen ist? Er schüttelt den Kopf. Möglicherweise ist sein Zerstörungswerk, das in der Ordnung beruht, noch nicht vollendet.

Sobald er die Brücke überquert hat, läßt der Regen nach, als wäre er auf die Gegend beschränkt, wo die

Weißen Truppen lagern. Der Brandgeruch wird stärker, als wären weitere Feuer angezündet worden.

Und so ist es auch. Der *Krug* brennt lichterloh, und auf der Straße davor bewegen sich Gestalten, die wie jene aussehen, die ihn auf der Brücke bedroht haben. Eine Reihe Fässer steht auf den Steinen, und auf dem ersten sitzt ein Mann, der sich den Arm mit Lumpen verbunden hat. Einige der ungebetenen Gäste nehmen Krüge aus dem Gasthof, um aus den Fässern, deren Deckel sie eingeschlagen haben, Bier zu schöpfen. Dorrin lenkt Meriwhen in eine andere Straße.

»... ihn gesehen! Den Schwarzen Magier ...«

Dorrin treibt Meriwhen an, bis sie trabt, aber niemand folgt ihm, und schließlich reitet er wieder langsamer und läßt die Sinne schweifen, während er sich dem Hafen nähert. Aber die Piere liegen einsam und verlassen da. Er blickt zur See. Zwei Schiffe mit weißen Flaggen kreisen hinter den Wellenbrechern und warten.

Die Straße vor Tyrels Werkstatt dagegen ist alles andere als verlassen. Ein halbes Hundert Menschen steht vor dem brennenden Schuppen.

»... verdammte Hunde ...«

»Hol die Pfeile ...«

»Ein Boot! Wir müssen sie zwingen, uns mitzunehmen!«

Dorrin legt wieder den Mantel aus Dunkelheit um sich und lenkt Meriwhen durch eine Gasse, die ihn hoffentlich zum anderen Enden des Kanals führt. Am Ende der Gasse wendet er sich wieder zum Wasser und läßt die Tarnung einen Augenblick fallen.

Die *Schwarzer Diamant* liegt ungefähr zwei Ruten vor der Pier.

Ein halbes Dutzend spidlarische Soldaten stehen auf dem Hauptdeck, ein weiteres Dutzend hält sich zwischen der Meute und dem Wasser.

Dorrin kann Kadara erkennen, mit verfilztem Haar, Prellungen im Gesicht und brutal um den geschienten

Arm geschlungenen Seilen. Rylla trägt Frisa, das Kind weint. Er sucht nach einer Gestalt mit seidigem, kurzem braunem Haar und breiten Schultern.

Auf dem Achterdeck stehen vier weitere Gestalten mit gezückten Klingen: Yarrl, Reisa, Petra und Liedral. Unter ihnen sind die Soldaten postiert. Soweit Dorrin es erkennen kann, hat Tyrel oder sonst jemand die Luke geschlossen, um die Maschine zu schützen. Eine kleine Dampfsäule kräuselt sich aus dem Schornstein.

Dorrin holt tief Luft und betrachtet die Aufstellung der Soldaten. Ein Offizier streitet mit Yarrl.

»Setzt das Ding in Gang ...«

»Ich weiß nicht wie. Nur Meister Dorrin weiß es ...« Yarrl späht verzweifelt zum Ufer.

Dorrin seufzt und läßt Meriwhen galoppieren. Sie landen mit einem lauten Platschen im Wasser, und Dorrin muß sich anstrengen, um das Licht um sich zu biegen, während Meriwhen zum Schiff schwimmt.

»... nur ein verdammtes Pferd ...«

»... nicht einmal ein Pferd will den Weißen in die Hände fallen ...«

Dorrins Augen brennen, als er sich in den Steigbügeln aufstellt und sich mit einer Hand auf die schmale Verankerung des Ruders zieht. Sein verzweifelter Sprung drückt Meriwhen einen Augenblick tiefer ins Wasser. Mit der anderen Hand klammert er sich an seinem Stab fest und klettert höher hinauf, bis er sich über die Reling schwingen kann.

Mit brennenden Augen sieht er zu, wie Meriwhen ziellos um das Heck irrt, aber er zwingt sich, immer noch verhüllt, nach vorn zu gehen, bis er auf dem Hauptdeck steht.

Er tritt hinter den letzten Soldaten und hebt den Stab. Der Stab sinkt herunter, und der Soldat geht zu Boden. Gleichzeitig läßt Dorrin die Tarnung fallen. Zwei Soldaten fahren herum, und Dorrin schlägt einmal, zweimal zu.

Der zweite Schlag verfehlt das Ziel. Der Soldat jedoch trifft, und ein brennender Schmerz fährt durch Dorrins Arm.

Doch der Soldat kommt nicht mehr dazu, das Schwert ein zweites Mal zu heben, denn er wird von Yarrls Klinge beinahe in der Mitte entzweigehauen.

Sieben Körper liegen auf dem Deck, unter ihnen auch Pergun. Dorrin umklammert den Arm und bemerkt erst jetzt, daß ihm Blut in die Augen läuft.

Rylla reißt ihm das Hemd auf und streut gemahlenes Astra auf die Wunde. »Setz dich!« faucht sie ihn an.

»Wir müssen ablegen ...«

»Das können sie auch ohne dich.«

Als die *Schwarzer Diamant* auf dem kabbeligen Wasser tanzt, weichen die Soldaten auf der Pier vor dem Mob zurück und springen in den Kanal.

»Nehmt uns mit ... wir zahlen ...«

»... was ihr wollt ...«

Yarrl hat Tyrel überredet, die Luke des Maschinenraums zu öffnen, und die beiden Männer unterhalten sich, während Rylla Dorrins Arm verbindet. Yarrl steigt hinunter, und Tyrel eilt zur Ruderpinne.

Dorrin grinst erleichtert, als er hört, wie die Maschine zischend und fauchend zu arbeiten beginnt. Er spürt die leichten Vibrationen der Stangen aus Schwarzem Eisen unter sich.

Die Maschine und das Schwungrad kommen in Bewegung, und ihr Zusammenspiel ist glatter als bei den Probeläufen.

»Du mußt dich schonen ...«, warnt Rylla ihn, als Dorrin zum Maschinenraum schlurft. Er stellt sich vor die Luke und blickt zu Yarrl hinunter.

»Wir haben alle gehofft, daß du es schaffen würdest«, sagt Yarrl, während er Kohle in die Feuerbüchse schaufelt.

»Wir müssen die Schraube zum Drehen bringen, bevor wir auf Grund laufen.«

»Darum kannst du dich kümmern ...«, schnauft Yarrl.

Dorrin legt langsam die Kupplung ein, dann atmet er aus, als Kolben und Schwungrad immer schneller zu laufen beginnen. Während die *Schwarzer Diamant* in Richtung Meer stampft, beobachtet er die Maschine, bis der Druck um einiges über dem Minimalwert liegt.

Dann wischt er sich die Stirn ab und klettert wieder aufs Deck. Pergun liegt immer noch dort, sein Atem geht flach. Rylla schaut hilflos zu Dorrin auf, auch Merga sieht ihn an.

Dorrin holt noch einmal tief Luft, kniet nieder und berührt sachte Perguns Stirn. Mit aller Geschicklichkeit und Kraft, die ihm noch zu Gebote steht, schiebt er das herankriechende Weiß weg und drängt den aufkommenden Einfluß des Chaos zurück. Aber dann verschwimmt das Deck vor seinen Augen, auf einmal drücken die rauhen Planken gegen sein Kinn, und er stürzt in die Dunkelheit.

CLV

Die rothaarige Magierin verbindet sich den Arm, dann bückt sie sich und hebt das goldene Amulett auf, das in einem Haufen von Staub und Kleidern auf dem niedergetrampelten, angesengten Gras liegt. Sie weicht einer Gruppe von Gardisten aus und läßt es vor dem bärtigen Weißen Magier, der einen Schnitt auf der Stirn hat, baumeln.

»Möchtet Ihr es nehmen, Fydel?«

»Bei der Dunkelheit, nein! Gebt es Sterol.«

Sie wendet sich an Cerryl. »Oder Ihr ...«

»Die Zeit für Spielchen ist vorbei, Anya. Sterol sollte das Amulett bekommen. Ganz besonders jetzt.«

»Ihr wollt mir doch nicht erzählen, daß Ihr zwei tapferen und starken Weißen Brüder Angst vor einem armen Schwarzen Schmied und Heiler habt, der darauf angewiesen scheint, heimlich einen Meuchelmord zu begehen?«

Fydel wendet den Blick ab.

Cerryl dagegen hält Anyas Blick stand. »Er war ziemlich erfolgreich, findet Ihr nicht auch?« Er macht eine Geste hin zum Haufen Staub, der einmal Jeslek war, zu den beiden Leichen und der Seite des Zeltes, in der verkohlte Löcher klaffen. »Es waren drei – nur drei, wie Jeslek gesagt hat. Diese drei haben mehr als die Hälfte unserer Streitkräfte vernichtet, dazu ein halbes Dutzend Weiße Brüder und den Erzmagier. Was würde wohl geschehen, wenn sie sich entschlössen, mehr Leute zu schicken? Etwa einige ältere, erfahrenere Ordensmeister und dazu einige Schwarze Krieger?« Cerryl lächelt verschlagen. »Aus diesem Grund würde ich es vorziehen, einem Mann mit großer Erfahrung wie Sterol den Vortritt zu lassen.«

»Und wie lange sollen wir darauf warten, daß er diesem Pöbel den Garaus macht?« faucht Anya.

»Ich glaube, wir können einstweilen ruhig weiter vorstoßen – aber langsam.«

»Ihr seid immer so vorsichtig, Cerryl«, bemerkt Anya ironisch.

»Wenn man sich nicht auf die Macht und Kraft des Chaos verlassen kann, meine Dame«, erwidert der Weiße Magier mit dem glatten Gesicht besonnen, »muß man eben vorsichtiger vorgehen.«

»Pah ... laßt uns die Truppen in Marsch setzen.« Fydel wischt sich das Blut von der Stirn und tritt an der Stelle ins Zelt, wo vorher die Zeltplane war. Drinnen hält er inne und deutet auf die beiden am Boden liegenden Körper. Feuer flammt auf, nur Asche bleibt zurück.

Anya und Cerryl heben gleichzeitig die Augenbrauen.

CLVI

Als Dorrin aufwacht, liegt sein Kopf in Liedrals Schoß. Sie tupft das teils getrocknete und teils frische Blut mit einem kühlen, feuchten Lappen ab und streut gemahlenes Astra in den Schnitt auf der Stirn. Das Pulver brennt, und er hat Kopfschmerzen, ganz zu schweigen von der verletzten Schulter.

Aus irgendeinem Grund muß er an Meriwhen denken. Tränen steigen ihm in die Augen. Er hofft, das Pferd hat es bis ans Ufer geschafft. Er schaudert, und Liedral drückt seine Schulter.

»Alles ist gut.«

»Nein, das ist es nicht.« Er setzt sich auf und nimmt ihr das Tuch aus der Hand. So viele Menschen und wohl auch das Pferd, das ihn trug und ihm in so vielen Schwierigkeiten beistand, mußten für seinen Wunsch und seinen Traum bezahlen, die Maschine zu bauen.

Er läßt die Schultern hängen. Brede ist tot. Liedral wurde gefoltert, Kadara bleibt allein zurück und ist schwanger. Ryllas Hütte ist niedergebrannt, die alte Heilerin heimatlos. Tausende unschuldiger Soldaten sind gefallen. Kleth wurde dem Erdboden gleichgemacht und in Brand gesteckt, Elparta zur Hälfte zerstört. Warum?

Weil die Ordnung ihn hinausgeworfen hat und er sich aufgemacht hat, dem Chaos Widerstand zu leisten? Oder nur, weil er so störrisch ist? Er kann sich an Fairhaven erinnern – eine saubere, friedliche und ordentliche Stadt. Einfach nur, weil er das Chaos nicht ertragen kann? Ist das etwa ein ausreichender Grund, Zerstörung zu schaffen?

Er holt tief Luft und zieht die Schultern hoch. Das Pochen in Kopf und Arm ignoriert er. Dies ist nicht der Augenblick, sich in philosophischen Grübeleien zu ergehen. Er muß dafür sorgen, daß die Menschen, die sich an Bord befinden, in Sicherheit sind. Er sieht sich um und blickt zum Achterdeck hinauf, wo Tyrel am Steuer steht. Dann schaut er nach Norden zur See.

Die *Schwarzer Diamant* hält sich gerade eben diesseits der Wellenbrecher. Zwei oder höchstens drei Meilen vor dem Ufer sind die beiden Schoner mit den weißen und karmesinroten Abzeichen Fairhavens zu sehen.

Liedral hilft ihm, auf die Beine zu kommen.

»Sei nicht so unnachsichtig mit dir selbst«, murmelt sie.

Er berührt ihre Hand und läuft über das sachte schlingernde Deck zur kurzen Leiter, die zum Achterdeck und zum Steuerrad hinaufführt.

»Wir müssen hier raus«, sagt Dorrin zu Tyrel.

»Aber wie? Die haben sich mit dem Wind von Ost-Nordost genau richtig aufgestellt, um uns den Weg abzuschneiden, ganz egal, in welche Richtung wir fahren. Unter vollem Segel sind sie trotz Eurer Maschine schneller als wir.«

»In welche Richtung können sie nicht fahren?« Dorrin reibt sich die Stirn. Sein Kopf fühlt sich an, als würde darin ein Schmied mit dem Vorschlaghammer arbeiten.

»Sie können fahren, wohin sie wollen. Sie sind Weiße Magier.«

»Ich bin für alte Scherze nicht zu haben. Können sie gegen den Wind fahren?«

»Dann müßten sie kreuzen.«

»Also gut. Wie nahe werden sie sich ans Ufer wagen?«

»Bei diesem Wind?« Tyrel sieht zum Himmel, zu den Wolken, die sich im Norden am Horizont zusammenballen. »Nicht viel näher als jetzt.«

»Gut. Dann fahren wir östlich an der Küste entlang.«

»Aber ...« Tyrel schüttelt den Kopf. »Es ist schwer, nicht zu vergessen, daß wir in der Lage sind, gegen den Wind zu fahren.« Er hält inne. »Doch wenn Eure Maschine versagt, werden wir stranden.«

»Ich verstehe. Aber wenn wir uns weiter von der Küste entfernen, werden sie uns nahe genug kommen, um uns mit ihrem Magierfeuer zu verbrennen.« Dorrin humpelt nach vorn zur Luke des Maschinenraums, um unter Yarrls Augen das Sicherheitsventil zu schließen und die volle Kraft der Maschine auf die Schraube zu lenken.

Die *Schwarzer Diamant* schießt am Wellenbrecher vorbei. Die Segel immer noch an die Rahen gebunden, bringt Tyrel den umgebauten Schoner langsam auf Ostkurs parallel zur Küste.

Dorrin schlurft auf wackligen Beinen über das Deck zu Pergun, der unter einem improvisierten Baldachin auf einer Matratze liegt. Der Atem des dunkelhaarigen Mannes geht gleichmäßig, die Augen sind geschlossen. Merga, in deren Gesicht die Tränen langsam trocknen, kühlt Perguns Stirn mit einem feuchten Tuch. Dorrin bückt sich und berührt noch einmal Perguns Stirn, um ihm Ordnung einzuflößen, soweit es seine Kräfte erlauben.

»Danke, Meister Dorrin.«

»Du mußt dich jetzt nicht bei mir bedanken. Danke mir, wenn wir einen sicheren Hafen erreicht haben.« Dorrin geht zur Reling, stützt sich müde auf und starrt ins unruhige grüne Wasser.

Kadara, den Arm in eine Schlinge gelegt, gesellt sich zu ihm. »Das hättest du auch für Brede tun können.«

»Vielleicht kannst du dich erinnern, daß ich nicht unbedingt in der Verfassung war, überhaupt etwas zu tun.«

»Was für ein Unsinn! Du warst damit beschäftigt, dich selbst zu verhätscheln. Und jetzt hast du zwei kleine Fleischwunden, und du kannst kaum noch laufen.«

Dorrin dreht sich zu der rothaarigen Kämpferin um. »Glaube, was immer du glauben willst. Was ich sage, kann daran sowieso nichts ändern. Aber ich denke nicht, daß Stärke sich daran messen läßt, wie gut man körperliche Schmerzen erträgt oder wie viele Gegner man mit einer scharfen Klinge niederstreckt. Brede hat das verstanden. Du bekommst einen Sohn, den du erziehen mußt. Er ist das Kind von Eltern aus Recluce, und vielleicht ist er nicht zum Kämpfer geboren. Willst du ihn verlieren, indem du ihn zu etwas zwingst, das ihm nicht entspricht? Wie es meine Eltern gemacht haben?«

»Das mußt du gerade sagen. Dich kümmert es doch überhaupt nicht, was andere Leute denken. Du interessierst dich nur für deine verdammten Maschinen.«

Dorrin hält Kadaras Blick stand. »Du hast recht. Ich weiß, was ich bin.«

Jetzt wendet Kadara den Blick ab und starrt ihrerseits ins Wasser.

Dorrin tritt von der Reling zurück, als Liedral ihm winkt.

»Du bist hart mit ihr ins Gericht gegangen«, bemerkt sie. »Noch härter warst du mit dir selbst.«

»Die Wahrheit ist manchmal hart.«

»Magst du es, wenn jemand dir harte Wahrheiten sagt?«

»Natürlich nicht.« Er muß grinsen. »Außer wenn du es tust.« Er schaut wieder nach Norden. Der im Osten wartende Schoner der Weißen, ungefähr doppelt so groß wie die *Schwarzer Diamant,* dreht gerade bei und kreuzt gegen den Wind. Nachdem er das Schiff eine Weile beobachtet hat, klettert Dorrin wieder zum Steuerrad hinauf und redet mit Tyrel.

»Er wird versuchen, uns am Kap Devalin zuvorzukommen. Dort müssen wir weiter auf die offene See ausweichen.«

»Würde es helfen, wenn wir schneller fahren?«

»Sicher, denn wenn wir vor ihm das Kap hinter uns lassen, ist er dem vollen Wind ausgesetzt.«

Dorrin klettert wieder die Leiter zum Hauptdeck hinunter.

Rylla, die nahe am Bug steht, deutet zum Strand. Sie hat schützend einen Arm um Frisa gelegt. Vaos versucht, an den Ständen im Mittelschiff ein lockeres Brett auszurichten und spricht dabei mit den Pferden. Dorrin schluckt, als er den leeren Stand sieht, wischt sich die Augen aus und geht zum Maschinenraum weiter.

Yarrl stellt die Schaufel beiseite und reibt sich die Stirn. »Es ist heißer als das Schmiedefeuer, dieses Biest, das du gebaut hast. Und nasser. Aber der Junge mag es.«

Rek steht in einer Ecke, bestaunt die Maschine und versucht, sich zusammenzureimen, wie sie wohl funktioniert.

»Zu naß«, sagt Yarrl.

Wasser sickert aus mehreren Rohren, und das Deck ist patschnaß. Dorrin versucht, die Lecks zu finden. Eins ist in der Leitung für das Meerwasser, mit dem die Hülle des Kondensators gekühlt wird. Das zweite befindet sich am Auslaßventil des ersten Kolbens. Soweit er es beurteilen kann, wird nichts zerbrechen, zerspringen oder versagen – jedenfalls nicht sofort.

»Wir müssen mehr Dampf machen.«

»Wird die Maschine es aushalten?«

»Vorübergehend schon.«

»Du bist der Ingenieur«, entgegnet Yarrl mit schiefem Grinsen. Er öffnet die Klappe der Feuerbüchse und nimmt die Schaufel in die Hand.

Allmählich, ganz allmählich bewegen sich die Stangen schneller, während die Hitze des Kessels zunimmt. Immer mehr Wasser spritzt auf die dicken Balken des Zwischendecks, auf dem die Maschine verankert ist. Eine langsame Vibration baut sich auf, und Dorrin läßt nach und nach Dampf ab, bis die Maschine wieder ruhig läuft. Schneller als vorher, aber nicht mit der vollen Kraft, welche die Maschine seiner Ansicht nach entwickeln könnte, wenn er noch etwas Zeit und Arbeit hineinstecken würde. Leider kann er im Augenblick nichts weiter tun.

Nachdem er wieder aufs Deck geklettert ist, wirft Dorrin einen prüfenden Blick zum weißen Schoner. Dann eilt er zu Tyrel, der mit Styl spricht.

»… Wassereimer … noch Sand da?«

»Wir haben ein paar Säcke voll mitgenommen.« Der schlaksige junge Mann droht mit erhobener Faust in Richtung des nahenden Schoners. »Ich weiß aber nicht, ob es hilft, wenn sie einen Weißen an Bord haben.«

»Wir müssen uns eben behelfen, so gut wir können.«

»Jawohl, Ser.« Styl springt gewandt auf das Hauptdeck.

»Er hat als Maat für Gossag gearbeitet. Ein guter Mann«, erklärt Tyrel.

»Wie laufen wir?«

»Es wird knapp. Sieht aus, als würden wir ungefähr gleichzeitig das Kap erreichen.«

Dorrin betrachtet das Weiße Schiff, das jetzt alle Segel gesetzt hat. »Wird unser Segel brennen, wenn es von einer Feuerkugel getroffen wird?«

»Wahrscheinlich nicht, solange wir es zusammengerollt lassen. Aber auf die eine oder andere Weise werden sie uns erwischen. Es ist schwer, das Holz eines Schiffes mit einer Flamme in Brand zu setzen. Man braucht etwas leicht Brennbares wie ein Segel oder Pech. Aber wenn man die Segel zusammenrollt und antriebslos im Wasser treibt, dann können sie an Bord kommen oder aus einiger Entfernung die Mannschaft verbrennen.«

»Wenn alle Leute unter Deck und die Segel zusammengerollt sind, können wir also nahe an sie heran.«

»Ja …«

»Ich schicke alle nach unten.« Dorrin steigt die Leiter hinunter zu Merga, die sich um Pergun kümmert. »Kannst du ihn zusammen mit Petra nach unten schaffen?«

»Hier ist es aber kühler, Meister Dorrin.«

Dorrin deutet auf den weißen Schoner. »Sie werden

bald angreifen. Du kannst ihn später wieder auf Deck bringen.«

Merga betrachtet den fiebernden Mann.

»Hier draußen wird er sterben. Sie werden das Deck in Brand setzen.« Dorrin nimmt die Decke herunter, die dem ehemaligen Mühlenarbeiter als Sonnensegel gedient hat, und faltet sie rasch zusammen. Dann legt er sie aufs Deck. »Die muß auch nach unten.«

Er sucht mit Augen und Sinnen seinen Stab und findet ihn schließlich in einer Ecke des leeren Stands, in dem Meriwhen hätte stehen sollen. Kadara sitzt aufrecht an die einzige fertiggestellte Box gelehnt im Schatten. Sie schaut müde zu ihm auf.

»Du mußt nach unten. Ein Schiff der Weißen kommt näher.«

»Ich kann kämpfen.«

»Ich glaube, wir können ihm entkommen, ohne zu kämpfen. Wenn sie uns entern, mußt du kämpfen, aber ich würde es lieber vermeiden.«

»Machst du das nicht immer?«

»Ja.« Er weicht ihr aus und geht zum Bug, um auch Rylla und Frisa zu warnen. Er bittet Rylla, auch Vaos ins Bild zu setzen. Dann schaut er zum Steuerrad. Tyrel winkt und deutet nach unten. Styl und die anderen beiden Männer verlassen endlich das Achterdeck, nachdem sie ein offenes Faß mit Meerwasser und einen Löscheimer dicht neben dem Ruder an der Reling vertäut haben.

Liedral. Wo ist sie?

Er findet sie bei Reisa und Petra in der Messe. Reisa zeigt Liedral, wie sie eine alte Pike schärfen muß. Die drei sind voll bewaffnet.

»Ich hoffe, das brauchen wir nicht.« Er wiederholt seine Warnung und klettert wieder nach oben, um noch einmal im Maschinenraum nach dem Rechten zu sehen.

»Die Weißen kommen näher. Ich muß die Luke zur Hälfte schließen.«

»Laß sie offen. Wir kommen sonst in der Hitze um«, schreit Yarrl, um den Maschinenlärm zu übertönen.

Dorrin blickt zwischen dem sich nähernden Schoner und dem Maschinenraum hin und her. »Dann haltet wenigstens die Köpfe unten.«

Yarrl nickt und wirft Rek, der gerade eine neue Schaufel Kohlen nachlegt, einen Blick zu. »Hast du das gehört, Junge?«

»Ja, Ser.«

Dorrin steigt wieder nach oben zum Steuer. Beinahe schleift er den Stab hinter sich her.

Das Schiff der Weißen ist höchstens noch ein Dutzend Kabellängen von der *Schwarzer Diamant* entfernt, und Dorrin kann schon den Namen erkennen: *Weißer Sturm.*

»Laßt mich übernehmen«, drängt Dorrin, indem er sich noch einmal über die Schulter zur *Weißer Sturm* umsieht.

»Aber ich bin der bessere Rudergänger, Meister Dorrin«, widerspricht Tyrel.

»Ich weiß. Aber ich brauche Euch lebend. Ihr wollt doch nicht gebraten werden, oder?«

»Ich hatte gehofft, Ihr könntet uns beide schützen.«

»Ich kann schon von Glück reden, wenn es mir gelingt, mich selbst zu schützen«, räumt Dorrin ein.

Tyrel blickt nervös nach Steuerbord, wo die Brandung bedrohlich nahe ist. »Steuert nur nicht näher ans Ufer … und wenn … wenn Ihr direkt dort vor dem Einschnitt am Strand seid, kurz vor der Spitze des Kaps, dann müßt Ihr uns mindestens noch ein Dutzend Ruten weiter aufs offene Meer bringen.«

Tyrel befestigt Dorrins Stab mit zwei Schlingen am Gehäuse der Ruderpinne. »So, jetzt sitzt er fest.«

»Danke. Ich werde ihn brauchen.« Dorrin nimmt das Steuerrad und schluckt. Warum kommt er nur immer wieder in solche Situationen?

»Ich dachte es mir.« Tyrel klettert aufs Hauptdeck

hinunter und bleibt vor der Luke stehen. Abgesehen von dem Mann, den Dorrin als Kapitän des Schiffs betrachtet, ist das Deck jetzt geräumt.

Die *Weißer Sturm* scheint wie ein Pfeil durch das Wasser zu schießen. Die Schiffe halten in etwa den gleichen Kurs, und der Abstand zwischen ihnen wird immer kleiner. Dorrin sieht, wie das Schiff sich nähert. Oder kann die *Schwarzer Diamant* jetzt doch wieder den Abstand vergrößern?

Eine Bö weht ihm Ascheflocken ins Gesicht, und er muß blinzeln. Der Schornstein müßte höher sein, das würde zugleich den Zug in der Feuerbüchse verbessern. Aber er hatte auch in diesem Punkt nicht genug Zeit, um sich alle Einzelheiten genau zu überlegen. Es ist schon ein Wunder, daß die Maschine überhaupt so gut läuft.

Wieder fliegt ihm Ruß ins Gesicht. Er blickt zum Schornstein hoch, spürt eine Vibration des Decks und erkennt, daß Yarrl der Maschine noch etwas mehr Kraft abverlangt.

Die *Schwarzer Diamant* entfernt sich tatsächlich ein wenig von der *Weißer Sturm.* Inzwischen muß Dorrin sich sogar schon halb umdrehen, um sie zu beobachten.

Wieder fliegt ihm Ruß ins Gesicht. Warum gerade jetzt?

Er muß grinsen. Sie nähern sich dem Kap und damit dem Augenblick, in dem das Schiff der Weißen voll in den Gegenwind kommen wird. Dorrin schluckt, als er an Steuerbord die Spitze des Kaps erkennt. Jetzt muß er die *Schwarzer Diamant* aufs offene Meer steuern, was den Abstand zwischen den Schiffen wieder verkleinern wird. Er dreht vorsichtig am Steuerrad, aber nichts geschieht. Die Drehung war zu zaghaft.

Er dreht stärker, und jetzt nähert sich die *Schwarzer Diamant* dem Schoner der Weißen so weit, daß Dorrin einen weiß gekleideten Mann im Bug erkennen kann. Der Weiße Magier hebt einen Arm, und weißes Feuer fegt gen Süden.

Die Feuerkugel fliegt an den oberen Rahen vorbei.

»Dreht etwas ab, Meister Dorrin!« ruft Tyrel.

Da der Abstand wieder etwas größer geworden ist, versucht Dorrin, das Schiff auf einen östlicheren Kurs zu bringen.

Wieder fliegt eine Feuerkugel vorbei, tiefer dieses Mal. Dorrin spürt die Hitze und das Chaos, während er mit dem Steuerrad kämpft. Sobald er das Schiff auf den Kurs gebracht hat, der hoffentlich der richtige ist, packt Dorrin mit einer Hand den Stab und reißt ihn hoch, um die nächste Feuerkugel abzuwehren.

Funken sprühen um Dorrin und den Stab, den er gerade rechtzeitig gehoben hat, aber das Schiff bricht aus, weil er unwillkürlich das Steuerrad losgelassen hat. Er greift in die Speichen, ein scharfer Schmerz schießt ihm durch die Hand, aber irgendwie gelingt es ihm, den Brechern auszuweichen und das Schiff wieder auf Kurs zu bringen.

Er sieht sich über die Schulter um und hebt mit einer Hand den Stab, als die nächste Feuerkugel geflogen kommt.

Das Chaos-Feuer sprüht um ihn herum und wird vom Wind weggeweht.

Auf einmal scheint es, als würde sich die *Schwarzer Diamant* rascher von der *Weißer Sturm* entfernen und als hätte das Schiff der Weißen angehalten.

Wieder kommt eine Feuerkugel geflogen, aber sie landet hinter der *Schwarzer Diamant* im Meer. Dorrin richtet den Bug ein wenig mehr auf das offene Meer aus. Er kann nur hoffen, daß er der Brandung und den Sandbänken und Felsen, auf denen die Wellen brechen, noch nicht zu nahe gekommen ist.

Er hat Kopfschmerzen, in seiner Schulter pocht es, und jetzt hat er sich auch noch den Daumen oder etwas anderes gebrochen. Er nimmt den Stab in die verletzte linke Hand und versucht, das Schiff mit der anderen Hand auf einen sicheren Kurs zu steuern.

Eine weitere Feuerkugel landet hinter ihm im Meer.

»Meister Dorrin, laßt mich jetzt übernehmen.«

Dorrin nickt, und Tyrel klettert herauf und lenkt das Schiff eilig in Richtung offene See.

Der Heiler und Schmied hält den Stab mit einer Hand und blickt nach achtern, wo die *Weißer Sturm* mit schlaffen Segeln versucht, den Wind zu finden, ehe sie zum Kap getragen wird. Die *Schwarzer Diamant* stampft unterdessen weiter.

Schließlich geht Dorrin nach vorn zum Maschinenraum. »Laßt sie langsamer fahren«, ruft er.

Yarrl wischt sich die Stirn, schließt die Klappe der Feuerbüchse und lehnt sich erschöpft an eine Querstrebe.

Dorrin lauscht. Eine Reihe von Vibrationen, die ihm überhaupt nicht gefallen, gehen von der Maschine oder der Antriebswelle aus. Er humpelt wieder nach hinten zum Steuerrad.

»Können wir später segeln?«

»Ja, wenn wir weit genug auf die See hinauskommen.«

»Ich lasse die anderen wieder an Deck kommen.«

Tyrel deutet lachend nach hinten zum Kap. »Der wird uns vorläufig nicht folgen können. Die weißen Bastarde ...« Er spuckt mit dem Wind aus.

Dorrin setzt sich aufs Deck. Er ist zu müde, um sich zu bewegen, aber die anderen haben es gehört, und Liedral kommt mit einem Korb zu ihm.

»Du mußt etwas essen.«

Dorrin erhebt keine Einwände.

»Was ist mit deiner Hand passiert?«

»Ich habe einen Kampf mit dem Ruder ausgetragen und verloren.«

»Dorrin ...« Liedral schüttelt den Kopf, daß das kurze Haar nur so fliegt. »Du ißt jetzt etwas, und ich hole Rylla.«

Er ißt mit einer Hand, während Tyrel ein etwas obszönes Lied singt und Styl zusammen mit zwei weiteren Helfern die Segel setzt.

CLVII

»Schleift die Stadt.« Sterol betrachtet die verbogenen Kettenglieder und das geschwärzte Amulett.

Die rothaarige Magierin reißt erschrocken die Augen auf. »Die ganze Stadt? Diejenigen, die noch dort sind, haben sich ergeben und sich der Vorherrschaft Fairhavens untergeordnet.«

»Die Leute sind mir egal. Sie sollen gehen, wohin sie wollen. Keine Stadt streckt einen Erzmagier nieder und bleibt als Zeugin des Spotts stehen. Nehmt ihnen die gesamte Ernte und alle Tiere weg. Streut Salz auf die Felder, versengt sie und macht die Gebäude dem Erdboden gleich. Zerstört die Wellenbrecher und füllt das Hafenbecken mit Steinen.«

»Ich wußte gar nicht, daß du Jeslek so geliebt hast.«

»Ich habe den Mann gehaßt, aber darauf kommt es nun wirklich nicht an.« Sterols Stimme klingt beinahe seidenweich. »Soll die Welt denn glauben, daß die Anführer legitime Ziele der Kriegführung sind?«

»Ich verstehe. Soll für … für den Schwarzen Magier eine Belohnung ausgesetzt werden?«

»Beim Licht, nein. Muß ich dir denn alles haargenau erklären? Wenn wir eine Belohnung aussetzen, nehmen die Narren in Recluce ihn womöglich wieder auf. Aber jeder, der sich in seine Nähe begibt, muß jetzt doppelt vorsichtig sein.«

»Machte nicht Jenred mit Creslin etwas Ähnliches?«

»Eigentlich nicht. Jenred hat vergessen, daß diejenigen, die er vertrieben hat, keine Wahl hatten. Glaubst du, die elenden Feiglinge in Recluce nehmen jemanden auf, der Maschinen und Schwarzen Stahl benutzt, um große Zerstörungen zu bewirken?«

»Und wenn er sie zwingt …«

»Wie sollte er sie zwingen? Er hat nichts als ein magisches Schiff und eine Handvoll Gefolgsleute.«

CLVIII

Die reine Ordnung kann das Leben nicht erhalten, denn das Leben hängt vom Wachstum ab, und das Wachstum ist ein beständiger Kampf, aus dem Chaos Ordnung zu erzeugen.

Wenn ein Feuer die großen Wälder der Westhörner zerstört, stellt sich mit unzähligen Sämlingen und Büschen, deren Bestreben es ist, die Hügel zu erobern, sogleich wieder die Ordnung ein.

Wenn man eine Mauer aus Stein errichtet, setzen Wärme und Kälte den Steinen unablässig zu. Gleiches gilt für ein Haus, sobald die ordnende Kraft des Bewohners nicht mehr wirkt.

Es ist die Aufgabe der Ordnung, das Leben zu fördern, welches das Chaos ordnen kann. Ohne Chaos, das geordnet wird, hat das Leben aber keinen Sinn.

Die Aufgabe des Chaos ist es, die Ordnung zu zerstören. Ohne die Ordnung kann keine Struktur existieren – kein Mann und keine Frau, keine Pflanze, nicht einmal die Erde, auf der wir wandeln. Daher ist der letzte Triumph des Chaos zugleich seine Niederlage.

Was läßt sich also über Ordnung und Chaos sagen? Seit die Welt entstanden ist und solange sie existieren wird, dürfen weder Ordnung noch Chaos siegen. In der Welt muß es gleiche Anteile von beidem geben, und dieses Gleichgewicht muß erhalten werden. Wird es jedoch gestört, dann kann weder die Welt noch das Leben auf ihr bestehen.

Länder und Meere befinden sich auf dieser Welt.

Die Menschen halten das Meer für das Chaos, aber die See birgt trotz der sich stetig verändernden Wellen und Wellentäler eine tiefe Ordnung. Das Meer umspült die Strände und zieht sich wieder zurück, und dies ändert sich nie.

Das Land dagegen halten die Menschen für die Ordnung, denn es verändert sich selten. Doch liegt unter seiner Oberfläche eine große Unordnung, erfüllt vom Feuer und dem Chaos der Dämonen.

Ein Volk, das zur See fährt, muß der Ordnung anhängen, denn die Ordnung muß sich dem oberflächlichen Chaos der Meere widersetzen und die Harmonie mit der tieferen Ordnung unter den Wogen finden.

Ein Volk, das sich dem Chaos verschrieben hat, kann dagegen nur auf dem Land existieren, denn die See wird es verschlingen.

Die Basis der Ordnung
Fragment, Abschnitt II zugeschrieben

CLIX

Die *Schwarzer Diamant* ist am letzten Poller der kleinsten Pier hinter den Wellenbrechern von Landende festgemacht. Rauch und Dampf steigen in kleinen Fahnen in die Luft, während die Feuerbüchse abkühlt. Höchstens ein oder zwei Fässer Kohle sind noch übrig.

Vier Schwarze Wächter stehen unten vor der Laufplanke, zwei große Fässer Wasser für die Mannschaft und die Passagiere des Schiffs wurden unten aufgestellt.

»Und was nun, Meister Dorrin?« fragt Tyrel.

»Wir warten«, sagt Dorrin müde. Er will sich die Stirn abwischen, was jedoch mit dem geschienten Daumen nicht ganz einfach ist. Wenigstens heilt die Wunde an seiner Schulter allmählich ab, und das weiße Feuer der Kopfschmerzen pocht nicht mehr ganz so heftig.

»Lange wird es nicht mehr dauern.« Liedral deutet zur Flagge des Hafenmeisters, unter der mehrere schwarz gekleidete Gestalten aus einer offenen Kutsche steigen.

Einer ist ein großer, hagerer Schwarzer Magier. Dorrin holt tief Luft.

»Oh, verdammt ...« Kadaras Fluch wird vom Wind aus dem Bug zu ihnen getragen.

Dorrin empfindet wie sie, aber er wartet schweigend, bis die schwarz gekleideten Menschen zur Pier kommen. Liedral steht neben ihm und hält seine Hand.

Der große Magier grüßt die Wächter. Einer salutiert, dann marschieren die vier zum Hafen zurück und weiter zum alten Bergfried auf dem Hügel. Der Magier dreht sich zum Schiff um und wendet sich direkt an Dorrin. »Für den Augenblick sollt ihr in Recluce alle Freiheiten genießen. Wir würden es vorziehen, wenn ihr in der Nähe von Landende bleiben würdet, aber die Entscheidung liegt bei euch.« Der große Magier lächelt milde. »Angesichts eurer zahlreichen … Schwierigkeiten bieten wir euch die beiden Gästehäuser hinter dem Gasthof an. Dorrin und seine … seine Gefährten mögen sich in den Gasträumen des alten Gasthofs einrichten.« Oran deutet zum Mittschiff. »Ihr könnt auch die Ställe dort benutzen.«

»Das ist sehr großzügig«, erwidert Dorrin. »Die letzten Achttage waren wirklich schwer. Ich wäre dir dankbar, wenn du einen Meisterheiler schicken könntest, der sich um Pergun kümmert. Er hat eine Kopfverletzung erlitten. Ich habe vielleicht das Schlimmste abgewendet, aber … aber es ist noch viel zu tun.«

»… schon gut, Dorr'n …« Pergun lehnt an der Reling, Merga an seiner Seite. Er spricht undeutlich und schneidet die Endsilben der Worte ab.

»Wir werden uns mit Freuden darum kümmern«, erwidert Oran höflich.

Merga faßt Frisas Hand.

»Später, nach dem Mittagsmahl, würde ich gern mit dir reden.« Oran sieht seinen Sohn fest an. Dorrin nickt und hält dem Blick stand. Nach einer Weile wendet Oran den Blick ab.

Als die Pier menschenleer ist und Tyrel, die Mannschaft, Pergun, Merga und Frisa zum Gästehaus gegangen sind, bleibt Dorrin noch lange an der Laufplanke stehen.

»Dorrin …« Liedral sitzt mit Reisa, Yarrl und Petra am Hauptmast auf dem sauber geschrubbten Deck. Kadara ist bei ihnen, hält sich aber zurück, als würde sie nicht ganz dazugehören.

Grinsend geht Dorrin zu ihnen. Sie kommen ihm vor, als hielten sie Kriegsrat. Doch dann verfliegt das Lächeln. In gewisser Weise ist es ja tatsächlich ein Krieg. Er setzt sich neben Liedral auf die harten Planken und genießt die frische Brise, die vom Meer kommt.

»Du hast noch nicht viel über das gesagt, was wir tun können«, beginnt Liedral.

»Ich habe noch nicht richtig darüber nachgedacht. Eigentlich wollte ich eine Maschine und das Schiff bauen und in Spidlar bleiben. Ich kann nicht sicher sagen, ob Recluce uns – oder vor allem mich – überhaupt aufnehmen wird. Sie mögen hier keine Maschinen …«

»Aber die Unterbrechung der Handelsbeziehungen macht doch auch ihnen zu schaffen«, sagt Liedral. »Dein Schiff … du hast bewiesen, wie wertvolle Dienste es leisten kann. Sie müßten sich doch dafür interessieren.«

»Nein.« Kadara schaltet sich mit kalter Stimme ein. »Sie würden lieber sterben, als den alten Glauben aufzugeben.«

»Wer sagt, daß sie den alten Glauben aufgeben müssen?« wirft Reisa ein. »Wir bauen die Schiffe und verteidigen sie. Sie müssen sich nicht ändern. Sie brauchen uns nur in Ruhe zu lassen.«

»Du würdest sie trotzdem …« Kadara sucht nach dem richtigen Wort. »Sie würden sich trotzdem beschmutzt fühlen.«

»So dumm können sie doch nicht sein«, protestiert Petra.

»Vielleicht sind sie es auch nicht«, meint Dorrin. »Was wäre, wenn wir an der Südspitze von Recluce eine Enklave bauen? Es gibt dort einen Kanal und eine kleine Bucht. Die Ebene dahinter ist fruchtbar, aber zu weit von Landende entfernt, als daß die Gegend stark besiedelt wäre. Ich meine, es gibt dort einige Landbesitzer, aber die Leute würden sich nicht an uns stören.«

»Dorrin«, sagt Liedral, »du darfst ihnen nichts schenken. Du mußt verhandeln.«

Dorrin versteht, was sie meint. Trotzdem ... »Ich weiß nicht, ob ich das kann.«

»Ich finde es vernünftig«, wirft Yarrl ein.

»Wir stehen hinter dir«, bekräftigt Reisa.

Kadara schüttelt den Kopf.

»Nun ...« Dorrin zögert. »Wir sollten unsere Unterkünfte beziehen.« Er verkneift sich den Zusatz »solange es noch möglich ist«, auch wenn ihm der Gedanke kommt.

Nicht lange, und die sechs wandern mit Tornistern und Packen die Laufplanke hinunter. Die langen Schatten der Hügel im Westen berühren beinahe die Pier.

Dorrin blickt zum verlassenen Schiff. Wenigstens ist Recluce ein Ort, an dem man sich nicht zu sorgen braucht, es könnte etwas gestohlen werden. Er muß lachen, als er daran denkt, daß ausgerechnet Fairhaven wahrscheinlich der Ort ist, an dem Diebstähle genauso selten sind wie hier.

Er hat alle Türen und Luken auf der *Schwarzer Diamant* geschlossen und die Bilge ausgepumpt. Die Lecks um die Antriebswelle sind nur klein, aber man muß das Schiff immer wieder auspumpen, solange er keine bessere Dichtung entwickelt und gebaut hat.

»Der sauberste Hafen, den ich je gesehen habe«, bemerkt Yarrl.

Die steinerne Pier ist gefegt, alle Fugen zwischen den Steinen sind sauber mit Mörtel gefüllt. Sogar der Wind, der vom Ostmeer heranweht, riecht frisch. Die Dächer in Landende bilden ein ordentliches Mosaik auf dem Hügel, und darüber erheben sich die Steinmauern des alten Bergfrieds mit dem Abzeichen der Gründer – die gekreuzten Rosen und die Klinge. Das heutige Banner von Recluce, ein dunkler Ryall auf weißem Hintergrund, flattert am Fahnenmast des Hafenmeisters, dessen Büro zwischen den beiden Pieren steht.

»Wo ist dieser Gasthof?«

»Es geht links neben der Hafenmeisterei die Straße hinauf. Das zweistöckige Gebäude ist der Gasthof. Dahinter liegen die Ställe, wo Styl und Intar die Pferde untergestellt haben. Die Gästehäuser sind links neben den Ställen auf dem Hügel.« Dorrin drückt Liedrals Hand.

Vor dem Gasthof sitzt ein junger Mann, der braune Lederkleidung und ein schwarzes Armband mit einem aufgedruckten weißen Ryall trägt. Er springt auf, als sie sich ihm nähern.

»Meister Dorrin.« Er verneigt sich. »Wenn Ihr und Eure Begleiter in den Gasthof treten wollt, dann wird Herrin Barla Euch die Quartiere zeigen. Ich kann die anderen zum Gästehaus führen. Die Laufburschen werden Euch unterrichten, wenn das Abendessen im Gasthof angerichtet ist.«

»Haben wir auch genug Platz?«

Der Junge verneigt sich. »In jedem Gästehaus gibt es vier getrennte Schlafzimmer, Herrin, und mehr als genug Wasser und Duschen für jeden Gast.«

»... gehört, daß sie es hier mit dem Waschen sehr genau nehmen ...«, murmelt Yarrl.

»Könnte dir nur guttun«, gibt Reisa zurück.

Dorrin hält Liedral mit der geschienten rechten Hand ungeschickt die Tür auf. Der Daumen sticht, als er versehentlich gegen den eisernen Riegel stößt.

»Seid gegrüßt«, sagt die silberhaarige ältere Frau, die sich gerade von einem kleinen Schreibtisch erhebt. »Ihr seid Meister Dorrin und die Händlerin Liedral?«

»Ja.«

»Ich bin Barla. Ich will Euch Euer Quartier zeigen.«

Links neben der Tür führt eine geschwungene Steintreppe zum Treppenabsatz im ersten Stock hinauf, wo sich eine einzelne Tür mit einem Messinggriff befindet. Der Flur erstreckt sich zwar über die ganze Länge des Gasthofs, aber ihre Führerin bleibt vor der ersten Tür stehen und hält sie ihnen auf.

»Hier sind Eure Zimmer. Hinter dem Bad ist noch ein Waschraum. Wenn Ihr vor dem Essen noch baden wollt, würde ich Euch bitten, Euch zu beeilen, denn das Abendessen wird bald serviert.« Sie lächelt freundlich.

»Vielen Dank«, sagt Dorrin.

»Ich hoffe, die Zimmer gefallen Euch.« Damit kehrt Barla wieder um.

»Die Zimmer?« fragt Liedral, als sie durch die Tür tritt. »Oh ...«

Dorrin schließt hinter ihnen die Tür. Sie stehen in einem Wohnzimmer mit einem kleinen Balkon, auf dem zwei geschnitzte Lehnstühle stehen. Im Wohnzimmer gibt es einen Tisch, vier passende Stühle ohne Lehne, ein zur Hälfte gefülltes Bücherregal und zwei große Lehnstühle vor einem Kamin, in dem bereits ein Feuer brennt.

Liedral betritt das zweite Zimmer, in dem ein riesiges Bett mit einem großen Kopfende aus Roteiche, eine Kommode und zwei passende Schränke stehen. Hinter dem Schlafzimmer ist das Bad mit Dusche, aber ohne Badewanne, und von dort führt eine Tür zum Waschraum, den Barla erwähnt hat. Die Bettdecke ist grün und grau gehalten und ohne Rüschen, das Bett ist mit richtigem Bettzeug bezogen.

»Wie es aussieht, ist deine Verhandlungsposition wohl erheblich besser, als dir selbst klar ist«, bemerkt Liedral trocken.

»Du kannst dich zuerst duschen«, sagt Dorrin.

»Duschen? Sind die hier auch so kalt wie deine?«

»Oh ... nein, das war nur in meinem Haus so. Laß mal sehen, ob sie hier warmes Wasser haben.« Dorrin betritt das Bad, von dem aus eine weitere Tür zu einer einfachen Toilette führt. Er lugt in die gekachelte Dusche, dreht am Griff und fühlt das Wasser, dann stellt er es wieder ab und trocknet sich die Hand an einem der großen Handtücher ab, die an Haken hängen.

»Es ist lauwarm«, verkündet er. »In einem Tank auf dem Dach von der Sonne gewärmt. Du mußt die Kleidung ausziehen und ...«

»Sehr witzig. Als ob ich noch nie geduscht hätte.«

»Und dich unter den Strahl stellen. Dort ist Seife, mit der du dich waschen kannst. Wenn du kühles Wasser nicht magst, spülst du dich kurz ab, drehst das Wasser ab, seifst dich ein und spülst dann noch einmal nach.«

»Ich dusche zuerst«, erklärt Liedral. Sie läßt ihren Packen auf den Boden fallen. »Ich habe mich seit Tagen nicht ordentlich waschen können.«

»Ich bin auf dem Balkon. Sag Bescheid, wenn du fertig bist.« Dorrin trägt sein Gepäck ins Schlafzimmer und zieht seine Kleidung heraus. Er besitzt nur drei Garnituren, und die Arbeitskleidung, die er in der Schmiede getragen hat, ist schmutzig und voller Schmiere. Er legt die Sachen in einem Stapel auf den glatten Steinboden und sucht die saubere Unterwäsche und die guten braunen Sachen heraus, die er auf einem Brett im Schrank unterbringt. Er hält kurz inne, als er den schwachen Duft des Trilia-Öls wahrnimmt, mit dem das Holz behandelt wurde. Dann schiebt er den abgewetzten Tornister unten in den Schrank und geht durchs Wohnzimmer auf den Balkon, wo er sich setzt. Von hier aus kann er den ganzen Hafen überblicken.

Ein leichter Wind zaust sein Haar und bringt den Geruch von Meerwasser mit. Im Norden hängen die Wolken dicht über dem Horizont. Dunkelgrün ist das Wasser, ab und zu trägt es weiße Schaumkronen, während es gegen die dunklen Steine der Wellenbrecher schwappt. Im Hafen ist nur eine ganz leichte Dünung zu erkennen.

Die *Schwarzer Diamant* liegt allein an der Pier. Noch nie hat Dorrin den Hafen so verlassen gesehen. Wo sind nur die Schiffe von Recluce? Ob sie jetzt weite Strecken über das Meer zurücklegen müssen, weil der Handel mit dem Osten Candars unterbrochen ist?

Er beobachtet eine Möwe, die auf die *Schwarzer Diamant* niederstürzt, als hoffe sie auf ein Mahl. Sie segelt vorbei und steigt wieder auf, stürzt herab und steigt wieder auf. Er sieht zu, bis er müde wird und ihm die Augen zufallen.

»Dorrin ...«

Er fährt erschrocken auf. In ihr Handtuch gewickelt, steht Liedral hinter ihm in der offenen Tür. »Ich glaube, ich habe eine Art Glocke gehört.«

»Ich habe überhaupt nichts gehört.«

»Du bist müde.«

Er steht auf und streckt sich, und sein Blick wandert von ihrem feuchten braunen Haar zu den nackten Schultern und den ebenso nackten Beinen unter dem Handtuch.

»Ich glaube, dafür bin ich noch nicht bereit.«

»Ich weiß.«

Liedral beugt sich vor und küßt ihn leicht. Dorrin steht auf und nimmt sie in die Arme, dann läßt er sie wieder los.

»Ich muß auch duschen.« Er geht um sie herum, ohne sich umzudrehen. Es würde ihm nur weh tun. Der verdammte Jeslek! Verdammt seien alle Weißen!

Bevor er sich duscht, wäscht er die schmutzigen Kleider aus und hängt sie im Bad neben diejenigen, die Liedral schon gewaschen hat. Dann nimmt er die Schiene ab und tritt in die gekachelte Kabine.

Das Duschwasser ist nicht mehr als lauwarm, aber Dorrin genießt es. Er rasiert sich und schrubbt sich zweimal gründlich ab. Wahrscheinlich war er seit Monaten nicht mehr so sauber, und er hat diesen Luxus sehr vermißt. Soll ihn dies etwa in Versuchung bringen, seine Maschine und das, wofür sie steht, zu verwerfen? Er dreht das Wasser ab.

Die Glocke läutet zum zweiten Mal. Er trocknet sich ab, zieht sich rasch an und gesellt sich zu Liedral, die draußen auf dem Balkon sitzt und zusieht, wie die Schatten im kleinen Hafen länger werden.

»Es ist hier so friedlich und ordentlich. Ich kann jetzt verstehen, warum du deine Hütte auf die gleiche Weise gebaut hast. Wie könnte jemand, der aus Recluce stammt, sich anders verhalten?«

»Es gibt hier einige, die es langweilig finden.«

»Hast du zu ihnen gehört?«

Dorrin schüttelt den Kopf. »Ich wollte nur meine Maschinen bauen.«

»Weil sie beschlossen haben, daß Maschinen von Übel wären?«

»Ganz so einfach war es nicht. Aber wir müssen jetzt hinunter zum Abendessen.«

Sie gehen durch ihr Quartier zum Treppenabsatz.

»Es gibt hier keine Schlösser, nur Riegel, damit man ungestört bleibt. Das sagt eine Menge.«

»So ist es. Was die Maschinen angeht … damit sie laufen, muß man Kohle bei hoher Temperatur verbrennen und Wasser in Dampf verwandeln. Wenn die Kohle so heiß verbrennt, entsteht Chaos. Auch der Dampf ist eine Form von kontrolliertem Chaos.« Dorrin führt Liedral vom Fuß der Treppe nach rechts in den Speisesaal. »Das ist nicht das einzige Problem. Wenn man Maschinen baut, braucht man eine Menge Eisen und Kohle. Dadurch entsteht viel Schlacke und Asche und Abraum beim Bergbau. All dies erzeugt weitere Probleme und möglicherweise sogar Chaos in den Flüssen und im ganzen Land.«

Sie betreten den Speisesaal, bleiben stehen und sehen sich um. Tyrel winkt sie zu sich. »Sie müssen Euch mögen, Meister Dorrin. Das Bier hier schmeckt großartig, und sie wissen, wie man Fisch zubereitet.« Seine heisere Stimme ist im ganzen Speisesaal zu hören.

»Meister Dorrin, ich habe ein riesengroßes Bett ganz

für mich allein. Es ist so weich.« Frisa ist völlig aus dem Häuschen, und Dorrin lächelt unwillkürlich.

Er bleibt am Tisch stehen, an dem Merga, Pergun, Rylla und Frisa sitzen, und beugt sich zu ihr hinunter. »Das freut mich, Frisa.«

»Eine Heilerin namens Rebekah wird sich morgen um Pergun kümmern«, erklärt Merga.

»Will niema'm zur Last falln«, nuschelt Pergun.

»Und Mami sagt, daß wir vielleicht auch so ein Haus kriegen wie das, in dem wir jetzt wohnen. Stimmt das, Meister Dorrin?«

»Das weiß ich noch nicht, Frisa.«

»Du wirst uns ein Haus besorgen. Ich weiß, daß du es schaffst.«

Dorrin zuckt ein wenig zusammen, weil Frisas Glaube in ihn stärker ist als sein eigener. Er tätschelt ihr verlegen die Schulter. Merga sieht lächelnd zu, und Pergun beobachtet die Serviererin, die vor ihm einen Teller abstellt.

»Anscheinend ist das dort unser Tisch.« Liedral deutet zum einzigen freien Tisch, der nur für zwei Personen gedeckt ist.

Sie setzen sich, und kurz darauf betreten Yarrl, Reisa, Petra und Kadara den Speisesaal und setzen sich an einen Vierertisch. Die blank polierten Tische bestehen aus Roteiche, das Besteck ist aus Zinn. Becher aus blauem Milchglas stehen bereit.

»Möchtet Ihr Wein, Bier oder Rotbeerensaft?« fragt die ältere, dunkelhaarige Frau, die vorher an Mergas Tisch bedient hat.

»Ich glaube, ich nehme Wein«, sagt Liedral.

»Und für Euch Rotbeerensaft, Ser?«

Dorrin nickt, und die Frau zieht sich zurück.

»Woher wußte sie es?«

»Ich glaube, man sieht es mir an.«

»Was denn? Daß du mit der Ordnung arbeitest? Inwiefern hat das mit der Wahl deiner Getränke zu tun?«

»Es gibt nur wenige Schwarze, die Alkohol vertragen. Wahrscheinlich ist es eine im Grunde chaotische Substanz.«

»Ich bin froh, daß ich nicht ganz so ordentlich bin.«

In diesem Augenblick kehrt die Bedienung mit zwei Krügen zurück. »So, bitte. Heute abend gibt es Weißfisch, dazu gebratene Quilla-Wurzeln und Honigkuchen als Nachtisch.« Kaum daß sie ihnen die Menüfolge erklärt hat, macht sie schon wieder kehrt und geht zum nächsten Tisch.

»Sie ist schnell.«

»Wahrscheinlich einer der Vorteile, welche die Ordnung mit sich bringt.«

»Du bist nervös, nicht wahr?« Liedral kostet den Wein. »Der ist wirklich gut.«

»Das will ich doch hoffen. Die Ordnung hat durchaus ihre Vorteile.« Dorrin trinkt seinen Rotbeerensaft. »Ja, ich bin nervös. Wärst du nicht nervös, wenn dein Vater – der Mann, der dich aus Recluce geworfen hat – dem Rat angehört, der über dein Schicksal entscheiden soll?«

»Ich denke schon. Aber ist er nicht nur einer unter mehreren?«

»Es ist nicht gerade günstig, wenn einer von dreien von vornherein gegen dich ist.«

»Aber warum ist er gegen dich?«

»Ich glaube, weil ich seine Worte nicht vorbehaltlos akzeptiert habe. Er hatte manchmal recht, aber ich wollte ihm das nicht zugestehen, weil er es nie zugegeben hat, wenn ich mal recht hatte.«

»Kannst du es dir denn jetzt erlauben, ihm zuzustimmen?«

»Nein.« Dorrin lacht. »Und das macht es natürlich nicht leichter.«

Der Fisch wird serviert. »Den Honigkuchen bringe ich später.«

»Wieso gibt es hier trotz des Handelsembargos Honigkuchen? Honig ist sehr teuer.«

»Hier nicht. Honig ist eine Handelsware. Honigbienen gedeihen, wo Ordnung herrscht. Das gilt auch für Feldfrüchte und Blumen.«

Liedral schüttelt den Kopf, schneidet ein Stück Fisch ab und schiebt ihn sich in den Mund. Dorrin schluckt, weil ihm bewußt wird, daß ihm das Wasser im Mund zusammenläuft und sein Magen knurrt. Er kann sich nicht mehr erinnern, wann er die letzte Mahlzeit gegessen hat, die nicht aus Brot und Käse, Früchten und Wurzeln oder kaltem Hammelfleisch bestanden hätte. Eine Weile essen sie schweigend, genau wie alle anderen außer den Gästen an Tyrels Tisch.

»Kein Wunder, daß alle Leute Recluce hassen«, sagt Liedral schließlich.

Dorrin hebt die Augenbrauen. Er hat Angst, den Mund zu öffnen. Das Quilla ist so knusprig, wie er es in Erinnerung hat. Es wächst nur noch an den höchsten Bergen im Süden. In alten Geschichten heißt es, daß die Pflanzen früher weit verbreitet waren.

»Geordnet, ruhig und reich – und gutes Essen.«

»Mir persönlich ist fließendes Wasser noch wichtiger.«

»Das wußte ich schon, bevor wir hierhergekommen sind. Ich hielt es für eine gute Idee, daß du dir fließendes Wasser ins Haus gelegt hast.« Liedral trinkt noch einen Schluck Wein.

»Ich auch. Und ich bin froh, daß mir eingefallen ist, wie ich es zu installieren hatte. Einfach nur von etwas zu träumen und zu wissen, daß es möglich ist, ist eine Sache. Die Durchführung ist das Schwierige.« Dorrin kostet den Rotbeerensaft. Er ist froh, all dies wieder zu haben. Dann ißt er den köstlichen Weißfisch.

Das Geschirr wird abgeräumt und macht kleinen, hellbraunen Desserttellern Platz, auf denen jeweils ein großer Honigkuchen liegt.

»So ein Luxus …«, murmelt Liedral.

»So eine Versuchung«, schnaubt Dorrin, während er

den Kuchen hochhebt und den Duft des frischen Gebäcks, des warmen Honigs und der Carnanüsse in sich aufnimmt.

»Du bist zynisch.«

»Vielleicht.« Er beißt vom Kuchen ab.

»Glaubst du wirklich, sie wollen dich damit in Versuchung führen?«

Dorrin kaut langsam und schluckt. »Es ist wohl eher so, daß sie mich erinnern wollen.«

Liedral, die gerade selbst den nächsten Bissen nimmt, nickt schweigend und schluckt herunter, bevor sie antwortet. »Daran, wie gut die wahre Ordnung in Wirklichkeit ist?«

»Etwas in dieser Art. Und sie wollen es natürlich auch allen anderen vorführen.«

»Dann wirst du auch darüber nachdenken, was aus den anderen wird?«

»Aber natürlich.«

»Vielleicht ist es eher etwas wie ein Bestechungsversuch. Es könnte doch sein, daß sie dich brauchen.«

»Glaubst du das wirklich?«

Liedral winkt ab, weil ihr Mund schon wieder voll ist.

»Dir gefällt diese Art von Bestechung offensichtlich«, fügt Dorrin grinsend hinzu.

»Ich habe jedenfalls die Absicht, es zu genießen.«

Als die Bedienung vorbeikommt, hebt Dorrin eine Hand. »Was kostet das Abendessen?« Er greift nach der Lederbörse, die an seinem Gürtel hängt.

»Nichts, Ser. Der Rat kommt für Euren Unterhalt auf.« Die Frau lächelt und füllt den Becher nach.

»Das wird aber teuer«, sagt Dorrin zu Liedral.

»Mag sein«, erwidert sie. »Andererseits sind vielleicht die anderen Mitglieder des Rates weniger gegen dich und deine Maschinen eingenommen als dein Vater.«

»Möglich, daß du damit recht hast.« Dorrin reibt sich

das Kinn. »Solange es nur um mich geht, würde ich ihm trotzen … aber es geht um ganz Recluce.«

»Vergiß das nicht.« Liedral blickt zur Tür, wo drei schwarz gekleidete Gestalten stehen. »Da kommen sie auch schon.«

Dorrin steht auf und wartet, bis die drei sich zu ihnen gesellen. »Ich möchte euch Liedral vorstellen. Sie ist die Händlerin, ohne deren Hilfe ich die *Schwarzer Diamant* nicht hätte bauen können.«

Auch Liedral ist aufgestanden. Sie neigt den Kopf und deutet eine Verbeugung an.

»Dorrin, Liedral, dies sind Meisterin Ellna und Meister Videlt«, sagt Oran. Die beiden anderen Ratsmitglieder begrüßen das Paar mit einem Nicken.

Auch Dorrin neigt höflich den Kopf.

»Es ist mir eine Ehre, Euch kennenzulernen«, erklärt Liedral. »Ich wollte gerade gehen …«

»Wir würden uns freuen, wenn Ihr an der Besprechung teilnehmen könntet«, meint Oran. »Wir legen großen Wert darauf, Eure Ansichten zu hören.« Er nickt in Richtung eines großen Tischs in der Ecke.

Von Mergas und Ryllas Blicken verfolgt, setzen sie sich an den Tisch. Dorrin hört die alte Heilerin tuscheln.

»… das sind die wirklich Mächtigen der Welt …«

Pergun, der bei Merga und Frisa sitzt, ißt langsam. Tyrel speist mit seiner Mannschaft. Die Gesichter der Männer sind gerötet, weil sie sich reichlich aus großen Flaschen mit grünem Branntwein bedient haben. Als Dorrin die Flaschen sieht, schaudert er unwillkürlich, denn der Branntwein von Recluce ist sehr stark. Abgesehen von den drei Ratsmitgliedern befinden sich nur die Menschen im Speisesaal, die mit der *Schwarzer Diamant* gekommen sind.

Als die fünf sich gesetzt haben, ergreift Oran das Wort. »Wir haben erfahren, daß Brede, Kadara und du euch tapfer bemüht habt, Spidlar zu retten.«

Tapfer – auch so ein Wort, denkt Dorrin. Wie wäre es mit verhängnisvoll, dumm und blutig? »Wir haben uns bemüht«, räumt er ein. »Manchmal kommen mir aber Zweifel, ob es auch klug war.«

Die drei Schwarzen starren die Tischplatte an. Schließlich schaut Oran wieder auf. »Hast du auch das Gefühl, es sei unklug gewesen, die Maschine zu bauen?«

»Nein. Ich glaube nach wie vor, daß es notwendig und klug war, die Maschine zu bauen. Es war unklug, das, was ich gelernt habe, zur Verteidigung Spidlars einzusetzen.«

»Könntet Ihr das erklären?« fragt die Meisterin. Ihre Augen scheinen sogar noch dunkler zu sein als ihr schwarzer Umhang und ihre Hose.

»Die Weißen lassen die Menschen meist in Ruhe. Sie halten das Land, das sie beherrschen, besser in Ordnung, als es ohne sie möglich wäre. Sie haben gute Straßen und saubere Städte, in denen es kaum Verbrechen und Diebstähle gibt. Aber sie sitzen in der Falle. Ihre Macht beruht auf dem Chaos, doch um ihre Macht zu erhalten, brauchen sie auch die Ordnung. Zuviel Ordnung könnte ihre Macht zerstören, aber zuviel Chaos zerstört sie auch.«

Videlt nickt, Oran schaut nur zu, Ellna legt die Hände flach auf den Tisch.

»Aber darum geht es im Grunde genommen nicht«, fährt Dorrin fort. »Es tut mir leid, daß ich abgeschweift bin, aber mein Kopf ist nicht so klar, wie er es sein sollte. Jedenfalls konnten wir dadurch, daß wir bessere Taktiken angewendet und uns als Kriegsbaumeister betätigt haben, am Ende doch nicht mehr erreichen, als daß viele unschuldige oder relativ unschuldige Menschen und eine Handvoll Weiße Magier gestorben sind. Außerdem werden viele Leute im kommenden Winter Hunger leiden müssen. Wir haben die Händler gezwungen, sich neue Wege zu suchen, und so wird der Handel in Sarronnyn und Suthya besser werden, während der Osten Candars verliert.« Er sieht die drei Schwarzen Magier an. »Teilweise ist es auch Eure Schuld.«

Oran öffnet den Mund, aber die schwarzhaarige Ellna hebt eine Hand. »Laßt ihn aussprechen.« Sie blickt wieder zu Dorrin. »Fahrt fort.«

Dorrin räuspert sich. Auf einmal ist ihm der Mund ausgetrocknet. »Ihr habt mich hinausgeworfen, und den Weißen hat nicht gefallen, was ich gemacht habe. Schwarze – besonders männliche Schwarze – sind westlich der Westhörner nicht willkommen. Also ... also habe ich versucht, Spidlar zu verteidigen. Viele Menschen sind dabei gestorben, und was ist mit mir? Ich bin wieder da angelangt, wo ich begonnen habe, und muß mich erneut Eurem Urteil unterwerfen. Ich behaupte nicht, daß ich weise bin. Aber ein Rat sollte doch fähig sein, vorausschauend zu urteilen.«

»Gut gegeben.« Videlt kratzt sich den kurzen Bart, der etwas dunkler ist als das glatte, hellbraune Haar.

»Ihr habt bewiesen, daß die Blockade der Weißen durchbrochen werden kann«, bemerkt Ellna.

»Aber nur mit Dorrins Schiff«, wirft Liedral ein. »Das wird die Brystaner oder Hamoraner nicht unbedingt ermutigen.«

»Wie auch immer«, sagt Dorrin im Bemühen, die Unterhaltung wieder in die Richtung zu lenken, in die er sie führen will, »da wir gemeinsam dafür verantwortlich sind, sollten wir meiner Ansicht nach versuchen, gemeinsam eine Lösung zu finden, die allen Beteiligten zum Vorteil gereicht.« Er lächelt grimmig. »Es sei denn, Ihr habt bereits eine Entscheidung getroffen.«

»Der Rat hat noch keine endgültige Entscheidung getroffen. Wir dachten, wir sollten vorher mit Euch reden.«

Dorrin wischt sich die Stirn ab, die gebräunt ist nach fast acht Tagen auf See, nach dem Kampf mit den Segeln und einem Schiff, das nicht für die offene See und eine Maschine gebaut wurde. Obwohl er geduscht hat, fühlt er sich schmutzig, als wäre er immer noch vom Ruß verschmiert. »Es scheint, als würdet Ihr davon ausgehen, daß ich Euch eine Antwort geben könnte, aber irgendwie glaubt Ihr immer noch, daß ich nicht wirklich hierher gehöre, und Ihr wißt nicht, was Ihr mit mir anfangen sollt.«

»Das trifft es recht gut«, antwortet Ellna. »Könnt Ihr uns denn eine Antwort geben?«

»Ohne ein Fahrzeug wie mein Schiff wird Fairhaven Recluce erdrosseln. Oder mindestens werden sie Recluce isolieren. Wollt Ihr das?«

»Der Rat macht sich Sorgen …«, beginnt Oran.

»Wir machen uns große Sorgen«, wirft Ellna ein. »Aber wir wollen nicht um des bloßen Überlebens willen die Grundlage von Recluce zerstören, wie es die Schwarzen im Osten Candars zu Creslins Zeiten getan haben. Sie haben die wachsende Vorherrschaft der Chaos-Magier akzeptiert, um den Frieden zu wahren und die guten Straßen zu behalten. Wir wollen keine Maschinen oder Geräte bauen, die uns auf den gleichen Weg führen könnten.«

»Jede Maschine, die große Energien bändigt, muß der Definition nach chaotische Energien enthalten«, erklärt Oran.

»Das Leben selbst enthält der Definition nach chaotische Energien«, antwortet Dorrin. »Die Frage ist, ob die Ordnung oder das Chaos dominiert.« Ist es klug, so offen zu sprechen? Aber gibt es überhaupt einen anderen Weg?

»Ihr habt die Frage nicht beantwortet«, mahnt Videlt.

»Ich kann Euch sagen, was ich denke«, antwortet Dorrin, »und Ihr könnt mir sagen, was Ihr denkt. Aber die Frage ist nicht, was einer von uns denkt. Meine Maschine besteht zum größten Teil aus Schwarzem Eisen, und Ihr könnt spüren, daß sie in der Ordnung wurzelt.«

»Das Chaos kann die Ordnung benutzen ...«

»Wie wäre es, wenn Ihr mich meine Schmiede und meine Werft am Südkap bauen laßt? Die Gegend da unten ist menschenleer.«

»Es gibt keinen Hafen. Wie soll das gehen?«

»Es gibt eine kleine Bucht, die im Augenblick für die *Schwarzer Diamant* ausreichen wird. Später können wir sie dann erweitern.«

Die Farbe weicht aus dem Gesicht des hageren Magiers. »Wir dürfen keinerlei potentielles Chaos auf Recluce dulden.«

»Ziehe bitte keine voreiligen Schlußfolgerungen. Maschinen und Chemikalien sind nicht das Chaos. Ich kann das Chaos so wenig ertragen wie du, und du weißt es.«

»Du hast dich verändert.«

»Vielleicht nicht genug.«

»Oran«, unterbricht Ellna sanft, »könntet Ihr eine Probezeit in Erwägung ziehen? Laßt Dorrin seine Dinge bauen, und dann bewerten wir sie. Wir können dabei nur gewinnen, und er hätte wenigstens etwas Zeit herausgeschlagen.«

»Wie lange?« fragt Videlt.

»Mindestens zwei Jahre«, antwortet Liedral.

Dorrin ist froh, daß sie sich eingeschaltet hat. Er hätte um weniger Zeit gebeten, weil er der Ansicht ist, daß das neue Schiff in weit weniger als zwei Jahren fertig sein muß.

»Ist das nicht etwas ... etwas viel verlangt?« fragt Videlt.

»Wenn alles gut verläuft, sind es zwei Jahre«, räumt Dorrin ein. »Aber wenn die Weißen im Spiel sind, läuft es oft nicht wie geplant. Wir müssen Anlagen bauen ...«

»Ich glaube, es könnte einige Leute geben, die bereit wären, dir zu helfen«, bemerkt Oran trocken.

»Mag sein«, antwortet Dorrin. »In diesem Fall kann die Prüfung natürlich früher stattfinden.«

»Das scheint nur gerecht«, wirft Ellna ein. »Und es ist in unserem eigenen Interesse.«

»Ach, wirklich?« fragt Oran.

»Er baut einen neuen Hafen, Oran. Wie könnte uns das schaden? Ihr selbst habt oft bedauert, daß der Hafen in Landende im Winter nicht eisfrei ist.«

Der große Magier nickt, wenngleich etwas widerstrebend. Er schürzt die Lippen, als hätte er einen sauer eingelegten Birnapfel verspeist.

»Da ist noch etwas«, sagt Dorrin. »Ich brauche Eisen. Genug Eisen, um ein neues Schiff zu bauen.«

»Noch ein Schiff?« fragt Oran scharf.

»Ich habe dieses hier nicht gebaut«, erklärt Dorrin. »Ich habe den Rumpf eines gestrandeten Schiffs geborgen und die Maschine eingebaut. Wenn Ihr meine Arbeit wirklich bewerten wollt, so sollte ich die Gelegenheit bekommen, ein Schiff so zu bauen, wie ich es mir vorstelle.«

»Das scheint mir nur gerecht«, meint Ellna. »Es entspricht jedenfalls der Idee, eine Probezeit zu vereinbaren.«

»Aber du erwartest doch hoffentlich nicht, daß wir dafür bezahlen ...«

»Ich glaube, ich habe dank Liedral genug Geld, um wenigstens einen Teil des Eisens zu bezahlen«, erklärt Dorrin. »Und wir haben noch einige Handelswaren, die wir hier verkaufen können.«

»Hmm ...«

»Wir müßten auch einen Teil an die Brystaner oder Hamoraner verkaufen, die sich hier blicken lassen.«

»Viele sind es nicht«, meint Videlt und verzieht das Gesicht. »Aber wir geben Euch einen Freibrief des Rates. Den werdet Ihr für das Eisen brauchen, wie Ihr sicher wißt.«

»Nein«, erwidert Dorrin lächelnd, »das wußte ich nicht. Aber es überrascht mich nicht. Was ist mit der Kohle?«

»Die ist frei verkäuflich, darum müßt Ihr Euch selbst kümmern.«

»Wann können wir beginnen?« Dorrin ist müde. Der Abend schleppt sich für sein Gefühl schon viel zu lange dahin, auch wenn die Unterhaltung gerade erst begonnen hat.

»Ihr werdet morgen früh den Freibrief des Rates für das Eisen bekommen, und darin wird nicht nur stehen, daß Ihr Eisen kaufen dürft, sondern auch ein Hinweis, daß Euer … Euer Vorhaben in unserem Interesse ist.« Ellnas Lächeln ist beinahe echt.

Dorrin gähnt. »Es tut mir leid, aber …«

»Wir verstehen.« Ellna steht auf, und die beiden anderen Schwarzen folgen ihrem Beispiel.

Dorrin fängt einen Blick seines Vaters auf. Der große Magier will unter vier Augen mit ihm sprechen.

Dorrin wartet, bis Liedral seine Hand gedrückt und ihn leicht auf die Wange geküßt hat, bevor sie aufs Zimmer geht. Ellna und Videlt haben sich schon verabschiedet.

»Ich würde wirklich gern glauben, daß du dich verändert hast, mein Sohn«, sagt Oran sanft.

»Ich habe mich allerdings nicht in die Richtung verändert, die du dir gewünscht hättest«, erwidert Dorrin müde. »Und ich glaube, deine Vorstellungen sind es, die den Grund in sich bergen, daß ihr im Kampf gegen die Weißen Magier letzten Endes unterlegen seid.«

»Creslin hat Jenred getötet, und du hast Jeslek getötet.«

Dorrin schüttelt den Kopf. »Du verstehst es immer noch nicht. Jeslek war ein Brennpunkt des Chaos. Deshalb konnte er Berge wachsen lassen. Ich habe den Brennpunkt zerstört, aber die Kräfte bleiben. Es wird einen neuen Jeslek geben … mit großer Macht. Und noch einen und wieder einen, solange Recluce die Ordnung verkörpert.«

»Du denkst zu mechanisch. Die höheren Überlegungen zur Ordnung sagen …«

»Das ist doch Mist«, schnaubt der Ingenieur. »Creslin hat seine Seele hergegeben, um Recluce zu gründen – oder wenigstens für den größten Teil seines Lebens das Augenlicht. Die Ordnung, die ihr jetzt habt, hat Jeslek hervorgebracht – ich war das nicht. Und du machst dir Sorgen wegen einiger in der Ordnung begründeter Maschinen an einem Ende der Insel. Die Weißen jedenfalls können Maschinen, die auf der Ordnung beruhen, überhaupt nicht ausstehen.«

»Verstehst du es nicht? Genau deshalb können wir es uns nicht erlauben, noch mehr konzentrierte Ordnung zuzulassen.«

»Soll ich mit meinem Schiff und meinen Ideen nach Brysta oder Hamor gehen? Das kann doch nicht dein Ernst sein.«

»Wir haben uns auf eine Probezeit geeinigt.«

»Ja. Aber ich will eine echte Probezeit, nicht nur ein paar Jahre Ruhe, damit Recluce wieder auf die Beine kommen und mich ein weiteres Mal hinauswerfen kann.«

»Wir werden unser Wort halten.«

Dorrin schüttelt nicht den Kopf, so sehr er es auch möchte. »Ich weiß. Ich werde auch mein Wort halten.«

»Gute Nacht, mein Sohn.« Dorrin hebt die Hand, bevor er geht. Die Geste sieht beinahe aus wie ein Segen.

Dorrin wartet, bis sein Vater den Raum verlassen hat, bevor er die Steintreppe hinaufläuft. Er lächelt, als er das Schlafzimmer betritt. Liedral schläft auf einer Seite des Bettes mit dem Gesicht zur Tür, die Lampe brennt noch. Er zieht sich leise aus, bläst die Lampe aus und schlüpft unter die kühle Decke. Er drückt leicht und kurz ihre nackte Schulter.

»... Nacht ...«, murmelt sie. »... Liebster ...«

»Gute Nacht«, flüstert er.

CLX

»Wie konntet ihr Versager so etwas zulassen?« Sterols Stimme ist gefährlich leise.

Die drei Weißen Magier blicken zum Tisch mit dem Spiegel, dann wieder zum Erzmagier. Schließlich ergreift Fydel das Wort. »Er hat ein Schiff gebaut, das gegen den Wind fahren kann. Die *Weißer Sturm* ist auf Grund gelaufen, als sie versucht hat, ihn aufzuhalten.«

Cerryl nickt zustimmend, rückt aber ein winziges Stück von den anderen ab.

»Warum haben sie nicht wenigstens sein Schiff in Brand gesetzt?«

»Sie hatten keine Segel gesetzt. Er hat das Deck leergeräumt, und die Maschine hat sie irgendwie weggezogen oder -geschoben. Sie sind den Sandbänken längs der Küste knapp ausgewichen, bis sie den Golf erreicht haben, wo der Wind umgeschlagen ist. Dort haben sie die Segel gesetzt, und mit der Maschine und den Segeln zusammen waren sie zu schnell, um eingeholt zu werden.«

»Wartet, wartet. Ihr habt gesagt, sie hätten keine Segel gehabt.«

»Die Segel waren gerefft«, erklärt Anya. Ihre Stimme ist kalt und schneidend. »Die Maschine, die er gebaut hat, ist heiß wie das Chaos und aus Schwarzem Eisen geschmiedet.«

»Wie funktioniert sie?«

»Wir wissen es nicht genau.«

»Wundervoll, einfach wundervoll. Wir haben also einen abtrünnigen Schwarzen Magier, der eine Maschine bauen kann, mit der er unsere Blockade von Recluce zu durchbrechen vermag, und jetzt liegt sein Schiff in Landende.« Sterol seufzt. »Nun gut ... ihr drei und Jeslek habt das zu verantworten. Damit müßt ihr leben.«

Anya hebt die Augenbrauen.

»Wirklich, Anya. Seid Ihr so dumm? Hatten wir jemals Erfolg, wenn wir direkt gegen Recluce vorgegangen sind?« Der Erzmagier lächelt kalt. »Ihr drei Versager könnt jetzt gehen. Ihr solltet hoffen, daß die Schwarzen in Recluce als Preis für das Asyl verlangen, daß keine weiteren Schwarzen Maschinen gebaut werden.«

»Oder …?« fragt Anya.

»Ich habe es Euch doch gesagt. Und jetzt geht, bitte.« Sterol nestelt am goldenen Amulett. Als die Tür geschlossen ist, zieht er ein weißes Tuch aus der Tasche und wischt sich die Stirn ab. Er blickt in den Spiegel, dann wischt er sich noch einmal über die Stirn.

CLXI

Dorrin und Kadara reiten auf der Großen Hauptstraße nach Süden, Liedral folgt mit ihrem Karren.

»Ich hätte nie gedacht, daß ich eines Tages wieder nach Hause komme.« Die rothaarige Kämpferin hält den Zügel mit der linken Hand, die rechte liegt noch in einer Schlinge vor dem Bauch.

Dorrin blickt nach links zu den fruchtbaren Ebenen am Fluß Feyn, wo sich grüne Halme wiegen. »Es ist unsere Heimat, und sie ist es doch nicht.«

Nicht mehr lange, und sie müssen abbiegen und über eine gewundene Straße zur einzigen Eisenmine und Eisenschmelze reiten, die auf Recluce existiert.

Der dicke graue Meilenstein weist ihnen den richtigen Weg. Zwei Pfeile sind darauf gemalt. Einer weist geradeaus und ist mit dem Wort FEYN – 5 beschriftet. Der zweite deutet nach rechts zu einer schmaleren, aber dennoch gepflasterten Straße und ist mit dem Hinweis EISENHÜTTE – 4 versehen.

Um sie herum erhebt sich das Gebirge. Sie folgen weiter der sanft ansteigenden und gewundenen Straße.

»Obwohl dies eine Nebenstraße ist, ist sie in einem besseren Zustand als viele Hauptstraßen in Candar«, sagt Liedral laut, um das Holpern des Karrens zu übertönen.

»Sie ist für die schweren Wagen gebaut, die das Eisen transportieren.«

»Die Straße zu Froos' Fuhrhof war aber lange nicht so gut.«

Die Ordnung hat in der Tat einige Vorzüge. Doch als ihm der zweifelnde Gesichtsausdruck seines Vaters einfällt, wird Dorrin klar, daß es auch entscheidende Nachteile gibt.

Die Eisenhütte ist ein Komplex aus fünf Steingebäuden, die etwa zweihundert Ellen unterhalb der Hügelkuppe auf einer künstlich angelegten Terrasse verteilt stehen. Rauch steigt von mehreren der Gebäude auf, die an Bienenkörbe erinnern. Dort stehen die Schmelzöfen. Eine leicht abschüssige, von Mauern eingerahmte Straße führt vom Eingang des Bergwerks zu den Schmelzen. Etwas tiefer sind zwei Gebäude zu sehen, aus denen ein ohrenbetäubendes, dumpfes Hämmern zu hören ist. Zwischen den beiden Gebäuden verläuft ein Mühlgraben, der ein oberschlächtiges Mühlrad treibt.

Dorrin zügelt sein Pferd vor dem kleinsten Gebäude, das etwas abseits von den Schmelzen und dem Hammerwerk steht. »Willst du mit hineingehen?« fragt er Kadara.

»Nein.« Sie zieht ihr Schwert und beginnt, mit der linken Hand zu üben.

Liedral bindet das Wagenpferd fest und folgt Dorrin.

Ein grauhaariger Mann blickt von einem Tisch auf, wo er offenbar Zeichnungen der Bergwerksstollen studiert hat. Er kommt ihnen entgegen. »Ich bin Korbow. Womit kann ich Euch dienen?«

»Dorrin. Ich bin Schmied und arbeite an einem besonderen Projekt des Rates.« Dorrin holt den Brief mit dem Siegel hervor und zeigt ihn dem schlanken älteren Mann.

Korbow liest den Brief langsam durch und kratzt sich dabei am Kopf. Schließlich schaut er wieder auf. »Wieviel Eisen braucht Ihr?«

Dorrin würde das Schiff gern ganz aus Schwarzem Eisen und Stahl bauen, aber er weiß, daß dies nicht machbar ist. Noch nicht, denn dazu würde er Eisen im Gewicht von mehr als zehntausend Stein brauchen, und er ist nicht in der Lage, die Streben und die Lastverteilung zu berechnen. Also nennt er die Zahl, die er seiner Schätzung nach braucht, um das Schiff aus Eiche und Fichtenholz zu bauen und mit einem Metallüberzug zu versehen.

»Ungefähr zweitausend Stein.«

Der Grubenleiter schüttelt den Kopf. »Ich könnte vielleicht tausend Stein in zwei Jahreszeiten liefern, und dafür wären dann annähernd zweihundert Goldstücke fällig.« Er sieht noch einmal den Brief durch, den Dorrin ihm gezeigt hat. »Es muß ja wirklich eine wichtige Sache sein, wenn der Rat sich so dafür einsetzt.«

Liedral hebt die Augenbrauen.

Der Ingenieur räuspert sich. Er hat ungefähr hundert Goldstücke, noch einmal Waren im Wert von dreißig Goldstücken und die *Schwarzer Diamant.* »Wie wäre es mit anderthalb Jahreszeiten?«

»Für tausend Stein? Der Engpaß ist das Walzwerk, durch welches das Erz laufen muß.«

»Was wäre, wenn ich das Metall in Platten von einer halben Spanne Dicke haben will?«

»Das wäre einfacher, aber so eine Platte wiegt schon beinahe sieben Stein, wenn sie nur zwei mal drei Ellen groß ist.«

Dorrin lacht. »Das ist ungefähr die richtige Größe.«

»Sollte das den Preis nicht etwas vermindern?« fragt Liedral.

Korbow grinst. »Jawohl.«
»Ungefähr um die Hälfte«, fügt Liedral hinzu.
Korbows Grinsen verblaßt ein wenig. »Ich glaube nicht, daß es soviel ausmacht.«
»Ihr liefert alles an einen einzigen Kunden, das macht es auch wieder einfacher«, beharrt Liedral.
»Ja.« Der Mann hält sich die riesige Hand vor den Mund und hustet.
»Und der Rat ist der Ansicht, daß es einem guten Zweck dient.«
»Das sagen sie.« Korbow schüttelt den Kopf. »Ich darf nicht vergessen, meine Stammkunden zu beliefern. Was baut Ihr denn überhaupt? Etwas, das komplett aus Eisen besteht?«
»Nicht ganz.«
»Außerdem ist es ein weiter Weg bis Landende.«
»Ich brauche das Material am Südkap.«
»Da unten gibt es doch nichts.«
»Noch nicht, aber bald wird es etwas geben.«
»Und was ist mit meinen Stammkunden?«
»Beliefert die nur zuerst.« Dorrin kann das Eisen ohnehin frühestens in vier Achttagen gebrauchen.
»Es kann aber drei oder vier Achttage dauern.«
»Achtzig Goldstücke für tausend Stein«, sagt Liedral.
Korbow verzieht mißmutig das Gesicht. »Ihr feilscht hart, Händlerin.«
Dorrin rechnet, dann trifft er eine Entscheidung. »Ich kann Euch mehr bieten als Geld ... falls Ihr mir vertrauen wollt. Ich arbeite an einem neuartigen Schiff, das nicht allein auf den Wind angewiesen ist. Ich weiß nicht, ob Ihr so etwas brauchen könnt ... aber sobald das zweite fertig ist, könnt Ihr Euch umsehen, ob Ihr einige von den Geräten, die wir bauen, verwenden könnt.«
»Dann ... dann seid Ihr der mit dem magischen Schiff?«
»Es ist keine Magie darin. Es hat eine Maschine, die mit Dampf betrieben wird.«

»Der Rat wird so eine Maschine nicht an Land erlauben, nicht einmal hier.«

»Ich weiß. Aber was ist mit Getrieben, Kupplungen und so weiter? Damit könntet Ihr bessere Pumpen bauen.«

»Pumpen ... das wäre was. Sie wollen, daß ich eher tiefer schürfe, als nach Norden in den Berg zu gehen, aber ich kann nicht tiefer, wenn ich keine gute Dränage habe.« Korbow schürzt die Lippen. »Ich nehme die achtzig – und eine Pumpe oder sonst etwas, das mir hilft.« Er grinst. »Ich kenne Euch Schwarze. Wenn ich es Euch überlasse, daß Ihr mich anständig behandelt, dann werde ich nicht betrogen werden.«

Dorrin erwidert das Grinsen, aber Liedral schüttelt den Kopf.

»Beim ersten Mal müßtet Ihr jemanden schicken, der den Wagen begleitet. Sagen wir, in vier Achttagen von heute an gerechnet?«

Dorrin nickt.

»Nun ... es ist nicht so, daß ich einem Mann mißtrauen würde, der die Unterstützung des Rates hat, aber Ihr müßt verstehen ...«

»Ihr wollt ein Unterpfand meines guten Willens?«

»Ich bin sicher, daß Ihr guten Willens seid. Aber was ist, wenn Ihr scheitert, und ich muß alles wieder zurückschaffen und kleiner schneiden?«

»Sagen wir, zehn Goldstücke? Auf das Eisen anzurechnen, aber sie verfallen, wenn die Bestellung ausfällt?«

Korbow runzelt die Stirn.

»So können wir es jedesmal machen«, fügt Dorrin hinzu. »Ich gebe Euch die nächsten zehn, wenn Ihr die erste Fuhre abliefert.«

»So soll es sein.«

Dorrin zählt die zehn Goldstücke ab. Er denkt lieber nicht darüber nach, wieviel sein Vorhaben insgesamt kosten wird.

»Also in vier Achttagen bei Euch am Südkap, und Ihr schickt einen Boten, der meinem Wagen den Weg zeigt.«

Sie schütteln sich die Hände.

»Ihr seid stärker, als es auf den ersten Blick scheint. Aber schließlich seid Ihr ja Schmied.« Der Vormann der Mine lächelt wieder. »Und jetzt ... jetzt muß ich mir überlegen, wie ich die Platten in Euer Maß bekomme ...«

Dorrin neigt den Kopf. »Vielen Dank.«

Als sie hinausgehen, übt Kadara immer noch mit dem Schwert, fast im gleichen Takt wie das dumpfe Hämmern der Anlage. Liedral wendet sich an Dorrin. »Er wäre auch mit achtzig zufrieden gewesen.«

»Ich weiß. Aber jetzt ist er glücklich, und ... wenn ich ihm eine bessere Pumpe oder sonst etwas beschaffe, hilft er mir in Zukunft vielleicht noch einmal. Ich will ja nicht nur ein einziges Schiff bauen.«

»Glaubst du wirklich, sie lassen dich?«

»Ich denke, ihnen bleibt nichts anderes übrig. Hat hier ein Schiff angelegt, seit wir gekommen sind?«

»Ich verstehe, was du meinst.«

»Sie wollen nicht, daß Recluce von der ganzen Welt ignoriert wird, aber genau das geschieht gerade.« Dorrin kann sich dies zwar selbst sagen, aber er muß doch an das zweifelnde Gesicht seines Vaters denken, und ihm fällt ein, wie unerbittlich der Widerstand gegen die Maschinen aus Eisen war.

CLXII

Links neben der Hohen Straße erstreckt sich das Gras ungefähr eine Meile weit bis zu den Klippen, die fast lotrecht zum Ostmeer abfallen. Rechts ist das Gelände beinahe drei Meilen weit mit Gras bewachsen, bis es zu den noch schrofferen Klippen am Golf von Candar abfällt.

Durch das Gras windet sich ein schmaler Wasserlauf, nicht mehr als ein paar Ellen breit, an dessen Ufern hier und dort kleine Eichen stehen. Zu beiden Seiten der Straße wächst das Steppengras fast bis in Höhe der Steigbügel. Das gedämpfte Rauschen des Meeres und das Surren von Insekten sind neben den Huftritten auf dem Stein und dem Holpern von Liedrals Karren die einzigen Geräusche.

»Ich kann nicht glauben, daß selbst hier noch eine solche Straße gebaut wurde«, sagt Liedral. »Sie ist hervorragend, obwohl es rundum absolut nichts gibt.«

»Angeblich war sie Creslins letztes Vorhaben. Er hat die Arbeit mit Steinen geliebt, und er hat darauf beharrt, daß auf Recluce von einem bis zum anderen Ende eine Hauptstraße gebaut werden müßte.« Dorrin betrachtet die beinahe schnurgerade Straße, die vor ihnen liegt. Er kann schon die Stelle erkennen, wo sie zwischen den felsigen Hügeln zum Sumpfland an der äußersten Spitze der Insel hin abfällt. »Sie endet etwa eine halbe Meile vor der Bucht. Damals hat man es natürlich nicht für sinnvoll gehalten, die Straße durch eine Salzwassermarsch weiterzubauen.«

»Aber nur weil er gestorben ist, bevor sie mit der Hauptstraße fertig waren«, fügt Kadara spitz hinzu. »Sonst hätten wir da unten eine Straße und eine gemauerte Pier.«

»Ich beginne zu verstehen, warum hier alle so ehrgeizig sind«, bemerkt Liedral. »Es muß schwer sein, den Leistungen des größten Helden der Geschichte nachzueifern.«

»So groß war er gar nicht«, widerspricht Kadara. »Er hat Megaera durch die Hölle der Dämonen gejagt, und dann ist er ihr gefolgt, um sich selbst zu erlösen. Sie hätten die Geburt ihrer Tochter beinahe nicht überlebt.«

Dorrin schweigt und denkt über Kadaras Worte nach. Verlangt jede große Leistung nicht nur von denen, die sie erbringen, sondern auch von allen in ihrer Nähe einen Preis? Muß man wirklich immer mit der Seele und dem Blut bezahlen?

»Was ist aus der Tochter geworden?« fragt Liedral.

»Sie hat überlebt und selbst Kinder bekommen. Frag Dorrin.«

»Dorrin?«

»Ihr Name war angeblich Dylyss nach Creslins Mutter, auch wenn manche behaupten, sie wäre nach seiner verstorbenen Schwester Llyse benannt worden. Sie hatte drei Kinder.« Dorrin zügelt sein Pferd auf der Hügelkuppe vor dem Südkap und wartet, bis Kadara und Liedral ihn eingeholt haben. »Dort.« Die Hauptstraße biegt scharf nach rechts ab und läuft nach einer Meile in einer Serpentine direkt unter ihnen weiter. Nach der zweiten Kurve läuft sie wieder schnurgerade durch das Marschland, das von einer schmalen Bucht zerschnitten wird. Zweimal wird der kleine Fluß von sauber gearbeiteten Steinbrücken überspannt, dann verliert er sich irgendwo im Sumpfland, wo auch die Straße endet. Das Gelände an den Rändern des Sumpfes liegt etwas höher und ist mit Gras bewachsen, es erstreckt sich bis fast zu der Stelle, wo die Bucht in das offene Meer übergeht.

»Nicht sehr einladend.«

»Das Stück Land hat seine Vorzüge«, erwidert Dorrin. »Ich kann einen Teil des Sumpflandes sprengen und die Bucht erweitern. Nördlich des Sumpfes ist der Boden fest, und die Felsen können geschnitten und mit der Ordnung gehärtet werden, damit feste schwarze Steine zum Bauen entstehen.«

»Du bist sehr optimistisch«, meint Kadara.

»Ich habe immerhin eine Maschine gebaut.« Dorrin drängt seinen Wallach weiter und reitet die staubigen Steine der selten benutzten Straße hinunter.

Liedral und Kadara wechseln einen Blick und folgen Dorrin bergab. Als sie das Tiefland erreichen, greifen zahlreiche Insekten und Stechfliegen an, die Liedral mit einer Hand abwehrt.

Am Ende der Hohen Straße hält Liedral den Karren an. »Und was jetzt?«

»Ich würde gern auf der Nordseite um das Marschland reiten.«

»Da kann ich aber den Wagen nicht mitnehmen.«

»Binde ihn doch einfach fest. Das kurze Stück kann Basla uns beide tragen.«

Dorrin steigt ab und nimmt einen kleinen Vorschlaghammer von Liedrals Wagen, um den Eisenstab, an dem das Pferd angebunden werden kann, im Boden zu verankern. Während sie den Karren sichert, schirrt er das Wagenpferd ab und führt beide Tiere zu dem kleinen Wasserlauf. Die Hufe der Tiere und seine Stiefel sinken tief in den sumpfigen Boden ein, und während die Pferde trinken, schlägt er nach den Fliegen. Kadara reitet einfach mit ihrem Pferd zum Wasserlauf und läßt die Stute selbst den besten Platz zum Trinken finden.

Als Dorrin zurückkehrt, nimmt Liedral ihm die Zügel des Zugpferdes ab und bindet sie an die Stange. Er steigt auf Basla, zieht aber sofort wieder den Fuß aus dem Steigbügel, damit auch sie aufsteigen kann. Dann hilft er ihr, sich hinter ihm zu setzen. »Wir müssen wohl langsam reiten.«

»Wirklich? Es ist nicht gerade die bequemste Stellung, in der ich je war.«

Dorrin grinst, als sie den Arm um seine Hüfte legt.

»Und hör auf zu grinsen.«

»Woher weißt du, daß ich grinse?«

»Ich spüre es.«

»Sie kennt dich eben, Dorrin«, ruft Kadara, die hinter ihnen reitet.

»Hier ist der Boden fester.« Dorrin lenkt den schwarzen Wallach links um das Sumpfland herum. Er genießt es, Liedrals Arm um sich zu spüren. Solange er sich im kurzen Gras hält, hat das Pferd keine Mühe, sicher zu laufen.

Als der Bewuchs dünner wird und sie sich der Stelle nähern, wo das Wasser mit leisem Rauschen auf Sand und Steine trifft, erkennt er, daß das Grasland hier auf einer rechteckigen Fläche fast zwei Ellen höher liegt als der überwachsene Pfad, dem sie gefolgt sind.

»Laßt uns absteigen, das muß ich mir ansehen.« Er hilft Liedral und steigt dann selbst ab. Er läuft durchs Gras und kratzt die dünne Schicht aus Erde weg, bis er Steine findet – flache Steine. »Irgend jemand hat diese Gegend schon einmal als Hafen oder Vorposten benutzt.«

»Das muß aber lange her sein.«

»Sicher, aber was spielt das für eine Rolle?« wirft Kadara ein.

»Keine sehr große, außer daß die Bucht womöglich tiefer ist, als wir vermutet haben.« Er hält inne und überlegt. »Andererseits, wenn dies von Menschen angelegt wurde …«

»Dann könnte sie auch flacher sein?«

Dorrin geht bis zu einer Stelle, wo ein Steinhaufen aus dem Gras ragt. Er blickt zu einem ähnlichen Haufen auf der anderen Seite der schmalen Bucht hinüber und nickt. »Wir müssen die Einfahrt erweitern. Für die *Schwarzer Diamant* könnte es reichen, aber nicht für das nächste Schiff.«

»Das nächste Schiff?« fragt Kadara. »Wollen sie dich wirklich noch eins bauen lassen?«

»Sie haben bereits zugestimmt.« Dorrin überblickt den Flecken Sumpfland, der von einem bis zum anderen Ende höchstens fünfhundert Ellen lang und weniger als halb so breit ist. »Ich muß mir überlegen, was an welcher Stelle untergebracht und aufgebaut werden soll. Ich habe Tyrel versprochen, möglichst bald zu klären, was wir brauchen.«

Wieder wechseln Liedral und Kadara einen Blick. Dieses Mal zuckt Liedral mit den Achseln.

Dorrin sieht sich noch eine Weile stirnrunzelnd um, dann steigt er wieder in den Sattel. »Die Bucht ist im Grunde eher eine Art Kanal, und er ist stellenweise sogar recht tief. Man sieht es daran, daß das Wasser hier sehr ruhig ist. Es wirkt beinahe, als hätte jemand unter Wasser einen Wellenbrecher errichtet.« Er streckt die Hand aus und hilft Liedral wieder in den Sattel. »... gibt es hier eine Menge zu tun ... und wir haben nicht viel Zeit.«

In der Nachmittagssonne reiten sie zum Karren zurück. Vom Golf von Candar weht eine kühle Brise herüber und zieht weiter zum Ostmeer.

CLXIII

Dorrin erteilt Vaos mit einem Nicken das Kommando, und der Junge hebt die weiße Fahne mit den gekreuzten roten Linien. Dorrin kniet nieder und setzt die Zündschnur mit dem Zündstein in Brand. Dann rennt er mit Vaos über die Planken und geht hinter der niedrigen Böschung in Deckung.

Erde, Sand, Pflanzen und Wasser werden von der Explosion am Rand des Sumpflandes hochgeworfen.

Dorrin steht auf und sieht sich um. Das Wasser, das vom Hügel herunter läuft, trägt einen Teil des Schutts langsam zum Meer. Bis jetzt haben seine Bemühungen dazu geführt, daß die schmale Bucht sich in einen fast sechzig Ellen breiten und beinahe zwanzig Ellen tiefen Kanal verwandelt hat.

Doch die *Schwarzer Diamant* liegt nach wie vor auf der eher ruhigen Westseite der Landzunge vor Anker, bis die Sprengungen beendet sind.

Hinter ihm am Ende der Straße wächst nach und nach ein Steinhaufen heran, der beinahe ausreicht, um die Fundamente der ersten Pier zu legen.

Er dreht sich um und hält im Licht der Morgensonne Ausschau. Gerade kommt wieder ein Wagen um die letzte Biegung der Straße gerollt.

»Wer mag das sein?« fragt Vaos.

»Ich weiß es nicht. Laß uns nachsehen.« Die beiden gehen zum Ende der Straße. Im Norden am Hügel unterhalb der Zelte sind bereits die Fundamente der ersten fünf Häuser zu erkennen. Pergun, der inzwischen wieder recht deutlich spricht, müht sich mit Steinen und Erdreich ab, bis die Balken, die Dorrin bestellt hat, geliefert werden.

»Sieht aus wie Bauholz«, meint Vaos.

»Sie haben gesagt, es würde noch zwei oder drei Tage dauern.«

»Vielleicht haben sie es früher geschafft.«

Dorrin bezweifelt es zwar, aber ganz und gar ausgeschlossen ist es nicht. Er geht mit weit ausholenden Schritten dem sich nähernden Wagen entgegen, dessen Räder Staubwolken aufwühlen. Der Kutscher, ein schlanker Mann mit grauem Haar, erreicht das Ende der Straße, bevor Dorrin von der anderen Seite her dort eintrifft.

Dorrin schluckt, als er Hegl erkennt. Der Schmied wartet schon neben seinem mit schweren Balken beladenen Wagen. »Ihr habt … du hast sie zurückgebracht, Dorrin, dafür bin ich dir etwas schuldig.«

»Nein.« Dorrin schüttelt den Kopf, weil er an Kadaras Verletzungen, ihren Zorn und ihren Verlust denken muß.

Hegl lächelt bitter. »Ich kenne meine Tochter, ich habe mit ihr gesprochen. Sie wird es dir gegenüber nicht zugeben, aber ich weiß, daß sie dir dankbar ist.« Sein Gesicht hellt sich auf. »Außerdem gefällt mir die Vorstellung, einen Schwarzen Hafen zu bauen und ein richtiges Schiff zu haben. Und es gefällt mir, wie du dich gegen deinen Vater durchgesetzt hast. Dagegen komme ich mir klein vor, aber in gewisser Weise bin ich das ja auch.« Der alte Schmied deutet zu seinem Wagen. »Das sollte für ein behelfsmäßiges Kai reichen. Es ist nur Fichte, aber du wirst einen Notbehelf brauchen, bis ihr die Steine zugeschlagen habt. Julka kommt mit einem weiteren Wagen mit Schmiedewerkzeug und Ziegeln für einen Schmiedeofen. Das wird aber wohl noch ein paar Tage dauern.«

Dorrin sperrt vor Verblüffung beinahe den Mund auf.

»Es werden auch noch andere kommen. Ein paar Leute hier wollen wirklich, daß sich endlich etwas verändert.« Hegl grinst. »Unter anderem deine Mutter.«

»Dorrin! Sind das die Balken, die wir brauchen?«

»Wo soll ich sie abladen? Du bist ja sehr beschäftigt, und ich muß auch noch dieses und jenes für dich zusammensuchen.«

Dorrin überlegt. Der Boden ist für den schweren Wagen zu weich. »Ladet die Balken einfach hier ab. Ich habe gerade den Kanal freigeräumt, und jetzt können wir die Fundamente legen.«

»Ich bin nur ein alter Schmied, mein Junge. Aber vergiß nicht, daß du einen großen Hafen bauen willst. Denk nicht in zu kleinen Maßstäben, wie ich es manchmal mache.« Er grinst Dorrin noch einmal an, dann wird er wieder ernst. »Ich verdanke dir mehr, als dir klar ist. Weidra hat befürchtet, sie würde Kadara niemals wiedersehen, ganz zu schweigen davon, daß sie mal Enkelkinder bekommen könnte.«

Vaos weicht etwas zurück und blickt zwischen den beiden Schmieden hin und her.

Dorrin würde am liebsten laut aufschreien, daß er überhaupt nichts dazu beigetragen hat und keineswegs der Held ist, zu dem manche ihn machen wollen. Viel zu spät deutet er auf Vaos. »Hegl, dies ist mein Lehrling Vaos. Vaos, Hegl ist der Schmied, der alles möglich gemacht hat.«

Hegl errötet. »Unsinn ist das. Einfach Unsinn.« Er sieht Vaos an. »Du scheinst stark genug zu sein für die kürzeren Balken. Also faß mit an.«

Vaos lächelt und geht zum Wagen.

Während er einen Balken von der Ladefläche nimmt, überlegt Dorrin, ob Creslin wohl ähnliche Probleme hatte. Dann schüttelt er den Kopf. Sich auch nur in Gedanken mit Creslin zu vergleichen scheint ihm mehr als überheblich. Er kann keine Stürme heraufbeschwören, er kann keine Klinge schwingen, er hat kein Königreich begründet und nicht die Basis der Ordnung festgelegt. Er hat nicht mehr getan, als ein Schiff zu bauen und dafür zu sorgen, daß eine Menge Leute gestorben sind. Das ist nicht gerade eine gute Grundlage, um sich besonders großartig vorzukommen.

Er schnappt sich den nächsten Balken.

CLXIV

Sterol sieht in den Spiegel und betrachtet das Abbild des Schiffs an der Pier und die Gebäude am Hügel. »Wie konntest du das nur zulassen, Anya ...« Der Weiße Magier bewegt die Hand, und der wabernde Dunst erfüllt wieder den Spiegel.

»Die Frage ist, warum sie ihn dort bleiben lassen.« Anya streicht sich das lange, rote Haar über die Schulter zurück und setzt sich auf einen Stuhl, der genau richtig steht, damit sie die Nachmittagsbrise genießen kann, die durchs offene Fenster ins Zimmer weht. »Was soll jetzt werden?«

»Es scheint so, als dürften sie auf Recluce bleiben. Es ist immer noch möglich, daß der oberste Ratsherr sie nach Hamor verbannt, aber es sieht nicht danach aus.«

»Es soll schon vorgekommen sein, daß oberste Ratsherren überstimmt wurden ...«

»Versteckte Andeutungen stehen dir nicht, Anya. Jeder Erzmagier muß sich Sorgen machen, eines Tages abgesetzt zu werden. Vielleicht solltest du den Posten übernehmen, damit du es lernst.«

»Ich? Ich bin doch nur eine Frau. Nein, danke.«

Sterol hustet und reibt sich die Stirn. »Wenn der Rat von Recluce ihm zu bleiben erlaubt, könnte auf Recluce das Chaos ausbrechen.«

»Du träumst. Ich habe den jungen Schmied gesehen, oder was auch immer er ist. Er ist so schwarz, daß ihm nicht einmal Jesleks Feuer etwas anhaben konnte.« Anya schaudert, als die Erinnerungen kommen. »Was er auch tut, er wird ganz gewiß kein Chaos erzeugen.«

»In Spidlar hat er das freilich getan«, erinnert Sterol sie.

Anya runzelt die Stirn. Ihr Blick eilt zwischen dem Bett in der Ecke und der Tür hin und her, und sie zwingt sich, langsam durchzuatmen.

CLXV

»Wie fandest du den Fisch?« fragt Merga.

»Gut ...«, murmelt Pergun, der an einer Seite des langen Tisches sitzt.

Neben ihm sitzen Frisa, Rek und Vaos. Frisa starrt genau wie Dorrin den Fisch an, während die beiden Jungen ihn bereits verschlingen. Rylla, die auf der anderen Seite sitzt, grinst. Ihr Fisch ist schon zur Hälfte aufgegessen.

»Allmählich fühle ich mich schon selbst wie ein

Fisch«, sagt Dorrin leise zu Liedral, die rechts neben ihm sitzt. Er starrt den Fisch auf seinem Teller an. Der Teller stammt aus einer Lieferung bunt zusammengewürfelten Geschirrs, die sein Bruder Kyl ihnen gebracht hat. Dann sieht Dorrin aus dem Fenster. Über ihm erhebt sich das Dachgestühl. Die Balken liegen frei, die Decke ist noch nicht eingezogen.

Die fünf Gebäude am Südkap sind mehr oder weniger im gleichen Zustand. Wände und Dächer sind weitgehend fertig, aber der Innenausbau hat kaum begonnen. Nur der Schuppen des Schiffbauers und die Schmiede sind voll ausgebaut.

Der Rahmen des zweiten Schiffs nimmt allmählich Gestalt an. Dorrin und Tyrel hatten schon einige Auseinandersetzungen, und Dorrin mußte aufgrund von Tyrels Einwänden immer wieder Kompromisse machen, auch wenn sich das Aussehen des Schiffs und die Grundzüge der Konstruktion nicht wesentlich verändert haben.

»Verzeiht, Meister Dorrin, verzeiht mir ... aber auf ein so kleines Schiff könnt Ihr nicht so viel Eisen packen ... nicht, wenn Ihr damit durch den Golf kreuzen wollt.«

»... ziemlich übel. Hörst du überhaupt zu? Dorrin?«

»Entschuldigung«, sagt Dorrin.

Liedral grinst ihn ironisch an. »Körperlich bist du hier, aber innerlich bist du woanders. Es ist gut, daß ich eine Weile in Landende sein werde.«

»Oh ... sicher.« Jetzt erinnert er sich, daß sie dort auf ein hamorisches Schiff warten will, das auf dem Rückweg von Renklaar anlegen wird. »Was läßt sich denn deiner Ansicht nach am besten verkaufen?«

»Ich weiß es nicht genau, aber ich würde auf die Spielsachen tippen. Wenn du etwas Zeit abzweigen und für das nächste Schiff, wann immer es auch eintreffen mag, noch ein paar Modelle herstellen könntest, würde es sich bestimmt lohnen.«

»Hör auf die Händlerin«, meint Yarrl, der am anderen Ende des Tisches sitzt.

Reisa und Petra grinsen, und sogar Kadara muß lächeln, bis sie erschrocken das Gesicht verzieht und sich rasch den Handrücken vor das Gesicht hält. Die zweite Hand wandert kurz zum Bauch, dann fängt sie sich wieder und schneidet sich das nächste Stück vom dunklen Fisch ab.

Rylla ist die Bewegung nicht entgangen. »Ihr müßt viel Fisch essen, meine Liebe.«

Kadara stöhnt.

Fisch ist Fisch, wenn es nach Dorrin geht. Hier am Südkap gibt es reichlich Fisch und ab und zu etwas Hammel. An guten Tagen stehen knusprige Quilla-Wurzeln oder getrocknete Birnäpfel auf dem Speiseplan. Es gibt zwar ausreichend Lebensmittel auf Recluce, aber wegen der Blockade kommen von den anderen Inseln nur noch Waren herein, die getrocknet oder gesalzen werden können, weil sie über weite Entfernungen aus Brysta oder Hamor geliefert werden müssen.

Der Sommer neigt sich dem Ende zu, aber für frische Birnäpfel oder die wenigen Äpfel, die in gut geschützten Obstgärten angebaut werden, ist es noch zu früh. Auch die Grünbeeren und Rotbeeren, die in den Bergen wachsen, sind noch nicht reif.

Sie haben Mehl, Gerste, Hammel und Fisch. Gewürze gibt es reichlich, aber Dorrin hat inzwischen das Gefühl, Hammel mit allen nur denkbaren Kombinationen von Gewürzen gekostet zu haben, und Fisch bleibt Fisch für ihn, ganz egal, wie man ihn würzt.

Trotzdem sollte er sich hüten, sich über den Fisch zu beklagen, denn er bekommt ihn zum größten Teil von Kyl geschenkt. Sein Bruder ist nur ein einziges Mal selbst zum Südkap gekommen und hat einen riesigen Korb Fische von seinem Boot abgeladen. Danach hat er immer seine Mannschaft oder jemand anders geschickt.

Die Gaben kamen Dorrin beinahe wie ein Friedensangebot oder ein Dank vor. Aber warum? Abgesehen von kleinen kindischen Reibereien haben sie sich früher nie gestritten, und was hat Dorrin getan, daß Kyl ihm Dank schuldig wäre?

Aber er sollte nicht über den Fisch nachdenken, sondern ihn essen und so bald wie möglich in die Schmiede zurückkehren. Er schneidet ein großes Stück ab, schiebt es sich in den Mund und versucht, die Gedanken wegzuschieben. Dann trinkt er einen Schluck Wasser. Abgesehen von Wasser haben sie kaum andere Getränke. Für Rotbeerensaft ist es nicht die richtige Jahreszeit, und da der größte Teil seines Geldes für Material verbraucht wird, kann Dorrin keine alkoholischen Getränke kaufen. Natürlich hatte er auch keine Zeit, eine Brauerei oder Brennerei einzurichten, vom Brauen selbst ganz zu schweigen.

Er ißt einen weiteren Happen Fisch und kaut auf dem gekochten Tang herum, der sogar noch schlechter schmeckt. Kadara hatte völlig recht. In Spidlar war er ein wohlhabender Mann, und er vermißt die kleinen Annehmlichkeiten, die er sich dort leisten konnte.

»Könntest du noch einen Tag warten?« fragt er Liedral. »Dann würde ich dir ein paar Spielsachen und andere Dinge mitgeben, die ich heute nachmittag und morgen fertigstellen könnte. Einfache Boote und einen Ventilator mit einer Kurbel und so weiter.«

»Wenn ich dann am nächsten Morgen früh aufbreche …«

»Wenigstens hörst du ab und zu auf uns«, wirft Yarrl ein.

Dorrin weiß, daß er alles andere als aufmerksam ist, aber er versucht, so viele Dinge gleichzeitig zu tun, und bekommt immer mehr das Gefühl, daß alles im Chaos versinkt und sich seiner Kontrolle entzieht.

Trotzdem … die verbesserten Teile für den neuen Dampfkessel sind fast fertig, das Getriebe für die Antriebswelle wird noch ein paar Tage, wenn nicht einen ganzen Achttag Arbeit erfordern. Er ißt wieder vom Fisch und stopft sich Tang in den Mund, dann ißt er das letzte altbackene Brötchen von seinem Teller und trinkt etwas Wasser dazu.

»Meister Dorrin ißt seinen Tang auf«, erklärt Merga ihrer Tochter. »Du mußt auch schön essen, das ist gut für dich.«

Vaos und Frisa starren wenig überzeugt die braunen Gewächse auf ihren Tellern an.

»Morgen gibt es Quilla. Es weicht gerade ein«, fügt Merga hinzu.

»Das ist auch nicht viel besser«, murmelt Rek.

Reisa blickt kopfschüttelnd von ihrem leergeputzten Teller auf. Dorrin mag Quilla lieber als Tang, aber es ist im Grunde nur eine Wahl zwischen etwas, das knusprig und ohne Geschmack ist, und etwas anderem, das nach öligem Sägemehl schmeckt. Er trinkt sein Wasser aus.

Nach dem Essen kehrt Dorrin in die Schmiede zurück, feuert den Schmiedeofen an und weist Rek an, langsam und gleichmäßig den Blasebalg zu betätigen. Dann holt er eine drei Spannen breite Eisenplatte.

»Was soll ich tun?« fragt Yarrl.

»Kannst du den Dampfkessel ohne mich fertigstellen?«

»Den größten Teil sicherlich. Zumindest bis wir zu den letzten Schweißnähten kommen. Wenn die halten sollen, müssen wir beide daran arbeiten.«

»Dann sag mir Bescheid, wenn es soweit ist. Ich muß jetzt unbedingt die Spielzeugboote machen.«

»Ich weiß, Dorrin. Geld regiert die Welt.« Yarrl hält inne. »Weißt du, einige Bauern aus der Umgebung hätten Arbeiten an ihren Wagen zu erledigen. Sie würden nur ungern bis nach Feyn fahren, um dort den Schmied aufzusuchen.«

»Dann nimm die Arbeit an.« Dorrin wirft einen Blick zur Werkbank, bevor er die Greifzange nimmt. »Wenn sie die Sachen ab morgen haben wollen, solltest du die Aufträge annehmen. Wir können später noch an dem Schiff arbeiten, aber du … du brauchst Geld. Du kannst nicht ewig von dem leben, was du mitgebracht hast.«

»So schlimm ist es nicht. Reisa nimmt Geld von den älteren Jugendlichen für den Unterricht im Schwertkampf. Es ist nicht viel, aber es hilft.«

»Jedes bißchen hilft.« Dorrin legt die Greifzange ins Schmiedefeuer. »Etwas schneller, Rek. Vaos, du nimmst den kleinen Schmiedehammer. Wir müssen das Stück auswalzen, bis es ganz dünn ist.«

Vaos legt den Schlichthammer auf Dorrins Amboß.

»Und dann kannst du eine Weile den Blasebalg übernehmen. Yarrl braucht Rek beim Kessel.«

»In Ordnung, Ser.« Vaos fügt sich resigniert in die langweilige Arbeit. Dorrin kann ihn gut verstehen. Er blickt kurz zum großen Schleifstein, den er benutzen wird, um die Schraube der *Schwarzer Diamant* zu polieren und zu glätten. Das Metall muß so glatt wie irgend möglich sein. Er schüttelt den Kopf. Jetzt muß er sich zunächst darum kümmern, Waren herzustellen, die sich verkaufen lassen. Die Grübeleien über das neue Schiff, an dem er im Augenblick sowieso nicht arbeiten kann, lenken ihn nur ab.

Die beiden Schmiede holen sich die Stücke Eisen, die sie bearbeiten wollen, heben die Hämmer und lassen sie fallen, heben sie und lassen sie fallen …

CLXVI

Dorrin wischt sich die Stirn ab. Er fragt sich, wann Liedral aus Landende zurückkehren wird, wie erfolgreich ihre Handelsgeschäfte mit der nordlanischen Brigg verlaufen sind und ob sie einen Teil seiner Spielsachen und Apparate losschlagen konnte. Die Dunkelheit weiß, wie dringend sie das Geld brauchen. Er hebt unermüdlich den Hammer, bis das Eisen zu sehr abkühlt und die kirschrote Farbe verliert, worauf er das Stück mit der Greifzange wieder ins Schmiedefeuer schiebt.

Auf der anderen Seite des Schmiedeofens arbeitet Yarrl daran, die Klaue eines Stammwenders, wie Holzfäller ihn benutzen, auszutauschen. Sein Hammer erzeugt auf dem Eisen beinahe musikalische Töne.

»Ihr arbeitet, als säßen Euch sämtliche Dämonen im Nacken.« Reks Gesicht glänzt vor Schweiß, während er eifrig am Blasebalg pumpt.

»Eher schon die Schwarzen Magier von Recluce.« Dorrin nimmt das Stück Eisen und hebt es mit der Greifzange geschickt auf den Amboß. Ihm wird erst allmählich klar, daß die Konstruktion der neuen Maschine doppelt so viele Teile erfordert wie beim letzten Mal.

»Aber sie sind doch Euer eigenes Volk.«

»Ganz so einfach ist es leider nicht.« Dorrin wendet sich mit einem Nicken an Vaos. Der Zuschläger setzt den Hammer einmal, zweimal auf die Greifzange. Dorrin schiebt das Stück wieder ins Schmiedefeuer, das jetzt mit Kohle betrieben wird. Wenn sie Kohle verwenden, muß Rek stärker pumpen und gelegentlich die Kohlen mit Wasser besprenkeln – mit Hilfe einer Wasserkanne, die zu den zahlreichen Dingen gehört, die Dorrin in aller Eile schmieden mußte. Dorrin legt das Werkstück wieder auf den Amboß und fordert Vaos mit einem Nicken auf, die nächsten Schläge anzubringen. Dann tippt er auf den Amboß, um dem Jungen zu verstehen zu geben, daß sie mit diesem Stück fertig sind. Vaos nimmt den kleinen Vorschlaghammer hoch, und Dorrin legt die grob geschmiedete Ummantelung des Ventils auf die Ziegelsteine.

»Im Augenblick sind sie nicht mein Volk. Sie haben vor mir sogar noch mehr Angst als vor den Weißen Magiern. Die Weißen Magier können sie nur aushungern, mehr nicht.«

»Das ist aber ... das ist eine komische Art ... es auszudrücken«, keucht Rek.

»Du kannst es jetzt langsamer angehen lassen.« Dorrin zieht eine Metallplatte aus dem Stapel, der auf seiner Werkbank liegt. Den Arbeitsplatz hat er mit ein paar der Balken, die Hegl geliefert hat, selbst gebaut. Neben den Maschinenteilen muß er sich auch noch um die Rohrleitungen aus Schwarzem Eisen kümmern. Er hofft, es wird nicht nötig sein, und weiß doch, daß er sich nicht davor drücken kann.

Frisa huscht durch die offene Tür herein, die Haare tanzen wild um den Kopf. Sie betrachtet das Stück Eisen, das auf den Ziegelsteinen abkühlt. »Ist das etwas Besonderes, Meister Dorrin?«

»Wie kommst du darauf?« fragt Rek.

»Ja, es dient einem ganz besonderen Zweck.« Dorrins Kopf beginnt zu pochen, kaum daß er die ausweichende Antwort gegeben hat.

»Mami hat mir gesagt, ich soll dir sagen, daß Herr Kyl von der Pier heraufkommt.«

Dorrin legt das Stück Eisen wieder auf die Werkbank. »Mach Pause und trink etwas Wasser, Rek, damit du nicht austrocknest. Vaos, du bleibst hier, falls Yarrl dich braucht.« Mit diesen Worten geht der Schmied durch die offene Tür der Werkstatt hinaus, die teils Schmiede, teils Maschinenfabrik und teilweise noch etwas anderes ist. Er blickt hinunter zu der Pier, wo die *Schwarzer Diamant* festgemacht ist. Vor der umgebauten Schaluppe liegt ein kleineres Schiff mit zwei niedrigen Masten. Auf dem Hauptdeck trocknen Fischernetze.

Ein stämmiger Mann kommt den Kiesweg von der Hohen Straße herauf. Dorrin hebt die Hand. Der Mann sieht ihn, grinst und erwidert den Gruß auf die gleiche Weise.

Dorrin geht zur Veranda hinüber. »Merga, haben wir etwas zu trinken?«

»Wasser und kühlen Tee.«

Dorrin verzieht das Gesicht und wartet, bis Kyl vor ihm steht. »Ich hätte nicht damit gerechnet, dich so bald wiederzusehen.«

»Ich auch nicht, aber die Winde stehen ungünstig, und es ist leichter, mit ihnen zu fahren, als gegen sie zu kämpfen. Es ist schön, hier unten einen Hafen zu haben, auch wenn es mit Segeln nicht so einfach ist, ihn anzusteuern.«

»Ich kann dir leider nur Wasser oder kühlen Tee anbieten.«

»Wasser reicht völlig.«

Wie auf ein Stichwort taucht Merga mit zwei Bechern auf.

»Setzen wir uns auf die Veranda.« Dorrin führt seinen Bruder zu der Bank. Irgendwann einmal, so hofft er, wird er auch Stühle haben, aber das neue Schiff ist wichtiger als Stühle. Die beiden einzigen, die er hat, stehen an den Kopfenden des langen Küchentisches.

Dorrin setzt sich und trinkt einen großen Schluck Wasser. Wenigstens ist es kalt. Er ist froh, daß er den Wasserlauf anzapfen und fließendes Wasser ins Haus legen konnte. Und immerhin konnte er die Rohre kaufen, statt sie selbst schmieden zu müssen.

»Ich komme immer noch nicht darüber hinweg, wie sehr du dich verändert hast.« Luftige Haarsträhnen wippen auf der sonnengebräunten Stirn des stämmigen Mannes.

»Du hast dich aber auch verändert.« Dorrin betrachtet seinen Bruder, die abgewetzte Kleidung und die klaren Augen des Seemannes. »War es schwer?«

»Sie dazu zu bringen, mich zur See fahren zu lassen? Nein … nicht nach deinen Briefen.«

»Ich … ich hatte gehofft … aber ich konnte im Gegensatz zu Brede noch nie sehr gut mit Worten umgehen.«

»Was ist eigentlich mit ihm geschehen?«

»Er hat sich ausgezeichnet und wurde zum Marschall

von Spidlar ernannt. Die Weißen haben ihn erwischt, als sie bei Kleth seine Truppen zermalmt haben.«

»Dort, wo du verletzt worden und erblindet bist?«

Dorrin nickt.

»Und was ist mit Kadara?«

»Sie wäre beinahe schon am Anfang der Schlacht gefallen. Liedral hat uns beide nach Hause gebracht. Ich bin nicht sicher, wie sie es geschafft hat. Ich habe halb bewußtlos auf ... auf meinem Pferd gehangen.« Er schluckt schwer, als er an Meriwhen denkt und sie vor dem inneren Auge wieder im Hafenwasser hinter der *Schwarzer Diamant* schwimmen sieht.

»Ich habe nicht Kadaras Verletzung gemeint. Du warst doch früher einmal ...«

Dorrin grinst. »In der Tat. Eine Zeitlang wollte ich sie für mich. Dann habe ich Liedral gefunden, und mir ist der Unterschied bewußt geworden. Kadara hat immer nur Brede geliebt, und mir ist schließlich klar geworden, daß Kadara viel eher eine Schwester als eine Geliebte für mich ist. Wir haben uns eingerichtet, aber sie war verbittert und wird es wohl auch noch eine Weile bleiben, da ich Brede nicht retten konnte. Ich hoffe, das wird vorübergehen, und vielleicht kann ich für ihren Sohn eine Art Onkel werden. Das wäre schön.« Er steht wieder auf. »Ich brauche deinen Rat.«

»Wegen Vater?«

»Nein. Er hört ja auf keinen von uns. Er hat grundsätzlich seine Schwierigkeiten damit, auf ein vernünftiges Wort zu hören. Jedenfalls manchmal.« Dorrin geht an seinem Bruder vorbei in das Gebäude mit dem hohen Dach, wo das Metall verarbeitet wird.

Kyl folgt ihm mit verwirrtem Gesichtsausdruck.

Dorrin bleibt vor der neu gebauten und schon arg ramponierten Werkbank stehen und hebt das schwarze Modell des neuen Schiffs hoch. »Schau es dir an.«

»Kein hoher Freibord, liegt tief im Wasser, tiefer Kiel.«

»Das ist nötig, damit es den Überzug aus Schwarzem Eisen tragen kann.« Dorrin dreht sich zu einer fast vier Ellen langen schwarzen Kiste um und öffnet sie. Drinnen liegt eine schwarze Metallröhre mit einer Schulterstütze und einem Handgriff. »Das hier ist genauso wichtig.«

»Was ist das?«

»Ein Raketenwerfer. Hier.« Dorrin reicht seinem Bruder eine Patrone. »Sie ist mit Sprengstoff gefüllt.«

»Können die Weißen Magier sie nicht einfach zünden?«

»Das würde auch den größten unter ihnen schwerfallen. Die Hülle besteht aus Schwarzem Stahl. Nimm sie.«

Kyl nimmt das Geschoß und legt es nach einem Augenblick auf die Werkbank. »Und warum?«

»Ich möchte, daß du Mutter davon erzählst. Vielleicht kannst du ihr auch erklären, daß ich nicht die Absicht habe, mich von Recluce vertreiben zu lassen.«

»Das wird nicht geschehen!«

Dorrins Augen sind wie Schwarzer Stahl, als er seinen Bruder ansieht. »Ich habe die Absicht, Recluce zu retten. Und meine Schiffe sind die einzige Möglichkeit, die uns im Augenblick dazu zur Verfügung steht. Aber Vater beharrt darauf, daß alles bestens wäre, solange wir uns nur an die alte Ordnung halten. Er bearbeitet Ellna und Videlt, damit die beiden ihre Meinung ändern. Ich kann nicht gleichzeitig ein Schiff bauen und mich in die Politik einmischen.« Er ignoriert die Kopfschmerzen, die ihn daran erinnern, daß er genau das in ebendiesem Moment, während er mit seinem Bruder spricht, bereits tut.

»Ich glaube, du bist schon dabei.« Kyl lächelt und gibt ihm die Patrone zurück.

»Du hast recht. Hast du eine bessere Idee?«

»Vergiß die Waffen. Sie wissen sowieso schon, daß du schreckliche Dinge zu tun vermagst. Es ist besser, wenn ich einfach nur darüber rede, wie sehr du dich für all diese Menschen verantwortlich fühlst und daß du fürchtest, Vater könne mit seinen Ängsten alles verderben.« Der jüngere Mann deutet zur Tür der Schmiede. Draußen scheint die Sonne. »Hier leben inzwischen gut und gern dreißig Leute aus allen Ecken von Recluce, und die Siedlung wird weiter wachsen. Bei der Dunkelheit, ich würde auch selbst gern hier leben.«

»Ich habe nicht nachgezählt, aber ich bin froh, daß wir ein paar Zelte hatten. Du bist willkommen, aber ich glaube, hier wäre kein guter Markt für deinen Fang.«

Kyl lacht. »Das wird sich ändern. Du mußt es nicht übers Knie brechen. Es braucht nur etwas Zeit.«

Dorrin hat schon viel zuviel übers Knie gebrochen. Kyl hat recht. Aber werden die Weißen und der Rat ihm die Zeit lassen, die er braucht? »Du hast ja recht. Aber ich mache mir Sorgen.«

»Zur Gewalt kannst du immer noch greifen, Dorrin«, erwidert Kyl. »Vergiß nicht, was deine Briefe bewirkt haben, nachdem Mutter sie gelesen hatte.«

»Ich vertraue deinem Urteil.« Dorrin deutet den Hügel hinunter. »Willst du die Pläne für das neue Schiff sehen?«

»Ich habe den Kiel und den Rahmen gesehen, als ich heraufgekommen bin. Es sieht so aus wie das Modell.«

»Ich zeige dir die Pläne. Warte hier.« Er eilt ins Haus und geht in das große Zimmer in der hinteren Ecke, das bis auf eine Kommode, einen Tisch, einen Hocker und ein großes Bett völlig leer ist. Groß muß das Bett sein, damit Liedral und er gemeinsam darin schlafen können. Von einem Klotz Eisen beschwert, liegen die Zeichnungen auf dem Tisch. Er zieht sie hervor.

Kyl lächelt, als Dorrin sich setzt und das Blatt zwischen ihnen auf der Bank ausbreitet. »Hier.«

»Es liegt tief«, sagt Kyl noch einmal. »Keine Masten und nicht soviel Freibord wie bei einem Schoner.«

»Es ist ein Kriegsschiff. Nicht mehr und nicht weniger.«

»Es sieht böse aus.« Kyl schaudert. »Hast du dir schon einen Namen ausgedacht?«

»Noch nicht. Aber ich glaube, das Wort ›schwarz‹ sollte darin vorkommen.«

»Du solltest dich bald für etwas Passendes entscheiden. *Schwarzer Schmied* oder *Schwarze Klinge* oder so.«

»Ich weiß nicht. Es ist kein Schmied oder Schwert.«

»Dann *Schwarzer Hammer.*«

Dorrin schürzt die Lippen. »Vielleicht. Das klingt jedenfalls besser als alles, was mir selbst bisher eingefallen ist. Wir werden sehen.« Er rollt die Zeichnung wieder zusammen, weil sie im Luftzug zu sehr flattert. »Ich habe mich bei dir noch gar nicht für den Fisch bedankt ... und dafür, daß du einer der wenigen warst, die mir nicht ständig mit irgend etwas in den Ohren gelegen haben.«

Kyl senkt den Blick und starrt den groben Steinboden der Veranda an. »Du warst immer für mich da, aber ich konnte nie etwas für dich tun. Jetzt kann ich es.«

Dorrin sieht seinen Bruder an. »Ich freue mich darüber.«

»Ich auch.« Kyl steht auf und betrachtet die weißen Schaumkronen, die sich draußen vor der Bucht auf dem Meer bilden. »Wenn ich den Wind nicht erwische, wird meine Mannschaft es mir nie verzeihen.« Er nimmt Dorrin kurz und etwas grob in die Arme. »Ich komme wieder, sobald ich kann.«

Dorrin sieht seinem Bruder nach, der zum Fischerboot eilt, das vor der *Schwarzer Diamant* festgemacht ist. Dann bringt er die Becher zurück in die Küche und stellt sie auf den Tisch.

Die Raketen wird er dennoch brauchen ... leider. Er hegt keinen Zweifel daran, daß die Weißen Magier irgend etwas aushecken werden.

CLXVII

Dorrin sitzt auf der Veranda auf der Bank und wünscht sich, Liedral käme zu ihm, bevor er wieder hinunter zum Schiffbauer muß.

Eine Möwe kreischt über ihm und stürzt auf die Bucht hinunter, die sich unter Reisas Anleitung in einen Hafen verwandelt. Die Steinmauern erstrecken sich jetzt gut zweihundert Ellen weit zu beiden Seiten der behelfsmäßigen Pier, die aus Holz gebaut wurde, und Reisa beginnt bereits damit, eine dauerhafte Pier aus Stein zu bauen. Dank der neuen Einwanderer, die sogar aus Landende hier herunter gekommen sind, konnte Reisa einen schlagkräftigen Arbeitstrupp zusammenstellen.

Dorrin steht auf und öffnet die Küchentür, gerade als Liedral herauskommen will. »Ich habe dich schon gesucht.«

»Ich dachte, du wolltest zu Tyrel.«

»Will ich auch.« Dorrin deutet auf die Bank.

»Ich muß noch einiges vorbereiten, ehe ich aufbreche. Ich habe gehört, daß in einem Achttag ein Handelsschiff aus Brysta anlegen will.« Liedral setzt sich auf die Bank, und Dorrin läßt sich neben ihr nieder. Er legt einen Arm um sie und drückt sie, läßt sie aber sofort wieder los, als er spürt, wie sie sich verkrampft. Mehr als ein Jahr ist vergangen, und sie können sich immer noch nicht lange in den Armen halten, ehe Liedral unruhig wird und sich an die Qualen erinnert – und die Bilder, die man ihr eingepflanzt hat.

»Es tut mir leid«, sagt sie.

»Mir auch.« Er steht auf, bückt sich und küßt sie auf die Wange. Seine Augen brennen, als er die Treppe hinuntergeht. Einmal dreht er sich um und schaut zurück, aber Liedral ist schon wieder im Haus. Wahrscheinlich ist sie zum Lager unterwegs, vermutet er.

Die spätsommerliche Sonne wärmt Dorrin, als er vor dem letzten Gebäude stehenbleibt. Es ist die kleine, quadratische, einstöckige Waffenkammer – schwarz wie alle anderen aus Stein gebauten Gebäude. Wenigstens war er so klug, einen Plan zu zeichnen, der genug freien Raum zwischen den Gebäuden der Stadt ließ, die hier zu wachsen scheint.

Schweigend sieht er zu, wie Kadara mühsam den rechten Arm streckt und ein kleines Gewicht einmal und noch einmal und noch einmal hebt. Die rothaarige Kämpferin hat das Gesicht vor Anstrengung verzogen, und er kann spüren, wie schwer und schmerzhaft die Übung für sie ist. Der dicke Bauch und das Gewicht ihres Sohnes machen ihr zu schaffen, und der verletzte Arm, der nur langsam heilt, bereitet ihr immer noch Schmerzen.

Schweigend und ohne einen Dank zu erwarten, aber auch ohne Kadaras Gegenwehr hat er seine Ordnung in diesen Kampf eingebracht. Sie erduldet ihn, weil er ihr hilft, wieder gesund zu werden.

Dorrin tupft sich die Stirn mit dem Ärmel ab. Kein Lüftchen regt sich, und obwohl es noch früh am Morgen ist, verspricht die Stille einen warmen Herbsttag. Das Meer hinter der Landzunge ist beinahe so glatt wie Glas, der grünblaue Himmel ist ein wenig dunstig, was sengend heiße Mittagsstunden anzukündigen scheint.

Er hört Hämmer klirren und Steine dumpf zusammenstoßen, Nägel werden eingeschlagen und Bolzen gesetzt.

Sein Blick wandert zu Reisa, die ebenfalls trainiert; allerdings benutzt sie einen Eisenstab, der doppelt so schwer ist wie ein richtiges Schwert. Petra und einige andere haben sich der Kampftruppe angeschlossen, die Reisa und Kadara gebildet haben. Auch Quenta, ein Jugendlicher aus dem ländlichen Feyn, ist zu ihnen gestoßen, und einige andere, deren Namen er nie gehört hat.

Hinter der Waffenkammer sind die Fundamente für ein neues Gebäude gelegt. Es soll eine Kaserne für die neue Schwarze Garde der Hafenstadt werden und die Zelte ersetzen, in denen Quenta und die anderen jetzt noch hausen. Dorrin lächelt. Pergun ist inzwischen eine Art Stadtbaumeister geworden. Alle Gebäude sind ›seine‹ Häuser – seine Waffenkammer, sein Lagerhaus, seine Kaserne.

Dorrin spürt bereits, daß die Gemeinde, die sich aus der Not heraus zusammengefunden hat, einen ganz eigenen Charakter entwickelt – und sie zieht mehr und mehr Menschen von der ganzen Insel an. Bisher sind nur anständige Leute gekommen, aber Dorrin macht sich keine Illusionen, daß es immer so bleiben wird. Ob er eines Tages genau wie der Rat damit beginnen muß, Leute zu verbannen?

Er schaudert, dann dreht er sich um und geht mit raschen Schritten den Hügel hinunter zum Schiffbauer. Tyrel wird zweifellos wieder über irgendwelche neuen Einzelheiten murren.

Und richtig, noch bevor seine Stiefel ihn in den Schuppen und zu den Klötzen getragen haben, auf denen das Schiff ruht, hat Tyrel ihn schon aufgespürt.

»Meister Dorrin … seid Ihr sicher, daß die neue Maschine nicht mehr als vierhundert Stein wiegen wird?«

»Sie sollte sogar leichter sein – zweihundertfünfzig oder noch weniger –, aber wir müssen berücksichtigen, daß wir Wassertanks und Kohlenbunker brauchen …«

»Die Bunker sind vorn und im Heck untergebracht und unterschiedlich befestigt.« Tyrel deutet zu der Rutsche, die in den Kanal führt. »Seid Ihr sicher … wißt Ihr genau, daß die Hölzer dieses kleine Ungeheuer tragen werden?«

»Sie sollten es aushalten.« Dorrin hofft, daß die mehrmals überprüften Berechnungen sich als richtig erweisen.

»Und haben wir schon einen Namen für das Ungeheuer?«

»Warum nennt Ihr sie immer ein Ungeheuer?«

Die beiden Männer betrachten den fast vollendeten Rumpf, siebzig Ellen lang und ungefähr fünfundzwanzig breit, ein tiefer Kiel, für den höhere Klötze und ein tieferer Kanal darunter nötig waren, ganz zu schweigen von den Sprengstoffen und der Hilfe der *Schwarzer Diamant,* um den Kanal zu erweitern.

»Sie ist ein schwarzes Ungeheuer. Sie soll einzig und allein der Zerstörung dienen. Frachtraum hat sie praktisch überhaupt keinen. Nur Platz für Soldaten und Kohle, Waffen und die Maschine.«

»Ihr habt mir gesagt, ich könnte kein größeres Schiff bauen, und ich kann mir nicht mehr leisten. Bei der Dunkelheit, ich kann mir nicht einmal dieses hier leisten.«

Tyrel blickt auf. »Ihr bekommt aber trotzdem eine Menge Hilfe, junger Mann.«

»Ja, ich bekomme Hilfe.« Und zwar mehr, als ich verdient habe, denkt er sich, aber ihm geht das Geld aus, und weder Schiff noch Maschine sind auch nur annähernd fertiggestellt. Er überlegt. »Laßt sie uns *Schwarzer Hammer* nennen.«

»*Schwarzer Hammer,* das soll es sein. Es paßt gut zu einem Schmied.« Tyrel hustet. »Wir müssen uns noch einmal die Verkleidung der Lager für die Antriebswelle ansehen.«

Dorrin holt tief Luft. Jedesmal, wenn er mit Tyrel über das Schiff spricht, das seit eben *Schwarzer Hammer* heißt, muß er ein halbes Dutzend Teile neu schmieden, völlig neu entwickeln oder irgendwoher beschaffen.

Die beiden Männer klettern die Leiter hinauf und drücken sich an den Balken vorbei, die das Maschinendeck tragen sollen.

»Wenn Ihr es so abstützt, wie Ihr es aufgezeichnet habt, und die Welle beginnt zu vibrieren, dann reißt Ihr das hier heraus.« Tyrel deutet auf die Stelle, wo es Probleme geben könnte.

Auch ohne große Berechnungen spürt Dorrin, daß der Schiffbauer recht hat. »Was schlagt Ihr vor?«

»Legt direkt neben die tragenden Balken in der Schiffshülle ein paar falsche Stützbalken. Sie werden durch ihr Gewicht an Ort und Stelle gehalten, aber wenn der Schaft vibriert, wird nicht der Rumpf zerrissen.«

»Wieviel zusätzliches Gewicht wäre das?«

»Bei all dem Eisen, das Ihr verwendet, werdet Ihr es kaum merken. Vielleicht fünfzehn Stein.«

Fünfzehn Stein sind fünfzehn Stein. Wo kann er noch einmal fünfzehn Stein Gewicht herausholen? Er muß das Schiff so leicht wie möglich bauen, damit es schnell wird. Tyrel denkt über die Geschwindigkeit kaum nach, ihm kommt es nur auf Stabilität an.

»Dann macht es so. Ich muß eben eine andere Stelle finden, wo ich das Gewicht vermindern kann.«

Das Klopfen und Klirren der Werkzeuge der Arbeiter, die mit dem Schiff beschäftigt sind, wird vom Holpern eines schweren Wagens übertönt, der draußen vor dem Schuppen hält.

Dorrin späht durch die Balken hinaus und erkennt Hegl und die Heilerin, die ihn begleitet hat. »Entschuldigt mich, Tyrel.« Er klettert zwischen den Balken zurück und die Leiter hinunter. Warum hat seine Mutter den langen Weg zum Südkap auf sich genommen? Ist seinem Vater etwas geschehen? Hat der Rat seine Meinung geändert und will sie ihn warnen?

Der Wagen ist mit verschiedenen Dingen beladen, neben einem Faß mit Schiffsnägeln und einem mit Bolzen findet sich sogar eine Wiege.

Rebekah winkt Dorrin zu und lächelt ihn an, aber dann muß sie ausweichen, damit der Wagen abgeladen werden kann. »Mach nur und kümmere dich um das Entladen, Dorrin.«

Dorrin wendet sich zum Wagen.

»Ich wollte Tyrel das hier bringen«, erklärt Hegl,

indem er die Heckklappe senkt und das Faß mit Bolzen vom Wagen hebt.

Hinter Hegl taucht Styl auf, der sich sofort das Faß mit den Nägeln schnappt. »Da soll mir bloß keiner sagen, die Schmiede würden nicht liefern, was man braucht, wenn man was braucht.« Er lächelt die Umstehenden mit klaffender Zahnlücke an und schleppt das schwere Faß weg.

Dorrin lädt zwei Schiffbaueräxte mit spitzen Haken ab und betrachtet das Küferbeil, das neben ihnen liegt. »Ist das auch für Tyrel?«

»Tyrel sagt, er muß für dein Ungeheuer noch ein paar besondere Fässer anfertigen.«

»Sie hat jetzt einen Namen. Kyl ist darauf gekommen. Sie heißt *Schwarzer Hammer.*«

»So, *Schwarzer Hammer* heißt sie also? Dann willst du die Weißen in Grund und Boden hämmern?« Hegl stellt mehrere Schaufeln und zwei Spitzhacken zur Seite. »Die sind für die einhändige Dame.« Er hebt eine schmale Hacke. »Und die ist für die alte Heilerin und ihren Garten. Leicht wie eine Feder.«

»Das wäre aber nicht nötig gewesen.«

»Natürlich nicht. Aber ich war lange nicht mehr so zufrieden bei der Arbeit. Ich habe deinen Vater jedesmal, wenn ich etwas auf den Wagen gelegt habe, breit angegrinst.«

Dorrin sieht seine Mutter an, die lächelnd zusieht und schweigt. Er lädt ein halbes Faß kleinere Nägel ab. Intar bringt es mit einer kleinen Karre in den Schuppen.

»Das war es dann«, erklärt Hegl. »Als nächstes fahre ich zum großen Haus hoch und lade ein paar Sachen für Kadara ab. Springt auf.«

Dorrin reicht seiner Mutter die Hand und hilft ihr, auf den Kutschbock zu steigen. Er selbst setzt sich auf die Ladefläche.

Als sie den Punkt der Straße erreichen, der dem Haus am nächsten ist, zieht Hegl die Bremse an und blockiert die Räder. Bis auf Merga und Frisa ist das Haus praktisch leer. Wie man am Hämmern hört, ist Yarrl in der Schmiede beschäftigt.

»Wo ist Kadara?« fragt Hegl.

»Unten bei der Waffenkammer, würde ich sagen.« Dorrin deutet nach unten, wo mehrere Gestalten damit beschäftigt sind, ein Fundament zu legen.

»Nun, da wären wir. Laßt uns abladen.«

Hegl und Dorrin bringen die Möbel in Kadaras Zimmer – ein Bett, eine Matratze, die Wiege, eine kleine Kommode.

»Beim nächsten Mal bringe ich den Rest mit.« Hegl schließt die hintere Klappe und wischt sich die Stirn ab. »Ob die einhändige Dame etwas dagegen hätte, wenn ich die Spitzhacke und die Schaufeln einstweilen Kadara gebe?«

»Bei der Dunkelheit, nein«, lacht Dorrin. »Sie arbeiten sowieso meistens zusammen.«

»Dann fahre ich mal da runter.«

»Ihr seid zum Essen willkommen«, lädt Dorrin ihn ein.

»Gern, aber erst muß ich den Rest abladen.«

Dorrin und Rebekah sehen von der Veranda aus zu, wie der Wagen nach unten zur Waffenkammer rumpelt.

»Warum bist du gekommen?« fragt Dorrin seine Mutter, als sie allein sind und ungestört sprechen können.

»Kyl sagte mir, daß ich dir vielleicht helfen kann.«

»Du hast mir schon geholfen. Ich kann dir gar nicht genug für das danken, was du mit Pergun getan hast.« Dorrin tritt nervös von einem Bein aufs andere und betrachtet die zierliche, rothaarige Frau mit dem alterslosen Gesicht.

»Du hast dich nicht verändert … du zappelst immer noch nervös herum, sobald ich dich ansehe. Wahrscheinlich fürchtest du, ich könnte dich gleich auf einen Ameisenhaufen setzen.« Rebekah lächelt ihren Sohn zärtlich an. »Ich habe aber Liedral gemeint.«

»Körperlich ist alles in Ordnung.« Dorrin deutet auf die Bank, und sie nimmt Platz. Er setzt sich rittlings auf das andere Ende, damit er ihr ins Gesicht sehen kann.

»Das dachte ich mir schon. Aber ... ich habe so meine Erfahrungen«, bemerkt sie trocken.

»Das will ich gern glauben.« Dorrin lacht nervös. »Wenn du mit Liedral reden willst, sie ist unten im Lagerhaus.«

»Ich habe sie vom Wagen aus gesehen, als wir gekommen sind. Ich wollte aber zuerst mit dir sprechen. Wenn du mir erlaubst, daß ich ...«

»Ich erlaube dir alles, was du willst. Rylla hat, genau wie ich, alles versucht, was ihr einfallen wollte.«

Rebekah nickt. »Ich muß genau wissen, was die Weißen gemacht haben.«

»Die Einzelheiten kenne ich nicht. Nach dem, was sie noch weiß, und nach den Schnitten und Narben zu urteilen ... sie haben sie ausgepeitscht und gefoltert und ihr falsche Erinnerungen eingegeben, nämlich daß ich ihr das angetan hätte. Sie weiß, daß die Erinnerungen falsch sind, aber das scheint nichts zu nützen. Sie wollten sie aufhetzen, damit sie mich tötet.«

Rebekah fragt ruhig: »Wurde sie vergewaltigt?«

»Nein. Jedenfalls hat sie keine Erinnerung daran.«

Die Heilerin seufzt. »Das ist wenigstens etwas ... es wird ein wenig leichter dadurch ... aber ein Kinderspiel wird es trotzdem nicht.«

»Was meinst du?«

»Ich würde gern zuerst mit Liedral sprechen. Sie muß sich entscheiden, mein Sohn. Ich sehe keinen Grund, daß sie nicht zustimmen sollte, aber ... es ist ihr Körper und ihre Entscheidung.«

Dorrin runzelt die Stirn. Das klingt, als hätte seine Mutter etwas ganz Entsetzliches vor.

»Keine Sorge, es ist im Grunde gar nicht so schlimm. Es ist sogar ziemlich einfach. Körperlich schmerzlos und vielleicht sogar angenehm ... aber es wird längere

Zeit dauern. Du darfst nicht vergessen, daß Liedral jederzeit die Kontrolle haben muß, und du mußt auf sie hören und nicht auf deine männlichen Instinkte.«

»Ich verstehe.«

»Das bezweifle ich. Ganz wirst du es wohl nicht verstehen können.« Rebekah lächelt.

Dorrin errötet.

»Und nun erzähle mir, welche Fortschritte du mit deinem Schiff machst.«

Dorrin starrt den Boden der Veranda an.

»Bei der Dunkelheit, ich bin nicht dein Vater, und ich bin alt genug, um mir selbst eine Meinung zu bilden. Ich hatte gehofft, daß du das schon vor langer Zeit begriffen hast.«

Der junge Ingenieur verkneift sich ein Grinsen angesichts der Schroffheit, mit der seine Mutter gesprochen hat. Manche Dinge verändern sich nie. »Nun ... wir haben uns einen Namen ausgedacht. Sie soll *Schwarzer Hammer* heißen. Kyl ist darauf gekommen ...«

CLXVIII

»Der Rat will wissen, was du zu tun gedenkst.« Anya blickt zum leeren Spiegel im Tisch.

Sterol macht eine Geste, und die weißen Nebelschwaden verschwinden. Ein Bild taucht auf der Fläche auf, so lebhaft, daß es wie gemalt erscheint. Sie sehen ein schwarzes Schiff, das in einer schmalen Bucht an einer Pier legt. Fünf Gebäude aus schwarzem Stein stehen darüber am Hügel. »Sieh nur. Hast du schon einmal etwas so Klares gesehen?«

»Nein.«

»Ich auch nicht. Ich weiß nicht, welcher Aspekt des Gleichgewichts dieses Ungeheuer erschaffen hat ...«

»Der Rat ist besorgt. Sie wollen, daß du etwas unternimmst.«

»Gut! Was soll ich tun? Eine Flotte gegen Recluce aussenden? Was soll das nützen?« Sterol schnaubt und betrachtet noch einmal das Bild im Spiegel auf dem Tisch. »Die Schwarzen werden sich nicht darum kümmern. Sollen wir die Insel angreifen? Weißt du, was Schwerter aus Schwarzem Eisen mit unseren Weißen Gardisten machen? Willst du von einem dieser Apparate in die Luft gesprengt werden wie der große Jeslek?«

»Die Schwarzen sind zerstritten«, bemerkt Anya ruhig. »Sie wollen ebenso wie wir, daß dieser Dorrin verschwindet.«

»Das mag sein, aber wie kommt es, daß ihm so viele Leute helfen, seine neue Stadt zu errichten? Er hat sie doch nicht alle auf seinem Schiff mitgebracht. Und sie sind immer noch Schwarze. Das bedeutet, daß er keinerlei Chaos auf Recluce erzeugt. Die Dämonen mögen wissen, warum ...« Sterol reibt sich die Stirn.

»Warum kannst du keine Flotte aussenden? Recluce hat nicht einmal ein halbes Dutzend Kriegsschiffe, wenn überhaupt. Sie kämpfen nicht gern. Und die meisten ihrer Schiffe sind irgendwo auf den Meeren unterwegs.«

Wieder reibt Sterol sich die Stirn, dann berührt er das Amulett, das auf seiner Brust ruht. »Hast du nicht zugehört?«

»Der Rat will, daß du etwas unternimmst, Sterol«, erwidert Anya scharf.

Der Erzmagier hält das Amulett hoch. »Hier. Nimm du es. Ich verzichte gern.«

Die Rothaarige betrachtet das Amulett, dann erwidert sie Sterols Blick. »Ich lasse mich nicht hereinlegen wie Jeslek.«

»Halte den Mund oder nimm das Amulett«, faucht Sterol.

Anya hebt die Hand, dann läßt sie sie wieder sinken. Schließlich seufzt sie. »Irgend jemand muß etwas tun.«

»Warum?«

»Willst du tatenlos zusehen, wie dieser ... dieser Sonderling soviel geordnetes Schwarzes Eisen fabriziert, daß er auf ewig das Ostmeer beherrschen wird?«

»Ich sehe da keine große Gefahr. Er wird nicht ewig leben.«

Anya lacht humorlos. »Weißt du, daß der Verräter Jenred genau diese Worte gebraucht hat? Creslin hat nicht ewig gelebt, aber lange genug, daß du – der Erzmagier von Fairhaven – Angst davor hast, direkt gegen Recluce vorzugehen. Willst du derjenige sein, dem man nachsagt, er habe zugelassen, daß Recluce Candar dominiert?«

»Nein.« Sterol lacht bitter auf und legt das Amulett neben dem Spiegel auf den Tisch. Das Bild des Südkaps verschwindet. »Du willst, daß wir etwas unternehmen. Also nimm das Amulett oder gib es jemand anderem.«

»Ich frage dich, Sterol.«

»Und ich weigere mich.«

Sie nickt in Richtung der Tür. Drei Wachen erscheinen, die Ketten bei sich haben. Hinter ihnen stehen drei Weiße Magier.

»Wie berechenbar du bist, Anya. Willst du mich lieber in Ketten legen, als selbst etwas zu unternehmen?«

Die Augen der Rothaarigen brennen, die Finger schließen sich unwillkürlich um den Dolch aus Weißbronze.

Feuer, weiße Flammen und wirbelnde Nebelschwaden erfüllen auf einmal den Raum. Der Spiegel auf dem Tisch explodiert, und zwei Wächter zerfallen auf dem weißen Stein zu Staub.

Als sich die weißen Wolken setzen, hebt Anya das Amulett auf und betrachtet den Haufen weißen Staub, der zwischen den weißen Gewändern und den weißen Stiefeln liegt. Sie wendet sich an einen der noch lebenden Magier und übergibt ihm das Amulett. »Hier. Ihr habt es Euch verdient, Cerryl.«

Cerryl sieht sie traurig an. »Nein. Ihr habt es Euch verdient, aber ich werde es für Euch tragen.« Er wirft einen kurzen Blick zu dem weißen Staub auf den Steinen, der sich auflöst, während er zusieht.

»Gut. Wir müssen jetzt unseren Angriff auf Recluce planen.«

»Wie Ihr wünscht.« Er winkt, und der noch lebende Gardist, der zweite Magier und Anya verlassen das Turmzimmer. Anya schließt hinter sich die Tür.

CLXIX

Dorrin schließt die Schlafzimmertür und wendet sich an Liedral.

»Du mußt es nicht tun, wenn du nicht willst.« Liedral erwidert seinen Blick.

»Was habe ich schon zu verlieren?«

»Deine Geduld, deinen Verstand, dein Selbstwertgefühl ...« Sie lacht gezwungen.

»Und was soll ich jetzt machen?« Dorrin betrachtet den polierten Holzboden, der noch geölt oder auf andere Weise behandelt werden muß, dann das Bett, das klobig im Schein der einsamen Lampe steht.

»Leg dich auf den Bauch.«

»Aufs Bett?«

»Nein, auf den Boden ...«, schnaubt Liedral. »Natürlich aufs Bett. Ich bin vielleicht schwierig, aber so grausam bin ich nicht. Außerdem will ich nicht dafür verantwortlich sein, wenn du dir einen Splitter einziehst.«

Dorrin streift die Stiefel ab und legt sich voll bekleidet aufs Bett. »Und was jetzt?« Er liegt auf dem Bauch, und seine Stimme wird von den Kissen gedämpft.

»Du bleibst einfach liegen und läßt mich deinen Rücken massieren. Deine Mutter hat gesagt, ich soll lernen, dir körperlich nahe zu sein, und dabei die Erfahrung machen, daß du mir nichts tust.«

»Aber ...«

»Ich weiß. Aber was kann es schaden, wenn wir es einfach versuchen?«

Dorrin unterdrückt den Impuls, mit den Achseln zu zucken. Sie hat ja recht. Bisher hat nichts funktioniert. Er holt tief Luft und atmet aus. Er riecht den schwachen Duft des Bettzeugs, der ihn an Liedral und die Nähe erinnert, die sie einst genießen durften. Seine Augen brennen, aber er hält das Gesicht unten, während sie mit kräftigen Fingern die Muskeln in seinen Schultern und auf dem Rücken zu bearbeiten beginnt.

»Du hast mehr Muskeln bekommen.«

»Dort sind es wenigstens Muskeln.«

Er hat einen Knoten im Bauch, aber sie massiert ihn kräftig, und seine Schultern und der Hals entspannen sich. Sein Atem geht gleichmäßiger.

»Wie fühlst du dich?« fragt er.

»Still ... störe mich nicht bei der Arbeit.« Ihre Stimme klingt amüsiert, aber dahinter liegt dennoch eine gewisse Schärfe.

Dorrin dreht den Kopf etwas zur Seite, damit seine Atmung nicht durch das Federkissen behindert wird, dessen Füllung fest entschlossen scheint, ihm in die Nase zu kriechen. »Haaah ... tschi!« Er reibt sich die Nase und legt sich etwas anders hin, um nicht ständig Flusen einzuatmen.

Der böige Wind trägt Gesprächsfetzen heran.

»... dachte eigentlich, all dieser schwarze Stein ... er wäre deprimierend, aber er ist es nicht ...«

»... erstaunlicher Unterschied ...«

»... glaubst du, Meister Dorrin ist ein echter, richtiger Magier?«

Liedral macht eine Weile schweigend und methodisch weiter, und Dorrin genießt es, sich einfach zu entspannen.

»Meine Finger werden müde.« Liedral schüttelt die Hände aus und lehnt sich an.

»Du hast ja auch lange genug gearbeitet.« Als Dorrin sich auf der weichen Matratze umdreht, um Liedral anzusehen, bringt er sie aus dem Gleichgewicht. Sie schwankt auf den Knien hin und her, er fängt sie ab und hält sie einen Moment lang fest in den Armen.

»Ah ... das ist aber nicht ...«

Er läßt sie los, als hätte er flüssiges Eisen berührt.

»Ich wollte nicht ...« Liedral schüttelt den Kopf und haucht ihm einen Kuß auf die Wange.

Dorrin rückt etwas von ihr ab und setzt sich auf.

»Und jetzt machst du das gleiche bei mir.«

Er grinst.

»Aber wirklich genau das gleiche. Keine Extratouren.«

Statt sich zu knien, setzt Dorrin sich schräg hinter sie und beginnt mit den Schulterblättern.

»Du kannst ruhig etwas fester zupacken. Ich bin nicht aus Glas.«

Er massiert sie ein wenig fester.

»Das fühlt sich gut an.«

Dorrin arbeitet sich langsam den Rücken hinunter, bis er beinahe ihren Po erreicht.

»Das ist mir ein bißchen zu tief und zu nahe ...« Wieder ist in der humorvollen Bemerkung ein scharfer Unterton zu hören, beinahe etwas wie Furcht. Dorrin arbeitet sich etwas höher und versucht, ihre verspannten Muskeln zu lockern.

»Das ist gut so.«

Nach einer Weile muß auch er aufhören, weil seine Finger beinahe taub sind. Er schüttelt die Hände aus, und Liedral setzt sich auf.

»Was jetzt?«

»Warte es ab.« Sie lächelt kurz, wird aber rasch wieder ernst.

Dieses Mal versteht Dorrin sie. Wenn sie es ihm sagt, dann hat sie vielleicht nicht mehr das Gefühl, die Kontrolle zu haben, und genau dieses Gefühl ist für sie sehr wichtig.

»Ich verstehe.« Er drückt ihren Arm und steht auf.

Sie bläst die Lampe aus, zieht sich im Dunklen aus und streift ihr Nachthemd über. Wie immer sieht Dorrin nicht in ihre Richtung, auch wenn sein Atem auf einmal schneller geht. Er zwingt sich, tiefer und flacher zu atmen.

Dann liegen sie nebeneinander, die Hände flach aufs Bett gelegt, daß sie sich nur gerade eben berühren. Eine kühle Abendbrise weht durchs offene Fenster herein, einige Stechmücken und Moskitos beginnen ihren nächtlichen Beutezug.

Dorrin wünscht sich beinahe, eine Mücke würde ihn ablenken. Irgend etwas, das er zerquetschen kann. Aber jetzt, im Spätsommer oder beinahe schon Herbst – er ist sich nicht ganz sicher, wie die Jahreszeiten am Südkap verlaufen, denn es ist hier milder als in Extina und erheblich wärmer als in Spidlar –, werden die Mücken seltener.

Dorrin ist verletzt worden, er ist erblindet, gelegentlich sogar fast einen Achttag lang, und wenn er die Ordnung mißbraucht, bekommt er heftige Kopfschmerzen. Aber andere haben viel mehr gelitten als er. Zwar ist er überzeugt – und seine groben Berechnungen scheinen ihn zu bestätigen –, daß das Gleichgewicht eine rein mechanische Angelegenheit ist, aber dennoch seufzt er leise in der Dunkelheit. Ist die Welt denn wirklich nur ein Mechanismus? Warum zählen die Überzeugungen und das Streben derjenigen, die sich an die Ordnung halten, weniger als die Absichten jener, die das Chaos benutzen, die zerstörerische Kraft?

Unter jenen, die für die Ordnung eintreten, gibt es

viele, die seine Maschine einfach nur deshalb ablehnen, weil sie anders ist als das, was sie kennen. Warum ist das so? Erkennen sie denn nicht die Ordnung, die in ihr liegt?

Der Wind, der ihm ins Gesicht weht, bringt keine Antwort, aber das hat er auch nicht erwartet. Liedral schnarcht leise und schaudert. Dorrin deckt sie zu. Er starrt blicklos die rohen Deckenbalken an, während draußen der Wind heult. In der Ferne flüstert die Brandung unter den Klippen.

CLXX

Der kalte Herbstwind pfeift vom braunen Gras der südlichen Ebene herunter und fegt den Staub von der Hohen Straße, über die schwerfällig ein Wagen mit der letzten Fuhre Eisen für die *Schwarzer Hammer* rumpelt. Als der Wind um das große Haus heult, rüttelt er an den neu eingebauten Fenstern, als wolle er ihre Belastbarkeit prüfen.

Liedral sitzt draußen auf der breiten vorderen Veranda. Sie wickelt sich enger in den Mantel, und Dorrin nimmt den Arm von ihrer Schulter. Warum? Warum mußte Jeslek sich so eine gräßliche Folter ausdenken? Er seufzt. Folter ist der Definition nach gräßlich.

»Was denkst du?« fragt sie.

»Grausame Gedanken über grausame Menschen.«

»Es hilft nicht, auf die Weißen wütend zu sein.« Sie spricht leise und berührt ihn mit einer warmen Hand. »Du weißt, daß ich dich liebe.«

»Ich liebe dich auch.«

»Das mußt du auch.« Sie lacht kurz, es klingt traurig und hart zugleich.

Der kühle Wind läßt ihr Haar wehen. Er legt ihr eine

kleine Weile wieder den Arm um die Schultern. Aber er muß bald zurück zum Schiffbauer.

»Willst du heute die neue Maschine ausprobieren?«

»Ja, aber nur die Maschine selbst. Das Getriebe für die Antriebswelle ist noch nicht fertig, und Yarrl hatte Schwierigkeiten mit den Lagern für die Antriebswelle.«

»Für etwas, das die Schiffsreisen einfacher machen soll, klingt das aber reichlich kompliziert.«

»Es ist immer …« Dorrin unterbricht sich.

»Was ist?«

Er lacht. »Ich dachte, daß Oran in gewisser Weise recht hatte, obwohl er sich geirrt hat. In der natürlichen Ordnung der Dinge zähmst du den Wind mit den Segeln, und dann kannst du mit dem Wind fahren, so weit es geht. Wenn du kompliziertere Segel und Takelagen einsetzt, kannst du kreuzen und manchmal sogar gegen den Wind fahren. Mit meiner Maschine, die durch die Ordnung möglich geworden ist, kannst du gegen die natürliche Ordnung verstoßen. Im Grunde ist aber die natürliche Ordnung gar nicht immer ordentlich. Stürme sind eine Mischung aus Ordnung und Chaos, und sie verursachen die Winde. Er hatte also recht damit, daß das, was ich mache, gegen die natürliche Ordnung verstößt, aber er liegt falsch mit der Annahme, daß alle natürlichen Dinge ordentlich seien. Ich muß das unbedingt aufschreiben und in meinem Buch festhalten.«

»Meinst du dieses Buch über die Ordnung, an dem du arbeitest, seit wir uns kennen?« Liedral schaudert wieder im aufkommenden Wind. »Es ist kalt hier draußen.«

Dorrin nickt.

»Warum gibst du es nicht einfach deinem Vater?«

»Es müßte vorher kopiert werden.«

»Petra und ich können das machen. Ich habe sie die Tempelschrift gelehrt, und es wäre eine gute Übung.«

Dorrin blickt den Hügel hinunter zum grauen Wasser

des kleinen Hafens und der Steinpier, wo die *Schwarzer Diamant* und die *Sammlerin* liegen, Kyls Fischerboot. Reisa hat dafür gesorgt, daß die neue Pier groß genug wurde, damit vier Schiffe von der Größe der *Schwarzer Hammer* anlegen können. Pergun wird die Balken von der behelfsmäßigen Anlegestelle verwenden, um ein zweites Lagerhaus zu bauen.

Liedral steht auf. »Ich muß jetzt wirklich zum Lager hinunter. Wenn du kannst, dann vergiß nicht die Käseschneider und die Spielzeugwindmühlen. Aber nur, wenn du es schaffst.«

»Ich werde mich darum kümmern, nachdem wir die Maschine ausprobiert haben.« Er umarmt sie, und auch sie legt einen Moment die Arme um ihn, was er als Beweis dafür nimmt, daß die Übungen, die sie machen, geholfen haben. Aber ob Zuneigung oder ein Schiff, es dauert lange, etwas aufzubauen.

Sie küßt ihn, und der Kuß ist herzlich, wenn auch kurz. Er grinst, als sie sich einen Schritt zurückzieht.

»Siehst du?« fragt Liedral.

»Ich sehe es.« Sie geht ins Haus, um ihre Frachtliste für das nächste Handelsschiff vorzubereiten, und Dorrin läuft den kurzen Weg zu Tyrels Werkstatt hinunter.

Tyrel hat die *Schwarzer Hammer* schon den halben Weg zum Wasser hinunter geschoben, damit der Schornstein sich nicht mehr innerhalb des Schuppens befindet.

Der äußere Rumpf ist fertig, und nicht zum ersten Mal betrachtet Dorrin bewundernd die sanfte Krümmung, während er mit den Fingern über die lackierte schwarze Eiche streicht. Die dünnen schwarzen Eisenplatten, die über der Wasserlinie befestigt sind, scheinen fast fugenlos in das Holz darunter überzugehen. Eine Verkleidung aus Kupfer würde zwar den Rumpf wesentlich verbessern, aber er hat weder das Geld noch die Zeit, Kupferplatten einzubauen.

Die Weißen Magier von Fairhaven haben sich in der

letzten Zeit zurückgehalten, und auch der Rat von Recluce hat sich nicht mehr gemeldet, aber Dorrin hegt keinen Zweifel, daß er es sehr bald schon mit beiden wird zu tun bekommen.

Er geht zum Heck, wo nur noch das Gehäuse der Antriebswelle und die Schraube eingebaut werden müssen. Auf den Holzblöcken neben dem Rumpf liegt bereits die Schiffsschraube aus Schwarzem Eisen, das größte Einzelstück, das Dorrin und Yarrl je angefertigt haben. Allein zum Polieren haben sie fast drei Tage gebraucht, und sie mußten sogar ein eigens konstruiertes Hebewerk einsetzen.

»Ein verflucht großes Stück Metall ist das, Meister Dorrin«, meint Styl, der gerade eine Pause macht und sich auf ein paar kürzere Balken setzt, die als Stützen für das Ruderhaus auf dem Hauptdeck dienen sollen. »Viel größer als die Schraube der *Schwarzer Diamant.*«

»Ich hoffe, sie wird bei niedrigerer Umdrehungsgeschwindigkeit der Welle trotzdem mehr Kraft abgeben«, antwortet Dorrin.

»Wißt Ihr ... Meister Dorrin ...«, Styl hustet.

»Ja?« fragt Dorrin fröhlich.

»Ich habe mich gefragt ... ich meine, ich habe über das Schwarze Eisen nachgedacht. Die Menschen wissen, daß das Eisen Magie binden kann ... es war wohl schon immer so ... ich habe mich jetzt gefragt, ob Ihr mir vielleicht den Grund nennen könnt. Es muß doch etwas damit auf sich haben, wenn ich sehe, wie Ihr die *Schwarzer Hammer* verkleidet habt.«

Dorrin betrachtet das Schiff und stellt sich vor, wie es aussehen wird, wenn es fertig ist, die schrägen und schwarz verkleideten Wände des Deckhauses und der Brücke, der große Schornstein dahinter, hoch genug, um den Zug der Feuerung und die Kraft der Maschine deutlich zu verstärken. Die *Schwarzer Hammer* hat keine Masten, sondern nur zwei abgedeckte Schächte, in die für den Fall eines Maschinenausfalls niedrige Behelfsmasten eingesetzt werden können. Dorrin hat das Schiff nur für die Verteidigung von Recluce oder für den Einsatz im Golf von Candar gebaut. Er hat weder die Zeit noch das Geld, ein größeres Schiff zu bauen, und selbst das Einlagern eines einzigen großen Masts an Bord würde das Schiff, wie es jetzt ist, zu schwer werden lassen.

»Eisen und Magie«, beginnt Dorrin, dem auf einmal bewußt wird, daß er geträumt und Styls Frage noch nicht beantwortet hat. »Habt Ihr schon einmal das Eisen beobachtet, während ein Schmied daran gearbeitet hat? Wie sieht es aus?«

»Wenn es heiß wird, dann ist es rot.«

»Kirschrot. Der Grund dafür ist, daß das Eisen die Wärme der Kohlen aufnimmt – nennt es meinetwegen die Kraft der Kohlen. Die Magie ist so ähnlich wie die Wärme. Sie ist eine Kraft, und genau wie Eisen die Wärme des Schmiedefeuers aufnehmen kann, vermag es auch die Wärme der Magie aufzunehmen und zu halten. Schwarzes Eisen vermag dies sogar noch besser. Aus diesem Grund benutzen einige Magister Schilde aus Schwarzem Eisen. Die Soldaten auf der *Schwarzer Hammer* werden ebenfalls solche Schilde bekommen.«

»Hmm ...«, macht Styl. »Das klingt vernünftig, wenigstens in meinen Ohren. Ist das ein Geheimnis unter den Magiern?«

Dorrin runzelt die Stirn. Es ist seine eigene Schlußfolgerung, die seines Wissens nirgends außer in seinem eigenen Buch schriftlich niedergelegt ist. »Es könnte sein. Ich mußte es mir jedenfalls selbst ausdenken. Es hat mir niemand beigebracht oder erklärt, falls Ihr das meint.«

Styl nickt langsam. »Vielen Dank, Meister Dorrin. Und jetzt bringe ich besser die Balken hier zu Tyrel, ehe er mich anbrüllt.«

»Ich will Euch nicht aufhalten. Und sagt ihm, daß ich auch bald komme.« Dorrin überprüft noch einmal den Rumpf, ehe er die Rampe zum Hauptdeck hinaufläuft.

Ein neuer Helfer, den Dorrin noch nicht kennt, kommt mit ein paar neuen Streben vorbei, als Styl grunzend seine Fuhre aufhebt. Die beiden gehen hinauf zum Ruderhaus.

Dorrin muß über eine behelfsmäßige Leiter in den Maschinenraum klettern, weil die Wände und die feste Leiter erst eingebaut werden können, wenn die Antriebswelle und das Getriebe an Ort und Stelle sind. Im Augenblick endet die Kraftübertragung noch am großen Schwungrad. Die Maschine selbst ist allerdings fertig, und Yarrl hat den Kessel schon mehrmals mit niedrigen Temperaturen in Betrieb benommen, um die Ziegel der Feuerung zu härten.

Der Probebetrieb bei niedrigen Temperaturen hatte geholfen, Lecks in den Leitungen zu finden, und leider auch zu der Einsicht geführt, daß die Dampfeinlaßventile der beiden Zylinder von Grund auf neu konstruiert werden mußten.

Während er sich besorgt fragt, was wohl bei einem Probelauf mit höherem Druck passieren wird, überprüft Dorrin den Wasserstand im Tank und untersucht die Feuerbüchse. Dann schnitzt er kleine Holzspäne zurecht, die er mit dem Zündstein aus der Gürteltasche in Brand steckt. Als sie Feuer fangen, fährt er mit dem Finger über den Kessel und die Maschine. Es fühlt sich stabil an.

Nach den Spänen wird die erste Schaufel kleingehackter Kohlen in die Feuerbüchse befördert.

»Beginnst du schon?« ruft Yarrl von oben herunter.

»Ich habe gerade das Feuer angezündet. Ich dachte, es stört dich nicht, weil es sowieso eine Weile dauern wird, bis sich der Druck aufgebaut hat.«

»Warum sollte es mich stören? Es ist doch deine Maschine.« Yarrl steigt zu Dorrin hinunter. »Manchmal … manchmal fällt es mir schwer, das alles zu glauben.«

Dorrin kann sein Gefühl verstehen, und doch kommt ihm die Maschine völlig richtig vor – schwarz und stabil. Wie konnte sein Vater nur glauben, sie wäre eine Ausgeburt des Chaos? Er lächelt schief. Andererseits ist das ja ein Problem, das durch Recluce selbst entsteht. Die Ordnung von Recluce verlangt geradezu danach, daß auf der anderen Seite als Gegensatz ein großes Chaos herrscht.

Wird also jede Maschine, die gebaut wird, mehr Chaos in der Welt erzeugen? Dorrins Lächeln verblaßt. Das Schiff ist notwendig – aber wie viele von ihnen kann die Welt ertragen?

»Worüber denkst du nach?« fragt Yarrl.

»Über Ordnung und Chaos«, sagt Dorrin abwesend. Er blickt nach oben zum Deck, wo Tyrels Mannschaft sich versammelt hat. Er greift nach der Schaufel, und Yarrl öffnet die Klappe der Feuerbüchse. Eine zweite Schaufel Kohlen fliegt durch die offene Eisentür.

Kurz danach legt Dorrin eine weitere und dann noch eine Schaufel nach. Der Kessel kracht, als die Hitze zunimmt, und aus dem Schornstein steigt eine dicke Rauchwolke.

Dorrin überprüft die Überdruckventile und wartet, daß sich der Druck weiter aufbaut. Schließlich schaut er Yarrl an. »Laß uns hoffen, daß es funktioniert.« Er stellt ein Ventil nach, dann ein zweites, und der Dampf strömt durch die sorgfältig geschmiedeten Leitungen zu den Zylindern.

Während sich der Betriebsdruck aufbaut, das Gestänge allmählich zu klirren und klappern beginnt und aus den Kolben dünne Dampfschwaden aufsteigen, ist irgendwo ein leises Zischen zu hören.

Dorrin neigt den Kopf und lauscht, wo sich die Quelle des Zischens befindet.

»Sieht gut aus«, brüllt Yarrl, um das Zischen des Kessels und das Rumpeln der Kolben zu übertönen.

Dorrin geht zum riesigen Schwungrad. Es war Yarrls Idee, es besonders schwer auszulegen, um die Kraftübertragung auf das Getriebe möglichst gleichmäßig zu halten. Das Getriebe ist noch nicht endgültig eingebaut, weil die letzten Zahnräder fehlen. Wenn Yarrl und Dorrin die neuen Lager eingebaut haben, können sie die Antriebswelle einsetzen und die Schraube anbringen. Dann können sie die *Schwarzer Diamant* zu Wasser lassen.

Der junge Ingenieur betrachtet lange das Schwungrad und denkt bereits über eine bessere Konstruktionsweise für die nächste Maschine nach. Er schüttelt den Kopf. Er kann nur eins nach dem anderen erledigen.

Als Dorrin zum Kessel zurückkehrt, ist das Zischen erheblich lauter geworden.

»Weißt du, was das ist? Dieses Zischen?« fragt Yarrl, der sich näher zu Dorrin beugt, damit er nicht so laut brüllen muß.

Dorrin schüttelt den Kopf. Er verfolgt den Dampfstrom von den Röhren des Kessels bis zum Dampfsammler, von dort zu den Zylindern und zum Hauptkondensator. Dort hält er inne. Luft dringt in den Kondensator ein, der das Vakuum zerstört und damit den Wirkungsgrad der Maschine senkt.

Er kniet nieder und überprüft die Abdeckplatte. Dann richtet er sich auf und sieht Yarrl an. »In der Platte ist ein kleiner Riß, fast zu klein, um ihn zu sehen. Vielleicht sind wir beim Einbau irgendwo angestoßen. Wir müssen das beheben, denn es vermindert die Leistung.«

»Immer ist irgend etwas.«

Dorrin schüttelt den Kopf. Allerdings, immer geht irgend etwas schief. Dies ist der vierte Probelauf, und bei jedem ist ein neues Problem aufgetreten. Er stellt den Dampfdruck etwas höher, und das Gestänge läuft nach wie vor reibungslos.

Dorrin und Yarrl sehen eine Weile zu und prüfen die Maschine, bis Dorrin sie später am Vormittag wieder abkühlen läßt, die Leistung zurückfährt und genügend Druck abläßt, damit die Zylinder zu arbeiten aufhören.

Mit einem dicken Tuch und einer Zange kann er endlich die Deckplatte des Kondensators abnehmen und in einen Leinensack geben, um sie zur Schmiede zu transportieren.

»Die Maschine kann jetzt allein auskühlen«, erklärt Dorrin Tyrel. »Ich muß die Deckplatte des Kondensators nacharbeiten oder vielleicht sogar austauschen. Dann bauen wir das letzte Zahnrad und danach die Lager ein.«

»Wie lange wird es noch dauern?« fragt Tyrel.

»Noch einen Achttag«, schätzt Dorrin.

»Wir sollten bis dahin den Rahmen des Deckhauses fertig haben, und anschießend brauchen wir die Eisenplatten für die Verkleidung.«

»Ich weiß.« Die Platten, die aus der Eisenschmelze geliefert werden, sind zu weich und zu dick, und selbst mit dem schweren automatischen Hammer, den Yarrl an Dorrins kleinem Mühlbach eingerichtet hat, ist es sehr zeitraubend, die Platten auf die richtige Dicke zu bringen.

Dorrin geht langsam den Hügel hinauf, Yarrl begleitet ihn. Die Abdeckung des Kondensators ist schwer.

»Laß es mich ein Stück tragen.«

Dorrin gibt ihm den Leinensack. »Was ist mit den Lagern?«

»Sie blockieren immer wieder, auch wenn sie kaum belastet werden. Wenn wir sie einbauen, wie sie sind, wird die ganze Welle zu schwingen beginnen.«

Die beiden betreten die Schmiede, wo Rek am kleinen Amboß Nägel schmiedet. Vaos benutzt den großen Amboß für größere Bolzen. Anscheinend sind nie genug Nägel oder Bolzen da.

»Dann laß uns die Lager ansehen.« Dorrin nimmt den Leinensack wieder an sich und legt ihn auf die Ecke seiner Werkbank. Das Problem mit den Lagern hat Vorrang.

Yarrl zeigt Dorrin eine der Walzen des Lagers. »Sie

klemmen hier an den Rändern. Du kannst es an den Stellen sehen, wo das Metall verkratzt ist.«

Dorrin fährt mit den Fingern über den Zylinder. In der Mitte ist er glatt, aber er kann spüren, daß der Stahl trotz seiner Härte an den Rändern abgerieben ist. Dorrin legt die Walze, die aus einem dicken Eisenstab geschmiedet worden ist, auf die glatte Eisenplatte und prüft, wo etwas uneben ist. Dann legt er eine zweite Eisenplatte darauf, verstärkt nach und nach den Druck, rollt die Walze hin und her und versucht herauszufinden, wo der Druck sich verändert.

Vaos und Rek stehen an den Wasserkästen und sehen ihm zu. Vaos kratzt sich am Kopf, aber sein jüngerer Bruder muß auf einmal grinsen.

Schließlich richtet Dorrin sich wieder auf und wischt sich mit dem Ärmel den Schweiß von der Stirn. »Laß uns versuchen, die Walzen keilförmig zuzuschleifen.«

»Daran habe ich auch schon gedacht, aber wird das nicht dazu führen, daß sie im Lager wackeln?«

»Vielleicht ... aber wie wäre es, wenn wir sie nur ganz am Ende etwas abschleifen? Sie werden ja durch die Führung festgehalten.«

»Es könnte einen Versuch wert sein.«

Dorrin holt tief Luft und zieht sein Hemd aus. »Dann setz mal den großen Schleifstein in Bewegung, Vaos.«

»Ja, Ser.«

Dorrin nimmt die Greifzange, die er eigens für die Walzen konstruiert hat. Sie ist mit einer Schraubzwinge versehen, damit die Walzen nicht wegspringen, wenn sie fest gegen den Schleifstein gepreßt werden.

»Dabei kann ich dir nicht helfen, du kannst feiner arbeiten«, sagt Yarrl. »Ich mache mich dann an die letzten Teile für das Getriebe.«

»Gut.« Dorrin nimmt sich das erste Lager vor. Es wird wieder einmal ein langer Tag werden, denn später muß er noch die Deckplatte des Kondensators neu entwerfen und schmieden. Sobald Getriebe und Lager fertig sind, müssen sie das System ein weiteres Mal prüfen, um zu sehen, ob es irgendwo Vibrationen gibt. Manchmal fragt er sich, ob das Schiff überhaupt je fertig werden wird.

Wenigstens kann er sich eine kurze Pause zum Mittagessen gönnen, und Liedral wird ihm noch einmal Gesellschaft leisten, ehe sie wieder nach Landende fährt.

Seufzend erinnert er sich an die drei unvollendeten Käseschneider, für die er noch den Draht ziehen muß, bevor sie abfährt.

CLXXI

Dorrin bindet Basla an den Eisenring, der in den Steinpfosten eingelassen ist, und dreht sich halb zur Schwarzen Residenz um, wo gewöhnlich der Rat zusammentritt. Dann wendet er sich zum gepflegten, gepflasterten Gehweg, der nach dem morgendlichen Regen noch feucht ist. Die gelben Blumen in den Beeten neben dem Weg blühen noch, aber sie werden in einem Achttag verwelken, weil allmählich auch auf Recluce der Herbst Einzug hält.

Die Mappe unter den Arm geklemmt, nähert er sich dem Gebäude. Er freut sich nicht gerade auf die Begegnung, aber er kann es nicht ändern.

Rebekah öffnet die Tür, noch bevor Dorrin die Schwelle erreicht hat. »Ich habe gehofft, daß du früher oder später kommen würdest.« Sie lächelt ihn an und umarmt ihn kurz, dann weicht sie etwas zurück. »Wie geht es Liedral?«

»Es wird so langsam.« Dorrin weiß natürlich, was sie mit der Frage wirklich meint. »Ich halte mich an ihre Vorgaben, und ich bin froh, daß du dir soviel Mühe gegeben hast. Manchmal fällt es mir allerdings schwer. Einige Übungen ... die mit den Berührungen ...« Er verzieht das Gesicht. »Aber es scheint zu wirken. Es ist so schwer, wenn ich daran denke, was wir verloren haben ... und wir haben selbst überhaupt nichts getan.«

Rebekah nickt mitfühlend. »Möchtest du etwas Rotbeerensaft?«

»Ja, bitte.« Er hat seit dem Aufenthalt im Gasthof im Sommer keinen Rotbeerensaft mehr getrunken.

»Was ist in der Mappe?« Seine Mutter neigt fragend den Kopf.

»Etwas für Vater.«

»Er ist in der Bibliothek. Auf der Veranda ist es schon etwas kühl. Ich komme später zu euch.«

Dorrin versteht auch diesen Wink. Er geht den Flur hinunter und betritt die Bibliothek. »Hallo.«

Der hagere Magier legt das Buch auf den Lesetisch. »Dorrin, setz dich doch.« Er deutet auf den zweiten Stuhl, der offenbar aus der Küche hergebracht wurde, nachdem Dorrin seinen Besuch angekündigt hatte.

»Danke.« Dorrin setzt sich, nimmt die schwere Mappe auf den Schoß und sieht seinem Vater in die Augen. Seit Dorrin sich erinnern kann, ist dies erst das zweite Mal, daß Oran seinem Blick ausweicht.

»Was willst du?« fragt der ältere Mann.

»Ich würde mir wünschen, daß du nicht weiter versuchst, alle Leute davon zu überzeugen, daß das, was ich mache, falsch und mit dem Chaos verbunden wäre. Ich bin kein kleiner Junge mehr, und du hast nicht immer recht. Ich natürlich auch nicht«, fügt er rasch hinzu, als er an Diev, Kleth, Liedral und Kadara und sogar Meriwhen denkt.

»Ich liebe dich, Dorrin, und du bist mein Sohn. Aber diese Sache mit dem Schwarzen Eisen und den Maschinen ist falsch. Willst du, daß ich sage, es sei richtig, obwohl ich anderer Meinung bin?«

»Ich möchte, daß du über die Gründe nachdenkst,

warum es deiner Ansicht nach falsch ist.« Dorrin hält inne. »Creslin hat Dinge getan, die nicht unbedingt mit der reinen Ordnung übereinstimmen, aber wenn er etwas anderes getan hätte, wären wir beide nicht hier.«

»Du hast viel erreicht, Dorrin, aber du bist kein Creslin.«

»Nein, ich weiß. Aber die Lektionen sind die gleichen. Ich habe die Absicht, Recluce zu schützen. Ob bewußt oder nicht, du hast die Absicht, Selbstmord zu begehen, weil du die Ordnung nie wirklich verstanden hast.«

»Ich hätte die Ordnung nie wirklich verstanden? Du bist noch nie auf Stürmen geflogen und hast noch nie den Himmel durchmessen, und du willst etwas über die Ordnung wissen?«

Dorrin hebt die gebundenen Blätter hoch, die neben ihm liegen. »Ich habe dies hier für dich kopieren lassen. Eines der Dinge, die ich in Candar herausgefunden habe, ist die Erkenntnis, daß nichts in deiner Bibliothek die Basis der Ordnung wirklich erklärt. Es ging immer nur um die Beschränkungen. Deshalb habe ich mich bemüht, die Lücke zu schließen.«

»Oh … es muß interessant sein, wie du die Logik des Ingenieurs auf die Ordnung anwendest. Sage mir, hast du bewiesen, daß deine Dampfmaschine eine Schöpfung der Engel des Himmels ist und auf der Ordnung beruht?« Oran lächelt ironisch.

»Schwerlich. Es geht um viel grundlegendere Dinge.« Dorrin bemüht sich, nicht gereizt zu seufzen. »Wenn du es so haben willst, dann versuche nur weiter, den Rat davon zu überzeugen, daß es das beste wäre, mich in eine von der Dunkelheit verfluchte Ecke des Globus zu jagen.«

»Ich will dich nicht davonjagen, mein Sohn. Ich will nur, daß du auf den Weg der Ordnung zurückkehrst.«

»Ich bin auf den Weg der Ordnung zurückgekehrt.«

Der große Magier öffnet den Mund, schließt ihn aber wieder, als Dorrin weiterspricht.

»Ich hatte Zeit zum Nachdenken, ich mußte einiges auf die Beine stellen, und ich hatte Hilfe. Anscheinend hast du zweierlei vergessen. Erstens habe ich Jeslek nicht aufgehalten. Zweitens bin ich immer noch ein Schwarzer. In mir ist nicht ein Funken Chaos, und das weißt du. Und das kann nicht trügen.«

»Sich in gutem Glauben zu irren ist nicht gleichbedeutend damit, recht zu haben.«

»Mag sein, aber ich habe mir das Südkap und die Menschen dort genau angesehen. Wir bauen etwas, das solide ist und auf der Ordnung beruht. Du solltest dem Ort eine Chance geben.«

»Warum? Um die über Generationen aufgebaute Ordnung zu zerstören?«

»Vielleicht gibt es noch einen dritten Weg«, schlägt Rebekah vor. Sie ist mit einem Tablett gekommen, auf dem zwei Gläser stehen, und bietet Dorrin zu trinken an.

Dorrin nimmt den Rotbeerensaft und bedankt sich mit einem Nicken. »Was meinst du, Mutter?«

»Vielleicht könnte der Rat das Südkap und die Verteidigung von Recluce allein dir und denen überlassen, die sich dir anschließen wollen. Damit hätten wir alle Zeit, uns zu überlegen, wie wir mit dem, was du entdeckt hast, umgehen sollen. Gleichzeitig könnten wir auf diese Weise zulassen, daß Dorrins Werke genutzt werden, ohne die Art von Zersetzung fürchten zu müssen, die du kommen siehst, Oran.«

»Und woher weißt du, daß es funktionieren wird?« murmelt der Luft-Magier.

»Ich weiß es nicht«, erwidert Dorrin, »aber ist es nicht besser, etwas zu versuchen, als Recluce einfach den Weißen zu überlassen oder zuzusehen, wie die Insel isoliert wird und zurückfällt, während Fairhaven wächst und die ganze Welt unterwirft?«

»Da hat er nicht unrecht, Oran. Der Rat hat die gleichen Fragen aufgeworfen.«

»Aber Maschinen?«

Dorrin nickt und hebt das Manuskript. »Wenn du dies hier lesen könntest ...«

Oran macht eine abwehrende Geste. »Also gut ... ich werde deine lächerlichen Aufzeichnungen lesen und darüber nachdenken. Das ist alles, was du erwarten kannst.«

Dorrin trinkt einen Schluck Rotbeerensaft. Trotz der Umstände genießt er den köstlichen Geschmack.

»Ich würde es auch gern lesen«, sagt Rebekah.

Oran nimmt das zweite Glas Rotbeerensaft und trinkt einen Schluck. Er schweigt eine Weile und sagt: »Nun erzähle mir doch von dieser Händlerin.«

Dorrin trinkt sein Glas aus und starrt es an, als könne er nicht glauben, daß er in so kurzer Zeit das Glas geleert hat.

»Ich kann dir einen großen Krug mitgeben«, wirft Rebekah lachend ein.

»Ihr Name ist Liedral. Sie ist Händlerin, ursprünglich aus Jellico ... sie hat uns geholfen, aus Fairhaven herauszukommen, und sie hat einige meiner Spielsachen vertrieben.«

»War sie eine Weiße Händlerin?«

»... nein, eine freie. Die Weißen haben versucht, ihre Familie aus dem Gewerbe zu verdrängen.«

Es wird Spätnachmittag, bis Dorrin mit seinem Bericht fertig ist. Er späht zu den dunklen Wolken hinauf. »Ich muß jetzt wirklich gehen.«

Rebekah steht von dem gepolsterten Hocker auf, den sie in die Bibliothek mitgebracht hat. »Ich hole den Rotbeerensaft, und ich habe auch noch ein ganzes kaltes Huhn, das du mitnehmen kannst. Eine Hammelkeule ist auch noch da – nicht, daß es in deiner Siedlung lange reichen würde. Aber der Rotbeerensaft ist nur für dich allein.«

Dorrin grinst, und sogar Oran muß lächeln.

Nachdem er Basla gefüttert und getränkt hat, muß er

dreimal zwischen der Küche und seinem Pferd hin und her laufen, bis er alles aufgeladen hat. Dann reitet er wieder nach Süden. Er pfeift, als er über die Hohe Straße zur *Schwarzer Hammer* und zu Liedral zurückkehrt.

CLXXII

Die Heilerin wendet den Blick von den feuchten grauen Steinen ab, die zur Hohen Straße führen, und blickt kurz zur Schwarzen Residenz. Ein leichtes Lächeln spielt um ihre Lippen. Dann wendet sie sich wieder an den großen Mann. »Hast du dir deinen Sohn gut angesehen, Oran? Hast du ihn dir wirklich angesehen?«

»Er ist derselbe alte Dorrin. Er ist besessen von seinen Maschinen, die Dämonen mögen sie verdammen.«

»Er ist nicht mehr derselbe Dorrin.«

»Er ist immer noch wie besessen.«

»Nein.« Rebekahs Stimme ist hart und beinahe so kalt wie Schwarzes Eisen, als sie sich an ihren Mann wendet. »Er ist so sehr in der Ordnung verwurzelt und so sehr ein Schwarzer, daß man meint, er stünde wie ein Pfeiler in der Erde verankert. Oran, gegen ihn wirkst du oberflächlich. Hüte dich, auch oberflächlich zu urteilen. Warum kannst du nicht einfach auf deinen Sohn stolz sein?«

»Bist du sicher?«

»Hör nicht auf mich. Sieh es dir selbst an.«

Der große Mann leckt sich die Lippen und schaudert, als ihm bewußt wird, daß er die Wahrheit, die sie ausgesprochen hat, schon längst als kalten Stein im Bauch liegen fühlt. »Was soll dann aus Recluce werden?«

»Ich glaube nicht, daß sich viel verändern wird, Liebster. Wirklich große Menschen gibt es nicht oft.«

»Aber seine Maschinen …«

»Oran … hast du schon einmal über deine eigenen Fragen nachgedacht? Darüber, wie man das Chaos zurückhalten könnte, ohne die ganze Welt auf den Kopf zu stellen? Die Weißen können Schwarzes Eisen nicht ertragen.«

»Aber … Maschinen?«

»Vertraue auf das Gleichgewicht, Liebster.«

Der hagere Magier schüttelt den Kopf, doch die Geste ist nicht ganz und gar abwehrend, und die schlanke Frau nimmt seine Hand und drückt sie, als sie von der vorderen Terrasse nach hinten gehen und zusehen, wie über dem Ostmeer die Schatten der Klippen länger werden.

CLXXIII

»Fast eine Jahreszeit ist vergangen, und Ihr habt noch keine Anstalten gemacht, gegen die Schwarzen oder wenigstens gegen den aufsässigen Schmied vorzugehen, der uns derart zugesetzt hat.« Anyas Stimme ist ruhig, als sie Cerryl, der ihr gegenüber am Tisch sitzt, fest in die Augen sieht.

»Was schlagt Ihr vor?« Cerryls Antwort klingt milde und entgegenkommend. Er blickt zum Turmfenster, das einen Spalt offen steht, und betrachtet die aus Holz geschnitzte und bemalte Rose. Ein frischer Wind weht herein.

»Ihr könnt doch so etwas nicht einfach durchgehen lassen.«

»Wir haben Diev geschleift, Stadt und Hafen existieren nicht mehr. Kleth ist dem Erdboden gleichgemacht, und Spidlaria ist uns gefügig. Wir haben ein halbes Dutzend weitere Schiffe eingesetzt, um die Handelsblockade von Recluce zu verstärken.« Der Erzmagier lächelt höflich. »Ihr meint also, man müßte noch mehr tun?«

»Ihr seid immer so makellos höflich und aufmerksam, Cerryl. Das ist eine Eurer besonderen Tugenden.«

»Ich bin sehr erleichtert, daß Ihr es so seht. Seid Ihr nun der Meinung, man sollte gegen das Südkap eine Strafexpedition ausrüsten? Vielleicht eine ganze Flotte, die die neue Stadt zusammenschießt?«

»Es ist angenehm, daß man Euch nicht alle Details in den Mund legen muß. Sterol war in mancher Hinsicht ein wenig schwer von Begriff.«

»Ich weiß«, antwortet Cerryl trocken. »Soll ich bei der nächsten Sitzung einen entsprechenden Vorschlag machen und Euch beauftragen – selbstverständlich unter meiner Führung –, einen geeigneten Plan auszuarbeiten?«

Anya beugt sich vor und berührt seine Wange. »Ihr seid so verständnisvoll, Cerryl. So verständnisvoll.«

CLXXIV

»Vorsicht ... Vorsicht«, ruft Tyrel.

Die *Schwarzer Hammer* bebt auf den geschmierten Klötzen und rutscht auf den mit Steinen gesicherten, schweren Balken ins graugrüne Wasser des Hafenbeckens. Dorrin wischt sich die kalten Wassertropfen aus dem Gesicht und versucht, nicht vor Spannung den Atem anzuhalten, als das Schiff langsam ins Meer gleitet. Die Schiffsschraube streift knapp an einer Unebenheit der Rampe vorbei. Er kann nur hoffen, daß Tyrel alles richtig berechnet hat und weder Ruder noch Antriebswelle verbogen werden.

»Sie ist schön«, meint Reisa, die mit Yarrl neben Dorrin steht. »Schön wie eine gut geschliffene Klinge.«

»Ein Handelsschiff ist sie ja nicht gerade«, wirft Liedral ein.

»Und fischen kann man mit ihr auch nicht. Wenn sie das Schiff sehen, bringen sich die Fische meilenweit in Sicherheit«, ergänzt Kyl lachend.

»Also gut.« Dorrin beobachtet, wie die *Schwarzer Hammer* ins Wasser gleitet. Hinter dem Heck sprüht Gischt hoch, und im ruhigen Wasser breiten sich kleine Wellen auf.

Vereinzelte Hochrufe von dem Dutzend Arbeitern, die auf der Pier stehen, begleiten den erfolgreichen Stapellauf.

Wieder wischt Dorrin sich die klamme Stirn trocken. Er geht zur Pier und überprüft, wie tief das Schiff im Wasser liegt. Als er feststellt, daß unter dem Schwarzen Eisen zwei Eichenplanken zu sehen sind, genau wie er es berechnet hat, muß er grinsen. Wenn die Verkleidung der Brücke und des Deckhauses angebracht ist und die Kohlen- und Wasserbunker gefüllt sind, wird das Schiff noch etwas tiefer im Wasser liegen.

Er blickt zum Heck und versucht abzuschätzen, ob die Schraube auf Grund läuft, aber dort wallt kein Schlamm auf, und auch keine Pflanzen sind vom Meeresgrund abgerissen worden. Auch die Aufhängung des Ruders hat sich nicht bewegt. Tyrel und Reisa haben gemurrt, als er darauf bestanden hat, den Hafen tiefer auszuheben als ursprünglich geplant, aber sie haben sich gefügt.

Styl hat das Tau am Bug des Schiffs bereits mit der Winde verbunden, die auf der Pier steht. Der Schiffbauer beginnt zu kurbeln, und die *Schwarzer Hammer* dreht sich, während sie dicht an die Pier gezogen wird. Tyrel steht bei den anderen drei Männern, die sich bereitmachen, das zweite Tau um den hinteren Poller zu legen und auch das Heck zu sichern.

Dorrin wartet, bis das Schiff an der Pier vertäut ist, dann klettert er an Bord, ohne auf die Laufplanke zu warten, steigt eilig die Leiter in den Maschinenraum hinunter und klettert durch die zweite Luke in den schmalen Raum, in dem die Antriebswelle untergebracht ist. Er zündet die Lampe an der Wand an, nimmt sie aus der Halterung, dringt tiefer ins Schiff ein und geht bis zum Heck, um die Dichtung des Durchbruchs zu untersuchen, wo die Antriebswelle durch den Rumpf sticht.

Nach allem, was er sehen kann, gibt es keine großen Lecks. Er blickt zur kleinen Lenzpumpe und der kleinen Dampfleitung, die sie speist. Dorrin grinst. Eine mit Hand betriebene Version, die Hegl fast allein herstellen konnte, wurde bereits an Korbow im Eisenwerk geliefert.

Dorrin hebt die Lampe und überprüft den Schiffsrumpf. Tyrel hat ihm gesagt, daß es höchstwahrscheinlich einige Lecks geben werde, aber im Augenblick kann Dorrin keines entdecken. Er klettert aus der Bilge heraus und geht wieder nach vorn zum Maschinenraum.

»Da seid Ihr ja.« Tyrel lugt von oben herunter.

»Die Welle sieht gut aus, und ich kann keine Lecks entdecken.«

»Wenn wir bis morgen keine finden, können wir von Glück reden. Keine Lecks zu finden, nachdem wir sie gerade erst zu Wasser gelassen haben, hat nicht viel zu bedeuten.«

Dorrin stimmt ihm zu, aber er will sich trotzdem jetzt schon gründlich umsehen. Er steigt wieder aufs Deck hinaus, wo Liedral, Reisa und Yarrl auf ihn warten.

»Das macht mir eine Gänsehaut«, gibt Yarrl zu.

»Was denn? Der Regen?« fragt Reisa mit leichtem Lächeln.

»Du weißt genau, was ich meine, Frau.«

Dorrin weiß es. Die *Schwarzer Hammer* ist ein solides, in der Ordnung begründetes Schiff, aber es strahlt die tödliche Kälte einer scharfen Klinge aus.

Liedral ist in den Bug gegangen und streicht mit den Fingern leicht über die Reling und die anderen Balken, die allesamt glatt und ohne unnötige Schnörkel gearbeitet sind.

Sie dreht sich um und streckt eine Hand aus. Er nimmt die Hand und tritt neben sie, und dann blicken sie nach Westen zum grauen Wasser des Kanals hinaus, zum schwarz-grünen Wasser des Golfs und zu den dicken, dunklen Wolken im Westen.

»Es wird einen Sturm geben«, meint Dorrin.

»Verglichen mit dem Sturm, den du hier geschaffen hast, kann es kaum mehr als ein laues Lüftchen sein.«

»Glaubst du, ich hätte sie lieber *Schwarzer Sturm* nennen sollen?«

»Nein. *Schwarzer Hammer* ist schon richtig. Du bist Schmied, vielleicht der größte, der je gelebt hat.«

Dorrin lacht humorlos. »Hegl und Yarrl wissen mehr über das Schmieden, als ich je lernen werde.«

»Du weißt, was ich meine. Yarrl hat dir erklärt, daß er versteht, was du machst. Aber er kann es erst sehen, wenn du es tust. Vielleicht hätte ich auch eher sagen sollen, du bist der beste Ingenieur, der je gelebt hat.«

»Und was bin ich damit? Ein Magier-Ingenieur?«

Liedral drückt seine Fingerspitzen. Sie stehen auf dem Deck und sehen zu, wie sich im Westen die Gewitterwolken zusammenballen, während die Helfer des Schiffbauers die letzten Eisenplatten an Bord hieven, die noch angebracht werden müssen. Dann fällt ein kalter Nieselregen, und draußen auf dem Golf von Candar bekommen die Wellen Schaumkronen.

CLXXV

»Oh, Geld habe ich eine ganze Menge bekommen.« Liedral öffnet die kleine Kiste auf dem Tisch im Schlafzimmer, den sie als Schreibtisch und Dorrin als Zeichentisch benutzt.

»Das würde ich auch sagen.« Er steht direkt hinter ihr und betrachtet den Haufen Silber- und Goldmünzen in der Kiste. Er drückt ihre Schultern. »Was war dann das Problem?«

»Sie wollten kaufen, aber nicht verkaufen. Ich konnte nicht die Seilerwaren für Tyrel bekommen, und auch kein bißchen Kupfer. Henshur meint, bisher hätte noch niemand Probleme gehabt, von den Nordlanern Kupfer zu bekommen.« Liedral schließt die Kiste.

»Ich habe dich vermißt.« Immer noch hinter ihr stehend, legt Dorrin ihr die Arme um die Hüfte und drückt seine Wange an ihr Gesicht.

»Ich habe dich auch vermißt.« Liedral dreht sich in seinen Armen zu ihm herum. Sie sucht seine Lippen, und sie küssen sich eine Weile.

»Essen ist fertig! Meister Dorrin, Meisterin Liedral, Essen ist fertig!« Frisas hohes Stimmchen dringt mühelos durch die geschlossene Tür.

Liedral löst sich etwas von ihm. »Ich weiß, daß es lange her ist, aber bitte ... bitte vertrau mir ...«

Er gibt ihr noch einen schnellen Kuß. »Das werde ich.« Er wischt sich eine Träne aus dem Auge, und sie streicht ihm über die Wange.

»Essen!«

Dorrin will etwas zur Antwort rufen, aber er muß sich räuspern, ehe er etwas sagen kann. »Wir kommen.«

»Noch nicht«, bemerkt Liedral trocken. »Aber es wird nicht mehr lange dauern.«

Dorrin errötet. Liedral glättet ihr Hemd und geht um Dorrin herum zur Tür.

Alle anderen außer Merga und Frisa sitzen schon am langen Küchentisch. Frisa trägt zwei Körbe frisch gebackenes Brot auf, einen an jedem Ende.

»Riecht gut«, meint Yarrl.

Dorrin setzt sich ans Kopfende, Liedral läßt sich zu seiner Linken auf der Bank nieder.

»Morgen werde ich Eure Dachsparren einsetzen, Reisa«, verkündet Pergun.

»Das wird aber auch Zeit«, meint Reisa. »Vielleicht schafft Ihr es ja sogar, vor Einbruch des Winters mit dem Dach fertig zu werden.«

»Das hängt leider von den Steinmetzen ab. Ich brauche noch mehr Schieferplatten zum Decken.«

Merga stellt einen großen Schmortopf auf den Tisch.

»Was ist das?«

»Fischeintopf.«

»Fisch, immer nur Fisch«, mault Vaos, der in der Mitte der Bank sitzt.

Insgeheim muß Dorrin ihm zustimmen.

»Fisch ist gut für dich«, fährt Rylla ihn an. »Das ist besser, als in Spidlar zu verhungern, wenn da nicht sogar noch Schlimmeres passiert wäre, du undankbarer Strolch.« Aber sie verdirbt sich die Wirkung ihrer Worte selbst, indem sie lächelt.

»Ich habe von den Bauern eine Fuhre Grünbeeren bekommen.« Merga hält die Kanne hoch. »Möchtet Ihr etwas, Meister Dorrin?«

»Gern.« Der Saft ist zwar bitter, aber Dorrin zieht ihn gegenüber dem Dünnbier oder dem Wasser, den einzigen Alternativen, vor. Er schöpft sich etwas Eintopf auf den Teller und bemerkt ein paar kleingeschnittene Stücke Fleisch, Seetang und Quilla-Wurzeln. Wenigstens ist es nahrhaft, und die Gewürze werden helfen, hofft er. Das Brot ist jedenfalls gut. Merga versteht es wirklich, leckeres Brot zu backen.

»Welches Haus kommt nach Yarrls an die Reihe?« fragt Rek.

»Ich würde sagen, Kadaras Haus. Rylla wird bei ihr wohnen, so wie ich es verstanden habe.« Pergun spricht mit vollem Mund, die Brotkrümel sprühen über den Tisch.

»Sprich nicht mit vollem Mund«, ermahnt Merga ihn, als sie sich neben ihn setzt.

»Jemand muß sich doch um das Kind kümmern, das sie im Leib trägt«, murmelt Rylla.

Kadara kichert. »Man sollte meinen, es wäre dein Enkelsohn, der da geboren wird.«

»Es wäre der einzige, den ich je gehabt hätte.«

»Aber so alt seid Ihr doch noch nicht«, widerspricht Vaos.

»Ich habe nie gesagt, ich wäre alt.« Rylla macht eine ausholende Geste. »Aber sind hier denn irgendwo noch andere Kinder unterwegs?«

Merga errötet und starrt angelegentlich den Tisch an. Petra hebt die Augenbrauen und schaut Dorrin und Liedral fragend an.

»Man kann nie wissen«, weicht Dorrin aus.

»Vielleicht belehrt ihr mich eines Besseren«, sagt die alte Heilerin, »aber da seine Mutter eine Kämpferin ist und ihre Familie am anderen Ende der Insel wohnt, braucht ihr Sohn hier eine Großmutter.« Rylla bricht sich ein Stück Brot ab und taucht es in den Eintopf auf ihrem Teller.

»Kann ich noch etwas Grünbeerensaft haben?« fragt Rek.

»Schling dein Essen nicht immer so schnell hinunter«, schimpft Reisa.

»Ich wünschte, wir hätten mal was anderes außer Fisch und Hammel.«

»Ich habe Birnapfelkuchen für später gebacken«, wirft Merga ein. »Aber davon wirst du nichts sehen, wenn du nicht deinen Eintopf ißt, mein Junge.«

»Meister Dorrin?« protestiert Rek. Er starrt hilflos den Berg Fisch auf seinem Teller an.

»Ich fürchte, ich muß Merga recht geben.«

»Du bist aber gemein«, neckt Liedral ihn.

Dorrin nimmt den Brotkorb und stellt fest, daß ihm nur noch der Kanten bleibt.

»Wann willst du mit deinem Schiff in See stechen, Meister Dorrin?« fragt Frisa. »Darf ich auf dem neuen Schiff mitfahren?«

»Nicht bei der ersten Fahrt, meine junge Dame.«

Auch Dorrin hat mit vollem Mund gesprochen. Er schluckt hastig, und Liedral wirft ihm einen scharfen Blick zu. »Ich denke, wir werden ungefähr in einem Achttag in den Golf hinausfahren.« Wenn das Getriebe funktioniert wie vorgesehen, wenn die Aufhängung der Antriebswelle nicht ins Schwingen gerät, wenn …

Er trinkt vom bitteren Grünbeerensaft und ißt einen Happen Fisch. Sein nächstes Schiff wird ein großes, mit Dampf getriebenes Handelsschiff sein. Er war einmal wohlhabend, aber was das Essen angeht, ist er es jetzt nicht mehr. Der frühere Zustand hat ihm besser gefallen.

»Du mußt deinen Eintopf essen«, wendet Rylla sich mahnend an Kadara.

Liedral verdreht die Augen, und Dorrin wartet auf den Birnapfelkuchen.

CLXXVI

An der breiten Steinpier liegt ein kleiner Schoner mit anscheinend gerefften Segeln. Vom Hauptdeck ragt ein kleines Rohr empor. Daneben liegt ein kleines Fischerboot mit zwei Masten und wieder daneben ein pechschwarzes Schiff ohne jegliche Masten. Hinter dem Deckhaus mit den schrägen Wänden erhebt sich ein oben offener Zylinder. Der Rumpf ist elegant geschwungen. Arbeiter befestigen schwarze Metallplatten auf der Rückseite des Deckhauses.

Die drei Weißen Magier betrachten die Szene im Spiegel.

»Bei der Dunkelheit, was ist das?« fragt Fydel.

»Wollen wir es wirklich herausfinden?« gibt Cerryl ironisch zurück.

»Cerryl, mein Lieber, Ihr seid immer so vorsichtig.

Aber schaut Euch den Hügel an. Dort hinter den Häusern stehen Zelte. Offensichtlich ist die Siedlung noch im Entstehen begriffen.«

Fydel hebt die Augenbrauen. »Die Steinbauten kommen mir recht dauerhaft vor, Anya.«

»Ihr ... ihr Männer! Falls ihr euch überhaupt so nennen dürft. Wir müssen diese Entwicklung aufhalten, ehe der Schwarze Rat sich voll hinter ... hinter diesen aufsässigen Menschen stellt. Im Augenblick hat er nur zwei kleine Schiffe, ein Fischerboot und ein paar Häuser. Wenn wir noch länger warten, wird es viel schwieriger werden.«

»Anya, die Südflotte sammelt sich bereits in der Nordbucht. Je nach Windverhältnissen wird sie innerhalb der nächsten beiden Achttage bereit sein – genau wie wir es geplant haben.« Cerryl schenkt der rothaarigen Frau ein gewinnendes Lächeln. »Was sonst sollten wir Eurer Meinung nach tun?«

»Ihr seid zu entgegenkommend, Cerryl.« Anyas Stimme klingt weich. »Ich weiß Eure Verbindlichkeit durchaus zu schätzen. Ich vertraue darauf, daß die Flotte sich wie geplant in Bewegung setzen und genügend Truppen befördern wird, um diese Schwarze Siedlung dem Erdboden gleichzumachen.«

»Ihr möchtet den Schwarzen gern beweisen, daß wir sie selbst auf ihrer geliebten Insel besiegen können, nicht wahr?«

»Es käme uns jedenfalls sehr gelegen, oder nicht?« erwidert die rothaarige Magierin.

»Wenn Ihr es so seht, will ich mich gern Eurer Weisheit beugen.« Cerryl neigt den Kopf. »Ich werde dafür sorgen, daß die Flotte sich in Bewegung setzt, wie Ihr es geplant habt.«

»Danke.« Anya weicht etwas zurück und neigt auch ihrerseits den Kopf. »Mit Eurer Erlaubnis, edelster Erzmagier?«

»Natürlich.« Cerryl nickt noch einmal und sieht ihr nach, als sie geht.

Fydel wartet mit unbewegtem Gesicht, bis sie die Tür hinter sich geschlossen hat. »Ihr seid zu streng mit ihr, Cerryl. Mit Hilfe ihrer Gönner könnte sie Euch schon morgen den Kopf abschlagen lassen.«

»Mag sein. Aber würdet Ihr meinen Posten haben wollen?«

Fydel schüttelt den Kopf.

CLXXVII

Das klare Morgenlicht des Frühwinters strömt über den Hafen, und Dampf scheint vom Wasser aufzusteigen. Auf dem Hügel oberhalb des Hafens schmilzt der weiße Reif auf den Dächern der Häuser. Hufe klappern über die Verlängerung der Hohen Straße, die inzwischen bis zu den schwarzen Steinen der Anlegestelle reicht.

Nachdem er eine Weile die schlanke *Schwarzer Hammer* betrachtet hat, dreht Dorrin sich wieder um. Im Vergleich zur *Schwarzer Diamant* ist sein zweites Schiff länger und schmaler, liegt aber tiefer im Wasser. Die *Schwarzer Hammer* sieht zudem nicht nur schwarz aus, sondern mit ihrem Eisen und dem Lorkenholz ist sie durch und durch Schwarz und fühlt sich auch so an.

Der Ingenieur sieht zu, wie der Postwagen am kleinen Gebäude vorbeirumpelt, das Reisa als Büro dient, seit sie den Posten des Hafenmeisters übernommen hat. Reisa beharrt zwar darauf, daß sie nur eine kriegsversehrte Veteranin sei, aber Dorrin weiß es besser, denn er konnte beobachten, wie sie eine sumpfige Bucht in einen richtigen, wenn auch kleinen Hafen verwandelt hat. Inzwischen hat sie sogar schon damit begonnen, die Wellenbrecher zu verlängern, damit der Hafen auch bei stürmischer See sicher angelaufen werden kann.

Dorrin runzelt einen Moment die Stirn. Normalerweise hält der Postwagen immer an, um bei der Hafenmeisterei Briefe abzuliefern. Er wartet, bis der Wagen herankommt. Die Tür geht auf, und drei Fahrgäste steigen aus – Oran, Ellna und Videlt.

Er verneigt sich. »Ich hätte noch nicht mit Euch gerechnet.«

»Wir hatten auch nicht die Absicht, jetzt schon zu kommen.« Ellnas normalerweise angenehme Stimme klingt heiser. »Aber wir dachten, wir sehen uns an, was Ihr für Fortschritte macht.«

»Das dort sind unsere Fortschritte.« Dorrin deutet zur *Schwarzer Diamant.*

»Offengestanden«, bemerkt der vierschrötige Videlt, »beeindrucken mich die Gebäude, der Hafen und die ganze Organisation mehr als ein einziges Schiff.«

Dorrin ist der gleichen Ansicht, aber er zieht es vor, die Ratsmitglieder ohne sein Zutun die richtigen Schlüsse ziehen zu lassen. »Aber da Ihr schon einmal hier seid, wollt Ihr Euch vielleicht auch das Schiff ansehen?«

»Das werden wir.« Oran scheint etwas verstimmt. »Zeigst du es uns?«

»Das Schiff ist nicht viel größer als das zweite. Ist es wirklich soviel besser?« will Videlt wissen.

»Es ist ein Kriegsschiff«, bemerkt Dorrin mit belegter Stimme, während er sie die Laufplanke hinauf führt. »Hier gibt es nichts, was leicht entflammbar wäre.«

»Könnten wir auch die Maschine sehen?«

Dorrin führt sie zum Maschinenraum. Er klettert als erster die Leiter hinunter. »Dies hier ist die Feuerbüchse. Dort aus den Behältern wird die Kohle hier herein geschaufelt ...«

Die drei Ratsmitglieder hören schweigend zu, während er die Dampferzeugung, den Dampffluß, die wechselseitige Arbeitsweise der beiden Zylinder und das Getriebe erklärt, das die Maschine mit Antriebswelle und Schraube verbindet.

»Kein Chaos ... jedenfalls nicht jetzt«, murmelt Videlt.

»Ihr werdet hier keine Spur von Chaos finden.« Dorrin sieht, wie sein Vater erbleicht. Er weiß, wie sehr Oran bemüht ist, auf eine Spur des weißroten Chaos zu stoßen.

Oran blinzelt und richtet sich auf. »Hast du dein Schiff schon auf See ausprobiert?«

»Zweimal. Es ist schneller als Kyls Fischerboot. Besonders bei rauher See oder bei leichtem Wind.« Dorrin nickt zur Leiter hin, dann folgt er den drei Besuchern wieder aufs Deck.

Ellna berührt die Abdeckung der Brücke. »Habt Ihr das ganze Schwarze Eisen geschmiedet?«

»Nein. Yarrl und einige andere haben mir geholfen.«

»Aber Ihr habt es geschmiedet, soweit es die Dreingabe von Ordnung betrifft.«

»Wenn man es so ausdrücken will, dann stimmt es wohl. Aber allein hätte ich es sicher nicht geschafft.«

»Eine sehr lobenswerte Bescheidenheit«, bemerkt Videlt.

Dorrin folgt den dreien am Schornstein vorbei zum Heck, wo Videlt ins graugrüne Hafenwasser starrt.

»Kein großes Ruder.«

»Wenn es hinter der Schraube sitzt, muß es nicht sehr groß sein. Die Strömung des Wassers verstärkt die Wirkung.«

»Es scheint ein sehr solides Schiff zu sein, Dorrin«, lenkt Oran ein.

»Wir hoffen es.«

»Wir haben nicht sehr viel Zeit, und ich würde mir gern noch einige Gebäude ansehen. Was ist das lange Gebäude dort?« fragt Ellna.

»Das ist Liedrals Lagerhaus, wo wir unsere Handelswaren aufbewahren. Sie hat dort auch ein Büro. Oder besser, sie wird sich dort einrichten, sobald wir die Möbel hergestellt haben.«

»Ist das Lager voll?«

Dorrin muß lachen. »Schwerlich. Es ist fast leer, aber sie glaubt, daß wir es im Laufe des kommenden Jahres brauchen werden.«

Die drei Ratsmitglieder wechseln einen Blick.

»Dorrin«, beginnt Ellna. »Vielleicht habt Ihr nicht einmal mehr ein Jahr.«

»Greifen die Weißen an?«

»Woher wußtet Ihr es?«

Der Ingenieur zuckt mit den Achseln. »Sicher war ich nicht, aber ich hatte das Gefühl, daß sie eines Tages kommen würden. Deshalb habe ich so sehr darauf gedrängt, zuerst die *Schwarzer Hammer* zu vollenden. Und deshalb haben wir noch keine Möbel, essen Fisch und Quilla und zähen Hammel. Mein gesamtes Geld ist für Eisen, Holz und Zubehör draufgegangen.«

Er wendet sich wieder zur Laufplanke und bleibt dicht davor stehen, um noch einmal das Schiff zu überblicken. Stiefel poltern auf der mit Ordnung verstärkten Schwarzeiche des Decks.

Styl und zwei Helfer, die von irgendwoher neu dazugekommen sind, blicken vom Dach des Deckhauses schweigend zu ihnen hinunter. Als die Ratsmitglieder gerade in die andere Richtung schauen, ballt Styl die Faust und reckt sie triumphierend hoch.

Dorrin hat Mühe, sein Grinsen zu unterdrücken, während er zur Pier hinuntergeht. Nachdem die hohen Gäste sich zu ihm gesellt haben, fragt er: »Was wollt Ihr als nächstes sehen?«

»Wollt Ihr denn nichts über die Weißen erfahren?« fragt Ellna neugierig.

»Magistra, wenn Ihr es mir sagen wollt, so werdet Ihr es mir sagen. Wenn nicht, kann ich Euch nicht zwingen.«

»Wie Creslin ...«, murmelt Videlt.

Dorrin wartet.

»Die Weiße Flotte hat sich vor Lydiar in der Großen

Nordbucht versammelt. Wir rechnen damit, daß die Schiffe im Laufe des nächsten Achttages die Segel setzen.« Ellna räuspert sich.

»Und wie wollt Ihr Recluce nun verteidigen?« fragt Dorrin.

»Wie wir es immer getan haben. Sie müssen landen, und wir glauben nicht, daß sie dies irgendwo in der Nähe von Landende erfolgreich tun können.«

»Und auf See?« fragt Dorrin weiter.

Videlt schaltet sich ein. »Wir haben nicht viel aufzubieten. Wir besitzen eher wenige Schiffe, und nur zwei sind so nahe, daß sie Recluce binnen einiger Tage erreichen können. Wir müssen jetzt jedem Handelsschiff zwei Begleitschiffe mitgeben, und wir haben weder Kupfer noch Zinn auf Recluce. Übrigens auch kein Kobalt für die Glasbläsereien und …«

»Also sind wir ganz auf uns gestellt?«

»Wie würdest du es denn anfangen, wenn es gälte, eine Weiße Streitmacht aufzuhalten?« fragt Oran.

»Ich würde es zunächst auf dem Meer versuchen.«

»Womit? Ich habe an deinem Schiff keinen Rammsporn gesehen, und ein einzelnes Schiff kann nicht sehr viele Soldaten befördern.«

»Wir haben eine kleine Entertruppe und ein paar Raketen aus Schwarzem Stahl.«

»Raketen? Diese Feuerröhren?« Videlt runzelt die Stirn.

Dorrin nickt.

»Barbarische Waffen.«

»Nicht barbarischer als die Feuerkugeln der Weißen Magier.«

»Einige von ihnen sind in der Lage, Schiffsrümpfe zu durchschlagen«, ergänzt Dorrin.

Ellna zuckt zusammen.

»Ich bin auch nicht erfreut, Magistra, aber wenn wir schon kämpfen müssen, so müssen wir uns auch Mühe geben zu siegen.« Dorrin fragt sich, ob es ihm irgendwann einmal erspart bleiben wird, beunruhigende Informationen weiterzugeben. Ob bereits die bloße Existenz seines Schiffes die Weißen Magier zurückhalten wird? Er bezweifelt es. Kann sein Schiff eine ganze Flotte aufhalten? Nicht ohne eine größere Zahl an Raketen ... und mit sehr viel Glück. Es sei denn, man kann die Weißen überzeugen, es sich anders zu überlegen.

»Wir werden diese Entscheidungen Euch überlassen«, sagt Videlt glatt. Er streicht sich das lange braune Haar aus der Stirn. »Ich für meinen Teil würde mich jetzt gern ein wenig auf eigene Faust in Eurer ... in Eurer Stadt umsehen.«

»Wie Ihr wünscht.«

Ellna blickt zu Videlt, dann zu Oran. »Wir treffen uns kurz vor dem Mittagessen bei der Hafenmeisterei, damit wir die Postkutsche nicht verpassen.« Sie dreht sich um und geht zum leeren Lagerhaus.

Videlt wandert an der Hafenmauer entlang, als wolle er von Osten aus den ganzen Ort umkreisen. Dorrin und Oran bleiben allein auf der Pier zurück.

Nach längerem Schweigen fragt Oran: »Wie willst du deine Stadt nennen?«

»Wir haben noch nicht darüber gesprochen. Bis jetzt nennen wir die Gegend einfach das Südkap.«

»Das ist freilich der Name für die ganze Südspitze der Insel.«

»Hast du einen Vorschlag?« fragt Dorrin.

»Wie wäre es mit Nylan? Nach Rybas erstem Schmied?«

»Warum nicht ... aber ich würde gern noch die anderen fragen, vor allem Yarrl, Liedral und Reisa. Einen Namen für diesen Ort zu finden war in der letzten Zeit wirklich nicht unser größtes Problem.«

»Ich weiß. Kyl erzählte, du hättest dein Schiff schon zur Hälfte gebaut, ehe du dazu kamst, dir dafür einen Namen zu überlegen.«

»Ich war wohl eher an den Ergebnissen als am Namen interessiert.«

»Auch das ist mir klar.« Orans Stimme klingt nicht mehr so scharf und verbittert wie zuvor. »Laß uns zu deinem Haus gehen. Erzähle mir von der Stadt und den Menschen hier.«

Als die beiden Männer in den Ort zurückgehen, kommen sie an Reisas Hafenmeisterei vorbei.

»Hier wäre Reisas Büro, sie ist die Hafenmeisterin. Sie stammt aus Südwind und war früher Schwertkämpferin ...«

»Die einhändige Frau?«

»Ja. Sie hat unsere Soldaten ausgebildet.«

»Habt ihr denn bewaffnete Kämpfer?«

»Nicht viele. Bisher ungefähr zwei Trupps. Reisa leitet den einen, Kadara den anderen. Oder vielmehr, sie hatte die Leitung und wird sie später wieder übernehmen.«

Sie laufen jetzt in Richtung zweier weiterer Gebäude, die gegenüber der Waffenkammer und dem Übungsgelände stehen.

»Das dort ist Yordas Haus. Er ist Küfer und Korbmacher. Ich glaube, er ist aus dem Norden von Feyn gekommen. Jenes dort«, Dorrin deutet auf das andere Haus, »gehört Alerik. Er handelt mit Wolle. Ich habe ihn gefragt, warum er ausgerechnet hier eine Niederlassung eröffnen will, wo doch die meisten Schäfer und Züchter am anderen Ende der Insel sitzen. Er sagte, er wolle dort sein, wo der Handel florieren werde.« Der junge Mann lacht. »Er hat in Landende natürlich auch eine große Niederlassung.«

Dann gehen sie an einem kleinen Haus vorbei, dessen Dach gerade gedeckt wird. Pergun, der den Arbeitern Anweisungen erteilt hat, hält inne und winkt, dann vertieft er sich wieder in die Arbeit.

»Das ist Pergun. In Diev hat er als Handlanger in einer Sägemühle gearbeitet. Er hat die meisten Gebäude hier errichtet, nachdem er mir schon in Diev geholfen hat, mein Haus zu bauen.«

Oran sieht zu, wie der von einem Pferd betriebene Kran einen Balken hebt und in die mit Steinen eingefaßten Löcher versenkt. »Ich kann mich nicht erinnern, so etwas schon einmal gesehen zu haben.«

»Ich habe es mir in Diev ausgedacht, weil ich kaum Geld für Helfer hatte.«

Weiter bergauf bleiben sie wieder an einem bescheidenen Haus stehen, vor dem die Erde umgegraben ist. Im Schatten sind noch Spuren von Reif zu sehen. Das Grundstück ist mit sauberen Steinen eingefriedet, und ein gepflasterter Gehweg führt zur schmalen vorderen Veranda. Die Fenster an der Stirnseite sind mit Läden gesichert, weil noch keine Scheiben eingesetzt sind, die seitlichen Fenster sind bereits verglast, und dort sind die Läden geöffnet. Aus dem Schornstein kräuselt sich ein dünner Rauchfaden.

»Das ist Kadaras Haus. Rylla, die alte Heilerin, wohnt bei ihr. Unser Essen nehmen wir normalerweise alle zusammen ein. Auf diese Weise haben die Leute mehr Zeit, sich um andere Dinge zu kümmern.«

Als sie den Hügel zur Hälfte hinaufgestiegen sind, dreht sich der Luft-Magier um und blickt zum kalten, grünen Ostmeer hinaus. »Von hier aus hat man eine gute Aussicht.«

»Ja.« Dorrin wünscht sich nur, sie hätten mehr Zeit, sie zu genießen.

Die beiden gehen zu Dorrins Haus und dann zur Tür der Schmiede. Geräusche von Hammerschlägen und das Surren des Schleifsteins dringen zu ihnen in die kühle Luft hinaus.

Dorrin winkt einladend, und Oran tritt ein. Yarrl ist am großen Amboß anscheinend mit Wagenbeschlägen oder Eisenbändern beschäftigt. Vaos steht am kleinen Amboß und macht Nägel. Er nickt Dorrin zu, ohne die Arbeit zu unterbrechen.

Rek pendelt zwischen Blasebalg und dem Schleifstein hin und her, wo er die Zähne eines Sägeblatts nacharbeitet.

Dorrin wartet, bis Oran zufrieden nickt, dann treten sie wieder ins kalte Sonnenlicht draußen vor der Schmiede. Auf der leeren Veranda bleiben sie stehen. Die dünne Rauchfahne, die aus dem Schornstein über der Küche steigt, verrät Dorrin, daß Merga Brot backt. Bei den vielen hungrigen Mäulern, denkt Dorrin, ist Merga fast jeden Tag mit Backen beschäftigt.

»Du hast hier wirklich viel erreicht.« Oran sieht seinen Sohn an. »Die Kutsche wartet schon, und ich muß jetzt gehen. Gib auf dich acht, Dorrin.« Der große Mann dreht sich um und eilt den Hügel hinunter.

Dorrin sieht ihm nach. Er spürt, daß Liedral hinter ihm auf die Veranda getreten ist.

»Was wollten sie? Sind sie nur gekommen, um uns Steine in den Weg zu legen?«

Dorrin geht wieder die Treppe hinauf und nimmt sie in die Arme. »Nein. Sie sind gekommen, um uns zu warnen. Die Weißen senden eine Flotte gegen uns aus. Der Rat glaubt, daß die Schiffe die Große Nordbucht in den nächsten paar Tagen verlassen werden.«

»Wollen sie uns helfen?« Liedral befreit sich aus seiner Umarmung.

»Das können sie nicht.« Dorrin schnaubt aufgebracht. »Alle bis auf zwei ihrer Schiffe sind damit beschäftigt, die Waren herzuschaffen, die niemand mehr freiwillig bringen will.«

»Zwei Schiffe nur? Mehr nicht?«

»Ich glaube, Recluce hat, seit ich mich erinnern kann, nie mehr als ein Dutzend Schiffe gehabt. Wer hätte ihnen auch Schwierigkeiten machen sollen? Wer würde nicht gern ihr Gold nehmen oder die benötigten Waren oder Gewürze kaufen?«

»Das ist dumm.« Liedral blickt nach Westen auf die Wellen im Golf, die in der Sonne funkeln. »Was hast du jetzt vor? Nein, sag's mir nicht. Du willst den Helden spielen.«

»Bleibt mir denn etwas anderes übrig?«

»Nein.« Sie nimmt seine Hand. »Was willst du als nächstes tun?«

»Ich muß noch mehr Raketen bauen und dich und Rylla bitten, die einzelnen Bestandteile des Pulvers zu beschaffen. Ich muß dafür sorgen, daß unsere Entermannschaft genügend Schilde aus Schwarzem Eisen hat. Was soll ich sonst machen?«

»Ich rede mit Reisa. Rylla muß bei Kadara bleiben. Die Geburt wird nicht leicht sein, obwohl du ihr schon sehr geholfen hast. Rylla meint, es könnte jeden Augenblick soweit sein.« Sie küßt ihn leicht. »Dann mach dich mal an die Arbeit.«

Ja, das sollte er. Er erwidert den Kuß, zieht ihn etwas in die Länge, bevor er sie wieder losläßt, und atmet tief durch.

»Ich werde Schwefel und Salpeter sammeln ... und was ich sonst noch so auftreiben kann. Die Bauern nördlich von hier sagen, sie hätten vielleicht etwas für uns, und ein paar Reste sind auch noch im großen Lagerhaus.« Sie geht zum Schuppen am Ende des Hauses, der vorübergehend als Stall dient.

Dorrin wendet sich wieder zur Schmiede. »Vaos!«

»Ja, Ser?«

»Wir müssen Überstunden machen. Fast einen Achttag lang.« Dorrin betrachtet die gelagerten Metallplatten. Wahrscheinlich, schätzt er, hat er mehr Metall als Pulver.

CLXXVIII

»Ihr werdet die Flotte befehligen, Fydel.« Anya lächelt gewinnend.

Der Magier mit dem eckig gestutzten Bart sieht stirnrunzelnd zwischen dem Erzmagier und Anya hin und her. »Ich soll gegen dieses Dämonenschiff kämpfen?«

»Es ist nur ein einziges Schiff, und Ihr bekommt ein

Dutzend gut bewaffnete Kriegsschiffe. Außerdem müßt Ihr nicht einmal landen. Strengt Euch einfach etwas an und nehmt die Stadt unter Beschuß.«

»Was ist … was passiert … wenn er uns angreift?«

»Dann versenkt Ihr sein Schiff«, erwidert Cerryl ruhig. »Ich erinnere mich noch gut, wie Ihr dem Rat erklärt habt, dies sei möglich, wenn Ihr das Kommando übernehmt. Ihr seid jetzt der verantwortliche Magier.«

»Schön. Aber ich brauche etwas Hilfe.«

»Sucht Euch aus, wen Ihr braucht.«

Fydel schürzt die Lippen, dann neigt er den Kopf. »Mit Eurer Erlaubnis?«

»Natürlich.«

Nachdem Fydel gegangen ist und die Tür hinter sich geschlossen hat, reibt Cerryl sich die Stirn und blickt durchs Fenster zum Regen hinaus, der auf Fairhaven niederprasselt. »Der verdammte Regen macht mir immer Kopfschmerzen.«

Die rothaarige Frau setzt sich mit übergeschlagenen Beinen an den Tisch. Der kreisrunde Spiegel, der auf dem weißen Eichenholz liegt, ist leer. Sie lächelt.

»Im Grunde ist es Euch egal, ob wir siegen, nicht wahr?« fragt Cerryl.

»Wie kommt Ihr denn auf diese Idee?«

»Jeder, der Euch unterstützt, hat einen Posten in der Flotte bekommen. Das ist wie ein Abschnitt aus Hartors Buch.«

»Ihr habt eine Menge geschichtlicher Werke gelesen. Das spricht sehr für Euch.«

Der Erzmagier nestelt am Amulett herum, das einst von einem Erzmagier namens Hartor und dann von Sterol getragen wurde. »Wenn sie siegen, stehen sie in Eurer Schuld …«

»In Eurer Schuld, Erzmagier.«

»Wie rücksichtsvoll von Euch.« Cerryl verneigt sich vor Anya. »Seid so gut und hört mir zu. Wenigstens das seid Ihr mir schuldig.«

Anya lächelt leicht, doch das Lächeln erreicht nicht ihre Augen.

»Wenn wir diesen Schwarzen Erbauer von magischen Schiffen irgendwie vernichten oder demütigen können, werden all Eure Unterstützer in Eurer Schuld stehen. Wenn dieser unbekannte Schwarze sich aber als einer erweist, der beispielsweise Creslin ebenbürtig ist, wird niemand übrigbleiben, der Euch herausfordern könnte. Und«, fügt Cerryl bitter hinzu, »mindestens ein Jahrzehnt lang wird niemand mehr diesen Posten haben wollen. Jedenfalls bis die Erinnerungen an die Niederlage aus dem Gedächtnis schwinden. Ihr seid wirklich sehr klug, meine liebe Anya.« Er hält inne. »Wenn sie aber andererseits scheitern und dennoch zurückkehren, werden sie den gleichen Weg gehen wie Sterol.«

»Warum habt Ihr dann meinen Vorschlag angenommen?« fragt Anya.

»Warum denn nicht? Das Leben ist ein Glücksspiel. Außerdem nehme ich wie Sterol an, daß ein Angriff auf Recluce nur in den Untergang führen kann.«

»Ihr räumt dies ein und sendet trotzdem die Flotte aus?«

»Ich könnte mich ja irren«, gibt Cerryl lächelnd zurück.

»Das könntet Ihr.« Anya erwidert das Lächeln, steht auf und nähert sich ihm mit halb geöffneten Lippen.

CLXXIX

Hammer und Amboß scheinen im Licht der Lampe zu verschwimmen. Dorrin hängt den Hammer ans Werkzeugbrett und legt das gekrümmte Blech, aus dem die Hülle einer Rakete entstehen soll, auf die Ziegelsteine neben dem Schmiedefeuer. Er reibt sich die Stirn.

»Alles in Ordnung, Meister Dorrin?«

»Ich bin nur müde. Kannst du noch fegen und die Kohlen abdecken?«

»Ja, Ser.«

Dorrin schlurft zu der gemauerten Dusche, die jener, mit der er aufwuchs, so ähnlich wie möglich ist. Die Maurer haben dies für ihn erledigt, er hat nur den Duschkopf und die Ventile geliefert.

Nachdem er sich vergewissert hat, daß im abgedeckten Fach in der Wand ein Handtuch liegt, zieht er sich aus und runzelt die Stirn über seinen eigenen Gestank. Er dreht das Wasser auf.

»Oooh …« Das Wasser ist nicht lauwarm und nicht einmal kühl, es ist eiskalt. Sobald er naß ist, stellt er es wieder ab und seift sich mit der Seife ein, die Liedral von ihrer letzten Fahrt nach Landende mitgebracht hat. Dann spült er sich schaudernd ab. Er muß die Prozedur noch einmal wiederholen, ehe er sich sauber fühlt.

Nachdem er sich abgetrocknet hat, wickelt er sich das Handtuch um die Hüften und geht über den hinteren Flur, die Kleider in der Hand haltend, auf Zehenspitzen ins Schlafzimmer.

»Wie geht es dir?« Liedral liest sein Manuskript. Sie hat den Tisch und die Lampe dicht neben das Bett gezogen und sich fast bis zum Hals zugedeckt.

»Kalt ist mir … und müde bin ich.« Er stopft die Kleider in der Ecke in ein Regal. Sie müssen gewaschen werden, aber darum wird er sich später kümmern. Im Schrank findet er nach einigem Herumkramen noch eine Garnitur frische Unterwäsche.

»Ich kann gar nicht glauben, wie gut du das durchdacht hast«, sagt Liedral. Sie legt das Buch in die Holzkiste zurück.

Dorrin sieht, daß ihre Schultern nackt sind, und wendet sich ab. »Ich dachte, du hättest es schon gelesen, als du es mit Petra kopiert hast.«

»Ich habe nur gelesen, was ich kopiert habe, aber ich habe keine Zeit gehabt, über den Inhalt nachzudenken.«

Er schlüpft neben ihr ins Bett. Die Laken und die Decke sind kühl, aber lange nicht so kalt wie die Luft oder die Dusche.

»Du riechst sauber.«

»Hmm …« Erst jetzt, als er liegt, bemerkt Dorrin, wie müde er wirklich ist.

»Müde?«

»Ja. Ich habe die Gehäuse für zwei weitere schwere Raketen gemacht.«

»Wann willst du mit der *Schwarzer Hammer* hinausfahren?«

»Ich glaube morgen. Vielleicht übermorgen. Jedenfalls nicht, bevor sie in Sichtweite sind. Es ist sinnlos, Zeit oder Kohle zu verschwenden.« Er legt sich bequemer hin.

»Ich brauche etwas …«

Er dreht sich halb zu ihr herum.

»Halt mich fest … bitte.« Sie läßt sich von ihm in die Arme nehmen. Sie trägt kein Nachthemd, und ihre Haut ist warm.

»Glaubst du … ist das auch klug? Ich meine …« Er will sie, doch er macht sich Sorgen, er macht sich Gedanken … werden die Erinnerungen wieder auftauchen?

»Sehr klug … und fast zu spät …« Sie langt nach seinem feuchten Haar und zieht sein Gesicht zu sich.

Nicht lange, und ihre Hände wandern nach unten. Ihre Lippen wärmen die seinen, dann streichelt sie seine Wangen und küßt die Tränen weg, die ihm aus den Augen strömen, während er ihren Rücken streichelt und die weiche Haut ihrer Schenkel berührt.

Sie rücken dichter aneinander, behutsam und warm.

Die Lampe flackert in einem schwachen Luftzug. Das oberste Blatt in der Holzkiste flattert.

Als sie sich voneinander lösen, knabbert sie an seinem linken Ohr. »Ich habe dich vermißt.«

»Bei der Dunkelheit … ich habe dich auch vermißt. Ich liebe dich.«

»Du kannst mich weiter halten ... bitte.« Sie nimmt ihn wieder in die Arme und küßt ihn auf den Mund.

Dorrin hält sie fest und fragt sich, was sich nach so langer Zeit auf einmal verändert hat. Er nimmt ihren Duft in sich auf, spürt das weiche, feine Haar und haucht ihr einen Kuß auf die Wange, bevor ihre Lippen sich wieder finden.

CLXXX

Der Wagen fährt gegenüber der *Schwarzer Diamant* holpernd über die Pier, bis Dorrin auf die Steine springt, die Bremsklötze holt und die Eisenräder blockiert.

Er legt die hintere Klappe um. In der wuchtigen Kiste liegt ein weiteres Dutzend Raketen – die schwere Sorte, wie Dorrin sie bei sich nennt, die in der Lage ist, einen Schiffsrumpf zu durchschlagen.

Kyl kommt als erster zum Wagen. »Noch mehr Raketen?«

»Die schwere Sorte.«

Jetzt kommt auch Tyrel. »Am Horizont ist ein Segel aufgetaucht.«

»Wissen wir, wem das Schiff gehört?«

»Noch nicht.«

Dorrin reibt sich die Stirn. Schon beim bloßen Gedanken, daß er die verdammten Raketen benutzen wird, bekommt er Kopfschmerzen. »Also gut. Zündet ein kleines Feuer in der Feuerbüchse an. Gerade genug, damit wir ständig etwas Dampfdruck haben.«

Tyrel nickt. »Kommt Yarrl auch mit?«

»Nein. Wenn etwas passiert, soll noch einer da sein, der ein zweites Schiff bauen kann.«

»Das ist vernünftig.« Der Schiffbauer und Kapitän

der *Schwarzer Hammer* runzelt die Stirn. »Ich hoffe doch, Ihr habt trotzdem nicht die Absicht zu verlieren?«

»Sicher nicht.«

Als er auf dem Stein Hufe klappern hört, schaut Dorrin auf. Liedral kommt zur Pier geritten und führt Basla am Zügel. Im Lanzenköcher steckt Dorrins Schwarzer Stab.

»Rylla braucht dich.«

»Aber …« Kyl scheint verwirrt.

»Kadara?«

Liedral nickt.

»Wenn es die Weiße Flotte ist und wenn die Schiffe bis auf … sagen wir zehn Meilen heran sind, dann gebt Signal mit der Dampfpfeife.« Dorrin sieht Tyrel an. »Mit Basla kann ich schnell wieder hier sein. Kyl, du weißt, wo die Raketen hinkommen. Ich verlasse mich auf dich.« Noch während er spricht, steigt Dorrin auf. Er sieht Liedral an. Ihre Augen sind gerötet. Er drückt ihre Hand, aber er muß sie sofort wieder loslassen, als sie ihren Braunen herumzieht und wieder bergauf reitet.

Vor dem kleinen Haus gibt es keinen Pfosten, an den sie die Pferde binden könnten. So macht Dorrin Basla an dem Balken fest, der auf der linken Seite der Verandatreppe das Geländer stützt. Liedral bindet ihr Pferd rechts an.

Merga ist schon in der kleinen Küche. Zwei große Töpfe mit siedendem Wasser stehen auf dem kleinen, kantigen Ofen, den Yarrl geschmiedet hat. Auf der Anrichte steht ein Behälter mit Astra.

Dorrin kippt das Astra in eine Schale. »Merga, könntest du das Astra so fein zerstoßen, wie es geht? Nimm einen sauberen Löffel oder so.«

»Ja, Ser.«

Dorrin folgt Liedral ins Schlafzimmer.

»Oh … oooooh …« Kadara stöhnt leise.

Rylla schaut auf. »Ich bin gleich wieder bei dir, meine Liebe.« Sie winkt Liedral, sich neben der werdenden Mutter auf einen Hocker zu setzen.

»Ich bleibe bei dir«, verspricht Liedral ihr.

Rylla schließt die Schlafzimmertür und geht mit Dorrin ein Stück den Flur hinunter. »Ich weiß nicht … das Baby ist zu groß, und die Nabelschnur liegt nicht richtig.«

»Soll ich es versuchen?«

»Natürlich. Oder meinst du, ich habe dich nur holen lassen, damit du herumstehst und gaffst?«

»Du bist so freundlich wie eh und je.« Dorrins Lächeln verschwindet aber sofort, als er die Tür wieder öffnet und neben das Bett tritt.

»… du das, Brede?«

»Ich bin's, Dorrin. Ich will dir helfen.« Er streicht mit den Fingern leicht über den gespannten Bauch und wartet auf die nächste Wehe.

»Dorrin … das tut weh … tut mehr weh als die Verletzung in Kleth … bei der Dunkelheit, tut das weh …«

Rylla hat recht. Er wischt sich mit dem Ärmel die Stirn ab und wünscht, er hätte mehr Erfahrung oder seine Mutter wäre in der Nähe. Aber Wünsche helfen ihm nicht weiter, und so konzentriert er sich, zuerst auf das Kind und die Nabelschnur, die es ernährt. Er flößt ihm Stärke und Ordnung ein und versucht, den Geburtskanal irgendwie zu erweitern und zu lockern.

Rylla nickt, als hätte sie verstanden, was er tut. Liedral hat sich bis zur Tür zurückgezogen. Dorrin läuft schon wieder der Schweiß in die Augen. Dieses Mal streift er den Schweiß an der hochgezogenen Schulter ab, während er sich zugleich darauf konzentriert, das Kind zu unterstützen, das durch Kadaras Wehen Stück für Stück in die Welt gedrängt wird.

»… muß pressen … pressen …«, stöhnt Kadara. Das rote Haar ist feucht vor Schweiß und klebt auf dem Kopf wie der Helm eines Kriegers.

»Du schaffst es«, drängt Rylla sie. »Noch einmal pressen … jetzt …«

»… es tut so weh … ich muß … oooh …«

Dorrin wechselt die Position und tritt neben ihre Schulter, während er die Finger leicht auf dem nackten Bauch liegen läßt. Irgendwie fühlt er sich als Eindringling, obwohl er um die Mutter und ihr Kind kämpft.

»Brede! Oh … bei der Dunkelheit … es tut weh …«

»Noch einmal pressen … jetzt … meine Liebe. Jetzt!« drängt Rylla.

Kadara stöhnt laut. Dorrin konzentriert sich, Liedral steht an der Tür und beißt sich auf die Lippen.

»Da … da kommt er … noch einmal pressen …«

Dorrin muß beinahe betreten schlucken, als er den Schwall dunklen Blutes sieht, der mit dem Kind kommt. Dann bemüht er sich, die Funken des Chaos zurückzudrängen, die sich in Kadaras Leib einnisten wollen.

Der Junge scheint stark und kräftig zu sein. Rylla befreit ihn von der Nabelschnur und schüttelt ihn leicht, dann sieht sie zwischen dem Jungen und Dorrin hin und her. »Alles in Ordnung … es ist ein gesunder Bursche, Kadara. Er ist gesund. Und jetzt … pressen … du mußt pressen …«

Kadara stöhnt wieder, und Dorrin wartet, bis sie die Nachgeburt ausgestoßen hat.

»Rylla, du kannst großzügig mit Astra umgehen und Kadara mit dem gekochten Wasser säubern. Merga hat das Astra zerstoßen, es muß im Wasser aufgelöst werden.«

»Das Zeug ist bitter … aber es hilft bei allen Wunden.«

»Wahrscheinlich sollte sie jeden Tag damit abgewaschen werden, bis alles verheilt ist.«

Die alte Heilerin nickt.

Bevor Dorrin sich zurückzieht, berührt er zum Abschied noch einmal Kadaras Stirn. »Du mußt dich jetzt ausruhen …«

»Dieses Mal ... warst du hier ... für Brede.« Kadaras Augen fallen zu, sie ist müde. Sie kämpft dagegen an und will sie offen halten, um das rosafarbene Kind auf ihrer Brust anzusehen. »... schlimmer als in Kleth ... er ist so schön.«

Liedral, die an der Tür auf Dorrin wartet, lächelt.

Als Kadara einschlummert, berührt Dorrin sie noch einmal am Arm und versucht, dem erschöpften Körper etwas Kraft und Ordnung einzuflößen.

Rylla sieht ihn an. »Sie ist über den Berg. Du mußt dich jetzt um dein Schiff kümmern.«

Die *Schwarzer Hammer* – Dorrin nickt und zieht sich endgültig zurück.

»Die Dunkelheit sei mit dir ...«, flüstert Kadara noch.

Dorrin dreht sich ein letztes Mal um, als er an der Tür angelangt ist, aber Kadara ist bereits vor Erschöpfung eingeschlafen. Er geht langsam zur vorderen Veranda, und Liedral begleitet ihn in den kalten, sonnigen Tag hinaus. Drunten wartet die *Schwarzer Hammer,* aus dem Schornstein steigt ein dünne Säule Dampf in den klaren Winterhimmel.

Liedral wendet sich an ihn und nimmt seine Hände. »Danke.«

»Wofür?«

»Dafür, daß du gewartet und das Leben über die Zerstörung gesetzt hast, und einfach, weil du du selbst bist.« Sie nimmt ihn fest in die Arme und küßt ihn. »Und für letzte Nacht.« Ihre Augen sind immer noch gerötet.

»Du machst dir Sorgen.«

Sie nickt. »Kadara hatte recht. Wir haben nicht ewig Zeit. Lers ...«

»Lers?«

»Brede hat sie gebeten, ihrem Sohn diesen Namen zu geben. Lers ist alles, was sie jetzt noch hat, und sie hat Brede sehr geliebt.«

»Fürchtest du dich vor dem, was kommen wird?«

»Dorrin ... wie viele Male kannst du gegen die Weißen in die Schlacht ziehen? Und wenn du zurückkommst, wirst du dann noch sehen können? Und klar denken? Ich weiß noch, wie du nach dem Kampf in Kleth ausgesehen hast. Kadara weiß es nicht, aber du warst ganz sicher viel schlechter dran als sie.«

»So schlimm war es doch nicht.«

»Dorrin, ich liebe dich, und ich will dich nicht verlieren. Aber was wir wollen, ist oft nicht das Entscheidende. Manchmal ... manchmal, wenn du gegen deine eigenen Dämonen kämpfst, dann ist es schwer zu erkennen ...« Sie bricht ab und klammert sich an ihn. »Ich will etwas ... von dir ...«

Er hält sie fest, und ihre Tränen fließen ineinander.

Unten ist die Dampfpfeife der *Schwarzer Hammer* zu hören, und Basla wiehert.

»Du mußt jetzt gehen.«

Wieder ist die Pfeife zu hören. Dorrin blickt nach Westen zum Golf, wo die Segel der Weißen Flotte zu sehen sind.

Noch einmal berühren sich ihre Lippen, dann setzt Dorrin sich in Bewegung, bindet die Zügel los und schwingt sich in den Sattel. Er tupft sich mit den Ärmeln die Wangen ab, während er den Hügel hinunter zum wartenden schwarzen Schiff reitet. Unwillkürlich schließt sich seine rechte Hand um den Stab, als er die ersten warnenden Stiche spürt, Vorboten der Kopfschmerzen.

CLXXXI

Dorrin reitet auf dem flachen Stück Land unter dem Hügel an einem halben Dutzend Häusern vorbei, an denen noch gebaut wird. Alle bestehen aus dem schwarzen Stein, der entsteht, wenn der blaue, brüchige und weichere Stein, der hier unter dem dunklen Lehm liegt, mit Ordnung getränkt wird. Die Hälfte der Häuser hat dunkle Schieferdächer. Er erwidert das Winken eines Steinmetzen, als er Basla zum Ende der Hohen Straße lenkt, die zur Pier führt. Die Luft riecht frisch und sauber, es ist ein sonniger, wenngleich kühler Tag. Dorrin kann die brennende Kohle riechen.

Im Osten erkennt er jetzt mehrere Segel, grellweiß vor dem Wasser des Golfs. Dann erreicht er die Pier und übergibt einem von Tyrels Helfern, den er noch nicht richtig kennt, die Zügel. »Binde ihn bitte im Schuppen fest.«

Er blickt nach oben und winkt. Er hofft, daß Liedral dort ist und ihn sehen kann. Dann dreht er sich um. »Wie viele Schiffe sind da draußen?« fragt er, bevor er, den Stab in der Hand, die Laufplanke hinaufeilt.

»Weg damit!« ruft Kyl, und die Arbeiter ziehen die Planke vom Schiff zurück. Dann eilen sie zu den Tauen, die das schwarze Kriegsschiff an der Pier festhalten. »Mehr als ein Dutzend, glaubt Selvar.« Kyl runzelt die Stirn. »Er meint, es sei schwer zu sagen, weil ungefähr die Hälfte davon Weiße Magier an Bord hat, die ihre Zauberei benutzen, um sich zu verbergen. Wenn man mit bloßem Auge hinschaut, meint man, es wären höchstens sieben oder acht, aber sie können das Kielwasser nicht unsichtbar machen.«

Dorrin eilt nach unten in den Maschinenraum, wo Tyrel Kohle in die Feuerbüchse schaufelt. Styl steht neben ihm und sieht aufmerksam zu.

»Wenn Ihr jetzt ...«, beginnt der Kapitän.

»Los jetzt.« Dorrin betrachtet die primitive Druckanzeige. »Wir haben genug Dampf, um auszulaufen.«

Kyl wartet, bis Tyrel heraufgekommen ist, ehe er die Leiter zu Dorrin hinuntersteigt. Dorrin legt noch eine Schippe Kohlen nach, dann winkt er Styl. »Wenn die Anzeige hier steht«, er deutet auf den Zeiger, »dann haltet das Feuer, wie es ist.«

»Ja, Ser. Meister Tyrel und Meister Yarrl haben mich auf der letzten Fahrt üben lassen.«

Dorrin schüttelt den Kopf. Styl war dabei, und trotzdem hat er die Anweisungen wiederholt.

Kyl betritt den Maschinenraum. »Was hast du jetzt vor?«

»Wir werden sie überzeugen, daß es besser ist, Recluce in Ruhe zu lassen und wieder nach Hause zu fahren.«

Kyl sieht zwischen Dorrin und Styl hin und her. »Du meinst es ernst, was?«

»Ja. Ich bin kein Held wie Creslin. Und außerdem würde es sowieso nichts nützen.«

»Was würde nichts nützen?«

»Ihre ganze Flotte zu zerstören. Dafür haben wir ohnehin nicht genug Raketen.« Dorrin stellt einige Ventile um, damit der Dampf in die Zylinder geleitet wird. Es wird lauter und heißer im Maschinenraum. Er lauscht und stellt die Dampfströme nach, bis er das Gefühl hat, daß die Maschine gleichmäßig läuft. Dann legt er die Kupplung ein, und die Antriebswelle beginnt sich langsam zu drehen. Hinter dem Schiff wirbelt die Schraube das Wasser auf.

Dorrin überprüft noch einmal die Feuerbüchse und legt zwei weitere Schaufeln nach. Dann schließt er sie wieder und drückt Styl die Schaufel in die Hand. »Schaufelt weiter, bis der Dampfdruck hoch genug ist. Ihr kennt Euch ja aus.«

»Ja, Ser.«

Dorrin steigt die Leiter hinauf und geht zum Deckhaus, Kyl folgt ihm auf dem Fuße. Als sie das Ruderhaus erreichen, hat Tyrel die *Schwarzer Hammer* schon in den Kanal gelenkt und hält auf die offene See zu.

Dorrin sieht eine Weile zu, wie die *Schwarzer Hammer* durch das geschützte Fahrwasser diesseits von Reisas erweiterten Wellenbrechern fährt. Dann, als das Schiff in die rauhere See im Golf eindringt, beginnt es zu stampfen.

»Wohin jetzt?« fragt Tyrel.

»Haltet direkt auf das Flaggschiff zu.«

»Welches ist es?«

»Entschuldigung. Seht Ihr das Flimmern hinter dem Schoner mit dem blauen Banner? Haltet darauf zu.«

Tyrel dreht am Steuerrad. »Ich kann es immer noch nicht glauben. Wir brauchen keinen Gedanken über den Wind zu verlieren und können einfach fahren, wohin wir wollen.«

Wie schwerfällige Schmetterlinge bewegen sich die Schiffe der Weißen mit dem Wind, während die *Schwarzer Hammer,* ein massiver Flecken Ordnung, ins offene Meer ausläuft.

Der Schoner, der vor dem Flaggschiff im Wind fährt, schwenkt nach Backbord, als der Magier an Bord die Schwärze des angreifenden Schiffs spürt.

Dorrin bemerkt auf einmal, daß er unwillkürlich die Luft angehalten hat. Er atmet aus, als die *Schwarzer Hammer* sich neben den großen Schoner legt, der *Weiße Schlange* heißt.

»Etwas langsamer, bis wir mit gleicher Geschwindigkeit laufen.« Dorrin wischt sich die Stirn ab.

Die *Weiße Schlange* beginnt zu kreuzen, und Dorrin nickt grinsend. Tyrel erwidert das Grinsen, während er die *Schwarzer Hammer* mühelos der *Weißen Schlange* folgen läßt. Dorrin hält sich am inneren Geländer des Ruderhauses fest. Er winkt Kyl. »Zünde eine Rakete. Ziele auf den Bugspriet.«

»Die erste Rakete zünden.« Kyl steigt zum Deckhaus hinunter, wo die Raketen verstaut sind.

Das Geschoß aus Schwarzem Eisen fliegt zur *Weißen Schlange* hinüber. Das Blitzen und die Explosion erfolgen fast gleichzeitig, unmittelbar darauf gehen mit lautem Prasseln Trümmer auf dem vorderen Schild nieder.

Der Bug der *Weißen Schlange* schwenkt nach Backbord, und der große Schoner ruckt, während der Bugspriet zusammen mit dem Außenklüver des Schiffs untergeht.

»Umkreisen und zur anderen Seite.« Wieder wischt Dorrin sich die Stirn trocken. Je länger es dauert, bis seine Waffen jemanden verletzen oder töten, desto besser.

Eine Feuerkugel zischt an dem mit Schwarzem Eisen verkleideten Ruderhaus vorbei. Dann eine zweite und eine dritte. Tyrel zuckt zusammen, als die dritte Kugel aufs Metall schlägt, daß die Funken sprühen.

Inzwischen liegt die *Weiße Schlange* fast bewegungslos im Wasser. Das Hauptsegel ist halb gesenkt und flattert im leichten Wind, während einige Männer den zerstörten Bugspriet abhacken und das halb im Wasser versunkene Segel abschneiden, das mit jeder Welle am Schiff zerrt.

»Kyl, kannst du mit einer weiteren Rakete das Ruder zerstören?«

»Wir können es versuchen.« Kyl dreht sich um. »Schießt noch eine ab. Nach achtern direkt unter das Bullauge auf dem Achterdeck.«

Drei Geschosse später hängt das Ruder nutzlos herum, und die *Weiße Schlange* neigt sich leicht nach Steuerbord.

Gelegentlich fliegen Feuerkugeln an der *Schwarzer Hammer* vorbei, die von der *Weißen Schlange* und anderen Schiffen in der Nähe abgefeuert werden, während das kleine Schiff den großen Schoner umkreist.

Ein Matrose kommt keuchend ins Ruderhaus gelaufen. »Styl sagt, die Welle läuft heiß, Meister Dorrin.«

Tyrel sieht Dorrin fragend an. »Ich habe ja gleich gesagt, daß die Lager uns Ärger machen würden.«

Die Lager sind besser als einfache geschmierte Auflagen, aber sie sind doch noch nicht gut genug. Dorrin kann nur hoffen, daß die Welle noch eine Weile hält. »Wie heiß?«

»Nicht mehr lange, und wir müssen abschalten und schmieren, sagt Styl.«

Dorrin sieht Reisa an. »Hole die Entermannschaft

herauf. Tyrel, legt sie an Steuerbord neben die *Weiße Schlange.*«

»Sie werden dich braten, Dorrin«, protestiert Kyl, der mitten auf der Leiter, die ins Ruderhaus führt, innegehalten hat.

»Dazu haben wir doch die Schilde.« Und dazu haben sie auch ihn selbst, denkt er. »Wenn wir das Deck nicht halten können, feuert wieder Raketen ab.«

»Der Winkel ist erbärmlich. Wir können nur ein paar Stellen treffen.«

»Gut. Schießt direkt über der Wasserlinie ein paar große Löcher in den Rumpf.«

Dorrin schnappt sich den Stab und nickt Reisa zu, die unter der zum Hauptdeck führenden Leiter steht. Die zehn schwarz gekleideten Männer und Frauen warten, mit schwarzen Klingen und passenden Schilden bewaffnet, hinter der Luke.

»Wir sind jetzt direkt unter der Stelle, wo das Fallreep ansetzt.«

»Dann beginnt und werft die Enterhaken.«

Die Haken fliegen vom Deck der *Schwarzer Hammer* hinauf. Dorrin sieht zu. Der erste Haken prallt zweimal ab, der dritte Wurf ist erfolgreich, und die *Weiße Schlange* und die *Schwarzer Hammer* werden mit Seilen und Ketten, die nicht verbrannt werden können, aneinander gezogen.

»Kümmert Ihr Euch um die Welle, Tyrel, und wir kümmern uns um den Magier. Bogenschützen!«

Die Eisenklappen neben dem Ruderhaus werden an drei Stellen jeweils eine halbe Elle weit geöffnet. Hinter jeder Öffnung steht ein Bogenschütze mit einem Köcher aus Schwarzem Eisen und Pfeilen aus Lorkenholz.

Die Pfeile säubern schlagartig den Deckbereich direkt gegenüber der *Schwarzer Hammer.*

»Jetzt die Entermannschaft!«

Quenta springt hoch und landet auf dem Deck der

Weißen Schlange. Er zieht den Schild nach vorn, während er über die Reling springt. Die erste Feuerkugel knallt funkensprühend auf den Schild, dann folgen einige Pfeile.

»Bogenschützen! Das Achterdeck!«

Die schwarzen Pfeile fliegen nach hinten, und der Hagel der weißen Pfeile bricht ab.

Reisa, Petra und zwei andere erreichen das Deck, und auch Dorrin klettert jetzt hinauf. Noch bevor er auf den Planken aus weißer Eiche einen guten Stand gefunden hat, sichern Quenta und ein anderer Schwarzer Kämpfer ihn mit ihren Schilden.

Dorrin schickt prüfend seine Sinne aus und sucht nach der stärksten Konzentration des Chaos. Fast wie von selbst zielt sein Stab auf das höher liegende Achterdeck.

»Holt euch die schwarzen Hunde!« Beinahe ein Dutzend bewaffnete Weiße greifen vom Vorderdeck aus die Schwarzen Kämpfer an.

Die schwarzen Pfeile fällen fünf von ihnen, ehe die Verteidiger Dorrins Gruppe erreichen.

Mit dem Stab schaltet Dorrin einen weiteren aus, dann beginnen die Schwarzen Klingen ihr Zerstörungswerk.

Einer der Weißen Gardisten kreischt voller Schmerzen auf, als Reisas Klinge seinen Arm trifft.

Zwei Feuerkugeln zischen den Schwarzen Kämpfern entgegen, aber Dorrin dreht den Stab herum und richtet die Gedanken darauf aus, bis sie harmlos auf dem Deck flackern. Unterdessen wird der Nahkampf heftiger.

Quenta schlägt einen Weißen Gardisten nieder, aber er verliert sein Schwert, als ein anderer Weißer seinen Armmuskel verletzt. Mit dem linken Arm zieht er den Schild herum, um den nächsten Hieb abzufangen.

Petras Klinge erledigt den Weißen Gardisten, und Dorrin weicht nach links aus, um mit dem Stab einen weiteren Gardisten zu entwaffnen und auszuschalten. Das Stechen hinter den Augen ignoriert er.

Ein schwarzer Pfeil, der kreischend an ihm vorbeifliegt, fällt den nächsten Angreifer.

Aus dem Augenwinkel sieht Dorrin, wie eine und noch eine schwarze Gestalt zu Boden geht, bevor die letzten Weißen getötet sind oder die Klingen fallen gelassen haben.

Wieder faucht eine Feuerkugel an seinem Ohr vorbei. Er hebt den Stab und lenkt die nächste und noch eine dritte ab, während er nach dem Weißen Magier sucht. Der Mann steht auf der linken Seite des Achterdecks und ist durch ein überhängendes Dach vor den Bogenschützen an Bord der *Schwarzer Hammer* geschützt.

Die drei noch lebenden Weißen Gardisten heben die Hände. Einer der Weißen Bogenschützen, die gefallen sind, lehnt an der Reling der *Weißen Schlange.* Wegen der Schräglage des Schiffs sind seine Augen fast auf gleicher Höhe mit Dorrins Augen.

Dorrin nähert sich dem Magier.

Wieder wird eine Feuerkugel auf ihn abgefeuert, aber er hebt den Stab und wehrt die Hitze ab, während er den nächsten Schritt macht.

»Bleib stehen, du Schwarzer Wurm, oder ich zerstöre das ganze Schiff.«

»Warum?« Er läßt seine Sinne hinausgreifen und die weiße Flamme umkreisen, in deren Zentrum ein Chaos-Magier steht, ein Mann mit einem eckig gestutzten Bart.

»Warum nicht? Du willst mich doch töten.«

»Ihr seid wohl kaum als Bote des Friedens gekommen«, antwortet Dorrin. Gleichzeitig richtet er um den Magier eine Mauer aus Ordnung auf.

»Wer bist du ...« Doch der Magier unterbricht sich mitten im Satz und schießt die nächste Feuerkugel auf Dorrin ab, der sie mit erhobenem Stab jedoch leicht abwehren kann.

Eine zweite Feuerkugel kommt, dann eine dritte. Die dritte ist schon erheblich schwächer als die vorherigen und verlöscht, bevor sie überhaupt den Stab erreicht hat.

Dorrin geht mit ruhigen Schritten auf den bärtigen Magier mit dem weißen Umhang zu.

Flammen züngeln aus den Fingern des Magiers, dann ersterben sie.

Dorrin streckt beinahe sanft den Stab aus und schlägt dem Magier, der jetzt alt und gebrochen wirkt, einmal leicht auf die Handgelenke und einmal in den Nacken. Der tote Mann stürzt mit dem Kopf voran aufs Deck.

Dorrin dreht sich um.

Die Weißen Gardisten sind niedergekniet und flehen um ihr Leben. Dorrin ignoriert sie und geht zu der Gestalt, die mitten auf dem Deck liegt. Mit ungeschickten Händen dreht er sie herum und tastet nach Wundverbänden und dem gemahlenen Astra in seiner Gürteltasche, während er gleichzeitig versucht, die Ordnung in Petras kräftigem Körper zu bewahren.

Sie hat einen tiefen Stich abbekommen, aber Herz und Lungen sind unverletzt. Der Dunkelheit sei Dank, mit Hilfe der Ordnung kann er die Wunde schließen, nachdem er Astra daraufgestreut hat. Aber die Blutlache auf dem weißen Deck verrät ihm, wo die wirkliche Gefahr liegt. Dorrins Augen brennen, während er arbeitet. Reisa steht wie ein einhändiger Racheengel hinter ihm.

Schließlich richtet er sich auf und wendet sich mit einem Nicken an Reisa. »Wir brauchen ein Brett oder so etwas, um sie zu tragen.«

»Wird … wird sie …« Reisas Stimme klingt wie kaltes Eisen, jedes Gefühl scheint ausgeblendet.

»Sie hat eine Menge Blut verloren, aber ich glaube, ich habe die Blutung noch rechtzeitig stillen können.«

Styl springt über die Reling des weißen Schiffs. Er trägt eine Bahre aus Leinen, als wäre sie ein Stück

Papier. Dorrin sieht den jungen Mann an, erkennt seine Wut und die Tränen, und dann blickt er zu Reisa. Ihm wird bewußt, daß er abermals so sehr in seinen eigenen Angelegenheiten gefangen war, daß er die Liebe und die Schmerzen anderer nicht wahrgenommen hat.

»Wird sie wieder gesund werden, Meister Dorrin?«

Dorrin legt Petra auf die Trage. »Das will ich doch hoffen ...«

»Die weißen Bastarde ...«

Sie tragen die verletzte Frau zurück zur *Schwarzer Hammer.* Vier Soldaten, unter ihnen ist auch Quenta, werden als Helfer gebraucht, um die Trage sicher von einem der miteinander vertäuten Schiffe auf das andere zu befördern.

Dorrin kehrt langsam zum Deckhaus zurück und klettert ins Ruderhaus hinauf.

»Solltet Ihr nicht auf Eure Schulter achtgeben?« fragt Tyrel.

Dorrin betrachtet erstaunt den Schnitt in seiner Schulter. Während er sich um Petra gekümmert und Reisas Sorge gespürt hat, sind die Schmerzen in der Schulter und das dumpfe Pochen im Kopf in den Hintergrund getreten. »Oh ...« Er nimmt die letzten Krümel Astra, und Tyrel hilft ihm, die Wunde zu verbinden.

»Ist die Antriebswelle repariert?«

»Notdürftig. Aber Ihr solltet Euch bald etwas Besseres ausdenken.«

Dorrin seufzt. Er ist ständig damit beschäftigt, sich etwas Besseres auszudenken. »Ablegen.«

Tyrel hebt die Augenbrauen. »Löst die Enterhaken.«

Als die *Schwarzer Hammer* sich ein Stück von der *Weißen Schlange* entfernt hat, wendet Kyl sich an Dorrin. »Sollen wir sie anzünden?«

»Nein. Nicht, wenn wir es vermeiden können.«

Dorrin konzentriert sich auf die übrige Flotte. Mehr als zehn Schiffe haben bereits nach Westen abgedreht, die Segel sind nur noch winzige weiße Punkte am Horizont.

Nur eine Handvoll Schiffe, jedes mit einem Weißen Magier besetzt, kreist noch um die *Schwarzer Hammer* und die *Weiße Schlange.*

»Haltet auf das dort zu.« Dorrin deutet auf das größte Schiff, eine Barke mit hohem Freibord.

Wieder prallen die Feuerkugeln vom Schwarzen Eisen ab, als die *Schwarzer Hammer,* den Wind ignorierend, durch die See auf die Barke zupflügt.

»Zieht die Parlamentärsflagge auf.«

Das weiße Banner mit dem blauen Wimpel flattert auf dem kurzen Fahnenmast hinter dem Ruderhaus. Kurz danach wird auf der Barke, die den Namen *Weißfeuer* trägt, eine ähnliche Signalflagge gehißt.

Als die *Schwarzer Hammer* neben der Barke liegt, klappt Dorrin eine der Eisenblenden auf und ruft zum Mann an der Reling hinauf: »Ich möchte, daß Ihr dem Erzmagier eine Botschaft überbringt.« Eine Hand an die Klappe gelegt, deutet Dorrin eine Verbeugung an.

Vom Brausen und Rauschen des Wassers fast übertönt, ruft der Kapitän zurück: »Darüber kann ich nicht entscheiden, Meister. Ich kann nur den Weißen fragen.«

»Ich weiß.« Dorrin nickt und läßt das erste von drei gewachsten Etuis, die Liedral schon vor fast einem Achttag angefertigt hat, in einen Korb fallen. Der junge Seemann hängt den Korb an einen langen Pfahl und reicht ihn über die Kluft zwischen den Schiffen, bis ein genauso junger Matrose auf der Barke die Hülle annehmen kann. Sie wird dem Kapitän übergeben und dann nach achtern gebracht.

»Zieht euch zurück, oder wie ihr es auch nennt«, befiehlt Dorrin.

Der Magier auf der *Weißfeuer* hat nur eine Antwort auf diese Forderung: einen weiteren Hagel von Feuerkugeln.

»Narren«, faucht Dorrin. Dann wendet er sich an Kyl.

»Jetzt ein paar von der bösen Sorte?« fragt sein Bruder

Dorrin nickt und zuckt zusammen, weil hinter seinen Augen sogleich ein stechender Kopfschmerz einsetzt.

»Raketen feuern.«

Fünf Raketen werden von der *Schwarzer Hammer* aus abgefeuert und landen auf dem Rumpf der *Weißfeuer*. Die Flammen scheinen am Holz zu kleben und breiten sich rasch aus, bis das Schiff der Weißen wie eine Fackel auf dem Wasser liegt.

Kurz danach schiebt sich die *Schwarzer Hammer* neben ein drittes Schiff der Weißen Magier, um einen weiteren Behälter zu übergeben.

Dorrin schließt die Augen, aber das spielt keine Rolle, weil er vor Kopfschmerzen halb blind ist und sowieso nichts mehr sehen kann.

Als die *Schwarzer Hammer* dieses Mal auf die Antwort wartet, kommen keine Feuerkugeln geflogen. Nur die Parlamentärsflagge wird zweimal gesenkt und wieder gehoben.

Kyl legt dem Kommandanten der *Stolz der Osthörner* den zweiten Behälter in den Korb. Selbst als das Schiff nach Westen abdreht und sich entfernt, läßt es die Parlamentärsflagge gehißt. Die anderen drei Schiffe, auf denen sich Magier befinden, folgen ihm.

Dorrin wischt sich die Stirn trocken und deutet in die Richtung, wo er Tyrel vermutet. »Laßt uns zurückfahren. Es ist ja sinnlos, die Kohle zu verschwenden.«

»Obwohl wir mehr als genug an Bord hätten«, erwidert Tyrel lachend.

»Ich wünschte, du hättest sie alle verbrannt.« Reisa baut sich neben ihm auf und schimpft leise, aber voller Zorn über die Weißen.

»Davon wird Petra nicht wieder gesund.«

»Ich weiß. Und außerdem hat sie sich ja selbst zum Kämpfen entschieden. Aber dennoch hasse ich die Bastarde.«

»Und ich … ich würde gern wieder sehen können …« Dorrin läßt die Schultern hängen. Er sollte eigentlich stark sein wie Creslin und sich sagen, zum Licht mit den Folgen, aber er liebt es, Liedral und das Meer anzuschauen. Er fragt sich besorgt, ob sein Augenlicht auch dieses Mal zurückkehren wird. Das Pochen im Schädel ist nicht ganz so schlimm wie damals, als er die gallischen Rekruten außerhalb von Kleth vernichtet hat, aber es scheint ihm, als würden die Folgen, wenn er die Ordnung zur Zerstörung benutzt, mit jedem Mal schlimmer: quälende Kopfschmerzen und eine Blindheit, die bisher zum Glück nur vorübergehend war.

»Ich weiß.« Reisa berührt ihn an der Schulter, und er kann ihre Schmerzen spüren und die früheren und fernen, die gegenwärtigen und nahen Ursachen erkennen. »Es hilft aber nicht, wenn man sie selbst entscheiden läßt und weiß, daß sie ihre Entscheidung getroffen haben. Eines Tages wirst du das vielleicht besser verstehen.«

Dorrin versteht es jetzt schon. Wie viele mußten bislang schon für seine Träume leiden? Aber er erspart es sich, Reisa daran zu erinnern, und sagt nur: »Die Welt und das Gleichgewicht kümmern sich nicht groß um das, was wir empfinden. Das heißt aber nicht, daß ich keine Gefühle habe.«

Reisa läßt die Hand sinken. »Deshalb bist du ein großer Magier … und deshalb sind so viele Menschen bereit, sich für dich zu opfern. Irgendwie hast du es gelernt, deine Gefühle und Träume zu bewahren, ohne eines von beiden zu verraten.« Reisa entfernt sich und steigt die Leiter hinunter, um wieder nach Petra zu sehen. Dorrin muß sich an der Reling festhalten, als Tyrel die *Schwarzer Hammer* auf den Kurs zum Hafen einschwenken läßt.

»Was jetzt, Meister Dorrin?« fragt der Kapitän beiläufig.

»Wir bauen eine bessere Version der *Schwarzer Hammer.* Und eine Schwarze Stadt. Was sonst?«

»Der Dunkelheit sei Dank, daß Ihr kein Weißer seid«, murmelt der Kapitän.

Dorrin wendet die blicklosen Augen nach Osten zu den Hügeln oberhalb von Nylan. Er fragt sich, wie es Liedral geht und ob er ihr hätte erlauben sollen, ihn zu begleiten.

CLXXXII

Dorrin bleibt vor der Tür stehen und klopft sachte an. Liedral wartet schweigend neben ihm.

»Dorrin, komm nur herein.« Rylla öffnet von innen und macht ihnen Platz.

»Ich möchte nur sehen, wie es Kadara und Lers geht. Ich mußte ziemlich eilig aufbrechen.«

»Ich weiß. Du bist losgerannt, um diesen Weißen eine Lektion zu erteilen. Wir haben von der Veranda aus zusehen können, wie du das Schiff in Brand gesteckt hast, worauf die anderen in aller Eile quer über den Golf geflohen sind.«

»Auch Kadara?« fragt Liedral.

»Nein, das habe ich nicht erlaubt. Aber ich mußte ihr dreimal erzählen, was passiert ist.«

Dorrin reibt sich die Stirn und tastet sich vorsichtig durch den Raum. Er kann spüren, wie Rylla die Hand an den Mund hebt. »Du bist doch nicht …«

»Still … kein Wort«, sagt er. »Kein Wort.« Er hält Liedrals Hand und läßt sich von ihr zum Schlafzimmer führen. Direkt hinter der Tür bleibt er stehen.

Kadara liegt im Bett, und ihr schlafender Sohn liegt zusammengerollt neben ihr. »Rylla sagte mir, Lers hätte nicht überlebt, wenn du nicht gewesen wärst … und daß du es riskiert hast, die Schlacht zu verlieren, als du ihn gerettet hast.«

Dorrin läßt den Kopf sinken. »Ich kann das so nicht sagen. Wir hatten noch genug Zeit.«

»Du mußt ehrlich sein, nicht wahr? Ganz egal, was es dich kostet?«

»Ja, meistens jedenfalls.«

»Wahrscheinlich mußt du dir deshalb alles so genau ausrechnen. Wahrscheinlich ... ach, vergiß es. Ich weiß, daß du ... aber es ist trotzdem so schwer.«

Er spürt ihren Zorn und die tiefen, unauslöschlichen Schmerzen und berührt sie an der Schulter. »Das Gleichgewicht und die Welt kümmern sich nicht darum, was wir fühlen. Aber ich habe dennoch Gefühle, und es tut weh.«

Kadara streichelt behutsam das Kind. »Deshalb bist du so ein großer Magier ... und deshalb ist Brede tot, und alle schauen zu dir auf. Du kannst dich an die Ordnung halten, ohne deine Gefühle zu verlieren.«

»Übertreibe es nicht. Ich habe nur versucht ... ich wollte nur ... ich habe eben getan, was ich tun mußte.« Dorrins Kopf pocht immer noch, und seine Knie werden weich.

»Du bist müde, nicht wahr?« fragt Kadara.

»Ja.«

»Ich auch. Bring ihn nach Hause, Liedral. Und ... Dorrin?«

Dorrin sieht sie an, ohne sie zu sehen.

»Danke für meinen Sohn. Brede hätte sich auch bei dir bedankt ... und ich hoffe, es wird nicht zu lange dauern, bis du wieder sehen kannst.«

Dorrin grinst verlegen.

»Mich kannst du nicht täuschen. Nimm ihn mit nach Hause und laß ihn schlafen, Liedral.«

»Alles Gute, Kadara«, sagt Dorrin etwas unwirsch, als er geht.

Liedral schiebt ihn auf den Flur hinaus. Draußen, auf der vorderen Veranda, sagt sie: »Du hast zu vielen Menschen zuviel gegeben. Kadara hat recht. Du mußt dich ausruhen.«

»Und was ist mit dir?«

Liedral lacht, es ist ein hartes, etwas schrilles und zugleich auch glückliches Geräusch, alles in einem. »Ich habe dich … und nicht nur das. Ich hatte mehr Glück als Kadara. Und ich glaube, es wird eine Tochter werden.«

»Woher weißt du das? Nicht einmal ich habe es bemerkt.«

»Es spielt keine Rolle. Wir werden eine Tochter haben.« Sie gibt ihm einen dicken Kuß auf die Lippen, warm und ohne Hemmungen. »Wir müssen dich etwas essen und dann schlafen lassen. Es wäre wirklich nicht nötig gewesen, noch einmal nach Kadara zu sehen.«

»Ich mußte einfach.«

»Ich weiß.«

Der Wind, der am Spätnachmittag aufgekommen ist, fegt ums Haus und bringt eine Kälte mit, die nach nahem Frost riecht. Sie sind etwa zweihundert Schritt in Richtung auf ihr Haus zugelaufen, als Liedral plötzlich tief Luft holt. »Oh, bei der Dunkelheit!«

Dorrin spürt ihren Schreck, aber außer weißen Blitzen kann er nach wie vor nichts sehen. »Was ist los?«

»Dein verdammter Vater! Daß er dich einfach nicht in Ruhe lassen kann.«

Dorrin stählt sich innerlich für das, was kommen muß. »Laß es uns hinter uns bringen.«

Sie gehen durch Schatten, die Dorrin nicht sehen kann, ins Haus.

»Der Schwarze Magier ist in der Küche«, verkündet Frisa. »Er sagt, er wäre dein Vater. Stimmt das? Ich wußte gar nicht, daß dein Vater ein großer Magier ist.«

»Ja, er ist mein Vater.« Dorrin betritt die Küche.

Bevor er etwas sagen kann, schaltet Liedral sich ein. »Merga, besorge bitte etwas Heißes und Brot und Käse für Dorrin, ehe er uns zusammenbricht. Dorrin, du setzt dich jetzt. Genau hier.« Sie zieht einen Stuhl vom Tisch heran und führt ihn, damit er sich setzen kann.

»Soll ich ein andermal wiederkommen?« fragt Oran sanft.

»Nein. Ich brauche nur etwas zu essen. Es war ein anstrengender Tag.«

»Hier ist das Brot, Ser.«

Dorrin bricht sich eine Ecke ab und beginnt zu kauen.

Liedral, die links neben ihm am Ende der Bank sitzt, bearbeitet ein Stück gelben Käse mit dem Käseschneider, dann gibt sie Dorrin eine Scheibe. Erst jetzt wendet sie sich an Oran. »Möchtet Ihr auch etwas?«

»Nein, nein … schon gut.«

Nachdem er gekaut, den ersten Bissen Brot mit Käse heruntergeschluckt und etwas heißen Apfelwein getrunken hat, kann Dorrin spüren, wie das Zittern in den Knien nachläßt und das Pochen im Kopf abebbt. Er reibt sich die Stirn. »Warum bist du hergekommen?«

»Ich wollte sehen, wie du mit den Weißen zurechtkommst, und mit dir reden. Es scheint, als wäre dein Schiff sehr wirkungsvoll zum Einsatz gekommen.«

Dorrin hebt den Kopf und genießt den warmen Dampf, der aus dem Becher über sein Gesicht streicht. »Das ist wahr. Tyrel hätte mich eigentlich überhaupt nicht gebraucht. Er und Kyl hätten jedes einzelne Schiff der Weißen Flotte verbrennen können.« Ein scharfer Stich im Kopf zwingt ihn, die letzte Aussage zu modifizieren. »Allerdings nicht auf einmal. Sie hätten zurückkehren und Raketen nachladen müssen. Aber ich denke, etwa zehn Schiffe von der Art der *Schwarzer Hammer* sind mehr als genug, um dafür zu sorgen, daß niemand mehr es wagt, unsere Handelswege zu blockieren.«

»Warum können sie nicht ebenfalls solche Schiffe bauen?«

»Weil man dazu Schwarzes Eisen braucht, und mit der Ordnung können sie nicht umgehen. Man muß Eisen verwenden, das mit der Ordnung gehärtet worden ist, um die Schilde und Raketen herzustellen. Wenn man das Pulver in einen Behälter steckt, der nicht aus Schwarzem Eisen besteht, kann jeder Chaos-Magier es zünden.« Dorrin zuckt die Achseln. »Ich nehme an, die Nordlaner und Hamoraner werden in der Lage sein, Dampfmaschinen, die mit niedrigem Druck arbeiten, in ihre Handelsschiffe einzubauen. Ich werde ihnen die Pläne geben.«

»Was?«

»Wir verkaufen die Entwürfe. Es kann nicht schaden, die Handelsbeziehungen zu den östlichen Kontinenten auszubauen. Liedral überlegt sich schon, wie wir das anfangen können.«

»Ist das auch klug?«

»Warum denn nicht? Ich glaube, wir könnten es ohnehin nicht lange geheimhalten. Warum sollen wir nicht daran verdienen? Sie müssen normales Eisen benutzen, und wegen des Chaos, das im Feuer schlummert, können sie nichts weiter bauen als Ozeandampfer, die mit niedrigem Druck arbeiten. Ein guter Schoner könnte sie immer noch überholen, aber die Maschinen sind sehr nützlich bei Windstille und wenn es darum geht, den Hafen zu verlassen oder in den Hafen einzulaufen.«

»Bist du sicher?«

Dorrin seufzt. Es stört ihn nicht, daß sein Vater hört, wie entnervt er ist. »Ich habe versucht, kein Schwarzes Eisen zu verwenden. Aber wenn eine Maschine, die mit hohem Druck arbeitet, wirklich dicht sein soll, braucht man dazu eine Menge Schwarzes Eisen. Ich kann mir jedenfalls nicht vorstellen, wie es anders zu machen wäre. Wenn man viel normales Eisen nimmt, wird die Maschine zu schwer und erzeugt nur wenig Kraft. Wenn sie leicht genug ist, um genug Kraft zu erzeugen, dauert es nur ein paar Tage, bis die Maschine Risse bekommt und birst. Vielleicht ist es auf einer anderen Welt möglich, auf den Planeten der Engel, aber nicht hier, wo die Kräfte des Chaos und das Gleichgewicht wirken.«

»Warum hast du den größten Teil der Flotte aus Fairhaven umkehren lassen?«

»Das hättest du dir eigentlich denken können. Wenn ich auf einen Schlag ein halbes Dutzend Chaos-Magier getötet hätte, dann wäre das Gleichgewicht bestrebt, dieses Chaos in einem Punkt zu konzentrieren. Ich will keinen zweiten Jeslek in Candar heranwachsen lassen. Außerdem wird, wenn die meisten nach Candar zurückkehren, das Chaos dort noch stärker durcheinandergebracht.« Dorrin lacht. »Das Chaos durcheinanderbringen. Was für ein absurder Gedanke.«

»Bei dir klingt es so, als wäre alles nur eine Frage von Berechnungen und Zahlen. Es liegt keine Kunst darin ...«

»Es war noch nie eine Kunst«, gibt Dorrin unwillig zurück. »Das Gleichgewicht ist seinem Wesen nach ein mathematisches Gebilde, kein Gott der alten Engel. Deshalb könnt ihr immer noch siegen.«

Oran verschlägt es die Sprache, und Dorrin spürt seine Verwirrung.

»Hör mir zu ... jedes bißchen Ordnung, das Schwarzem Eisen eingeflößt wird, jedes bißchen Ordnung, das in einem dampfgetriebenen Schiff oder einer Rakete aus Schwarzem Eisen konzentriert wird, bedeutet, daß irgendwo eine gleich große Menge Chaos entstehen muß. Chaos kann durch Magie konzentriert werden. Ordnung kann gewöhnlich nicht konzentriert werden, es sei denn durch Maschinen und Schwarzes Eisen.

Ganz egal, was ich dabei empfinde, Recluce kann sich Maschinen der Ordnung nicht leisten – nur solche, die für die Verteidigung notwendig sind. Wenn wir in jedem Dorf auf Recluce Maschinen betreiben würden, würden wir nur dafür sorgen, daß in Fairhaven die Kraft des Chaos zunimmt, vielleicht sogar stark genug, um Hunderte von Jesleks an die Macht kommen zu lassen.«

»Was … wie willst du dann …«

»Die Schwarze Ordnung der Ingenieure bleibt in der Schwarzen Stadt Nylan. Du und die Bruderschaft, ihr macht einfach weiter wie bisher. Außer, daß …« Dorrin hält inne und überlegt. »Außer, daß jeder, der nach Nylan kommen will, bleiben kann, wenn wir mit ihm einverstanden sind.«

Oran sieht den Boden an, die glattgeschliffenen, gleichmäßig gesetzten und fast perfekt verlegten Dielenbretter. Dann richtet er den Blick wieder auf den rothaarigen Ingenieur, der am anderen Ende des Tisches sitzt. »Wie willst du das machen?«

»Mit Hilfe einer Mauer. Die Symbolik wird dabei das Entscheidende sein. Eine hohe Mauer aus geordnetem Schwarzem Stein, welche die Halbinsel und Nylan von dem Rest von Recluce trennt, wird für die meisten eine deutliche Botschaft sein. Und jene, die es nicht akzeptieren … nun ja, für die dürfte Nylan ohnehin der richtige Ort sein. Oder Candar.«

»Dann willst du alle Rebellen aufnehmen?«

»Ich bin kein Tempelpriester«, schnaubt Dorrin. »Du sitzt da einem Irrtum auf, mein lieber Vater. Du hast den Unterschied zwischen einer Rebellion gegen irgend etwas und dem Wunsch, etwas zu erschaffen, nie verstanden. Dennoch hattest du recht.«

Oran wartet.

»Stahl und Ideen müssen gehärtet und geformt werden.« Dorrin zuckt mit den Achseln. »Warum sollte ich etwas verändern, das funktioniert?«

Oran räuspert sich. »Weißt du, mein Sohn, du bist ein größerer Mann, als ich es je war.«

»Unsinn.« Dorrin errötet. »Ich habe nur getan, was getan werden mußte.«

Oran nickt. »Aber woher hast du gewußt, was getan werden mußte? Wie viele Menschen wissen, was zu tun ist, und handeln trotzdem nicht?« Der große Magier kommt um den Tisch herum und legt seinem Sohn einen Augenblick lang die Hände auf die Schultern.

Dorrins Augen brennen, und er bekommt kein Wort heraus. Nicht nur, weil sein Vater ihn gelobt hat, sondern auch, weil er an all jene denkt, die ihm geholfen haben, die einen hohen Preis zahlen mußten und weiter zahlen werden – wie Kadara, Petra und Quenta und der tote Schwarze Soldat, dessen Namen er nicht einmal kannte.

»Deine Händlerin hat recht, mein Sohn. Du bist einer der Großen, auch wenn niemand deinen Namen in einem Atemzug mit Rybas, Creslins oder Megaeras Namen nennen wird. Ich vermute, daß du darin sogar glücklicher bist als sie.«

Liedral, die bisher geschwiegen hat, nimmt Dorrins linke Hand und drückt sie. »Ein lebendiger Kriegsbaumeister ist mir lieber als ein toter Held.«

Dorrin erwidert den Druck ihrer Hand, während sein Vater, der große Schwarze Magier, sich tief verneigt. »Ich glaube, du brauchst jetzt Ruhe. Aber komm uns doch besuchen, sobald du kannst. Du bist überall auf Recluce willkommen. Der Rat hätte das auch ohne mich entschieden, aber ich bin froh, daß ich ihnen nun zustimmen kann.« Ein Lächeln breitet sich in seinem schmalen Gesicht aus, als er mit einer Geste den ganzen Raum einschließt. »Aber wir wissen natürlich, daß dies hier deine wahre Heimat ist. Immerhin bist du der Herr der magischen Maschinen.« Er verneigt sich noch einmal und geht.

»Ist hier wirklich mein Zuhause?« Dorrin schluckt.

Liedral drückt noch einmal seine Hand und läßt los. »Das hast du doch längst gewußt.« Sie grinst ihn an. »Du bist doch der magische Ingenieur.«

CLXXXIII

Die Wirbel im Spiegel zeigen etwa ein halbes Dutzend Schiffe, die unter dem Banner mit dem roten Blitz in schwerer See in die Große Nordbucht hinausfahren. Cerryl hebt einen Finger, und das Bild verschwindet aus dem Spiegel. »Und was nun?«

»Ihr schickt eine andere Flotte los. Und zwar eine, die sich an die Befehle hält«, sagt Anya, die sich im bequemen Sessel lümmelt. Sie blickt zu den hohen grauen Wolken hinaus, die draußen vor dem Turmzimmer zu sehen sind. Neben dem Tisch steht ein tiefes Becken mit kaltem Wasser.

»Sterol hatte recht«, fügt Cerryl hinzu. Seine Stimme klingt gelassen und ruhig, als er das Kästchen auf dem kleinen Tisch betrachtet, in dem ein goldenes Amulett liegt.

»Erzählt mir nur nicht, Ihr werdet dafür sorgen, daß niemand auf Recluce uns demütigen kann.« Anyas Stimme wird etwas härter.

»Es gibt ein Gleichgewicht, und das können wir akzeptieren, oder wir können dagegen kämpfen. Jeder, der dagegen gekämpft hat, hat verloren. Der Trick besteht darin, es für einen selbst arbeiten zu lassen.«

»Das klingt aber sehr danach, als wolltet Ihr Euch herausreden, Cerryl. Das können wir nicht zulassen.« Anya richtet sich im Sessel auf, bleibt aber sitzen.

»Warum hört Ihr nicht einfach einen Augenblick zu? Es wird nicht weh tun.«

»Ich höre zu.« Die Stimme ist kalt, aber hinter ihren Augen lauern weiße Flammen.

»Dieser Schmied-Magier baut Maschinen. Die Maschinen müssen vom Chaos angeregten Dampf oder Wasser benutzen. Das bedeutet, daß sie sehr viel Ordnung enthalten. Wenn er viele dieser Maschinen baut, erhöht sich die Menge des Chaos in der Welt. Dadurch wird unsere Macht viel schneller zunehmen als seine, weil seine Ordnung in den Maschinen gebunden ist.«

»Also wollt Ihr ihn ermutigen, die Maschinen zu bauen? Damit er unsere Schiffe angreift und zerstört? Das würde ganz sicher das Chaos verstärken. Aber ob es gut für uns ist, ist freilich eine ganz andere Frage.« Anya erhebt sich wie eine weiße Flammensäule.

»Das wird er nicht tun.« Cerryl deutet auf den inzwischen wieder leeren Spiegel. »Er hätte mit seinem kleinen Schwarzen Schiff die ganze Flotte zerstören können, aber er hat es nicht getan. Er ist gewiß kein wankelmütiger Schwarzer Narr. Wankelmütige Narren gehen nicht auf diese Weise zum Angriff über. Er hat nacheinander Jeslek und Fydel erledigt – Fydel mit einem Stab, nicht einmal mit diesem eisernen Chaos-Bringer, den er sich da gebaut hat.« Er tritt an den großen Eßtisch und streift das Amulett ab, das er getragen hat. Er legt es auf den Tisch und kehrt Anya den Rücken. Dann öffnet er das Kästchen und nimmt das bemalte Amulett heraus. Er muß sich bemühen, das Zucken zu unterdrücken, als das Metall seine Hände verbrennt. »Außerdem habt Ihr sein Schiff gesehen. Selbst wenn wir es entern könnten, was sollten wir tun? Unsere Gardisten könnten nicht einmal die Hälfte des Schiffes betreten, weil es voller Schwarzem Eisen ist.«

Anya nähert sich Cerryl von hinten. »Zu schade, daß Ihr den gleichen Weg gehen müßt wie Sterol, mein liebster Cerryl.«

»Ich glaube nicht.« Cerryl hebt das Amulett und dreht sich um. »Hier, nehmt Ihr es. Ihr sollt es tragen. Ihr wolltet es schon immer haben.« Mit einer raschen Bewegung streift er ihr die golden bemalten Kettenglieder über den Hals.

Anya hebt die Hände, dann kreischt sie, als ein Flammenkreis die goldene Farbe und den weißen Stoff ihres Kleides verbrennt. Sie will nach dem heißen Eisen greifen, aber Cerryl packt ihre Handgelenke und nickt zur Tür hin.

»Ich bin nicht ganz so dumm, wie es scheint, liebe Anya. Und auch wenn ich nicht so mächtig bin wie Ihr oder Sterol, gelegentlich vermag ich zu denken.«

Die drei Wächter, die über den weißen Steinboden herbeigeeilt kommen, bringen Ketten aus schwerem kalten Eisen mit.

»Ihr braucht mich doch!« kreischt die Rothaarige, als sie in die schweren Eisenketten gelegt wird.

»Wirklich, wir brauchen Euch. Denn Ihr werdet allen späteren Ränkeschmieden ein wundervolles Beispiel geben. Ihr werdet hinreißend aussehen, wenn Euer Bild eingefangen ist und zur Schau gestellt wird. Wirklich hinreißend.« Cerryl lächelt und gibt den Wachen mit leichtem Nicken einen Befehl. »Lebt wohl, Anya.« Er steckt die Hände in das Becken mit kaltem Wasser und holt tief Luft, als das Wasser seine Verbrennungen kühlt.

CLXXXIV

Liedral wickelt die schwarze Schnur ab und läßt sie auf das erste, hellgrüne Gras fallen. Dorrin folgt mit den schweren Pfählen und dem Hammer aus Schwarzem Stahl. Mit kurzen Schlägen verankert er die Pfosten im Boden und befestigt die Schnur daran.

Nach einer Weile erreichen sie die staubige Steinstraße in der Mitte der Halbinsel. Dorrin setzt am Ostrand der Straße einen weiteren Pfahl ein, dann nimmt er das Messer aus dem Gürtel und schneidet den Faden ab. Das Ende bindet er fest an den Pfahl. Er überquert die Straße, setzt einen weiteren Pfahl und bindet den Faden auch hier fest. So ziehen sie weiter nach Westen, bis sie die felsige Landzunge erreichen, von der aus sie den Strand überblicken können. Dorrin schlägt den letzten Pfahl ein und dreht sich zur dunkelgrünen Bucht um. Mit weißen Schaumkronen brechen die Wellen unter ihm am grauen Stein.

Liedral tritt neben ihn. Nach einer Weile umarmt er sie und drückt sie.

»Ob die Schnur auch ausreicht?« Sie nimmt den breitkrempigen Hut ab und streicht das hellbraune Haar zurück.

»Es ist nur ein Symbol. Hier wird die Mauer errichtet, die wir dem Rat zu bauen versprochen haben. All unsere Leute werden auf unserer Seite leben, abgesehen von Handelsreisen oder Besuchen bei Verwandten. Und auch alle Maschinen, Schiffe und Geräte, die Oran solche Sorgen bereiten, werden hinter den Mauern bleiben. Nylan, die Schwarze Stadt der Ordnungs-Schmiede.«

»Mir gefiele es besser, wenn du dich Ingenieur nennen würdest.« Sie schüttelt den Kopf. »Ich weiß, ich weiß. Wir sollten nicht ständig über diese elenden Maschinen reden. Du hast schon genug dazu gesagt.«

»Es ist ja nicht so, daß nur der Rat sie für gefährlich hält. Ich stimme in diesem Punkt mit ihm überein, weil das Chaos gestärkt wird, wenn zuviel Ordnung in den Maschinen konzentriert wird.«

»Glaubst du wirklich?«

»Wenn Leute wie wir in der Nähe sind, ganz sicher.« Dorrin muß grinsen. »Aber wir sind ja nicht ewig da. Nach uns ist es dann das Problem anderer Leute.« Er küßt sie auf die Wange. »In der Zwischenzeit sollten wir uns aber um die übrigen Probleme kümmern.«

»Probleme?« fragt Liedral, indem sie ihm die Arme um den Hals schlingt.

»Probleme«, antwortet er, bevor er sie an sich zieht und küßt und die sanfte Rundung ihres Bauches spürt, die das nächste Problem ankündigt.